SUPER INSUPERABILI

33

Titolo originale: *Dark Prince*

Traduzione dall'inglese di Francesco Graziosi

Titolo originale: *Dark Desire*

Published by arrangement with HarperCollins Publishers
Traduzione dall'inglese di Francesco Graziosi

Titolo originale: *Dark Gold*

Published by arrangement with HarperCollins Publishers
Traduzione dall'inglese di Clara Serretta

Titolo originale: *Dark Magic*

Published by arrangement with HarperCollins Publishers
Traduzione dall'inglese di Clara Serretta

Prima edizione in questa collana: maggio 2015

Roma, Casella postale 6214

ISBN 978-88-541-7795-6

www.newtoncompton.com

Stampato nel maggio 2015 da Puntoweb s.r.l., Ariccia (Roma)
su carta prodotta con pasta termomeccanica, senza utilizzo di cloro,
proveniente da foreste controllate, nel rispetto delle normative ambientali vigenti.

Christine Feehan

Il principe vampiro

Attrazione fatale

Desiderio

L'oro nero

Magia nera

Newton Compton editori

ATTRAZIONE FATALE

Dedico questo libro a mia madre, Nancy King, che ha sempre incoraggiato la mia fervida fantasia; al mio amato marito, Richard, che è e sarà sempre, in questo mondo e nell'altro, la mia anima gemella e alla mia amica Kathi Firzlaff, che ama i personaggi di tutti i miei libri e ha insistito da subito perché li condividessi con gli altri.

Capitolo 1

Non poteva più mentire a se stesso. Lentamente, con infinita stanchezza, Mikhail Dubrinsky richiuse l'antico volume rilegato in cuoio. Era la fine. Si sentiva esausto. I libri che tanto amava non potevano nulla contro l'assoluta, gelida solitudine della sua esistenza. Lo studio era ricoperto di libri dal pavimento al soffitto per tre lati su quattro. Li aveva letti tutti e molti ne aveva mandati a memoria nel corso dei secoli. Ma non erano più di conforto alla sua mente. Quei libri nutrivano il suo intelletto, ma gli spezzavano il cuore.

Quel giorno all'alba non avrebbe cercato il sonno, almeno non il sonno ristoratore della rigenerazione: avrebbe cercato la quiete eterna, e che Dio avesse pietà della sua anima. I suoi simili erano pochi, sparpagliati e perseguitati... estinti. Aveva tentato di tutto, ogni sua abilità fisica e mentale, ogni nuova tecnologia. Mikhail aveva riempito la sua vita di arte e filosofia, di lavoro e scienza. Conosceva ogni erba curativa e ogni radice velenosa. Conosceva le armi dell'uomo e aveva imparato a diventare egli stesso un'arma. Malgrado tutto ciò, era solo.

Il suo popolo era una razza morente e lui aveva deluso tutti. In qualità di loro capo, si era impegnato a trovare un modo per salvare coloro che dipendevano da lui. Fra i maschi, troppi si trasformavano, rinunciando alle loro anime per diventare dei non-morti, per disperazione. Non c'erano donne per continuare la specie, per strapparli all'oscurità in cui languivano. Non avevano alcuna speranza di sopravvivere. I maschi erano essenzialmente predatori, l'oscurità cresceva e si spandeva dentro di loro fino a lasciarli privi di emozioni, senza nient'altro che il buio in un mondo freddo e grigio. Per ognuno di loro era necessario trovare la metà mancante, la compagna per la vita che li avrebbe restituiti alla luce per sempre.

La pena lo travolgeva, lo consumava. Sollevò la testa e lanciò un ruggito di dolore, era un animale ferito. Non sopportava più quella terribile solitudine.

Il guaio in realtà non è essere soli, è il sentirsi tali. Ci si può sentire soli anche in mezzo a una folla, non credi?

Mikhail si immobilizzò, muovendo solo gli occhi con circospezione, come un pericoloso predatore che fiuti una minaccia. Inspirò profondamente, si affrettò a sbarrare ogni accesso alla sua mente, tutti i sensi all'erta per localizzare l'intruso. Era solo. Non poteva sbagliarsi. Era il più antico, il più potente, il più astuto. Nessuno poteva penetrare le sue protezioni. Nessuno poteva avvicinarsi a sua insaputa. Sorpreso, si ripeté quelle parole, ascoltandone la musica. Una femmina, giovane, intelligente. Dischiuse un poco la mente, cercando percorsi e impronte psichiche. *È quel che ho sperimentato*, concordò. Si rese conto che stava trattenendo il respiro, in trepidante attesa del contatto. Un'umana. A chi mai poteva importare dei suoi pensieri? Era curioso di saperlo.

A volte vado in montagna e rimango da sola per giorni, settimane, e non mi sento sola, ma a una festa, circondata di gente, mi sento più sola che mai.

Mikhail sentì una fitta calda nelle viscere. La voce di lei, che gli riempiva la mente, era dolce, musicale, sexy nella sua innocenza. Mikhail non provava nulla da secoli: il suo corpo non desiderava una donna da centinaia di anni. Ora, nell'udire quella voce, la voce di una femmina umana, era sbalordito dal fuoco che andava accendendosi nelle sue vene.

Come è possibile che tu riesca a parlarmi?

Mi dispiace se ti ho offeso. Sentì chiaramente che la donna era sincera, percepì il suo tono di scusa. *Il tuo dolore era così acuto, così terribile che non ho potuto ignorarlo. Ho pensato che ti sarebbe piaciuto parlare. La morte non è una risposta all'infelicità. Credo che tu lo sappia. Ad ogni modo, posso smettere se così desideri.*

No! La sua protesta era un comando, un ordine imperioso dato da una creatura abituata all'obbedienza istantanea.

Sentì la risata di lei prima ancora che risuonasse nella sua mente. Dolce, spensierata, invitante. *Sei abituato alla cieca obbedienza di tutti quelli che hai intorno?*

Assolutamente. Non sapeva come interpretare la sua risata. Era incuriosito. Sentimenti. Emozioni. Si affollavano in lui fin quasi a sopraffarlo.

Sei europeo, vero? Ricco, e molto, molto arrogante.

Mikhail si sorprese a sorridere di quella provocazione. Non sorrideva mai, da seicento anni o più. *Tutto questo...* Aspettò che lei ridesse ancora, con la stessa brama con cui un tossicomane desidera la droga.

Quando arrivò, la sua risata fu bassa e divertita, carezzevole come il tocco di dita sulla pelle. *Io sono americana. Diversi come il giorno e la notte, non trovi?*

Ora lui aveva una traccia, una direzione. La donna non gli sarebbe sfuggita. *Le donne americane possono essere addomesticate, con i metodi giusti.* Pronunciò la frase deliberatamente, con enfasi, pregustando la reazione di lei.

Sei davvero arrogante. Lui si beò del suono della sua risata, lo assaporò, lo ricevette dentro di sé. Sentì che la ragazza aveva sonno, che stava sbadigliando. Ancora meglio. Le diede una lieve spinta mentale, molto delicata: voleva che dormisse per poterla esaminare.

Smettila! Lei reagì con un brusco distacco, come ferita, sospettosa. Si ritrasse, alzando un muro mentale con tanta rapidità da lasciarlo stupefatto per la sua abilità, la sua forza, malgrado fosse così giovane, e umana. Ed era umana, ne era certo. Sapeva, senza bisogno di controllare, che mancavano esattamente cinque ore al sorgere del sole. Non che non potesse sopportare la luce dell'alba o del tramonto. Esaminò le sue difese, facendo attenzione a non allarmarla. Un lieve sorriso comparve sulla sua bocca ben disegnata. Lei era forte, ma non poteva nulla contro di lui.

Il suo corpo, un fascio di muscoli tesi e forza sovrumana scintillò e si dissolse, divenne una tenue nebbia cristallina che scivolò sotto la porta e si riversò nell'aria della notte. Le goccioline brillarono come perle, si raccolsero, si fusero a formare un uccello dalle ampie ali. Si tuffò in picchiata, volteggiò in cerchio e si lanciò nel cielo cupo, silenzioso, letale, magnifico.

Mikhail godé del potere che gli dava il volo, del suo corpo che fendeva il vento, dell'aria della notte che gli parlava, sussurrandogli segreti, portando l'odore della preda. Seguì la debole traccia psichica, infallibilmente. Era così semplice. Eppure il suo sangue ribolliva caldo. Un'umana, giovane, piena di vita e di allegria, un'umana in grado di stabilire con lui un legame psichico. Un'umana piena di compassione, forza e intelligenza. La morte e la dannazione potevano aspettare: doveva soddisfare la sua curiosità.

Il rifugio era piccolo, al limitare della foresta, dove la montagna incontrava la linea degli alberi. L'interno era buio: poche luci brillavano appena in una o due stanze e forse in un corridoio, mentre gli umani riposavano. Si posò sul balcone della finestra al secondo piano e si immobilizzò, diventando parte della notte. La camera da letto della ragazza era una delle stanze illuminate, segno che non riusciva a prendere sonno. La scorse attraverso il vetro con i suoi occhi scuri e ardenti.

Era di costituzione minuta e aveva forme sinuose, una vita sottile e una cascata di capelli corvini che le scendevano sulla schiena attirando lo sguardo sulle natiche rotonde. Mikhail trattenne il respiro. Era deliziosa, bellissima, con la pelle come seta, gli occhi incredibilmente grandi, di un azzurro intenso, orlati di ciglia lunghe e folte. Non gli sfuggì un solo dettaglio. Una vestaglia di pizzo bianco le aderiva alla pelle, avvolgendo i seni alti e pieni, e lasciando scoperta la linea della gola e le spalle bianche. I piedi erano piccoli, come le mani. Così tanta forza in un corpo tanto piccolo.

Si spazzolava i capelli, in piedi vicino alla finestra, guardando fuori con occhi assenti. Lo sguardo era lontano; c'erano pieghe dolorose intorno alla sua bocca piena e sensuale. Sentì che c'era del dolore in lei, e un gran bisogno di sonno, che invece si rifiutava di arrivare. Si ritrovò a seguire ogni colpo di spazzola. I suoi erano movimenti innocenti ed erotici al tempo stesso. Il corpo di Mikhail si agitava, imprigionato in forma di uccello. Sollevò la testa al cielo con riverenza, in segno di gratitudine. La pura gioia del sentire, dopo secoli di apatia assoluta, era smisurata.

A ogni colpo di spazzola i seni di lei si sollevavano in modo invitante, sottolineando il busto stretto e la vita sottile. Il pizzo aderiva al suo corpo, rivelando il triangolo scuro là dove le cosce si univano. Gli artigli di lui affondarono sul davanzale, lasciando lunghe cicatrici nel morbido legno. Mikhail continuava a guardare. Era aggraziata e seducente. Indugiò con sguardo ardente sulla sua gola delicata e sul battito che pulsava regolare nelle vene del collo. *Sua.* Di colpo, si staccò da quel pensiero, scuotendo la testa.

Azzurri. Occhi azzurri. Aveva gli occhi azzurri. Solo allora si rese conto di aver ricominciato a vedere i colori. Vividi, brillanti. Rimase completamente immobile. Era impossibile. I maschi avevano perso la capacità di vedere altro che un grigio scialbo, quasi nello stesso momento in cui avevano perso le loro emozioni. Solo la compagna per la vita poteva riportare le emozioni e i colori nella vita di un maschio. Le donne carpaziane erano la luce nell'oscurità della vita dei maschi. La loro metà. Senza le donne, la bestia avrebbe lentamente consumato l'uomo fino a farne una creatura dell'oscurità. Non c'erano più donne carpaziane che potessero dare alla luce compagne per la vita. Le poche rimaste sembrava potessero generare solo maschi. Era una situazione apparentemente disperata. Le donne umane non potevano essere convertite senza diventare folli. L'esperimento era stato tentato. Questa ragazza non poteva in alcuno modo essere la sua compagna per la vita.

Mikhail la guardò spegnere la luce e stendersi sul letto. Sentì la sua mente agitarsi e cercarlo. *Sei sveglio?*, chiese incerta.

All'inizio si rifiutò di rispondere, contrariato dall'impellenza del suo stesso bisogno. Non poteva permettersi di abbassare la guardia; non osava. Nessuno aveva potere su di lui. Di certo non un'americana qualsiasi, una ragazza con più forza che cervello.

So che puoi sentirmi, mi dispiace di essermi intromessa. Sono stata sconsiderata; non succederà più. Ma perché tu lo sappia: non cercare un'altra volta di mostrare i muscoli con me.

Mikhail si rallegrò di essere in forma di uccello, così non poteva sorridere. Lei non aveva idea di cosa fossero i muscoli. *Non mi hai offeso*, la rassicurò in tono gentile. Doveva risponderle, vi fu quasi costretto. Desiderava il suono della sua voce, il dolce mormorio che accarezzava la sua mente come dita sulla pelle.

Lei si girò, sistemò il cuscino, si massaggiò le tempie come se le dolessero. Una mano si strinse tra le lenzuola sottili. Mikhail voleva toccare quella mano, sentire quella pelle calda e setosa sotto la sua. *Perché hai cercato di controllarmi?* La domanda non fu del tutto neutra, come lei avrebbe voluto. Mikhail sentì di averla ferita, delusa in qualche modo. Si muoveva inquieta, come in attesa di un amante.

Il pensiero di lei con un altro uomo lo fece infuriare. Dopo centinaia di anni, dei sentimenti. Forti, chiari e vivi. Veri sentimenti. *Controllare è nella mia natura.* Si sentiva invaso dalla gioia, ma allo stesso tempo fin troppo consapevole di essere più pericoloso che mai. La potenza aveva sempre bisogno di controllo. Meno emozioni provava, più facilmente riusciva a contenersi.

Non cercare di controllarmi. C'era qualcosa nella sua voce, qualcosa che percepiva senza poterla ben definire, come se lei sapesse che lui costituiva una minaccia. E lui sapeva di esserlo.

Come si può andare contro la propria natura, piccola?

Il sorriso di quella ragazza riempì un grande vuoto in lui, mentre si diffondeva nel suo cuore e nei suoi polmoni, infiammandogli il sangue. *Cosa ti fa credere che io sia piccola? Sono grande come una casa.*

E dovrei crederti?

L'allegria svanì dalla voce e dai pensieri di lei, indugiando ancora un poco nel sangue di lui. *Sono stanca, e ti chiedo di nuovo scusa. Sono contenta di aver parlato con te.*

Ma?, chiese lui gentilmente.

Addio. Un tono che non ammetteva repliche.

Mikhail spiccò il volo, innalzandosi sopra la foresta. Non era un addio. Non lo avrebbe permesso, non poteva. La sua sopravvivenza dipendeva da lei. Qualcosa, qualcuno aveva risvegliato il suo interesse, la sua voglia di vivere. Lei gli aveva ricordato che esistevano le risate, che c'era qualcosa di più del puro esistere.

Si librò alto sopra la foresta, meravigliandosi per la prima volta dopo secoli del paesaggio sottostante. La volta di rami ondeggianti, i raggi della luna che colpivano gli alberi e inargentavano i ruscelli. Era così bello. Aveva ricevuto un dono inestimabile. Una femmina umana era riuscita in qualche modo a fare tutto questo per lui. Ed era umana. Se fosse stata una della sua razza, lo avrebbe saputo all'istante. La sua voce poteva fare altrettanto per altri maschi sull'orlo della disperazione?

Al sicuro nella sua casa, camminò avanti e indietro con un'inquietudine da tempo dimenticata. Ripensava a quella pelle morbida, alla sensazione che gli avrebbe dato sotto le dita, sotto il corpo, al suo sapore. Il pensiero di quei capelli setosi che sfioravano il suo corpo accaldato, della sua gola vulnerabile ed esposta, lo eccitò. Il suo corpo si tese improvvisamente. Non era la delicata attrazione fisica che aveva sentito quando era nella forma di un uccello, ma un tormento imperioso e implacabile. Turbato dall'improvviso erotismo dei suoi pensieri, Mikhail si impose una disciplina rigida. Non poteva permettersi un simile trasporto. Aveva scoperto di essere un individuo possessivo, letale nella sua furia e protettivo fino all'eccesso. Questo genere di passione non poteva essere condiviso con un'umana: era troppo pericoloso.

Quella donna era indipendente, forte per essere una mortale, e avrebbe combattuto la sua natura a ogni occasione. Lui non era umano. La sua era una razza di esseri dagli istinti animali, radicati prima ancora della nascita. Era meglio tenersi a distanza e soddisfare la sua curiosità a un livello puramente intellettuale. Chiuse meticolosamente ogni porta e ogni finestra, sigillò ogni spiraglio con incantesimi impenetrabili prima di scendere nella camera in cui dormiva. La stanza era protetta da minacce anche più grandi. Se proprio doveva smettere di vivere, sarebbe stato per sua scelta. Si distese sul letto. Non c'era bisogno del potere curativo della terra; poteva godersi gli agi dei mortali. Chiuse gli occhi e rallentò il respiro.

Il corpo di Mikhail si rifiutava di obbedirgli. La sua mente era piena di immagini di lei, di scene erotiche e seducenti. La immaginava distesa sul letto, il corpo nudo sotto il pizzo bianco, le braccia tese ad accogliere il suo amante. Imprecò a bassa voce. Invece di immaginare il suo corpo che la possedeva, immaginò che sopra di lei ci fosse un altro uomo. Un umano. Fu scosso da una rabbia pura e letale.

Pelle come velluto, capelli come seta. La sua mano si mosse. Creò l'immagine mentale con precisione e determinazione. Contemplò ogni dettaglio, perfino il frivolo smalto sulle unghie dei piedi. Circondò la sua caviglia sottile con dita forti, godendo del contatto con la sua pelle. Il respiro gli morì in gola, il suo corpo si irrigidì nell'attesa. Fece scivolare il palmo lungo il polpaccio, massaggiandolo, solleticandolo, salendo fino al ginocchio e alla coscia.

Mikhail avvertì l'istante preciso in cui lei si svegliò, con il corpo in fiamme. Sentì l'urto della sua agitazione, della sua paura. Deliberatamente, per farle capire con chi aveva a che fare, raggiunse l'interno della coscia, e lo carezzò.

Smettila! Il corpo di lei bramava dolorosamente quello di lui, il suo contatto, la resa. Lui sentiva il battito frenetico del suo cuore, la forza della sua lotta mentale.

Un altro uomo ti ha toccata così? Bisbigliò quelle parole nella mente di lei, con cupa e letale sensualità.

Smettila, accidenti a te! Le lacrime luccicarono come gioielli tra le sue ciglia. *Volevo solo aiutarti. Ho detto che mi dispiace.*

La mano di lui si mosse più in alto, irresistibilmente, trovò seta e calore, minuscoli riccioli a guardia di un tesoro. La sua mano coprì avidamente il triangolo e si spinse nel calore umido. *Tu mi risponderai, piccola. Ho ancora tempo per venire da te, per lasciare il mio segno su di te, per possederti*, la ammonì seducente. *Rispondimi.*

Perché mi fai questo?

Non sfidarmi. Ora la voce di lui era roca, piena di desiderio. Le sue dita si mossero, sondarono, trovarono il suo punto più sensibile. *Ti sto trattando in modo eccezionalmente delicato.*

Sai già che la risposta è no, mormorò lei, sconfitta.

Mikhail chiuse gli occhi, riuscì a placare i demoni furiosi che infierivano sul suo corpo come tante pugnalate. *Dormi, piccola; stanotte nessuno ti farà del male.* Interruppe il contatto e trovò il proprio corpo rigido, pesante, madido di sudore. Ormai era troppo tardi per tenere a freno la bestia dentro di lui. Ardeva per il desiderio, ne era consumato, si sentiva martellare il cranio, la pelle e i nervi lambiti dalle fiamme. La bestia si era scatenata, letale, affamata. Era stato più che delicato. La donna aveva incautamente liberato il mostro. Sperava che quella ragazza fosse forte quanto lui credeva.

Chiuse gli occhi per scacciare il disgusto di sé. Aveva imparato secoli prima che resistere serviva a poco, e ora non voleva nemmeno tentare. Questa volta non si trattava di una semplice, intensa attrazione sessuale: era molto di più. Era qualcosa di primordiale. Qualcosa di reciproco e profondo. Forse lei desiderava la natura selvaggia di lui quanto lui desiderava l'allegria e la compassione che percepiva in lei. Ma che importanza aveva? Nessuno dei due aveva scampo.

La cercò delicatamente con la forza del pensiero prima di chiudere gli occhi e lasciò che il suo respiro si fermasse. Lei piangeva silenziosamente, il corpo ancora assetato per le carezze che le aveva fatto. Provava dolore e confusione, e aveva mal di testa. Senza alcun pensiero, senza ragione, la circondò con la forza delle sue braccia, accarezzò i suoi capelli morbidi e inviò calore e conforto ad avvolgerla. *Mi dispiace averti spaventata, piccola; ho sbagliato. Ora dormi pure al sicuro.* Sussurrò quelle parole vicino alla tempia, sfiorandole la fronte con le labbra, e la mente con la sua tenerezza.

Avvertiva una curiosa frammentazione, come se nella sua mente ci fossero delle ferite aperte e dolenti. Era troppo logorata dalla battaglia di poco prima per resistergli. Respirò insieme a lei, per lei, lento e cadenzato, regolando il battito del cuore sul suo, finché non si assopì, esausta. La fece addormentare: un comando sussurrato e le palpebre di lei calarono sugli occhi. Si addormentarono insieme, ma separati, lei nella sua stanza e lui nella sua cella.

I colpi sulla porta penetrarono la spessa coltre di sonno. Raven Whitney lottò con la nebbia che le teneva gli occhi chiusi e le appesantiva il corpo. Fu colta dall'ansia. Si sentiva come se l'avessero drogata. Il suo sguardo si posò sulla piccola sveglia sul comodino. Le sette di sera. Aveva dormito tutto il giorno. Si alzò a sedere con fatica, come dibattendosi nelle sabbie mobili. I colpi alla porta ricominciarono.

Il suono le rimbombò nella testa, martellandole le tempie. «Cosa c'è?». Si costrinse a usare un tono calmo, nonostante i battiti convulsi del suo cuore. Era nei guai. Doveva fare armi e bagagli in fretta e sparire. Sapeva quanto potesse essere inutile. Non era forse stata lei a localizzare quattro serial killer seguendo la scia mentale dei loro pensieri? E quest'uomo era mille volte più potente di lei. In realtà era affascinata dal fatto che un'altra persona avesse delle facoltà psichiche. Non aveva mai incontrato un altro come lei prima di allora. Voleva restare lì e imparare da lui, ma l'uso disinvolto che faceva dei suoi poteri lo rendeva troppo pericoloso. Per essere davvero al sicuro da lui avrebbe dovuto mettere tra loro della distanza, forse un intero oceano.

«Raven, va tutto bene?». Una voce maschile, apprensiva.

Jacob. Aveva conosciuto Jacob e Shelly Evans, fratello e sorella, nella sala da pranzo la sera prima, appena arrivati dal viaggio in treno. Viaggiavano insieme a un gruppo di otto persone. Era stanca, e ricordava solo brandelli della conversazione.

Raven era andata nei Carpazi per stare da sola e riprendersi dopo l'ultima traumatica esperienza di seguire la mente contorta di un efferato serial killer. Non desiderava la compagnia del gruppo di viaggiatori, ma Jacob e Shelly l'avevano cercata. Li aveva cancellati dai suoi pensieri in modo piuttosto efficace. «Sto bene, Jacob, credo di avere solo un po' di influenza», lo rassicurò, sentendosi tutt'altro che bene. Si passò una mano tremante fra i capelli. «Sono solo molto stanca. Sono venuta qui per riposare».

«Non dovevamo cenare insieme?». La sua voce aveva un tono deluso che la irritò. Non voleva sentirsi in obbligo verso nessuno, e l'ultima cosa di cui aveva bisogno era ritrovarsi circondata di persone in una sala da pranzo affollata.

«Mi dispiace. Magari un'altra volta». Non aveva tempo per le cortesie. Come aveva potuto fare un errore simile la sera prima? Lei che era sempre così cauta, attenta a evitare ogni contatto, a non toccare mai un altro essere umano, addirittura ad avvicinarsi.

Ma lo sconosciuto aveva diffuso in ogni direzione così tanta sofferenza, così tanta solitudine. Lei aveva capito istintivamente che aveva poteri telepatici, che era ancora più isolato di lei, che il suo dolore era talmente grande da spingerlo a prendere in considerazione il suicidio. Sapeva cosa volesse dire essere isolati. Come ci si sentisse a essere diversi. Non aveva saputo tenere la bocca chiusa; doveva aiutarlo se ne fosse stata capace. Raven si massaggiò le tempie cercando di alleviare il dolore che le pulsava nella testa. Le faceva sempre male, dopo aver usato i suoi poteri telepatici.

Si tirò su e si mosse lentamente verso il bagno. Lui la stava controllando senza bisogno di contatto. Il pensiero la terrorizzò. Nessuno doveva essere tanto potente. Aprì al massimo il getto della doccia, perché l'acqua la liberasse da quella sensazione.

Era andata lì per riposare, per sgombrare la mente dal tanfo di malvagità, per sentirsi di nuovo pulita e integra. L'uso del potere psichico era logorante, e fisicamente era sfinita. Raven sollevò il mento. Questo nuovo avversario non l'avrebbe intimorita. Possedeva controllo e disciplina. E stavolta poteva ritirarsi. Non c'erano in gioco vite innocenti.

Si infilò un paio di jeans scoloriti e un maglione all'uncinetto, come per sfida. Aveva la sensazione che da uomo del Vecchio Mondo, avrebbe disdegnato i suoi vestiti da americana. Fece rapidamente i bagagli, ammucchiando alla rinfusa abiti e cosmetici nella valigia malandata più in fretta che poteva.

Consultò gli orari dei treni e rimase sgomenta. Non c'erano corse per altri due giorni. Avrebbe potuto usare i suoi poteri di seduzione per ottenere un passaggio da qualcuno, ma avrebbe significato restare confinata dentro un'auto per un bel pezzo. Probabilmente era il minore dei mali.

Sentì una risata maschile, bassa, divertita, come di scherno. *Così vorresti cercare di sfuggirmi, piccola.*

Raven si accasciò sul letto, mentre il cuore prendeva a batterle forte. Quella voce era un'arma rivestita di velluto nero. *Non montarti la testa, spaccone. Sono una turista: viaggio.* Costrinse la sua mente a restare calma, pur sentendo le dita di lui sfiorarle il viso. Come faceva? Era una carezza lievissima, ma la avvertiva fino alla punta dei piedi.

E dove pensavi di andare? Si stiracchiava pigramente, con il corpo ritemprato dal sonno, la mente di nuovo piena di emozioni. Si divertiva a pungolarla.

Via da te e dai tuoi giochi stravaganti. Forse in Ungheria. Ho sempre voluto visitare Budapest.

Piccola bugiarda. Stai pensando di tornare di corsa a casa, negli Stati Uniti. Sai giocare a scacchi?

Lei sbatté le palpebre a quella domanda inattesa. *A scacchi?*, ripeté.

Sì. Sai giocare?

Certo.

Allora gioca con me.

Adesso? Iniziò a intrecciare la sua pesante massa di capelli. C'era qualcosa di ipnotico e seducente nella voce di lui. Scuoteva le fibre del suo cuore e riempiva la sua mente di terrore.

Ma devo prima nutrirmi. E anche tu hai fame. Sento che ti fa male la testa. Scendi a cenare e stasera alle undici ci incontreremo.

Scordatelo. Non ho nessuna intenzione di incontrarti.

Hai paura. Era chiaramente una sfida.

Lei rise, e lui si sentì avvolgere il corpo dalle fiamme. *Forse a volte faccio delle sciocchezze, ma non sono mai tanto stupida.*

Dimmi come ti chiami. Era un ordine, e Raven si sentì costretta a rispondergli.

Si sforzò di creare il vuoto nella sua mente, di farne una tabula rasa. A quel tentativo si sentì trafiggere la testa dal dolore e lo stomaco le si strinse. Lui non doveva prendersi con la forza quel che lei gli avrebbe concesso liberamente.

Perché mi resisti quando sai che sono io il più forte? Ti fa solo male, ti esaurisce, e alla fine vincerò lo stesso. Sento quanto ti costa comunicare in questo modo. E posso avere la tua obbedienza in modo molto più diretto.

Perché mi costringi a darti quel che ti avrei concesso comunque, se solo lo avessi chiesto?

Avvertì la confusione di lui. *Mi dispiace, piccola. Sono abituato a ottenere ciò che voglio con il minimo sforzo.*

Anche a costo della più elementare cortesia?

A volte è più conveniente.

Raven colpì il cuscino con un pugno. *Devi moderare l'arroganza. Il solo fatto di avere potere non ti autorizza a usarlo con tanta sfacciataggine.*

Dimentichi che la maggior parte degli umani non è in grado di percepire una lieve pressione mentale.

Non è una scusa per privare gli altri del libero arbitrio. E comunque tu non usi una pressione*; tu impartisci ordini e pretendi di essere soddisfatto. È anche peggio, perché umilia le persone. Non trovi sia una descrizione più verosimile?*

Mi rimproveri aspramente. Questa volta c'era ansia nei suoi pensieri, come se quell'impertinenza maschile si stesse esaurendo.

Non provare a forzarmi.

Stavolta nella voce di lui c'era una minaccia, un pericolo silenzioso in agguato. *Non ho bisogno di* provare, *piccola. Credimi, posso piegarti alla mia volontà.* Il suo tono era carezzevole e spietato.

Sei come un bambino viziato che vuole averla vinta a ogni costo. Si alzò, stringendo il cuscino contro lo stomaco in subbuglio. *Scendo a cena. La testa mi sta cominciando a pulsare. Tu vai a mettere la tua in un secchio d'acqua gelata.* Non stava mentendo: lo sforzo di resistergli stando al suo stesso livello le stava dando la nausea. Avanzò cautamente verso la porta, temendo che lui la fermasse. Si sarebbe sentita più al sicuro in mezzo ad altre persone.

Il tuo nome, piccola, per favore, chiese lui con tono grave ma serio.

Raven si ritrovò a sorridere malgrado tutto. *Raven. Raven Whitney.*

Bene, Raven Whitney, mangia, riposa. Tornerò alle undici per la nostra partita a scacchi.

Il contatto si interruppe in modo brusco. Raven respirò lentamente, consapevole che avrebbe dovuto sentirsi sollevata, e non abbandonata. C'era un fascino nella sua voce ipnotica, nella sua risata virile, nella loro stessa conversazione. Soffrivano entrambi di una stessa solitudine. Si impedì di pensare a come il suo corpo si era risvegliato sotto le dita di lui, bruciante, voglioso. E l'aveva toccata solo con la mente. La seduzione era ben più che fisica: era qualcosa di profondo ed elementare che non riusciva a definire con precisione. Aveva toccato la sua anima. Il suo bisogno. La sua oscurità. La sua solitudine terribile, opprimente. Anche lei aveva bisogno: di qualcuno che comprendesse cosa significava essere così soli, così spaventati all'idea di toccare un altro, di avvicinarsi troppo. Le piacevano la sua voce, quella sua eleganza europea, quella fatua arroganza maschile. Voleva per sé il suo sapere, le sue abilità.

La mano le tremò mentre apriva la porta e inspirava l'aria del corridoio. Aveva riacquistato il possesso del suo corpo, che si muoveva leggero e fluido, obbedendo alle sue istruzioni. Scese di corsa le scale ed entrò nella sala da pranzo.

Molti dei tavoli erano occupati, sicuramente più della sera prima. Di norma Raven evitava il più possibile i luoghi pubblici, per non doversi proteggere da emozioni indesiderate. Fece un respiro profondo ed entrò.

Jacob alzò la testa e incontrò il suo sguardo con un sorriso di benvenuto; si alzò come in attesa che lei si unisse al tavolo del gruppo. Raven si costrinse a ricambiare il sorriso, ignara di apparire in quel momento innocente, sexy, completamente irraggiungibile. Attraversò la sala, salutò Shelly e fu presentata a Margaret e Harry Summers. Americani come lei. Cercò di non far trasparire sul volto la sua agitazione. Sapeva che durante le indagini sull'ultimo killer la sua foto era apparsa su tutti i giornali e perfino in televisione. Non voleva essere riconosciuta, non voleva rivivere l'incubo orrendo della mente depravata e torbida di quell'uomo. Non aveva intenzione di discutere di certe atrocità a cena.

«Siediti qui, Raven». Jacob le indicò educatamente una sedia con lo schienale alto.

Evitando con cura di sfiorarlo, Raven acconsentì e si sedette. Stare così vicino a tante persone era un inferno. Da bambina era sopraffatta dal bombardamento di emozioni che la circondava. Era quasi impazzita finché non aveva imparato a proteggersi, a schermarsi. Funzionava, a meno che il dolore o il disagio fossero troppo concentrati, o toccasse fisicamente un altro essere umano. O che si trovasse in presenza di una mente particolarmente distorta e malvagia.

In quel momento, la conversazione intorno a lei era animata e tutti parevano divertirsi un mondo. Raven avvertiva tipici sintomi di sovraccarico emotivo. Si sentiva il cranio trafitto da schegge di vetro, lo stomaco che si rivoltava. Non riuscì a mangiare nemmeno un boccone.

Inspirando l'aria della notte, Mikhail procedeva lento nel paese, in cerca di ciò che gli occorreva. Non una donna. Non sopportava di toccare la carne di un'altra donna. Era pericoloso nel suo stato di intensa eccitazione sessuale, e troppo vicino a trasformarsi. Avrebbe potuto perdere il controllo. Doveva essere un uomo. Si mosse a suo agio tra la gente, ricambiando i saluti di quanti lo conoscevano. Era rispettato, persino ammirato.

Scivolò dietro a un giovane dal fisico robusto, forte. Aveva un odore sano, vene che scoppiavano di vita. Dopo una breve, affabile conversazione, Mikhail pronunciò piano il comando, posò un braccio amico sulla spalla dell'altro. Nascosto nell'ombra, piegò la testa scura e si nutrì a sazietà. Badò a tenere sotto controllo le emozioni. Gli piaceva quel giovane, conosceva la sua famiglia. Non poteva permettersi errori.

Sollevando la testa, fu colto dalla prima ondata di angoscia proveniente da lei. *Raven.* Aveva cercato inconsciamente un contatto con lei, toccando con delicatezza la sua mente per assicurarsi che fosse ancora con lui. Fattosi più accorto, terminò in fretta l'operazione, risvegliando il giovane dallo stato di trance, instillandogli l'illusione che la conversazione non si fosse mai interrotta, ridendo amichevolmente e accettando di buon grado la sua stretta di mano, e sostenendolo quando si ritrovò a vacillare.

Mikhail aprì la mente, si concentrò su una traccia mentale e la seguì. Non lo faceva da anni – le sue armi erano arrugginite – ma riusciva ancora a "vedere" quando lo voleva. Raven era seduta a un tavolo con due coppie. Da fuori appariva bellissima, serena. Ma lui la sapeva più lunga. Percepiva la sua confusione, il dolore alla testa che non le dava tregua, il suo desiderio di alzarsi di scatto e fuggire da tutti. I suoi occhi, zaffiri brillanti, erano come spiritati, ombre sul pallore del suo viso. Era provata. La sua forza lo sbalordì. Non c'era alcuna traccia telepatica involontaria, nessun altro telepatico all'infuori di lui avrebbe potuto percepire la sua angoscia.

E in quel momento l'uomo accanto a lei si sporse in avanti, la guardò negli occhi, con uno sguardo di pura cupidigia e desiderio. «Vieni a fare una passeggiata con me, Raven», propose, e la sua mano si mosse dal tavolo per posarsi appena sopra il ginocchio di lei.

Il dolore nella testa di Raven aumentò immediatamente, come un urto nel cranio, pugnalandola dietro gli occhi. Ritrasse di scatto la gamba. I demoni balzarono inferociti e si liberarono. Mai Mikhail aveva provato una furia così terribile. Lo assalì, si impossessò di lui, *divenne* lui. Che qualcuno potesse ferirla a quel modo, con tanta indifferenza, senza nemmeno conoscerla o provare affetto per lei. Che qualcuno potesse toccarla mentre era così vulnerabile e indifesa. Che un uomo osasse posare le sue mani su di lei. Si lanciò nel cielo, e l'aria fresca fece divampare la sua rabbia.

Raven sentì la forza della sua collera. L'aria nella stanza si addensò; fuori, il vento si levò e vorticò selvaggiamente. Rami spezzati colpirono le pareti dell'edificio; il vento fece tremare minaccioso le finestre. Molti dei camerieri si fecero il segno della croce, spaventati, guardando nel buio della notte d'un tratto priva di stelle. Uno strano, improvviso silenzio riempì la sala, come se tutti stessero trattenendo il respiro.

Jacob annaspò, si portò entrambe le mani alla gola, come per strapparsi di dosso delle dita forti che lo strangolavano. Il suo volto si fece rosso, poi chiazzato; gli occhi fuori dalle orbite. Shelly gridò. Un giovane cameriere arrivò a soccorrere l'uomo che soffocava. La gente si alzò in piedi, protendendo il collo per guardare.

Raven si obbligò a rimanere calma, in ogni fibra del suo corpo esile. Le emozioni la assalivano con troppa violenza perché potesse restarne indenne. *Lascialo.* Le rispose solo il silenzio. Malgrado il cameriere dietro di lui tentasse disperatamente di praticare la manovra di Heimlich, Jacob cadde in ginocchio, con le labbra bluastre, gli occhi rovesciati all'indietro. *Ti prego, ti supplico, per favore. Lascialo. Fallo per me.*

Di colpo Jacob inspirò, con un conato tremendo, affannoso e acuto. Sua sorella e Margaret Summers erano rannicchiate al suo fianco, con le lacrime agli occhi. Raven si mosse istintivamente verso di lui.

Non toccarlo! Il comando fu assoluto, senza alcuna amplificazione mentale. Faceva più paura che se avesse usato la forza per farsi obbedire.

Raven era assediata dalle emozioni di tutti i presenti nella sala. Il dolore e il panico di Jacob, la paura di Shelly, l'orrore della proprietaria, il turbamento degli altri americani. La sommergevano, minando il suo stato d'animo già fragile. Ma era la rabbia devastante di *lui* a trafiggerle il cranio come tanti aghi. Raven fu assalita dai crampi allo stomaco, si contorse e cercò disperatamente il bagno delle donne. Se qualcuno l'avesse toccata o avesse cercato di aiutarla, avrebbe rischiato di impazzire.

«Raven». La voce era calda, sensuale, carezzevole. La calma nell'occhio del ciclone. Velluto nero. Bellissimo. Consolante.

Una strana quiete invase la sala quando Mikhail entrò a grandi passi. Aveva un'arroganza risoluta, un'estrema padronanza della situazione. Era alto, scuro, muscoloso, ma erano i suoi occhi, che bruciavano di energia e di oscurità, di mille segreti, a catturare immediatamente l'attenzione. Quegli occhi potevano ammaliare, ipnotizzare, proprio come il potere della sua voce. Avanzava deciso, facendo trottare via i camerieri al suo passaggio.

«Mikhail, che piacere averti qui con noi», disse la proprietaria, rimasta senza fiato.

Lui degnò appena di un'occhiata la donna e le sue forme prosperose. «Sono venuto a prendere Raven. Questa sera abbiamo un appuntamento». Lo disse piano, imperioso, e nessuno osò contraddirlo. «Mi ha sfidato a una partita a scacchi».

La locandiera annuì e la sua espressione si distese in un sorriso. «Buon divertimento».

Raven vacillò, premendosi le mani sullo stomaco. Sgranò i suoi occhi color zaffiro, enormi, all'avvicinarsi dell'uomo. Le fu davanti prima che potesse muoversi, allungando le mani verso di lei.

Non farlo. Chiuse gli occhi, terrorizzata al pensiero del suo contatto. Era già sovraccarica; non avrebbe potuto sopportare le potenti emozioni che emanavano da lui.

Mikhail non esitò, prendendola tra le braccia e imprigionandola, stretta al suo petto muscoloso. Il suo volto era una maschera di granito mentre si voltava e la portava via dalla sala. Dietro di loro si levarono bisbigli, mormorii.

Raven si irrigidì in attesa dell'assalto ai suoi sensi, ma lui aveva chiuso la mente e lei non percepì altro che la forza enorme delle sue braccia. La portò fuori nella notte, muovendosi agile, senza sforzo, come se il suo peso fosse insignificante.

«Respira, piccola, ti aiuterà». Nel calore della sua voce c'era una punta di divertimento.

Raven fece come lui le suggeriva, troppo esausta per resistere. Era andata in quel luogo selvaggio e solitario per guarire, e invece si sentiva più a pezzi che mai. Aprì cautamente gli occhi, alzando lo sguardo su di lui attraverso le lunghe ciglia.

I suoi capelli avevano il colore scuro dei chicchi di caffè più nero, ed erano tirati all'indietro e legati sulla nuca. Il suo volto era quello di un angelo o di un diavolo, esprimeva forza e potenza, un'ombra crudele sulla bocca sensuale; gli occhi dalle palpebre pesanti erano neri come ossidiana, ghiaccio nero, magia nera pura.

Lei non poteva leggere la sua mente, non poteva sentire le sue emozioni o udire i suoi pensieri. Non le era mai capitato prima. «Mettimi giù. Mi sento una sciocca a farmi trasportare così come il bottino di un pirata». I passi lunghi di lui li conducevano nel folto della foresta. I rami oscillavano, i cespugli frusciavano. Il cuore di Raven batteva all'impazzata. Si tese, premette contro le spalle di lui, si dibatté invano.

Il suo sguardo scese possessivo su di lei, sul suo viso, ma non rallentò il passo, né le rispose. Quell'apparente indifferenza la umiliava.

Raven lasciò ricadere la testa sulla sua spalla con un lieve sospiro. «Sei venuto a rapirmi o a salvarmi?».

Le rispose un luccichio di denti bianchi e forti, sorriso da predatore e divertimento da umano. «Forse un po' di entrambi».

«Dove mi stai portando?». Si premette una mano sulla fronte, rifuggendo il pensiero di una battaglia, fisica o mentale.

«A casa mia. Abbiamo un appuntamento. Io sono Mikhail Dubrinsky».

Raven si massaggiò la tempia. «Stasera forse non è l'ideale. Mi sento...». Si interruppe, scorgendo con la coda dell'occhio un'ombra in movimento che li seguiva. Il cuore smise quasi di battere. Si guardò intorno, vide una seconda ombra, poi una terza. Si aggrappò con le mani alla spalla di lui. «Mettimi giù, Dubrinsky».

«Mikhail», la corresse lui, senza nemmeno rallentare. Un sorriso gli addolcì gli angoli della bocca. «Li vedi i lupi?». Lei lo sentì scrollare le spalle con indifferenza. «Stai calma, piccola; non ci faranno del male. Questa è la loro casa, così come è la mia. Abbiamo un accordo, e conviviamo in pace».

Senza riuscire a spiegarsi perché, gli credette. «E tu vuoi farmi del male?». Formulò piano la domanda, ansiosa di sapere.

Gli occhi scuri di lui si posarono di nuovo sul suo viso pensosi, custodi di mille segreti, possessivi al di là di ogni dubbio. «Non sono il genere di uomo che farebbe del male a una donna nel modo che tu immagini. Ma sono certo che la nostra relazione non sarà sempre facile. A te piace sfidarmi». Era la risposta più sincera che potesse darle.

Gli occhi di lui la facevano sentire come se fosse in suo possesso, come se avesse dei diritti su di lei. «Sai, è stato crudele da parte tua fare del male a Jacob. Avresti potuto ucciderlo».

«Non difenderlo, piccola. L'ho lasciato vivere solo per accontentare te, ma completare l'opera non sarebbe un problema». *Al contrario, piacevole. Nessun uomo aveva il diritto di posare le mani sulla donna di Mikhail e ferirla come aveva fatto quell'umano. L'incapacità di quel maschio di comprendere il dolore che stava causando a Raven non lo assolveva dal suo peccato.*

«Non dici sul serio. Jacob è innocuo. Era solo attratto da me», cercò di spiegargli debolmente Raven.

«Non pronunciare il suo nome con me. Ti ha toccata, ha messo la sua mano su di te». Si fermò di colpo, nel cuore della profonda foresta, selvaggia e indomita come il branco di lupi che li circondava. Non aveva nemmeno il fiatone, malgrado l'avesse trasportata in braccio per chilometri. I suoi occhi neri fissarono spietati quelli di lei. «Ti ha procurato molta sofferenza».

Il respiro le morì in gola mentre la testa nera di lui si chinava sulla sua. La sua bocca era sospesa a pochi centimetri da quella di Raven, che sentì sulla pelle il calore del suo alito. «Non parli sul serio, vero?». Non voleva sentire il calore diffondersi dentro di lei a quelle parole. Jacob l'aveva ferita; il dolore era stato così intenso da farle mancare il fiato e in qualche modo misterioso, mentre tutti lo ignoravano, Mikhail l'aveva saputo.

«Serio come la morte». Riprese ad avanzare, con lunghi passi che divoravano la terra.

Raven rimase in silenzio, lottando con quell'enigma. Conosceva il male, gli aveva dato la caccia, vi si era immersa tramite la mente oscena e depravata di un serial killer. Quest'uomo parlava di uccidere con noncuranza, eppure lei non avvertiva in lui alcuna malvagità. Sentiva di essere in pericolo, un grave pericolo che proveniva da Mikhail Dubrinsky. Un uomo dai poteri sterminati, arrogante nella sua forza, un uomo che credeva di avere dei diritti su di lei.

«Mikhail?». Il suo corpo esile cominciava a tremare. «Voglio tornare indietro».

Gli occhi scuri vagarono di nuovo sul volto di lei, notando le ombre, la paura che indugiava in quello sguardo azzurro. Il cuore di lei martellava, il suo peso lieve tremava tra le sue braccia. «Tornare dove? Alla morte? Alla solitudine? Da quella gente non avrai nulla, da me puoi avere tutto. Tornare indietro non è la risposta. Prima o poi non reggerai più le loro imposizioni. Non fanno che prendere brandelli della tua anima, continuamente. Sei molto più al sicuro affidata alle mie cure».

Raven premette le mani contro il suo petto, e il calore della sua pelle le intrappolò. Lui si limitò ad aumentare la sua stretta, e uno sguardo divertito dissolse il gelo dei suoi occhi. «Non puoi resistermi, piccola».

«Voglio tornare indietro, Mikhail». Si sforzò di controllare la voce. Non era sicura di stare dicendo la verità. Lui la conosceva. Sapeva cosa provava, il prezzo che pagava per il suo dono. L'attrazione che li sospingeva l'uno verso l'altra era così forte da impedirle quasi di pensare con chiarezza.

La casa li dominava dall'alto, cupa, minacciosa, un relitto di pietre diroccate. Le dita di Raven si artigliarono alla maglietta di Mikhail. Sapeva che quel gesto nervoso e rivelatore era inconscio. «Con me sei al sicuro, Raven. Non permetterei a niente e a nessuno di farti del male».

Lei deglutì nervosa quando Mikhail spinse i pesanti cancelli di metallo e salì i gradini. «Solo tu».

Le sfiorò appena il capo con il mento, avvertendo la scossa al centro del suo corpo. «Benvenuta nella mia casa». Pronunciò quelle parole piano, avvolgendola come fosse il bagliore di un fuoco o del sole. Lentamente, con riluttanza, lasciò che i piedi di lei toccassero la soglia.

Mikhail la superò per aprire la porta, poi arretrò. «Stai per entrare nella mia casa di tua spontanea volontà?», domandò formalmente, mentre i suoi occhi ardevano sul volto della ragazza, incombenti, indugiando sulla sua bocca morbida prima di tornare a fissare i suoi grandi occhi azzurri.

Raven era impaurita, lui lo lesse con facilità, una creatura selvatica prigioniera, ansiosa, ma ancora incapace di fidarsi di lui, abbattuta, senza via di fuga, ma decisa a lottare fino all'ultimo respiro. Lei aveva bisogno di lui quasi quanto lui di lei. Raven toccò lo stipite della porta con la punta di un dito. «Se dico di no, mi riporterai al rifugio?».

Perché voleva stare con lui pur sapendo che era tanto pericoloso? Non la stava "spingendo"; lei era troppo intelligente dal canto suo per non saperlo. Sembrava così solo, così orgoglioso, eppure i suoi occhi bruciavano su di lei di una voglia intensa. Non le rispose, non cercò di persuaderla. Si limitò a tacere, in attesa.

Raven sospirò piano, sapendosi sconfitta. Non aveva mai conosciuto un altro essere umano con cui potesse semplicemente sedersi e parlare, che potesse addirittura toccare, senza essere bombardata dai suoi pensieri e dalle sue emozioni. Solo questo era una forma di seduzione.

Fece per varcare la soglia. Mikhail la afferrò per un braccio. «Di tua spontanea volontà, dillo».

«Di mia spontanea volontà». Raven entrò nella sua casa, abbassando le ciglia. Non vide l'espressione di gioia incontrollata che illuminò il volto cupo e scolpito di lui.

Capitolo 2

La pesante porta si richiuse alle spalle di Raven con un colpo sordo e definitivo. Lei rabbrividì, si sfregò le braccia, inquieta. Mikhail la avvolse in un mantello, circondandola di calore, del suo odore muschiato e virile. Avanzò sul pavimento di marmo per spalancare le porte della biblioteca. Qualche minuto dopo, un fuoco divampava nel camino. Le indicò una poltrona vicino alle fiamme. Aveva lo schienale alto, cuscini soffici. Un cimelio, eppure curiosamente non logoro.

Raven studiò la stanza con soggezione. Era ampia, con un magnifico pavimento di legno, in cui ogni tessera del parquet era parte di un mosaico più grande. Su tre lati era coperta fino al soffitto da scaffali colmi di libri, per lo più rilegati in cuoio, molti assai antichi. Le sedie erano comode, il tavolino un pezzo di antiquariato in condizioni perfette. La scacchiera era di marmo, i pezzi intagliati uno a uno.

«Bevi questo».

Raven sussultò quando lui le si materializzò accanto con un bicchiere di cristallo. «Non bevo alcool».

Mikhail sorrise, con quel sorriso che le faceva battere il cuore più forte. Il suo olfatto acuto aveva già elaborato quella particolare informazione su di lei. «Non è alcool: è una miscela di erbe per il tuo mal di testa».

Raven fu assalita dall'ansia. Era pazza a restare lì con lui. Era come cercare di rilassarsi chiusi in una stanza con una tigre. Poteva farle qualunque cosa e nessuno sarebbe venuto a soccorrerla. Se l'avesse drogata... Scosse la testa con decisione. «No, grazie».

«Raven». La sua voce era bassa, carezzevole, ipnotica. «Obbediscimi».

Lei si ritrovò a stringere le dita intorno al bicchiere. Resistette al comando, e il dolore le sferzò la testa così forte da farla gridare.

Mikhail era al suo fianco. La sovrastava, stringendo con la mano le dita di lei intorno al bicchiere fragile. «Perché vuoi contrariarmi su una simile sciocchezza?».

Sentì le lacrime bruciare nella gola. «Perché vorresti costringermi?».

La mano di lui trovò la sua gola, la circondò, le sollevò il mento. «Perché stai soffrendo e voglio alleviare il tuo dolore».

Raven spalancò gli occhi, sbigottita. Poteva essere così semplice? Lei stava soffrendo e lui voleva alleviare il suo dolore? Era davvero tanto protettivo, o godeva semplicemente a imporre la sua volontà? «Sono io che devo scegliere. È questo che si intende con spontanea volontà».

«Ti leggo il dolore negli occhi, lo sento nel tuo corpo. Sapendo che posso aiutarti, trovi logico che io ti permetta di continuare a farti del male solo per dimostrare qualcosa?». C'era nella sua voce un'incredulità autentica. «Raven, se avessi intenzione di farti del male, non avrei bisogno di drogarti. Permettimi di aiutarti». Muoveva il pollice sulla sua pelle, leggero come una piuma, sensuale, seguendo le pulsazioni del suo collo, la linea delicata della mascella, la pienezza del labbro inferiore.

Raven chiuse gli occhi e lasciò che lui le accostasse il bicchiere alla bocca, e lo inclinasse versandone il contenuto dolceamaro nella sua gola. Sentiva di star riponendo la propria vita nelle mani di lui. Il suo tocco era troppo possessivo.

«Rilassati, piccola», disse dolcemente Mikhail. «Raccontami di te. Com'è possibile che tu senta i miei pensieri?». Le sue dita forti trovarono le tempie di lei, e presero a massaggiarle con un ritmo tranquillizzante.

«Sono sempre stata capace di farlo. Da piccola ero convinta che tutti sapessero fare altrettanto. Ma era terribile conoscere i pensieri più riposti degli altri, i loro segreti. Sentivo e percepivo cose ogni minuto della giornata». Raven non parlava mai della sua vita, della sua infanzia, con nessuno, tanto meno a un perfetto sconosciuto. Eppure Mikhail non le sembrava uno sconosciuto. Lo avvertiva come una parte di sé. Un pezzo mancante della sua anima. Raccontarle di sé le sembrava importante. «Mio padre credeva che fossi uno scherzo della natura, una bambina indemoniata, e perfino mia madre aveva paura di me. Imparai a non toccare mai le persone, a non stare in mezzo alla folla. Era meglio stare da sola, in posti solitari. Era l'unico modo per rimanere sana di mente».

Sopra la sua testa balenò uno scintillio di denti scoperti, una minaccia da predatore. Mikhail avrebbe desiderato trovarsi da solo con il padre di Raven per qualche minuto, per mostrargli cosa fosse veramente un demone. Era al tempo stesso interessante e allarmante il fatto che le sue parole potessero suscitare in lui tanta collera. Sapere che era stata sola tanto tempo fa, che aveva patito tanto dolore e tanta solitudine mentre lui era al mondo lo faceva infuriare. Perché non l'aveva cercata? Perché sua madre non l'aveva amata e colmata di affetto come avrebbe dovuto?

Le sue mani compivano magie, scivolando sulla nuca con dita forti, ipnotiche. «Alcuni anni fa un uomo andava in giro a uccidere famiglie, bambini. Io ero da un'amica del liceo e quando tornai dal lavoro li trovai tutti morti. Quando entrai nella casa percepii la sua malvagità, conobbi i suoi pensieri. Fui sconvolta dalle cose orribili che aleggiavano nella mia mente, ma riuscii a rintracciarlo e alla fine lo feci trovare dalla polizia».

Le sue mani scesero lungo la capigliatura fitta di Raven, trovarono il nodo e sciolsero la pesante massa di seta, affondando con le dita per disfare le ciocche intrecciate, ancora umide per la doccia di alcune ore prima. «Quante volte hai fatto questo?». Raven si stava sfogando. I particolari dell'orrore e della sofferenza, l'espressione di coloro che aveva aiutato mentre la guardavano lavorare con affascinata repulsione per le sue capacità. Mikhail vide quei particolari nella sua mente, leggendo nella sua memoria i ricordi per apprendere la sua vera natura.

«Quattro. Ho inseguito quattro assassini. L'ultima volta ne sono uscita distrutta. Lui era così malvagio, così mostruoso. Mi sentivo sporca, avevo la sensazione che non sarei mai riuscita a espellerlo dalla mia mente. Sono venuta qui sperando di trovare un po' di pace. Ho deciso di non fare mai più una cosa del genere».

Mikhail, guardandola dall'alto, chiuse gli occhi un istante per placare la sua mente. Impossibile che lei potesse sentirsi impura. Poteva guardare nel cuore di Raven e vedere ogni suo segreto, sapere che in lei c'erano luce e compassione, coraggio e dolcezza. Le cose che aveva visto nella sua giovane vita non sarebbero mai dovute accadere. Attese che la sua voce fosse calma e consolante. «E ti duole così la testa ogni volta che usi la comunicazione telepatica?». Quando lei annuì solennemente, proseguì: «Eppure quando mi hai udito, mentre le mie difese erano abbassate, mi hai contattato, sapendo il prezzo che avresti pagato».

Come avrebbe potuto spiegarlo? Lui era come un animale ferito, da cui emanava tanto dolore che lei si era ritrovata con il viso rigato da lacrime irrefrenabili. La sua solitudine, il suo isolamento, erano anche i suoi. E aveva percepito la sua decisione di porre fine a quel dolore, alla sua esistenza. Non poteva permettere che accadesse, non importava quanto potesse costarle.

Mikhail espirò lentamente, stupefatto e turbato da quella natura così generosa. Lei esitava a esprimere a parole il motivo per cui lo aveva contattato, ma lui seppe che era nella natura di Raven donarsi. Seppe anche che il richiamo era stato tanto forte perché la parte di lui che era attratta da lei aveva trovato ciò di cui aveva bisogno. Inspirò il profumo di lei, ricevendola nel suo corpo, godendo della vista e del profumo di lei nella sua casa, della sensazione dei suoi capelli setosi tra le mani, della sua pelle morbida sotto le dita. Le fiamme nel camino facevano assumere riflessi azzurri ai suoi capelli. La voglia lo assalì di colpo, intensa e urgente, e per quanto fosse dolorosa, esultò al pensiero di poterla sentire.

Mikhail si sedette dietro al tavolo, lasciando vagare lo sguardo indugiante, possessivo, sulle curve allettanti di lei. «Perché ti vesti come un uomo?», le domandò.

Lei fece una risata bassa e melodiosa, e gli occhi le brillarono di malizia. «Perché sapevo che ti avrebbe infastidito».

Mikhail rovesciò la testa all'indietro e rise. Una risata autentica, spontanea e incredibile. In lui c'erano felicità e affetti che si risvegliavano. Non ricordava più come fossero quei sentimenti, ma le emozioni erano vive e chiare, come un dolce dolore nel suo corpo. «È necessario infastidirmi?».

Raven alzò un sopracciglio, e si rese conto che il mal di testa era completamente passato. «È così facile», lo schernì.

Mikhail si fece più vicino. «Donna irriverente. Vuoi dire così pericoloso».

«Mm, forse anche quello, sì». Si passò una mano tra i capelli, li scostò dal viso. Quel gesto era una sua abitudine innocente, incredibilmente sexy, che attirava lo sguardo di lui sulla perfezione del suo viso, la pienezza dei suoi seni, la linea aggraziata del suo collo.

«Allora, quanto vali come giocatore di scacchi?», lo sfidò lei sfrontatamente.

Un'ora dopo Mikhail era seduto comodamente e intento a osservare il viso di lei che studiava la scacchiera. Aggrottava la fronte, concentrata, cercando di decifrare la strategia di lui che le sfuggiva. Intuiva che la stava attirando in una trappola, ma non riusciva a trovarla. Raven portò la mano al mento, rilassata, senza fretta. Era paziente e scrupolosa e lo aveva già messo in difficoltà due volte semplicemente perché lui era stato troppo sicuro di sé.

All'improvviso Raven sgranò gli occhi, schiudendo lentamente la bocca in un sorriso. «Sei un diavolo astuto tu, vero, Mikhail? Ma credo che la tua abilità ti abbia messo nei guai stavolta».

Mikhail la guardò con gli occhi socchiusi. I suoi denti scintillarono bianchi alla luce del fuoco. «Le ho forse accennato, signorina Whitney, al fatto che l'ultima persona tanto impertinente da battermi a scacchi fu gettata nelle segrete e torturata per trent'anni?»

«Credo che tu all'epoca dovessi averne due», scherzò lei, con gli occhi incollati alla scacchiera.

Mikhail inspirò bruscamente. Con lei si era sentito a suo agio e completamente accettato. Era evidente che lo credeva un mortale con poteri telepatici superiori. Mikhail si allungò pigramente sulla scacchiera per fare la sua mossa e vide la comprensione balenare negli occhi di lei. «E io credo che questo sia scacco matto», disse in tono suadente.

«Avrei dovuto sospettare che fossi un tipo subdolo... uno che se ne va in giro per la foresta circondato dai lupi». Gli sorrise. «Bella partita, Mikhail. Mi sono proprio divertita». Raven sprofondò di nuovo tra i cuscini della poltrona. «Sai anche parlare agli animali?», chiese incuriosita.

Lui era felice di averla nella sua casa, felice dei bagliori azzurri che il fuoco conferiva ai suoi capelli e alle ombre che indugiavano amorosamente sul suo volto. Ne aveva memorizzato ogni ogni particolare, sapeva che se avesse chiuso gli occhi, l'immagine sarebbe rimasta: gli zigomi alti e delicati, il naso piccolo e la bocca voluttuosa. «Sì», rispose con sincerità. Non voleva menzogne tra loro.

«Lo avresti ucciso davvero, Jacob?».

Le sue ciglia stupende catturarono l'attenzione di Mikhail. «Attenta a quel che chiedi, piccola», la ammonì lui.

Rannicchiò le gambe e lo guardò fisso. «Sai, Mikhail, sei talmente abituato a usare il tuo potere che non ti chiedi nemmeno più se sia giusto o sbagliato farlo».

«Non aveva alcun diritto di toccarti. Ti stava facendo soffrire».

«Ma non lo sapeva. E nemmeno tu avevi alcun diritto di toccarmi, ma lo hai fatto lo stesso», obiettò lei ragionevolmente.

Gli occhi di lui scintillarono gelidi. «Io ne ho tutto il diritto. Tu mi appartieni». Lo disse con calma, a bassa voce, in tono vagamente ammonitore. «E soprattutto, Raven, io non ti ho causato dolore».

A Raven mancò il respiro. Si bagnò le labbra con un gesto delicato. «Mikhail» – la sua voce esitava, mentre sceglieva attentamente le parole – «io appartengo a me stessa. Sono una persona, non qualcosa che tu puoi possedere. E in ogni caso, abito negli Stati Uniti. Ci tornerò presto, ho intenzione di prendere il primo treno per Budapest».

Sul volto di lui si dipinse il sorriso bramoso del predatore. Per un attimo il fuoco divampò più rosso, e i suoi occhi parvero quelli di un lupo nella notte. Non disse nulla, si limitò a guardarla con gli occhi spalancati.

La mano di Raven salì d'istinto a proteggere la gola. «È tardi, dovrei rientrare». Sentiva il battito frenetico del suo stesso cuore. Cosa voleva quell'uomo da lei? Non lo sapeva, ma sapeva che quella era la notte più perfetta e spaventosa della sua vita e che desiderava rivederlo. Mikhail era minaccioso nella sua completa immobilità. Raven aspettò con il fiato sospeso. La paura la soffocava, trasmettendo brividi a tutto il suo corpo magro. Paura che la lasciasse andare; paura che la obbligasse a rimanere. Fece entrare aria nei polmoni. «Mikhail, non so cosa vuoi da me». Nemmeno lei sapeva ciò che voleva.

A quel punto lui si alzò, agile e possente a un tempo. La sua ombra la raggiunse prima ancora di lui. La sua forza era immensa, ma le sue mani furono gentili nel farla alzare in piedi. Scivolarono sulle sue braccia, si posarono lievi sulle sue spalle, cercando il battito sul suo collo. Il suo tocco le infuse un'ondata di calore allo stomaco. Lei era così piccola al suo cospetto, così fragile e vulnerabile. «Non cercare di lasciarmi, piccola. Noi abbiamo bisogno l'uno dell'altra». Chinò la testa scura, sfiorandole le palpebre con la bocca; Raven si sentì lambire la pelle da tanti minuscoli dardi infuocati. «Tu mi fai ricordare cosa sia essere vivi», le sussurrò con la sua voce ammaliante. La sua bocca trovò l'angolo di quella di lei, e una scossa elettrica le percorse il corpo.

Raven toccò il profilo del suo viso, e posò una mano sui forti muscoli del suo petto, tentando di allontanarsi. «Ascoltami, Mikhail», disse con un filo di voce. «Sappiamo entrambi cos'è la solitudine, l'essere isolati. Non riesco a immaginare come faccio a starti così vicino, a toccarti, senza essere sommersa da emozioni indesiderate. Ma non possiamo continuare».

Nel fuoco tenebroso degli occhi di Mikhail si insinuò un barlume di ilarità, un accenno di tenerezza. Con le mani le strinse la nuca. «Ah, io credo di sì». La sua voce di velluto nero era assolutamente seducente, il suo sorriso scopertamente sensuale.

Raven percepì il suo potere fino alla punta dei piedi. Il suo corpo era molle, come liquefatto, dolente. Era così vicina a lui da sentirsene parte, circondata, avvolta. «Non ho intenzione di andare a letto con qualcuno che non conosco solo perché mi sento sola».

Lui rise piano, a voce bassa e divertito. «È questo che pensi? Che verresti a letto con me perché ti senti sola?». La sua mano era di nuovo sulla gola di lei, carezzandola, scaldandole il sangue. «Ora saprai perché farai l'amore con me. Per questo!». E serrò la bocca su quella di Raven.

Calore bianco. Lampi azzurri. La terra si mosse e vacillò. Mikhail strinse a sé quel corpo esile, con un gesto virile e aggressivo, la bocca prepotente, trascinando Raven in un mondo di pura sensazione.

Raven non poté fare altro che aggrapparsi a lui, un'ancora di salvezza in una tempesta di emozioni violente. Un ringhio animalesco, ferino, echeggiò sordo in fondo alla gola di lui come quello di un lupo eccitato. La sua bocca scese sulla gola tenera e vulnerabile, per raggiungere quel battito tanto febbrile, sotto quella pelle serica.

Le braccia di Mikhail si serrarono, bloccandola contro il suo corpo, possessivo, sicuro della sua stretta senza scampo. Raven era in fiamme, vogliosa, accesa, seta calda tra le sue braccia, il suo corpo arrendevole, calore liquido. Si muoveva irrequieta contro di lui, con i seni che le dolevano, i capezzoli eroticamente appuntiti sotto la trama sottile della veste.

Il pollice di lui sfiorò un capezzolo attraverso il pizzo, inondando di calore il suo corpo. Le sue ginocchia erano così deboli che si sosteneva solo grazie alla forza delle braccia di Mikhail. Mosse ancora la bocca, la sua lingua era come una fiamma che lambiva piano il palpito sul suo collo.

E in quel momento tutto divenne calore bianco, dolore lancinante. Il corpo di Raven si torceva per il bisogno impellente di averlo. Ondate di desiderio la squassavano. La bocca di Mikhail sul suo collo le procurava una combinazione di piacere e dolore, così intensi che non sapeva dove finisse l'uno e cominciasse l'altro. Le sollevò il mento con un dito, scoprendole la gola, mentre la bocca premuta sulla sua pelle si muoveva come se la stesse divorando, nutrendosi di lei, bevendola. Bruciava, ma al tempo stesso alimentava il desiderio in Raven.

Mikhail sussurrò qualcosa nella sua lingua e sollevò leggermente la testa, interrompendo il contatto. Raven sentì del liquido caldo colarle dalla gola sui seni. Mikhail ne seguì la traccia con la lingua, tra le curve morbide dei suoi seni. La afferrò per la vita sottile, improvvisamente conscio della furia scatenatasi nel suo corpo. Doveva fare di lei la sua compagna. Il suo corpo lo esigeva e bruciava.

Raven si aggrappò alla sua camicia per non cadere. Lui imprecò piano, in un miscuglio di due lingue, in collera con se stesso, mentre la cullava protettivo tra le braccia.

«Mi dispiace, Mikhail». Raven era sconvolta, spaventata dalla propria debolezza. La stanza le girava intorno; faticava a concentrarsi. Il collo le pulsava e bruciava.

Lui chinò la testa scura per baciarla delicatamente. «No, piccola, sono io che ho affrettato troppo le cose». Tutto nella sua natura, la bestia e l'uomo vecchio di secoli, smaniava per averla, prenderla, ma voleva che fosse lei a concedersi spontaneamente.

«Mi sento strana, mi gira la testa».

Lui aveva quasi perso il controllo della bestia dentro di sé che voleva marchiarla, affamata del suo sapore dolce. Il suo corpo era in fiamme e pretendeva di sfogarsi. La disciplina e il controllo lottarono contro la sua natura istintiva di predatore e la conquistarono. Inspirò profondamente e la trasportò sulla poltrona accanto al fuoco. Lei meritava di essere corteggiata, di conoscerlo, di arrivare a provare affetto per lui, se non amore, prima che lui la legasse a sé. Un'umana. Una mortale. Era un errore, un pericoloso errore. Posandola dolcemente sui cuscini, percepì il primo segnale di un'intrusione.

Si voltò di scatto, con un'espressione torva sui lineamenti belli e alteri. Il suo corpo abbandonò la posizione protettiva, si fece a un tratto potente e minaccioso. «Resta qui», le ordinò piano. Si mosse così rapido da diventare sfocato, chiudendo la porta della biblioteca e voltandosi davanti alla porta d'ingresso. Mikhail inviò un richiamo silenzioso alle sue sentinelle.

Fuori, un lupo ululò, un secondo gli rispose, poi un terzo, fino a diventare un coro. Quando il rumore si affievolì, attese, con il volto atteggiato a una implacabile maschera di granito. Nella foresta aleggiò una foschia densa, come tentacoli di nebbia che si radunavano, muovendosi, addensandosi fuori dalla sua casa.

Mikhail sollevò un braccio e la porta si aprì. La nebbia e la foschia entrarono strisciando, si raccolsero in pozze fino a colmare l'ingresso. Lentamente, le nebbie si fusero: dei corpi luccicarono e divennero solidi. «Perché mi disturbate questa notte?», ammonì piano Mikhail, con uno scintillio pericoloso negli occhi.

Si fece avanti un uomo, con le dita intrecciate a quelle della moglie. La donna era pallida e stanca, ed era visibilmente incinta. «Veniamo da te in cerca di consiglio, Mikhail, e a portarti notizie».

Nella biblioteca, Raven si sentì travolgere dalla paura: l'emozione pulsava nella sua testa, sommergendola, scuotendola dal torpore pesante che l'avvolgeva come una ragnatela. Qualcuno piangeva angosciato, in preda a un dolore affilato come un coltello. Si alzò barcollando, reggendosi allo schienale della poltrona. Le immagini si insinuarono nella sua mente. Una giovane donna dalla pelle bianca, con un grosso palo conficcato nel petto, sangue che scorreva a fiumi, la testa mozzata dal corpo, qualcosa di osceno infilato nella bocca. Un omicidio rituale, simbolico, monito di una strage a venire. Un serial killer, lì, in quella terra pacifica.

Raven annaspò, coprendosi le orecchie con le mani, come se così potesse arrestare la marea di immagini che si riversava nella sua mente. Per un istante non poté, non volle respirare; voleva solo che finisse. Si guardò intorno sconvolta, vide una porta alla sua destra che si apriva nella direzione opposta a quella da cui proveniva il flusso travolgente di emozioni. Si mosse alla cieca, debole, disorientata e stordita. Uscì vacillando dalla biblioteca, bisognosa di aria fresca, fuggendo dai particolari di morte e orrore così vividi nella mente dei nuovi visitatori.

La loro paura e la loro rabbia erano qualcosa di vivo. Erano animali feriti e pronti a reagire lacerando e dilaniando. Perché le persone erano tanto brutte? Così violente? Non aveva risposta, né desiderava averne. Stava percorrendo il lungo corridoio, quando una figura le si parò davanti. Un uomo poco più giovane di Mikhail, più magro, con occhi scintillanti e capelli castani ondulati. Si protese verso di lei con un sorriso malizioso e vagamente inquietante.

Una forza invisibile colpì l'uomo in pieno petto, sbalzandolo all'indietro e scagliandolo contro la parete. Mikhail era su di lei, un'ombra cupa e malevola. La spinse dietro di sé per proteggerla.

Questa volta il verso che scaturì dalla sua gola era il ruggito di sfida di una belva.

Raven sentì la collera terribile di Mikhail, rabbia mista ad afflizione, un'emozione così intensa da far tremare l'aria. Gli toccò il braccio, stringendogli il polso con le dita, un deterrente vano per la violenza che turbinava dentro di lui. Sentì la tensione scorrere in lui come una cosa viva.

Ci fu un sussulto collettivo. Raven si rese conto di essere al centro dell'attenzione del gruppo. C'erano quattro uomini e una donna. Tutti gli occhi erano puntati sulle sue dita strette intorno al polso di Mikhail, come se avesse commesso un crimine terribile. Il corpo di Mikhail, più grande, si mosse per schermarla completamente dai loro sguardi. Non fece alcun tentativo per liberarsi dalla mano di lei. Semmai si mosse protettivo, sospingendola verso la parete fino a premere contro di lei, oscurandola alla vista degli altri.

«Lei è sotto la mia protezione». Era una dichiarazione, una sfida, e la promessa di un castigo atroce e immediato.

«Come tutti noi, Mikhail», disse la donna dolcemente, blandendolo.

Raven vacillò, sorretta solo dalle pareti. Le vibrazioni di rabbia e dolore la colpivano fino a farle venire voglia di gridare. Emise un suono, un unico debole suono di protesta. Mikhail si voltò immediatamente, allargando le braccia e circondandola. «Schermate i vostri pensieri e le vostre emozioni», intimò agli altri con un sibilo. «Lei è molto sensibile. La riporterò al rifugio e tornerò per discutere di queste notizie allarmanti».

Raven non ebbe la possibilità di vedere gli altri prima che Mikhail li oltrepassasse rapidamente, portandola con sé verso la piccola auto parcheggiata nel garage. Lei sorrise stanca, poggiando la testa sulla spalla di lui. «Sembri proprio fuori posto in questa macchina, Mikhail. Le tue opinioni sulle donne sono così arcaiche, in una vita precedente devi essere stato una specie di signore feudale».

Le lanciò un'occhiata rapida. Lo sguardo cadde sul pallore del suo viso, indugiò sul segno che le aveva lasciato sul collo, visibile attraverso i lunghi capelli folti. In realtà non aveva avuto l'intenzione di lasciarle un segno, ma ora era lì, il marchio del suo possesso. «Questa notte ti aiuterò a dormire». Lo disse come un fatto inevitabile.

«Chi era quella gente?». Lo chiese perché sapeva che lui voleva evitare la domanda. Era così stanca, stordita. Si massaggiò la testa e desiderò di essere normale, almeno per una volta in vita sua. Lui doveva aver pensato che fosse una di quelle donne svenevoli.

Ci fu un breve silenzio. Mikhail sospirò pesantemente. «La mia famiglia».

Raven seppe che diceva la verità, eppure in qualche modo le mentiva. «Perché qualcuno ha fatto una cosa così orribile?». Alzò lo sguardo su di lui. «E ora si aspettano che tu trovi quest'assassino, che lo fermi?». C'era di nuovo del dolore nella sua voce, dolore per lui. Preoccupazione. Lo strazio di lui era intenso, frammisto a colpa e a un bisogno di violenza.

Mikhail soppesò quella domanda nella sua mente. Dunque lei sapeva, sapeva che uno della sua razza era stato ucciso. Probabilmente aveva raccolto i particolari dalla testa di qualcuno. L'ansia e la sofferenza che provava, erano per lui. Non c'era alcuna condanna. Solo preoccupazione. Mikhail sentì la tensione del suo corpo allentarsi, il calore diffondersi nello stomaco. «Cercherò di tenerti il più possibile alla larga da quest'orrore, piccola». Nessuno si preoccupava di lui, del suo stato d'animo o della sua salute. Nessuno si dava pena per lui. Qualcosa in lui parve ammorbidirsi e sciogliersi. Si stava insinuando dentro di lui, nel profondo, là dove aveva più bisogno di lei.

«Forse è meglio se non ci vediamo per qualche giorno. Non sono mai stata così stanca in vita mia». Cercò di fornirgli una gentile via d'uscita. Raven si guardò le mani. Voleva concedere una via d'uscita anche a se stessa. Non si era mai sentita così vicina a qualcuno prima, così a suo agio; come se lo conoscesse da sempre, eppure era terrorizzata all'idea che lui la sopraffacesse. «E non credo che la tua famiglia sarebbe entusiasta della presenza di un'americana al tuo fianco. Insieme siamo troppo... esplosivi», concluse con rimpianto.

«Non cercare di lasciarmi, Raven». L'auto si fermò davanti al rifugio. «Io tengo stretto ciò che è mio, e non farti illusioni: tu sei mia». Era un monito e una supplica insieme. Non aveva tempo per le parole dolci. Avrebbe voluto – Dio sapeva se lei le meritava – ma gli altri lo attendevano e sentiva forte su di sé il peso delle sue responsabilità.

Raven sollevò la mano a sfiorargli il viso. «Sei talmente abituato ad averla vinta». Nella sua voce c'era come un sorriso. «Posso andare a dormire da sola, Mikhail. Lo faccio da anni».

«Hai bisogno di dormire senza interruzioni, profondamente. Quello che hai "visto" questa notte ti turberà se non ti aiuto». Le passò il pollice sul labbro inferiore. «Posso cancellare quei ricordi, se lo desideri».

Raven intuì ciò che lui voleva fare, credette che sarebbe stata la cosa migliore. Capiva che era difficile per lui chiederle di prendere una decisione. «No, grazie, Mikhail», rispose schiva. «Credo che mi terrò tutti i miei ricordi, belli e brutti». Lo baciò sul mento, scivolò sul sedile verso lo sportello. «Vedi, non sono una bambola di porcellana. Non andrò in pezzi solo perché ho visto qualcosa che non avrei dovuto. Ho già dato la caccia a dei serial killer in passato». Gli sorrise con occhi tristi.

Lui le serrò il polso in una stretta senza scampo. «E ti ha quasi distrutto. Questa volta non deve accadere».

Lei abbassò le palpebre, nascondendo la sua espressione. «Non spetta a te deciderlo». Se gli altri lo avessero convinto a usare i suoi poteri per dare la caccia ad assassini folli e malvagi, lei non lo avrebbe abbandonato. Come avrebbe potuto?

«Non hai paura di me quanto dovresti, nemmeno un po'», ringhiò Mikhail.

Lei gli fece un altro sorriso, strattonandogli il braccio per ricordargli di lasciarle libero il polso. «Credo che tu sappia che quel che c'è tra noi due non avrebbe valore se tu mi obbligassi a fare sempre come vuoi».

Mikhail la tenne prigioniera il tempo di un altro battito del cuore, fissando con espressione torva e pericolosa il suo volto fragile. Era così ostinata. Era impaurita, ma sosteneva il suo sguardo e gli teneva testa. Dare la caccia al male la rendeva fragile, la portava sull'orlo della pazzia, eppure aveva continuato a farlo. Lui era ancora un'ombra nella mente di lei. Lesse la sua determinazione ad aiutarlo, il suo timore verso di lui e i suoi poteri incredibili, ma non lo avrebbe lasciato da solo ad affrontare quell'assassino orribile. Voleva tenerla al sicuro nella sua tana. Quasi con adorazione, Mikhail le passò le dita sulla guancia. «Vai, prima che cambi idea», le ordinò, liberandola all'improvviso.

Raven si allontanò da lui lentamente, cercando di vincere lo stordimento che si era impadronito di lei. Fece attenzione a camminare in linea retta, per evitare che lui sentisse quanta fatica le costava ogni movimento. Camminò a testa alta e sgombrò di proposito la mente.

Mikhail la guardò entrare nel rifugio. La vide portare la mano alla testa, massaggiarsi la tempia, la nuca. Aveva ancora le vertigini a causa del sangue che lui le aveva preso. Era stato un atto egoistico, indegno di lui, ma non era riuscito a trattenersi. Ora Raven ne stava pagando il prezzo. La testa le doleva per il bombardamento di emozioni, incluse quelle di lui. Tutta la sua gente avrebbe dovuto fare più attenzione a schermare i pensieri.

Mikhail si alzò maestosamente dall'auto, si mosse verso le ombre, con tutti i sensi all'erta per assicurarsi di essere solo. Assunse la forma di foschia. Era invisibile nella nebbia fitta, e poteva facilmente scivolare sotto la finestra della stanza di Raven, che non era fissata. La guardò accasciarsi sul letto. Il suo volto era pallido, lo sguardo tormentato. Gettò all'indietro i capelli, toccandosi il segno lasciato da lui come se dolesse. Ci mise alcuni minuti a sfilarsi le scarpe, come se fosse una fatica troppo grande.

Mikhail aspettò finché Raven non si gettò a faccia in giù sul letto, ancora vestita. *Dormi*, le ordinò perentoriamente, esigendo obbedienza.

Mikhail. Il nome echeggiò nella mente di Raven, pronunciato piano, con voce assonnata e una lieve traccia di divertimento. *Sapevo che in un modo o nell'altro mi avresti costretta a fare come volevi.* Non si ribellò al comando, ma cedette volontariamente, con un sorriso dipinto sulle labbra morbide.

Mikhail la spogliò e adagiò il suo corpo esile sotto le coperte. Sigillò la porta con un potente incantesimo che avrebbe tenuto lontani anche i più forti della sua razza, figurarsi dei patetici assassini mortali. Chiuse le finestre e sbarrò con la stessa protezione ogni altro possibile punto di accesso. Le sfiorò delicatamente la fronte con le labbra, poi si chinò fino a toccarle il suo marchio sul collo, prima di lasciarla.

Gli altri rimasero in silenzio quando entrò nella sua casa. Celeste abbozzò un sorriso e si premette una mano sul ventre come a proteggere il bambino. «La donna sta bene, Mikhail?».

Lui annuì brusco, curiosamente grato del suo interessamento. Nessuno gli avrebbe fatto domande, ma il suo comportamento era del tutto insolito. Andò dritto al punto. «Come hanno fatto gli assassini a trovare Noelle priva di protezione?».

Gli altri si scambiarono reciproche occhiate. Mikhail li aveva istruiti perché non dimenticassero mai il minimo dettaglio per salvaguardare la propria sicurezza, ma con il passare degli anni era facile dimenticare, commettere una sbadataggine.

«Noelle aveva partorito solo due mesi fa. Era sempre tanto stanca». Celeste tentò di giustificare quell'errore.

«E Rand? Dov'era? Perché ha lasciato la moglie esausta e indifesa nel sonno?», domandò Mikhail con tono basso e minaccioso.

Byron, l'uomo che poco prima era tanto turbato, si mosse a disagio. «Sai com'è fatto Rand. Sempre in cerca di donne. Ha portato il bambino da Celeste ed è uscito a caccia».

«E ha dimenticato di lasciare Noelle adeguatamente protetta». Il disgusto di Mikhail era fin troppo evidente. «Dov'è ora?».

Eric, il compagno di Celeste, rispose tetro: «Era impazzito, Mikhail. Ci è voluta tutta la nostra forza per sottometterlo, ma ora dorme. Il bambino è con lui, nella terra. La rigenerazione gli farà bene».

«Non potevamo permetterci di perdere Noelle». Mikhail scacciò il lutto dalla sua mente; non era il momento di abbandonarvisi. «Eric, puoi tenere a bada Rand?»

«Credo che dovresti parlargli», rispose sinceramente Eric. «Il senso di colpa lo sta facendo impazzire. Ci ha quasi aggrediti».

«Vlad, dov'è Eleanor? È a rischio, così avanti con la gravidanza. Dobbiamo proteggerla, e anche Celeste», disse Mikhail. «Non possiamo permetterci di perdere nessuna delle nostre donne, e certamente non i loro figli».

«È molto vicina al parto. Non volevo farla viaggiare», sospirò pesantemente Vlad. «Per ora sta bene ed è ben protetta, ma credo che la guerra stia per ricominciare».

Mikhail batté un dito sul tavolino vicino alla scacchiera. «Forse non è un caso che abbiamo tre delle nostre donne prossime a partorire per la prima volta dopo un decennio. I nostri figli sono pochi e rari. Se in qualche modo gli assassini hanno saputo della condizione delle nostre donne, avranno paura che ci moltiplichiamo, che ritorniamo forti».

Mikhail gettò un'occhiata al più muscoloso degli uomini. «Jacques, tu non hai una compagna che ti sia d'impaccio». Nella sua voce c'era una debolissima eco di affetto, che prima di allora non aveva mai saputo provare o dimostrare, e di cui forse non era sicuro che gli altri fossero a conoscenza. Jacques era suo fratello. «E neanche Byron. Voi due diffonderete la notizia agli altri. Non vi esponete, nutritevi solo quando siete completamente al riparo, dormite in profondità nella terra, e usate sempre le protezioni più sicure. Dobbiamo sorvegliare le nostre donne e portarle al sicuro, soprattutto quelle incinte. Non attirate l'attenzione su di voi in alcun modo».

«Fino a quando, Mikhail?». Gli occhi di Celeste erano pesanti, il suo volto rigato di lacrime. «Fino a quando dovremo vivere così?»

«Finché non avrò trovato gli assassini e inflitto loro la punizione che meritano». Nella sua voce c'era qualcosa di feroce e crudele. «Vi siete rammolliti tutti, mischiandovi tanto con gli umani. State dimenticando i doni che potrebbero salvarvi la vita», li rimproverò aspramente. «La mia donna è mortale, eppure ha avvertito la vostra presenza prima che voi avvertiste la sua. Ha percepito le vostre emozioni non schermate e ha saputo degli assassini dai vostri pensieri. Non ci sono scuse per questo».

«Come è possibile?», si arrischiò a chiedere Eric. «Nessun mortale ha un potere simile».

«Lei è una telepatica, e ha un dono molto forte. Sarà qui spesso; e sarà protetta, come tutte le nostre donne».

Gli altri si scambiarono occhiate confuse e sbigottite. Secondo la leggenda, solo i membri più forti della loro specie potevano convertire un mortale. Ma si astenevano dal farlo, era troppo rischioso. Era stato tentato secoli prima, quando il numero delle loro donne era sceso troppo e gli uomini erano senza speranza. Ma nessuno osava più provarci. La maggior parte credeva che fosse un mito inventato per impedire ai maschi di smarrire l'anima. Mikhail era indecifrabile, irremovibile, e il suo giudizio non era mai stato messo in discussione per secoli. Lui risolveva le dispute e li proteggeva. Dava la caccia ai maschi che sceglievano di tramutarsi in vampiri, pericolosi tanto per i mortali quanto per gli immortali.

E ora questo. Una donna mortale. Erano sconvolti e non lo nascondevano. Erano obbligati ad anteporre la vita della donna di Mikhail alla loro. Se Mikhail diceva che era sotto la sua protezione, era la verità; non diceva mai nulla con leggerezza. E se alla donna fosse accaduto qualcosa, la pena sarebbe stata la morte. Mikhail era un nemico feroce, implacabile e spietato.

Mikhail sentiva il peso della responsabilità per la morte di Noelle. Sapeva che Rand aveva un debole per le donne. Aveva disapprovato la loro unione, ma non l'aveva vietata, come avrebbe dovuto. Rand non era il vero compagno per la vita di Noelle. L'attrazione tra due veri compagni non avrebbe mai permesso a un uomo di tradire la sua donna. Noelle, la sua bellissima sorella, giovane e piena di vita, strappata a loro per sempre. Era stata cocciuta, desiderava Rand perché era bello, non perché la sua anima la toccasse. Avevano mentito, ma sapendo di mentire. Se Rand aveva continuato a cercare di provare emozioni con altre donne, e se Noelle era diventata vendicativa e pericolosa, il responsabile ultimo era lui, Mikhail. Doveva essere morta all'istante, o Mikhail lo avrebbe sentito, anche nel sonno profondo. Rand non avrebbe mai dovuto prendersi cura di una delle loro donne. Mikhail aveva creduto che col tempo ognuno di loro avrebbe trovato il suo vero compagno, ma Noelle era diventata sempre più pericolosa e Rand si era abbandonato sempre più alla promiscuità. Era impossibile per lui provare qualcosa con le donne con cui andava a letto, eppure aveva continuato, quasi a voler punire Noelle per il suo attaccamento a lui.

Mikhail chiuse gli occhi per un istante, arrendendosi alla realtà dell'insensato omicidio di Noelle. La perdita era intollerabile, il suo dolore intenso e selvaggio, frammisto a una rabbia gelida e a una determinazione letale. Chinò la testa. Tre lacrime rosso sangue, non più trattenute, gli rigarono il volto. Sua sorella, la più giovane delle loro donne. Era colpa sua.

Mikhail sentì l'agitazione nella sua mente, calore, conforto, come se delle braccia lo avessero circondato furtive. *Mikhail? Hai bisogno di me?* La voce di Raven era assonnata, roca, preoccupata.

Rimase sbalordito. Il suo comando era stato forte, molto più forte di qualsiasi comando avesse mai impartito a un umano, eppure la sua afflizione aveva penetrato il sonno di lei. Si guardò intorno, scrutò il viso dei compagni. Nessuno aveva captato il contatto mentale. Voleva dire che, intorpidita com'era, Raven era capace di concentrare, convogliare e inviare i pensieri direttamente a lui senza la minima dispersione. Era una capacità che pochi della sua razza si erano preoccupati di coltivare, sicuri com'erano che gli umani non potessero intercettarli.

Mikhail? Stavolta la voce di Raven era più forte, allarmata. *Vengo da te.*

Dormi, piccola. Sto bene, la rassicurò, rafforzando il suo comando con il tono della voce.

Cerca di stare bene, Mikhail, mormorò lei piano, soccombendo al suo potere.

Mikhail rivolse la sua attenzione agli altri in attesa dei suoi ordini. «Mandatemi Rand domani. Il bambino non può restare con lui. Dierdre ha perso un altro figlio un paio di decenni fa. Piange ancora le sue numerose perdite. Il bambino sarà affidato a lei. Tienn li sorveglierà attentamente. Che nessuno di voi usi un collegamento psichico finché non sapremo se qualcuno dei nostri avversari ha gli stessi poteri della mia donna».

Lo sconcerto dipinto sui loro volti era totale. Nessuno di loro considerava un umano capace di un potere e di una disciplina simili. «Mikhail, sei certo che quel qualcuno non sia questa donna? Potrebbe essere una minaccia per tutti noi». Eric azzardò timidamente quell'ipotesi, mentre Celeste gli affondava le dita nel braccio, in segno di ammonimento.

Gli occhi scuri di Mikhail si socchiusero appena. «Credi che sia diventato pigro e tronfio? Hai un'opinione tanto bassa di me? Pensi che potrei entrare nella sua mente e non riconoscervi un pericolo per noi? Vi avverto, sono disposto a cedere la mia posizione di capo, ma non a cessare di proteggere la mia donna. Volete che passi a qualcuno il comando? Sono affaticato dai miei doveri e dalle mie responsabilità».

«Mikhail!». La voce di Byron era una severa protesta.

Gli altri si affrettarono ad aggiungere i loro dinieghi, come bambini spaventati. Jacques fu l'unico a rimanere in silenzio, con un fianco pigramente appoggiato alla parete, osservando Mikhail con un sorriso segretamente beffardo. Mikhail lo ignorò.

«Il sole sta per sorgere. Voialtri andate sotto terra. Usate ogni precauzione possibile. Quando vi svegliate, ispezionate i paraggi; controllate che non ci siano intrusi. Non trascurate il minimo fatto insolito. Dobbiamo rimanere in contatto stretto e sorvegliarci a vicenda».

«Mikhail, il primo anno è critico, tanti dei nostri bambini non sopravvivono». Le dita di Celeste si serravano nervosamente nella mano del marito. «Non so se Dierdre riuscirebbe a sopportare un altro lutto».

Il sorriso di Mikhail fu gentile. «Dierdre baderà al bambino come nessuno saprebbe fare meglio, e Tienn sarà più vigile di chiunque altro. Ha provato a convincere Dierdre a concepire ed è stato respinto. In questo modo, almeno, lei non avrà le braccia vuote».

«E vorrà disperatamente un altro bambino», disse Celeste, con rabbia.

«Se vogliamo che la nostra razza sopravviva, dobbiamo avere dei bambini. E per quanto mi piacerebbe poterli generare di persona, sono solo le nostre donne a poter produrre un tale miracolo».

«È una cosa che spezza il cuore, perderne così tanti, Mikhail», fece notare Celeste.

«Per tutti noi, Celeste». Il suo tono era definitivo, e nessuno osò contraddirlo o fare domande. La sua autorità era assoluta, la sua rabbia e il suo tormento sconfinati. Non solo Rand era stato incapace di proteggere Noelle, una donna giovane, bella e piena di vita, ma la sua esistenza era stata sacrificata a causa di un gioco sadico tra

Rand e Noelle. Sapeva di essere responsabile della sorte di Noelle tanto quanto Rand. Il suo disgusto verso di lui era rivolto anche a se stesso.

Capitolo 3

Raven si svegliò lentamente in una nebbia densa, stratificata. Sapeva in qualche modo che non avrebbe dovuto svegliarsi, ma malgrado ciò era assolutamente necessario che lo facesse. Aprì a fatica gli occhi e voltò la testa verso la finestra. La luce del sole filtrava nella stanza. Si mise a sedere con un certo sforzo, e le coperte, scivolando via, scoprirono la sua pelle nuda.

«Mikhail», disse ad alta voce, «tu ti prendi decisamente troppe libertà». Cercò il contatto con lui automaticamente, come se non potesse resistere a quel bisogno. Sentendolo addormentato, si ritirò. Il minimo tocco era sufficiente. Lui era al sicuro.

Raven si sentiva diversa, perfino felice. Poteva parlare con qualcuno, toccarlo, e non aveva importanza se era come stare seduta in groppa a una tigre affamata. La libertà di rilassarsi in presenza di un altro era una gioia. Mikhail aveva grosse responsabilità. Lei non sapeva chi fosse, solo che era un personaggio importante. Era evidentemente a suo agio con i suoi poteri, a differenza di Raven, che si sentiva ancora come una sorta di scherzo della natura. Voleva essere più simile a lui: sicura di sé, indifferente a ciò che pensavano gli altri.

Conosceva molto poco della vita in Romania. La popolazione rurale era povera e superstiziosa. Era comunque un popolo amichevole e dotato di spirito artistico. Mikhail era diverso. Raven aveva sentito parlare dei carpaziani: non zingari, ma un popolo di gente istruita, facoltosa, che viveva rintanata tra le montagne e le foreste per scelta. Mikhail era forse il loro capo? Era per questo che era così arrogante e altezzoso?

La doccia fece bene al suo corpo, lavando via la sensazione di intorpidimento. Si vestì con cura: un paio di jeans e un maglione. Anche con il sole, sulle montagne faceva freddo, e voleva andare in esplorazione. Per un attimo sentì qualcosa pulsare e bruciare sul collo. Scostò la stoffa per esaminare la ferita. Era un segno strano, come un succhiotto da adolescente, ma più profondo.

Arrossì al ricordo di come se l'era procurata. Quell'uomo doveva essere anche sexy, oltre a tutto il resto? E lei poteva imparare molto da lui. Aveva notato che era in grado di difendersi dal bombardamento onnipresente di emozioni, in qualunque momento. Quello sarebbe stato proprio un miracolo: poter stare semplicemente seduta in una stanza piena di gente e non sentire altro che le proprie emozioni.

Raven si infilò le scarpe da trekking. Un omicidio in quel posto. Era un sacrilegio. Gli abitanti del paese dovevano essere impauriti. Oltrepassando la porta, avvertì un curioso spostamento nell'aria. Le parve di doversi fare strada attraverso una forza invisibile. Era di nuovo Mikhail? Cercava di tenerla rinchiusa? No. Se fosse stato davvero capace di una cosa simile, il blocco l'avrebbe trattenuta. Più probabilmente stava proteggendo lei, tenendo lontani gli altri. Pur straziato dal dolore e dalla rabbia per quell'orrendo, insensato omicidio, Mikhail l'aveva aiutata ad addormentarsi. Che lui avesse dedicato del tempo a proteggerla e ad aiutarla era per lei un segno di affetto.

Erano le tre del pomeriggio – ben oltre l'ora del pranzo ma troppo presto per cenare – e Raven aveva fame. In cucina la proprietaria cortese le preparò un pranzo al sacco. La donna non fece alcun accenno a un omicidio. Anzi, pareva totalmente ignara di un fatto del genere. Raven si scoprì riluttante a farne parola per prima. Era strano: era affabile e loquace – parlava perfino di Mikhail, un vecchio amico di cui aveva un'alta opinione – eppure Raven non trovò il coraggio di dire una sola parola sull'omicidio e su ciò che significava per Mikhail.

Uscita all'aperto, si strinse lo zaino sulle spalle. Non percepiva l'orrore dell'omicidio da nessuna parte. Nessuno al rifugio né per strada sembrava insolitamente turbato. Non poteva sbagliarsi, le immagini che aveva visto erano forti, l'angoscia intensa e decisamente reale. Le immagini dell'omicidio stesso erano molto dettagliate, diverse da qualsiasi cosa che la sua immaginazione potesse generare.

«Signorina Whitney! Si chiama Whitney, non è vero?», le gridò una voce femminile da alcuni metri di distanza.

Margaret Summers le veniva incontro di corsa, con l'ansia dipinta sul volto. Era una donna sui sessanta, fragile, con i capelli grigi e un modo di vestire ordinario e senza pretese. «Mia cara, com'è pallida questa mattina. Siamo stati tutti in pena per lei. Quel giovane che l'ha portata via a quel modo era così inquietante».

Raven rise piano. «Fa abbastanza impressione, vero? È un vecchio amico e molto preoccupato per la mia salute. Mi creda, signora

Summers, si prende cura di me molto assiduamente. È un uomo d'affari rispettabile; può chiederlo a chi vuole in paese».

«È malata, mia cara?», chiese Margaret premurosa, avvicinandosi tanto che Raven si sentì minacciata.

«Mi sto rimettendo», disse Raven con convinzione, sperando che fosse vero.

«Ma io l'ho già vista!», disse Margaret eccitata. «Lei è quella giovane straordinaria che ha aiutato la polizia a catturare quel diavolo assassino a San Diego, più o meno un mese fa. Tra tanti posti, cosa ci fa lei proprio qui?».

Raven si premette la fronte con il palmo della mano. «Quel genere di lavoro è molto logorante, signora Summers. A volte mi fa stare male. È stato un inseguimento molto lungo, e avevo bisogno di andare lontano. Volevo stare in un luogo splendido e isolato, pieno di storia. Un posto dove la gente non potesse riconoscermi e additarmi come uno scherzo della natura. I Carpazi sono meravigliosi. Posso fare passeggiate, starmene seduta in tranquillità, e lasciare che il vento liberi la mia testa di tutti i ricordi di una mente malata».

«Oh, mia cara». Margaret le tese la mano in un gesto di sollecitudine.

Raven si scostò rapidamente. «Mi scusi; mi dà fastidio toccare la gente dopo aver seguito una mente depravata. La prego di capire».

Margaret annuì. «Certo, anche se ho notato che il suo giovane amico non si faceva alcuno scrupolo di toccarla».

Raven sorrise. «È abbastanza autoritario, e molto teatrale nei suoi modi, ma è davvero buono con me. Ci conosciamo da un po'. Vede, Mikhail viaggia parecchio». La bugia parve uscirle di bocca con facilità. Si sentì terribilmente in colpa. «Vorrei che nessuno sapesse di me, signora Summers. In questo momento voglio evitare clamori e ho bisogno di solitudine. Per favore, non dica a nessuno chi sono».

«Certo che no, mia cara, ma trova che sia sicuro andarsene in giro da sola? Da queste parti ci sono molti animali selvaggi».

«Mikhail mi accompagna durante le mie escursioni, e di certo non andrò a spasso per i boschi di notte».

«Ah», Margaret parve rassicurata. «Mikhail Dubrinsky? Ne parlano tutti».

«Gliel'ho detto, è molto protettivo. E anzi, gli piace la cucina della proprietaria», confidò con una risata, reggendo il cestino del picnic. «È meglio che vada, o farò tardi».

Margaret si fece da parte. «Mi raccomando, cara, stia attenta».

Raven la salutò amichevolmente con la mano e si avviò senza fretta sul sentiero che conduceva tra i boschi e sulle montagne. Perché si era sentita costretta a mentire? Le piaceva la solitudine, non aveva mai provato il bisogno di giustificarsi. Per qualche motivo non voleva parlare della vita di Mikhail con nessuno, tantomeno con Margaret Summers. Quella donna pareva troppo interessata a lui. Non che avesse detto qualcosa: erano i suoi occhi e la sua voce a suggerirlo. Percepì lo sguardo curioso di Margaret Summers che la seguiva finché il sentiero non fece una svolta brusca e gli alberi la nascosero alla sua vista.

Raven scosse la testa tristemente. Stava diventando proprio un'eremita, rifuggiva la vicinanza di tutti, perfino di una dolce, anziana donna che si preoccupava per la sua incolumità.

«Raven! Aspetta!».

Raven chiuse gli occhi davanti a quella nuova intrusione. Quando Jacob l'ebbe raggiunta, riuscì a stamparsi sul volto un sorriso. «Jacob, mi fa piacere che tu ti sia ripreso da quel terribile incidente ieri sera, quando stavi per soffocare. Meno male che il cameriere conosceva la manovra di Heimlich».

Jacob la guardò torvo. «Non mi stavo strozzando con un pezzo di carne», disse, sulla difensiva, come se lei lo stesse accusando di avere pessime maniere a tavola. «Lo pensano tutti, ma non è stato quello».

«Davvero? Da come ti ha afferrato il cameriere...». Lasciò la frase in sospeso.

«Be', di certo non sei rimasta lì per scoprirlo», la accusò lui, aggrottando la fronte. «Hai preso e te ne sei andata via, trascinata da quella specie di... di cavernicolo».

«Jacob», disse lei gentilmente, «tu non mi conosci; non sai nulla di me e della mia vita. Per quanto ne sai tu, quell'uomo poteva essere mio marito. Ieri sera stavo molto male. Mi dispiace non essere rimasta, ma quando ho visto che stavi bene, ho pensato che non fosse il caso di vomitare sul tavolo della cena».

«Come hai conosciuto quell'uomo?», domandò Jacob, geloso. «Quelli del posto dicono che è l'uomo più potente della regione. È ricco, possiede tutte le azioni petrolifere. Come hai fatto a incontrare un uomo così?».

Le si avvicinava sempre più, e a un tratto Raven si rese conto di essere sola con lui, in un posto isolato. Jacob aveva un'aria petulante, da bambino capriccioso, che distorceva i suoi bei lineamenti. Percepì qualcos'altro, una sorta di eccitazione morbosa nei suoi pensieri inconfessabili. Seppe di avere un ruolo notevole nelle fantasie perverse di lui. Jacob era un ragazzo ricco che credeva di poter avere qualsiasi giocattolo nuovo desiderasse.

Raven sentì qualcosa agitarsi nella sua mente. *Raven? Stai temendo per la tua sicurezza.* Mikhail era appesantito dal sonno, la sua coscienza si dibatteva per affiorare in superficie.

Ora era preoccupata. Mikhail era come un punto interrogativo nella sua mente. Raven non sapeva cosa aspettarsi, sapeva solo che lui si sentiva protettivo verso di lei. Per il bene di Mikhail, di Jacob e di se stessa, doveva riuscire a far capire a Jacob che non era interessata a lui. *Posso cavarmela da sola*, rassicurò Mikhail, secca. «Jacob», disse in tono paziente, «è meglio che tu vada via: torna al rifugio. Non sono il genere di donna che si fa intimorire dal tuo atteggiamento. Queste sono molestie, e non mi farò nessuno scrupolo a sporgere denuncia alla polizia del luogo, o come si chiamano». Trattenne il respiro, sentendo Mikhail in attesa.

«Brava, Raven, allora venditi al migliore offerente! Trovati un marito ricco! Ti userà e poi ti pianterà: è questo che fanno quelli come Dubrinsky!», gridò Jacob. Abbaiò altri insulti e se ne andò sbattendo i piedi.

Raven sospirò lentamente, con un senso di gratitudine. *Visto?* Tentò di infondere ilarità ai suoi pensieri. *Ho sistemato tutto da sola, che brava donnina. Incredibile, vero?*

Dall'altro lato di un boschetto di alberi, la voce di Jacob risuonò all'improvviso con un grido di terrore, che si affievolì in un gemito. Il ruggito di un orso infuriato si confuse con il secondo grido di Jacob. Poi si udì lo schianto di qualcosa di pesante nel sottobosco, nella direzione opposta a quella di Raven.

Sentì la risata di Mikhail, bassa, divertita, virile. *Molto divertente, Mikhail.* Da Jacob si sprigionava paura, ma non dolore. *Il tuo senso dell'umorismo è a dir poco discutibile.*

Ho bisogno di dormire. Smetti di cacciarti nei guai, donna.

Se tu non rimanessi alzato tutta la notte, non avresti bisogno di trascorrere la giornata a dormire, lo rimproverò lei. *Come fai a lavorare?*

Ci pensano i computer.

Si ritrovò a ridere al pensiero di lui che usava un computer. Non era proprio il tipo da automobili e computer. *Torna a dormire, bambinone. Posso cavarmela benissimo da sola, grazie, senza bisogno di un energumeno che mi protegga.*

Preferirei di gran lunga che tu tornassi al rifugio, al sicuro, finché non mi sarò alzato. Nella sua voce echeggiava appena un tono di comando. Stava cercando di addolcire i suoi modi con lei, e Raven sorrise dei suoi sforzi.

Non ho intenzione di farlo, per cui è meglio che ti ci abitui.

Le donne americane sono davvero intrattabili.

Raven riprese a inerpicarsi per la montagna, mentre la risata ancora risuonava nella sua mente. Si lasciò pervadere dalla quiete della natura. Gli uccelli si lanciavano richiami flautati; il vento mormorava tra gli alberi. Fiori di ogni colore formavano un tappeto sui prati, levando i petali al cielo.

Raven continuò a salire, trovando pace nella solitudine. Si sedette su una roccia che si affacciava su un prato circondato da foreste di alberi fitti. Mangiò il suo pranzo e si sdraiò, beandosi del paesaggio.

Mikhail si mosse, perlustrando con i sensi l'ambiente circostante. Giaceva nella terra poco profonda, indisturbato. Nessun umano si era avvicinato al suo nascondiglio. Mancava meno di un'ora al tramonto. Emerse dalla terra nella cella fredda e umida. Mentre faceva la doccia, adottando l'abitudine umana alla pulizia malgrado non gli fosse necessaria, la sua mente si protese a cercare quella di Raven. Si era appisolata sulla montagna, indifesa, con il buio imminente. Si rabbuiò. Quella donna non pensava minimamente a prendere precauzioni. Mikhail avvertì l'impulso di scuoterla, ma ancor più quello di prenderla tra le braccia e stringerla al sicuro, per sempre.

Uscì fuori nel sole che moriva, scalando i sentieri di montagna con la velocità della sua razza. Il sole gli sfiorava la pelle, lo scaldava, gli infondeva vita. Gli occhiali scuri costruiti appositamente proteggevano i suoi occhi sensibilissimi, ma sentiva comunque un bruciore fastidioso, come se migliaia di aghi aspettassero di trafiggergli le pupille. Avvicinandosi alla roccia dove Raven dormiva, avvertì l'odore di un altro maschio.

Rand. Mikhail scoprì i denti. Il sole stava scomparendo dietro la linea delle montagne, gettando un'ombra nera sulle colline ondulate, e immergendo la foresta nei suoi segreti oscuri. Mikhail uscì allo scoperto, con le braccia allargate, il corpo agile in equilibrio perfetto tra forza e coordinazione. Era una creatura minacciosa, un demone in agguato, silenzioso e letale.

Rand gli dava le spalle, e si avvicinava alla donna sulla roccia. Avvertendo la forza nell'aria, si voltò di scatto, con i lineamenti distorti dal dolore. «Mikhail...», la voce gli si ruppe, abbassò gli occhi. «So che non potrai mai perdonarmi. Sapevi che non ero il vero compagno di Noelle. Lei non voleva lasciarmi andare. Aveva minacciato di uccidersi se l'avessi lasciata, se avessi cercato di trovare un'altra. Sono rimasto con lei, come un vigliacco».

«Perché ti trovo appostato vicino alla mia donna?», ringhiò Mikhail. La furia gli cresceva dentro, la sete di sangue si agitò in lui come qualcosa di vivo. Le scuse di Rand lo disgustavano, per quanto vere potessero essere. Se Noelle aveva minacciato di uscire al sole, la cosa avrebbe dovuto essergli riferita. Mikhail aveva abbastanza potere da frenare il comportamento distruttivo di Noelle. Rand sapeva bene che Mikhail era il loro principe, il loro capo, e anche se non aveva condiviso sangue con Rand, Mikhail poteva ugualmente percepire il piacere perverso dell'altro maschio nel suo rapporto con Noelle, il suo dominio su di lei e l'ossessione della donna.

Dietro di loro, Raven si agitò, si alzò a sedere e come sua abitudine scostò i capelli dal viso. Aveva l'aria assonnata, sexy, una sirena in attesa del suo amante. Rand girò la testa per guardarla, e nel suo sguardo c'era qualcosa di astuto e calcolatore. Raven sentì immediatamente il monito al silenzio di Mikhail, lo strazio irrefrenabile di Rand, la sua gelosia e la sua antipatia verso Mikhail, la tensione palpabile tra i due uomini.

«Byron e Jacques mi hanno detto che lei era sotto la tua protezione. Non riuscivo a dormire e ho visto che era da sola e priva di protezioni. Dovevo fare qualcosa o avrei scelto di raggiungere Noelle». Nelle sue parole c'era un appello alla comprensione, se non al perdono, eppure Raven non era convinta che Rand intendesse davvero quel che diceva. Non sapeva perché, poiché il suo dolore era reale. Forse desiderava disperatamente il rispetto di Mikhail e sapeva che non l'avrebbe ottenuto.

«Allora ti sono debitore», disse Mikhail in tono formale, sforzandosi di controllare la sua avversione per un uomo capace di lasciare sola e indifesa la donna che gli aveva appena dato un figlio, solo per tormentarla volontariamente con l'odore di un'altra su di sé.

Raven scivolò giù dalla roccia, una piccola, fragile donna dai grandi occhi azzurri pieni di compassione. «Mi dispiace molto per la sua perdita», mormorò piano, rimanendo prudentemente a distanza. Quell'uomo era il marito della vittima dell'omicidio. Il suo rimorso e il suo dolore serpeggiavano nel corpo di Raven pronti a torturarla, ma lei si preoccupava per Mikhail. Qualcosa in Rand era danneggiato. La sua anima era offuscata; non malvagia, ma nemmeno completamente innocente.

«Grazie», disse Rand secco. «Ho bisogno di mio figlio, Mikhail».

«Hai bisogno della terra rigeneratrice», dissentì calmo Mikhail, implacabile nella sua decisione, spietato nella sua irremovibilità. Non avrebbe consegnato un bambino prezioso e inerme a quel maschio in quello stato d'animo.

Raven sentì un groviglio allo stomaco, e il cuore colmarsi di dolore a quelle parole crudeli. Capiva solo in parte il significato del decreto di Mikhail. Quell'uomo, in lutto per la moglie assassinata, doveva rinunciare al suo bambino, accettando le parole di Mikhail come fossero legge assoluta. Sentì il dolore profondo dell'uomo come se fosse il suo, eppure una parte di lei non poteva che approvare la decisione di Mikhail.

«Ti prego, Mikhail. Io amavo Noelle». Istintivamente, Raven seppe che Rand non stava implorando di riavere il bambino.

La furia oscurò il volto di Mikhail, conferendo una piega crudele alla sua bocca e uno scintillio rossastro ai suoi occhi. «Non parlarmi di amore, Rand. Vai sotto terra; guarisci. Io troverò l'assassino e vendicherò mia sorella. Non mi lascerò più fuorviare dai sentimenti. Se non avessi ascoltato le sue suppliche, oggi sarebbe ancora viva».

«Non posso dormire. Cacciare è un mio diritto». Rand aveva un tono di sfida, accusatorio, come un bambino che volesse essere rispettato e trattato da pari, ma che sapeva di desiderarlo invano.

Sul viso torvo di Mikhail balenò un lampo di impazienza e di minaccia. «Allora ti costringerò e ti darò il riposo di cui hanno bisogno il tuo corpo e la tua mente». La sua voce era bassa e perfettamente neutra. Non fosse stato per la collera che ardeva nei suoi occhi neri, Raven lo avrebbe creduto benevolo e premuroso verso l'uomo. «Non possiamo permetterci di perderti, Rand». La sua voce, fattasi come velluto, ammaliava, comandava. *Ora dormi, Rand. Va' da Eric che ti preparerà per andare sotto terra e ti sorveglierà. Resterai lì finché non sarai più una minaccia per te stesso e per gli altri.*

Raven fu sconvolta e allarmata dal potere assoluto della sua voce, che Mikhail esercitava come se fosse suo diritto. La sua voce bastava a indurre una trance ipnotica. Nessuno metteva in discussione la sua autorità, nemmeno su una decisione così grave come l'affidamento di un bambino. Si morse il labbro, confusa dai suoi stessi sentimenti. Mikhail aveva ragione sul bambino. Raven percepiva qualcosa di negativo in Rand, eppure che un adulto obbedisse a quell'ordine – che fosse *costretto* a obbedirvi – la spaventava. Nessuno avrebbe dovuto avere una simile voce, un simile dono. Un potere così forte poteva essere usato nel modo sbagliato, poteva facilmente corrompere chi lo possedeva.

Restarono lì a osservarsi nell'oscurità che si addensava finché Rand non se ne andò. Raven sentiva su di sé il peso del disappunto di Mikhail. Sollevò il mento in segno di sfida. Lui le si avvicinò, scivolando incredibilmente rapido; le sue dita trovarono la sua gola, come a volerla strangolare. «Non farai mai più qualcosa di tanto sconsiderato».

Lei lo guardò con le palpebre socchiuse. «Non cercare di intimorirmi, Mikhail; non funziona. Nessuno mi dice cosa devo fare o dove posso andare».

Le dita di lui scivolarono sui polsi di Raven, li strinsero, minacciarono di spezzare le ossa fragili. «Non tollererò alcuna sciocchezza che possa mettere in pericolo la tua vita. Abbiamo già perso una delle nostre donne. Non voglio perdere anche te».

Sua sorella, aveva detto. La compassione in Raven lottava con l'istinto di autoconservazione. Quello scontro era causato soprattutto dal timore che lui provava per lei. «Mikhail, non puoi mettermi in una scatola e tenermi su un ripiano». Lo disse più dolcemente che poté.

«Non ho intenzione di discutere quando è in gioco la tua sicurezza. Prima ti sei trovata sola con un uomo che pensava di prenderti con la forza. Avresti potuto essere aggredita da un animale selvatico, e se non fossi stata sotto la mia protezione, Rand, nello stato in cui era, avrebbe potuto farti del male».

«Ma non è successo nulla di tutto questo, Mikhail». Gli toccò piano il viso, con dita gentili, una carezza tenera. «Tu hai già abbastanza di che preoccuparti, abbastanza responsabilità, senza dover aggiungere anche me. Io posso aiutarti. Sai che ne sono capace».

Lui le strattonò il polso e lei perse l'equilibrio e gli cadde addosso. «Tu mi farai impazzire, Raven». Le sue braccia si alzarono a bloccare il suo esile, tenero corpo contro di lui. La sua voce divenne una carezza lenta, ammaliante, pura magia nera. «Sei l'unica persona che desidero proteggere con tutte le mie forze, eppure non vuoi obbedirmi. Insisti a rivendicare la tua indipendenza. Tutti gli altri si appoggiano alla mia forza, invece tu cerchi di aiutarmi, di condividere il peso dei miei doveri». Chinò la bocca su quella di lei.

Raven sentì quel caratteristico, curioso spostamento del terreno sotto i piedi, il crepitio dell'elettricità nell'aria circostante. Fiamme le lambirono la pelle e le scaldarono il sangue. Nella sua mente balenarono e danzarono colori. La bocca di Mikhail reclamò la sua, aggressiva, totalmente dominante, spazzando via ogni pensiero di resistenza. Raven dischiuse la bocca, accogliendo quella esploratrice di lui, il suo assalto caldo e dolce.

Le sue mani cercarono le sue spalle larghe, salirono a circondargli il collo. Il corpo di Raven era arrendevole e molle come seta calda. Mikhail voleva stenderla sulla terra soffice, strapparle dal corpo quegli inutili abiti, e farla irrevocabilmente sua. C'era troppa innocenza nel suo sapore. Nessuno gli aveva mai chiesto di condividere il peso dei suoi mille fardelli. Nessuno prima di quella piccola, esile mortale, aveva mai solo pensato al prezzo che lui continuamente pagava. Un'umana. Aveva avuto il coraggio di tenergli testa e lui non poteva fare altro che rispettarla per questo.

I suoi occhi erano chiusi nell'assaporare la sensazione del corpo di lei contro il suo, nel sentire il proprio desiderio così intenso. La sostenne, desiderandola, bruciando per lei, senza nemmeno poter comprendere come un tale incendio potesse consumarlo. Con riluttanza sollevò la testa, mentre il suo corpo protestava. «Andiamo a casa, Raven». La sua voce era pura seduzione.

Un debole sorriso nacque sulle labbra di lei. «Non credo sia saggio. Sei il tipo di uomo dal quale mia madre mi ha sempre messa in guardia».

Lui tenne le braccia intorno alle sue spalle, incatenandola a sé. Mikhail non aveva alcuna intenzione di permetterle di allontanarsi di nuovo. Il suo corpo la sospinse nella direzione da lui desiderata. Camminarono insieme in un silenzio pieno di intesa.

«Jacob non mi avrebbe fatto del male», obiettò lei all'improvviso. «Lo avrei saputo».

«Non lo stavi toccando, piccola, ed è stato un bene per lui».

«È sicuramente capace di violenza. È sempre difficile non percepire la violenza». Raven gli fece uno dei suoi sorrisi maliziosi. «Ti si attacca come una seconda pelle».

Lui le tirò la folta treccia per tutta risposta. «Voglio che tu venga a stare nella mia casa. Almeno finché non avremo trovato e punito gli assassini».

Raven fece alcuni passi in silenzio. Aveva detto *avremo*, come se fossero una squadra. Ne fu contenta. «Sai, Mikhail, oggi è stato davvero strano. Sembrava che nessuno, né al rifugio né in paese, sapesse nulla dell'omicidio».

Lui le sfiorò lo zigomo delicato con un dito. «E tu non hai detto nulla».

Gli lanciò un'occhiata di rimprovero sotto le lunghe ciglia. «Certo che no. Spettegolare non è il mio passatempo preferito».

«Noelle è morta in modo crudele e insensato. Era la compagna per la vita di Rand...».

«Hai già usato quest'espressione. Cosa significa?»

«È come dire moglie o marito», spiegò lui. «Noelle aveva partorito solo due mesi fa. Era sotto la mia responsabilità. Non è argomento da chiacchiere. Ci penseremo noi a trovare i suoi assassini».

«Non credi che se c'è un serial killer a piede libero in un paese tanto piccolo la gente abbia il diritto di saperlo?».

Mikhail scelse con cura le parole. «I romeni non sono in pericolo. E questa non è l'opera di un solo individuo. Gli assassini vogliono cancellare la nostra razza dalla faccia della terra. I veri carpaziani sono quasi estinti. Abbiamo dei nemici accaniti che vorrebbero vederci tutti morti».

«Perché?».

Mikhail si strinse nelle spalle. «Siamo diversi; abbiamo dei doni, dei talenti. La gente ha paura del diverso. Tu dovresti saperlo».

«Chissà, forse ho del sangue carpaziano. Diluito, magari», disse Raven con una punta di malinconia. Era bello immaginare di avere un antenato con il suo stesso dono.

A Mikhail si strinse il cuore. Raven doveva aver sofferto molto la solitudine nella sua vita. Mikhail voleva stringerla, tenerla al sicuro tra le braccia, al riparo dai dispiaceri. Lui si era imposto l'isolamento; Raven non aveva avuto scelta.

«I nostri diritti minerari e petroliferi in un paese dove la maggior parte degli abitanti non ha quasi nulla sono fonte di sospetto e di invidia. Per la mia gente, io sono la legge. Sono io che mi occupo di far fronte alle minacce alla nostra posizione e alla nostra vita. È stata la mia leggerezza a mettere Noelle in pericolo; spetta a me dare la caccia agli assassini e vendicarmi di loro».

«Perché non hai chiamato le autorità?». Raven tentava di capire, sondando il terreno con cautela.

«Sono io l'unica autorità per la mia gente. Sono io la legge».

«Tu soltanto?»

«Ho altri che cacciano, anzi molti, ma obbediscono ai miei ordini. La responsabilità di tutte le decisioni è unicamente mia».

«Per farvi giustizia da soli?», indovinò, trattenendo il fiato in attesa della risposta. I suoi sensi non mentivano. Avrebbe percepito in lui il marchio della malvagità, per quante barriere potesse erigere. Nessuno poteva essere così bravo da non allentare mai la guardia.

Non si rese conto di aver smesso di camminare finché non si trovò le mani di lui sulle braccia, a riscaldarle il corpo infreddolito.

«Ora hai paura di me». Lo disse piano, stanco, come se la cosa lo ferisse. E infatti lo feriva. Aveva voluto che lei lo temesse, aveva deliberatamente suscitato in lei la paura, eppure ora che aveva raggiunto lo scopo capiva che non era affatto ciò che voleva.

La sua voce la colpì al cuore. «Non ho paura di te, Mikhail», negò candidamente, sollevando il viso per studiare il suo alla luce della luna. «Ho paura per te. Un potere così grande porta alla corruzione. Una responsabilità così grande porta alla distruzione. Tu prendi decisioni su questioni di vita o di morte che solo Dio dovrebbe prendere».

La mano di lui accarezzò la sua pelle serica, sentì la pienezza del suo labbro inferiore. Gli occhi di Raven erano enormi sul suo piccolo viso, i suoi sentimenti nudi sotto lo sguardo ipnotico di lui. C'erano sollecitudine, compassione, i primi segni dell'amore, e un'innocenza così dolce da scuoterlo nel profondo dell'anima. Lei era preoccupata per lui. *Preoccupata.*

Mikhail gemette a voce alta, si staccò da lei. Raven non aveva idea di cosa stesse offrendo a uno come lui. Mikhail sapeva di non essere abbastanza forte da resistere a quell'offerta, e il suo stesso egoismo lo disgustava.

«Mikhail». Raven gli toccò la spalla, infiammandogli la pelle, scaldandogli il sangue. Non si era ancora nutrito, e quella combinazione di amore, desiderio e fame era esplosiva, inebriante, ma molto pericolosa. Come poteva non amarla quando era nella sua mente e poteva leggere i suoi pensieri, conoscerla intimamente? Lei era luce per la sua oscurità, la sua altra metà. Per quanto fosse un pensiero proibito, un errore della natura probabilmente, non poteva fare altro che amarla.

«Lascia che ti aiuti. Condividi questo peso terribile con me. Non escludermi così». Il contatto con la sua mano, l'ansia nei suoi occhi, la purezza e la verità della sua voce, bastarono a suscitare in lui una dolcezza inconsueta.

La spinse verso di sé, fin troppo conscio dell'urgenza che si sentiva nel corpo. Con un ringhio basso e animalesco la sollevò da terra, le bisbigliò piano un comando, e si mosse con tutta la velocità di cui era capace.

Raven sbatté le palpebre e si ritrovò al caldo della biblioteca di Mikhail, dove il fuoco proiettava ombre sulle pareti, senza capire come vi fosse arrivata. Non ricordava di aver camminato fino a lì, eppure erano tra le pareti della sua casa. Sotto la camicia aperta di Mikhail si intravedevano i muscoli forti del suo petto. I suoi occhi neri erano fissi sul volto di lei, con l'immobilità attenta di un predatore. Non fece alcun tentativo di nasconderle il suo desiderio.

«Voglio darti un'ultima possibilità, piccola». Pronunciò quelle parole con voce roca, aspra, come se gli lacerassero la gola. «Troverò la forza di lasciarti andare, se lo chiederai. Adesso. In questo momento».

Erano agli angoli opposti della stanza. L'aria parve addensarsi. Se Raven fosse vissuta cent'anni, quel momento sarebbe rimasto impresso nella sua memoria per sempre. Mikhail attendeva la sua decisione di donarsi a lui o di condannarlo alla solitudine eterna. Teneva la testa alta, orgogliosamente, il corpo irrigidito, maschio e aggressivo, e gli occhi che ardevano di desiderio.

Mikhail spazzò via dalla mente di Raven ogni pensiero sensato. Se lo avesse condannato, non avrebbe condannato anche se stessa a un destino identico? Qualcuno doveva amare quell'uomo, avere per lui almeno un po' di affetto. Come poteva continuare a essere così solo? Mikhail aspettava. Non c'era costrizione né seduzione, solo i suoi occhi, la sua sete di lei, il suo totale isolamento dal resto del mondo. Altri facevano affidamento sulla sua forza, sulle sue capacità, ma non gli dimostravano affetto, non lo ringraziavano per la sua vigilanza incessante. Lei avrebbe potuto saziare la sua fame come nessun altro. Raven lo sapeva per istinto. Non ci sarebbe stata nessun'altra donna per lui. Voleva lei, aveva bisogno di lei. Non poteva abbandonarlo.

«Togliti il maglione», disse lui piano. Ormai il suo cammino era segnato. Aveva letto la decisione in quegli occhi, nel tremito lieve della sua bocca.

Raven indietreggiò, spalancando gli occhi azzurri. Lentamente, quasi con riluttanza, si sfilò il maglione, come se qualcosa dentro di lei sapesse che stava per donargli più della sua innocenza. Gli stava donando la sua vita.

«Ora il resto».

Raven si inumidì le labbra vellutate con la lingua. La scossa nel corpo di lui a quel gesto fu lancinante, primitiva. Mentre Raven si toglieva il maglione, le sue mani corsero ai bottoni dei pantaloni. La stoffa tesa lo tratteneva, facendogli male. Fece attenzione a spogliarsi come avrebbe fatto un umano, per non spaventarla ancor di più.

La pelle nuda di Raven brillava alla luce del fuoco. Le ombre sfioravano i contorni del suo corpo. Il suo torace era esile, la vita sottile, e sottolineava la pienezza dei suoi seni. L'uomo inspirò con forza, tormentato dal desiderio; la bestia in lui ruggì reclamando la libertà.

Mikhail lasciò cadere a terra la camicia, ormai incapace di sopportare il contatto della stoffa sulla sua pelle sensibilissima. Dalla sua gola proruppe un suono bestiale, un richiamo selvaggio. Fuori si levò il vento, e nuvole scure e sinistre si affollarono nascondendo la luna. Mikhail si sbarazzò degli abiti umani scoprendo il suo corpo, una massa di muscoli scolpiti, fremente di desiderio.

La gola di Raven palpitava mentre si slacciava il reggiseno di pizzo e lo lasciava scivolare a terra. I suoi seni dai capezzoli turgidi balzarono avanti, in un invito erotico.

Mikhail attraversò la stanza con un unico slancio fluido, senza curarsi di dare spiegazioni. Era sopraffatto da un istinto vecchio di secoli. Le strappò i jeans dal corpo con un solo gesto e li gettò da parte.

Raven gridò, e i suoi occhi blu si velarono di terrore davanti a quella furia. Mikhail la calmò carezzandola ovunque, memorizzando ogni curva del suo corpo. «Non temere la mia fame, piccola», sussurrò piano. «Non ti farei mai del male. Sarebbe impossibile per me fare una cosa del genere». Le sue ossa erano piccole e delicate, la sua pelle come seta calda. Le dita inarrestabili le sciolsero i capelli; la massa pesante ricadde sul corpo di Mikhail, che si sentì trafiggere i lombi da frecce infuocate. Il suo corpo si irrigidiva e smaniava. Dio, come la desiderava.

Con una mano le strinse la nuca, in una presa senza scampo, sollevandole la testa con il pollice per scoprirle la gola e attirare a sé il suo seno. La sua mano si mosse lenta, percorrendo la curva dei suoi seni, arrestandosi per un attimo sul marchio che aveva sul collo, facendolo bruciare e pulsare, per poi tornare a stringere quella morbidezza vellutata. Fece scorrere le dita su ogni costola, alimentando la sua fame, placando i timori di lei. Le dita strisciarono sul suo ventre piatto e lungo i contorni dei fianchi, per poi annidarsi nel triangolo di riccioli setosi tra le gambe.

Raven aveva già avvertito il suo tocco, ma questo era mille volte più potente. La sua mano provocava in lei un bisogno incontenibile, la sensazione di annegare in un mondo di pura sensazione. Mikhail ringhiò qualcosa nella sua lingua e la portò davanti al camino. Il suo corpo la intrappolava sul pavimento di legno, e per un momento Raven ebbe l'impressione di un animale selvatico che costringeva la sua compagna ad accoppiarsi. Fino a quel momento Mikhail non si era reso conto di quanto fosse vicino a trasformarsi. Le emozioni, la passione e la lussuria lo travolgevano fino a farlo temere per entrambi.

La luce del fuoco gli dava un aspetto demoniaco. Chino su di lei appariva enorme, invincibile come una belva pericolosa. «Mikhail». Pronunciò piano il suo nome, allungando la mano per distendere quei lineamenti distorti, supplicandolo di rallentare.

Le afferrò i polsi con una mano sola, le alzò le braccia sopra la testa. «Ho bisogno della tua fiducia, piccola». Nella sua voce si mescolavano un comando roco e una magia nera e vellutata. «Dammela, ti prego. Dammela».

Raven era impaurita, vulnerabile, distesa come la vittima di un sacrificio pagano, come un'offerta a un dio morto da millenni. Gli occhi roventi di Mikhail percorrevano il suo corpo, bruciando la sua pelle ovunque si posassero. Raven giaceva in silenzio sotto la sua forza spietata, conscia del suo proposito implacabile, di una terribile lotta dentro di lui. Il suo sguardo azzurro vagò sulle linee scolpite del volto; sulla sua bocca così sensuale, capace di tanta crudeltà; sui suoi occhi che ardevano di un desiderio feroce. Raven si mosse, per capire quanto era forte, sapendo che era impossibile fermarlo. Temeva la loro unione, insicura di sé e di ciò che sarebbe accaduto, ma credeva in lui.

Il contatto del suo corpo nudo e tenero che si contorceva sotto di lui lo infiammò ancor di più. Mikhail la chiamò con un gemito, mentre con una mano risaliva tra le sue gambe, a cercare il suo centro palpitante. «Fidati di me, Raven. Ho bisogno della tua fiducia». Le sue dita trovarono il velluto, sondarono, provocando un fiotto di liquido caldo. Mikhail chinò la testa per assaporare la sua pelle, il suo profumo..

Raven emise un debole grido quando la bocca calda di lui trovò il suo seno, quando le sue dita si spinsero più a fondo nel suo centro. Il suo corpo vibrò di piacere. Mikhail scese più in basso, seguendo con la lingua il percorso delle sue dita. A ogni carezza il suo corpo si irrigidiva, il suo cuore si apriva, e la bestia in gabbia diventava più forte. Una compagna. Tutta sua. Inspirò il suo odore, assorbendolo fin nel profondo, la sua lingua lambì lentamente il corpo di lei, una lunga carezza.

Raven si mosse di nuovo, ancora incerta, ma si arrese quando lui sollevò la testa e la guardò con occhi che bruciavano di possesso. Mikhail le aprì con decisione le ginocchia, scoprendo il suo punto più vulnerabile. Fissò gli occhi dentro i suoi come per ammonirla, poi chinò la testa e bevve.

Dentro di sé, Mikhail si rendeva conto che Raven era troppo innocente per fare l'amore in modo tanto violento, ma era deciso a farle conoscere il piacere della loro unione, il piacere che le avrebbe dato lui, non una suggestione ipnotica. Era da troppo tempo che aspettava una compagna, secoli interminabili di cupidigia e oscurità e desolazione totale. Non poteva essere delicato e premuroso quando tutto il suo essere esigeva da lei un'appartenenza totale ed eterna. Sapeva che la fiducia di lei era tutto. La sua fede in lui l'avrebbe protetta.

Raven ebbe uno spasmo, gridò. Mikhail si trascinò su di lei, godendo del contatto con la sua pelle, della sua morbidezza, della sua fragilità. Ogni dettaglio, per quanto minuscolo, era impresso nella sua mente, contribuiva al piacere sfrenato a cui si stava abbandonando.

Lasciò i suoi polsi e si chinò a baciarle la bocca e gli occhi. «Sei così bella, Raven. Sii mia. Sii soltanto mia». Premeva su di lei, immobile, una massa di muscoli incredibilmente forti, tremanti per il desiderio.

«Non potrebbe esserci nessun altro, Mikhail», rispose piano, calmando con le dita l'arsura della sua pelle. Cancellò le pieghe di disperazione dal volto di lui, carezzò voluttuosamente i suoi capelli. «Mi fido di te, solo di te».

Mikhail le afferrò i fianchi esili. «Sarò più delicato che posso, piccola. Non chiudere gli occhi, resta con me».

Lei era come un liquido caldo, pronta, ma immergendosi duro dentro di lei incontrò la sua barriera protettiva. Raven sussultò, si irrigidì. «Mikhail». Stavolta la sua voce era davvero impaurita.

«Solo un momento, piccola, e poi ti porterò in paradiso». Attese il consenso di lei, tormentato dalla voglia.

I suoi occhi azzurri scintillarono, guardandolo incredibilmente fiduciosi. In tutti quei secoli nessuno, né carpaziano né mortale, lo aveva mai guardato in quel modo. Mikhail spinse e affondò nel suo sesso stretto e infuocato. Lei gemette piano, mentre lui si chinava a cercare la sua bocca, per cancellare il dolore con la lingua. Rimase fermo, sentì i loro battiti congiunti, il sangue che cantava nelle loro vene, il corpo di lei che si muoveva per accoglierlo.

La baciò con tenerezza, aprendo la mente quanto poteva osare, per condividere tutto se stesso con lei. Il suo amore era violento, ossessivo, protettivo, di certo non concesso facilmente, ma del tutto riversato su di lei. Poi si mosse, dapprima lentamente e con cautela, osservando la sua reazione.

Mikhail cominciava a sentire i comandi imperiosi del suo corpo. Il fuoco gli lambiva la pelle, gli consumava le viscere. I suoi muscoli si contraevano, piccole gocce di sudore gli imperlavano la pelle. La strinse, la reclamò a sé, continuando a immergersi in lei per placare la sua fame insaziabile.

Raven protese le mani verso il petto di Mikhail, come a voler protestare. Lui ringhiò minaccioso e chinò la testa tenebrosa sul marchio sopra il suo seno sinistro. Pelle vellutata, la carezza avvolgente del suo sesso caldo. Spinse più forte, cercando sollievo nell'unico modo che conosceva. Erano una cosa sola; lei era la sua metà. Raven si mosse di nuovo, allontanandosi da lui, con un grido inarticolato che esprimeva la paura e le ondate di piacere che la sommergevano. Lui emise un altro verso: l'animale in lui si ribellava, e affondò i denti forti nell'incavo della spalla di lei, schiacciandola sul pavimento.

Il fuoco divampò in un incendio, turbolento, inarrestabile. Un tuono scosse la casa e un lampo dopo l'altro colpì la terra. Mikhail ruggì, un grido rivolto al cielo, mentre la conduceva con sé oltre questo mondo. Il dolore sconfinava nel piacere, il bisogno aumentava sempre di più. Il seme che sgorgava dal suo corpo scatenava una fame sensuale, la bestia in lui era eccitata fino al parossismo.

Strisciò con la bocca dalla spalla fino alla gola, cercando il palpito regolare del suo cuore sotto il seno pieno e invitante. La lingua solleticò il capezzolo turgido, tornò a percorrere la curva del seno, ancora e ancora. Affondò i denti e si nutrì, possedendola di nuovo in una frenesia erotica insaziabile. Il suo sapore era dolce, puro e inebriante. Ne voleva sempre di più, mentre il suo corpo accumulava forza, immergendosi a fondo in lei, spingendola di nuovo verso un'estasi travolgente.

Raven lottava con se stessa; non riconosceva più Mikhail in quella belva le cui emozioni erano un puro appetito sensuale. Il suo corpo rispondeva, con un bisogno che non pareva mai appagarsi. La bocca le bruciava e torturava la pelle in una spirale di piacere senza fine. Raven si sentiva sempre più debole e in preda a una strana euforia, languida ed erotica. Strinse la testa di lui sul suo corpo, abbandonandosi alla sua fame terribile e squassata dalle convulsioni.

Fu quando lei si arrese che ritornò lucido. Quella donna non era in stato di trance: si stava donando liberamente perché sentiva il desiderio che lo divorava, perché era sicura che si sarebbe fermato prima di farle del male, prima di ucciderla.

Con la lingua succhiò il seno di Raven richiudendo la ferita. Mikhail sollevò la testa. I suoi occhi scuri erano ancora illuminati da una luce ferina, il sapore di lei era ancora nella bocca e sulle labbra. Imprecò piano, disgustato da se stesso. Lei era sotto la sua protezione. Non aveva mai odiato tanto se stesso o la sua razza. Raven si era donata a lui liberamente; lui l'aveva presa con ingordigia, cedendo alla propria bestialità nell'estasi dell'unione con la sua compagna.

Strinse a sé il corpo esanime e lo cullò tra le braccia. «Non morirai, Raven». Era furioso con se stesso. Lo aveva forse fatto di proposito? In un angolo buio della sua mente, aveva desiderato che accadesse? Avrebbe cercato più tardi la risposta. Ora lei aveva bisogno di sangue, e subito.

«Resta con me, piccola. Sono rimasto al mondo solo per te. Dovrai essere forte per tutti e due. Mi senti, Raven? Non lasciarmi. Io posso farti felice, so che è così».

Si squarciò il petto e premette la bocca di lei sul fiotto cremisi che sgorgava dal taglio. *Devi bere: obbediscimi questa volta.* Sapeva che non doveva farla bere direttamente dalla sua carne, ma aveva bisogno di stringerla, di sentire la sua bocca morbida sulla pelle mentre assorbiva la sua essenza, il suo sangue vitale, nel suo corpo stremato.

Lei obbedì con riluttanza; il suo corpo minacciava di rigettare il fluido vitale. Tossì, tentò di distogliere il viso. Mikhail le incollò la bocca al petto, spietato. «Devi vivere, piccola». *Bevi fino in fondo.*

La volontà di Raven era incredibilmente forte. Nemmeno con i suoi simili Mikhail doveva fare un tale sforzo per farsi obbedire. Anche se Raven non era cosciente della sua imposizione, il suo istinto di autoconservazione profondo resisteva a quegli ordini. Non aveva importanza. La sua volontà avrebbe prevalso, come sempre.

Mikhail la portò nella cella in cui riposava. Sbriciolò erbe soavi e guaritrici intorno al letto, coprì il suo piccolo corpo inerte. La fece addormentare profondamente. Rimase un istante a fissarla, sentendo l'impulso di piangere. Era così bella, un tesoro raro che lui aveva trattato crudelmente, quando avrebbe dovuto proteggerla dalla bestia dentro di lui. I carpaziani non erano umani. Il loro modo di fare l'amore era violento e sfrenato. Raven era giovane, inesperta, e umana. In preda alla passione, non era riuscito a soggiogare le emozioni di cui si era rimpossessato da poco.

Con dita tremanti le sfiorò il viso, una carezza lieve, poi si chinò a baciarle la bocca morbida. Imprecando, si voltò di scatto e uscì dalla stanza. Era protetta nel modo migliore che conosceva, chiusa dentro la cella e senza che nessuno potesse entrare.

La tempesta infuriava, fuori e nell'animo di Mikhail. Fece tre passi di corsa e si lanciò nel cielo, verso il paese. I venti vorticavano e sibilavano intorno a lui. La casa che cercava era poco più di una capanna. Si fermò davanti alla porta, il suo viso era una maschera di tormento.

Edgar Hummer aprì la porta piano e si fece da parte per farlo entrare. «Mikhail». La sua voce era cortese. Edgar Hummer aveva ottantatré anni, la maggior parte dei quali trascorsi a servire il Signore. Considerava un privilegio essere uno dei pochi veri amici di Mikhail Dubrinsky.

Mikhail riempiva la piccola stanza con la sua presenza ingombrante. Era agitato, profondamente sconvolto. Camminava irrequieto avanti e indietro, mentre fuori la violenza della tempesta cresceva.

Edgar si sedette sulla poltrona, si accese la pipa e aspettò. Non aveva mai visto Mikhail se non perfettamente calmo e privo di emozioni. Chi aveva di fronte era un uomo pericoloso, che Edgar non aveva mai nemmeno intravisto.

Mikhail batté un pugno sul camino di pietra, lasciandovi un fine reticolo di crepe. «Stanotte ho quasi ucciso una donna», confessò bruscamente, con uno sguardo ferito negli occhi scuri. «Tu mi hai detto che Dio ci ha creati per uno scopo, che siamo stati creati da lui. Io sono più una bestia che un uomo, Edgar, e non posso continuare a illudermi. Cercherei il riposo eterno, ma perfino questo mi è negato. Degli assassini danno la caccia alla mia gente. Non ho il diritto di lasciarli finché non saprò che sono al sicuro. Ora la mia donna è in pericolo, non solo per colpa mia ma anche dei miei nemici».

Edgar tirò calmo una boccata dalla pipa. «Hai detto "la mia donna". La ami?».

Mikhail fece un gesto impaziente con la mano. «È mia». Era un'affermazione, una sentenza. Come poteva dire amore? Era una parola insipida per quello che provava. Lei era purezza. Bontà. Compassione. Tutto ciò che non era lui.

Edgar annuì. «Sei innamorato di lei».

Mikhail si fece torvo. «Io bramo. Io ho fame. Io voglio. Questa è la mia vita». Lo disse in tono angosciato, come se potesse renderlo più vero.

«Allora perché provi un tale dolore, Mikhail? La desideravi; forse ne avevi bisogno. Suppongo tu l'abbia posseduta. Avevi fame; suppongo che tu ti sia nutrito. Perché dovresti soffrire?»

«Sai che è male prendere il sangue di una donna per cui proviamo altri appetiti».

«Mi hai detto che non provavi appetiti sessuali da secoli. Che non puoi provare nulla», gli ricordò gentilmente Edgar.

«Provo qualcosa per lei», confessò Mikhail, con gli occhi scuri accesi dal dolore. «La desidero ogni momento del giorno. Ho bisogno di lei. Dio, devo averla. Non solo il suo corpo, ma anche il suo sangue. Sono schiavo del suo sapore. La voglio, voglio tutto di lei, ma è proibito».

«Ma lo hai fatto comunque?»

«Ho rischiato di ucciderla».

«Ma non l'hai uccisa. È ancora viva. Non può essere la prima volta che ti nutri con troppa foga. Le altre volte hai sofferto?».

Mikhail distolse lo sguardo. «Non capisci. È stato il modo in cui è avvenuto, quel che ho fatto dopo. L'ho temuto fin dal primo momento in cui ho sentito la sua voce».

«Se non era mai accaduto prima, perché lo temevi?».

Mikhail chinò la testa, stringendo i pugni. «Perché la volevo, non potevo sopportare di perderla. Volevo che mi conoscesse, che vedesse il peggio di me. Tutto di me. Volevo legarla a me in modo che non potesse mai lasciarmi».

«Ma è umana».

«Sì. Ha dei poteri, un legame psichico con me. Ha compassione. È avvolta dalla bellezza. Mi ero ripromesso di non farlo, sapevo che era sbagliato, ma che avrei ceduto».

«E pur sapendolo lo hai fatto. Dovevi avere una buona ragione».

«Puro egoismo. Non mi hai sentito? Io, io, io. Tutto per me stesso. Ho trovato una ragione per continuare a vivere, e ho preso qualcosa che non mi apparteneva eppure, anche ora, mentre ti parlo, sento che non posso rinunciare a lei».

«Accetta la tua natura, Mikhail. Accettati per quello che sei».

Mikhail rise amaramente. «Per te è sempre tutto così chiaro. Dici che io sono figlio di Dio. Che ho uno scopo; che devo accettare la mia natura. La mia natura mi dice di prendere ciò che credo mi appartenga, trattenerlo, proteggerlo. Incatenarlo al mio fianco se necessario. Non posso lasciarla andare. Non posso. Lei è come il vento, che vaga libero. Se incatenassi il vento, morirebbe?»

«Allora non incatenarlo, Mikhail. Confida che resti al tuo fianco».

«Come posso proteggere il vento, Edgar?»

«Tu hai detto che *non puoi* lasciarla andare, Mikhail, non che non lo faresti, che non lo farai. Hai detto che non puoi; c'è una differenza».

«Per me. Ma per lei? Che possibilità di scelta le sto dando?»

«Ho sempre creduto in te, nella tua forza e nella tua bontà. È da così tanto tempo che senti leggende e menzogne sulla tua razza che stai cominciando a credere a delle sciocchezze. Un vegetariano trova repellente chi mangia carne. La tigre ha bisogno di prede per sopravvivere. Una pianta ha bisogno d'acqua. Abbiamo tutti bisogno di qualcosa. Tu prendi solo ciò che ti serve. Inginocchiati, ricevi la benedizione di Dio e torna dalla tua donna. Troverai un modo per proteggere il tuo vento».

Mikhail si inginocchiò obbediente, a testa china, lasciandosi confortare dalle parole piene di pace del vecchio. Fuori, la furia della tempesta si placò all'improvviso, come se avesse esaurito la sua rabbia e potesse finalmente riposare.

«Grazie, padre», sussurrò Mikhail.

«Fai ciò che devi per proteggere quelli della tua razza, Mikhail. Agli occhi di Dio, loro sono suoi figli».

Capitolo 4

Mikhail abbracciò le forme esili di Raven e la strinse forte a sé per proteggerla. Dormiva profondamente, leggerissima, con il viso pallido. C'erano ombre profonde sotto i suoi occhi. Le sussurrò con dolcezza: «Mi dispiace per tutto questo, piccola, e di averti messo in questa posizione. Bestia come sono, so che lo rifarei. Ma non morirai, non lo permetterò».

Tracciò una linea su una vena del polso e riempì il bicchiere accanto al letto con il liquido rosso scuro. *Ascoltami, Raven. Devi bere ora. Obbediscimi.* Le premette il bicchiere sulle labbra pallide, le versò il contenuto nella gola. La virtù guaritrice del suo sangue era potente, le avrebbe garantito la sopravvivenza.

Raven tossì e sputò, cercò di staccare la bocca dal bicchiere come già aveva fatto. *Obbediscimi subito. Devi bere tutto.* Stavolta il comando di Mikhail fu più forte. Raven era disgustata dalla bevanda, il suo corpo lottava per rifiutarla, ma la forza della volontà di lui ebbe la meglio, come sempre.

Mikhail! Lui udì il grido disperato nella sua mente.

Devi bere, Raven. Fidati ancora di me.

Lei si rilassò e tornò a sprofondare nel sonno, obbedendogli con riluttanza.

Mikhail aveva intuito confusamente i suoi pensieri, l'agitarsi delle sue emozioni. Lei credeva di vivere un incubo. Il suo colorito era migliorato. Soddisfatto, Mikhail si stese accanto a lei. Raven avrebbe ricordato lo scambio di sangue come parte dell'incubo. Mikhail si appoggiò su un gomito, indugiando a osservare il suo viso, le lunghe ciglia folte, la pelle perfetta e gli zigomi alti. Non si trattava solo della sua bellezza, lo sapeva; ma di ciò che aveva dentro, della compassione e della luce che le facevano accettare la sua natura, selvaggia e indomita.

Un miracolo simile sfidava la sua immaginazione. Proprio quando si era deciso a esporsi al sole senza esitazioni, un angelo gli era venuto incontro. Un sorriso gli addolcì lentamente la bocca. Il suo angelo si rifiutava di fare qualunque cosa le ordinasse. Reagiva molto meglio quando era così delicato da chiederglielo. Da troppo tempo era abituato all'obbedienza di tutti coloro che si trovavano sotto la sua protezione. Doveva ricordarsi che lei era mortale, cresciuta in un'epoca diversa, con valori diversi. I maschi carpaziani avevano un'innata tendenza a considerare la protezione delle donne e dei bambini un loro dovere. Con poche femmine e nessuna bambina nata da decenni, era di vitale importanza preservare ogni donna.

Raven era mortale, non carpaziana. Non apparteneva al suo mondo. Se se ne fosse andata, avrebbe portato con sé ogni colore e ogni emozione di Mikhail. Gli avrebbe tolto l'aria che respirava. Chiuse gli occhi a quel pensiero. Dove avrebbe trovato la forza di lasciarla andare via? Aveva ancora tanto da fare prima dell'alba. Voleva restare con lei, abbracciarla, dirle quanto fosse importante per lui, che era nel suo cuore, che non poteva lasciarlo, perché non sapeva se sarebbe sopravvissuto. Anzi, era certo del contrario.

Emise un sospirò pesante e si alzò. Doveva recuperare le forze e mettersi al lavoro. Sbriciolò di nuovo le erbe curative, poi fece addormentare Raven ancora più profondamente. Sigillò con grande cura i punti di accesso alla sua casa e inviò un ordine anche alle creature della foresta. Se qualcuno si fosse avvicinato al suo nascondiglio o l'avesse minacciata in qualsiasi modo, lo avrebbe saputo all'istante.

Chiamati da Mikhail, Jacques e Byron lo incontrarono tra gli alberi sopra la casa di Noelle e Rand. Il corpo, una volta scoperto, era stato adeguatamente cremato, com'era loro costume. «Non avete toccato nient'altro?», chiese Mikhail.

«Solo il corpo. Tutti i loro vestiti e oggetti personali li abbiamo lasciati così com'erano», lo rassicurò Byron. «Rand non è tornato nella casa. Dovevano aver preparato qualche trappola per te. Il corpo è stato lasciato lì di proposito, come esca».

«Ah, di questo sono certo. Useranno tutta la tecnologia moderna che hanno a disposizione: telecamere, video». Mikhail aveva un'espressione torva. «Credono a tutte le leggende. I pali di legno, l'aglio, la decapitazione. Sono talmente primitivi e prevedibili». Nella sua voce echeggiava come un ringhio il disprezzo per gli assassini. «Si danno tanta pena per imparare qualcosa su di noi prima di condannarci a morte».

Byron e Jacques si scambiarono un'occhiata inquieta. Mikhail poteva essere letale in quello stato d'animo. Puntò su di loro gli occhi socchiusi, brucianti di furia. «Voi rimanete qui di guardia. Se mi dovessi trovare nei guai, uscite fuori. Non fatevi vedere». Esitò. «Se qualcosa andasse storto, ho un favore da chiedervi».

Mikhail aveva assunto il suo tono più formale. Byron e Jacques avrebbero dato la vita per lui. Ricevere la richiesta di un favore da parte del principe della loro razza era un privilegio raro. «La mia donna dorme profondamente. Sta riposando nella mia casa. Gli incantesimi protettivi sono molti e pericolosi. Dovete fare attenzione a scioglierli nel modo più scrupoloso. Dovete guarirla, insegnarle a schermare la mente e, se lei lo vorrà, tenerla sotto la vostra protezione. Per diritto di sangue tu, Jacques, erediterai il mantello del comando. Credo che in questo momento dovrebbe essere offerto a Gregori, per concederti il tempo che ti serve per imparare a comandare. Se Gregori non lo accettasse – e con tutta probabilità non lo accetterà – il mio mantello *deve* passare a te, Jacques. Scoprirai che portarlo non è sempre un piacere, come forse già sospetti. Se questo avvenisse, dovrai assicurarti la lealtà di Gregori a te e alla nostra razza. Dovrai farlo per me. Byron, tu aiuterai Jacques come Gregori ha aiutato me. Entrambi giurerete fedeltà a Gregori nel caso accettasse».

Tutti e due risposero solennemente con le parole vincolanti del giuramento. Byron si schiarì la gola. «Quella donna... l'hai... voglio dire, è una di noi?», domandò, cauto. Sapevano tutti che i vampiri avevano tentato la conversione di donne umane. Avevano perfino discusso la possibilità di tentare essi stessi, poiché si trovavano in condizioni disperate. Ma i rischi erano assai maggiori dei benefici. Le donne che erano state convertite erano impazzite, avevano ucciso dei bambini, ed era stato impossibile salvarle. Le doti dei carpaziani erano innate, e veniva loro inculcata una disciplina severa. I pochi che infrangevano le leggi erano puniti all'istante e con la massima durezza. La loro razza rispettava ogni forma di vita. Così doveva essere, dato il loro terribile potere.

Mikhail scosse la testa. «So che è lei la mia vera compagna. Il rituale l'aveva stremata. Non ho avuto altra scelta che quella di nutrirla». La sua risposta fu secca e scontrosa, una sfida a porgli altre domande curiose, a loro rischio e pericolo. «Non l'ho legata a me. Lei è mortale e sarebbe un errore».

«Faremo come desideri», ripeté Byron con un'occhiata inquieta a Jacques. Quest'ultimo pareva più divertito che preoccupato.

Mikhail si dissolse senza sforzo in nebbia e strisciò giù tra i rami imponenti dell'abete. Arrivato al suolo prese la forma di lupo. La nebbia non poteva sentire odori, e aveva bisogno del naso eccellente dei suoi fratelli irsuti. Avrebbe trovato una pista e l'avrebbe seguita. Dopo tutto, anzi prima di tutto, era un predatore. Il suo intelletto sviluppato serviva solo ad amplificare le sue abilità di cacciatore.

Il lupo fece il giro della radura, circospetto, con il naso al suolo, esaminando ogni albero nelle vicinanze della casa. Fiutò la morte, che gli riempì le narici del suo tanfo acre e pungente. Iniziò ad annusare il suolo in lungo e in largo, senza trascurare un palmo di terra. Identificò gli odori di Rand, Eric e Jacques. Trovò il luogo da cui gli assassini si erano avvicinati alla casa. Quattro uomini. Indugiò su ogni traccia fino a imprimerle tutte nella mente. Si soffermò a ricostruire con l'olfatto la scena macabra e sanguinosa.

Gli uomini si erano avvicinati di soppiatto, a tratti perfino strisciando da un nascondiglio all'altro. Il lupo ripercorse i loro movimenti sul terreno, alla ricerca di trappole nascoste. Arrivato alla porta si fermò, fece un giro cauto, e arretrò. Di colpo affondò le zampe posteriori nella terra, e si lanciò dritto contro una finestra, frantumandone il vetro e atterrando due metri più in là nella stanza. Nel corpo del lupo echeggiò amara la risata di Mikhail. I quattro assassini erano tornati sulla scena di quell'omicidio raccapricciante per installare delle telecamere e catturare immagini della sua razza. Se avessero avuto fegato, sarebbero rimasti ad aspettare la scoperta del cadavere. Avevano compiuto la loro opera brutale, e poi erano fuggiti da vigliacchi quali erano.

Una bile acida gli salì nella gola. Il lupo scrollò la testa ed emise un ringhio grave. Tre degli odori gli erano sconosciuti, il quarto molto familiare. *Un traditore.* Quanto aveva ricevuto per tradire Noelle? Il lupo balzò ancora e si schiantò contro un'altra finestra.

La telecamera avrebbe ripreso solo un lupo enorme, un movimento confuso di vetri infranti, nebbia, e poi ancora il lupo. Solo Mikhail e pochi altri cacciatori, Jacques e Gregori, Aidan e Julian erano capaci di una simile velocità nel mutare forma.

Iniziò a seguire le tracce degli assassini. Una di queste si separava presto dalle altre, inoltrandosi nel folto della foresta, e proseguiva allo scoperto, oltre il limitare degli alberi, vicinissima alla capanna di Edgar Hummer e all'ufficio del dottor Westhemer. Il lupo, riparato dagli alberi, rimase a fissare la piccola casa dietro l'ufficio con occhi sbarrati, rossi e crudeli. A un tratto il lupo si voltò, corse di nuovo fino al punto in cui le tracce degli assassini si dividevano e riprese a seguire le prime tre. Lo portarono dritto al rifugio in cui alloggiava Raven.

Mikhail si riunì con Byron e Jacques fra i rami dell'albero. «Tre di loro sono al rifugio. Li riconoscerò quando li incontrerò da vicino. Domani riaccompagnerò lì la mia donna a prendere le sue cose. Nel frattempo potrò identificare i loro odori. Non c'è modo di sapere se ci sono altri complici. Finché non lo scopriremo, dovremo fare molta attenzione. Hanno installato nella casa una telecamera: si aziona dalla porta. Dobbiamo tenercene alla larga tutti quanti». Mikhail rimase a lungo in silenzio.

«È il dottor Westhemer quello che visita Celeste?», chiese infine a voce bassa.

«Credo che vada dalla moglie di Hans Romanov. Lei lavora con il dottore e fa nascere quasi tutti i bambini», rispose Jacques.

«E anche Eleanor?», chiese Mikhail.

Jacques si mosse, a disagio. «Credo di sì».

«Quella donna ha assistito anche Noelle durante il parto?».

Byron si schiarì la gola. «Noelle ha partorito a casa con l'aiuto di Heidi Romanov. C'era anche Rand; mi ha chiamato e l'ho raggiunto. Quando la levatrice è andata via, Noelle ha avuto un'emorragia. Rand ha dovuto darle del sangue. Io sono rimasto con Noelle mentre Rand era a caccia. E no, la signora Romanov non ha visto niente di tutto questo. Non c'era nessuno nei paraggi, o me ne sarei accorto».

«È stato Hans Romanov a condurre gli altri da Noelle. Non so se la moglie sia stata complice, ma qualcuno ha informato gli assassini che i carpaziani si stavano riproducendo», annunciò Mikhail con un tono privo di emozione. I suoi occhi scintillavano e il corpo gli tremava per la collera; apriva e chiudeva le mani, ma la sua voce era perfettamente controllata. «È necessario scoprire se la donna è complice degli assassini».

«Deve esserlo», scattò Byron. «Perché stiamo aspettando?»

«Perché non siamo barbari e animali come ci definiscono quegli scellerati. Dobbiamo sapere se la levatrice ci ha traditi. E non spetta a noi fare giustizia, Byron. Togliere la vita a qualcuno non è qualcosa che si possa prendere alla leggera». Mikhail sentiva il peso di ognuna di quelle vite da secoli, ma con l'aumentare dei suoi poteri e delle sue responsabilità, cresceva anche la facilità con cui uccideva. Dal momento che le sue emozioni erano svanite, solo la sua forza di volontà e il senso del bene e del male gli impedivano di abbandonare l'anima ai sussurri insidiosi dell'oscurità che lottava per la supremazia.

«Cosa vuoi che facciamo?», chiese Jacques.

«Celeste ed Eleanor non sono al sicuro nelle loro case. Niente più visite dalla levatrice. Portate Celeste nella mia casa sul lago. Eric potrà studiare le antiche arti che ha trascurato. È un posto facile da difendere. Eleanor non può fare un viaggio tanto lungo».

«Possono usare la mia casa», si offrì Byron. «Saranno più vicini se avranno bisogno di aiuto». Eleanor era sua sorella, e l'aveva sempre amata molto. Pur avendo perso da tempo ogni emozione, lo ricordava.

«È rischioso. Se la vostra parentela viene scoperta e se lei fosse sospettata, o se ti vedessero aiutare Rand...». Mikhail scosse la testa, in disaccordo con quell'idea. «Forse dovrebbero prendere la mia casa».

«No!». La protesta fu unanime e istantanea.

«No, Mikhail, non possiamo permetterci di esporti al pericolo». Jacques era allarmato.

«Le nostre donne vengono prima di tutti noi, Jacques», gli ricordò Mikhail. «Senza di loro, la nostra razza perirà. Possiamo avere rapporti con le umane, ma non possiamo procreare con loro. Le nostre donne sono il nostro tesoro più prezioso. Ognuno di voi dovrà trovare un giorno la sua compagna e generare dei bambini. Ma dovete essere certi che quella sia la vostra vera compagna per la vita. Tutti voi conoscete i segni: la visione a colori, le emozioni, il desiderio irresistibile per lei. Il legame è forte. Quando uno dei due muore, l'altro sceglie di solito di seguirlo. Le alternative sono la morte, o diventare vampiri. Lo sappiamo tutti».

«Ma Rand...». Byron lasciò la frase in sospeso.

«Rand era diventato impaziente. Noelle era ossessionata da lui, ma non erano veri compagni. Credo che abbiano finito per odiarsi, intrappolati in quel rapporto morboso. Lui sopravviverà alla sua morte». Mikhail si sforzò di reprimere il disgusto. I veri compagni non sopravvivevano a lungo l'uno senza l'altra. Quella verità e l'alta mortalità dei loro bambini avevano quasi decimato la loro razza in declino. Mikhail non era sicuro che la sua gente sarebbe sopravvissuta fino al secolo a venire. Per quanto si sforzasse, non riusciva a trovare la speranza necessaria a impedire ai maschi di trasformarsi in vampiri.

«Mikhail...», Jacques misurò attentamente le parole, «solo tu e Gregori siete a conoscenza dei segreti della nostra razza. Sai che Gregori sceglierà un'esistenza solitaria. Solo tu puoi insegnare a noi altri, condurci, insegnarci a crescere. Se il nostro compito è sopravvivere e tornare forti, non possiamo farlo senza di te. Il tuo sangue è vita per la nostra gente».

«Perché mi dici questo?», proruppe Mikhail, restio a sentirsi dire la verità.

Jacques e Byron si scambiarono una lunga occhiata piena di apprensione. «È da qualche tempo che siamo preoccupati per il tuo continuo isolamento».

«Il mio ritiro era inevitabile e non vi riguarda affatto».

«Hai scelto di restare completamente solo, anche tra quelli di noi che chiami parenti di sangue», proseguì Jacques.

«Che cosa stai cercando di dire?», scattò Mikhail, impaziente. Era lontano da Raven da troppo tempo. Aveva bisogno di vederla, di stringerla, di entrare in contatto con la sua mente.

«Non possiamo permetterci di perderti. E se non vuoi continuare a vivere, inizierai a esporti a rischi sempre maggiori, a diventare imprudente», scandì lentamente Jacques.

Lo sguardo torvo di Mikhail si addolcì, e un sorriso gli distese gli angoli della bocca e rese più umani i suoi lineamenti perfettamente scolpiti. «Diavoli che non siete altro. Da quando tempo mi sorvegliate a mia insaputa?»

«Anche la coppia alfa dei lupi ha paura per te», ammise Jacques. «Poiché io sono del tuo sangue e sotto la tua protezione, mi accettano e parlano con me. Ti osservano durante le tue passeggiate solitarie e quando corri insieme al branco. Dicono che non c'è gioia in te».

Mikhail rise piano. «Per quest'inverno mi serve proprio una bella pelle di lupo. Quali che fossero i miei sentimenti, Noelle era nostra sorella, una di noi. Non avrò pace finché i suoi assassini non avranno scontato il loro crimine».

Jacques si schiarì la gola con una risata sfacciata che tradiva l'espressione spietata dei suoi lineamenti. «E scommetto che questa donna che tieni nascosta non ha niente a che vedere con il tuo improvviso desiderio di alzarti la notte».

La punta dello stivale di Mikhail spinse quasi Jacques giù dal ramo su cui era posato, come per punirlo per la sua audacia.

Byron si aggrappò al ramo con una presa salda. «Eleanor e Vlad possono stare con me. Sarà una protezione doppia per lei e il bambino che deve nascere».

Mikhail annuì. Per quanto la decisione non lo soddisfacesse, intuiva che avrebbero continuato a protestare se avesse insistito nel mettere a rischio la sua persona. «Per un paio di giorni, finché non avremo trovato una soluzione».

«Abbi grande cura di te, Mikhail», lo ammonì Jacques.

«Dormite in profondità, domani», rispose lui. «Ci danno la caccia».

Byron trasalì, improvvisamente allarmato. «Come farai ad andare sotto terra se la donna umana è con te?»

«Non la lascerò sola». La voce di Mikhail era inflessibile.

«Più in profondità saremo, più ci sarà difficile sentire il tuo richiamo se ti trovi in difficoltà», gli ricordò Jacques, sottovoce.

Mikhail sospirò. «Siete più insistenti di una vecchia zia zitella, voi due. Sono perfettamente in grado di proteggere il mio nascondiglio». Il suo corpo sfolgorò, si curvò e divenne quello di un gufo. Dispiegò un paio di ali enormi e si librò nel cielo, per tornare da Raven.

Inspirò profondamente, riempiendosi del profumo puro di lei, dissipando l'orrore delle scoperte di quella notte. Quel profumo era nella biblioteca, mescolato al suo. Inalò a fondo nei polmoni i loro odori e si chinò a raccogliere i loro vestiti sparpagliati. Voleva essere dentro di lei, toccarla, incollare la sua bocca alla sua, fondersi in un unico sangue, recitare le parole rituali che li avrebbero legati l'uno all'altra per l'eternità, così come doveva essere. Al pensiero che lei gli offrisse quel dono, accettando la sua offerta, fu turbato al punto da restare immobile finché l'urgenza nel suo corpo non si fu placata.

Fece una lunga doccia, lavandosi via quanto c'era in lui del lupo, la polvere e la terra, l'odore di un traditore. Tutti i carpaziani erano attenti a sviluppare le abitudini dei mortali. Cibo nella cucina, abiti negli armadi. Lampade in tutta la casa. Tutti loro si lavavano quando non ce n'era alcun bisogno, e quasi tutti scoprivano che era piacevole. Mikhail si sciolse i lunghi capelli scuri e andò da Raven. Per la prima volta si sentì compiaciuto del proprio corpo, del modo in cui si induriva e palpitava alla vista di lei.

Raven era addormentata, con i capelli sparsi come un drappo di seta sul cuscino. La coperta era scivolata via e solo i lunghi capelli le coprivano il seno. Era uno spettacolo erotico. Giaceva in attesa di lui, bisognosa di lui perfino nel sonno. Mikhail le mormorò dolcemente un comando per destarla da quel sonno indotto.

Il suo corpo scintillava alla luce della luna, la pelle morbida color di pesca. Mikhail le passò una mano sulla gamba. Quel contatto lo scosse profondamente. Le accarezzò i fianchi e le curve della vita sottile. Raven si mosse, inquieta. Mikhail si distese accanto a lei, la attirò tra le sue braccia, posò il mento sulla testa di lei.

La voleva, in qualunque modo possibile, ma le doveva un minimo di sincerità, per quanto gli costasse. Raven riemerse lentamente dal suo torpore, rannicchiandosi contro di lui come per consolarsi da un brutto sogno. Come poteva mai un'umana comprendere i bisogni di un maschio carpaziano nella frenesia sessuale di un vero rituale di accoppiamento? Nel corso dei secoli, Mikhail aveva temuto poche cose, ma più di ogni altra temeva di vedersi attraverso gli occhi innocenti di lei.

Si accorse da come respirava che era completamente sveglia, e dalla sua tensione improvvisa capì che si rendeva conto di dov'era e con chi. L'aveva privata della sua innocenza in modo brutale, e le aveva quasi tolto la vita. Come poteva perdonargli un atto simile?

Raven chiuse gli occhi, cercando disperatamente di separare la verità dalla finzione, la realtà dalla fantasia. Le doleva tutto il corpo, anche in punti dove non sapeva di poter provare dolore. Si sentiva diversa, più sensibile. Il corpo di Mikhail contro il suo era come marmo caldo, inamovibile e aggressivo, insopportabilmente sexy. Sentiva in modo distinto ogni fruscio e scricchiolio della casa e lo stormire dei rami fuori dalla finestra. Spinse via il petto di Mikhail per allontanare i loro corpi.

Mikhail strinse le braccia e affondò il viso nei capelli di lei. «Se riesci a toccare la mia mente, Raven, sai quel che provo per te». La sua voce aveva un tono roco e vulnerabile.

Raven ebbe un tuffo al cuore, suo malgrado.

«Non voglio che tu mi lasci, piccola. Trova il coraggio di restare con me. Forse sono un mostro. Non lo so più, davvero. So solo che ho bisogno che tu resti con me».

«Avresti potuto farmi dimenticare tutto», osservò lei, più a se stessa che a lui, come una domanda più che un'affermazione. Lui era stato violento, ma lei non avrebbe potuto dire che le aveva fatto del male. Semmai l'aveva portata alle stelle.

«Ci avevo pensato», ammise lui a malincuore, «ma non voglio che tra noi debba essere così. Mi dispiace di non aver avuto più rispetto per la tua innocenza».

Raven sentì l'angoscia nella voce di lui, e la sentì nascere di riflesso anche nel suo corpo. «Però ti sei assicurato che anche io provassi piacere». La parola più adeguata era estasi. Un battesimo del fuoco, uno scambio di anime. Lui era selvaggio, e l'aveva trascinata con sé nella tempesta infuocata. E lei lo voleva ancora, desiderava il suo contatto, la forza impetuosa del suo corpo. Ma lui era pericoloso, molto pericoloso. Ora lo sapeva. Sapeva che Mikhail era diverso, che dentro di lui viveva qualcosa più bestiale che umano.

«Mikhail». Raven spinse ancora contro il suo petto, solido come un muro. Aveva bisogno di respirare, di pensare senza sentire il calore della sua pelle e la sua voglia impellente.

«Non farmi questo!». La voce di Mikhail era un comando tagliente. «Non escludermi».

«Mi stai chiedendo di impegnarmi in qualcosa che travalica la mia immaginazione...». Raven si morse il labbro. «La mia casa è lontanissima da qui».

«Laggiù non hai nient'altro che dispiaceri, Raven». Non ammetteva la via d'uscita più facile per entrambi. «Sai che non sopravviverai da sola, e anche se ti illudi di poter rifiutare i tuoi poteri, quando verranno a chiederti aiuto dopo un altro crimine mostruoso, dentro di te sai che non saprai rifiutare. Non è nella tua natura lasciare che un assassino rimanga in libertà quando potresti salvare la sua prossima vittima». Raccolse in una mano la massa setosa dei suoi capelli, come se potesse trattenerla con quel gesto. «Gli altri non possono prendersi cura di te come saprei fare io».

«E tutte le cose in cui siamo diversi? Ti comporti con le donne come se fossero cittadini di seconda categoria, e nemmeno troppo intelligenti. E purtroppo hai la capacità di imporre la tua volontà a chiunque ti si opponga. E io lo farei, continuamente. Io devo essere me stessa, Mikhail».

Lui le sollevò i capelli dietro la nuca e la sfiorò con un bacio lievissimo. «Sai che il mio atteggiamento verso le donne riflette il mio bisogno di proteggerle, e che non le considero inferiori. Opponiti a me quanto vuoi, piccola. Io amo tutto di te».

Le accarezzò con il pollice la curva morbida del seno, scaldandole il sangue, trasmettendole brividi di eccitazione. Raven lo voleva impetuoso, voleva che la desiderasse. Mikhail aveva un controllo eccezionale, e la consapevolezza di poter fargli perdere quel controllo era per Raven un potente afrodisiaco.

Mikhail si chinò verso il capezzolo invitante. Sfiorò Raven delicatamente con la lingua, baciò la punta vellutata, la attirò nell'antro umido e caldo della sua bocca. Raven emise un tenue sospiro e chiuse gli occhi. Il suo corpo si risvegliava, ogni nervo invocava che lui la toccasse. Si sentiva liquefatta, arrendevole, fusa nel calore del suo corpo.

Non era quello che voleva. Le lacrime le bruciarono nella gola, dietro gli occhi. Non lo voleva, ma ne aveva bisogno. «Non farmi del male, Mikhail», sussurrò contro i muscoli del suo petto. Era una supplica per il loro futuro. Raven sapeva che lui non le avrebbe mai fatto del male fisico, ma che la loro vita insieme poteva essere molto turbolenta.

Mikhail sollevò la testa, si spostò in modo da bloccarla con il suo peso. I suoi occhi scuri osservarono con cupidigia quel viso piccolo e fragile. Lo prese tra le mani, carezzandole col pollice il mento e il labbro inferiore così pieno. «Non avere paura di me, Raven. Non senti la forza delle mie emozioni, il mio legame con te? Io darei la vita per te». Poiché non voleva menzogne tra loro, ammise l'inevitabile. «Non sarà facile, ma insieme affronteremo tutto». La sua mano strisciò sul ventre piatto, scese oltre, nel folto dei suoi riccioli scuri.

Lei gli fermò la mano. «Che cosa mi è successo?». Si sentiva smarrita. Era svenuta? Era tutto così confuso. Sapeva per certo che Mikhail l'aveva obbligata a bere un intruglio medicinale disgustoso. Aveva dormito. Poi aveva avuto degli incubi. Era abituata a farne, ma quello era stato orribile. Le avevano premuto la bocca su una tremenda ferita nel petto di qualcuno. Il sangue scorreva a forza nella sua gola. Si era dibattuta, aveva tossito e sputato, ma in quel mondo da incubo, non era riuscita a liberarsi. Aveva cercato di chiamare Mikhail. E poi aveva alzato lo sguardo e lui era lì, che la guardava con i suoi occhi scuri e misteriosi, premendole la testa contro la ferita sul suo petto. Era forse perché si trovava nella terra di Dracula e Mikhail le ricordava un principe tenebroso?

Raven non riuscì a trattenersi; sfiorò con dita delicate il petto di lui, intatto. Le era accaduto qualcosa, e sapeva di essere cambiata per sempre, di essere in qualche modo una parte di Mikhail, e lui di lei.

Il ginocchio di Mikhail si insinuò delicatamente tra le sue gambe. Si spostò di nuovo sopra di lei, sovrastandola con le spalle larghe. Raven era senza fiato per la sua mole, la sua forza e la sua bellezza. Gentilmente, come avrebbe dovuto fare la prima volta, Mikhail si spinse dentro di lei.

Raven trasalì. Non riusciva a capacitarsi di come lui la riempisse, di come trasformasse il suo corpo in fuoco liquido. Se la prima volta era stato irruento, ora era tenero e gentile. Ogni spinta profonda suscitava in lei un desiderio sempre più forte, un'urgenza che la costringeva ad accarezzargli i muscoli tesi della schiena, a strisciare con la bocca sul suo collo, sul suo petto.

Mikhail si sforzava di controllarsi, facendo appello alla sua straordinaria disciplina. La bocca di lei, il contatto delle sue dita sulla pelle, lo facevano impazzire. Il sesso di Raven era stretto; un velluto caldo lo avviluppava e alimentava il suo fuoco. Sentiva agitarsi la belva imprigionata dentro di lui, la sua fame infuriare, il suo corpo muoversi più veloce, più a fondo, i loro cuori sul punto di fondersi. Aprì la mente e cercò quella di lei. La voglia di Raven lo incitava a continuare. Le sue dita gli graffiavano la schiena, mentre era sommersa da un'onda di piacere dopo l'altra. Mikhail si abbandonò al fuoco prima che la belva potesse scatenarsi. Si riversò dentro di lei, si sentì avvolto da quel calore. Si lasciò sfuggire un ringhio sordo di totale appagamento.

Mikhail ricadde su di Raven, ancora dentro di lei, momentaneamente saziato. Sentì delle lacrime sul suo petto. Sollevò lentamente la testa e si chinò ad assaporarle. «Perché piangi?»

«Come potrò mai trovare la forza di lasciarti?», mormorò lei piano, afflitta.

Gli occhi di Mikhail si incupirono minacciosi. Si girò di lato, percepì il suo disagio nel mostrarsi nuda, e la coprì. Raven si alzò a sedere, scostò dal volto la pesante massa di capelli con quel gesto innocente e sensuale che lui amava tanto. I suoi occhi azzurri erano pieni di sospetto.

«Tu non mi lascerai, Raven». La sua voce risuonò assai più aspra di quanto volesse. Con un grande sforzo, si costrinse ad addolcirla. Lei era giovane e fragile; doveva tenerlo sempre a mente. Raven non aveva idea di quale sarebbe stato il costo della loro separazione.

«Come potresti andartene così, dopo aver provato quel che c'è tra noi due?»

«Lo sai, non fingere di non saperlo. Io sento le cose, le percepisco. Tutto questo è troppo insolito per me. Non conosco le leggi di questo paese, ma quando qualcuno viene ammazzato, di solito le autorità e la stampa ne sono informate. Ma questa è solo una cosa, Mikhail; meglio non parlare di ciò di cui sei capace, come quando hai quasi strangolato Jacob, mio Dio. Sei totalmente diverso da me e lo sappiamo tutti e due». Si strinse la coperta intorno alle spalle. «Io ti voglio, non riesco neanche a pensare di stare senza di te, ma non capisco proprio cosa stia succedendo».

Le passò la mano sui capelli con una carezza conturbante, immergendo le dita tra le ciocche seriche fino a toccarle la schiena nuda. Quel contatto la fece sciogliere, le fece drizzare la punta delle dita. Raven chiuse gli occhi e posò la testa sulle ginocchia. Non poteva resistergli in alcun modo.

Mikhail le posò una mano sulla nuca, massaggiandola piano. «Siamo già impegnati l'uno con l'altro. Non riesci a sentirlo, Raven?», sussurrò con voce roca, piena di calore e sensualità. Sapeva di lottare contro i suoi istinti e il suo senso innato di autoconservazione. Scelse con cura le parole. «Sai chi sono io, cosa c'è dentro di me. Anche se fossimo separati dalla distanza, avresti comunque bisogno di sentire le mie mani su di te, la mia bocca sulla tua, il mio corpo nel tuo, una parte di te».

Quelle parole bastarono a scaldarle il sangue, ad alimentare quel dolore profondo dentro di lei. Raven si coprì il viso, vergognandosi di avere tanto bisogno di qualcuno che era in fin dei conti un perfetto sconosciuto. «Vado a casa, Mikhail. Sono talmente presa da te che sto facendo cose che non avrei mai creduto possibili». Non era solo una questione fisica, purtroppo. Non voleva sentire la sua solitudine, la sua grandezza, la sua incredibile forza di volontà e il suo inarrestabile impulso a proteggere coloro che guidava. Eppure lo sentiva. Sentiva il suo cuore, la sua anima, la sua mente. Aveva parlato con lui senza usare la voce, aveva condiviso la sua mente. Sapeva di portarlo dentro di sé.

Mikhail le cinse le spalle con un braccio e la attirò a sé, rannicchiata com'era. Per consolarla o per trattenerla? Raven ingoiò le lacrime che le bruciavano negli occhi. Nella sua mente si riversavano suoni, fruscii, scricchiolii. Si coprì le orecchie con le mani per non sentirli. «Che cosa mi sta succedendo, Mikhail? Cosa abbiamo fatto che mi ha cambiata così?»

«Tu sei la mia vita, la mia compagna, la mia metà mancante». Tornò a carezzarle i capelli con infinita delicatezza. «Quando quelli come me si uniscono, è per tutta la vita. Io sono un vero carpaziano; appartengo alla terra. Abbiamo dei doni speciali».

Raven si voltò a guardarlo con i suoi enormi occhi azzurri. «Doti telepatiche. Le tue sono molto forti, molto più delle mie. E così sviluppate. È sbalorditivo quel che riesci a fare».

«Il prezzo da pagare per questi doni è molto alto, piccola. Siamo oppressi dal bisogno di trovare un compagno, un'anima gemella. Quando ciò accade – e il rituale può essere tremendo per una donna innocente – non possiamo più vivere lontano dalle nostre compagne. I nostri bambini sono pochi; ne perdiamo molti nel primo anno di vita e quasi tutti nascono maschi. La nostra longevità è una benedizione e una condanna. Per quelli di noi che sono felici, una lunga vita è una benedizione, per chi è solo e tormentato, una condanna. È una lunga eternità di tenebra, un'esistenza arida e sterile».

Mikhail le prese il mento nell'incavo della sua mano e lo sollevò, costringendola a incontrare i suoi occhi scuri e vogliosi. Fece un respiro profondo. «Noi non abbiamo fatto sesso, piccola; non abbiamo fatto l'amore. La nostra unione è stata la cosa che più si avvicina a un autentico rituale di accoppiamento carpaziano per qualcuno che non sia del nostro sangue. Se tu mi lasci...». Le parole gli morirono in gola, e scosse la testa. Doveva legarla a sé irrevocabilmente. Le parole erano nella sua mente, nel suo cuore. La belva smaniava di pronunciarle. In tal modo lei non sarebbe mai più potuta fuggire, eppure non poteva farle questo, dire quelle parole a una mortale. Non aveva idea di ciò che le sarebbe successo.

La ferita sul seno sinistro di Raven doleva, pulsava, bruciava persino. Raven abbassò lo sguardo, vide il segno scuro, lo sfiorò con la punta delle dita. Ricordava la sensazione dei suoi denti che la schiacciavano sul pavimento, la sua forza, il ruggito minaccioso che usciva dalla sua gola come quello di un animale. Aveva preso il suo corpo come se gli appartenesse, selvaggiamente, quasi con brutalità, eppure qualcosa in lei aveva risposto alla sua fame e alla voglia feroce. Allo stesso tempo, era stato delicato, assicurandosi che lei provasse piacere per prima, attento alla fragilità delle sue ossa minute. Era impossibile resistere a quel miscuglio di tenerezza e irruenza, Raven non conosceva nessun altro uomo capace di toccarla come aveva fatto lui. Per lei poteva esserci solo Mikhail.

«Mi stai dicendo che sei di un'altra razza, Mikhail?». Raven cercava di orientarsi.

«Noi crediamo di appartenere a un'altra specie. Siamo diversi. Lo nascondiamo bene – siamo obbligati a farlo – ma siamo in grado di sentire cose inudibili per gli umani. Parliamo con gli animali, condividiamo le nostre menti così come i nostri corpi e i nostri cuori. Capisci, queste informazioni potrebbero essere la nostra rovina se cadessero nelle mani sbagliate. La mia vita è letteralmente nelle tue mani». *In molti sensi.*

Raven avvertì l'eco del suo pensiero prima che lui potesse reprimerlo. «Se io fossi andata nel panico, ti saresti fermato?».

Mikhail chiuse gli occhi, vergognandosi. «Vorrei poterti mentire, ma non posso. Ti avrei tranquillizzata, avrei fatto in modo che mi accettassi».

«Con un comando?»

«No!», negò lui con foga. Non si sarebbe spinto a tanto. Ne era certo. Era assolutamente convinto che l'avrebbe persuasa ad accettarlo.

«Questi poteri». Raven si sfregò il mento sulle ginocchia. «Sei fisicamente più forte di qualsiasi umano abbia mai conosciuto. E quel balzo nella biblioteca – mi sembravi un enorme felino della giungla –, anche quello fa parte delle capacità che hai ereditato?»

«Sì». La sua mano si impigliò di nuovo tra i suoi capelli, sollevò una ciocca e vi seppellì il viso, assorbendone il profumo. Il suo odore era su di lei, le sarebbe rimasto dentro. Un'ombra di soddisfazione passò nei suoi occhi imperscrutabili.

«Mi hai morso». Si toccò il collo, poi il seno. Un dolore dolce e caldo la invase al ricordo di quanto era stato impetuoso tra le sue braccia, del suo corpo convulso per il desiderio; la sua mente in tumulto, la bocca avida di lei.

Che cosa le stava succedendo per farle desiderare di nuovo tutto ciò? Raven aveva sentito parlare di donne così affamate di sesso da esserne praticamente schiave. Era questo che le stava accadendo? Sollevò una mano come a tenerlo a distanza. «Mikhail, sta succedendo tutto così in fretta. Non posso innamorarmi in due giorni e decidere della mia vita in pochi minuti. Non ti conosco, ho perfino un po' paura di te, di quel che sei, del potere che eserciti».

«Hai detto di fidarti di me».

«Ed è la verità. È proprio questo che mi fa diventare matta. Non lo vedi? Siamo così diversi. Tu fai cose assurde, eppure io ho voglia di stare con te, di sentire la tua risata, di discutere con te. Voglio vedere il tuo sorriso, il modo in cui ti brillano gli occhi, la fame e la voglia che hai quando mi guardi. Voglio togliere quel gelo dai tuoi occhi, quello sguardo assente che hai quando la tua bocca si indurisce e sembri così crudele e spietato. Sì, mi fido di te, ma non ne ho motivo».

«Sei molto pallida. Come ti senti?». Voleva dirle che era troppo tardi, che si erano spinti troppo oltre, ma sapeva che avrebbe solo aumentato la sua resistenza e l'avrebbe fatta agitare inutilmente.

«Mi sento strana, ho lo stomaco in subbuglio, come se dovessi mangiare qualcosa, ma il pensiero del cibo mi dà la nausea. Mi hai dato uno di quei tuoi intrugli di erbe, vero?»

«Bevi acqua e succhi per qualche giorno, un po' di frutta. Niente carne».

«Sono vegetariana». Si guardò intorno. «Che fine hanno fatto i miei vestiti?».

Mikhail assunse inaspettatamente un'aria orgogliosa, da maschio compiaciuto. «Mi sono fatto trasportare e ti ho strappato via i jeans. Resta con me stanotte e domani avrai vestiti nuovi».

«Ormai è quasi giorno», fece notare lei, restia a giacere di nuovo con lui. Non poteva stare sdraiata accanto a lui senza provare un desiderio bruciante. «E poi voglio fare una doccia». Prima che lui potesse obiettare, era scivolata giù dal letto, accuratamente avvolta nella vecchia trapunta.

Mikhail sorrise dentro di sé. Che si sentisse pure al sicuro; non gli costava nulla. Non le avrebbe permesso per nessun motivo di lasciare la sua casa, finché gli assassini alloggiavano al rifugio. Per scacciare dalla mente l'immagine di lei nuda sotto il getto dell'acqua, si concentrò sui dettagli delle sue emozioni prima che lui la portasse via a forza dalla sala da pranzo del rifugio.

Cosa le aveva provocato quel malessere quasi isterico quella notte? Era stata male fisicamente, la testa le era quasi scoppiata dal dolore. Aveva creduto che la sua reazione fosse provocata dalla sua collera, ma era stato lui ad andare in collera per la sua angoscia. Lo aveva sentito prima che quello zotico di un umano la toccasse con le sue mani immonde.

Mikhail sfiorò la sua mente, non riuscendo a impedirselo. Trovò ciò che si aspettava, lacrime e confusione. Il corpo di lei stava cambiando, a causa del suo sangue che le scorreva nelle vene. Secondo la leggenda, erano necessari tre scambi di sangue con un carpaziano per trasformare un umano. Il sangue che Raven aveva bevuto dalla coppa non contava, poiché non l'aveva preso direttamente dal corpo di Mikhail. Non aveva intenzione di trasformarla, di correre il rischio che diventasse una vampira folle. Si era già spinto pericolosamente in là. Lo avrebbe fatto un'ultima volta, e sarebbe durato per l'eternità.

Raven aveva sentito le sue parole, che erano tutte veritiere, ma Mikhail sapeva che lei non aveva idea di quale fosse la realtà. Avrebbe iniziato a sentire i sussurri in ogni stanza del rifugio, avrebbe saputo perfino se un'ape fosse entrata nella sala da pranzo. Il sole le avrebbe dato fastidio agli occhi e si sarebbe scottata facilmente. Gli animali le avrebbero rivelato i loro segreti.

Quasi tutti i cibi l'avrebbero fatta stare male. Ma soprattutto, avrebbe avuto bisogno di avere lui vicino, di toccare la sua mente, di sentire il suo corpo, di bruciare insieme a lui. Sentiva già tutto questo, e vi si opponeva nell'unico modo che conosceva, lottando per liberarsi di lui, per comprendere cosa le stesse accadendo.

Raven si appoggiò alla parete di vetro della doccia. Sapeva di non potersi nascondere nel bagno come una ragazzina che è scappata di casa, ma lui era così potente, così convincente. Voleva attenuare quelle rughe di tormento sul suo viso, voleva prenderlo in giro, discutere con lui, sentire la sua risata. Si sentiva ancora stranamente debole e le girava un po' la testa.

«Vieni qui, piccola». La voce di Mikhail la avviluppò come una carezza di velluto nero. Allungò le braccia dentro la doccia e chiuse il getto dell'acqua. Le afferrò i polsi e la tirò fuori da quel rifugio, poi avvolse il suo corpo esile in un telo.

Raven si asciugò i lunghi capelli, un rossore le percorse tutto il corpo. Mikhail sembrava così a suo agio, incurante della sua nudità. C'era qualcosa di indomito e magnifico nella sua forza bruta, nel modo indifferente in cui la accettava. Strofinò il corpo di Raven con un ampio asciugamano, tamponandole la pelle finché non fu di nuovo calda e rosea. L'asciugamano le sfiorò i capezzoli sensibili, indugiò sul suo sedere rotondo, scese nel solco del fianco.

Malgrado tutta la sua determinazione, Raven sentì il suo corpo risvegliarsi a quelle attenzioni. Mikhail le prese il viso tra le mani, si chinò a sfiorarle la bocca con la sua, leggerissimo, allettante. «Torna a letto», le sussurrò, e si mosse verso la camera.

«Mikhail», protestò lei debolmente, senza fiato.

Lui la tirò per un polso e le fece perdere l'equilibrio in modo da farla cadere contro di sé. Il corpo di lei si sciolse in quello di lui, i seni morbidi premuti contro i muscoli robusti, il segno del desiderio di lui che le premeva sul ventre. Le sue cosce erano due colonne possenti fuse, saldate alle sue. «Potrei fare l'amore con te tutta la notte, Raven», le mormorò seducente sfiorandole la gola. Esplorò con le mani tutto il corpo di lei, lasciando una scia di fuoco. «Voglio amarti tutta la notte».

«Ma non hai visto? È l'alba». Le sue dita, come dotate di una volontà propria, percorrevano con i polpastrelli il contorno dei suoi muscoli.

«Allora passerò il giorno a fare l'amore con te», le sussurrò sulla bocca, chinandosi ancora di più per mordicchiarle il labbro. «Ho bisogno di te, qui vicino. Tu scacci le ombre e rendi leggero il peso enorme che minaccia di schiacciarmi».

Raven passò le dita sugli angoli duri della sua bocca. «E questo lo chiami amore o possesso?». Abbassò la testa per premere la bocca contro lo sterno di lui e passare la lingua sulla pelle sensibilissima sopra il cuore. Non c'era nessun segno, nessuna cicatrice, ma la sua lingua seguì esattamente la linea della ferita che lui si era aperto, quando l'aveva costretta ad accettare il suo sangue vitale. Si era fusa con lui, leggendo la sua mente, le sue fantasie erotiche, ansiosa di tramutarle in realtà.

Mikhail sentì lo stomaco chiudersi, e il suo corpo rispose con violenza. Raven sorrise al contatto del sesso duro che bruciava contro la sua pelle. Non aveva inibizioni quando giaceva con Mikhail, solo un desiderio intenso di bruciare insieme a lui. «Rispondimi, Mikhail. Dimmi la verità». Sfiorò con le dita la punta vellutata del suo sesso, poi le chiuse intorno a quel calore duro e pulsante, infiammando la sua voglia. Stava giocando con il fuoco, ma lui non aveva la forza di fermarla; non voleva fermarla.

Le mani di lui si strinsero tra i suoi capelli umidi, due pugni stretti. «Entrambe le cose», disse con voce strozzata.

Chiuse gli occhi quando la bocca di lei si mosse sul suo addome piatto, lasciando una scia di fuoco. Ovunque lo toccasse, poco dopo arrivava la sua bocca, umida e calda. Lui la afferrò e la spinse a piegarsi su di lui. La sua bocca stretta e calda lo eccitava fino al delirio. Gli sfuggì un ringhio grave e minaccioso, mentre la belva rabbrividiva di piacere, in attesa di essere soddisfatta.

Le unghie di lei leggere, erotiche, raschiavano le sue gambe, massicce come colonne, infiammandogli le viscere. La mente di Mikhail si sfocò, si fuse più intimamente alla sua, un alone rosso di cupidigia, amore e fame insaziabile. Voleva il suo tocco, le sue mani, la sua bocca di seta che lo trasformavano in una fiamma viva e palpitante.

Mikhail la sollevò di peso, con mani come catene, ma facendo ogni sforzo possibile per rimanere conscio della sua forza. La bocca imprigionò quella di lei, corteggiandola, danzando, pulsando con tanto desiderio che lei gli si premette contro più forte, sfregando il corpo al suo.

«Dimmi che mi vuoi». La bocca di lui scese sulla sua gola, si richiuse sull'offerta del suo seno. Ogni movimento intenso sprigionava un'ondata di calore liquido.

«Lo sai che ti voglio». Lo strinse a sé e avvolse una gamba intorno alle sue.

Raven riusciva appena a respirare per il desiderio, lo stringeva, per farsi strada nel rifugio del suo corpo, della sua mente, per sentirlo dentro di sé, per esserne posseduta com'era giusto, nutrirlo al suo seno, essere trasportata nel suo mondo.

«Tutto quanto», disse lui roco, esplorando con le dita il folto dei suoi riccioli, accarezzandola. «Unisciti a me, alla mia maniera».

Raven si mosse quasi spasmodicamente contro la sua mano. «Sì, Mikhail». Voleva placare a ogni costo la sete di entrambi. Era consumata dallo stesso turbine, in cui era impossibile separare l'amore dal desiderio o la fame dalla voglia. Era in fiamme, tormentata nel corpo, nella mente e perfino nell'anima, incapace di distinguere dove finissero le emozioni disinibite di lui e dove cominciassero le sue.

Mikhail la sollevò senza sforzo con la sua potenza immane e la fece scivolare con estenuante lentezza sul suo ventre teso finché non premette sulla punta vellutata del suo sesso pulsante. Il calore di lei lo faceva bruciare, lo invitava. Raven gli avvolse le braccia intorno al collo e le gambe intorno ai fianchi, aprendosi a lui. La fece scendere piano su di sé, la penetrò con il suo sesso infuocato, in quel canale umido e stretto che lo fece rabbrividire, in preda a qualcosa di più che un semplice piacere: una sorta di inferno e paradiso erotico.

Raven gli affondò le unghie nelle spalle. «Fermati. Così non ce la faccio, è troppo grosso». Aveva un'aria spaventata.

«Rilassati, piccola. Noi apparteniamo l'uno all'altro. I nostri corpi sono fatti per unirsi». Scivolò ancor più dentro di lei, cominciò a muoversi a un ritmo lento e regolare, sciogliendo la sua tensione con le carezze.

Mikhail si spostò per poterla vedere in viso, possedendola con spinte profonde e sicure. Senza un pensiero conscio, le parole sgorgarono dalla sua anima. «Io ti prendo come mia compagna per la vita. Io appartengo a te. Ti offro la mia vita. Ti dono la mia protezione, la mia lealtà, il mio cuore, la mia anima, il mio corpo. Prendo in custodia la mia parte di te. La tua vita, la tua felicità e il tuo benessere verranno sempre prima dei miei. Tu sei la mia compagna per la vita, legata a me e affidata a me per l'eternità». Con quelle parole, un maschio carpaziano legava a sé la sua vera compagna per l'eternità. Una volta pronunciate, lei non poteva più sfuggirgli. Mikhail non aveva intenzione di legarla a sé, ma ogni suo istinto, tutto il suo essere lo obbligò a dire quelle parole che provenivano dalla sua anima, e i loro cuori divennero uno solo, come doveva essere. Le loro anime erano finalmente unite, le loro menti una sola.

Raven si lasciò placare da quelle parole e dal potere caldo del suo possesso. Il suo corpo parve sciogliersi intorno quello di lui. Mikhail la sollevò più in alto, chinando la testa per leccarle i capezzoli, stringendo il suo piccolo sedere. Raven gettò la testa all'indietro e i suoi capelli ricaddero su di loro, sfiorando la loro pelle nuda e facendola bruciare. Si sentiva in sintonia con la sua vera natura, libera e selvaggia. Si sentiva una parte di lui, la sua metà. Non poteva esserci nessun altro all'infuori di quell'uomo che la desiderava tanto, che aveva un bisogno così disperato di lei, che conosceva la solitudine della sua esistenza.

Mikhail si mosse più forte, più a fondo, girandosi per farla stendere sul bordo del letto e portare entrambi sempre più vicini al culmine del godimento. Sentì il corpo di Raven inarcarsi, irrigidirsi, spingersi contro il suo una volta, poi di nuovo. Raven gridò di piacere, e le parve che il suo corpo si dissolvesse in lui. Le ondate di piacere si susseguivano in modo tale che Raven credette di non poterne sopportare di più.

Mikhail si curvò lentamente su di lei, offrendole l'opportunità di fermarlo. Continuava ad affondare in lei, fissando gli occhi scuri nei suoi, ammalianti, supplichevoli. Raven inarcò la schiena per riceverlo meglio, offrendogli i seni, per saziare la sua fame inestinguibile.

Nella gola di Mikhail echeggiò un verso soddisfatto, che la fece tremare per l'eccitazione. Ora era aggressivo, le sue mani le sollevavano i fianchi esili per meglio possederla. Raven sentì le labbra di lui sfiorarle appena il seno, sopra il cuore. La sua lingua scivolò sul segno della sua pelle, calda ed erotica. Si immerse completamente in lei con una spinta possente, riempiendola. Poi affondò i denti nella carne tenera.

Raven gridò mentre un calore accecante le inondava il petto. Attirò a sé la testa di Mikhail, sentendo il turbine delle sue emozioni infuriare in lui mentre le fiamme salivano sempre più alte, finché credette di prendere fuoco. La bocca di Mikhail le percorreva la pelle, divorandola mentre la possedeva, consumandoli entrambi. Era una sensazione mai provata prima, erotica e incandescente.

Gridò il suo nome in un'estasi di abbandono, affondandogli le unghie nella schiena. Un desiderio primitivo la spingeva a cercare con la bocca i muscoli del petto di lui. Stavano per esplodere insieme, disintegrarsi, volare verso il sole. Mikhail sollevò la testa e lanciò un ruggito gutturale, poi si chinò di nuovo per nutrirsi.

Questa volta fu attento a non bere più del necessario per uno scambio. I loro corpi erano ancora congiunti. La leccò un'ultima volta per richiudere la ferita e sanare anche la minima escoriazione. Mikhail studiò il suo viso. Pallido, assonnato. Pronunciò un comando, con il corpo teso all'idea di ciò che stava per fare.

Il corpo di Raven era ancora palpitante di vita e accoglieva le sue spinte lunghe e profonde. Mikhail si squarciò il petto e le premette la bocca sulla carne rovente. Era un'estasi, il suo corpo era quasi squassato per il dolore. La belva dentro di lui gettò la testa all'indietro e ruggì di piacere e di appagamento per la fame momentaneamente saziata.

Mikhail le posò una mano sulla nuca e la strinse a sé, palpandole la gola e assaporando la sensazione di lei che si nutriva. Era puro erotismo, pura bellezza. Parlò piano, riluttante, quando fu sicuro che Raven avesse bevuto a sazietà. Le accarezzò i lunghi capelli e lasciò che la sua coscienza riaffiorasse.

Raven lo guardò sbattendo le palpebre e aggrottando la fronte confusa. «Lo hai fatto di nuovo». Posò la testa stanca sulla trapunta. «Per forza, altrimenti ogni volta che ci lasciamo trasportare sverrò». Si sentiva in bocca uno strano sapore metallico.

Prima che potesse identificarlo, Mikhail la baciò, leccandole i denti e il palato, esplorando e danzando con la sua lingia. Lentamente si staccò dal suo corpo, accarezzandola piano.

«Non riesco a muovermi», ammise Raven con un sorriso.

«Ora faremo un sonnellino e poi penseremo al resto del mondo», propose lui, e la sua voce era pura magia nera. Delicatamente la cullò tra le braccia, la stese comoda sul letto e la coprì. Le ciglia lunghe di lei sostennero il suo sguardo affascinato. Le sue dita le sfiorarono la gola e il solco tra i seni. Raven era ancora così sensibile che lui la sentì rabbrividire a quel contatto, e si sentì inondare di tenerezza.

«Se volessi davvero essere amata da te, avrei dovuto opporre più resistenza». Affondò la testa nel cuscino. «I miei capelli sono un disastro».

Mikhail si sedette sulla sponda del letto, raccolse tra le mani la massa setosa dei suoi capelli, e cominciò ad annodarli in una morbida treccia. «Se avessi opposto ancora più resistenza, piccola, il mio cuore non avrebbe retto», rispose divertito.

Raven gli passò una mano leggera sulla pelle nuda della coscia, ma non sollevò le lunghe ciglia. Mikhail rimase a lungo seduto sul bordo del letto a guardarla sprofondare nel sonno. Era così piccola, un'umana, eppure aveva cambiato la sua vita da un giorno all'altro. E lui si era impadronito della sua. Non aveva pronunciato le parole rituali volontariamente: era stato più un impulso irresistibile alla vista della preda che gli offriva la gola, in balìa della stessa costrizione.

Raven poteva ripetere quanto voleva che Mikhail era uno sconosciuto, ma avevano fuso le loro menti, condiviso lo stesso corpo e offerto la propria vita l'uno all'altra. Lo scambio del sangue mentre avevano fatto l'amore era la conferma definitiva del loro legame. Ciascuno offriva letteralmente la propria vita, giurava di sacrificarla per proteggere quella dell'altro. Era un rito meraviglioso, erotico. Era l'unione di mente, anima, corpo... sangue.

Ogni carpaziano proteggeva il luogo in cui dormiva anche dagli altri suoi simili. Erano vulnerabili nel sonno così come durante la passione amorosa. La decisione di prendere un compagno per la vita non era un atto consapevole; era un istinto, un appetito primario, e lo sapevano. Riconoscevano la loro metà. Mikhail riconosceva in Raven la sua. Aveva tentato di opporsi al rituale di congiungimento, ma i suoi istinti animali avevano avuto la meglio sui freni della civiltà. L'aveva trascinata nel suo mondo ed era responsabile delle conseguenze.

Dal piano di sopra iniziava a filtrare la luce. Mikhail finì di attivare le protezioni contro gli intrusi. La notte seguente sarebbe stata lunga. Aveva del lavoro arretrato e doveva andare a caccia. Ma ora aveva un momento di pace e appagamento.

Mikhail scivolò nel letto accanto a Raven, la strinse forte per sentire ogni palmo del suo corpo. Lei mormorò il suo nome nel sonno, si rannicchiò contro di lui con l'abbandono innocente di una bambina. Il cuore di Mikhail fece un balzo, e si sentì invadere da uno strano, placido calore. Pace. La toccò solo per il piacere di farlo. Chiuse la mano sul suo seno pieno, le sfiorò un capezzolo con la lingua, lievemente, soltanto una volta. Le stampò un bacio sulla gola nuda e le ordinò di dormire profondamente, regolando il suo respiro su quello di lei.

Capitolo 5

Raven riemerse dalle coltri fitte del sonno come lottando tra le sabbie mobili. *Lo hai fatto di nuovo!* L'indignazione la svegliò del tutto e la fece alzare di scatto. Era sola nella camera da letto. La camera da letto di Mikhail.

Nella sua mente echeggiò la risata beffarda dell'uomo. Raven scagliò contro la parete il cuscino con cui avrebbe voluto colpirlo. Aveva perso un'altra giornata. Cosa stava diventando? Schiava del suo piacere?

È un'idea interessante, rifletté lui.

Esci dalla mia mente!, protestò lei, poi si stirò con voluttà, con movimenti languidi e felini. Si sentiva deliziosamente indolenzita in tutto il corpo, un ricordo intimo del possesso di lui. Non riusciva a essere in collera; Mikhail la faceva ridere del suo comportamento oltraggioso. Come poteva esserne risentita quando il suo corpo si sentiva così?

Quando si alzò per fare una doccia, vide dei vestiti ripiegati per lei sul bordo del letto. Mikhail aveva fatto acquisti. Raven si ritrovò a sorridere, grata che se ne fosse ricordato. Tastò la stoffa della gonna, morbida e blu-notte, il maglione dello stesso colore. *Non mi hai comprato dei jeans.* Non resistette all'idea di prenderlo in giro.

Alle donne non si addicono gli abiti maschili, rispose lui senza scomporsi.

Raven entrò nella doccia, sciolse la lunga treccia per lavarsi i capelli. *Non ti piace come sto con i jeans?*

La risata di lui era genuinamente divertita. *È una domanda problematica.*

Dove sei? Senza rendersene conto, Raven lo stava invitando sensualmente. Si toccò appena il segno sul seno. A quel contatto, il marchio prese a pulsare, il sangue a ribollire.

Il tuo corpo ha bisogno di riposo, piccola. Non sono stato esattamente un amante delicato, vero? Il suo tono era ironico, ma dentro di sé si sentiva in colpa.

Raven rise piano. *Non ho molti altri termini di paragone, no? La mia vita non è stata una successione di amanti.* La sua risata sommessa lo avvolse come due braccia amorose. *Ma se vuoi, posso sempre trovare qualcuno per fare un confronto*, propose dolcemente.

Sentì delle dita forti tastarle la gola, curvarsi a stringerla. Come faceva? *Ah, ora sì che ho paura, brutto maschiaccio. Qualcuno dovrebbe proprio prenderti di peso e portarti in questo secolo, sai.*

Le dita le toccarono piano il viso e le accarezzarono il labbro inferiore. *Tu mi ami così come sono.*

Amore. A quella parola il sorriso le svanì dalle labbra. Non voleva amarlo. Lui aveva già fin troppo potere su di lei. *Non puoi trattenermi qui, Mikhail.* La parola giusta forse era ossessione, non amore.

Coniglietto. Non ci sono catene alla porta, e il telefono funziona perfettamente. E tu mi ami; non puoi farne a meno. Io sono perfetto per te. Sbrigati; devi mangiare.

Sei insopportabile. Mentre si spazzolava i capelli, si rese conto che la comunicazione telepatica tra loro era diventata molto più facile. Esperienza? Le tempie non le dolevano più per lo sforzo. Piegò la testa e si mise in ascolto dei suoni nella casa. Mikhail stava versando del liquido in una tazza; lo sentiva chiaramente.

Raven si vestì con calma, pensosa. Le sue doti telepatiche si stavano rafforzando; i suoi sensi erano più acuti. Era solo la presenza di Mikhail, o c'era qualcosa negli intrugli di erbe che le faceva bere di continuo? C'erano talmente tante cose che voleva imparare da lui. Aveva delle abilità psichiche enormi.

La gonna le frusciava intorno alle caviglie in modo sexy, e il maglione aderiva alle sue curve. Doveva ammettere che quei vestiti la facevano sentire femminile, così come le mutandine e il reggiseno di pizzo che Mikhail aveva scelto per lei.

Hai intenzione di startene lì seduta a fantasticare su di me tutta la notte?

La notte! Meglio che non si faccia notte di nuovo, Mikhail. Sto diventando una specie di talpa. E non montarti la testa; non stavo fantasticando su di te. Mentire a quel modo le costò uno sforzo notevole, ma ne fu compiaciuta.

E dovrei credere a una simile sciocchezza? Rideva di nuovo, e Raven fu costretta ad arrendersi al suo stesso senso dell'umorismo.

Vagò per la casa, ammirando le opere d'arte e le sculture. Fuori il sole era già scomparso dietro le montagne. Raven emise un sospiro rassegnato. Mikhail aveva portato un tavolino antico, squisitamente lavorato, sulla veranda fuori dalla cucina. Si voltò a guardarla mentre si avvicinava e un sorriso gli illuminò lo sguardo, scacciando le ombre dai suoi occhi. Raven sentì diffondersi un calore nel suo corpo.

Mikhail chinò la testa sfiorandole le labbra. «Buona sera». Le toccò i capelli, passandole le dita sul viso in una lunga carezza. Raven si lasciò condurre al suo posto a tavola, ammirando la sua galanteria europea. Mikhail le mise davanti un bicchiere di succo. «Prima di mettermi al lavoro, pensavo di andare a prendere le tue cose al rifugio». Le sue dita lunghe scelsero una tortina ai mirtilli e la posarono sul piatto antico. Era deliziosa, ma Raven era così sconvolta a quelle parole che riuscì solo a fissarlo per un istante con i suoi enormi occhi azzurri.

«Che vuoi dire, prendere le mie cose?». Non aveva mai pensato che lui pretendesse di abitare insieme nella stessa casa. La sua casa.

Mikhail fece un lento sorriso malizioso. «Potrei continuare a procurarti cose nuove».

Raven sentì la mano tremare. La posò sulle ginocchia, sottraendola allo sguardo di lui. «Non ho intenzione di trasferirmi qui, Mikhail». L'idea era spaventosa. Raven teneva molto alla sua privacy, e aveva bisogno di passare molto tempo da sola. Lui era la creatura più travolgente che avesse mai incontrato. Come avrebbe potuto affrontare la vita con lui costantemente vicino?

Mikhail alzò le sopracciglia di scatto. «No? Hai accettato le nostre abitudini; abbiamo compiuto il rituale. Ai miei occhi, agli occhi della mia gente, tu sei la mia compagna, la mia donna. Mia moglie. Forse le donne americane vivono separate dai loro mariti?».

Nella sua voce echeggiava quel tono beffardo, esasperante, che le faceva sempre provare l'impulso di scagliargli contro qualcosa. Raven intuì che dentro di sé lui stava ridendo di lei, della sua cautela.

«Noi non siamo sposati», disse lei con decisione. Era difficile ignorare il balzo di gioia al cuore che aveva sentito alle sue parole.

«Agli occhi della mia gente, agli occhi di Dio, lo siamo eccome». Nella sua voce risuonava una volontà implacabile, un tono assoluto che le fece accapponare la pelle.

«E ai miei occhi, Mikhail? I miei valori? Per te non contano niente?», chiese bellicosa.

«Vedo la risposta nei tuoi occhi, la sento nel tuo corpo. È inutile che tu ti opponga, Raven. Tu sai che mi appartieni...».

Raven si alzò di scatto e spinse via la sedia. «Io non appartengo a nessuno, tanto meno a te, Mikhail! Non puoi decidere quel che sarà della mia vita e aspettarti che io mi adatti ai tuoi progetti». Raven scese i tre gradini in direzione del sentiero che si inoltrava nella foresta. «Mi serve un po' d'aria. Mi stai facendo impazzire».

Mikhail rise piano. «Hai tanta paura di te stessa?»

«Va' al diavolo, Mikhail!». Raven si avviò per il sentiero, affrettando il passo prima che lui potesse nuovamente sedurla. E ne era capace, lo sapeva. Erano i suoi occhi, la forma della sua bocca, il sorrisetto che aveva quando si divertiva a provocarla.

La nebbia era densa, l'aria umida e pesante. Con il suo udito ormai sviluppatissimo, sentiva ogni fruscio tra i cespugli, ogni stormire di ramo, ogni battito d'ali nel cielo.

Mikhail camminava dietro di lei. «Forse sono io il diavolo, piccola. Sono certo che qualche volta l'hai pensato».

Gli lanciò un'occhiata furente. «Smettila di seguirmi!».

«Non sono forse un gentiluomo, il cui dovere è scortare a casa la sua dama?»

«Smettila di ridere! Se ridi ancora, giuro che non rispondo di me». Di colpo Raven si accorse delle sagome furtive e degli occhi scintillanti che la seguivano. Il cuore si fermò, poi prese a martellarle nel petto. «Bravo!». Si voltò di scatto e lo fulminò con lo sguardo. «Fantastico, Mikhail. Chiama i tuoi lupi per farmi sbranare. È proprio da *te*, logico».

Mikhail scoprì i denti scintillanti come un predatore affamato e rise piano. «Non sono certo i lupi a trovarti deliziosa».

Raven prese da terra un ramo spezzato e glielo lanciò contro. «Smettila di ridere, brutta iena! Non è divertente. La tua arroganza mi dà il voltastomaco». Dovette fare appello a tutto il suo autocontrollo per non scoppiare a ridere. La belva; Mikhail era troppo irresistibile per non essere pericoloso.

«Le tue espressioni americane sono molto colorite, piccola».

Lei gli lanciò contro un altro ramo, poi un sasso. «È ora che qualcuno ti dia una lezione che non ti scorderai per tutta la vita».

Sembrava un piccolo drago che sputasse fuoco e scintille. Mikhail inspirò lentamente, con pazienza. Raven era sua, così combattiva e piena di spirito, coraggiosa e indipendente. Gli scioglieva il cuore, gli penetrava l'anima con la sua risata gentile. La sentì nella sua mente, per quanto lei si sforzasse di nascondergliela. «E credi che sarai tu a darmela?», chiese prendendola in giro.

Un altro sasso sfrecciò verso il suo petto. Mikhail lo intercettò senza sforzo. «Credi che abbia paura dei tuoi lupi?», chiese lei, sprezzante. «Qui l'unico lupo cattivo sei tu. Chiama tutti i tuoi lupi. Avanti!». Finse di guardare torva nel folto della foresta. «Venite a prendermi. Che cosa vi ha detto?».

Mikhail aprì le dita di Raven, strette intorno al ramo che brandiva come una mazza, e lo fece cadere. Le passò un braccio intorno alla vita sottile, e strinse il suo corpo piccolo e morbido contro il proprio, imponente e muscoloso. «Gli ho detto che avevi il sapore del miele caldo», sussurrò con quella sua voce di velluto nero, da incantatore. La fece girare tra le sue braccia e le prese tra le mani il viso minuto e bellissimo. «Che fine ha fatto il timore reverenziale dovuto a un uomo potente come me?».

Le passò il pollice sul labbro, con fare sensuale. Raven chiuse gli occhi di fronte a ciò che sarebbe accaduto inevitabilmente. Le veniva da piangere. I suoi sentimenti verso di lui erano così forti che la gola le doleva e bruciava. Mikhail la baciò sugli occhi, sentì il sapore di una lacrima, cercò rifugio nella morbidezza della sua bocca. «Perché mai piangi per me, Raven?», le mormorò. «Desideri forse ancora fuggire? Sono davvero così terribile? Non permetterei a nessuna creatura vivente, uomo o animale, di farti del male, finché avrò il potere di impedirlo. Credevo che i nostri cuori e le nostre menti fossero in armonia. Mi sbaglio? Forse non mi vuoi più?».

Quelle parole le straziarono il cuore. «Non si tratta di questo, Mikhail, non potrei mai», si affrettò a negare, temendo di averlo ferito. «Ma tu fai crollare tutte le mie intenzioni migliori». Gli accarezzò il viso con la punta delle dita, e il suo tocco era pieno di venerazione. «Sei l'uomo più affascinante che abbia mai conosciuto. Sento che il mio posto è qui accanto a te, come se ti conoscessi completamente. Ed è impossibile, dato che stiamo insieme da così poco. So che se potessi allontanarmi un po' da te, riuscirei a pensare con più lucidità. È successo tutto così in fretta. È come se fossi ossessionata da te. Non voglio commettere uno sbaglio che ci farà soffrire tutti e due».

Mikhail le passò una mano sulla guancia. «Mi farebbe soffrire moltissimo se tu mi abbandonassi, se mi lasciassi nuovamente solo dopo che ti ho trovato».

«Voglio solo un po' di tempo, Mikhail, per riflettere bene su tutto. Mi faccio paura, quando sono con te; ho sempre voglia di toccarti, solo per il gusto di farlo, per sentirti sotto le dita. È come se ti fossi insinuato nella mia testa e nel mio cuore, addirittura nel mio corpo, e io non riuscissi più a toglierti da lì dentro». Lo disse quasi confessandosi, chinando il capo in segno di vergogna.

Mikhail le prese la mano e la invitò a camminare con lui. «È così che va tra la mia gente, quando si trova un compagno. Non è sempre facile, vero? Siamo per natura impetuosi, sessualmente avidi, e molto possessivi. Quello che stai provando, lo sento anch'io».

Raven strinse le dita intorno alle sue, e abbozzò un sorriso. «Ho ragione a credere che tu mi stia trattenendo qui di proposito?».

Mikhail si strinse nelle spalle. «Sì e no. Non voglio obbligarti contro la tua volontà, ma per quanto mi riguarda, siamo compagni per la vita, legati l'uno all'altra da un vincolo più irrevocabile del vostro matrimonio. Senza di te proverei un disagio estremo, sia fisico che mentale. Non so come reagirei al tuo contatto con un altro uomo, e onestamente, tremo all'idea».

«Apparteniamo davvero a due mondi diversi?», chiese lei tristemente.

Mikhail le prese la mano e la portò alle labbra. «Esiste una cosa chiamata compromesso, piccola. Possiamo muoverci tra i due mondi per crearne uno tutto nostro».

Raven fissò su di lui gli occhi azzurri, sorridendo. «Detto così sembra molto bello e molto moderno, Mikhail, ma ho la sensazione che sarei io a dover fare tutti i compromessi».

Con la sua strana galanteria europea, Mikhail scostò un ramo per farla passare. Il sentiero era un ampio ovale che conduceva di nuovo alla casa. «Forse hai ragione», ammise, nuovamente divertito, «ma ti ripeto, controllare e proteggere è nella mia natura da sempre. E non ho dubbi che tu sia pane per i miei denti».

«Allora perché siamo di nuovo a casa tua anziché al rifugio?», replicò lei, con una mano sul fianco e un lampo di ilarità negli occhi azzurri.

«Cosa dovresti fare laggiù a quest'ora?». La sua voce vellutata era più seducente che mai. «Resta con me stanotte. Potrai leggere mentre io lavoro, e ti insegnerò a schermare meglio la mente per proteggerti dalle emozioni indesiderate degli altri».

«Perché invece non mi insegni a schermare le orecchie? I tuoi intrugli medicinali hanno reso il mio udito sensibilissimo». Alzò un sopracciglio. «Hai per caso un'idea di cos'altro mi succederà?».

Mikhail le graffiò la nuca con i denti e le passò avidamente le mani sui seni. «Ne ho più di una, piccola».

«Ci avrei scommesso. Sei proprio un maniaco sessuale Mikhail». Raven sgusciò via dalla sua stretta. «E credo che tu abbia messo qualcosa in quell'intruglio per far diventare una ninfomane anche me». Si sedette al tavolo, prese con calma il bicchiere di succo, e lo guardò fisso. «È così?»

«Bevilo piano», ordinò lui distrattamente. «Da dove ti vengono certe idee? Sono stato molto premuroso con te. Mi hai sentito darti istruzioni?».

Raven si rese conto di non aver voglia di bere. «Mi fai dormire in continuazione». Raven fiutò cautamente il succo. Odorava di mela e di nient'altro. Non mangiava né beveva da quasi ventiquattro ore, perché dunque quella riluttanza?

«Avevi bisogno di sonno», disse lui, senza alcun rimorso. La guardò con i suoi occhi torvi di falco. «Il succo non è di tuo gradimento?»

«Sì, certo». Raven si portò alle labbra il bicchiere e sentì immediatamente il suo stomaco protestare. Posò il bicchiere intatto sul tavolo.

Mikhail emise un sospiro. «Devi nutrirti, lo sai». Si avvicinò. «Sarebbe così semplice se solo mi permettessi di aiutarti, ma hai detto che non devo. Ti sembra sensato?».

Raven distolse lo sguardo; le sue dita tamburellavano nervose sul bicchiere. «Forse mi sta venendo l'influenza. È da qualche giorno che mi sento strana, sono debole e mi gira la testa». Spinse via il bicchiere.

Mikhail glielo rimise davanti. «Ne hai bisogno, piccola». Toccò il suo braccio esile. «Sei già troppo minuta. Non credo che perdere peso sia una buona idea. Bevine un sorso».

Raven si passò una mano tra i capelli, desiderosa di compiacerlo, sapendo che aveva ragione. Il suo stomaco si ribellò di nuovo. «Credo di non farcela, Mikhail». Lo guardò turbata. «Davvero, non sto facendo i capricci; credo di non star bene».

Il volto cupo e sensuale di Mikhail aveva un'espressione spietata. La sovrastò e le fece stringere il bicchiere. *Devi bere.* La sua voce era bassa e intensa, non ammetteva repliche, rendeva impossibile disobbedire. «Non rigetterai il succo; il tuo corpo lo accetterà», disse gentilmente a voce alta, stringendole le spalle.

Raven lo fissò sbattendo le palpebre, poi guardò il bicchiere vuoto sul tavolo. Scosse lentamente la testa. «Non riesco a credere che tu sia capace di farlo. Non ricordo di aver bevuto, ma ora non mi sento male». Distolse lo sguardo, scrutando nel buio misterioso della foresta. La foschia luccicava debolmente ai raggi della luna.

«Raven». La sua mano le accarezzava la nuca.

Lei si sporse in avanti. «Non sai nemmeno quanto sei speciale, vero? Le cose che sai fare, non ho mai visto niente di simile. Mi fai paura, davvero».

Mikhail si appoggiò allo schienale, sinceramente sorpreso. «Prendermi cura di te è un mio diritto e un mio dovere. Se hai bisogno del sonno guaritore, è mio dovere dartelo. Se il tuo corpo ha bisogno di bere, perché non dovrei aiutarti? Perché mai dovresti averne paura?»

«Proprio non capisci, vero?». Raven fissò lo sguardo su un filamento di nebbia particolarmente curioso. «Qui tu sei il capo. È evidente che le tue capacità sono superiori alle mie. Non credo che potrei mai adattarmi alla tua vita. Io sono una solitaria, non una *first lady*».

«Ho grandi responsabilità, è vero. La mia gente conta su di me:

devo assicurarmi che i nostri affari vadano bene e dare la caccia agli assassini che ci colpiscono. Si aspettano addirittura che scopra da solo perché tanti dei nostri figli muoiono nel primo anno di vita. Non ho nulla di speciale, Raven, a parte una volontà di ferro e la disponibilità a portare questo fardello. Ma non ho nessun merito, non l'ho mai avuto. Tu mi hai dato una ragione per andare avanti. Sei il mio cuore, la mia anima, l'aria che respiro. Senza di te, non ho nulla tranne il vuoto e la tenebra. Il fatto che io abbia potere, che io sia forte, non significa che non possa sentirmi totalmente solo. Ed è un'esistenza fredda e atroce, quella di chi è solo».

Raven si portò una mano allo stomaco. Mikhail sembrava così distante, così solo. Era odioso vederlo così, muto e orgoglioso, in attesa che lei gli strappasse il cuore. Doveva consolarlo e lui lo sapeva. Leggeva nella sua mente: sapeva che lei non poteva sopportare la solitudine nei suoi occhi. Raven colmò la distanza che li separava. Non disse nulla. Cosa avrebbe potuto dire? Si limitò a posare la testa sul petto di Mikhail e a stringergli le braccia intorno ai fianchi.

Mikhail la circondò con le sue. Le aveva portato via la vita, a tradimento. Ora lei lo stava consolando, lo definiva un uomo speciale, grande ai suoi occhi, ma era ancora all'oscuro del suo crimine. Era legata a lui, non poteva sopravvivere a lungo lontano da lui. Mikhail non sapeva come spiegarle tutto senza tradire i segreti più profondi della sua razza. Lei credeva di non essere all'altezza del suo prestigio. Lo faceva sentire umile, lo faceva vergognare di sé.

Le prese il volto tra le mani, carezzandone i contorni con il pollice. «Ascoltami, Raven». Le sfiorò la testa con un bacio. «So di non meritarti. Tu credi di essere in qualche modo inferiore a me, ma in realtà tu sei così infinitamente migliore di me, che io non ho nemmeno il diritto di desiderarti».

Quando lei si mosse come a voler protestare, Mikhail la strinse più forte. «No, piccola. È la verità. Io vedo chiaramente in te, mentre tu non hai accesso a tutti i miei pensieri e ai miei ricordi. Io non posso rinunciare a te. Vorrei essere un uomo migliore, più forte, per poterti lasciare andare, ma non posso. Posso solo prometterti che farò tutto ciò che è in mio potere per renderti felice, per non farti mancare nulla. Ti chiedo di darmi tempo per imparare a conoscere le tue abitudini, e di avere pazienza con i miei errori. Se hai bisogno di sentire parole d'amore», la sua bocca scese a cercare quella di Raven, «io te le dirò con sincerità. Non ho mai voluto una donna per me. Non ho mai voluto che qualcuno avesse un tale potere su di me. Non ho mai condiviso con nessuna donna quello che ho condiviso con te».

Il suo bacio fu infinitamente delicato, una fiamma ardente che sapeva di amore e di tenerezza. «Tu sei nel mio cuore e ci resterai per sempre, Raven. Conosco meglio di te le differenze tra noi. Ti chiedo solo di darmi una possibilità».

Lei si voltò tra le sue braccia, spingendosi con amore verso di lui. «Credi davvero che possa funzionare? Che possiamo trovare un terreno comune?».

Non aveva alcuna idea di quale rischio Mikhail avrebbe corso veramente. Con lei accanto, non avrebbe più potuto rifugiarsi nella terra. Non avrebbe potuto lasciarla priva di protezione nemmeno per un giorno. Se avessero abitato insieme nella sua casa, il pericolo per lui sarebbe aumentato enormemente, e così per lei. Gli assassini non avrebbero fatto differenze. Ai loro occhi, lei sarebbe stata condannata. Dopo tutti gli altri suoi crimini, Mikhail l'avrebbe anche trascinata in un mondo pieno di pericoli.

«Non lo sapremo finché non tentiamo». La circondò con le braccia, stringendola come se non volesse più lasciarla andare.

Raven lo sentì irrigidirsi di colpo. Mikhail alzò la testa, all'erta, come se fiutasse il vento e ascoltasse la notte. Raven si ritrovò a fare altrettanto, inspirando profondamente, aguzzando l'orecchio per cogliere i suoni nel profondo della foresta. Da lontano, la brezza gli portò l'ululato dei lupi che si chiamavano l'un l'altro, che chiamavano Mikhail.

Sbalordita, Raven si voltò di scatto verso di lui. «Stanno parlando con te! Come faccio a saperlo, Mikhail? Come è possibile una cosa del genere?».

Mikhail le scompigliò i capelli, con aria benevola. «È perché bazzichi nei posti sbagliati».

Gli rispose uno scoppio di risate. Gli provocò un tuffo al cuore, lasciandolo aperto e vulnerabile. «Questa poi», lo prese in giro. «Da quando il signore del maniero parla come un americano dei bassifondi?».

Mikhail sorrise maliziosamente. «Forse sono io quello che bazzica nei luoghi sbagliati».

«E forse per te c'è ancora speranza». Raven gli baciò la gola, il mento, la linea decisa della mascella.

«Ti ho già detto che sei splendida con questi vestiti?». Le cinse le spalle con un braccio e la condusse verso il tavolo. «Presto avremo compagnia». Senza fretta, versò un bicchiere di succo nel calice vicino a lui, sbriciolò tra le dita un dolce e lo sparse sui loro piatti.

«Mikhail?», chiese Raven sospettosa. «Stai attento a usare il contatto mentale. Credo che ci sia un'altra persona oltre a me con delle doti telepatiche».

«Tutta la mia gente ha queste capacità».

«Non dicevo una persona come te». Si sfregò la fronte. «Una persona come me».

«Perché non me ne hai parlato subito?», chiese piano, in tono imperioso. «Sai che stanno dando la caccia alla mia gente, che uccidono le nostre donne. Ho seguito le tracce di tre degli assassini e portavano dritte al rifugio dove alloggi».

«Perché non ne sono sicura, Mikhail. Cerco sempre di non toccare nessuno. Con gli anni ho imparato a non avere contatti, a non farmi toccare dagli altri». Si passò una mano tra i capelli, aggrottando lievemente la fronte. «Mi dispiace. Avrei dovuto dirti dei miei sospetti, ma non ne ero sicura».

Mikhail le accarezzò quella ruga sulla fronte con dita gentili e le sfiorò la bocca. «Non volevo aggredirti, piccola. Dobbiamo parlarne al più presto. Aspetta: senti?».

Raven tese le orecchie nel silenzio della notte. «Un'auto».

«A circa un miglio da qui». Inspirò a pieni polmoni l'aria della notte. «Padre Hummer e due sconosciuti. Donne. Con del profumo. Una più anziana».

«Oltre a me, ci sono solo altri otto clienti al rifugio». Raven aveva difficoltà a respirare. «Sono arrivati in gruppo. Una coppia di mezza età dall'America, Harry e Margaret Summers. Jacob e Shelly Evans sono fratello e sorella, dal Belgio. C'erano quattro uomini di vari paesi, da qualche parte in Europa. Non ho parlato molto con loro, a dire la verità».

«Chiunque di questi potrebbe essere con gli assassini», disse cupo Mikhail. Dentro di sé, era felice che Raven non avesse fatto troppo caso agli altri uomini. Non voleva che lei guardasse altri, mai.

«Penso che me ne sarei accorta, non trovi?», chiese Raven. «Ho a che fare con gli assassini più di quanto mi piaccia ammettere. Solo una di queste persone ha delle doti telepatiche, e di sicuro non più potenti delle mie».

Ora sentiva chiaramente il rumore dell'auto, ma nella nebbia fitta non riuscivano a vederla. Mikhail sollevò il mento di Raven con due dita. «Siamo già legati dal vincolo della mia gente. Vuoi che ci scambiamo la promessa come fa la tua?».

Gli occhi di Raven si spalancarono sbigottiti, due occhi in cui un uomo poteva smarrirsi, fissandoli per l'eternità. Un sorriso compiaciuto comparve sulla bocca di Mikhail. Era riuscito a sorprenderla davvero.

«Mikhail, mi stai chiedendo di sposarti?»

«Non sono sicuro di sapere come si faccia. Dovrei mettermi in ginocchio?». Ora sorrideva apertamente.

«Vuoi farmi una proposta di matrimonio mentre sta arrivando un'auto piena di assassini?»

«Aspiranti assassini», scherzò con un sorrisetto che le fece stringere il cuore. «Dimmi di sì. Sai che non puoi resistermi. Dimmi di sì».

«Dopo che mi hai fatto bere quel succo di mela disgustoso? Mi hai aizzato contro i tuoi lupi, Mikhail. La lista dei tuoi peccati sarebbe molto lunga, se mi mettessi a elencarla». Gli occhi le brillavano maliziosi.

Mikhail la prese tra le braccia e la strinse forte al petto, contro i suoi robusti fianchi. «Vedo che sarà necessario ricorrere a mezzi più persuasivi». Le sue labbra si mossero sul viso di lei come un marchio a fuoco, si incollarono alla sua bocca e le fecero tremare la terra sotto i piedi.

«Nessuno dovrebbe saper baciare così», sussurrò Raven. Mikhail la baciò di nuovo, con una dolcezza esasperante, pura magia, pura promessa. «Dimmi di sì, Raven. Senti quanto ho bisogno di te».

Mikhail la strinse di più a sé, premendo il suo desiderio contro il ventre piatto di lei. Prendendole la mano, la portò su quel gonfiore pulsante, sfregandole il palmo su e giù, tormentandosi e tormentandola. Le aprì la mente per farle sentire la voglia che lo trafiggeva, la forza della sua passione, l'onda di calore e di amore che la avvolgeva, che li avvolgeva entrambi. *Dimmi di sì, Raven*, le sussurrò mentalmente. Voleva che lei lo desiderasse allo stesso modo, che lo accettasse nel bene e nel male.

Approfitti del tuo potere in modo proprio sleale, rispose lei con una punta di ilarità, come miele caldo d'amore.

L'auto sbucò dalla nebbia e si fermò sotto le chiome degli alberi. Mikhail si voltò, piazzandosi d'istinto tra Raven e i tre visitatori come a proteggerla. «Padre Hummer, che piacevole sorpresa». Mikhail tese cordialmente la mano al prete, ma la sua voce era dura.

«Raven!». Shelly Evans spinse da parte il prete in malo modo e si slanciò verso Raven, ma divorando Mikhail con gli occhi.

Mikhail vide il lampo di sgomento negli occhi di Raven prima ancora che Shelly la toccasse, gettandole le braccia al collo e abbracciandola forte. Shelly non sapeva che Raven percepiva la sua invidia e la sua attrazione sessuale nei confronti dell'uomo. Mikhail avvertì la repulsione di Raven per il contatto fisico, per l'apprensione della donna, per le sue fantasie su Mikhail, ma riuscì a sorriderle e a ricambiare l'abbraccio.

«Perché fate così? È successo qualcosa?», chiese piano Raven, sciogliendosi dall'abbraccio di Shelly, più alta di lei.

«Be', mia cara», disse Margaret Summers in tono fermo, gettando un'occhiataccia a Mikhail e avvicinandosi a Raven. «Abbiamo insistito con padre Hummer perché ci accompagnasse a vedere come stava».

Non appena la mano ossuta e rugosa della donna le toccò il braccio, Raven avvertì l'inconfondibile pressione mentale. Nello stesso momento provò una fitta allo stomaco, e un milione di schegge le trafisse il cranio, ottundendole la mente. Per un attimo non riuscì a respirare. Aveva toccato la morte. Si ritrasse all'istante, sfregandosi il palmo sulla coscia.

Mikhail! Si concentrò totalmente su di lui. *Mi sento male.*

«La signora Galvenstein non le ha assicurato che Raven era al sicuro con me?». Mikhail si frappose delicatamente ma con fermezza tra Raven e la donna anziana. Aveva percepito il goffo tentativo della donna di sondare la mente di Raven quando l'aveva sfiorata. I suoi denti scintillarono bianchi. «Vi prego, entrate in casa mia e mettetevi comodi. Mi sembra che ormai fuori faccia piuttosto freddo».

Margaret Summers si guardava intorno con curiosità avida, osservando il tavolo con i due bicchieri e i piatti, e le briciole dei dolci. Fissò gli occhi su Raven, come se tentasse di intravedere il collo attraverso la stoffa del vestito.

Mikhail cinse Raven con un braccio, avvolgendola nell'abbraccio ristoratore del suo corpo. Represse un sorriso nel vedere la signora Summers trattenere Shelly finché padre Hummer non fu entrato per primo in casa di Mikhail. Erano talmente prevedibili. Chinò la testa. *Stai bene?*

Mi viene da vomitare. Il succo di mela. Lo guardò con aria accusatoria.

Lascia che ti aiuti. Non se ne accorgeranno. Si voltò, nascondendola alla vista degli altri. Pronunciò piano un comando e la baciò. *Va meglio ora?*

Lei gli toccò il viso, rispondendogli con le dita. *Grazie.* Si voltarono insieme verso gli ospiti.

Margaret e Shelly studiavano la casa di Mikhail con ammirata diffidenza. Quell'uomo aveva del denaro, e l'interno della casa lo dimostrava chiaramente: pavimenti di legno e marmo; colori caldi e lievi; pezzi d'arte e d'antiquariato. Margaret era molto colpita.

Padre Hummer si sedette comodamente sulla sua poltrona preferita. «Credo che abbiamo interrotto qualcosa di importante». Pareva soddisfatto e divertito di qualcosa, e i suoi occhi spenti scintillavano ogni volta che incontravano quelli neri e imperscrutabili di Mikhail.

«Raven ha acconsentito a diventare mia moglie». Mikhail si portò le dita di lei alle labbra. «Non ho avuto il tempo di darle l'anello. Siete arrivati prima che potessi metterglielo al dito».

Margaret toccò la Bibbia consunta posata sul tavolo. «Che cosa romantica, Raven. Pensate di sposarvi in chiesa?»

«Certo che la ragazza deve sposarsi in chiesa. Mikhail è un uomo di grande fede e non si accontenterebbe di niente di meno», intervenne bonario padre Hummer.

Raven strinse la mano di Mikhail mentre si rannicchiavano sul divano. Gli occhi scialbi di Margaret erano acuti come artigli. «Perché è rimasta qui nascosta, mia cara?». Il suo sguardo si posava ovunque, in cerca di chissà quali segreti.

Mikhail si mosse e si abbandonò pigramente all'indietro. «Non direi che fosse "nascosta". Abbiamo telefonato alla signora Galvenstein, la proprietaria del rifugio, e le abbiamo comunicato che Raven era qui da me. Di certo ve lo avrà riferito».

«L'ultima volta che ho visto Raven, stava andando a un appuntamento con lei nella foresta, per un picnic», dichiarò Margaret. «Sapevo che stava poco bene ed ero preoccupata, per cui mi sono fatta dire il suo nome e ho chiesto al prete di accompagnarci qui». Il suo sguardo vigile si posò su un antico specchio d'argento.

«Mi dispiace che lei sia stata in pensiero, signora Summers», disse Raven con dolcezza. «Ho avuto una brutta influenza. Se avessi saputo che qualcuno era preoccupato, avrei chiamato», aggiunse con decisione.

«Volevo accertarmene con i miei occhi». Margaret strinse le labbra ostinatamente. «Siamo entrambe americane, e mi sento responsabile verso di lei».

«Le sono grato per la sua sollecitudine. Raven è la luce della mia vita». Mikhail si sporse in avanti con il suo sorriso da predatore. «Mi chiamo Mikhail Dubrinsky. Non credo che ci siamo ancora presentati ufficialmente».

Margaret esitò; poi, sollevando il mento, gli tese la mano e borbottò il suo nome. Mikhail trasudava benevolenza e amore maliziosamente mescolati con una sana dose di pensieri lascivi per Raven.

Shelly si affrettò a presentarsi. «Signor Dubrinsky?»

«Mikhail, la prego». Il suo fascino era così intenso che Shelly quasi cadde dalla sedia.

Con molte moine, accavallò le gambe per offrire a Mikhail una vista migliore. «Mikhail, allora». Gli sorrise civettuola. «Padre Hummer ci ha detto che lei è appassionato di storia e che conosce moltissimi racconti e usanze del paese. Io sto scrivendo una tesi sul folklore locale, specialmente sulla possibile verità dietro le leggende locali. Lei sa nulla sui vampiri?».

Raven sbatté le palpelbre, cercando di non scoppiare a ridere. Shelly era assolutamente in buona fede, vittima com'era del fascino magnetico di Mikhail. Se Raven avesse riso, si sarebbe vergognata. Raven si concentrò sul pollice di Mikhail che le accarezzava il polso. La aiutava a sentirsi più forte.

«Vampiri», ripeté Mikhail in tono neutro. «Ovviamente la regione più famosa per i vampiri è la Transilvania, ma anche qui abbiamo delle storie. In tutti i Carpazi si trovano racconti straordinari. C'è anche un tour che ripercorre il viaggio di Jonathan Harker in Transilvania. Sono sicuro che lo trovereste molto divertente».

Margaret si sporse in avanti. «Lei crede che ci sia un fondo di verità in queste leggende?»

«Signora Summers!», esclamò Raven, sbalordita. «Lei non ci crede, vero?».

Margaret si fece scura in viso e contrasse le labbra, sdegnata.

«Io ho sempre creduto che ci fosse un briciolo di verità in quasi tutte le storie tramandate per generazioni. Forse è quello che pensa anche la signora Summers», disse gentilmente Mikhail.

Margaret annuì, visibilmente sollevata, ed elargì a Mikhail un sorriso benevolo. «Sono lieta che ci troviamo d'accordo, signor Dubrinsky. Un uomo nella sua posizione dovrebbe certo essere di larghe vedute. Come potrebbe tanta gente aver raccontato storie simili per centinaia di anni se non contenessero una qualche verità?»

«Un cadavere vivente?», chiese Raven, alzando le sopracciglia. «Non so nel Medioevo, ma oggi di certo me ne accorgerei, se dei morti iniziassero ad andarsene in giro a far sparire bambini».

«In effetti», assentì Mikhail, «che io sappia negli ultimi anni non ci sono state molte morti inspiegabili».

«Ma alcune persone del posto riferiscono avvenimenti alquanto strani». Shelly era restia ad abbandonare le sue idee.

«Certamente». Mikhail sorrise accattivante. «Sono di grande aiuto per gli affari. Alcuni anni fa... quando è stato, padre? Si ricorda di quando Swaney per attirare turisti si punse sul collo con un paio di ferri da calza e si fece fotografare dai giornali? Si appese al collo una ghirlanda di aglio e se ne andò per il paese, sostenendo che l'aglio lo faceva stare male».

«E lei come fa a sapere che non era vero?», chiese Margaret.

«Le punture gli si infettarono. Venne fuori che era allergico all'aglio e non ebbe altra scelta che confessare». Mikhail sorrise maliziosamente alle due donne. «Padre Hummer gli fece fare penitenza. Swaney recitò il rosario trentasette volte di fila».

Padre Hummer gettò indietro la testa e rise di gusto. «Certamente per un po' attirò l'attenzione di tutti. C'erano giornalisti ovunque. Fu uno spettacolo alquanto divertente».

Mikhail fece una smorfia. «Se ricordo bene, passai tanto di quel tempo fuori dal mio ufficio che in seguito, per recuperare, dovetti lavorare giorno e notte per una settimana».

«Perfino tu avevi abbastanza senso dell'umorismo per apprezzare quella trovata, Mikhail», disse padre Hummer. «Io sono in circolazione da un bel po', signore, e non ho mai incontrato un cadavere ambulante».

Raven si passò una mano tra i capelli e si massaggiò la testa che le pulsava. Le schegge di vetro la tormentavano. Era il tipo di dolore che Raven provava sempre al contatto prolungato con una mente malsana. La mano di Mikhail le sfiorò delicatamente la tempia e le accarezzò la pelle. «Si sta facendo tardi, e Raven si sta ancora riprendendo dall'influenza. Potremmo forse continuare la nostra conversazione un'altra sera?».

Padre Hummer si alzò all'istante. «Naturalmente, Mikhail, e anzi mi scuso per aver fatto irruzione qui in un momento tanto inopportuno. Le signore erano assai agitate e mi è sembrato il modo più comodo per dissipare i loro timori».

«Raven può venire con noi», si offrì Margaret premurosa.

Raven sapeva che non sarebbe sopravvissuta a un viaggio in auto con quella donna. Shelly annuiva decisa con la testa, sfoggiando con Mikhail il suo sorriso più smagliante. «Grazie mille, Mikhail. Mi piacerebbe molto ritornare su quest'argomento, magari prendendo appunti?»

«Naturalmente, signorina Evans». Mikhail le porse il suo biglietto da visita. «In questo momento sono sommerso di lavoro, e io e Raven vogliamo sposarci al più presto, ma farò del mio meglio per trovare un momento libero». Stava accompagnando gli ospiti verso la porta, usando la sua mole imponente e il suo sorriso disarmante per impedire che toccassero Raven. «Grazie, signora Summers, per la sua offerta di prendersi cura di Raven al mio posto, ma siamo stati interrotti, e voglio assicurarmi che Raven non vada via senza aver ricevuto il fatale anello».

Quando Raven fece per oltrepassarlo, Mikhail glielo impedì con un movimento così agile e naturale che nessuno lo notò. Le fece scivolare una mano sul braccio e le afferrò il polso sottile. «Grazie di essere venuti», aggiunse Raven dietro di lui, con voce flautata, temendo che la testa le sarebbe scoppiata in mille pezzi se solo avesse parlato troppo forte.

Quando i visitatori furono usciti, Mikhail la strinse tra le braccia con fare protettivo, con un'espressione sinistra sul volto. «Mi dispiace, piccola, che tu abbia dovuto patire questo». La riportò in casa e si diresse verso la biblioteca.

Raven lo sentì mormorare piano alcune parole nella sua lingua. Stava imprecando, e il pensiero la fece sorridere. «Quella donna non è cattiva, Mikhail; è morbosa, fanatica. È stato come toccare la mente di un invasato. Crede che quello che fa sia giusto». Strofinò la testa contro le sue mascelle rigide.

«Non è degna nemmeno di essere disprezzata», disse lui con disgusto. «È oscena». Mikhail la depose con delicatezza sulla comoda poltrona. «È venuta qui per mettermi alla prova, per portare un prete in casa mia credendosi più astuta di me. Il suo contatto psichico era goffo e inefficace. Usa la sua capacità telepatica per segnalare agli assassini chi dev'essere eliminato. Ha letto solo quello che io le ho lasciato leggere».

«Mikhail! Quella donna crede ai vampiri. Come potrebbe mai pensare che tu sia un cadavere ambulante? Tu hai dei poteri straordinari, ma non ti vedo a uccidere un bambino per tenerti in vita. Tu vai in chiesa, porti un crocifisso. Quella donna è fuori di testa». Si massaggiò le tempie pulsanti nel tentativo di alleviare il dolore.

Capitolo 6

Mikhail era chino su di lei, un'ombra scura, e reggeva in mano uno dei suoi miscugli di erbe. «E se invece fossi proprio un vampiro delle leggende, piccola, che ti tiene prigioniera nella sua tana?».

Raven sorrise alla sua espressione seria, al dolore nei suoi occhi pensosi. «Io ti affiderei la mia vita, Mikhail, vampiro o no. E quella dei miei figli. Sei arrogante, a volte prepotente, ma non potresti mai essere cattivo. Se sei un vampiro, allora i vampiri non sono come li dipingono le leggende».

Mikhail si allontanò; non voleva che lei vedesse quanto erano importanti per lui quelle parole, quell'accettazione così totale e incondizionata. Non gli importava che lei non sapesse quel che diceva. Sentiva la verità delle sue parole. «Quasi tutti hanno un lato oscuro, Raven, e io più di altri. Sono capace di estrema violenza, perfino di crudeltà, ma non sono un vampiro. Sono prima di ogni altra cosa un predatore, ma non un vampiro». La sua voce era roca e strozzata.

Raven gli si avvicinò per carezzargli le rughe profonde agli angoli della bocca. «Non ho mai pensato una cosa del genere. Sembra quasi che tu creda all'esistenza di esseri tanto terribili. Mikhail, se una cosa del genere fosse vera, io saprei che tu non sei uno di loro. Sei sempre così severo con te stesso. Io sento quello che di buono c'è in te».

«Davvero?», chiese lui, cupo. «Bevi questo».

«Spero che non mi faccia addormentare, perché stasera vorrei tornare nel mio letto al rifugio, a un certo punto», gli disse lei con fermezza mentre prendeva il bicchiere. Il suo tono era scherzoso, ma i suoi occhi erano pieni di ansia. «Sento davvero il buono che c'è in te, Mikhail. Lo vedo in tutto ciò che fai. Metti sempre gli altri al primo posto».

Lui chiuse gli occhi, angosciato. «È questo che pensi, Raven?».

Lei studiò il contenuto del bicchiere, chiedendosi come mai le sue parole lo ferissero. «Lo so. Ho fatto anch'io quello che ti stanno chiedendo ora, ma non ho dovuto andare fino in fondo e punire personalmente l'assassino. Credo che sia questo a consumarti dentro».

«Mi attribuisci dei meriti che non ho, piccola, ma ti ringrazio per la tua fiducia». Le strinse la nuca con le sue dita. «Però non stai bevendo. Allevierà il mal di testa». Le sue dita le massaggiarono le tempie calmando il dolore come per magia. «Come puoi pensare di tornare in quel rifugio quando sappiamo tutti e due che è lì che si trovano gli assassini? È quella donna che li conduce verso la mia gente. È già fin troppo curiosa sul tuo conto».

«Ma è impossibile che mi creda un vampiro, Mikhail. Perché dovrei essere in pericolo? Potrei perfino esserti d'aiuto». Un sorriso malizioso le incurvò gli angoli della bocca. «In questi giorni riesco a sentire molto meglio». Alzò il bicchiere alla sua salute e bevve la mistura.

«Non ammetto discussioni quando c'è in gioco la tua sicurezza. Non voglio che ti ritrovi nel mezzo di questa battaglia». Il suo sguardo cupo era chiaramente turbato.

«Avevamo stabilito di fare dei compromessi, Mikhail. Il tuo mondo e il mio. Devo essere padrona di me stessa. Devo prendere le mie decisioni da sola. So che tu non mi lasceresti mai affrontare da sola l'incubo di rintracciare un assassino. Io voglio aiutarti, essere presente. È così che si fa quando si è in due».

«Anche in circostanze normali, stare lontano da te sarebbe un tormento per me. Come posso tollerare che tu stia nella stessa casa degli assassini di mia sorella?».

Lei cercò di distrarlo, per scacciare il buio dai suoi occhi. «Prova su te stesso uno di quei trucchi che fanno addormentare, o insegnami a farlo. Sarò più che lieta di mandarti a nanna».

Lui le fece scivolare una mano sulla gola. «Ne sono certo. Come va la testa, piccola? Meglio?»

«Molto meglio, grazie. Dunque, dimmi cosa sai fino a questo momento». Raven lo guardò misurare a grandi passi il pavimento di legno, pieno di energia inquieta. «Ho già fatto queste cose, Mikhail. Non sono una dilettante, e non sono stupida. La signora Summers potrà anche sembrare una deliziosa vecchietta, ma è pericolosa. Se sta segnalando quelli che crede vampiri al suo gruppo di seguaci fanatici, altre persone potrebbero finire male. E questa gente evidentemente crede alla Summers. Hanno ucciso quella donna...».

«Noelle», la corresse lui piano. «Si chiamava Noelle».

Raven fissò gli occhi sul suo volto e gli trasmise calore e compassione. «Noelle», ripeté dolcemente, «è stata uccisa come in un manuale per cacciatori di vampiri. Il palo, la decapitazione, l'aglio. Abbiamo a che fare con un gruppo di invasati. Almeno sappiamo da dove cominciare. Possiamo dare per certo che anche il signor Summers è implicato. Quindi ne abbiamo già due».

«Quella sciocca ragazza, Shelly, non è che un diversivo. La usano per farsi aiutare con le sue ridicole domande. Non è implicata direttamente; non credono che all'occorrenza saprebbe tenere la bocca chiusa. Il fratello le ha instillato l'idea di studiare il folklore e questo viaggio per lei dovrebbe essere un'occasione per fare delle ricerche. Si lascia manipolare da lui con facilità». Mikhail si passò una mano tra i capelli folti. Aveva bisogno di nutrirsi al più presto. In lui c'era una rabbia cupa e fredda. Strisciava nel suo corpo, pericolosa e funesta. A quanto pareva Jacob non si faceva scrupoli nemmeno con la sorella. E aveva pensato a Raven in modo lascivo.

Raven alzò lo sguardo e incontrò gli occhi fissi di lui. Erano scuri, imperscrutabili, gli occhi di un cacciatore. Un brivido di inquietudine le corse lungo la schiena. Sentì le mani che le tremavano mentre metteva in ordine la gonna. «Cosa c'è?». A volte Mikhail sembrava uno sconosciuto, non l'uomo appassionato che conosceva, con lo sguardo sorridente e acceso di tenerezza, ma un uomo freddo e calcolatore, più letale e astuto di chiunque potesse immaginare. La sua mente si mise automaticamente a cercare quella di lui.

No! Una barriera calò di schianto tra le loro menti.

Raven sbatté le ciglia improvvisamente inondate di lacrime. Quel rifiuto era doloroso, e il fatto che venisse da Mikhail la feriva ancora di più. «Perché, Mikhail? Perché mi escludi? Hai bisogno di me, lo so. Tu sei così disponibile ad aiutare tutti, a essere tutto per loro. Io dovrei essere la tua compagna, essere tutto per te. Lascia che ti aiuti». Si avvicinò a lui lentamente, con cautela.

«Tu non sai cosa potrebbe succedere, Raven». Mikhail indietreggiò per sfuggire alla tentazione, al dolore di lei.

Raven sorrise. «Tu mi aiuti sempre, Mikhail. Ti prendi cura di me. Ti sto chiedendo di fidarti di me, di permettermi di essere quello di cui hai bisogno». La barriera mentale di Mikhail si stava lentamente sgretolando. Raven sentì il suo lutto misto a rabbia per la morte insensata di Noelle, e la paura per la sicurezza della sua compagna. Amore, forte e sempre crescente, e un appetito fisico e sessuale insieme. Quell'uomo aveva davvero bisogno di qualcuno che lo amasse e lo consolasse.

«Devi fare ciò che ti chiedo», disse lui disperato, lottando contro la belva che sollevava la testa, affamata.

Raven rispose con una risata bassa e seducente. «Invece no. C'è già troppa gente che considera la tua parola legge. Hai bisogno di qualcuno che ti sfidi un po'. So che non mi farai del male, Mikhail. Sento che hai paura di te stesso. Credi che dentro di te ci sia qualcosa che non posso amare, una specie di mostro che hai paura di farmi vedere. Io ti conosco meglio di quanto tu non conosca te stesso».

«Sei così imprudente, Raven, così ignara del pericolo». Strinse lo schienale di una sedia così forte che il legno fu sul punto di spezzarsi. Avrebbe portato impresso il segno delle sue dita per sempre.

«Quale pericolo, Mikhail?». Raven piegò la testa di lato, e i capelli le ricaddero su una spalla. Le sue dita salirono a giocare con il primo bottone della sua maglia. «Non potrei mai essere in pericolo a causa tua, nemmeno se ti infuriassi con me. Gli unici a essere in pericolo ora sono i miei vestiti». Fece un passo indietro, ridendo di nuovo, lasciando che quel suono lo scaldasse e accendesse la fiamma dentro di lui.

Il calore si concentrò e si diffuse; la voglia lo assalì, imperiosa e irresistibile, come una vampa rossa e accecante. «Stai scherzando con il fuoco, piccola, e io non rispondo di me». Fece un ultimo tentativo per salvarla. Perché non riusciva a capire quanto in realtà lui fosse egoista? Che si era impossessato della sua vita e che non l'avrebbe mai più lasciata libera? Era lui il mostro che lei non doveva vedere. Forse con il resto del mondo si lasciava guidare dalla logica e dalla giustizia, ma non con lei. Con Raven era sopraffatto da emozioni talmente sconosciute che non era in grado di controllarle. Si abbandonava a eccessi imperdonabili. Le aveva permesso di vedere la violenza nella sua mente, le aveva strappato i vestiti e aveva posseduto il suo corpo senza freni, senza pensieri.

Lei gli rispose mentalmente con calore e amore; reclamava il suo corpo, accettava il suo lato violento. Si fidava ciecamente dei sentimenti di lui, del suo impegno verso di lei.

Mikhail imprecò piano, strappandosi gli abiti che lo imprigionavano, balzando su di lei come un felino della giunga all'attacco. «Mikhail, mi piacciono questi vestiti», gli sussurrò lei sul collo, mentre la sua risata gli echeggiava ancora nella mente. Risate, gioia, nessuna traccia di paura.

«Toglíteli, quei maledetti vestiti», disse lui roco, confermando involontariamente la fiducia che aveva in lui.

Raven si spogliò con lentezza esasperante, armeggiando con i bottoni, mentre lui cercava il gancio della gonna. «Non sai cosa stai facendo», protestò lui con voce strozzata, ma le sue mani erano delicate sul corpo di lei, mentre le sfilava gli abiti, finché rimasero solo la pelle vellutata e i lunghi capelli setosi.

Mikhail le strinse la nuca con le sue dita forti. Lei era così piccola e fragile, la sua pelle calda. Aveva un profumo intenso di donna, come di miele selvatico, una brezza fresca. Mikhail la spinse verso la libreria, palpando le forme del suo corpo, la curva morbida dei seni, assorbendo il suo profumo fin nella pelle, nei tessuti, nelle viscere. Chinò la testa e trovò con la lingua la punta scura del capezzolo. Il demone dentro di lui indietreggiò al contatto con quella pelle liscia, con la donna che accettava la sua natura. Non la meritava.

Raven si sentì venir meno sentendo la sua bocca, così calda e avida, incollata al suo seno. Il ripiano dietro di lei la sosteneva, premendo contro le sue natiche nude. Si sentì invadere dall'eccitazione e dal presentimento del piacere. Gli occhi di Mikhail vagavano su di lei vogliosi e possessivi, pieni di tenerezza. L'intensità dei sentimenti che nutriva per lei le strinse il cuore, le fece venir voglia di piangere. Ovunque lo sguardo di lui si posasse, la sua pelle bruciava, il suo corpo soffriva di quel contatto.

Raven gli sciolse i capelli e se ne riempì le mani, godendo della sensazione dei muscoli possenti di lui sotto le dita. Lo sentiva tremare a quelle carezze, sentiva l'impeto dentro di lui che lottava per sprigionarsi. Dentro di lei si risvegliò qualcosa di altrettanto selvaggio. Voleva sentirlo palpitare tra le sue braccia, i muscoli compatti contro la sua pelle morbida, immergersi dentro di lei. Trasmise alla sua mente una serie di immagini erotiche, mentre assaporava con la bocca la sua pelle.

Le loro mani erano dappertutto, le loro bocche erano in fiamme, i loro cuori battevano all'unisono. Il loro sangue ribolliva come lava. Le dita di lui la trovarono umida e aperta al suo passaggio. Mikhail la trascinò sul pavimento e le sollevò i fianchi per unire i loro corpi. Il sangue gli tuonò nelle orecchie, e un turbine di emozioni lo travolse. Più a fondo si spingeva in lei, più lei lo accoglieva, calda e stretta, accettando la tempesta che era in lui.

La fame aumentava pericolosamente. Mikhail voleva il sapore dolce di lei, l'estasi dello scambio rituale. Se si fosse nutrito... Scacciò quella tentazione con un gemito. Non sarebbe mai riuscito a fermarsi prima di doverla nutrire a sua volta. Non poteva farlo. Doveva essere lei a decidere consapevolmente di entrare a far parte del suo mondo. Era un rischio troppo alto. Se lei non fosse sopravvissuta, lui l'avrebbe seguita nell'oblio. Sapeva bene cosa intendevano gli antichi quando dicevano che un compagno non poteva sopravvivere alla fine dell'altro. Non avrebbe voluto vivere senza di lei. Non poteva esserci Mikhail senza Raven.

Il suo corpo, il suo desiderio, le sue emozioni in tumulto stavano di nuovo per sopraffarlo e abbattere ogni autocontrollo. Non aveva mai sperimentato una simile profondità di sentimenti, un amore reciproco così totale. Lei era tutto: l'aria, il suo respiro, il suo cuore. La bocca di Mikhail si incollò a quella di Raven in lunghi baci inebrianti, scese sulla gola, sul seno, trovò il suo marchio. Soltanto un assaggio. Uno solo.

Raven si mosse tra le sue braccia, voltò la testa per offrirgli il petto, mentre affondava le mani tra i suoi capelli. «È meglio che io ti sposi, Mikhail. Hai un bisogno disperato di me». Lui alzò la testa e la guardò in viso, resa ancora più bella dalla passione, pronta ad accettarlo con tutti i suoi bisogni. Raven colmò il suo cuore di amore, placò la sua mente, la infiammò, unendosi al suo impeto. Lui le prese il viso tra le mani, fissando i suoi occhi neri nei suoi azzurro-violetto fino a smarrirsi. Poi sorrise.

«Mikhail», protestò Raven mentre lui si staccava delicatamente da lei.

Lui la fece voltare, le prese i fianchi e la tirò verso di sé. Quando entrò in lei, stringendole la vita sottile, si sentì esultante. Era salva! Colmo di gioia, si abbandonò al puro piacere sensuale del suo corpo. Si mossero insieme. Lei era incredibilmente stretta, infuocata, morbida come velluto. Quella combinazione era esplosiva.

I lupi avevano detto che Mikhail non conosceva più la gioia, ma Raven gliel'aveva restituita. Il suo corpo cantava, brillava di gioia. Per due volte la sentì vibrare, pulsare, e continuò ancora e ancora, come se volesse restare unito a lei per l'eternità. L'ombra scura sulla sua anima si dissipava. Era il dono di quella piccola, meravigliosa donna. Accelerò il ritmo e lei si lasciò condurre, facendolo godere ancora di più. Mikhail la sentì irrigidirsi ed emettere piccoli suoni gutturali che lo spinsero verso il culmine del piacere. Il suo corpo esplose in una fiamma e volarono fino al cielo, tanto che Raven invocò il suo nome perché lui la sorreggesse.

Le mani di Mikhail la aiutarono delicatamente a stendersi. Le carezzò i capelli e si chinò a baciarla dolcemente. «Non hai idea di quello che hai fatto per me stanotte. Grazie, Raven».

Lei aveva gli occhi chiusi, e le sue ciglia erano come due mezzelune scure sulla pelle. Sorrise. «Qualcuno deve pur insegnarti cos'è l'amore, Mikhail. Non il possesso o la proprietà, ma il vero amore incondizionato». Alzò una mano e, con gli occhi ancora chiusi, trovò le rughe di sempre intorno alla bocca di lui. «Devi ricordarti come si fa a giocare, a ridere. Devi imparare a volerti più bene».

Un sorriso gli addolcì gli angoli della bocca. «Mi sembra di sentire il prete».

«Spero tu gli abbia confessato di esserti approfittato di me», scherzò lei.

Mikhail rimase per un attimo senza fiato. Fu assalito da un senso di colpa. *Aveva* approfittato di lei. Forse non la prima volta, quando il lungo isolamento l'aveva reso sfrenato. Era stato necessario compiere lo scambio per salvarle la vita. Ma la seconda volta era stato per puro egoismo. Aveva desiderato quello sfogo carnale, il completamento del rito. E aveva pronunciato le parole rituali. Erano legati. Lo sapeva, sentiva che era giusto, si sentiva guarito nell'anima come solo una vera compagna poteva guarirlo.

«Mikhail? Ti stavo solo prendendo in giro». Le lunghe ciglia vibrarono e si sollevarono; Raven vide con gli occhi quello che le dita avevano già sentito sulla sua fronte contratta.

Mikhail le afferrò un dito tra i denti e lo succhiò con la lingua. La sua bocca era calda ed erotica. La guardò con occhi ardenti, accendendo in quelli di Raven un'identica fiamma. Raven rise piano. «Non ti manca proprio niente, vero? Sei affascinante, sei così sexy che dovrebbero rinchiuderti, e hai un sorriso per cui gli uomini ucciderebbero. O anche le donne, a seconda dei punti di vista».

Lui si chinò a baciarla e le posò una mano sul seno, avido. «Hai dimenticato di aggiungere che sono anche un amante eccezionale. Agli uomini piace sentirsi dire questo genere di cose».

«Davvero?». Raven alzò un sopracciglio. «Non oso. Sei già più arrogante di quanto possa sopportare».

«Sei pazza di me. Lo so. Sono capace di leggere nel pensiero, sai». Di colpo sorrise maliziosamente, come un bambino.

«La prossima volta che facciamo l'amore, però, credi che potremmo essere un po' più tradizionalisti e trovare un letto?». Si alzò a sedere, indolenzita.

Mikhail la cinse con un braccio per sorreggerla. «Ti ho fatto male?»

«Stai scherzando? Però ora non mi dispiacerebbe fare un bel bagno caldo».

Con il suo mento le accarezzò la testa. «A questo possiamo provvedere subito, piccola». Avrebbe dovuto rendersi conto che il pavimento non era il posto più comodo. «Sei tu che mi fai perdere la testa», disse per scusarsi, sollevandola tra le braccia. A grandi passi la condusse fino al bagno.

Gli occhi di Raven si fecero liquidi, e il suo sorriso era così pieno d'amore che per un attimo Mikhail rimase senza fiato. «In effetti con me diventi un po' primitivo, Mikhail».

Lui le rispose con un ringhio, abbassò lentamente la testa e chiuse la bocca su quella di lei. Il suo bacio era così tenero e voglioso al tempo stesso che Raven si sentì stringere il cuore. Mikhail la rimise delicatamente a terra e le prese il volto tra le mani. «Non mi sazierò mai di te, Raven, mai. Ma ora tu hai bisogno di un bagno e io di nutrirmi».

«Di mangiare». Si chinò per riempire la vasca con acqua bollente. «In inglese si usa il verbo *mangiare*. Io non sono granché come cuoca, ma potrei arrangiarmi e prepararti qualcosa».

I denti bianchi di Mikhail scintillarono come quelli di un animale da preda mentre le accendeva delle candele. «Non sei qui per farmi da schiava, piccola. Almeno non per i lavori domestici». La guardò fisso mentre lei si annodava i capelli. Era snervante, eppure Raven sentì formicolare la pelle a quello sguardo. Mikhail tese una mano per aiutarla a entrare nella vasca. Nel momento in cui le sue dita forti si chiusero sulle sue, Raven ebbe la strana sensazione di essere stata catturata.

Si schiarì la gola e si immerse lentamente nell'acqua fumante. «Dimmi, tu credi nella fedeltà?». Cercò di dare alla sua voce un tono neutro.

Mikhail si fece scuro in viso. «Un vero carpaziano della mia razza non prova quel sentimento vago, puerile e frivolo che gli umani chiamano amore. Se tu fossi con un altro uomo, io lo saprei, sentirei i tuoi pensieri e le tue emozioni». Le sfiorò uno zigomo con le dita. «È meglio che tu non debba mai affrontare il demone in me, piccola. Sono capace di una tremenda violenza. Non ho intenzione di dividerti con nessun altro».

«Tu non mi faresti mai del male, Mikhail, qualunque fosse il motivo della tua collera», disse piano Raven, con assoluta convinzione.

«Non avrai nulla da temere da me», concesse lui, «ma non posso dire lo stesso di chiunque minacciasse di portarti via da me. Tutti quelli della mia razza sono telepatici. Un'emozione forte come la passione sessuale è impossibile da nascondere».

«Vuoi dire che quando uno di voi si sposa...».

«Prende una compagna», la corresse lui.

«...nessuno dei due è mai infedele all'altro?», chiese lei, incredula.

«Tra veri compagni, mai. Ci sono stati casi...». Mikhail strinse forte i pugni. Povera, dolce Noelle, così ossessionata dalla sua infatuazione per Rand. «I pochi che tradiscono il compagno che hanno scelto non provano quello che avrebbero dovuto provare; altrimenti gli sarebbe impossibile. Per questo è così importante essere assolutamente certi dell'altro, nel cuore, nell'anima e nel corpo. Come io sono certo di te». Le parole rituali non potevano legare due che non fossero già una cosa sola. L'unione per la vita fondeva insieme due metà dello stesso tutto, ma Mikhail non avrebbe saputo esprimere quel concetto in termini a lei comprensibili.

«Ma, Mikhail, io non sono una di voi». Stava iniziando a rendersi conto che tra i loro costumi esistevano differenze che doveva conoscere e valutare.

Mikhail sbriciolò delle erbe in una ciotola e versò la mistura nell'acqua del bagno. L'avrebbe aiutata a rilassare il corpo indolenzito. «Se io toccassi un'altra donna, tu lo sapresti».

«Potresti sempre farmelo dimenticare», rifletté lei a voce alta, increspando appena le labbra. Mikhail sentì il cuore di lei battere più forte, e un dubbio insinuarsi nella sua mente.

Si chinò accanto alla vasca, prendendole il viso tra le mani. «Non sarei capace di tradirti, Raven. Potrei costringerti a obbedirmi per garantire la tua incolumità, la tua vita e la tua salute, ma non per tradirti impunemente».

Lei si passò la punta della lingua sul labbro. «Non costringermi a fare niente senza chiedermelo, come hai fatto quando stavo male».

Mikhail represse un sorriso. Cercava sempre di mostrarsi dura, quel piccolo fascio di dinamite, con più coraggio che buon senso. «Piccola, io vivo solo per la tua felicità. Ora devo uscire per un po'».

«Non puoi andartene in cerca degli assassini da solo. Dico davvero, Mikhail; è troppo pericoloso. Se è questo che vuoi fare...».

Lui la baciò, ridendo di cuore. «È solo per affari, Raven. Tu fatti un bel bagno, esplora la casa, sfoglia i miei libri, tutto quel che vuoi». Sorrise come un bambino. «Ho una pila di lavoro accanto al computer, se ti va di provare a guardare le offerte al posto mio».

«È proprio quello che avevo in mente per la serata».

«Un'ultima cosa». Mikhail svanì prima che lei potesse sbattere le palpebre, e riapparve altrettanto rapidamente. Le prese la mano sinistra nella sua. «La tua gente lo interpreterà come un chiaro segno che sei già impegnata».

Raven nascose il suo sorriso. Marcava il territorio, come un animale selvatico che reclamava ciò che era suo. Come i lupi che vagavano liberi nella sua foresta. Toccò l'anello con dita riverenti. Era antico, d'oro, con un rubino fiammeggiante circondato da diamanti. «Mikhail, è bellissimo. Dove hai trovato un gioiello del genere?»

«Appartiene alla mia famiglia da generazioni. Se preferisci qualcos'altro... qualcosa di più moderno...». Si adattava al dito a meraviglia.

«È perfetto e lo sai anche tu». Lo toccò di nuovo, ammirata. «Mi piace tantissimo. E ora vai, ma torna presto. Mentre non ci sei scoprirò tutti i tuoi segreti».

Mikhail era affamato e aveva bisogno di nutrirsi. Si chinò a sfiorarle la fronte con un bacio, ed ebbe una stretta al cuore. «Solo per un giorno, piccola, vorrei poter fare una conversazione normale e allegra con te. Farti la corte come meriti».

Lei piegò la testa per guardarlo e gli occhi azzurri si incupirono per l'emozione. «Mi fai una corte magnifica. Ora vai a mangiare e lasciami tranquilla».

Mikhail le accarezzò i capelli un'ultima volta e uscì.

Camminava tra la gente del paese, inalando l'aria della notte. Le stelle parevano brillare più del solito, la luna brillava di una luce argentea. I colori erano intensi e nitidi, la brezza ricca di profumi. Qua e là per le strade aleggiavano fili di nebbia. Aveva voglia di cantare. Dopo tanto tempo, aveva trovato quella donna che faceva muovere la terra e gli scaldava il sangue. Gli aveva riportato il sorriso e insegnato cos'era l'amore.

Si stava facendo tardi e le coppie tornavano verso casa. Mikhail scelse un gruppetto di tre giovani. Aveva fame e doveva rimettersi in forze. Sarebbe stata una lunga notte. Aveva intenzione di stabilire una volta per tutte se la signora Romanov fosse complice o no degli assassini. Le donne avevano bisogno di una levatrice, ed era meglio averne una in lutto che una disposta a tradirle alla prima occasione.

Attirò i tre giovani con un comando silenzioso, stupito ancora una volta dalla facilità con cui le sue prede si lasciavano controllare. Si unì alla loro conversazione, scherzò con loro e confidò un paio di opportunità di ghiotti affari. Avevano poco più di vent'anni e pensavano più alle donne che ai guadagni. Mikhail era sempre sorpreso dalla mancanza di rispetto che i maschi umani dimostravano per le loro donne. Forse non capivano cosa volesse dire vivere senza di loro.

Li condusse in un posto sicuro tra gli alberi e bevve a sazietà, assicurandosi di non rubare troppo sangue a nessuno. Terminò l'opera con scrupolo, come sempre. Era questo che lo rendeva il più antico e il più formidabile della sua razza. Faceva attenzione ai minimi dettagli. Continuò a passeggiare con loro per un po', per essere sicuro che stessero bene, poi li congedò con un saluto amichevole e lasciando in loro un'impressione di grande benevolenza.

Mikhail si allontanò e il sorriso gli svanì dalle labbra. La notte nascondeva il cacciatore che era in lui, la cupa, terribile determinazione nei suoi occhi, la piega crudele della sua bocca sensuale. I suoi muscoli si contraevano e si flettevano, fremendo per la forza trattenuta. Scivolò dietro un angolo e svanì. La sua velocità era straordinaria, incomparabile.

Cercò la mente di Raven, ansioso di un contatto. *Che cosa ci fai tutta sola in quella vecchia casa spettrale?*

La risata sommessa di lei sciolse il gelo nel suo animo. *Sto aspettando che arrivi il mio lupo cattivo.*

Almeno hai dei vestiti addosso?

Raven rispose trasmettendogli la sensazione delle sue dita sulla pelle, toccandolo intimamente, scaldandogli il corpo. Calore, risate, purezza. Odiava stare lontano da lei, la distanza che li separava. *Ma certo che sono vestita! Se arrivassero degli ospiti inaspettati? Non potrei certo riceverli nuda, non trovi?*

Raven aveva parlato per gioco, ma all'idea che qualcuno potesse avvicinarsi alla sua casa mentre lei era sola e indifesa Mikhail ebbe una fitta di terrore. Era un'emozione sconosciuta e quasi non riuscì a identificarla.

Mikhail? Stai bene? Hai bisogno di me? Vengo da te.

Rimani dove sei e resta in ascolto. Se senti i lupi ululare, chiamami subito.

La breve pausa che seguì gli fece capire che Raven era irritata dal suo tono. *Non voglio che ti preoccupi per me, Mikhail. Ci sono già abbastanza persone che ti caricano di responsabilità.*

Forse è vero, piccola, ma tu sei l'unica di cui mi importi davvero qualcosa. E bevi un altro bicchiere di succo. Ce n'è un po' nel frigorifero. Interruppe il contatto e si ritrovò a sorridere di quella breve conversazione. Se gliene avesse dato il tempo, Raven avrebbe protestato anche riguardo all'ordine di nutrirsi. A volte gli piaceva farla innervosire. Amava il modo in cui i suoi occhi azzurri si incupivano, e il tono appena risentito della sua voce sempre così controllata.

Mikhail? La voce di Raven, sommessa e divertita, lo fece sobbalzare. *La prossima volta cerca di dare suggerimenti, o semplicemente chiedi. Adesso vai a fare quel che devi, e io cercherò nella tua ricca biblioteca un libro sulle buone maniere.*

Mikhail quasi dimenticò di essere accovacciato ai piedi di un albero a poche centinaia di metri dalla baracca di Hans e Heidi Romanov. Riuscì a impedirsi di ridere. *Temo che non lo troverai.*

Non ci contavo molto. Questa volta fu Raven a interrompere il contatto.

Mikhail si lasciò avvolgere ancora un istante dal calore, dall'allegria e dall'amore di Raven. Non riusciva a concepire perché Dio avesse scelto proprio il momento in cui Mikhail era al fondo della disperazione, per inviargli un simile dono. Quel che doveva fare era inevitabile; lo esigeva la perpetuazione della sua razza. La brutalità di quell'atto lo ripugnava. Avrebbe dovuto tornare da lei con delle vite sulla coscienza, vite umane. Non poteva sottrarsi a quel compito, né poteva delegarlo a qualcun altro. Non rimpiangeva tanto di dover uccidere gli assassini di Noelle quanto di dover confessare a Raven il suo gesto. Non era la prima volta che si apprestava a uccidere.

Con un sospiro, mutò forma. Il topo zampettò agilmente tra le foglie cadute fino alla capanna. Le sue orecchie captarono un battito d'ali e si immobilizzò. Mikhail sibilò un avvertimento e il gufo planato all'attacco virò e volò via. Il topo arrivò sano e salvo ai piedi dei gradini di legno e si mise alla ricerca di una crepa o di un buco nella parete, in cui infilarsi.

Mikhail aveva già individuato due odori noti. Hans aveva ospiti. Il topo si insinuò in una fessura tra due assi fradice e strisciò fino a una stanza da letto. Da lì corse silenziosamente fino all'ingresso. Mikhail attese che il corpo del topo elaborasse gli odori della casa. Avanzò cautamente, a scatti, fino a raggiungere una posizione sicura in un angolo buio della stanza.

Seduta su una sedia di legno davanti a lui, Heidi Romanov piangeva sommessamente, stringendo un rosario tra le dita.

Hans e tre uomini erano intorno a un tavolo, su cui era posata una mappa.

«Ti sbagli, Hans. Ti sbagliavi anche su Noelle», singhiozzò la signora Romanov. «Sei impazzito e hai portato qui questi assassini. Mio Dio, hai ucciso una ragazza innocente, appena diventata madre. La tua anima è perduta».

«Sta' zitta, donna», la investì Hans, con un'espressione esaltata dipinta sul volto, da crociato in piena guerra santa. «So quel che ho visto». Si fece il segno della croce e il suo sguardo saettò a destra e a sinistra al passaggio di un'ombra curiosa, come quella di una creatura alata.

Per un attimo tutti tacquero. Mikhail avvertì la loro paura, il battito del loro cuore improvvisamente accelerato. Hans aveva appeso per tutta la casa ghirlande d'aglio alle finestre e sulle porte. Si alzò lentamente, leccandosi le labbra d'un tratto secche e afferrando il crocifisso che portava al collo, poi si avvicinò a una finestra per assicurarsi che la ghirlanda fosse al suo posto. «E quella cos'era? Quell'ombra che è appena passata? Credete ancora tutti quanti che mi sia sbagliato solo perché l'abbiamo trovata che dormiva in un letto e non sotto terra?»

«Non c'era niente, né terra, né protezioni», disse con riluttanza uno straniero dai capelli scuri. Mikhail riconobbe l'odore dell'uomo. Uno degli assassini del rifugio.

Nel corpo del topo, la bestia sfoderò gli artigli e stese le zampe. Avevano ucciso Noelle senza nemmeno la certezza che lei fosse quel che cercavano.

«So che cosa ho visto, Eugene», dichiarò Hans. «Dopo che Heidi se n'è andata, la donna ha iniziato a perdere sangue. Ero arrivato per riaccompagnare a casa Heidi, perché i boschi sono pericolosi. Stavo per dire al marito che avrei riportato lì Heidi ad aiutarli. Era molto agitato e non ha notato che guardavo nella stanza. L'ho visto con i miei occhi. La donna ha bevuto talmente tanto che lui era debole e pallido. Sono venuto via e ti ho chiamato immediatamente».

Eugene annuì. «E hai fatto bene. Sono venuto appena ho potuto e ho portato gli altri. Se quei diavoli hanno trovato il modo di riprodursi, finiranno per assediarci».

Il più grosso degli uomini era turbato. «Non ho mai sentito parlare di vampiri che si riproducono. Uccidono i vivi per ingrossare le loro fila. Dormono nella terra e sorvegliano i loro nascondigli. Avete agito prima che potessimo fare un'indagine accurata».

«Kurt», protestò Eugene, «abbiamo colto l'occasione al volo. E come mai il cadavere è sparito? Dopo averla sistemata, siamo scappati. Da allora il marito e il bambino non si sono più visti. Sappiamo che la donna è morta – l'abbiamo uccisa noi – eppure non c'è stata nessuna denuncia, nessun clamore».

«Dobbiamo trovare il marito e il bambino», decretò Hans. «E tutti gli altri; dobbiamo eliminarli dalla faccia della terra». Sbirciò nervosamente fuori dalla finestra, nella notte, ed esclamò sottovoce. «Guarda, Eugene: un lupo. Quel maledetto Dubrinsky li protegge nelle sue terre. Prima o poi invaderanno il paese e si porteranno via dei bambini». Si chinò a prendere il vecchio fucile appoggiato alla parete.

Eugene si alzò di scatto. «Aspetta, Hans! Sei sicuro che sia un lupo? Un lupo vero? Che ci fa un lupo fuori dal bosco a fissare la tua casa?»

«Chi è questo Dubrinsky che alleva dei lupi?», domandò Kurt.

«È un uomo di grande fede!», sibilò Heidi, sconvolta da quell'insinuazione. «È un uomo buono, va a messa tutte le domeniche. Padre Hummer è uno dei suoi amici più cari. Cenano insieme e giocano a scacchi spesso. Ecco cosa ho visto *io*, con i miei occhi».

Hans fece un gesto sprezzante. «Dubrinsky è il diavolo in persona. Lo vedi, lì, quel lupo che sbuca tra i cespugli e che osserva la casa?»

«Ti dico che non è normale», disse Eugene abbassando la voce. «È uno di loro».

«Ma non possono sapere che siamo stati noi», disse Hans, le cui mani tremanti rivelavano la sua paura. Sollevò il fucile all'altezza della spalla.

«Dovrai prenderlo al primo colpo, Hans», lo ammonì Eugene.

Il topo sfrecciò fino alla stanza da letto e si infilò nello stretto pertugio. Mikhail eruppe dal corpo del roditore, inviando un avvertimento telepatico, trasformandosi mentre correva in un enorme lupo nero con gli occhi fiammeggianti di vendetta.

Divorò il terreno con le zampe e si slanciò sul lupo più piccolo. Mentre si abbatteva sull'animale, Mikhail sentì una fiammata di dolore esplodergli nella carne. Il lupo più piccolo sgattaiolò nel folto del bosco. Malgrado il sangue che gli colava dalle zampe posteriori, l'enorme lupo nero non emise nemmeno un guaito. Voltò la grossa testa e fissò la casa con occhi come carboni ardenti che promettevano vendetta e morte certa.

Mikhail! Il grido di Raven gli risuonò acuto nella mente.

Il lupo nero fissò ancora per un istante Hans Romanov che era come paralizzato; poi si voltò e svanì nella notte. Nessuno degli uomini avrebbe osato seguirne le tracce. La bestia gigantesca era apparsa dal nulla, balzando per proteggere il suo simile più piccolo. Il lupo nero non era un lupo qualunque, e nessuno di loro l'avrebbe seguito tra gli alberi fitti.

Mikhail si mise a correre rifugiandosi nel profondo della foresta finché il dolore e la perdita di sangue non lo costrinsero a riprendere la forma umana. Barcollando, si aggrappò a un ramo robusto e si sedette di schianto.

Mikhail! Ti prego. So che sei ferito. Dove sei? Sento che stai soffrendo. Fammi venire da te. Lascia che ti aiuti.

Mikhail udì un fruscio tra i cespugli alle sue spalle. Non si voltò nemmeno, sapendo che dietro di lui, pieno di vergogna e di rimorso, c'era Byron. «Mikhail. Mio Dio, mi dispiace. È grave?»

«Abbastanza». Mikhail si premette la mano sulla ferita per tamponare il sangue che sgorgava copioso. «Che ci facevi lì, Byron? È stata una pazzia».

Mikhail. La paura e le lacrime di Raven gli riempirono la mente.

Stai calma, piccola. È solo un graffio, nient'altro.

Fammi venire da te. Quella supplica gli strinse il cuore.

Byron si strappò un lembo della camicia e fasciò stretta la gamba di Mikhail. «Mi dispiace. Avrei dovuto darti ascolto, avrei dovuto sapere che eri a caccia. Credevo...», si interruppe, turbato.

«Credevi cosa?», lo incalzò Mikhail, snervato. La ferita gli faceva un male cane. Si sentiva debole e stordito, e doveva tranquillizzare Raven in qualche modo. Lei cercava disperatamente di confortarlo, di trovarlo; stava perfino tentando di "vedere" attraverso i suoi occhi. *Smettila, Raven. Fai come ti dico. Non sono solo. C'è uno dei miei qui. Presto sarò da te.*

«Credevo fossi troppo preso da quella donna per avere il tempo di andare a caccia». Byron chinò la testa. «Mi sento così stupido, Mikhail. Ero tanto in pensiero per Eleanor».

«Non sono mai venuto meno ai miei doveri. Proteggere la mia gente viene sempre prima di ogni altra cosa». Mikhail non poteva cercare di guarire la ferita finché Raven occupava la sua mente.

«Lo so, lo so». Byron si passò una mano tra i capelli castani. «Dopo quel che è successo a Noelle, non sopportavo l'idea che a Eleanor potesse accadere lo stesso. Ed era la prima volta che ci dicevi di stare alla larga da una donna».

Mikhail abbozzò un sorriso sarcastico. «È un'esperienza nuova anche per me. Finché non ci avrò fatto l'abitudine, preferisco tenerla il più vicino possibile. In questo momento stiamo discutendo».

Byron rimase sbigottito. «Lei *discute* con te?»

«Ha una volontà tutta sua». Si fece aiutare da Byron a rialzarsi.

«Sei troppo debole per cambiare forma. E avrai bisogno di sangue e del sonno rigeneratore». Byron inviò un richiamo mentale a Jacques.

«Non me la sento di scendere troppo in profondità. La lascerei priva di protezione. Porta il mio anello e il mio marchio. Una mossa falsa e la ucciderebbero».

«Ci servi nel pieno delle tue forze, Mikhail». Un turbine di foglie cadute annunciò l'arrivo di Jacques, che imprecò sottovoce e si inginocchiò accanto a Mikhail.

«Hai bisogno di sangue, Mikhail», disse piano, e iniziò a sbottonarsi la camicia.

Mikhail lo fermò con un gesto. I suoi occhi stanchi e pieni di dolore ispezionarono lentamente il terreno circostante. Byron e Jacques si immobilizzarono, con i sensi all'erta, e scrutarono la foresta.

«Non c'è nessuno», sussurrò Jacques.

«C'è qualcuno», lo corresse Mikhail.

Jacques ringhiò piano e si mise istintivamente di fronte al suo principe per proteggerlo. Il volto nobile di Byron aveva un'espressione confusa. «Non percepisco nulla, Mikhail».

«Nemmeno io, ma qualcuno ci sta osservando». Il suo tono era così sicuro che i due carpaziani non osarono metterlo in dubbio. Mikhail non si sbagliava mai.

«Fate venire Eric con un'auto», ordinò Mikhail, e appoggiò la testa al tronco per riposare. Jacques era di guardia, e Mikhail si fidava delle sue capacità. Chiuse gli occhi, stanco, chiedendosi dove fosse andata Raven. Non stava più protestando. Per mantenere il contatto con lei, avrebbe dovuto consumare energie preziose, che non poteva sprecare in quel momento. Eppure quel silenzio di lei, così insolito, lo inquietava.

Capitolo 7

Il ritorno a casa in auto fu estremamente penoso. Il corpo di Mikhail aveva un disperato bisogno di recuperare il sangue perduto. Diventava sempre più debole, e il suo viso era una maschera di dolore. Era uno degli antichi, e come tutti gli antichi sentiva acutamente le emozioni e il dolore fisico. In circostanze normali avrebbe semplicemente fermato il cuore e i polmoni per far smettere al sangue di circolare. Al resto avrebbe pensato il guaritore e gli altri avrebbero fornito il necessario.

Raven aveva cambiato tutto ciò. Raven e chiunque li stesse sorvegliando. Si sentiva ancora oppresso da una sensazione di disagio. Anche mentre percorrevano i chilometri che lo separavano da casa, sapeva che qualcun altro li osservava da lontano.

«Mikhail», sibilò Eric mentre lo trasportavano al sicuro in casa, «lascia che ti aiuti».

Raven era sulla porta e scrutava il viso pallido di Mikhail. Improvvisamente gli sembrò molto più vecchio dell'uomo sui trent'anni che conosceva. I contorni della sua bocca erano pallidi, ma la sua mente era serena, il respiro tranquillo e regolare. Indietreggiò senza dire nulla per farli entrare. Era ferita dal rifiuto di Mikhail di farsi aiutare. Se davvero preferiva la compagnia della sua gente, non si sarebbe abbassata a far trapelare il suo disappunto. Si morse il labbro inferiore; teneva le dita intrecciate e i suoi occhi erano pieni di ansia. Doveva assicurarsi che si sarebbe ripreso.

Gli altri portarono Mikhail nella camera in cui dormiva. Raven li seguì. «Devo chiamare un medico?», chiese, conoscendo già la risposta. Intuiva che gli altri non la volevano intorno, che era in qualche modo di troppo. Istintivamente sapeva che Mikhail non avrebbe ricevuto le cure di cui aveva bisogno finché lei non se ne fosse andata.

«No, piccola». Mikhail le tese una mano.

Lei corse da lui e la strinse. Era sempre così forte, anche ora che era pallido e tirato. Raven aveva voglia di piangere. «Hai bisogno di aiuto, Mikhail. Dimmi cosa devo fare».

Gli occhi di lui, freddi e scuri, si accesero all'istante quando si posarono sul viso di lei. «Gli altri sanno cosa fare. Non è la prima ferita che ricevo, né la più grave».

Un sorriso amaro incurvò le labbra di Raven. «Era questo il lavoro che dovevi sbrigare questa sera?»

«Lo sai che sto dando la caccia agli assassini di mia sorella». La sua voce era stanca.

Raven non voleva discutere con lui in quello stato, ma sentiva di dover dire qualcosa. «Mi hai detto che dovevi solo uscire, che non era niente di pericoloso. Non c'era bisogno di mentirmi. So che da queste parti sei un pezzo grosso, ma questo è il mio lavoro. Io rintraccio degli assassini. Credevo che avremmo lavorato insieme, Mikhail».

Byron, Eric e Jacques si scambiarono occhiate incredule. Byron mimò con le labbra le parole *pezzo grosso*. Nessuno osò sorridere, nemmeno Jacques.

Mikhail assunse un'aria cupa, consapevole di averla ferita. «Non ti ho mentito di proposito; ero uscito solo per fare un po' di indagini. Purtroppo le cose sono andate diversamente. Credimi, non avevo intenzione di correre pericoli. È stato un incidente dovuto alla mia sbadataggine».

«Hai una curiosa tendenza a cacciarti nei guai quando non sei con me». Il sorriso di Raven non mutò la sua espressione seria. «È molto grave, la ferita alla gamba?»

«Solo un graffio; niente di cui ti debba preoccupare».

Raven tacque di nuovo. I suoi occhi azzurri lo fissavano assenti, pensosi.

Mikhail sentì un nodo alla gola. Raven aveva lo sguardo di quando pensava troppo. Era l'ultima cosa che voleva mentre era ferito, costretto ad andare sottoterra non appena ne avesse avuto occasione. Non voleva che lei si staccasse da lui, e c'era qualcosa nella sua immobilità che lo preoccupava. Non poteva lasciarlo. La parte razionale di Mikhail lo sapeva, ma non voleva che lei *volesse* lasciarlo, che potesse anche solo concepirlo. «Sei arrabbiata con me». Era un'affermazione.

Raven scosse la testa. «No, sinceramente. Forse delusa». Aveva l'aria triste. «Hai detto che tra noi non dovevano esserci bugie, ma poi mi hai mentito alla prima occasione». I suoi minuscoli denti affondarono nel labbro inferiore. Gli occhi brillarono di lacrime, ma le ricacciò indietro con impazienza. «Se mi chiedi di avere tanta fiducia in te, Mikhail, credo che dovresti almeno dimostrare di averne altrettanta in me. Dovresti avere più rispetto per me, almeno per le mie capacità. Alcuni di voi sono troppo negligenti e sicuri di sé. Certi non si preoccupano nemmeno di schermare la mente. Siete tutti così arroganti che non vi sfiora neanche l'idea che un umano, che non appartiene alla vostra razza superiore, sia capace di entrare nella vostra mente. C'è in giro un'altra persona con i miei stessi poteri, che individua quelli come voi e li segnala agli assassini. Il mio consiglio, per quel che vale, è di essere molto più cauti».

Raven si allontanò dalla mano che Mikhail le tendeva per calmarla. «Sto solo cercando di salvarvi la vita, non di vendicarmi». Era solo l'orgoglio a impedirle di crollare. Sentiva già di aver perso Mikhail, quella loro intimità unica. In qualche modo sapeva che non ci sarebbe mai stato un altro uomo, un altro periodo della sua vita in cui ridere e parlare come aveva fatto con lui, in cui sentirsi totalmente accettata e a suo agio. «Non devi dire nient'altro, Mikhail. Ho "visto" il tuo "graffio". Avevi ragione; non eri da solo, là nella foresta: ero io che ti guardavo. Essere sinceri nella mia lingua equivale a dire la verità».

Raven fece un respiro profondo, si sfilò l'anello, e lo posò piano, con rimpianto, sul comodino accanto al letto. «Mi dispiace davvero, Mikhail. So che ti sto deludendo, ma non c'è posto per me nel vostro mondo. Non lo capisco, le sue regole mi sfuggono. Ti prego di starmi lontano e di non cercare di contattarmi. Sappiamo tutti e due che non sono alla tua altezza. Me ne andrò con il primo treno disponibile».

Si voltò e si incamminò verso la porta, che si chiuse da sola con uno schianto. Raven rimase a fissarla senza voltarsi. L'aria era carica di tensione, di una cupezza che non avrebbe saputo definire. «Non credo che sia il caso di continuare. Ora hai bisogno di aiuto, ed è chiaro che si tratta di una procedura segreta a cui gli estranei non possono assistere. E io sono un'estranea. Lasciami tornare a casa, nel mio mondo, Mikhail, e fatti curare da loro».

«Lasciateci soli», ordinò Mikhail. Gli altri obbedirono riluttanti.

«Raven, per favore, vieni qui. Sono debole e dovrei usare tutte le mie forze per venire da te». Nella sua voce echeggiavano una dolcezza e una sincerità che le spezzavano il cuore.

Raven chiuse gli occhi per difendersi dal potere della sua voce, da quel tono carezzevole che le sfiorava sensualmente la pelle come velluto nero e si insinuava nel suo corpo, avvolgendosi intorno al suo cuore. «Stavolta no, Mikhail. Non solo viviamo in due mondi diversi, ma abbiamo anche due sistemi di valori incompatibili. Ci abbiamo provato – lo sai che avrei voluto – ma non ce la faccio. Forse non ce l'avrei mai fatta. È successo tutto troppo in fretta e non ci conosciamo nemmeno».

«Raven». Il suo nome risuonò pieno di calore. «Vieni qui da me».

Raven si strinse le mani intorno alla fronte. «Non posso, Mikhail. Se mi lascio incantare un'altra volta da te, non potrò più guardarmi in faccia».

«Allora non ho altra scelta che venire io da te». Spostò il suo peso, usando le mani per muovere la gamba ferita.

«No!». Raven si voltò di scatto, spaventata. «Smettila, Mikhail. Faccio venire qui gli altri». Lo spinse di nuovo sui cuscini.

Lui le afferrò la nuca con una forza inaspettata. «In questo momento sei l'unico motivo per cui vivo. Ti ho detto che avrei fatto degli errori. Non puoi rinunciare a me, a quello che abbiamo. Mi conosci eccome, sai tutto quello che c'è da sapere su di me. Quello che è importante. Puoi guardare nella mia mente e saprai che ho bisogno di te. Non potrei mai ferirti».

«Invece sì. Quello che hai fatto mi ha ferita. Quelle persone là fuori sono la tua famiglia, il tuo popolo. Io sono di un altro paese e di un'altra razza. Questa non è la mia casa e non lo sarà mai. Ora gli dirò di tornare da te, tu lasciami andare e basta».

«Hai ragione, Raven. Ti avevo detto che fra noi non ci sarebbero mai state bugie, ma ho un bisogno irresistibile di proteggerti da tutto ciò che è violento e spaventoso, da tutto ciò che potrebbe ferirti». Il suo pollice le accarezzò lo zigomo e scivolò fin sulla bocca vellutata. «Non lasciarmi, Raven. Non distruggermi. Mi ucciderebbe». I suoi occhi erano eloquenti, persuasivi, e sostennero lo sguardo di lei senza cercare di nascondere la nuda verità delle sue parole, la sua completa vulnerabilità.

«Mikhail», disse piano lei, in tono disperato. «Ti guardo e qualcosa nel profondo mi dice che noi siamo fatti per stare insieme, che hai davvero bisogno di me, e che non sarò mai completa senza di te.

Ma so che sono tutte sciocchezze. Ho vissuto quasi tutta la vita da sola, e ne ero assolutamente soddisfatta».

«Eri isolata, sofferente. Nessuno ti vedeva, nessuno sapeva chi fossi. Nessuno era in grado di apprezzarti o di provvedere ai tuoi bisogni come me. Non farmi questo, Raven».

Con la mano sul suo braccio, la attirò inevitabilmente a sé. Come poteva resistere Mikhail a quel che più di ogni altra cosa lo attraeva? Era troppo tardi ormai. La sua bocca già cercava quella di lei. Le sue labbra erano fresche, delicate, tanto da farle venire le lacrime agli occhi. Raven posò la fronte su di lui. «Mi hai ferita, Mikhail, davvero».

«Lo so, piccola. Mi dispiace tanto. Ti prego di perdonarmi».

Un accenno di sorriso le incurvò gli angoli della bocca. «Credi davvero che sia così facile?».

Lui le asciugò col pollice una lacrima che le scorreva sul viso. «No, ma è tutto ciò che posso darti in questo momento».

«Hai bisogno di aiuto e so che non sono io a potertelo dare. Vado. Puoi contattarmi quando ti sarai rimesso. Prometto di non andare da nessuna parte finché non starai meglio».

«Rimettiti al dito il mio anello, Raven», disse lui piano.

Raven scosse la testa e si staccò da lui. «Meglio di no, Mikhail. Lasciamo le cose come sono per un po'. Dammi tempo per riflettere».

Mikhail le accarezzò la nuca, la spalla, il braccio fino a stringerle il polso con le dita. «Domani avrò bisogno di dormire, dormire profondamente. Voglio che tu rimanga al sicuro da quella gente». Così le diede a intendere che gli altri l'avrebbero drogato.

Raven gli scostò dalla fronte la massa di capelli scuri. «Me la caverò da sola, come ho fatto per tanti anni. Sei così abituato a prenderti cura di tutti da credere che nessuno sappia badare a se stesso. Ti prometto che non me ne andrò, e prometto di essere prudente. Non andrò a ficcarmi nei loro armadi o sotto i loro letti».

Mikhail le afferrò il mento. «Quella è gente pericolosa, Raven. Sono dei fanatici. Ne ho avuto la prova stanotte».

«Ti hanno scoperto?», chiese Raven, senza fiato. Era sempre più ansiosa che Mikhail si facesse curare la ferita dai suoi amici.

«Impossibile. E non potranno mai identificarmi. Ho scoperto altri due nomi. Eugene, capelli scuri, con l'accento ungherese».

«È Eugene Slovensky. È arrivato in treno insieme al gruppo dei turisti».

«E un altro chiamato Kurt». Ricadde sul cuscino, ormai incapace di resistere al dolore alla gamba. Gli bruciava i nervi come una lama arrugginita sulla pelle.

«Kurt Von Halen. Anche lui era del gruppo».

«C'era un terzo uomo. Nessuno lo ha chiamato per nome». La sua voce tradiva la debolezza. «Era sui settant'anni, capelli grigi, baffi sottili».

«Dev'essere Harry Summers, il marito di Margaret».

«Quel rifugio è un covo di assassini. La cosa peggiore è stato sentire la levatrice dire a suo marito e agli altri che Noelle non era un cadavere vivente. Come potevano credere una simile sciocchezza quando aveva dato alla luce un bambino? Mio Dio! Una vita sprecata così». Il dolore lo travolse di nuovo, aggravando le sue sofferenze.

Raven lo sentì dentro di sé, come una fitta crudele. «Ora vado, così potranno curarti, Mikhail. Stai diventando sempre più debole». Si chinò a baciargli la fronte. «Li sento, sono in apprensione».

Lui le prese la mano. «Rimettiti al dito l'anello». Le accarezzò col pollice il palmo della mano. «Voglio che lo porti. È importante per me».

«Va bene, Mikhail, ma solo per farti riposare. Ne riparleremo quando starai meglio. Ora chiama i tuoi amici. Io tornerò con la tua auto al rifugio». Lo toccò.

Era freddo, molto freddo. Raven si rimise al dito l'anello. Lui la trattenne di nuovo. «Non avvicinarti a quella gente. Rimani nella tua stanza. Io dormirò per tutto il giorno. Tu riposati, e la sera io tornerò a prenderti».

«Molto ambizioso da parte tua». Gli tolse dalla fronte una ciocca di capelli. «Secondo me dovrai restare a letto per un po'».

«Noi carpaziani guariamo in fretta. Jacques ti accompagnerà, così sarai al sicuro».

«Non è affatto necessario», rispose Raven, a disagio all'idea di trovarsi con uno sconosciuto.

«È necessario per la mia tranquillità», disse piano Mikhail, e i suoi occhi neri la implorarono di accettare. Quando Raven annuì, decise di azzardare un'ultima richiesta. «Prima di andare bevi un altro bicchiere di succo, per favore. Così sarò molto meno in pena per te». Sapeva, leggendole nel pensiero, che aveva già provato a bere del succo prima. Il suo stomaco si era ribellato ancor prima che inghiottisse il primo sorso. Imprecò dentro di sé. Era colpa sua se il corpo di Raven rifiutava i cibi umani. Era già troppo fragile. Non poteva dimagrire ancora.

«Solo l'odore mi dà la nausea», ammise lei, ansiosa di compiacerlo ma sapendo che era impossibile. «Credo di avere davvero l'influenza. Ci proverò più tardi, Mikhail».

«Ti aiuterò io». Mormorò quelle parole, con gli occhi velati dall'ansia. «Devo farlo per te. Ti prego, piccola, lasciami fare questa piccola cosa».

Alle spalle di Raven, la porta si aprì ed entrarono i tre amici di Mikhail. Uno di loro rimase accanto alla porta in attesa. Sembrava una versione più gentile di Mikhail. «Tu devi essere Jacques». Raven sfiorò un'ultima volta la mano fredda di Mikhail e uscì dalla stanza.

«E tu sei Raven». Jacques fissò l'anello al dito della donna senza nemmeno tentare di nascondere il suo ghigno.

Raven alzò un sopracciglio. «Non volevo che si agitasse. Sembrava il modo più rapido di uscire da lì e fare in modo che lo curaste». Non era riuscita a usare Jacques per "vedere" Mikhail. La sua mente era schermata troppo efficacemente per penetrarla. Byron era stato un bersaglio più facile.

Quando Raven si incamminò verso la porta per uscire, Jacques scosse la testa e agitò un indice. «Vuole che tu beva un po' di succo».

«Ah, fammi il piacere. Non ho detto che l'avrei bevuto».

«Possiamo restare qui tutta la notte». Si strinse nelle ampie spalle e le fece un sorriso sghembo. «Per me non sarebbe un problema. La casa di Mikhail è tanto comoda».

Gli gettò un'occhiata furente, ma una parte di lei cominciava a trovarli tutti alquanto buffi. Gli uomini si credevano sempre tanto ragionevoli. «Sei proprio uguale a lui. E ti assicuro che non è un complimento», si affrettò ad aggiungere quando lo vide assumere un'aria compiaciuta.

Jacques sorrise di nuovo, in quel modo obliquo e irresistibile che con ogni probabilità faceva strage di cuori ovunque andasse.

«Siete parenti, vero?», cercò di indovinare Raven, certa di non sbagliarsi. Come potevano non esserlo? Jacques aveva lo stesso fascino di Mikhail, quegli stessi occhi, lo stesso aspetto atletico.

«Quando lo vuole lui». Versò un bicchiere di succo di mela e glielo porse.

«Non lo verrebbe a sapere». La sola idea di bere la disgustava.

«Invece sì. Sa sempre tutto. E quando si tratta di te, diventa alquanto irascibile. Quindi adesso bevi».

Con un sospiro rassegnato, Raven si costrinse a inghiottire il succo senza l'aiuto di Mikhail. Sapeva che Jacques aveva ragione. Se non avesse bevuto, Mikhail se ne sarebbe accorto, e per lui pareva questione di vita o di morte. Sentì lo stomaco contrarsi e protestare. Raven fu assalita dai conati.

«Chiamalo», le suggerì Jacques. «Fatti aiutare da lui».

«È troppo debole, non serve che lo disturbi».

«Non si addormenterà finché non sarai al sicuro», insistette Jacques. «Chiamalo o non ce ne andremo più da qui».

«Parli perfino come lui», mormorò lei. *Mikhail, mi dispiace. Mi serve il tuo aiuto.*

Lui le trasmise calore e amore. Grazie al suo lieve comando, Raven riuscì a vuotare il bicchiere e a trattenere il succo nello stomaco. Sciacquò il bicchiere nel lavandino e lo capovolse. «Avevi ragione. Non voleva farsi curare finché non avessi bevuto. È così testardo».

«Le nostre donne vengono sempre prima di tutto. Non preoccuparti per lui; non permetteremmo mai che gli accadesse qualcosa».

Raven tacque per un istante. «Senti. I lupi. Stanno ululando per lui. Sanno che è ferito».

Jacques le aprì lo sportello dell'auto. I suoi occhi scuri, così simili a quelli di Mikhail, si posarono su di lei. «Sei una donna fuori dal comune».

«Lo dice anche Mikhail. Lo trovo meraviglioso, che i lupi lo stiano incoraggiando così».

Jacques avviò il motore. «Ovviamente saprai che non puoi dire a nessuno che Mikhail è stato ferito. Si troverebbe in pericolo». Il suo tono era perentorio, ma Raven percepiva in lui il bisogno di proteggere Mikhail.

Quell'idea le fece sentire Jacques più vicino e simpatico, ma non le impedì di rispondergli con un pizzico di severità. «Voialtri siete talmente arroganti. Continuate a credere che se gli umani non hanno grandi capacità telepatiche, ciò significa che sono intellettualmente inferiori. Invece io ho un cervello, ti assicuro, e sono perfettamente in grado di capire le cose da sola».

Lui le sorrise di nuovo. «Devi proprio mandarlo fuori dai gangheri. Quella battuta sul *pezzo grosso* è stata straordinaria. Sono pronto a scommettere che era la prima volta che qualcuno lo definiva così».

«Gli fa bene. Se ci fosse più gente a non dargliela vinta, sarebbe più...». Si interruppe, cercando la parola più adatta. «Sarebbe più... conciliante».

«Conciliante? È una parola che non usiamo mai riferita a lui. Nessuno di noi lo ha mai visto così felice. Dobbiamo ringraziare te», disse piano Jacques.

Portò l'auto dov'era più buio. «Stanotte e domani devi stare molto attenta. Non uscire dalla tua stanza finché Mikhail non ti contatta».

Raven alzò gli occhi e fece una smorfia. «Non mi succederà niente».

«Tu non capisci. Se ti accadesse qualcosa, lo perderemmo».

Raven tacque, con la mano sulla maniglia dello sportello. «Gli altri lo cureranno, vero?». Non voleva dirlo, ma si sentiva come se le mancasse una parte di sé, come se le avessero strappato un brandello di anima. La sua mente invocava il contatto con Mikhail, anche breve, pur di assicurarsi che lui stesse bene e che fossero ancora uniti.

«Sanno cosa fare. Guarirà in fretta. Devo tornare da lui. Senza Gregori, sono io il più forte e il più vicino a lui. In questo momento ha bisogno di me».

Mikhail era debole, consumato dal dolore e tormentato dalla fame e dal senso di colpa. Aveva ferito Raven e rischiato di perderla. Come aveva potuto commettere tanti errori quando lei era l'unica cosa a cui teneva? Non avrebbe mai dovuto mentirle su una cosa così priva d'importanza. *Raven*. Aveva bisogno di trovarla, di sentirla e sapere che c'era. Più che il dolore, la debolezza e la fame, la cosa peggiore era il vuoto tremendo lasciato da lei nel suo animo. Razionalmente, sapeva che era il vincolo che li legava a causare quella sofferenza, ma saperlo non alleviava il bisogno di toccarle la mente con la sua.

«Mikhail, bevi!», Jacques si materializzò accanto al letto e strinse a sé il fratello maggiore. Il suo volto era una maschera di furore. «Perché lo hai lasciato senza aiuto, Eric?»

«Non pensava ad altro che alla donna», disse Eric per discolparsi.

Jacques imprecò sottovoce. «È al sicuro nella sua stanza, Mikhail. Devi bere per tutti e due. Non potete esistere l'uno senza l'altra. Se non sopravvivi, condanni a morte anche lei, o a un'esistenza mutilata, nel migliore dei casi».

Jacques inghiottì la sua collera e fece un respiro profondo per calmarsi. «Prendi il mio sangue. Te ne faccio dono liberamente e senza riserve. La mia vita è la tua vita; uniti noi siamo forti». Usò la formula di rito, con assoluta convinzione. Avrebbe dato la vita per il loro capo. Gli altri iniziarono il canto rituale della guarigione. Intonarono un ritmo ipnotico, e la lingua antica risuonò maestosa.

Jacques udì dietro di sé il mormorio delle voci, inspirò il dolce profumo delle erbe che lenivano e curavano. Il suolo dei Carpazi, ricco di proprietà guaritrici, veniva miscelato con erbe e con la saliva delle loro bocche e applicato sulle ferite. Jacques sorresse il fratello tra le braccia, sentì la sua forza, la sua vita scorrere dentro Mikhail, e ringraziò Dio di poterlo aiutare. Mikhail era un uomo buono e magnanimo, e la sua gente non poteva perderlo.

Mikhail sentì la forza rifluire dentro di sé, nei suoi muscoli esausti, nel cuore e nel cervello. Il corpo robusto di Jacques tremava, e a un tratto dovette sedersi sul bordo del letto, sempre tenendo Mikhail tra le braccia e reggendogli la testa per rendergli più facile bere.

Mikhail resistette, sorpreso dalla forza residua di Jacques, e della propria debolezza malgrado tutto il sangue bevuto. *No! Così metto a rischio la tua vita!* Pronunciò con forza quelle parole nella sua mente poiché Jacques si rifiutava di lasciarlo andare.

«Non è abbastanza, fratello. Prendi quel che è offerto liberamente e solo per guaririti». Jacques continuò il canto finché poté, facendo un cenno a Eric quando fu troppo debole per proseguire.

Eric si tagliò il polso, senza esitare e senza nemmeno una smorfia di dolore a quella ferita vasta e sanguinante, e lo offrì a Jacques, che continuava a rifornire Mikhail di fluido vitale. Eric e Byron scandivano piano il ritmo del canto rituale mentre Jacques nutriva se stesso e Mikhail.

La stanza sembrò colmarsi di calore e di amore, aveva un odore fresco e pulito. La guarigione rituale era il segno di un nuovo inizio. Fu Eric a interromperla quando vide che il colorito di Mikhail era tornato sano, quando sentì il battito regolare e il sangue scorrergli rapido e sicuro nelle vene.

Byron cinse Jacques con un braccio per sostenerlo e lo aiutò a sedersi. Senza dire una parola prese il posto di Eric, per rifornire di sangue Jacques.

Mikhail si mosse, accettando il dolore della ferita come parte del processo di guarigione, del meccanismo della vita. Voltò la testa, e il suo sguardo cupo si posò su Jacques.

«Sta bene?». La sua voce era flebile ma aveva il tono autorevole che conservava in qualsiasi circostanza.

Jacques, pallido e disfatto, alzò lo sguardo. Sorrise e fece l'occhiolino. «È un sacco di tempo che continuo a salvarti la pelle, fratello. Eppure spero sempre che un uomo di duecento anni più grande di me abbia il buon senso di tenersi lontano dai guai».

Mikhail sorrise stancamente. «Basta che tu mi veda sdraiato e subito alzi la cresta».

«Mancano quattro ore all'alba, Mikhail», disse Eric in tono grave. «Io e Byron dobbiamo nutrirci. Presto la separazione dalla tua donna inizierà a tormentarti. Non puoi esaurire le tue energie con il contatto psichico. Devi andare sottoterra subito, finché sei in grado di resistere».

«Pronuncerò gli incantesimi protettivi e dormirò a pochi metri sopra di te», disse piano Jacques. Gli assassini gli avevano portato via la sorella; non voleva perdere anche il fratello. E doveva andare sottoterra insieme a Mikhail. Anche se Eric e Byron lo avevano rifornito di sangue, si sentiva ancora debole e bisognoso di sonno rigeneratore.

Mikhail alzò un sopracciglio. «Sei rimasto solo cinque minuti con lei e già dai segni di insubordinazione». Un tenue sorriso stanco addolcì la sua espressione.

Chiuse gli occhi, esausto e in preda al rimorso. Sarebbe stata Raven a soffrire di più quella notte. Lui avrebbe riposato nel profondo della terra, ignaro del dolore e della consapevolezza della separazione, lontano dal lutto e dall'odio per la sua razza. Raven sarebbe rimasta sola in mezzo agli assassini, costantemente in pericolo. E soprattutto avrebbe dovuto patire la perdita del loro legame psichico. *Piccola*, la chiamò con tutto l'amore che sentiva.

Stai meglio? Sollievo.

Presto. Sei a letto?

Non parli d'altro che di letti. Ti ho sentito prima, avevi paura per Jacques. So che era Jacques. C'è dell'affetto nei tuoi pensieri per lui. Sta bene?

È stanco. Mi ha donato il suo sangue. Mantenere il contatto a quella distanza era estenuante, ma lo voleva disperatamente per il bene di entrambi.

Sento che sei stanco. Ora dormi. Non devi preoccuparti per me, gli suggerì piano Raven, invocando le sue mani, il suo viso.

«Mikhail, stai parlando con lei», tuonò Eric. «Non puoi».

Jacques fece un gesto impaziente a Eric. «Dovevi sapere che l'avrebbe fatto. Mikhail, uno di noi può farla addormentare, se vuoi».

Tra poco inizierai a sentirti a disagio. Farai fatica ad addormentarti e a mangiare. Sentirai il bisogno di stare con me. La tua mente cercherà la mia e non riuscirà a contattarla. Non ho la forza per aiutarti a dormire questa notte. Vuoi che Eric o Byron lo facciano al mio posto?

L'idea non piaceva a Mikhail. Raven si ritrovò a sorridere. Ignorava quanto lei potesse leggergli nella mente. Voleva che fosse al sicuro e che dormisse mentre lui riposava, ma non gli piaceva l'idea che un altro uomo compisse un gesto così intimo come quello di farla addormentare. *Ce la farò, Mikhail. In realtà faccio già fatica ad accettare quel genere di cose da te. Non potrei accettarlo da loro. Ti prometto che starò bene.*

Ti amo, piccola. Sono le parole della tua gente, e vengono dal mio cuore. Mikhail raccolse le ultime forze per inviare una supplica all'unico umano a cui poteva affidare la sicurezza di Raven.

Raven chiuse gli occhi, sapendo di doverlo lasciare andare prima che esaurisse le forze. *Dormi, Mikhail. Con le parole della tua gente: tu sei il mio compagno per la vita.*

Dopo aver interrotto il contatto, Raven fissò a lungo il soffitto. Non si era mai sentita così sola, così fredda e vuota. Avvolse le braccia intorno al corpo e si dondolò sforzandosi di rilassarsi. Fin da bambina aveva imparato ad avere se stessa come unica compagnia, e a goderne.

Raven sospirò. Si sentiva così sciocca. Mikhail si sarebbe rimesso perfettamente. Lei avrebbe colto l'occasione per leggere un libro e continuare a studiare la lingua. La lingua di Mikhail. Camminò per la stanza a piedi nudi. Su e giù. Sentì freddo e si sfregò le braccia per scaldarsi.

Accese la lampada e tirò fuori dalla valigia un romanzetto tascabile, decisa a distrarsi con la trama di inganni, omicidi e passioni. Gli dedicò un'ora, ma si trovava in continuazione a rileggere lo stesso paragrafo due o tre volte. Si arrese, rendendosi conto di non aver capito una sola parola. Scagliò lontano il libro, esasperata.

Che cosa aveva intenzione di fare con Mikhail? Non aveva più nessun parente in America, e nessuno si sarebbe dispiaciuto se non fosse più ritornata. Nonostante tutto quel che era successo, voleva ancora stare con lui. Il buonsenso le suggeriva di andarsene prima di invischiarsi ulteriormente, ma nella sua mente non c'era più posto per il buonsenso. Raven, stanca, si passò una mano tra i capelli. Non aveva alcun desiderio di tornare a dare la caccia ai serial killer.

Che fare dunque con Mikhail? Non aveva ancora imparato a dirgli di no. Sapeva cos'era l'amore. Aveva incontrato qualche coppia, poche a dire la verità, legata da un sentimento vero. Ma quello che provava per Mikhail trascendeva le emozioni semplici. Era più che passione e calore; era quasi un'ossessione. In qualche modo misterioso, era dentro di lei, scorreva nel suo sangue, avvolgeva la sua carne e il suo cuore. Era penetrato nella sua mente e aveva rubato una parte segreta della sua anima.

Non era solo il suo corpo a invocare quello di Mikhail con un desiderio simile a un fuoco sotto la pelle. Si sentiva come un drogato in preda a una crisi di astinenza. Era amore, quello, o un'ossessione morbosa? E poi c'era quello che Mikhail provava per lei. Le sue emozioni erano così forti, così intense. Ciò che lui provava quando lei era presente, le faceva sembrare i suoi sentimenti una pallida imitazione. Il loro rapporto la spaventava. Lui era così possessivo, così sfrenato. Era pericoloso: un uomo abituato a dominare gli altri e a esercitare un'autorità assoluta. Giudice e giustiziere. C'era così tanta gente che contava su di lui.

Raven si coprì il viso con le mani. Mikhail aveva bisogno di lei. Per lui non esisteva nessun'altra. Aveva davvero bisogno di lei, solo di lei. Non sapeva da dove le venisse quella certezza, ma ne era sicura. Nella sua mente non c'erano dubbi. Lo leggeva nei suoi occhi. Quando guardavano gli altri, erano freddi e inespressivi. Ma quegli stessi occhi si illuminavano e ardevano quando la osservavano. La sua bocca poteva avere una piega crudele, ma si addolciva quando rideva con lei, quando le parlava e la baciava. Era di lei che aveva bisogno.

Tornò a camminare su e giù per la stanza. Le abitudini e lo stile di vita di Mikhail erano così diversi dai suoi. *Hai paura, Raven*, si rimproverò. Poggiò la fronte sul vetro della finestra. *Hai davvero paura che non riuscirai mai a lasciarlo.* Quell'uomo aveva un potere enorme e lo usava senza riflettere. Ma se doveva essere sincera con se stessa, c'era dell'altro. Anche lei aveva bisogno di lui. Della sua risata, della dolcezza con cui la toccava, della sua tenerezza. Del modo in cui bruciava per lei, del suo sguardo famelico, incandescente, della sua voglia irrefrenabile. Della sua conversazione, della sua intelligenza, del suo senso dell'umorismo così simile a quello di Raven. Erano fatti l'uno per l'altra. Due metà di un solo essere.

Raven si fermò al centro della stanza, sconvolta dai suoi stessi pensieri. Perché credeva che fossero fatti per stare insieme? La sua mente le sembrava in preda al caos. Era abituata a non perdere mai la testa, ad analizzare le cose razionalmente, eppure in quel momento se ne sentiva incapace. Tutto il suo essere pareva invocare Mikhail, solo per sentire la sua presenza, per saperlo vicino. Inconsciamente, tese la mente in cerca della sua, e trovò il vuoto. Era troppo lontano oppure dormiva troppo profondamente per via dei farmaci. Raven ne rimase scossa e più sola che mai, come se fosse di nuovo orfana. Si morse le mani, ansiosa.

Spinta da un impulso irresistibile, continuò a muoversi per la stanza finché non fu totalmente esausta. Il peso nel suo cuore aumentava a ogni passo. Stava perdendo la capacità di pensare in modo lucido, di respirare. Disperata, cercò di nuovo la mente di Mikhail, per accertarsi che fosse al sicuro. Trovò di nuovo il vuoto.

Si portò le ginocchia al petto e strinse a sé il cuscino. Rimase lì al buio, dondolandosi avanti e indietro, travolta dall'angoscia. Ne era così oppressa che riusciva a pensare solo a Mikhail. Era scomparso. L'aveva lasciata e ora lei era sola, mutilata, l'ombra di una donna. Le lacrime le scesero bollenti sul viso, e il vuoto la attanagliò. Non poteva vivere senza di lui.

Ogni idea di abbandonarlo, ogni calcolo razionale aveva perso di significato. L'ultimo residuo di lucidità le suggeriva che quei pensieri erano assurdi: Mikhail non poteva essere la sua metà mancante; era sopravvissuta per anni senza di lui. Non poteva aver voglia di gettarsi dal balcone solo perché non riusciva a contattare la sua mente.

Si ritrovò di nuovo a camminare per la stanza, lentamente, come costretta da una forza esterna. Spalancò la porta del balcone che si affacciava sulla foresta. L'aria fredda e lievemente umida invase la stanza. Le montagne erano avvolte nella nebbia. Era uno spettacolo magnifico, ma Raven non lo vedeva. Non c'era vita senza Mikhail. Si aggrappò alla balaustra e le sue mani trovarono due solchi profondi nel legno. Passò distrattamente le dita su quelle fenditure, come a carezzare le uniche due cose reali rimaste in un mondo arido e vuoto.

«Signorina Whitney?».

In preda all'angoscia, non si era accorta di quella presenza. Si voltò di scatto, proteggendosi istintivamente il collo con le mani.

«Mi perdoni se l'ho spaventata», disse padre Hummer con voce gentile. Si alzò dalla sedia situata in un angolo del balcone. Aveva una coperta sulle spalle, ma Raven vide che tremava, dopo essere rimasto a lungo fuori nella notte. «Non è un posto sicuro per lei, qui fuori, mia cara». La prese per un braccio e la portò di nuovo nella stanza come una bambina, poi richiuse con cura la finestra del balcone.

Raven riuscì a parlare. «Ma cosa ci faceva là fuori? E come è arrivato qui?».

Il prete sorrise compiaciuto. «Non è stato difficile. La signora

Galvenstein è un membro della chiesa. Sa che io e Mikhail siamo molto amici. Le ho detto semplicemente che Mikhail si era fidanzato con la signorina Whitney e che dovevo recapitarle un messaggio. Poiché sono abbastanza vecchio da essere suo nonno, la signora Galvenstein ha pensato che non ci fosse niente di male a lasciarmi entrare in attesa del suo ritorno. E ovviamente non si farebbe mai sfuggire l'occasione di fare qualcosa per Mikhail. Lui è molto generoso e non chiede quasi nulla in cambio. Credo sia stato lui a comprare il rifugio, tempo fa, e ad affittarlo alla signora a un prezzo assai modesto».

Raven gli voltava le spalle, incapace di trattenere le lacrime. «Mi dispiace, padre. Non riesco a parlare in questo momento. Non so cosa mi succede».

Lui le porse un fazzoletto da sopra la spalla. «Mikhail temeva che questa notte potesse essere... difficile per lei. E anche domani. Sperava che lei la trascorresse insieme a me».

«Ho tanta paura...», confessò Raven, «e mi sento così sciocca. Non c'è nessun motivo di avere paura. Non so perché mi stia comportando così».

«Mikhail sta bene. È indistruttibile, mia cara, un grosso gatto della giungla con nove vite. Lo conosco da anni. Non c'è nulla che possa abbatterlo».

L'angoscia invadeva ogni centimetro del corpo di Raven, strisciava nella sua mente e le opprimeva l'anima. Sentiva di aver perduto Mikhail per sempre. In qualche modo, in quelle poche ore che aveva trascorso lontano da lei, era scivolato via. Raven scosse la testa, in preda a uno strazio che pareva toglierle il respiro e soffocarla.

«Raven, basta!». Padre Hummer la fece sedere sul bordo del letto, fragile e curva. «Mikhail mi ha chiesto di venire qui. Mi ha detto che sarebbe venuto a prenderti al più presto, questa sera».

«Lei non sa...».

«Perché mi avrebbe fatto alzare dal letto a quest'ora? Io sono vecchio, bambina mia. Ho bisogno di riposo. Devi pensare, ora, usare tutta la tua intelligenza».

«Ma è una sensazione così reale, come se fosse morto e lo avessi perso per sempre».

«Ma sai che non è così», obiettò il prete in tono ragionevole. «Mikhail ti ha scelto come sua compagna. Condividete la vita alla maniera della sua gente. Per loro il legame mentale e fisico è una certezza. Ha un grande valore, e da quello che ho imparato in tanti anni è così forte che raramente uno dei due sopravvive alla perdita dell'altro. Quelli come Mikhail appartengono più alla terra, sono liberi e selvaggi come gli animali, ma in più hanno capacità fenomenali e una coscienza».

Scrutò quel viso rigato di lacrime e incontrò il suo sguardo pieno di dolore. Raven faticava ancora a respirare, ma il pianto si stava calmando. «Mi ascolti, Raven?».

Lei annuì, cercando disperatamente di concentrarsi sulle sue parole e riacquistare la lucidità. Sentiva l'affetto del prete per Mikhail e la sua convinzione che sarebbe tornato in forze.

«Dio per qualche ragione ti ha donato la capacità di formare con Mikhail un legame mentale oltre che fisico. Ciò comporta un'enorme responsabilità. La sua vita è letteralmente nelle tue mani. Devi superare questa sensazione e usare il cervello. Sai bene che non è morto. Ti ha detto che tornerà. Mi ha mandato qui temendo che tu potessi farti del male. Pensa, ragiona. Sei un essere umano, non un animale che invoca disperato il suo compagno».

Raven cercò di afferrare il significato di quelle parole. Si sentiva come in fondo a un pozzo da cui tentava invano di uscire. Si concentrò su ogni singola parola del prete, imprimendola nella mente. Inspirò profondamente l'aria nei polmoni in fiamme. Era mai possibile? *Al diavolo Mikhail, con quello che le stava facendo passare. E lui sapeva che sarebbe successo. Come aveva fatto lei a ridursi così?*

Raven si asciugò le lacrime dal viso, decisa a ricomporsi, a scacciare quell'angoscia e a riprendere a pensare razionalmente. Sentiva il dolore premere ai margini della sua coscienza. «Perché non riesco a mangiare né a bere altro che acqua?». Si massaggiò le tempie e non vide l'espressione allarmata sul volto rugoso del prete.

Padre Hummer si schiarì la gola. «Da quanto tempo va avanti, signorina Whitney?».

Il tremendo senso di vuoto la attanagliò e minacciò di impossessarsi nuovamente di lei. Raven cercò di mantenere il controllo. Sollevò il mento. «Raven, la prego, mi chiami Raven. Tanto mi sembra che lei sappia già tutto di me». Si sforzò di dominare il tremito nelle mani: tese i palmi e li fissò. «Non è sciocco?»

«Vieni a casa mia, cara. Presto sorgerà il sole. Potrai trascorrere la giornata in mia compagnia. Sarebbe un grande onore per me».

«Mikhail sapeva che mi sarebbe successo questo, vero?», chiese Raven a voce bassa, iniziando a capire. «È per questo che l'ha mandata qui. Aveva paura che potessi davvero farmi del male».

Edgar Hummer sospirò piano. «Temo di sì, bambina mia. Loro non sono come noi».

«Lui ha cercato di spiegarmelo. Ma io non sono come loro. Perché dovrebbe succedere a me?», chiese Raven. «È assurdo. Perché lui lo sapeva?»

«Hai compiuto il rituale con lui. Sei la sua metà. La luce che illumina la sua tenebra. Non potete esistere l'uno senza l'altra. Vieni a casa mia, Raven. Staremo insieme e parleremo di Mikhail finché non tornerà a prenderti».

Capitolo 8

Raven esitò. L'idea di saperne di più sul conto di Mikhail era allettante. «Penso di potermela cavare da sola, ora che so cosa mi sta succedendo. È molto tardi, padre, e mi vergogno già abbastanza che lei sia dovuto venire qui, starsene al freddo e badare a me».

Padre Hummer le diede un colpetto gentile sul polso. «Sciocchezze, bambina mia. Mi piace rendermi utile in questo modo. Alla mia età, qualcosa di insolito fa sempre bene. Almeno scendi con me e fammi compagnia. La signora Galvenstein tiene il fuoco acceso nel salotto».

Raven scosse la testa con veemenza, istintivamente, ricordando l'avvertimento di Mikhail. Nel rifugio c'erano molti dei suoi nemici. Non lo avrebbe mai messo in pericolo, quali che fossero le sue difficoltà.

Edgar Hummer sospirò piano. «Non posso lasciarti sola, Raven. Ho dato la mia parola a Mikhail. Lui ha fatto molto per i miei fedeli, per gli abitanti del paese, e chiede così poco in cambio». Si sfregò il viso, pensoso. «Devo rimanere qui, bambina mia, nel caso in cui le tue condizioni peggiorassero».

Raven deglutì. In una delle stanze del rifugio dormiva Margaret Summers. Raven poteva difendersi, anche in preda all'angoscia più intensa, ma riusciva comunque a percepire l'ansia di padre Hummer. Dunque la percepiva anche Margaret. Raven si decise. Prese la giacca, si asciugò dal viso le lacrime, e si avviò per le scale prima di cambiare idea. La cosa più importante per lei era proteggere Mikhail. Era un bisogno elementare, una parte della sua anima.

Uscita all'aperto, si abbottonò la giacca fino al mento. Si era cambiata non appena tornata nella stanza e indossava un paio di jeans scoloriti e una felpa dell'università. La nebbia fitta aleggiava a mezzo metro da terra, inghiottendo ogni cosa. Faceva molto freddo. Guardò il prete. Il suo inglese era alquanto incerto, ma il suo viso segnato dal tempo e i suoi occhi azzurro sbiadito denotavano intelligenza e rettitudine. Aveva freddo per le ore passate sul balcone. Era troppo vecchio per essere strappato al caldo della sua casetta e chiamato a un compito simile nel cuore della notte.

Raven scostò delle ciocche ribelli dal viso e si costrinse a camminare tranquilla per le strade del paese. Intorno a lei regnava la pace, ma Raven sapeva che un gruppo di fanatici stava assassinando quelli che considerava vampiri. Il suo cuore era affaticato dall'angoscia. La sua mente bramava il contatto rassicurante con Mikhail. Guardò l'uomo anziano accanto a lei. Camminava svelto, placido e rassicurante. Era un uomo in pace con se stesso e con il prossimo.

«È sicuro che sia vivo?». La domanda le sfuggì dalle labbra prima che potesse trattenersi, proprio nel momento in cui stava per compiacersi del suo autocontrollo.

«Assolutamente, mia cara. Mi ha fatto capire che oggi non si sarebbe rifatto vivo fino al tramonto e che non avrei potuto contattarlo nel solito modo». Le sorrise con aria complice. «Personalmente, preferisco il cercapersone. Mi affascinano questi attrezzi moderni. Quando vado da lui, gioco con il suo computer ogni volta che posso. Una volta per sbaglio l'ho bloccato e gli ci è voluto del tempo per capire come avessi fatto». Padre Hummer era stranamente compiaciuto. «Ovviamente avrei potuto dirglielo, capisci, ma non ci sarebbe stato più gusto».

Raven non riuscì a trattenere una risata. «Finalmente un uomo che la pensa come me. Sono contento che ci sia qualcun altro oltre a me a dargli del filo da torcere. Ne ha proprio bisogno. Tutta quella gente che si inchina al suo cospetto. Non gli fa per niente bene». Aveva le mani ghiacciate e se le infilò nelle tasche.

«Cerco di fare del mio meglio, Raven», ammise il prete, «ma non dobbiamo dirglielo. È meglio che certe cose restino tra noi».

Lei gli sorrise, più rilassata. «Sono d'accordo con lei. Da quanto tempo conosce Mikhail?». Dato che non poteva raggiungerlo né toccarlo, forse poteva alleviare quel vuoto spaventoso dentro di sé parlando di lui. Si rese conto che iniziava a essere in collera con lui. Avrebbe dovuto prepararla meglio a quella situazione.

Il prete guardò in direzione della foresta e della casa di Mikhail, poi alzò gli occhi al cielo. Lo aveva conosciuto quando era giovane, quando appena ordinato sacerdote era stato spedito in quel paese in mezzo al nulla. Ovviamente da allora aveva viaggiato, ma ora era prossimo alla pensione, e gli era stato concesso di rimanere dove voleva, in quel luogo che aveva imparato ad amare.

Raven lo scrutò attentamente con i suoi occhi azzurri. «Non vorrei costringerla a mentire, padre. Io stessa mi trovo a doverlo fare per Mikhail, senza nemmeno sapere perché. Di certo non è lui a chiedermelo». Nella sua voce echeggiavano rimpianto e confusione.

«Io non mentirei», rispose il prete.

«L'omissione è come una bugia, padre?». Le lacrime le fecero brillare gli occhi e scintillarono sulle lunghe ciglia. «Mi sta succedendo qualcosa che non capisco, e che mi terrorizza».

«Lo ami?».

Raven sentiva i loro passi risuonare nel silenzio dell'ora che precede l'alba. I loro cuori battevano regolari, pompando il sangue nelle vene. Nel passare davanti alle case, udì scricchiolii, fruscii, il rumore di qualcuno che russava e di una coppia che faceva l'amore. Le sue dita cercarono l'anello di Mikhail e si richiusero su di esso come su un talismano. Lo coprì con il palmo, come se potesse trattenervi Mikhail.

Lo amava? Tutto il suo essere era affascinato e inebriato da Mikhail. L'attrazione fisica tra loro era certamente potente, se non esplosiva. Ma Mikhail era un mistero, un pericoloso abitante di un mondo di ombre che Raven non riusciva a comprendere. «Come si può amare ciò che non si comprende, ciò che non si conosce?». Le bastò formulare quella domanda per vedere il suo sorriso, la tenerezza dei suoi occhi. Sentì la sua risata, le loro conversazioni che duravano ore e i loro silenzi privi di imbarazzo.

«Tu conosci Mikhail. Sei una donna straordinaria. Hai intuito la sua bontà e la sua compassione».

«Ma è anche geloso, e molto più che possessivo», osservò Raven. Lo conosceva, sì, nel bene e nel male, e lo aveva accettato per come era. Ma ora si rendeva conto che sebbene lui le avesse aperto la sua mente, lei non ne conosceva che una parte.

«Non dimenticare il suo istinto protettivo e il suo profondo senso del dovere», replicò padre Hummer con un sorriso benevolo.

Raven si strinse nelle spalle, e di nuovo ebbe voglia di piangere. Era umiliante sentirsi così priva di autocontrollo quando sapeva che il prete aveva ragione. Mik-hail non era morto; era da qualche parte, profondamente addormentato grazie ai farmaci, e si sarebbe messo in contatto con lei al più presto possibile. «L'intensità di quello che provo per lui mi spaventa, padre. Non è normale».

«Lui darebbe la vita per te. Mikhail non potrebbe mai farti del male. Se lo conosco almeno un po', puoi stare certa che non sarà mai infedele, non alzerà mai una mano su di te e ti metterà sempre al primo posto». Edgar Hummer rispose con assoluta convinzione. Ne era sicuro quanto lo era dell'esistenza di un Dio.

Raven si asciugò le lacrime con il dorso della mano. «Che non farebbe mai del male a me, lo credo. Ma agli altri? Ha tante doti speciali, così tanto potere. La tentazione di abusarne dev'essere fortissima».

Padre Hummer aprì la porta della sua casetta e le fece cenno di entrare. «Credi davvero che ne abbia abusato con gli altri? È il loro capo per diritto di sangue. Discende da una stirpe molto antica. Lo chiamano il loro principe, anche se con te non lo ammetterebbe mai. Si fidano di lui come di una guida, così come i miei fedeli si affidano spesso a me».

Raven sentiva il bisogno di fare qualcosa, quindi accese il fuoco nel camino di pietra mentre il prete preparava un infuso di erbe. «È davvero un principe?». Per qualche ragione, l'idea la sgomentava. Oltre al resto, rischiava anche di imparentarsi con la nobiltà. Era il genere di cose che non andava mai a finire bene.

«Temo di sì, bambina mia», ammise padre Hummer in tono rassegnato. «In ogni questione, la sua parola è quella definitiva. Forse è per questo che tende a darsi delle arie. Ha molte responsabilità, e fin da quando lo conosco non è mai venuto meno a nessuna».

Raven si sedette a terra e scostò dal viso rigato di lacrime i suoi folti capelli. «A volte, quando io e Mikhail siamo insieme, mi sento come se fossimo due metà di un solo essere. Ci sono momenti in cui è così serio e cupo, e sembra così solo. Mi piace farlo ridere e accendere una luce nei suoi occhi. Ma a volte lui fa delle cose...». Si interruppe.

Padre Hummer posò accanto a lei una tazza di infuso e si accomodò sulla sua poltrona preferita. «Che genere di cose?», la incoraggiò.

Raven emise un sospiro lungo e affannoso. «Ho passato quasi tutta la mia vita da sola. Ho sempre fatto quello che volevo. Quando voglio, prendo e me ne vado. Viaggio spesso e tengo alla mia libertà. Non ho mai dovuto renderne conto a nessuno».

«E preferiresti quel genere di vita a quella che faresti con Mikhail?».

Le mani le tremarono quando strinse la tazza di tè per scaldarsi le dita. «Mi fa una domanda difficile, padre. Credevo che io e Mikhail potessimo fare dei compromessi. Ma è successo tutto così in fretta, e ora non so più se quello che provo viene davvero solo da me. Mikhail è sempre con me. Ora, tutt'a un tratto, non c'è più, e non riesco a sopportarlo. Guardi come sono ridotta. Lei non mi conosceva prima, ma sono abituata a stare da sola; sono assolutamente indipendente. È possibile che Mikhail mi abbia fatto qualcosa perché io stia così?»

«Mikhail non ti costringerebbe mai ad amarlo. Non credo che potrebbe fare una cosa simile».

Raven bevve un sorso per calmarsi. «Lo so. Ma adesso... perché non riesco a stare lontana da lui? Mi piace stare da sola, sono affezionata alla mia privacy, eppure senza di lui sto crollando a pezzi. Ha idea di quanto sia umiliante per me?».

Padre Hummer posò la tazza sul piattino e la guardò turbato. «Non c'è bisogno che tu ti senta così, Raven. Mikhail mi ha detto che quando un maschio della sua razza incontra la sua vera compagna, può legarla a sé con delle parole rituali e completare la loro unione. Se lei non è la sua vera compagna, l'atto non ha nessuna conseguenze, ma se lo è, nessuno dei due può fare più a meno dell'altro».

Raven alzò una mano come per proteggersi il collo. «Quali parole? Le ha detto esattamente quali?».

Padre Hummer scosse la testa tristemente. «Mi ha detto solo che quelle parole, pronunciate alla donna giusta, la legano all'uomo irrevocabilmente. Sono come i nostri voti di matrimonio. I carpaziani hanno un altro sistema di valori e un altro concetto del bene e del male. Per loro non esiste il divorzio; non esiste quella parola nel loro vocabolario. L'uomo e la donna diventano a tutti gli effetti due metà di un solo essere».

«E se uno dei due fosse infelice?». Raven intrecciò le dita nervosa. Si ricordava di aver sentito dire a Mikhail qualcosa di insolito. Il ricordo era confuso, come in un sogno.

«Un maschio carpaziano fa tutto il possibile per garantire la felicità della sua compagna. Non so esattamente come funzioni, ma a quanto dice Mikhail il legame è così forte che un maschio non può non sapere cosa fare per rendere felice la sua donna».

Raven si toccò il collo per sentirne le pulsazioni con il palmo della mano. «Qualunque cosa abbia fatto ha funzionato, padre, perché io non sono il genere di donna che vuole gettarsi da un balcone solo perché è lontana dal suo uomo da un paio d'ore».

«Allora dobbiamo sperare che anche Mikhail stia sperimentando gli effetti della sua medicina», disse padre Hummer abbozzando un sorriso.

A quelle parole il cuore di Raven prese a martellare nel petto e il suo corpo si ribellò. L'idea che Mikhail stesse soffrendo in qualche modo la turbava terribilmente. Si sforzò di ricambiare il sorriso. «Non so come, ma credo che in questo momento lui non senta nulla».

Il prete scrutò il volto affranto di Raven da dietro la tazza. «Trovo che Mikhail sia molto fortunato ad averti incontrata. Anche tu sei forte, proprio come lui».

«In questo caso devo essere un'attrice superba», Raven si asciugò le lacrime con il dorso della mano, «perché dentro mi sento morire. E non sono molto felice con Mikhail».

«E lo capisco bene, eppure il tuo primo istinto è di proteggerlo. L'idea che stesse soffrendo ti terrorizzava».

«Sto male nel veder soffrire chiunque. C'è qualcosa di triste in Mikhail, come se avesse portato il peso del mondo sulle sue spalle troppo a lungo. A volte lo guardo e vedo una tale pena... non proprio nei suoi occhi, ma come scolpita sul suo viso». Raven sospirò. «Non so se quello che dico abbia un senso, ma Mikhail ha bisogno di qualcuno che gli tolga quell'ombra dal viso».

«È un'osservazione interessante, bambina mia, e devo dire che capisco cosa intendi. Ho notato la stessa cosa. "Togliergli quell'ombra"». Ripeté quelle parole, pensoso. «È proprio così».

Raven annuì. «È come se avesse visto troppa violenza, troppe cose terribili, e tutto ciò lo avesse fatto sprofondare nel buio. Lo sento quando gli sto vicino. Se ne sta come un guardiano che tiene a bada dei mostri al di là di un cancello spaventoso in modo che noi possiamo vivere tranquilli e ignari di tutto».

Padre Hummer restò per un attimo senza fiato. «È così che lo immagini? A guardia di un cancello?».

Raven annuì. «Quest'immagine è molto vivida. So che probabilmente le sembra melodrammatica».

«Vorrei avergli detto io stesso queste parole», disse piano il prete. «È venuto qui molte volte in cerca di conforto, ma non ho mai saputo cosa dirgli esattamente. Ho pregato Dio affinché lo aiutasse a trovare le risposte, Raven, e forse Dio gli ha mandato te».

Raven tremava, lottando continuamente con l'angoscia nella sua mente, con il bisogno disperato di toccare Mikhail e con l'idea che fosse scomparso per sempre. Fece un respiro profondo per calmarsi, grata della compagnia del prete. «Non credo di essere la risposta a nulla, padre. In questo momento avrei solo voglia di raggomitolarmi e piangere».

«Puoi farcela, Raven. Sai che Mikhail è vivo».

Raven bevve un sorso dell'infuso. Era caldo e delizioso. Le ridonò un po' di calore, ma non sarebbe mai bastato a colmare quel terribile vuoto nell'anima, gelido e divorante. Quel buco nero si allargava lento e inesorabile.

Cercò di concentrarsi su qualcos'altro, di gioire della conversazione con quell'uomo che amava e rispettava Mikhail, che provava addirittura affetto per lui. Raven bevve di nuovo, cercando disperatamente di mantenersi lucida.

«Mikhail è un uomo straordinario», disse padre Hummer nel tentativo di distrarla. «È uno degli uomini più gentili che abbia mai incontrato. Il suo senso della giustizia è eccezionale. E ha una volontà di ferro».

«Me ne sono accorta», riconobbe Raven.

«Ne sono certo. Mikhail è un uomo che nessuno vorrebbe avere come nemico. Ma è anche leale e premuroso. Una volta, dopo un disastro, l'ho visto restaurare questo intero paese quasi da solo. Per lui ogni singola persona è importante. C'è qualcosa di veramente grande in lui».

Raven teneva le ginocchia vicino al petto e si dondolava. Faticava terribilmente a respirare. *Mikhail! Dove sei?* L'invocazione le sfuggì dal cuore. Aveva bisogno di una sua risposta, di un suo tocco, soltanto uno.

Il suo grido riecheggiò nel vuoto profondo. Si morse con forza il labbro, deliberatamente, e si concentrò sul dolore. Era forte! Aveva un cervello. Qualunque cosa la stesse consumando, cercando di convincerla che non poteva resistere senza Mikhail, non l'avrebbe sconfitta. Non era reale.

A un tratto padre Hummer si alzò e la tirò a sé. «Basta, Raven. Usciamo e andiamo a curare il mio giardino. Sporcarti le mani di terra e respirare l'aria fresca ti farà bene». Se neanche quel rimedio avesse funzionato, non avrebbe avuto altra scelta che inginocchiarsi e pregare.

Raven riuscì a ridere tra le lacrime. «Quando lei mi tocca, padre, io leggo nei suoi pensieri. Un prete dovrebbe essere lieto di inginocchiarsi, o sbaglio?».

Padre Hummer la lasciò andare di colpo come se scottasse, poi rise anche lui. «Alla mia età e con l'artrite che ho, mia cara, quando mi inginocchio mi viene più voglia di imprecare che di pregare. E così hai scoperto uno dei miei segreti più nascosti».

Malgrado tutto, risero entrambi e uscirono fuori alle prime luci del sole. A Raven lacrimarono gli occhi. Dovette chiuderli per alleviare il dolore che le trafiggeva il cranio. Li coprì con le mani. «Questo sole è accecante! Ci vedo a malapena e non riesco a tenere gli occhi aperti. A lei non dà fastidio?»

«Forse Mikhail ha lasciato qui un paio di occhiali da sole. Gli capita di essere sbadato, quando perde una partita a scacchi».

Il prete frugò in un cassetto e tornò con un paio di occhiali scuri fabbricati appositamente per Mikhail. La montatura era troppo grande per Raven, ma padre Hummer li fissò con un elastico. Raven riaprì lentamente gli occhi. La visione era chiarissima malgrado le lenti fossero molto scure. Il sollievo agli occhi fu immediato.

«Ah, sono perfetti. Non riconosco la marca».

«Li produce un amico di Mikhail».

Il giardino era meraviglioso. Raven si chinò e affondò le mani nella terra scura e fertile. La strinse tra le dita. Le parve che il cuore si liberasse di un peso e che l'aria le circolasse più liberamente nei polmoni. Ebbe quasi l'impulso di stendersi su quel suolo fecondo, di chiudere gli occhi e assorbirlo attraverso la pelle.

Fu grazie al giardino di padre Hummer che riuscì a trascorrere le lunghe ore del mattino. Il sole di mezzogiorno la spinse a cercare rifugio nella casa. Malgrado gli occhiali, gli occhi le bruciavano e lacrimavano, accecati da quel fulgore. Anche la pelle era diventata sensibilissima: si arrossava e scottava in fretta, cosa che in passato non le era mai successa.

Rientrarono insieme e riuscirono a terminare due partite a scacchi, interrompendosi solo quando Raven dovette lottare di nuovo contro i demoni nella sua mente. Era sollevata di avere con sé il prete nei momenti in cui dubitava di sopravvivere alla lontananza di Mikhail. Bevette dell'altro infuso per contrastare la debolezza causata dal digiuno.

Le ore del pomeriggio furono interminabili. Raven riuscì a tenere a bada il vuoto che sentiva dentro con qualche attacco di pianto. Alle cinque era ormai esausta e decisa, per salvare un minimo di amor proprio, a trascorrere le ultime due ore da sola. Mikhail l'avrebbe chiamata fra non più di tre ore, se aveva detto la verità. Per conservare un barlume di indipendenza e dignità, doveva affrontare quelle ultime ore di attesa in solitudine.

La luce le feriva ancora gli occhi, nonostante il sole fosse basso e qualche nuvola si affacciasse all'orizzonte. Senza gli occhiali non sarebbe mai riuscita ad attraversare il paese e tornare al rifugio.

Per fortuna tutto era piuttosto tranquillo. La signora Galvenstein e i suoi dipendenti erano impegnati a preparare la cena e ad apparecchiare la sala. Non c'era nessuno degli altri ospiti, e Raven poté sgattaiolare indisturbata nella sua stanza.

Fece una lunga doccia, sperando di lavare via con l'acqua calda quel terribile bisogno di Mikhail. Legò i capelli umidi in una coda e si stese sul letto completamente nuda. L'aria le rinfrescava la pelle, calda dopo la doccia, e la aiutava a rilassarsi. Raven chiuse gli occhi.

Udì l'acciottolio delle stoviglie che venivano posate sui tavoli per la cena. Si concentrò su quel suono senza pensarci. Poteva essere un buon modo per distrarsi dall'angoscia. Raven scoprì che, concentrandosi, poteva aumentare o diminuire il volume di quei suoni o addirittura spegnerlo, e che riusciva a sentire il battito delle ali di un insetto nella dispensa. Udì dei topi zampettare tra le pareti e nella soffitta.

La cuoca e la cameriera ebbero un breve battibecco. La signora Galvenstein canticchiava tra sé mentre si dava da fare in cucina. L'attenzione di Raven fu attratta da alcuni bisbigli. Quelli dei cospiratori.

«È impossibile che Mikhail Dubrinsky e Raven Whitney siano dei non morti», diceva Margaret Summers con foga. «Forse lui conosce gli altri, ma non è un vampiro».

«Dobbiamo andare adesso». Era Hans a parlare. «Non capiterà un'altra occasione del genere. Non possiamo aspettare gli altri. Non ho nessuna intenzione di andarci con il buio».

«È già troppo tardi». La voce di Jacob era petulante. «Mancano solo un paio d'ore al tramonto. Ci vuole un'ora solo per arrivare lassù».

«Meno, se ci sbrighiamo. È intrappolata sotto terra», insistette Hans. «Ma domani non la troveremo più».

«Secondo me dovremmo aspettare comunque Eugene e gli altri», si lagnò Jacob. «Hanno più esperienza».

«Non possiamo», decise Harry Summers. «Ha ragione Hans. I vampiri sanno che gli stiamo alle costole e probabilmente spostano le loro bare ogni giorno. Non possiamo perdere quest'occasione. Prendete l'attrezzatura, in fretta».

«Io vi dico che Dubrinsky è uno di loro. Raven è completamente in suo potere. Shelly mi ha detto che si sono fidanzati», protestò Jacob.

«Ne sono sicuro, come mio padre prima di me. Sono convinto che fosse giovane quando mio padre nacque», disse Hans, torvo.

«Ti dico che non è così». Margaret era categorica.

«È strano l'effetto che quell'uomo ha sulle donne, e come loro lo difendano a tutti i costi», disse Hans con un tono sospettoso. L'anziana donna ammutolì.

Raven sentì gli assassini preparare i loro strumenti di morte. Hans o Jacob avevano convinto Harry Summers a uccidere Mikhail? O uno dei suoi? Si alzò di corsa dal letto e si infilò un paio di jeans puliti. Mentre indossava un paio di calze pesanti e gli scarponi da montagna, inviò un richiamo mentale a Mikhail. Ancora vuoto e oscurità.

Imprecando sottovoce, Raven indossò una camicia morbida di batista azzurra. Non sapeva dove fosse la polizia del posto, né come contattarla. E poi chi avrebbe creduto che ci fossero dei cacciatori di vampiri in circolazione? Era ridicolo. Padre Hummer? Alla sua età non poteva certo farlo correre su e giù per la montagna.

«Porto questa roba in macchina», diceva Jacob.

«No! Faremo prima a piedi. Taglieremo per la foresta. Mettila negli zaini», insistette Hans. «Presto, muoviamoci, non abbiamo molto tempo. Dobbiamo arrivare lì prima che si sveglino e riprendano le forze».

Raven si guardò intorno in cerca di un'arma. Nulla. Quando aiutava l'FBI con un caso, gli agenti che l'accompagnavano erano armati. Fece un respiro profondo e restò in ascolto mentre il gruppo usciva dal rifugio.

Erano in quattro: Margaret, Harry, Jacob e Hans. Avrebbe dovuto sospettare di Jacob. La sera in cui aveva provato a cenare con loro era stata malissimo: avrebbe dovuto rendersi conto che era la reazione naturale del suo corpo alla presenza di quelle menti distorte. Ma aveva attribuito il malessere all'emozione per ciò che le era capitato.

Eppure Jacob l'aveva toccata. Se avesse partecipato all'omicidio di Noelle, Raven l'avrebbe saputo. Forse erano stati Harry e Margaret a convincerlo dell'esistenza di vampiri in quel luogo; erano dei fanatici pericolosi. Raven era certa che Shelly non fosse implicata. Era seduta sul letto a scrivere i suoi appunti. Forse avrebbe potuto fare appello a Jacob e fargli capire che l'idea della caccia ai vampiri era una follia.

Senza dimenticare gli occhiali scuri, Raven uscì di soppiatto dalla stanza e attraversò silenziosamente il corridoio. Doveva schermare i suoi pensieri e le sue emozioni finché Margaret era nelle vicinanze. Da quando aveva incontrato Mikhail e aveva iniziato a comunicare telepaticamente con lui, Raven era in grado di controllare i propri poteri con più facilità.

Attese finché il gruppo non si fu incamminato lungo il sentiero che attraversava la foresta. Il cuore le sobbalzò nel petto e parve fermarsi, poi prese a battere forte. Si sentì la gola secca. Il sentiero conduceva a casa di Mikhail: era certa che fosse lo stesso che aveva percorso la prima volta che l'aveva portata da lui. Ed era ferito, indifeso e addormentato profondamente.

Raven affrettò il passo, ma sempre tenendosi a distanza dagli assassini. Avrebbe difeso la vita di Mikhail con la propria se fosse stato necessario, ma preferiva evitare lo scontro finché poteva.

Nuvole scure e più minacciose si ammassavano nel cielo azzurro. Si alzò un vento che preannunciava l'arrivo di un temporale da lontano. Le foglie volavano in sciami lungo il sentiero e i rami più sottili degli alberi oscillavano sopra la testa di Raven.

Rabbrividendo all'aria fattasi più fredda, fu colta dalla paura. *Mikhail! Ascoltami!* Inviò un richiamo imperioso, pregando disperatamente di riuscire a penetrare nel sonno profondo di Mikhail, man mano che gli si avvicinava.

Sentì dei respiri affannosi e si fermò, nascondendosi dietro un grande tronco. Harry Summers era rimasto indietro rispetto al gruppo che procedeva spedito, e stava riprendendo fiato. Raven lo guardò sbuffare e ansimare per recuperare ossigeno.

Si inerpicavano sempre più in alto sulla montagna. Con un sospiro di sollievo, Raven si rese conto che avevano svoltato a un bivio lungo il sentiero e che si allontanavano da Mikhail. Formulò una silenziosa preghiera di ringraziamento e riprese a camminare dietro Harry. Si muoveva furtiva come uno dei lupi di Mikhail, sorpresa dalla sua stessa agilità. Non un ramoscello scricchiolava sotto i suoi piedi, non un sasso rotolava. Se solo avesse avuto anche la loro forza. Si sentiva debole per il digiuno ed esausta per non aver dormito.

Raven alzò il mento. Quella gente non avrebbe commesso un altro omicidio insensato. Non importava se la vittima designata non era Mikhail: doveva impedire che potessero compiere quello che avevano in mente. Harry si fermava a riposare a intervalli di pochi minuti e la costringeva a procedere lentamente. Raven pensò di rifugiarsi tra gli alberi e superarlo, ma in quel modo avrebbe rischiato di restare intrappolata dai nemici.

Mezz'ora dopo Raven scrutava ansiosa il cielo. Lunghe file di alberi seguivano prati aperti. Fu costretta a rallentare di nuovo. Temeva di essere sorpresa allo scoperto. E ormai il vento era freddo e tagliente. Nella fretta di seguire il gruppo aveva dimenticato la giacca. Mancava ancora almeno un'ora al tramonto, ma le nuvole dense oscuravano in parte il cielo. Tra quelle montagne, spesso i temporali scoppiavano all'improvviso e infuriavano per ore. Superata l'ultima cresta, Raven si fermò di colpo. Davanti a lei si stendeva un enorme prato, con macchie di erbe aromatiche e distese di fiori selvatici. Tra gli alberi si affacciava una casa circondata da cespugli lussureggianti. Harry aveva raggiunto gli altri a circa un chilometro dalla casa. Erano in cerchio: Harry con un palo di legno in mano, Hans reggeva una pesante mazza. Salmodiavano qualcosa e spruzzavano il terreno con dell'acqua in un recipiente. Jacob impugnava una vanga e una piccozza.

Raven fu colta da un'ondata di nausea, poi da una curiosa sensazione, una fitta di dolore in fondo alla schiena, che si diffondeva all'addome facendole contrarre i muscoli. Non era un dolore suo: apparteneva a qualcun altro. Sentì nella mente il terrore, in bocca il sapore della paura. Disperazione. La mente di Raven si era fusa con un'altra. *Doveva salire in superficie per poter dare alla luce il suo bambino.*

«È la sgualdrina del demonio, sta per partorire», gridò Margaret. Il suo volto era una maschera di odio e disgusto. «Sento la sua paura. Sa che siamo qui e che è indifesa».

Jacob conficcò la piccozza nella terra soffice. Hans iniziò freneticamente a scavare. Il suono del metallo che colpiva la roccia fece rabbrividire Raven. Era come una musica di sottofondo per la depravazione di quelle menti fanatiche.

A Raven parve di sentire la terra urlare di sdegno e di dolore. Cercò di respirare con calma. Doveva pensare a qualcosa. Quella donna doveva essere rimasta intrappolata in uno dei molti pozzi minerari della zona, o in una sorta di cella sotterranea. Era in pieno travaglio e temeva per la sua vita e quella del bambino.

Raven seguì la traccia psichica, si concentrò esclusivamente sulla donna per localizzarla. Attese finché le contrazioni non furono cessate e la contattò più delicatamente che poté. *La donna che sta con gli assassini è in grado di sentire i tuoi pensieri, il tuo dolore e la tua paura. Isola la tua mente e la comunicazione con me, altrimenti saremo tutte e due in pericolo.*

Sgomento, poi più nulla. La donna rispose esitante. *Sei una di loro?*

No. Sei in trappola? Stanno scavando.

Panico, poi il vuoto mentre la donna cercava di dominarsi. *Non voglio che il mio bambino muoia. Puoi aiutarmi? Me e il mio bambino? Ti prego, aiutaci!* Fu assalita da un'altra contrazione.

«Sta cercando di contattare qualcuno!», urlò Margaret. «Sbrigatevi!».

Mikhail! Abbiamo bisogno di te! Raven lo chiamò, non sapendo cosa fare. Era troppo lontana per chiamare aiuto, le autorità o una squadra di soccorso, chiunque potesse aiutarla a salvare quella donna e il bambino che stava per nascere.

Devo tornare in superficie, disse la donna, disperata. *Non posso lasciar morire il mio bambino. Il mio compagno cercherà di tenerli a bada mentre io partorisco.*

Vi uccideranno tutti. Cerca di tenere duro. Puoi resistere per mezz'ora, un'ora? Poi verrà qualcuno ad aiutarci.

Arriveranno prima loro. Li sento sopra di me, smuovono la terra. Hanno pensieri di morte.

Cercherò di distrarli per un po'.

Chi sei? La donna era più calma, decisa a resistere ora che una presenza esterna le infondeva coraggio.

Raven fece un respiro profondo. Qual era la risposta più rassicurante? Raven Whitney non avrebbe ispirato molta fiducia. *Sono la donna di Mikhail.*

La donna non poté trattenere il suo sollievo e Margaret emise un altro grido acuto, che spinse gli uomini a scavare ancor più furiosamente. Raven uscì dal folto degli alberi, raccolse il coraggio e prese a passeggiare sul prato, canticchiando tra sé. Il primo a notarla fu Harry. Raven lo sentì imprecare e sussurrare ordini agli altri. Jacob e Hans interruppero la loro opera, e Hans si mise a fissare il cielo, imbarazzato.

Raven salutò il gruppo con la mano, sfoderando un sorriso innocente. «Salve a tutti. Che cosa fate? Non è magnifico quassù?». Fece un giro su se stessa, con le braccia tese. «I fiori sono meravigliosi, non trovate?», continuò, estasiata, badando a tenersi lontana. «Sono stata proprio una stupida a non portare la macchina fotografica».

I quattro assassini si scambiarono nervosamente occhiate colpevoli. Margaret fu la prima a riaversi, e rispose a Raven con un sereno sorriso di benvenuto. «Che piacere vederla, mia cara. Ha fatto parecchia strada dal rifugio».

«Ho pensato che un'escursione e un po' d'aria mi avrebbero fatto bene. State facendo anche voi un'escursione?». Raven non dovette fingere di rabbrividire mentre si sfregava le mani e le braccia per riscaldarsi. «Pare che stia per arrivare un altro temporale. Stavo giusto pensando di tornare indietro quando vi ho visti». Si voltò a guardare la casa in pietra. «Sarebbe magnifico abitare quassù in montagna, isolata e circondata dalla natura». Guardò in faccia Hans con un sorriso candido. «Questa regione è meravigliosa. Dev'essere un paradiso per voi».

Tutti si scambiarono occhiate confuse e colpevoli, incerti su cosa fare. Jacob fu il primo a uscire dall'imbarazzo. Lasciò cadere la piccozza e si avviò deciso verso Raven, che trattenne il fiato. Nemmeno lei sapeva cosa fare. Non osava fuggire, perché si sarebbe tradita, ma non voleva nemmeno che Jacob le mettesse le mani addosso.

Raven indietreggiò e il sorriso le svanì dalle labbra. «Vi ho per caso interrotti?».

In quel momento la donna intrappolata sottoterra ebbe un'altra brusca contrazione. Raven la sentì come un'ondata improvvisa, e il dolore della donna si irradiò da lei. Immediatamente, Margaret fissò gli occhi su Raven.

C'era solo una cosa da fare, e decise di agire. Sussultò inorridita e corse verso il gruppo. «O mio Dio! C'è una donna intrappolata in un pozzo minerario ed è in travaglio! Margaret! È questo che sta succedendo? Qualcuno è andato a chiamare i soccorsi?».

Evitò di proposito Jacob correndo a sinistra, verso il limitare degli alberi, e si fermò di colpo vicino al punto in cui scavavano. L'aria era pesante e densa, quasi difficile da respirare. Raven riconobbe una versione più debole delle protezioni di Mikhail. Il compagno della donna che stava per partorire doveva aver innalzato all'ultimo momento una barriera nel tentativo di rallentare il lavoro di quei fanatici.

«Andrà tutto bene», disse Margaret tranquilla, come se stesse parlando a una bambina. «Quella cosa là sotto non è umana».

Raven alzò di scatto la testa, con gli occhi sgranati per lo stupore. «Non la senti anche tu? Margaret, ti ho detto di avere certi poteri. Non potrei inventarmi una cosa simile. Là sotto c'è una donna intrappolata che sta per avere un bambino. Questa zona è piena di miniere. Dev'essere rimasta prigioniera in uno dei tunnel. Percepisco la sua paura».

«Non è umana». Margaret le andò incontro facendo attentamente il giro dello scavo. «Io sono come te, Raven. Siamo sorelle. So quanto è stato doloroso per te dare la caccia ai serial killer che hai consegnato alla giustizia, perché l'ho fatto anch'io».

Raven deglutì in preda al panico. Margaret aveva un tono così dolce e suadente, ma esalava il tanfo acre del fanatismo, e i suoi occhi azzurro scialbo ne erano illuminati diabolicamente. Raven sentì una fitta allo stomaco. Forse poteva contattare Jacques. «Margaret, devi sentire anche tu il suo dolore e la sua paura». Raven si sentiva la gola secca e il cuore le martellava nel petto. «Sai chi sono e di cosa sono capace. Non farei mai un errore in un caso del genere».

Hans si rimise al lavoro con la vanga, borbottando un avvertimento agli altri. Il vento agitava i loro vestiti e infieriva sui loro corpi. Le nuvole si erano incupite sinistramente e si scontravano sospinte dal vento ululante. Un lampo le attraversò e si udì il brontolio minaccioso del tuono.

«È una creatura non morta. Una vampira. Si nutre del sangue dei nostri bambini». Margaret si fece ancora più vicina a Raven.

Raven scosse la testa e si premette le mani sullo stomaco. «Non puoi credere una cosa simile, Margaret. I vampiri sono solo un'invenzione. Quella donna intrappolata là sotto è assolutamente reale. I vampiri non partoriscono bambini. Insomma, Jacob! Non puoi credere a certe sciocchezze».

«È una vampira, Raven, e noi la uccideremo». Jacob indicò lo zaino che giaceva aperto con i pali acuminati. I suoi occhi erano accesi, come se non vedesse l'ora di mettere in atto le parole di Margaret.

Raven indietreggiò. «Siete tutti pazzi».

Ti prego! Aiutami! Chiamalo! Il grido disperato risuonò carico di terrore e dolore.

Raven reagì all'istante. *Mikhail! Jacques! Aiutateci.*

«Quella creatura demoniaca la sta chiamando», rivelò Margaret.

Ti prego, chiama Mikhail. Lui verrà da te, gemette la donna.

«Fatela smettere», gridò Margaret. «La vampira le sta parlando, la supplica di chiamare aiuto. Non farlo, Raven. Ti sta ingannando. Non chiamare Dubrinsky».

Raven si voltò di scatto e prese a correre, inviando nell'aria carica di tempesta richiami disperati a Mikhail, a chiunque potesse riceverli. Riuscì ad arrivare in mezzo agli alberi quando Jacob la raggiunse, placcandola sotto le ginocchia e gettandola violentemente a terra.

Raven rimase senza fiato per la caduta, stordita, e per un attimo restò immobile a terra a faccia in giù, chiedendosi cosa fosse successo. Jacob la fece voltare in malo modo, si mise a cavalcioni su di lei, con il bel volto da adolescente alterato in un'espressione di piacere sadico. Raven sentì l'odore nauseante, chimico, della cocaina che emanava dai suoi pori.

Mikhail! Invocò come in una preghiera, sapendo quello che Jacob aveva in mente e di non essere abbastanza forte per impedirglielo.

Il vento soffiò ancora più forte. In lontananza, un lupo ululò e un altro gli rispose. Ancora più lontano, un orso ruggì di collera.

«Ti credi tanto furba, a venderti al migliore offerente, così innocente e intoccabile». Jacob le afferrò la camicia di batista, la tirò violentemente e la strappò fino alla vita. I suoi seni pieni balzarono fuori, attirando la sua attenzione. La palpò con mani rozze, lasciandole lividi sulla carne delicata.

Mi dispiace. La voce della donna intrappolata era piena di rimorso. Non era riuscita a schermare il suo grido mentale e Margaret Summers l'aveva sentita chiamare Raven.

Mikhail! Ti prego!, supplicò nuovamente Raven, completamente indifesa. *Devi ascoltarmi. Ho bisogno di te. Dio, ti prego aiutami. Aiuta quella povera donna.*

Jacob ruggì e la schiaffeggiò una volta, due. «Ti ha marchiata. Mio Dio, sei una di loro». Serrò le dita intorno alla sua gola di Raven, minacciando di strangolarla. «Ti ha ingravidata come le altre. Sapevo che era stato lui».

Sollevò la mano su di lei e Raven vide baluginare l'acciaio. La mano di Jacob calò fulminea. Il suo volto era una maschera di odio furibondo. Raven sentì un dolore lacerante all'addome; il sangue sgorgò caldo. Jacob ritrasse il coltello grondante dalla ferita e lo sollevò di nuovo.

Capitolo 9

La terra rumoreggiò e si scosse. Il coltello di Jacob si immerse un'altra volta nella carne. Il vento scatenò la sua furia mortale, scagliando nell'aria foglie e ramoscelli come missili. Il coltello la squarciò per la terza volta. Il lampo sfrigolò una volta, poi di nuovo, e ancora, abbattendosi sulla terra e facendola tremare con lo schianto del tuono. Il coltello colpì Raven per la quarta volta. Il cielo si spalancò e la pioggia cadde fitta e violenta, come se delle cateratte fossero esplose.

Jacob era coperto di sangue. Si staccò da Raven, voltando la testa a guardare il cielo sempre più buio. Sentì gli altri gridare di paura. «Maledizione». Colpì un'ultima volta, con rabbia e quasi per sfida.

Una mano invisibile gli afferrò il polso prima che la lama affondasse, stringendolo in una presa senza scampo. Il coltello si voltò verso la gola di Jacob, e per un lungo, interminabile istante, egli fissò inorridito la lama che avanzava piano verso la sua carne. Scattò all'improvviso, immergendosi fino all'elsa.

Dalla foresta apparvero in massa i lupi e circondarono il prato, con gli occhi ardenti puntati sulle tre figure che cercavano di schivare i rami scagliati in aria dal vento. Margaret gridò e corse via. Harry fuggì alla cieca e Hans perse l'equilibrio e cadde in ginocchio mentre la terra tremava e si sollevava di nuovo.

«Raven». Mikhail si materializzò accanto a lei, attanagliato dalla paura. Le strappò i jeans per verificare la gravità delle ferite.

La terra tremò di nuovo, scuotendo l'intero prato. Mikhail premette le mani sulle ferite zampillanti nel tentativo di bloccare il terribile flusso di sangue. L'aria scintillò e apparvero Jacques, poi Eric e Byron, seguiti da Tienn e Vlad.

Gregori piombò dal cielo contro i tre assassini circondati dal branco di lupi. Arrivato sul prato, al centro di quella tempesta apocalittica, prese la forma di un enorme lupo nero, con occhi famelici e carichi di vendetta.

«Mio Dio». Jacques si inginocchiò accanto a Mikhail e raccolse manciate di terra grassa. «Byron, le erbe, presto!».

Pochi minuti dopo avevano coperto le ferite di Raven con la poltiglia. Mikhail li ignorò, cullando Raven tra le braccia, curvo su di lei per proteggerla dalla pioggia sferzante.

Mikhail concentrò tutto il suo essere su un unico pensiero. *Non mi lascerai*, comandò. *Non ti lascerò andare.* Il lampo sfrigolò e sfrecciò nel cielo, poi si abbatté al suolo, seguito immediatamente dal boato del tuono, che scosse le montagne.

«Jacques! Eleanor sta per partorire». Vlad era disperato.

«Portatela nella casa. Chiamate Celeste e Dierdre». Jacques scansò sprezzante il cadavere di Jacob con la punta del piede e si chinò anche lui su Raven.

«Non è morta», sibilò Mikhail, vedendo gli occhi pieni di compassione del fratello.

«Sta morendo, Mikhail», disse Jacques, con una stretta al cuore.

Mikhail la strinse disperatamente, premendole la guancia con la sua. *So che riesci a sentirmi; devi bere, Raven. Bevi a sazietà.*

Sentì la mente di lei agitarsi debolmente. Calore, rimpianto. Dolore, troppo. *Lasciami andare.*

Mai! No! Non parlare. Bevi soltanto. Per me, se mi ami, per me, per la mia vita, bevi ciò che ti offro. Prima che Jacques potesse indovinare il suo intento e tentare di fermarlo, Mikhail si aprì la giugulare.

Sgorgò un fiotto di sangue scuro. Mikhail la obbligò a bere con tutta la forza di cui era capace. La volontà di Raven obbedì: il suo corpo era troppo debole per farlo. Inghiottì quel che riceveva nella gola, ma non era in grado di succhiare lei stessa.

I lampi si schiantavano al suolo uno dopo l'altro. Un albero esplose con una pioggia di scintille. La terra si sollevò ancora, tremò e parve sul punto di aprirsi. Gregori torreggiava su di loro, il più scuro dei carpaziani, con gli occhi chiari, freddi come il ghiaccio e nel cuore una promessa di morte.

«I lupi hanno fatto la loro parte», riferì Eric, cupo. «I fulmini e il terremoto faranno il resto».

Jacques lo ignorò e strinse la spalla di Mikhail. «Basta, Mikhail. Così ti indebolirai troppo. Ha perso troppo sangue. Ha delle ferite interne».

Mikhail fu assalito da una rabbia mortale. Non poteva accettarlo: gettò la testa all'indietro e ruggì. Il suono echeggiò nella foresta e sulle montagne come un rombo di tuono.

Intorno a lui, gli alberi andarono in fiamme, esplodendo come candelotti di dinamite.

«Mikhail». Jacques non allentava la stretta. «Basta adesso».

«Ha il mio sangue; guarirà. Se riusciamo a non farle perdere il sangue, a portarla nella terra e a compiere il rituale di guarigione, sopravviverà».

«Basta, maledizione!». La voce di Jacques era carica di paura.

Gregori toccò delicatamente Jacques. «Se muori, amico mio, non potremo salvarla in alcun modo. Dobbiamo collaborare se vogliamo farcela».

La testa di Raven ricadde all'indietro; il suo corpo era inerte come una bambola di pezza. Il sangue scorreva copiosamente sul petto di Mikhail. Jacques si chinò sul fratello, ma Gregori fu più rapido e richiuse la ferita lambendola con la lingua.

Mikhail era quasi ignaro di ciò che lo circondava, concentrato solo su Raven con tutto il suo essere, con tutta la sua disciplina. Lei stava scivolando via da lui, lentamente ma inesorabilmente. Il battito del suo cuore era irregolare, tenue. Scese un silenzio atroce.

Imprecando, Mikhail la distese a terra e le soffiò aria nei polmoni, le massaggiò il cuore. Cercò la traccia della sua mente e trovò una luce flebile, intermittente e sempre più lontana. Raven galleggiava in un mare di dolore. Era incredibilmente debole. Respira, massaggia. Richiamala, inviale un comando. Ripeti da capo.

Un torrente impetuoso si riversò nella gola rocciosa alle loro spalle, come un muro d'acqua che aumentava di forza e velocità. La terra sussultò di nuovo. Altri due alberi presero fuoco nonostante la pioggia battente.

«Aiutiamoli», ordinò Gregori a bassa voce.

Jacques allontanò piano il fratello e lo sostituì nel massaggio cardiaco, mentre Gregori respirava per Raven, inspirando ed espirando per riempire i suoi polmoni di aria preziosa. Jacques spronava il cuore della donna a continuare a battere. Mikhail rimase concentrato sulla mente di Raven. Percepì un movimento, un tocco lievissimo, ma seppe che era lei e seguì spietatamente quella traccia. *Non mi lascerai.*

Raven tentò di allontanarsi da lui, di fuggire. C'era troppo dolore nella direzione da cui lui la chiamava.

Mikhail gridò il suo nome, in preda al panico. *Non puoi lasciarmi, Raven. Non posso sopravvivere senza di te. Torna da me, torna da me o ti seguirò.*

«Sento un battito», disse Jacques. «È debole, ma c'è. Dobbiamo trasportarla».

Qualcosa sfolgorò nel buio, e accanto a loro apparve Tienn. «Eleanor ha partorito, e il bambino è vivo», annunciò. «È un maschio».

Mikhail fece un respiro lungo e sibilante. «Ha tradito Raven».

Eric fece per parlare in difesa di Eleanor, ma Jacques scosse la testa in segno di avvertimento. Mikhail era in preda a una rabbia omicida. Il minimo errore poteva provocalo. Era il suo furore a causare la tempesta e il terremoto.

Mikhail tornò a immergersi nella sua mente, trattenendo Raven e prendendo su di sé quanto più poteva del suo dolore. Durante il ritorno a casa fu come assente, mentre la pioggia batteva violenta sul parabrezza e i lampi balenavano e tuonavano. Il paese era buio e deserto: la tempesta aveva fatto saltare l'elettricità. Chiusi nelle loro case, gli abitanti pregavano stretti gli uni agli altri, sperando di sopravvivere alla tempesta, ignari che le loro vite dipendevano dal coraggio e dalla tenacia di una sola donna.

Il corpo esanime di Raven fu spogliato dei vestiti zuppi di sangue e deposto sul letto di Mikhail. Erbe curative furono sbriciolate e bruciate. Sulle ferite vennero applicati nuovi impiastri per impedire altre perdite di sangue. Mikhail sfiorò con dita tremanti i lividi sul viso di Raven, i segni scuri sui suoi seni bianchi là dove Jacob l'aveva ferita nel suo accesso di gelosia furibonda, alimentata dalla droga. Mikhail avrebbe voluto stritolare la gola di Jacob con le sue mani. «Ha bisogno di sangue», disse brusco.

«Anche tu». Jacques guardò Mikhail coprire Raven con un lenzuolo e gli offrì il polso. «Bevi, finché puoi».

Gregori gli toccò la spalla. «Perdonami Jacques, ma il mio sangue è più forte. Contiene un potere immenso. Lasciami fare questo piccolo dono al mio amico». Jacques annuì e Gregori tracciò un segno sulla sua vena.

Calò il silenzio, mentre Mikhail si riforniva del sangue nutriente di Gregori. Jacques sospirò piano. «Tu e Raven vi siete scambiati il sangue per tre volte?», chiese in tono neutro. Non voleva dare l'impressione di rimproverare suo fratello e il suo capo.

Gli occhi scuri di Mikhail scintillarono minacciosi. «Sì. Se sopravviverà, quasi sicuramente sarà una di noi». Era implicito che sarebbe potuta sopravvivere per essere distrutta proprio da colui che l'aveva trasformata.

«Non possiamo farla curare da un medico della sua gente. E in ogni caso se il nostro metodo non funziona, anche un dottore umano sarà inutile», ammonì Jacques.

«Maledizione, credi che non mi renda conto di quel che ho fatto? Credi che non sappia che l'ho tradita, che non sono riuscito a proteggerla? Che ho messo la sua vita in pericolo con il mio egoismo?». Mikhail si strappò di dosso la camicia insanguinata, la appallottolò e la gettò in un angolo della stanza.

«Col senno di poi, è piuttosto insensato», disse calmo Gregori.

Gli stivali di Mikhail caddero al suolo, seguiti dalle calze. Si trascinò sul letto accanto a Raven. «Non può assumere il sangue alla nostra maniera; è troppo debole. Non abbiamo altra scelta se non quella di usare il loro metodo primitivo di trasfusione».

«Mikhail...», tentò di dire Jacques.

«Non abbiamo altra scelta. Non ha recuperato abbastanza sangue, neanche la metà. Non possiamo permetterci di stare qui a discuterne. Chiedo a te, mio fratello, e a Gregori, mio amico, di farlo per me». Tenendo in grembo la testa di Raven, Mikhail si adagiò sui cuscini e chiuse gli occhi, esausto, mentre gli altri davano inizio a quella selvaggia procedura.

Se fosse vissuto per altri mille anni, Mikhail non avrebbe mai dimenticato quel primo spasmo di inquietudine mentre giaceva come morto sottoterra. La consapevolezza era esplosa nella sua mente, infondendogli il terrore nel cuore e la furia nel corpo. Aveva sentito la paura di Raven investirlo come un'ondata. La mano di Jacob sul suo corpo candido, le percosse brutali, la sensazione lacerante del coltello che tagliava la carne e le viscere delicate. Dolore e paura. Il rimorso per non essere riuscita a proteggere Eleanor e il bambino che stava per nascere.

Raven gli aveva sfiorato la mente con un sussurro flebile, pieno di dolore e di rimpianto. *Mi dispiace, Mikhail. Ti ho deluso.* Il suo ultimo pensiero coerente era stato per lui. Mikhail provò disgusto per se stesso e per Eleanor, a cui era mancata la disciplina per concentrare e schermare i suoi pensieri.

Quell'istante di comprensione, mentre giaceva inerte, sepolto nella terra, aveva scosso le fondamenta della sua esistenza e le sue convinzioni. Riemergendo dalla terra con un'esplosione, insieme a Jacques, aveva cercato con la mente Jacob e aveva conficcato il coltello insanguinato nella gola dell'assassino, fino all'impugnatura.

La tempesta aveva permesso a Vlad di liberare Eleanor senza temere di restare accecato o disorientato e di dare agli assassini il tempo di uccidere la donna in travaglio.

Mikhail cercò la mente di Raven per avvolgerla nel calore del suo amore, al riparo delle sue braccia. L'ago gli penetrò nel braccio e punse quello di Raven. Non dubitava che suo fratello avrebbe monitorato attentamente la trasfusione. La vita di Mikhail e quella di Raven erano entrambe nelle mani di Jacques. Se Raven fosse morta, Mikhail l'avrebbe seguita. Sentiva nel suo cuore che la furia cieca rimasta dentro di lui avrebbe messo in pericolo tutti quelli che lo circondavano, umani e carpaziani. Poteva solo sperare che se Raven fosse morta, Gregori avrebbe inflitto il castigo dei carpaziani ai colpevoli in modo rapido ed efficace.

No. Anche priva di conoscenza, Raven cercava di salvarlo.

Mikhail le carezzò a lungo i capelli. *Dormi, piccola. Hai bisogno del sonno rigeneratore.* Usando la mente, respirò per entrambi, insufflando l'ossigeno nei propri polmoni e in quelli di lei. Mantenne costante il ritmo dei loro cuori. Cercò di controllare quanto più poteva dei suoi processi vitali per permetterle di guarire.

Jacques sapeva che Mikhail aveva deciso. Se la donna non fosse sopravvissuta, lo avrebbero perso. In quel momento Mikhail stava usando tutta la sua forza per mantenere attivi il cuore, la circolazione e i polmoni di Raven. Era un compito estenuante.

Gregori e Jacques si scambiarono un'occhiata sopra la testa di Mikhail. Gregori non li avrebbe lasciati morire. Dovevano guarire la donna. «Lo farò io, Jacques». Non era una richiesta.

L'aria intorno a loro vibrò e Celeste si materializzò insieme a Eric. «Sceglie di seguirla», disse piano. «La ama fino a questo punto».

«La notizia si è già diffusa?», chiese Jacques.

«Mikhail si sta allontanando», rispose Eric. «Tutti i carpaziani lo sentono. C'è una possibilità di salvarli?».

Jacques alzò lo sguardo, con un'espressione afflitta sul bel viso e gli occhi scuri, così simili a quelli di Mikhail, pieni di angoscia. «Lei sta combattendo per lui. Sa che altrimenti lui la seguirà».

«Basta!», sibilò Gregori, richiamando la loro attenzione. «Non abbiamo altra scelta se non quella di salvarli. È l'unica cosa a cui dobbiamo pensare».

Celeste si avvicinò a Raven. «Lascia che sia io a tentare, Jacques. Sono una donna, e sono incinta. Non farò alcun errore».

«Gregori è un guaritore, Celeste. Tu aspetti un bambino, ed è difficile», obiettò sommessamente Jacques.

«Voi due gli state fornendo sangue. Potreste sbagliare qualcosa». Celeste sollevò il lenzuolo dal ventre di Raven, e subito si ritrasse inorridita, con un'esclamazione di orrore. «Mio Dio, Jacques. Non c'è speranza».

Furibondo, Jacques la spinse da parte. Gregori si mise tra loro due, posando su Celeste i suoi occhi pallidi e liquidi come mercurio. Il suo sguardo esprimeva un rimprovero muto e terribile. «Sarò io a guarirla, non accetto discussioni. E guarirà. Mentre lavoro, voglio intorno a me solo quelli che credono completamente che possa accadere. Se non potete assistermi in questo modo, andatevene subito. Nella mia mente e nelle vostre deve esserci solo assoluta convinzione. Lei vivrà perché non c'è alternativa».

Gregori posò le mani sulle ferite, chiuse gli occhi ed esplorò con la mente quel corpo così orrendamente sfigurato, immobile come la morte.

Mikhail sentì Raven dibattersi, agitarsi, cercare di allontanarsi e svanire per non essere toccata da quella nuova sensazione dolorosa. Mikhail la circondò senza sforzo, la tenne ferma per consentire a Gregori di continuare il delicato lavoro di guarigione degli organi. *Rilassati, piccola. Io sono qui con te.*

Non ce la faccio. Era una sensazione più che un pensiero formulato in modo compiuto. Il dolore era troppo.

Allora scegli per tutti e due, Raven. Non te ne andrai da sola.

«No!», protestò duramente Jacques. «So cosa stai facendo, Mikhail. Bevi adesso o non andrò avanti con la trasfusione».

La collera scosse Mikhail dal suo stato di torpore. Jacques sostenne lo sguardo furente con deliberata calma. «Hai perso troppo sangue, sei troppo debole per opporti a me».

«Allora fammi nutrire». In quelle parole risuonava una rabbia fredda e scura come la notte. Una minaccia di morte.

Jacques si scoprì la gola senza esitare e represse un gemito di dolore mentre Mikhail affondava i denti e si nutriva avidamente, come un animale selvatico. Jacques non protestò e non emise un suono, offrendo la sua vita per il fratello e per Raven. Quando le ginocchia di Jacques cedettero e dovette sedersi, Eric si mosse verso di loro, ma Jacques lo respinse con un gesto.

Mikhail sollevò di scatto la testa, con un'espressione così angosciata che Jacques provò pena per lui. «Perdonami, Jacques. Non ci sono scuse per il modo in cui ti ho trattato».

«Non c'è nulla da perdonare se ti offro la mia vita liberamente», sussurrò Jacques con voce strozzata. Eric volò accanto a lui per rifornirlo di sangue.

«Come è possibile farle una cosa del genere? Lei è così buona, così coraggiosa. Ha rischiato la vita per aiutare una sconosciuta. Come potrebbe qualcuno desiderare di farle del male?», chiese Mikhail, alzando gli occhi al cielo. Gli rispose solo il silenzio.

Mikhail posò lo sguardo su Gregori. L'amico lavorava con la concentrazione intensa richiesta dal rituale di guarigione. Il canto sommesso lo cullava, donava un po' di sollievo alla sua anima tormentata. Sentiva Gregori insieme a loro, nel corpo di Raven, mentre tesseva la magia che lo risanava. Il procedimento era lungo e meticoloso.

«Basta con il sangue», sussurrò Jacques con voce roca mentre accendeva le candele e iniziava un altro canto.

Gregori si mosse, con gli occhi chiusi, ma annuì. «Il suo corpo sta tentando di effettuare la trasformazione. Il nostro sangue comincia a irrorare i suoi organi e a sostituire e curare i tessuti. Il processo richiede del tempo». Tornò a concentrarsi sulle ferite profonde che cercava di richiudere. L'utero della donna era danneggiato, ed era troppo importante per correre rischi. Doveva tornare perfetta.

«Il battito del cuore è troppo lento», disse Jacques debolmente. Scivolò dal letto al pavimento, con sua grande sorpresa.

«Il suo corpo ha bisogno di più tempo per completare la trasformazione e guarire», aggiunse Celeste, osservando Gregori all'opera. Sapeva di stare assistendo a un miracolo. Non aveva mai visto da vicino il leggendario carpaziano di cui tutti mormoravano. Pochi di loro, in realtà, avevano visto Gregori di persona. La sua figura emanava un potere eccezionale.

«Celeste ha ragione», assentì Mikhail con un filo di voce. «Continuerò a farla respirare e ad assicurarmi che il suo cuore batta. Eric, tu devi badare a Jacques».

«Riposa, Mikhail, e prenditi cura della tua donna. Jacques si riprenderà. Tienn è qui, se ci fossero dei problemi. Gregori ha ancora molte ore di lavoro davanti a sé», rispose Eric. «Se necessario, possiamo chiamare altri ad aiutarci».

Jacques tese la mano al fratello. Mikhail la strinse. «Devi dominare la tua rabbia, Mikhail. La tempesta è troppo forte. Le montagne si scuotono con te». Chiuse gli occhi e si appoggiò alla sponda del letto, con la mano ancora stretta in quella di Mikhail.

Raven si sentiva quasi separata dal corpo. Era conscia della presenza degli altri nella stanza e dei loro movimenti solo grazie a Mikhail. In qualche modo lui era con lei, nel suo corpo, e respirava per lei. E c'era qualcun altro che non riconosceva, che lavorava su di lei come un chirurgo, riparando i danni interni, soprattutto agli organi femminili. Raven voleva solo che tutto finisse, lasciarsi sommergere dal dolore e trasportarsi al di là di ogni sensazione. Avrebbe potuto abbandonare tutto. Era tanto stanca. Sarebbe stato così facile. Era quello che voleva, che desiderava più di tutto.

Respinse quel richiamo dell'oblio e lottò per restare aggrappata alla vita. La vita di Mikhail. Voleva passare le dita sulle rughe angosciate che certamente gli solcavano gli angoli della bocca. Voleva placare il suo senso di colpa e la sua rabbia, e assicurargli che tutto era accaduto perché lei lo aveva scelto. L'amore di lui, totale, incondizionato, infinito, era quasi troppo per lei. Più di ogni altra cosa, era consapevole degli strani mutamenti che avvenivano nel suo corpo.

Niente di tutto ciò la toccava, avvolta com'era nel bozzolo protettivo dell'amore di Mikhail. Respirava per entrambi. Faceva battere il cuore di entrambi. *Dormi, piccola. Veglierò io per tutti e due.*

Molte ore dopo, Gregori si raddrizzò, con i capelli madidi di sudore, il viso stanco e segnato e il corpo indolenzito da quel lavoro massacrante. «Ho fatto del mio meglio. Se sopravviverà, potrà avere figli. Il sangue di Mikhail e la terra dovrebbero completare la guarigione. La trasformazione sta procedendo rapidamente. Lei non capisce e non la sta combattendo». Si passò tra i capelli una mano insanguinata. «Combatte solo per la vita di Mikhail, pensa solo alla sua vita e a quanto sarebbe sconvolto se lei morisse. Credo sia meglio che non capisca cosa le sta succedendo davvero. Non sa quanto siano gravi le sue ferite. Il dolore è molto forte. Sta soffrendo, ma non è una donna che si arrende facilmente».

Jacques stava già preparando nuovi impiastri per sostituire quelli ormai intrisi di sangue. «Possiamo darle altro sangue? Ne sta perdendo ancora troppo secondo me, ed è così debole, ho paura che non superi la notte».

«Sì», rispose Gregori, pensoso, «ma non più di mezzo litro. Dobbiamo farlo lentamente o si agiterà. Quello che accetta incondizionatamente per Mikhail, non lo accetta per sé. Datele il mio sangue. È potente, come quello di Mikhail, e lui si sta indebolendo per lo sforzo di farla respirare e di mantenere il suo cuore in funzione».

«Ma tu sei stanco, Gregori», protestò Jacques. «Ci sono gli altri».

«Non hanno sangue come il mio. Fai come ti dico». Gregori si sedette con calma e guardò l'ago che gli entrava nella vena. Nessuno discuteva mai con Gregori: era un'autorità. Solo Mikhail poteva davvero definirlo suo amico.

Celeste fece un respiro profondo, e avrebbe voluto dire qualcosa per esprimere la sua ammirazione, ma c'era qualcosa negli occhi di Gregori che la trattenne. Era calmo anche al centro della tempesta; era letale nella sua compostezza.

Jacques fece circolare il prezioso fluido vitale di Gregori nelle vene di Raven. Non era il modo migliore di guarirla, né il più rapido, ma le osservazioni di Gregori avevano alleviato le preoccupazioni di Jacques. Solo dopo essersi assicurato che il sangue circolava senza sforzo Jacques si rimise a sedere. Dovevano organizzarsi ed essere certi di aver studiato ogni dettaglio. Mikhail credeva che i dettagli potessero salvare delle vite. «Dobbiamo verificare i danni subiti dai nostri. Tutti gli assassini sono morti, non ne è sfuggito nessuno?»

«Hans, la coppia di americani e l'uomo che ha aggredito Raven», contò Eric. «Erano gli unici presenti. Nessun mortale avrebbe potuto sopravvivere a quella tempesta e alla ferocia degli animali. Se ci fosse stato un osservatore nascosto, Mikhail o gli animali l'avrebbero percepito».

Gregori si mosse stancamente. Lo sforzo prolungato cominciava a intaccare la sua enorme forza. «Non c'era nessun altro», disse in tono imperioso, e di certo nessuno pensò a contraddirlo.

Jacques accennò un sorriso, per la prima volta in quella sera. «Ma tu hai ispezionato con cura tutta la zona, vero, Eric?»

«Assolutamente. I cadaveri sono carbonizzati, sotto l'albero dove si erano riparati e che è stato colpito dal fulmine. Non c'è traccia di ferite», confermò Eric.

«Domani inizieranno le ricerche di Hans e dei turisti scomparsi. Byron, la tua casa è nelle vicinanze; gli altri assassini sospetteranno di te. Non avvicinarti a casa. Vlad deve portare Eleanor e il bambino il più lontano possibile».

«Sono in condizioni di viaggiare?», chiese Gregori.

«In auto».

«Abbiamo tutta la notte. Io ho una casa che uso solo qualche volta durante l'inverno. È ben protetta e difficile da raggiungere». Il sorriso di Gregori non illuminò i suoi occhi argentei. «Tengo molto alla mia privacy. In questo momento è vuota. La offro per proteggere la donna e il bambino per tutto il tempo che sarà necessario. La casa è a più di cento chilometri da qui, e io viaggio in continuazione, per cui non sarete disturbati».

Prima che Vlad potesse protestare, Jacques intervenne. «È un'idea eccellente. Questo risolve uno dei nostri problemi. Byron ha già pronti i suoi rifugi. Partite subito, Vlad. Abbi cura di Eleanor. Lei e il bambino sono preziosi per noi».

«Devo parlare con Mikhail. Eleanor è afflitta al pensiero di aver messo a repentaglio la vita di Raven».

«Mikhail non è in sé». Jacques tolse l'ago dal corpo esanime di Raven e dal braccio di Gregori. Il respiro di Raven era così debole che Jacques non capiva come Mikhail riuscisse a tenerla in vita. «Dovrete discuterne un'altra volta. Ora è costretto a usare tutte le sue energie per la sopravvivenza di Raven. La sua donna non è in grado di respirare da sola».

Vlad si fece scuro in viso, ma a un cenno di Gregori si arrese e uscì. Sarebbe voluto rimanere e insistere con Jacques per placare i rimorsi della sua compagna, ma tutti obbedivano a Gregori. Era il braccio destro di Mikhail, il più implacabile dei cacciatori, il guaritore della loro razza, e custodiva Mikhail come un tesoro.

«Nessuno di noi si è ancora nutrito stanotte», osservò Eric, scrutando il volto pallido della moglie. «Non ci saranno umani in giro».

«Il rischio è grande quando siamo costretti a entrare in una casa», sospirò Jacques, che avrebbe voluto poter consultare Mikhail.

«Non disturbarlo», disse Gregori. «La donna ha bisogno di lui più di noi. Se muore, lo perderemo e con lui il futuro della nostra razza. Noelle è stata l'ultima femmina a sopravvivere, più di cinquecento anni fa. Abbiamo bisogno di questa donna per continuare la nostra specie. Dobbiamo essere al massimo delle forze. L'opera non è finita».

Mikhail si mosse, aprì gli occhi e li guardò con espressione tormentata. «Non è finita. Ci sono almeno altri due assassini, forse quattro. Eugene Slovensky e Kurt Von Halen. Non so chi siano gli altri due viaggiatori, né se siano implicati. I loro nomi dovrebbero essere registrati al rifugio; la signora Galvenstein potrà fornirveli». Le lunghe ciglia si abbassarono. Mikhail affondò le dita nei capelli di Raven, come se potesse strapparla al ciglio dell'abisso.

Jacques guardò le lunghe dita carezzare amorevolmente i capelli della donna. «Possiamo metterla nella terra per qualche ora, Gregori?»

«Dovrebbe accelerare la guarigione».

Eric e Jacques scesero a preparare la camera sotterranea, aprendo la terra con un singolo comando, creando abbastanza spazio da ospitare due corpi uno accanto all'altro. Spostarono Raven con molta attenzione, e Mikhail le rimase vicino, concentrandosi completamente sul cuore e sui polmoni di lei, per preservare la luce fioca che conteneva la sua volontà di vivere.

Si distese nelle viscere della terra e sentì le proprietà curative del suolo fertile che gli si accomodava intorno come un letto accogliente. Prese su di sé il peso leggero di Raven, riparandola con il proprio corpo.

Mikhail formò con le mani un tunnel sopra le loro teste e ordinò alla terra di ricoprirli. Il suolo si richiuse intorno a loro, sulle gambe di Mikhail e quelle di Raven, avvolse i loro corpi, premendoli più a fondo nella terra.

Il cuore di Raven sobbalzò e quasi si fermò, prese a battere irregolarmente, malgrado le pulsazioni regolari di Mikhail. *Sono viva! Ci stanno seppellendo vivi!*

Resta ferma, piccola. Noi apparteniamo alla terra, ed essa si offre di guarirci. Non sei sola. Sono qui con te.

Non riesco a respirare.

Io sto respirando per tutti e due.

Non resisto. Falli smettere.

La terra ha dei poteri curativi. Lasciali lavorare. Io sono carpaziano, appartengo alla terra. Non c'è nulla da temere, né il vento, né la terra né le acque. Noi siamo una cosa sola.

Io non sono carpaziana. Nella mente di Raven c'era puro terrore.

Noi siamo una cosa sola. Nulla può farti del male.

Raven si isolò da lui e iniziò una lotta frenetica che poteva soltanto portarla alla morte. Mikhail capì che era inutile discutere. Non poteva accettare la terra che si richiudeva su di lei. Immediatamente riaprì la terra sopra di loro, obbligando il cuore di lei a rallentare a un ritmo normale, fluttuando verso l'alto e tenendola tra le braccia.

«Temevo che sarebbe successo», disse a Jacques, che era ancora nella camera sotterranea. «Il sangue carpaziano è forte nelle sue vene, ma la sua mente ha i limiti degli umani. Per loro la sepoltura è morte. Non può tollerare la terra profonda».

«Allora dobbiamo portarle noi la terra», disse Jacques.

«È tanto debole, Jacques». Mikhail strinse a sé Raven, con il viso solcato dal dolore. «Quel che le è stato fatto è insensato».

«Sì, Mikhail, lo è».

«Sono stato così egoista con lei. E lo sono ancora. Avrei dovuto permetterle di trovare la pace, ma non ho voluto. L'avrei seguita, Jacques, ma non so se me ne sarei andato da questo mondo serenamente come avrei dovuto».

«E allora cosa ne sarebbe stato di noi? Lei rappresenta la nostra salvezza, la nostra speranza. Dobbiamo sperare, Mikhail. Senza la speranza nessuno di noi può continuare a lungo. Noi crediamo in te; crediamo che tu troverai la risposta per tutti noi». Jacques si fermò sulla porta della camera. «Vado a prendere un materasso. Byron, Eric e io lo ricopriremo con la terra più fertile che riusciremo a trovare».

«Si sono già nutriti?»

«È scesa la notte; abbiamo molte ore».

Approntarono nella camera un letto per la guarigione, con erbe e incenso, e coprirono il materasso con una spanna di terra. Di nuovo Raven e Mikhail vi si adagiarono, lei con la testa sul petto di lui, stretta fra le sue braccia. Jacques compattò la terra sotto di lei perché aderisse completamente alle curve del suo corpo. Formarono uno strato sottile per ricoprirli e aggiunsero un lenzuolo affinché Raven potesse sentire sul collo e sul viso il contatto rassicurante del cotone.

«Fai in modo che resti immobile, Mikhail», gli suggerì Jacques. «Le ferite si stanno richiudendo, ma perde ancora sangue. Non molto, però, e potremo dargliene dell'altro fra un paio d'ore».

Mikhail appoggiò la guancia sui suoi capelli setosi e chiuse gli occhi. «Va' a nutrirti, Jacques, prima di stramazzare a terra», mormorò stancamente.

«Andrò quando gli altri saranno tornati. Non lasceremo te e la tua donna privi di protezione».

Mikhail parve sul punto di protestare, ma poi un sorriso gli stirò gli angoli duri della bocca. «Ricordami di portarti fuori e di darti una lezione non appena mi sentirò di nuovo in forma». Si addormentò con il suono della risata di Jacques nelle orecchie e stringendo Raven fra le braccia.

Fuori la pioggia si era fatta sottile, e il vento si era abbassato, portandosi via le nuvole temporalesche. La terra era silenziosa dopo le numerose scosse. Cani, gatti e bestiame tornavano a comportarsi normalmente. Gli animali selvatici trovavano finalmente riparo dalla tempesta.

Il risveglio di Raven fu lento e doloroso. Prima di aprire gli occhi esaminò la situazione. Era ferita; avrebbe dovuto essere morta. Era tra le braccia di Mikhail, e il loro legame psichico era più forte che mai. Lui l'aveva strappata alla morte, poi aveva accettato di lasciarla andare, se avesse potuto seguirla. Raven sentiva i rumori della casa scricchiolare sopra la sua testa, il suono tranquillo e ritmico della pioggia che batteva sul tetto e sulle finestre. Qualcuno si muoveva per la casa. Con un po' di sforzo, avrebbe potuto capire esattamente chi fosse e in quale parte della casa si trovasse, ma le pareva una fatica inutile.

Lentamente, l'orrore di ciò che era accaduto si riaffacciò alla sua coscienza. La donna intrappolata che stava per partorire, il fanatismo culminato in quella follia omicida. Il volto di Jacob mentre la schiaffeggiava e le strappava i vestiti.

Udendo il grido soffocato di Raven, Mikhail la strinse più forte tra le braccia e le accarezzò la testa con il mento. «Non pensare a tutto questo adesso. Lascia che ti faccia riaddormentare».

Raven gli chiuse le dita intorno alla gola, per sentire il suo battito regolare e rassicurante. «No. Voglio ricordarlo e superarlo».

Il disagio di Mikhail fu immediato. La turbò più di ogni altra cosa. «Sei debole, Raven. Avrai bisogno di altro sangue e di sonno. Le tue ferite erano molto gravi».

Raven si mosse, spostando appena il peso del corpo. Fu trafitta dal dolore. «Non riuscivo a raggiungerti. Ci ho provato, Mikhail, per quella donna».

Mikhail le prese le dita e se le premette sulla bocca calda. «Non ti deluderò mai più, Raven».

C'era più dolore nel suo cuore e nella sua mente che nel corpo di Raven. «Ho scelto io di seguirli, Mikhail. Ho scelto io di intervenire e di aiutare quella donna. Sapevo esattamente di cosa fosse capace quella gente. Non mi sono gettata in quella situazione ignara di tutto. Non ti do nessuna colpa: ti prego, non pensare di avermi delusa». Parlare le costava uno sforzo tremendo. Voleva dormire, voleva l'oblio in un corpo e una mente che non potevano sentire più nulla.

«Lascia che ti faccia addormentare», sussurrò lui con voce carezzevole, sfiorandole le dita con le labbra per essere ancora più persuasivo.

Raven si trattenne dall'annuire; non voleva essere vigliacca. Come faceva a essere ancora viva? Ricordava il momento terribile in cui le mani di Jacob le avevano artigliato i seni. Immonde. La sua pelle fremette al ricordo. Avrebbe voluto lavarsi, sfregarsi fino a togliersi via la pelle. Il viso di Jacob così inumano, perverso, malefico. Ogni squarcio del coltello una ferita mortale.

La tempesta, il terremoto, i fulmini, i tuoni. Lupi che si avventavano su Harry e Margaret Summers, su Hans. Come faceva a saperlo, a vederlo nella sua mente con tanta chiarezza? Il viso di Jacob stravolto dal terrore, con gli occhi spalancati e un coltello conficcato in gola. Perché non era morta? Come faceva a sapere tutto questo?

La furia di Mikhail. Era inimmaginabile, oltre i limiti di un corpo fisico. Nulla poteva contenere una collera così tumultuosa. Emanava da lui, alimentava la tempesta fino a scuotere la terra stessa, a scatenare il fulmine e a far scrosciare la pioggia.

Era vero o era solo un incubo raccapricciante? Ma sapeva che era stato tutto reale, e si sentiva vicina a una terribile verità. C'era tanto dolore; era così stanca e Mikhail era il suo unico conforto. Voleva tornare a rifugiarsi nella sua mente e farsi proteggere da lui finché non avesse recuperato le forze. Mikhail si limitava ad aspettare, lasciando a lei la scelta. Le stava dando amore, calore e intimità, ma al tempo stesso tratteneva qualcosa dentro di sé, qualcosa che lei non doveva vedere.

Raven chiuse gli occhi e si concentrò. Ricordò Mikhail improvvisamente al suo fianco, con gli occhi cupi e magnetici pieni di dolore e paura, le sue braccia che la serravano al petto, la sua mente che cercava quella di lei e le ordinava di restare, ancorandola alla terra mentre il suo corpo moriva. C'erano anche suo fratello e altri della sua gente. Le mettevano qualcosa sul ventre, qualcosa che sembrava farsi strada nel suo corpo, qualcosa di caldo e vivo. L'aria intorno a lei risuonava di un canto sommesso.

I compagni di Mikhail erano turbati, sconvolti. Il sangue di Mikhail, caldo, dolce, corroborante si diffondeva nel suo corpo, negli organi, ricostruendo muscoli e tessuti. Non scorrendole nelle vene, ma...

Raven si irrigidì, con la mente paralizzata dallo shock. L'aria le sfuggì dai polmoni. *Non era la prima volta.* Altri ricordi le si affacciarono alla memoria: Mikhail che si nutriva avidamente, la sua stessa bocca incollata al petto di lui. «Mio Dio!», singhiozzò con voce soffocata, incredula.

Era la realtà, non un'allucinazione. Ma il suo cervello umano si rifiutava di accettare la verità. Non era possibile, non poteva essere. Era nel mezzo di un incubo terribile e si sarebbe svegliata da un momento all'altro. Doveva essere così. Stava confondendo tutto – le superstizioni fanatiche degli assassini sui vampiri e sui poteri di Mikhail. Ma i suoi sensi acuiti la smentivano, le mostravano la verità. Era distesa in una camera sotterranea, con la terra sotto e sopra di lei. Avevano cercato di seppellirla. Per farla dormire, per guarirla.

Mikhail attendeva in silenzio, lasciando che la mente di Raven elaborasse le informazioni, senza nascondere nulla, nemmeno quando lei attinse ai ricordi di lui. Quando la reazione arrivò, lo colse del tutto di sorpresa. Si era aspettato urla, lacrime, isterismo.

Raven si alzò di scatto dal materasso ed emise un gemito basso, come quello di un animale ferito. Si staccò dal fianco di Mikhail, senza badare al rischio delle sue ferite mortali.

Mikhail la fermò con un comando brusco, molto più brusco di quanto avrebbe voluto. La paura per lei era più forte della compassione. Raven rimase paralizzata, inchiodata senza scampo al pavimento. Solo i suoi occhi erano vivi, pieni di terrore, quando lui si chinò su di lei e le passò le mani sopra le ferite per accertarsi dei danni.

«Rilassati, piccola. So che sei sconvolta dalla verità», mormorò, aggrottando la fronte nel vedere il sangue prezioso stillare da tre delle quattro ferite. La sollevò e la cullò tra le braccia, vicino al suo cuore.

Lasciami andare. Quella supplica risuonò nella sua mente ed echeggiò nel suo cuore.

«Mai». I lineamenti duri di Mikhail erano una maschera implacabile di pietra. Guardò le porte sopra le loro teste, che si spalancarono al suo comando.

Raven chiuse gli occhi. *Mikhail, ti prego, ti scongiuro. Io non posso diventare come te.*

«Tu non hai idea di cosa io sia», disse lui dolcemente, fluttuando sopra di lei per non scuotere ancora il corpo indebolito di Raven. «Gli umani confondono la verità sulla mia razza con storie di non morti che rapiscono bambini, che uccidono e tormentano le loro vittime. Io non avrei potuto salvarti se tu fossi morta. Siamo una razza che appartiene alla terra, al cielo, al vento e all'acqua. E come ogni altro popolo, abbiamo dei talenti e delle limitazioni». Non si addentrò nei dettagli sulla vera natura dei vampiri. Raven doveva conoscere la verità, ma non tutta in una volta.

Mikhail la portò in una stanza per gli ospiti e la depose con grande attenzione sul letto. «Non siamo i vampiri delle vostre storie dell'orrore, i morti viventi. Per carità. Noi amiamo, adoriamo, lavoriamo, serviamo i nostri paesi. Troviamo disgustoso che i maschi umani picchino le mogli e i bambini, che una madre possa trascurare suo figlio. Ci ripugna il fatto che la razza umana si nutra delle carni di un animale. Per noi il sangue è un dono di vita, è sacro. Non saremmo capaci di disonorare gli umani ferendoli o uccidendoli. Ci è proibito avere rapporti con un essere umano e poi berne il sangue. So che non avrei mai dovuto prendere il tuo: è stato uno sbaglio, ma solo perché non ti ho detto quel che poteva succedere. Sapevo che tu eri la mia compagna per la vita e che la mia vita non poteva continuare senza di te. Avrei dovuto essere più disciplinato. Per questo pagherò per l'eternità, ma è cosa fatta. Non possiamo disfare ciò che è già compiuto».

Mikhail finì di preparare dei nuovi impiastri e li applicò con cura sopra le ferite per sigillarle. La paura di Raven, la sua repulsione e la sensazione di essere stata tradita gli mordevano le viscere. Aveva voglia di piangere, per sé e per lei.

«Quel che ho fatto con te non è stato come usare una donna umana solo per il sesso. Noi non abbiamo semplicemente fatto sesso; il mio corpo ha riconosciuto in te la mia vera compagna. Non avrei potuto in alcun modo ignorare quel richiamo. Avrei dovuto scegliere di porre fine alla mia esistenza. Il rituale esige lo scambio del sangue. Non è per nutrirsi; è uno scambio puramente sensuale, una meravigliosa affermazione erotica di amore e di fiducia. La prima volta che ho preso il tuo sangue, ne ho bevuto troppo, involontariamente, tanta era l'estasi. Ero privo di controllo. Ho sbagliato a legarti a me senza che tu sapessi esattamente cosa significava. Ma ti ho permesso di scegliere. Non puoi negarlo».

Raven lo fissò in viso e vide la mortificazione nei suoi occhi scuri, la sua paura per lei. Voleva toccarlo, spianare quelle rughe angosciose, assicurargli di essere all'altezza di ciò che lui le chiedeva, ma la sua mente non poteva accettare quella rivelazione.

«Avrei scelto la morte, se tu mi avessi permesso di venire con te». Le scostò i capelli dal viso con dita delicate. «Lo sai, Raven. L'unico modo per salvarti era renderti una di noi. Tu hai scelto di vivere».

Non sapevo quel che stavo facendo.

«Se tu lo avessi saputo, avresti scelto la morte anche per me?».

I suoi occhi azzurri, così smarriti e confusi, così tormentati, scrutarono il volto di lui. *Liberami, Mikhail. Non mi piace essere immobilizzata così.*

Mikhail la coprì con un lenzuolo sottile. «Le tue ferite sono gravi; hai bisogno di sangue, di cure e di riposo. Non ti muovere».

Raven lo guardò severamente. Mikhail le sfiorò il mento. La liberò dal comando, guardandola con occhi vigili. «Rispondimi, piccola. Sapendo ciò che siamo, mi avresti condannato all'oscurità eterna?».

Raven fece uno sforzo supremo per controllarsi. Una parte di lei non riusciva ancora a credere a ciò che stava accadendo. Una parte di lei si sforzava di comprendere e di essere giusta. «Ti ho detto che ti avrei accettato e perfino amato per ciò che sei, Mikhail. Ne ero convinta allora, e lo sono anche adesso». Era così debole da riuscire a stento a parlare. «So che sei buono; in te non c'è malvagità. Padre Hummer mi ha detto che non potevo giudicarti secondo i nostri criteri, e non lo farò. No, avrei scelto la vita per te. Io ti amo».

Negli occhi di Raven c'era troppa amarezza per poterlo rincuorare. «Ma?», la esortò a continuare.

«Posso accettare tutto questo in te, Mikhail, ma non per me stessa. Non potrei mai bere sangue umano. La sola idea mi disgusta». Si passò la lingua sulle labbra aride. «Puoi farmi ritornare com'ero? Con una trasfusione, magari?».

Mikhail scosse tristemente la testa.

«Allora lasciami morire. Solo me. Se mi ami, lasciami andare».

Gli occhi di Mikhail si fecero cupi, ardenti. «Non capisci. Tu sei la mia vita. Il mio cuore. Non esiste Mikhail senza Raven. Se cerchi l'oscurità eterna, io devo seguirti. Non avevo mai conosciuto il dolore e l'estasi dell'amore come lo prova la nostra gente, finché non ti ho trovata. Tu sei l'aria che respiro, il sangue nelle mie vene, la mia gioia, le mie lacrime, i miei sentimenti. Non potrei continuare un'esistenza vuota e arida. Sarebbe impossibile. Il tormento che hai patito in quelle poche ore senza il contatto con me non sarebbe nulla in confronto all'inferno a cui vuoi condannarmi».

«Mikhail», mormorò lei in tono angosciato, «io non sono carpaziana».

«Ora lo sei, piccola. Ti prego, aspetta di guarire, di assimilare tutto questo e di adattarti». La implorava con voce dolce e persuasiva.

Raven chiuse gli occhi per trattenere le lacrime. «Voglio dormire».

Aveva bisogno di altro sangue. Lo scambio sarebbe stato più facile per lei se fosse stata priva di conoscenza. Il sonno rigeneratore nella terra le avrebbe dato un po' di sollievo; e in ogni caso avrebbe accelerato la guarigione. Pieno di compassione, Mikhail la accontentò e la fece cadere in un sonno profondo.

Capitolo 10

Raven si svegliò singhiozzando, aggrappata al collo di Mikhail e versando calde lacrime sul suo petto. Mikhail la strinse, protettivo, più forte che poteva senza schiacciarla. Lei sembrava così fragile e leggera, sul punto di volare via da lui da un momento all'altro. La lasciò piangere, carezzandole i capelli per tranquillizzarla.

Quando il pianto si calmò, Mikhail le sussurrò dolcemente, nella sua lingua, parole di conforto e di speranza. Alla fine, esausta, Raven giacque immobile tra le sue braccia. «Ci vorrà del tempo, piccola, ma prova almeno a considerare le nostre usanze. Ci sono cose prodigiose che possiamo fare. Concentrati sulle cose che potresti sperimentare. Cambiare forma, volare con gli uccelli, correre libera insieme ai lupi».

Raven si cacciò un pugno in bocca per reprimere un suono strozzato che era per metà un grido di paura e per metà una risata isterica. Mikhail le strofinò il mento sulla testa. «Non ti lascerei mai sola ad affrontare tutto questo. Attingi alla mia forza».

Raven chiuse di nuovo gli occhi per combattere un'altra crisi di pianto. «Non capisci nemmeno l'enormità di quello che hai fatto. Hai cancellato la mia identità. No, Mikhail! Sento la tua protesta nella mia mente. Cosa faresti tu se un giorno ti risvegliassi non più carpaziano, ma umano? Se non potessi più correre libero e volare. Nessun potere speciale, né terra rigeneratrice, né la capacità di ascoltare e capire gli animali. Tutto ciò che rappresentava la tua essenza, scomparso. Per sopravvivere dovresti mangiare carne». Sentì in lui una repulsione immediata. «Vedi, proprio quello che i carpaziani considerano disgustoso. Ho paura. Guardo al futuro e sono così terrorizzata da non riuscire a pensare. Sento delle cose, percepisco delle cose. Io...». Si interruppe, prima di fare qualche concessione. «Non capisci, Mikhail? Non posso farlo, nemmeno per te».

Mikhail le accarezzò i capelli con dita amorevoli, passò la mano sulla pelle morbida del suo viso. «È solo da poco che sai. Il tuo sonno è stato profondo e indisturbato». Non le disse che aveva ricevuto del sangue due volte durante il sonno, che il suo corpo aveva subito un cambiamento rigoroso, depurandosi di ogni scoria umana. Sentì che Raven doveva ancora assimilare lentamente alcuni aspetti del loro modo di vivere. «Vuoi che scegliamo il riposo eterno?».

Raven picchiò il pugno sul petto di lui. «Non noi, Mikhail. Solo io!».

«Non esisti tu, né io. Esiste solo un noi».

Raven fece un respiro profondo per calmarsi. «Non so più nemmeno chi o cosa io sia».

«Tu sei Raven, la donna più bella, più coraggiosa che abbia mai conosciuto». Pronunciò quelle parole in tono sincero, ravviandole i capelli serici.

Il corpo di Raven era teso, quasi irrigidito nello sforzo di rifiutare le pacate affermazioni di Mikhail. «Posso vivere senza sangue? Solo con succo e cereali?».

La mano di Mikhail cercò la sua e le loro dita si intrecciarono. «Vorrei che potesse essere così, ma purtroppo no. Per vivere devi avere del sangue».

Raven emise un piccolo suono di diniego, ritraendosi da lui e richiudendosi in se stessa. Era troppo assurdo, troppo spaventoso per rendersene davvero conto. Voleva credere che fosse tutto un incubo.

Mikhail si alzò a sedere e la lasciò andare per toglierle il lenzuolo dal corpo esile. La mente di Raven rigettava ogni spiegazione, rifiutava le informazioni che Mikhail le stava dando. Per distrarla, Mikhail si chinò a esaminarle l'addome, esplorando la pelle e le cicatrici bianche con delicatezza. «Le tue ferite sono quasi guarite».

Raven fece per alzarsi, esterrefatta. «Ma è impossibile».

Mikhail alzò le mani per mostrarle le lunghe cicatrici. Raven sgranò gli occhi incredula. Gli occhi di Mikhail si fecero cupi e ardenti, posandosi sui seni nudi di lei. Raven si morse il labbro e arrossì in tutto il corpo. Afferrò il lenzuolo e si ricoprì in fretta.

I denti bianchi di lui scintillavano con un sorriso da predatore, maschio e seducente. Si sporse in avanti e le sussurrò all'orecchio. Il suo alito caldo la chiamava allettante. «Ho baciato ogni palmo del tuo corpo. Ho esplorato ogni recesso della tua mente». Le sfiorò il lobo dell'orecchio con i denti, facendola fremere. «Ma devo ammettere che il rossore ti dona».

Raven si ritrovò a trattenere il respiro, mentre un calore si diffondeva dentro di lei. Premette la fronte contro i muscoli possenti del petto di lui, vergognandosi di mostrargli la fiamma che si era accesa anche nei suoi occhi. «Mikhail», lo ammonì, «non puoi pensare di cambiare quello che provo seducendomi. Non posso affrontare tutto questo, ne sono certa».

«Sento i tuoi pensieri, piccola. Hai chiuso la mente a ogni possibilità». Sussurrò quelle parole con un tono terribilmente seducente. «Ti darò ciò che desideri. Non posso più sopportare la tua infelicità». La sua mano salì al petto, appena sotto il mento, e rimase sospesa sul suo cuore.

Raven capì quel che aveva in mente ed ebbe una fitta allo stomaco. L'odore dolce del sangue caldo si mescolò al profumo di lui, virile e selvaggio. Prima che potesse fermarlo o protestare, il sangue vitale di Mikhail gli sgorgava a profusione dal petto. Istintivamente Raven premette le mani sulla ferita, per arrestare il flusso.

Con gli occhi folli di paura, Raven gridò disperatamente. «Smettila, Mikhail. Non farlo». Le lacrime le affiorarono agli occhi e le rigarono il viso. «Ti prego, dimmi cosa fare per salvarti».

«Puoi fermarlo».

«Non posso, Mikhail. Smettila, mi fai paura!». Premette più forte che poteva, ma il sangue continuava a scorrerle tra le dita.

«La tua lingua ha il potere di guarire, e così la saliva della tua bocca». La sua voce era cupa e ipnotica. Si accasciò come se le forze gli venissero meno. «Ma non opporti alla mia scelta se non desideri vivere anche tu, perché io mi rifiuto di tornare a un mondo fatto di oscurità».

Raven chinò la testa sul petto di lui e con un gesto convulso lambì la ferita con la lingua, sigillandola come se non fosse mai esistita. La repulsione era nella sua mente, ma non nel suo corpo. Qualcosa di selvaggio si riaccese in lei; i suoi occhi si fecero velati e sensuali. Il calore si concentrò e si diffuse. Il suo corpo si scoprì affamato. Il richiamo dentro di lei era fortissimo. Desiderava di più, voleva l'estasi erotica che solo lui poteva donarle.

Lui le affondò le dita nei capelli e se ne riempì le mani. Le tirò indietro la testa, scoprendole la gola. La sua bocca si posò sulla pelle morbida, sopra la vena che palpitava febbrilmente. «Sei sicura, Raven?», bisbigliò con voce così sensuale che lei credette di liquefarsi. «Voglio che tu ne sia assolutamente sicura. Devi essere certa della tua scelta».

Lei gli strinse le braccia intorno al collo e gli accarezzò la testa. «Sì». Il ricordo della bocca di lui, di quel piacere così lancinante, era come un'ondata di calore nelle sue viscere. Lo voleva, lo bramava con tutto il suo essere.

«Ti doni a me liberamente?». La lingua di Mikhail saggiò la consistenza della pelle di lei, indugiò sulla vena pulsante e scese giù fino al solco tra i seni.

«Mikhail». Pronunciò quel nome come una supplica. Temeva che quell'attesa fosse troppo lunga e che lui non riuscisse a vivere, a respirare, a fondersi completamente con lei.

Mikhail la sollevò senza sforzo e la cullò tra le braccia. Leccò la punta del capezzolo una volta, due volte. Raven emise un'esclamazione soffocata, inarcò la schiena, fiutando la violenza in lui che stava per scatenarsi e soggiogarla. Le sembrò di fluttuare nell'aria, ogni fibra del suo essere fremente di desiderio. L'odore dolce del sangue la chiamava.

Sentì il profumo dell'aria fresca, aprì gli occhi e si ritrovò nella notte. Le sussurrava qualcosa all'orecchio con lo stesso potere sensuale del sangue impetuoso di Mikhail. Sopra di lei gli alberi stormivano; il vento le rinfrescava il corpo e al tempo stesso attizzava la fiamma della sua voglia.

«È questo il nostro mondo, piccola. Senti la sua bellezza, ascolta il suo richiamo». Era come un sogno abbacinante, come se, divenuti parte della notte, stessero scivolando nella nebbia sottile. In alto, le stelle si affacciavano e si nascondevano tra le chiome degli alberi. La luna si riparava timidamente dietro una cortina di nubi. Ovunque, Raven sentiva i suoni della vita. Era nella linfa degli alberi, nei fruscii dei piccoli animali, nel battito delle ali, nel grido di un cacciatore notturno a cui era sfuggita la preda.

Mikhail sollevò la testa e lanciò un richiamo. Ricevette una risposta. Raven sentì l'estasi dei lupi, e il suo cuore colmarsi di gioia selvaggia.

Mikhail la condusse in un dedalo di sentieri, addentrandosi in mezzo alle montagne finché non si ritrovarono all'imboccatura di una caverna spalancata sulle viscere della terra. «Ascolta», le ordinò mentre si muoveva fra le ombre cupe. «Senti la terra che ti chiama con il suo canto».

Sembrava impossibile, ma Raven riusciva a vedere le ricche vene di minerali che adornavano le pareti anguste della caverna, come se fossero illuminate dal sole. Sentiva lo scroscio dell'acqua echeggiare nella moltitudine di camere sotterranee. I pipistrelli si chiamavano fra loro e la terra era benevola.

Mikhail procedeva con passo sicuro nel labirinto di cunicoli, senza esitazione, scendendo sempre più in profondità, finché si ritrovarono in una grotta piena di vapore. L'acqua si riversava da una cascata spumosa in una serie di pozze. Intorno a loro, cristalli sfolgoravano come altrettante gemme.

Mikhail la condusse alla pozza più lontana dalla cascata, dove l'acqua ribolliva e frizzava tiepida sulla pelle. Si immerse, tenendo Raven tra le braccia, mentre spire di vapore li avvolgevano.

Le bollicine scoppiavano sulla loro pelle sensibile, danzando e solleticandoli come tante piccole dita, schiumando e carezzandoli come fossero tante lingue. Con movimenti pigri e languidi, Mikhail iniziò a lavare il corpo esile di Raven, i suoi piccoli piedi, i polpacci, le cosce. Raven si muoveva sotto le sue mani, con gli occhi chiusi, abbandonandosi alle sensazioni. Il sangue carpaziano scorreva caldo nelle sue vene. Nella sua mente, il desiderio e la fame dei carpaziani guerreggiavano con le limitazioni e inibizioni degli umani, che ancora resistevano.

Le mani di Mikhail scivolarono amorosamente sul ventre piatto di lei, percorrendo con reverenza il contorno di ogni cicatrice, lavando via le ultime tracce di terra e di sangue. Si soffermò su ogni costola, sulla schiena, e infine sul viso e sui capelli. Mikhail era così delicato che Raven ebbe voglia di piangere. Non l'aveva ancora toccata intimamente, ma aveva acceso un fuoco che covava nel suo sangue, come un languore nel suo corpo. Raven lo desiderava in modo quasi doloroso.

Raven aprì gli occhi azzurri; erano assonnati, sexy, velati di desiderio. Piegò la testa di lato e lo guardò, poi prese a versare acqua sul suo corpo. Non aveva intenzione di essere altrettanto gentile. Voleva eccitarlo e infiammarlo a ogni sua carezza. Le dita affondarono nell'intrico dei ricci che sormontavano il suo addome piatto, scivolarono sui muscoli duri del suo petto, lavando via ogni goccia di sangue. Quanto sangue. Raven ne fu turbata: avrebbe voluto che si nutrisse e recuperasse quanto aveva perso.

In un angolo della sua mente, Raven sapeva che il pensiero avrebbe dovuto ripugnarla, eppure il suo corpo invocava tanto disperatamente quello di lui da desiderare il suo morso, da sentire lei stessa la fame. Le sue mani scesero di nuovo e scivolarono oltre i fianchi.

Raven lo sentì trattenere il respiro e contrarre ogni muscolo. Mikhail emise un ringhio sordo che le fece ribollire il sangue. Raven trovò il segno turgido del suo desiderio, lo stuzzicò con dita lievi, lo strinse e carezzò con il palmo, sentendone la durezza.

Mikhail gemette per lo sforzo di controllarsi. Questa volta Raven avrebbe partecipato attivamente al rituale. Non avrebbe potuto più obiettare che non sapeva quel che faceva. Tremando, Mikhail allargò le gambe per mantenersi in equilibrio, mentre Raven coglieva con la lingua una goccia d'acqua che dalla spalla gli scendeva sul collo e sul petto.

Il corpo di Raven si irrigidiva, dolente, bruciante di desiderio. Fece scivolare la lingua sul cuore di Mikhail in una curva lenta e sensuale. Il suo sangue fremette e cantò insieme al sangue di lui. Intanto la sua mano carezzava, blandiva, prometteva. I suoi lunghi capelli setosi sfioravano il corpo di lui mentre seguiva le goccioline d'acqua sempre più in basso. Mentre lo assaporava, lo sentì rabbrividire e spingersi in avanti a incontrare la sua bocca vellutata. Era un'incredibile sensazione di potere. Mikhail le affondò le mani nei capelli; una serie di ringhi gli fuggì dalla gola. Raven cercò le sue gambe con le unghie e lo graffiò lievemente, per eccitarlo fino al delirio.

Mikhail la fece alzare e la strinse a sé. Si riempì le mani delle natiche di lei, le massaggiò. «Ti prendo come mia compagna per la vita», sussurrò, un incantesimo nero, antico di secoli. Risalì con le mani lungo la schiena di lei, intorno ai suoi seni e di nuovo giù sulla pelle di seta fino a trovare i suoi ricci scuri.

Raven gemette quando le dita di Mikhail la trovarono, al di sotto dell'acqua ribollente, e iniziarono una lenta, estenuante esplorazione. Raven faceva piccoli respiri affannosi con la bocca premuta sul petto di lui. La brama aumentava, il fuoco divampava: qualcosa di impetuoso lottava in lei per liberarsi. Sentiva i loro cuori pulsare come un cuore solo, il sangue di lui nel suo. Si sentiva palpitare di vita, di desiderio, di una voglia così intensa che solo lui poteva placare. Solo lui poteva renderla completa. Voleva Mikhail nella sua mente, l'insaziabile appetito erotico che lo faceva bruciare per lei. Voleva che lui la possedesse impetuosamente, sfrenatamente. E voleva il suo *sangue*.

Accarezzandole la nuca, Mikhail la portò sul ciglio della pozza. «Io appartengo a te; offro la mia vita per te. Prendi ciò di cui hai bisogno, prendi ciò che vuoi». Quelle parole sussurrate scatenarono una voglia irrefrenabile. Le mani di lui si muovevano aggressivamente, premendola sulla terra, per metà fuori dall'acqua.

Raven sentiva il suolo soffice sotto di sé e il corpo possente di lui che la imprigionava. C'era un'espressione implacabile sul volto cupo di Mikhail, una piega spietata sulla sua bocca, e una fame bruciante in fondo ai suoi occhi. Quando toccò la sua mente, trovò un'eccitazione violenta, primordiale, l'impulso animale del maschio carpaziano a possedere la sua compagna. C'era anche un amore così intenso che Raven riusciva a stento a concepirlo. Tenerezza. L'adorazione dell'uomo per la sola donna che potesse mai desiderare.

Mikhail le fece divaricare le ginocchia e lesse negli occhi di Raven l'improvvisa consapevolezza del suo attaccamento. Era calda, pulsante di desiderio, invitante. Spinse a fondo, immergendosi nel suo nucleo rovente. Il profumo speziato di donna si mescolava all'odore maschile, aleggiava nell'aria come una parte del loro desiderio. La lingua e i denti di Mikhail scivolarono sulla gola di lei a ghermire uno dei seni. Le sue mani esploravano ogni palmo del corpo di lei, infiammandolo. Era impetuoso, strusciava i denti sulla pelle morbida, placava ogni fremito con la lingua. Gli pareva di non potersi saziare di quel contatto. Il sesso di Raven si avvolse caldo intorno a lui, risucchiandolo, alimentando il suo furore.

Si mosse dentro di lei con spinte lunghe e profonde, riempiendola, accelerando e poi rallentando il ritmo deliberatamente. Raven emetteva piccole grida acute, il corpo teso verso lo sfogo, contraendosi spasmodicamente.

Rispose ai suoi colpi, inappagata, incitandolo a muoversi più veloce, più a fondo, più forte. Il suo sangue era come lava, il suo bisogno di Mikhail cresceva. Voleva un'unione più profonda, voleva sentire la bocca di Mikhail che si nutriva dal suo corpo, bruciandola, marchiandola, saldandoli insieme per l'eternità.

«Mikhail», implorò.

Lui alzò la testa, con gli occhi neri accesi dalla fame. «Io ti appartengo, Raven, Prendi da me ciò che vuoi come io farò con te». Le premette la testa sul suo petto e si irrigidì al contatto della lingua di lei. Sentì i suoi denti graffiargli la pelle esitanti, e fu un momento incredibilmente intimo. Poi un misto di dolore incandescente e piacere elettrico. Mikhail si gonfiò ancora di più dentro di lei, mentre i denti di Raven gli affondavano nella carne.

Mikhail gettò la testa all'indietro, in estasi, e un ruggito di puro piacere gli sfuggì dalla gola. La tenne inchiodata a terra con il proprio corpo, con spinte possenti, sempre più intense, mentre il corpo di lei si avvolgeva intorno al suo, spasmodicamente, toccando il culmine del piacere ancora e ancora. Mikhail si trattenne. Il rituale e lo scambio si sarebbero compiuti volontariamente. Affondando le mani nei capelli di Raven, ripeté le parole del vincolo. «Ti dono la mia protezione, la mia lealtà, il mio cuore, la mia anima, il mio corpo. Prendo in custodia la mia parte di te. La tua vita, la tua felicità e il tuo benessere verranno sempre prima dei miei. Tu sei la mia compagna per la vita, legata a me e affidata a me per l'eternità».

Le allontanò la testa, tirandole i capelli, e la osservò attentamente, con gli occhi semichiusi e avidi, mentre richiudeva le ferite con la lingua, facendolo fremere. Mikhail la baciò con tutta la possessività di cui era capace. Bruciando sulla gola di lei, la sua bocca si posò sulla vena palpitante. Le sue mani si strinsero sui fianchi sottili. Il suo corpo riposò nel caldo mistero femminile di lei. Mikhail attese.

Raven voltò la testa e scoprì la gola. «Prendi ciò che è tuo, Mikhail. Prendi ciò che ti serve», mormorò senza fiato, in un'attesa che era quasi un'agonia, tremante, consumata dalla fame erotica dei carpaziani.

Con una spinta possente dei fianchi, Mikhail affondò i denti. Raven gridò e gli avvolse le braccia intorno al corpo, inarcandosi mentre Mikhail beveva a sazietà e si immergeva in lei, reclamando il suo diritto e trasportando entrambi oltre i confini della terra. Raven si aggrappò a lui con foga. Mikhail rinunciò a controllarsi e la possedette senza più freni, finché il suo abbandono, i suoi gemiti acuti e il sapore dolce del suo sangue non lo spinsero al culmine del piacere. Si svuotò dentro di lei, sentendosi perfettamente sazio appagato per la prima volta nella sua vita. Giacquero uniti, con il cuore in gola, il respiro affannoso, ancora squassati dagli ultimi fremiti di piacere. Mikhail si voltò sulla schiena per fare da cuscino al corpo esile di Raven. I suoi seni erano caldi e morbidi fra i peli che scendevano sull'addome di Mikhail. La testa riposava sul suo petto.

Mikhail le accarezzava i capelli, avvolgendola con il suo amore. Avvertiva che quel momento era delicato, e non si fidava delle parole. La sua mente era un rifugio caldo e sicuro che le offriva con gioia.

Il piacere intenso li tenne a lungo isolati dalla realtà. Raven non poteva fare altro che godere della reazione impetuosa del proprio corpo. Ogni sua cellula era viva ed esultante. Sembrava impossibile poter sperimentare un'estasi simile.

Si scostò pigramente i capelli dal viso. Quel movimento le fece contrarre i muscoli intorno a Mikhail. Chi era quell'uomo che si era impadronito con tanta facilità della sua vita e del suo corpo? Raven alzò la testa e scrutò quel viso. Così nobilmente bello. Così cupo e misterioso. I suoi occhi custodivano chissà quanti segreti; la sua bocca era tanto sensuale da toglierle il respiro.

«Dimmi cosa ho fatto, Mikhail».

Gli occhi di lui erano imperscrutabili e intenti. «Mi hai affidato la tua vita. Stai certa, piccola, che è al sicuro nelle mie mani».

Raven si passò la lingua sulle labbra improvvisamente aride. Il cuore le martellava nel petto per l'enormità di quella decisione. Aveva il sapore di lui nella bocca, il suo l'odore sul corpo, il suo seme che le colava lungo la gamba. I loro corpi erano ancora congiunti, lui avvolto sensualmente dal sesso caldo di lei.

«Che sapore ho?», domandò lui con voce bassa e suadente. Quel sussurro fu come una carezza sulla pelle di Raven, una carezza che evocava fantasie.

Raven serrò le palpebre, come un bambino che si sforzasse di ignorarlo. «Mikhail». Il suo corpo vibrò e si irrigidì al suono della sua voce e a quella domanda erotica.

Mikhail scivolò fuori da lei, tenendola abbracciata mentre tornava a immergersi nell'acqua gorgogliante. «Dimmelo, Raven». Le tempestò la gola di mille piccoli baci, inebrianti come vino.

Raven gli passò un braccio intorno al collo e cercò la sua capigliatura folta. «Hai il sapore della foresta, selvaggio e incontaminato e così erotico da farmi impazzire», ammise come se stesse confessando un grave peccato.

Le bollicine fremevano e scoppiavano sulla loro pelle resa ancora più sensibile, spumeggiavano sulle loro parti più intime. Mikhail si distese sulla schiena, con Raven in grembo. Il contatto delle sue natiche nude riaccese la fiamma nel loro sangue. «Tu hai il sapore di spezie dolci e piccanti, così inebrianti e sensuali». Mikhail le mordicchiò la nuca, dandole un brivido di eccitazione.

Raven rimase in silenzio tra le sue braccia, ancora scossa dalle conseguenze di ciò che aveva fatto. Non si sarebbe mai saziata di Mikhail. La tensione tra loro non si sarebbe mai appagata. Raven non riusciva a capacitarsi di tutto ciò: il suo cervello si rifiutava semplicemente di ammettere ciò che era diventata. Non aveva idea di cosa lui intendesse con la parola "nutrirsi". Aveva delle impressioni, ma sapeva con certezza solo ciò che Mikhail aveva condiviso con lei. Accadeva sempre tramite il sesso? Mikhail aveva detto di no, ma Raven non riusciva a immaginare di bere volontariamente del sangue. Strinse gli occhi. Non poteva farlo con nessun altro. Non riusciva a immaginare di prendere del sangue a un essere umano.

Mikhail le prese la testa, passando le dita tranquillizzanti tra i suoi capelli, mormorò qualcosa a voce bassa e carezzevole. Raven aveva bisogno di tempo per abituarsi al sangue carpaziano, a quelle emozioni forti e imperiose. Aveva partecipato volontariamente al rituale di accoppiamento. Aveva compiuto lo scambio del sangue senza esservi silenziosamente costretta da Mikhail. Erano legati indissolubilmente e non aveva motivo di soffrire inutilmente tra il rimpianto per la sua natura umana e i timori per il futuro. La sua mente doveva accettare in modo graduale la nuova realtà.

Mikhail era sincero con se stesso. Dopo aver atteso per secoli l'arrivo di quella donna, non voleva che toccasse nessun altro. Non aveva mai considerato il nutrirsi un contatto intimo; era una pura necessità. Ma l'idea che Raven mordesse il collo di un altro uomo, che ne assorbisse l'energia vitale, lo faceva inorridire. Ogni volta che le donava il proprio sangue, Mikhail provava eccitazione sessuale e un bisogno travolgente di proteggerla e occuparsi di lei. Non aveva idea di ciò che gli altri carpaziani provassero per le loro compagne, ma sapeva che qualunque uomo si trovasse vicino a Raven avrebbe corso un grave pericolo. Era meglio dunque che la sua mente umana le rendesse impossibile accettare l'idea di nutrirsi dei suoi simili.

Raven si allungò pigramente tra le sue braccia. «Stavo pensando a qualcosa di spaventoso e tu me ne hai fatto dimenticare, vero?», chiese in tono quasi divertito.

Mikhail la lasciò andare e la guardò immergersi sotto la superficie schiumosa dell'acqua per poi riemergere qualche metro più in là. I suoi grandi occhi lo osservavano con aperta ilarità. «Sai, Mikhail, inizio a credere che la mia prima impressione sul tuo carattere fosse corretta. Sei arrogante e autoritario».

Mikhail nuotò verso di lei pigramente, senza fretta. «Però sono sexy».

Raven indietreggiò e gli spruzzò addosso dell'acqua con il dorso della mano. «Sta' lontano da me. Ogni volta che ti avvicini succede qualcosa di assurdo».

«Invece credo che adesso dovrei darti una lezione per aver rischiato la vita. Non avresti mai dovuto seguire gli assassini dal rifugio. Sapevi che non ero in grado di sentirti, se tu mi avessi chiamato». Continuò a nuotare verso di lei, implacabile come uno squalo.

Raven non rimase impavida ad aspettarlo, ma uscì dalla pozza per gettarsi in un'altra più grande poco lontano. L'acqua era fredda sulla sua pelle accaldata. Puntò un dito contro Mikhail, accennando un sorriso. «Ti avevo detto che avrei cercato di aiutarti. In ogni caso, se hai la faccia tosta di farmi la predica, sarò costretta a ricordarti che è stato ingiustificabile da parte tua legarmi a te senza il mio consenso. Dimmi: se non avessi seguito gli assassini e Jacob non mi avesse pugnalata, sarei rimasta umana, vero?».

Mikhail uscì dalla pozza, gocciolante. Raven rimase senza fiato. Era magnifico, così virile e potente. Con un unico balzo agile, Mikhail si lanciò in aria, si inarcò bruscamente e ricadde con un tuffo perfetto nell'acqua profonda. Raven sentì il cuore martellarle nel petto; il suo sangue cantava per lui. Mikhail riemerse dietro di lei, circondandole la vita e trascinandola con sé, tenuto a galla dalle gambe possenti.

«Saresti ancora umana», confermò, con una magia nera nella voce che la infiammò nonostante l'acqua fredda.

«Se fossi rimasta umana, come avresti potuto continuare a essere il mio compagno per tutta la vita?». Premette le natiche contro i fianchi di lui, godendo dell'improvvisa eccitazione di lui, che si gonfiò e inturgidì a quel contatto. Raven abbandonò la testa sulla spalla di Mikhail.

«Avrei scelto di invecchiare e morire insieme a te», rispose con voce roca, e chiudendo una mano su uno dei suoi seni. I capelli di lei gli accarezzavano il corpo come seta, facendolo fremere di piacere.

Raven alzò la testa di scatto e si voltò a guardarlo, scrutando il mistero dei suoi occhi col suo sguardo azzurro. «Dici davvero, Mikhail? Saresti rimasto a vedermi invecchiare?».

Mikhail annuì e le accarezzò dolcemente il viso. «Sarei invecchiato al tuo fianco. Il tuo ultimo respiro sarebbe stato l'ultimo dei miei».

Raven scosse la tesa. «Come posso resisterti, Mikhail, quando rubi il mio cuore?».

Il sorriso di Mikhail le fece balzare il cuore nel petto, le diede una fitta allo stomaco. «Non sei fatta per resistermi, piccola. Io sono la tua metà». Le mise le mani intorno al collo e la attirò a sé finché le loro bocche non si incontrarono, e si fusero in un solo essere, affondando nell'acqua fresca della piscina naturale.

Quando Mikhail la riportò a casa era notte fonda. Raven si avvolse frettolosamente in una delle camicie di Mikhail. «Ti rendi conto che qui non ho nessuno dei miei vestiti?». Non riusciva a sostenere il suo sguardo, e arrossiva ogni volta che gli occhi scuri di lui si posavano sul suo corpo. Sentiva ancora su di sé l'impronta del suo corpo, la forza del suo possesso. «Devo tornare al rifugio. Le mie cose sono tutte lì».

Mikhail alzò un sopracciglio. Non era ancora il momento di dirle che non avrebbe più avuto bisogno di vestiti. Recuperare le sue cose l'avrebbe aiutata ad affrontare la transizione. Mikhail allungò un braccio per raccogliere i suoi stessi abiti. «Sono certo che la signora Galvenstein potrà farcele recapitare qui. La chiamerò e farò in modo che ce le portino subito. Dovrò uscire per un po', Raven.

Ci sono alcune faccende in sospeso che devo concludere. Qui sarai al sicuro».

Raven alzò il mento in segno di sfida. «Trovo qualcosa da mettermi e vengo con te. Non voglio mai più passare un'altra giornata come quella in cui non riuscivo a contattarti. È stato un inferno. Davvero un inferno, Mikhail».

Gli occhi scuri di lui si fecero subito gentili. «Non avrei mai voluto che accadesse. Gregori mi aveva fatto addormentare profondamente, e non potevo rispondere al tuo richiamo. Non doveva succedere. Avevo mandato padre Hummer da te, pensando che anche dormendo, se ce ne fosse stato davvero bisogno, sarei riuscito a riprendere conoscenza e a rassicurarti».

«Ma non è andata così».

Mikhail scosse la testa. «No, Raven. Gregori mi aveva imposto un sonno rigeneratore. Non ci si può svegliare quando Gregori ha deciso diversamente. Non sapeva di te e del tuo bisogno di contattarmi. È stato un errore mio, non suo, e mi dispiace».

«Lo so», ammise lei. «Vedi perché ormai non posso più stare senza di te. Ho paura, Mikhail, paura di tutto. Di me stessa, di te, di quel che ho appena fatto».

«Questa volta no, piccola», disse lui dolcemente, con rimpianto. «Ora è di vitale importanza trovare gli altri assassini. Non posso permettere che tu ti trovi in pericolo. Qui sarai al sicuro. Non sto dormendo; posso comunicare con la tua mente e tu puoi fare altrettanto in caso di bisogno. Non c'è motivo di avere paura».

«Ma io non sono il tipo di donna che se ne sta chiusa in casa al sicuro», obiettò lei.

Mikhail si voltò, imponente, minaccioso, invincibile. Raven fece un passo indietro, senza rendersene conto, e i suoi occhi divennero due zaffiri scuri. Mikhail le prese la mano e se la premette sulla bocca calda. «Non guardarmi in quel modo. Ho rischiato di perderti. Hai idea di cosa sia stato per me svegliarmi sentendo il tuo grido? Sentire la tua paura e sapere che quell'omuncolo disgustoso ti aveva colpita? Sentire il coltello che affondava nel tuo corpo, ancora e ancora? Sei quasi morta tra le mie braccia. Ho respirato per te, ho fatto battere il tuo cuore. Ho preso una decisione sapendo che forse non me l'avresti mai perdonata. Riesci a capire tutto questo?».

Raven sentiva il corpo di lui tremare per l'emozione intensa. Mikhail la attirò tra le sue braccia. «Ti prego, Raven, lascia che ti tenga al riparo almeno finché non avrò cancellato quell'immagine dalla mia mente». Le sue dita affondarono nella folta massa di capelli corvini. Mikhail la avvolse con la sua mole, stringendola come per tenerla al riparo da ogni male.

Raven gli mise le braccia intorno al collo. «Sta' tranquillo, Mikhail. Non mi accadrà nulla». Gli si rannicchiò contro, cercando di rassicurarlo, di scacciare i suoi timori insieme ai propri. «Credo che dovremo abituarci entrambi a qualche novità».

Mikhail le diede un bacio leggerissimo. «Devi darti tempo, però. Sei giorni di sonno e di cure non sono sufficienti».

«Sei giorni? È incredibile. Avete mai fatto analizzare il vostro sangue da qualcuno?».

Mikhail la lasciò andare con riluttanza. «Nessuno di noi può andare in una struttura medica umana. Ci curiamo da soli».

Raven prese una spazzola e con lunghi colpi, prese a lisciarsi i capelli umidi. «Chi era la donna intrappolata sotto terra?».

Mikhail si fece scuro e il suo volto perse ogni traccia di gentilezza. «Si chiama Eleanor. Ha dato alla luce un maschio». Il suo tono era privo di emozione.

Raven si sedette a gambe incrociate sul letto, inclinando la testa di lato mentre si spazzolava i lunghi capelli. «Ti è antipatica?»

«Ti ha tradita. Ha lasciato che quella donna orribile sentisse i suoi pensieri, e per colpa sua ho rischiato di perderti». Mikhail si stava abbottonando la camicia, e la vista delle sue lunghe dita scarne che compivano quel semplice gesto la affascinava. «Tu eri sotto la mia protezione. Ciò significa che per tutti i carpaziani la tua sicurezza viene prima della loro».

Raven si morse il labbro. Percepiva, sotto quella maschera inespressiva, una furia spietata e implacabile diretta a quella donna sconosciuta. I sentimenti di Mikhail per lei erano di un'intensità feroce e sconosciuta a lui stesso. Faticava ad abituarvisi, proprio come Raven.

Scelse le parole attentamente. «Mikhail, hai mai visto partorire una donna? È un'esperienza dolorosa e spaventosa. La donna deve trovarsi in un luogo sicuro per potersi dominare. Eleanor temeva per la vita del bambino. Ti prego, non giudicarla così duramente. Al suo posto, io sarei stata isterica».

Mikhail le prese il viso in una mano e carezzò con il pollice quella pelle morbida come seta. «Sei così piena di compassione. Eleanor ha messo a rischio la tua vita».

«No, Mikhail. È stato Jacob. Eleanor ha fatto ogni sforzo possibile. Non ha colpe, oppure ne abbiamo tutti».

Mikhail distolse lo sguardo. «So che avrei dovuto tenerti al mio fianco. Non avrei mai dovuto cercare rifugio nella terra guaritrice. Mi ha allontanato troppo da te. Gregori pensa solo a proteggere me».

Nello specchio, Raven vide chiaramente il dolore scolpito nei suoi lineamenti. «C'è stato un momento, piccola, in cui mi sono svegliato sentendo il tuo grido, ed ero circondato dalla terra e impossibilitato ad aiutarti. Solo la mia furia ha alimentato la tempesta. E mentre scavavo con le mani per risalire, ho sentito ogni pugnalata, e ho capito di non averti saputo proteggere. In quel momento, Raven, ho visto dentro di me qualcosa di così terribile, di così crudele e mostruoso, che ancora non ho il coraggio di esaminarlo da vicino», confessò con voce tesa, irrigidendo la schiena. «Né carpaziano, né umano. Posso solo pregare che se qualcosa del genere dovesse ripetersi, Gregori mi uccida immediatamente».

Raven si mise di fronte a lui e gli prese il viso tra le mani. «A volte il dolore fa affiorare nelle persone cose che è meglio lasciare sepolte. Nessuno è perfetto. Né io, né Eleanor, né tu».

Un lieve sorriso ironico apparve agli angoli della sua bocca scolpita. «Sono sopravvissuto a secoli di cacce al vampiro, guerre e tradimenti. Finché non sei arrivata tu nella mia vita, non ho mai perso il controllo. Non ho mai avuto qualcosa a cui tenessi tanto: non ho mai avuto nulla da perdere».

Raven lo attirò a sé e gli coprì di piccoli baci consolatori il collo, la mascella forte, gli angoli duri della bocca. «Tu sei un uomo buono, Mikhail». Sorrise divertita, con un'ombra di malizia negli occhi azzurri. «Hai solo molto più potere di quanto ti faccia bene avere. Ma non preoccuparti; conosco una ragazza americana. È molto impertinente e ti farà passare la voglia di fare l'arrogante».

La risata di Mikhail tardò ad arrivare, ma alla fine sciolse la tremenda tensione che provava. La prese tra le braccia, la sollevò da terra e fece un giro su se stesso, stringendola forte al petto. Come sempre, Raven ebbe un tuffo di gioia al cuore. La bocca di Mikhail si incollò alla sua mentre volteggiavano per la stanza fino ad atterrare sul letto.

Raven rise, un suono sommesso e seducente. «Oddio, non possiamo farlo di nuovo».

Mikhail scivolava sopra di lei, premendo con un ginocchio tra le sue gambe per adagiarsi sul suo corpo morbido e accogliente. «Credo che dovresti rimanere qui nuda ad aspettarmi», ringhiò, accarezzandola per scaldarla al punto giusto.

Raven sollevò i fianchi in modo invitante. «Chissà se saremo capaci di farlo in un letto». L'ultima parola fu un gemito soffocato di piacere, mentre i loro corpi si congiungevano.

La bocca di Mikhail cercò di nuovo la sua, e le risate si mescolarono al sapore dolce della passione. Le mani si riempirono dei seni, affondarono nei capelli. Il cuore e la mente di Raven traboccavano di gioia, di compassione e di dolcezza. Avrebbe riempito la vita di Mikhail, per l'eternità, con le sue risate e il suo entusiasmo per la vita.

Capitolo 11

Mikhail era uscito da due ore. Raven vagò per la casa, prendendo familiarità con le stanze. Le piaceva la solitudine ed era grata per quell'occasione di riflettere in modo logico sulla sua situazione. Per quanto si sforzasse, non riusciva ad afferrare la realtà di ciò che era diventata. Solo Mikhail le dava stabilità. Era costantemente nei suoi pensieri, li invadeva, scacciando ogni idea malsana fino a restare l'unico centro della sua mente.

Aveva il sangue di Mikhail nelle vene, l'odore di lui sul corpo, il marchio di lui sulla gola e sul seno. Ogni passo, ogni movimento le restituiva il senso del suo possesso. Raven si strinse nella sua camicia. Sapeva che Mikhail era vivo e stava bene: le aveva inviato spesso un contatto rassicurante. Raven trovava confortante quel tocco lieve e lo desiderava, sapendo che lui provava lo stesso bisogno profondo di fondersi spesso con lei.

Con un sospiro si avvolse nel lungo mantello caldo di Mikhail. A un tratto la casa le sembrava soffocante, come una prigione invece di un rifugio. L'ampio portico la chiamava; la notte pareva invocare il suo nome. Afferrò la maniglia e l'abbassò. L'aria della notte le soffiò sul corpo, rinfrescante, piena di odori che la incuriosivano. Si avventurò fuori sulla veranda, si appoggiò a una colonna e inspirò a pieni polmoni. Sentiva un impulso, un richiamo. Senza un pensiero conscio, scese i gradini e si incamminò lungo il sentiero.

La notte sussurrava e cantava, attirandola nel folto della foresta. Un gufo planò sibilando nel cielo; tre daini uscirono cauti dai cespugli per immergere i musi vellutati nel ruscello freddo. Raven sentiva la loro gioia vitale, la loro sottomissione alla lotta quotidiana fra la vita e la morte. Sentiva la linfa scorrere e palpitare negli alberi come il flusso della marea. I suoi piedi nudi parevano evitare d'istinto i sassi acuminati, le spine e i ramoscelli, muovendosi sul suolo soffice. Il mormorio dell'acqua, il suono del vento, il battito stesso della terra la chiamavano.

Incantata, Raven vagò senza meta, avvolta nel lungo mantello nero di Mikhail, i capelli serici e corvini che le ondeggiavano sui fianchi. Aveva un aspetto etereo, con la pelle quasi traslucida sotto i raggi della luna e gli occhi di un azzurro così cupo da sembrare purpurei. A tratti il mantello si apriva scoprendo per un attimo una gamba, nuda e tornita.

Qualcosa fremette nella sua mente, turbò la serena bellezza della notte. *Angoscia. Lacrime.* Raven si fermò, sbatté le palpebre e cercò di capire dove si trovasse. Aveva vagato come in un sogno meraviglioso. Si rivolse nella direzione di quell'emozione intensa. I suoi piedi presero a muoversi automaticamente.

Un maschio umano, poco più che ventenne. Il suo strazio era profondo, autentico. C'erano rabbia verso suo padre, confusione e senso di colpa per essere giunto troppo tardi. Qualcosa nel profondo di Raven fu toccato da quel dolore così travolgente. Era rannicchiato vicino al tronco di un grande albero, vicino al limitare della foresta, con le ginocchia sul petto e il volto nascosto tra le mani.

Raven si avvicinò, facendo rumore di proposito. L'uomo alzò il viso rigato di lacrime, con gli occhi sgranati per lo stupore. Si sollevò maldestramente in piedi.

«Ti prego, non alzarti», disse piano Raven, con una voce tenera come la notte. «Non intendevo disturbarti. Non riuscivo a dormire e sono uscita a camminare. Preferisci che vada via?».

Rudy Romanov si ritrovò a fissare sbigottito quella figura da sogno che pareva essersi materializzata dalla foschia. Non aveva mai visto una donna simile, ammantata di mistero come la foresta buia. Le parole gli morirono in gola. Era un'apparizione evocata dal suo dolore? Stava quasi per credere alle ridicole superstizioni narrate da suo padre. Storie di vampiri e di donne delle tenebre, sirene che stregavano gli uomini per poi distruggerli.

L'uomo la fissava come se fosse un fantasma. «Mi dispiace molto», mormorò Raven, e si voltò per lasciarlo solo.

«No! Non andartene». Parlava inglese con un forte accento. «Per un attimo, sbucando dalla nebbia a quel modo, non sembravi reale».

Rendendosi conto che non indossava quasi nulla sotto il mantello, Raven se lo avvolse più strettamente intorno al corpo. «Stai bene? Posso chiamare qualcuno? Magari il prete, o la tua famiglia?»

«Non c'è più nessuno, ormai. Mi chiamo Rudy Romanov. Devi aver saputo la notizia riguardo ai miei genitori».

Una visione orribile squarciò la mente di Raven. Vide i lupi uscire a frotte dalla foresta, con gli occhi fiammeggianti, condotti da un gigantesco lupo nero che puntava dritto su Hans Romanov. Lesse nella memoria del giovane il ricordo di sua madre Heidi, distesa sul letto, con le dita del marito strette intorno alla gola. Per un terribile istante non riuscì a respirare. Cosa aveva sofferto quell'uomo! Entrambi i genitori strappati a lui nel giro di poche ore. Quel fanatico di suo padre aveva assassinato la moglie.

«Sono stata malata; sono uscita oggi per la prima volta, dopo molti giorni». Si avvicinò al giovane sotto la volta dell'albero. Non poteva certo dirgli la verità: che era coinvolta in quella storia raccapricciante.

A Rudy, la donna pareva un angelo stupendo mandato a consolarlo. Avrebbe voluto toccare la sua pelle per vedere se era morbida come appariva ai raggi della luna. La voce di lei era un sussurro delicato, sensuale, che si spandeva nella sua mente come un balsamo. Rudy si schiarì la gola. «Due notti fa mio padre ha ucciso mia madre. Se solo fossi rientrato prima. Mia madre mi aveva chiamato dicendomi delle sciocchezze su mio padre e una donna che lui avrebbe ucciso. Si era messo in testa che nel paese ci fossero dei vampiri che assalivano la gente. Mio padre era sempre stato superstizioso, ma non avevo mai creduto che sarebbe impazzito del tutto. Mia madre diceva che lui e un gruppo di fanatici stavano dando la caccia ai vampiri e progettando di uccidere alcuni personaggi importanti. Credevo stesse solo sparandole grosse, come faceva sempre». Si guardò le mani. «Avrei dovuto darle retta, ma anche lei aveva ammesso che nessun altro sembrava essere a conoscenza dell'omicidio. Ho pensato che quella sull'assassinio della donna fosse una bugia. Accidenti, forse non lo era, ma lui era impazzito. Ha strangolato mia madre. È morta con il rosario in mano».

Rudy si asciugò gli occhi con dita tremanti. In qualche modo, senza sapere come, sentiva che la signora misteriosa era nella sua mente e gli donava calore e comprensione. L'illusione era così reale che il suo corpo si risvegliò, e divenne pienamente consapevole che erano davvero soli. Nella sua mente s'insinuò l'idea che nessuno sapeva che lei era con lui. Quel pensiero era così eccitante, malgrado il suo dolore. «Ero rimasto un giorno in più all'università per un esame importante. Non credevo che mio padre avrebbe ammazzato qualcuno, tanto meno una donna. Mia madre era una levatrice. Aveva fatto nascere tanti bambini, aiutato tanta gente. Le avevo detto che stavo per tornare a casa e che avrei pensato io a tutto. Voleva andare dal prete, ma io l'ho convinta a non farlo».

«Avrei voluto conoscerla», disse Raven con sincerità.

«Ti sarebbe piaciuta; le volevano tutti bene. Deve aver cercato di fermare mio padre. La notte della tempesta lui è uscito insieme a un gruppo di stranieri. Dev'essere stato allora che ha ucciso mia madre, subito prima di uscire di casa. Probabilmente voleva assicurarsi che lei non raccontasse nulla in giro e che non tentasse di fermarlo. È rimasto sotto un albero che è stato colpito da un fulmine. Lui e gli altri erano carbonizzati, irriconoscibili».

«Che cosa terribile per te». Raven si passò la mano fra i capelli, con un gesto lento delle dita nella pesante massa setosa. Sexy. Innocente. Una combinazione inebriante.

La nebbia fluttuò nella foresta in direzione della casa addossata alla parete rocciosa. Filtrò dai cancelli di ferro e si riversò nel cortile. Si addensò in una colonna alta e spessa, scintillò e si indurì, finché Mikhail, nella sua forma solida, apparve davanti alla porta. Sollevò una mano, mormorando un comando per sciogliere gli incantesimi protettivi, ed entrò. Capì subito che Raven non c'era.

Gli occhi si fecero di ghiaccio nero. I denti bianchi, scoperti, luccicarono. Un ringhio sordo gli sfuggì per un attimo dalla gola. Il suo pensiero fu che qualcuno l'avesse catturata, che fosse in pericolo. Inviò un richiamo alle sue sentinelle, i lupi, perché lo aiutassero a cercarla. Facendo un respiro profondo per tranquillizzarsi, concentrò la mente e tentò di localizzarla. Non fu difficile rintracciarla. Non era da sola. *Un umano. Maschio.*

Il respiro gli si spezzò nella gola. Il suo cuore quasi cessò di battere. Strinse i pugni. Accanto a lui una lampada esplose in mille pezzi. Fuori il vento si alzò e vorticò in minuscoli tornado fra gli alberi. Mikhail uscì e si lanciò in aria, spiegando ali gigantesche e sfrecciando nel cielo. In basso, sotto di lui, il branco di lupi correva compatto, lanciandosi ululati.

Mikhail si posò silenziosamente sui rami robusti al di sopra di Raven. Lei si stava scostando i capelli dal viso in quel suo modo femminile e curiosamente sexy. Mikhail sentiva la sua compassione, il suo bisogno di donare conforto. L'umano era indubbiamente sconvolto dalla sofferenza. Ma Mikhail fiutava la sua eccitazione, sentiva il battito accelerato del suo cuore, il sangue che pompava. Poteva leggere con facilità nei suoi pensieri, e non erano tutti innocenti.

Furioso e non poco preoccupato per lei, Mikhail si alzò in volo e atterrò a qualche metro di distanza, non visto. Poi si diresse a grandi passi verso di loro, una figura alta e possente emersa dalla notte, fra gli alberi. Incombeva minaccioso su di loro, spaventoso, con un'espressione dura e spietata. Gli occhi neri e fissi avevano un bagliore letale, a cui la luce riflessa della luna dava un alone rossastro, animalesco.

Impaurito, Rudy si alzò goffamente e si avvicinò alla donna misteriosa, con la vaga intenzione di proteggerla. Benché fosse diversi metri più lontano di Rudy, scattò con una velocità prodigiosa e arrivò primo su Raven, afferrandola per il polso e tirandola dietro di sé, senza lasciarla andare.

«Buona sera, signor Romanov», disse Mikhail affabilmente, con un tono così felpato che Rudy e Raven rabbrividirono. «Forse potrebbe farmi la cortesia di dirmi cosa sta facendo a quest'ora della notte, da solo, nella foresta, in compagnia della mia donna». Quando pronunciò l'ultima parola, un lupo ululò sinistramente nelle vicinanze. Quel suono prolungato echeggiò come un avvertimento nella brezza notturna.

Raven fece per muoversi, ma Mikhail strinse la presa fino a farle scricchiolare le ossa. *Non parlare, piccola. Se vuoi che quest'umano veda sorgere il sole, devi obbedirmi. È il figlio di Hans Romanov. I suoi pensieri sono quelli che il padre gli ha inculcato molto tempo fa.*

Raven impallidì visibilmente. *Mikhail, i suoi genitori...*

Mi sto trattenendo a stento. Non provocarmi!

«Signor Dubrinsky». Finalmente Rudy lo aveva riconosciuto, una figura importante nel suo paese, un nemico implacabile o un amico prezioso. La voce di Mikhail era calma, perfino serena, eppure lui era capace di uccidere. «Non è stata una cosa programmata. Sono venuto qui perché...». Si interruppe. Avrebbe giurato di aver visto dei lupi in agguato fra gli alberi, con lo stesso luccichio selvaggio negli occhi che aveva il cacciatore di fronte a lui. Gli bastò uno sguardo a quel volto spietato per rinunciare all'orgoglio. «Stavo piangendo. Lei era uscita a camminare e mi ha sentito».

Le ombre silenziose dei lupi scivolavano sempre più vicine. Mikhail percepiva la loro impazienza, la loro sete di sangue. Ne fu pervaso anche lui, insieme a una gelosia nera. Il branco sussurrava e lo chiamava come un fratello. La belva in lui alzò la testa e ruggì smaniosa. Il maschio umano si dichiarava innocente, ma Mikhail avvertiva facilmente la concupiscenza nel suo corpo, fiutava l'odore dell'eccitazione sessuale. Al tempo stesso scorgeva in lui la tara paterna della follia.

Mikhail posò lo sguardo sulla figura minuta di Raven. Lei sapeva fermargli il cuore, togliergli il respiro. Non guardava mai oltre la superficie; si era allenata a non farlo. Mikhail percepiva compassione, tristezza, sfinimento e qualcos'altro. L'aveva ferita. Glielo leggeva negli occhi. E c'era una paura autentica. Raven sapeva che i lupi erano lì; sentiva le loro voci che lo incitavano a proteggere la sua compagna. Per lei fu un colpo terribile rendersi conto di quanto Mikhail fosse suscettibile alla loro logica primitiva, quanto ci fosse davvero in lui di animale. Mikhail la circondò immediatamente con un braccio e la strinse sotto la sua spalla, vicina al suo calore. Inviò ai lupi un comando silenzioso, avvertendo la loro resistenza, la loro riluttanza a obbedire. Essi percepivano la sua avversione per quell'umano, la sua stessa sete di sangue, l'impulso a sconfiggere un nemico che minacciava la sicurezza della sua compagna.

«Ho saputo della sua perdita», si costrinse a dire Mikhail mentre cingeva Raven con il braccio. «Sua madre era una donna preziosa. La sua morte è una perdita terribile per la nostra comunità. Con suo padre ho avuto dei disaccordi, ma non avrei augurato a nessuno di morire a quel modo».

Raven tremava per il freddo e per la scoperta che Mikhail potesse provare un astio così feroce per qualcuno. Lei era la luce che illuminava la sua tenebra, incapace di comprendere che lui era prima di ogni altra cosa un predatore. Accarezzandole il braccio per rassicurarla, Mikhail intensificò il comando ai lupi. «È meglio che vada a casa, signor Romanov. Ha bisogno di riposo, e i boschi non sono sempre sicuri. La tempesta ha innervosito molto gli animali».

«Grazie per essere stata così gentile», disse Rudy a Raven, riluttante a lasciarla in compagnia di un uomo che pareva capace di tanta violenza.

Mikhail guardò il giovane tornare al sicuro ai bordi del paese, oltre la radura. «Hai freddo, piccola», disse in tono premuroso.

Raven sbatté le palpebre per ricacciare indietro le lacrime e si costrinse a camminare con passo tremante, lentamente. Non riusciva a guardarlo, non osava. Era soltanto uscita a godersi la bellezza della notte. Poi aveva sentito Romanov. Era nella sua natura aiutare qualcuno, se ne era in grado. E ora aveva fatto scattare in Mikhail qualcosa di oscuro e micidiale, qualcosa che la turbava profondamente.

Mikhail camminava accanto a lei, scrutando il suo volto chino.

«Stai andando nella direzione sbagliata, Raven». Le posò una mano sul fianco per guidarla.

Raven si irrigidì, poi si staccò da lui bruscamente. «Forse non voglio tornare a casa, Mikhail. Forse in fondo non so davvero chi sei».

La sua voce era più offesa che arrabbiata. Mikhail emise un pesante sospiro e la riprese in una stretta ferrea e senza scampo. «Parleremo al caldo e comodamente, in casa, non qui dove stai ghiacciando». Senza attendere il suo consenso, la sollevò senza sforzo e si mosse con grande rapidità. Raven si aggrappò a lui, nascondendo il viso contro la sua spalla, tremando in tutto il corpo esile per il freddo e per la paura di lui, del futuro, di quello che era diventata.

Mikhail la portò direttamente nella stanza da letto, accese il fuoco con un gesto della mano e la depose sul letto. «Avresti potuto almeno metterti le scarpe ai piedi».

Raven si strinse nel suo mantello, guardandolo da sotto le lunghe ciglia. «Perché? E non parlo delle scarpe».

Mikhail accese delle candele e sbriciolò alcune erbe riempiendo la stanza della loro fragranza rilassante. «Io sono un maschio carpaziano. Nelle mie vene scorre il sangue della terra. Ho atteso la mia compagna per secoli. I carpaziani non vogliono altri uomini vicino alle loro donne. Io sto combattendo con delle emozioni sconosciute, Raven. Non sono facili da dominare. Tu non ti comporti come farebbe una donna carpaziana». Accennò un sorriso e si appoggiò alla parete. «Non mi aspettavo di tornare a casa e di non trovarti. Ti sei messa in pericolo, Raven, una cosa che i maschi della nostra razza non ammettono. E poi ti ho trovata con un umano. Un maschio».

«Stava soffrendo», disse piano Raven.

Mikhail emise un gemito d'impazienza. «Ti desiderava».

Le sue ciglia fremettero, gli occhi azzurri incontrarono quelli di Mikhail, pieni di sconcerto. «Ma... no, Mikhail, ti sbagli; non può essere. Stavo solo cercando di consolarlo. Ha perso tutti e due i genitori». Era quasi in lacrime.

Lui alzò una mano per zittirla. «E volevi stargli vicino. Non sessualmente, ma volevi essergli vicina, come essere umano; non negarlo. Ho sentito che ne avevi bisogno».

Raven si passò nervosamente la lingua sulle labbra. Non poteva negarlo. Da parte sua era stato un gesto del tutto inconsapevole, ma ora che Mikhail lo aveva detto ad alta voce, sapeva che era vero. Aveva sentito il bisogno di compagnia umana. Mikhail era così impetuoso, e nel suo mondo tutto le era così estraneo. Raven era terribilmente dispiaciuta di averlo ferito, di avergli quasi fatto perdere il controllo. «Scusami. Non volevo fare altro che una passeggiata. Quando l'ho sentito, ho dovuto essere sicura che stesse bene. Non sapevo di star cercando la vicinanza di un altro essere umano».

«Non te ne faccio una colpa, piccola, questo mai». La sua voce era così gentile da farle balzare il cuore in petto. «Posso leggere nei tuoi ricordi con facilità. Conosco la tua intenzione. E non ti farei mai una colpa della tua natura compassionevole».

«Credo che abbiamo entrambi delle difficoltà con cui lottare», disse dolcemente Raven. «Io non posso essere ciò che tu vuoi, Mikhail. Usi la parola "umano" come fosse un insulto, qualcosa di inferiore. Ti è mai venuto in mente che forse hai dei pregiudizi sulla mia razza? Nelle mie vene potrà anche scorrere sangue carpaziano ora, ma il mio cuore e la mia mente sono umani. Non mi ero messa in testa di tradirti. Sono uscita a fare una passeggiata. Tutto qui. Mi dispiace, Mikhail, ma per tutta la vita ho goduto della libertà. Non basterà una trasfusione di sangue a cambiare ciò che sono».

Mikhail camminava avanti e indietro per la stanza a passi rapidi ed energici. «Io non ho pregiudizi», negò.

«Ne hai eccome. Guardi la mia razza con una buona dose di disprezzo. Ti avrebbe fatto piacere se mi fossi nutrita del sangue di Romanov? Sarebbe stato più accettabile? Usarlo come cibo ma non per scambiarci qualche parola amichevole?»

«Non mi piace il ritratto che stai facendo di me, Raven». Mikhail attraversò la stanza e tese la mano per prendere il mantello. La camera da letto era calda e profumava di natura: di boschi e di prati.

Raven si sfilò con riluttanza il mantello. Mikhail si fece scuro in viso quando vide che indossava solo la sua camicia bianca. Anche se i lembi le arrivavano alle ginocchia e le coprivano le natiche, una generosa porzione delle sue cosce era scoperta fino ai fianchi. L'effetto era incredibilmente sexy, con la sua lunga chioma ondulata che ricadeva sul letto e incorniciava la sua figura snella. Mikhail proferì sottovoce alcune imprecazioni ben scelte, nella sua lingua, grato di non essersi accorto prima che Raven sotto il mantello non indossava nient'altro che la sua camicia. Il pensiero di lei che si avvicinava sorridendo al giovane, incantandolo con gli occhi da sirena, chinando la testa sul collo di lui, toccandolo con la bocca, la lingua, i denti... Provò una fitta di protesta allo stomaco immaginando la scena.

Si passò una mano tra i capelli, appese il mantello nell'armadio e riempì la vecchia caraffa e il bacile di acqua tiepida. Dopo aver riguadagnato il controllo sulla sua immaginazione riuscì a risponderle con la consueta gentilezza. «No, piccola, a pensarci non posso dire che sarei stato contento se tu lo avessi usato per nutrirti».

«Non è questo che dovrei fare? Una donna carpaziana si nutre di esseri umani ignari». Nella sua voce c'era l'eco delle lacrime non versate.

Mikhail portò l'acqua vicino al letto e si inginocchiò davanti a lei. «Sto cercando di capire quel che provo, Raven, e non ha senso». Delicatamente, iniziò a lavarle i piedi. «Più di ogni altra cosa desidero la tua felicità. Ma sento il bisogno di proteggerti». Le sue mani erano gentili, il suo tocco premuroso mentre toglieva ogni traccia di terra.

Raven chinò la testa e si massaggiò le tempie. «Lo so, Mikhail, e anzi lo capisco perfettamente; ma io sarò sempre me stessa. Sono impulsiva, faccio delle cose. Decido che voglio far volare un aquilone e un attimo dopo lo faccio».

«Perché non sei rimasta in casa? Ti ho chiesto di darmi il tempo per riuscire a tenere sotto controllo la mia tremenda paura per la tua sicurezza». La sua voce era così incredibilmente gentile da farle venire le lacrime agli occhi.

Raven passò le dita sui suoi capelli scuri e sentì un groppo alla gola. «Volevo uscire sulla veranda a prendere un po' d'aria. Non pensavo ad altro, ma era come se la notte mi chiamasse».

Mikhail alzò lo sguardo e la fissò con occhi pieni di amore. «È stata colpa mia, avrei dovuto mettere dei sigilli per proteggerti».

«Mikhail, sono in grado di badare a me stessa». I suoi occhi azzurri erano seri, a convincerlo della verità delle sue parole. Mikhail non aveva davvero motivo di preoccuparsi.

Fece del suo meglio per non sorridere. Raven era troppo buona, credeva sempre nella bontà delle persone. Le strinse le dita intorno ai polpacci. «Sei la donna più bella del mondo, Raven. Non hai un briciolo di cattiveria in te, vero?».

Raven lo guardò sdegnata. «Certo che sì. Non sorridere a quel modo, Mikhail. Ce l'ho eccome. Posso essere cattiva quanto voglio se necessario. In ogni caso, cosa c'entra questo con quello di cui stavamo parlando?».

Le mani di Mikhail scivolarono sulle sue costole sotto la seta sottile della camicia. «Stavamo parlando del mio bisogno di proteggere l'unica persona che conta per me, l'unica che riesce a vedere il buono di tutti».

«Non è così», negò lei, offesa da quell'idea. «Sapevo che Margaret Summers era una fanatica».

Mikhail risalì con le mani ad accarezzarla fin sotto i seni, riempiendosene i palmi. I suoi occhi erano scuri e profondi per l'emozione. «L'hai difesa, se non ricordo male».

La stava lasciando senza fiato con la sua pigra, languida esplorazione del suo corpo. Era più che una sensazione fisica; lo sentiva dentro di sé, e sentiva che la ammirava pur volendo piegarla alla propria volontà. Lo sentiva dentro di sé, mentre le accarezzava il cuore e la mente. Percepiva i suoi sentimenti per lei che aumentavano fino a consumarla

Mikhail sospirò piano. «Non arriverò mai da nessuna parte con te, vero? Riesci sempre a disarmarmi. Io sono il capo della mia gente, Raven. Non posso fare così. Non ho altra scelta che quella di ricorrere agli ordini».

Raven alzò le sopracciglia. «Ordini?», gli fece eco. «Credi che mi darai degli ordini?»

«Assolutamente. È l'unica linea di condotta che può impedirmi di diventare lo zimbello della mia gente. A meno che, naturalmente, tu non abbia un'idea migliore». I suoi occhi ridevano mentre parlava.

«Come faccio a divorziare?»

«Mi spiace, piccola», rispose lui in tono vago. «Non capisco questa parola. Dillo nella mia lingua, per favore».

«Sai benissimo che parli inglese molto meglio di quanto io parli la tua lingua», disse lei. «Come si fa a separarsi dal proprio compagno? Dividersi. Lasciarsi. Non stare più insieme».

Lo scintillio d'ilarità nei suoi occhi si trasformò in aperto divertimento. «Non esiste niente del genere, e anche se esistesse, Raven», si chinò su di lei, alitandole sulla guancia, «io non ti lascerei mai andare».

Raven assunse un'aria innocente e sgranò gli occhi. La mano sul suo seno, il pollice che le sfiorava il capezzolo, le rendevano difficile respirare. «Cercavo solo di aiutarti. La nobiltà ha così poche alternative al giorno d'oggi. Devi far caso all'opinione pubblica. Puoi contare sul mio aiuto, Mikhail, per riflettere su certi argomenti».

Mikhail rise piano, una risata maschile e provocante. «Allora devo essere grato di avere una compagna così intelligente». Le sue dita slacciarono un bottone della camicia bianca. Soltanto uno, per allargare lo spazio tra i seni e avere più libertà di manovra.

Raven rimase senza fiato. Non stava facendo nulla di particolare, la toccava soltanto, con dita così delicate e amorevoli da farla sciogliere. «Sto davvero tentando di capire il tuo modo di vivere, Mikhail, ma non credo che il mio cuore riesca già ad accettarlo».

Cercò di essere sincera. «Non so nulla delle vostre leggi e delle vostre usanze. Non so esattamente neanche cosa siete, cosa sono io. Mi considero umana. Non siamo nemmeno sposati davanti a Dio o all'uomo».

Questa volta Mikhail gettò la testa all'indietro e rise di cuore, apertamente. «Credi che lo scialbo rituale degli umani sia un vincolo più profondo di quello dei carpaziani? Hai molto da imparare su di noi».

Raven si morse il labbro con i piccoli denti bianchi. «Ti è mai venuto in mente che forse io non mi sento vincolata alle leggi e ai rituali carpaziani? Hai davvero poca considerazione per ciò che io considero sacro».

«Raven!». Mikhail era visibilmente colpito. «È questo che pensi? Che non abbia rispetto per le cose in cui credi? Non è così».

Raven chinò la testa e i capelli le ricaddero sul viso, nascondendone l'espressione. «Sappiamo così poco l'uno dell'altra. Io non so nulla di quello che sono diventata. Come posso esaudire i tuoi desideri, o tu i miei, se non so nemmeno chi o cosa sono?».

Mikhail taceva, studiando il suo volto triste con occhi imperscrutabili. «Forse c'è del vero nelle tue parole, piccola». Seguì con le mani i contorni del suo corpo, la vita sottile e i fianchi, e le prese il viso tra le mani. «Ti guardo e vedo in te un miracolo. La sensazione della tua pelle, morbida e invitante, il modo in cui ti muovi, come acqua che scorre, il tocco dei tuoi capelli come seta, la percezione del tuo corpo che circonda il mio, completandomi, dandomi la forza che mi serve per continuare un compito che sembra tanto disperato, ma necessario. Ti guardo come sei, così bella, il tuo corpo così perfetto, fatto per il mio».

Raven fece per liberarsi, ma le mani di lui la tenevano prigioniera, alzandole il mento e costringendola a incontrare i suoi occhi neri. «Ma non è il tuo corpo che mi incatena, Raven, né la tua pelle immacolata, né l'unione dei nostri corpi quando ci congiungiamo. È quando mi fondo con te che vedo chi sei davvero e mi rendo conto del miracolo. Posso dirti io ciò che sei. Sei compassione. Sei gentilezza. Sei una donna coraggiosa, pronta a rischiare la sua vita per uno sconosciuto. Sei una donna disposta a usare un dono che le procura grandi sofferenze per aiutare gli altri. La tua generosità non conosce esitazioni. Ecco chi sei. In te c'è una luce che brilla nei tuoi occhi e risplende attraverso la tua pelle, così che tutti possono vedere la tua bontà».

Raven riuscì soltanto a fissarlo muta, smarrita nei suoi occhi ammalianti. Mikhail le prese la mano, depose un bacio al centro esatto del palmo, si mise la mano sotto la camicia e la premette sul cuore che batteva regolare. «Guarda oltre la mia pelle, Raven. Guarda nel mio animo e nel mio cuore. Fondi la tua mente con la mia; vedimi per ciò che sono. Conosci la mia vera identità».

Mikhail attese in silenzio. Un battito. Due. Vide l'improvvisa decisione di lei a conoscere ciò a cui si era legata, l'essere con cui aveva stabilito un'alleanza. Dapprima il suo tocco mentale fu esitante, leggero e delicato come un batter d'ali di farfalla. Si muoveva cauta fra i ricordi di lui come se potesse scoprire qualcosa che l'avrebbe ferito. Si sentì mancare il respiro quando vide l'oscurità che si addensava. Il mostro che viveva in lui. La macchia sulla sua anima. Le morti e le battaglie di cui era responsabile. L'atroce desolazione della sua esistenza prima che lei arrivasse. La solitudine che aveva patito per secoli, insieme agli altri maschi della sua specie. Vide la sua determinazione a non perderla. La sua possessività, i suoi istinti animaleschi. Tutto ciò che lui era si stendeva davanti ai suoi occhi. Non le nascose nulla, né gli omicidi che aveva compiuto, né quelli che aveva ordinato, né l'assoluta convinzione che nessuno gli avrebbe sottratto Raven senza pagare con la morte.

Si ritrasse dalla sua mente, fissandolo con gli occhi azzurri. Mikhail sentì il cuore martellargli nel petto all'improvviso. Non c'era alcuna condanna, solo una calma serena. «Ecco la belva a cui sei legata per l'eternità. Siamo predatori, dopo tutto, e la tenebra in noi è compensata solo dalla luce delle nostre donne».

Le dita di Raven scivolarono amorosamente intorno al suo collo. «Che lotta terribile dev'essere stata per voi, e per te soprattutto. Dover prendere tante decisioni su questioni di vita e di morte, condannare amici e addirittura familiari alla distruzione, dev'essere un peso intollerabile. Tu sei forte, Mikhail, e la tua gente fa bene a credere in te. Il mostro con cui lotti ogni giorno è una parte di te, forse la parte di te che ti rende così forte e deciso. Tu consideri malvagia quella parte di te, mentre è quella a cui attingi il tuo potere, la capacità e la forza necessarie a fare ciò che devi per il tuo popolo».

Mikhail chinò la testa, per nasconderle l'espressione dei suoi occhi e il significato che avevano per lui le sue parole. Aveva un groppo in gola che minacciava di soffocarlo. Non la meritava, non l'avrebbe mai meritata. Lei era priva di egoismo, mentre lui l'aveva praticamente fatta prigioniera e costretta a trovare il modo di vivere con lui.

«Mikhail», disse lei dolcemente, sfiorandogli il mento con le labbra. «Io ero sola, finché tu non sei entrato nella mia vita». Gli baciò l'angolo della bocca. «Nessuno sapeva chi fossi, e gli altri avevano paura di me perché li conoscevo come loro non avrebbero mai potuto conoscere me». Lo cinse con le braccia, consolandolo come fosse un bambino. «Credi che fosse così ingiusto volermi per te, sapendo che avrei messo fine a un'esistenza tanto terribile? Credi davvero di doverti condannare? Io ti amo. So che ti amo totalmente e senza riserve. Ti accetto per come sei».

Mikhail si passò una mano fra i capelli. «In questo momento non posso controllare le mie emozioni, Raven. Non posso perderti. Tu non hai idea di come fosse quella vita – senza luce, senza risate, secoli di solitudine completa. So che dentro di me vive un mostro. E più a lungo vive, più diventa potente. Ho paura per Gregori. Ha solo venticinque anni meno di me, ma sono secoli che porta il peso della caccia ai non morti. Si isola dai suoi simili. A volte non lo vediamo né abbiamo sue notizie per mezzo secolo. Il suo potere è immenso, e l'oscurità dentro di lui cresce. È un'esistenza fredda e tetra, rigida e implacabile, e il mostro dentro di lui lotta costantemente per liberarsi. Tu sei la mia salvezza. Per me è ancora tutto così nuovo, e la paura di perderti è ancora troppo viva. Non so cosa farei a chi cercasse di portarti via da me».

Raven strinse la mano di lui fra le dita.

«Noelle ha dato alla luce un figlio, e poi Eleanor. Non ci sono altre donne che possano alleviare il terribile senso di vuoto negli uomini. Gregori è quello che soffre di più. Vaga sulla terra per apprenderne i segreti e condurre esperimenti di cui nessuno di noi osa chiedergli. Non l'ho mai detto a nessuno, ma Gregori ha più conoscenze e più forza di me. Non abbiamo mai avuto motivo di scontrarci – si può sempre contare su di lui in caso di emergenza – ma sento che si sta ritirando». Mikhail si strofinò gli occhi, stanco. «Cosa devo fare? Prima o poi Gregori farà una scelta. In un modo o nell'altro, lo perderemo».

«Non capisco».

«Uccidere quelli di cui ci nutriamo dona un potere enorme, e attirare le prede è così facile. Nessuno può sopravvivere al buio e alla disperazione per mille anni. Gregori ha vissuto dal tempo delle crociate fino al giorno in cui l'uomo è andato sulla Luna, lottando sempre con il mostro dentro di lui. La nostra unica speranza di salvezza è una compagna per la vita. E se Gregori non trova presto la sua, cercherà il sole o si trasformerà. Temo il peggio».

«Cosa intendi per trasformarsi».

«Uccidere per il piacere di farlo, diventare ciò che gli umani definiscono un vampiro. Abusare delle donne prima di nutrirsene, farne le proprie schiave», rispose cupo Mikhail. Lui e Gregori avevano spesso cacciato insieme i loro simili e avevano scoperto a quale depravazione potesse arrivare un carpaziano divenuto vampiro.

«Saresti costretto a fermare Gregori?». La paura la trafisse come una freccia infuocata. Iniziava a comprendere la complessità della vita di Mikhail. «Hai detto che lui è più potente».

«Senza alcun dubbio. Ha libertà di movimento e molta più esperienza nello stanare e cacciare i non morti. Ha imparato tanto dalla vita sulla terra. Solo il suo isolamento è più grande del suo potere terribile. Gregori è più un fratello che un amico. Siamo uniti da sempre. Non vorrei mai tradirlo o dargli la caccia, né misurare la mia forza contro la sua. Abbiamo condiviso il sangue, ci siamo curati e difesi l'un l'altro ogni volta che ce n'è stato bisogno».

«E Jacques?». Raven provava già dell'affetto per quell'uomo tanto simile a Mikhail.

Mikhail si alzò e gettò via l'acqua con un gesto stanco. «Mio fratello è di due secoli più giovane di me. È forte, astuto e molto pericoloso al momento opportuno. Il sangue degli antichi è forte in lui. Viaggia, studia ed è pronto ad assumersi il compito di guidare la nostra gente se fosse necessario».

«Tu porti sulle spalle il peso di tutto il tuo popolo», mormorò Raven, accarezzandogli i capelli scuri con dita delicate.

Mikhail si alzò a sedere, guardandola con occhi stanchi, come invecchiato. «Siamo una razza in via di estinzione, piccola. Temo di stare solo rallentando l'inevitabile. Due degli assassini che conosciamo sono fuggiti. Altri due sospettati, Anton Fabrezo e Dieter Hodkins, sono partiti con il treno. Ho fatto diffondere la notizia in tutte le montagne, ma sono scomparsi. Ho sentito delle voci su un gruppo organizzato di cacciatori nato negli ultimi anni. Se riescono ad allearsi con degli scienziati, diventeranno ancora più pericolosi».

«So che i carpaziani sono esseri della terra, e che guariscono grazie alla terra e a i suoi poteri naturali. Ma, Mikhail, forse i tuoi pregiudizi e il tuo disprezzo per la razza umana ti hanno fatto perdere di vista uno dei suoi vantaggi».

«Insisti a credere che io abbia dei pregiudizi, mentre ci sono molti umani che mi sono cari». Mikhail non resistette a sbottonare la camicia di seta bianca che le copriva il corpo nudo. C'era qualcosa nel profondo di lui, un bisogno primitivo di guardarla, di poterlo fare ogni volta che voleva.

Lei gli sorrise, tirandosi indietro i capelli in quel suo modo curiosamente sexy. Quel gesto le fece aprire ancora di più la camicia, e i seni si mossero invitanti verso di lui per poi scomparire sotto una cascata nera e setosa. Quella vista gli mozzò il respiro. «Ascoltami, amore mio. Avere qualche amico e provare affetto per alcune persone non significa essere privi di pregiudizi. Tu convivi da così tanto tempo con le tue abilità che le dai per scontate. Solo perché puoi controllare la mente umana e usare le persone come bestie...».

Mikhail rimase sconcertato a quell'idea. La sua mano scivolò sulla caviglia di lei appoggiata sul bordo del letto. «Non ho mai trattato gli esseri umani come bestie. Molti di loro sono miei amici, anche se Gregori e alcuni degli altri pensano che sia pazzo. Io vedo gli esseri umani crescere e vorrei poter provare ciò che provano loro. No, piccola, non credo proprio di trattarli come bestie».

Raven alzò il mento, guardandolo fisso con i suoi grandi occhi di zaffiro. «Forse non come bestie, ma io conosco i tuoi sentimenti, Mikhail. Li nascondi a te stesso, ma li vedo chiaramente». Sorrise, per addolcire quelle parole. «So che non vuoi sentirti superiore, ma è così facile controllarci».

Mikhail emise un verso di disapprovazione. «Con te non ci sono mai riuscito. Non hai idea di quante volte avrei voluto costringerti a obbedirmi quando ti sei messa in pericolo. Avrei dovuto fidarmi dei miei istinti... invece no, ti ho permesso di tornare al rifugio».

«È stato il tuo amore per me a impedirti di costringermi. Non è così che dovrebbe essere tra due persone? Se davvero mi ami per come sono, e vuoi che sia felice, allora sai che io devo fare ciò che per me è naturale, ciò che mi fa stare bene».

Le dita di lui scesero dalla gola fino al solco tra i seni, dandole un improvviso brivido caldo. «Questo è vero, piccola, ma vale anche per le mie esigenze. Tu non puoi fare nient'altro che rendermi felice. La mia felicità dipende completamente dalla tua sicurezza».

Raven non poté trattenere un sorriso. «Credo che questo sia la prova di quanto sei subdolo. Forse dovresti studiare più attentamente l'ingegno umano. Tu fai molto affidamento sulle tue capacità, Mikhail, ma gli umani devono trovare altre strade. Io e te stiamo unendo due mondi. Se decidiamo di avere un bambino...».

Mikhail ebbe un moto di inquietudine, e i suoi occhi scuri scintillarono.

Raven percepì l'imperioso decreto dei carpaziani prima che Mikhail potesse censurare i suoi pensieri. *Tu devi.*

«Se decidiamo di avere un bambino», proseguì, ignorando la sua autorità, «se è un maschio, sarà allevato in entrambi i mondi. E se è una femmina, sarà educata ad avere una volontà libera. Dico davvero. Non acconsentirò mai, mai, a dare alla luce una bambina solo perché serva a uno dei tuoi uomini per la riproduzione. Avrà la facoltà di scegliere cosa fare della sua vita».

«Le nostre donne scelgono», rispose calmo Mikhail.

«Sono certa che esista un rituale che garantisce alla donna di scegliere l'uomo giusto», disse Raven. «Devi darmi la tua parola che accetterai le mie condizioni oppure non avrò bambini».

Mikhail le sfiorò il viso con infinita delicatezza. «Più di ogni altra cosa desidero la tua felicità. E voglio che anche i nostri figli siano felici. Abbiamo anni, una vita intera, per decidere queste cose ma sì, quando avremo imparato a far convivere i due mondi e quando sapremo che sarà il momento giusto, accetterò senza riserve le tue condizioni».

«Guarda che ti prendo in parola», lo ammonì lei.

Lui rise piano, prendendole il viso tra le mani. «Con gli anni la tua forza e i tuoi poteri aumenteranno. Già ora mi terrorizzi, Raven. Non so se il mio cuore reggerà ai prossimi anni».

Raven fece una risata musicale. Mikhail si riempì le mani dei suoi seni e chinò la testa su quell'offerta. La bocca di lui era calda, umida e vogliosa, i suoi denti graffiavano la pelle sensibile. I suoi capelli le lambivano le costole come lingue. Immediatamente Raven lo circondò con le braccia, adagiandosi sulla sponda del letto.

Mikhail si sdraiò, con la testa sul grembo di Raven. «Ora sconvolgerai tutto il mio mondo ordinato, non è vero?».

Lei gli passò le dita tra i capelli, assaporando la sensazione di quella massa setosa sulla pelle nuda dei fianchi e delle cosce. «Ho intenzione di fare del mio meglio. Siete troppo antiquati, tu e la tua gente. È ora che viviate in questo secolo».

Mikhail sentì il proprio corpo rilassarsi e provò finalmente un senso di pace, che scacciava la terribile tensione di poco prima. Si sentì avvolto dalla bellezza interiore di Raven. Come poteva rimproverarle il bisogno di consolare chi soffriva, quando era proprio la sua compassione che l'aveva risollevato dall'ombra e portato in un mondo di gioia e di luce? Avrebbe provato ancora rabbia e dolore, ma almeno era di nuovo capace di sentire. Emozioni intense. Gioia. Desiderio. Concupiscenza. Amore.

«Sei tu la mia vita, piccola. Chiederemo a padre Hummer di sposarci alla vostra maniera». I suoi denti bianchi scintillarono: i suoi occhi scuri erano illuminati dalla contentezza. «Accetterò anch'io il vincolo del matrimonio, e tu cancellerai dalla tua memoria la parola *divorzio* e tutto quel che significa. Così mi farai contento». Le sorrise divertito, quasi a sfidarla.

Raven seguì con dita soavi il profilo volitivo della sua mascella. «Come fai a volgere sempre tutto a tuo vantaggio?».

Lui le posò una mano sulla pelle vellutata della coscia. «Non saprei, piccola. Dev'essere semplicemente una questione di talento». Volse la testa, e spostò i lembi della camicia per premere il viso contro di lei.

Raven si fece sfuggire un'esclamazione al tocco della lingua di lui. In risposta, aprì le gambe per fargli spazio e affondò le dita nei suoi folti capelli scuri.

Mikhail continuò, causandole un brivido di piacere. Sentiva le fiamme accendersi nel proprio corpo, un'eccitazione immediata e violenta, la gioia che gli cantava nelle vene. Le cinse i fianchi con le braccia, premendola contro di sé per andare ancora più a fondo. Questa volta voleva fare con calma, per darle piacere. Lei era la sua donna, la sua compagna, e nessuno poteva farle provare l'estasi di cui lui era capace.

Capitolo 12

La camera da letto sotterranea era silenziosa e buia come una tomba. Mikhail e Raven giacevano allacciati sull'immenso letto. La gamba di Mikhail era sopra quella di lei, le braccia la stringevano al cuore. Il silenzio nella camera era completo: non si udiva nemmeno il loro respiro. Parevano entrambi privi di vita.

La casa stessa pareva sprofondata nel sonno, silenziosa come se attendesse la notte con il fiato sospeso. La luce del sole filtrava dalle finestre e faceva brillare come sotto dei fari le antiche opere d'arte e le rilegature dei libri. I mosaici scintillavano nell'ingresso, e il sole donava uno splendore biondo ai pavimenti di legno.

A un tratto Mikhail iniziò a respirare con un sibilo lungo e continuo, come quello di un serpente velenoso acciambellato e pronto a colpire. Aprì di colpo gli occhi, con il barbaglio malevolo di un animale da preda affamato, la furia di un lupo intrappolato. Il suo corpo era intorpidito, la sua forza enorme prosciugata dal bisogno di sonno profondo. Vivendo in sintonia con il ciclo del giorno e della notte, sapeva che era mezzogiorno e che il sole bruciante era al colmo del suo bagliore letale.

C'era qualcosa che non andava. Qualcosa aveva penetrato la spessa coltre del sonno e lo aveva sottratto al riposo di cui aveva bisogno. Strinse le dita, graffiando il materasso con unghie come artigli. Mancavano troppe ore al calar del sole. Ispezionò meticolosamente lo spazio intorno a sé. La casa vibrava di una tensione improvvisa, l'aria si agitava inquieta. Le fondamenta stesse parevano fremere di terrore per una minaccia invisibile.

Fuori dalla ringhiera di ferro battuto, Rudy Romanov camminava avanti e indietro, con il cuore e la mente offuscati dalla collera. Ogni quattro passi colpiva la cancellata, per sfogarsi, con una mazza da baseball che risuonava contro le spesse sbarre di ferro. «Mostro! Malvagio!». Le parole riecheggiarono in direzione della casa.

Mikhail emise un ringhio sordo, con il corpo ancora spossato dalla stanchezza, ma con gli istinti vigili e acuti. Scoprì i denti come zanne in un ghigno silenzioso. Emise un altro sibilo prolungato.

Le accuse rabbiose di Rudy gli risuonarono nella testa. «Ho trovato le prove che mio padre ha raccolto per anni. Tutto quanto! C'è tutto. La lista dei tuoi servitori. Sei il capo dei mostri. Assassino immondo! Hai trasformato quella donna bellissima nella tua schiava pervertita! Mi avrebbe usato per fare di me uno dei tuoi servi».

Il dolore folle e la rabbia si mescolavano a un fanatico desiderio di vendetta. Rudy Romanov credeva ai documenti di suo padre ed era venuto ad uccidere il capo dei vampiri. Mikhail comprese il pericolo; l'aria ne era pervasa. Chiamò Raven con un tocco affettuoso della mente. *Svegliati, amore mio. Siamo in pericolo.*

Raven riprese a respirare, in modo lento e regolare. A quell'avvertimento, perlustrò la camera con la mente, per istinto. Il suo corpo era inerte, il bisogno di sonno fortissimo. Il suo cervello era annebbiato e lento a comprendere.

Fuori dalle mura c'è Romanov.

Raven sbatté le palpebre, cercando di ridestarsi. *Hans Romanov è morto.*

Suo figlio è vivo. È qui fuori, sento la sua rabbia e il suo odio. È un pericolo per noi. Il sole è alto; siamo deboli. Lui non può entrare, ma noi non possiamo uscire.

Con un immenso sforzo di concentrazione, Raven sfregò il viso contro il petto di Mikhail. Provò a schiarirsi la gola. «Posso andare a rispondere alla porta e vedere cosa vuole. Gli dirò che stai lavorando. Si sentirà uno stupido e ci lascerà in pace».

Mikhail le accarezzò la testa. Raven stava ancora pensando in termini umani, ignara del terribile prezzo dell'immortalità. *Sei ancora assonnata, non riesci a sentirlo. È in uno stato d'animo pericoloso.* Raven non aveva idea del prezzo che aveva pagato per amarlo. Se avesse trovato la forza di alzarsi, il sole l'avrebbe distrutta.

Ascoltami, piccola. Devi rimanere sveglia! Il comando fu imperioso. Mikhail la strinse fra le braccia trasmettendole l'intensità del suo amore, il suo bisogno di proteggerla.

Raven si concentrò quel tanto che bastava per sondare con la mente lo spazio circostante. La furia di Rudy Romanov era come una cosa vivente, bramosa di morte. Colpì la sua mente come un urto fisico. *È impazzito, Mikhail.* Con fatica, alzò lentamente una mano e cercò di spostarsi i capelli dal viso. L'aria era spessa e lei si sentiva tanto debole; il più semplice movimento le costava uno sforzo intenso. *Ieri sera era così dolce, piangeva per sua madre. Ora è convinto che siamo suoi nemici. È un uomo istruito, Mikhail. Sono stata io? Forse ho detto o fatto qualcosa che lo ha reso sospettoso.*

Mikhail le sfregò il mento sulla testa. *No, ha trovato qualcosa tra i documenti del padre. Ieri sera non aveva sospetti; era afflitto. Qualcosa lo ha convinto che le accuse di suo padre erano fondate. Crede che siamo dei vampiri.*

Non credo che qualcuno gli darà credito, anche se mostrerà le prove che crede di avere. Penseranno che sia fuori di sé per la perdita dei genitori. Raven temeva per la sicurezza di Rudy quanto per la loro.

Mikhail le accarezzò dolcemente la guancia. Era da lei avere compassione perfino di un uomo che era assolutamente deciso a ucciderli. D'un tratto si irrigidì contro di lei. La casa tremò, gridò silenziosamente, e la prima esplosione risuonò nelle loro orecchie. Sopra di loro, al primo piano, le finestre si infransero; dei mobili antichi volarono in schegge. Contarono due battiti di cuore, e un'altra esplosione scosse la casa, sgretolando la parete rivolta a nord.

Le zanne di Mikhail scintillarono nel buio; il sibilo del suo respiro era la promessa di un castigo spietato. L'odore acre e nauseante del fumo filtrò dal soffitto nella stanza, e si raccolse in una nube pungente che bruciava gli occhi. Sopra le loro teste, le fiamme iniziarono a crepitare e a lambire i libri e i dipinti, tutto il passato e il presente della vita di Mikhail. Le lingue rosse e arancio consumarono avidamente quel che Mikhail aveva accumulato nei lunghi secoli della sua esistenza. Rudy voleva distruggere tutto, senza sapere che Mikhail possedeva molte case e molti tesori.

Mikhail! Raven percepì l'angoscia di lui, impotente di fronte alla morte della casa amata che bruciava sopra di loro. L'odore putrido dell'odio e della paura si mescolava al fumo.

Dobbiamo scendere in profondità. La casa finirà per crollare. I pensieri cupi di Mikhail riecheggiarono forti nella mente di Raven.

Raven tentò di sollevarsi a sedere, con movimenti penosamente deboli. *Dobbiamo uscire dalla casa. Scendere non farà che intrappolarci tra la terra e le fiamme.*

Il sole è troppo alto. Dobbiamo andare sotto terra. Le braccia di Mikhail si strinsero, come se potesse darle il coraggio per fare ciò che era necessario. *Non abbiamo scelta.*

Vai tu, Mikhail. La paura la attanagliava. In quello stato era del tutto impotente. Anche se fosse riuscita a trascinarsi più in basso, non avrebbe mai potuto scavare nella terra e seppellirsi viva. Avrebbe perso la ragione prima di riemergere. Non poteva assolutamente costringersi a fare una cosa del genere, ma doveva incoraggiare Mikhail a farlo. Era lui quello importante, quello che la sua gente non poteva perdere.

Ci andremo insieme, amore mio. Si sforzò di dare alla propria voce un'energia che il suo corpo muscoloso non sentiva. Aveva le braccia e le gambe come piombo. Con uno sforzo tremendo, si trascinò giù dal letto, atterrando pesantemente. *Vieni, coraggio; possiamo farcela.*

Il fumo era sempre più denso e la camera si stava surriscaldando come un forno. Sopra di loro, il soffitto si anneriva minacciosamente. Il fumo pungente le bruciava gli occhi.

Raven! Era un comando irresistibile.

Raven rotolò giù dal letto e cadde a terra così pesantemente da restare senza fiato. *Sta salendo troppo in fretta.* Nella sua mente risuonavano impazziti i segnali d'allarme. C'era tanto fumo; la casa sopra di loro gemeva.

Raven si trascinò lenta, palmo a palmo, seguendo i movimenti di Mikhail. Non riuscivano nemmeno a strisciare; erano così deboli da non riuscire a sollevarsi sulle mani e sulle ginocchia. Scivolarono ventre a terra, spingendosi in avanti con le braccia fino a raggiungere l'entrata nascosta della cella. Raven avrebbe fatto qualunque cosa per far sì che Mikhail si rifugiasse al sicuro.

Il calore risucchiava l'aria dalla stanza e i loro corpi erano ricoperti di sudore; i polmoni affaticati gli dolevano. Anche unendo le forze, sembrava impossibile sollevare la botola. *Concentrati*, le suggerì Mikhail. *Fallo con la volontà.*

Raven cercò di bandire dalla sua mente ogni altra cosa: la paura, il fumo, il fuoco, l'angoscia e la rabbia di Mikhail per l'incendio della sua casa, la belva affamata che si dibatteva dentro di lui. Concentrò i pensieri solo sulla pesante botola e raccolse tutta la sua volontà. Con infinita lentezza la botola iniziò a sollevarsi, con un gemito e uno scricchiolio di legno e metallo, come se obbedisse riluttante. Mikhail alimentava la sua volontà con la propria. Quando la botola si aprì del tutto davanti a loro, rivelando la voragine sottostante, si accasciarono esausti l'uno contro l'altra, aggrappandosi per un istante, con il cuore in affanno e i polmoni che bruciavano per la nuvola di fumo che gli vorticava intorno.

Dal tetto piovvero calcinacci sul soffitto sopra le loro teste. L'incendio mugghiava come un mostro gigantesco, un rombo infuocato di tempesta altissimo e spaventoso. Raven fece scivolare una mano in quella di Mikhail. Lui strinse le dita intorno a quelle di lei. *Il tetto ha ceduto; presto anche il soffitto brucerà.*

Vai tu, Mikhail; io aspetterò qui finché posso. La fossa sotto di lei la terrorizzava quanto il fuoco.

Andiamo insieme. Gli ordini di Mikhail erano la legge. Raven percepiva il cambiamento avvenuto in lui. Non più uomo, ma completamente carpaziano, una belva in agguato che raccoglieva le forze. Un nemico stava distruggendo la sua casa, i suoi averi, minacciava la vita della sua compagna. Dalla gola gli sfuggì un sibilo lento e micidiale. Quel suono le fece balzare il cuore in gola. Con lei Mikhail era sempre gentile, premuroso e delicato. Ma adesso era un predatore scatenato.

Raven inghiottì la paura, chiuse gli occhi e sgombrò la mente. Per amore di Mikhail, doveva trovare il modo di scendere nella terra scura sotto la cella. Mikhail la incoraggiò mentalmente, più forte che mai. *Puoi farcela, amore mio. Sei leggera, come una piuma, così leggera che puoi fluttuare.* Creò per lei quella sensazione. Il corpo di Raven sembrava etereo, leggero come l'aria. Raven tenne gli occhi chiusi mentre sentiva l'aria vibrare piano sulla sua pelle. Sentiva Mikhail nella sua mente, eppure il suo corpo non era più che un filamento d'aria, avvinto al corpo di lui.

Il buio li circondò come una carezza che li trasportava nel suolo fertile. Raven aprì gli occhi, stupita e sollevata di ritrovarsi nella cella. Aveva fluttuato nell'aria come una piuma. Era una sensazione esaltante. Per un attimo il piacere scacciò l'orrore dell'incendio. Aveva spostato un oggetto pesante usando solo la mente, e ora si era mossa nell'aria come una brezza. Quasi come se avesse volato. Raven si appoggiò esausta a Mikhail. *Non posso crederci. Abbiamo galleggiato nell'aria.* Per un breve istante, la consapevolezza meravigliosa di ciò che era diventata le fece dimenticare la devastazione intorno a loro.

Mikhail rispose stringendola più vicino a sé, circondandola con le braccia e proteggendola con il suo corpo possente. La sensazione di gioia si affievolì. Raven era nella coscienza di lui quanto Mikhail nella sua, e sentiva il gelo della sua sete implacabile di vendetta. Non somigliava affatto al calore incandescente del suo furore; era molto, molto peggio. Quest'altro Mikhail era completamente carpaziano, pericoloso e letale come un vampiro delle leggende. L'assenza totale di emozione, la forza della sua volontà ferrea e la sua determinazione assoluta erano spaventose. Non c'era spazio per i compromessi. Romanov era diventato suo nemico e lui lo avrebbe distrutto.

Mikhail. Compassione e una calma gentile riempirono la mente di Mikhail. *Perdere la tua casa in questo modo – le cose che per tanto tempo ti hanno dato conforto – dev'essere come perdere una parte di te stesso.* Premette il viso contro il petto di lui, per consolarlo. *Ti amo, Mikhail. Costruiremo insieme un'altra casa. Noi due. È un momento terribile per noi, questo, ma possiamo ricominciare più forti che mai.*

Mikhail le posò il mento sulla testa, inviandole con la mente ondate di amore e di calore. Ma dentro di lui rimaneva quel gelo assoluto, che le parole di lei non raggiungevano. Solo verso Raven provava tenerezza; verso il resto del mondo era solo questione di uccidere o essere uccisi.

Raven provò di nuovo. *Il dolore fa cose strane alle persone. Rudy Romanov ha perso entrambi i genitori. Sua madre è stata brutalmente uccisa dal marito. Quel che ha trovato, qualunque cosa fosse, gli ha fatto credere che sia tu il colpevole. Quello che sta facendo è terribile, ma non peggiore di quello che tu hai fatto agli assassini di tua sorella.*

Non è a mia sorella che pensavo quando ho colpito gli assassini. I pensieri di Mikhail avevano una tinta sinistra. *I due casi non si possono paragonare. Gli assassini ci hanno attaccati per primi. Se non avessero perseguitato la mia gente io li avrei lasciati in pace. Già una volta non sono riuscito a proteggerti, piccola. Non fallirò anche questa volta.*

Qui siamo al sicuro. Verranno quelli del paese a spegnere l'incendio. Probabilmente porteranno Rudy in ospedale o in prigione. Lo crederanno pazzo. E non temere che gli altri pensino che siamo rimasti uccisi. Non troveranno i nostri corpi. Potremo dire che eravamo in visita da Celeste ed Eric, a fare progetti per il nostro matrimonio.

Raven non capiva e Mikhail non aveva il coraggio di dirle la verità. Non erano al sicuro. L'incendio ruggiva sopra le loro teste, consumando il seminterrato altrettanto rapidamente del piano superiore. Presto sarebbero stati costretti a cercare riparo nella terra. Non era sicuro che le loro forze sarebbero bastate ad aprire la terra. E anche in quel caso, sapeva che non avrebbe potuto farla addormentare profondamente. A quell'ora del giorno i suoi poteri erano minimi.

Si sarebbero salvati o sarebbero morti insieme. Avrebbero dovuto sprofondare nella terra. Raven avrebbe dovuto sopportare di essere sepolta viva per tutte le lunghe ore che mancavano al tramonto. Rudy Romanov aveva inflitto a Raven una tortura indicibile. Mikhail conosceva la sua paura più grande: la paura di soffocare. Scoprì di nuovo i denti in una smorfia silenziosa. La distruzione della sua amata casa, poteva perdonarla; ma giacere impotente mentre Raven pativa l'agonia di essere sepolta – questo era imperdonabile.

I pensieri di Raven erano tutti per Mikhail e per la sua perdita. Provava compassione per Romanov; era preoccupata che le sue prove potessero mettere in pericolo gli altri. Se Mikhail ne avesse avuto la forza, l'avrebbe baciata. Dovette limitarsi a farlo con la mente. E infuse in quel bacio mentale tutto l'amore e l'ammirazione per la sua natura compassionevole, per il suo amore incondizionato e per la sua generosità.

Gli occhi di Raven si spalancarono, si fecero viola scuro, poi dolcemente assonnati, come se lui l'avesse drogata con i suoi baci. Affondò una mano tra i suoi capelli. Quanta seta, quanto amore. Per un istante Mikhail chiuse gli occhi, assaporando quel momento, il modo in cui lei lo faceva sentire amato e accudito. Non lo aveva mai provato in tutti i secoli della sua esistenza, ed era grato di aver resistito abbastanza a lungo da trovare una vera compagna per la vita.

Dall'alto giunse il suono del fuoco che divampava ancora più intenso. Una trave cadde rimbombando sul soffitto sopra di loro, riversando una pioggia di scintille dalla porta aperta della cella, portando con sé il fumo e l'odore fetido della morte. La morte della sua casa. *Non abbiamo scelta, amore mio,* disse Mikhail, più dolcemente che poté. *Dobbiamo andare sotto terra.*

Raven chiuse gli occhi, sentendosi assalire dal panico. *Mikhail, ti amo.* Le sue parole erano piene di angoscia e di rassegnazione. Non per la salvezza offerta dalla terra, ma per la morte inevitabile. Voleva fare tutto il necessario per lui, ma questa era l'unica cosa al di là delle sue capacità. La terra non poteva inghiottirla viva.

Mikhail non poteva perdere tempo a discutere. *Rafforza il mio comando con le forze che ti restano. Lascia che scorra dentro di me, o non sarò in grado di aprire la terra.*

Raven avrebbe fatto qualunque cosa per salvarlo. Anche se ciò significava dargli l'ultimo grammo di energia che le rimaneva. Senza riserve, con amore e generosità assoluti, Raven rafforzò il comando di Mikhail.

Accanto a lui, la terra si divise, come se un cubo perfetto fosse stato rimosso. La tomba appena scavata, fresca e invitante, chiamava Mikhail con il potere guaritore della terra, mentre la sua umida oscurità gettava Raven nel terrore.

Cercò strenuamente di rimanere calma. *Vai prima tu.* Sapeva di non poterlo seguire. Sapeva anche che era necessario fargli credere il contrario; altrimenti non c'era modo di salvarlo.

Rapidissimo, Mikhail rotolò sul fianco, con Raven stretta fra le braccia, fin dentro le fauci spalancate della terra. Il grido muto di Raven echeggiò nella sua mente. Sordo al terrore violento che si era impadronito di lei, Mikhail usò l'ultimo briciolo di forze per richiudere la terra sopra di loro. Nascosto nella mente di lei come un'ombra, gli era stato facile leggere le sue intenzioni. Non lo avrebbe mai seguito volontariamente.

Raven gridò e gridò; il suono nella mente di Mikhail era selvaggio e incontrollato. Puro terrore primitivo. Raven supplicò e supplicò. Mikhail poté soltanto tenerla abbracciata e assorbire un'ondata di terrore dopo l'altra. La mente di Raven era offuscata dal panico. Mikhail era esausto, avendo speso le ultime energie per mettere se stesso e Raven al riparo.

In tanti secoli, non aveva mai saputo cosa fosse l'odio. Mentre giaceva lì, incapace di sprofondare Raven nell'incoscienza, mentre la casa bruciava sopra di loro e Raven era sull'orlo della follia al suo fianco, lo capì. Di nuovo aveva scelto la vita per sé e per lei, e nel farlo l'aveva condannata a una sofferenza terribile. Se voleva aiutarla, doveva recuperare le forze. E l'unico modo per farlo era separarsi da lei, per rigenerarsi nel sonno immortale della sua specie e lasciare che la terra lo ritemprasse. Fu assalito da un'altra ondata di odio.

Raven. Ormai era difficile perfino mantenere il loro saldo legame psichico. *Piccola, rallenta il battito del tuo cuore regolandolo sul mio. Non c'è bisogno d'aria. Non cercare di respirare.*

Raven non poteva sentirlo; cercava disperatamente l'aria dove non ce n'era. Oltre alla paura isterica, si sentiva tradita da Mikhail per averla costretta a fare ciò che aveva deciso.

Mikhail si rifiutò di addormentarsi; rimase sveglio, con le mani nei capelli di lei, il corpo rilassato, ad assorbire la ricchezza guaritrice del suolo. Non l'avrebbe lasciata sola in quella che per lei era una sepoltura da viva. Era deciso a condividere il peso terribile di quella sofferenza. Il caos nella mente di Raven continuò per un tempo che parve un'eternità. Quando il suo corpo fu totalmente esausto e non poté più gridare, iniziò a soffocare, con un orrendo suono gorgogliante.

Raven! Il suo tono era duro, un comando imperioso. La paura di Raven era troppo grande e i poteri di Mikhail ridotti a un'ombra. Sentiva la gola di lei chiudersi come se fosse la sua, udì il terribile rantolo della morte.

Chiuse la mente per un istante e lasciò che la terra lo cullasse, lo guarisse con il suo balsamo. La terra lo chiamava cantando con un dolce sussurro, una ninna nanna sommessa che filtrò nel suo corpo, rivitalizzante. La terra gli diede la calma necessaria per affrontare il supplizio di Raven. *Sentimi, piccola, sentimi.*

La sua mente era ancora avvolta dal caos; il suono strozzato continuò.

Sentimi, Raven, apriti a me. Era paziente, tranquillo anche nel centro della tempesta. *Raven, non sei sola. Sentimi nella tua mente. Stai calma e prova a sentirmi, solo per un momento. Escludi tutto il resto e concentrati su di me.*

Avvertì il suo primo tentativo. La terra cantava attraverso di lui, riempiendo le sue cellule finché non furono come vele spiegate nel vento. *Sentimi, Raven. Dentro, intorno, accanto a te. Sentimi.*

Mikhail. Era lacerata, a pezzi. *Non riesco a sopportarlo; aiutami. Non posso farcela, davvero, nemmeno per te.*

Affidati a me. Mikhail intendeva: al potere guaritore della terra, ma non poteva alludere direttamente al luogo in cui si trovavano. Le fece sentire la forza che scorreva dentro di lui, una promessa di riposo e di soccorso. Lasciò posto nella sua mente solo al calore, all'amore e a quell'impressione di forza. Raven doveva credere in lui, fondersi con lui per sentire anche lei il potere della terra.

Raven sapeva di star impazzendo. Aveva sempre avuto il terrore dei luoghi chiusi e stretti. Non importava che Mikhail le dicesse che non le serviva aria; lei sapeva di averne bisogno. Le ci vollero diversi tentativi e tutta la disciplina che possedeva per escludere dalla mente la paura, il terrore, la consapevolezza di essere sepolta nel profondo della terra. Si rifugiò nella mente di Mikhail con uno sforzo supremo e si ritirò dalla realtà di ciò che era diventata e di ciò che doveva fare per sopravvivere.

La presa mentale di Mikhail era precaria. Raven era leggera, incorporea nella sua mente. Muta, immobile, non accettava il potere guaritore della terra, non lottava. Raven non rispondeva ai suoi incoraggiamenti affettuosi. Mikhail la vedeva nella sua mente solo come un timido barlume nascosto.

Gli ci volle un po' prima di percepire un lieve spostamento di forze, una vibrazione di coscienza, come un cristallo senziente, un occhio che si aprisse nella terra accanto a loro. Non erano soli. La presenza lo toccò e si mosse nella sua mente. Maschio. Potente. Gregori. *Stai bene, amico mio.* Mikhail sentiva nella sua mente quella freddezza minacciosa. Si conoscevano troppo bene, dopo tutti quei secoli di lotta comune.

Quella di Gregori non era una domanda, e Mikhail era letteralmente sconvolto che fosse riuscito a contattarli. Lui e Raven erano nelle viscere della terra. Il sole era allo zenit e tutti i carpaziani erano deboli. Come era riuscito Gregori in un'impresa simile? Era inaudito, perfino nelle leggende e nei miti del passato.

La tua donna ha bisogno di dormire, Mikhail. Lascia che ti assista.

Gregori era molto lontano – Mikhail lo percepiva – eppure il legame tra loro era forte. Far addormentare Raven avrebbe dato a Gregori l'impressione di esercitare un potere su di lei. Mikhail era indeciso. Si fidava di Gregori? Il suo potere era fenomenale.

Una risata bassa e amara. *Non sopravviverà a questa giornata, Mikhail. Anche abbracciata a te, i suoi limiti umani prevarranno sul desiderio di soccorrerti.*

E tu sei in grado di farlo? Anche a questa distanza? Puoi farle dormire un sonno sicuro? Sottrarla a questo tormento? Non ci saranno errori? Mikhail sperava di sì. Gregori era il loro guaritore. Se diceva che Raven non avrebbe resistito sotto terra, non faceva che confermare quel che Mikhail già temeva.

Sì, grazie a te. Tu sei l'unica persona al mondo a cui ho giurato lealtà. L'hai sempre avuta. Ti considero la mia famiglia e un mio amico. Finché la tua donna o qualcun altro non mi donerà una compagna per la vita, sei l'unico a tenermi lontano dalle tenebre.

Gregori non avrebbe mai ammesso una cosa simile se non in caso di emergenza estrema. Stava dando a Mikhail l'unico motivo possibile per fidarsi di lui.

Mikhail provò un misto di affetto e rimpianto. *Grazie, Gregori. Ti sono debitore.*

Voglio che tu sia il padre della mia compagna. C'era nella sua voce una sfumatura che Mikhail non avrebbe saputo definire, come se Gregori si fosse già assicurato che il suo desiderio sarebbe stato esaudito.

Ho la sensazione che la figlia di Raven sarebbe alquanto difficile da controllare. Mikhail mise alla prova il suo intuito.

Non dubito di essere all'altezza del compito, rispose Gregori, intenzionalmente vago. *Farò dormire alla tua compagna il sonno profondo della nostra gente affinché non sia più tormentata dai suoi limiti umani.*

Il comando sussurrato di Gregori fu chiaro, imperioso, impossibile da ignorare. Raven cessò di respirare con un sospiro breve. Il suo cuore rallentò, mancò un colpo e si fermò. La sua mente si chiuse al terrore che la divorava, il suo corpo si aprì ai poteri rigeneratori del suolo fertile.

Ora dormi, Mikhail. Se verrai disturbato, lo saprò.

Non c'è bisogno che mi sorvegli, Gregori. Hai fatto molto per la nostra gente, cose che non saprà mai. Non potrò mai ripagare il mio debito nei tuoi confronti.

Non posso fare altro, Mikhail, né vorrei farlo. Gregori interruppe il contatto.

Mikhail si abbandonò al sonno, per consentire alla terra di restituirgli tutto il suo immenso potere. Ne avrebbe avuto bisogno per punire i suoi nemici. Strinse più forte Raven tra le braccia emettendo l'ultimo respiro, certo che il pericolo immediato fosse passato.

Il sole parve impiegare un tempo lunghissimo a tramontare. Il cielo era color rosso sangue, bordato di ombre arancio e rosa. Quando apparve la luna, le nubi la ricoprirono di un velo sottile, circondandola di un alone, come un terribile presagio. La foresta era buia e avvolta in un sielnzio sinistro. Filamenti di nebbia vagavano bassi vicino al suolo tra i tronchi e i cespugli. Un vento lieve sospingeva pigramente le nubi, sfiorava i rami robusti e cercava invano di disperdere l'odore insistente del fumo che aleggiava nella foresta. Il vento soffiava sulle ceneri scure e le travi bruciate, le pietre annerite, tutto ciò che rimaneva di quella che era stata la casa di Mikhail Dubrinsky.

Due lupi uscirono a fiutare le rovine annerite, alzarono i musi al cielo e ulularono mesti. Per tutta la foresta altri lupi risposero, dando voce al loro dolore. Nel giro di pochi minuti, l'eco del loro canto funebre svanì. I due lupi circondarono le rovine carbonizzate e annusarono in direzione delle due sagome scure che sorvegliavano attente i cancelli di ferro.

I lupi si allontanarono, trovando qualcosa di minaccioso in quelle due figure letali. Trotterellarono rapidamente nel folto della foresta scura. Il silenzio tornò a ricoprire le montagne come un sudario. Le creature della foresta si rannicchiavano nelle loro tane, evitando l'odore di cenere e di morte emanato dalla casa di colui che era così simile a loro.

Sotto la terra, due corpi giacevano immobili e privi di vita. Nel silenzio, un cuore prese a battere. Forte, regolare. Il sangue scorreva e rifluiva. Un lungo respiro sibilante segnalò il risveglio dei polmoni. Due occhi scuri si aprirono di colpo, e Mikhail sondò la terra sopra di lui. Era passata mezzanotte. L'incendio era stato spento da tempo; i pompieri, gli investigatori e i curiosi erano andati via da un pezzo.

Percepì la presenza di Jacques e Gregori sopra la terra. Nessun altro, né umano né carpaziano. Mikhail rivolse la sua attenzione a Raven. Fu tentato di ordinare a Gregori di risvegliarla, ma non sarebbe stato nel suo interesse. Finché non fosse riemersa dalla terra, era meglio che Raven dormisse. Non serviva ricordarle quella tremenda esperienza. Serrò le braccia intorno al suo corpo freddo e immobile, tenendola per un lungo istante vicino al cuore.

Mikhail eruppe dalla crosta della terra e si ritrovò stranamente disorientato nell'aria della notte. Non appena ne fu in grado, si lanciò nel cielo, per proteggere meglio Raven in caso di necessità. L'aria gli riempì i polmoni e soffiò fresca sul suo corpo. Soffici piume brillarono ai raggi della luna; ali grandi due metri si piegarono e sbatterono pesanti, sollevando nel cielo l'enorme gufo, che volò in cerchio sulla foresta cupa, cercando qualunque nemico fosse abbastanza sciocco da minacciarlo.

Mikhail desiderava la libertà del cielo per attutire le grida di terrore di Raven che ancora gli echeggiavano nella mente. Scese in picchiata e si dissolse in nebbia un attimo prima di toccare terra. La nube di goccioline scivolò tra gli alberi e si raccolse fino a formare un enorme lupo.

Mikhail prese a correre agile, guadagnando velocità mentre deviava tra il sottobosco e gli alberi, attraversava a grandi salti un prato e riprendeva la corsa come una freccia scoccata dall'arco.

Quando la sua mente fu di nuovo sgombra e calma, Mikhail trotterellò verso le rovine fumanti, riprese la sua forma umana muscolosa, con tanto di vestiti, e si avviò a passo deciso verso suo fratello.

Percepiva bene che tutta la natura, tutto ciò a cui era affine, partecipava della sua furia gelida. Era sepolta in profondità e trasudava in superficie, turbando l'armonia dell'aria e della foresta. I suoi nemici non sarebbero sfuggiti.

Jacques si raddrizzò lentamente, come se attendesse da ore. Con la mano si massaggiò la nuca indolenzita. Mikhail e Jacques si fissarono, con una pena cupa negli occhi. Jacques fece un passo avanti e si protese verso Mikhail con un gesto di affetto assai inusuale. Fu un abbraccio breve e rigido, come di due querce. Mikhail sapeva che Raven avrebbe riso di entrambi.

Gregori rimase chino a terra, solido come gli alberi circostanti. Era completamente immobile, con il volto inespressivo. I suoi occhi erano due fessure argentee, di mercurio mobile e inquieto in quella maschera di granito. Gregori si alzò piano, con un movimento agile che celava una forza micidiale.

«Grazie per essere venuti», disse semplicemente Mikhail. Gregori. Il suo più vecchio amico. Il suo braccio destro. Il loro più grande guaritore, il cacciatore implacabile dei non morti.

«Romanov è stato portato in ospedale e sedato», disse piano Jacques. «Ho detto agli abitanti del villaggio che tu e Raven eravate via per qualche giorno. Sei benvoluto nel paese, e tutti erano indignati per quel che è successo».

«Possiamo riparare al danno causato alla nostra gente?», chiese Mikhail.

«Possiamo ridurlo al minimo», disse Gregori con sincerità. «Ma Romanov ha già mandato i suoi documenti compromettenti a molti altri. Dobbiamo prepararci a un assedio. Il nostro stile di vita cambierà per sempre». Gregori si strinse nelle spalle robuste con aria indifferente.

«Quali sarebbero queste prove?»

«Impronte digitali, fotografie. Era già drogato, Mik-hail. I medici lo ritengono completamente folle e pericoloso per sé e per gli altri. Le immagini che ho raccolto dalla sua mente erano confuse. I suoi genitori, soprattutto la madre. Dev'essere stato lui a trovare il cadavere. La tua casa. Senso di colpa. L'incendio». Gregori scrutò calmo, con attenzione, il cielo sopra di lui con i suoi occhi argentati. I lineamenti marcati rimasero perfettamente immobili, l'espressione severa.

Il pericolo emanava da Gregori. Il suo corpo e il suo portamento esprimevano un potere minaccioso. Anche se il suo volto non tradiva alcuna emozione, Mikhail sentiva il mostro dentro di lui, selvaggio e indomabile, in agguato appena sotto la superficie, che lottava per liberarsi. I loro occhi si incontrarono in una sorta di accordo disperato. Un'altra guerra. Altre morti. Più un maschio era costretto a uccidere, più pericoloso diventava il sussurro del potere, il richiamo del vampiro. La violenza era l'unica cosa che poteva dare a un maschio vecchio di secoli una breve emozione. Questo era già una terribile tentazione per chi viveva in un mondo cupo e senza speranza.

Gregori distolse lo sguardo, per non vedere la compassione sul volto di Mikhail. «Non abbiamo altra scelta se non quella di screditarlo».

«Prima di ogni altra cosa, Raven dev'essere portata al sicuro e sorvegliata mentre noi ci occupiamo del problema», disse Mikhail brusco.

«La tua donna è molto fragile», lo ammonì Gregori a voce bassa. «Riportala in superficie e rivestila, poi potrò svegliarla».

Mikhail annuì. Gregori leggeva chiaramente le sue intenzioni. Non avrebbe potuto svegliarla in quella che per lei era una fredda tomba. Jacques e Gregori si inoltrarono nella foresta per lasciare Mikhail da solo. Quando ebbe di nuovo Raven al sicuro fra le braccia Mikhail pensò a rivestirla dei suoi abiti umani. Con delle fibre naturali, facili da manipolare per un carpaziano, fabbricò dei jeans e una camicia a maniche lunghe. *Gregori.*

Raven si svegliò soffocando, stringendosi la gola, cercando disperatamente di far arrivare aria nei polmoni. Era confusa, in preda al panico, e si dibatteva. «Senti l'aria sulla pelle», le ordinò Mikhail a bassa voce nell'orecchio. «Senti la notte, il vento. Sei al sicuro tra le mie braccia. La notte è magnifica; i suoi colori e profumi ci parlano».

Gli occhi blu-violetto di Raven erano spalancati ma non vedevano nulla. Inspirò profondamente e si rannicchiò più che poteva. L'aria fresca della notte stava facendo lentamente effetto, alleviando il terribile senso di soffocamento. Le lacrime scintillavano come gemme nei suoi occhi, tremolavano sulle lunghe ciglia.

Mikhail allentò la presa in modo da farle sentire la forza enorme del suo corpo possente. Lentamente, poco a poco, il corpo di Raven si fece meno rigido. Mik-hail le sfiorò la mente con una carezza calda e gentile, e la trovò che cercava di controllarsi.

«Sono qui con te, Raven». Pronunciò quelle parole ad alta voce, per sembrare più umano possibile. «La notte ci chiama e ci accoglie; la senti? C'è una tale bellezza nel canto degli insetti, nelle creature notturne. Prova a sentirlo». Le parlò in tono cantilenante, quasi ipnotico.

Raven sollevò le ginocchia e vi poggiò la fronte, rinchiudendosi in se stessa. Si dondolò avanti e indietro, a malapena cosciente del mondo reale. Non faceva che inspirare ed espirare, sollevata di riuscirci, concentrandosi sulla meccanica del respiro.

«Voglio portarti in un posto più sicuro, lontano da qui». Indicò con un ampio gesto le rovine carbonizzate della sua casa, un tempo magnifica.

Raven continuava a tenere la testa china. Inspirava ed espirava. Mikhail le sfiorò di nuovo la mente. Non c'erano pensieri di accusa o di tradimento. La sua mente era frammentata, ammaccata e lacera dalla lotta per sopravvivere. I suoi vestiti e la presenza di Mikhail le davano un po' di conforto. La furia glaciale di Mikhail, il suo desiderio violento di vendetta si risvegliarono.

«Sorellina». Jacques sbucò dagli alberi insieme a Gregori. Raven non alzò lo sguardo, e Jacques si sedette accanto a lei, posandole una mano sulla spalla. «Stanotte i lupi tacciono. Li hai sentiti prima? Piangevano per la perdita della casa di Mikhail. Ora sono silenziosi».

Raven sbatté le palpebre, fissando con aria assente il viso di Jacques. Non parlò; non diede segni di riconoscerlo. Il suo corpo esile tremava, stretto fra i tre uomini.

Potresti cancellare i suoi ricordi, suggerì Gregori, non capendo perché Mikhail non adottasse la soluzione più ovvia.

Non le piacerebbe.

Non lo saprebbe, rispose Gregori in tono appena più enfatico. Sospirò, di fronte al silenzio di Mikhail. *Allora lascia che la guarisca. Lei è importante per tutti noi, Mikhail. Sta soffrendo inutilmente.*

Lei preferirebbe farlo da sola. Mikhail sapeva che Gregori lo riteneva pazzo, ma conosceva Raven. Lei aveva coraggio, e una sua idea precisa del bene e del male. Non lo avrebbe ringraziato se avesse saputo che Mikhail aveva cancellato i suoi ricordi. Tra due compagni non potevano esserci menzogne, e Mikhail era deciso a darle il tempo di superare ciò che avevano affrontato insieme.

Mikhail le accarezzò piano le guance delicate come petali di rosa. «Avevi ragione, piccola. Ricostruiremo insieme la nostra casa, più forti che mai. Sceglieremo un posto, nel profondo della foresta, e lo riempiremo di amore tanto che anche i lupi lo sentiranno».

Gli occhi blu-violetto di Raven riconobbero all'improvviso il volto di Mikhail. Si passò la punta della lingua sulle labbra e abbozzò un sorriso. «Non credo di avere la stoffa di una vera carpaziana», disse con un filo di voce.

«Tu sei tutto ciò che una donna carpaziana dovrebbe essere», disse cerimoniosamente Gregori, in tono basso e melodioso. Mikhail e Jacques si ritrovarono ad ascoltare attenti quella voce affascinante. «Sei degna di essere la compagna per la vita del nostro principe, e io ti dono liberamente la mia lealtà e la mia protezione, come le ho donate a Mikhail». La sua voce si spanse nella mente ferita di Raven come un balsamo.

Raven rivolse confusa lo sguardo a Gregori. Le lunghe ciglia tremarono sugli occhi così scuri da sembrare porpora. «Ci hai aiutati». Le sue dita si intrecciarono a quelle di Mikhail, ma il suo sguardo non abbandonò il viso di Gregori. «Eri molto lontano, e il sole era alto, eppure tu hai saputo, e sei riuscito ad aiutarci. È stato difficile per te; l'ho sentito quando hai toccato la mia mente per salvarmi da quella tortura».

I pallidi occhi argentei di Gregori divennero due strette fessure di mercurio, ipnotiche. La sua voce scese di un'ottava. «Mikhail e io siamo legati: abbiamo condiviso lunghi anni disperati di buio e di vuoto. Forse tu rappresenti la speranza per tutti e due».

Raven lo guardò fisso, con un'espressione seria. «Ne sarei felice».

Mikhail sentì un impeto d'amore e di orgoglio per lei. Raven era piena di compassione. Per quanto la sua mente fosse a pezzi, e quella di Gregori fosse indecifrabile quanto la sua espressione, Raven intuiva che Gregori lottava per sopravvivere, che aveva bisogno anche lui di essere illuminato dalla speranza. Mikhail avrebbe potuto dirle che Gregori era come acqua che scorre tra le dita – impossibile da trattenere. Era un'autorità a sé, un uomo cupo e pericoloso sul ciglio di un abisso di follia.

Mikhail le fece scivolare le braccia intorno alle spalle. «Ti porteremo in un posto sicuro», le disse piano, come a una bambina.

Raven continuò a fissare Mikhail per un lungo istante. Questa volta il suo sorriso era autentico, le illuminava per la prima volta anche gli occhi. «Se solo voi tre poteste vedervi in faccia. Siete molto carini a trattarmi come una bambola di porcellana, soprattutto quando anch'io mi sento quasi come se lo fossi, ma Mikhail è dentro di me, e io in lui. Sento quel che sente e conosco i suoi pensieri, anche se cerca di nascondermeli». Si chinò a baciargli la mascella scura. «Amo il fatto che tu cerchi di proteggermi, ma non sono debole. Devo solo affrontare i limiti umani della mia mente. Nessuno di voi può farlo al mio posto. Devo essere io».

Jacques le porse la mano con una galanteria d'altri tempi. Raven la prese e Jacques la aiutò a rimettersi in piedi. Mikhail si alzò insieme a lei, cingendola con un braccio. Raven aveva bisogno di quel contatto, della solida realtà di quel corpo possente. Gregori faceva da guardia del corpo, scrutando il cielo e il terreno, procedendo sempre davanti al principe del suo popolo e alla sua compagna.

Le tre figure imponenti circondavano quella più piccola, muovendosi in sincronia come una guardia d'onore, a passi lenti, con la mente serena, senza traccia di impazienza per il lavoro che li attendeva quella notte. Mikhail sentiva i morsi della fame, ma la tenne a bada. Quando la mente di Raven toccò la sua, trovò solo amore, sollecitudine e desiderio di compiacerla.

Mentre camminavano nella foresta, Raven scoprì la piacevole sensazione delle foglie morbide sotto i piedi. Alzò la testa incontro al vento, inspirò profondamente per cogliere tutti i segreti portati dalla brezza. Ogni insetto, ogni fruscìo nel sottobosco, ogni stormire di rami alleggeriva il peso tremendo della paura, scacciava un altro dei ricordi spaventosi.

«Posso cancellarli tutti», si offrì Mikhail gentilmente. Raven gli rivolse un piccolo sorriso rassicurante. Lo sfiorò brevemente con il corpo. Sapeva bene quale tentazione dovesse essere stata per lui, e che gli altri maschi lo ritenevano pazzo per non aver scelto al suo posto. «Lo sai che preferisco conservare i miei ricordi. Tutti».

Camminarono per un'ora. Mikhail la guidava per uno stretto sentiero tortuoso che si inoltrava nella foresta e sulla montagna. La capanna era nascosta, addossata a una parete rocciosa. Gli alberi crescevano fitti fin quasi a toccarne le pareti. Da fuori pareva minuscola, tetra e abbandonata.

Furono Jacques e Gregori a trasformare l'interno buio della capanna. Lo strato di polvere svanì grazie a un gesto della mano. I ciocchi nel camino presero fuoco. Si accesero delle candele, e nella stanza si spanse l'odore dei boschi.

Raven entrò nella capanna senza protestare. Gregori e Jacques si davano da fare nella piccola costruzione, dotandola di tutte le comodità che potevano in quel breve lasso di tempo. Poi si rifugiarono nella foresta per lasciare Mikhail e Raven da soli.

Raven attraversò il pavimento di legno, allontanandosi da Mikhail. Si sentiva ancora molto scossa, e voleva risparmiare Mikhail per quanto possibile. Toccò lo schienale di una sedia, stringendo tra le dita il legno solido. La sensazione familiare la aiutò a smettere di tremare.

«Grazie per i jeans, Mikhail». Gli sorrise da sopra la spalla. Misteriosa, sexy, innocente, e così fragile. Nelle profondità dei suoi occhi azzurri, non scorgeva né rabbia né risentimento, solo amore per lui.

«Sono felice che ti piacciano, anche se continuo a credere che siano abiti adatti a un uomo, non a una bella donna. Speravo che ti avrebbero fatto sorridere».

«Solo perché hai quell'espressione addolorata». Si fermò dietro la finestra. I suoi occhi penetravano senza sforzo l'oscurità. «Non voglio farlo mai più», disse in tono fermo e serio. Voleva che lui lo sapesse.

Mikhail fece un brusco respiro, e si trattenne dal rispondere. Poi scelse con cura le parole. «Il nostro sangue, e anche il nostro corpo, traggono beneficio dalla terra. La mia ferita alla gamba è guarita in una sola notte. Le tue ferite, così profonde e tutte mortali, sono guarite in sei giorni».

Raven guardò il vento agitare le foglie sparse a terra. «Io sono molto intelligente, Mikhail. Capisco da sola che quel che dici è vero. Con l'intelletto, posso perfino accettarlo, e ammirarlo. Ma non voglio farlo mai più. Non posso. Non voglio, e ti chiedo di accettare questo mio limite».

Mikhail attraversò la distanza che li separava e la prese tra le braccia. La tenne stretta, lì, nella vecchia capanna nascosta tra le montagne e la foresta. Era addolorato per la perdita della sua casa, dei suoi libri, per il suo passato, ma soprattutto per lei, a cui non aveva saputo risparmiare quella sofferenza. Poteva comandare alla terra, agli animali e al cielo, eppure non poteva costringersi a cancellare i ricordi di Raven, perché lei gli aveva chiesto di non farlo. Una richiesta da poco, tanto innocente.

Raven alzò la testa e scrutò i suoi lineamenti cupi con grande serietà. Accarezzò delicatamente la sua fronte corrugata. «Non essere triste per me, Mikhail, e smettila di darti la colpa. I ricordi sono utili. Quando sarò più forte, potrò rifletterci ed esaminarli da ogni angolazione, e forse riuscirò a convivere meglio con le cose che dobbiamo fare per proteggerci». Nella sua voce c'erano una traccia di ilarità e una buona dose di scetticismo.

Raven gli prese la mano. «Lo sai, amore, tu non sei responsabile della mia felicità, e nemmeno della mia salute. Fin dal nostro primo incontro, a ogni occasione, sono sempre stata io a scegliere. Io ti ho scelto, con la mente e con il cuore. Se tornassi indietro, anche sapendo tutto quello che dovrei passare, ti sceglierei di nuovo senza esitazioni».

Il sorriso di Mikhail le sciolse il cuore. Le prese il viso tra le mani e chinò la testa per baciarla. L'elettricità fra loro si scatenò all'istante. Raven assaporava il suo amore nell'oscurità umida della sua bocca. La fame si risvegliò, intensa. Il suono del sangue ribolliva caldo, il battito dei loro cuori, l'intesa esplosiva e istantanea quasi li travolsero entrambi. Benché le braccia di Mikhail scivolassero intorno a lei e la premessero sul suo corpo muscoloso, la bocca di lui aveva il sapore inconfondibile dell'amore. Le dita di Mikhail affondarono nei suoi capelli setosi come a volerla trattenere per l'eternità.

Raven si sciolse in lui; per un istante si sentì liquefatta, come miele caldo. Si staccò da lui per prima. Era facile sentire la fame che lo consumava; cresceva anche in lei. Il suo corpo reclamava nutrimento dopo la terribile esperienza del giorno. Sollevò le lunghe ciglia per guardare quei lineamenti amati, virili, la piega sensuale della sua bocca, l'invito languido del suo sguardo cupo.

Raven lo baciò sul collo, mentre le dita andavano ai bottoni della sua camicia. Il suo corpo si irrigidì, pulsando di fame e di calore. La bocca strisciò sulla pelle di lui. Raven inalò il suo profumo, il mistero selvaggio della notte. Dentro di lei, il desiderio divampava come un incendio. Saggiò con la lingua la consistenza della sua pelle, tracciò i contorni dei suoi muscoli, tornò a lambire il punto dove il sangue pulsava più forte. «Ti amo, Mikhail», gli sussurrò sul collo. Un mormorio di sirena. Seta e luce di candele. Velluto e sesso, caldo, appassionato.

Ogni muscolo nel corpo di lui si irrigidì. Fu trafitto da una scarica di eccitazione. Raven era un miracolo di bellezza, un misto di fragilità umana, coraggio e compassione. Mikhail strinse nel pugno i suoi capelli e la attirò a sé. La sua bocca era una fiamma di seta sopra il suo petto che alimentava il fuoco dentro di lui fino a farlo bruciare di desiderio.

«È un gioco pericoloso il tuo, piccola». La sua voce roca era seducente come velluto nero.

«Ti voglio». Raven sussurrò la verità, e il suo fiato gli scaldò il petto, mentre giocava in modo intrigante con i suoi capezzoli. Aveva davvero voglia di lui. Il suo corpo possente, caldo e impetuoso scacciava la sensazione della terra fredda che si richiudeva sopra la sua tesa. Il corpo di Raven si muoveva irrequieto e provocante contro il suo. Le sue mani scivolarono in basso, aprirono i lembi della camicia e la cerniera dietro cui il sesso smaniava di liberarsi. Mikhail emise un'esclamazione soffocata al contatto sensuale delle sue dita. «Voglio sentire il tuo corpo dentro di me, Mikhail, reale e vivo. Lo desidero più di quanto abbia mai desiderato qualcosa. Toccami. Toccami dappertutto. Ti voglio dentro di me».

Mikhail le sfilò la camicia da sopra la testa e la lasciò cadere a terra. Le sue mani corsero ai fianchi di lei, facendole inarcare il corpo, per sfregare il viso sui seni pieni e candidi. Quel contatto ruvido la elettrizzò. La bocca di Mikhail risalì in cerca delle sue labbra morbide. La lingua lambì il profilo del suo collo sottile e vulnerabile, dove le pulsazioni erano più forti, prima di tornare con lentezza esasperante sui capezzoli. Raven sentì un'ondata di calore umido, quasi doloroso. Quando le labbra di Mikhail si richiusero sul suo seno, gettò la testa all'indietro e gridò, inarcandosi poi su di lui, offrendosi a quella bocca calda ed erotica.

Improvvisamente, il mostro dentro di lui si liberò con un ruggito, reclamando la sua preda e strappando via i jeans che la imprigionavano. I denti le graffiarono il ventre piatto mentre Mikhail scivolava in ginocchio. Attraverso le sottili mutandine di cotone Raven sentì il calore della lingua avida che la esplorava vogliosa, lasciandola senza fiato. Le strappò via anche quelle per aggredirla con la bocca e le carezze.

Raven gridò, accogliendo la belva scatenata, abbandonandosi al suo assalto erotico. Quando le strappò le mutandine, premette il corpo sulla sua bocca calda e famelica. Mikhail emise un ringhio gutturale, un suono feroce di possesso. Godeva dell'abbandono di lei alla sua aggressione. La voleva disinibita, aggrappata a lui con le mani affondate nei suoi capelli, voleva le grida roche e inarticolate che le sfuggivano dalla gola. Il corpo di Raven si irrigidì nell'attesa spasmodica del piacere. Le sue grida divennero una supplica.

Ruggendo di piacere, fremendo e bruciando anche lui in modo quasi intollerabile, Mikhail solleticò i suoi nervi tesi. L'impeto della passione, il calore vellutato, i loro odori mischiati fluirono in lui, divennero parte del suo desiderio insaziabile. Voleva che Raven sapesse di appartenergli, che bruciasse della sua stessa voglia primitiva.

Il suo nome gli echeggiò nella mente insieme ai gemiti supplichevoli di lei, indurendo il suo corpo in uno spasmo doloroso. La forza alimentava il suo appetito fisico e sessuale al punto che si trattenne a stento dal divorarla. E il suo corpo voleva imperiosamente quel contatto, il calore vellutato della sua bocca, il graffio dei denti sulla pelle sensibile.

Con un ringhio, la portò al culmine del piacere, con un fremito possente che la squassò in tutto il corpo, ripetutamente. Non le bastava, voleva la sua invasione, il suo corpo dentro di lei. Raven cadde in ginocchio, gli abbassò i pantaloni sulle gambe, liberandolo. Gli affondò le unghie nelle natiche; strisciò sui muscoli del suo petto.

La sua risata grave e seducente echeggiò nella mente di Mikhail. La carezza lieve dei suoi capelli sulle gambe era quasi insopportabile. Era il suo turno, e glielo fece capire con un suono che era una supplica e un ordine insieme. Quando lei lo accontentò, il calore vellutato della sua bocca umida lo fece quasi impazzire. Se prima era stato lui a condurre il gioco e a esercitare il suo potere, ora era lei a trionfare all'idea di quel che poteva fargli.

I ruggiti sordi di Mikhail si fecero sempre più selvaggi, quasi minacciosi. I suoi fianchi si muovevano a un ritmo frenetico. All'improvviso, non poté più trattenersi. Con uno strattone la allontanò e la gettò a terra, allargandole le ginocchia per possederla. La schiacciò e la prese con un'unica spinta possente, penetrando quello stretto canale femminile più a fondo possibile.,

Raven gridò mentre lui si immergeva in lei con spinte sempre più aggressive e selvagge. Gli leccò il collo. «Nutrimi, Mikhail, mentre mi prendi, e poi ti darò tutto quel che vuoi», sussurrò come un'incantatrice, inebriandolo ancora di più. Non aveva mai chiesto il suo sangue, il suo fluido vitale, e quell'idea era sexy quanto la sua bocca su di lui. Il suo corpo si irrigidì all'inverosimile, ma a quella richiesta rallentò il ritmo e sentì la fame trattenuta di Raven. Nello stesso istante in cui esplodeva dentro di lei, i denti di Raven gli affondarono nella carne. Un calore accecante, un fulmine azzurrino. Gettò la testa all'indietro, sopraffatto da quel misto di dolore e piacere.

L'odore caldo e dolce del suo sangue antico si mischiava a quello intenso dei loro corpi, il risucchio della bocca di Raven e la stretta del suo corpo intorno a quello di lui. Mikhail assecondò i suoi movimenti, la sentì prendere il suo sangue, il suo seme, l'essenza della vita dentro di sé. Il corpo di Raven si serrava intorno al suo, con una presa vellutata e insistente, lo stesso fuoco oscuro della sua bocca morbida.

Con la lingua diede un'ultima scossa di piacere a entrambi, e giacquero allacciati. Mikhail la copriva con il suo corpo, tenendola tra le braccia, con i muscoli ancora tesi e ancora voglioso, come se Raven non l'avesse ancora sfiorato. La sua fame era terribile, più di ogni cosa che avesse mai provato.

Raven gli accarezzò i capelli e gli passò la mano sul viso. Sorrise seducente, premendo deliberatamente i fianchi contro i suoi, stringendolo dentro di sé. Piegò la testa di Mikhail per incollare la bocca sulla sua, dividendo con lui il sapore dolce del suo sangue, eccitandolo, prolungando la sua voglia in un abbandono selvaggio.

Mikhail riprese il controllo, bevendo a sazietà dalla sua bocca vellutata, scendendo con la lingua lungo il collo, indugiando sopra il battito delle sue vene, mordicchiandola, mentre si immergeva in lei a fondo, aggressivamente.

Raven mormorò il suo nome e gli abbassò la testa sul petto, sollevandosi in un invito supplichevole. Mikhail sfregò il mento su quei seni candidi, affondò nel solco che li divideva, graffiandoli con la pelle ruvida. Si riempì le mani dei suoi seni mentre la sua bocca si richiudeva calda e umida su di lei, succhiandola. Raven si aggrappò al suo corpo, esplodendo di piacere, assecondando il suo ritmo.

Mikhail sollevò la testa fissandola in modo sexy, ipnotico, attirandola nella sua mente, nella sua anima. Si chinò di nuovo sui seni, tormentandoli di baci caldi e umidi. Affondò in avanti coi fianchi. I loro occhi si incontrarono di nuovo, e in quelli di lui c'era una domanda.

«Sì, ti prego», disse lei in un sussurro concitato, premendosi al seno la sua testa. «Lo voglio, Mikhail».

I denti di Mikhail scalfirono la pelle sopra il seno. Il calore accecante la travolse, e Raven fremette in un'estasi incandescente. Le zanne affondarono spinte dalla sua fame insaziabile. Mikhail si immerse in lei, ancora voglioso di quel calore vellutato. Bevve a fondo l'essenza vitale di Raven, fondendosi mentalmente con lei, reclamando il suo corpo con la forza dominante del maschio.

Pericoloso. Dolcemente pericoloso. Sesso puro e caldo, amore puro, due anime fuse in una sola. Voleva che durasse per sempre, quel momento in cui erano una sola pelle e una sola mente. Rapido e intenso, lento e profondo, ogni spinta un tormento squisito, il suo sangue riempiva ogni cellula e aumentava la forza di lui, svuotandola come il corpo di lei svuotava il suo. Mikhail si sentì indurire, gonfiare e distendere ai limiti dell'impossibile, invadendola totalmente, volando con lei fino al culmine, senza controllo, per poi esplodere in una pioggia di fuoco, dissolversi e ricadere sulla terra.

Raven giaceva sotto di lui e ascoltava il ritmo dei loro cuori, giocando con i suoi capelli scuri. Il suo corpo, gli apparteneva; lei gli apparteneva. La lingua di Mikhail le lambì la pelle e raccolse una goccia di sangue. Le tempestò il seno di baci, risalendo fino alla bocca, dolcemente. Le accarezzò la gola, accarezzando con un dito quella pelle meravigliosamente vellutata.

Mikhail era sbalordito che Raven avesse scelto quel momento per votarsi definitivamente a una vita da carpaziana.

Non dubitava che lei lo amasse e che volesse stargli accanto, ma sapeva che l'idea di dover vivere di sangue la ripugnava. Invece, dopo un'esperienza orribile e traumatica, lei aveva scelto senza più dubbi di iniziare una nuova vita, senza riserve. Mikhail era certo che finché fossero stati insieme, Raven non sarebbe mai stata prevedibile.

«Hai idea di quanto ti amo?», le chiese con voce dolce.

Le lunghe ciglia tremarono e si sollevarono, e Raven lo guardò con i suoi occhi violetti. Un lento, affascinante sorriso le incurvò gli angoli della bocca. «Forse, solo un po'». Gli accarezzò la fronte, dove si era formata una ruga. «Starò bene questa notte. Fai quello che devi fare e non preoccuparti per me».

«Preferirei che tu dormissi un po'». Si spostò per non pesare sul suo corpo, e fu sorpreso di ritrovarsi ancora parzialmente vestito.

«È solo perché sei ancora così arrabbiato con Romanov che non vuoi dirmi cosa devi fare». Si appoggiò su un gomito e la folta capigliatura le ricadde sul corpo, come un velo sottile sui seni.

A quella vista Mikhail ebbe una fitta alle viscere, e i suoi occhi neri si illuminarono di desiderio. Lei rise piano, maliziosamente. Lui si chinò piano ad assaggiare quella tentazione, sfiorando con la lingua un capezzolo che si inturgidì all'istante.

Raven gli accarezzò dolcemente i capelli. «Pensi di proteggere Jacques lasciandolo qui a farmi da guardia». Il suo sguardo si intenerì. «Pensi di essere sul punto di fare qualcosa che io non accetterò, ma io credo in te, Mikhail. Credo che tu sia un uomo magnanimo e giusto. Hai tutto il diritto di disprezzare Romanov, ma so che puoi mettere da parte il disprezzo e fare ciò che è giusto. È un ragazzo, confuso e infuriato, scosso dalla morte violenta dei suoi genitori. Qualunque cosa abbia scoperto che ti colleghi alla loro morte lo ha sconvolto. È una tragedia spaventosa».

Mikhail chiuse gli occhi ed emise un sospiro. Raven gli stava di fatto legando le mani. Come poteva uccidere un uomo che l'aveva torturata quando lei aveva abbastanza compassione da perdonarlo?

«Vai a nutrirti prima di fargli visita. Mi hai indebolita, e se mi permetti una battuta carpaziana un po' macabra, voglio che mi porti qualcosa per cena».

Mikhail la fissò sbigottito. Per un lungo momento, tacquero; poi scoppiarono entrambi a ridere. «Vestiti», le ordinò Mikhail con finta severità. «Non posso lasciarti qui a tormentare il povero Jacques».

«Ho tutte le intenzioni di tormentarlo. Deve imparare a prendersi meno sul serio».

«Jacques è il meno serio di tutti i maschi carpaziani. Ha conservato le sue emozioni più a lungo di quasi tutti noi. Le ha perse solo pochi secoli fa».

«È molto serio quando si tratta di dare ordini alle femmine. Ha delle idee molto precise su come dovrebbero comportarsi. Ho intenzione di dirgli due parole al riguardo».

Mikhail alzò un sopracciglio. «Sono certo che lo terrai occupato durante la nostra assenza. Fammi un favore, piccola: non essere troppo dura con lui».

Ridendo, si rivestirono.

Capitolo 13

Rudy Romanov era sotto l'effetto dei farmaci. L'odore era pungente nelle narici di Mikhail. L'idea di prendere del sangue contaminato lo ripugnava, ma era necessario. Avrebbe potuto leggere nei pensieri di Romanov a suo piacimento.

Raven lo aveva congedato totalmente fiduciosa dell'amore che provava per lei. Anche se ogni cellula del suo corpo esigeva la morte di Romanov, Mikhail non poteva tradire quella fiducia.

«Lascialo fare a me», disse piano Gregori, intuendo il desiderio di Mikhail.

«È un rischio troppo grosso per la tua anima», obiettò Mikhail.

«Vale la pena di correrlo per salvaguardare la nostra razza. Romanov è una minaccia che non possiamo ignorare. Dovremmo concentrare i nostri sforzi sulla ricerca di donne per continuare la specie, non a combattere dei cacciatori di vampiri. Credo che ci siano solo pochissime donne umane, con grandi abilità psichiche, che si possano accoppiare con i nostri maschi».

«Su cosa si fonda questa tua teoria?», chiese piano Mikhail, in tono appena più bellicoso. Condurre esperimenti sulle donne era un crimine imperdonabile.

Gli occhi argentei di Gregori si strinsero e scintillarono. Il vuoto tenebroso cresceva dentro Gregori, come una macchia scura che si allargava sulla sua anima. Non faceva alcuno sforzo per nasconderlo a Mikhail. Era come se volesse mostrargli quanto la situazione fosse disperata. «Ho compiuto molte pratiche oscure, mostruose, imperdonabili, ma non userei mai una femmina per i miei esperimenti. Devo essere io a prendere il sangue di Romanov, se insisti a volerlo lasciare in vita». Non era una domanda.

I due carpaziani attraversarono senza sforzo gli stretti corridoi del reparto psichiatrico dell'ospedale. Gli umani avvertivano una sensazione di freddo e nient'altro, mentre i due scivolavano invisibili nell'edificio. Si infiltrarono nel buco di una serratura, sotto forma di nebbia scura, e si riversarono nella stanza per poi ricoprire il corpo di Romanov come un sudario. Romanov gridò in preda al terrore quando la nebbia si avvolse intorno a lui come un serpente, strisciando sulle costole, sui polsi, intorno al collo, sempre più stretta. La sentiva sulla pelle, una morsa che torceva il suo corpo come un cavatappi, ma quando cercò di liberarsi di quel vapore, le sue dita lo attraversarono. Delle voci sibilarono orrendamente, sussurrarono minacciose, così lievi da sembrare un'eco nella sua mente. Si coprì le orecchie con le mani per non sentire quei mormorii insidiosi. La saliva gli colò dalle labbra pendule; la gola gli si contrasse spasmodicamente.

La nebbia si divise, e una parte scivolò in un angolo e rimase sospesa appena sopra il pavimento. L'altra si addensò lentamente e sfolgorò, iniziò a prendere forma, finché apparve un uomo imponente, dalle spalle larghe, con gli occhi pallidi della morte. Rudy prese a tremare in modo incontrollabile e si rannicchiò in un angolo. L'apparizione era troppo vivida e troppo minacciosa per non essere reale.

«Romanov». Le zanne di Gregori scintillarono candide nella stanza buia.

«Chi sei?», disse Romanov con un gracidio strozzato.

Gli occhi pallidi brillarono e divennero due fessure immobili. «Lo sai». Gli occhi si fissarono in quelli di Rudy. La voce di Gregori si fece bassa e felpata. Ipnotica. «Vieni da me; nutrimi. Diventa il mio schiavo finché non deciderò di condannarti all'oscurità».

Gli occhi di Romanov si spalancarono gradatamente alla comprensione di quell'orrore. Ma iniziò ad avvicinarsi, scostando un lembo della camicia per scoprire la giugulare. Gregori sussurrò di nuovo con la seduzione irresistibile della sua voce. «Ora tu mi servirai, obbedirai al mio richiamo e mi informerai quando sarà necessario». Chinò lentamente la testa.

Romanov sapeva che la sua anima era perduta. Lo straniero era così potente, così forte, e in grado di fare cose che nessun umano poteva immaginare. L'immortalità. L'idea era allettante. Si mosse obbediente, piegando la testa per scoprire la gola. Un fiato caldo e un dolore lancinante mentre le zanne affondavano nella carne. Romanov sentiva letteralmente il proprio sangue vitale abbandonare il corpo. Il dolore era intenso, un inferno bruciante che non poteva arrestare. Né lo desiderava. Un curioso languore si impadronì di lui; sentiva le palpebre pesanti.

La nebbia si addensò nella stanza, avvolse Gregori e lo separò dalla sua preda. Con un ringhio di protesta, Gregori alzò la testa e con un gesto sprezzante lasciò cadere a terra il corpo esanime.

Lo hai quasi ucciso, scattò Mikhail.

Merita la morte. Il suo animo è già corrotto. Desidera infinite notti con donne alla sua mercé, il potere di vita e di morte sugli uomini. In lui c'è molto di suo padre e di suo nonno. È un guscio vuoto in cui i vermi divorano il poco che è rimasto di buono. La sua mente è un intrigo di desideri malsani.

Non può morire in questo modo, Gregori, sibilò Mikhail adirato nella mente del compagno. *Abbiamo già attirato troppa attenzione su di noi. Se Romanov muore dissanguato...*

Non sono così sconsiderato. Gregori spinse via il corpo con un piede. Sopravviverà. È stato suo nonno a dare inizio a tutto...

Si chiamava Raul: lo ricordi? Era un depravato da giovane e un imbecille da vecchio. Picchiava la moglie e molestava le donne giovani. Una volta fui io a fermarlo. Mikhail si fece di colpo pensoso.

E mi guadagnai non solo il suo odio, ma anche i suoi sospetti. Da quella volta, iniziò a spiarti a ogni occasione, sperando di trovare qualcosa che ti incriminasse. Qualcosa ti tradì; un gesto, il tuo modo di parlare; chissà. E trasmise i suoi sospetti a Hans. Gregori diede al corpo un'altra spinta. *Romanov ha usato un fax per inviare copie dei suoi documenti a molte persone. Gli originali sono nella sua casa, sotto le assi del pavimento nella camera dei suoi genitori.* Gregori osservò Rudy Romanov tentare di allontanarsi strisciando. *Prima o poi arriveranno.*

Il corpo di Gregori brillò e si dissolse. La nebbia vorticò nella stanza in lunghe volute serpentine. Il vapore si avvicinò a Romanov rannicchiato sul pavimento, strisciò sulla sua testa e sulla sua gola; poi rifluì dalla stanza, lasciando Romanov a singhiozzare impotente.

Mikhail e Gregori scivolarono rapidi e silenziosi per i corridoi e uscirono nell'aria fresca della notte. Dopo la contaminazione con la mente di Rudy, desideravano di nuovo il contatto con la terra. All'aperto, Gregori espulse dai pori i farmaci per purgare il suo sangue.

Mikhail lo guardò meravigliato dalla sua abilità. Gregori tacque per tutto il viaggio fino alla casetta dei Romanov. Mikhail rispettava il suo bisogno di respirare gli odori della notte, di sentire la terra sotto i piedi, di ascoltare la musica dei lupi e delle creature notturne che emettevano i loro richiami sommessi.

Quando furono al sicuro nella casa dei Romanov, Gregori si diresse sicuro verso le assi che nascondevano rozzamente i documenti. Mikhail prese le vecchie fotografie e il fascio di carte senza degnarli di uno sguardo. «Dimmi tutto quello che hai visto nella sua mente».

Gli occhi argentei di Gregori balenarono minacciosi. «Un uomo chiamato Slovensky, Eugene Slovensky, è membro di una società segreta dedita alla caccia ai vampiri. Von Halen, Anton Fabrezo e Dieter Hodkins sono i sedicenti esperti che compiono le indagini e identificano le vittime da eliminare. Slovensky si occupa di reclutare altri, in più tiene il registro delle uccisioni confermate».

Mikhail imprecò sottovoce, in maniera eloquente. «Un'altra caccia ai vampiri distruggerà la nostra razza».

Gregori si strinse nelle spalle. «Darò la caccia a quegli uomini e li distruggerò. Tu porta Raven via da qui. Sento la tua protesta, Mikhail, ma è l'unica soluzione, e lo sappiamo entrambi».

«Non posso barattare la mia felicità con la salvezza della tua anima».

Gli occhi argentei fissarono Mikhail, poi scrutarono nella notte. «Non ci restano alternative. La mia unica speranza di salvezza è una compagna per la vita. Io non provo più nulla, Mikhail; basto a me stesso. Il mio corpo non ha più desideri, solo la mia mente ne ha; non ricordo più cosa significhi provare ciò che provi tu. Non c'è gioia nella mia vita. Mi limito a esistere e a compiere il mio dovere verso la mia gente. Devo trovare presto una compagna. Posso resistere ancora qualche anno: poi cercherò la quiete eterna».

«Non ti esporrai al sole, Gregori, non prima di essere venuto con me». Mikhail sollevò una mano prima che Gregori potesse protestare. «Sono stato anch'io solo, lottando con il mostro dentro di me che cercava di sopraffarmi, con una macchia scura nell'anima. La nostra gente ha bisogno di te. Devi restare forte e combattere il mostro in agguato».

Gli occhi argentei di Gregori brillarono minacciosi nel buio della stanza. «Non sopravvalutare il mio affetto o la mia lealtà. Devo avere una compagna. Se proverò qualcosa – desiderio, brama di possesso, qualunque cosa – prenderò ciò che è mio e sfiderò chiunque minacci di portarmi via la donna». A un tratto il suo corpo possente brillò, si dissolse in tanti cristalli d'acqua e si riversò fuori nell'aria accogliente della notte. *Lasciamo questa casa di morte e di follia. Forse è quel sangue corrotto che ho preso a farmi parlare così.*

Con un sospiro, Mikhail seguì Gregori nella notte. Le due scie gemelle di vapore luccicarono al chiarore della luna e si unirono agli sbuffi di nebbia che aleggiavano a parecchi metri dal suolo della foresta. Ansioso di ritornare da Raven, Mikhail serpeggiò tra gli alberi in direzione della radura che separava le case dalla foresta profonda. Passando sul prato oltre la capanna del prete, fu colto dall'inquietudine, che risuonò così forte nella sua mente da farlo tornare alla casa di padre Hummer. Al riparo degli alberi, riprese le sembianze umane. Si sforzò di toccare la mente di Raven. Nessun pericolo.

«Cosa c'è?». Gregori si materializzò accanto a Mikhail.

Ispezionarono le vicinanze in cerca di un pericolo. Fu la terra a rivelare i segni della violenza – impronte di stivali, goccioline di sangue.

Turbato, Mikhail alzò lo sguardo verso Gregori e insieme si voltarono a guardare la casa del suo vecchio amico.

«Vado io per primo», disse Gregori, con tono di compassione. Si mise rapidamente tra Mikhail e l'entrata della casa.

La piccola, linda capanna, così confortevole e accogliente, era distrutta, saccheggiata. I mobili erano a pezzi, le tende di traverso, le vecchie stoviglie in frantumi. I preziosi libri del prete erano stati strappati e le sue fotografie ridotte a brandelli. Le erbe di padre Hummer, conservate con cura nelle latte, giacevano sparse a mucchi sul pavimento della cucina. Il materasso sottile era pieno di squarci e le lenzuola stracciate.

«Che cosa cercavano?», si domandò Mikhail ad alta voce, vagando per la stanza. Si chinò a raccogliere uno dei pezzi degli scacchi che conosceva bene, lo strinse fra le dita. Una torre. C'erano macchie di sangue sul pavimento e sulla vecchia sedia a dondolo intagliata.

«Non c'è il cadavere», fu il commento superfluo di Gregori. Si piegò e raccolse una vecchissima Bibbia rilegata in pelle. Il libro era consunto, il cuoio liscio e brillante là dove le dita del prete lo avevano tenuto così spesso. «Ma dove c'è un odore, c'è una pista». Gregori porse a Mikhail la Bibbia, guardando il suo principe infilare senza una parola il libro sotto la camicia, vicino alla pelle.

Il corpo muscoloso di Gregori si curvò e scricchiolò. Una pelliccia lucente ricoprì le braccia, artigli spuntarono fuori dalla punta delle dita, e le zanne dal muso che si allungava. L'enorme lupo nero saltò fuori dalla finestra e si diede all'inseguimento mentre ancora finiva la trasformazione. Mikhail lo seguì, balzando fra gli alberi e correndo in cerchio, con il naso puntato al suolo. La pista portava fuori dal paese, verso la foresta. La traccia saliva in alto fra le montagne, e si allontanava dalla direzione in cui erano Raven e Jacques. Chi aveva fatto questo a padre Hummer voleva essere solo per compiere il suo sporco lavoro.

Mikhail e Gregori divoravano la terra, fianco a fianco, animati da propositi omicidi. Correvano con il naso al vento, abbassando il muso di tanto in tanto per non perdere la traccia del prete. I muscoli possenti si gonfiavano sui loro dorsi, i cuori e i polmoni funzionavano come macchine ben oliate. Al loro passaggio gli animali fuggivano via a rintanarsi terrorizzati.

A un certo punto del loro percorso, un albero era marcato con un odore pungente e sconosciuto. Erano usciti dai confini del territorio del branco di Mikhail, e si trovavano in quello di un altro. I lupi attaccavano spesso gli intrusi. Mikhail inviò un richiamo, lasciando che il vento lo trasportasse, per localizzare la coppia dominante.

Grazie all'odore del sangue del prete era facile seguire la pista. Ma Mikhail iniziava a sentirsi stranamente inquieto. Qualcosa gli sfuggiva. Avevano coperto parecchi chilometri di corsa, eppure la traccia non cambiava. L'odore non era né più fresco né più attenuato, ma sempre uguale. Un lieve rumore sopra di loro fu l'unico avvertimento, un curioso stridore come di roccia contro roccia. Erano in una stretta gola dalle pareti ripide su entrambi i lati. I due lupi si dissolsero all'istante in goccioline di nebbia. La frana di sassi e macigni che piovve dall'alto colpì solo una foschia incorporea.

Mikhail e Gregori si lanciarono nel cielo nello stesso momento, riacquistando una forma solida un attimo prima di atterrare con agilità sulla parete di roccia sovrastante. Non c'era traccia né del prete né di certo del suo aggressore. Mikhail lanciò a Gregori un'occhiata inquieta. «Nessun umano può aver fatto questo».

«Il prete non ha percorso tutta questa distanza a piedi, e non è stato trasportato da un mortale», rifletté Gregori. «Il nemico ha usato il suo sangue per attirarci fin qui». Scrutarono tutto intorno, con i sensi tesi al massimo. «Questa è l'opera di un vampiro».

«È abbastanza astuto da non aver lasciato il suo odore», osservò Mikhail.

Un branco di lupi fece irruzione dal folto degli alberi, con gli occhi rossi puntati su Mikhail. Ringhiando e mostrando le zanne, gli animali si gettarono sulla figura alta ed elegante che li osservava con noncuranza dal ciglio della rupe. Gregori andò incontro al branco come un demone turbinante, scagliando gli animali nel burrone, spezzando ossa come fossero fiammiferi, senza mai emettere un suono e muovendosi a una velocità soprannaturale.

Mikhail non si era mai mosso, con il cuore gonfio di tristezza. Quale spreco di vita. Una tragedia. Gregori era capace di distruggere vite con tanta facilità, senza alcuna emozione o rimpianto. Era questo, più di ogni altra cosa, il segno della condizione disperata della sua razza.

«Corri troppi rischi», lo rimproverò Gregori, materializzandosi accanto a lui. «Erano programmati per distruggerti. Avresti dovuto metterti al riparo».

Mikhail contemplò la distruzione e la morte che lo circondavano. Nessuno dei corpi era a meno di dieci metri da lui. «Sapevo che tu non l'avresti permesso. Ora lui non avrà pace finché non avrà distrutto te, Gregori».

L'ombra di un sorriso da lupo passò sul volto di Gregori. «L'idea è quella, Mikhail. Questo è il mio invito. Ha il diritto di sfidarti apertamente se così vuole, ma ti vuole consegnare ai mortali. Un tradimento simile non sarà mai tollerato».

«Dobbiamo trovare padre Hummer», disse piano Mikhail. «È troppo vecchio per sopravvivere a un'aggressione così violenta. Quando il sole inizierà a sorgere, il vampiro non lo risparmierà».

«Ma perché un piano tanto complicato?», si chiese Gregori ad alta voce. «Doveva sapere che non ti avrebbero fermato né la frana né i lupi».

«Sta prendendo tempo». Negli occhi neri di Mikhail balenò la paura. Cercò di nuovo la mente di Raven. Stava prendendo in giro Jacques.

Mikhail fece un brusco respiro. «Byron. Nel paese tutti sanno che è il fratello di Eleanor. Se Eleanor, il bambino e Vlad erano le vittime designate, è plausibile che lo sia anche Byron». Mentre il suo corpo s'incurvava e si contorceva, e le penne spuntavano mandando bagliori iridescenti nella primissima luce del mattino, inviò un avvertimento al giovane carpaziano. Con un poderoso battito di ali, volò in aiuto del migliore amico di Jacques, facendo a gara con il sole.

Gregori scrutò con gli occhi pallidi il profilo delle montagne scure al di sopra della foresta. Fece un passo oltre il ciglio del burrone, mutando forma mentre precipitava a terra. Si alzò nel cielo battendo le ali robuste, dritto verso le guglie di roccia che sorgevano dietro le cime degli alberi. L'entrata della caverna era soltanto una fessura nella parete rocciosa. Sciogliere gli incantesimi protettivi fu questione di un momento. Gregori si dissolse in nebbia e si infiltrò nella stretta fenditura.

Quasi subito il passaggio si allargava e proseguiva tortuoso. L'acqua gocciava dalle pareti. Gregori si ritrovò in un'ampia camera: la tana del vampiro. Ora conosceva il suo odore. Nei suoi occhi argentei saettò un lampo di soddisfazione. Il vampiro non avrebbe trovato più rifugio lì. Avrebbe scoperto che nessuno minacciava il suo principe senza meritare un castigo spietato.

Raven camminava inquieta su e giù nella capanna, rivolgendo a Jacques un sorriso ironico. «Sono capacissima di aspettare».

«Lo vedo», disse Jacques secco.

«Insomma, Jacques», Raven fece di nuovo il giro della stanza e si voltò a guardarlo, «non lo trovi anche tu un po' snervante, almeno?».

Jacques si appoggiò pigramente allo schienale della sedia, con un sorriso impudente. «Vuoi dire di trovarmi rinchiuso qui insieme a una magnifica pazza?»

«Ah, ah, ah. È un vizio di tutti i carpaziani, quello di credersi dei comici professionisti?»

«Solo di quelli che hanno cognate incapaci di star ferme. Mi sembra di assistere a un incontro di ping pong. Siediti un momento».

«Be', quanto ci vuole per sistemare una faccenda come quella? Mikhail sembrava molto scosso».

Con studiata indifferenza, Jacques inclinò la sedia in un modo assai precario e alzò un sopracciglio. «Le donne hanno un'immaginazione fervida».

«Intelletto, Jacques, non immaginazione», lo corresse dolcemente Raven.

Jacques sogghignò. «I maschi carpaziani conoscono la fragilità dei nervi delle donne. Semplicemente, le donne non sopportano certe avversità quanto gli uomini».

Raven agganciò con il piede una gamba della sedia di Jacques e lo mandò gambe all'aria. «Gli uomini carpaziani sono vanitosi, caro cognato», proclamò, «ma non molto svegli».

Jacques la guardò in cagnesco, con esagerata ferocia. «Sei proprio una vipera, tu». Si rialzò in piedi di scatto, con lo sguardo improvvisamente serio. «Mettiti questo». Fabbricò dal nulla un maglione pesante.

«Come fai?». A Raven sembrava magia.

«Un carpaziano può creare dalla terra qualsiasi sostanza naturale», le spiegò in tono vagamente distratto. «Mettitelo, Raven. Comincio a sentirmi in trappola in questa capanna. Dobbiamo uscire fuori, all'aria, dove posso fiutare se arriva un pericolo».

Raven si infilò il maglione caldo e seguì Jacques fuori sulla veranda. «La notte è quasi finita», osservò.

Jacques inspirò bruscamente. «Sento odore di sangue. Due umani; uno lo conosco».

«Padre Hummer», disse Raven ansiosa. «È suo il sangue». Scese di corsa i gradini, ma Jacques, più cauto, la trattenne per il braccio.

«Non mi piace per niente, Raven».

«È ferito, Jacques. Sento il suo dolore. E non è più un ragazzo».

«Forse. Ma come è arrivato quassù? La capanna è isolata; pochi sanno che esiste. Perché il prete dovrebbe venire da noi nell'ora in cui siamo più deboli?»

«Potrebbe essere in fin di vita. Mikhail si fida di lui», disse Raven ostinata, tutta presa dall'ansia per il prete. «Dobbiamo aiutarlo».

«Tu resterai alle mie spalle e farai come ti dico», ordinò Jacques, trascinandola riluttante dietro di sé. «Ho dato a Mikhail la mia parola che ti avrei protetto a costo della vita, ed è quel che intendo fare».

«Ma...». Raven non finì la protesta, leggendo chiaramente la sua determinazione.

«Fiuta il vento, Raven. Sei carpaziana. Non credere sempre a quel che appare. Vedi oltre i tuoi occhi e il tuo cuore. Ho chiamato Mikhail. È lontano, ma sta tornando più veloce che può. E l'alba è vicina». Jacques era sceso dalla veranda e camminava lentamente in cerchio, intorno a una macchia di alberi. «C'è un altro umano».

Raven saggiò il vento, cercando in ogni direzione il pericolo nascosto. Si sentiva a disagio, ma riusciva solo a percepire il lento avvicinarsi del prete e del suo compagno umano. «Cos'è che mi sfugge, Jacques?». Poi lo sentì, un disturbo nell'armonia naturale delle cose, un potere in disaccordo con la terra.

Vide Jacques trattenere di colpo il respiro; i suoi occhi neri, così simili a quelli di Mikhail, scintillarono minacciosi. «Vieni via da lì, Raven. Corri. Vieni fuori in fretta e non guardare indietro. Riparati dal sole e aspetta Mikhail».

«Posso aiutarti». Il terrore crebbe. Qualcosa di terribile li minacciava, qualcosa che Jacques temeva. Raven non trovava il coraggio di scappare e lasciare il cognato ad affrontare da solo quel pericolo. «Non posso andarmene così, Jacques».

Non capisci. Tu sei più importante di me, del prete, di tutti noi. Sei l'unica speranza per il nostro futuro. Vattene da qui. Non farmi venir meno alla parola data.

L'indecisione lottava con la sua coscienza. Zoppicando, apparve padre Hummer, molto più fragile di come Raven lo ricordasse. Il suo volto era ammaccato e gonfio, quasi irriconoscibile. Per la prima volta dimostrava tutti i suoi ottantatré anni.

«Vai, Raven!», sibilò di nuovo Jacques, descrivendo un altro piccolo cerchio, senza mai guardare il prete che si avvicinava. I suoi occhi inquieti dardeggiavano qua e là senza posa. *Devi andartene subito.*

Apparve un altro uomo. Assomigliava molto a Eugene Slovensky, ma i suoi capelli erano più chiari ed era evidentemente più giovane. Arrivò alle spalle del prete e lo spintonò brutalmente.

Il prete incespicò e cadde in avanti, cercò di rialzarsi su un ginocchio e finì disteso con la faccia a terra. L'uomo biondo gli assestò un calcio. «In piedi, maledetto vecchio. Alzati o ti ammazzo lì dove sei».

«Smettila!», gridò Raven, con gli occhi pieni di lacrime. «Padre Hummer!». Si lanciò di corsa giù per i gradini.

Con un balzo fulmineo, Jacques si parò davanti a lei e la ricacciò verso la veranda con un gesto impaziente. *È una trappola, Raven. Vattene da qui.*

Ma padre Hummer! Protestò lei angosciata.

«Vieni qui, signorina», ringhiò il sosia di Slovensky. Si chinò, afferrò il prete per la collottola e lo fece rimettere in ginocchio. Un coltellaccio brillò vicino alla gola del prete. «Se non fai come ti dico, lo ammazzo adesso».

Jacques si voltò, con un bagliore rossastro in fondo agli occhi scuri. Emise un ringhio sordo di avvertimento che fece rabbrividire Raven e impallidire l'aguzzino del prete.

Intorno a loro si alzò il vento, facendo mulinare foglie e ramoscelli. Una creatura parve materializzarsi dal nulla, lo colpì in pieno petto, lo sollevò e lo trascinò sul tronco di un albero.

Raven gridò. *Mikhail! Dove sei?*

Sto arrivando. Vattene da lì.

Jacques e il vampiro balzavano da un albero all'altro, in uno schianto di rami. Gli artigli squarciavano, le zanne affondavano e dilaniavano. Avvinti in un combattimento mortale, i due mutavano forma senza sosta. Il vampiro, reso forte e audace dal suo ultimo assassinio, si scagliò su Jacques, travolgendolo e infliggendogli tagli spaventosi in tutto il corpo.

Scappa, Raven. È te che vuole, la ammonì Jacques. *Vattene finché puoi.*

Raven sentiva il respiro pesante di Jacques e lo vedeva indebolirsi sempre più. Raven non aveva mai aggredito un altro essere umano in vita sua, ma era chiaro che Jacques stava per avere la peggio. *Fai presto, Mikhail,* lo incitò disperata. L'alba iniziava a colorare il cielo quando Raven balzò sulla schiena del vampiro, cercando di trascinarlo via da Jacques.

No, allontanati! Il grido di Jacques fu imperioso e pieno di terrore.

No, Raven! Fece eco Mikhail da lontano.

No, donna, non farlo!, fu il sussurro feroce di Gregori nella sua mente.

Senza capire, ma certa di essere in pericolo di morte, Raven tentò di lasciare la presa. Il vampiro le ghermì il polso in una morsa invincibile e voltò la testa, con un bagliore di trionfo negli occhi. Le affondò i denti acuminati nel polso e lappò il sangue denso e scuro. Il morso fu come un marchio infuocato che le straziava e bruciava la carne.

Mikhail e Gregori sferrarono un colpo mentale alla gola del vampiro. Benché un simile attacco non fosse efficace contro un essere di sangue carpaziano, tanto meno a distanza, il loro assalto combinato lasciò momentaneamente senza fiato il vampiro. Jacques lo colpì con rinnovata ferocia, facendolo sbilanciare e sbalzando via Raven.

Il sangue schizzò sul suolo della foresta, e per un attimo i due nemici si immobilizzarono, distratti dalla pioggia di gocce cremisi, e si voltarono all'unisono verso di lei.

«Chiudi quella ferita!», latrò il vampiro con voce strozzata.

Raven, morirai dissanguata. Jacques tentò di dominarsi, per farle comprendere la gravità della situazione.

Il vampiro colpì Jacques al ventre con gli artigli, costringendolo ad abbassare le mani per proteggersi. La testa del vampiro si deformò in un muso allungato, e la creatura si avventò come un lupo alla gola scoperta di Jacques, per sbranarlo con denti e artigli

Raven gridò e si buttò addosso al vampiro, tempestandogli la testa e le spalle di colpi. La creatura gettò via sprezzante il corpo di Jacques, che ricadde come una bambola di pezza sulle foglie morte. Il vampiro strattonò il polso di Raven, guardandola sogghignante, e lambì con la lingua la ferita per richiuderla. Il suo corpo e la sua mente si ribellarono a quel contatto disgustoso, e sentì una fitta allo stomaco.

«Ricorda, mortale: lei è mia», intimò a Slovensky. «Verrò a prenderla questa notte. Portala al riparo dal sole». Poi lasciò andare Raven e si lanciò in volo nel cielo.

Raven si sputò sulle mani e si avvicinò tremante al corpo immobile di Jacques. «Il vampiro lo ha ucciso», gridò isterica. Si chinò a raccogliere manciate di terra della foresta. «Oh mio Dio, è morto. Avete lasciato che quella cosa lo uccidesse!». Chinandosi su di lui per non essere vista, Raven tamponò le ferite sulla gola di Jacques con la terra e con la saliva. *Bevi, Jacques, subito, così potrai resistere fino all'arrivo di Mikhail e Gregori.* Continuò a singhiozzare, premendogli il polso sulla bocca, grata per una volta che gli uomini ritenessero le donne isteriche in casi di emergenza.

Mikhail! Jacques è ferito mortalmente. Ed è esposto al sole. Sentì l'uomo che si avvicinava e scosse leggermente il polso. Jacques era così debole mentre si nutriva, appena cosciente, che quasi non capì il segnale. Aveva perso moltissimo sangue.

Con grande dignità Raven coprì la testa, nascose il polso e si chinò come a baciarlo per l'ultima volta. *Non abbandonarmi, Jacques. Devi vivere. Per me, per Mikhail, per tutti noi.* Mentre gli inviava quelle parole non percepiva in lui alcuna pulsazione, nessun battito del cuore.

Slovensky le afferrò la spalla e la fece scattare in piedi. Raven era mortalmente pallida e si sentiva stordita. «Basta coi piagnistei. Tu prova a darmi grane e io faccio fuori il prete. E se mi tocchi, a ucciderlo ci penserà il vampiro». La spinse sul sentiero.

Raven sollevò il mento e lo guardò con freddezza, con gli occhi arrossati. «Allora immagino che sia nel tuo interesse tenere padre Hummer in ottima salute, no?». Avendo toccato l'uomo, Raven sapeva che questi non riteneva il prete un avvocato del demonio o un servo di Mikhail. Aveva visto il potere del vampiro e lo desiderava per sé; credeva che presto sarebbe stato ricompensato.

James Slovensky lesse chiaramente il disprezzo nei suoi grandi occhi azzurri. Non gli piaceva ciò che vi vedeva riflesso e le diede un'altra spinta in direzione del sentiero.

Raven dovette fare appello a tutta la sua disciplina per avanzare sul terreno accidentato. Non si era mai sentita tanto debole. Non poteva nemmeno aiutare padre Hummer. Mettere un piede davanti all'altro richiedeva una concentrazione enorme. A un certo punto si ritrovò a terra seduta, senza essere inciampata. Le sue gambe avevano semplicemente ceduto. Senza guardare il suo aguzzino, Raven si rimise a fatica in piedi. Non voleva che lui la toccasse. Sentiva freddo, sulla pelle e dentro di sé, e temeva di non riuscire a scaldarsi mai più.

Nutriti dal prete, le ordinò il vampiro in tono furente.

Raven sbatté le palpebre e guardò intorno a sé, anche se la voce era dentro la sua testa. Il vampiro aveva stabilito un legame di sangue con lei e aveva libero accesso ai suoi pensieri. *Va' all'inferno*, si limitò a rispondergli, con puerile soddisfazione.

Il vampiro rise beffardo. *Hai dato il tuo sangue a Jacques. Avrei dovuto immaginarlo. Non sopravviverà; mi sono premurato di ferirlo a morte.*

Raven raccolse nella mente tutto il disprezzo di cui era capace. Ormai faticava a pensare lucidamente, e aveva perso il conto delle sue cadute. Il suo aguzzino la spinse sul sedile posteriore di un'auto, accanto al prete, e partì a rotta di collo giù per la montagna. Raven si accasciò su un fianco, lieta che i finestrini fossero oscurati. Si sentiva sempre più letargica, e il corpo era come piombo.

Nutriti!, le ingiunse il vampiro.

Raven era contenta di poterlo sfidare. Non poteva dormire, non osava, senza avere la certezza che Jacques era salvo. Mikhail e Gregori volavano a gara con il sole battendo le ali possenti verso la vecchia capanna. Appena possibile si sarebbero sepolti nella terra, portando Jacques con loro.

Raven. Il richiamo era più vicino, e le riempì la mente di amore. *Sei così debole.*

Salva Jacques. Vieni da me stanotte, Mikhail. Il vampiro conosce i miei pensieri. Si crede al sicuro, e vuole usarmi come esca per attirarti. Non lasciarlo vincere. Cercò disperatamente di inviargli un messaggio coerente, ma si sentiva intorpidita.

«Raven?». Edgar Hummer le toccò la fronte e la trovò gelida. La sua pelle era pallida al punto da sembrare traslucida, i suoi occhi azzurri infossati, come due fiori ammaccati premuti suo viso. «Riesci a parlare? Mikhail è vivo?».

Raven annuì, osservando sgomenta il suo volto pieno di lividi. «Che cosa le hanno fatto? Perché l'hanno conciata così?»

«Sono convinti che io sappia dove Mikhail tiene tutte le sue bare di riserva. Secondo Andre...».

«Chi è Andre?»

«È il vampiro traditore in combutta con questi assassini. È un vero non morto, che si nutre dei bambini e distrugge tutto quel che è sacro. La sua anima è perduta per sempre. A quanto ne so, Andre diffonde di proposito le leggende sui vampiri. Dichiara che Mikhail è il capo dei vampiri e che se riusciranno a ucciderlo, tutti i suoi schiavi torneranno allo stato di comuni mortali. Deve aver creato un legame di sangue a loro insaputa e lo usa per dargli ordini».

Raven chiuse gli occhi, esausta. Il suo cuore si sforzava di pompare senza il sangue necessario; i suoi polmoni invocavano ossigeno. «Quanti sono?»

«Tre, da quel che ho visto. Questo è James Slovensky. Suo fratello Eugene dovrebbe essere il loro capo, e Anton Fabrezo il loro gorilla».

«Due di loro erano al rifugio insieme alla coppia di americani. Pensavamo che avessero lasciato il paese. Questo Andre dev'essere molto più potente di quanto sospettino».

La voce le mancava, farfugliava le parole. Padre Hummer la guardò mentre tentava di scostare i capelli dal viso. Il braccio sembrava pesarle troppo; il suo viso aveva un'aria assente. Padre Hummer la aiutò con delicatezza.

Raven! La voce di Mikhail era angosciata.

Rispondergli era uno sforzo troppo grande. Il prete si spostò per farle posare la testa sul suo braccio. Raven tremava di freddo. «Mi serve una coperta per lei, qui dietro».

«Sta' zitto, vecchio», inveì Slovensky. Scrutava attentamente il cielo da dietro il parabrezza. Il sole era sorto, ma il cielo era oscurato da spesse nubi.

«Se muore, Andre ti farà rimpiangere di non essere morto anche tu», insistette Edgar Hummer.

«Ho bisogno di dormire», disse con un filo di voce Raven, senza aprire gli occhi. Non fece nemmeno una smorfia quando Slovensky le gettò la giacca sul viso.

Mikhail doveva ripararsi. Senza gli occhiali scuri e nessuna protezione dai raggi del sole, gli occhi e la pelle gli bruciavano. Si posò su un ramo basso, riprese forma umana e saltò gli ultimi due metri che lo separavano da terra. Il corpo di Jacques era disteso al sole, un maglione gli copriva il collo e il viso. Senza verificare la gravità delle ferite del fratello, Mikhail lo sollevò e scivolò rapido sopra la terra in direzione di una rete di gallerie poco lontano.

Un enorme lupo nero sbucò dalla radura e lo seguì, correndo agilmente al suo fianco, con pallidi occhi argentei che brillavano in modo sinistro. Attraversarono insieme l'angusto passaggio fino a trovarsi in una vasta camera piena di vapore. Il lupo nero si contorse, la pelliccia si ritirò dalle braccia muscolose e Gregori tornò alle sue vere sembianze.

Mikhail depose delicatamente il corpo di Jacques sulla terra fertile e gli tolse il maglione. Imprecò sottovoce e ricacciò indietro le lacrime che gli bruciavano nella gola. «Puoi salvarlo?».

Gregori posò la mano su quelle ferite crudeli. «Ha fermato il cuore e i polmoni per conservare il sangue. Raven è debole perché lo ha nutrito. Ha impastato la terra con la sua saliva e l'ha spalmata sulle ferite. Mi serviranno le tue erbe, Mikhail».

«Salvalo, Gregori». Il corpo di Mikhail si ricoprì di una spessa pelliccia lucente, s'incurvò e si allungò e prese la forma del lupo, sfrecciando nel dedalo di gallerie che conduceva fuori dalle viscere della terra. Non osava pensare a Raven e a quanto doveva essere debole. Anche il suo corpo si appesantiva, bisognoso del sonno e della terra.

Raccogliendo tutta la sua forza immensa e la sua volontà forgiata dai secoli, Mikhail riemerse all'aperto e continuò a correre, sfruttando l'agilità del lupo, con gli occhi ridotti a due fessure. Le zampe sfioravano veloci la terra, affondavano nel terreno per superare d'un balzo tronchi abbattuti. Oltrepassò pietraie e gole rocciose, senza mai rallentare.

Il cielo nuvoloso attutiva gli effetti del sole, ma gli occhi gli lacrimavano quando raggiunse la capanna. Il vento cambiò, portandogli l'odore nauseante del sudore e della paura. *Un uomo.* La bestia ringhiò silenziosamente, la rabbia trattenuta esplose in una furia accecante. Il lupo arrestò di colpo la sua corsa, col ventre a terra, in posizione d'attacco.

Si tenne sottovento, strisciando tra i cespugli fitti per cogliere di sorpresa i due uomini che attendevano a loro volta in agguato. Una trappola per lui. Naturalmente il traditore sapeva che Mikhail sarebbe corso in aiuto del fratello. Il vampiro era astuto e disposto a correre rischi. Aveva aspettato paziente, alimentando il fanatismo di Hans Romanov. Era stato lui, probabilmente, a ordinargli di uccidere la moglie. Strisciando sul ventre, il lupo avanzò fino a trovarsi a pochi metri dal più grosso dei due uomini.

«Siamo arrivati tardi», sussurrò Anton Fabrezo, alzandosi per metà per ispezionare il sentiero davanti alla capanna. «Di sicuro qui è successo qualcosa».

«Accidenti a quel motore, ha scelto un bel momento per surriscaldarsi», si lagnò Dieter Hodkins. «C'è sangue dappertutto, e rami spezzati. Qui c'è stata una zuffa, senz'altro».

«Secondo te Andre ha ammazzato Dubrinsky?», chiese Anton.

«Quello è lavoro per noi. Ma ormai c'è il sole. Se Dubrinsky è vivo, è da qualche parte a dormire nella sua bara. Possiamo dare un'occhiata nella capanna, ma non credo che troveremo niente», disse Dieter, seccato.

«Andre se la prenderà con noi», fece Anton in tono ansioso. «Lo vuole proprio morto, quel Dubrinsky».

«Be', tanto per cominciare avrebbe dovuto darci un camion decente. Gliel'avevo detto, che il mio stava per fondere», rispose impaziente Dieter. Era convinto dell'esistenza dei vampiri, e che fosse un suo sacro dovere sterminarli.

Dieter si alzò cauto a scrutare il terreno circostante. «Su, Fabrezo. Magari, se siamo fortunati, troviamo Dubrinsky nella capanna, già steso nella bara».

Anton rise nervoso. «Allora io gli infilo il paletto, tu gli tagli la testa. È un lavoraccio, questo di ammazzare vampiri».

«Copritemi mentre esco a dare un'occhiata», ordinò Dieter. Avanzò attraverso la vegetazione fitta, con il fucile stretto tra le mani. Le fronde davanti a lui si spalancarono, e si trovò faccia a faccia con un lupo gigante. Si immobilizzò, con il cuore in gola.

Gli occhi neri scintillavano malevoli, lacrimosi, cerchiati di rosso. Le zanne candide e acuminate brillavano di saliva. Il lupo fissò per almeno mezzo minuto l'uomo impietrito per il terrore. Senza preavviso balzò in avanti a testa bassa, lo azzannò alla caviglia e serrò le fauci con una forza incredibile, lacerando il cuoio degli stivali e frantumando le ossa con uno schianto orribile. Dieter gridò e cadde. Il lupo lo lasciò all'istante e si ritrasse, scrutandolo con occhi assenti.

Dalla sua posizione tra i cespugli, Fabrezo aveva visto Dieter Hodkins cadere gridando, ma nient'altro. Quell'urlo lo riempì di terrore. Anton recuperò la voce solo dopo un minuto. «Cos'è stato? Non riesco a vedere», disse, in realtà arretrando fra i cespugli, puntando il fucile carico, con il dito sul grilletto pronto a polverizzare qualunque cosa si muovesse. Voleva gridare a Dieter di stare zitto, ma rimase in silenzio, mentre il cuore gli batteva all'impazzata.

Dieter cercò di imbracciare nuovamente il fucile per fare fuoco, ma tra il dolore e il terrore di quegli occhi neri e malefici, non fece in tempo a puntare. Quegli occhi erano troppo intelligenti, pieni di furore. Quello sguardo mortale era per lui. Ed erano gli occhi della morte a incantarlo. Non riuscì a distogliere lo sguardo, nemmeno quando il lupo balzò per azzannarlo alla gola. Fino alla fine non provò nulla, anzi la accolse quasi con sollievo. Gli occhi del lupo, fissi nei suoi, si fecero di colpo tristi.

Il lupo scosse la testa arruffata e scivolò tra i cespugli dietro Anton Fabrezo. Sentiva il suo cuore martellare per la paura, gonfio di vita. Sentiva il sangue scorrere caldo nel corpo dell'uomo, l'odore della paura e del sudore. Si sentì fremere per la gioia, per la sete di sangue. Mikhail si trattenne, pensò a Raven, alla sua compassione e al suo coraggio e la furia omicida si placò. Il sole spuntò da dietro una nuvola spessa e gli trafisse gli occhi come un milione di aghi.

Mi servono quelle erbe, Mikhail. Il sole sta salendo e Jacques non ha più molto tempo. Finiscilo ora.

Il lupo attese che le nuvole tornassero a ricoprire il sole e uscì baldanzoso all'aperto, volgendo la schiena a Fabrezo. Anton strinse gli occhi, con un ghigno sadico. Alzò il fucile, cercando il grilletto, ma prima che potesse premerlo il lupo si voltò a mezz'aria e si abbatté sul suo petto, sfondando la gabbia toracica e colpendo dritto al cuore.

Il lupo scavalcò il cadavere, sprezzante, e trotterellò verso la capanna. Lacrimava senza sosta, per quanto strizzasse gli occhi. Il senso di pesantezza in tutto il corpo era più difficile da ignorare. Il tempo era prezioso, e il lupo si affrettò a salire i gradini. Le dita di una zampa si allungarono per poter afferrare la maniglia e aprire la pesante porta. Il bisogno di sonno lo opprimeva e Jacques aspettava le erbe curative.

Con due mani deformi e artigliate si appese al collo il sacchetto di erbe preziose, poi riprese a correre a tutta velocità, ingaggiando una gara con il sole che dissipava la spessa coltre di nubi.

A un tratto si udì un tuono. Nuvole nere, cariche di pioggia, si addensarono nel cielo proteggendo Mikhail dal sole. La tempesta incombeva sul bosco, un vento impetuoso sollevava le foglie e faceva oscillare i rami. Un lampo sinuoso attraversò il cielo come una frusta di luce danzante. Il cielo si incupì come un calderone che ribolliva di nubi minacciose. Mikhail s'infilò d'un balzo nella caverna e sfrecciò giù per i cunicoli che portavano alla camera principale, mutando forma mentre correva.

Lo sguardo freddo e argenteo di Gregori si posò su Mikhail mentre gli consegnava le erbe. «È un miracolo che tu sia riuscito ad allacciarti le scarpe senza di me, in tutti questi secoli».

Mikhail si accasciò vicino al fratello, con una mano sugli occhi che bruciavano. «Il miracolo è che tu sia sopravvissuto malgrado la tua sfacciata ostentazione di potere».

La lingua antica, vecchia come il tempo, riecheggiò nella camera. La voce di Gregori era incantevole e imperiosa allo stesso tempo. Nessuno aveva una voce come la sua. Bellissima, ipnotica. Il canto rituale era un'ancora nel mare incerto in cui galleggiava Jacques. Il terreno fertile, impastato con la saliva di Gregori, cingeva il collo del carpaziano ferito. Il sangue di Gregori, antico e smisuratamente potente, scorreva nelle vene assetate di Jacques. Gregori sbriciolava e mischiava le erbe, aggiungendole all'impiastro intorno al suo collo.

«Ho fatto rimarginare le ferite dall'esterno. È debole, Mikhail, ma la sua volontà è forte. Se lo portiamo in profondità e gli diamo tempo, guarirà. Gregori premette un impasto sul palmo di Mikhail. «Mettiti questo sugli occhi. Ti aiuterà finché non saremo nella terra».

Gregori aveva ragione. L'impiastro leniva il bruciore come ghiaccio fresco che spegne una fiamma. Ma dentro di lui si agitava un altro incubo. Un abisso cupo e spaventoso che si allargava sempre di più, sussurrando pensieri folli. Ogni volta che aveva cercato la mente di Raven, aveva trovato il vuoto. L'intelletto gli diceva che era profondamente addormentata, ma il suo sangue carpaziano invocava il contatto con Raven.

«Ora devi andare sotto terra», ammonì Gregori. «Pronuncerò gli incantesimi in modo che nessuno ci disturbi».

«Con un grosso cartello che dice "Qui giace Gregori, si prega di non disturbare?"», chiese piano Mikhail, vagamente minaccioso.

Gregori calò il corpo di Jacques in profondità, nella terra guaritrice, incurante del sarcasmo di Mikhail.

«Dopo lo spettacolo che hai dato prima, tanto valeva scrivere il tuo nome nel cielo, Gregori».

«Voglio che il vampiro abbia ben chiaro chi sono e chi ha scelto come nemico». Gregori si strinse nelle spalle muscolose, con aria indifferente.

Mikhail sentiva la spossatezza formicolargli sulla pelle, pungergli le viscere e i nervi. Alzò gli occhi gonfi e arrossati sul volto severo eppure stranamente sensuale di Gregori. In lui c'era un potere incredibile, che fiammeggiava nell'argento dei suoi occhi. «Tu credi che ormai io sia completo grazie a Raven e che non abbia più bisogno di te. Ti attiri addosso il pericolo di proposito, per distoglierlo da me e dagli altri, perché nel tuo cuore credi di non poter più resistere. Ti esponi volontariamente ai pericoli della caccia; cerchi un modo per porre fine a questa vita. Ma ora, più che mai, la nostra gente ha bisogno di te, Gregori. Abbiamo speranza. C'è un futuro per noi se superiamo i prossimi anni».

Gregori emise un pesante sospiro e distolse lo sguardo dagli occhi accusatori di Mikhail. «La tua salvezza serve a uno scopo, la mia non serve a molto».

Mikhail si passò una mano tra i capelli folti. «La nostra gente non può fare a meno di te, Gregori, e sinceramente nemmeno io».

«Sei proprio sicuro che non mi trasformerò?». Il sorriso di Gregori era amaro. «Hai più fiducia in me di quanta non ne abbia io. Questo vampiro è spietato e inebriato dal suo stesso potere. Si esalta nell'omicidio, nella distruzione. Io cammino sul ciglio di quella follia ogni giorno. Il suo potere è nulla in confronto al mio, una piuma nel vento. Io non ho più un cuore, e la mia anima è nera. Non voglio aspettare fino a quando non potrò più scegliere. L'unica cosa che non voglio è costringerti a scovarmi per distruggermi. Ho basato la mia vita sulla fiducia in te, sul proteggerti. Non voglio aspettare che mi venga data la caccia».

Con un gesto stanco della mano, Mikhail aprì la terra per deporvi suo fratello. «Tu sei il nostro più grande guaritore, la risorsa più preziosa della nostra gente».

«Ed è per questo che sussurrano il mio nome con timore».

Di colpo, la terra tremò e si sollevò minacciosa sotto i loro piedi. L'epicentro del terremoto era certamente molto lontano, ma era il segno inconfondibile della rabbia del vampiro alla scoperta della distruzione del suo covo.

La creatura era tornata nelle caverne, ignara, finché non aveva trovato il corpo del primo lupo. Dietro ogni curva, a ogni passaggio, c'era il cadavere di uno dei suoi emissari. L'intero branco giaceva morto ai suoi piedi. La paura si era trasformata in terrore. Non era opera di Mikhail, il cui senso di giustizia e di lealtà sarebbe stato la sua rovina, ma dell'altro. Del tenebroso. *Gregori.*

Il vampiro non aveva sospettato che il tenebroso sarebbe intervenuto. Andre fuggì dal suo rifugio preferito un attimo prima che la montagna tremasse e la volta della camera crollasse. Nei corridoi angusti si aprirono enormi crepe e le pareti rocciose scricchiolarono sempre più vicine. Lo stridore del granito era tale da lacerargli i timpani. Un vero vampiro, macchiatosi di tanti omicidi, era molto più suscettibile al sole, e alla terribile letargia che si impossessava dei carpaziani durante il giorno. Andre aveva pochissimo tempo per rintanarsi al sicuro. Quando schizzò fuori dalla montagna che rovinava su se stessa, il sole lo colpì facendolo gridare per il tormento. La sua casa eruttava polvere e pietre, dal fragore delle macerie gli giunse l'eco beffarda della risata di Gregori.

«No, Gregori», mormorò Mikhail in tono divertito. Si distese nell'abbraccio accogliente della terra. «Questo era un buon esempio del perché sussurrano il tuo nome con timore. Nessuno capisce il tuo umorismo macabro come me».

«Mikhail?».

Mikhail si fermò nell'atto di richiudere la terra su di sé.

«Non metterei mai in pericolo te e Jacques con la mia sfida. Il vampiro non può penetrare i sigilli di protezione».

«Non ho mai avuto paura di Andre. E so che i tuoi incantesimi sono potenti. Credo che il nostro amico debba prima risolvere il problema di trovare scampo dal sole. Per oggi non ci darà alcun fastidio».

Capitolo 14

Padre Hummer camminava in cerchio lungo le pareti di roccia che li circondavano. Non c'erano finestre, e la loro prigione aveva l'aria di essere solida e impermeabile ai suoni. Nessuna luce penetrava dalle pareti, e l'oscurità completa era opprimente. Il prete aveva ammucchiato tutte le coperte disponibili sul corpo gelido di Raven, ma era ormai certo che fosse morta dissanguata. Non percepiva battito né respiro da quando li avevano rinchiusi nella stanza.

Dopo aver battezzato Raven e averle dato gli ultimi conforti religiosi, padre Hummer aveva iniziato a percorrere attentamente il perimetro della stanza in cerca di una via di fuga.

Il vampiro Andre stava usando Raven per attirare Mikhail in quel luogo. Conoscendo bene Mikhail, Edgar sapeva che era un piano infallibile. Mikhail sarebbe venuto, e che Dio avesse pietà dell'anima di Slovensky.

La sua attenzione fu attratta da un suono flebile, un sibilo affannoso. Padre Hummer tornò a tentoni da Raven. Il suo corpo tremava incontrollabilmente sotto il mucchio di coperte. Era più fredda che mai. Il prete la prese fra le braccia, per dare un po' di calore a entrambi. «Cosa posso fare per aiutarti?».

Raven aprì gli occhi. Vedeva chiaramente nell'oscurità, ed esaminò la cella e poi l'espressione crucciata di padre Hummer. «Ho bisogno di sangue».

«Sarò lieto di donarti il mio, bambina», rispose pronto.

Raven sentiva la debolezza del prete. In ogni caso, Raven non avrebbe mai potuto prendere del sangue alla maniera carpaziana. D'istinto, cercò la mente di Mikhail. Il dolore le esplose nella testa. Gemette piano e si portò le mani alle tempie.

Non sforzarti, piccola. La voce di Mikhail era forte, rassicurante. *Conserva le forze. Presto sarò da te.*

Jacques è vivo? Schegge di vetro le trafissero il cranio.

Sì, grazie a te. Riposati. Era un ordine, chiaro e senza appello.

Raven fece un tenue sorriso. «Mi parli, padre, mi distragga». Era molto debole, ma non voleva che il prete concentrasse su di lei la sua attenzione.

«Per sicurezza parlerò a voce bassa», le sussurrò all'orecchio Edgar. «Mikhail verrà, lo sai. Non ci abbandonerebbe mai qui». Le strofinò le braccia nel tentativo di scaldare il suo corpo affaticato.

Raven fece un cenno col capo, malgrado fosse pesante come piombo. «Lo conosco. Darebbe la vita per noi, senza pensarci».

«Tu sei la sua compagna. Senza di te diventerebbe il vampiro delle leggende, un mostro senza eguali fra gli umani».

Raven lottava a ogni singolo respiro. «Non ne sia sicuro, padre. Anche noi abbiamo i nostri mostri. Io li ho visti, li ho seguiti. Sono altrettanto cattivi, in tutto e per tutto». Si strinse addosso la coperta. «Ha mai incontrato Gregori, l'amico di Mikhail?»

«È quello che chiamano il tenebroso. L'ho visto, certamente, ma solo una volta. Mikhail mi ha parlato spesso dei suoi timori per lui».

Il respiro sibilante di Raven echeggiava lugubre nella cella. «È un guaritore eccezionale, padre». Fece un altro respiro, rabbrividendo. «Ed è leale verso Mikhail. Lei crede che ci sia speranza per la loro razza?».

Il prete le fece il segno della croce sulla fronte e sui polsi. «Sei tu la loro speranza, Raven. Non lo sai?».

Mikhail toccò la sua mente. Era più vicino, e il legame tra loro solido. La colmò di amore e la circondò con il suo abbraccio forte e protettivo. *Resisti, amore mio.* La sua voce era una carezza tenera e seducente come velluto nero.

Non venire in questo posto orribile, Mikhail. Aspetta Gregori, supplicò.

Non posso, piccola.

Nella cella tremolò una luce, si spense e si riaccese, come se qualcuno avesse azionato un generatore. Raven cercò la mano di padre Hummer. «Ho cercato di fermarlo, di avvertirlo, ma è deciso a venire».

«Certo che lo è». Edgar strizzava gli occhi sotto la luce improvvisa. Era preoccupato per Raven. Il suo respiro era strozzato e affannoso.

La pesante porta stridette, girò sui cardini e si aprì. James Slovensky li guardò diffidente. I suoi occhi si posarono su Raven, irresistibilmente attratti dal suo viso. «Che hai tu?», domandò.

Raven fece stancamente un lieve sorriso ironico. «Sto morendo. Mi sembra abbastanza evidente anche per uno come te», disse con un filo di voce, ma in tono così musicale che era impossibile non restarne incantati.

Slovensky si addentrò nella cella. Dentro di sé, Raven sentiva Mikhail accumulare energie e attendere, pronto a colpire. Sentì anche una strana inquietudine. *Aspetta. Sta arrivando il vampiro.* Con un fremito e un sibilo acuto, inspirò a fatica.

Slovensky fu spinto via come un insetto da un solo colpo della mano di Andre. Il vampiro apparve nel riquadro della porta, eccitato dall'ultimo pasto sanguinoso. Il suo sguardo freddo e vagamente sdegnoso prometteva crudeltà spietate. «Buongiorno, mia cara. Mi chiamo Andre, e sono qui per condurti nella tua nuova casa».

Scivolò nella stanza, compiaciuto del potere che esercitava. Quando fu vicino a Raven, il suo sguardo si incupì per la collera. «Ti avevo ordinato di nutrirti del prete».

«E io ti avevo detto di andare all'inferno», disse lei con voce bassa e musicale.

«Presto imparerai che è sempre meglio obbedirmi», ringhiò il vampiro. Stizzito da quell'insolenza, afferrò il prete per la camicia e lo scagliò contro la parete di pietra, fissandola con aria indifferente. «Se non vuoi usarlo per nutrirti, allora non abbiamo più bisogno di lui, vero?», chiese con un sorriso sadico.

Il corpo di padre Hummer si era accasciato al suolo, con uno scricchiolio sinistro di ossa e un gemito soffocato mentre il prete lottava per respirare. Poi un sospiro, e infine il silenzio.

Raven trattenne un grido, sentendosi soffocare, con la mente paralizzata dall'angoscia. *Mikhail, mi dispiace tanto. L'ho fatto infuriare. È colpa mia.*

Si sentì avvolgere dal calore del suo amore, e le dita di Mikhail le sfiorarono il viso. *No, amore mio. Questo mai.* Sentì il suo dolore mescolarsi al proprio. Raven fissò gli occhi azzurri sul vampiro. «E dimmi, come pensi di controllarmi?».

Il vampiro si chinò su di lei con un ghigno malevolo. Raven sentì il suo fiato disgustoso. «Imparerai da sola. E ora devi nutrirti». Schioccò le dita, e Slovensky quasi inciampò correndo fuori dalla cella, per poi rientrare con un bicchiere pieno di liquido denso e torbido. Lo porse al vampiro con dita tremanti, badando a evitare gli artigli affilati come rasoi. «La tua colazione, mia cara». Il vampiro le mise davanti il bicchiere. Raven fiutò; sangue fresco mischiato a qualcos'altro, un'erba dall'odore sconosciuto.

«Una droga, Andre? Non è un po' troppo meschino perfino da parte tua?». Doveva fare uno sforzo tremendo per respirare, per non scoppiare in singhiozzi al pensiero del prete. Se solo non avesse sfidato il vampiro.

Sentendo il suo nome pronunciato con tanto disprezzo, il vampiro si fece torvo, ma continuò a fissarla negli occhi per piegarla alla sua volontà.

Pur detestandolo, pur temendo per Mikhail e in pena per Jacques e padre Hummer, Raven raccolse tutte le sue energie per resistere al comando del vampiro. Si sentì esplodere la testa dal dolore, e si arrese solo quando le prime goccioline di sangue le affiorarono alla fronte.

Il vampiro cercò di trattenere la sua furia a quella ribellione. Raven era in fin di vita e se fosse morta, tutto il suo piano sarebbe andato in fumo. «Se non bevi, morirai. Anche Mikhail lo sa. Mi senti, principe? Sta morendo. Costringila ad accettare la mia offerta».

Devi farlo, piccola, insistette premurosamente Mikhail. *Morirai prima che io riesca a raggiungerti, e la tua sopravvivenza viene prima di ogni altra cosa.*

Quel sangue è drogato.

Le droghe non hanno effetto sui carpaziani.

Raven sospirò e tornò a guardare il vampiro. «Cos'altro c'è dentro?»

«Solo delle erbe, mia cara, erbe che ti daranno un leggero stordimento, ma grazie alle quali i miei amici avranno il tempo di studiare Mikhail con comodo. Possono lasciarlo in vita, tenerlo qui come prigioniero. Non è questo che vuoi? Che lui viva? L'alternativa è ucciderlo immediatamente». Le spinse il bicchiere sotto il naso.

Raven provò una fitta allo stomaco. Sarebbe stato tanto più facile chiudere gli occhi e smettere di lottare per respirare. Il dolore alla testa era intollerabile. Raven era responsabile delle ferite gravi di

Jacques e della morte di padre Hummer. Quel che era peggio, il suo amato Mikhail stava correndo dritto nella trappola del nemico per causa sua. Se avesse smesso di...

No! Fu il comando di Mikhail.

Non devi! Fece eco Gregori.

Il vampiro le serrò le dita intorno alla gola, per impedirle di scegliere la morte e così sconfiggerlo. Quel contatto raccapricciante la nauseò. Di colpo il vampiro urlò e si allontanò con un salto, con una smorfia di dolore e di rabbia. Raven lo vide stringersi al petto il palmo della mano annerito e fumante. Era l'avvertimento di Mikhail, il suo segnale di sfida.

«Tu credi che vincerà lui», ringhiò il vampiro, «ma ti sbagli. E ora bevi!». Le strinse il polso tra le mani.

La mente di Raven si ribellò con un grido a quella presenza malvagia. Il cadavere di Edgar Hummer giaceva scomposto davanti a lei, nient'altro che un mucchio di spazzatura per il vampiro. Grazie al contatto, poteva leggere facilmente i suoi pensieri. Era l'essere più depravato che avesse mai conosciuto.

Per effetto della droga, Raven avrebbe creduto di appartenere ad Andre. Mikhail sarebbe stato tenuto in vita e torturato, troppo debole per difendersi dai suoi carnefici. Slovensky era un sadico che amava infliggere tormenti. Suo fratello era ansioso di vivisezionare un vampiro e compiere esperimenti. Il vampiro era sicuro che i carpaziani avrebbero ucciso i due Slovensky per vendicarsi. Raven lesse nei suoi pensieri ogni dettaglio di quella trama perfida.

Mikhail! Non venire qui! Si dibatté debolmente nella stretta orrenda del vampiro, per non bere il sangue contaminato. *Non lascerò che tu cada nelle loro mani. Sceglierò la morte.*

«Bevi!». Il vampiro era sempre più inquieto. Il cuore di Raven perdeva colpi. Sulla sua fronte si allargava una chiazza cremisi.

«Mai», disse lei, a denti stretti.

«Sta morendo, Mikhail. È questo che vuoi? Morirà tra le mie braccia, qui con me, e avrò vinto comunque». Andre la scosse, furibondo. «Si suiciderà non appena esalerai l'ultimo respiro. Sei così stupida da non capirlo? Morirà».

Gli occhi blu-violetto fissarono quel volto spettrale. «Non prima di averti annientato», rispose con assoluta convinzione.

Amore mio. La voce di Mikhail era una carezza vellutata nella sua mente stremata dal dolore. *Questa volta devi lasciare che io decida al tuo posto. Non mi lasci altra scelta. So che dovremmo decidere insieme, ma tu non riesci a vedere al di là del pericolo per me. Andre non può sconfiggermi. Credimi. Non può separarci. Non viviamo l'uno dentro l'altra. Lui non capisce il nostro legame. Insieme siamo troppo forti per lui. Mi lascerò catturare. Sarò io a permetterlo, nient'altro.*

Il vampiro colse il momento esatto in cui la volontà di Mikhail prevalse. Raven si lasciò accostare il bicchiere alle labbra. Malgrado il comando, il suo corpo cercò di rigettare il nutrimento. Il vampiro sentiva il suo stomaco protestare. Il legame con Mikhail permise a Raven di calmarsi quanto bastava per accettare l'offerta del vampiro.

Il suo cuore e i polmoni reagirono al sangue quasi istantaneamente. Il respiro divenne meno faticoso; il calore si diffuse nel corpo. Quando il comando di Mikhail cessò, Raven si dimenò per liberarsi. Il vampiro la strinse ancora più forte, premendo il viso contro il suo, e rise con maligno compiacimento. «Lo credevi forte, vero? Invece, come vedi, scatta ai miei ordini».

«Perché fai questo? Perché lo hai tradito?»

«Ha tradito tutti noi». Mikhail entrò con passo deciso. Alto, forte, sembrava invincibile.

Slovensky si appiattì contro la parete, cercando di rendersi invisibile. Andre premette un artiglio affilato sulla gola di Raven. «Sii prudente, Mikhail. Potresti uccidermi, è vero, ma sarà lei a morire per prima». Andre la trascinò davanti a sé e la sollevò completamente da terra. Le coperte caddero e Raven rimase a penzolare inerte, impotente, fissando Mikhail.

Lui ricambiò lo sguardo con un sorriso pieno di amore. *Ti amo, piccola mia. Abbi coraggio.* «Cos'è che vuoi, Andre?», disse con calma.

«Voglio il tuo sangue».

«Lo darò a Raven per nutrirla».

Il cuore le batteva all'impazzata nel petto. Deliberatamente, Raven premette la gola sull'artiglio di Andre. Una goccia di sangue apparve e si allungò in un rivolo sul collo. Il vampiro serrò le braccia fin quasi a incrinarle le costole. «Non fare più una simile sciocchezza», la ammonì, poi si rivolse di nuovo a Mikhail. «Non puoi avvicinarti per darglielo. Versalo in un recipiente».

Mikhail scosse piano la testa. *Vuole il mio sangue per sé, amore mio, per diventare più potente e aumentare l'effetto della droga che ingannerà la tua mente.* Raven la sentiva già. Faticava a rimanere in contatto con lui. *Non posso permettergli di prendere il mio sangue.* C'era un'eco triste in quelle parole.

La droga che ti ha somministrato è molto antica, spiegò Gregori con un mormorio gentile, *ricavata dai petali di un fiore che cresce solo nelle regioni settentrionali della nostra terra. Ti disorienterà, ma nient'altro. Il vampiro tenterà di instillare nella tua mente dei ricordi di voi due insieme. Ha stabilito un legame di sangue, per cui può controllare i tuoi pensieri. Quando penserai a Mikhail, lui ti infliggerà dolore. Sarà lui, non la droga. Quando contatterai Mikhail, come è naturale e necessario, Andre non deve saperlo. Tu hai un potere di concentrazione più forte di qualsiasi carpaziano. Lui non sa nulla del nostro legame. Io posso ritrovarti ovunque. Non appena avrò finito con Jacques, verrò da Mikhail. Hai la mia parola che Mikhail sopravviverà. Vi troveremo. Resisti per il bene della nostra gente.*

Il vampiro e Mikhail si fissavano dagli angoli opposti della cella. Mikhail emanava potere da tutti i pori. Pareva leggermente divertito dal dilemma del vampiro.

Un'onda maligna attraversò l'aria tesa della stanza e colpì le tempie di Raven. *Mikhail!*

Il grido mentale echeggiò mentre Slovensky sparava a Mikhail tre colpi, uno dopo l'altro. Lo scoppio si riverberò sulle pareti anguste della cella. Mikhail barcollò all'indietro e cadde accanto a padre Hummer. Il suo sangue prezioso macchiò di cremisi la camicia bianca.

«No!». Stavolta, Raven si dibatté nella stretta del vampiro con l'energia che le veniva dalla paura. Si era quasi liberata con uno strattone, ma le mani del vampiro tornarono a stringersi con forza intorno alla sua gola. Raven cercò di dominare il panico. Non osava svenire. *Gregori. Mikhail è caduto. Gli hanno sparato.*

Lo sento, insieme a tutti i carpaziani. Non avere timore. Non morirà. Gregori era sensibilmente più vicino. *Gli hanno inflitto di proposito ferite che sanguinano abbondantemente, ma non mortali come quelle di Jacques. Mikhail me le sta descrivendo in questo momento.*

Il vampiro trascinò Raven verso la porta. «Arriveranno gli altri, ma sarà troppo tardi. Non credere che ne uscirà vivo», le sibilò all'orecchio. «Slovensky e gli altri pagheranno con la morte, e nessuno potrà riferire quel che è accaduto. E tu sarai mia, lontano da qui, dove non potranno trovarti».

Raven teneva gli occhi e la mente fissi su Mikhail, trasmettendo a Gregori tutto ciò che vedeva; Slovensky che ammanettava i polsi e le caviglie di Mikhail, lo incatenava alla parete, rideva, gli sferrava un calcio. Mikhail rimase in silenzio, con gli occhi scuri che scintillavano come fossero ghiaccio.

Il vampiro sollevò Raven senza sforzo e fuggì a velocità accecante da quel luogo di morte e distruzione. Si lanciò in volo nel cielo notturno, stringendo Raven tra gli artigli.

Gregori fuse la sua mente con quella di Mikhail. Durante secoli di combattimenti, guerre e cacce ai vampiri, si erano scambiati il sangue molte volte per salvarsi la vita a vicenda. Mikhail era sofferente e aveva perso molto sangue. Spararagli era stato un tentativo deliberato di indebolire il suo potere immenso. Slovensky era tutto preso a descrivere a Mikhail i dettagli delle torture che gli avrebbe inflitto.

Gli occhi di Mikhail emanarono un bagliore rossastro quando l'uomo gli si avvicinò. Il potere di quello sguardo lo immobilizzò per un istante. «Imparerai a odiarmi, vampiro», ringhiò Slovensky. «E imparerai a temermi. Imparerai chi è che ha il vero potere».

Un lieve sorriso beffardo passò sul volto di Mikhail. «Io non ti odio, mortale. E non potrei mai temerti. Tu non sei che una pedina in un gioco di potere. E sei già stato sacrificato». La sua voce era bassa, musicale, e Slovensky si sorprese a volerla sentire di nuovo.

L'uomo si inginocchiò accanto alla sua vittima, sorridendo nel vederla soffrire. «Andre ci consegnerà il resto di voi succhiasangue».

«E perché mai dovrebbe farlo?», rispose Mikhail, con gli occhi chiusi e il volto tirato, ma conservando l'ombra di quel sorriso.

«Sei stato tu a trasformarlo, a condannarlo a quella vita immonda, come hai fatto con la donna. Lui vuole provare a salvarla». Slovensky si fece più vicino e sfoderò il coltello. «Credo proprio che dovrei cavarti quei proiettili dalle budella. Non vogliamo farci venire un'infezione, giusto?», ridacchiò stridulo, pregustando il supplizio.

Mikhail rimase immobile malgrado il coltello. Di colpo spalancò gli occhi neri, fiammeggianti di potere. Slovensky cadde all'indietro, si allontanò a tentoni e andò a rannicchiarsi all'estremità opposta della stanza. Frugò nella giacca, estrasse la pistola e la puntò contro Mikhail.

La terra tremò piano, parve gonfiarsi; il pavimento di cemento si sollevò fino a spaccarsi. Slovensky tentò di reggersi alla parete dietro di lui, e così facendo perse la pistola. Sopra la sua testa, un pezzo di roccia si staccò dalla volta, pericolosamente vicino, e rotolò ai suoi piedi. Cadde una seconda pietra, poi una terza, tanto che Slovensky dovette ripararsi la testa sotto una pioggia fragorosa.

L'uomo emise un grido acuto di paura. Si rannicchiò ancora di più, sbirciando tra le dita il carpaziano. Mikhail non si era mosso. Giaceva esattamente nella posizione in cui Slovensky lo aveva lasciato, fissandolo con i suoi occhi scuri. Con un'imprecazione, Slovensky si gettò sulla pistola.

La terra si scosse e si sollevò sotto di lui, facendo sbalzare via la pistola. Una parete oscillò minacciosamente, facendo piovere altre rocce sulla testa e le spalle dell'uomo, che cadde a terra. Fu allora che notò un dettaglio inquietante. Non un sasso toccava il corpo del prete. Nemmeno uno era caduto vicino a Mikhail. Il carpaziano continuava a fissarlo con i suoi maledetti occhi e quel sorrisetto di scherno, mentre le pietre gli seppellivano le gambe e lo colpivano sulla schiena. Ci fu uno scricchiolio sinistro, e Slovensky gridò.

«Va' all'inferno», ruggì. «Mio fratello ti troverà».

Mikhail non disse nulla, limitandosi a fissare lo scompiglio creato da Gregori. Mikhail avrebbe ucciso James Slovensky all'istante, senza la teatralità che Gregori amava tanto, ma era stanco, e il suo corpo era in condizioni critiche. Non voleva sprecare energie inutilmente. Raven era nelle mani del vampiro e ci sarebbe rimasta per tutto il tempo necessario a Gregori per guarirlo. Non voleva pensare a quel che Andre le avrebbe fatto. Mikhail si mosse e avvertì una fitta lancinante di dolore. Quasi in risposta, altre rocce piovvero addosso a Slovensky, seppellendolo in un macabro tumulo.

Gregori entrò nella stanza, come era solito fare, scivolando silenzioso tra le macerie. «Inizia a diventare una brutta abitudine, la tua».

«Ah, sta' zitto», disse Mikhail senza rancore.

Gregori esaminò le ferite con infinita delicatezza. «Molto accurato. Hanno risparmiato gli organi vitali, ma ti hanno fatto sanguinare il più possibile». Bastarono pochi secondi a infrangere le catene e liberare Mikhail. Gregori tamponò le ferite con della terra, per fermare l'emorragia.

«Padre Hummer», disse debolmente Mikhail.

«È morto», rispose Gregori, con una rapida occhiata al cadavere contorto.

«Assicuratene». Era un ordine. Mikhail non dava mai ordini a Gregori. Non avevano mai fatto parte del loro rapporto.

Un breve lampo passò negli occhi argentei di Gregori.

«Ti prego, Gregori, se c'è anche una sola possibilità...». Mikhail chiuse gli occhi.

Scuotendo la testa a quella perdita di tempo, Gregori si chinò sul corpo del prete e lo tastò in cerca di pulsazioni, pur sapendo che era inutile, e che Mikhail lo sapeva. Gregori badò a maneggiare il corpo con delicatezza. «Mi dispiace, Mikhail. Non è più con noi».

«Non voglio che rimanga in questo posto».

«Smetti di parlare e lasciami fare il mio lavoro», ringhiò Gregori, e aiutò Mikhail a stendersi di nuovo. «Prendi il mio sangue mentre richiudo queste ferite».

«Trova Raven».

«Prendi il mio sangue, Mikhail. Il vampiro non le farà del male. Per questa notte attenderà. Devi essere forte per prepararti alla caccia. Bevi quel che ti offro. Non vorrei doverti costringere».

«Stai diventando una gran seccatura, Gregori», si lagnò Mikhail, ma obbedì e afferrò il polso del guaritore. Il sangue di Gregori era antico quanto il suo. Nessun altro poteva guarire con tanta rapidità. Calò il silenzio, mentre Mikhail si riforniva del sangue perduto. Gregori scosse lievemente il polso per indurlo a staccarsi: doveva conservare le forze per guarire il principe e trasportarlo al sicuro.

«Il prete viene con noi», ripeté Mikhail. Sentì un'improvvisa ondata di calore nel corpo ghiacciato, e si sentì di colpo affamato e bisognoso. Cercò la mente della sua compagna, ansioso di fondersi con lei.

Sentì un'esplosione di dolore nella testa di lei, nella sua, e si ritrasse, con un'esclamazione soffocata. Fissò lo sguardo angosciato negli occhi di Gregori. *Ora dormi, Mikhail. Presto cominceremo la caccia. Dobbiamo prima prenderci cura delle tue ferite,* comandò Gregori con la sua voce da incantatore. Una cantilena melodiosa nella sua lingua natia. *Ascolta le mie parole. Lasciati accogliere dalla Madre Terra. Guarirà le tue ferite e consolerà la tua mente. Dormi, Mikhail. Il mio sangue mischiato al tuo è potente. Senti come guarisce il tuo corpo.* Gregori chiuse gli occhi, fondendosi completamente con Mikhail, fluendo in lui per trovare ogni lacerazione, spingere fuori i corpi estranei, e riparare dall'interno ogni danno con la precisione del più abile chirurgo.

Un grosso gufo descrisse un cerchio sull'edificio in rovina, poi si posò sul muro diroccato. Lentamente le ali si ripiegarono gli occhi tondi del gufo scrutarono la scena sottostante. Gli artigli si ritrassero e si appiattirono. Gregori, nella sua forma umana, alzò la testa. Pronunciò sotto voce il nome del carpaziano, in segno di riconoscimento. «Aidan».

La forma del gufo si allungò, sfolgorò e divenne un uomo slanciato, dai capelli fulvi e dagli occhi dorati. Il suo aspetto era insolito per un carpaziano. Aveva il portamento di un soldato e modi decisi. «Chi ha osato fare questo?», domandò. «Che ne è di Jacques e della donna di Mikhail?».

Gregori emise un ringhio sordo, fissando il carpaziano con i suoi occhi penetranti. «Portami della terra fresca e prepara il corpo del prete». Gregori si rimise al lavoro, e apparve Byron. Lento e solenne, il canto secolare echeggiò nella notte pieno di speranza e di promesse. Nessuno avrebbe creduto che Gregori lottasse contro il tempo per risanare Mikhail prima che la notte terminasse.

Aidan portò la terra più fertile che riuscì a trovare, e si mise da parte ad ammirare il lavoro di Gregori. Gli impiastri furono mischiati accuratamente e applicati sulle ferite. Il vento sollevava la polvere e la terra dalle rocce cadute, portando un avvertimento ai carpaziani. Due umani si avvicinavano su un furgone.

Byron si inginocchiò accanto a Edgar Hummer, passò una mano reverente sul volto, e raccolse tra le braccia quel corpo fragile e sfigurato. «Lo porterò in terra consacrata, Gregori, e poi distruggerò quei cadaveri vicino alla capanna».

«Chi è stato a fare questo?», ripeté Aidan.

Gregori trasmise le informazioni ad Aidan mentalmente, pur di non interrompere il lavoro per parlare.

«Conosco Andre da secoli», disse Aidan. «È di cinquant'anni più giovane di me. Abbiamo combattuto insieme in molte battaglie. La nostra è un'epoca disperata». Aidan planò oltre le mura in rovina, con gli occhi dorati che splendevano nel buio. Ogni singola foglia d'albero riluceva argentea ai raggi della luna, ma Aidan aveva perso da tempo la capacità di distinguere i colori. Il suo mondo era grigio e tetro, e tale sarebbe rimasto finché non avesse trovato la sua compagna, o si fosse immolato all'alba. Inspirò e fiutò l'odore della preda, il tanfo della morte, degli intrusi umani. L'olio e il gas di scarico del furgone inquinavano l'aria della notte.

Si addentrò fra le querce, trattenendo l'istinto gelido del predatore che esige il sangue, la sete di vendetta per il crimine del traditore. La loro razza, sull'orlo dell'estinzione, non poteva sopravvivere a un'altra caccia ai vampiri. Ogni maschio superstite riponeva le sue speranze nella salvezza della donna di Mikhail. Se si fosse adattata alla loro vita, se si fosse rivelata una vera compagna, se avesse generato figlie femmine abbastanza forti, allora i maschi carpaziani avrebbero avuto una possibilità. Dovevano resistere e cercare altre donne come Raven in tutto il mondo. Il tradimento di Andre era inaudito.

La nebbia che aleggiava tra gli alberi si addensò in un velo opprimente, quasi impenetrabile. Il conducente si fermò, i freni stridettero. Era impossibile procedere. Aidan si avvicinò, invisibile, un cacciatore all'agguato. «Quanto manca per arrivare, zio Gene?». Il vento gli portò la voce di un ragazzo, eccitato e impaziente.

«Dovremo aspettare che la nebbia si disperda, Donny». La voce dell'uomo era inquieta. «Spesso qui si formano strani banchi di nebbia, e non è una buona idea cercare di attraversarli».

«Dov'è la mia sorpresa? Non puoi dirmelo? Hai detto alla mamma che per il mio compleanno mi avresti fatto una sorpresa indimenticabile. Vi ho sentiti, sai».

Ora Aidan li vedeva. Il conducente era un uomo sui trent'anni, il ragazzo non ne aveva più di quindici. Aidan li guardò, fremendo per la smania di uccidere. Il suo corpo pulsava di energia trattenuta.

L'uomo sbirciava nervoso nella nebbia in ogni direzione, ma non vedeva nulla nella spessa coltre grigiastra. Per un attimo gli parve di scorgere un paio di occhi famelici, quasi dorati. Erano gli occhi di un animale – occhi di lupo – che li osservavano dalla notte. Il cuore prese a martellargli nel petto. Si strinse vicino il ragazzo. Aveva la gola secca; dovette schiarirsela due volte prima di riuscire a dire: «Ce l'ha lo zio James». Sapeva che erano in grave pericolo, che un predatore li aspettava per squarciargli la gola.

«Andiamo a piedi fino al capanno di caccia, zio Gene. Non vedo l'ora di provare il mio fucile nuovo. Dai, non è tanto lontana», disse speranzoso il ragazzo.

«Con questa nebbia no. Donny. Ci sono i lupi nel bosco. E altre cose. È meglio aspettare fin quando potremo di nuovo vedere chiaramente», disse l'uomo in tono deciso.

«Ma abbiamo i fucili», disse il ragazzo, in tono petulante. «Non li abbiamo portati apposta?»

«Ho detto di no. A volte non basta un fucile a proteggerti, ragazzo».

Con uno sforzo, Aidan represse il suo istinto selvaggio. Il più giovane non era ancora un uomo. Chiunque fossero quei mortali, non li avrebbe uccisi finché la sua vita o quella degli altri non fosse stata in pericolo. Non sarebbe diventato un vampiro, un traditore del suo popolo. Uccidere stava diventando troppo facile: era il richiamo seducente del potere. Il vento si alzò, facendo vorticare foglie e ramoscelli: Gregori si posò accanto a lui, con il corpo esanime e pallido di Mikhail tra le braccia. «Andiamo via da questo posto, Aidan».

«Non potevo ucciderli», disse piano Aidan, in un tono che non era di scusa.

«Se il più grande è Eugene Slovensky, avrà già il suo daffare per questa notte. Suo fratello è morto, sepolto sotto un mucchio di pietre, in cambio della vita del prete».

«Non ho avuto il coraggio di ucciderli», ripeté Aidan contrito.

«Se è Slovensky, merita di morire, ma sono contento che tu abbia resistito all'impulso, pensando alla tua anima. Hai viaggiato molto per dare la caccia ai non morti. Lo dimostra l'oscurità dentro di te».

«Sono molto vicino all'abisso», mormorò Aidan. «Quando la sua donna è stata ferita così gravemente, la furia Mikhail è stata avvertita da tutti i carpaziani, in tutte le terre. La perturbazione era così forte che ho deciso di indagare. Sono tornato per essere sicuro che la nostra gente continui a beneficiare della sua saggezza. Sono convinto che la sua donna sia la nostra speranza per il futuro».

«Ne sono convinto anch'io. Forse visitare un paese nuovo ti procurerebbe sollievo. Abbiamo bisogno di un cacciatore esperto negli Stati Uniti».

Mentre la nebbia era ancora fitta e impediva agli umani di avvicinarsi, Aidan rivolse la sua attenzione alla prigione. A un cenno della sua mano, la terra tremò e si scosse. L'edificio si sgretolò, lasciando solo le pietre a indicare la tomba recente.

Gregori emerse dalla nebbia con il suo carico e Aidan al suo fianco. Si librarono nel cielo cupo in direzione delle caverne, dove uno dopo l'altro accorrevano i maschi carpaziani, per prestare soccorso al loro principe.

Capitolo 15

Raven volava, trasportata verso una destinazione sconosciuta, l'aria della notte le sferzava il corpo. Si sentiva debole e stordita, incapace di concentrarsi su un pensiero qualsiasi. All'inizio si era sforzata di individuare un punto di riferimento da trasmettere a Gregori. Dopo un po' non riusciva nemmeno a ricordare cosa stesse facendo e perché. In un angolo della sua coscienza, Raven sapeva che era la droga a disorientarla. Ma le sembrava fatica sprecata chiedersi dove il vampiro la stesse portando e cosa le avrebbe fatto all'arrivo.

La luna splendente inargentava le cime degli alberi, dando al paesaggio un aspetto surreale. I pensieri le scivolavano dentro e fuori dalla mente. Parole sussurrate, un mormorio costante che non riusciva ad afferrare. Sembrava importante, ma si sentiva troppo stanca per cercare di decifrarlo. La sua mente era forse esaurita dopo la caccia all'ultimo serial killer? Non riusciva a ricordare cosa le fosse accaduto. La sensazione del vento sul suo corpo era piacevole, sembrava purificarla. Aveva freddo, ma non se ne preoccupava. Le luci danzavano, i colori vorticavano, il cielo rifulgeva di stelle sopra la sua testa. Sotto di loro, un ampio specchio d'acqua splendeva come un cristallo. Era tutto così bello, eppure aveva un dolore atroce alla testa.

«Sono stanca». Recuperò la sua voce, per vedere se riusciva a parlare. Forse era in un sogno e parlando si sarebbe svegliata.

Le braccia che la trasportavano si strinsero impercettibilmente. «Lo so. Tra poco sarai a casa».

Raven non riconobbe la voce. Qualcosa dentro di lei si ribellò a quell'intimità, al contatto ravvicinato dei loro corpi. Lo conosceva? Non le sembrava, eppure la teneva stretta come se avesse dei diritti su di lei. Aveva solo un ricordo fuggevole, ma non riusciva a metterlo a fuoco. Ogni volta che le sembrava di aver finalmente ricomposto un'immagine mentale, il dolore alla testa la trafiggeva così violento che il pensiero si dissolveva.

A un tratto si ritrovò a camminare, sotto le stelle e gli alberi che stormivano delicatamente, con il braccio di lui intorno alla vita. Raven sbatté le palpebre, confusa. Avevano camminato tutto il tempo? Nessuno poteva volare; era un'assurdità. Di colpo ebbe paura. Stava diventando pazza? Alzò lo sguardo verso l'uomo che le camminava accanto. Fisicamente, era più che piacevole; il volto pallido aveva una bellezza sensuale. Ma quando le sorrise, gli occhi vuoti e freddi e i denti come un lampo minaccioso nella bocca scarlatta le riempirono il cuore di paura. Chi era? Perché erano insieme?

Raven rabbrividì e cercò di svincolarsi dall'abbraccio dell'uomo. Era debole, e se lui non l'avesse sorretta, sarebbe caduta. «Hai freddo, mia cara. Presto arriveremo a casa».

Quel suono le diede un brivido di terrore; il disgusto le serrò lo stomaco. Nella sua voce c'era un compiacimento insidioso. Malgrado tutte le premure, Raven si sentiva come tra le spire di un gigantesco serpente, immobilizzata da quegli occhi incantatori e da quel freddo corpo di rettile. Protese la mente in cerca di un contatto. *Lui sarebbe venuto. Mikhail.* Gridò di dolore e cadde in ginocchio, premendosi le mani sulla testa, troppo spaventata per muoversi, per pensare.

Due mani fredde le afferrarono le braccia e la trascinarono in piedi. «Che cosa c'è, Raven? Su, dimmelo, così potrò aiutarti».

Il suono di quella voce era odioso. Le dava la pelle d'oca. Nascondeva un potere e una gioia depravata, come se sapesse esattamente quel che le stava accadendo e godesse della sua sofferenza, del suo smarrimento. Per quanto la ripugnasse, non riusciva a reggersi in piedi da sola e dovette appoggiarsi al suo corpo forte.

«Devi nutrirti», osservò lui in tono quasi indifferente, ma Raven percepì una velata eccitazione.

Si premette una mano sullo stomaco. «Ho la nausea».

«È perché hai fame. Ti ho preparato una sorpresa, mia cara. Un banchetto in tuo onore. Gli ospiti stanno aspettando impazienti il tuo ritorno».

Raven si fermò e fissò i suoi occhi freddi e beffardi. «Non voglio venire con te».

Lo sguardo dell'uomo si indurì. Il suo sorriso era una parodia, una maschera gelida irta di denti. Raven vide le gengive scoperte, gli incisivi aguzzi. Non era bellissimo, come aveva immaginato all'inizio, ma orrendo e crudele. «Raven, non hai un altro posto dove andare». Assunse di nuovo quel tono falsamente premuroso.

Raven si staccò da lui, le gambe le cedettero e si ritrovò seduta a terra. «Tu non sei...». Una fitta lancinante di dolore le impedì di ricordare il nome. Il sangue affiorò sulla sua fronte e le colò sul viso.

Il vampiro si chinò e strisciò con la lingua ruvida sulla guancia di Raven, seguendo la scia del sangue. «Sei malata, mia cara. Devi fidarti, io so quel che è meglio per te».

Raven si sforzò di restare calma, di fare ordine nel caos della sua mente. Aveva dei doni speciali. Aveva un cervello. Questo era indiscutibile. Era certa di essere in grave pericolo e non aveva idea di come fosse finita lì con quell'uomo, ma doveva pensare. Alzò la testa e la luna le illuminò di riflessi azzurri i lunghi capelli corvini. «Sono così confusa, non riesco nemmeno a ricordare come ti chiami». Fece del suo meglio per apparire dispiaciuta e allontanare i sospetti dell'uomo, temendo che potesse leggerle nella mente. «Cosa mi è successo? Ho un mal di testa tremendo».

Lui le offrì la mano, con improvvisa cortesia, molto più indulgente ora che lei pareva rassicurata. «Ti sei fatta male alla testa». La fece rialzare e le cinse la vita con un braccio. Questa volta Raven si costrinse ad accettare il contatto senza rabbrividire.

«Mi dispiace, sono tanto confusa. Mi sento sciocca e ho paura», confessò, spalancando gli enormi occhi azzurri e svuotando la mente.

«Mi chiamo Andre, e sono il tuo compagno per la vita. Un altro ti aveva rapita. Quando sono venuto a salvarti, sei caduta e hai battuto la testa». La sua voce era una cantilena ipnotica.

Compagno per la vita. Mikhail. Questa volta, quando il dolore le trafisse il cranio, togliendole il respiro, Raven lo lasciò passare. Si sforzò di non far trasparire la sofferenza sul suo viso o nei suoi pensieri. Facendo appello a tutta la sua disciplina, Raven concentrò la mente. *Mikhail? Dove sei? Esisti davvero? Ho paura.* Raven trovò un canale conosciuto e lo usò senza sforzo, come se lo facesse da sempre.

Piccola. La risposta era debole, lontana, ma assolutamente reale, qualcosa a cui aggrapparsi in quel mondo da incubo.

Chi è quest'uomo? Cosa sta succedendo? Rimase appoggiata all'uomo, schermando la mente con una cortina di pensieri confusi. Rimase affascinata dalla sua capacità di usare la mente su più livelli contemporaneamente.

Andre è un vampiro. Ti ha portata via da me. Sto venendo a prenderti.

C'era qualcosa che la turbava. Era tutto lì, doveva solo cercarlo. Raven credeva a quella voce lontana, sentiva il calore e l'amore di un paio di braccia forti e protettive. Conosceva quella voce e quella sensazione. Era troppo strano. *Sei ferito. Cos'è successo?*

Mikhail fece in modo che nella sua mente si ripetessero gli ultimi avvenimenti. Raven inspirò bruscamente, come se qualcuno l'avesse colpita in pieno ventre. *Mikhail.*

Gregori sta diventando una specie di tiranno. Non posso morire.

Il flusso di ricordi la lasciò terrorizzata. Si sforzò di tenere separati i suoi pensieri. Il vampiro toccava solo la superficie, leggendo solo ciò che Raven gli lasciava credere. Era la donna confusa e tremante che il vampiro si aspettava.

Le ferite di Mikhail le sembravano gravi. Era nella caverna, circondato dagli altri. Gregori stava curando le sue ferite, e Raven era certa che avrebbe fatto addormentare Mikhail, togliendole la sua unica ancora di salvezza. La droga l'aveva momentaneamente disorientata, ma era in grado di fare tutto ciò che era necessario. *Posso tenere a bada Andre. Non preoccuparti per me,* disse con più coraggio di quanto sentisse di avere.

Dovette reprimere un moto di sollievo. Tutti i suoi ricordi si ricomposero e tornarono vividi grazie al tocco confortante della mente di Mikhail. Lui, Gregori o entrambi sarebbero venuti a salvarla, qualunque altra cosa accadesse. Mikhail sarebbe venuto a costo di ricucirsi le ferite e strisciare fino a lei.

«Sei molto silenziosa». Andre la fece sobbalzare.

«Sto cercando di ricordare, ma se ci provo il mio mal di testa peggiora».

Si trovavano in cima a un altopiano. Per un attimo Raven intravide una casa di pietra costruita nel fianco della montagna. Le parve risplendere alla luce argentea della luna, un istante prima un miraggio, poi un oggetto reale, per poi sparire del tutto. Raven sbatté più volte gli occhi, concentrandosi su ogni dettaglio per inviarlo a Mikhail. Il trucco consisteva nell'impedire al vampiro di capire che stava pensando a lui. Era Andre a punirla con una scarica di dolore quando scopriva i suoi pensieri. Confusa dalla droga, era rimasta per un po' in suo potere. Ora provava solo nausea e debolezza. E molta, molta paura.

«È questa la nostra casa?», chiese in tono innocente, appoggiandosi con tutto il peso ad Andre.

«Rimarremo qui per la cena, mia cara», rispose, con quel tono di malcelato tripudio che Raven trovava sempre più odioso. «Non è sicuro trattenersi più a lungo. L'altro potrebbe essere sulle nostre tracce. Devi nutrirti per essere abbastanza forte da poter fuggire».

Con aria fiduciosa, Raven strinse le dita intorno al braccio del vampiro. «Ci proverò, Andre, ma mi sento davvero poco bene».

Raven fece un passo verso la soglia e sentì la protesta istintiva di Mikhail. Vacillò, cadde proprio davanti alla porta e si accasciò a terra sconsolata. Imprecando, Andre tentò di farla alzare, ma Raven non riusciva più a muoversi da sola. Il vampiro la sollevò in braccio e la trasportò all'interno.

La casa nella pietra era composta da un'unica grande sala con un pozzo nell'angolo e una scala che conduceva a una camera più in basso. La stanza era fredda e umida. Nelle crepe fioriva la muffa. C'erano un tavolo e una lunga panca. Andre accese una serie di candele con un gesto della mano. Raven ebbe un tuffo al cuore, che prese a battere all'impazzata. Incatenati alla parete vicina al tavolo, c'erano un uomo e una donna, con gli occhi spalancati dal terrore. Erano sporchi, insanguinati e con gli abiti a brandelli. Erano ricoperti di lividi, e l'uomo aveva la guancia destra costellata di bruciature.

Il vampiro squadrò le sue vittime indifese con un sorriso di scherno crudele. «La cena è servita, mia cara; tutta per te». Fece adagiare Raven sulla panca con cura, come se fosse una bambola di porcellana. Poi scivolò agilmente sul pavimento di pietra, con gli occhi rossi e gelidi fissi sulla donna. Indugiò a osservare il suo terrore, ridendo della furia impotente del marito. Andre liberò la donna dalle catene con uno strattone, mentre il marito si dibatteva, minacciando il vampiro, e inveiva contro Raven. Andre trascinò la donna davanti a Raven, la immobilizzò tenendola in ginocchio e la afferrò per i capelli per scoprirle la gola.

Fece scivolare il pollice sulla vena palpitante. «Bevi, mia cara. Senti il sangue caldo che scorre nelle tue vene, rendilo nuovamente forte. Quando prenderai la sua vita avrai un potere mai conosciuto prima. Questo è il mio dono per te. Potere infinito».

La donna singhiozzava e gemeva di terrore. Il marito supplicava, imprecava, lottava con le catene che lo imprigionavano. Raven si alzò lentamente a sedere e scostò i capelli dal viso con dita tremanti. Forse Andre aveva sedotto le sue vittime, incantandole per attirarle verso la morte, ma si esaltava allo spettacolo del terrore umano. L'adrenalina rendeva il sangue irresistibilmente inebriante. Tutti parevano in attesa della reazione di Raven. Sentiva Mikhail dentro di sé, immobile, furente per non essere lì a proteggerla da quella decisione terribile.

Raven rivolse a Andre i suoi grandi occhi azzurri, che rilucevano come se stesse per piangere. Posò una mano gentile sul braccio della donna. Fu eccezionalmente delicata, nel tentativo di confortarla senza parlare. «Tu dubiti di me. Perché? Cosa ho fatto? Sinceramente non lo ricordo. Non farei mai una cosa simile, prendere una vita in questo modo, né lo faresti tu. Perché mi metti alla prova in questo modo? Ho forse commesso un crimine che non ricordo? Perché sei tanto crudele con me?».

Andre si fece scuro in viso e i suoi occhi rossi tornarono castani. «Non essere così afflitta».

«Dimmelo, Andre. Non posso sopportare di non sapere. L'altro uomo mi ha forse costretta a fare qualcosa che non puoi perdonarmi?». Chinò la testa come se si vergognasse. Poi disse a voce ancor più bassa: «Prendi la mia vita, Andre. Sfoga la tua collera su di me, non su questa povera donna innocente. Se non mi vuoi più legata a te, ti lascerò, anche se non ho nessun posto dove andare». Lo guardò negli occhi per mostrargli che era sincera. «Prendi la mia vita, Andre».

«No, Raven».

«Allora rispondimi: perché questa prova? È perché non sono del tutto come te, perché non sono capace di andare sotto terra o di trasformarmi? Ti vergogni di me e vuoi punirmi».

«No di certo».

Raven cinse la donna con un braccio. «Mi sembra di ricordare, ma non ne sono sicura, che tu volessi prendere dei servitori fidati. È questa la donna di cui parlavi?». Di colpo si rannuvolò. «O è la tua amante?». Lo disse con tono quasi isterico, ma senza stringere il braccio della donna.

«No! No!», protestò la donna, ma nei suoi occhi c'era un barlume di speranza. «Non sono la sua amante. Mio marito è quello. Non abbiamo fatto nulla di male».

Andre era chiaramente sconcertato. Aveva rapito Raven nel tentativo disperato di salvarsi. Se l'avesse costretta a uccidere, sarebbe diventata un'anima nera e perduta come lui. Qualcosa si agitava in lui mentre fissava gli occhi innocenti di Raven. «La donna dice la verità, Raven. Non è niente per me. Una serva, se lo desideri». La sua voce era assente, quasi dubbiosa.

Raven gli tese la mano. La mente di Andre era il colmo della corruzione e della malvagità. Eppure Raven provava pena per lui. Una volta era stato buono, né più né meno di Mikhail e di Jacques, ma nella desolazione della sua esistenza aveva preso la via del male. Andre voleva disperatamente sentire, poter guardare il sole del mattino, assistere a un tramonto. Voleva guardarsi allo specchio e non vedere le gengive sempre più scoperte e i segni devastanti della sua esistenza turpe. Era impossibile: nessun vampiro poteva mettersi davanti a uno specchio senza provare un dolore terribile. Raven era la sua speranza e lui vi rimaneva aggrappato. Voleva un miracolo. Poiché una volta era stata umana, Andre non aveva idea di cosa fosse in grado di fare.

«Perdonami, Andre, se ti ho fatto dubitare di me», disse dolcemente, con tanta compassione da aver voglia di piangere. Non poteva salvarlo, nemmeno se non fosse stata la donna di Mikhail. Nessuno poteva. Era troppo corrotto ed esaltato dal suo senso di potere, troppo intossicato dall'adrenalina delle sue vittime terrorizzate. Le ripugnava l'idea di ingannarlo, ma c'erano in gioco la sua vita e quella dei due umani.

Andre le carezzò i capelli. «Non sono in collera con te, mia cara, ma sei debole e devi nutrirti».

La donna si irrigidì, il suo volto una maschera di paura. Rimase immobile, in attesa della risposta. Raven assunse un'aria incerta. «Ma non posso nutrirmi». Deliberatamente, lasciò che il nome di Mikhail le balenasse nella coscienza, e si prese la testa fra le mani, in preda al dolore. «No so perché; non riesco a pensare. Credo che l'altro uomo mi abbia fatto qualcosa per impedirmelo».

Andre sollevò la donna per i capelli. «Tornerò fra pochi minuti. Tu bada che a Raven non accada nulla di male». I suoi occhi erano freddi e inespressivi. «Non cercate di andarvene da qui. Lo saprei immediatamente».

«Andre, resta», sussurrò Raven, cercando suo malgrado di trattenerlo.

Andre si ritrasse da lei e uscì di corsa, lontano dalla luce, verso il mondo di morte e di follia che conosceva.

La donna si gettò ai piedi di Raven. «Ti prego, lasciaci andare. È malvagio, ci ucciderà, ci renderà suoi schiavi finché la nostra paura smetterà di divertirlo».

Raven drizzò la schiena, lottando contro la debolezza. «Lui lo verrà a sapere. È capace di vedere nel buio, di fiutarvi, di sentire perfino il battito del vostro cuore». La stanza era fredda, deprimente, e odorava di morte. A Raven pareva quasi di sentire le grida delle innumerevoli vittime che erano state condotte lì e incatenate alle pareti viscide. Era terrorizzata quanto la donna umana. «Chi siete?»

«Monique Chancellor. Lui è mio marito, Alexander. Perché mi hai aiutata?»

«Scherma i tuoi pensieri, Monique. Lui può leggerli».

«È un immondo *nosferatu*. Il vampiro». Era un'affermazione più che una domanda. «Dobbiamo andarcene da questo luogo di morte».

Raven si alzò e barcollando, reggendosi prima allo schienale della sedia, poi al tavolo, raggiunse la porta. Guardò in direzione delle stelle, scrutò lentamente il paesaggio in ogni direzione, prendendo nota di ogni parete rocciosa, delle rupi alle spalle della casa. Osservò anche quest'ultima, le finestre, le porte, la struttura delle mura, facendo particolare attenzione agli spazi aperti intorno alla casa.

«Ti prego, ti prego», la donna la tirava per il vestito. «Aiutaci».

Raven sbatté le palpebre per metterla a fuoco. «Sto cercando di aiutarvi. Restate calmi; state lontani da lui. Fate in modo di attirare la sua attenzione il meno possibile». Chiuse la porta, sperando di aver fatto tutto il possibile. Mikhail e Gregori avrebbero ricevuto tutte le informazioni che poteva trasmettere.

«Chi sei tu?», chiese sospettoso Alexander. Aveva strattonato le catene al punto che i polsi gli sanguinavano.

Raven si massaggiò le tempie che le pulsavano, con un senso di nausea crescente. «Non è una buona idea avere delle ferite aperte con lui nei paraggi». Sentiva l'odore del sangue e il suo corpo sfibrato aveva bisogno di nutrimento. Raven ignorò la donna che singhiozzava piano in un angolo e andò dall'uomo per vedere se poteva alleviare in qualche modo le sue sofferenze. Quando si chinò a esaminargli il polso, l'uomo le afferrò con l'altra mano una ciocca di capelli, e diede un tale strattone da farla lacrimare. La spinse contro il suo petto in modo da stringerle la gola con entrambe le mani, affondando le dita nella carne.

«Alexander, smettila! Che cosa fai?», gridò Monique.

«Monique, trova le chiavi per queste manette», ordinò Alexander, serrando la gola di Raven così forte che la stanza cominciò a girarle intorno.

Raven sentiva la paura dell'uomo, la sua ansia frenetica di salvare se stesso e la moglie. Temeva che anche lei fosse un vampiro che si divertiva a tormentarli in un gioco perverso. Raven non poteva biasimarlo, ma le sue dita la stavano strangolando.

Raven! Il grido era vicino, un'ondata di furore nella sua mente.

Le mani di Alexander schizzarono via dalla sua gola; si udì un suono secco di ossa che si spezzavano. L'uomo fu sbalzato violentemente contro la parete e rimase sospeso con i piedi penzolanti a mezzo metro da terra. Monique gridò mentre l'uomo iniziava a soffocare, con gli occhi orribilmente strabuzzati.

Lascialo andare, Mikhail! O Dio, ti prego. Non posso essere responsabile di un'altra morte. È troppo. Raven si accasciò al suolo e si rannicchiò con le ginocchia al petto, dondolandosi avanti e indietro. «Ti prego», sussurrò, «lascialo andare».

Mikhail riuscì a dominare la sua furia omicida abbastanza da interrompere l'assalto mentale. Planando nell'aria, rintracciò Raven con facilità. Era a malapena cosciente della presenza di Gregori alla sua sinistra, di Aidan e Byron appena dietro di lui, di Eric e Tienn che li seguivano a breve distanza. Non gli importava di loro. Dava la caccia ai vampiri da secoli e ogni volta provava una fitta di riluttanza, forse di pietà. Ma non questa volta.

Mikhail trattenne la sua collera che fremeva e ribolliva come lava in un vulcano, cercando ovunque uno sfogo, una violenta eruzione. Se Mikhail l'avesse sprigionata, perfino la terra, i venti, le creature delle montagne avrebbero reagito. Sarebbe stato un segnale chiaro per il vampiro. Mikhail non provava dolore ed era ben nutrito; a tutto ciò aveva provveduto Gregori di persona. La combinazione del loro sangue antico aveva un potere smisurato. Malgrado ciò, una goccia di sangue affiorò sul piumaggio bianco del gufo. Istintivamente Mikhail virò e descrisse un cerchio per tenersi sottovento; non voleva che il vampiro lo fiutasse.

Un grido di puro terrore lacerò la notte, seguito da una risata malvagia di trionfo. Ogni carpaziano, in armonia con la terra, avvertì quella vibrazione violenta, lo sconvolgimento nell'energia vitale. La mente di Raven, così sensibile, fu attratta immediatamente da quella scena di violenza.

Interrompi il contatto con la mia mente, Raven, le ordinò Mikhail.

Raven si premette le mani sulle tempie. Andre rideva, lanciandosi dal ramo di un albero addosso a una donna che tentava di fuggire da lui carponi. Un altro corpo, più piccolo, giaceva sfigurato ai piedi dell'albero, pallido e privo di vita, là dove il vampiro l'aveva gettato. La donna gemeva e supplicava di essere risparmiata. Con un'altra risata orribile, il vampiro la scacciò con un calcio, per poi costringerla a strisciare di nuovo verso di lui, implorante.

«Andre! No, non puoi!», gridò Raven ad alta voce, trascinandosi verso la porta. Uscì nella notte, correndo in cerchio per trovare la direzione. La debolezza la sopraffece; cadde, e giacque immobile nell'erba.

Monique la seguì e si buttò in ginocchio accanto a lei. «Cosa succede? So che non sei quel che crede mio marito. So che stai cercando di salvarci».

Raven aveva il viso bagnato di lacrime. «Ha ucciso un bambino, e ora sta tormentando la madre. Ucciderà anche lei. Non posso salvarla». Raven lasciò che la donna le prendesse la testa in grembo.

Monique sfiorò i lividi scuri sulla gola di Raven. «Mi spiace per quel che ha fatto Alexander. È folle di rabbia e ha paura per noi. Hai corso un rischio terribile. Quel mostro avrebbe potuto ucciderti».

Raven chiuse gli occhi, esausta. «Può ancora. Non possiamo sfuggirgli».

Intorno a loro, la notte era carica di vibrazioni inquiete. Dal profondo della foresta, un animale perse le tracce della sua preda ed emise un verso rabbioso. Un gufo sibilò; un lupo ringhiò.

Raven strinse la mano di Monique e scoprì con sollievo di poter muovere le gambe. «Forza. Dobbiamo tornare dentro. Rimani in silenzio e più nascosta che puoi. Quando tornerà, sarà esagitato e imprevedibile».

Monique la aiutò a rialzarsi, passandole un braccio intorno alla vita. «Cosa hai fatto ad Alexander quando ti ha fatto male?».

Raven si incamminò riluttante verso la casa. «Non gli ho fatto nulla». Si tastò i lividi sul collo. Alexander aveva complicato la situazione. Andre non poteva non notare i segni.

«Tu senti cose di cui noi non sappiamo nulla», suppose Monique, turbata.

«Non è un dono facile. Stanotte lui ha ucciso. Una donna, un bambino. Ho fatto in modo che uscisse e ho barattato le nostre vite con le loro».

«No!», obiettò Monique. «Tu non sei responsabile delle sue scelte più di quanto mio marito lo sia di ciò che quel mostro ha fatto a me. Alexander è convinto che avrebbe dovuto proteggermi meglio. Non si dà pace. Non fare come lui, Raven».

Raven raggiunse i gradini di pietra e si voltò a guardare il paesaggio immerso nel chiarore lunare. Il vento prese a soffiare, e il disco argentato si offuscò. Con un sussulto, Monique si aggrappò a Raven e cercò di riportarla nella relativa sicurezza della casa. Una chiazza rossa crebbe, si allargò e inghiottì del tutto la luna. Il vento portò un gemito lugubre, che crebbe fino a diventare un ululato. Un lupo lanciò all'indietro la testa e ululò alla luna insanguinata. Un altro gli fece eco. Per tutta la montagna echeggiò un brontolio minaccioso.

Monique si voltò di scatto e corse dal marito. «Prega con me, prega con me».

Raven chiuse la porta e vi si appoggiò. «Non andare nel panico, Monique, fallo per me. Se riusciamo a tenerlo lontano, abbiamo ancora una possibilità».

Alexander la guardò torvo, stringendo tra le braccia la moglie, con la mano gonfia e malconcia. «Non darle ascolto, Monique. Mi ha quasi strangolato; mi ha buttato contro il muro con una forza incredibile. È anche lei un essere immondo».

Raven roteò le pupille, esasperata. «Sto iniziando a rimpiangere di non averla davvero, tutta questa forza. Troverei il modo di farti stare zitto».

«Ha paura per noi», disse Monique in tono conciliante. «Non puoi togliergli le catene?»

«Cercherebbe subito di aggredire Andre».

Raven guardò Alexander con una smorfia di disappunto. «E si farebbe ammazzare in un secondo». Rabbrividì e rivolse uno sguardo angosciato a Monique. «Sta arrivando. Rimanete in silenzio, qualunque cosa succeda. Non attirate la sua attenzione».

Fuori il vento ululava, un suono spettrale che svanì per lasciare il posto a un silenzio innaturale. Raven sentiva il proprio cuore battere nel vuoto. Indietreggiò appena in tempo per sentire la porta aprirsi di schianto. Le fiamme delle candele ondeggiarono, gettando ombre grottesche sulle pareti; poi si spensero.

«Vieni, Raven. Dobbiamo andarcene subito». Andre schioccò le dita e le tese una mano. Il suo volto era paonazzo per il sangue appena bevuto. Gli occhi avevano un bagliore malevolo; la bocca era contorta in una smorfia crudele.

Raven gli rivolse uno sguardo pieno di accusa. «Perché vieni da me in questo modo? Dimmi cosa sta succedendo».

Andre si mosse a una velocità incredibile e Raven si ricordò all'ultimo istante che anche lei ne era capace. Sentì il suo fiato caldo e disgustoso, l'odore della morte su di lui. I suoi artigli affilati come rasoi le graffiarono il braccio mentre si chinava per sfuggirgli. Si rifugiò in un angolo. «Non cercare di costringermi a obbedirti quando basterebbe una semplice spiegazione».

«Ti pentirai di avermi sfidato a questo modo», ringhiò il vampiro, e scagliò via la panca che gli sbarrava la strada, facendola infrangere contro la parete, a un palmo dall'uomo e dalla donna tremanti.

Monique si lasciò sfuggire un gemito di terrore, e il vampiro si voltò all'istante verso di lei, con gli occhi fiammeggianti. «Tu striscerai ai miei piedi come la cagna che sei». La sua voce era bassa e ipnotica, i suoi occhi irresistibili.

Alexander scattò in avanti fin dove le catene glielo consentivano, tentando di fermare Monique che, gettatasi a terra obbediente, avanzava verso Andre con fare umile e sensuale. Raven attraversò la stanza con calma e si inginocchiò di fronte a lei. «Ascoltami, Monique. Non farlo». I suoi occhi violetti fissavano quelli della donna. La voce di Raven era meravigliosa, pura, bassa e ammaliante. Al confronto, la voce del vampiro suonava ripugnante. Un'espressione di sconcerto e di vergogna passò sul volto di Monique.

Il vampiro reagì all'istante, furioso. Con un balzo fu sopra Raven, la afferrò per i capelli e la fece quasi volare.

Intorno a loro fu il caos. La notte stessa parve scuotersi, il vento ululò e invase la stanza, battendo contro le finestre. Una nuvola nera e vorticosa calò dal cielo e scoperchiò il tetto della casa; la massa turbinante sollevò i mobili e sparpagliò i tesori accumulati nei secoli.

Con un gemito straziante, Monique si precipitò da Alexander e si tenne stretta a lui. Delle voci sibilarono mormorii di accusa e di condanna. Si udì un altro brontolio funesto, e la facciata della casa esplose verso l'esterno, vomitando pietre e calcinacci.

Mikhail si ergeva al centro della tempesta, con gli occhi neri freddi come la morte, slanciato ed elegante malgrado la chiazza scarlatta sulla camicia di seta. Era immobile e rilassato in mezzo alla furia degli elementi. Alzò una mano, e il ruggito del vento si placò. Mikhail fissò Andre per un lungo istante. «Lasciala andare». La sua voce era calma, ma incuteva terrore puro.

Le dita di Andre strinsero convulsamente i capelli di Raven.

Mikhail rispose con un sorriso crudele. «Vuoi che ti costringa a obbedirmi, facendoti strisciare verso la morte come hai fatto con le tue vittime?».

Le dita di Andre si contrassero e il suo braccio scattò in aria come quello di una marionetta. Fissò Mikhail inorridito; un simile potere era inconcepibile. Un tale controllo psichico non aveva effetto sui carpaziani.

Vieni da me, Raven. Mikhail non distolse lo sguardo dal vampiro, che teneva inchiodato con la pura forza del pensiero. La sua furia era così intensa che quasi non aveva bisogno dell'aiuto mentale di Gregori.

Uno a uno apparvero tutti i carpaziani, con una maschera di condanna sul viso. Raven sentì crescere il terrore dei due umani, che rasentava la follia. Si avvicinò a loro barcollando, cingendo Monique tra le braccia. «Lui ci salverà», gli sussurrò.

«Lui è come l'altro», fece Alexander con voce strozzata.

«No, lui è buono. Ci salverà», disse Raven, convinta della verità.

Mikhail lasciò andare di colpo il vampiro. Andre si guardò intorno, con un ghigno sardonico. «Hai bisogno di un intero esercito per cacciare?»

«Sei stato condannato per i tuoi crimini, Andre. Se dovessi fallire, la mia sentenza sarà applicata da un altro». Mikhail indicò due carpaziani e fece un cenno con la testa a Raven. La sua figura imponente emanava forza e sicurezza. «Non sei che un bambino, Andre». La sua voce era bassa e felpata. «Non hai speranze contro uno che ha combattuto tante battaglie, ma voglio darti la possibilità che hai faticato tanto a guadagnarti». I suoi occhi neri scintillarono di una furia gelida.

«Vendetta, Mikhail?», chiese Andre, sarcastico. «Molto scontato da parte tua». Si gettò in avanti, con gli artigli protesi e le zanne scoperte.

Mikhail scomparve, e il vampiro si ritrovò a rotolare a terra, fuori dalla casa, avvolto dalla notte in tempesta, accerchiato dai carpaziani. Andre si rivolse nella direzione in cui guardavano. Mikhail era a pochi metri da lui, e lo fissava senza battere ciglio.

Aidan avanzò verso Raven, con gli occhi dorati scintillanti fissi sui due umani raggomitolati dietro di lei. «Venite con noi», ordinò brusco. «Mikhail vuole che vi portiamo al sicuro».

Raven non lo riconobbe, ma percepì in lui una sicurezza e una dignità che le erano familiari. La sua voce era bassa e ipnotica, quasi ammaliante. «Hai visto dove Andre ha messo la chiave? Così potremo liberare Alexander», chiese a Monique, cercando di aggirare il carpaziano che le sbarrava la strada.

A un tratto Raven sgranò gli occhi e si premette il fianco con un grido strozzato. Cadde a terra con un tonfo, torcendosi dal dolore, mentre una macchia cremisi si allargava sulla sua fronte e le colava sugli occhi. Monique si gettò a terra accanto a lei, ma Raven non la vedeva. Non era più tra le pareti della casa, non avvertiva più la presenza di Aidan e Byron, né quella di Monique e Alexander. Era fuori, sotto la luna enorme e insanguinata, preda di un demone dalla forza enorme. Un demone dagli occhi fiammeggianti e dal sorriso che era l'immagine stessa della crudeltà. Alto, possente e completamente sicuro di sé, e Raven sapeva che stava per ucciderla. C'era la grazia di un animale nei suoi movimenti agili. C'era una condanna a morte nei suoi occhi spietati. Era assolutamente invincibile. Le aveva inflitto una ferita mortale ed era scivolato via con una rapidità inconcepibile. In lui non c'era alcuna emozione o pietà. Era implacabile e senza alcun rimorso.

Guardalo per quello che è: un assassino, un cacciatore di carpaziani e di mortali, le sibilò Andre nella mente. *Ora conoscerai la bestia che è realmente. Tu vedi un uomo raffinato che ti controlla con la sua mente. Questo è il vero Mikhail Dubrinsky. Ha dato la caccia a centinaia di noi, a migliaia dei suoi uomini, e li ha uccisi. Ucciderà anche noi e non proverà niente se non la gioia del trionfo.*

La mente di Raven era totalmente fusa con quella di Andre; vedeva attraverso i suoi occhi, provava il suo odio e la sua paura, il dolore del colpo ricevuto da Mikhail quando Andre lo aveva attaccato. Raven cercò di liberarsi dalla presa mentale del vampiro, ma Andre sapeva che la sua fine era vicina e mantenne il controllo con assoluta determinazione. Quella sarebbe stata la sua vendetta. A ogni colpo, a ogni ferita bruciante che Mikhail gli infliggeva, Raven avrebbe provato il suo stesso dolore. Almeno in questo il vampiro avrebbe trionfato.

Raven intuiva chiaramente il suo piano e sapeva che Mikhail l'aveva sentita in preda all'agonia. Riusciva a stento a respirare, ma voleva risparmiarlo, e tentò di interrompere il contatto. Ma Mikhail era troppo forte per permetterle di ritrarsi. Raven sentiva la sua furia gelida, l'assenza di pietà, il desiderio di combattere, l'urgenza di punire il rinnegato. Avvertì la sua esitazione quando comprese le intenzioni del vampiro.

Raven. Ascoltami. Gregori. La sua calma sovrana. La sua voce magnifica, ipnotica, che la cullava. *Abbandonati a me. Ora devi dormire.*

Gregori non le lasciava molta scelta, ma Raven si abbandonò con gratitudine alla sua voce ammaliante e perse i sensi immediatamente, sottraendo ad Andre la sua ultima arma contro Mikhail.

Un lungo sibilo sfuggì dalla gola di Mikhail. Si mosse talmente veloce da diventare invisibile. Il corpo di Andre fu sbalzato all'indietro dal colpo. Lo schianto risuonò nel silenzio innaturale. Si rimise in piedi barcollando, intontito, cercando disperatamente il suo avversario.

«Ho vinto». Sputò un fiotto di sangue e si premette una mano tremante sul petto. «Lei ti ha visto per quello che sei. E non potrai fare nulla per cambiarlo». Non distolse lo sguardo da Mikhail; non osava nemmeno battere le palpebre. Sembrava impossibile che perfino un carpaziano potesse essere tanto veloce. C'era qualcosa di terribile in quegli occhi neri e spietati. Ora che Raven non era più cosciente, non avevano alcuna traccia di pietà.

Andre fece cautamente un passo indietro, concentrò la mente, e colpì. Un fulmine crepitò e saettò, abbattendosi al suolo nel punto dove una frazione di secondo prima stava Mikhail. Il rumore fu tremendo; il colpo fece tremare la terra. Il lampo si spense con uno sfrigolio, lasciando la terra annerita e fumante. Andre lanciò un grido; la testa gli scattò all'indietro, e uno squarcio profondo gli aprì la gola, da cui fuoriuscì uno spruzzo di sangue cremisi.

Il quarto colpo sfondò lo sterno di Andre e penetrò fino al cuore. Gli occhi neri lo fissarono spietati mentre Mikhail gli strappava il cuore dal petto e lo scagliava a terra ancora palpitante, con supremo disprezzo. Il vampiro non sarebbe mai più risorto. Mikhail fissò il nemico caduto, cercando di trattenere l'impeto selvaggio di trionfo, la scarica inebriante di potere che gli scuoteva il corpo. Non sentiva più il dolore delle ferite, solo il giubilo della notte per la sua vittoria.

La ferocia in lui cresceva pericolosamente, minacciava di divampare come un incendio. Insieme a una folata di vento lo raggiunse un odore. *Raven.*

Il sangue gli ribollì nelle vene, la fame era sempre più forte. Fiutò gli umani, in particolare quello che aveva toccato la sua compagna. La sete di sangue lo fece fremere, e i carpaziani si allontanarono dal potere che emanava dal suo corpo, dal bisogno di uccidere che lo travolgeva. Il vento turbinava senza sosta intorno a lui, e l'odore di Raven era vago e sfuggente. *Raven.* Il suo corpo irrigidito bruciava. *Raven.* Il vento sussurrò il suo nome e la tempesta dentro di lui parve placarsi.

Mikhail protese la mente verso la luce, ritraendosi da quel mondo di violenza. «Distruggete questa cosa», disse secco, rivolto a nessuno in particolare. Raccolse energia dal cielo e vi immerse le mani, purgandosi del sangue contaminato. Ritornò sfrecciando fra le rovine della tana del vampiro, si materializzò dal nulla e si chinò su Monique, che cullava fra le braccia il corpo esanime di Raven.

Capitolo 16

Lentamente, Raven riprese conoscenza. Si ritrovò distesa su un letto, senza i vestiti. Mikhail era dietro di lei, le mani affondate nei suoi capelli folti e umidi. Riconobbe la sensazione delle sue dita sicure che le intrecciavano i capelli, con movimenti calmi e precisi, che la rassicurarono malgrado il ricordo incerto di ciò che era accaduto. A quanto pareva, si trovavano in un antico castello, piccolo e attraversato da spifferi. La camera da letto era calda, e Mikhail l'aveva riempita di erbe profumate e di candele, le cui fiamme tremolanti creavano un'atmosfera romantica. Aveva lavato il suo corpo e quello di Raven, cosicché odoravano solo l'uno dell'altra e di sapone alle erbe. Mikhail continuò a intrecciare senza fretta i capelli di Raven, dandole il tempo di orientarsi. Le sfiorò la mente e la trovò confusa, che lottava disperatamente per mantenersi lucida. Aveva paura di lui e soprattutto di non potersi fidare del proprio giudizio.

Raven studiò ogni angolo della stanza, ogni parete, ogni dettaglio, con il cuore che le martellava nelle orecchie. La stanza era magnifica. Il fuoco ardeva nel camino; lunghe candele affusolate spandevano una fragranza lieve che si mescolava alle erbe balsamiche. Una Bibbia consunta era posata sul tavolino accanto al letto. Non riconosceva niente di tutto ciò che aveva intorno, eppure le pareva stranamente familiare.

La trapunta era spessa e calda, la stoffa morbida sulla pelle. Si rese conto di essere nuda, e di colpo si sentì vulnerabile e timida; eppure, di nuovo, si sentiva a casa in quel luogo e insieme a lui. La mano di Mikhail scivolò dai capelli alla nuca, e le massaggiò i muscoli doloranti. Il suo tocco risvegliò nel suo corpo sensazioni conosciute e vagamente inquietanti.

«Che cosa avete fatto di Monique e di suo marito?». Strinse le dita sulla trapunta. Cercò di ignorare il calore del corpo di lui sulla sua pelle, il contatto ispido dei peli del suo petto sulla schiena e il sesso fremente premuto sulle sue natiche. Era una bella sensazione. Lui era come una parte di lei.

Mikhail le baciò un livido che aveva sul collo, poi lambì con la lingua la pelle che pulsava. Raven si irrigidì, come in attesa. Si sentiva ancora confusa. «Sono al sicuro nella loro casa, ad amarsi come è giusto. Non ricordano nulla di Andre e delle sue atrocità. Si ricordano di noi, e siamo buoni amici». Leggero come una piuma, le baciò un altro livido, scaldandole il sangue. Le sue mani le cinsero i fianchi, scivolarono lungo le costole e si impossessarono dei seni. Cercò la sua mente, ma Raven si ritrasse.

«Perché hai paura di me, Raven? Hai visto la parte più terribile di me: l'assassino, il giustiziere della mia razza». Le titillò piano i capezzoli con il pollice; Raven si sentì sciogliere dentro. «Credi che io sia cattivo? Tocca la mia mente, piccola. Per me è impossibile nasconderti qualcosa. Non ti ho mai tenuto all'oscuro della mia natura. Una volta mi guardavi con passione e amore, e mi accettavi. Hai dimenticato tutto questo?».

Raven chiuse gli occhi, abbassando le lunghe ciglia sugli zigomi. «Non so più a cosa credere».

«Baciami, Raven. Fondi la tua mente con la mia. Dividi con me il tuo corpo per tornare a essere una cosa sola. Prima ti fidavi di me; fallo anche adesso. Guardami con gli occhi dell'amore e perdonami per ciò che ho dovuto fare, per la belva che è dentro di me. Non guardarmi con gli occhi di chi dovrebbe distruggere noi e la nostra razza. Abbandonati a me». La sua voce era come un incantesimo mentre con le mani accarezzava ogni palmo del suo corpo vellutato. Conosceva a memoria ogni curva e ogni incavo. Il suo corpo bruciava, la sua fame aumentava, e così quella di lei. Delicatamente, per non impaurirla, Mikhail si distese su di lei come una coperta. Era così fragile, così piccola sotto le sue mani che la esploravano.

«Perché sei diventato la mia vita, Mikhail? Sono sempre stata forte da sola, e sicura di me stessa. Ma ora è come se tu ti fossi impossessato di me».

Mikhail le prese il viso tra le mani. «Tu sei la mia vita, Raven. Riconosco di averti portato via dal tuo mondo, ma tu non eri fatta per vivere in solitudine. Io so com'è, conosco la desolazione di quella vita. Gli altri ti stavano consumando, avrebbero finito col distruggerti. Non senti che sei la mia metà mancante, che ti appartengo?».

La bocca di Mikhail vagò sui suoi occhi, sulle sue guance, sugli angoli della sua bocca. «Baciami, Raven. Ricordati di me».

Raven sollevò le lunghe ciglia e cercò il suo sguardo cupo e famelico, con i suoi occhi blu che avevano un colore ancora più intenso. C'era un grande ardore nel calore di quello sguardo, del suo corpo. «Se ti bacio, Mikhail, non riuscirò più a smettere».

Mikhail la baciò sul collo, nel solco tra i seni, indugiò un momento sopra il cuore, mordicchiando la pelle sensibile, per poi risalire alla bocca. «Io sono un maschio carpaziano, e ho vissuto a lungo nelle tenebre. È vero che ho pochi sentimenti, e che la mia natura gode nel cacciare e nell'uccidere. Per domare la belva che è in noi dobbiamo trovare la nostra vera compagna, la nostra metà, la luce che illumini la tenebra. Tu sei la mia luce, Raven, la mia vita stessa. Questo non mi solleva dagli obblighi che ho verso la mia gente. Devo dare la caccia a quelli che uccidono i mortali e minacciano i miei simili. E non posso provare emozioni nel farlo, o impazzirei. Baciami, fondi la tua mente con la mia. Amami per quello che sono».

Il corpo di Raven bruciava per la fame e il desiderio. Il cuore di Mikhail batteva forte; la sua pelle era calda, i suoi muscoli duri sul suo corpo arrendevole. Ogni suo bacio le trasmetteva un fremito elettrico.

«A te non posso mentire», sussurrò Mikhail. «Tu conosci i miei pensieri, e la belva che si nasconde in me. Con te mi sforzo di essere delicato, di ascoltarti. La belva si scatena sempre, ma tu sai domarla. Raven, ti prego, ho bisogno di te, E tu di me. Il tuo corpo è debole; sento la tua fame. La tua mente è a pezzi; lascia che ti guarisca. Il tuo corpo invoca il mio tanto quanto il mio desidera il tuo. Baciami, Raven. Non rinunciare a noi due».

Gli occhi azzurri di Raven continuavano a scrutare il suo viso, la sua bocca sensuale. Si lasciò sfuggire un breve sospiro. Le labbra di Mikhail indugiarono sulle sue, in attesa di una risposta.

Furono i suoi occhi a illuminarsi per primi quando finalmente lo riconobbero. In un empito di tenerezza, gli prese la testa fra le mani. «Ho quasi paura che tu sia una mia invenzione, Mikhail. Che una cosa così intima, così perfetta, non sia reale. Non voglio che tu sia il sogno e che l'incubo sia la realtà». Gli avvicinò il viso e incollò la bocca alla sua. Il sangue tuonava nelle loro orecchie. Un calore accecante danzava intorno a loro, consumandoli. Mikhail cercò la sua mente, con delicatezza, non trovò alcuna resistenza e si fusero in un unico desiderio, un'unica passione sfrenata. Ora Raven sapeva che lui era reale e che non l'avrebbe mai lasciata sola.

Mikhail assaporò la sua dolcezza, esplorando la sua bocca, alimentando le fiamme fino a farle divampare. La prese per i fianchi sottili e la trascinò sotto di sé, allargandole le gambe con le ginocchia. La bocca di Raven, calda e avida, strisciava sui muscoli del suo petto. La lingua lambì la pelle palpitante e Mikhail si irrigidì, bruciando e gonfiandosi tanto da sentirsi esplodere.

Mikhail le afferrò la folta treccia sulla nuca e la strinse a sé, esplorando con l'altra mano il triangolo di riccioli setosi. Era calda e umida dal desiderio che aveva di lui. Mikhail mormorò il suo nome, premendo contro il suo corpo caldo e morbido. Raven lo sfiorò ancora con la lingua, una carezza lunga, lenta. Lo graffiò appena con i denti; il suo corpo fu sul punto di esplodere. Un dolce dolore lo trafisse quando Raven trovò la vena palpitante, misto a un piacere squisito mentre si immergeva nel corpo di Raven. Gridò per l'estasi, strinse la sua testa a sé e penetrò in lei sempre più a fondo, mentre il suo sangue ricco, caldo e potente nutriva il corpo esausto di Raven.

Sforzandosi di non perdere il controllo, Mikhail le sollevò i fianchi e si mosse dentro di lei portandola al culmine del piacere. I suoi muscoli si stringevano spasmodicamente intorno a lui. Mikhail le spinse via la bocca con delicatezza, Raven si staccò da lui e lasciò che affondasse i denti nella carne morbida sopra il seno. Raven sussultò e gli prese la testa fra le mani mentre Mikhail si nutriva voracemente, continuando a possederla. Il fuoco divampava; i loro corpi erano madidi di sudore; Raven lo avvolgeva come seta calda, fino a fondersi con lui in una sola entità, corpo, mente, cuore e sangue. Il grido strozzato di Mikhail risuonò insieme ai gemiti di Raven mentre l'estasi li trasportava fino in cielo, sopra il mare in tumulto.

Non posso perderti, piccola. Sei la mia metà migliore. Ti amo più di quanto possa mai esprimere a parole. Mikhail premette il viso contro il suo e le baciò i capelli umidi.

Raven colse con la lingua una gocciolina di sudore, sorridendo stancamente. «Credo che ti riconoscerei sempre, Mikhail, qualunque cosa accada alla mia mente».

Mikhail rotolò sul fianco, tenendola tra le braccia per non schiacciarla. «E così dev'essere, Raven. Hai sofferto molto negli ultimi giorni, e il ricordo rimarrà vivo nella mia mente per l'eternità. Domani sera dobbiamo lasciare questa regione. Il vampiro è morto, ma ha lasciato dietro di sé una traccia che potrebbe distruggere la nostra razza. Dobbiamo trasferirci in un luogo più isolato, in cui forse la nostra gente potrà sopravvivere alla persecuzione imminente». Le sollevò il braccio per esaminare i profondi graffi lasciati da Andre.

«Sei certo che ci sarà una persecuzione?».

Un sorriso amaro gli passò sul viso mentre con un gesto spegneva le candele. «Nella mia vita ho visto troppe volte i segni per non riconoscerli. Verranno gli assassini, e ne soffriranno sia gli umani sia i carpaziani. Ci ritireremo per un quarto di secolo, forse più, per poterci riorganizzare». Posò la lingua su quelle cicatrici dolorose, e le lambì con il suo tocco guaritore. Raven trovò la sensazione piacevole e confortante.

Abbassò le ciglia, inalando l'odore rassicurante dei loro corpi che aleggiava nella stanza. «Ti amo, Mikhail, amo tutto di te, anche la tua parte bestiale. Non so perché prima fossi tanto confusa. Tu non sei cattivo, vedo chiaramente dentro di te».

Dormi, piccola. Il tuo posto è qui tra le mie braccia. Mikhail tirò la trapunta, strinse Raven tra le braccia, e si addormentarono.

Nell'oscurità del piccolo cimitero, in terra consacrata, era radunato un gruppetto. Jacques era ancora pallido e sofferente per le ferite di cui mostrava le cicatrici. Passò un braccio intorno alle spalle di Raven, vacillando leggermente. Raven lo guardò con un sorriso rassicurante. Dietro a Jacques c'era Byron, ad assicurarsi che l'amico non cadesse. In disparte stava Aidan, impettito e con la testa appena chinata.

Il cimitero e la minuscola cappella sorgevano nei pressi del castello. Era una costruzione antica, di architettura squisita. Le vetrate e il campanile slanciato gettavano ombre scure fra le lapidi sparse, gli angeli e le croci, testimoni silenziosi del rito funebre. Mikhail aprì la terra con un gesto della mano.

Gregori aveva fabbricato una cassa di legno, su cui erano intagliati antichi simboli religiosi. Calò lentamente la cassa nella terra accogliente e fece un passo indietro.

Mikhail si fece il segno della croce, recitò il rito della sepoltura e asperse la bara di Edgar Hummer con acqua santa. «Era mio amico, la mia guida nei momenti di smarrimento, e credeva nella necessità di far perpetuare la nostra razza. Non ho mai incontrato un uomo, umano o carpaziano, dotato di altrettanta compassione. La luce di Dio risplendeva nel suo cuore e nei suoi occhi».

Mikhail fece un altro gesto e la terra si richiuse come se non fosse stata mai toccata. Chinò la testa, sopraffatto da un dolore inaspettato, e sentì le lacrime rosso-sangue scorrergli sul viso. Fu Gregori a posare la lapide e Gregori, un non credente, a condurre la preghiera finale. Le loro voci armoniose e incantevoli intonarono un canto in latino in onore del prete.

Mikhail inspirò l'aria della notte e trasmise il suo rimpianto ai lupi. In risposta, un coro luttuoso di ululati echeggiò nella foresta cupa.

Gregori si chinò per primo, ricoprendosi di piume iridate alla luce della luna. Spiegò le ali e planò sul ramo più alto di un albero vicino. Il gufo rimase immobile, fondendosi con la notte, in attesa. Aidan lo seguì, un lampo dorato, silenzioso e letale. Byron era più piccolo e ammantato di piume bianche. La figura imponente di Mikhail ondeggiò tra le ombre e si lanciò nel cielo buio, seguito dagli altri tre.

Volarono sempre più in alto, battendo forte le ali scintillanti fino a raggiungere le nuvole che incombevano sulla foresta. Il vento sferzava i loro corpi, sosteneva le loro ali e li purificava da ogni traccia di tristezza e di violenza lasciata dal vampiro.

Planarono e si tuffarono in picchiata, quattro grandi figure alate, in perfetta sincronia. La gioia succedette al timore, e alleggerì il pesante fardello nel cuore di Mikhail. La colpa lasciò il posto all'estasi del volo. Le ali possenti solcavano il cielo, e Mikhail, incapace di trattenere la sua gioia, anche nel corpo di un gufo, la trasmise a Raven come un invito a condividere anche quel piacere della vita carpaziana.

Pensa, amore mio, visualizza i miei pensieri. Fidati di me più che mai. Concedimi di farti questo dono.

Raven non esitò. Si affidò a lui con assoluta fiducia, aprendosi alla sua visione. Non si lasciò impaurire dalla sensazione iniziale di smarrimento al dissolversi del suo corpo. Le penne spuntarono e brillarono alla luce della luna.

Accanto a lei, Jacques fece un passo indietro. Attese che il piccolo gufo femmina si posasse su un angelo di pietra prima di mutare forma. Spiccarono insieme il volo nella notte e raggiunsero gli altri quattro grandi uccelli che planavano in cerchio sopra di loro.

Uno dei maschi ruppe la formazione, virò sopra la femmina e si tuffò per coprirla con una sola grande ala. Lei gli sfuggì per gioco, tuffandosi in picchiata. Gli altri maschi la accerchiarono, sorvegliando le sue evoluzioni mentre sperimentava le gioie del volo libero. I maschi restavano in formazione serrata, con la femmina al centro, volando intorno alla foresta, salendo nella nebbia. Per un po' volteggiarono e si tuffarono, divertendosi a prendere quota per poi precipitare, risalendo dal folto degli alberi e sopra la spessa coltre di nebbia.

Dopo un po' ripresero a volare tranquillamente, i maschi a guardia della femmina, che si trovava in mezzo. Mikhail sentiva la tensione sciogliersi nella notte e disperdersi ai quattro angoli della terra. Avrebbe portato Raven via dal paese e le avrebbe dato il tempo di abituarsi ai costumi carpaziani. Raven era il suo futuro, e il futuro della loro razza. Era la sua vita, la sua gioia, la sua ragione di esistere; era il suo legame con tutto ciò che c'era di buono al mondo. Voleva assicurarle una vita piena di felicità.

Mikhail scese a coprire il corpo piumato di Raven con le sue ali, toccò la sua mente e sentì la sua gioia. Raven rispose colmandolo di amore e di calore, ridendo felice come una bambina per i paesaggi, i suoni e gli odori che scopriva per la prima volta. Sfrecciò insieme a lui nel cielo, e la sua risata echeggiò nella mente di tutti i carpaziani. Era la loro speranza per il futuro.

DESIDERIO

A mio padre Mark King, per avermi insegnato che al mondo esistono molti tipi di eroi. Alla mia agente Helen, che non ha mai smesso di credere nei miei personaggi carpaziani. Un ringraziamento speciale ad Allison Luce e a mia figlia Billie Jo Feehan, per essersi innamorate di Jacques e per i molti suggerimenti preziosi. E ovviamente a mio figlio Brian, che ha dovuto rileggere le scene d'azione più e più volte.

Capitolo 1

Sangue. Un fiume in piena. Dolore. Un mare in cui annegava. Avrebbe mai avuto fine? Migliaia di tagli e bruciature; la risata di scherno che lasciava presagire un'eternità di torture. Non riusciva a credere di essere tanto vulnerabile, che la sua forza e i suoi poteri incredibili si fossero prosciugati tanto da ridurlo in quello stato pietoso. Inviò nella notte un richiamo mentale dopo l'altro; nessuno dei suoi accorreva ad aiutarlo. L'agonia continuava, implacabile. Dov'erano? I suoi simili. I suoi amici. Perché non venivano a mettere fine a quel tormento? Era una congiura? Lo avevano abbandonato di proposito nelle mani di quei carnefici, che brandivano coltelli e torce con tanto gusto? A tradirlo era stato qualcuno che conosceva, ma il ricordo era stranamente confuso, offuscato dal dolore che non gli dava tregua.

In qualche modo i suoi aguzzini erano riusciti a catturarlo, a paralizzarlo in modo che rimanesse cosciente, ma senza poter muovere un muscolo, neanche le corde vocali. Era completamente indifeso, in balia di quei miseri umani che gli straziavano le carni. Sentiva i loro lazzi, le loro domande incessanti, percepiva la loro rabbia quando si rifiutava di riconoscere la loro presenza o il dolore che gli infliggevano. Bramava, desiderava la morte, e i suoi occhi freddi come il ghiaccio non abbandonavano mai i loro volti e non battevano mai le palpebre, come gli occhi di un predatore che scruta e attende, in attesa di vendicarsi. Quello sguardo li esasperava, eppure gli negavano ancora il colpo di grazia.

Il tempo non aveva per lui più alcun significato, tanto angusto si era fatto il suo mondo, ma a un tratto avvertì una presenza nella sua mente. Una femmina, giovane, molto lontana. Senza sapere come, aveva involontariamente stabilito un contatto, fuso le loro menti al punto di condividere con lei ogni atroce ustione e ogni squarcio di coltello che lo privava di prezioso sangue vitale. E ora lei soffriva il suo stesso dolore, pativa la stessa agonia, impotente quanto lui. Cercò di ritrarsi, per un bisogno istintivo di proteggerla, ma era troppo debole per poter innalzare una barriera mentale. Il dolore si riversava da lui come un torrente impetuoso che fluiva dritto verso la mente della femmina.

L'angoscia di lei lo investì con un colpo possente. Lui era, dopo tutto, un maschio carpaziano. Il suo primo dovere in qualsiasi momento era quello di proteggere una donna a costo della vita. Tentare e fallire accresceva la sua disperazione. Intravide alcune immagini fugaci nella mente della donna, una figura piccola e fragile raggomitolata per il dolore, che lottava per conservare la lucidità. Gli sembrava una sconosciuta, eppure la vedeva a colori, come non gli accadeva più da secoli. Non poteva addormentarsi né farla addormentare per salvarli da quel tormento. Riusciva a cogliere solo frammenti dei suoi pensieri mentre la donna tentava disperatamente di invocare aiuto, di decifrare quel che le stava accadendo.

Sulla pelle gli affiorarono goccioline di sangue. Rosso. Vedeva chiaramente che il suo sangue era rosso. La cosa aveva un significato importante, ma era troppo confuso per comprenderlo. La sua mente era offuscata, come se un velo pesante gli gravasse sul cervello. Non riusciva a ricordare come avessero fatto a catturarlo. Si sforzò di "vedere" il volto di quello che fra i suoi l'aveva tradito, ma la sua mente non gli restituiva alcuna immagine. C'era solo dolore, terribile e incessante. Non riusciva a emettere un suono, nemmeno quando la sua mente s'infranse in un milione di schegge e non poté più ricordare cosa, o chi, stesse cercando di proteggere.

Shea O'Halloran era rannicchiata sul letto. La lampada mandava quel tanto di luce che le bastava a leggere la rivista di medicina. Divorava intere pagine in pochi secondi, memorizzando immediatamente le informazioni come faceva fin da bambina. Stava per completare la specializzazione, la più giovane in tutta l'università, ed era sfinita dalla mole di quell'impresa. Voleva sbrigarsi a terminare la lettura per poter riposare almeno un po'. Il dolore la colpì all'improvviso, con tale violenza da scaraventarla giù dal letto e lasciarla intontita per l'urto. Tentò di gridare, strisciò alla cieca verso il telefono, ma riuscì appena a contorcersi. La sua pelle si coprì di sudore; chiazze di sangue cremisi le sgorgarono dai pori. Il dolore non somigliava a nulla che avesse mai provato: era come se le stessero tagliando la carne con un coltello, bruciandola, torturandola senza sosta. Non sapeva più da quanto tempo durasse: le parevano ore, giorni. Nessuno arrivava a soccorrerla, nessuno sarebbe venuto: era sola e tanto riservata da non avere amici. Alla fine, quando si sentì dilaniare come da una voragine aperta in pieno petto, perse conoscenza.

Fu proprio quando credeva che i suoi aguzzini stessero per sbarazzarsi di lui e porre fine alle sue sofferenze dandogli la morte che scoprì cos'era davvero l'inferno. Un'agonia straziante. Volti malevoli chini su di lui. Un paletto acuminato puntato contro il suo cuore. Ancora un secondo, un battito, e tutto sarebbe finito. Sentì la spessa punta di legno penetrargli nella carne e farsi strada tra i muscoli e i tendini. Il martello si abbatté pesantemente sulla base del paletto, conficcandolo ancor più in profondità. Il dolore era inimmaginabile. Fortunatamente per entrambi, la femmina a cui era unito mentalmente perse i sensi. Lui continuò a sentire ogni colpo, l'enorme cuneo di legno che gli lacerava la carne e le viscere, facendo sprizzare il sangue come un geyser e indebolendolo sempre più. Sentiva svanire la sua forza vitale, ed era così privo di energie che fu certo di morire. Si protese ad accogliere la morte, con gratitudine. Ma non era giunta la sua ora. Era un maschio carpaziano, un immortale. Una creatura pressoché indistruttibile, dalla volontà forte e decisa. E la sua volontà avrebbe combattuto la morte perfino mentre il suo corpo invocava la fine delle proprie sofferenze e, con esse, della propria esistenza.

I suoi occhi si posarono sui due umani. Il suo sangue spiccava in ampie chiazze scarlatte sui loro vestiti. Raccolse le ultime forze e li catturò con il suo sguardo incantatore. Se solo fosse riuscito a trattenerli abbastanza a lungo, avrebbe potuto rivolgere contro di loro la loro stessa malvagità. All'improvviso, uno dei due imprecò e allontanò il compagno con uno strattone. Si affrettarono a bendarlo con un panno, incapaci di sostenere l'oscura promessa in fondo a quei due pozzi di sofferenza, timorosi del suo potere, malgrado fosse del tutto inerme di fronte a loro. Ridendo, lo incatenarono nella bara e la issarono in verticale. Si sentì gridare di dolore, ma il suono echeggiò soltanto nella sua mente, isolato, quasi a volerlo schernire. Si costrinse a smettere. Non potevano sentirlo, ma non faceva differenza. Conservava ancora un briciolo di dignità. Di rispetto per se stesso. Non lo avrebbero sconfitto. Era un carpaziano. Sentì i tonfi sordi contro il legno mentre lo seppellivano nella parete della cella, una palata di terra alla volta. Il buio era completo. Il silenzio lo stordì come un colpo alla testa.

Era una creatura della notte. Il buio era il suo mondo. Eppure ora, in quel supplizio, era suo nemico. C'erano solo dolore e silenzio. Fino ad allora era sempre stato lui a scegliere il buio e la terra guaritrice. Ora era prigioniero, rinchiuso, con la terra fuori portata. Così vicina, ma il legno della bara gli precludeva quel conforto, impedendo al suo corpo di toccare ciò che avrebbe guarito le sue ferite.

Nel suo inferno di dolore s'insinuò la fame. Il tempo scorreva inutilmente. C'era solo quella fame terribile, inesorabile, che cresceva fino a invadere tutto il suo mondo. Fame. Tormento. Per lui non esisteva più nient'altro.

Dopo un po', scoprì che era in grado di addormentarsi. Ma nemmeno la benedizione del sonno significava più nulla. Non ricordava nulla. Era solo quella la sua vita: dormire. Svegliarsi solo quando una creatura curiosa si avvicinava troppo. La fitta lancinante che lo consumava a ogni battito del suo cuore. Conservare quanta più forza gli era possibile per cercare di attirare a sé del nutrimento. Le fonti di cibo erano rare e scarse. Perfino gli insetti imparavano a evitare quel luogo buio e le creature maligne di cui era popolato.

A tratti, durante quell'infinita agonia, si ritrovava a mormorare il proprio nome. *Jacques*. Aveva un nome. Era reale. Esisteva. Viveva in un inferno. Viveva nell'oscurità. Le ore divennero mesi, anni. Non riusciva più a ricordare una vita precedente, un'esistenza anteriore a quel martirio. Non c'erano pace né speranza, nessuna via di scampo. Non c'era fine. Solo il buio, il dolore e quella fame terribile. Il tempo scorreva senza alcun significato, in quel mondo claustrofobico.

Aveva i polsi ammanettati e pochissima libertà di movimento, ma ogni volta che una creatura si avvicinava abbastanza da svegliarlo, raspava contro le pareti della bara nel vano tentativo di uscirne. La sua energia psichica stava tornando, e presto avrebbe potuto attirare delle prede, ma appena sufficienti a sopravvivere. Non c'era modo di riacquistare le forze e i suoi poteri senza recuperare l'enorme quantità di sangue che aveva perso. Nel sottosuolo non c'erano creature abbastanza grandi da fornirgliela. A ogni risveglio, a ogni movimento, altro sangue stillava copioso dalle sue ferite. Senza una dose abbondante di sangue fresco, il suo corpo non sarebbe potuto guarire. Quell'orrendo circolo vizioso sarebbe durato per l'eternità.

Poi, strisciando, vennero i sogni. Lo svegliavano lasciandolo in preda alla fame, senza possibilità di saziarla. Una donna. La riconosceva, sapeva che era là fuori, viva, senza catene ai polsi, non sepolta sotto terra ma libera di muoversi. Mentalmente era appena al di fuori della sua portata, eppure riusciva quasi a toccarla. Perché non veniva da lui? Non riusciva a evocare alcun volto, alcun passato, solo la consapevolezza che lei era lì, da qualche parte. La chiamò. Supplicò, smaniò. Dov'era? Perché non voleva venire da lui? Perché permetteva che quella tortura continuasse quando la sua sola presenza mentale avrebbe alleviato il suo atroce isolamento? Cos'aveva fatto di tanto terribile per meritarlo?

Fu invaso dalla rabbia, poi dall'odio. Là dove c'era un uomo crebbe un mostro, letale, pericoloso, che si nutriva di dolore fino a trasformarsi in una volontà a cui era impossibile opporsi. Cinquant'anni, cento – pur di vendicarsi, sarebbe arrivato fino alle porte dell'inferno. Dopo tutto, ci era già sprofondato, era la sua prigione, in ogni momento di veglia.

Lei sarebbe venuta. Lo giurò. Avrebbe usato tutte le sue energie mentali per trovarla. E dopo averla trovata, sarebbe diventato come un'ombra nella sua mente fino a conoscerla abbastanza da imporle la sua volontà. Lei sarebbe venuta, e lui avrebbe avuto la sua vendetta.

La fame lo attanagliava a ogni risveglio, fondendosi insieme al dolore in un'unica sensazione. Ma lo sforzo di rintracciare la donna lo distraeva un po' dal suo tormento. La sua concentrazione era così totale da permettergli di cancellare il dolore per qualche istante. All'inizio erano solo pochi secondi. Poi minuti. Ogni volta che si svegliava, tendeva la volontà nello sforzo di trovare la donna; finalmente aveva un obiettivo. Mesi, anni, non aveva importanza: lei non poteva sfuggirgli per sempre.

La prima volta che le sfiorò la mente, dopo migliaia di tentativi a vuoto, lo shock fu tale che perse immediatamente il contatto. E l'ondata di esaltazione che lo travolse fece sprizzare un fiotto di sangue dalla ferita intorno al paletto conficcato nel suo corpo, privandolo della poca forza che gli rimaneva. Dormì a lungo nel tentativo di recuperarla. Una settimana, forse un mese. Non c'era bisogno di misurare il tempo. Ormai aveva una direzione, sebbene la donna fosse lontana da lui. La distanza era tanto grande da costringerlo a concentrarsi totalmente su di lei per localizzarla nel tempo e nello spazio.

Al risveglio, Jacques provò di nuovo. Non era preparato alle immagini che vide nella mente della donna. Sangue. Il petto aperto di un minuscolo essere umano. Un cuore palpitante. Le mani della donna erano immerse nella cavità toracica, coperte di sangue. Nella stanza insieme a lei c'erano altri, e lei dirigeva mentalmente i loro movimenti. Era del tutto assorta in quel compito raccapricciante, e la facilità con cui dirigeva gli altri lasciava supporre che vi si dedicasse spesso. Le immagini erano vivide e orribili, e Jacques fu certo che lei aveva preso parte al suo tradimento, che era complice dei suoi aguzzini. Fu sul punto di perdere il contatto, ma la sua volontà indomabile lo sorresse. La donna avrebbe sofferto per tutto ciò. Oh, se avrebbe sofferto. Il corpo che stava torturando era così piccolo; non poteva che appartenere a un bambino.

Le luci nella sala operatoria erano basse, proprio come desiderava la dottoressa O'Halloran; solo il corpo disteso sul tavolo era illuminato da una luce intensa. Il suo udito insolitamente acuto colse delle voci al di fuori della sala: un'infermiera che consolava i genitori del bambino. «Siete fortunati che stasera ci sia di turno la dottoressa O'Halloran. Lei è la migliore. Ha davvero un talento speciale. Quando sembra che non ci sia più nulla da fare, lei riesce sempre a salvarli. Il vostro bambino non poteva capitare in mani migliori».

«Ma sembrava in fin di vita...». Era la madre, terrorizzata, che già dava il figlio per spacciato.

«Credetemi, la dottoressa O'Halloran ha fatto veri e propri miracoli. Abbiate fiducia. Non si ferma mai, finché non ha salvato il paziente. A volte pensiamo che in qualche modo riesca a ordinargli di vivere».

In quel momento Shea O'Halloran non poteva permettersi nessuna distrazione; di certo non per ascoltare un'infermiera promettere a due genitori che avrebbe salvato il loro bambino, malgrado avesse il torace sfondato e gli organi interni in poltiglia. Non dopo aver passato le ultime quarantotto ore di fila a fare ricerche, e mentre il suo corpo invocava sonno e nutrimento. Ignorò ogni rumore, ogni suono di voci, e si concentrò totalmente sull'operazione. Non avrebbe perso quel bambino, a qualunque costo. Per lei era semplice: non si dava altra scelta, non concedeva accesso a nessun altro pensiero. Sapeva di avere assistenti capaci, in grado di lavorare bene con lei, come gli ingranaggi di una macchina ben oliata. Non aveva mai bisogno di scrutare la loro reazione alle sue istruzioni; erano sempre efficienti e pronti. Se era in grado di salvare i pazienti quando altri non ci riuscivano, non era unicamente merito suo.

Si chinò ancor di più sul bambino, sgombrando la mente da qualunque cosa che non fosse il suo desiderio di farlo vivere. Mentre tendeva la mano per raccogliere lo strumento che l'infermiera le porgeva, qualcosa la colpì. Il dolore s'impossessò di lei, consumandola come un fuoco improvviso. Aveva provato qualcosa di simile solo un'altra volta, un paio di anni prima. Non era mai riuscita a scoprire cosa l'avesse fatta stare tanto male. Il dolore era semplicemente scomparso dopo circa ventiquattro ore. Ora, con la vita di quel bambino appesa a un filo, affidata alle sue mani, non poteva permettersi di svenire. Il dolore le attanagliò le viscere, le tolse il respiro. Shea lottò per dominarsi; anni di dura disciplina mentale le vennero in aiuto. Come faceva con ogni altra distrazione, scacciò il dolore dalla mente, fece un respiro profondo e tornò a concentrarsi sul bambino.

L'infermiera più vicina la guardò esterrefatta. Durante tutto il tempo in cui aveva lavorato con la O'Halloran, ammirandola fin quasi all'idolatria, non aveva mai visto il chirurgo perdere la concentrazione, nemmeno per un secondo. Questa volta Shea si era immobilizzata completamente – per pochi attimi – ma l'infermiera non aveva potuto fare a meno di notarlo, tanto insolito era stato il gesto. Le mani le avevano tremato, e aveva iniziato a sudare. Automaticamente, l'infermiera si era protesa col fazzoletto a detergerle la fronte. Nel ritrarlo, si accorse con orrore che era macchiato di sangue, che stillava dai pori in minuscole goccioline. L'infermiera tamponò la fronte del chirurgo un'altra volta, cercando di nascondere agli altri il fazzoletto. Non aveva mai visto niente di simile.

Poi Shea era tornata in sé e aveva immediatamente riacquistato l'attenzione. L'infermiera represse ogni domanda e si rimise al lavoro: le immagini di ciò che serviva alla O'Halloran si succedevano nella sua mente così rapide da non lasciarle più il tempo di pensare allo strano fenomeno. Era abituata da tempo a conoscere ciò di cui la dottoressa aveva bisogno prima che lei glielo chiedesse.

Shea avvertì nella sua mente una presenza estranea, cupa e malevola che tentava di colpirla un'altra volta, poi riuscì a scacciarla; rivolse totalmente la sua attenzione al bambino dal torace martoriato. Non sarebbe morto. Lei non lo avrebbe permesso. Mi senti, bambino? Sono qui con te, e non ti lascerò morire, *giurò dentro di sé. E ne era convinta. Lo era ogni volta. Era come se una parte di lei si fondesse con i suoi pazienti e in qualche modo riuscisse a tenerli in vita finché la medicina moderna non avesse fatto il resto.*

Jacques dormì per un po'. Non gli importava quanto tempo fosse trascorso. Ad attenderlo c'erano solo la fame e il dolore, e il cuore e l'anima di quella donna perfida. Aveva tutta l'eternità per recuperare le forze, e ora che conosceva la strada per la sua mente, lei non avrebbe più potuto sfuggirgli. Dormì il sonno degli immortali, con il cuore e i polmoni inattivi, sepolto così vicino alla terra di cui aveva disperatamente bisogno per guarire, ma separato da essa da un sottile strato di legno. Quando si svegliava, si metteva con pazienza a raschiare le pareti della bara. Prima o poi avrebbe raggiunto la terra guaritrice. Era riuscito a praticare un piccolo foro per attirare le sue prede. Poteva aspettare. Lei non poteva sfuggirgli. Trovarla era il suo unico scopo.

La tormentava. Giorno e notte, non faceva differenza. Da tempo ormai i due termini avevano perso ogni significato. Viveva nel tentativo di placare la fame che non lo abbandonava mai. Viveva in attesa della vendetta. Del castigo. Viveva per rendere un inferno i giorni di quella donna. Col tempo divenne più esperto, riuscì a impossessarsi della sua mente per interi minuti ogni volta. Quella donna era un enigma. La sua mente era complessa, piena di cose il cui senso gli era oscuro, e i pochi momenti in cui poteva rimanere sveglio senza perdere il poco, prezioso sangue che gli rimaneva non gli erano sufficienti a comprenderla.

Ci fu la volta in cui lei si spaventò. Jacques riusciva ad assaporare la sua paura. Sentiva il suo cuore battere così forte che i suoi stessi battiti si accordavano a quel ritmo terribile. Eppure la mente della donna rimaneva calma al centro della tempesta, e riceveva brevi, intensi lampi di informazioni elaborati così rapidamente che Jacques non riusciva quasi a intercettarli. Due sconosciuti dall'espressione beffarda le davano la caccia. Vide anche un'immagine di se stesso, con i capelli folti incollati a ciocche sul viso sofferente, il corpo straziato da mani brutali. Vide chiaramente il paletto conficcato nelle carni. L'immagine balenò per un istante nella mente della donna, poi ci fu una breve sensazione di angoscia, e perse il contatto.

Shea non avrebbe mai dimenticato quelle facce, quegli occhi, e il loro tanfo di sudore. Uno dei due, il più alto, non le toglieva gli occhi di dosso. «Chi siete?». Li fissava con occhi sgranati, ingenui, completamente inerme. Shea sapeva di apparire giovane e indifesa, troppo piccola per intimidirli.

«Jeff Smith», disse burbero quello alto, divorandola con gli occhi. «Lui è il mio socio Don Wallace. Dovrebbe venire con noi e rispondere ad alcune domande».

«C'è bisogno di me? Sono un medico, signori. Non posso prendere e andarmene così. Mi aspettano in chirurgia fra un'ora. Forse potremmo accordarci per quando avrò finito il mio turno».

Wallace le fece un ghigno che voleva essere accattivante. Shea trovò che sembrava uno squalo. «Eh no che non possiamo, cara dottoressa. Non siamo solo noi ad avere qualcosa da chiederle, c'è un'intera commissione che vuole parlare con lei». Rise piano, con un velo di sudore sulla fronte. Provava gusto a infliggere dolore, e Shea era fin troppo composta e altezzosa.

Shea si piazzò dietro la scrivania, al riparo dai due uomini.

Lentamente, con studiata indifferenza, abbassò lo sguardo sul computer, digitò il comando che avrebbe cancellato tutti i suoi dati e premette invio. Poi prese il diario di sua madre e lo fece scivolare nella borsetta. Compì ogni gesto con la massima naturalezza. «Siete sicuri che sia io quella che cercate?»

«Shea O'Halloran, sua madre era Margaret O'Halloran, detta Maggie, irlandese», citò a memoria Jeff Smith. «Nata in Romania, da padre sconosciuto». C'era una nota di scherno nella sua voce.

Shea puntò sull'uomo il fascio dei suoi occhi di smeraldo, guardandolo tranquilla mentre lui si muoveva nervoso, lentamente consumato dal desiderio. Smith era molto più influenzabile del suo socio. «E questo dovrebbe farmi perdere la pazienza, signor Smith? So chi sono, e mio padre non ha nulla a che vedere con tutto questo».

«No?». Wallace avanzò verso la scrivania. «Non ha forse bisogno di sangue? Non brama di berlo?». I suoi occhi erano accesi dall'odio.

Shea scoppiò in una risata bassa, sexy, musicale. «Bere sangue? È uno scherzo, per caso? Non ho tempo per queste stupidaggini».

Smith si leccò le labbra. «Non beve sangue?», chiese in tono quasi speranzoso.

Wallace gli scoccò un'occhiata di rimprovero. «Non guardarla negli occhi», ringhiò. «Dovresti saperlo, ormai».

Shea alzò un sopracciglio. Rise piano di nuovo, quasi invitando Smith a fare altrettanto. «Di tanto in tanto ho bisogno di una trasfusione. Non avete mai sentito parlare dell'emofilia? Non è poi così rara. Signori, mi state facendo perdere tempo». La sua voce si fece ancor più bassa e melodiosa. «È davvero ora che andiate».

Smith si grattò la testa. «Forse abbiamo preso la donna sbagliata. Guardala. È un medico. Non assomiglia per niente agli altri. Sono tutti alti, forti e con i capelli scuri. Lei è delicata, piccola e rossa. Ed esce alla luce del giorno».

«Piantala», sbottò Wallace. «È una di loro. Avremmo dovuto imbavagliarla. Sta usando la voce per incantarti». I suoi occhi si posarono su di lei, facendole accapponare la pelle. «Vedrai che parlerà», aggiunse, con un sogghigno malevolo. «Adesso sì che ti ho fatto spaventare. Era ora. Con le buone o con le cattive, O'Halloran, ti faremo cantare. E se vuoi proprio saperlo, io preferisco le cattive».

«Non ne dubitavo. Ma cosa volete da me, esattamente?»

«Vogliamo le prove che sei un vampiro», sibilò Wallace.

«Sta scherzando. I vampiri sono un'invenzione. Non esiste niente del genere», lo contraddisse Shea, con enfasi. Aveva bisogno di saper-

ne di più al più presto e con ogni mezzo, anche a costo di provocare quei due folli.

«Ah no? Io ne ho incontrati parecchi». Wallace sfoderò di nuovo il suo ghigno. «Forse anche un paio dei tuoi amichetti». Gettò sulla scrivania alcune fotografie, sfidandola con gli occhi a guardarle. La sua eccitazione era palpabile.

Mantenendo un'espressione neutra, Shea raccolse le fotografie. Ebbe un sussulto allo stomaco, ma seppe dominarsi ancora una volta. Le fotografie erano numerate, otto in tutto. Ognuna delle vittime era bendata, imbavagliata, ammanettata e torturata in vari modi. Don Wallace era un macellaio. Shea sfiorò con la punta delle dita la foto segnata con il numero due e provò una stretta al cuore, improvvisa e inaspettata. Un ragazzo, di diciotto anni al massimo.

Rapidamente, per non scoppiare in lacrime, passò in rassegna le altre foto. La numero sette mostrava un uomo dalla folta chioma nera – l'uomo che la ossessionava nei sogni! Impossibile sbagliarsi. Conosceva ogni lineamento del suo viso, la bocca squisitamente modellata, gli occhi scuri ed espressivi, i capelli lunghi. Provò una fitta di angoscia. Per un istante avvertì il dolore dell'uomo, una sofferenza acuta, fisica e mentale, che scacciava qualunque pensiero sano finché non restavano altro che dolore, odio e fame. Passò piano il pollice su quel volto tormentato, con un gesto quasi amorevole. Una carezza. Non fece che aumentare l'odio e il dolore. La fame crebbe a dismisura. Quelle emozioni erano così intense, così estranee alla sua natura che Shea ebbe la strana sensazione che qualcuno o qualcosa le stesse invadendo la mente. Smarrita, Shea lasciò ricadere le foto sulla scrivania.

«Siete voi due gli "ammazzavampiri" di qualche anno fa in Europa, vero? Avete assassinato tutta quella gente innocente». Formulò quell'accusa con voce piatta.

Don Wallace non fece nulla per schermirsi. «E ora ti ho presa».

«Se i vampiri sono creature tanto potenti, come avete fatto a ucciderne così tanti?». Infuse nella sua voce abbastanza sarcasmo da spingerlo a continuare.

«I maschi sono molto competitivi», disse Wallace, con una risata aspra. «Non vanno d'accordo tra loro. Hanno bisogno di donne, e non gli va di condividerle. Si fanno la guerra, e ogni tanto ci consegnano uno dei loro. Ma sono degli ossi duri. Possono soffrire come cani, ma non parlano mai. E per certi versi è meglio così, dato che possono ipnotizzarti con la voce. Ma tu parlerai eccome, dottoressa. Con te ho tutto il tempo che voglio. Lo sapevi che quando un vampiro soffre terribilmente inizia a sudare sangue?»

«Lo saprei di certo se fossi un vampiro. Non ho mai sudato sangue in vita mia. Dunque, vediamo se ho capito bene. I vampiri non solo danno la caccia agli esseri umani, ma si danno la caccia tra loro. I maschi tradiscono i loro simili e li consegnano a voi assassini perché hanno bisogno di femmine. Credevo che potessero semplicemente mordere le donne e trasformare anche loro in vampiri». Enumerò ciascun punto con le dita, con deliberato sarcasmo. «E vorreste darmi a intendere che io sono una di queste creature favoleggiate, tanto forte che la mia sola voce è sufficiente ad ammaliare questo pezzo d'uomo qui». E indicò Jeff Smith, rivolgendogli un sorriso affabile. «Signori, io sono un medico. Ogni giorno salvo vite umane. Dormo in un letto, non in una bara. Non sono minimamente forte, e in vita mia non ho mai succhiato il sangue a nessuno». Gettò un'occhiata a Don Wallace. «Voi, al contrario, ammettete di aver torturato, mutilato e addirittura assassinato degli uomini, e ne siete evidentemente alquanto soddisfatti. Non credo che voi siate poliziotti, né agenti, né inviati di nessuna organizzazione legale. Credo che siate voi i mostri». Tornò a rivolgere i suoi occhi di smeraldo su Jeff Smith, con voce bassa, seducente. «Credete davvero che io sia un pericolo per voi?».

L'uomo parve sul punto di cadere in avanti, attratto da quello sguardo invitante. Non aveva mai desiderato così intensamente una donna. Sbatté le palpebre, si schiarì la gola e gettò una lunga occhiata calcolatrice a Wallace. Smith non aveva mai osservato quell'espressione avida e fredda sul volto del suo socio. «No, no, lei non è certo un pericolo, né per noi né per nessun altro».

«Maledizione, Jeff, prendiamola e filiamocela da qui», ringhiò Wallace. Quella donna doveva capire che era lui a comandare.

Gli occhi smeraldo si posarono su Smith e catturarono subito il suo sguardo. Shea percepiva il desiderio dell'uomo e lo alimentò, assecondò le sue fantasie di sottometterla alle sue voglie. Shea aveva imparato fin da giovane che era in grado di entrare nella mente delle persone e di manipolare i loro pensieri. All'inizio l'idea di esercitare un simile potere l'aveva terrorizzata, ma si era rivelato uno strumento efficace in sala operatoria, e tanto più utile ora che era minacciata.

«Don, ma perché non trasformano le donne umane? Questo sì, avrebbe senso. E perché quel vampiro a un certo punto ha smesso di aiutarci? Ce ne siamo andati da quel posto di corsa, e non mi hai mai spiegato cos'è che è andato storto», fece Smith, sospettoso.

«State cercando di dirmi che uno di questi vampiri maschi vi ha davvero aiutati nella vostra campagna di sterminio? È così che ci siete riusciti?», chiese Shea, con un accenno di incredulità.

«Era crudele, vendicativo. Odiava il ragazzo, ma più di tutti disprezzava questo qui». Smith diede un colpetto alla foto dell'uomo dai capelli lunghi. «Voleva vederlo torturato, bruciato, voleva sentirlo».

«Chiudi il becco», lo investì Wallace. «Facciamola finita. Quelli della società ci daranno centomila dollari per la donna. Vogliono studiarla».

Shea rise piano. «Se fossi veramente uno dei vostri leggendari vampiri, dovrei valere molto di più di così per la vostra commissione di "ricerca". Credo proprio che il suo socio non gliela racconti giusta, signor Smith».

L'espressione di Wallace non avrebbe potuto essere più eloquente. Smith si voltò di scatto verso di lui, e Shea ne approfittò; balzò fuori dalla finestra, atterrò sui piedi come un gatto e corse via a rotta di collo. Non aveva oggetti personali a cui tenesse, nessun ricordo caro. Il suo unico rimpianto era per i suoi libri.

Quando percepì il terrore della donna, Jacques sentì l'impulso di proteggerla, altrettanto forte del desiderio di vendicarsi. Qualunque cosa lui avesse fatto, ed era il primo a dover ammettere di non ricordarlo, non poteva meritare una punizione tanto orrenda. Scivolò di nuovo nel sonno, ma era la prima volta, dopo mesi, che non le infliggeva dolore fisico né s'impossessava della sua mente per qualche secondo, facendole sentire la sua rabbia cupa e la promessa del castigo a venire. Stavolta non l'aveva punita. Solo lui aveva il diritto di instillare la paura nella sua mente, nel suo corpo fragile e tremante. La donna aveva contemplato la sua immagine con un misto di sconcerto e rimpianto. Forse lo credeva morto, e che la sua anima dannata fosse tornata a perseguitarla? Quali erano i pensieri di quella donna traditrice?

Il tempo scorreva senza fine. Si svegliava quando una creatura era nei paraggi. Grattava e raschiava il legno marcescente. Lo straccio che gli bendava gli occhi si decompose e cadde. Non aveva idea da quanto tempo fosse sepolto lì. Non faceva alcuna differenza. Il buio era il buio. La solitudine, solitudine. La sua unica compagnia era la donna nella sua mente. La donna che lo aveva tradito e abbandonato. A volte la invocava, le ordinava di andare da lui. La minacciava e la supplicava. Per quanto assurdo fosse, aveva bisogno di lei. Era già sull'orlo della follia; lo accettava. Ma quell'isolamento completo rischiava di farlo impazzire del tutto. Senza il contatto della donna, non avrebbe più avuto un legame con il mondo, nemmeno la sua stessa volontà a tenerlo in vita. E doveva a tutti costi sopravvivere: per vendicarsi. Aveva bisogno della donna tanto quanto la aborriva e la disprezzava. Per quanto perverso fosse il loro rapporto, quei momenti di unione gli erano necessari.

Ora lei era fisicamente più vicina, non più separata da un oceano. All'inizio era così lontana da permettergli a stento di colmare la distanza tra loro. Ma ora era molto più vicina. Jacques rinnovò i suoi sforzi, invocandola a ogni ora, sforzandosi di impedirle di dormire.

Quando riusciva a dominare il dolore e la fame e a rimanere solo in silenzio, come un'ombra nella mente di lei, la donna lo affascinava. Era ovviamente intelligente, perfino geniale. Il funzionamento del suo cervello era come quello di una macchina: elaborava le informazioni a una velocità incredibile. Pareva in grado di mettere da parte ogni emozione: forse non era capace di provarne. Si ritrovò ad ammirare quella mente, quegli schemi di pensiero, il modo in cui si concentrava totalmente sul suo lavoro. Stava facendo delle ricerche su una malattia, sembrava ossessionata dall'idea di trovare una cura. Forse era per quello che spesso la vedeva in una stanza con una luce fioca, coperta di sangue, con le mani affondate dentro un corpo umano. Conduceva degli esperimenti. Non era una giustificazione per le atrocità che aveva commesso, ma Jacques ammirava la sua totale dedizione al lavoro. La donna era capace di fare a meno del sonno e del cibo per intervalli lunghissimi. Jacques sentiva che ne aveva bisogno, eppure lei sembrava in grado di ignorare le richieste del proprio corpo.

La sua vita sembrava priva di allegria e di vera intimità con qualcun altro. Jacques ne era sconcertato, addirittura turbato, ma non avrebbe saputo dire quando era cominciata quella sensazione. Quella donna non aveva nessuno. Si concentrava soltanto sui suoi doveri. Ovviamente Jacques non avrebbe tollerato la presenza di un altro maschio nella sua vita; avrebbe cercato di distruggere chiunque altro le si fosse avvicinato. Lo attribuì al fatto che qualunque altro maschio avrebbe dovuto necessariamente essere complice della donna, dunque in qualche modo responsabile delle torture da lui patite. Spesso era infastidito dal bisogno che provava di parlarle, ma trovava la mente della donna interessante. E lei era tutto per lui. La sua salvatrice. La sua aguzzina. Senza la presenza di lei, senza il contatto con la sua mente, avrebbe perso del tutto la ragione, e lo sapeva. Inconsapevolmente, la donna condivideva con lui quella strana esistenza, gli dava qualcosa su cui concentrarsi, qualcosa di simile a un legame. C'era dell'ironia in quella situazione: la donna lo credeva imprigionato nel sottosuolo. Si credeva al sicuro dalla sua vendetta, mentre era stata lei a creare il mostro, e ora lo stava alimentando. La sua forza cresceva a ogni contatto mentale.

La ritrovò un mese o forse un anno dopo, che importanza aveva. Il cuore le batteva all'impazzata per la paura, e così quello di Jacques. Forse fu la violenza di quell'emozione a svegliarlo. Il dolore era atroce, la fame lo divorava, eppure il suo cuore martellava all'unisono con quello di lei, e i polmoni di Jacques non riuscivano a respirare a quel ritmo. Lei temeva per la propria vita. Qualcuno le dava la caccia. Forse gli altri complici del suo tradimento le si erano rivoltati contro. Jacques si dominò, scacciò dalla mente il dolore e la fame come aveva imparato a fare ormai da anni. Nessuno le avrebbe fatto del male. La donna apparteneva a lui. Solo lui poteva decidere se dovesse vivere o morire, nessun altro. Se fosse riuscito a "vedere" i nemici attraverso gli occhi di lei, avrebbe potuto distruggerli. Sentì la forza sorgere in lui, e fu stupito dall'intensità della sua stessa collera all'idea che qualcuno potesse sottrargli quella donna.

L'immagine era chiara. La donna si trovava in una sorta di rifugio, e tutto intorno a lei c'erano vestiti sparsi e mobili rovesciati come se ci fosse stata una zuffa o qualcuno avesse messo a soqquadro la casa in cerca di qualcosa. La donna correva da una stanza all'altra, raccogliendo in fretta alcuni oggetti. Intravide un lampo di capelli rossi, setosi, lucenti. Ebbe voglia di toccarli, di affondare le dita, il viso fra quelle ciocche folte. Poi l'immagine svanì: le sue forze erano esaurite, e si accasciò impotente nella sua prigione, incapace di raggiungerla, di aiutarla, di accertarsi che fosse al sicuro. Tutto ciò non faceva che esacerbare il dolore e la fame, e accrescere il prezzo che la donna avrebbe dovuto pagare.

Rimase in silenzio e rallentò i battiti del cuore fin quasi a fermarlo, mantenendo le funzioni vitali al minimo per poter pensare e fare un ultimo tentativo. Se la donna fosse sopravvissuta, le avrebbe comandato di venire da lui. Non poteva più tollerare altri attentati alla sua vita. Solo lui poteva stabilire se la donna meritava di vivere o di morire. *Vieni da me, vieni qui. Nei Carpazi. La regione selvaggia e lontana a cui appartieni, la culla del tuo popolo: è qui la tua casa. Vieni da me.* Inviò il richiamo in modo che fosse irresistibile. Il più forte che avesse mai lanciato. Era fatta. Era il massimo che poteva tentare senza mettere in pericolo la propria vita. Era così vicino al suo scopo che non poteva permettersi altri rischi inutili.

Erano riusciti a rintracciarla, e di nuovo Shea O'Halloran era dovuta fuggire per salvarsi. Stavolta era stata più attenta, sapendo che le davano la caccia. Aveva denaro in abbondanza in vari nascondigli; il retro del suo furgone era dotato di copertura, in modo da renderlo abitabile all'occorrenza. Teneva tutto ciò che le serviva pronto in una borsa, per potersi allontanare rapidamente in caso di necessità. Ma dove poteva andare, stavolta, per seminarli? Guidava veloce, mettendo quanta più distanza possibile tra sé e quelli che avrebbero voluto sezionarla come un insetto, che la consideravano meno che umana.

Sapeva che le restava poco da vivere. Si sentiva già stremata. La sua terribile malattia la consumava, ed era ancora ben lontana dal trovare una cura. Quasi certamente l'aveva ereditata dal padre. Quel padre che non aveva mai incontrato, mai conosciuto, il padre che aveva abbandonato sua madre ancora prima che lei nascesse. Aveva letto il diario di sua madre innumerevoli volte. Quel padre che si era portato via l'amore e la vita stessa di sua madre, riducendola a un'ombra della persona che era stata una volta. Quel padre a cui non importava nulla né di lei né di sua madre.

Era già diretta verso i Carpazi, dov'era nato suo padre. Una terra di superstizioni e di miti. Con tutta probabilità, la rara malattia del sangue da cui era affetta aveva avuto origine laggiù. Si sentì all'improvviso galvanizzata: poteva concentrarsi sui dati e dimenticare la paura. La fonte non poteva essere che nella terra in cui erano sorte tante leggende sui vampiri. Gli indizi erano sempre stati lì, nel diario di sua madre. Shea si vergognava di non aver saputo riconoscerli prima. Tanta era l'avversione che provava per il padre e per la sua famiglia, che non aveva mai considerato l'ipotesi che proprio fra i suoi antenati si nascondesse la risposta a tutte le sue domande. Il diario di sua madre. Conosceva a memoria il dramma di ogni pagina.

L'ho incontrato stasera. Ho capito che era lui nel momento stesso in cui l'ho visto. Alto, affascinante, con due occhi che ammaliano. La sua voce è la cosa più bella che io abbia mai sentito. E lui prova gli stessi sentimenti per me. So che è così, e so anche che non dovrei – è sposato – ma non c'è altra soluzione. Non possiamo stare separati. Rand. È così che si chiama – un nome straniero, come lui, come il suo accento. Viene dai Carpazi. Come ho fatto finora a vivere senza di lui?

Sua moglie Noelle ha dato alla luce un maschio due mesi fa. A quanto so, per lui è stata una cocente delusione. Per qualche motivo è importante per lui avere una figlia femmina. Lui è sempre con me, anche se spesso solo sola. È nella mia mente, mi parla, mi sussurra tutto il suo amore. Soffre di una rara malattia del sangue e non può esporsi alla luce del sole.

Le sue abitudini sono davvero strane. Quando facciamo l'amore, e non puoi immaginare quanto sia magnifico, lui è nella mia mente oltre che nel mio cuore e nel mio corpo. Dice che è perché siamo entrambi sensitivi, ma io so che è qualcosa di più. Ha a che fare con il suo bisogno di bere il mio sangue. Ecco. L'ho scritto, ed è una cosa che non oserei mai dire ad alta voce. So che sembra una cosa orribile, ma è così erotica, la sensazione della sua bocca su di me, l'idea del mio sangue nel suo corpo. Quanto lo amo. Non mi lascia mai un segno, a meno che non lo voglia lui, per ricordarmi che sono sua. La sua lingua guarisce le ferite immediatamente. L'ho visto con i miei occhi, è un miracolo. *Lui* è un miracolo.

Sua moglie sa di noi due. Lui mi ha detto che lei non gli permette di lasciarla, e che è pericolosa. Quest'ultima cosa è senz'altro vera perché mi ha minacciato, ha minacciato di uccidermi. Ho avuto tanta paura. I suoi occhi avevano un bagliore rossastro, e i suoi denti scintillavano come quelli di un animale, ma Rand è intervenuto prima che potesse farmi del male. Era furioso, è così protettivo nei miei confronti. So che è sincero quando dice che mi ama; l'ho capito dal modo in cui le ha ordinato di andarsene. Quella donna mi detesta!

Sono così felice! Aspetto un bambino. Lui non lo sa ancora. Sono due notti che non lo vedo, ma sono certa che non mi lascerebbe mai. Dev'essere per colpa delle proteste di sua moglie. Spero che sia una femmina. So che vuole disperatamente una bambina. Sarò io a dargli l'unica cosa che desidera veramente da sempre, e Noelle non conterà più nulla. So che dovrei sentirmi in colpa, ma non posso proprio, quando è così chiaro a entrambi che il suo posto è accanto a me. Ma dov'è? Perché non viene da me quando ho tanto bisogno di lui? Perché non lo sento più nella mia mente?

Shea non fa che piangere. I dottori sono molto incuriositi dagli strani risultati delle sue analisi del sangue. Ha bisogno di trasfusioni ogni giorno. Dio, la odio; mi tiene legata a questo mondo vuoto. So che lui è morto. Quel giorno, dopo la visita di Noelle, lui è tornato da me e abbiamo trascorso insieme alcune ore meravigliose. Mi ha detto che voleva lasciarla. Credo che ci abbia provato. È semplicemente scomparso, dalla mia mente, dalla mia vita. I miei genitori sono convinti che mi abbia lasciata perché ero incinta, che mi ha usata, ma io so che è morto. Sento la sua angoscia terribile, il suo strazio. Verrebbe da me, se solo potesse. E non ha mai saputo

della bambina. Lo avrei seguito nella morte, ma dovevo mettere al mondo la nostra bambina. Se è stata sua moglie a ucciderlo, e sono sicura che ne sarebbe capace, lui vivrà attraverso di me, in sua figlia.
L'ho portata con me in Irlanda. I miei genitori sono morti, e ho ereditato le loro proprietà. L'avrei affidata a loro, ma ormai è troppo tardi. Non posso più seguirlo. Non posso certo abbandonarla così, con tutta questa gente che fa tante domande. Ho paura che tenteranno di ucciderla. Lei è come lui. Al sole si scotta facilmente. Ha bisogno di sangue come lui. I dottori bisbigliavano tanto e mi fissavano in un modo tale che ho avuto paura. Ho capito che dovevo sparire insieme a lei. Non permetterò a nessuno di fare del male a tua figlia, Rand. Che Dio mi aiuti, non riesco a provare nulla. Senza di te sono morta dentro. Dove sei? Noelle ti ha assassinato come aveva giurato di fare? Come posso vivere senza te? L'esistenza di tua figlia è l'unica cosa che mi impedisce di seguirti. Presto, molto presto sarò con te, amore mio.

Shea emise un sospiro. Ora era tutto chiaro, proprio lì sotto i suoi occhi. *Ha bisogno di sangue come lui.* Aveva ereditato dal padre quella malattia del sangue. Sua madre aveva scritto che Rand aveva letteralmente bevuto il suo sangue mentre facevano l'amore. Quanti erano stati perseguitati ed erano finiti con un paletto conficcato nel cuore solo perché nessuno aveva trovato una cura per quella terribile malattia? Sapeva cosa significava portare una croce simile, avere orrore di sé e temere costantemente di essere scoperti. Doveva trovare una cura: anche se per lei era troppo tardi, doveva trovarla.

Jacques dormì a lungo, deciso a recuperare le energie. Si svegliava solo di tanto in tanto per nutrirsi e per assicurarsi che lei fosse viva e non lontana. Cercava di contenere la sua eccitazione per non perdere altro sangue. Ora aveva bisogno di tutte le sue forze. Lei era così vicina che riusciva a sentirla. Era a pochi chilometri da lui. In due occasioni "vide" attraverso gli occhi di lei la casupola in cui abitava. La stava rimettendo a nuovo, come facevano le donne per rendere abitabile un luogo abbandonato da tempo. In seguito Jacques iniziò a risvegliarsi a intervalli regolari, a saggiare le proprie forze e ad attrarre a sé animali per rifornirsi del sangue che gli era così necessario. Popolava i sogni della donna, la invocava in continuazione e la teneva sveglia anche quando lei era stremata. Era già fragile, affamata e indebolita dalla scarsità di nutrimento. Lavorava giorno e notte, la sua mente piena di problemi e possibili soluzioni. Jacques ignorava tutto ciò e persisteva nei suoi assalti, per sfinirla e piegare più facilmente la sua volontà alla propria, quando fosse giunta l'ora.

Aveva imparato a essere paziente. Sapeva che il cerchio intorno a lei si stringeva. Ora aveva tempo, non c'era bisogno di affrettare le cose. Poteva aspettare di essersi rimesso del tutto. Dal fondo della sua tomba buia la seguiva; a ogni contatto, il legame psichico tra loro diventava sempre più forte. Non aveva idea di ciò che le avrebbe fatto quando finalmente fosse caduta in suo potere. Non l'avrebbe uccisa immediatamente; aveva trascorso tanto tempo nella sua mente, che a volte gli sembrava di essere tutt'uno con lei. Ma di certo l'avrebbe fatta soffrire. Si lasciò di nuovo sprofondare nel sonno per conservare il sangue residuo.

Era addormentata davanti al computer, con la testa poggiata su una pila di documenti. Perfino nel sonno, la sua mente era attiva. Jacques la conosceva ormai fin nei dettagli. La donna aveva una memoria fotografica. Jacques aveva imparato dalla sua mente cose da tempo dimenticate, o forse mai sapute. Spesso trascorreva un po' di tempo a studiarla prima di iniziare a tormentarla. Lei era per lui una fonte di conoscenze sul mondo esterno.

Era sempre sola. Anche nei lampi di memoria della sua infanzia era una bambina isolata dagli altri. Jacques sentiva di conoscerla intimamente, eppure non sapeva niente di personale sul suo conto. La sua mente era piena di formule e dati, di strumenti e nozioni di chimica. Non pensava mai al proprio aspetto o a ciò che ci si poteva aspettare da una donna. Solo il suo lavoro. Ogni altra idea era bandita all'istante.

Jacques concentrò i suoi pensieri in un fascio e lo puntò verso la mente della donna. *Ora verrai da me. Non permetterai a niente di fermarti. Svegliati, e vieni da me mentre io riposo e aspetto.* Usò tutta la forza che possedeva per indurre in lei una coercizione profonda. Negli ultimi due mesi le aveva ordinato più volte di venire verso di lui, di attraversare la cupa foresta nelle cui vicinanze era imprigionato. Ogni volta lei aveva obbedito e si era incamminata nella sua direzione, ma il bisogno di portare a termine il suo lavoro era così forte da spingerla sempre a tornare sui suoi passi. Questa volta era sicuro di averle inviato un comando abbastanza forte da assicurarsi la sua totale obbedienza. Shea avvertiva la presenza di Jacques dentro di sé, riconosceva il suo tocco, ma non aveva alcun sospetto della realtà del loro legame. Pensava a lui come a un sogno, o meglio un incubo.

Jacques sorrise a quell'idea. Ma nello scintillio dei suoi denti bianchi non c'era traccia di contentezza: solo la promessa di un castigo crudele, la promessa di un cacciatore in agguato che attende la sua preda.

Shea si svegliò di soprassalto, sbattendo le palpebre per mettere a fuoco la stanza. Le sue carte erano sparpagliate intorno a lei, il computer era acceso, i documenti che stava studiando appena sgualciti là dove aveva poggiato la testa. Di nuovo quel sogno. Non sarebbe mai finito, non l'avrebbe mai lasciata in pace? Ormai conosceva l'uomo del sogno, la folta chioma nera e lustra e la piega crudele della bocca sensuale. Nei primi anni, durante quell'incubo non era mai riuscita a scorgere i suoi occhi, ma negli ultimi due anni li vedeva, e la fissavano colmi di minaccia.

Shea gettò all'indietro i capelli e sentì le goccioline di sudore che le imperlavano la fronte. Per un istante provò la curiosa sensazione di disorientamento che seguiva sempre quel sogno, come se qualcosa tenesse prigioniera la sua mente per una frazione di secondo e poi, con grande riluttanza, la lasciasse andare.

Shea sapeva che le stavano ancora dando la caccia. Se quell'incubo era un prodotto della sua immaginazione, il fatto che qualcuno fosse sulle sue tracce era un'indiscutibile realtà. Non poteva dimenticarlo, nemmeno per un momento. Non sarebbe mai più stata al sicuro, a meno di non trovare una cura per sé e per i pochi altri affetti dalla sua stessa rara malattia. Le stavano dando la caccia come a un animale privo di emozioni e di intelligenza. Ai suoi inseguitori non importava che lei padroneggiasse sei lingue, che fosse un chirurgo provetto e che avesse salvato innumerevoli vite.

Le parole sulla pagina davanti ai suoi occhi si fecero sfocate e confuse. Da quanto tempo non dormiva decentemente? Con un sospiro, si passò una mano fra i capelli setosi, lunghi fino alla vita, scostandoli dal viso. Li raccolse con impazienza e, come sempre, li legò con il primo oggetto che le capitò sotto mano.

Ricominciò a passare in rassegna i sintomi della sua strana malattia del sangue. Fece un catalogo delle proprie caratteristiche. Era minuta e molto delicata, quasi fragile. Aveva l'aspetto di un'adolescente: pareva invecchiare molto più lentamente della media degli umani. Aveva gli occhi enormi, di un verde brillante. La sua voce era bassa, vellutata, e spesso veniva descritta come "ammaliante".

Quando teneva una lezione la maggior parte degli studenti ne erano così incantati da memorizzare ogni sua parola. I suoi sensi erano di gran lunga superiori a quelli degli altri: l'udito e l'olfatto particolarmente acuti. Vedeva i colori in toni più vividi, e registrava dettagli che sfuggivano ai più. Era in grado di comunicare con gli animali, di saltare più in alto e di correre più veloce di molti atleti professionisti. Aveva imparato fin da piccola a nascondere quei talenti.

Si alzò e si stiracchiò. Stava morendo poco a poco. Ogni minuto che passava era un minuto in meno a disposizione per scoprire una cura. Da qualche parte in tutte quelle scatole e risme di documenti doveva esserci una soluzione. E anche se avesse trovato la risposta troppo tardi per salvare se stessa, avrebbe potuto impedire che altri patissero il terribile isolamento che era toccato a lei per tutta la vita.

Certo, invecchiava più lentamente e aveva poteri eccezionali, ma pagava un prezzo molto alto. Il sole le bruciava la pelle. Malgrado potesse vedere con estrema chiarezza anche nella notte più buia, i suoi occhi si affaticavano alla luce del giorno. Il suo corpo rigettava quasi tutti gli alimenti e, cosa ancora peggiore, aveva bisogno di sangue ogni giorno, di qualsiasi tipo. Nessun sangue era incompatibile con il suo. Il sangue di origine animale bastava a tenerla in vita, ma a malapena. Aveva un disperato bisogno di sangue umano, e solo quando era sul punto di perdere i sensi si costringeva ad assumerne, e solo tramite trasfusione. Purtroppo, la sua particolare forma della malattia sembrava richiedere la trasfusione per via orale.

Shea spalancò la porta, inspirò l'aria della notte e ascoltò la brezza che sussurrava di volpi e marmotte, di conigli e di cervi. Il grido di un gufo a cui era sfuggita la preda e lo squittio impercettibile di un pipistrello le fecero palpitare il sangue nelle vene. Il suo posto era lì. Per la prima volta nella sua esistenza solitaria, provava qualcosa di simile alla pace.

Uscì fuori sulla veranda. I jeans comodi e gli scarponi da trekking erano abbastanza caldi, ma la maglietta sottile non l'avrebbe riparata dal freddo della montagna. Agguantò un maglione e lo zaino e si incamminò all'aria aperta, verso la terra che la chiamava. Se solo avesse saputo prima com'era quel posto. Aveva sprecato tanto di quel tempo. Solo un mese prima aveva scoperto le proprietà curative del suolo della regione. Sapeva già di quelle analoghe della sua saliva. Shea aveva piantato un orto di erbe e di verdure. Le piaceva molto lavorare la terra. Per sbaglio si era fatta un brutto taglio, piuttosto profondo. La terra pareva alleviare il dolore, e quando aveva finito di lavorare, il taglio si era chiuso quasi del tutto.

Prese a vagare senza una meta lungo il sentiero, rimpiangendo che sua madre non avesse potuto godere della quiete di quei luoghi. Povera Maggie. Giovane. Irlandese. In vacanza per la prima volta nella sua vita, aveva incontrato uno sconosciuto cupo, ombroso, che l'aveva usata e gettata via. Shea scosse la testa e ricacciò indietro le lacrime che minacciavano di sgorgarle dagli occhi. Sua madre aveva fatto una scelta. Quell'uomo e nessun altro. Era diventato la sua vita, escludendo qualsiasi altra cosa, perfino la sua stessa carne, il suo stesso sangue: sua figlia. Shea non aveva meritato lo sforzo di cercare di sopravvivere. Solo Rand. Un uomo che non aveva esitato ad abbandonarla, da un giorno all'altro. Un uomo portatore di una malattia tanto abietta, da costringere sua figlia a nasconderla al resto del mondo. E Maggie lo aveva sempre saputo. Eppure non si era nemmeno data la pena di studiarla o di fare domande sul conto di Rand per sapere a cosa sarebbe andata incontro sua figlia.

Shea si chinò a raccogliere una manciata di terra e la lasciò scorrere fra le dita. Anche Noelle, la moglie di Rand secondo sua madre, aveva nutrito per quell'uomo un'identica ossessione. Pareva proprio di sì. Shea non aveva alcuna intenzione di cadere nella stessa trappola di sua madre. Non si sarebbe mai resa dipendente da un uomo al punto da trascurare la propria figlia e infine uccidersi. La morte di sua madre era una tragedia insensata: Maggie aveva abbandonato sua figlia a una vita fredda e crudele, priva di amore e di sostegno. Maggie aveva sempre saputo che sua figlia aveva bisogno di sangue: era scritto nel suo diario con tutta l'evidenza di una condanna. Shea strinse i pugni finché le nocche non impallidirono. Maggie sapeva che la saliva di Rand conteneva un agente cicatrizzante. Lo sapeva, eppure sua figlia aveva dovuto scoprirlo da sola.

Da piccola, Shea si era curata da sola innumerevoli volte mentre sua madre, ridotta a uno spettro, fissava con aria assente fuori dalla finestra, senza mai curarsi del pianto della bambina che cadeva imparando a camminare e a correre. Aveva dovuto imparare ogni cosa da sé. Aveva scoperto che poteva guarire piccole ferite e lividi con la lingua. C'era voluto del tempo prima che capisse di essere l'unica ad avere un dono simile. Maggie, come un automa, provvedeva solo ai suoi più indispensabili bisogni fisici, mai a quelli affettivi. Si era uccisa il giorno in cui Shea aveva compiuto diciotto anni. Shea si lasciò sfuggire un gemito angosciato. Era già abbastanza terribile sapere di dover assumere sangue per sopravvivere, ma ancor più devastante era stato crescere con la consapevolezza che sua madre non era in grado di amarla.

Sette anni prima, un'ondata di follia aveva attraversato l'Europa. All'inizio era parsa una cosa risibile. Da secoli la gente semplice e superstiziosa mormorava dell'esistenza dei vampiri nella terra natale di suo padre.

Ora sembrava plausibile che alla base delle leggende sui vampiri ci fosse una malattia del sangue, forse originatasi proprio là, nei Carpazi. Se la malattia fosse stata endemica della zona, non era possibile che le vittime delle persecuzioni secolari avessero sofferto della stessa disfunzione sua e di suo padre? Shea era elettrizzata all'idea di studiare altri come lei.

Poi, una serie di "stragi di vampiri" aveva colpito l'Europa come un'epidemia. Per lo più uomini, assassinati nella maniera rituale, con un paletto conficcato nel cuore. Era stato un fenomeno raccapricciante, spaventoso. Scienziati autorevoli avevano iniziato a discutere la possibilità che i vampiri esistessero realmente. Erano nati dei comitati allo scopo di studiarli e di eliminarli. Indizi tratti da fonti precedenti e campioni del sangue di una donna – il suo, Shea ne era certa – avevano suscitato ulteriori interrogativi. Shea aveva vissuto nel terrore che gli assassini in Europa si sarebbero messi sulle sue tracce. E ora, puntualmente, il suo terrore era diventato realtà. Aveva dovuto abbandonare il suo paese e la sua carriera per proseguire le sue ricerche in incognito.

Chi mai al giorno d'oggi, malgrado la cultura e la tecnologia moderne, poteva credere a sciocchezze come l'esistenza dei vampiri? Si identificava con quelle persone assassinate, certa che avessero sofferto della sua stessa malattia. Era un medico, una ricercatrice, eppure fino a quel momento era stata incapace di salvare quelle vite, timorosa com'era di essere scoperta, convinta di essere l'unica a nascondere quell'orribile segreto. Quell'idea la riempiva di rabbia. Era brillante, piena di talento; avrebbe dovuto trovare la soluzione a quell'enigma molto tempo prima. Quanti altri erano morti solo perché le era mancata la grinta necessaria nella ricerca dei dati?

Ora la paura e il senso di colpa la spingevano a trascorrere lunghe, estenuanti ore immersa negli studi. Accumulava tutto ciò che riusciva a scoprire sulla regione, gli abitanti e il folklore. Dicerie, presunti indizi, vecchie traduzioni e gli ultimi articoli di giornale. Mangiava di rado, si ricordava a stento di praticarsi trasfusioni, non dormiva quasi mai, sempre alla ricerca dell'elemento che l'avrebbe messa sulla strada giusta. Studiava senza sosta il proprio sangue, la propria saliva, gli effetti delle trasfusioni di sangue umano e animale.

A malincuore aveva bruciato il diario di sua madre; sebbene ricordasse a memoria ogni parola, le era costato molto distruggerlo. I suoi risparmi, almeno, erano cospicui. Aveva ereditato dei fondi dalla madre, e aveva guadagnato bene con la sua professione. Aveva perfino dei possedimenti in Irlanda, l'affitto dei quali produceva rendite considerevoli. Viveva in modo parco e investiva con prudenza. Era stato abbastanza facile trasferire il suo denaro in Svizzera e lasciare alcune false piste sul continente.

Da quando aveva messo piede nei Carpazi, Shea si sentiva diversa. Più viva. Più in pace. L'ansia e l'inquietudine dentro di lei crescevano, ma sentiva per la prima volta nella sua vita di aver trovato una casa. Le piante, gli alberi, la natura, la terra stessa le sembravano parte di sé. Come se fossero legati da una misteriosa affinità. Amava inspirare l'aria, avventurarsi nell'acqua, toccare la terra.

Shea fiutò un coniglio e si immobilizzò. Riusciva a sentire il battito impaurito del suo cuore. L'animale avvertiva un pericolo, un predatore in agguato. Una volpe; Shea udiva il fruscio della pelliccia nel sottobosco. Era meraviglioso poter sentire, ascoltare, liberi dalla paura di udire cose a cui gli altri erano sordi. I pipistrelli volteggiavano e si tuffavano a caccia di insetti, e Shea alzò gli occhi al cielo a osservare le loro evoluzioni, godendosi quel semplice intrattenimento. Riprese a camminare, bisognosa di movimento fisico, per sgombrare la mente dal peso della responsabilità, almeno per un po'.

Aveva trovato quella casupola, praticamente un rudere, e nel giro di pochi mesi l'aveva trasformata in un rifugio a tutti gli effetti. Di giorno le imposte la proteggevano dai raggi del sole. Un generatore forniva l'alimentazione necessaria alle luci e al computer. Il passo successivo erano stati un bagno e una cucina moderni. Poco a poco, Shea si era procurata libri, scorte e tutto l'occorrente per il primo soccorso ai pazienti. Anche se sperava di non dover mai esercitare in quella regione – meno persone sapevano di lei, meglio sarebbe stato per la sua sicurezza, e inoltre avrebbe avuto più tempo da dedicare alle ricerche – era pur sempre un medico.

Shea si inoltrò nel folto degli alberi e sfiorò con reverenza i tronchi vetusti. Teneva sempre con sé una scorta di sangue, e all'occorrenza sfruttava la sua abilità di hacker per entrare nelle banche del sangue che accettavano pagamenti in forma anonima. Tutto questo comportava però spostamenti fra tre paesi diversi, ogni mese, e ciascun viaggio richiedeva una notte intera. Ormai era così debilitata da soffrire di spossatezza cronica, e i lividi non guarivano mai. Era consumata da una brama indefinita, da un vuoto che implorava di essere colmato. La sua vita si avvicinava alla fine.

Shea sbadigliò. Doveva tornare indietro e dormire. Di solito non dormiva mai la notte, e riservava il riposo alle ore pomeridiane, quando il sole infieriva di più sul suo organismo. Era a parecchi chilometri da casa, nella foresta fitta, in una zona remota fra le montagne. Veniva spesso in quei luoghi, spinta da un'attrazione inspiegabile. Si sentiva irrequieta, quasi travolta da un'urgenza sconosciuta. Sapeva di dover andare da qualche parte, ma non capiva dove esattamente. Quando si fermò ad analizzare quella sensazione, si rese conto che la forza che la sospingeva era quasi una coercizione.

Era decisa a tornare sui suoi passi e rientrare a casa, ma i suoi piedi continuavano a seguire il sentiero in salita. Quelle montagne erano la dimora dei lupi: spesso, la notte, li sentiva cantare. Le loro voci erano piene di giubilo, il loro canto pieno di bellezza. Shea era in grado di toccare la mente degli animali a suo piacimento, ma non aveva mai osato farlo con creature selvagge e imprevedibili come i lupi. Eppure il loro canto notturno la spinse quasi a desiderare di incontrarne uno.

Continuava a camminare verso una destinazione ignota. Non sembrava avere altro scopo a parte quello di procedere, sempre più in alto, nel cuore della regione più aspra e remota che avesse mai esplorato. Avrebbe dovuto avere paura, ma più si allontanava dalla sua casupola, più sembrava importante andare avanti.

Si massaggiò distrattamente le tempie e la fronte. Aveva un curioso ronzio nella testa. Era strano il modo in cui la fame le mordeva le viscere. Non era una fame normale; era diversa. Provò di nuovo la bizzarra sensazione di una presenza estranea nella sua mente, e che la fame non fosse davvero sua. A tratti le pareva di muoversi in un mondo di sogno. Sbuffi di nebbia serpeggiavano tra gli alberi, sospesi da terra. La foschia s'infittiva; la temperatura dell'aria era scesa di parecchi gradi.

Shea rabbrividì e si sfregò le braccia con le mani. I suoi piedi presero una direzione più sicura, scavalcando tronchi marci. Si stupì ancora una volta della sua capacità di muoversi silenziosamente nella foresta, evitando d'istinto i ramoscelli caduti e le pietre traballanti. *Dove sei? Perché ti rifiuti di venire da me?* La voce era un sibilo furente. Shea si fermò di colpo, inorridita, e si premette le mani sulla fronte. Era la stessa voce del suo incubo a invocarla, riecheggiandole nella testa. Gli incubi erano sempre più frequenti: la perseguitavano nel sonno, la turbavano da sveglia, s'insinuavano nella sua coscienza in ogni momento. A volte pensava che sarebbe impazzita.

Shea arrivò a un ruscello gorgogliante. Una serie di pietre piatte, come pennellate sull'acqua cristallina, la invitavano ad attraversarlo. Si chinò e immerse le dita nella corrente, senza fretta: era gelata, una sensazione rassicurante.

Qualcosa la costrinse a procedere, un passo dopo l'altro. Era una follia allontanarsi tanto dalla sua casupola. Da troppe ore non dormiva. Si sentiva così strana da considerare per un istante l'ipotesi di essere sonnambula. Shea si fermò in una piccola radura e alzò lo sguardo verso il cielo stellato. Non si rese nemmeno conto di aver ripreso a camminare, finché non ebbe attraversato la radura e si ritrovò nel folto degli alberi. Un ramo le s'impigliò fra i capelli, obbligandola a fermarsi di nuovo. Si sentiva la testa pesante, la mente annebbiata. Doveva a tutti i costi arrivare in un certo luogo, ma non sapeva quale. Stette in ascolto, ma la notte non le venne in aiuto. Se nei paraggi ci fosse stato qualcuno ferito o in pericolo, il suo udito finissimo l'avrebbe senz'altro captato. Probabilmente avrebbe finito col perdersi, il sole l'avrebbe sorpresa all'aperto e si sarebbe bruciata tutta. Se lo meritava, per essere stata così sciocca.

Pur sentendosi ridicola, Shea procedette, sotto la spinta di quell'impulso potente, e lasciò che il suo corpo vagasse dove voleva. Un sentiero quasi inesistente, ricoperto dal sottobosco, serpeggiava fra gli alberi e i rovi. Più su, il bosco lasciò il posto ai prati. Shea uscì all'aperto e prese a camminare più veloce, come se si affrettasse verso una meta. Dall'altra parte del prato c'erano i ruderi di un'antica costruzione, circondati da alberi radi. Non si trattava di un capanno, ma di un edificio imponente, ormai annerito e in rovina e semisoffocato dalla vegetazione.

Shea seguì il perimetro dell'edificio, certa di essere stata attirata fin lì per un motivo, che però le sfuggiva. Quello era un luogo di potere, lo sentiva, ma non riusciva a identificarlo con precisione. Camminò avanti e indietro, irrequieta, con la mente oppressa da pensieri indistinti, come se fosse sul punto di fare una grande scoperta. Si accovacciò e affondò le dita nella terra una volta, due volte. Appena sotto la superficie, le sue dita toccarono del legno. Rimase per un attimo senza fiato, e il cuore prese a batterle forte. Aveva trovato qualcosa d'importante. Ne era sicura. Tastando delicatamente il suolo con le mani, scoprì una grande botola, di circa due metri per uno, con una pesante maniglia di metallo. Le servì tutta la sua forza per sollevarla, e dovette riprendere fiato per qualche minuto e raccogliere il coraggio per sbirciare nel buio sottostante. Una serie di gradini traballanti, fradici per gli anni e l'umidità, conduceva in una vasta sala sotterranea. Dopo un attimo di esitazione, Shea obbedì all'impulso del suo corpo e scese, malgrado il suo cervello le suggerisse il contrario.

Le pareti della cella erano di terra mista a pietra friabile. Nulla, nessuno turbava la quiete del luogo da molti anni. Shea alzò la testa di scatto e perlustrò rapidamente lo spazio intorno a sé, con tutti i sensi all'erta: niente. Era quella la cosa strana. Silenzio totale. Inquietante. Nessuna creatura notturna, nessun insetto. Niente impronte di animali nella polvere. Non udiva nemmeno lo zampettio di un ratto, né vedeva scintillare una ragnatela.

Come mossa da una volontà autonoma, la sua mano prese a tastare una parete. Nulla. Shea avrebbe voluto andarsene. Un istinto residuo di autoconservazione la incitava a fuggire. Scosse la testa, incapace di allontanarsi anche se quel posto le metteva i brividi. Per un orribile istante, la sua immaginazione ebbe il sopravvento: qualcosa la osservava, in agguato nel buio, qualcosa di sinistro e letale. Era così reale che fu sul punto di correre via, ma quando si voltò, decisa a fuggire finché poteva, le sue dita incontrarono di nuovo il legno al di sotto della parete di terra.

Incuriosita, Shea esaminò la superficie. Qualcosa era stato murato di proposito. Gli anni non potevano aver compattato la terra a quel modo. Incapace di fermarsi, prese a staccare manciate di terra e pietra fino a scoprire una lunga striscia di legno marcescente. Un'altra porta? Era alta almeno due metri, forse più. Si mise a scavare con più foga, gettandosi alle spalle manciate di terra. Poi le sue dita si richiusero su qualcosa di macabro.

Indietreggiò con un balzo: un mucchio di piccoli cadaveri essiccati piovve sul pavimento. Carcasse di ratti. Centinaia di corpicini mummificati. Inorridita, fissò la cassa di legno fradicio davanti a lei. La terra che la circondava franò, e la cassa cadde in avanti; parte del coperchio cedette. Shea tornò di corsa fino ai piedi delle scale, impaurita. La sensazione opprimente nella testa crebbe fino a farla gridare di dolore, e cadde in ginocchio prima di riuscire a salire i gradini ripidi e malfermi che portavano fuori, nell'aria nebbiosa della notte.

Di certo non era un sarcofago. Chi mai avrebbe seppellito una salma in piedi a quel modo, dentro una parete? Qualcosa – una curiosità morbosa, un impulso a cui non poteva opporsi – la trascinò indietro. Con mani tremanti, Shea scostò il coperchio.

Capitolo 2

Per un istante, Shea rimase pietrificata, incapace di respirare, perfino di pensare. Era quell'orrore la risposta a tutte le sue domande? Quella cosa torturata e mutilata era forse il futuro che la attendeva, il futuro di tutti quelli come lei? Chiuse gli occhi per sottrarsi a quella realtà, al pensiero che l'uomo fosse capace di atrocità simili. Sentì le lacrime affiorarle agli occhi per il dolore e lo strazio che quella creatura aveva patito prima di morire. Si sentiva responsabile. Malgrado tutti i suoi talenti speciali, non era stata in grado di svelare i segreti di quella malattia che aveva condannato altri alla sua stessa sofferenza.

Fece un respiro e si costrinse a riaprire gli occhi. L'uomo doveva essere ancora vivo quando i suoi aguzzini avevano sigillato la bara. Aveva tentato di raschiare il legno, fino a praticare un foro su uno dei lati. Shea represse un singhiozzo: sentiva una penosa affinità con quel povero diavolo assassinato. Il suo corpo era completamente coperto di tagli. Un paletto di legno, largo come un pugno, era infisso nel suo corpo, vicino al cuore. Chiunque avesse compiuto quell'operazione non aveva nozioni molto precise di anatomia. Shea trattenne il fiato, sconvolta. Quanto doveva aver sofferto!

L'uomo era incatenato ai polsi e alle caviglie; dal petto gli pendevano brandelli di stracci ammuffiti, come fosse una mummia. La sua curiosità medica ebbe la meglio, e iniziò a esaminare l'uomo clinicamente. Era impossibile stabilire quanto tempo fosse trascorso dal decesso. A giudicare dallo stato della cella e della bara, avrebbe detto qualche anno, ma il corpo non aveva ancora iniziato a decomporsi. Il volto dell'uomo era ancora solcato da rughe di dolore. La pelle era grigiastra e tesa sopra le ossa. I segni della sofferenza erano crudelmente impressi sul suo volto.

E lei lo conosceva. Era l'uomo del sogno.

Sembrava impossibile, ma non poteva sbagliarsi; lo aveva visto troppe volte. Ed era l'uomo nella fotografia che le aveva mostrato Don Wallace. Per qualche assurda ragione, si sentiva legata a lui, sentiva che avrebbe dovuto salvarlo. Si sentiva quasi sopraffatta dal dolore, un dolore reale. Le pareva che una parte di lei fosse morta insieme a lui nella bara.

Shea sfiorò delicatamente quei capelli corvini e pieni di polvere. L'uomo doveva aver sofferto della sua stessa rara malattia del sangue. Quanti altri erano stati cacciati, perseguitati, torturati e uccisi per colpa di una disfunzione ereditaria? «Mi dispiace», mormorò, sinceramente afflitta. «Ho deluso tutti, me compresa».

Ebbe appena il tempo di registrare un lieve spostamento d'aria. Le palpebre si aprirono di scatto, e si ritrovò a fissare un paio di occhi fiammeggianti di odio. Una forza sovrumana mandò in frantumi una catena arrugginita, e una mano le serrò la gola in una morsa. Era così forte da toglierle il respiro: non poté nemmeno gridare. Tutto parve ondeggiare e sfuocarsi intorno a lei. Ebbe soltanto il tempo di provare rimpianto per non averlo potuto aiutare e di sentire un dolore lancinante quando i denti le affondarono nella gola.

Fa' in fretta, ti prego. Shea non si divincolò; sapeva che era inutile. Qualcuno doveva pur pagare per il tormento inflitto a quella creatura, e lei aveva accettato l'idea della morte da un pezzo. Era terrorizzata, ma stranamente calma. Era disposta anche a morire, se ciò gli avesse restituito un po' di pace. Era schiacciata dal senso di colpa per non aver saputo trovare una cura. E c'era qualcos'altro, qualcosa di primordiale, di antico come il tempo. Il bisogno di salvarlo. La consapevolezza che quell'uomo doveva sopravvivere, e di essere disposta a sacrificare la propria vita per la sua.

Shea si risvegliò debole e intontita. La faceva male la testa, e così la gola, tanto che aveva paura a muoversi. Strinse gli occhi: non riconosceva il posto in cui si trovava. Sentì un gemito salirle alle labbra. Era distesa nella polvere, con un braccio dietro la schiena, e qualcosa le stringeva il polso. Provò a dare uno strattone, ma la morsa si strinse, facendo scricchiolare le sue fragili ossa. Aveva il collo gonfio e dolorante. C'era anche una ferita, pulsante, dai bordi irregolari. Sentiva in bocca uno strano sapore metallico.

Si rese conto subito di aver perso troppo sangue. Aveva la testa confusa, e avvertiva una pressione crescente. Sapeva che era opera di quella creatura, che tentava di penetrare nella sua mente. Si umettò le labbra e arretrò lentamente in direzione della bara, per allentare la stretta al braccio. Le dita dell'uomo erano ancora strette intorno al suo polso sottile, una morsa che minacciava di frantumarle le ossa, se solo avesse fatto una mossa azzardata. Non riuscì a reprimere un altro gemito. Sperò che tutto quanto fosse solo un incubo. Poi si fece coraggio e si volto a guardare l'uomo.

Quel movimento le provocò un dolore così intenso da lasciarla senza fiato. Si ritrovò a fissare gli occhi dell'uomo. Involontariamente, Shea sobbalzò all'indietro. Dal fondo di quegli occhi senz'anima, neri come la notte, emanava un odio intenso. Una collera mortale.

Le dita dell'uomo le stritolarono il polso e la tirarono verso di lui, strappandole un grido di dolore e paura dalla gola martoriata. Il cuore le martellava nel petto.

«Fermati!». Shea urtò con la fronte la parete della bara, tentando di liberarsi. «Se mi fai del male, non posso aiutarti». Alzò la testa e tornò a scrutare quegli occhi neri. «Hai capito? Sono la tua unica salvezza». Si costrinse a sostenere quello sguardo cupo. Fuoco. Ghiaccio. Erano gli occhi più spaventosi che avesse mai visto. «Mi chiamo Shea O'Halloran. Sono un medico». Ripeté la frase in altre lingue, poi si arrese di fronte alla fissità bruciante di quegli occhi, in cui non albergava nessuna pietà.

Non era privo di anima, era come un animale. Intrappolato. Ferito. Confuso. Un predatore incredibilmente pericoloso, ridotto a un guscio inerme. «Vorrei aiutarti, se me lo permetti», disse piano, con il tono di chi vuole ammansire una bestia feroce. Usò senza ritegno il fascino della sua voce. Ipnotica, dolce, suadente. «Mi servono degli attrezzi e una macchina. Mi capisci?».

Si chinò su di lui, e allungò una mano verso il suo petto straziato. C'era del sangue fresco intorno al paletto, che colava dai numerosi tagli, come se fossero recenti. Sul polso aveva un brutto taglio, che Shea era certa di non aver visto prima. «Mio Dio, starai soffrendo terribilmente. Non ti muovere. Non posso toglierti quel paletto se non ti porto prima a casa mia. Morirai dissanguato». Inspiegabilmente il suo colorito era migliorato.

La creatura la lasciò andare, con riluttanza, senza mai smettere di fissarla in viso. Allungò la mano verso la terra, la grattò e la sparse sulle ferite. Certo! La terra. Shea lo aiutò a raccoglierne altre manciate e la premette sui tagli. Erano tantissimi. Dopo la prima manciata, l'uomo rimase immobile, conservando le energie, con gli occhi fissi su di lei, senza battere ciglio.

Shea gettò un'occhiata nervosa all'entrata della cella. Era passato molto tempo da quando aveva perso i sensi. Presto sarebbe sorto il sole. Si chinò sull'uomo e gli accarezzò dolcemente i capelli, invasa da una strana tenerezza. Per qualche oscura ragione si sentiva legata a quella povera creatura, e quella sensazione era assai più forte della compassione naturale e dell'etica professionale. Voleva che sopravvivesse. Doveva sopravvivere. Doveva trovare un modo di porre fine alle sue terribili sofferenze. «Devo andare a prendere alcuni strumenti. Farò più in fretta che posso, ma tornerò, te lo prometto». Si alzò, si voltò e fece un passo.

Rapido come un lampo, l'uomo la afferrò alla nuca, facendole perdere l'equilibrio, poi si avventò sulla sua gola nuda e vi affondò i denti. Il dolore fu accecante. Lui si nutrì voracemente, come una bestia scatenata. Shea lottò contro il dolore, contro la futilità di quell'assalto. L'uomo stava per uccidere l'unica persona che potesse salvarlo. Le dita di Shea si agitarono spasmodicamente nell'aria, si richiusero su una ciocca di capelli, affondarono nella folta chioma sudicia, poi allentarono la presa. Ricadde inerte sul petto dell'uomo. L'ultima cosa che sentì prima di perdere conoscenza fu il battito del suo cuore, forte e regolare. Il cuore di Shea tentò stranamente di accordarsi a quel ritmo.

Silenzio. Poi un lungo gemito affannoso, mentre Shea lottava per sopravvivere. La creatura guardò con aria assente quel corpo esile e sfinito. Più diventava forte e vigile, più il dolore lo consumava. Sollevò una mano, si morse il polso e premette la ferita sanguinante sulla bocca della donna per la seconda volta. Non comprendeva fino in fondo cosa stesse accadendo: il dolore era lancinante. Era sepolto da tanto tempo che non ricordava di aver mai visto altro che il grigio e il nero. Ora i suoi occhi erano aggrediti da una moltitudine di colori intensi. Doveva sfuggire a quel caleidoscopio, al dolore che aumentava a ogni istante e alle emozioni sconosciute che minacciavano di travolgerlo e soffocarlo.

Lentamente Shea si risvegliò, a faccia in giù nella polvere. Aveva un dolore pulsante alla gola e lo stesso sapore metallico e dolciastro in bocca. Stordita, con un senso di nausea, percepì d'istinto che il sole era allo zenith. Si sentiva il corpo come di piombo. Dove si trovava? Aveva freddo ed era smarrita. Si alzò sulle ginocchia e dovette subito abbassare la testa per non svenire. Non si era mai sentita tanto debole e indifesa. Era una sensazione spaventosa.

Poi, di colpo, ricordò tutto, e si mosse a tentoni sul pavimento. Con le spalle alla parete, fissò inorridita la bara all'estremità opposta della cella. L'uomo giaceva esanime. Non c'erano segni vitali. Shea si premette una mano tremante sulla bocca per reprimere un singhiozzo. Non si sarebbe avvicinata di nuovo, vivo o morto che fosse. Ma nello stesso istante in cui formulava quel pensiero, sentì il bisogno di aiutarlo. Qualcosa dentro di lei non poteva ignorarlo.

Forse si era sbagliata riguardo alla malattia del sangue. Forse i vampiri esistevano davvero? L'uomo aveva usato i denti; i suoi incisivi erano aguzzi e dovevano contenere un anticoagulante, così come la sua saliva conteneva un cicatrizzante. Si massaggiò le tempie doloranti. Il bisogno di aiutarlo era così intenso e opprimente da diventare quasi un'ossessione. Qualcuno aveva torturato a lungo quell'uomo, godendo delle sue sofferenze. Gli avevano inflitto tutto il dolore che potevano e poi lo avevano sepolto vivo. Solo Dio sapeva quanto tempo fosse durata quell'agonia. Abbandonarlo in quelle condizioni sarebbe stata una barbarie. Non poteva sopportarlo.

Con un sospiro si rialzò e si appoggiò alla parete finché le vertigini non cessarono. Vampiro o umano, non poteva lasciarlo lì a morire per inedia. Era in preda a dolori atroci; chiaramente non capiva cosa gli stesse accadendo. Era intrappolato in un mondo di follia e disperazione. «È evidente che sei tu quella che è impazzita, Shea», mormorò. Sapeva di star provando qualcosa di più della semplice compassione e del senso del dovere professionale. Qualcosa di incredibilmente forte dentro di lei la spingeva a fare di tutto per tenerlo in vita. In qualche strano modo viveva con quell'uomo da anni. Lui era insieme a lei in ogni momento: condivideva la sua mente, la invocava, la supplicava di venire a liberarlo. Lei lo aveva abbandonato in quel luogo di delirio e sofferenza perché lo aveva creduto irreale. Stavolta non lo avrebbe deluso.

Il sole fiammeggiava alto nel cielo. Se lui soffriva della sua stessa letargia diurna, probabilmente era addormentato e non si sarebbe risvegliato prima del tramonto. Doveva andare ora o rischiare un'altra aggressione. Il sole le avrebbe bruciato la pelle. Trovò il suo zaino e vi frugò in cerca degli occhiali scuri.

Attraversare il prato fu un inferno. Anche attraverso le lenti scure, la luce le feriva gli occhi e li faceva lacrimare, impedendole di vedere chiaramente. Cadde più volte sul terreno accidentato. Il sole la colpiva ferocemente, senza tregua. All'ombra della foresta, trovò sollievo fra gli alberi. Ma quando giunse alla sua casupola non aveva più un centimetro di pelle che non fosse arrossato o coperto di vesciche.

Giunta a casa esaminò il collo gonfio, i lividi terribili e le lacerazioni. Trovò che aveva un aspetto grottesco: sembrava un crostaceo ripugnante e pieno di ammaccature. Shea sì spalmò un unguento di aloe sulla pelle, poi, svelta, raccolse degli attrezzi e delle corde e li sistemò nel furgone. I finestrini del cassone erano già oscurati, ma avrebbe dovuto coprirlo per portarlo all'aperto. Tornò indietro a prendere una coperta.

Un'ondata di nausea la fece cadere in ginocchio. Era molto debole. Aveva assolutamente bisogno di una trasfusione. Se voleva salvare quell'uomo, doveva prima di tutto salvare se stessa. Aveva impiegato circa due ore per tornare a casa, e non le piaceva l'idea di sprecare altro tempo prezioso. Tuttavia, sapendo di non avere altra scelta, preparò in fretta una trasfusione, usando una delle unità di sangue che aveva con sé. Le sembrò che durasse un'eternità: ogni minuto le pareva un'ora, in cui riusciva solo a tormentarsi per l'ansia.

La bara era troppo vicina all'entrata della cella? Perché non l'aveva notato prima? Se l'avesse lasciato esposto al sole, lui sarebbe arso vivo mentre lei sbrigava una faccenda di poco conto. Dio, perché non riusciva a ricordare? La testa le pulsava, la gola le bruciava; ma soprattutto, era terrorizzata. Non voleva sentire di nuovo le mani di lui strette intorno alla gola. Non voleva pensare di essere stata così insensibile da lasciarlo in un punto esposto al sole. La sola idea la faceva stare male fisicamente.

Terminata la trasfusione, Shea allestì in fretta una sala operatoria, disponendo gli strumenti necessari per rimuovere il paletto e suturare le ferite. Almeno aveva scorte di sangue sufficienti. Durante il viaggio in auto verso le rovine annerite, si impedì di pensare ancora al compito che la attendeva.

Il sole scivolava verso le montagne quando parcheggiò il furgone davanti all'entrata della cella e calò la corda dentro la buca, usando il verricello. Fece un respiro e scese i gradini traballanti, atterrita al pensiero di ciò che avrebbe trovato. Immediatamente si sentì trafiggere da quei due occhi infuocati. Ebbe un tuffo al cuore, ma si costrinse ad avanzare; si fermò appena fuori dalla sua portata. Lui la guardava con gli occhi immobili di un predatore. Si era risvegliato da solo, ancora imprigionato. La paura, il dolore e una fame intollerabile gli mordevano le viscere. I suoi occhi neri la fissavano carichi di collera e di minaccia.

«Ascoltami. Ti prego, cerca di capire». Shea era così disperata da aiutarsi con i gesti mentre parlava. «Devo portarti nel furgone. Farà male, lo so. Se sei come me, i farmaci non avranno alcun effetto». Prese a balbettare, esasperata da quello sguardo accusatorio. «Ascolta», disse, «non sono stata io a farti questo. Sto solo facendo del mio meglio per aiutarti».

Lui le ordinò con gli occhi di fare un passo avanti. Shea sollevò una mano per scostarsi i capelli dal viso e scoprì che stava tremando. «Dovrò legarti per agganciare il cavo al…». S'interruppe e si morse il labbro. «Smettila di fissarmi a quel modo. È già abbastanza difficile per me».

Si avvicinò con cautela. Dovette fare appello a tutto il suo coraggio per farlo. Lui fiutava la sua paura, avvertiva il battito convulso del suo cuore. C'era terrore nei suoi occhi e nella sua voce, eppure lei era andata da lui spontaneamente. Non aveva dovuto costringerla a obbedirgli. Il dolore lo indeboliva. Decise di conservare le forze. Era sbalordito che la donna fosse venuta da lui nonostante la paura. Il tocco delle sue dita fresche sulla pelle, fra i capelli sudici, era confortante. «Fidati di me. So che ti sto chiedendo molto, ma è l'unico sistema che ho trovato per salvarti».

Quegli occhi di ghiaccio nero non abbandonarono mai il suo volto. Lentamente, per non allarmarlo, Shea sistemò alcuni asciugamani ripiegati intorno al paletto, sperando che l'uomo sarebbe sopravvissuto al trasferimento. Gli gettò addosso la coperta per proteggerlo dal sole. Lui si limitò a guardarla, indifferente, ma Shea sapeva che si stava solo trattenendo, e che era pronto a colpire all'occorrenza. Quando stava per legarlo alla bara per evitare di sballottarlo e farlo sanguinare ancora, lui le afferrò il polso con la stretta ferrea che ormai Shea aveva imparato a conoscere.

Le fotografie che Don Wallace e Jeff Smith le avevano mostrato due anni prima raffiguravano alcune delle vittime bendate e imbavagliate. Shea non poteva negare che quella creatura era identica all'uomo del suo sogno, ma di certo non poteva essere sopravvissuto sette anni sepolto in quella cella. Nella bara c'erano alcuni stracci. Un bavaglio? Una benda? Shea ebbe una fitta allo stomaco. Non poteva bendarlo, nemmeno per proteggere i suoi occhi. Non poteva replicare nemmeno un gesto di quegli assassini. I capelli sudici dell'uomo gli ricadevano lunghi e arruffati sul viso. Shea sentì l'impulso di scostarli delicatamente, di fargli dimenticare quei sette anni di torture con una carezza.

«Va bene. Ti lascerò il braccio libero», disse in tono felpato. Era difficile rimanere immobile, in attesa della sua decisione, sotto quello sguardo ardente. Le sembrò un'eternità. Shea sentiva la furia dell'uomo pronta a scatenarsi appena sotto alla superficie. Il suo coraggio scemava a ogni secondo. Non era del tutto sicura che lui non fosse pazzo.

Con riluttanza, un dito alla volta, l'uomo lasciò la presa. Shea non commise l'errore di toccargli il braccio un'altra volta. Fissò con cura il cavo alla maniglia in cima alla bara. «Devo metterti questo sugli occhi. Il sole sta tramontando, ma c'è ancora abbastanza luce da accecarti. Lo appoggerò soltanto; puoi toglierlo quando vuoi».

Non appena gli posò il fazzoletto sugli occhi, lui lo strappò via, stringendole di nuovo il polso in segno di avvertimento. La sua forza era enorme, sufficiente a spezzarle le ossa, ma Shea ebbe la sensazione che lui non intendesse farle del male. Voleva stabilire un confine chiaro tra ciò che era accettabile e ciò che non lo era.

«Va bene, va bene, fammi pensare. Niente fazzoletto». Si umettò il labbro, poi lo morse. Gli occhi neri di lui si limitarono a seguire i movimenti della sua lingua, poi tornarono a fissare i suoi occhi verde brillante. Osservavano. Imparavano. «Ci sono. Puoi usare i miei occhiali finché non ti avrò caricato nel cassone». Gli posò delicatamente gli occhiali sul naso. Le sue dita gli sfiorarono i capelli in una carezza appena accennata. «Mi dispiace, ora sentirai dolore».

Shea fece un cauto passo indietro. Era ancora peggio ora che non vedeva i suoi occhi. Un altro passo. La bocca dell'uomo si contorse in una smorfia silenziosa; i denti bianchi luccicarono. Shea ebbe appena il tempo di balzare via prima che il braccio dell'uomo scattasse in aria fulmineo. Le sue unghie le aprirono un solco profondo sul braccio. Shea gridò e strinse il braccio al petto, ma continuò a correre finché raggiunse i gradini malandati.

La luce accecante le ferì gli occhi; schegge di dolore le trafissero il cranio. Stringendo gli occhi, Shea raggiunse barcollando il furgone e avviò il verricello. Non voleva vederlo comunque, mentre lo issava. L'idea di essere lei a tormentarlo era intollerabile. Aveva le guance rigate di lacrime. Shea finse che fosse per via del sole. Razionalmente sapeva che lui l'aveva colpita per paura di essere abbandonato di nuovo.

Il ronzio del verricello cessò di colpo. Shea avanzò a tentoni fino al retro del furgone, aprì il cofano, estrasse la rampa e riavvolse il cavo nel vano del cassone. Il verricello caricò la bara senza intoppi. Shea aveva un bisogno disperato dei suoi occhiali da sole, ma non voleva avvicinarsi all'uomo finché non si fosse reso assolutamente necessario. Probabilmente ora soffriva tanto che avrebbe tentato di ucciderla prima che lei potesse convincerlo che non lo stava torturando. E lei non avrebbe saputo dargli torto.

Con gli occhi gonfi e pieni di lacrime e la vista annebbiata, impiegò più del previsto a tornare a casa. Guidò lentamente, badando a evitare le pietre e i dossi lungo la pista di terra. Fu un viaggio difficile, malgrado le quattro ruote motrici. Shea continuò a imprecare sottovoce finché non si ritrovò davanti alla porta di casa.

«Ti prego, fa' che non mi mangi viva», ripeté piano, come una litania. Un altro morso alla gola e non avrebbe più potuto aiutare nessuno. Fece un respiro profondo, aprì il cofano e spinse il carrello sulla rampa. Senza mai guardarlo, abbassò la bara sul carrello e lo trascinò a fatica fin dentro casa.

Lui non emise un suono. Non un gemito, né un singhiozzo, né un grido. Shea sapeva che stava soffrendo atrocemente: lo capiva dal velo di sudore che gli copriva il corpo, dalle rughe intorno alla bocca pallida, dalla chiazza cremisi sulla sua fronte, e quando finalmente poté togliergli gli occhiali senza pericolo, vide l'intensità di quel dolore riflessa nei suoi occhi.

Shea era esausta: aveva le braccia deboli e doloranti. Dovette fermarsi a riposare, appoggiata alla parete, in preda a un capogiro. Si sentiva gli occhi dell'uomo piantati in faccia. Odiava quel silenzio; intuiva che i suoi torturatori non avevano avuto la soddisfazione di udire le sue grida. Si sentiva come una di loro. Ogni spostamento doveva causargli un dolore indicibile.

Rapidamente lo issò sulla barella accanto al tavolo operatorio. «Bene, ora vediamo di tirarti fuori da questa cassa». Shea aveva bisogno del suono della propria voce anche se lui non capiva nulla. Aveva provato a parlargli in diverse lingue, e lui non le aveva mai risposto. Nei suoi occhi le pareva di scorgere intelligenza, comprensione. Non si fidava del tutto di lei, ma forse almeno si rendeva conto che il suo intento era quello di aiutarlo.

Impugnando il coltello più affilato che aveva, Shea si chinò su di lui per tagliare le funi robuste. Lui le afferrò all'istante il polso, impedendole ogni movimento. Shea ebbe un tuffo al cuore. Pareva proprio che non la capisse. Chiuse gli occhi, preparandosi al dolore dei suoi denti che la dilaniavano. Non accadde nulla. Shea riaprì gli occhi, aspettandosi di incontrare il suo sguardo fiammeggiante.

L'uomo stava esaminando il lungo squarcio sul suo braccio, con le palpebre appena socchiuse. Le ruotò il braccio da un lato, poi dall'altro, come affascinato dalla linea di sangue che correva dal gomito al polso. Spazientita, Shea diede uno strattone per liberarsi. Lui la strinse forte con le dita, ma senza guardarla. Portò lentamente il braccio alla bocca, e a Shea si fermò il cuore. Sentì sulla pelle il suo alito caldo. Lui la toccò piano, quasi con reverenza: una lunga, umida carezza che placò all'istante il bruciore del taglio. La sua lingua era come velluto ruvido che lambiva la ferita con cura. Quella sensazione le comunicò un'inattesa ondata di calore.

Shea intuì che l'uomo voleva rimediare al dolore che le aveva inflitto. Lo guardò sbattendo le palpebre: non riusciva a credere che stesse cercando di guarirle quel graffio da nulla quando il suo stesso corpo era tanto orrendamente mutilato. Quel gesto era così toccante da farle venire le lacrime agli occhi. Gli tolse i capelli arruffati dalla fronte con dita gentili. «Dobbiamo sbrigarci, selvaggio. Hai ripreso a sanguinare».

Lui le lasciò il braccio con riluttanza e Shea tagliò di netto le funi. «Se vuoi urlarmi contro, fai pure», riprese, tanto per dire qualcosa. Le ci volle un'eternità per spezzare le catene ai polsi. Anche con l'aiuto delle tenaglie, non era molto forte. Quando finalmente riuscì a liberargli un braccio, lo guardò con un sorriso trionfante. «Fra un momento sarai libero». Gli tolse di dosso le pesanti catene, e vide le piaghe annerite sul petto e sulle gambe dell'uomo.

Shea imprecò, furiosa all'idea di tanta malvagità. «Sono abbastanza sicura che chi ti ha fatto questo sa anche di me e delle mie ricerche. Forse io e te soffriamo della stessa malattia del sangue». Riuscì finalmente a togliergli un'altra catena dalla caviglia. «Sai, è molto rara. Qualche anno fa un gruppo di fanatici ha deciso che quelli come noi sono vampiri. Ma credo che questo tu lo sappia già», aggiunse in tono di scusa.

L'ultima catena cadde, spezzata, e Shea gettò da parte le tenaglie. «I tuoi denti sembrano più sviluppati dei miei». Si passò la lingua sui denti, come ad accertarsi di non essere davvero come lui, e iniziò a svellere le assi fradice ai lati della bara. «Dato che non capisci una parola di quel che sto dicendo, credo sia meglio così. Non mi ci vedo proprio a mordere qualcuno per succhiargli il sangue. Brr. È già abbastanza penoso aver bisogno di trasfusioni continue per sopravvivere. Ecco fatto, ora ti tolgo i vestiti e poi vedrò di estrarre quel paletto».

I vestiti dell'uomo erano praticamente già consumati dalla muffa. Shea non aveva mai visto un corpo tanto martoriato. «Maledetti assassini». Shea deglutì alla vista di quello scempio. «Come hanno potuto farti questo? E soprattutto, come hai fatto a sopravvivere?». Si asciugò il sudore dalla fronte con il braccio e tornò a chinarsi su di lui. «Devo trasferirti su questo tavolo. Ti sballotterò un po', ma è l'unico modo».

Lui fece l'impossibile. Mentre Shea lo sollevava per le spalle larghe, cercando di farlo scivolare di lato, l'uomo, in un impeto di coraggio e di energia, si spostò da solo sul tavolo. Il sangue gli affiorò sulla fronte e gli colò in rivoli sul viso.

Per un attimo, Shea non riuscì a continuare. Fu colta da un tremore e dovette abbassare il viso per nascondere le lacrime. Non sopportava di vederlo soffrire tanto. «Avrà mai fine per te questo strazio?». Dovette lottare alcuni minuti per riacquistare il controllo e sostenere di nuovo il suo sguardo cupo. «Devo addormentarti.

Non ho altra scelta per eseguire l'intervento. Se l'anestesia non funziona, dovrò darti una botta in testa o qualcosa del genere». Lo diceva seriamente. Non lo avrebbe torturato come quegli altri.

Lui le sfiorò con delicatezza la guancia con un dito, asciugandole una lacrima. La fissò a lungo, poi la portò alla bocca. Lei lo guardò compiere quel gesto curioso e intimo, chiedendosi perché si sentisse sciogliere il cuore in un modo mai provato prima.

Shea si lavò scrupolosamente, infilò i guanti sterili e indossò la mascherina. Stava per metterne una anche a lui, ma questi la bloccò snudando i denti in un ringhio silenzioso e immobilizzandole il polso. Fu lo stesso quando tentò di praticargli un'iniezione. Gli occhi neri balenarono minacciosi. Shea scosse la testa. «Ti prego, non farmi fare questo, non così. Non sono un macellaio, non posso operare in queste condizioni». Cercò di infondere alle sue parole un tono duro, non supplichevole. «Non voglio farlo». Rimasero a fissarsi, in una strana prova di forza mentale. Gli occhi neri di lui la bruciavano dentro, esigendo obbedienza; la sua collera, sempre ribollente, affiorava alla superficie. Shea si passò la lingua sul labbro, poi lo mordicchiò nervosamente. Un lampo di soddisfazione passò negli occhi neri di lui, e si lasciò ricadere all'indietro, certo di aver vinto.

«Accidenti a te e alla tua testardaggine». Shea disinfettò la pelle intorno al paletto e sistemò le pinze emostatiche, rimpiangendo per tutto il tempo la mancanza di una brava infermiera e di un martelletto di buone dimensioni. Strinse i denti e tirò con quanta forza aveva. Lui si mosse, i suoi muscoli fremettero appena, ma Shea sapeva che era in preda al dolore. Il paletto non si spostò di un millimetro. «Maledizione! Te l'ho detto che non ce la faccio se sei cosciente. Non ho abbastanza forza».

Lui impugnò il paletto con entrambe le mani e se lo strappò dal petto. Il sangue sprizzò, inondandola, e Shea tacque e si mise subito al lavoro per arrestare l'emorragia. Non lo guardò, concentrandosi solo sul lavoro. Shea era un chirurgo meticoloso. Lavorò metodicamente per riparare i danni a un ritmo svelto e costante, escludendo ogni altro pensiero. Tutto il suo essere era impegnato nell'operazione, e la sua mente unita a quella di lui per tenerlo in vita.

Jacques sapeva che lei era ignara del controllo mentale imperioso che stava esercitando su di lui. Era così presa dal proprio compito che non sembrava accorgersi di aver fuso le loro menti per salvarlo a ogni costo. Forse si era sbagliato del tutto su di lei? Il dolore era intollerabile, ma la mente di Shea, fusa con la sua, lo manteneva al di qua della follia.

Per due volte Shea diede più luce al tavolo mentre operava china su di lui, ricucendo le ferite per ore. Centinaia di punti, all'esterno e all'interno, e quando ebbe finito con il torace era ben lontana dall'aver terminato il lavoro. Doveva ripulire e suturare anche tutti gli altri tagli. La lacerazione più piccola richiese un solo punto, la più grande quarantadue. Continuò fino al calare della notte e oltre. Aveva le dita quasi insensibili, e gli occhi le dolevano per lo sforzo. Stoicamente, continuò a tagliare la carne morta, costringendosi a usare la terra e la saliva, contravvenendo a ogni pratica medica che le era stata insegnata.

Esausta, quasi con fare meccanico, si sfilò i guanti e la maschera e contemplò la sua opera. L'uomo aveva bisogno di sangue. I suoi occhi erano quasi folli dal dolore. «Ti serve una trasfusione», disse con voce stanca. Indicò con il mento i tubicini e gli aghi sul tavolo. Gli occhi neri le restituirono uno sguardo implacabile. Shea si strinse nelle spalle, troppo sfinita per ribattere. «E sia: niente aghi. Te lo metterò in un bicchiere, così potrai berlo».

Gli occhi dell'uomo non abbandonarono mai il volto di Shea mentre accostava il tavolo con le rotelle al letto e, con il suo aiuto, lo spostava sul materasso pulito e morbido. Shea dormiva quasi in piedi, e inciampò due volte nell'andare a prendere il sangue. «Cerca di collaborare, selvaggio. Ne hai bisogno, e ormai sono troppo stanca per combattere con te». Posò il bicchiere sul comodino a pochi centimetri dalla sua mano.

Come un automa, sterilizzò gli strumenti, pulì i tavoli e la barella e mise in un sacco ciò che restava della bara, gli stracci imputriditi e gli asciugamani zuppi di sangue per seppellirli alla prima occasione. Quando ebbe terminato, mancavano solo due ore all'alba.

Le imposte erano sigillate per non far filtrare i raggi del sole. Shea mise il catenaccio alla porta e prese a fatica due fucili dall'armadio. Li appoggiò all'unica poltrona comoda che possedeva e vi gettò sopra una coperta e un cuscino, preparandosi a difendere il paziente a costo della vita. Sapeva di avere bisogno di sonno, ma nessuno avrebbe più fatto del male a quell'uomo.

Entrò nella doccia e rimase a lungo sotto il getto di acqua calda, per lavare via il sangue, il sudore, la terra e la sporcizia. Shea si addormentò in piedi. Pochi minuti dopo una strana sensazione, come un battito d'ali di farfalla che le sfiorasse la mente, la fece svegliare di soprassalto. Avvolse i lunghi capelli in un asciugamano, s'infilò un accappatoio verde menta e uscì barcollando a controllare il paziente. Spense il generatore e si incamminò verso il letto. Il bicchiere era ancora posato sul comodino. Pieno. Shea sospirò piano. Gli sfiorò piano i capelli. «Ti prego, fa' quel che ti ho chiesto e bevi il sangue. Non riesco a prendere sonno se non lo fai, e sono stanchissima. Almeno per questa volta dammi retta».

Lui protese le dita a tracciare il profilo delicato del suo viso come per memorizzarne la forma, la morbidezza delle sue labbra. Con il palmo le tastò la gola, chiudendo delicatamente le dita intorno al collo. La tirò a sé lentamente, inesorabilmente.

«No». Era più che una semplice protesta. Lui continuò fin quasi ad attirarla sul letto accanto a sé. Con il pollice, trovò la vena che palpitava sul collo. Shea sapeva che avrebbe dovuto divincolarsi, ma non le importava più: giaceva inerme tra le sue braccia. Sentì la bocca dell'uomo sulla pelle nuda, un sussurro, un invito. La lingua la sfiorò. Shea chiuse gli occhi per respingere le onde che s'infrangevano nella sua testa. Lui era lì. Nella sua mente. Sentiva le sue emozioni, condivideva i suoi pensieri. Sentì una vampa di calore quando la bocca dell'uomo si posò sulla vena. I denti la graffiarono pianissimo, la lingua la carezzò. La sensazione era quasi erotica. Seguì un dolore lancinante, poi un senso di calore e di spossatezza. Shea si abbandonò sul corpo dell'uomo, arrendendosi. Poteva decidere lui se dovesse vivere o morire. Lei era troppo stanca per pensarci.

Jacques sollevò a malincuore la testa e richiuse accuratamente la ferita con la lingua. Indugiò ad assaporare il gusto di lei – caldo, esotico, una promessa di passione. Qualcosa in lui si era perduto irreparabilmente, ne era consapevole. Una parte di lui era inaccessibile; non aveva più un passato. Frammenti di memoria erano come schegge di vetro che gli trafiggevano il cervello, e cercò di non pensarci. Il suo mondo era lei. In qualche modo sapeva che lei era l'unica salvezza, l'unica via d'uscita da quel cupo carcere di dolore e follia.

Perché non era venuta subito, quando lui l'aveva invocata per la prima volta? Per lui la sua presenza nel mondo era così concreta. L'aveva piegata alla sua volontà e le aveva ordinato di obbedirgli, eppure lei aveva esitato a lungo. Jacques era fermamente deciso a punirla per averlo costretto a subire quelle torture e quel delirio. Ma ora tutto ciò non aveva più senso. Lei aveva sofferto molto per lui. C'era un motivo per cui aveva resistito al suo richiamo? Forse il traditore o gli assassini l'avevano seguita. Quale che fosse la ragione, lei aveva già patito abbastanza per causa sua. Era impossibile che lo avesse abbandonato di proposito, prolungando la sua agonia. Sentiva in lei la compassione. Sentiva che era disposta a sacrificare la propria vita per la sua. Quando le toccava la mente, trovava solo luce e bontà. Non poteva essere la donna infida e crudele che lui aveva creduto che fosse.

Nelle sue condizioni, Jacques era debole e vulnerabile, e incapace di proteggere lei e se stesso. Shea era piccola e fragile. Lui era solo da così tanto tempo. Senza luce né colore. Aveva trascorso un'eternità da solo, e non sarebbe mai tornato a quel mondo cupo e orribile. Si aprì uno squarcio sul petto, vi premette contro la testa della donna e le ordinò di bere. Legarla a sé gli veniva naturale come respirare. Non poteva più permetterle di allontanarsi. Shea gli apparteneva, e in quel momento aveva bisogno di sangue tanto quanto lui. Lo scambio era stato compiuto. Il loro legame psichico era forte. Quando il suo corpo fosse guarito, avrebbe completato il rituale, legandola a sé irrevocabilmente e per sempre. Era un istinto antico come il tempo stesso. Sapeva cosa fare, e sapeva che era suo dovere farlo.

Per quanto fosse piccola, tenere Shea tra le braccia gli dava conforto. Era intimamente parte di lui. Tutto ciò era inspiegabile, ma nel suo mondo angusto non aveva importanza. Mentre lei stava ancora nutrendosi, con la bocca morbida e sensuale sulla sua carne lacerata, Jacques sollevò il bicchiere e lo vuotò con noncuranza. Quando l'aveva sentita addormentarsi durante il bagno, l'aveva risvegliata, timoroso della loro separazione. Ora avrebbe dormito accanto a lui, com'era giusto, e dove lui avrebbe potuto proteggerla se gli assassini fossero riusciti a rintracciarla. Anche se non era nel pieno delle sue forze, il mostro dentro di lui era potente e letale. Nessuno le avrebbe fatto del male.

L'unico brandello di memoria che conservava, impresso in modo indelebile nella sua mente, era l'odore dei due umani e quello del traditore che l'aveva attirato in quella trappola infernale. Avrebbe riconosciuto le voci dei suoi aguzzini e il loro odore. Demoni. Dio, quanto lo avevano fatto soffrire, e come avevano goduto a torturarlo, sghignazzando e umiliandolo finché non era scivolato nella follia. Ancora non ne era uscito del tutto. Sapeva di stare lottando per tornare sano di mente.

Non avrebbe mai dimenticato la fame provata mentre lo dissanguavano poco a poco. La fame aveva scavato in lui voragini, si era fatta strada fra le sue viscere, lo aveva divorato dall'interno. Per sopravvivere aveva dormito, arrestando il cuore e i polmoni per trattenere quel poco di sangue che gli restava in corpo. Si era svegliato solo quando c'era del cibo nelle vicinanze. Sempre solo, immobilizzato, in agonia. Aveva imparato l'odio. Aveva imparato la collera. Aveva imparato che esisteva un luogo dove non regnavano altro che l'orrore del vuoto assoluto e il desiderio bruciante di vendetta.

Erano loro gli stessi animali che davano la caccia a Shea? Il pensiero di lei nelle loro mani gli dava la nausea. La strinse più vicino a sé per sentire la sua presenza rassicurante. Era in pericolo? Le stavano alle costole? Se l'aveva punita ingiustamente per non esser venuta in suo soccorso, non se lo sarebbe mai perdonato. Aveva desiderato ucciderla, era quasi arrivato a farlo. Qualcosa dentro di lui glielo aveva impedito. E poi lei aveva cessato di lottare, offrendogli il proprio sangue, la propria vita. Si era creduto duro, intoccabile, eppure di fronte a quella resa qualcosa in lui si era sciolto. E il modo in cui lei gli aveva sfiorato i capelli con le dita gli aveva fatto balzare il cuore nel petto.

Jacques maledisse la propria debolezza, fisica e mentale. Gli serviva altro sangue: caldo sangue umano. Avrebbe accelerato la sua guarigione. C'era qualcosa di terribilmente importante che gli sfuggiva. Gli balenava nella mente come un lampo, lasciandosi dietro solo qualche frammento e una scia di dolore. Se fosse riuscito a trattenerla solo per un istante avrebbe potuto ricordare, ma durava appena il tempo necessario a esasperarlo. Vivere senza più ricordi era intollerabile.

Shea gemette piano, e quel suono lo trafisse come una pugnalata. La donna rabbrividiva, anche avvolta nella pesante vestaglia. Jacques la scrutò ansiosamente in viso. Stava male, glielo leggeva nella mente. Quasi d'istinto le posò una mano sull'addome, con le dita distese. Nel corpo della donna stava accadendo qualcosa. Di nuovo gli sembrò che la sua mente andasse in pezzi nel tentativo di ritrovare la memoria. Avrebbe dovuto sapere di cosa si trattava. Era qualcosa di vitale per lei.

Shea rotolò su un fianco e si alzò sulle ginocchia, premendosi il ventre con le mani. Aveva gli occhi sbarrati per la paura. Si sentiva gelare, le pareva di non potersi scaldare mai più. Tremando, riuscì solo a dondolarsi avanti e indietro, scossa da un'ondata di dolore dopo l'altra. Il calore le bruciava gli organi interni, le opprimeva il cuore e i polmoni. Rotolò giù dal letto e cadde a peso morto sul pavimento, tentando di proteggere il suo paziente dal virus che doveva aver contratto. L'asciugamano si srotolò e i capelli le ricaddero intorno al viso, scuri come sangue. Si sentiva lo stomaco in fiamme.

Aveva il corpo coperto da un velo di sudore; sulla fronte, una tenue chiazza scarlatta.

Jacques cercò di muoversi, di arrivare fino a lei, ma il corpo pesante e inerte non gli obbediva. Le sue braccia non riuscivano a raggiungerla. Ogni movimento gli costava uno spasmo di dolore, ma il dolore era l'unica realtà del suo mondo da troppo tempo perché potesse distinguerlo. Era stata la sua sola compagnia nella cupa eternità dei dannati. Il dolore non faceva che rafforzare la sua volontà di ferro. Sarebbe vissuto in eterno alla ricerca di quelli che avevano rubato il suo passato. Avrebbe usato quella stessa volontà di ferro per aiutare Shea in qualche modo.

Il suo corpo esile si contorse, s'irrigidì, si contorse di nuovo. Rotolò in ginocchio e si mosse a tentoni in cerca della borsa con il kit di pronto soccorso. Non pensava: i suoi movimenti erano ciechi, istintivi. Non aveva idea di dove si trovasse né di ciò che le stesse accadendo, sapeva solo che doveva estinguere il fuoco che la consumava.

Jacques si dibatté con rabbia impotente cercando di spostarsi, di aiutarla. Alla fine si lasciò ricadere e s'insinuò nella mente di Shea come aveva fatto tante altre volte nel tentativo di salvarsi. *Vieni qui, accanto a me.*

Quel suono sussurrato echeggiò nella testa di Shea come un barlume di salvezza. Shea seppe che non l'aveva pronunciato ad alta voce. Stava avendo un'allucinazione. Con un gemito, si accasciò rannicchiandosi in posizione fetale, facendosi più piccola che poteva. Non poteva avvicinarglisi. Se quel che aveva era contagioso, lui non sarebbe sopravvissuto a un'influenza tanto virulenta.

Ma se fosse stata lei a non farcela? Se l'avesse portato fin lì solo per farlo morire lentamente di stenti, senza nessuno ad assisterlo? Doveva riuscire a dirgli che nella borsa del ghiaccio c'era del sangue. Era troppo tardi. Fu travolta da un'altra ondata di fuoco, che si sprigionò dall'interno investendo ogni organo. Riuscì solo a tirare a sé le ginocchia come un animale ferito mortalmente e ad aspettare che passasse.

Devi venire da me. Posso aiutarti a calmare il dolore. Le parole penetrarono la sua mente nel successivo intervallo di lucidità. Il suo tono era così tenero, così diverso dal suo aspetto. Shea dimenticò di essere sull'orlo della follia, di udire una voce immaginaria nella sua testa; quelle parole erano carezzevoli e delicate come dita fresche sulla pelle.

Le veniva da vomitare. Qualcosa in lei, un ultimo assurdo brandello di dignità, le permise di trascinarsi fino al bagno. Lui la sentì lottare per far cessare i conati. La sofferenza della donna era peggiore della sua stessa agonia: si sentì consumare dalla rabbia per non poter fare nulla per lei. Le unghie aguzze si fecero artigli letali e lacerarono le lenzuola. Fuori, il vento prese a soffiare ululando contro le finestre, scuotendo gli alberi. Un ringhio basso gli sfuggì dalla gola, echeggiò nella sua mente, salendo di volume. Lei stava cercando di proteggerlo. Era un maschio della sua razza, il suo dovere era prendersi cura dei suoi simili, eppure quella donna soffriva i tormenti dell'inferno e rifiutava il suo aiuto per paura di trasmettergli la propria malattia. Lui sapeva di non poter contrarre quel male, e che il fuoco che le straziava le viscere era qualcosa di importante. Doveva andare da lui; Jacques non sapeva perché, ma ogni suo istinto, ogni cellula del suo corpo esigevano che lei gli obbedisse.

Devi venire da me. Io non posso spostarmi. Non corri alcun pericolo da me, piccola donna dai capelli rossi. Devo insistere perché tu mi obbedisca. Era un comando imperioso; la sua voce era un suono felpato, ma forte come l'acciaio. Molto europeo, con un forte accento. Allo stesso tempo la voce le accarezzava la pelle, promettendole conforto.

Nel bagno, Shea si spruzzò il viso con acqua fredda e si sciacquò la bocca. Passarono un altro minuto o due prima che le fitte ricominciassero. Sentiva il miscuglio di emozioni nella mente di quell'uomo selvaggio. Era esasperato per l'incapacità di aiutarla, deciso a raggiungerla se lei non avesse reagito. Shea fu sbalordita dal bisogno dell'uomo di soccorrerla. Era un'emozione così intensa da far vibrare l'aria. Shea voleva fare ciò che lui le ordinava, ma era terrorizzata all'idea di infettarlo. Le convulsioni di dolore che la scuotevano erano così forti, era certa che l'avrebbero ucciso. Eppure desiderava il conforto di un'altra creatura.

Non posso venire da te. Devi farlo tu. La sua voce era grave, allettante come velluto nero: era impossibile ignorarla.

Shea si staccò dalla parete e rientrò barcollando nella stanza, mortalmente pallida, con gli occhi cerchiati di nero. Sulla sua gola spiccavano le ferite e i lividi. Sembrava così fragile che lui temette potesse spezzarsi, se fosse caduta di nuovo. Le porse una mano, con gli occhi neri colmi di autorità e gentilezza al tempo stesso.

«Probabilmente mi hai trasmesso la rabbia», borbottò Shea, recalcitrante, ma ecco che di nuovo il fuoco le divorava la milza, i reni, attaccando i muscoli, le ossa, il sangue.

Vieni qui subito*! Non posso più sopportare la tua sofferenza nean-*

che per un momento. Jacques usò deliberatamente lo stesso tono ammaliatore, e lei avvertì l'impulso irresistibile di obbedirgli. La voce pareva echeggiarle nella mente, costringendola ad avanzare fino al letto e a raggomitolarsi, con il volto affondato nel cuscino, invocando la morte.

Delicatamente, quasi con tenerezza, la mano dell'uomo le scostò le pesanti ciocche di capelli dal viso e tracciò il contorno del suo collo con il pollice. Da qualche parte si nascondeva una soluzione, un modo per far cessare quel dolore in lei, ma gli sfuggiva come i ricordi del suo passato. Stava fallendo nel tentativo di salvarla, quando lei aveva invece sofferto tanto per garantirgli la sopravvivenza. Voleva ruggire contro il cielo, squarciare la gola a qualcuno. Erano stati loro a farle questo.

Due umani e un traditore. Gli avevano rubato il suo passato, lo avevano condotto alla pazzia, e imprigionato in un'esistenza d'inferno. Ma soprattutto lo avevano privato della capacità di proteggere la sua compagna per la vita. Avevano creato un mostro inconcepibilmente spaventoso.

Jacques le posò le mani sulla gola, per esaminare le ferite. Shea era accanto a lui, rinchiusa nel suo mondo di sofferenza. Era talmente inaccettabile. Jacques si sentiva esplodere la testa. Maledicendosi, le passò un braccio intorno alla vita, per offrirle quel poco di sollievo che poteva. L'alba incombeva su di loro e senza nemmeno pensarci, Jacques fece l'unica cosa che doveva. Con un comando secco, fece sprofondare entrambi nel sonno.

Capitolo 3

Il silenzio nella casa fu rotto dal brusio crescente delle creature notturne che si lanciavano richiami. Al calare del sole la terra tornava a essere il loro regno. L'aria riempì due polmoni, un petto si sollevò e si abbassò, un cuore prese a battere. Ancora una volta il dolore lo travolse, lasciandolo senza fiato, paralizzandogli il cervello. Giacque immobile, nell'attesa che la mente accettasse le atrocità inflitte al corpo. La fame crebbe dentro di lui come un vuoto smisurato, impossibile da colmare. Poi venne la rabbia, cieca, divorante; un bisogno di uccidere, di riempire quel vuoto terribile.

Di colpo, in quel tumulto di emozioni intense e violente, scaturì qualcosa di dolce, di gentile. Un filo di memoria. Coraggio. Bellezza. Una donna. Non una donna qualsiasi, ma la sua donna, la sua compagna per la vita. Tutta fiamme e capelli rossi. Incedeva come un angelo là dove gli uomini non osavano andare, dove perfino quelli della sua razza non osavano avventurarsi.

Prese una ciocca dei lunghi capelli setosi e se l'avvolse intorno al pugno, timoroso di svegliarla e di trovarla ancora sofferente. Shea. Perché lei non lo chiamava mai per nome? A malincuore formulò il comando per risvegliarla e la osservò inspirare profondamente, ascoltò il flusso del sangue pompato dal suo cuore. Le ciglia tremarono. Lei si rannicchiò per un attimo contro il calore di lui, ancora assopita. Lui le sfiorò la mente con cautela, sondando i suoi pensieri. A pochi istanti dal risveglio, la mente di lei aveva già iniziato a elaborare tutto quel che era accaduto la notte prima, a fare una rassegna di malattie e di sintomi. Era dolorante in tutto il corpo. Jacques sentì in lei fame, debolezza, ansia; aveva paura per il suo paziente, per la sua lucidità; paura di scoprire quale fosse la sua vera natura. Senso di colpa, per aver dormito quando avrebbe dovuto sorvegliarlo. Il bisogno urgente di portare a termine il suo lavoro di ricerca. Compassione per lui, terrore che non riuscisse a guarirlo e di aver forse aggravato le sue sofferenze. Paura di essere scoperti prima che lui fosse abbastanza forte da andare per la sua strada.

Jacques alzò di scatto le sopracciglia. La nostra strada è la stessa.

Shea si alzò a sedere, con una smorfia, e si ravviò i capelli scompigliati. «Avresti potuto dirmelo, che parli inglese. Come fai a fare quella cosa? A parlarmi direttamente nella testa anziché ad alta voce?».

Lui si limitò a fissarla curiosamente con quegli occhi neri e imperscrutabili.

Shea gli lanciò un'occhiata sospettosa. «Non vorrai mica mordermi di nuovo, eh? Ti avverto, non c'è una sola parte del corpo che non mi faccia male». Gli rivolse un tenue sorriso. «Giusto per curiosità, sei a posto con i richiami dell'antirabbica, vero?». Lo sguardo dell'uomo le provocava qualcosa dentro, suscitando un'ondata di calore del tutto sconveniente.

Gli occhi dell'uomo si posarono sulle sue labbra. La forma di quella bocca lo affascinava, insieme alla luce che emanava con tanta chiarezza da quell'anima. Le mise una mano sulla guancia, tracciò con un dito il contorno delicato della mascella, poi risalì al mento, per saggiare la pienezza del labbro inferiore, morbido, perfetto.

Il cuore di Shea ebbe un balzo. Sentì quel calore vago trasformarsi in una sensazione distinta, quasi dolorosa. La mano di Jacques le scivolò dietro la nuca. Lento, inesorabile, attirò a sé la sua testa.

Shea chiuse gli occhi, pronta a offrirgli il proprio sangue, ma timorosa. «Spero proprio di non doverti nutrire tutti i giorni», mormorò in tono cupo.

In quel momento la bocca dell'uomo toccò la sua. La sfiorò, lieve come una piuma, e Shea la sentì fino alla punta dei piedi. I denti di lui le mordicchiarono il labbro inferiore, tentatori.

Shea sentì un incendio divamparle nelle vene, e i muscoli dell'addome irrigidirsi. *Apri la bocca, piccola testarda dai capelli rossi.* I denti mordicchiarono di nuovo; poi, carezzevole, s'insinuò la lingua. Shea sussultò alla tenerezza di quel gesto e al contatto delle labbra di lui. Jacques ne approfittò all'istante, incollando la bocca alla sua, esplorandone con la lingua l'interno vellutato.

Shea fu lambita, poi avvolta dalle fiamme. L'aria si fece elettrica, e lei conobbe un'intimità mai provata. Pura sensazione. Non esisteva più nient'altro che la bocca di Jacques sulla sua, che la rapiva in un mondo finora sconosciuto. La terra oscillò, e Shea si aggrappò alle spalle di lui per non volare tra le nuvole. Lui stava spazzando via ogni sua resistenza, suscitando imperiosamente in lei il desiderio. Lei era sua, solo sua, per sempre. Era una fonte di compiacimento maschile.

Premette contro le sue spalle larghe e finì con la schiena a terra, asciugandosi la bocca con il dorso della mano. Per un istante si guardarono a vicenda furenti, poi Shea avvertì un'ombra di divertimento strisciare nella sua mente. Una risata bassa, maschile, beffarda. Il volto dell'uomo non mostrava nulla, neanche un balenio nel ghiaccio dei suoi occhi, ma Shea sapeva che stava ridendo di lei.

Le ci volle un momento per accorgersi che la sua vestaglia era aperta, offrendo agli occhi di lui una generosa porzione di nudità. Con gran dignità, Shea ne richiuse i lembi. «Dobbiamo mettere una cosa in chiaro». Seduta com'era sul pavimento, cercando disperatamente di riprendere un respiro normale, di gettare acqua gelata sulle fiamme che le infuriavano nel sangue, Shea temeva che lui non la prendesse sul serio. «Io sono il tuo medico e tu il mio paziente. Questo…». Fece un gesto vago con la mano, cercando le parole giuste. «Questo genere di cose è totalmente contrario all'etica professionale. E un'altra cosa. Sono io che comando. Tu esegui i miei ordini, non viceversa. Non fare mai più una cosa del genere. Mai. Per nessun motivo». Involontariamente, si portò la mano alle labbra. «Non sarebbe mai accaduto se tu non mi avessi infettata con... non so, qualche forma di rabbia». Lo scrutò torva.

Lui si limitò a restituirle uno sguardo di una fissità sconcertante.

Shea inspirò e arricciò il naso, arrovellandosi per riportare la conversazione su un binario sicuro. In quelle condizioni, lui avrebbe dovuto essere mezzo morto. Anzi, morto. Nessuno avrebbe potuto baciare a quel modo dopo aver subito traumi così gravi. Mai, mai un uomo le aveva fatto un simile effetto. Era sconvolgente.

Negli occhi di Jacques si accese un bagliore improvviso, qualcosa a metà tra una fiamma danzante e un sorriso. *Nessun uomo deve mai più farti un simile effetto. Non ne sarei affatto contento.*

«Smettila di leggermi nella mente!». Shea s'imporporò in viso e gli lanciò un'occhiata furibonda. «Questa conversazione è assolutamente sconveniente tra un paziente e un medico».

Forse, ma non tra noi.

Shea strinse i denti, con gli occhi verdi che mandavano fiamme. «Sta' zitto», disse brusca, con una punta di disperazione. Doveva assolutamente riacquistare il controllo, e lui non la stava certo aiutando. Fece un lungo respiro profondo per recuperare un po' di dignità. «Devi fare un bagno. E ai tuoi capelli servirebbe una bella lavata». Shea si alzò e, con esitazione, prese una ciocca dei folti capelli corvini dell'uomo, senza rendersi conto che quel gesto era curiosamente intimo. «Tu eri il numero sette. Mi chiedo se sia sopravvissuto anche qualcuno degli altri. Dio, mi auguro di no. Non saprei come trovarli».

Stava per voltarsi quando lui le afferrò il polso. *Cos'è il numero sette?*

Shea sospirò piano. «Quegli uomini, quelli che mi danno la caccia, avevano delle fotografie di alcune delle loro vittime, gente assassinata in diversi posti sette anni fa. Furono rinvenuti otto cadaveri, ma probabilmente nessuno sa quale sia il numero reale. Li hanno chiamati "assassini di vampiri" perché le vittime avevano tutte un paletto di legno conficcato nel cuore. Nella fotografia numero sette c'eri tu. Eri tu».

Lui la guardò ancora più sconcertato. Il pungolo della fame si faceva sempre più acuto. La presenza di lui nella mente di Shea era così forte che lei non avrebbe saputo dire chi dei due avesse più bisogno di sangue. «Lo sai come ti chiami?».

La reazione di Jacques fu di confusione. *Ma tu lo sai; sei la mia compagna per la vita.*

Shea sgranò gli occhi. «Compagna? Tu… secondo te ci conosciamo già? Io non ti ho mai incontrato prima in vita mia».

Lui strinse gli occhi neri. Investigò la mente di lei, incredulo e quasi mortificato. Pareva convinto che lei gli stesse mentendo.

Shea si passò una mano tra i capelli, e quel gesto aprì lievemente la scollatura della vestaglia, sollevando i seni. «Ti ho sognato. A volte ti ho pensato... forse ho perfino avvertito la tua presenza. Ma non ti avevo mai visto con i miei occhi fino a due sere fa». Erano passate solo quarantotto ore? Sembrava un'eternità. «C'era qualcosa che mi spingeva ad andare in quella foresta, in quella cella, ma non sapevo che tu fossi lì».

Jacques era sempre più confuso. *Non lo sapevi?* Sondò ancora la sua mente. Lei provò una strana sensazione a quel contatto. Le pareva familiare; lo riconosceva. Era strano, esaltante, ma anche spaventoso, che qualcuno potesse conoscerla così intimamente. Shea si disse che stava acconsentendo a quell'indagine solo perché lui era del tutto alterato. In quanto medico, provava il bisogno di alleviare le sue sofferenze fisiche e mentali. La sensazione che lei ne ricavava non aveva alcuna importanza.

Tutto intorno a lei pareva cambiato. I colori non erano semplicemente vividi, ma incredibilmente ricchi. La turbava il fatto di accettare con naturalezza quella serie di eventi bizzarri, la facilità con cui lui scivolava dentro e fuori dalla sua mente. Di colpo le dita di Jacques le serrarono il polso. *Io sono Jacques. Sono il tuo compagno per la vita. Che io possa condividere la tua mente è un fatto indiscutibile. È mio diritto, come è tuo diritto entrare nella mia. Più che un diritto, anzi, è una necessità per tutti e due.*

Shea non capiva nulla di quel discorso, e si limitò a ignorarlo: il fatto che lui si agitasse tanto perché lei non lo conosceva la preoccupava. Provò l'impulso irresistibile di accarezzargli i capelli. «Non riesci proprio a usare la voce?».

Le rispose uno sguardo carico di esasperazione.

Shea gli posò le dita sulla fronte, per consolarlo. «Non preoccuparti. Il tuo corpo è molto provato. Ci vorrà un po' di tempo. Stai già guarendo a una velocità sorprendente. Sai chi è stato a farti questo?».

Due umani e un traditore. Un moto di collera, e per un istante nel fondo dei suoi occhi neri si accesero due fiamme rossastre.

A Shea si fermò il cuore. Si allontanò di scatto, ma lui fu più veloce, il suo braccio fulmineo. Le dita le circondarono il polso, impedendole la fuga. La sua stretta era invincibile, la sua forza sovrumana, ma non le fece male.

Con uno sforzo Jacques represse la rabbia, rimproverandosi di averla spaventata. Le carezzò con il pollice l'interno del polso e sentì il pulsare violento del suo sangue. Con gran delicatezza, tirò per riportarla al suo fianco. *Ricordo poco del mio passato, ma so di te fin dall'inizio della mia prigionia. Ti ho aspettata. Ti ho invocata. Ti ho odiata, per aver permesso che la mia agonia continuasse.*

Shea gli prese il volto tra le mani: voleva a tutti i costi che lui le credesse. «Non sapevo. Ti giuro, io non sapevo. Non ti avrei mai lasciato laggiù». Provò un nodo alla gola all'idea di non aver potuto metter fine prima al suo tormento. Come faceva quell'uomo ad attirarla come una calamita, ad affascinarla e a farle desiderare di consolarlo? Era così forte che sopportava a stento di vederlo lì disteso, così debole e vulnerabile.

So che stai dicendo la verità; a me non puoi mentire. Salvarmi è stato un gesto coraggioso da parte tua. Ma come tuo compagno per la vita, devo proibirti di correre di nuovo un simile rischio. Lo disse in tono soddisfatto, come se si aspettasse automaticamente di essere obbedito. Da quando si era svegliato, stava diventando ogni momento più tirannico, più possessivo. Shea lo guardò con un lampo di collera negli occhi verdi. «Chiunque tu sia, signor Jacques questo-e-quello, smettila di darmi ordini. Nessuno mi dice cosa devo fare».

Lui rimase imperturbabile. Dunque lei non faceva parte della sua vita precedente. Stentava a crederci. Come aveva fatto a trovare il coraggio per salvarlo? Come aveva fatto a tornare da lui dopo che le aveva quasi squarciato la gola? Le strinse le dita intorno al polso e tirò finché lei non si appoggiò a lui.

Tu sei la mia compagna per la vita. Quelle parole scaturirono dai recessi del suo cuore. Non sapeva perché provasse il bisogno di dirle, sapeva solo che doveva; era la sua essenza più intima a esigerlo. *Io ti prendo come mia compagna per la vita. Io appartengo a te. Ti offro la mia vita. Ti dono la mia protezione, la mia lealtà, il mio cuore, la mia anima, il mio corpo. Prendo in custodia la mia parte di te. La tua vita, la tua felicità e il tuo benessere verranno sempre prima dei miei. Tu sei la mia compagna per la vita, legata a me e affidata a me per l'eternità».*

Shea udì le parole riecheggiarle nella mente, provò una sensazione di calore, un palpito nel sangue. Si sentì invadere dal terrore puro. «Che cosa hai fatto?», sussurrò spalancando gli occhi. «Che cosa ci hai fatto?».

Conosci già la risposta.

Shea scosse la testa ostinatamente. «No. Non lo so. Ma mi sento diversa. Le parole che hai appena detto, ci hanno fatto qualcosa». Lo sentiva, ma non riusciva a descriverlo. Sentiva come milioni di piccoli fili che legavano la sua anima a quella di lui, che intrecciavano insieme i loro cuori e le loro menti. Non si sentiva più come una singola entità, ma tutt'uno con lui. Dentro di sé aveva sempre avvertito un vuoto doloroso; ora era sparito.

Lui le lasciò andare il polso con riluttanza e le sfiorò la guancia con le dita. Toccò la sua mente e vi trovò paura e smarrimento autentici. *Io sono confuso quanto te. So solo che tu hai messo fine alle mie sofferenze, che hai risposto alla mia chiamata, e che riconosco in te l'altra metà di me stesso. Tu sei la luce che illumina la mia tenebra.*

Shea si mosse piano fino a trovarsi fuori dalla sua portata. «Io sono il tuo medico, Jacques, e nient'altro. Il mio lavoro è curare la gente». Lo disse più a se stessa che a lui. Shea non capiva assolutamente di cosa stesse parlando. Temeva che la mente di Jacques fosse ottenebrata, che stesse fantasticando in preda al delirio. Razionalmente, Shea sapeva che nessuno poteva legare a sé un altro con delle semplici parole, eppure *sentiva* i fili che li univano. C'erano troppe cose che non capiva. Jacques era semi-infermo di mente, la sua mente era in pezzi, i suoi ricordi frammentari, eppure forse era più lucido di lei. Quel pensiero la atterriva.

Aveva fame, il bisogno di sangue era insopportabile. Non aveva mai provato niente di simile. Si convinse che era la fame di Jacques quella che sentiva, non la propria. Prese subito dalla sua scorta due unità di sangue, le versò in un bicchiere e lo portò al capezzale dell'uomo. «Mi dispiace, avrei dovuto accorgermi che avevi fame. Una flebo ti aiuterebbe, se mi permettessi di fartela». Posò il bicchiere e si ritirò alla sua postazione di lavoro.

Lui la ignorò. *Perché non ti nutri?*, chiese con vaga curiosità. I suoi occhi neri la scrutavano pensosi.

A distanza di sicurezza, dall'altro lato della stanza, Shea alzò gli occhi. Bastò l'intensità dello sguardo di lui a toglierle la concentrazione e il respiro. Stava diventando troppo possessiva nei confronti di quel paziente. Non aveva il diritto di immischiarsi nella sua vita fino a quel punto. Era spaventata dalla propria reazione, così insolita. Si era sempre sentita distaccata, lontana, dalla gente e dalle cose. La sua mente analitica si limitava a registrare i fatti e a elaborarli. Ma in quel momento riusciva a pensare solo a lui, al suo dolore, al modo in cui la guardava con gli occhi semichiusi. Sexy. Shea sobbalzò. Da dove era venuto quel pensiero?

Sapendo quanto la turbasse l'idea che lui le leggesse nella mente, Jacques simulò una discrezione cavalleresca. Era bello sapere che lei lo trovava sexy. Compiaciuto, si lasciò ricadere e chiuse le palpebre, con le lunghe ciglia nere che spiccavano nel pallore del volto.

Sebbene lui avesse gli occhi chiusi, Shea aveva la sensazione che stesse sorvegliando ogni suo movimento. «Tu riposati, intanto io faccio una doccia e mi cambio». Si passò le mani tra i capelli arruffati nel vano tentativo di ridargli una forma.

Jacques tenne gli occhi chiusi. Il suo respiro era calmo. *Riesco a sentire la tua fame: hai bisogno di sangue tanto quanto me. Perché dovresti cercare di nascondermelo?* Poi espirò, con un'intuizione improvvisa. *O forse lo stai nascondendo a te stessa? Sì, è così: non ti rendi conto che quella fame, quel bisogno, sono tuoi.*

Il tono gentile di quelle parole le trasmise un'inattesa vampata di calore. Punta sul vivo, Shea si rifugiò nel bagno, si sfilò la vestaglia e si lasciò sommergere dal getto di acqua calda.

La risata di Jacques risuonò bassa e divertita. *Credevi di sfuggirmi, piccola donna dai capelli rossi? Io vivo dentro di te come tu vivi in me.*

Con un'esclamazione soffocata, Shea si voltò di scatto e afferrò un asciugamano. Un momento dopo, si rese conto che lui era ancora nell'altra stanza. Il legame fra loro diventava sempre più forte. Ormai lo desiderava, ne godeva addirittura, ma era sconvolta all'idea di trovare una simile intimità così naturale, quando evidentemente non lo era.

Improvvisamente si accorse che il suo corpo non dava alcun segno delle normali funzioni vitali. Come sempre iniziò ad analizzare la situazione da un punto di vista razionale. Il suo cervello prese a elaborare le informazioni senza alcuna emozione, registrando i cambiamenti nel corpo e collegandoli al suo recente malessere e alle ondate di calore nei suoi organi interni. Era assurdo, ma era certa di essere cambiata fisicamente. Qualcosa aveva rimodellato il suo codice genetico.

Shea indugiò ad annodarsi i capelli, a indossare i jeans e a sistemarsi la camicetta di cotone, per dar tempo alla mente di affrontare quella nuova consapevolezza. Era spaventosa e allo stesso tempo affascinante. Rimpianse di non averla osservata in qualcun altro. Era difficile da accettare clinicamente quando l'oggetto dello studio era il suo stesso corpo.

E un così bel corpo.

La spazzola quasi le cadde dalle mani. *Vuoi smetterla o no?* Il tocco vellutato della voce bassa di Jacques era sufficiente a darle un brivido caldo. Era ingiusto, quasi peccaminoso, essere in possesso di una voce simile.

Non credevo che mi avresti mai parlato come si addice a una compagna per la vita. Era da molto che aspettavo una tua reazione stizzita. Il suo tono era apertamente beffardo.

Shea rimase immobile. Il suo volto riflesso nello specchio impallidì visibilmente. Non aveva pronunciato quelle parole ad alta voce, eppure lui le aveva udite. Si morse nervosa il labbro inferiore. I cambiamenti non si limitavano al suo corpo. Le sue capacità stavano aumentando. Poteva parlargli senza sforzo usando la mente. Era sbalordita di poterla trovare una cosa normale. Se non si soffermava ad analizzarla, riusciva quasi ad accettarla. Si ritrovò a rabbrividire. Allungò le mani e le osservò tremare. Era esasperata. Era un medico, nulla avrebbe dovuto scuotere il suo equilibrio. E soprattutto, Shea conosceva il proprio valore, e aveva completa fiducia in se stessa.

Sollevò il mento. Tornò nell'altra stanza e, senza guardarlo, aprì il frigorifero e prese del succo di mela. Provò una fitta allo stomaco. Il pensiero di ingerire il liquido le dava la nausea. Qualcosa dentro di lei era cambiato in modo drastico, proprio come sospettava. Doveva prelevare altri campioni di sangue e scoprire cosa stava accadendo esattamente nel suo corpo. Eppure, per la prima volta in vita sua, si sentiva riluttante a studiare dei dati.

Cosa stai facendo?, chiese lui, curioso.

«Non lo so nemmeno io. Credevo di aver voglia di succo, ma...». Lasciò la frase in sospeso, perplessa. Shea aveva sempre avuto le idee chiare: ora si sentiva smarrita. Versò il succo nel bicchiere e lo fissò impotente.

Ti farà stare male. Non berlo.

«Perché mai dovrei stare male bevendo succo di mela?», domandò incuriosita. Forse lui sapeva cosa le stava succedendo?

Hai bisogno di sangue. Non sei ancora abbastanza forte. Ho esaminato il tuo corpo. Anche se non sono ancora in grado di aiutarti, so riconoscere il bisogno di nutrimento adeguato. Il tuo corpo non può sopportare ciò che gli stai chiedendo».

«Non ho intenzione di discutere su quello che devo o non devo fare». Il tono preoccupato, quasi tenero dell'uomo la irritava. La sua voce riusciva in qualche modo a farle desiderare di fare ciò che lui voleva, compreso bere del sangue. Ne sentiva l'odore. Riusciva a udire il battito del cuore dell'uomo, il sangue che pulsava nelle vene. Per un attimo, lasciò che il suono le echeggiasse nella testa, amplificando i morsi della fame. Si morse con forza il labbro. Doveva allontanarsi da lui. La sua personalità era fin troppo prepotente. Qualcosa dentro di lei, qualcosa di primitivo della cui esistenza non sospettava, la attirava a lui. Era una sensazione così intensa da renderle doloroso persino guardarlo. Shea tolse il lucchetto alla porta e fece per aprirla.

Ferma! Il comando era sommesso, minaccioso, ma Shea colse una punta di disperazione. La porta sembrò volarle via dalle mani, spinta da una forza invisibile, e si richiuse di scatto. Il bicchiere le cadde di mano e s'infranse sul pavimento. Shea guardò il succo spargersi in una chiazza dorata, dalla forma inconsueta: quasi come le fauci spalancate di un lupo.

Con uno sforzo, Jacques si calmò. Era una vera tortura essere così indifeso, imprigionato in un corpo inutile. Fece un respiro profondo e lasciò rifluire da sé il terrore causato dal gesto sconsiderato della donna. *Mi dispiace, Shea. Non avevi controllato se c'era un pericolo nei paraggi. Ci stanno dando la caccia. Non devi mai dimenticarlo. Devi starmi vicina, perché io possa difenderti se siamo minacciati. Non volevo spaventarti.*

Lei lo fissò con gli occhi sbarrati per lo stupore. «Non so cosa tu intenda per controllare», disse in tono assente, come se stesse pensando a tutt'altro.

Vieni qui da me. Quel sussurro le sfiorò la pelle come una carezza. Jacques le tese una mano, con uno sguardo eloquente, famelico. Voleva da lei qualcosa che lei non osava immaginare.

«Neanche se muori». Lui era così sensuale, così sexy, da lasciarla senza fiato. Shea tastò la parete alle sue spalle e vi si appoggiò per non perdere l'equilibrio.

Non ti sto chiedendo molto. Vieni verso di me. Devi solo fare qualche passo. Quel richiamo vellutato era irresistibile; Shea sentì un calore inondarle la mente.

Lo scrutò attentamente. «Per caso tu sai che cos'ho? Mi hai fatto qualcosa, lo so. Dimmi cosa mi hai fatto». Era pallida in viso, e i suoi occhi enormi avevano un'espressione accusatoria.

Siamo legati per sempre, come una cosa sola.

Seguì un momento di incertezza. Jacques percepì la confusione di Shea; era come un'ombra nella sua mente. Ma lui era altrettanto confuso. Shea non capiva davvero ciò che lui intendeva per «controllare», cosa che per lui era naturale come respirare. Lei non aveva idea di cosa lui intendesse quando diceva che erano legati per sempre, eppure a lui era perfettamente chiaro. Ma non era certo di poterglielo spiegare. Perché lei non sapeva certe cose? Era lui quello che aveva perso la memoria. Era la sua mente a essere in frantumi, e i suoi ricordi sparsi ai quattro angoli della terra.

Shea si passò una mano tremante sulla fronte. «Sei stato tu a chiudere la porta, vero? Me l'hai strappata dalle mani e l'hai fatta sbattere senza muoverti dal letto. L'hai fatto con il pensiero, non è così?». Anche lei era in grado di fare molte cose, aveva poteri speciali, ma quell'uomo sconosciuto aveva poteri tremendi che lei a stento riusciva a immaginare. Cos'era mai quell'uomo? Di cos'altro era capace? L'attrazione fra loro due era talmente forte – aveva forse permesso a una presenza estranea di soggiogare la sua volontà? Shea non era sicura della risposta.

Jacques tentò immediatamente di rassicurarla. Non sapeva cosa la turbasse tanto – muovere gli oggetti con la mente era una cosa del tutto comune per lui – ma sentiva il bisogno di placare l'agitazione della donna. Le inviò calore e conforto. *Mi dispiace, Shea. Pensavo solo a proteggerti. Per me è difficile accettare di essere così debole e incapace di difenderti proprio mentre ci stanno dando la caccia, e che non possiamo andarcene da qui per causa mia. Tu sei costretta a starmi accanto, e io ti sto mettendo in pericolo.* Si sforzò per quanto poteva di rimediare alle conseguenze del suo gesto avventato. Lei meritava molto di più di un compagno per la vita sull'orlo della follia. Pareva non avere alcuna idea di ciò che era necessario alla loro sopravvivenza. *Tu non immagini nemmeno con quali mostri abbiamo a che fare. È importante controllare sempre la presenza di pericoli quando ti svegli e quando esci da un'abitazione.* Cercò di impartire quella lezione con gentilezza. Percepiva senza sforzo la paura crescente di lei.

«Non capisco cosa vuoi dire».

Lo sconcerto di Shea era così genuino che Jacques, risvegliato dalla propria angoscia, provò l'impulso irresistibile di proteggerla. Aveva voglia di prenderla tra le braccia e farle scudo con la sua anima per l'eternità. Lei gli pareva incredibilmente piccola e fragile, e i dubbi nella sua mente facili da leggere come l'espressione candida del suo viso. Jacques spalancò gli occhi neri; finalmente capiva. *Non sai proprio nulla delle usanze della nostra razza, vero?*

«Di quale razza parli? Io sono americana, di origini irlandesi. Sono venuta qui per fare ricerche su una rara malattia del sangue, di cui sembriamo soffrire entrambi. Tutto qui». Involontariamente si morse il labbro. Stringeva i pugni tanto che le nocche erano pallide. Era rigida in tutto il corpo, in attesa della sua risposta.

Jacques maledisse la propria incapacità di ricordare anche le cose più semplici, certo che fossero della massima importanza per tutti e due. Se neanche lei sapeva nulla, erano sul serio nei guai. Tutte quelle falle nella sua mente lo esasperavano. *Tu sei di questa terra. Io sento il tuo legame con questa terra. So con assoluta certezza che sei mia, che io e te ci apparteniamo.*

Shea scosse la testa. «Mia madre era irlandese. Mio padre era di questa regione, ma non l'ho mai nemmeno conosciuto. Sono arrivata qui per la prima volta solo due mesi fa. Giuro che non sono mai stata qui prima».

Noi non siamo malati, non soffriamo di nulla. La nostra razza esiste fin dalla notte dei tempi. Non avrebbe saputo dire da dove gli veniva quella conoscenza. La possedeva e basta.

«Ma è impossibile. La gente non ha bisogno di bere sangue per sopravvivere. Io sono un medico, Jacques. Faccio ricerche continuamente, lo so. Questa è una condizione davvero rara». Sentiva il respiro intrappolato nei polmoni.

Sei disposta a credere che io sia rimasto sepolto vivo per un'eternità, ma non ad accettare l'esistenza della nostra razza?

Shea si chinò a raccogliere i frammenti di vetro sparpagliati a terra; quel gesto le serviva per riacquistare un po' di autocontrollo. Cosa stava cercando di dirle veramente? Che non soffriva di una malattia del sangue ma che apparteneva a un'altra razza... o a un'altra specie? «Non sappiamo quanto tempo sei rimasto laggiù», disse a disagio, ripulendo il pavimento dal succo.

Quand'è che ti hanno fatto vedere la mia fotografia?

Shea gettò i vetri rotti nel bidone della spazzatura. «Due anni fa», ammise con riluttanza. «La "strage di vampiri" è di sette anni fa. Stando a loro, le foto erano delle vittime. Ma è impossibile, assolutamente impossibile, che tu sia sopravvissuto tutto questo tempo. Vorrebbe dire che sei rimasto sepolto con un paletto infilato nel petto per sette anni. È impossibile, Jacques». Si voltò a guardarlo con gli occhi spalancati. «Non è così?»

No, se io avessi fermato il mio cuore e i polmoni. Il mio sangue avrebbe cessato di scorrere, spiegò lui, scegliendo attentamente le parole per non turbarla di nuovo.

Le sue parole ebbero l'effetto contrario. «Sei in grado di farlo? Davvero?». Shea era galvanizzata. «Puoi controllare il battito del tuo cuore, rallentarlo e accelerarlo? Mio Dio, Jacques, è incredibile. Ci sono monaci in grado di fare qualcosa di simile, ma non a questi livelli».

Sono in grado di fermarlo completamente, se necessario. Anche tu puoi fermare il tuo.

«No che non posso». Shea respinse quell'assurdità con un gesto. «Ma allora è così che hai fatto? È così che sei sopravvissuto sepolto vivo? Dio, non so come hai fatto a non impazzire. Non so se riesco a crederci. Come hai fatto a mangiare? Avevi entrambe le mani incatenate». I pensieri e le domande si accalcavano nella sua mente sovraeccitata.

Mi svegliavo di rado, solo quando percepivo del sangue nelle vicinanze. Attiravo a me le creature. Puoi farlo anche tu, non puoi non saperlo. Era contento di poterle dare delle risposte, almeno quella volta. *Sono riuscito a praticare un foro nel legno per farle entrare.*

Shea era capace di chiamare gli animali; lo faceva fin da quando era bambina. E quel potere che condivideva con Jacques spiegava le carcasse di ratti che aveva visto murate nella parete insieme a lui. «Mi stai dicendo che ci sono altri con questi poteri?». Corse al computer e accese il generatore. «Cos'altro ricordi?».

Era così elettrizzata che Jacques avrebbe voluto fornirle altre informazioni, ma per quanto si sforzasse, non riusciva a ricordare nient'altro: la testa gli pulsava. Shea si accorse del suo disagio. Lo guardò e vide che aveva la fronte imperlata di sudore.

Immediatamente la sua espressione si addolcì, la bocca prese una piega premurosa. «Jacques, perdonami. Non dovevo farti pressione in questo modo. Non cercare di pensare adesso. Pian piano i ricordi torneranno. Ho già abbastanza materiale su cui lavorare. Tu riposati».

Grato della sua compassione, Jacques lasciò che i brandelli di ricordi si disperdessero, dando tregua alla mente. Guardò Shea con interesse mentre si prelevava un campione di sangue dal braccio e ne versava uno striscio su alcuni vetrini. La sua esaltazione era tale da farle dimenticare del tutto la fame. La sua mente era un vulcano di informazioni, ipotesi e dati. Di colpo era lontana da lui, completamente assorta nel lavoro. Jacques si divertì a guardarla: trovava affascinante ogni movimento della testa, il profilo delle sue ciglia lunghe. Spesso, quando era dubbiosa, si passava una mano nei capelli. I piccoli denti tormentavano il labbro inferiore. Le dita volavano sulla tastiera, lo sguardo era fisso sullo schermo. Consultava di tanto in tanto gli appunti e i suoi molti libri con una lieve, irresistibile increspatura della fronte. Jacques trovava deliziosi quell'espressione corrucciata e quel vezzo di mordersi il labbro.

Ogni volta che Jacques riconosceva in lei i segni della fame, Shea sembrava in grado di ignorarla, proprio come stava facendo in quel momento con lui, escludendolo dai propri pensieri. La cosa era per lui vagamente irritante, ma lo rendeva anche orgoglioso di lei. In tutto ciò che faceva, Shea metteva il cuore. Ma assorta com'era nel suo lavoro, stava ignorando anche i rischi che correva. Jacques fu tentato di ammonirla, ma decise di rimanere vigile quanto bastava per sorvegliare il territorio, scivolando dentro e fuori dal sonno dei mortali.

Si svegliò di colpo quattro ore dopo, ancora una volta imprecando contro il suo corpo sfibrato. Si sentiva debole, affamato e stordito. Fissò gli occhi neri su Shea. Stava sbirciando in un taccuino, con la matita stretta fra i denti. Era così pallida che la sua pelle pareva traslucida. Le emozioni intense che riempivano la stanza erano le sue, ma sembrava non accorgersene. La sua mente lottò per fondersi con quella di lui: Jacques la sentì vibrare nel tentativo di sintonizzarsi, ma Shea era forte, disciplinata e molto decisa. Riprese il controllo dei propri pensieri e tornò a concentrarsi sul lavoro.

Jacques provò una sensazione curiosa, come se qualcosa gli si sciogliesse nel petto. L'odio e la furia gelidi, la sete di vendetta, lo avevano tenuto in vita per anni. Non si era mai creduto capace di tenerezza, eppure Shea aveva suscitato in lui sentimenti di quel tipo. Lui era sempre e prima di tutto un predatore. Shea era la luce che illuminava la sua tenebra, rifulgente di una bellezza che si irradiava dall'animo. Lo aveva reso capace di emozioni più raffinate.

Shea aveva bisogno di una pausa di riposo. E soprattutto aveva bisogno di nutrirsi. In verità, era lui ad avere bisogno del contatto con lei, della sua attenzione. Emise mentalmente un gemito, con la testa reclinata all'indietro e gli occhi chiusi. Percepì subito la reazione allarmata di Shea. Un fruscio di carta gli disse che aveva messo da parte gli appunti. Jacques represse un impeto di trionfo e si concentrò sul dolore che attanagliava il suo corpo martoriato.

Shea attraversò silenziosamente la stanza, senza rendersi conto di quanto i suoi movimenti fossero diventati agili e veloci. Gli posò una mano fresca e ristoratrice sulla fronte e gli tolse dal volto i capelli sudici, con un tocco così lieve da fargli stringere il cuore. Si chinò a esaminare le sue ferite con occhio clinico. Con lui gli antibiotici non sarebbero stati più efficaci di quanto lo erano con lei. Forse la terra lo avrebbe aiutato. «Mi dispiace di non poter alleviare il tuo dolore, Jacques. Lo farei, se potessi». Il suo tono era pieno di sollecitudine e di rimpianto. «Ti porterò della terra fresca e ti laverò i capelli. Non è molto, ma almeno ti darà un po' di sollievo».

Gli passò un'ultima volta la mano tra i capelli folti, poi gli sfiorò la guancia con una fugace carezza.

Le mani di Jacques scattarono in alto e la afferrarono con forza sorprendente. Fissò in quelli di lei gli occhi neri, così profondi e misteriosi che a Shea parve di cadervi dentro. *Non ti sei nutrita.* Shea avrebbe potuto smarrirsi per sempre in quello sguardo. Sentiva il battito del proprio cuore regolarsi su quello di lui. Era strano, eppure normale che i loro cuori cercassero di battere allo stesso ritmo.

«Io non bevo sangue umano. Mi faccio una trasfusione quando non posso proprio farne a meno, ma non posso costringermi a berlo», spiegò lei con calma. Ora lo sentiva nella propria mente, con un tocco soave. Ma in lui c'era anche qualcosa di duro e autoritario. La sua volontà era così forte che nulla poteva resisterle quando insisteva. Shea voleva che lui capisse. «Sono umana, Jacques. Bere sangue per me è ripugnante».

Sopravvivere per lunghi periodi senza nutrirsi è pericoloso. Devi bere. Jacques voleva fare una semplice constatazione, ma le sue parole suonarono come un ordine. Non sapeva da dove gli venisse quella certezza, sapeva solo che era la verità. Lei cercava chiaramente la sua comprensione in quel ridicolo digiuno forzato che si stava imponendo, ma lui lo trovava insensato, e non poteva permettere una simile sciocchezza. In qualche modo doveva farle capire che si stava facendo del male.

Shea gli ravviò i capelli, suscitando reazioni interessanti nel suo corpo indebolito. Ignara, Shea lo guardò sorridendo. «Ho accettato da un pezzo l'idea di morire nel caso non riuscissi a trovare una cura. Vuoi che ti lavi i capelli adesso?».

Jacques le strinse le spalle esili fra le mani e le tirò a sé. *Vedi, piccola donna dai capelli rossi, è mio dovere in quanto tuo compagno vigilare sulla tua salute. Lo scopo della mia vita è proteggerti e provvedere ai tuoi bisogni. Sei debole, ti mancano le abilità minime per sopravvivere. Non può continuare. Devi prendere il sangue che stai dando a me.*

C'era qualcosa di magico in quella voce. Avrebbe potuto restare ad ascoltarla per sempre. «Ne è rimasto pochissimo. Anzi, presto dovrò tornare alla banca del sangue». Aveva consumato quasi tutte le unità che aveva per compensare l'enorme perdita di sangue di Jacques. «Non preoccuparti per me, davvero. Lo faccio sempre».

Guardami, piccola Shea. La voce scese di un'ottava. Bassa. Seducente. Gli occhi neri fissarono gli occhi verdi. Shea si sentì avvolgere dal calore; due braccia la circondarono e la tennero stretta.

Continuò a sprofondare in quegli abissi cupi e profondi. *Tu accetterai il mio sangue, come è giusto.* Inviò quel comando dolcemente ma con fermezza, tenendo in pugno la sua mente. La forza della sua volontà, temprata da secoli di esercizio e alimentata dai fuochi dell'inferno, conquistò quella della donna. Senza più esitare la strinse al petto, cullandola teneramente fra le braccia.

Era così leggera, così piccola e fragile. Jacques amava la curva del suo collo, la perfezione serica della sua pelle, la sua bocca. Si aprì con l'unghia una piccola ferita fra i muscoli possenti, la premette contro di sé e avvertì un'ondata di calore inattesa, profonda. Provò una fitta di desiderio, dolce e lancinante. La bocca di Shea su di lui era una sensazione erotica. Le loro menti erano unite, mentre la teneva abbracciata. Era un'intimità sconosciuta per Jacques. In mezzo al dolore e alla tenebra, all'odio e alla rabbia, lei aveva portato luce, compassione e coraggio. Là dove c'erano soltanto disperazione e un guscio vuoto e inerte, lei aveva suscitato forza, potere e un raggio di speranza. Là dove c'erano dolore infinito e un'eternità di inferno, lei stava portando gioia, bellezza e un piacere intenso che lui non riusciva quasi a comprendere.

Jacques non voleva che Shea si staccasse da lui, ma aveva bisogno di ogni goccia di sangue per guarire il proprio corpo e sanare la mente ottenebrata. Non osava darle troppo sangue. La sua fame già cresceva. Aveva bisogno di bere sangue fresco, caldo e ricco, direttamente da una preda. A malincuore la fermò, e sentì sulla pelle una carezza di fiamma quando la lingua di lei lo lambì, richiudendo la ferita.

Per un attimo chinò la testa su di lei, godendo del contatto dei corpi, il profumo di lei, la bellezza del suo spirito. Non poteva più sopportare di essere solo, separato da lei, nemmeno per un momento. Sette anni di tenebra, di solitudine totale, certo che lei lo avesse abbandonato, che avesse addirittura prolungato le sue sofferenze. Scoprire che non era stato così, che invece era stato proprio il coraggio di Shea a salvarlo, gli aveva ridato la speranza, una possibilità di vita. Jacques non avrebbe mai potuto sopravvivere alla perdita di lei. Non poteva perderla di vista, né interrompere il loro legame psichico. Il suo equilibrio era così precario, era soltanto lei a sostenerlo.

Jacques si ritirò piano dalla mente di Shea, osservandola attentamente con uno sguardo ardente di possesso. Le lunghe ciglia di lei tremarono, e il velo si dissolse dagli occhi, lasciando due smeraldi scintillanti, misteriosi e perfetti. Una fiamma li animò all'improvviso. «Cos'hai fatto stavolta, Jacques? Non puoi proprio pensare a curare me. Dico sul serio. Non hai idea di quanto sei vicino alla morte. Non puoi permetterti di perdere altro sangue».

Lui le inviò un sorriso con la mente. *Tu sei la mia compagna per la vita, affidata a me per sempre. Non posso fare altro che darti ciò di cui hai bisogno.*

Shea scosse la testa lentamente. «Che cosa devo fare con te? Tu hai bisogno di tutto il sangue che riesco a trovare. Io sono abituata a cavarmela con poco».

Cavarsela non è sufficiente, rispose lui quasi ringhiando, con uno scintillio negli occhi.

Shea alzò gli occhi al cielo. «Almeno abbi la decenza di fingerti in colpa. Togliti quell'aria compiaciuta, mi manda in bestia». Gli sfiorò di nuovo i capelli, scostandoli dalla fronte. «Mi chiedo da dove vieni tu, Jacques. Dov'è la tua famiglia».

Lui la guardò smarrito, colto da un vuoto improvviso e doloroso. Lei gli afferrò la mano, come stordita dall'impatto momentaneo con l'angoscia nella mente di lui. «No, Jacques, non sforzarti di ricordare. La memoria tornerà quando sarai guarito. Rilassati e basta. Ora ti medico le ferite e ti lavo i capelli. Vedrai che ti farà bene».

Le dita premurose di Shea placarono l'incendio nella sua mente. Il suo corpo reagì rilassando i muscoli tesi e il dolore che lo tormentava si calmò un poco. Il tocco di quelle dita gli dava un barlume di speranza che un giorno il dolore sarebbe cessato del tutto. Jacques chiuse gli occhi e si abbandonò alle sue cure. Il suono di lei che si muoveva per la casa con tanta leggerezza era rassicurante. Il suo profumo naturale e l'aroma di erbe e fiori che emanava dalla sua pelle e dai suoi capelli lo circondavano come un abbraccio.

Shea esaminò delicatamente le ferite. Passava piano la spugna sulla pelle straziata, lasciando un curioso formicolio. La sensazione dell'acqua calda versata sui capelli mentre lei gli reggeva la testa con un braccio era quasi paradisiaca. Jacques vi si abbandonò mentre Shea gli massaggiava il cuoio capelluto con uno shampoo alle erbe, e riuscì per qualche minuto a sfuggire al suo mondo di dolore.

«Hai proprio dei bei capelli», disse piano Shea, sciacquandoli con altra acqua calda. Il braccio le doleva per lo sforzo di sostenergli la testa sopra la bacinella di plastica, ma sentiva di avergli dato almeno un po' di sollievo. Tolse la bacinella, sistemò un asciugamano sul cuscino e lo aiutò a stendersi di nuovo sul letto.

Indugiò ad asciugargli i capelli; provava piacere nel toccarlo. «Sei molto stanco. Rimettiti a dormire».

Dammi dell'altro sangue. La voce le risuonò nella mente, roca e assonnata; Shea si sentì sciogliere.

Senza perdere tempo, versò un'unità in un bicchiere e si diede da fare buttando via l'acqua sporca e asciugando il pavimento. Mentre passava accanto al letto, la mano di Jacques si mosse furtiva e le strinse il polso, tirandola a sé.

«Cosa c'è?». Shea si sedette sul bordo del letto con un lieve sorriso e uno sguardo benevolo, perfino tenero, di cui era del tutto ignara.

Il palmo di Jacques scivolò lungo il braccio; le dita forti massaggiarono la spalla indolenzita. *Grazie, piccola donna dai capelli rossi. Tu mi fai rivivere.*

«Ma tu sei vivo, Jacques», lo rassicurò lei, lisciandogli i capelli. «Molto poco rispettoso ma decisamente vivo. Non conosco nessun medico che si faccia chiamare "piccola donna dai capelli rossi"».

La risata sommessa di Shea riecheggiò nella mente di Jacques per un po' dopo che si fu addormentato. Anche nel sonno dei mortali, una parte di lui percepiva la presenza della donna che impastava terra, erbe e saliva per le sue ferite, e ne era confortata. Lei teneva a bada la furia, il dolore e il terrore di un mondo fatto di vuoto e solitudine.

Capitolo 4

Shea spalancò la porta e inspirò profondamente l'aria della notte. Il suo cervello vacillava sotto il peso di tutte quelle informazioni. Le creature selvatiche si aggiravano per la foresta, e lei era in grado di localizzare ogni singolo animale, da un branco di lupi a molti chilometri di distanza ai tre topolini che zampettavano nei cespugli poco lontano. Sentiva l'acqua delle cascate mugghiare e gorgogliare piano sulle rocce. Il vento giocava fra gli alberi e nel sottobosco, scompigliava le foglie cadute al suolo. Le stelle scintillavano nel cielo come milioni di gioielli, prismi che rifrangevano una girandola di colori.

Come ipnotizzata, Shea si allontanò dalla casupola, lasciando la porta aperta affinché l'aria fresca cancellasse gli odori del sangue, del sudore e del dolore. Sentiva la linfa scorrere come sangue nei tronchi degli alberi. Ogni pianta aveva il suo profumo particolare, un suo colore vivido. Era come se fosse rinata in un mondo nuovo.

Alzò lo sguardo verso le stelle, riempì d'aria i polmoni e si rilassò per la prima volta in quarantotto ore.

Un gufo planò silenzioso nell'aria, con ali incredibilmente larghe, coperte di piume iridescenti. Una sensazione di pura meraviglia la spinse a inoltrarsi nel bosco. Le goccioline d'acqua luccicavano come diamanti sulle pietre coperte di muschio, che pareva a sua volta fatto di smeraldi sparpagliati lungo le rive tortuose del ruscello e incastonati sui tronchi degli alberi. Shea non aveva mai visto niente di più bello.

Come sempre, la sua mente elaborava rapidamente quel flusso di dati. Era tutto un grande enigma, ma i cui pezzi cominciavano ad andare al loro posto. Era nata da una donna che mangiava cibo normale e camminava alla luce del sole. Eppure – come altri – aveva delle sensibilità, un metabolismo e dei requisiti alimentari del tutto diversi. Era impossibile credere che le leggende sui vampiri fossero vere. Ma poteva esistere una razza distinta di individui dotati di poteri incredibili che avevano bisogno di bere sangue per sopravvivere? Potevano essere eccezionalmente longevi e resistenti e in grado di controllare il proprio cuore e i polmoni? Il loro organismo avrebbe dovuto assimilare tutto in modo differente. I loro organi avrebbero dovuto essere differenti. Tutto in loro sarebbe stato diverso.

Shea si passò una mano fra i capelli. Si umettò il labbro con la lingua, lo mordicchiò nervosa. Era come ritrovarsi in una fiaba, o in un film dell'orrore. Era impossibile, no? Un uomo non poteva sopravvivere, gravemente ferito, sepolto per sette anni. No, assurdo. Eppure era stata lei a trovarlo. Non era un'invenzione. L'aveva scoperto lei stessa. Dunque come avrebbe potuto conservarsi sano di mente per tutto quel tempo, murato vivo e tormentato da dolori incessanti? La sua mente rifuggì quel pensiero: non voleva soffermarvisi.

E poi cosa stava accadendo al suo corpo? Era cambiata. Era iniziato sette anni prima, con quei dolori improvvisi e tanto intensi da farle perdere conoscenza. Quell'episodio non aveva mai avuto spiegazione. Poi erano cominciati gli incubi, così ricorrenti, implacabili, che non le davano mai un attimo di tregua. *Jacques*. Sempre Jacques. La fotografia che quei due macellai le avevano mostrato due anni prima. La numero sette. *Jacques*. Qualcosa come un richiamo insistente l'aveva condotta fin laggiù, in quel luogo di torture indicibili. *Fino a Jacques*. Fra loro due doveva esserci un legame di qualche tipo. Razionalmente pareva impossibile, da qualunque punto di vista lo considerasse. Eppure non era strana la sua stessa esistenza? Il suo bisogno di trasfusioni non era psicosomatico: aveva tentato di vincerlo con ogni mezzo. Dunque forse c'era un'altra spiegazione, che la sua mente e i suoi pregiudizi umani non riuscivano a cogliere, malgrado tutte le informazioni.

Shea! Il richiamo era forte, carico di paura e confusione, e accompagnato da un senso di soffocamento, di buio e di dolore.

Sono qui, Jacques. La facilità con cui gli rispose mentalmente la sbigottì. Per rassicurarlo, gli inviò le immagini di ogni cosa bella che vedeva.

Torna qui. Ho bisogno di te.

Shea sorrise a quel tono imperioso, ma il cuore le sobbalzò per la cruda verità di quelle parole. Jacques non cercava mai di nasconderle nulla, nemmeno la paura primitiva che lei lo abbandonasse in balia delle tenebre. *Moccioso viziato*, gli rispose affettuosamente. *Non c'è bisogno di dirlo con quel tono da signore del castello. Arrivo subito.* Non c'era alcuna spiegazione per la gioia che la invadeva al contatto con la mente di Jacques, che indugiava possessiva in lei. Anche stavolta, preferì non pensarci.

Vieni, dunque. Ora era più rilassato, non più in preda al terrore dell'isolamento. *Non mi piace svegliarmi da solo.*

Ogni tanto ho bisogno di una pausa. Come potevo sapere che ti saresti svegliato proprio ora?

Lo stava prendendo in giro. Jacques sentì un calore nelle viscere. Non ricordava una sensazione simile prima che arrivasse Shea. Non c'era vita prima di Shea. C'era stato solo squallore. Un mondo fatto di torture infernali. Si ritrovò a sorridere. *Certo che devi sapere quando mi sveglio. È tuo dovere.*

Avrei dovuto sapere che la pensavi così, piuttosto. Shea rise ad alta voce, correndo sul terreno accidentato in direzione della casupola, esaltata da quell'improvvisa ondata di energia che non aveva mai posseduto. Per un breve istante, si sentì alleggerita di un peso enorme, e seppe cos'era la spensieratezza.

Jacques scoprì che non riusciva a staccare lo sguardo da lei. Era così bella, con i capelli rossi scompigliati che sembravano implorare la carezza di un uomo. Gli occhi le brillavano mentre gli veniva incontro.

«Ti senti un po' meglio?». Gli esaminò le ferite per accertarsi che stessero guarendo.

Jacques alzò una mano, spinto dal desiderio di toccare quei capelli di seta. *Molto meglio.* Era una bugia bella e buona, e Shea gli lanciò un'occhiataccia.

«Davvero? Comincio a credere che per te ci voglia un monitor di quelli che usiamo per i neonati. Voglio che tu te ne stia sdraiato buono. Vedo che invece ti sei agitato di qua e di là».

Ho gli incubi, rispose, senza distogliere mai lo sguardo da lei, imprimendole un marchio a fuoco sul cuore. Nessuno aveva il diritto di possedere occhi come quelli. Occhi famelici. Occhi che contenevano fuoco e promettevano passione.

«A questo dovremo rimediare», disse Shea con l'ombra di un sorriso. Sperava che i suoi occhi non rivelassero le emozioni confuse e insolite che provava per lui. Tra poco le avrebbe dominate; era solo che lui era la creatura più sexy che avesse mai incontrato.

Nessuno aveva mai avuto tanto bisogno di lei. Nemmeno sua madre. Jacques aveva un modo di guardarla, come se la sua vita, l'aria stessa che respirava, dipendessero unicamente da lei. Razionalmente Shea sapeva che chiunque gli sarebbe andato altrettanto bene, ma sceglieva ugualmente di farsi consumare dal fuoco e dalla fame di lui. In quel momento era sola, braccata e allo stremo delle forze; intorno a lei accadevano cose inquietanti; e in quel momento voleva godere di quell'esperienza unica.

Gli occhi neri di Jacques brillavano seducenti. *Ho bisogno di un sogno per liberarmi dagli incubi.*

Shea si ritrasse, alzando una mano in segno di ammonimento. «Non farti strane idee, adesso. Hai quello sguardo diabolico che dice "nessuna donna è al sicuro"».

Non è vero, Shea, negò lui, in tono sempre più mellifluo e tentatore. *Solo una donna. Tu.*

Shea rise. «Sai, sono proprio davvero sollevata che tu non sia in condizioni di muoverti. Sta per sorgere il sole, e devo ancora schermare le finestre dalla luce. Rimettiti a dormire. Sarò qui quando ti sveglierai», disse dando un colpetto all'unica, scomoda sedia che possedeva.

Ti stenderai accanto a me, come è giusto, le comunicò lui.

Shea chiuse con cura le persiane. Era sempre molto attenta a chiudersi in casa. Di giorno era molto vulnerabile. Sentiva già il corpo appesantirsi e reclamare il riposo.

Voglio che tu ti stenda accanto a me. La sua voce era una carezza peccaminosa, allettante, insistente.

«Credo che tu possa benissimo cavartela da solo», rispose lei, rifiutandosi di guardare in quegli occhi scuri e ammaliatori. Spense il computer e il generatore e mise il chiavistello alla porta.

Ho gli incubi, piccola donna dai capelli rossi. L'unico modo per tenerli a bada è averti qui al mio fianco. Il suo tono era accorato, innocente, speranzoso.

Shea si ritrovò a sorridere mentre gli versava un'altra unità di sangue. Cominciava a pensare di avere a che fare con il diavolo incarnato. Jacques era la tentazione fatta persona. «Ti ho tolto un paletto dal cuore solo due notti fa, e hai delle lesioni gravi. Se mi muovo nel sonno, rischio di urtarti e farle sanguinare di nuovo. E tu non lo vorresti, vero?».

Jacques le prese il contenitore dalle mani, stringendolo proprio là dove un attimo prima c'erano le dita di lei. Compiva spesso gesti simili, gesti intimi che le facevano sentire le farfalle nello stomaco. *Non dal cuore, Shea. Non mi hanno preso al cuore, come avrebbero dovuto. È qui il mio cuore – non lo senti? Il tuo cuore batte allo stesso ritmo del mio.*

«Prima che ti seppellissero facevi il donnaiolo di professione?», gli chiese lei, voltandosi e lanciandogli un sorriso malizioso. Shea controllò che la sua pistola fosse pulita e carica. «Devi berlo, Jacques, non reggerlo in mano. E poi a dormire. Più ti riposi, prima guarisci».

Insisti a trattarmi da medico quando ho tanto bisogno della mia compagna per la vita qui accanto a me. La sua voce era di nuovo irresistibile.

«Bevi, Jacques». Shea tentò di assumere un tono severo, ma era impossibile finché lui sembrava tanto disperato.

Ma io sono disperato.

Shea scosse la testa. «No, sei esasperante».

Jacques cercò di portarsi il bicchiere alle labbra, ma il braccio gli tremava. *Non posso sollevarlo senza il tuo aiuto, Shea. Sono troppo debole.*

«E dovrei crederti?». Shea scoppiò a ridere, ma si avvicinò al letto. «Quando ti ho trovato eri abbastanza forte da sollevarmi da terra con una mano sola. E adesso non fare quella faccia da cane bastonato, Jacques, perché non attacca».

Ma non era così. Jacques aveva bisogno di sentirla vicino, il tocco delle sue dita fra i capelli, e Shea si ritrovò a carezzargli la folta criniera senza pensarci. Le sue dita indugiarono come se stesse godendo di quel contatto tanto quanto lui. Jacques le prese dalle mani la pistola e la attirò a sé, bisognoso del suo calore quanto del nutrimento che lei gli forniva. Fu avvolto dal suo profumo, di foresta, di fiori, della notte stessa. La cinse con un braccio e la strinse. Shea si rilassò e chiuse le palpebre.

Dormì un sonno agitato, il corpo appesantito dalla luce del giorno. Jacques giaceva accanto a lei, immobile, il peso del suo braccio le cingeva la vita possessivamente. Più volte Shea tentò di svegliarsi durante le ore pomeridiane, ma era impossibile. Una volta udì un rumore fuori dalla casupola e provò un tuffo al cuore, ma ebbe solo l'energia sufficiente per stringere la pistola nascosta sotto il cuscino. Sapeva di essere responsabile dell'incolumità di entrambi, eppure non riuscì ad aprire gli occhi o ad alzarsi per controllare che non ci fosse nessuno nei paraggi.

Quando finalmente ci riuscì, il sole era scomparso da tempo dietro le montagne. I morsi rabbiosi della fame la tormentavano, ma il pensiero del cibo le diede una fitta allo stomaco. Si sollevò a sedere con fatica, sentendosi debole come non mai. Si passò una mano fra le pesanti chiome ramate.

Le dita di Jacques le strinsero il braccio e scivolarono dalla spalla fino al polso. Lei era piccola e delicata, ma con una straordinaria forza interiore. Jacques era stupito dal suo coraggio, dalla sua bontà d'animo. La trovava affascinante, perfino misteriosa. Il mondo, come lui lo conosceva, era cominciato sette anni prima: dolore, solitudine e tenebra. Il mostro dentro di lui era cresciuto fino a eclissare la sua anima. Dapprima non aveva provato alcuna emozione, soltanto una volontà che non poteva perire, una gelida determinazione, la promessa di un castigo terribile in cambio della sua anima perduta. Li avrebbe trovati – il traditore e gli assassini umani – e li avrebbe distrutti. Ma una volta trovata la sua compagna per la vita, malgrado la distanza che li separava, aveva iniziato a sentire, a bruciare lentamente di una furia cupa che non si sarebbe mai placata finché non avesse ottenuto vendetta. Ogni sua emozione era cupa e atroce. Fino a quando Shea non lo aveva cambiato. Dal momento in cui avevano unito le loro menti, lui era rimasto in quel porto sicuro, una parte di lei, un'ombra così silenziosa da essere a volte impercettibile per lei. Jacques non poteva sopportare di starle lontano.

Si avvolse intorno al pugno i magnifici capelli di Shea. Suscitava in lui sentimenti a cui non sapeva dare un nome. Non avrebbe mai più tollerato di rimanere rinchiuso, di essere nuovamente solo. E non avrebbe mai permesso a Shea di correre dei pericoli. Maledicendo la propria debolezza, immerse il viso fra le ciocche setose dei suoi capelli e ne inspirò il profumo.

«Sono tanto stanca, Jacques», confessò lei, mettendosi a sedere sul bordo del letto. Le faceva uno strano effetto avere qualcuno con cui parlare, svegliarsi e non trovarsi sola. Shea avrebbe dovuto trovarsi a disagio in quella situazione – non aveva mai condiviso la vita con un altro – eppure Jacques le trasmetteva una curiosa familiarità, come se lo conoscesse da sempre.

Aveva sempre vissuto isolata, mettendo una certa distanza fra sé e gli altri. Jacques non aveva alcun rispetto per quella barriera, scivolando dentro e fuori dalla sua mente come se fosse a casa propria. Il suo tocco era possessivo, addirittura intimo. Shea era sbalordita dai propri sentimenti, dal modo in cui accettava quella strana affinità. Era emozionata all'idea di fare una scoperta scientifica importante, forse addirittura la cura a quel terribile male le cui vittime venivano bollate come *nosferatu*, gli immondi. I non morti. Quelli come lei erano condannati a una vita di clandestinità, aborriti e costantemente oppressi dalla paura di essere scoperti. Era importante scoprire se costituissero una specie a sé o se quel bisogno di sangue fosse dovuto a una rara anomalia genetica.

Shea studiò il volto di Jacques, bello anche se sciupato dalle sofferenze. Sembrava giovane, e allo stesso tempo senza età. Aveva un'espressione tormentata, come se avesse molto patito, eppure sembrava fatto di pietra. Ormai Shea riconosceva il potere che nascondeva; lo avvolgeva come una seconda pelle. Mordendosi il labbro, si allontanò da lui, con un'espressione pensosa negli occhi di smeraldo. La forza e il potere di quell'uomo crescevano sempre più. Per quanto lenta fosse la guarigione del corpo, le sue capacità insolite parevano aumentare molto più rapidamente. Shea si rese conto che avrebbe dovuto temere la creatura che giaceva immobile nel suo letto. Era evidente ormai che era incredibilmente pericoloso, capace di estrema violenza. Specie in quello stato mentale di prostrazione e di profonda collera.

Jacques sospirò. *Non mi piace l'idea che tu abbia paura di me, Shea.*

«Se tu non ti ostinassi a leggermi nella mente, Jacques», disse lei dolcemente, temendo di averlo ferito, «non scopriresti quali sono le mie preoccupazioni. Tu sei capace di violenza, è innegabile, lo vedo in te».

Con uno dei suoi improvvisi scatti di energia irrequieta, Shea si alzò, e Jacques si lasciò scivolare fra le dita le ciocche di capelli serici. Con gli occhi semichiusi, lesse i pensieri che aleggiavano chiari sul volto espressivo della donna. Shea era incapace di ricorrere a sotterfugi. Tutto in lei era come un libro aperto.

«Non sono stata lì a pensarci, sai. Mi sono precipitata a salvarti e basta. Ti ho causato grandi sofferenze». Fissò su di lui i grandi occhi verdi, che si incupirono non appena percepì la reazione divertita di Jacques. «Cosa? Che c'è di tanto buffo? Degli idioti hanno cercato di infilzarti il cuore con un paletto, e non hanno neanche preso bene la mira!».

E gliene sono molto grato. E sono ancora più grato a te per avermi salvato. Non è stato affatto bello rimanere prigioniero laggiù, soffrendo a quel modo.

«Be', anch'io sono contenta di averti salvato, ma la verità è che ti ho osservato, Jacques, e stai guarendo a una velocità impossibile. Ora sei ancora più pericoloso. Non è così?».

Mai per te, negò lui.

Shea alzò un sopracciglio. «È la verità? Tutta la verità? Ricorda che anche io ho letto i tuoi pensieri». Aveva toccato la sua mente e si era ritratta spaventata dal miscuglio di violenza e di furia che ribolliva in lui. «A volte riesco a leggerli addirittura con la stessa facilità con cui lo fai tu. Spesso non hai idea di quel che fai. Non hai idea di chi sei».

Forse no, Shea, ma so che tu sei la mia compagna per la vita. Ora non potrei mai farti del male. Il suo volto rimaneva impassibile, i suoi occhi cupi e gelidi. Aveva ragione lei. Era pericoloso. Lo sapeva nel profondo del proprio animo. Non ci si poteva fidare della sua lucidità. La presenza di Shea lo tranquillizzava, ma la sua mente era un fascio di pensieri cupi e letali. Non sapeva se sarebbe stato in grado di distinguere la realtà dagli incubi, se qualcosa avesse scosso il delicato equilibrio del loro mondo. I suoi occhi neri scintillavano come ossidiane, e distolse lo sguardo da lei, vergognoso. Avrebbe dovuto lasciarla andare, restituirle la sua libertà, ma non poteva. Lei era la sua unica salvezza, l'unica via verso la superficie, dal fondo dell'inferno in cui viveva. *Ho giurato di proteggerti, Shea. Posso solo promettերti che lo farò, con tutto il cuore.*

Shea si allontanò dal letto, improvvisamente commossa. Jacques si muoveva in un labirinto insidioso; camminava sul filo della pazzia in un mondo che lei non voleva comprendere. «Sarò io a proteggere te, Jacques. Hai la mia parola che non ti deluderò. Ti guiderò io finché non starai di nuovo bene».

E poi? Gli occhi scuri si posarono pigri su di lei. *Hai intenzione di lasciarmi, Shea? Mi hai salvato, e ora pensi di abbandonarmi?* C'era nella sua voce una traccia di umorismo caustico, un compiacimento segreto che le trasmise una sensazione sconosciuta. Qualcosa di più della semplice paura. Puro terrore.

Shea sollevò il mento, con ostinazione. «Cosa vuoi dire? Certo che non ti abbandonerò. Rimarrò con te finché non sarai guarito. E ritroveremo la tua famiglia».

Era troppo tardi. Anche se avesse tentato di allontanarsi da lui, non poteva più spezzare il vincolo che li univa. Il sangue di Jacques le scorreva nelle vene; la sua mente sapeva come trovare quella di lei. Le loro anime si chiamavano a vicenda. I loro cuori facevano altrettanto, ed era solo questione di tempo prima che lui s'impossessasse anche del suo corpo. Fuggire non sarebbe servito a salvare nessuno dei due. Di poche cose Jacques era altrettanto certo. Ma renderle noto tutto questo l'avrebbe solo spaventata ulteriormente. Ebbe un curioso tuffo al cuore. La sua Shea temeva la morte assai meno che un impegno per la vita. Non sospettava minimamente che loro fossero già legati. Avrebbe avuto bisogno di lui, della sua vicinanza, del contatto fisico e mentale con lui.

Sento il tuo bisogno di quelle occupazioni umane che sembri amare tanto. Vai a fare il bagno. Io non ho nessuna fretta di farti esaminare le mie ferite.

Shea batté le palpebre, pensosa, poi si allontanò e sparì nell'altra stanza. Jacques stava cercando di metterla a suo agio, ma l'idea la raggelava. C'era qualcosa nella sua voce che la turbava, qualcosa che emergeva sempre più chiaramente. Era possessiva, autoritaria. Aveva la sensazione che Jacques si stesse a poco a poco impadronendo della sua vita. Era sempre nei suoi pensieri. Era ovunque, ed era lei a permetterglielo.

Jacques rimase in silenzio a fissare il soffitto. Shea era preoccupata dalle proprie reazioni nei suoi confronti. Il suo cervello lo affascinava, il modo in cui affrontava ogni problema da un punto di vista scientifico o intellettuale anziché emotivo. Sentì comparirgli sulle labbra un sorriso. La conosceva a perfezione; trascorreva più tempo nella sua mente che fuori di essa. Non voleva correre il rischio di perderla.

Shea aveva cercato di rassicurarlo parlandogli della sua famiglia. Lui non aveva famiglia all'infuori di lei. Non voleva nessun altro, non ne aveva bisogno. Lei non aveva ancora accettato il proprio ruolo. Una metà di lei si ostinava a vederlo come un paziente. Lei era prima di tutto un medico, e in secondo luogo una ricercatrice. Glielo leggeva nella mente. Sapeva molto bene che lei non aveva mai considerato l'idea di una sistemazione a lungo termine. Non si aspettava di vivere ancora molto, figurarsi condividere la vita con qualcuno. L'idea le era così aliena che non poteva concepirla.

Ascoltò il rumore dell'acqua nell'altra stanza. L'acqua che in quel momento le scorreva sulla pelle nuda. Il suo corpo ebbe un fremito doloroso, preludio a uno spasmo inevitabile. Fu stupito da quel risveglio del proprio corpo alla sessualità. Aveva la vaga sensazione di non aver provato nulla del genere da molti secoli, tanto meno in quelle condizioni fisiche e mentali. Shea gli aveva ridato la vita. Più che la vita. Più che la semplice esistenza. Non vedeva l'ora di vederla sorridere, di toccarle i capelli perennemente scompigliati. Amava sorprenderla in ogni suo gesto, ogni movimento della testa. Ammirava il funzionamento del suo cervello, l'assoluta concentrazione e l'abbondanza di spirito e di compassione in lei.

Jacques era sempre più impaziente per il proprio corpo spossato. Aveva un disperato bisogno di sangue fresco. Cercò di placare la mente e il corpo, attingendo a tutte le riserve di energia. Alzò una mano, si concentrò e fissò i pensieri sulla porta della casupola. Il dolore gli trafisse il cranio. Il fuoco divampò nelle sue ferite. Imprecando, si lasciò ricadere sui cuscini. Era in grado di usare le proprie abilità fisiche, ma la mente non gli obbediva, nemmeno per la più semplice delle operazioni.

Sentì il profumo di Shea prima di vederla, la sua fragranza leggera, l'odore dei fiori che emanava dai suoi capelli. Era entrata svelta nella stanza, così silenziosamente che lui non l'aveva udita, ma la sua mente non era mai del tutto separata da quella di lei, e conosceva l'esatto momento in cui lei aveva afferrato un asciugamano ed era corsa da lui.

«Cosa c'è, Jacques, hai provato a muoverti o ad aprire qualcosa?». Il suo tono era apprensivo, ma il suo tocco mentre gli esaminava le ferite era freddo e clinico.

L'asciugamano era grande e sottile, un velo color pesca che le fasciava le forme esili. Quando si chinò su di lui, una gocciolina d'acqua le scivolò da una spalla fin nel solco tra i seni, prima di sparire sotto l'asciugamano. Jacques fissò la minuscola perla e provò di colpo una sete terribile. Le ciglia di lei erano assurdamente lunghe, la bocca sensuale appena imbronciata mentre esaminava i piccoli, precisi punti di sutura che gli aveva praticato. Era così incredibilmente bella da togliergli il fiato.

«Jacques? Cos'hai?». Le parole sussurrate lo sfiorarono come una carezza.

Niente ricordi, niente poteri mentali. Anche il gesto più semplice è impossibile. Le passò distratto un pollice sull'interno del polso.

«Guarirai, Jacques. Non essere impaziente. Se hai bisogno di qualcosa, posso prendertela io». Il contatto del suo pollice le dava un fremito delizioso. Era pazzesco, quanto fosse suscettibile al fascino di quell'uomo. Non era assolutamente da lei.

Il viso severo e sensuale di Jacques era una maschera impassibile, ma dentro di lui qualcosa si sciolse, e provò un impeto di gioia. Voleva sorridere, malgrado tutto. Il dolore non aveva più importanza, i ricordi sparpagliati e il corpo impotente erano solo un fastidio temporaneo. Solo Shea aveva importanza. *Aprimi la porta e lasciami respirare un po' l'aria della notte.* Sapeva bene che lei iniziava a intuire che nessuno – certamente non lei, con la sua natura generosa e comprensiva – poteva opporsi alla sua volontà, una volontà forgiata nei fuochi dell'inferno.

Shea fece come lui le diceva. «Non avrai mica provato ad alzarti, vero? Non puoi, Jacques. Ti farai troppo male. E se continui a procurarti cicatrici, finirai per sembrare Frankenstein».

Lui aveva chiuso gli occhi per inspirare l'aria fresca e pura della notte. *I carpaziani non hanno cicatrici.* Quel pensiero era come scaturito dal nulla. Era estasiato dal fatto di ricordare qualcosa. Era estasiato perfino di ricordare chi fosse Frankenstein.

Shea alzò un sopracciglio. «Ma davvero? E allora che cos'è quella riga che hai intorno al collo? Si vede appena, ma c'è».

Jacques aprì di scatto gli occhi neri, carichi di una furia spietata. Shea si allontanò con un balzo, impaurita. Riusciva a vedere le fiamme che ardevano in fondo ai suoi occhi. Aveva l'aspetto di un demone, di un predatore implacabile. L'impressione era così forte che Shea si portò una mano alla gola per coprire le ferite ancora recenti.

Jacques non era più consapevole di Shea, né della stanza, né del proprio corpo esausto. Dentro di lui tutto era guerra e furore. Si toccò la pallida cicatrice irregolare che gli attraversava la giugulare. Provò un tale senso di pericolo che la belva dentro di lui lottò per liberarsi. Le zanne gli spuntarono nella bocca, e le unghie si fecero artigli. I muscoli fremettero e si contrassero, e la sua forza enorme divenne tutt'uno con la volontà. Un sibilo lento e sinistro gli sfuggì dalla gola. Poi i muscoli doloranti gli ricordarono che giaceva privo di forze su un letto. Ricordava vagamente il volto angosciato di una donna, le lacrime che le sgorgavano dai grandi occhi azzurri. Avrebbe dovuto riconoscerla. Avrebbe dovuto sapere. Strinse i pugni, e accolse l'esplosione di dolore che scacciò quel frammento di memoria dalla sua mente.

Shea lo vide alzare le mani e afferrarsi la testa per far cessare il dolore. In un lampo gli fu accanto e gli accarezzò i capelli con dita gentili. «Jacques, smettila di tormentarti. Col tempo la memoria tornerà. Credimi, so quel che dico. I ricordi stanno già tornando». Shea andò a prendere dei vestiti puliti dall'armadio. «Continui a credere che il tuo corpo possa riprendersi come niente fosse dal trauma che ha subito, mentre ha bisogno di riposo e di cure. E anche la tua testa».

Non posso fare quel che devo. Non ricordo nulla, eppure sento che ci sono cose importanti per tutti e due che devo sapere.

Lei sorrise a quelle parole esasperate. Evidentemente Jacques non era un uomo abituato a essere malato o ferito. «Hai detto di essere un carpaziano. Sai che vieni da queste montagne. Lo hai ricordato».

Andò nell'altra stanza. Jacques la sentì vestirsi, il fruscio delle mutandine di seta e dei jeans di cotone che le avvolgevano le gambe nude. Il suo corpo si irrigidì, bruciando, e quel calore aumentò il suo malessere.

«Jacques?». La voce melodiosa giocava con la sua pelle come una carezza snervante. «Non scoraggiarti, ti prego. In teoria tu dovresti essere morto. Sei una sfida alle leggi della scienza». Tornò nella camera, tamponandosi i capelli con un asciugamano. «Credevi che fossi una del tuo popolo, una carpaziana. Chi sono i carpaziani? Riesci a ricordarlo?».

Io sono carpaziano. Noi siamo immortali. Noi possiamo... S'interruppe: il resto gli sfuggiva.

Shea si appoggiò alla parete, guardandolo con timore reverenziale. D'improvviso aveva la bocca secca; il cuore le martellava nel petto. «Cos'hai detto, Jacques? Voi vivete per sempre?». Che cosa era quell'uomo? E perché lei stava per credergli? Sette anni sepolto vivo, cibandosi di sangue di ratto. Aveva visto più di una volta il bagliore rossastro nei suoi occhi. Aveva sperimentato la sua forza smisurata, anche quando era ferito gravemente.

Le mani che stringevano l'asciugamano tremavano così forte che le nascose dietro la schiena. *Un vampiro.* La parola le si affacciò alla mente senza che lei la evocasse. «Non è vero», negò, in un sussurro. «È impossibile. Io non sono niente del genere. Non ti credo».

Shea. La sua voce era tanto più calma ora che lei si stava agitando. Aveva bisogno di tutti i propri ricordi, non solo di quei pochi frammenti che lo facevano infuriare.

«Jacques, può anche darsi che tu sia un vampiro. Ormai sono così confusa da poter credere quasi a tutto. Ma io non sono così». Parlava più a se stessa che a lui. Le tornavano alla mente tutte le più orribili storie di vampiri che avesse mai sentito raccontare. Ricordò il modo violento con cui Jacques aveva preso il suo sangue al loro primo incontro, e alzò una mano a proteggersi il collo. L'aveva quasi uccisa. «Non l'hai fatto perché avevi bisogno del mio aiuto», disse piano, all'improvviso. Non si rese conto di essere ormai tanto abituata all'idea che lui le leggesse nella mente da dare per scontato che lui sapesse di cosa parlava. La controllava costantemente? I vampiri non erano forse in grado di farlo?

Jacques la osservava attento, immobile, con uno sguardo fisso e gelido. Sentiva in bocca il sapore della paura di lei, la sentiva battere alle porte della propria mente. Perfino quando aveva paura, il cervello di Shea elaborava le informazioni a una velocità impressionante. Il modo in cui sopprimeva le emozioni per concentrarsi sull'aspetto razionale era una forma di protezione. Lui le aveva fatto intravedere la tenebra e la violenza dentro di sé. Per lui era qualcosa di naturale come respirare. Prima o poi lei avrebbe dovuto scoprire chi e cosa lui fosse davvero.

Shea si sentiva imprigionata nella trappola del suo sguardo truce e spietato come un coniglio atterrito da un predatore. Sebbene fosse impietrita, il suo corpo voleva muoversi verso di lui, come sotto l'effetto di una strana coercizione. «Rispondimi, Jacques. Sai tutto quel che sto pensando. Rispondimi».

Dopo sette anni di fame e tormenti, piccola donna rossa, dopo tante sofferenze, ho pensato di prendere il tuo sangue.

«Di uccidermi», lo corresse lei audacemente. Aveva bisogno di tutti i pezzi del puzzle.

Lui continuò a fissarla implacabile, con l'occhio vigile di un predatore. Shea si torceva le mani nervosamente. Jacques sembrava un estraneo, un essere invincibile privo di veri sentimenti, animato soltanto da una determinazione feroce e da un istinto omicida. Shea si schiarì la gola. «Ti servivo».

In quel momento non pensavo ad altro che a nutrirmi. Ti ho riconosciuta prima con il corpo che con la mente.

«Non capisco».

Quando ti ho riconosciuta come la mia compagna per la vita, il mio primo pensiero è stato di punirti per avermi lasciato patire quelle torture, e poi legarti a me per l'eternità. Nella sua voce non c'era alcun tono di scusa, solo una vaga attesa.

Shea percepì un pericolo, ma volle andare avanti. «E come mi hai legata a te?».

Tramite lo scambio di sangue.

Shea ebbe un tuffo al cuore. «Cosa vuoi dire esattamente?».

Il legame di sangue è molto forte. Io sono nella tua mente, come tu nella mia. Per noi è impossibile mentirci. Io sento le tue emozioni e conosco i tuoi pensieri, e viceversa.

Shea scosse la testa incredula. «Forse vale per te, ma non per me. Io sento il tuo dolore a volte, ma non so mai i tuoi pensieri».

Solo perché scegli di non fonderti con me. Spesso la tua mente cerca il contatto rassicurante della mia, ma tu ti sottrai, per cui sono io a entrare nella tua mente per risparmiarti un malessere.

Shea non poteva negare la verità di quelle parole. Spesso avvertiva la propria mente protendersi verso quella di lui. Turbata da quell'impulso alieno e indesiderato, si imponeva sempre una disciplina rigida. Lo faceva inconsciamente, automaticamente, per difendersi. Era sempre Jacques, dopo qualche minuto al massimo, a venirle incontro con la mente. Shea fece un respiro profondo. «Sembri molto più informato di me su quel che sta succedendo, Jacques. Spiegami».

Due compagni per la vita sono legati per l'eternità. Nessuno dei due può esistere senza l'altro. Noi ci completiamo. Tu sei la luce che illumina la mia tenebra. Dobbiamo fondere le nostre menti di continuo.

Shea impallidì e si sentì vacillare sulle gambe. Si sedette di colpo per terra. *Sua madre. Per tutta la vita aveva condannato sua madre a un'esistenza da larva.* E se quel che diceva Jacques fosse stato vero (e una parte di lei lo temeva), era forse quello che era accaduto a sua madre? E Jacques la stava condannando allo stesso terribile destino?

Appoggiandosi con una mano alla parete, Shea si rialzò. «Mi rifiuto di crederci. Io non sono la tua compagna per la vita. Non ho preso nessun impegno del genere, e non ho intenzione di farlo». Si diresse verso la porta, sostenendosi alla parete.

Shea, non farlo! Non era una supplica, ma un comando imperioso: i suoi lineamenti duri erano una maschera implacabile.

«Non ti permetterò di farmi questo. Non m'interessa se sei un vampiro. Puoi scegliere di uccidermi, Jacques, perché non c'è alternativa».

Tu non hai alcuna idea di cosa sia il potere, Shea, né del modo giusto e sbagliato di usarlo. Il suo tono era di velata minaccia, e la fece rabbrividire. *Non sfidarmi.*

Shea sollevò il mento. «Mia madre ha buttato via la sua vita e la mia infanzia è stata un inferno. Se mio padre era come te e in qualche modo l'ha legata a sé per poi abbandonarla...». S'interruppe e fece un respiro profondo per dominarsi. «Io sono forte, Jacques. Nessuno mi può possedere o controllarmi o abusare di me. Io non ho intenzione di lasciarmi morire perché un uomo mi ha abbandonata. Né mi ridurrei a un guscio vuoto, lasciando un figlio solo al mondo».

Jacques percepì la sofferenza che doveva aver provato da bambina. I suoi ricordi erano di desolazione e squallore. Era stata completamente sola e bisognosa di aiuto e di guida. Come tutti i bambini, aveva dato la colpa di quell'isolamento a se stessa. Una parte di lei credeva di non meritare amore, di essere troppo diversa. Quella bambina si era ritirata dalle proprie emozioni – erano un territorio pericoloso – e si era allenata a dominare la paura e il pericolo solo tramite l'intelletto.

Shea continuò a indietreggiare oltre la porta, continuando a fissarlo negli occhi. Jacques si sforzò di reprimere la propria collera, l'impulso di punire, ma gli era impossibile nasconderle quel tumulto di emozioni. Ormai era troppo vicina, troppo consapevole di lui. Jacques si limitò a ritrarsi silenziosamente. Distolse lo sguardo. Shea si voltò e fuggì di corsa, piangendo per sua madre e per se stessa. Shea non piangeva mai, in nessuna circostanza. Aveva imparato da tempo che le lacrime non servivano a nulla. Perché era stata così sciocca da credere di potersi immischiare in cose che non comprendeva?

Corse agilmente, solcando silenziosa l'aria, saltando tronchi marcescenti e rocce coperte di muschio. Le ci volle un po' per accorgersi che era a piedi nudi, e che non sfiorava mai un ramoscello secco né un sasso acuminato. Sembrava sfrecciare al di sopra del suolo anziché calpestarlo. Si sentiva i polmoni liberi, non affaticati e bisognosi di ossigeno. Soltanto la fame, acuta e insistente, cresceva a ogni passo.

Shea rallentò il passo e sollevò lo sguardo al cielo. Tutto era così bello. Il vento trasportava odori, storie. Dei cuccioli di volpe in una tana, due cervi poco lontani, un coniglio nel sottobosco. Shea si fermò di colpo vicino a un ruscello. Doveva elaborare un piano. Era del tutto ridicolo fuggire in quel modo come un animale impaurito. Posò le mani sul tronco di un albero, saggiando le crepe nella corteccia, sentendo la linfa scorrere come sangue, l'essenza vitale della pianta. Seppe quanti parassiti scavavano nel suo legno.

Si lasciò cadere sulla terra morbida, invasa dal senso di colpa. Lo aveva lasciato solo e privo di protezione. Non lo aveva nutrito. Si prese la fronte fra le mani. Era tutto così assurdo, così privo di senso. La fame la mordeva dall'interno come un mostro insidioso, e sentiva palpitare in modo allettante i cuori delle bestie della foresta.

Vampiri. Esistevano davvero creature simili? E lei era una di loro? Jacques le aveva preso il sangue così facilmente, con abilità consumata. Sapeva quel che albergava in lui; era capace di essere freddo e spietato, ribollente di una furia letale. Non traspariva mai dall'espressione del suo volto o dal tono delle sue parole, ma era lì, appena sotto la superficie. Shea raccolse un sasso e lo gettò nel ruscello gorgogliante.

Jacques. Cosa doveva fare con lui? Si sentiva irrequieta nel corpo e nella mente. Provava un bisogno irresistibile di cercarlo, di accertarsi che stesse bene. La sua mente cercava di comprendere, di credere l'impossibile. Jacques era una creatura molto diversa da un essere umano normale. Lei non era come lui, ma suo padre doveva esserlo.

«Ma cosa ti viene in mente, Shea», mormorò. «Credi che quest'uomo sia un vampiro *vero*? Sei impazzita».

Fu scossa da un brivido improvviso. Jacques aveva detto che lo scambio di sangue li legava per sempre. Era riuscito in qualche modo a renderla completamente uguale a lui? Esplorò con la lingua l'interno della bocca, i denti. Sembravano quelli di sempre, piccoli e dritti. La fame divampò come un incendio, intenso e vorace.

Sentì a un tratto il battito del cuore di un coniglio. Il suo cuore ebbe un sussulto di trionfo. Una gioia intensa e animalesca la pervase, e si voltò in direzione della preda. Le zanne crebbero e premettero contro la lingua: canini acuminati, famelici e pronti a mordere.

Capitolo 5

Jacques seppe l'istante preciso in cui Shea scoprì la verità. Il cuore le batteva all'impazzata; il suo grido silenzioso di protesta gli echeggiò nella mente. Shea credeva di essere un vampiro, e che anche lui lo fosse. Cos'altro avrebbe potuto dedurre, con così poche informazioni? I pensieri della donna erano disperati, quasi suicidi. Jacques rimase immobile, raccogliendo le energie nel caso gli servissero per impedirle un gesto sconsiderato. Restò in attesa, sorvegliando i pensieri di Shea e i segni rivelatori del suo corpo.

La solitudine era già abbastanza tormentosa. Jacques non avrebbe potuto sopportarla se non fosse stato congiunto mentalmente a lei. Si ritrovò coperto da un velo di sudore. Il suo istinto era di costringerla a tornare al suo fianco, e lui era ormai ogni giorno più forte. Ma una parte di lui voleva che lei tornasse di sua spontanea volontà.

Cosa gli aveva detto? Sua madre era irlandese. Shea non credeva di essere uguale a lui. E se davvero non lo fosse stata? Se lui l'avesse inavvertitamente trasformata? Jacques non aveva mai considerato quella possibilità. Il loro legame era forte. Superava le barriere umane. Jacques aveva solo dato per scontato di averla sempre conosciuta, fin da prima che il traditore lo consegnasse ai due aguzzini umani e alla follia, all'assenza di memoria. I suoi patimenti erano anche di Shea. Li aveva subiti insieme a lei. Su questo non si sbagliava. Era certo di averla sempre conosciuta, e che lei era la sua compagna per la vita. Quando non era venuta da lui, ogni suo momento di veglia era trascorso nel tentativo di riprendere le forze e piegare la volontà di Shea alla propria in quell'eternità d'inferno. E se invece fosse stata umana? Era stato crudelmente egoista in quel primo giorno: l'aveva desiderata legata a sé, sottomessa al suo controllo.

Jacques cercò di evocare i pochi frammenti di memoria. *Tre scambi di sangue. Abilità psichiche.* Un umano in possesso di tali abilità poteva essere trasformato, a certe condizioni, grazie a tre scambi di sangue. Chiuse gli occhi, assalito dal rimorso. Se lei era umana, ciò avrebbe spiegato le sue strane abitudini alimentari, le sue usanze. Shea non prendeva mai le precauzioni necessarie, non controllava mai cosa ci fosse nei paraggi prima di uscire all'aperto. *Non sapeva come farlo.* Si era detta incapace di regolare con la mente il battito del cuore e il respiro. Non dormiva mai il sonno rigeneratore dei carpaziani.

Rivolse a se stesso un'imprecazione eloquente. La trasformazione doveva essere avvenuta la notte in cui Shea era stata tanto male. Non c'era altra spiegazione. Lei aveva creduto di aver contratto un'influenza particolarmente virulenta. Jacques era furioso per l'incapacità di ricordare le informazioni importanti. Non gliene restavano che dei frammenti, e Shea stava soffrendo a causa della sua ignoranza.

Jacques non aveva mai sospettato che lei fosse umana, tanto era forte il loro legame psichico. Trarlo in salvo dalla prigione era un'impresa notevole anche per una donna carpaziana: era quasi impossibile credere che una femmina umana fosse stata tanto audace e caritatevole da ritornare nel suo sepolcro dopo esser stata trattata in quel modo brutale. Era tornata da lui, sebbene fosse terrorizzata.

Fiutò qualcosa nella brezza notturna. Una preda, abbastanza vicina. Non era umana, ma il nutrimento fresco gli avrebbe fatto bene. Se fosse riuscito a nutrirsi a sufficienza, avrebbe potuto compiere senza pericolo uno scambio per mantenere in vita Shea. Stava rifiutando il cibo. O forse no. Forse era incapace di nutrirsi. Jacques si concentrò, inspirò profondamente e inviò un richiamo. Sempre più vicino, sui gradini, fino ad affacciarsi nella stanza: una femmina di cervo, animale solitamente schivo e timoroso, trotterellò piano fino alla sponda del letto, con i liquidi occhi scuri fissi su di lui. Seguirono una secondo e una terza, e rimasero in attesa, fianco a fianco.

L'istinto predatorio lo travolse. Scoprì le zanne e si avventò sul primo cervo con tutta la sua forza immensa, trovando l'arteria che pulsava sul collo. Scatenò la bestia selvaggia che infuriava in lui. Il sangue caldo, ricco di vita, dolce e potente, rifluì nelle sue vene riarse, nutrendo i tessuti esausti. Bevve avido, con appetito insaziabile: il suo corpo mutilato bramava il liquido scuro della vita.

Shea sollevò il viso al cielo e sentì le lacrime scorrerle sulle guance. La gola le bruciava, un peso le gravava sul petto. Se suo padre era della stessa razza di Jacques, e le aveva trasmesso il proprio sangue contaminato, Jacques aveva portato a termine l'opera. Shea non aveva confuso il suo campione di sangue con quello di Jacques in un momento di stanchezza: il suo sangue e quello di Jacques erano identici.

Si sforzò di dominare il fremito che la scuoteva. Aveva bisogno di pensare: era la sua unica possibilità di salvezza. Il suo cervello poteva venire a capo di qualsiasi problema. Inspirò profondamente per calmarsi, come faceva sempre in ogni situazione di pericolo. Di colpo le tornò in mente Jacques, solo e indifeso nella casupola. Non poteva abbandonarlo in quelle condizioni. Avrebbe sistemato le cose in modo da consentirgli di sopravvivere da solo. Lei non avrebbe più mangiato, né bevuto altro che acqua. Non poteva correre rischi finché non avesse scoperto con cosa aveva a che fare davvero.

Si allontanò dalla casupola, seguendo la direzione della corrente. Si sentiva molto sola. La sua mente continuava a protendersi verso quella di Jacques. Aveva bisogno del suo calore, del suo contatto rassicurante. Shea si mise a riflettere. Era evidente che Jacques le diceva la verità. Era stata sempre sola, per tutta la vita. Non aveva mai avuto bisogno di nessuno, tanto meno di una creatura dalla mente sconvolta e con gli istinti di un assassino. Eppure doveva a ogni costo sapere che lui non stava soffrendo, che mentre lei era lontana non gli era accaduto nulla di male.

Con un'improvvisa determinazione, entrò nel ruscello. Immergersi nell'acqua gelida fu uno shock che le paralizzò il corpo, ma non la mente. Con la forza della volontà, temprata da un'infanzia di isolamento, Shea resistette all'impulso di fondersi con Jacques. L'acqua era così fredda che non si sentiva più i piedi, ma in qualche modo la aiutava a sgomberare la mente.

Jacques lasciò andare il terzo cervo e inspirò bruscamente. Shea era testarda. Sapeva che avrebbe fatto di tutto per opporsi al loro legame. La sua infanzia era stata un inferno, eppure ne era uscita forte, brillante, coraggiosa. Jacques si struggeva dal desiderio di tranquillizzarla, ma sapeva che lei non avrebbe gradito la sua intrusione. Aveva motivo di temerlo. Jacques ricordava così poco. Tradimento. Dolore. Rabbia. Si era comportato in modo tanto goffo, sia nel trasformarla che in tutto il resto.

I cervi si rialzarono e, muovendosi malfermi sulle zampe, tornarono liberi nella foresta. Jacques avrebbe preferito non risparmiarli e prendere tutto il nutrimento vitale che gli occorreva, ma Shea lo avrebbe creduto un mostro. Il corpo di Jacques era sintonizzato con quello di lei, bramava di vederla, annusarla e toccarla. Forse era davvero un mostro, dopo tutto. Jacques non sapeva più nulla, se non che aveva bisogno di lei.

Shea vagò senza meta finché non riuscì più pensare ad altro che a Jacques. Il vuoto che sentiva dentro era come una voragine oscura e spaventosa. Rabbrividiva, la sua mente un caos vertiginoso che invocava Jacques senza sosta, e Shea era ormai esausta di quella lotta con se stessa.

E se gli fosse accaduto qualcosa? Di nuovo quel pensiero s'insinuò strisciante, minacciando di trasformarsi in qualcosa di terribile. L'angoscia crebbe fino a inghiottirla, contro ogni ragionamento logico, lasciandola in preda a emozioni nude e tormentose. Shea non riusciva più a riacquistare il controllo, e lo sapeva. Che il suo orgoglio lo volesse o no, doveva tornare indietro. Non era solo umiliante, ma anche spaventoso. Nel giro di pochi giorni, Jacques aveva acquistato su di lei un potere inconcepibile. Non aveva altra scelta che accettarlo, almeno per il momento.

S'incamminò lentamente, a malincuore, piena di paura, ma a ogni passo che muoveva in direzione della casupola, di Jacques, il peso che le opprimeva il cuore si alleggeriva. Sul limitare della radura vicino casa, tre cervi riposavano sotto i rami di un albero che stormivano nella brezza. Shea salì i gradini, esitante, ed entrò.

Jacques giaceva immobile sul letto, con gli occhi neri spalancati e fissi sul viso di Shea. Le parve di precipitare in quei due pozzi senza fondo. Jacques le tese una mano. Lei non voleva avvicinarsi; lo fece solo perché doveva, perché non poteva sottrarsi a quella necessità. Una parte di lei si chiedeva come fosse possibile, ma Shea si mosse senza opporre resistenza.

Le dita di Jacques, sorprendentemente calde, si chiusero sulla sua mano fresca. Jacques la tirò con delicatezza, obbligandola a sedersi, poi a stendersi accanto a lui. I suoi occhi neri non abbandonarono mai il volto di Shea. *Sei fredda, piccola donna dai capelli rossi.* Quel sussurro fu per lei come una carezza che dissipava il caos della sua mente, ridandole calma e conforto. *Lascia che ti riscaldi.*

La mano di Jacques si posò sul suo viso, saggiandone i contorni delicati, scivolando sulla gola. Shea batté le palpebre, confusa, come in un sogno. Il suo corpo si agitava inquieto. Di nuovo, iniziò ad analizzare la situazione razionalmente, ma non riusciva a liberarsi dallo sguardo ipnotico di Jacques. Una parte di lei non voleva. Desiderava rimanere intrappolata lì per sempre, protetta da lui, come una sua proprietà.

Ignorando le fitte lancinanti, Jacques si mosse in modo da bloccarla sul letto, sotto di sé. Continuò ad accarezzarle la curva vulnerabile del collo, scese fino alla scollatura della camicia di cotone. *Senti come i nostri cuori battono all'unisono.* Spinse via i lembi di stoffa scoprendo i seni di Shea alla luce argentea della luna.

Sentì la protesta silenziosa di lei, e mormorò con voce dolce per avvolgerla ancor di più nel suo incantesimo. In fondo ai suoi occhi neri bruciava un desiderio intenso, riflesso in quelli di lei, verde smeraldo. Un colpo di unghie affilate come artigli, e la camicia di cotone volò a terra. Jacques posò la mano sulla carne morbida e calda, e continuando a fissarla negli occhi, chinò lentamente la testa.

Shea trattenne il respiro mentre la bocca perfetta di Jacques indugiava a pochi centimetri dal suo viso. Si sentiva bruciare di desiderio. Abbassò le lunghe ciglia quando Jacques premette la bocca sulla sua. Il brivido caldo che la scosse a quel contatto quasi la fece gridare. La bocca di Jacques esplorò l'interno della sua, con un tocco carezzevole, imperioso, virile e possessivo.

Le tempestò di baci la gola, la spalla e ancora più giù fino alla pienezza dei seni. Shea gli affondò le mani nei capelli, stringendoli tra le dita mentre lui cercava con la lingua il pulsare delle vene sotto la pelle. Shea si tese fino allo spasimo. Jacques la mordicchiò piano, poi riprese a strisciare con la bocca facendola rabbrividire di piacere. *Ti voglio, Shea. Ho bisogno di te.*

Ed era la verità. Il corpo di Jacques, per quanto debilitato, la reclamava per sé a ogni costo. Soffriva di un dolore squisito. La pelle gli bruciava, intollerabilmente sensibile. Con riluttanza, si staccò dai suoi seni e tornò a lambirle con la lingua la gola palpitante. *Shea*, mormorò, e affondò i denti.

Shea sussultò, trafitta da un dolore accecante e investita da un'onda di piacere intenso. Inarcò la schiena e gli avvolse le braccia intorno al collo.

Fu per lui un'estasi stringerla così, nutrendosi di dolcezza, esplorando con le mani la morbidezza delle sue carni. Il piacere era tale che il corpo spossato di Jacques si irrigidì, ogni muscolo contratto fino allo spasimo. Shea aveva un sapore caldo, speziato, inebriante. Jacques bramava di immergersi in lei mentre si nutriva. Ogni suo istinto naturale, sia umano che ferino, esigeva la loro unione alla maniera dei carpaziani. I seni di lei, morbidi, perfetti, lo eccitavano fino al delirio. Perché le sue costole erano tanto delicate, la sua vita tanto sottile? Non era semplice desiderio: era un bisogno travolgente. Alzò la testa e lambì con la lingua la minuscola ferita, sigillandola a malincuore.

Gli occhi di Shea erano chiusi, il suo corpo morbido e arrendevole. *Tu lo desideri, amore mio.* La baciò piano. *Baciami qui, sul petto. Fammi sentire che il tuo bisogno è forte quanto il mio.*

Era pura magia nera, un sussurro erotico irresistibile. Shea assaporò la pelle di lui, indugiò sulla gola, sui muscoli possenti del petto. Jacques sapeva di star giocando con il fuoco. Il suo corpo non poteva sopportarlo ancora a lungo. Le afferrò la nuca e le premette la testa sul petto. *Hai fame, amore mio.*

D'istinto Shea s'irrigidì.

La voce di Jacques era pura seduzione. *Prendi quel che ti offro liberamente. È mio diritto fartene dono, e non puoi rifiutarmelo.* Il tocco della lingua di Shea gli fece ribollire il sangue. Quando i denti della donna gli lacerarono la pelle, Jacques gettò un grido di estasi. Si abbandonò a quel piacere sensuale, carezzandole i capelli, incoraggiandola a nutrirsi. Bramava quell'intimità erotica. Se non poteva possederla interamente, poteva almeno suggellare il loro legame.

La strinse, coprendola con il proprio corpo alla maniera dominante della sua razza, ma carezzandola con mani tenere. Affondò le dita fra i suoi capelli setosi, tracciò i contorni delicati del suo viso. Poi, lentamente, insinuò la mano tra la bocca di Shea e il proprio petto. *Basta così, Shea. Richiudi la ferita con la lingua.* Lei obbedì, e Jacques fremette. La voleva, tutto il suo essere reclamava la loro unione. Per un attimo gli parve che quel bisogno lo tormentasse più delle ferite.

Le prese la testa fra le mani e la sollevò, lottando contro l'impulso di gettarla sul letto e piegarla alla propria soddisfazione. Gli sembrava di essere di nuovo all'inferno. La baciò e sentì il sapore del proprio sangue. La belva dentro di lui alzò la testa e ruggì, cercando di sottrarsi al suo controllo. D'istinto la mente di Jacques si protese a cercarla. *Shea!*

Era un richiamo quasi disperato. Shea batté le palpebre e si ritrovò sul letto aggrappata a Jacques, pelle contro pelle, stretta fra le sue braccia come in una morsa e incollata alle sue labbra, colma di desiderio e in una posizione di chiara sottomissione. Quando alzò lo sguardo, vide gli occhi di Jacques farsi disperati, poi famelici, teneri e infine accendersi di un bagliore animalesco. Shea riconobbe quelle fiamme rossastre, la violenza che covava in lui. Tentò di liberarsi e dalla gola di Jacques sfuggì un ringhio ammonitore.

Shea s'immobilizzò e cercò di aggrapparsi alla logica, di scacciare il terrore dalla propria mente. Jacques l'aveva invocata in un momento di bisogno. Quando se ne rese conto, Shea si rilassò e si rassegnò a tenerlo fra le braccia. Lui aveva bisogno di lei, e lei non poteva fare altro che aiutarlo. La toccava in modo rude, facendole perfino male; i denti la mordicchiavano con un po' troppa forza. *Jacques.* Lo chiamò con decisione. *Torna da me.*

Lui si aggrappò a lei come un naufrago a una fune, fondendo le loro menti. Respirava a fatica, in preda al dolore. Shea sentiva le cupe ondate di desiderio che lo assalivano, incitandolo a reclamare ciò che era suo di diritto. Jacques lottava per controllare il mostro dentro di sé. Shea gli baciò dolcemente la fronte, la mascella. *Va tutto bene. Torna da me.*

Lui le seppellì il viso sulla spalla, stringendola forte. Era esausto, sofferente, e temeva di averla allontanata ancora di più da sé. Era Shea a carezzargli i capelli e a sussurrargli dolci parole senza senso, Shea che si abbandonava mollemente contro il suo petto. Gli posò una mano rassicurante sulla guancia; fuse del tutto la mente con quella di lui.

Mi dispiace. Jacques le posò il mento sulla testa, incapace di affrontare la condanna che temeva di leggere negli occhi di lei.

Shh, non ti muovere. Non avrei mai dovuto lasciarti da solo.

Non è colpa tua. Senza volerlo la strinse ancora più forte. *Non devi crederlo, Shea. Non sei tu la causa della mia follia. Il mio corpo ha bisogno del tuo. L'unione tra due compagni per la vita non è esattamente come quella tra due umani. Ho rischiato di farti del male, Shea. Ti chiedo perdono.*

Sei tu quello che soffre, Jacques, gli fece notare sottovoce Shea. Si accorse di stare comunicando con la mente, come se le venisse naturale. Sospirò e lo baciò sul mento.

Rimasero abbracciati come due bambini dopo un terribile spavento, confortandosi a vicenda con il contatto fisico. Dopo un po' Shea divenne conscia della propria pelle nuda, sensibile, contro la pelle di lui, dei propri seni premuti sul suo fianco. «E dimmi un po', che fine ha fatto la mia camicia?». Rimase immobile, contenta e assonnata. Stargli addosso a quel modo avrebbe dovuto turbarla, invece le sembrava del tutto normale. Vide la stoffa a brandelli sul pavimento accanto al letto. «Avevi una certa fretta, a quanto pare», osservò, e fece per alzarsi e vestirsi.

Jacques si rifiutò di lasciarla andare. Si limitò ad allungarsi pigramente verso la coperta e a gettargliela sulle spalle. Sorrise dentro di sé. *Raccontami della tua infanzia.* Le sue parole echeggiarono nel silenzio; la sentì ritrarsi ferita, inorridita. *Voglio che sia tu a parlarmene, Shea. Potrei leggere nei tuoi ricordi, ma non sarebbe lo stesso: devi essere tu a confidarmelo.* Aveva già visto le immagini della sua infanzia, la terribile solitudine in cui era cresciuta. Jacques voleva che Shea si aprisse a lui, che gli concedesse il dono inestimabile della sua fiducia.

Shea sentiva il battito forte e regolare del cuore di Jacques, un suono rassicurante. Dopo aver intravisto il cupo orrore in fondo all'animo di lui, era giusto che fosse lei a condividere i propri incubi. «Ho capito molto presto che mia madre aveva qualcosa che non andava. Si isolava per intere settimane, senza neppure badare se mangiassi, dormissi o mi fossi fatta male. Non aveva amici. Non usciva quasi mai di casa. Mostrava raramente segni di interesse o di affetto».

Jacques le posò una mano sui capelli, poi prese a massaggiarle piano la nuca. L'angoscia nella voce di Shea era quasi intollerabile.

«A sei anni scoprii di essere diversa, di aver bisogno di sangue. Mia madre mi aveva ormai dimenticata da molti giorni. Se ne stava sdraiata sul letto a fissare il soffitto. Ogni mattina prima di andare a scuola entravo nella sua stanza e la salutavo con un bacio. Lei non pareva accorgersene. Con il passare dei giorni, diventai così debole da non riuscire più a muovermi. Allora lei venne da me, si fece un taglio e raccolse il sangue in un bicchiere. Mi disse che dovevo berlo, che avrei dovuto farlo spesso. Da quando è morta uso solo le trasfusioni, ma…».

Shea rimase in silenzio finché Jacques non le sfiorò la mente e sentì tutta l'insicurezza, la paura e il senso di isolamento che Shea aveva provato da bambina. La strinse più forte contro il proprio corpo possente, come a proteggerla per l'eternità. Sapeva cosa volesse dire essere soli. Completamente soli. Non voleva che lei si sentisse mai più così.

Shea avvertì il tocco lieve delle labbra di Jacques sulla fronte, sulla tempia, fra i capelli. Nonostante avesse i brividi, la tenerezza di lui la riscaldò. «Mia madre non era come me. Nessuno era come me. Non ho mai potuto parlarne con nessuno né fare domande. Lei mi portò in Irlanda per nascondermi perché alla nascita il mio sangue era così insolito da suscitare l'interesse della comunità medica e scientifica. Dovevo ricevere trasfusioni ogni giorno, ma ero sempre debole. Quando ero molto piccola, vennero a casa nostra due uomini e le fecero un sacco di domande su di me. Io li sentii ed ebbi paura. Mi nascosi sotto il letto, non volevo che li portasse da me. Ma lei non lo fece, era spaventata quanto me. Fece subito i bagagli e andammo via».

Sei sicura che tua madre non abbia mai toccato sangue?, chiese lui con tatto, temendo che lei smettesse di dividere con lui quei ricordi così strazianti. Non aveva alcun modo di alleviare la sua sofferenza se non stringendola fra le braccia forti e tenendola vicino a sé.

«Mai. Era come un'ombra meravigliosa, che già non apparteneva più a questo mondo. Pensava solo a lui. A Rand. Mio padre».

Quel nome evocò una sensazione dolorosa nella mente di Jacques. Fu così intensa da costringerlo a distogliere il pensiero da quel ricordo. *Non lo hai mai conosciuto?* Il solo nome dell'uomo che era il padre di Shea gli trafiggeva la mente come un milione di schegge.

«No, era sposato con una donna chiamata Noelle».

Di colpo, Jacques ricordò: un dolore inconsolabile, una donna, bellissima, decapitata, con un paletto conficcato nel cuore. Il ricordo era così vivido, così intenso, che Jacques vacillò e scacciò quel pensiero dalla mente. Ma l'aveva riconosciuta. *Noelle.*

Shea alzò lo sguardo e lo scrutò con gli occhi verdi. «La conoscevi». Gli trasmise mentalmente l'immagine della donna, vide gli stessi frammenti di immagini. Lo spettacolo di quella morte orrenda la lasciò senza fiato. La donna era stata uccisa alla maniera degli "ammazzavampiri". Decapitata, e trafitta con un paletto.

È morta, disse Jacques con certezza e con infinito rimpianto. *Era mia sorella.*

Shea impallidì. «Aveva un figlio?».

Un maschio.

«Oh mio Dio!». Shea si strappò dalle braccia di Jacques come se scottassero e balzò fuori dal letto, coprendosi i seni con le braccia, sgranando gli occhi. «Questa storia diventa sempre più brutta. Stai dicendo che mio padre era il marito di tua sorella». Indietreggiò inorridita.

Non puoi saperlo. Il mondo è grande.

«Quanti Rand conosci originari di queste montagne, della tua razza, sposati con una donna di nome Noelle, con un figlio maschio? Era tutto scritto nel diario di mia madre».

I cacciatori di vampiri la uccisero con un paletto nel cuore. Molti anni fa. Prima che catturassero me. Non ricordo altro. Forse non voglio ricordare.

Shea raccolse un lenzuolo e se lo avvolse intorno al corpo. «Mi dispiace per lei. Mi dispiace per mia madre. Ma tutto questo è...». Indicò con un gesto il letto. «Come minimo siamo parenti, o qualcosa del genere».

Due compagni per la vita sono destinati l'uno all'altro dalla nascita. Non può esserci nessun altro, Shea. Le scelte che hanno fatto i tuoi genitori o mia sorella non hanno niente a che fare con noi.

«Invece sì. Non sappiamo chi sei veramente. Di fatto non sappiamo niente di te. E quel che sto facendo va contro le regole della mia professione. Non sappiamo nemmeno se sei sposato».

Esiste solo un compagno per la vita, Shea. So che tutto questo per te è nuovo e che ti fa paura, ma come io sono costretto qui a letto, invalido, così tu devi avere pazienza. Stiamo riscoprendo le cose poco a poco. Non riesco a ricordare particolari che so essere importanti per noi. Ti chiedo di essere paziente finché non avremo capito bene la situazione. Si mosse, irrequieto.

Quel movimento la riportò in sé, la calmò come nient'altro avrebbe potuto. «Ti stai strapazzando troppo, Jacques. Non devi muoverti così». Si chinò su di lui e gli posò una mano fresca sulla pelle che bruciava. La ferita sotto il suo cuore stava lentamente guarendo. I lunghi capelli di Shea gli ricaddero sulla spalla, facendolo fremere. Il suo respiro caldo mentre si curvava su di lui a esaminare la ferita era come una fiamma danzante sulla pelle.

Jacques chiuse gli occhi e sentì ogni muscolo del proprio corpo contrarsi. Quella reazione al tocco di Shea era un segno inequivocabile che stava guarendo. Immerse una mano nei suoi capelli. *So che stai pensando di lasciarmi, quando avrò recuperato le forze.* Shea lo guardò con gli occhi spalancati, mentre le baciava i capelli che stringeva fra le dita. *Tu hai paura di me. Te lo leggo negli occhi.*

Shea si passò la lingua sul labbro. Aveva un'aria pensosa. Jacques percepì che stava reprimendo le emozioni come faceva sempre quando si sentiva minacciata. Valutava la situazione tra di loro solo da un punto di vista razionale. «Io non so cosa tu sia, Jacques, o di cosa tu sia capace quando sarai guarito. Non so niente del tuo passato né del tuo futuro. Sono un medico, una ricercatrice, e quando ti sarai ripreso, è molto probabile che io e te non avremo nulla in comune».

Jacques continuò a fissarla con i suoi occhi neri e vigili. Perfino il suo corpo sembrava completamente immobile. *Tu hai paura di me.* Voleva che Shea affrontasse la vera questione, senza aggirarla. *Non hai motivo di temermi.*

Shea inclinò la testa di lato, e i capelli rossi le piovvero sulla spalla. «Credi di no? Jacques, tu metti in discussione tutte le mie cognizioni sulla vita. Tu mi hai cambiata. Se prima ero solo per metà carpaziana, o qualunque cosa fossi – forse un vampiro, ormai non lo so più nemmeno io – tu mi hai trascinata completamente nel tuo mondo. Ora sono diversa. Non riesco a mangiare, non ho più le normali funzioni vitali, e il mio udito è diventato ancora più acuto. Tutte le mie capacità, tutto. Mi hai portato via la vita che conoscevo e ora al suo posto c'è qualcosa di cui né io né te sappiamo nulla». Scosse la testa, poi cedette all'impulso di affondare le dita nei capelli corvini di lui. «Non voglio finire come mia madre, Jacques, a vivere solo per un uomo. Quando lui la abbandonò, lei aspettò che io fossi abbastanza grande da non avere più bisogno di lei, e si uccise. Questo non è amore, è ossessione. Nessuno dei miei figli soffrirà mai per colpa di un'ossessione morbosa come quella che lei aveva per Rand».

Jacques inspirò il suo profumo, e di nuovo fu assalito dal desiderio bruciante di immergersi in lei, di fondersi in tutto e per tutto con lei. *Io ho bisogno di te, Shea. Non riesci proprio a concepire di potermi amare? Io so che tu mi accetti completamente per come sono. Lo sento dentro di te. Tua madre e Rand non hanno niente a che fare con noi. Tu hai visto la tenebra che mi porto dentro, la belva che cerco di dominare, eppure sei rimasta al mio fianco. Forse tutti questi anni di prigionia hanno cancellato ciò che ero una volta, e adesso non so più chi sono. Ma tu sai che ho bisogno di te. Vorresti davvero abbandonarmi?*

Shea sentì la sua disperazione. «Non devi convincerti di essere un mostro. Il modo in cui mi tocchi a volte, con tanta tenerezza, di certo non è quello di un mostro». Si sentiva irrequieta, nel corpo e nell'anima, in preda a un'urgenza mai provata prima. «Tu mi desideravi, Jacques, ma ti sei fermato. Non sei affatto un mostro».

Forse sono state le mie ferite a fermarmi, non il mio autocontrollo. Era stata lei a fermarlo, accettando la violenza animalesca che covava in lui.

«Sei stanco, Jacques. Dormi un po'».

Lui le afferrò la mano. *Non sono un vampiro. Non mi sono trasformato.*

«Non capisco».

Jacques chiuse gli occhi, sorridendo tra sé. Shea aveva ripreso il suo tono distaccato, professionale. *Eri preoccupata che mi fossi trasformato. Prima, nel bosco, temevi che io fossi un vampiro, e con me tutta la nostra razza. Noi siamo carpaziani, non vampiri, a meno che non ci trasformiamo.*

«Ti dispiacerebbe non entrare nella mia testa quando non sei invitato?».

Se dovessi aspettare un tuo invito, piccola donna dai capelli rossi, diventerei vecchio di secoli. Sorrise mentalmente in modo così sexy che Shea ne fu turbata. *Stavo solo cercando di tranquillizzarti.* Ora aveva un tono innocente.

Shea rise piano. «Ho forse scritto in fronte "ingenua"?».

Nessuno dei tuoi pazienti si è mai lamentato dei tuoi modi?

Shea alzò un sopracciglio. «Sono un chirurgo, non un'infermiera. E in ogni caso, finora non mi era mai capitato un paziente impossibile come te. Smettila di chiamarmi "piccola donna dai capelli rossi". E tutti gli altri modi in cui mi chiami. Va benissimo "dottoressa O'Halloran"».

Per la prima volta le pieghe della sua bocca sensuale si addolcirono in un ampio sorriso. L'effetto su Shea fu devastante. Nessun uomo avrebbe dovuto essere tanto sexy. Avrebbe dovuto esserci una legge per vietargli la compagnia delle donne.

Bello e anche sexy. Allora sto facendo progressi, dopo tutto, disse in tono sornione.

Shea rise piano. Era impossibile rimanere in collera con lui quando era di quell'umore. «Sì, sei bello e anche sexy, ma non farti strane idee. Sei anche arrogante, prepotente e decisamente troppo violento per i miei gusti», lo smontò senza alcuna esitazione.

Jacques l'attirò vicino al letto per baciarle il palmo della mano. *Invece sono esattamente di tuo gusto.*

Shea si liberò con uno strattone come se l'avesse bruciata, e si sfregò la mano sulla coscia. La sensazione di calore non la abbandonò, né la fitta che provava allo stomaco. «Come fai a essere sicuro di non essere un vampiro?». Voleva distrarlo e distrarsi. «Forse hai dimenticato anche quello. Di sicuro sai comportarti da vampiro».

Questa volta fu lui a ridere, e ne furono entrambi sbalorditi. Fu un suono basso, roco e del tutto nuovo alle orecchie di Jacques, come se lo avesse dimenticato da tempo. Guardò Shea quasi con terrore.

«Niente male, selvaggio. Prima hai ringhiato, e ora hai riso. Eh sì, facciamo progressi». Gli rivolse uno sguardo allegro e rassicurante.

Jacques sentì scaturire un impeto di gioia in mezzo a tutto quel dolore. Shea aveva creato per lui un mondo in cui la sua anima poteva sperimentare la leggerezza. *I vampiri non provano nulla, tranne l'euforia momentanea di uccidere. Sono creature amorali e deviate.*

Shea sollevò il mento e lo guardò perplessa. «Di uccidere?».

I vampiri uccidono sempre le loro prede. Non si limitano a ipnotizzarle. Sentire il terrore delle vittime accresce la loro esaltazione. E non fanno distinzioni fra uomini, donne e bambini. Vampiro è chi ha scelto di barattare la propria anima con un'emozione fugace.

«E tu uccidi?». Shea intrecciò nervosamente le dita e trattenne il fiato. Perché gli aveva fatto quella domanda? Conosceva già la risposta; aveva intravisto la tenebra dentro di lui più di una volta.

Certamente, se necessario, ma mai prede umane. Rispose in tono neutro, senza rifletterci. Faceva parte della sua natura di predatore.

«Le *persone*, Jacques», lo corresse lei. «Noi siamo *persone*».

Tu sei carpaziana.

«Ma se non so nemmeno cosa sia, un carpaziano. Tu lo sai? Veramente, intendo? Forse in realtà hai una malattia rara del sangue, che in qualche modo ti fornisce poteri eccezionali». In realtà nemmeno Shea credeva più a quell'ipotesi. Era certa che lui sapesse la verità, cioè che apparteneva a una specie distinta.

Jacques stava ormai cedendo allo sfinimento. Il sonno dei mortali non bastava a rigenerarlo, ma finché Shea non si fosse abituata a quella nuova esistenza, non poteva lasciarla priva di protezione.

Chiuse gli occhi. *Io esisto da più di ottocento anni. Esisto da prima di Leonardo Da Vinci*, le trasmise mentalmente, in tono assonnato.

Shea si allontanò dal letto fino a trovarsi con le spalle contro la parete. Più di ottocento anni? Si premette una mano sulla fronte. Cos'altro avrebbe fatto quell'uomo? Si sarebbe trasformato in un pipistrello? In un lupo? Nulla poteva più sorprenderla ormai. *Potendo scegliere, preferirei il lupo.* La voce che le echeggiò nella mente aveva un tono divertito. Jacques accennò un altro dei suoi sorrisi irresistibili.

Ovviamente, gli rispose lei, sentendo nascere dentro di sé emozioni inspiegabili.

C'erano tante cose che non sapeva di lui. Quanto erano grandi davvero i suoi poteri? E se i vampiri esistevano davvero, avevano avuto origine sui Carpazi, come aveva suggerito Jacques? Voleva forse dire che anche in lui si nascondeva un assassino freddo e spietato? Sette anni sepolto vivo avrebbero reso malvagio chiunque. E Shea non riusciva a scartare del tutto l'ipotesi che fosse completamente pazzo. Percepiva in lui una specie di follia, nella sua lotta per ritrovare i ricordi e per reprimere la violenza. Shea sospirò piano e gli sfiorò i capelli. Le faceva male vederlo così vulnerabile, indifeso come un bambino. E perché le si spezzava il cuore al pensiero che avrebbe dovuto lasciarlo e proseguire per la propria strada, quando fosse guarito?

Io sono molto potente.

Shea sobbalzò e lo guardò in viso. Jacques non si era mosso. I suoi occhi erano sempre chiusi. «Ne sono certa». Voleva forse essere rassicurato?

Non ho intenzione di lasciarti andare via.

Shea rise sommessamente. «Stavo proprio pensando che quando dormi hai un'aria da bambino indifeso. Invece ora penso che tu sia un moccioso viziato».

Sono più potente di un vampiro, piccola donna dai capelli rossi. Io do la caccia ai vampiri e li distruggo. Non avrò alcuna difficoltà a tenerti al mio fianco.

«Allora dovrò mettermi d'impegno a renderti la vita un tale inferno che sarai felice di sbarazzarti di me». Gli versò in un bicchiere l'ultima unità di sangue. «Ne sono capacissima, sai. I miei pazienti sono sempre contenti quando li dimettono».

Forse sono pazzo, Shea. Ci penso da molto tempo. So che la mia natura è quella di un predatore. Il suo tono era pensoso: aveva considerato seriamente i timori di Shea. *Ma se sono davvero pazzo, allora non posso stare senza di te. Dovrai essere al mio fianco in ogni momento per garantire la sicurezza dell'umanità.*

Shea si mise a ridere, ma il sorriso le svanì dalle labbra quando si accorse che Jacques era serio. Non la stava prendendo in giro. Era assolutamente sincero. Dubitava della propria sanità mentale. «Certe volte, selvaggio, mi spezzi proprio il cuore», disse piano Shea.

Tu vuoi lasciarmi. Shea. Sento la tua necessità di mettere una distanza fra noi due.

«Ho passato più tempo con te che con chiunque altro. Ti ho raccontato più cose su di me, parlato, riso, e...». S'interruppe, arrossendo fino ai capelli.

Jacques aprì gli occhi e si voltò a guardarla.

«...e altre cose», proseguì Shea decisa. «Non è che abbia deciso di abbandonarti. È solo che ogni tanto ho bisogno di spazio, tu no?».

Per tutta risposta, Jacques le aprì la propria mente. Di colpo Shea percepì un vuoto oscuro e incolmabile. Il cuore le prese a battere forte, come di terrore. Il mondo era grigio e nero, buio e squallido. Non esistevano speranza né sollievo, solo il vuoto terribile della disperazione.

Shea rimase senza fiato. Gli carezzò piano i capelli, il contorno della mascella. «Per te è proprio brutta la solitudine».

Credo che l'aggettivo brutto *non renda assolutamente l'idea, rispose lui, asciutto. Senza di te mi manca l'aria.*

«Non mi ero resa conto che per te fosse tanto terribile. Mi dispiace di essere stata insensibile, Jacques. Non l'ho fatto apposta. È che tendo a programmare tutto in anticipo. Quello che leggi nella mia mente è del tutto diverso. La nostra situazione è quasi disperata. Devo andare con l'auto in uno dei paesi vicini e fare rifornimenti. Di sangue e vestiti per te». Alzò una mano. Essendo ancora congiunta a lui mentalmente, percepì subito la sua obiezione. «Non abbiamo scelta, Jacques. Devo andare al più presto per poter arrivare al paese alle prime luci dell'alba».

No! È pericoloso. Non posso permettertelo, correresti troppi rischi.

Shea ignorò le sue proteste. «È l'unico modo, se voglio essere di ritorno al tramonto. Non mi va di lasciarti solo durante le ore di luce, ma ci serve sangue, Jacques. Se non stai guarendo con la velocità che speravi è perché non hai abbastanza sangue. Prima mi sentivo molto debole, ma ora sto meglio. Mi hai dato il tuo sangue, vero?».

Non puoi andare.

Shea comprendeva la sua paura tremenda, il vuoto che avrebbe provato se l'avesse lasciato solo. La voragine che lo avrebbe inghiottito durante la sua assenza. Si sentì stringere il cuore. La prigionia, le sofferenze, la perdita di memoria e la fame dovevano aver lasciato cicatrici profonde in lui.

Non posso stare senza di te. Le prese la mano e intrecciò le dita con le sue. Per lui era semplice. Lei gli assicurava l'equilibrio, la lucidità, o quel poco che gliene restava. Lei era la luce che illuminava la sua tenebra. Non poteva lasciarlo. Jacques portò alle labbra le dita di Shea e le baciò.

Shea avvertì una scarica elettrica fino alle punte dei piedi. La sua mente era aperta a quella di lui, in completa intimità, e poteva leggere ogni emozione, ogni pensiero di Jacques. Desideri oscuri ribollivano tumultuosi insieme a una ferrea determinazione a trattenerla al suo fianco. La paura della solitudine era un abisso spalancato. E c'era quella fame terribile che lo consumava, incessante. Shea si ritrovò in lacrime. Gli cullava gentilmente la testa fra le braccia. «Ora non sei più solo», mormorò. «Ci sono io con te, Jacques. Non ti lascerò così».

Ma stai ancora pensando di andartene. Non puoi nascondermi le tue intenzioni, Shea. Ti ho spiegato già molte volte: tu sei la mia vera compagna per la vita. Tra noi non può esserci inganno.

Shea posò la testa sulla sua. Entrambi erano turbati dalle emozioni cupe che lo agitavano. La violenza si mescolava al terrore. «Non ho mai cercato di ingannarti. Lo sai. Io non ti dico bugie e non fingo. Abbiamo bisogno del sangue. Senza di quello, non puoi guarire. Non c'è altra soluzione».

Non puoi lasciarmi, Shea. Questa volta il tono era di comando, senza la sfumatura indulgente che aveva spesso con lei. Di colpo era una creatura dal potere enorme, arrogante e autoritaria.

Shea sospirò. «Non cominciare a darmi ordini, selvaggio. Dobbiamo concentrarci sul problema. Ci serve sangue. E io non ho vestiti che ti vadano bene. Hai un'idea migliore?».

Aspetta finché non sarò di nuovo forte e potrò venire con te per proteggerti.

Shea scosse la testa. «Continui a fare confusione. Sono io quella che deve proteggerti. Sono io il medico».

Tu sei la mia compagna per la vita. Solo tu. Sei mia.

Shea lo guardò incredula. «Non hai mai vissuto con una donna? Mai fatto sesso?».

I carpaziani non vivono con nessun altro all'infuori delle loro compagne. Il sesso è solo comunione dei corpi, un piacere che insieme a tutte le altre emozioni svanisce dopo duecento anni, in mancanza di una compagna.

«Non capisco. Senza un compagno, i carpaziani non provano nulla?».

Nulla, Shea. Né affetto, né rimorso, né distinguono il bene dal male. Di certo non provano desiderio. Dopo duecento anni i maschi carpaziani non hanno più alcuna emozione.

Shea s'imporporò. «Ma tu provi desiderio quando sei con me. Forse non avrò esperienza, ma da medico mi accorgo di certe cose».

Jacques le strinse le dita, scaldandole con il fiato. *Io ti desidero con ogni cellula del mio corpo, con il cuore e con la mente. La tua anima è l'altra metà della mia. Quando sei con me, io sento. Gioia, desiderio, rabbia, perfino allegria. Tu sei la mia compagna per la vita. Ti attendevo da duecento anni. Non potevo vedere i colori finché non sei arrivata tu.* Fissò i suoi occhi neri, colmi di sofferenza, negli occhi verdi di lei. *Non posso perderti. Non posso più restare solo. Se ti perdessi, sarei un pericolo per tutti, mortali e immortali.*

Shea non voleva affrontare quell'argomento. Mormorò il nome di lui e gli sfiorò la tempia con un bacio, senza pensarci.

Non posso vivere senza di te, piccola donna dai capelli rossi. Sono pieno di tenebra. La belva in me è forte. Lotto ogni momento per non perdere il controllo. Solo tu puoi salvarmi dall'oscurità totale.

«Come fai a saperlo? Hai ammesso di non ricordare quasi nulla».

Ho aperto la mia mente alla tua. Sai che è la verità. Tu sei la mia ancora di salvezza, e io non posso fare altro che provvedere alla tua felicità.

Shea non riuscì a trattenere un sorriso. «Ma non capisci quanto sei arrogante? Non sei tu il custode della mia felicità. Sono io. E in questo momento, con buona pace del tuo orgoglio maschile, sono io quella responsabile della tua salute e della tua incolumità. Non possiamo aspettare che tu stia meglio. Devo andare subito. Ogni giorno che passa è un giorno regalato a Don Wallace. Non appena sarai in condizioni di viaggiare ce ne andremo da qui». Gli accarezzò i folti capelli. «Devo andare, Jacques. Non ti lascio, vado solo a fare rifornimenti».

Lui si ritrasse mentalmente per un attimo e, come sempre, assunse un'espressione indecifrabile. I suoi occhi neri scintillarono. *Vengo con te.*

Shea si alzò a sedere, riluttante a dimostrargli che aveva torto ma decisa a fargli cambiare idea. «Allora proviamo a uscire fin sui gradini. Ti sorreggo io».

Credi che non ce la possa fare.

«Credo che la tua volontà sia forte, Jacques, ma il tuo corpo è debole. Forse mi sbaglio. Mi auguro di sbagliarmi». Fece in silenzio i preparativi necessari. Sapeva che Jacques non poteva muoversi se non a prezzo di terribili dolori. La barella era stretta e scomoda, e Shea la foderò con una coperta. Mentre lo aiutava a spostarsi dal letto, Jacques iniziò a sudare, ma non emise un lamento. Rassegnata, Shea lo trascinò fuori, all'aperto. Era da lui resistere stoicamente. Aveva sopportato la tortura e ore di interventi chirurgici senza antidolorifici né anestesia. Se era deciso ad andare con lei, lo avrebbe fatto senza fiatare.

Jacques scacciò il dolore dalla mente e fissò il cielo, inspirando l'aria della notte. Il suo mondo: spazi aperti, fruscii di ali, squittii di pipistrelli, richiami di insetti. Chiuse gli occhi per meglio assorbire quegli odori e le storie che raccontavano. Il suo corpo protestava per lo sforzo e gli inviava segnali di dolore, come un coltello dalla lama spuntata che gli intaccasse le carni.

«Jacques, ti prego, non essere così testardo. So cosa senti».

Non è necessario, Shea. Non fonderti con la mia mente. Non voglio che debba soffrire anche tu.

«Ti prego, lasciati riportare dentro e rimettere a letto. Ci siamo appena mossi e stai già malissimo. Non ho intenzione di portarti fino al paese, puoi protestare quanto vuoi. Tu al mio posto faresti lo stesso».

Un lieve sorriso gli incurvò le labbra. *Se fossi al tuo posto non ci sarebbe bisogno di andare fino al paese. Farei venire ogni umano nelle vicinanze a nutrirti.* Il suo tono era vagamente minaccioso, e Shea colse l'eco del suo pensiero recondito. *Nessun umano sarebbe stato al sicuro se le fosse accaduto qualcosa.*

Shea gli carezzò la fronte. «Io sto bene, Jacques, e per il momento sono io che comando».

Jacques rise mentalmente, quasi con disprezzo. *Questo posto non mi è nuovo.* Si guardava intorno con uno strano luccichio negli occhi. *Lo conosco. Molto tempo fa qui è successo qualcosa che dovrei ricordare.* Si portò la mano alla gola con un gesto automatico, tastandosi la sottile cicatrice bianca che gli attraversava la giugulare. *Solo una ferita mortale può lasciare una cicatrice*, mormorò sottovoce, quasi tra sé.

Shea rimase immobile, in silenzio, per non disturbare Jacques mentre i ricordi riaffioravano.

Sono già stato qui, tempo fa. Forse un quarto di secolo. Gli doleva la testa, ma invece di sfuggirgli, il ricordo brillò e si solidificò in un'immagine. I suoi occhi vagavano per la radura, irrequieti. *C'è stato un combattimento, qui. Un vampiro, reso forte e audace dal suo ultimo assassinio. Non avevo mai affrontato un vampiro prima di allora. Non ero preparato a tanta forza, tanta ferocia. Forse non riuscivo a credere che uno dei nostri, sebbene trasformato, fosse capace di una tale malvagità.* Con una smorfia, si concentrò nel tentativo di ritrovare altri frammenti. *Stavo custodendo qualcuno, una persona importante, che non doveva cadere nelle mani del vampiro. Una persona rara…*

A quel pensiero s'interruppe. Shea fuse la mente con quella di Jacques e avvertì la sua confusione, la frustrazione di non riuscire a catturare e a fissare un'immagine. Gli posò una mano sulla fronte per consolarlo, scrutandolo apprensiva con gli occhi verdi.

Due occhi familiari. Non verdi, ma blu. *Una donna. Le donne carpaziane sono rare. Dobbiamo custodirle con cura, proteggerle. Era una donna quella che stavo custodendo, ed era speciale. La nostra speranza per il futuro.*

Shea ebbe un tuffo al cuore. Jacques aveva combattuto per un'altra donna e rischiato la vita per lei, a giudicare dalla cicatrice. *Che donna?* Shea non si rese conto di star comunicando alla maniera di una compagna carpaziana.

Pur con la testa che gli pulsava, Jacques si ritrovò compiaciuto e divertito. La sua dottoressa dai capelli rossi non gradiva l'idea di un'altra donna nella sua vita. *Aveva gli occhi azzurri, e pieni di lacrime, come i tuoi ora.* Raccolse con un dito una gocciolina lucente e se la portò alla bocca. Il suo corpo costantemente affamato la assorbì come fosse l'essenza di Shea.

Chi era, Jacques? O chi è? Un maschio come Jacques, così bello, sensuale e passionale, era logico che avesse una donna da qualche parte. Shea si morse il labbro così forte da farlo sanguinare.

Jacques si sforzava di trattenere i pochi frammenti che gli balenavano nel cervello. Intuiva che quelle informazioni erano preziose per entrambi. *Apparteneva a un altro. Lui è…* Il dolore gli strinse la testa come una morsa.

Shea gli afferrò le mani. «Lascia perdere, Jacques, non ci serve». Gli tolse i capelli dalla fronte. «Col tempo tornerà. Guarda quante cose hai già ricordato». Fu turbata dal sollievo con cui aveva accolto la notizia che quella sconosciuta importante apparteneva a un altro.

Non è una fantasia, disse Jacques, tra lo scherzoso e il reticente. Sollevò una mano, le prese la nuca e la tirò a sé per baciarle la bocca tremante. La lingua colse avida le goccioline di sangue dal labbro inferiore.

«Ti ho detto di non entrarmi nella mente». Shea gli restituì il bacio con dolcezza, facendo attenzione a non urtarlo. «Torniamo dentro, così ti rimetti comodo». Le sofferenze di Jacques le erano più intollerabili che a lui stesso.

Ancora un minuto. Ascolta il canto della notte. Senti i richiami gioiosi dei lupi?

Shea li sentiva. Come avrebbe potuto non sentirli? In lontananza, il branco esultava, ogni animale con il muso proteso al cielo. Gli era impossibile contenere il giubilo che fluiva dai loro cuori e dalle loro gole, e che riempiva la notte. Era così bello, così puro, e tutt'uno con il loro mondo. Le note, ognuna diversa, echeggiavano nella foresta, si alzavano fino al cielo. Shea apparteneva a quella terra. Il suo posto era insieme ai lupi, alle montagne, alla notte. Si voltò a guardare Jacques e lo trovò con la testa fra le mani, assediato dai ricordi che lo trafiggevano come altrettante schegge acuminate.

Dovrei ricordarlo. È una persona importante. Ricordo il combattimento. Si toccò un'altra volta la cicatrice. *Il vampiro mi ha squarciato la gola. La donna mi ha salvato la vita. Fingeva di essere terrorizzata, ma mentre piangeva su di me ha medicato la ferita con la terra e la saliva. Il vampiro l'ha rapita. Perché non ricordo l'altro?*

«Smettila subito!», ordinò seccamente Shea mentre gli tamponava la fronte chiazzata di cremisi. «Ti riporto immediatamente dentro casa».

Shea. La parola era come un talismano magico, un balsamo confortante per la sua mente torturata.

Sono qui con te, Jacques. Si fuse con la sua mente e lo tenne stretto. *Con il tempo ricorderai tutto, te lo prometto.*

Jacques le accarezzò le brutte ferite e i lividi sul collo, che parevano non volersi rimarginare. Senza il sangue e il sonno rigeneratore della loro razza, il corpo di Shea non poteva guarire. *Guarda cosa ti ho fatto. E non posso nemmeno custodirti come è mio dovere. Non ti sono di alcuna utilità.*

Shea gli tirò piano i capelli, un castigo affettuoso. «Non direi, Jacques, mi sembra che a darmi ordini te la cavi benissimo». Spinse la barella dentro la casupola e stese sul letto delle lenzuola pulite prima di farvi adagiare Jacques. «Sai che ora devo andare», disse piano.

Jacques rimase immobile, grato di trovarsi sul letto morbido e del tocco confortante di Shea. Amava la sensazione delle sue dita che gli carezzavano i capelli e la fronte. *Non posso permetterti di uscire priva di protezione.* Shea sapeva che era contrario, ma vide che stava cedendo.

«Anche tu rimarrai privo di protezione. Ma possiamo farcela. Nessuno di noi due sarà veramente solo. La distanza non è un problema, vero? Il nostro legame è forte, non possiamo usarlo a distanza di qualche chilometro? Dopo tutto tu mi hai chiamata dall'altra parte dell'oceano».

Jacques aveva un'espressione addolorata, ma era quasi rassegnato. *È vero, possiamo comunicare a nostro piacimento, ma esaurisce le mie energie. A distanza potrebbe essere difficile.*

«Solo perché lo faccio sempre fare a te». Shea controllò la carica del fucile e della pistola e posò due scatole di cartucce accanto alle armi, vicino a Jacques. «Ormai sto diventando brava a leggere la mente. Mia madre era dotata, per cui dovrei aver ereditato le sue capacità. Chissà, forse è così».

Il nostro legame diventa sempre più forte a ogni scambio di sangue e a ogni momento che passiamo insieme.

«Quindi se siamo lontani potrei non aver più voglia di stare con te?», lo canzonò lei. «Se avessi saputo che era così semplice, me ne sarei stata tutto il tempo seduta fuori».

Lui le carezzò i capelli setosi. *Per questa volta ti permetterò di andare, ma non…* S'interruppe, ma non abbastanza in fretta: Shea intuì i suoi pensieri possessivi. Alzò un sopracciglio. A volte Jacques le ricordava un animale selvatico più che un uomo. «Smettila con questa storia del permettere. È un'offesa alla mia indipendenza».

Gli sorrise di nuovo, divertita, e Jacques si sentì circondare dalla sua luce. Sembrava irradiarsi dai suoi vividi occhi verdi e condurlo lontano dall'abisso della solitudine. Shea stava dicendo cose del tutto sensate, e in quel momento di lucidità non poteva che acconsentire. Ma come avrebbe fatto a resistere senza di lei anche per poche ore? Come avrebbe sopportato lo scorrere lento dei secondi e dei minuti? Jacques chiuse gli occhi al pensiero della tenebra che lo attendeva. L'angoscia. L'isolamento.

«Jacques, non fare così. Hai detto che sei in grado di fermare il cuore e i polmoni. Quando lo fai, puoi sentire o pensare? Sognare?». *Avere incubi?*

No, ma non oso dormire il sonno della nostra razza. Quando tu sei lontana da me o scegli il sonno dei mortali, io devo restare vigile.

«Non mi accadrà nulla. Tu addormentati e goditi un po' di pace. Io parto subito e vedo fin dove riesco ad arrivare stanotte».

Non devi permettere che ti accada nulla, Shea. Non hai idea di quanto sia importante la tua incolumità. Io non posso stare senza di te. Tu mi hai restituito alla vita. So che la mia mente è scossa. Non puoi abbandonarmi quando ho più bisogno di te. Non potrei più sfuggire alla follia bestiale che è dentro di me.

«Non ho nessuna intenzione di abbandonarti, Jacques», lo rassicurò lei.

Non dimenticare che dovrai essere tu a fonderti con me stavolta. Lo disse con un tremito nella voce.

«Ti contatterò spesso, vedrai. Però avvertimi anche tu se c'è qualcosa che non va. Siamo intesi? Basta fare l'eroe».

Capitolo 6

L'alba tingeva il cielo di rosa quando Shea arrivò finalmente al paese più vicino, dopo un lungo viaggio sul terreno accidentato. Le occorrevano carburante, erbe medicinali, filo per sutura, scorte varie e soprattutto, sangue. Aveva sempre dovuto combattere contro la spossatezza durante le ore diurne, ma questa volta era più che semplice affaticamento: si sentiva esausta. Era terrorizzata dall'idea che qualcuno potesse sorprenderla nel furgone in quelle condizioni. Sapeva che non sarebbe riuscita a difendersi in alcun modo. E più di ogni altra cosa, temeva che durante la sua assenza Jacques potesse essere aggredito.

Shea si fermò alla stazione di servizio e scese dal furgone. Si sentì subito a disagio, senza sapere perché. A quell'ora c'era pochissima gente per le strade. Si appoggiò con aria indifferente al furgone e si guardò intorno a lungo. Non vide nessuno, ma si sentiva osservata da qualcuno o qualcosa. La sensazione era netta. Sollevò il mento e, sforzandosi di non dare retta alla propria immaginazione sovraeccitata, riempì il serbatoio, poi la tanica di riserva e altre due per il generatore.

La sensazione di essere osservata divenne così forte da darle i brividi. Di colpo, una presenza bussò alla sua mente. Non era Jacques, il cui tocco le era ormai familiare. Fu assalita dalla paura, ma si mantenne impassibile, concentrandosi sul compito che doveva portare a termine il più in fretta possibile. Sentì la presenza ritirarsi, senza riuscire a entrarle nella mente.

Shea risalì sul furgone e attraversò le strade deserte fino ad arrivare alla piccola clinica. Stavolta, scendendo dal sedile, scrutò attentamente le ombre intorno a sé, usando tutti i sensi a disposizione: vista, olfatto, udito, istinto. C'era qualcuno, qualcosa. L'aveva seguita, era vicino. Riusciva a percepirlo, ma non a localizzarlo.

Jacques? Cercò la sua mente, colta dal timore che ciò che percepiva stesse accadendo a lui.

Sto aspettando che ritorni. Shea sentì che era molto stanco. La luce del mattino lo indeboliva molto più di lei. La loro separazione era un peso terribile.

Tornerò presto. Shea fece un altro respiro profondo e si guardò intorno, decisa a scoprire la causa di quell'inquietudine. Un uomo se ne stava a oziare all'ombra di un albero. Era alto, scuro e immobile, come un cacciatore. I suoi occhi vagarono qua e là, poi si posarono su di lei.

Ebbe un tuffo al cuore. Chi era quell'uomo? Possibile che Wallace l'avesse già trovata? Shea distolse lo sguardo. Per prima cosa doveva finire il suo lavoro. Tirò fuori il portatile e digitò i comandi per accedere alla banca del sangue. Per trasportare Jacques, aveva disperatamente bisogno di scorte.

Un istante dopo, Shea si sentì una stupida. La porta della bottega dall'altro lato della strada si aprì, e ne uscì il proprietario, piccolo e curvo, con un grembiule legato intorno all'ampio ventre e una scopa in mano. Fece un cenno di saluto all'uomo immobile sotto l'albero. «Buongiorno, Byron. Siamo di buon'ora, eh?». Shea riconobbe il dialetto del luogo.

L'uomo alto e scuro gli rispose nella stessa lingua: aveva un timbro ricco e profondo. Uscì dall'ombra: era giovane, bello. Rivolse un sorriso amichevole al negoziante che gli si avvicinava. Era chiaro che erano in rapporti cordiali. L'uomo dai capelli scuri non era uno sconosciuto da quelle parti. Nessuno dei due parve fare caso a Shea. Lei osservò Byron chinarsi sull'uomo più anziano e cingergli con affetto la spalla con un braccio.

Shea emise un sospiro di sollievo. La sensazione di essere sorvegliata era svanita, e non avrebbe saputo dire se fosse stata reale o frutto della sua immaginazione. Guardò i due uomini allontanarsi fra le ombre degli alberi. Le giunse l'eco di una risata. L'uomo più alto e giovane si chinò ancor di più sul vecchio per meglio udire le sue parole. Shea si affrettò a entrare nel negozio e comprò dal commesso una coperta e delle lenzuola nuove, parecchi blocchi di ghiaccio e dei vestiti per Jacques.

Nel frattempo alla clinica le sue scorte erano pronte; l'impiegato la trattava come una cliente affezionata. Con un lieve senso di colpa, Shea pagò e uscì. Doveva tornare nel furgone e trovare un posto buio dove riposare finché non fosse potuta tornare da Jacques senza correre pericoli.

La luce le ferì gli occhi come un milione di aghi. Shea incespicò e sentì una mano forte afferrarle il braccio e sorreggerla. Mormorando un ringraziamento, si frugò in tasca alla ricerca degli occhiali scuri con cui coprirsi gli occhi accecati dalle lacrime.

«Che cosa fai qui sola e priva di protezione?». La voce era bassa, l'accento simile a quello di Jacques in modo inquietante.

Shea rimase per un attimo senza fiato e lottò per liberarsi. L'uomo dai capelli scuri la trascinò all'ombra, contro la parete dell'edificio, e si piazzò davanti a lei sbarrandole la strada. «Chi sei?», domandò. «Sei piccola e di carnagione chiara per essere una di noi». Le afferrò il mento, costringendola a fissarlo negli occhi coperti dalle lenti scure. «Il tuo odore mi ricorda qualcuno, ma non saprei chi. Come è possibile che non ti conosca?». Un'ombra di compiacimento gli passò sul viso. «Sei libera. Molto bene».

«Signore, io non la conosco, e lei mi sta facendo paura. Ho molta fretta, per cui la prego di lasciarmi andare», disse Shea in inglese e con il tono più altezzoso che poté. Quell'uomo aveva una forza smisurata, e la terrorizzava.

«Mi chiamo Byron», rispose l'uomo, come se questo fosse sufficiente. «Sono un maschio della nostra razza, e tu una femmina priva di compagnia. Sta per sorgere il sole e tu non hai tempo sufficiente per trovare un riparo. Non posso che aiutarti, offrirti la mia protezione». Parlava inglese con un forte accento del luogo.

La sua voce era suadente, il suo contegno mellifluo, ma non aveva lasciato la presa né si era mosso di un centimetro per lasciarla passare. Inspirò profondamente l'odore della donna. Di colpo il suo atteggiamento mutò. Si irrigidì e le affondò le dita nel braccio. I suoi denti bianchi mandarono un bagliore sinistro. «Perché non mi hai risposto, prima, quando ti ho chiamato?», disse in tono minaccioso. Quello sconosciuto affabile si era fatto spaventoso.

«Mi lasci andare», disse Shea con fermezza, pensando in fretta a come uscire da quella situazione. Quell'uomo sembrava invincibile, ma…

«Dimmi chi sei», le ordinò.

«Mi lasci andare subito», disse Shea piano, in tono melodioso, ipnotico. «Lei non vuole trattenermi».

Lo straniero scosse la testa e strinse gli occhi: riconosceva il potere ammaliatore di quella voce. Inspirò di nuovo, e sembrò raggelarsi. «Riconosco quest'odore. Jacques. È morto da sette anni, eppure il suo sangue scorre nelle tue vene».

Shea rimase impietrita dalla paura. Era lui il traditore di cui le aveva parlato Jacques? Shea scosse la testa per togliersi le dita dell'uomo dal viso. «Non so di cosa stia parlando. Adesso mi lasci andare!».

Byron emise un sibilo raccapricciante. «Se vuoi arrivare viva a questa notte, devi dirmi cosa hai fatto a Jacques».

«Mi fa male». L'uomo incombeva su di lei, curvo sul suo collo, inarcandola all'indietro mentre lei cercava di sfuggirgli. Shea sentì il suo alito caldo sul collo, e sussultò al contatto dei suoi denti affilati come rasoi. Con un grido soffocato si gettò di lato.

L'uomo le afferrò bruscamente il collo della camicia per esaminarle le ferite sul collo. Shea approfittò del suo sconcerto: sollevò il ginocchio con tutta la forza che aveva e lanciò un grido acutissimo. L'uomo non si aspettava che lei volesse attirare l'attenzione. Il suo sibilo carico di minaccia fu l'ultima cosa che Shea udì prima che lui svanisse.

E svanì, letteralmente, senza un movimento visibile. Un momento prima era lì, che la premeva contro la parete, e un attimo dopo era sparito. Un filo di nebbia sottile si mischiava all'umidità che aleggiava a pochi centimetri da terra.

Due inservienti le corsero incontro, attratti dalle grida. Coprendosi il collo con la mano per nascondere la piccola ferita sanguinante, Shea lasciò che la tranquillizzassero, assicurandole che l'animale che aveva visto acquattato nell'ombra era un cane randagio e non un lupo. Poi i due si allontanarono, scuotendo la testa e ridendo degli sciocchi timori delle donne.

Shea caricò le scorte sul furgone, con tutta la calma che la fretta le consentiva. Se la luce del sole la feriva, per il suo aggressore doveva essere altrettanto letale che per Jacques. Non aveva mai considerato l'idea di dover affrontare un vampiro. Finora il suo incubo era Don Wallace; ma questo doveva essere ben peggiore. Sistemò con cura le unità di sangue nella borsa frigo, in mezzo ai blocchi di ghiaccio. Doveva trovare il modo di portare il sangue a Jacques senza lasciare una traccia per il vampiro.

Indugiò un altro po'. Il sole era sempre più alto e le bruciava la pelle attraverso la stoffa degli abiti. Gli occhiali scuri e un cappello a tesa larga le davano un minimo di protezione. Ciononostante, Shea sentiva che era meglio restare in mezzo alla gente finché poteva; debole com'era, l'unica alternativa era cercare riparo nel furgone all'ombra dei boschi e riposare.

Avvertì una pressione mentale, un tocco conosciuto: con infinito sollievo, Shea fuse la mente con quella di Jacques. Lui era debole, le poche energie residue prosciugate dal sorgere del sole. Shea si rimproverò di non averlo rassicurato prima. Avrebbe dovuto immaginare che lui avrebbe sentito la sua paura anche a grande distanza.

Stai bene?

Sì, Jacques. Mi dispiace di non essermi fatta viva prima. Si sforzò di rimanere calma e di nascondergli il proprio turbamento. L'ultima cosa che voleva era che lui corresse in suo aiuto. Sapeva che lo avrebbe fatto, a costo di uccidersi.

Sei esposta al sole, ti sento sofferente. Era una di quella prediche a cui si stava abituando. Man mano che riacquistava le forze, Jacques si faceva sempre più arrogante e autoritario.

Gli occhi le lacrimavano senza sosta dietro le lenti scure. Shea fece un respiro profondo e vuotò il sacco. *C'era uno della tua razza, qui, o almeno così mi è sembrato.*

La reazione di Jacques fu esplosiva: rabbia, paura per lei, un furore incontrollabile di gelosia. Jacques si sforzò di restare in silenzio e ascoltarla. Sapeva che i suoi accessi d'ira la spaventavano. Spaventavano anche lui: non era abituato a provare emozioni e ne era travolto.

Ha riconosciuto il tuo odore, ti ha perfino chiamato per nome. Voleva a ogni costo sapere dove sei. Ti prego, fai attenzione, Jacques. Temo di averti lasciato completamente indifeso. Credo che si metterà a cercarti.

T*i ha toccata? Ha preso il tuo sangue?*, chiese lui imperioso. Shea si sentiva assediata dalla sua collera.

Si toccò la ferita sul collo. *Te ne saresti accorto*, lo rassicurò.

La furia parve placarsi un poco. *Dove sei ora?*

Al sicuro, per il momento, ma mi darà la caccia stanotte, ne sono sicura. Non voglio condurlo da te.

Devi tornare da me stasera, assolutamente. Non posso lasciare che ti tocchi o che vi scambiate il sangue.

Non mi accadrà nulla. Sei tu quello che deve stare attento, Jacques. Cercò di tranquillizzarlo. *Ho paura per te, che finirò per condurlo da te, o che ti troverà mentre sono via.*

Non ti rendi conto del pericolo che stai correndo. Devi venire da me.

Anche se non comprendeva fino in fondo, Shea fu colpita dalla sua convinzione e dal suo timore per lei, e ricordò con un brivido la forza immensa dello sconosciuto, quel sibilo che prometteva vendetta. *Non preoccuparti, verrò al più presto. Ora dormi, Jacques. Ti stai sforzando troppo.*

Shea. Una pausa carica di nostalgia. *Torna da me. Se non riesci a credere a tutto il resto, credi almeno che ho bisogno di te.*

Te lo prometto. Shea appoggiò la fronte al volante. Si sentiva stanchissima e aveva gli occhi gonfi. I finestrini oscurati l'avrebbero protetta dalle scottature, ma ancora per poco. I suoi movimenti erano impacciati e lenti. Non poteva più aspettare: poteva solo sperare che il vampiro fosse già rintanato nel suo covo e non potesse vedere dove era diretta.

Si rimise in viaggio attraverso le montagne. Dapprima, per risparmiare tempo, prese la strada principale, guidando più veloce che poteva sullo sterrato tortuoso. Poi, quando la luce del sole divenne intollerabile, s'inoltrò nei sentieri, sempre più in alto, cercando l'ombra della foresta. Le chiome folte degli alberi la riparavano dal sole implacabile che le trafiggeva il cranio. Quando non poté più proseguire, sentendosi come di piombo, si fermò dove il bosco era più fitto e si trascinò nel retro del furgone. Ebbe appena la forza di chiudere le sicure e di prendere la pistola. Giacque come paralizzata, con il cuore che le martellava nel petto, terrorizzata dalla sua stessa debolezza.

Aveva bisogno di Jacques, della forza incredibile racchiusa in lui, della sua volontà di ferro. Lo visualizzò nella mente e quell'immagine calmò i battiti del suo cuore. Se solo avesse potuto abbracciarlo, stringersi a lui. E un attimo dopo, come per miracolo, sentì davvero le braccia di Jacques circondarla e proteggerla, e il ritmo forte e regolare del cuore di lui che batteva all'unisono con il suo. Gli sfiorò il viso con le dita, a occhi chiusi, concentrandosi su ognuno dei suoi lineamenti sensuali. Dormirono così, separati eppure vicini, nel sonno agitato dei mortali, sempre consci del pericolo che li circondava, e della paralisi dei loro corpi. Shea, per la prima volta, sperimentò la potenza di una fusione psichica prolungata, la sensazione di non essere mai sola, la forza di due esseri legati l'uno all'altro.

Il giorno trascorse con lentezza, mentre il sole caldo e splendente avanzava nel cielo fino a ritirarsi dietro le montagne e tramontare sul mare in un incendio di colori.

La caverna, a pochi chilometri dalla casupola di Shea, era buia e profonda. Lo stretto cunicolo che sbucava in un dedalo di corridoi e pozze fumanti era tortuoso e quasi impraticabile in alcuni punti. Nella cella più piccola, sotto il suolo fertile, un cuore prese a battere. La terra eruttò come un geyser, e Byron emerse dal suo giaciglio. Dopo un attimo di disorientamento, il suo corpo brillò, si dissolse in una nebbiolina che iniziò a serpeggiare nei corridoi per riversarsi nel cielo che imbruniva. La nebbia si solidificò in un grande uccello, e un paio di ali robuste sollevò la creatura nel cielo. Volò in cerchio sulla foresta, sopra le chiome degli alberi, poi scese in picchiata come una freccia scoccata dall'arco.

Solo nella casupola, Jacques avvertì una vibrazione minacciosa nell'aria, e seppe che qualcosa di pericoloso era sulle sue tracce. Schermò la mente perché apparisse come quella di un umano a chiunque sondasse il territorio. Sentì l'ombra alata passare sopra di lui, una lieve pressione ai margini della sua mente, poi la creatura si allontanò.

Jacques?, domandò piano Shea, apprensiva.

È qui vicino.

Shea lesse senza sforzo nei suoi pensieri. Jacques la voleva accanto a sé, per proteggerla e per impedire a un altro maschio di reclamarla per sé come aveva fatto lui. Temeva che se fosse tornata da lui, sarebbe caduta nella trappola del vampiro, ma non poteva sopportare la loro lontananza né lasciarla priva di difese. La sua mente vacillava, e il bisogno di lei cresceva.

Shea si alzò di scatto e si mise al volante. *Presto sarò da te.* Sentì che Jacques sorrideva: stava cominciando a ricordare cosa fosse l'allegria. *Sei proprio contento che io vada dove mi pare e che prenda le mie decisioni autonomamente, vero?* Lo prese in giro per distrarlo finché non fosse di nuovo al suo fianco.

Non contarci troppo, piccola donna dai capelli rossi. Il mio ideale è l'obbedienza assoluta.

Ti piacerebbe. Shea si ritrovò a ridere nonostante la paura. Era da sciocchi scherzare a quel modo con i pericoli che correvano e la prospettiva di un viaggio difficile. Dove potevano andare, senza aver pianificato nulla? Avrebbe perso tre o quattro ore preziose solo per tornare alla casupola.

Jacques si stiracchiò piano, con cautela. Il suo corpo protestò vivamente. Jacques accolse quel dolore che faceva parte del suo mondo da anni. Poteva convivere con il dolore. Non poteva vivere senza Shea. Si mise seduto a fatica. La stanza prese a oscillargli intorno. Quasi immediatamente sentì il sangue denso e caldo scorrergli sul petto e sull'addome. Imprecò sottovoce nella sua lingua. Conosceva intimamente il dolore, aveva dimenticato l'agonia straziante. Non aveva importanza. L'unica cosa che contava era proteggere la sua compagna.

Shea guidava spericolata, cercando sentieri impossibili, passando sopra ceppi marcescenti e attraverso gole rocciose. A volte guadagnava tempo, altre volte procedeva lenta. Guidare di notte era un'esperienza interessante. Non aveva bisogno dei fari. Vedeva altrettanto chiaramente che di giorno. La luce della luna inargentava gli alberi e i cespugli. Era tutto meravigliosamente vivido e chiaro.

Lontano, un enorme gufo virò nel cielo, descrisse un cerchio intorno a una grande costruzione scavata nella parete rocciosa e scese con circospezione. Si posò su una colonna di pietra, ripiegò le ali e prese forma umana. Nel bosco, i lupi del branco lanciarono ululati di avvertimento. Un uomo uscì dalla casa, scese dalla veranda avvolta nella nebbia e si avviò senza fretta verso i cancelli. Era alto, con i capelli scuri, e la sua figura emanava un grande potere. Si muoveva con l'agilità di un felino della giungla e con l'eleganza di un principe. Aveva occhi neri come la notte e carichi di mistero. Il suo volto bello e sensuale era impassibile, ma circondato da un'aura minacciosa.

«Byron. È passato molto tempo dalla tua ultima visita. Non ci hai avvertiti». La voce bassa e vellutata, musicale, era più eloquente di un aperto rimprovero.

Byron si schiarì la gola, a disagio, e sfuggì lo sguardo penetrante dell'altro. «Perdona la mia scortesia, Mikhail, ma porto notizie assai preoccupanti. Sono corso qui più rapido che potevo e ancora non trovo le parole per dirti quel che ho scoperto».

Mikhail Dubrinsky fece un gesto cortese. Era uno degli antichi, uno fra i più potenti, e aveva da tempo imparato a essere paziente.

«Stamattina all'alba mi sono attardato prima di andare sotto terra. Non mi ero nutrito, per cui sono andato nel paese e ho chiamato uno degli abitanti. Ho avvertito la presenza di una femmina della nostra specie. Non sembra una di noi: è minuta, molto esile, con i capelli rosso scuro e gli occhi verdi. Si capiva che era debole e che non si nutriva da tempo. Ho provato a contattarla usando il nostro canale comune, ma non mi ha risposto».

«Sei sicuro che sia una di noi? Sembra impossibile, Byron. Le nostre donne sono pochissime, nessuna di loro se ne andrebbe in giro priva di protezione, all'alba, e per giunta a nostra insaputa».

«È carpaziana, Mikhail, e non ha ancora un compagno».

«E tu non sei rimasto con lei a sorvegliarla e non l'hai condotta da me?». La voce scese di un'ottava: l'effetto fu alquanto sinistro.

«C'è dell'altro. La donna aveva il collo pieno di lividi e di ferite. E anche le braccia. Qualcuno l'ha maltrattata, Mikhail».

Negli occhi neri si accese un bagliore rossastro. «Dimmi quel che hai tanta paura di rivelarmi». La voce vellutata non s'inasprì, né aumentò di volume.

Byron tacque per un lungo istante, poi alzò gli occhi a incontrare lo sguardo penetrante di Mikhail. «Nelle sue vene scorre il sangue di Jacques. Riconoscerei ovunque il suo odore».

Mikhail non batté ciglio, non mosse un muscolo. «Jacques è morto».

Byron scosse la testa. «Non posso sbagliarmi. È Jacques».

Gli occhi neri lo fissarono ancora un secondo, poi Mikhail sollevò il viso e inspirò l'aria della notte. Inviò un richiamo possente su un canale che conosceva bene: gli risposero solo il vuoto e il silenzio. «È morto, Byron», ripeté piano, con un chiaro invito a ritenere chiusa la discussione.

Byron rimase rigido e impettito. «Ti dico che non mi sbaglio».

Mikhail tornò a scrutarlo. «Stai dicendo che Jacques ha usato violenza a questa donna? Che forse ha trasformato un'umana?». La domanda terminò in un sibilo. Di colpo, la potenza racchiusa in Mikhail fluì da lui e si addensò nell'aria circostante.

«È carpaziana, non una vampira. E ha fatto visita alla banca del sangue. Non so ancora come, ma in qualche modo è collegata a Jacques». Byron era incrollabile.

«Comunque stiano le cose, Byron, non possiamo fare altro che trovare questa donna misteriosa e proteggerla finché non le sarà dato un compagno per la vita. Vado a dire a Raven che vengo con te. Non voglio che senta nominare Jacques». Pronunciò queste ultime parole in un sussurro tanto calmo quanto minaccioso: era un ordine.

E anche la promessa del castigo che sarebbe giunto rapido e letale, se Mikhail avesse trovato Jacques vivo, e impossibilitato o restio a rispondere al suo richiamo. E se la donna ne fosse stata responsabile... Con un sospiro, Byron alzò gli occhi al cielo e guardò Mikhail dissolversi nella nebbia. Nubi sfilacciate passavano fra le stelle, e la terra fremeva inquieta, come temendo un pericolo invisibile.

Mikhail riemerse dalla foschia già trasformato in uccello. Byron non era mai riuscito a eguagliarlo in velocità, e dovette posarsi sulla colonna di pietra prima di trasformarsi e seguirlo nel cielo. L'uccello più grande planò silenzioso verso terra, con gli artigli affilati protesi come a ghermire. All'ultimo momento si risollevò, con un battito delle ali possenti. *Che età ha la donna?*

È giovane. Vent'anni o poco più. Non saprei dirlo. Ho visto che conosce la nostra lingua, ma mi ha parlato in inglese. L'accento, non saprei. Usava inflessioni e modi di dire americani, ma con tracce di irlandese. Ha attirato l'attenzione su di noi di proposito. Nessuno di loro avrebbe mai fatto una cosa simile. *Ho dovuto lasciarla andare, che era quello su cui lei contava. Poteva rimanere alla luce del sole più a lungo di me. Non può essere una vampira, o non avrebbe potuto.*

I due gufi solcarono il cielo buio, sostenuti dalla brezza. Un sibilo preannunciò lo scatenarsi del vento. Sotto di loro, gli alberi oscillavano e agitavano i rami. Gli animali correvano a rintanarsi. Le nubi si addensavano minacciose, oscurando le stelle.

Shea si faceva largo fra la vegetazione sparsa, con le mani strette sul volante tanto che le braccia le dolevano e le dita le formicolavano. Iniziava a temere di essersi persa quando il furgone sobbalzò violentemente, attraversò un ruscello sollevando spruzzi e Shea riconobbe il sentiero che conduceva alla vecchia casupola. Lo imboccò con un sospiro di sollievo. Era ricoperto dall'erba e pieno di buche e di sassi, ma ne conosceva ogni curva a memoria, e guadagnò tempo.

Cercò per due volte di fondersi con lui, ma la respinse. Si ripeté che Jacques non era in pericolo. Era certa che se l'uomo di nome Byron lo avesse trovato, lei lo avrebbe saputo, ma non riusciva a scacciare la sensazione di un pericolo incombente. Quando finalmente apparve la casupola, tornò a respirare. Le ci volle un po' per riuscire a staccare le dita dal volante e a sgranchire i muscoli. Scese dal furgone incespicando sulle gambe malferme.

Il vento soffiava sempre più forte, facendo vorticare le foglie e i ramoscelli caduti. Le cime degli alberi si agitavano. Il cielo era attraversato da strisce nere e grigie che spegnevano le stelle una a una. Le nubi si addensavano pesanti e cupe. Rabbrividendo, Shea alzò lo sguardo: la tempesta annunciava sciagure.

La fame non la abbandonava mai, implacabile. Sembrava farsi ogni giorno più forte, e Shea diventare sempre più debole in mancanza di sangue. Ma in quel momento l'essenziale era portare Jacques al sicuro. Shea raddrizzò le spalle e s'incamminò sui gradini. La casupola era al buio; Jacques non poteva aprire le imposte né accendere le luci. Shea girò la chiave e aprì la porta, ansiosa di vederlo.

Jacques era in piedi contro la parete. Indossava solo un paio di jeans leggeri di cotone. Era terreo, macilento, e il suo bel viso era solcato da rughe di dolore. Dalla ferita sotto il cuore stillava un rivolo di sangue. Era a piedi nudi, con i capelli arruffati, coperto di sudore. Aveva una chiazza cremisi sulla fronte, e altre gocce scarlatte gli affioravano sulla pelle.

«Oh mio Dio!», esclamò Shea inorridita. Sentì il gusto dolciastro della paura nella bocca secca. «Jacques, cosa hai fatto? Cosa ti eri messo in testa?».

Attraversò la stanza con un balzo, senza rendersi conto della propria rapidità. Lacrime cocenti le bruciarono nella gola, le salirono agli occhi. La vista di Jacques così ridotto la faceva stare male fisicamente. «Come ti è venuto in mente?». Gli esaminò la ferita aperta con dita delicate. «Perché non mi hai aspettato?». Mentre lo stringeva, fu colta da un pensiero assurdo: dove aveva trovato un paio di jeans della sua misura? Ma in quel momento non aveva alcuna importanza.

Lui verrà questa notte e io devo proteggerti.

«Mi chiedo come pensavi di farlo. Se non te ne fossi accorto, hai una voragine aperta nel petto. Così i punti non guariranno mai. Devi stenderti adesso».

Sta arrivando.

«Non m'interessa, Jacques. Possiamo andarcene da qui, viaggiare tutta la notte se necessario. Abbiamo le armi. Forse non possiamo ucciderlo, ma possiamo tenerlo a bada». In realtà Shea non era affatto sicura di essere in grado di sparare a qualcuno. Era un medico, un chirurgo, una guaritrice. L'idea di spegnere una vita la ripugnava. Voleva medicare in fretta Jacques e andarsene da lì. Evitare gli ostacoli le sembrava più comodo che affrontarli.

Jacques lesse nei suoi pensieri, indovinò la sua riluttanza. *Non preoccuparti, Shea. Sono perfettamente in grado di ucciderlo io.* Barcollò, si aggrappò a lei, e per poco non finirono a terra entrambi.

«Non so se questo mi rincuora», disse Shea a denti stretti. Riuscirono faticosamente ad arrivare fino al letto. «E se tu potessi vederti, in questo momento, dubiteresti di poter ammazzare una mosca».

Jacques si stese sulle lenzuola, senza neppure un gemito. Schermò la mente per non condividere con Shea quell'agonia. Non fece alcuna differenza: Shea la vedeva impressa sul suo volto, nelle pieghe della sua bocca e nel vuoto dei suoi occhi neri. «Mi dispiace se ti ho lasciato solo». Gli tolse dalla fronte le ciocche di capelli folti, indugiando a carezzarli. Con la morte nel cuore iniziò a raccogliere gli strumenti. Spostarlo significava un'altra tortura, e ancora una volta sarebbe stata lei a infliggergliela.

Non sei tu che mi torturi, piccola donna dai capelli rossi.

«So che la pensi così, Jacques», rispose lei stanca, legandosi i capelli in un nodo disordinato sulla nuca. «Ti ho fatto male quando ti ho portato qui, quando ti ho operato senza analgesici, e ti farò male ora». Shea tirò verso il letto il carrello con gli strumenti chirurgici. «Stai di nuovo sanguinando troppo. Devo fermare l'emorragia, e poi ti darò altro sangue». Si morse il labbro mentre tamponava e ispezionava la ferita.

Fuori il vento faceva tremare le finestre, ululando e scagliando rami contro le pareti. Era un suono agghiacciante, che faceva rizzare i capelli. Un mormorio lieve come il soffio della morte sulla pelle. Jacques le prese il braccio e la fermò mentre si apprestava a medicarlo. *Lui è qui.*

«È il vento». Shea non ci credeva, ma non potevano fare nulla finché lei non gli avesse richiuso la ferita.

L'ululato del vento si trasformò in un grido raggelante. Si udì un rombo di tuono, preceduto dallo sfrigolio elettrico di un lampo. La pesante porta dell'ingresso si aprì di schianto, in un mulinare di schegge. Shea si voltò di scatto, stringendo l'ago e il filo tra le dita insanguinate. Jacques, pallido e quasi dissanguato, tentò di alzarsi a sedere.

Sulla soglia c'erano due uomini. Shea riconobbe Byron, ma era l'uomo di fronte a lui ad attirare il suo sguardo. Era l'essere più potente che avesse mai incontrato. I suoi occhi brillavano rossastri, come quelli di una belva. Le ricordava vagamente qualcuno, ma Shea era troppo paralizzata dalla paura per capire chi. Con un grido, si girò per afferrare il fucile.

Mikhail scattò in avanti fulmineo. Le strappò senza alcuno sforzo l'arma dalle mani e la gettò lontano, con gli occhi ardenti fissi su Jacques. Un lungo, raccapricciante sibilo gli sfuggì dalla gola.

Jacques sostenne lo sguardo di Mikhail, ricambiandolo con un'occhiata colma di odio e di furia omicida. Fece per scagliarsi contro l'uomo più forte, ma Mikhail fece un balzo all'indietro, afferrò Shea alla gola e la sbatté contro la parete con tanta violenza da lasciarla senza fiato. Shea non aveva mai provato tanta forza in una singola mano. Mikhail la teneva inchiodata alla parete, con il braccio teso, e le sue dita le stritolavano lentamente la gola.

L'aria nella stanza parve addensarsi e vibrare di violenza, di malvagità. Byron ebbe appena il tempo di gridare un avvertimento a Mikhail prima che una sedia si alzasse in aria, rimanesse un istante sospesa e sfrecciasse dritta verso la sua testa. All'ultimo momento Mikhail si abbassò e la sedia andò a infrangersi contro la parete a pochi centimetri dal volto di Shea.

Mikhail si voltò verso Jacques, trascinando Shea davanti a sé, affondandole le dita nel collo. «Cosa gli hai fatto?», domandò. La scosse come una bambola di pezza. La sua voce scese di un'ottava. Profonda. Insidiosa. Avvolgente come velluto. *Dimmi cosa gli hai fatto.* Shea sentì la voce nella propria mente, ma su un canale diverso da quello che usava Jacques.

Shea lottò con l'ultimo briciolo di energia che le restava, cercando di respirare e di resistere a quell'invasione mentale. Un'altra sedia volò verso Mikhail, questa volta da sinistra. Lui fece un rapido gesto e la sedia si fermò a mezz'aria, per poi ricadere a terra. Intanto quelle dita terribili non abbandonavano la loro stretta mortale. La stava strangolando senza sforzo con una sola mano.

Shea annaspava in cerca di ossigeno. La stanza prese a ondeggiare, si oscurò; piccole macchie bianche vorticavano nel suo campo visivo. Jacques la sentì perdere conoscenza e la belva dentro di lui si scatenò, assetata di violenza. Si lanciò dal letto a velocità inconcepibile, animato dall'unico impulso di difendere Shea e fare a pezzi il suo aggressore. Mikhail fu costretto a balzare di lato e a liberare Shea, che si afflosciò a terra inerte, lottando per respirare.

«Jacques». La voce di Mikhail era profonda e magnetica. «Sono tuo fratello. Non mi riconosci?». Tentò più volte di comunicare con la sua mente ottenebrata, e non trovò altro che una smania feroce di uccidere. Gettò un'occhiata di sconcerto a Byron.

Byron scosse la testa. *Non riesci a controllarlo?*

Non trovo nessun canale, nessun appiglio. Mikhail scansò fulmineo il successivo attacco di Jacques, due lampade scagliate contro la sua testa alla velocità di un proiettile. Riapparve dall'altro lato della stanza, passandosi una mano fra i lunghi capelli.

Jacques si trascinò in direzione di Shea e si mise seduto appoggiandosi alla parete, facendole scudo con il proprio corpo. Shea sentì odore di sangue fresco, poi si ritrovò un braccio e un fianco insanguinati. Si guardò intorno, stordita, prima di capire cosa stesse succedendo.

Jacques! In un attimo gli fu accanto, premendogli le mani sulla ferita, dimenticando tutto fuorché la necessità di salvarlo. «Avete tre possibilità», ringhiò ai due intrusi da sopra la spalla. «Ammazzateci subito e fatela finita, andatevene, o aiutatemi a salvarlo». Silenzio. «Maledizione, decidetevi!». La sua voce era roca e strozzata, ma il tono era autoritario.

Mikhail corse ad aiutarla. Jacques, credendosi aggredito, la spinse all'indietro e si parò davanti a lei con un ruggito animalesco.

«Sta' indietro!», gridò Shea a Mikhail. Si fuse completamente con Jacques, e temette che il cuore le scoppiasse: in lui non c'era nient'altro che un caos di pensieri omicidi, un alone rossastro di violenza che non poteva penetrare.

Mikhail si dissolse all'istante e riapparve qualche metro più in là.

Jacques, lascia che ti aiuti, supplicò Shea, nel tentativo di ritrovarlo, di tranquillizzarlo.

Lui rispose con un verso bestiale, scoprendo le zanne scintillanti. Era un chiaro avvertimento a rimanere dietro di lui.

«Si è trasformato, Mikhail», mormorò Byron. «È un pericolo perfino per la donna. Non possiamo permetterci di perderla».

Shea li ignorò, sussurrando dolci parole senza senso nella sua mente, con uno sforzo disperato per riportarlo alla realtà. Tornò a premergli le mani sulla ferita. *Non mi toccheranno, selvaggio. Staranno a distanza. Ti prego, lascia che ti aiuti o non avrò alcuna protezione contro di loro. Sarò sola.* Shea non poteva lasciarlo morire dissanguato o in preda alla follia. Altri potevano ucciderlo, ma lei non si sarebbe mai lasciata sconfiggere dalle ferite o dalla pazzia. Aveva paura per lui e lo temeva, ma non lo avrebbe abbandonato.

«Cosa ti occorre?», chiese piano Mikhail.

«Il carrello con gli strumenti», gli rispose lei senza guardarlo, senza nemmeno voltare la testa. Calmare Jacques era il suo unico pensiero.

«La vostra chirurgia è barbarica. Chiamerò il nostro guaritore». Inviò subito un richiamo mentale, perentorio.

«Morirà prima. Accidenti a voi, se non volete aiutarmi andatevene», lo fulminò Shea. «Non posso combattere con voi e con lui, e non ho intenzione di lasciarlo morire solo perché non approvate i miei metodi».

Cauto, per non risvegliare la violenza di Jacques, Mikhail spinse il carrello in direzione di Shea.

Jacques continuava a fissare i due uomini con odio. Quando Shea si muoveva, lui anticipava i suoi movimenti in modo da trovarsi sempre fra lei e gli altri due, a costo di schiacciarla contro la parete.

«Portatemi della terra fresca», ordinò Shea con voce ancora strozzata. Fece attenzione a muoversi lentamente, per non allarmare Jacques.

Byron scrollò le spalle e obbedì con riluttanza, gettando un'occhiata a Mikhail prima di uscire. Era evidente che considerava Jacques un pericolo reale per tutti loro.

Shea tossì più volte: sul collo gonfio e dolorante erano impressi i segni delle dita di Mikhail. S'inginocchiò accanto a Jacques e con mani ferme, concentrandosi, richiuse meticolosamente la ferita con le pinzette e il filo. Era un lavoro lento e tedioso, e Shea si sforzò di mantenere per tutto il tempo il legame mentale rassicurante con Jacques, dividendo l'attenzione fra lui e il lavoro di sutura. Jacques ribolliva di emozioni tumultuose. Teneva gli occhi vigili sugli altri due maschi. A un tratto sollevò la mano a sfiorarle i capelli setosi, e il livido sulla tempia che le aveva procurato schiacciandola contro la parete. Quando ritrasse la mano, Shea temette di smarrire l'ultimo contatto che aveva con lui.

Applicò sulla ferita la terra mischiata a saliva e si alzò piano. «Hai bisogno di sangue, Jacques», disse con dolcezza, come un invito. Jacques doveva sopravvivere a ogni costo. Shea lo esigeva con ogni fibra del suo corpo.

Jacques non distolse lo sguardo vitreo da Mikhail e Byron. Shea non aveva mai visto un odio così implacabile negli occhi di qualcuno. Jacques mostrò di non vederla né sentirla. Sul suo viso non c'era traccia di dolore.

«Il mio sangue è antico e potente», disse Mikhail sottovoce. «Sarò io a darglielo». Si mosse agile, senza fretta.

Shea sentì Jacques esultare dentro di sé e prepararsi all'attacco. Si gettò fra Jacques e Mikhail prima che quest'ultimo fosse a tiro. «No! Ti ucciderà. Vuole...».

Jacques l'afferrò con forza tremenda e la tirò a sé, tenendola per i capelli. La sua furia era qualcosa di tangibile. Con gli occhi fissi in quelli di Mikhail, Jacques chinò la testa e affondò i denti nel collo di Shea.

«No!». Byron scattò in avanti, ma Mikhail lo fermò con un gesto della mano, senza distogliere lo sguardo da Jacques.

Un calore accecante, un marchio bruciante. Shea comprese che Jacques era furioso per la sua interferenza, e che mordendola sperava di attirarli per colpirli. Shea rimase immobile a subire quella violenza.

Lui era così vicino alla follia completa che una sola mossa falsa poteva causare l'irreparabile. E Shea era tanto stanca, tutto il corpo le doleva. Abbassò le palpebre e si abbandonò al torpore che s'impossessava di lei. Avrebbe dato volentieri la propria vita per Jacques. Lui non stava prendendo nulla che lei non fosse pronta a donargli.

«Così la ucciderai, Jacques», disse Mikhail calmo. «È questo che vuoi?». Rimase a guardarlo pensoso, vigile, senza muovere un muscolo.

«Devi fermarlo», disse Byron a denti stretti. «Sta prendendo troppo sangue. Le sta facendo del male di proposito».

Mikhail rivolse a Byron un'occhiata fredda, un monito sufficiente. Byron scosse la testa ma non replicò.

«Non la ucciderà», disse Mikhail con lo stesso tono calmo di prima. «Aspetta solo che uno di noi si avvicini. Siamo noi quelli che vuole uccidere. Spera di provocarci. Non può allontanarsi da lei, e noi non saremo così sciocchi da intervenire. Non le farà del male. Vai fuori, e trova qualcosa con cui riparare la porta. Io ti seguirò».

Byron uscì riluttante e attese Mikhail. «Stai mettendo in pericolo la vita della donna, Mikhail. Non è un vampiro, e lui le sta chiaramente facendo violenza. La donna non può perdere altro sangue. Jacques era mio amico, ma la creatura in questa casa non è più uno di noi. Non ci ha riconosciuti. Non puoi controllarlo. Nessuno di noi può».

«Lei sì. Non si è ancora trasformato. È ferito, malato», disse Mikhail con assoluta certezza.

Byron si allontanò, fremendo di rabbia. «Avrei dovuto prendere quella donna».

«Non illuderti, Byron. Per quanto debole sia, Jacques resta un avversario formidabile. Prima di scomparire ha trascorso molti anni studiando. Negli ultimi anni era un cacciatore. Ora che la sua mente è così sconvolta, è ridotto a un animale da preda: ma con l'astuzia e l'intelligenza di un uomo. E non sei stato molto attento, poco fa. Chiunque sia questa femmina, sta lottando per salvarlo anche a costo della propria vita. Credo che abbia già scelto».

«Il rituale non è ancora completo. Lei non si è unita con lui, o lo sapremmo», disse Byron ostinato, camminando su e giù senza sosta. «Quanti di noi sono senza una donna? E nonostante questo tu lasci che corra un simile rischio».

«Esiste solo un compagno per la vita. È evidente che lei appartiene a Jacques».

«Non lo sappiamo. Se lui non fosse tuo fratello...».

Mikhail lo interruppe con un ringhio. «Non vedo perché tu debba mettere in discussione il mio giudizio in questi casi. Ho avuto più di un fratello, e non ho mai permesso che la parentela interferisse con la giustizia».

«È stato Gregori a dare la caccia all'altro tuo fratello», fece notare Byron.

Mikhail voltò lentamente la testa. I suoi occhi neri colsero il riflesso del lampo che squarciava l'oscurità. «Dietro mio ordine».

Capitolo 7

Jacques si sedette per terra, conscio soltanto della parete a cui era appoggiato e della donna immobile fra le sue braccia. In lui si agitavano emozioni cupe e violente; fremeva dalla voglia di uccidere i suoi nemici. Un pensiero quasi indistinto, come un barlume fioco, catturò la sua attenzione. Gli sembrava di conoscere entrambi gli intrusi. *Qualcuno che conosceva e di cui si fidava.* Scoprì le zanne in un ringhio silenzioso. *I traditori a volte si muovono in branco.* Lo credevano debole, ma lui era più veloce di tutti, tranne gli antichi. Aveva affinato le abilità nel combattimento e i poteri psichici. Non avrebbero messo le mani sulla sua donna.

Shea. Quel nome era come una brezza chiara e leggera nella sua mente. *Shea.* Una candela si accese all'improvviso, una guida in quell'abisso di furia cieca. Fu allora che la sentì, piccola e fragile tra le sue braccia. La pelle morbida, i capelli come seta che gli accarezzavano il torace nudo. Le posò il mento sulla testa, sfregandolo piano. Dopo qualche istante, si rese conto che il corpo di Shea era freddo, senza vita, quasi dissanguato.

Proruppe in un grido angosciato. Le spinse all'indietro la testa e vide la carne straziata del collo. *Shea, non lasciarmi!*, la supplicò dal profondo del cuore. Era stato lui a farle questo? I segni delle dita non erano suoi, ma quelle ferite? Gliele aveva procurate lui?

La terra stessa parve fremere inquieta. *Non lasciarmi.* Jacques si graffiò il polso con i denti e le fece colare il liquido vitale nella gola. Le massaggiò il collo gonfio, costringendola a inghiottire. *Non puoi lasciarmi nelle tenebre.* Non ricordava di averla aggredita, eppure, con un groppo in gola, sapeva di essere stato lui. Era impazzito.

Fuori il vento infuriava fra le montagne, e si udivano schianti di tuono. Le nubi si ruppero, e la pioggia prese a sferzare la terra. Dal folto degli alberi balzò un enorme lupo nero dagli occhi che brillavano pallidi. Mentre si avvicinava all'entrata della casupola, il corpo possente si contorse e si allungò fino a diventare quello di un uomo muscoloso e dalle spalle larghe, con lunghi capelli neri e occhi argentei, penetranti. Salì i gradini sotto la pioggia scrosciante e guardò i due uomini di fronte a lui. La tensione fra Mikhail e Byron era palpabile. Mikhail era imperscrutabile come sempre. Byron era in collera. Il nuovo arrivato alzò un sopracciglio e si avvicinò a Byron. «L'ultima volta che ho visto Mikhail seriamente arrabbiato non è stato un bello spettacolo. Non vorrei doverti ricucire gli organi interni, per cui vai a sbollire il malumore da un'altra parte». La sua magnifica voce era melodiosa, perfino rasserenante, ma conteneva un chiaro ordine. Era una voce così ipnotica che perfino quelli della sua razza ne erano soggiogati.

Gregori. Il tenebroso. Antico, potente. Il giustiziere. Congedò Byron voltandogli le spalle e rivolgendosi a Mikhail. «Quando mi hai chiamato, hai detto che si trattava di Jacques, ma non sento la sua presenza. Ho cercato di comunicare con lui, ma ho trovato solo il vuoto».

«È Jacques, ma non è più quello di un tempo. Non si è trasformato, ma è gravemente ferito. Non ci riconosce, ed è molto pericoloso. Non posso controllarlo senza rischiare di fargli ancora più male».

«Ti ha aggredito?». La voce di Gregori era come sempre pacata.

«Certo, e lo farebbe di nuovo. È più bestia che uomo, e non c'è modo di raggiungerlo. Ci ucciderà se riesce a recuperare le forze».

Gregori inspirò l'aria tempestosa della notte. «Chi è questa donna?»

«È carpaziana, ma non conosce le nostre usanze né reagisce ai nostri normali metodi di comunicazione. Sembra un'esperta guaritrice, secondo la pratica umana».

«Un medico?»

«Può darsi. Lui la protegge, ma è anche violento con lei, come se non distinguesse il bene dal male. Credo che sia intrappolato in un mondo di follia».

Negli occhi argentei di Gregori passò un lampo. I suoi lineamenti sensuali celavano una crudeltà latente, l'indole di un predatore pericoloso. «Non sai nulla di quel che gli è accaduto?».

Mikhail scosse lentamente la testa. «Non ne ho idea, e non lo so spiegare. Non l'ho chiesto alla donna. L'ho aggredita, stavo per ucciderla, pensavo che fosse lei l'aguzzina di mio fratello», confessò senza cambiare tono di voce, con una semplice ammissione. «Lui era malridotto, sofferente, coperto di sangue, e lei era china su di lui e gli frugava nelle ferite. C'era sangue ovunque, ho pensato che lei fosse un vampiro indemoniato, pronta a squartarlo vivo».

Ci fu una breve pausa in cui si udirono solo il vento e la pioggia. Gregori attese in silenzio, immobile come le montagne.

Mikhail si strinse nelle spalle. «O forse non ho pensato niente, è stata solo una reazione istintiva. Non sono riuscito a fondere la mia mente con quella di Jacques. La sofferenza sul suo viso era uno spettacolo intollerabile».

«Questa tempesta non è opera tua», osservò Gregori. «Jacques è diventato molto più potente di quanto immaginassi. C'è in lui un'oscurità di cui non ho mai visto eguale. Non è un vampiro, ma è davvero pericoloso. Entriamo e vediamo se possiamo porre rimedio».

«Sii cauto, Gregori», lo ammonì Mikhail.

Gli occhi argentei scintillarono, cogliendo i riflessi della pioggia torrenziale. «Non sono forse noto per la mia cautela?». Gregori scivolò attraverso la porta in frantumi; Mikhail lo seguì, scuotendo la testa a quella palese assurdità.

Jacques alzò di scatto la testa e fissò su di loro un paio di occhi infuocati. Un lungo sibilo minaccioso gli sfuggì dalla gola. Gregori si fermò e allargò le braccia nel gesto universale di chi viene in pace. Mikhail rimase appoggiato allo stipite della porta, così immobile da fondersi con la parete. Sapeva bene di aver commesso un grave errore assalendo la donna.

«Sono Gregori, Jacques». La sua voce era puro incanto, dolce e possente. «Un guaritore del nostro popolo».

Shea giaceva in grembo a Jacques, con gli occhi chiusi e la testa abbandonata sulla sua spalla. Gemette piano, un suono basso e roco che alimentò la rabbia di Jacques. Questi le sfiorò i segni bluastri sul collo gonfio, e scoccò a Mikhail un'occhiata assassina.

«Lasciateci in pace», disse Shea con un filo di voce. Non aprì gli occhi né cercò di muoversi.

«Io posso aiutarlo», insistette Gregori, con lo stesso tono ammaliante. Era evidente che la donna era la chiave per arrivare a Jacques. Lo rivelavano il modo protettivo in cui lui la stringeva, lo sguardo possessivo e colmo di tenerezza che le rivolgeva. Le accarezzava senza sosta la pelle e i capelli.

Al richiamo irresistibile della voce di Gregori, Shea batté le lunghe ciglia e lo scrutò in viso. Era di una bellezza selvaggia, un misto di eleganza e di indomabile violenza. Sembrava più pericoloso degli altri due. Shea provò a deglutire, ma era troppo doloroso. «Tu hai la faccia di un serial killer».

La ragazza ha cervello. La risata sommessa di Mikhail echeggiò nella mente di Gregori. *Non si fa incantare dalla tua bella faccia.*

Sei proprio spiritoso, vecchio. Gregori gli ricordò il quarto di secolo che li separava. *Jacques si sta preparando ad attaccare. Fuori il vento soffia più forte.* Rimase un momento in silenzio, cercando ogni canale che conosceva. *Non riesco a trovare alcun appiglio per comunicare, e la donna è molto resistente alla coercizione psichica. Potrei servirmi di lei, ma lui se ne accorgerebbe. Mi attaccherebbe, convinto che io voglia sottrargli la donna, e lei è troppo debole per sopravvivere a una lotta.*

Puoi immobilizzarlo o addormentarlo?

Non finché è così alterato. È più bestia che uomo, e più pericoloso di quanto non dia a vedere. Gregori rivolse un breve inchino a Shea e continuò a parlarle ad alta voce. «In ogni caso, sono un guaritore del nostro popolo. Posso aiutare Jacques, ma mi servono informazioni».

La mano di Jacques scese dal collo di Shea lungo la spalla, e si richiuse intorno al suo braccio. *Non dargli ascolto. Stanno comunicando tra loro a nostra insaputa. Non possiamo fidarci di loro,* le sibilò, autoritario. Con l'intrusione dei due maschi che minacciavano Shea, la lucidità lo stava abbandonando di nuovo.

Se lui è davvero uno dei vostri guaritori, può curarti molto più in fretta di quanto potrei io. Sentiamo almeno quel che ha da dire. Shea cercò di usare il suo tono più tranquillo. Era stanca e voleva solo perdere conoscenza, ma non avrebbe abbandonato Jacques.

«Tu comunichi con Jacques alla maniera del nostro popolo», disse Gregori, «come una vera compagna». Teneva gli occhi fissi sulle dita che le stringevano il braccio. «Non devi addormentarti. Sei l'unica che lo tiene ancorato alla realtà. Senza di te non possiamo aiutarlo».

Shea si umettò il labbro e lo mordicchiò nervosamente. «Diteci qualcosa di Jacques», lo sfidò. «Dimostratemi che lo conoscete e che siete suoi amici».

«È il fratello di Mikhail, che credevamo scomparso sette anni fa. Lo abbiamo cercato e credendolo morto abbiamo tentato di ritrovare il suo corpo. Sia io che Mikhail e Byron abbiamo scambiato il sangue con lui. Ciò rende più forte il nostro legame telepatico. Avremmo dovuto rintracciarlo, ma non riuscendoci abbiamo concluso che fosse morto».

Shea fece un respiro profondo per calmare se stessa e Jacques. Quegli uomini erano potenti e pericolosi. Il guaritore sembrava il principe delle tenebre in persona, sebbene il suo tono sembrasse sincero. Ma le sue parole non facevano che attizzare le fiamme della collera omicida di Jacques. Shea si sforzò di mantenerlo calmo. «L'ho trovato sepolto in una cella, sotto un edificio distrutto da un incendio a circa sei chilometri da qui».

La stretta di Jacques si fece dolorosa. *Non dirgli nulla.*

Jacques, disse lei dolcemente. *Mi stai facendo male.*

Gregori annuì. «Era lì che viveva, saltuariamente, prima di scomparire. Questa casa appartiene a Mikhail. Anni fa, Jacques si trovava qui a custodire la moglie di Mikhail, e si batté con un traditore per salvarla. Per poco non morì». Gregori vide accendersi un lampo di speranza negli occhi della donna. Gregori sapeva che il suo controllo su Jacques era assai tenue. Doveva convincerla a fidarsi di loro. La donna aveva riconosciuto la verità delle sue parole. «Dopo quell'incidente, lasciammo questa regione. Poi, circa nove anni fa, Jacques tornò nella casa che aveva qui vicino. Quell'anno e il successivo furono pieni di insidie. Ci fu una strage di umani e di carpaziani. Io, Mikhail, Jacques e Aidan demmo la caccia agli assassini. Jacques avrebbe dovuto incontrarsi con noi tre giorni dopo, molte centinaia di chilometri a sud di qui. Ma non arrivò mai. Andammo alla sua casa e la trovammo completamente distrutta. Non percepivamo i suoi segni vitali, e non rispondeva ai nostri richiami».

Jacques protestò con un sibilo agghiacciante. Nei suoi occhi si accese una fiamma rossastra. *Non dar retta a questo traditore, Shea. Li ho invocati e invocati.* Le strinse il braccio fin quasi a spezzarle le ossa.

Forse posso scoprire da lui qualcosa che ci sarà di aiuto. Esausta, Shea dovette appoggiarsi al petto di Jacques. *Mi fa male il braccio.* Era stremata. Se solo avesse potuto dormire... La stanza parve sprofondare nella nebbia, le voci sembravano provenire da una grande distanza.

Gli occhi argentei di Gregori fissarono quelli neri di Mikhail. *La donna è debole, forse le sue condizioni sono più gravi di quelle di Jacques. Se la perdiamo, per lui è la fine. Non ho alcun dubbio che lei sia l'unico modo che abbiamo per arrivare a lui. È solo lei a salvarlo dalla follia.*

«Ora dimmi tu qualcosa», incalzò Gregori mentre Mikhail gli faceva un cenno di assenso. Guardavano entrambi le dita di Jacques che stringevano in una morsa il braccio di Shea. Gregori doveva tenerla sveglia e assicurarsi la sua collaborazione. «Come si è procurato quelle ferite?»

«Lo avevano torturato e bruciato. Aveva un paletto grosso come il tuo pugno conficcato nel petto. Quella era la ferita più grave. Ricorda due umani e un altro che chiama il traditore», disse con voce flebile.

Mikhail si lasciò sfuggire un suono, un ruggito minaccioso che la fece rabbrividire. *Un vampiro*, sibilò Mikhail a Gregori. *Un vampiro lo ha consegnato agli umani perché lo torturassero e lo uccidessero.*

Non c'è alcun dubbio, disse Gregori in tono neutro, senza distogliere lo sguardo dalla donna. Doveva impedirle di perdere i sensi, cosa che Shea rischiava da un momento all'altro. Era solo la sua volontà di salvare Jacques a ogni costo a tenerla cosciente, malgrado tutto il sangue perso.

«Era incatenato ai polsi e alle caviglie. Sepolto in piedi in una cassa nella parete della cella». Si sforzò di parlare chiaramente, ma la gola le faceva malissimo, ed era sfinita. «Aveva centinaia di tagli sul corpo, profondi e superficiali. È rimasto imprigionato per sette anni, soffrendo in modo atroce in ogni momento di veglia. La sua mente è sconvolta. Ricorda molto poco del suo passato. Solo dei frammenti. La maggior parte dei suoi ricordi sono di dolore e follia». Shea chiuse gli occhi. Voleva solo che se ne andassero per poter dormire. Il suo cuore era affaticato, era coperta di sudore e si sentiva come di piombo. Faticava persino a tenere gli occhi aperti. «Chi lo ha tradito era una persona che conosceva e di cui si fidava».

«Jacques». La voce di Gregori si ridusse a un bisbiglio incantatore. «La tua donna ha bisogno di cure. Offro a entrambi i miei servigi di guaritore. Ti do la mia parola che non farò alcun male alla tua donna».

Lascia che ci aiuti, Jacques.

No! È un tranello.

Shea si mosse, cercò di mettersi seduta, ma era troppo debole. *Guarda in che stato siamo, selvaggio. Ucciderci sarebbe un gioco da ragazzi. Sono tanto stanca, non ce la faccio più a resistere.*

Jacques cercò di riflettere. Sapeva di essere malridotto, ma non si fidava di quei due. Decise di acconsentire solo perché percepiva che le condizioni di Shea erano ancor più disperate delle sue. *Stammi vicina.*

Shea alzò una mano tremante e si tolse dal viso i capelli scompigliati. «Dice che potete aiutarlo».

«Dovremo metterti sul letto, Jacques». La voce di Gregori dissipò la cappa di tensione che gravava sulla stanza, come un soffio d'aria fresca. «Mikhail, avrò bisogno di erbe. Sai già quali. Di' a Byron di portarmi terra fresca in abbondanza dalla stanza del vapore nelle caverne».

Gregori si avvicinò alla coppia con un passo felpato che non nascondeva la forza enorme dei suoi muscoli, né la potenza che emanava dal suo corpo. Era totalmente a suo agio, rilassato e sicuro di sé.

Il ringhio di Jacques aumentò di volume; le sue dita possessive stritolarono il braccio di Shea. Gregori s'immobilizzò. «Mi dispiace, donna, so che sei molto debole, ma devi spostarti dall'altro lato o Jacques non mi lascerà avvicinare», le spiegò calmo. *Quel che ci serve qui, Mikhail, è l'influsso benefico di Raven. Tu sei rassicurante come una tigre del Bengala.*

Già, tu invece sei un tenero coniglietto, replicò Mikhail, sprezzante.

«Avresti dovuto portarla con te», proseguì Gregori ad alta voce. «La porti sempre in tutte le altre missioni pericolose in cui non dovrebbe immischiarsi». Era un rimprovero inequivocabile. «Avresti dovuto portarla stavolta quando avrebbe potuto rendersi utile davvero».

All'improvviso, dalla porta spalancata entrò una donna minuta, con i lunghi capelli corvini raccolti in trecce complicate ed enormi occhi azzurri che cercavano Mikhail. Quando Byron fece il suo ingresso dietro di lei, la donna gli rivolse un sorriso affabile e si alzò sulle punte dei piedi per posargli un bacio sul mento.

Mikhail s'irrigidì e l'afferrò alla vita. «Le donne carpaziane non si comportano in questo modo», la redarguì.

La donna alzò il mento, per nulla intimorita. «E invece i maschi carpaziani sono primitivi e possessivi come tanti scimmioni penzolanti dagli alberi». Si voltò a guardare la coppia stesa sul pavimento, ed emise un'esclamazione soffocata.

«Jacques», mormorò, con voce rotta e gli occhi pieni di lacrime. «Sei proprio tu». Sfuggì alla mano di Mikhail che cercava di trattenerla e corse incontro al cognato.

Lasciala fare, intervenne Gregori. *Guardalo.*

Jacques fissò il volto della donna che gli si avvicinava; il bagliore animalesco nei suoi occhi si affievolì.

«Jacques, sono Raven. Non ti ricordi di me? Tuo fratello Mikhail è il mio compagno». Raven si lasciò cadere in ginocchio accanto alla coppia. «Grazie a Dio sei vivo. Non posso credere alla nostra fortuna. Chi ti ha fatto questo? Chi ti ha portato via da noi?».

Shea sentì il ricordo di Jacques che riaffiorava alla coscienza, la sua sorpresa, la sua curiosità. Jacques riconosceva quegli occhi azzurri pieni di lacrime. Shea ebbe una fugace visione della donna china su di lui con le mani premute sulla sua gola, per tamponare con terra e saliva una ferita zampillante. Shea trattenne il respiro, in attesa. Il grido disperato di Jacques echeggiò nella sua mente. Si costrinse a muoversi, gli prese la mano e lo sostenne in silenzio mentre fissava la donna inginocchiata accanto a lui.

Non mi avevi detto che era tanto bella, gli disse in tono volutamente accusatorio.

Nella mente ottenebrata di Jacques, qualcosa si fece strada tra il delirio possessivo, la rabbia cieca e il dolore, e parve sciogliere il gelo del suo furore omicida. Jacques provò l'impulso di sorridere al tono risentito di Shea. Il demone che lo agitava si acquietò, e la tensione si allentò visibilmente. *Lo è davvero*, chiese Jacques, candido.

Shea lo guardò con i suoi grandi occhi verdi, scaldandogli ancora di più il cuore. La belva era momentaneamente placata.

«Lei è la tua compagna, Jacques?», chiese Raven sottovoce.

Shea contemplò la donna che veniva dal passato di Jacques. «Mi chiamo Shea O'Halloran», disse con voce strozzata. «Jacques non riesce a usare la voce da quando l'ho trovato».

Raven le sfiorò con dita gentili la gola tumefatta. «Qualcuno mi dica cosa è successo qui». Scrutò attentamente i lividi bluastri.

«Aiutatela a mettersi sul letto», interloquì Gregori, per distogliere l'attenzione di Raven da quelle ferite. *Mi devi un favore, vecchio mio*, pensò rivolto a Mikhail.

Raven sorrise con calore a Jacques. «Ti dispiace se la aiuto io? Shea è molto debole». Senza aspettare il suo consenso, mise un braccio intorno alla vita di Shea e la aiutò a rialzarsi.

Shea avvertì subito la reazione di Jacques. Gli altri la sentirono sotto forma di tremito della terra. Gli occhi ripresero a brillargli come tizzoni ardenti, e un verso minaccioso gli scaturì dalla gola.

Raven si voltò e lanciò a Mikhail un'occhiata severa. Mikhail si strinse nelle spalle. *Io non mi muovo da qui, piccola. Jacques è instabile. Non gli va l'idea di separarsi dalla donna.*

Vedo che i capricci sono un vizio di famiglia. Raven badò a tenere Shea vicina a Jacques mentre Gregori lo sollevava tra le braccia. Con la sua forza smisurata, il guaritore trasportò Jacques come fosse un bambino e lo posò delicatamente sul letto.

Jacques non lo guardò nemmeno. Teneva gli occhi puntati su Shea. Raven si assicurò che la donna gli stesse vicino per tutto il tragitto.

«Stenditi accanto a lui, Shea», le ordinò Gregori. Si allontanò per consentire a Raven di aiutarla. La donna era molto debole e non sarebbe sopravvissuta a un altro assalto. Dovevano fare tutti molta attenzione a non provocare di nuovo l'ira di Jacques.

Raven accese la candela che Mikhail le porgeva e bruciò le erbe profumate. Mikhail, Byron e Raven iniziarono a recitare sottovoce l'antico canto di guarigione nella lingua del loro popolo. Gregori posò le mani su Jacques, chiuse gli occhi e uscì dal proprio corpo per esplorare quello del ferito. Le ferite avevano iniziato a rimarginarsi, a eccezione di quella appena ricucita da Shea. Gregori esaminò l'opera della donna e la trovò impeccabile. Era una vera guaritrice, che fosse o no umana. Pochi avrebbero potuto eguagliare la sua abilità. Poi Gregori iniziò il lungo e meticoloso processo che avrebbe sanato dall'interno le lesioni.

Jacques era turbato dalla presenza di un altro nel proprio corpo, nella mente, e provava una sensazione di bruciore interno. La presenza gli era vagamente familiare, e così il canto, il lume delle candele e il profumo delle erbe. Ma non riusciva a ricordare nulla con esattezza. Le immagini gli sfuggivano ancora prima di formarsi del tutto.

Smarrito, frustrato, cercò d'istinto il contatto mentale con Shea, l'unico canale psichico che conosceva e a cui poteva aggrapparsi. Lei era quasi priva di sensi, ma osservava attentamente Gregori, cercando di seguire ogni suo movimento malgrado la terribile spossatezza. Come sempre, elaborava le informazioni a una velocità che sbalordiva Jacques. Si concentrò su di lei e la trovò spaventosamente debole, quasi dissanguata. Allarmato, Jacques si riscosse dalla trance del rituale di guarigione e serrò le dita intorno al braccio del guaritore.

Gregori si ritrasse all'istante da dentro il corpo di Jacques. Nella stanza calò un silenzio mortale; l'aria stessa parve addensarsi. Le fiamme delle candele si spensero e la stanza piombò nel buio della notte, in cui le pupille carpaziane vedevano ugualmente. La fronte di Gregori s'imperlò di sudore, unico segno della difficoltà della sua opera.

Gli occhi argentei fissarono la mano che gli stringeva il braccio, poi il volto emaciato di Jacques. In quei pallidi occhi c'era uno scintillio letale. Jacques sostenne quello sguardo glaciale. Cercò invano un canale, e provò a emettere dei suoni. Le parole si formavano nella sua mente, ma le corde vocali non gli obbedivano. Fu assalito dalla rabbia, ma non si fece sopraffare. Shea aveva bisogno di sangue, di cure. Le aveva già causato abbastanza sofferenze. «Sangue». La parola era poco più che un ringhio, ma il guaritore la udì.

Gregori lo guardò muto e impassibile per un lungo istante, poi, senza fretta, si tagliò il polso con la mano libera, appena sopra le dita serrate di Jacques. Continuò a fissarlo negli occhi. Il sangue di Gregori era potente, antico come quello di Mikhail. Avrebbe accelerato il processo di guarigione più di qualsiasi altro. Il sangue colò dall'incisione, denso e invitante, offerto in silenzio al carpaziano che giaceva prostrato, ferito, ma ancora battagliero.

Jacques reagì con un riflesso immediato. Si attaccò voracemente al polso di Gregori e si nutrì finalmente del sangue caldo che gli avrebbe ridato la salute e che doveva a sua volta passare a Shea. Il fluido rigeneratore prese a circolare nel suo corpo sfibrato, diffondendosi in ogni cellula, irrorando tessuti e muscoli. La forza vitale crebbe in lui fino a farlo sentire nuovamente vivo. I colori erano tornati intensi, perfino brillanti, la notte lo chiamava a sé con i suoi rumori. *Creatura del buio.*

«Basta così», sussurrò Gregori con voce così pura e ammaliante che sarebbe stato impossibile disobbedirgli.

Jacques richiuse con la lingua il taglio sul polso di Gregori e cercò immediatamente il contatto con Shea. La prese fra le braccia, cullando il suo corpo leggerissimo, quasi etereo. Si concentrò, ignorando il dolore, e si fuse completamente con lei. *Devi nutrirti.*

Shea fremette e distolse il viso da lui. *No, Jacques, davanti a loro non posso. Sono tanto stanca, voglio solo dormire.*

Devi, piccola donna dai capelli rossi. Rafforzò il comando. *Nutriti.*

Shea gli resistette, stremata com'era, e si portò una mano alla testa che le pulsava. *Non farmi fare questo davanti a loro.*

Il tremito nella voce di Shea gli scaldò il cuore. Quelle parole creavano fra loro un'intimità particolare. La pazzia si era impossessata di lui, ma lei era rimasta a combattere al suo fianco, per lui, credendo in lui. Le doveva più che la vita, le doveva la salvezza dell'anima. *Ci siamo solo io e te, amore mio. Ora prendi il mio sangue. Devi farlo per sopravvivere, per noi due.*

Era impossibile resistere a quella voce ipnotica, a quella volontà ferrea che le occupava la mente. Shea era esausta e dolorante. Cedette, e le sue labbra morbide presero a vagare sul collo e sul petto di Jacques.

Jacques si curvò su di lei per nasconderla allo sguardo degli altri. S'irrigidì inaspettatamente quando la lingua di Shea trovò la vena palpitante. Le affondò le dita nei capelli e sollevò il viso, irritato dalla presenza di estranei in quel momento così intimo.

Gregori appoggiato alla parete in un angolo, chino sul polso di Mikhail e intento a rifornirsi di sangue. Raven, in ginocchio, raccoglieva le schegge infrante di una lampada e asciugava l'olio dal pavimento. Byron stava riparando la porta. Solo lui guardava di sottecchi la coppia, indugiando sul fianco di Shea, sull'abbondanza dei suoi capelli rossi.

Lo sguardo di Byron era di aperta invidia, e Jacques nascose il volto di Shea, sapendo che aveva ancora un'avversione per quell'atto così naturale e necessario. Shea lambì di nuovo con la lingua la vena pulsante sul collo, e Jacques ebbe un tuffo al cuore. Una voglia improvvisa s'impadronì di lui. Una carezza vellutata, umida ed erotica. Il sangue gli ribollì nelle vene.

Shea non stava soltanto obbedendo a una coercizione. Era piena di passione, e il suo corpo bramava quello di Jacques. Le sue inibizioni naturali erano svanite. Gli graffiò appena la pelle con i piccoli denti, facendolo fremere. Jacques dovette reprimere un gemito quando sentì il dolore accecante e il suo sangue, la sua essenza vitale, presero a fluire in lei. Shea si aggrappò al suo collo, avvolgendolo con le ciocche dei capelli setosi. Non si limitò a bere: banchettò. Muoveva la bocca in modo seducente, si sfregava inquieta contro di lui, eccitandolo. Jacques la desiderava con un'intensità mai provata prima. Chinò la testa a baciarle la tempia.

Dunque, Gregori. La voce di Mikhail era un bisbiglio nella mente del guaritore. *Dimmi cos'hai scoperto.*

La donna lo avrebbe curato comunque. È un medico eccezionale. Il vero miracolo è che Jacques sia rimasto in vita fino a quando lei l'ha trovato. La sua mente è del tutto sconvolta, Mikhail. Piena di tenebra e di violenza. Ha legato a sé la donna, e il vincolo è molto potente, rispose Gregori, pensoso.

Qualcosa mi dice che c'è un "ma". Mikhail si sedette, alquanto indebolito dallo scambio di sangue.

Gregori raddrizzò una sedia e sedette di fronte a lui. *Credo che abbia trasformato lui la donna, non so se per errore o di proposito. Lei è carpaziana, ma anche umana. È molto debilitata, come se i suoi organi interni avessero subito un trauma recente.*

Come fai a saperlo? Non l'hai toccata, fece notare Mikhail.

La mente di Jacques non la abbandona mai del tutto. Lei lo tiene ancorato alla realtà. È estremamente pericoloso, Mikhail. Una buona parte di lui è puro istinto animale. La sua natura è quella di un preda-

tore, lo sai. Quel che gli hanno fatto lo ha cambiato per sempre. Non posso porvi rimedio.

Mikhail si massaggiò la fronte, cercando inconsciamente il contatto con Raven. Lei gli rispose subito, inviandogli amore e calore. La sua compagna sapeva come scacciare ogni tristezza con un solo sguardo dei suoi occhi azzurri, con un semplice tocco mentale.

Mikhail le strinse le dita fra le sue con il pensiero, e si rivolse di nuovo a Gregori. *Credi che si trasformerà?*

Gregori si strinse nelle spalle. *Credo che rappresenti una minaccia in ogni caso. Solo la donna è in grado di controllarlo. Lei è la chiave. Se come penso lei non conosce le nostre usanze, sarà difficile. È decisa a salvare Jacques, ma percepisco in lei una rassegnazione alla morte precoce. Non ha idea dell'impegno che ha contratto.*

Mikhail gettò un'occhiata al fratello e lo vide carezzare teneramente i capelli di Shea. Quel gesto gli toccò il cuore.

Gregori sospirò. *È chiaro quel che prova per lei, ma non è sempre padrone delle sue azioni. È assolutamente capace di farle del male se qualcosa scatena la belva che è in lui.*

Mikhail si premette una mano sulla tempia. Il fratello che conosceva e che amava era così diverso. L'allegria e la compassione mitigavano la sua natura feroce. Jacques era così intelligente, così amabile. Anche dopo aver perso la capacità di provare emozioni, le aveva ricordate per molto tempo. Spesso aveva aiutato i maschi più anziani a ricordare le loro. Chi gli aveva fatto questo? Mikhail non se la sentiva di condannare a morte un altro fratello. Era tempo di rinunciare al comando, di passare a qualcun altro il compito di governare la loro razza in via di estinzione.

Mikhail sentì le braccia di Raven cingergli il collo. «Jacques è forte, amore mio. Vedrai che troverà la strada per tornare da noi».

Mikhail le prese il palmo e lo baciò. *Gregori pensa che Jacques abbia trasformato Shea O'Halloran senza il suo consenso.* La guardò con gli occhi pieni di tenerezza e desolazione. *Secondo lui la donna non sa nulla del nostro mondo.*

Jacques la farà…

No, piccola, Jacques non ricorda quasi nulla. Odio, rabbia, vendetta, la donna: questi sono i suoi pensieri. Non siamo sicuri che sia in grado di prendersi cura di lei.

Guardali insieme, suggerì Raven. Poi ripeté a voce alta: «Guardali».

Jacques voleva che gli intrusi se ne andassero. La presenza di quei maschi così vicini a Shea lo inquietava. Non si fidava di loro, tranne forse della donna dagli occhi azzurri. Non riusciva quasi a sopportare la vista di quello che si diceva suo fratello, quello che aveva aggredito e quasi ucciso Shea. Per qualche strana ragione, guardarlo gli causava sofferenza. La testa pareva sul punto di esplodergli ogni volta che i loro occhi s'incontravano. Ricordi. Frammenti. Pezzi di nulla.

Basta così, ordinò piano a Shea. La lingua di lei richiuse la ferita, dandogli un ultimo brivido.

Shea riemerse a poco a poco dalla trance, con un sapore dolciastro e metallico in bocca. La fame divorante era scomparsa, ma si sentiva il corpo in fiamme, molle e arrendevole, pieno di voglia. Di colpo si rese conto che c'erano altri nella stanza, e si rannicchiò contro Jacques in cerca di protezione. Se solo se ne fossero andati tutti, avrebbe potuto dormire e pensare dopo a cosa fare. Avrebbe potuto esaminare le informazioni che possedeva per capire la vera natura di quelle persone.

Fu colta dal panico. Si sentì la gola secca, e il cuore le balzò nel petto. Le mani di Jacques le serravano le braccia come catene. Una trance ipnotica. Era stato Jacques a indurla. Aprì piano gli occhi verdi e lo fissò a lungo, terrorizzata. Perché non era felice, anzi entusiasta, che lui avesse finalmente trovato il suo popolo, la sua famiglia? Perché non era rincuorata dalla presenza di un guaritore?

C'era qualcosa che non andava. La sua unica speranza era di uscire da quella situazione, di lasciare Jacques alla sua famiglia. Ora che erano in molti a prendersi cura di lui, non c'era più bisogno di lei. Il guaritore era di certo molto più esperto di lei. Shea tremava, ed era imbarazzata dal fatto che quegli sconosciuti la vedessero tremare. Lei aveva sempre in pugno la situazione. Aveva bisogno solo di distacco per riacquistare il controllo.

No! Ora la voce di Jacques era molto più forte e spaventosa. *Non puoi lasciarmi.*

Shea sapeva che lui era assai più potente di quanto lei potesse immaginare. E la stava manipolando, come aveva fatto fin dall'inizio. Per la prima volta ammise la verità. Vampiri. Jacques era un vampiro, e anche gli altri. Si portò una mano alla gola. Probabilmente ormai era un vampiro anche lei.

«Lasciami andare!». Questa volta Shea si divincolò sul serio, sconvolta dalla forza di Jacques dopo lo scambio di sangue con Gregori.

Jacques digrignò i denti, attanagliato dalla collera e dalla paura di perderla, di vederla perire senza di lui, di risprofondare nell'abisso della solitudine completa. La trattenne senza sforzo, ma si allarmò sentendo che il cuore le batteva all'impazzata, e conservò un brandello di lucidità.

In quel caos di emozioni udì la voce del guaritore. «Lei non comprende le usanze del nostro popolo, Jacques. Devi essere delicato con lei e guidarla, come tuo fratello ha guidato Raven».

Shea tentò di sottrarsi all'incantesimo di quella voce. «Voglio andarmene. Non potete tenermi qui». *Jacques, ti prego, non farmi questo. Non obbligarmi a restare qui quando sai che per me è impossibile. Mi conosci, sai tutto di me.*

Smettila, Shea, supplicò Jacques a sua volta, sentendo la propria lucidità appesa a un filo. *Non è cambiato nulla.*

Invece è cambiato tutto. Loro sono la tua famiglia. Tentò di calmarsi facendo un respiro profondo. *Io ero il tuo medico, Jacques, nient'altro. Il mio posto non è qui. Non sono in grado di vivere questa vita.*

Tu sei la mia compagna per la vita. Le parole risuonarono nette nella mente di Shea. *Sei stanca, amore mio, stanca e impaurita. Hai tutto il diritto di esserlo. Lo so. So che ti ho spaventata, ma il tuo posto è accanto a me.* Si sforzò di usare un tono pacato e ragionevole, ma era difficile dominare la belva dentro di sé e i ricordi che lo confondevano.

Shea osservò i suoi lineamenti duri, severi, gli occhi che balenavano minacciosi. *Non so nemmeno cosa significhi essere la tua compagna per la vita, Jacques. Sai che desidero solo la tua felicità, che voglio vederti guarito, ma non posso rimanere fra questa gente. Ho bisogno di tempo per capire cosa sta succedendo, e cosa sono diventata. In questo momento faccio fatica perfino a respirare.*

Era la verità. Grazie alla fusione telepatica, Jacques era cosciente del meccanismo difensivo di Shea: come sempre il suo intelletto prendeva il sopravvento per proteggerla dalle emozioni troppo intense. Ma era troppo stanca per riuscirvi. Jacques tentò di nuovo di rassicurarla. *Tu sei la mia compagna per la vita. Significa che dobbiamo stare insieme, mai separati.*

Lei scosse la testa, risoluta. «Ti dico di no». Rivolse i suoi occhi enormi sugli altri. Improvvisamente le sembravano tutti creature sinistre, troppo potenti per non essere pericolose. «Voglio andarmene da qui». Era un ordine e al tempo stesso una supplica. Istintivamente, guardò Mikhail. Shea aveva i segni delle sue dita sulla gola. Aveva salvato la vita di suo fratello. Lui era in debito nei suoi confronti.

Raven strinse la mano di Mikhail, che tentennava. Era evidente che la donna gli stava chiedendo soccorso, e lui non poteva rifiutarle la sua protezione. Ma Jacques stava già digrignando i denti con aria feroce. Sentiva che Shea si stava rivolgendo a loro in cerca di aiuto, e ridivenne subito aggressivo e dominante.

Byron fece per muovergli contro, ma s'immobilizzò quando Jacques gli mostrò le zanne scintillanti. Gettò un'occhiata furente a Mikhail. «Te l'avevo detto che lei non aveva ancora scelto. Portagliela via. Dev'essere protetta». Nei suoi occhi brillava la speranza.

«Jacques», disse Gregori con voce suadente. «La donna è stremata. Ha bisogno del sonno rigeneratore. Dovreste andare entrambi sotto terra».

Shea ebbe un tuffo al cuore. Tentò di liberarsi dalla stretta di Jacques, terrorizzata dall'immagine della terra che si spalancava per inghiottirli entrambi. Sepolti vivi. Con un grido strozzato, fece per gettarsi dal letto.

Jacques le afferrò i polsi e la tenne inchiodata al materasso. *Non cercare di resistermi, Shea, non puoi vincere.* Jacques lottava per non perdere il controllo. Shea tremava, la sua mente era affollata da immagini spaventose: la perdita della libertà, l'orrore di un'esistenza da vampiro che si ciba di vittime umane, come nei vecchi romanzi, il terrore di dipendere da un uomo per sopravvivere, come era accaduto a sua madre.

«Portagliela via», ripeté Byron.

Jacques li guardò con occhi che brillavano come ghiaccio nero. La sua voce era poco più che un verso gutturale. Si dominò con uno sforzo supremo, per amore di Shea. Lei aveva lottato per lui; lui doveva fare altrettanto. «Chiunque provi a portarmela via morirà».

Nessuno dubitò che dicesse sul serio. Shea rimase sconvolta nell'udire quelle parole pronunciate ad alta voce. Ci sarebbe stato uno scontro sanguinoso, e qualcuno sarebbe morto. *Ti prego, Jacques, lasciami andare. Non posso vivere così.* La disperazione nei suoi occhi era la stessa che riempiva il cuore di Jacques.

Lui cercò di confortarla, ma Shea era troppo terrorizzata per riuscire a pensare.

«Falla addormentare. È sfinita. Devi pensare alla sua salute». La voce di Gregori era quella di sempre, pura come il suono di acqua cristallina che scorre sulle rocce.

«No!». Gregori la spaventava più di ogni altra cosa. Shea era sempre stata padrona delle proprie decisioni. Nessuno aveva mai scelto al suo posto, nemmeno sua madre. Doveva solo stare sola e riflettere. Fece un ultimo disperato tentativo di liberarsi. «Lasciami andare!».

La voce di Gregori stava ricomponendo il fragile equilibrio della mente di Jacques. Shea era così impaurita, piccola e vulnerabile, schiacciata sotto di lui. *Non temere, amore mio.* Jacques le baciò la tempia. *Dormirai e guarirai. Sarò io a badare che non ti accada nulla di male. Puoi fidarti di me.* Il suo tono era fermo. Con un grido angosciato che riecheggiò nella mente di Jacques, Shea cedette a quel comando potente.

Capitolo 8

La tempesta avanzava lenta, ricoprendo la terra di un tetro manto di pioggia. Per tutto il giorno aveva oscurato il sole e avvolto le catene montuose in una spessa foschia argentata. In una capanna abbandonata, tre uomini si rannicchiavano intorno al fuoco, tentando di scansare i goccioloni che filtravano dalle crepe del tetto.

Don Wallace sorseggiava il caffè bollente e fissava inquieto il crepuscolo al di là della finestra. «È un tempo strano per questa stagione». Rivolse all'uomo più anziano un'occhiata carica d'intesa.

Eugene Slovensky, ingobbito per il freddo, gli rispose con uno sguardo di rimprovero. «Il tempo fa così quando la terra è turbata. Come hai potuto lasciarti sfuggire così quella ragazza, Donnie?»

«Be', tu te la sei fatta scappare quando era solo una bambina», replicò Wallace. «E non sei nemmeno riuscito a rintracciarla in Irlanda né in America. Sono stato io a ritrovarla, quasi vent'anni dopo. E ora vuoi far passare *me* per imbranato».

L'uomo più anziano lo guardò torvo. «Non usare quel tono con me. Allora era tutto diverso. Non avevamo tutti i vantaggi della tecnologia che avete voi oggi. Per scappare insieme a quel piccolo mostro di bambina, Maggie O'Halloran ha avuto l'aiuto di qualcuno». Sospirò e tornò a guardare fuori dalla finestra. «Hai idea del pericolo che stiamo correndo a entrare nel loro territorio?»

«Mi pare di essere stato io a stanare e a far fuori quei vampiri anni fa, mentre tu te ne stavi al sicuro in Germania», saltò su Don, irritato.

«Ma non hai fatto molto caso a chi era vampiro e chi no, Don», obiettò Eugene, stizzito. «Ti sei divertito ogni volta che te ne veniva voglia».

«Ero io a correre i rischi. Il minimo che potessi fare era divertirmi un po'», ribatté Don.

«Be', stavolta concentrati sullo scopo della missione. Questo è un lavoro pericoloso».

L'espressione di Wallace s'indurì. «Ero con te quando abbiamo trovato il cadavere dello zio James, ricordi? Buon quindicesimo compleanno, Donnie. Invece di un vero vampiro da impalare, mi ritrovo mio zio sepolto sotto un cumulo di macerie. Lo so bene, quanto è pericoloso».

«Non dimenticare mai quella scena, ragazzo, mai», lo ammonì Eugene. «Sono passati venticinque anni, e ancora non abbiamo tra le mani i suoi assassini».

«Se non altro gliel'abbiamo fatta pagare», commentò Don.

Gli occhi di Eugene balenarono. «Non abbastanza. Non pagheranno mai abbastanza. Dobbiamo sterminarli tutti. Cancellarli dalla faccia della terra».

Jeff Smith si mosse e guardò Don Wallace. Il vecchio era pazzo. Se davvero esistevano i vampiri, Jeff voleva approfittare dell'opportunità di diventare immortale. Finora avevano ucciso quattordici presunti vampiri, e Jeff era abbastanza sicuro che almeno un paio lo fossero davvero. Nessun umano avrebbe potuto sopravvivere tanto a lungo alle torture che Wallace gli aveva inflitto con tanto gusto. Ma la maggior parte delle vittime erano senza dubbio umane, e la loro unica colpa era stata quella di essere nemici di Wallace. Don aveva proprio goduto a vederli soffrire.

Jeff era sicuro anche di un'altra cosa, e cioè che Shea O'Halloran non era un vampiro. Aveva fatto ricerche molto accurate su di lei. Era andata a una scuola normale e aveva mangiato insieme agli altri bambini. Era un chirurgo accreditato e rispettato nell'ambiente medico. Una bambina dotata, lodata da tutti i suoi insegnanti. Jeff era ossessionato da lei, dalla sua voce, dai suoi occhi, dalle sue movenze sexy. Quel folle del vecchio voleva trovarla a ogni costo, e Don faceva sempre quel che lo zio gli diceva. Eugene Slovensky reggeva i cordoni della borsa, e il denaro a sua disposizione era parecchio. Se avessero trovato la donna, Jeff non gli avrebbe permesso di ucciderla. La voleva per sé.

«Cosa ti fa pensare che lei sia da queste parti?», domandò Slovensky.

«Paga sempre in contanti, quindi non possiamo seguire i suoi movimenti bancari, ma lei lascia spesso una traccia». Don sogghignò.

«Aiuta sempre qualcuno in questi villaggi isolati, è più forte di lei. È davvero buffo. Si crede tanto furba, ma fa sempre lo stesso errore».

Eugene Slovensky annuì. «Non hanno mai un briciolo di buon senso, questi cervelloni». Si schiarì la gola, nervoso. «Ho mandato un messaggio all'Avvoltoio».

Don Wallace sussultò, versandosi il caffè bollente sul polso. «Sei pazzo, zio Eugene? L'ultima volta ha minacciato di ucciderci se non ce ne andavamo dalla montagna. L'avvoltoio è un vero vampiro, e non gli stiamo esattamente simpatici».

«Sei stato tu a uccidere la donna», disse Eugene, «lui ti aveva avvertito di non farlo, e anch'io. Ma tu hai dovuto fare di testa tua».

Furibondo, Don scagliò via la tazza. «Ancora adesso stiamo dando la caccia a una donna. La stiamo seguendo da due anni, e ora che ce l'abbiamo quasi fatta, tu chiami quell'assassino. Avrei dovuto piantargli un paletto nel cuore quando ne ho avuto la possibilità. È un lurido vampiro come tutti gli altri».

Slovensky scosse la testa sorridendo. «Non è come gli altri. Lui odia, ragazzo mio. Odia con un'intensità che non ho mai visto prima. Ed è una cosa che può sempre tornarci utile. Stavolta vuole una donna in particolare, quella con i lunghi capelli neri. La vuole morta, lei e i suoi amici. Ha la loro fiducia, e li porterà dritti nelle nostre mani. Sarà anche una spia e un traditore, ma è potente».

«Tutte le loro donne hanno i capelli lunghi e neri. Come dovrei fare a riconoscerla?», si lagnò Don. «Ti ricordi il ragazzo? Quello sui diciott'anni? Quanto odiava quel ragazzo. Voleva proprio vederlo soffrire». Sorrise compiaciuto. «Ah, e se ha sofferto. L'Avvoltoio odiava più di tutti l'ultimo che prendemmo, quello con gli occhi neri. Mi ordinò di torturarlo, di bruciarlo. Voleva che non finisse mai, e io ho fatto in modo di accontentarlo. L'Avvoltoio è malvagio, zio Eugene».

Slovensky annuì. «Usalo. Fagli credere che lo rispetti, che è lui a comandare, a dare gli ordini. Promettigli anche la donna con i capelli rossi. Digli che le avrà tutte e due se lui ci consegnerà gli assassini di James. Il mio povero fratello».

«Avevo capito che dovevamo studiarla, che lei non era forte come gli altri e che avevamo più possibilità di controllarla. E comunque lei non ha i capelli neri». Don si alzò di scatto e prese a camminare su e giù per nascondere agli altri la sua espressione. Era da troppo tempo che non aveva una donna alla sua mercé. Si eccitò al ricordo dell'ultima che aveva tenuto prigioniera nello scantinato. Era durata tre deliziose settimane, e fin dall'inizio aveva saputo che alla fine lui l'avrebbe uccisa. Aveva fatto di tutto per compiacerlo, disperatamente.

Era da molto, molto tempo che voleva mettere le mani su Shea O'Halloran. Le avrebbe insegnato a rispettarlo. Le avrebbe cancellato dagli occhi verdi quello sguardo sprezzante e l'avrebbe costretta a soddisfarlo, implorante. Si sforzò di dominarsi, maledicendo gli altri che con la loro presenza gli impedivano di dare sfogo alle sue fantasie lì nella capanna. Si voltò e vide Smith che lo guardava. Riprese automaticamente la sua espressione solita, sorridendo affabile. Smith era una pappamolle, non faceva altro che frignare. Gli piaceva guardare Don all'opera, ma di rado aveva il fegato per fare da solo il lavoro sporco. Don era deciso a fargli vedere quanto era debole. Era tempo di sbarazzarsi del suo socio.

Slovensky si avvolse una coperta intorno alle spalle. Aveva più di sessant'anni e si sentiva il gelo nelle ossa. Detestava quelle montagne e tutto ciò che gli ricordavano. Venticinque anni prima aveva portato con sé il fratello minore James a caccia di vampiri, insieme ad altri membri di una società segreta dedita allo sterminio di quelle creature abominevoli. Avevano imprigionato un vampiro, ma l'impresa era costata la vita a James.

Shea O'Halloran era la chiave di tutto. L'avrebbe usata come esca per attirare gli assassini di suo fratello e dargli il castigo che meritavano. Donnie avrebbe impalato l'Avvoltoio e tolto di mezzo un altro di quei vermi. E la loro società avrebbe potuto studiare la donna e ottenere finalmente le prove che desideravano per essere finalmente riconosciuti come scienziati.

«Per quanto tempo dovremo starcene rintanati in questa topaia?», chiese Smith.

Wallace e Slovensky si scambiarono un'altra occhiata d'intesa. Wallace si strinse nelle spalle, tirò fuori un pacchetto di sigarette e ne prese una. «Ormai dovresti sapere che non è il caso di uscire quando la terra è così turbata. Vuol dire che stasera loro sono fuori a caccia».

«Cioè dovremmo restare al coperto ogni volta che piove? Accidenti, Don, avremmo potuto almeno prendere un alloggio decente».

«Piantala di frignare», lo zittì Slovensky. «L'ultima cosa che vogliamo è attirare l'attenzione su di noi. Loro controllano gli abitanti dei paesi in qualche modo, per assicurarsi la loro lealtà».

Jeff si voltò a fissare il paesaggio all'imbrunire. Slovensky era completamente fuori di zucca. Wallace lo aveva incontrato all'università. Era tutto quel che lui non era. Sfrontato, sicuro di sé, bello, un tipo tosto. Wallace aveva inchiodato in un angolo uno dei ragazzi che tormentavano sempre Jeff e, tenendolo, aveva incoraggiato quest'ultimo a massacrarlo di botte. Gli aveva dato un senso di potere incredibile, ed erano diventati inseparabili. Don era sadico e violento. Aveva la passione per i filmati illegali di scene estreme, e l'aveva condivisa con Jeff. Era ossessionato dall'idea di realizzarne uno lui stesso. Jeff aveva iniziato a filmare le imprese di Don, e quello era stato il suo apprendistato di tortura. All'inizio avevano usato delle prostitute, ma in due occasioni erano riusciti ad attirare nel loro magazzino una studentessa. Dopo quegli episodi, Don era sempre placido per parecchie settimane, a volte anche un mese o due, se l'esperienza era stata particolarmente eccitante. Jeff sapeva che ormai il bisogno di uccidere era per Don una dipendenza, e che chiunque gli stesse vicino doveva guardarsi le spalle.

Quando l'uomo più anziano uscì per fare i bisogni, Jeff si avvicinò a Don. «Ci pensi mai a come sarebbe, al potere che avremmo se costringessimo uno di loro a trasformarci?», bisbigliò per non farsi sentire da Slovensky mentre pronunciava quel sacrilegio. «Diventeremmo immortali, Don. Potremmo avere tutto quel che vogliamo. Qualunque donna desideriamo. Potremmo fare qualsiasi cosa».

Wallace rimase in silenzio per alcuni istanti. «Dovremmo scoprire di più sul loro conto. Quasi tutto quello che so me lo hanno raccontato il vecchio e i suoi amici svitati, e probabilmente è un mucchio di stronzate».

«Sei sicuro?»

«Ma sì, cazzate superstiziose. Da queste parti tutti sono superstiziosi. Credono che i vampiri possano controllarti la mente, perfino cambiare forma. Se davvero hanno tutti questi grandi poteri, Jeff, allora perché non li hanno usati quando ci divertivamo a torturarli?».

Jeff si strinse nelle spalle, deluso. «Forse hai ragione. Eppure ci mettono talmente tanto a morire…». Non terminò la frase.

«È l'odio a tenerli in vita». Don rise, pregustando le sevizie future. «Sono spassosi quasi quanto le donne», disse. Poi, pensoso: «Ma ecco che arriva l'Avvoltoio».

Il sole pallido si arrese all'avanzare del buio e della tempesta. Il cielo si oscurò del tutto, e le nubi si fecero più dense. Il vento prese a soffiare con più forza, scagliando raffiche di pioggia contro gli alberi e i cespugli, gemendo in modo lugubre fra i rami che si agitavano.

Si alzò verso nord, ululò in una gola, spazzò la foresta tenebrosa e investì le cime delle montagne fino a una casupola buia e silenziosa. Dentro, al riparo dalla pioggia torrenziale e dal vento impetuoso, giacevano due corpi, avvinti su un letto. Shea, piccola e leggera, era rannicchiata, con i capelli rossi sparsi sul cuscino come una pozza di sangue. Il corpo massiccio di Jacques la avvolgeva protettivo, con un braccio intorno alla vita. Nel silenzio, il suo cuore prese a battere, forte e regolare. I polmoni si gonfiarono riempiendosi di aria.

Jacques attese la consueta scarica di dolore che da sette anni, a ogni risveglio, accompagnava la ripresa delle sue funzioni vitali, non appena il sangue riprendeva a irrorare cellule e nervi. Ma la scarica non arrivò. Si sentiva dolorante, ma di nuovo forte e pieno di vita. Il sangue del guaritore era portentoso, la guarigione degli organi interni superava le previsioni più ardite di Jacques. *Gregori. Il tenebroso.* Quelle parole scaturirono dal nulla, l'ennesimo ricordo sfuggente. Jacques tentò di trattenerlo – sapeva che era importante – ma il dolore alla testa lo dissuase.

Non aveva importanza. Lasciò che il ricordo svanisse e allentò piano la presa sulla volontà di Shea. Prima di ordinarle di svegliarsi, controllò che non ci fossero pericoli nei paraggi. Percepì la presenza di altri della sua razza. Ne fu turbato. Per ogni maschio carpaziano era essenziale trovare una femmina, la propria vera compagna per la vita. Se non fosse riuscito a legare a sé Shea, tutti gli altri maschi avrebbero cercato di sottrargliela, nella speranza di essere compatibili con lei. Anche questa, lo sapeva, era una certezza istintiva, una verità naturale e necessaria e non frutto dell'immaginazione.

Sollevò appena il labbro superiore, scoprendo i denti candidi. Si stirò a lungo, voluttuosamente, riacquistando il controllo dei muscoli, della loro forza. Era ancora un po' intorpidito, ma si sentiva come rinato. Quando si mosse, la sua pelle ruvida sfiorò le morbide forme di Shea, e nel suo corpo si risvegliò un languore dimenticato da secoli. Jacques si girò sul fianco e fissò il volto pallido e immobile della donna.

Si sentì irrigidire. Le sue dita aggredirono i bottoni della camicia di Shea, sfiorando la pelle fresca. Il cuore gli balzò in petto, il respiro gli morì in gola. Era un tormento squisito. Non poteva esserci niente di più morbido. Sfilandole la camicia dalle spalle, le sussurrò all'orecchio: «Svegliati, piccola donna dai capelli rossi. Svegliati e desiderami». Le baciò gli occhi, poi la bocca, assaporando il suo primo respiro, e le posò una mano sul seno per sentire il battito del suo cuore contro il palmo.

Il sangue fluì nelle vene di Shea, che si sentì travolgere da un improvviso calore e da un vortice di sensazioni quasi dolorose. La bocca di Jacques era una magia lenta e seducente sulla pelle, mentre con le mani esplorava i contorni del suo corpo. La sentì risvegliarsi e dischiudergli la mente. Era in preda a emozioni contrastanti – desiderio, tenerezza riluttante, paura di ciò che era diventata, e profondo dispiacere. Jacques le accarezzò il viso di cui già conosceva ogni lineamento a memoria, per l'eternità. Shea aveva le guance umide. Jacques seguì con le labbra la scia di lacrime fin sul collo esile. La sua pelle era come miele caldo versato sul ghiaccio, una combinazione irresistibile. Jacques lambì con la lingua la vena palpitante, e il desiderio s'impadronì di lui con tale forza da dargli uno spasmo doloroso. Shea emise un gemito fra l'acquiescente e il disperato. Inarcò la schiena premendosi contro di lui, sentendo la fame crescere dentro di sé e cancellare ogni pensiero razionale.

«Con me sei al sicuro, piccola Shea», disse Jacques ad alta voce, mellifluo. Era disposto a usare ogni arma che possedeva nella sua esperienza secolare per legarla a sé. «Ho bisogno di te». Si muoveva irrequieto, aggressivo, cercando con la bocca l'incavo della gola di lei mentre le faceva scivolare le mani sui fianchi, sul ventre. «So che hai paura. Lo sento. Abbandonati alle mie sensazioni. Per me non c'è dubbio, non c'è altro amore. So che sei la mia metà. Lascia che io ti custodisca». La sua voce meravigliosa e felpata, appena roca, fece divampare l'incendio. Le fiamme si levarono alte, e la bestia iniziò a ruggire per liberarsi. Gli oscuri istinti carpaziani lottavano con i pensieri umani.

Jacques faticava a trattenere la brama sfrenata, il bisogno di dominare, l'impulso selvaggio all'accoppiamento che contraddistingueva la sua razza. Incollò la bocca a quella di Shea, quasi con disperazione, e si spinse ancor di più nella sua mente, senza attendere un consenso esplicito, temendo di non riceverlo. La mente di Shea era un caos di lacrime e dolore, di fumo e fiamme e di desiderio ardente.

Jacques, gli sussurrò. Fermò le sue mani che tentavano di sfilarle i jeans dai fianchi.

Per tutta risposta, lui la baciò con più foga, possessivo, erotico, trasmettendole con la mente tutta la sua voglia incontenibile. *Tu mi hai ridato la vita. Shea. Ora ridammi la mia anima. Ho bisogno di te, solo di te. Rendimi completo.* Shea allentò la presa quel tanto da permettergli di sfilarle i jeans, esponendo la bellezza del suo corpo agli occhi e alle mani avide di lui.

Shea sentì Jacques trattenere il fiato, il cuore martellargli nel petto, il suo corpo fremere e la sua mente ottenebrarsi. L'intensità delle emozioni di lui la atterriva. Chiuse gli occhi, cingendolo con le braccia, sapendo di non potersi negare a quel desiderio travolgente. Poteva negarsi a chiunque, ma non a lui.

Jacques inspirò profondamente il profumo di lei, indugiando con le mani sul suo corpo, lottando contro la belva che smaniava di possederla. Le aveva già fatto troppo male, strappandola a una vita che non avrebbe mai potuto restituirle. Voleva che la prima volta con lui fosse un'esperienza meravigliosa.

«Non piangere, amore», le bisbigliò, carezzandole con la lingua la vena che pulsava freneticamente. Ebbe un nuovo spasmo violento. Le scalfì il collo con i denti, un dolce tormento per entrambi. Affondò il viso fra i seni, meravigliandosi della loro perfezione. Sotto le mani forti di Jacques, le ossa di lei erano fragili e minute, ma i muscoli sodi e la pelle come seta.

Coperto di un velo di sudore, Jacques tremava per lo sforzo di contenere la sua natura bestiale. Le sensazioni tattili si mischiavano ai colori e al calore. Dopo secoli di apatia, dopo sette anni di supplizi, Jacques non avrebbe mai dimenticato quel momento: il volto di Shea, il profumo e il tocco di lei, la tenerezza riluttante, la pena e il desiderio erano impressi per sempre nel suo animo.

Shea avvertì in lui un mutamento, nel modo in cui le carezzava le gambe, l'assoluta convinzione nella sua mente. Sentiva la sua fame bruciante, la sua voglia sempre più urgente. Jacques si distese su di lei, imprigionandola e aprendole le gambe con un ginocchio. Shea s'irrigidì al contatto del suo corpo duro, insistente. Il cuore le balzò nel petto, come a protestare, ma già la bocca di Jacques era incollata al suo seno, vincendo ogni resistenza razionale. Un calore pulsante lo accolse dentro di lei finché incontrò l'ostacolo della sua verginità.

La bocca di Jacques si staccò riluttante dal seno per posarsi sulla vena. «Tu sei la mia compagna per la vita». Mordicchiò la carne tenera. Un calore liquido lo avvolse, allettante. Io ti prendo come mia compagna per la vita. Io appartengo a te. Ti offro la mia vita». Le prese i fianchi sottili fra le mani. Si sentiva consumare dal desiderio. «Ti dono la mia protezione, la mia lealtà, il mio cuore, la mia anima e il mio corpo. Prendo in custodia la mia parte di te. La tua vita, la tua felicità e il tuo benessere verranno sempre prima dei miei».

«Smettila, Jacques», mormorò Shea, disperata. A ogni parola, a ogni respiro si sentiva legare a lui così strettamente da non saper più distinguere i propri pensieri dai suoi.

«Tu sei la mia compagna per la vita, legata a me e affidata a me per l'eternità». Jacques affondò i denti e penetrò in lei. Un dolore accecante li travolse entrambi, in un bagliore di fiamma.

Shea emise un grido, gli cinse la testa con le braccia e lo attirò a sé. Erano uniti nel corpo, nella mente e nel cuore; la vita di lei rifluiva in lui mentre la possedeva. Jacques si mosse lento, saggiando la reazione di lei. Shea era calda e stretta; quell'attrito rischiava di scatenare in lui da un momento all'altro la frenesia dell'accoppiamento rituale carpaziano. Si dominò con uno sforzo, assaporando il suo sangue caldo e speziato, il velluto infuocato del suo corpo.

Si mosse dentro di lei lentamente, con delicatezza, per calmarsi e per suscitare il suo desiderio. Shea si strinse intorno a lui, e Jacques la penetrò a fondo, fino al centro del suo essere, mentre beveva il suo fluido vitale. Il mondo parve restringersi e scomparire, finché lei divenne tutt'uno col suo respiro, il suo cuore, il sangue che gli scorreva nelle vene. Non c'erano più tenebra né ombre, solo il corpo di Shea con il suo calore, fiamme danzanti e fiumi di colori.

Le grida soffocate di Shea gli risuonavano nella mente. Il suo corpo bramava quello di lei, ancora e ancora, più forte, più veloce e più a fondo. Continuò a muoversi in lei, protendendosi verso le stelle, l'universo, la fusione delle loro anime. Il sangue di Shea accresceva la sua fame insaziabile: nessun sapore era altrettanto dolce, perfettamente erotico, e Jacques banchettò a lungo, abbandonandosi a un'ondata dopo l'altra di piacere sensuale.

Il corpo di Shea lo avvolgeva, fremente, e la terra stessa pareva sussultare. Con un grido, Jacques si sciolse come lava in un vulcano, riversando in lei il suo seme vitale.

Si accorse del sangue che colava fra i seni di lei. Nell'estasi di quel momento, aveva dimenticato di richiudere la ferita. Seguì con la lingua quella scia scarlatta, e il suo corpo reagì più voglioso che mai. La fame che consumava Shea, il suo desiderio atavico, erano nella sua mente. «Sì, amore mio», le mormorò contro la gola. «Desiderami come io ti desidero. Lascia che ti doni tutto me stesso. Prendi ciò che ti offro».

Shea premette la bocca sul suo collo, e Jacques si gonfiò e s'indurì fino a riempirla completamente. Il cuore gli balzò nel petto quando le labbra di lei si posarono sul suo. La lingua di Shea descrisse cerchi intorno ai suoi capezzoli, strisciò fin sopra il cuore. Jacques si ritrasse e attese, col fiato sospeso, ignorando le proteste del proprio corpo che bramava di affondare di nuovo in lei, di possederla ancora e ancora.

«Solo una volta, Shea, dimmi che anche tu mi desideri», sussurrò.

Shea sollevò la testa e fissò il viso sensuale di lui con i suoi grandi occhi verdi. Lentamente le sue labbra s'incurvarono in un sorriso malizioso. Poi tornò a chinarsi sul suo petto, lambendo con la lingua i muscoli possenti. Lo mordicchiò con i denti una, due volte, prima di affondarli nella carne.

Il gemito roco di Jacques riecheggiò nel buio della stanza. La sensazione era qualcosa di inimmaginabile. Affondò ancora una volta in lei e la strinse a sé. Non poteva mai saziarsene. I colori vorticavano e danzavano, la terra si sollevava, e Jacques volava sempre più in alto, portandola con sé nel cuore, nella mente e nell'anima. In quell'istante perfetto lei era sua, le loro vite congiunte per l'eternità. Due metà di un solo essere, indivisibili. L'estasi di Jacques fu travolgente, all'unisono con quella di lei. Esplosero nel cielo e scesero fluttuando sulla terra, sorretti da Jacques.

La lingua di Shea richiuse la ferita sopra il cuore, e giacquero allacciati, esausti, ancora scossi da brividi di piacere.

Shea era immobile, ancora incapace di comprendere quel prodigio. Sapeva che era per sempre. Sapeva che lui aveva compiuto l'ultimo atto del rituale che li legava l'uno all'altra. Le pareva che il suo corpo non le appartenesse più, che lui se ne fosse impadronito lasciandola priva di una parte essenziale. All'esterno appariva tranquilla, ma dentro di sé era terrorizzata. Era sempre stata sola; non sapeva immaginare un'altra vita.

Jacques le carezzò i capelli, indugiò sulla curva del fondoschiena. «Non ho mai provato niente di simile», disse piano, cercando le parole giuste per placare le paure di lei.

Shea deglutì e rimase ad ascoltare il battito frenetico del proprio cuore. «E come fai a saperlo, sciocco?», scherzò, con uno sforzo enorme per sembrare calma. «Non ricordi il tuo passato». Il sangue le tuonava nelle orecchie. D'ora in poi tutto sarebbe stato diverso. Si sentiva debole. Forse Jacques le aveva preso più sangue di quanto ne avesse donato. La sua mente era intorpidita, i suoi pensieri rallentati. A meno che non fosse la paura a paralizzarla. Non le era mai successo prima. Il suo intelletto aveva sempre avuto la meglio. Ma ora erano le emozioni a dominarla, e si sentiva smarrita.

Con molta cautela, si staccò da lui, e provò una pena inspiegabile. Lo voleva per sempre. Aveva bisogno di lui al proprio fianco. Forse lo amava davvero. Sentì un groppo alla gola, le parve di soffocare.

Aveva lasciato che accadesse, che lui s'impadronisse della sua vita. Era stata sciocca proprio come sua madre. Nel suo mondo, in cui tutto era scrupolosamente controllato, non c'era posto per l'amore e per la dipendenza.

«Shea», la chiamò lui con tenerezza, come rivolgendosi a un animale intrappolato in un angolo.

Lei si alzò di scatto a sedere, annaspando in cerca d'aria, con gli occhi spalancati e il cuore che le martellava nel petto. Balzò in piedi, i capelli le fluttuavano intorno come un manto, e corse a piedi nudi verso il bagno.

Jacques s'infilò un paio di jeans, li abbottonò e la seguì, senza distogliere gli occhi dalla sua figura esile. Shea sembrava sul punto di andare in pezzi al minimo tocco. Si sforzò di riprendere le sue abitudini umane: lavarsi i denti, rilassarsi sotto il getto della doccia, guardare fuori dalla finestra. Jacques rimase ai margini della sua mente per non farla sentire oppressa. Ma quei gesti rassicuranti non diminuivano la paura di Shea, anzi: si sentiva sopraffatta dal panico. Jacques era appoggiato pigramente alla parete, con lo sguardo vigile, in attesa dell'inevitabile.

«Non posso farlo, Jacques», disse Shea con un filo di voce e senza guardarlo. Con le mani che le tremavano, si infilò un paio di jeans, una maglia a coste e un paio di scarpe da trekking.

Jacques attese in silenzio, conscio della paura e della confusione di lei, e represse l'impulso che provava di confortarla. Shea era una donna forte, abbastanza coraggiosa da tornare a salvare un demone, un invasato che l'aveva aggredita con ferocia. Eppure il pensiero di amare Jacques, di avere bisogno di lui, la terrorizzava.

«Devo partire, andare in Irlanda. Lì ho una casa». Shea si annodò i lunghi capelli rossi in una treccia disordinata. I suoi occhi vagavano senza sosta dalla finestra al computer alla porta, senza mai posarsi su di lui. «Ora sei al sicuro, hai la tua famiglia e i tuoi amici. Non hai più bisogno di me».

Fu allora che lui si mosse, con la rapidità della sua razza. Silenzioso, invisibile, troppo veloce per l'occhio umano. Di colpo era dietro di lei, il corpo premuto contro il suo e le mani appoggiate contro la parete a formare una gabbia che la imprigionava. Era così vicino che il suo odore maschio le invase i polmoni, fino a diventare l'aria che respirava. «Io avrò sempre bisogno di te, Shea. Tu sei il mio cuore, la mia anima e la mia salvezza. Sono molti anni che non vado in Irlanda. È un paese bellissimo».

Shea inspirò in cerca di aria. Tutto il suo essere respingeva le parole di Jacques. Doveva dissuaderlo a ogni costo. Si sentiva fremere fin nelle viscere. Jacques riusciva letteralmente a fiutare la sua paura.

Shea incrociò le braccia sul ventre, come a voler placare quel tremito interiore. «Ascoltami, Jacques. Questo…». Fece un gesto vago con la mano e si voltò per sorreggersi alla parete. Guardarlo in faccia fu un errore. Quel corpo muscoloso, quei lineamenti sensuali ancora segnati dal dolore, l'intensità di quegli occhi neri. La fame. Il desiderio. La voglia. Shea sollevò il mento, con una pena così profonda che lui provò l'impulso di stringerla al cuore, ma si trattenne. Represse la sua natura di predatore e rimase del tutto immobile.

Shea si schiarì la voce e tentò di nuovo. «Non può funzionare. Io ho dei doveri. Non posso permettermi di avere una relazione in questo momento. E tu sei in cerca di qualcosa di intenso, appassionato, eterno. Io non sono proprio fatta così. Non ho così tanto da dare a un altro». Strinse convulsamente le dita; sentì il cuore di lui stringersi in risposta. Jacques sorrise dentro di sé a quelle parole sciocche, ma nessuna emozione trapelò sul suo viso.

Shea aveva una natura passionale, e aveva bisogno di lui tanto quanto Jacques di lei. Shea lo sapeva, e ne era terrorizzata. E proprio per quello era decisa a fuggire via da lui. Si era plasmata una vita solitaria, non avrebbe saputo da dove cominciare. Non sarebbe mai, mai diventata come sua madre.

«Mi ascolti, Jacques?».

Lui le si fece ancora più addosso, avvolgendo il suo corpo esile. La strinse fra le braccia fin quasi a stritolarla. «Certo che ti ascolto. So che hai paura. Lo sento». Il suo alito caldo era una carezza sul suo collo. Il suo abbraccio era tenero, protettivo. «Anch'io ho paura. Non ho più un passato, Shea. Solo anni d'inferno che mi hanno quasi reso pazzo. Quelli che tu chiami la mia famiglia non significano nulla per me. Non mi fido di loro. Chiunque di loro potrebbe essere il traditore». Posò la testa sulla sua, con un gesto intimo e consolatore. «Non sempre riesco a distinguere la realtà dalla follia. Ci sei solo tu, amore mio, a conservarmi lucido. Se scegli di abbandonarmi, temo per l'incolumità mia e di chi oserà avvicinarmisi».

Shea ricacciò indietro le lacrime e gli sfiorò appena il polso con dita tremanti. «Siamo proprio una coppia perfetta, Jacques. Almeno uno di noi dovrebbe essere sano di mente, non credi?».

Lui si portò la sua mano alle labbra. «Tu hai percorso migliaia di chilometri per arrivare fino a me. Per me».

Shea abbozzò un sorriso. «Con qualche anno di ritardo».

Jacques sentì sciogliersi un groppo nel petto. Sapeva che non c'era scampo per nessuno dei due. Forse non lo comprendeva del tutto, ma sapeva che erano irrevocabilmente legati per l'eternità. «Il proverbio non dice forse "meglio tardi che mai?"». Le accarezzò il polso che palpitava.

Shea si sentì più tranquilla, più disposta ad accettare la loro unione. Posò la testa sul petto di Jacques. «Mi sento così in colpa per non aver creduto ai miei sogni. Se solo avessi…».

Lui le coprì la mano con la bocca. «Mi hai salvato. Sei venuta da me. Soltanto questo conta. Ora dobbiamo trovare la nostra strada, insieme».

Shea gli prese la mano e se la premette sul collo. «Quegli uomini mi stanno seguendo, Jacques. Senza di me, hai più possibilità di sfuggirgli. Lo sai che è così».

La belva dentro di lui alzò la testa e mise a nudo le zanne scintillanti, pregustando la vendetta. Shea non poteva immaginare quanto lui desiderasse i due umani che lo avevano torturato e imprigionato. Non aveva alcuna idea del suo potere smisurato, del suo furore, di quale creatura pericolosa fosse. Era legata a lui, ma in modo troppo compassionevole per sospettare la sua vera natura. Lei avrebbe continuato a fuggire, a evitare lo scontro per tutta la vita, se necessario. Lui preferiva contrattaccare. Anzi, non vedeva l'ora di farlo.

«Non preoccuparti di ciò che può accadere, piccola».

Lei gli accarezzò la guancia. «Grazie per aver pensato a me mentre ero priva di sensi. Non gli hai permesso di mettermi sotto terra».

Jacques le baciò di nuovo la mano. «Sapevo che non avresti voluto». Rivolse lo sguardo all'angolo opposto della stanza. Alzò una mano, e la porta si aprì al suo comando mentale.

Una raffica di pioggia irruppe nella stanza, insieme all'ululato del vento che scuoteva i rami degli alberi. Shea rabbrividì e si strinse al corpo caldo di Jacques. Il temporale continuava, ma a Shea non serviva il bagliore dei lampi per vedere chiaramente il verde e il marrone cupo della foresta, le gocce di pioggia come altrettanti cristalli che riflettevano la bellezza della vegetazione. Vedeva con occhi più che umani; come vedono gli animali. Sentiva la furia della tempesta sul proprio corpo.

Jacques la strinse più forte, avvertendo il suo rifiuto di quelle emozioni così intense e aliene. «No, piccola, guarda. Questo è il nostro mondo. Non ha nulla di brutto. È puro, sincero e meraviglioso», le sussurrò all'orecchio, lambendo con la lingua la sua pelle calda.

Shea fu percorsa da un brivido sensuale. Tutto il suo essere parve invocare il tocco di Jacques: il suo corpo, il suo cuore, la sua mente. Al desiderio seguì la paura. La sua vita era cambiata. Lei era cambiata. Se suo padre era della razza di Jacques, il suo sangue le scorreva nelle vene. Jacques l'aveva portata definitivamente nel suo mondo. Si ritrovò ad assorbire con avidità i suoni e gli odori della notte: qualcosa di primitivo in lei rispondeva alla furia della tempesta.

«Sono nostri, Shea. Il vento, la pioggia, la terra sotto i nostri piedi».

Quelle parole erano come una carezza di velluto. Jacques le mordicchiò la gola, seducente. «Possiamo andarcene stanotte? Adesso?». Shea sentiva crescere dentro di sé quell'impeto selvaggio, insieme al bisogno imperioso di lui. Voleva fuggire dai boschi, fuggire da quella parte di sé che si faceva sempre più forte di minuto in minuto.

«Dovremo organizzare un piano», lo ammonì sottovoce. «Se scappiamo alla cieca finiremo per farci ammazzare».

Shea chiuse gli occhi, stanca. «Non c'è nessun posto dove andare, vero?». La sua parte razionale le diceva che stava solo cercando di fuggire da se stessa.

Jacques la cullò tra le braccia. «Non avresti potuto continuare a lungo l'esistenza incompleta che stavi vivendo. E non ne sei mai stata davvero soddisfatta. Non sei mai stata felice, Shea».

«Non è vero. Amo il mio lavoro di chirurgo».

«Non sei fatta per una vita solitaria, piccola donna dai capelli rossi».

«La vita di un medico è tutt'altro che solitaria, Jacques».

«Un chirurgo non ha molto a che fare con i pazienti, e ancor meno un ricercatore. Conosco i tuoi pensieri, non puoi nascondermi la verità».

Un lampo passò negli occhi verdi di Shea. «Non mi va affatto bene che tu te ne vada a spasso per la mia testa in questo modo. Ci hai mai pensato? Sei come una bomba a orologeria, e non sappiamo quando potresti esplodere». Lo disse in tono quasi divertito; iniziava a rilassarsi.

Jacques represse un sospiro di sollievo. Shea stava tornando da lui, un po' alla volta. «È così che facciamo noi carpaziani».

Shea tornò a guardare la tempesta oltre la porta. «Tutto il tempo?».

Questa volta il ricordo gli tornò senza la curiosa fitta di dolore alla testa. «No. Tutti i carpaziani possono parlarsi su un canale comune, se lo vogliono». Si massaggiò la fronte. «Io però non sono sicuro di riuscirci. Non ricordo esattamente quale sia il canale, so solo che esiste».

«Gli altri hanno provato a parlarti», indovinò lei.

«Ognuno di loro si serviva di un canale differente. Io avvertivo il contatto ma non riuscivo a sintonizzarmi. Quando due carpaziani si scambiano il sangue, il loro legame psichico diventa più forte, e si crea un canale esclusivo che solo loro possono usare». Un altro ricordo scaturito dal nulla. «I maschi si scambiano il sangue di rado, a meno che non abbiano una compagna».

Perché? La domanda le affiorò alla mente senza che Shea se ne accorgesse.

Jacques si strinse nelle spalle. «Una volta avvenuto lo scambio, si può essere rintracciati. Più forte è il legame, più evidente è la traccia. E se lo scambio è reciproco, ognuno può trovare l'altro e parlargli. Dopo secoli di solitudine, i maschi corrono il rischio di trasformarsi».

«Non capisco cosa intendi con "trasformarsi"».

«Dopo duecento anni, noi perdiamo qualunque emozione. Siamo dei predatori, Shea. Ci serve una compagna per riavere la capacità di sentire, per ritrovare l'equilibrio. Con il passare dei secoli, è facile cedere al bisogno di provare un'emozione qualsiasi, anche brevissima. Uccidere la propria preda dona una sensazione esaltante di potere, ma provoca anche una trasformazione. Ma per un carpaziano è un mutamento irreversibile. Diventa la creatura delle leggende umane. Un vampiro. Un assassino a sangue freddo, amorale, spietato, che deve essere trovato ed eliminato». Jacques sorrise amaramente. «Ora capisci perché i maschi privi di una compagna si arrischiano di rado a compiere uno scambio di sangue. Diventano facilmente rintracciabili, e nel caso in cui si trasformassero...».

Shea si morse il labbro con i denti candidi. Sotto le dita di Jacques, le sue vene pulsavano rapide. «Non voglio credere a quel che mi stai dicendo».

«Tu mi hai salvato da un destino simile. La mia mente è ancora turbata, ma non rischio più di vagare per la terra come un non morto».

«Quegli uomini che mi danno la caccia...».

«Sono assassini umani», disse Jacques con sovrano disprezzo. «Quelli che hanno ucciso erano carpaziani, non vampiri».

«Allora quello che chiami il traditore...».

«È un carpaziano... diventato vampiro».

Capitolo 9

Una folata di vento turbinò nella stanza, portando con sé spruzzi di pioggia. Jacques spinse delicatamente Shea dietro di sé. «Arrivano gli altri», la ammonì.

Shea si appiattì contro la parete. Quella gente apparteneva a un'altra razza. La stessa di suo padre. Una parte di lei era emozionata e affascinata. Studiandoli da un punto di vista scientifico, sarebbe stata nel proprio elemento. Ma invece di essere una semplice spettatrice del dramma, era uno dei personaggi. Afferrò il polso di Jacques. «Andiamocene via da qui, lontano da questa gente, da questo posto».

«Dobbiamo saperne di più su di loro, è importante». La voce di Jacques era bassa e ammaliante, volutamente tenera e protettiva. «Sta arrivando il guaritore, insieme a quello che si dice mio fratello. C'è anche la donna». Si chiese inquieto dove fosse l'altro maschio. Non si fidava del tutto di nessuno di loro. Dentro di sé, sapeva che i suoi aguzzini gli avevano strappato qualcosa che non avrebbe mai più riavuto indietro.

Shea gli fece scivolare la mano sul braccio e poggiò la testa sulla sua schiena ampia, un gesto confortante di solidarietà. Jacques non riusciva mai a staccarsi del tutto dalla mente di lei, per cui Shea coglieva facilmente l'eco dei suoi pensieri in qualunque momento. Provava pena per lui, per se stessa. «Qualunque cosa ti abbiano tolto, Jacques, ti ha reso più forte. Il guaritore ha fatto un vero miracolo», gli disse sottovoce, con convinzione. «Non ho mai visto niente di simile. Ma in realtà è stata la tua determinazione a tenerti in vita».

Jacques cercò di trovare consolazione in quelle parole, ma percepì l'interesse e l'invidia di Shea nei confronti del guaritore e delle sue doti magiche. Il carpaziano aveva fatto in poco tempo quel che lei non era stata in grado di compiere in molti giorni. Ma prima che Jacques riuscisse a risponderle che era stata lei a salvargli la vita, dalla porta entrò un'altra raffica di pioggia mista a nebbia.

Uno scintillio nell'aria, e apparve Gregori, seguito da Mikhail e da Raven. Jacques strinse gli occhi, assalito da una folla di ricordi improvvisi. Volava in forma di gufo, correva nella foresta nel corpo di un lupo, nella foschia. Dietro di lui, Shea trattenne il respiro, fissando i nuovi arrivati e poi Jacques, intimorita dallo spettacolo di quegli esseri che mutavano forma con tanta disinvoltura.

Gregori squadrò Jacques da capo a piedi con i suoi pallidi occhi argentati. «Hai un aspetto migliore. Come ti senti?».

Jacques annuì lentamente. «Molto meglio. Grazie».

«Devi nutrirti. La tua donna è ancora pallida e provata. Dovrebbe riposare. Se vuoi, posso curarle le ferite», propose Gregori in tono neutro. La sua voce di velluto nero era così incantevole, così pura, che era quasi impossibile rifiutargli alcunché. Gregori non mutava mai tono e appariva sempre impassibile.

Shea sentì il cuore martellarle nel petto. Si ritrovò ad ascoltarlo rapita, a desiderare che parlasse ancora, per obbedire a tutto ciò che diceva. Ma una parte di lei temeva il potere smisurato di Gregori. L'uomo non aveva usato alcuna coercizione, nessuna suggestione ipnotica. La sua voce era già un'arma. Shea percepiva che era il carpaziano più pericoloso tra i presenti. Era da molto tempo che non si trovava circondata da tante persone. Aveva bisogno di restare sola con Jacques, di avere il tempo per abituarsi.

«Ti ringraziamo per la tua offerta, guaritore, ma Shea non ha familiarità con le nostre usanze». Jacques stesso non ne ricordava la maggior parte. Era a disagio quanto Shea al cospetto dei carpaziani. I suoi occhi neri scintillavano come ghiaccio, riflettendo il bagliore dei lampi che squarciavano il buio. «L'altro maschio non è con voi».

«Byron», interloquì Mikhail. «È tuo amico da secoli. Sa che avete portato a termine il rituale e che questa donna è la tua vera compagna. Cerca nella tua mente, Jacques. Ricorda quali tempi duri vivono i nostri maschi privi di compagne».

Shea si sentì avvampare sotto il pallore. L'uomo aveva accennato al rituale: dunque sapeva che lei e Jacques avevano fatto l'amore. Quell'indiscrezione la turbò enormemente. Fece per passare davanti a Jacques, irritata per l'appellativo "questa donna". Aveva un nome. Era una persona. Probabilmente la credevano tutti isterica. Di certo non aveva avuto modo di mostrar loro la sua calma abituale.

Jacques indietreggiò e la trattenne contro la parete con un braccio, senza distogliere mai gli occhi dai tre. Sapeva di essere instabile e di doversi dominare per non cedere all'impulso di aggredirli. Non si fidava di loro e non avrebbe permesso a Shea di correre alcun rischio.

Shea reagì dandogli un pizzicotto. Non se ne sarebbe rimasta dietro di lui a tremare come l'eroina svenevole di un romanzo del Settecento. Insomma, era circondata da vampiri. E allora?

Carpaziani, la corresse Jacques, divertito.

Se ridi di me un'altra volta, Jacques, andrò a cercare un altro paletto e ti infilzerò personalmente, lo ammonì. «Be', allora?». Si rivolse al gruppo, esasperata. «Siamo tutti persone civili qui, non è vero?». Diede uno spintone a Jacques. «Non è vero?»

«Assolutamente». Raven si fece avanti, allontanando da sé il braccio di Mikhail che voleva trattenerla. «O almeno le donne lo sono. Gli uomini non hanno ancora superato lo stadio di scimmie rissose».

«Le devo le mie scuse per la notte scorsa, signorina O'Halloran», disse Mikhail con esagerata cortesia continentale. «Quando l'ho vista china su mio fratello, ho pensato…».

Raven emise un verso di disappunto. «Non ha pensato niente, ha solo reagito. È un uomo eccezionale, in realtà, ma troppo protettivo nei confronti di quelli che ama». Il suo tono di scherno era pieno d'amore. «Avanti, Jacques, non puoi tenerla prigioniera come una monaca in convento».

Shea era mortificata. *Jacques, spostati! Mi stai mettendo in imbarazzo.*

Con grande riluttanza, Jacques si fece da parte. Shea sentì immediatamente la tensione nella stanza, il furore che ribolliva nella mente di Jacques. Gli prese la mano per rassicurarlo e tenne la mente saldamente collegata alla sua. Sentiva gli sguardi degli altri puntati su di sé.

Raven gettò un'occhiata apprensiva a Gregori.

Shea si passò una mano fra i capelli, vergognosa. Non si era nemmeno guardata allo specchio. Jacques le strinse la mano. *No! Sei bellissima così. Non hanno alcun diritto di giudicarti.*

«Jacques», disse piano Gregori, «la tua donna ha bisogno di riposare e di nutrirsi. Devi permettermi di aiutarla».

Shea alzò il mento, con gli occhi che mandavano fiamme. «Sono perfettamente in grado di decidere per me stessa. Non mi serve il suo permesso per fare nulla. Grazie per l'offerta, ma mi rimetterò da sola, con il tempo».

«Ti abituerai a loro», si affrettò a dire Raven. «Sono ossessionati dalla salute delle donne. Ti farebbe bene, Shea… posso chiamarti Shea?». Raven sorrise quando l'altra annuì. «Saremmo lieti di rispondere alle tue domande. Sarebbe bello conoscerti meglio. Dopo tutto, siamo quasi cognate», osservò.

La scarica di adrenalina nel corpo di Shea a quelle semplici parole fece esplodere l'aggressività di Jacques. Il cielo fu squarciato dai fulmini, e si udì un rombo di tuono. Il vento prese a vorticare nella casa, facendo tremare le pareti e le finestre. Jacques emise un ringhio minaccioso. Shea sentì la belva dentro di lui agitarsi, assetata di sangue. Si voltò di scatto e gli piantò le mani sul petto, spingendolo all'indietro con tutta la forza che aveva, verso l'angolo della stanza.

Non devi fare così, Jacques. Adesso ho bisogno che tu sia lucido. Sto facendo del mio meglio per mantenere la calma, ma se finite per darvi addosso, ti giurò che impazzirò. Per favore, aiutami. Ti prego. La sua voce era quasi un pianto: Jacques non l'aveva mai sentita così vulnerabile.

La circondò con le braccia, cullandola mentre lottava per riacquistare il controllo. L'agitazione di Shea sembrava infondergli forza. Sollevò la testa e guardò circospetto in direzione dei due maschi. Mikhail e Gregori sembravano perfettamente a loro agio, ma Jacques sapeva che erano all'erta. Si costrinse a sorridere, poi si strinse nelle spalle. «Temo che la mia mente non sia guarita quanto il mio corpo. Dovrete avere pazienza con me. Vi prego, consideratevi nostri ospiti», disse in tono formale.

Mikhail chiuse la porta. «Grazie, Jacques. Noi vogliamo solo aiutare te e la tua compagna». Si mise a sedere, in posizione vulnerabile, per mostrare la propria buona volontà. Raven si appoggiò al bracciolo della sedia. Gregori si mosse, senza fretta apparente, con grazia felina, ma Jacques si avvide che il suo intento era di frapporsi tra lui e la coppia.

Gregori. L'antico. Il tenebroso. Le parole gli echeggiarono nella mente. Gregori era un uomo assai pericoloso. «Ricordo molto poco del mio passato», ammise. «Forse sarebbe meglio per tutti se io e Shea stessimo per conto nostro. So bene di essere ancora instabile, e non vorrei che nessuno si facesse del male».

Shea si voltò verso i carpaziani. «Vi siamo grati del vostro aiuto. È solo che tutto questo è nuovo per noi».

Gregori la scrutò con i suoi occhi argentei, che parevano penetrarle dritto nell'anima. «Sei un medico?».

Shea rabbrividì. La voce del guaritore era incredibilmente avvincente. Quell'uomo aveva troppo potere. «Sì, sono un chirurgo».

Un sorriso incurvò le labbra sensuali del guaritore. Era carismatico, ma Shea vide che l'espressione dei suoi occhi era immutata. Erano vigili e freddi. «Sei molto brava. I carpaziani non rispondono molto bene alle cure umane. Ciò nonostante, Jacques era sulla via della guarigione. Abbiamo tutti un debito nei tuoi riguardi».

«Tu sei riuscito a fare in un'ora quel che non sono riuscita a fare io in molti giorni», disse Shea, non senza ammirazione.

«Come hai fatto a trovare Jacques, se noi non ci siamo riusciti?».

Il tono di Gregori era come sempre neutro, ma Shea intuì che quella domanda era un tranello.

Sollevò il mento e lo guardò con aria di sfida. «Sette anni fa, mentre studiavo, fui colta da dolori inspiegabili. Un'agonia che durò per ore. Da quella notte, iniziai a sognare un uomo che veniva torturato, e che mi invocava».

«Dov'eri?», chiese Gregori.

«Negli Stati Uniti». Shea si passò una mano fra i capelli, scoprì che tremava e la nascose dietro la schiena. Quei pallidi occhi scintillanti la turbavano. Sembravano scrutarle nell'anima e vedere tutti gli errori della sua vita. «So che sembra assurdo, ma è la verità. Non avevo idea che quell'uomo esistesse davvero e che stesse soffrendo». Fu presa di nuovo dal rimorso. «Avrei dovuto cercarlo prima, ma non credevo...». S'interruppe, con le lacrime agli occhi.

Non fare così, amore, le ordinò Jacques stringendola con fare protettivo. *Non hanno alcun diritto di giudicarti. Non sono stati loro a venire da me. Sei stata tu, dall'altra parte dell'oceano. E io non ti ho ricambiato molto gentilmente.* Le sfiorò con le labbra calde i lividi sulla gola. «Eppure sei tornata da me dopo che ti avevo aggredita». Pronunciò quelle ultime parole a voce alta, perché i carpaziani le udissero e smettessero di interrogarla.

«Dovevi essere terrorizzata», disse Raven con voce sommessa.

Shea annuì e fece un lieve sorriso a Jacques. «Di certo nella mia professione non avevo mai incontrato nulla di simile». Cercava di apparire normale in un mondo dove tutto era sottosopra.

«Sei giovane per essere un medico», osservò Mikhail.

Shea lo guardò attentamente per la prima volta. Come Jacques, Mikhail era di corporatura imponente e aveva la stessa chioma folta e gli stessi occhi di ghiaccio nero. Avevano entrambi dei modi autoritari e sicuri, quasi arroganti. Solo il volto di Jacques era più provato dalle sofferenze. «Anche tu sembri giovane per essere nato secoli fa», ribatté. Non dimenticava la stretta delle dita di Mikhail intorno alla gola.

Mikhail le rispose con un lieve ghigno e un cenno del capo.

Accanto a lei, Jacques lottava per trattenere la belva aizzata dal ricordo dell'attacco di Mikhail. Shea lo ignorò. «C'era una donna chiamata Noelle, che aveva un figlio maschio da un uomo chiamato Rand. Sapete dov'è il ragazzo? Oggi dovrebbe avere ventisei anni», chiese.

Mikhail s'impietrì, il suo volto divenne una maschera. Emise un lieve sibilo e istintivamente Jacques si parò davanti a Shea.

Stai molto attento, Mikhail, ammonì Gregori.

«Noelle era nostra sorella», spiegò pacatamente Mikhail, «assassinata poche settimane dopo la nascita del bambino».

Shea annuì. Ciò confermava quanto le aveva già raccontato Jacques. «E il bambino?».

Questa storia non mi piace, Gregori. Perché vuole sapere del figlio di Noelle? Sono stati degli umani a ucciderla. E hanno una rete di conoscenze molto vasta. Forse ne fa parte anche lei.

Jacques se ne sarebbe accorto, rispose Gregori, convinto.

Forse no. La sua mente è sconvolta.

Lo avrebbe saputo. Lei non avrebbe potuto nasconderglielo. Tu hai paura per tuo fratello, e non la giudichi in modo obiettivo. C'è molta pena nei suoi occhi. Si è legata a un uomo di cui non sa nulla, un uomo estremamente pericoloso che le ha fatto del male più di una volta. È molto intelligente, Mikhail; sa cosa è diventata, e sta facendo fatica ad accettarlo. Questa donna non è un'assassina.

Mikhail inclinò la testa di lato, soppesando il giudizio del suo vecchio amico. «Il figlio di Noelle è stato ucciso sette anni fa, probabilmente dagli stessi assassini che hanno torturato mio fratello».

Già mortalmente pallida, Shea si fece bianca come un lenzuolo. Vacillò, e Jacques la sorresse. Quel ragazzo era suo nipote, ma Jacques non lo ricordava né da bambino né da ragazzo: il dolore che sentiva era quello di Shea. Il suo fratellastro, l'unico membro rimasto della sua famiglia.

Sono io la tua famiglia, la consolò Jacques, sfregandole il mento sulla testa.

Era il ragazzo nella seconda delle fotografie che Wallace e Smith mi hanno mostrato. Era lui, lo so. Shea abbandonò la testa sul petto di Jacques, esausta. *Quando ho visto quella fotografia ho provato uno strazio terribile.*

Mi dispiace, Shea. Sono successe troppe cose. Avrai bisogno di tempo per assimilare tutto quanto.

Sconcertato dalla reazione della donna, Mikhail gettò un'occhiata a Gregori, che si limitò a scrollare elegantemente le spalle.

«Che ne è stato di Rand, suo padre?», chiese Jacques per Shea, malgrado quel nome gli procurasse una fitta lancinante nella testa, là dove avrebbe dovuto esserci un ricordo.

«Rand andò sotto terra per un quarto di secolo. È riemerso l'anno scorso, ma vive in solitudine. Trascorre quasi tutto il tempo dormendo», rispose Mikhail.

Shea strinse le dita di Jacques. «Non ha cresciuto suo figlio?».

Mikhail scosse la testa e Shea deglutì per reprimere la protesta che le saliva alle labbra. Lanciò uno sguardo accusatorio a Jacques. *Allora è un vizio della vostra razza, quello di abbandonare le donne e i loro bambini.*

Io e te non siamo Rand e Maggie, rispose Jacques in tono fermo.

Shea si morse il labbro e scrutò Mikhail. «Cosa vuol dire "andare sotto terra"?»

«I carpaziani si rigenerano nella terra», spiegò Gregori, osservandola attentamente. «Il sonno degli umani non è sufficiente a guarire o a recuperare le forze. A volte assumiamo abitudini umane – come quella di lavarci o di vestirci, per difenderci, anche se non ne abbiamo davvero bisogno – ma dormiamo il sonno dei carpaziani. La terra guarisce e ci protegge quando siamo più vulnerabili, durante le ore diurne».

Shea scuoteva la testa incredula, portandosi una mano alla gola. Guardò Jacques negli occhi, atterrita. *Non posso farlo. Sai che non posso.*

Non preoccuparti. Nemmeno io ho voglia di farmi seppellire un'altra volta. Ed era vero. Jacques si sentiva soffocare: associava le profondità della terra al tormento. *Non ti obbligherei mai a fare una cosa del genere.*

Raven si appoggiò alla spalla di Mikhail. «Io dormo sopra la terra in un letto comodissimo. La stanza si trova sotto terra, ma è una camera magnifica. Dovrai venire a vederla, un giorno. Non mi piace dormire nella terra. Anch'io ero umana, Shea, proprio come te. So com'è avere la sensazione di essere sepolti vivi».

«Rand è mio padre», sbottò Shea.

Nella stanza calò il silenzio. Perfino il vento smise di soffiare, come se la natura stessa trattenesse il respiro. Mikhail si alzò dalla sedia, come animato da uno scatto di energia. La squadrò con gli occhi neri. *Gregori?*

Se è la verità, Mikhail, Rand ha compiuto ciò che credevamo impossibile. A meno che…

Mikhail terminò quel pensiero per Gregori. Il guaritore sospettava che la madre di Shea fosse la vera compagna di Rand. «Quel che stai dicendo è della massima importanza per la nostra razza, Shea. Tua madre è umana?»

«Lo era. Mia madre si è suicidata otto anni fa. Non riusciva più a vivere senza Rand». Sollevò il mento con aria di sfida. «Era talmente ossessionata da lui da non avere nulla da dare a sua figlia». Lo disse in tono indifferente, come se non avesse sofferto, come se non fosse stata sola tutta la vita.

«E non l'ha trasformata?», chiese Mikhail, sdegnato all'idea che la donna avesse trascurato la prole; una figlia, per giunta. Come minimo la donna avrebbe dovuto portarla dai carpaziani affinché la allevassero. «Era carpaziana?»

«No, non era come voi, e neppure come me. Era assolutamente umana. Era bellissima, irlandese, e completamente isolata dal resto del mondo per la maggior parte del tempo. Ho saputo di Rand e di Noelle dal suo diario».

«Tua madre aveva abilità psichiche particolari?», chiese Gregori pensoso.

Raven guardò Mikhail. Lei possedeva abilità psichiche. La risposta di Shea era estremamente importante per il futuro della loro razza: avrebbe fornito la prova di ciò che da tempo sospettavano e speravano.

Shea si morse il labbro. «Prevedeva le cose. Sapeva quando il telefono stava per squillare o che qualcuno sarebbe venuto a trovarci. Però parlava di rado, capite? Si dimenticava di me per giorni, a volte settimane, per cui non so molto di lei. Tra noi non c'era molto dialogo».

«Ma sei certa che Rand sia tuo padre?», incalzò Mikhail.

«Quando nacqui, il mio sangue destò la curiosità dei medici. Mia madre scrisse nel diario che Rand era mio padre e che era affetto da una rara malattia del sangue. Credeva che io l'avessi ereditata da lui. Mi portò in Irlanda di nascosto, perché i dottori e gli scienziati la assillavano con domande continue. Era sicura che Rand fosse morto».

Mikhail e Gregori si scambiarono un'occhiata. La loro razza era in via di estinzione. L'ultima femmina, Noelle, era nata quasi cinquecento anni prima. Privi di compagne, gli uomini sceglievano di mettere fine alla propria esistenza o si trasformavano in vampiri. Mikhail e Gregori sospettavano da tempo che alcune donne umane, una minoranza dotata di poteri psichici, diventassero compagne dei carpaziani come era accaduto a Raven. L'unica spiegazione possibile era che la madre di Shea fosse stata la vera compagna di Rand. Tutti sapevano che lui non provava vero amore per Noelle. Eppure Rand non aveva trasformato la madre di Shea. Nessuna donna carpaziana avrebbe permesso che sua figlia crescesse in solitudine. Perché Rand non era intervenuto? Il loro popolo avrebbe accolto con gioia una bambina.

Rand non ha fatto alcun accenno al suicidio quando si è svegliato, rifletté Gregori. *Se ne sta per conto suo, ma non è insolito per un maschio.*

«È possibile vedere il diario?», domandò Mikhail con tatto.

Shea scosse tristemente la testa. «Mi davano la caccia, ho dovuto distruggerlo».

«La tua vita deve essere stata molto difficile, senza nessuno a guidarti», commentò Gregori. «Tu possiedi un dono straordinario. Sei una vera guaritrice».

«Ho studiato molti anni», rispose Shea, reprimendo un sorriso. «Ho avuto molto tempo per fare pratica e applicarmi».

«Sei una guaritrice nata», la corresse Gregori. «È un dono molto raro». Gli occhi argentei indugiarono sulla sua figura esile. «Jacques». La voce si abbassò di un'ottava: era un suono che pareva diffondersi nel sangue e riscaldarlo come un liquore corroborante. «Shea è così debole che trema. So che non capisci fino in fondo quanto lei sia importante per tutta la nostra razza, ma so che i tuoi istinti sono ancora forti. Tu sei il suo compagno per la vita, e hai giurato di proteggerla e prenderti cura di lei».

Shea strinse forte la mano di Jacques. «Non dargli ascolto. Quel che scegliamo di fare non ha niente a che vedere con loro».

«Credimi, amore, non gli permetterei mai di farti del male», la rassicurò Jacques. «È solo preoccupato perché sei tanto debole».

«Io sono un guaritore come te, Shea». Gregori avanzò verso di loro quasi scivolando, senza un movimento percepibile. «Non farei mai del male a una donna. Sono carpaziano. Un maschio è animato solo dal desiderio di proteggere e accudire le nostre donne». Allungò la mano a toccarle il collo. Il tocco delle sue dita era stupefacente: luce, calore, un senso di formicolio. «Devi nutrirti, Shea». La voce la avvolse, entrò in lei, soggiogando la sua volontà. «Jacques ha bisogno che tu riprenda le forze per aiutarlo nel vostro cammino. Il nostro popolo ha bisogno di te. Il mio sangue è antico e potente. Ti guarirà e ci rafforzerà tutti quanti».

«No! Jacques, digli di no». Per qualche ragione l'idea la spaventava.

«Sarò io a nutrirla», lo contraddisse Jacques, tanto più minaccioso quanto in apparenza calmo.

Gli occhi argentei lo fissarono. «Devi pensare prima a guarire il tuo corpo. Mikhail potrà fornirti il sangue necessario. C'è stato un tempo, non molto lontano, in cui gli donavi spontaneamente il tuo».

Jacques si volse a esaminare Shea. La sua pelle era così pallida da sembrare traslucida. I lividi sulla gola, scuri e gonfi, non erano guariti. Aveva l'aria sfibrata, era magrissima. Gregori aveva ragione: tremava. Perché non se n'era accorto? Di certo non era opera sua. *Il suo sangue è molto puro, Shea. È per quello che sono guarito così in fretta. Non mi piace l'idea che un altro maschio si occupi di te, ma lui è il nostro guaritore. Voglio che tu faccia come dice.*

E io non voglio, Jacques. Shea scosse la testa, cocciuta. *Voglio andarmene subito. Mi avevi promesso che potevamo andarcene.*

Dobbiamo farlo, Shea. Ha ragione, diventi più debole ogni giorno che passa.

Non abbiamo bisogno del suo aiuto. Shea sollevò un braccio per arrestare Gregori. «So che vuoi aiutarci, ma non sono ancora pronta. Devo prima riflettere da sola e capire cosa devo fare per sopravvivere. Di certo non è una richiesta irragionevole». Strinse con convinzione le dita di Jacques. Voleva che lui fosse dalla sua parte, che le concedesse ancora un po' di tempo.

«Il tempo di morire lentamente per mancanza di cure? La tua salute è stata trascurata. Sei un medico, lo sai anche tu. Ti sei convinta da tempo che la tua vita sarà breve. È un errore», intervenne Gregori con voce felpata e ipnotica. «Le nostre donne sono l'unica speranza. Non possiamo perderti».

Shea sentì Jacques respingere quell'idea con forza: la violenza minacciò di traboccare nuovamente, ma lui riuscì a controllarla. Fissò gli occhi neri in quelli verdi di lei. *So che quel che dice è la verità, Shea. Più volte ho percepito la tua rassegnazione alla morte. Eri disposta a sacrificare la tua vita per la mia.*

È diverso, e lo sai anche tu, disse lei disperata. Le mani di Jacques la imprigionavano. *Non farmi questo, Jacques. Aspetta che io sia pronta.*

Shea. Si struggeva per non poterla accontentare. Shea intuiva il suo desiderio di fare solo ciò che l'avrebbe resa felice, ma allo stesso tempo l'idea di perderla lo terrorizzava. Ogni suo istinto lo spingeva a obbedire al guaritore e ad assicurarsi che Shea riacquistasse le forze. Lottò per non farsi sopraffare dalla sua parte animale. *Ti prego, piccola, fallo per noi: torneremo forti. Poi saremo solo tu e io, e decideremo la nostra strada da soli.*

Non sono ancora pronta, Jacques. Cerca di capire: mi serve tempo per comprendere quel che mi sta accadendo. Devo essere io a decidere. Non morirò. Ho accettato di essere diventata in tutto e per tutto come voi, come mio padre, qualunque cosa siate. So che hai fatto qualcosa che ci ha legati insieme. E sto cercando di farmene una ragione, ma a modo mio.

E io sto cercando di fare quel che è giusto per te.

Come fai a saperlo? Hai deciso tu al mio posto. Ti sei impadronito della mia vita senza il mio consenso, e a mia insaputa. Non avevi alcun diritto di farlo.

No, hai ragione, ammise lui. *Ma voglio credere che se non fossi diventato quello che sono ora, ti avrei corteggiato come meritavi, guadagnandomi il tuo amore e la tua lealtà. Che nella mia vita precedente non ti avrei costretto con la forza.*

Non fa nessuna differenza, Jacques. Come fai a non capirlo?

«Jacques, Shea è allo stremo, ed è accaduto tutto troppo in fretta», disse la voce suadente di Gregori. «Non è in condizioni di prendere una decisione razionale. Come puoi aiutarla? Se le doni il tuo sangue, non sarai in grado di proteggerla adeguatamente. Deve guarire. Tu sei il suo compagno per la vita, Jacques. Cerca dentro di te, fra le tue conoscenze innate: il maschio non può fare altro che provvedere alla salute della sua compagna».

Mikhail, interloquì Raven. *Tutto questo è troppo per lei. Fa' qualcosa.*

Lei è troppo importante per noi. Ci serve al massimo delle sue forze, per controllare Jacques finché la sua mente non sarà risanata. Nessun altro di noi può farlo. Non vogliamo essere costretti a distruggerlo: lei sceglierebbe di seguirlo, e la perderemmo. Hai notato che il suo primo pensiero è sempre per Jacques, mai per se stessa? Lo seguirebbe senz'altro. Dobbiamo farlo, Raven. Mi dispiace che tu ne sia turbata.

Jacques chinò la testa e premette il volto contro la tempia di Shea. La cinse con un braccio e la tenne riluttante contro il proprio corpo muscoloso. «Shea, credo che il guaritore abbia ragione».

Non riesco a credere che tu mi stia tradendo così. Stai prendendo le sue parti. Perché, Jacques? Dovresti avere più rispetto per me.

Perché senza di te sarei un pericolo per tutti. Perché quel che provo per te va al di là dell'amore umano. Jacques le prese il mento e la costrinse a guardarlo negli occhi, e Shea sentì la propria volontà indebolirsi. Le pareva di precipitare nelle profondità dei suoi occhi. Tentò di ignorare il mormorio che le ordinava: *Devi accettare l'offerta del guaritore.*

Gregori era già su di lei, rafforzando con la propria voce il comando di Jacques. Si morse il polso e lo avvicinò alla bocca di Shea. L'odore del sangue scatenò in lei una fame irresistibile. Il palmo di

Jacques premuto sulla nuca la spingeva verso il fluido della vita, il sangue antico e rigeneratore che le avrebbe ridato energia.

«La sua volontà è forte, Jacques», lo avvertì Gregori. Shea cercava di opporsi alla coercizione. Il sangue vivificante che rifluiva nel suo corpo sfibrato aumentava la sua resistenza anziché indebolirla. Gregori si accorse che la volontà di Jacques vacillava di fronte alla protesta di Shea: era instabile, e incline ad attacchi di follia, ma i suoi sentimenti per Shea erano puri e forti. Il guaritore fece ricorso al suo tono più suadente. «Le poche donne che abbiamo sono l'unica speranza del nostro popolo, Jacques. Eliminarle è il modo più sicuro per farci estinguere. Devono essere custodite in ogni momento. Gli assassini sono di nuovo tra noi. La terra stessa geme sotto i loro passi».

«Shea li ha visti». Guardò con sospetto Mikhail che si avvicinava: ancora non si fidava dell'uomo che aveva quasi strangolato Shea. «Per due volte ha rischiato di cadere nelle loro mani».

«Prendi il mio sangue, Jacques. Ti offro la mia vita come tu hai fatto tante volte con me». Mikhail si squarciò il braccio e lo porse al fratello.

Non appena il liquido caldo si riversò nella sua bocca, Jacques fu travolto da un'ondata di ricordi. Mikhail che rideva, spingendolo per gioco giù dal ramo di un albero. Mikhail rannicchiato di fronte a lui, pronto a balzare addosso a un vampiro con le zanne brunastre e gli artigli affilati come lame. Mikhail che sorreggeva il corpo esanime di Raven, un fiume di sangue, la terra e il cielo in tumulto, lo sguardo disperato di Mikhail, deciso a seguire la sua compagna nella morte.

Jacques studiò ogni lineamento del viso di Mikhail. Quell'uomo era un capo, un predatore formidabile che aveva guidato il suo popolo morente attraverso mille insidie. Un uomo a cui perfino Gregori concedeva lealtà e obbedienza. Jacques provò un moto di affetto e di devozione per quell'uomo. *Mikhail.*

Il fratello sollevò di scatto la testa. Lo aveva sentito chiaramente. Il canale si era aperto per un breve istante, inconfondibile; poi si era richiuso.

Assediato da quella folla di ricordi, Jacques allentò la presa sulla volontà di Shea. Lei raccolse tutte le energie, in attesa del momento giusto. Non appena la coercizione cessò, Shea si strappò dal braccio di Gregori e con un balzo raggiunse la porta, la aprì e fuggì nella tempesta.

L'aria nella stanza parve addensarsi come una nube maligna. Il volto di Jacques era una maschera di granito. Inghiottì un ultimo sorso di sangue, richiuse la ferita e sollevò la testa. «Vi ringrazio del vostro aiuto, ma devo chiedervi di andare via. Forse un'altra notte potrai provare a sanare la mia mente, guaritore». Guardava fuori nell'oscurità della notte; la sua voce aveva un che di sinistro, un'intenzione recondita.

«Jacques...», esordì Raven, incerta. Quello sconosciuto era più bestia che uomo, non il cognato che ricordava e amava, allegro e scherzoso come un ragazzo. Ormai era una creatura spietata, crudele, forse del tutto alienata.

Mikhail la condusse via in silenzio, mentre il suo corpo già si dissolveva. *Devono vedersela tra loro, amore.*

Ma lui sembra così feroce...

Non può far del male alla sua compagna. Mikhail si sforzava di crederlo. C'era una tenebra in Jacques, un vuoto spaventoso che nessuno di loro poteva attraversare.

Gregori si fermò sulla soglia. «Siate prudenti quando andate a dormire, Jacques. Ci danno la caccia». Poi anche lui sfolgorò, si dissolse in nebbia e svanì nell'aria della notte.

Gregori, credi che le farà del male? Sebbene cercasse di tranquillizzare Raven, Mikhail temeva per l'incolumità di Shea. E l'unico in grado di valutare la gravità delle condizioni di Jacques era il guaritore.

Vuole punirla per essersi ribellata, rispose Gregori, *ma sento che già la cerca con la mente, e che assorbe le sue emozioni. Vorrebbe essere in collera con lei, ma non durerà.*

Il sangue degli antichi aveva ridato a Jacques tutto il suo vigore. Assaporò di nuovo quella sensazione di potenza smisurata. Uscì a piedi nudi sulla porta e inspirò profondamente. Anche nella tempesta, sapeva con esattezza dove si trovava Shea. Erano sempre in comunicazione telepatica. Jacques percepiva in lei un bisogno disperato di fuggire lontano dalle montagne e dai carpaziani. Di fuggire lontano da lui.

Torna da me, Shea, le ordinò. Sperava che lei obbedisse, di non doverla costringere.

Shea superò con un balzò un tronco caduto e si fermò di colpo sotto la volta di un immenso albero. Il comando era stato brusco e sorprendentemente freddo. Shea si ritrovò a provare rabbia. Era una sensazione del tutto nuova: non ricordava di essere mai stata in collera. Di solito stava attenta a non abbandonarsi all'emotività. Preferiva analizzare le cose.

Ti prego, Jacques, cerca di capire. Non voglio far parte di questo mondo.

Non ho intenzione di discutere a distanza. Torna subito da me.

Shea si aggrappò a un ramo per farsi coraggio. Quel tono impassibile la spaventava più di qualsiasi attacco di furore. Sentiva in lui un'assoluta sicurezza di sé. *Non voglio tornare. Non posso. Ora hai di nuovo la tua vita, Jacques: vivila.* Se davvero Jacques non aveva provato emozioni per secoli, allora anche lui in quel momento faticava a controllarle. Era tutto così opprimente. Shea rivoleva il suo mondo tranquillo e dominato dall'intelletto.

Non hai speranze di vincere questa battaglia, Shea. Era una minaccia, per quanto velata.

Perché dev'essere una battaglia? Devi accettare la mia decisione. Ho il diritto di andarmene se voglio.

Vieni da me, Shea, ripeté lui con più convinzione. La pressione mentale era lieve, ma sufficiente a spaventarla.

Shea si prese la testa fra le mani. *Smettila! Non puoi obbligarmi.*

Certo che posso. Jacques lo sentiva. Poteva fare qualunque cosa. Uscì dalla casa sotto la pioggia sferzante e stirò i muscoli indolenziti, godendo della loro reazione. Era davvero rinato. Poteva costringerla a tornare senza sforzo. Shea doveva imparare che le donne carpaziane erano sotto la protezione costante dei loro compagni. Lei non prendeva mai precauzioni, non controllava mai che ci fossero pericoli nei dintorni.

Era sempre stato così, o lo era diventato? Il tipo di uomo disposto a prevaricare la volontà della persona amata, della persona che aveva rischiato la vita per lui? Era davvero troppo quello che Shea gli stava chiedendo: del tempo per adattarsi? Jacques si strofinò la fronte, pensoso.

Shea era così fragile, così vulnerabile. Poteva attraversare un fiume in piena o scalare una montagna, affrontare qualunque crisi, ma non le proprie emozioni. La sua brillante, piccola dottoressa era terrorizzata dai propri sentimenti per lui. La sua infanzia era stata un incubo. Jacques non voleva che lo diventasse anche la loro vita insieme.

Provò un tuffo al cuore, un improvviso calore nel sangue. *Piccola, perché continui a resistermi?*, le sussurrò nella mente, con fervore. *Lo sai cosa ti succederà senza di me?*

Shea si sentì annegare in un oceano di tenerezza. Se Jacques avesse continuato a rimproverarla, avrebbe potuto resistergli, ma la carezza di quella voce la conquistò. Fu presa dalla disperazione. Non si sarebbe mai liberata da lui, mai più.

È un destino tanto terribile, l'amore? Quelle parole le trafissero il cuore. *Vivere con me?* Un'altra fitta di dolore. *Sono proprio un mostro, dunque?*

Non sono capace di vivere con te. Mi sento in trappola, non riesco a muovermi né a pensare. Shea si premette le dita sulle tempie, appoggiandosi al tronco dell'albero. *Non voglio dipendere da te. Non voglio stare in mezzo a loro.*

Jacques s'incamminò nella direzione di Shea, senza fretta. La pioggia gli tempestava le spalle larghe, gli scorreva in rivoli lungo la schiena. L'acqua fredda non faceva che aumentare il calore che sentiva dentro di sé. Shea era piccola e sperduta. Mentre avanzava nella notte, calpestando il suolo della foresta, con il sangue degli antichi nelle vene, la forza di Jacques cresceva.

Ho bisogno di te anche solo per respirare, Shea, confessò. *Mi dispiace se l'idea ti spaventa. Vorrei avere più autocontrollo, ma non posso rimanere da solo, mai più. Cerco di non opprimerti troppo con la mia presenza. Forse con il tempo riuscirò a staccarmi un po' di più. Vivere con me ti terrorizza, ma vivere senza di te è ancora più spaventoso per me.* Poi, in tono quasi divertito aggiunse: *Siamo proprio compatibili.*

Shea sapeva che lui stava venendo verso di lei; lo capiva dal modo in cui il cuore le galoppava nel petto, dal risveglio del proprio corpo. Nascose il volto nell'incavo del braccio, ancora aggrappata al ramo. *Tu non mi conosci, Jacques.*

Io sono dentro di te: ti conosco. Tu hai paura di me, di ciò che sono in grado di fare. Hai paura di ciò che sono e di ciò che sei diventata. Eppure tu sei forte, e decisa a proteggermi da ogni male. Sai che la tua mente è affascinata dalle possibilità offerte dall'essere una di noi. Fece una breve risata, sommessa e invitante. *Io sono il tuo compagno per la vita, e ho giurato di amarti e custodirti. Di provvedere sempre alla tua felicità. E tu hai le stesse capacità che ho io.*

Il tuo primo pensiero è stato quello di riprendermi con la forza, lo accusò lei.

Shea, amore mio, tu non pensi mai a guardarti intorno, a controllare che ci siano pericoli. E non puoi sopravvivere senza di me. Proteggerti è un mio diritto e un mio dovere.

Cosa mi accadrebbe se tu morissi? E a te se morissi io? Conosceva già la risposta; aveva visto sua madre ridursi a un guscio vuoto. *Questa è ossessione.* Ad alta voce, affinché il vento portasse l'eco delle sue parole fra le montagne, disse: «Io non diventerò come lei».

Alzò la testa e la pioggia le colò sul viso come lacrime. Era troppo tardi. Non poteva sopravvivere senza Jacques. Non era proprio come sua madre, dopotutto?

Jacques emerse dall'oscurità davanti a lei, così bello e virile da toglierle il fiato. I suoi occhi erano puntati su di lei, curiosamente famelici.

Shea scosse la testa. «Non sono abbastanza forte, Jacques». Il vento la investì, facendola vacillare.

«Scegli la vita, Shea, per noi, per i nostri figli. Non sarà facile vivere con me, ma ti giuro che nessuno potrebbe mai amarti di più. Farò qualunque cosa pur di renderti felice».

«Ma non capisci? Non si può far felice un'altra persona. L'unica che può rendermi felice sono io. E non posso compiere questo passo con te».

«Sei solo spaventata. Abbiamo tutti e due dei problemi, Shea. Tu hai paura dell'intimità, e io del suo contrario. Si tratta solo di venirci incontro a metà strada».

Shea sentì sulla propria pelle la carezza di quelle parole, lievi come dita sulla seta. Jacques si fece più vicino, sotto le fronde dell'albero, con uno sguardo pieno di emozione. «Scegli me, amore. Desiderami. Abbandonati al bisogno che hai di me. Amami. Scegli la vita con me».

«Non dovrebbe essere così».

«Noi non siamo umani. Siamo carpaziani, creature della terra. Noi comandiamo il vento e la pioggia. Gli animali sono nostri fratelli. Corriamo con il lupo, con il gufo, diventiamo tutt'uno con la pioggia. Non siamo umani, Shea. Non ci nutriamo di carne come gli umani, e la nostra maniera di amare è differente. Noi siamo differenti».

«Ma ci danno la caccia».

«E noi cacciamo a nostra volta. È il ciclo della vita. Ora guardami, Shea».

Capitolo 10

Shea rivolse gli occhi color smeraldo in quelli neri di Jacques, che la fissavano con un'intensità conturbante. Era così vicino che Shea avvertiva il calore della sua pelle. Jacques le sfiorò la guancia e le labbra. Il suo bisogno di lei era primitivo come la tempesta. Bruciava dentro di lui come una scarica elettrica, come il calore della roccia fusa che si spande lenta da un vulcano. «Desiderami, Shea», disse in tono dolente. «Come io desidero te. Io darei la mia vita per te. Vivi per me, trova un modo per farlo. Amami fino a questo punto».

Shea abbassò le ciglia su cui brillavano gocce di pioggia. «Tu non ti rendi conto di quel che mi stai chiedendo».

Lui le prese il volto fra le mani, accarezzandole con i pollici le tempie palpitanti. Ogni suo tocco accendeva una fiamma nel corpo di Shea. Tornò a guardarlo, gli occhi colmi di disperazione. «Ovviamente so quanto ti costi, piccola. Sento la tua riluttanza, la tua repulsione per il modo in cui ci nutriamo», rispose Jacques. Le fece scivolare una mano sulla nuca.

«Sto cercando di abituarmi», protestò lei. «Mi serve più tempo».

«Lo so, Shea. Avrei dovuto trovare un altro modo per guarirti. Sto cercando di capire che tipo di compagno hai di fronte. Voglio essere ciò di cui hai bisogno, qualcuno che tu possa amare e rispettare, non qualcuno che ti impone con la forza i suoi desideri perché è più semplice. Ci sono altri modi, amore, per nutrirti senza causarti disgusto». Premette la bocca sul suo collo che pulsava, e lo sentì fremere al tocco ruvido della lingua.

Le baciò il mento e l'angolo della bocca. La sua voce era roca, languida. «Devi solo volermi abbastanza, Shea. Non solo con il tuo corpo. Lasciami entrare nel tuo cuore». Incollò le labbra alle sue, avidamente, senza tenerezza. Quando rialzò la testa, i suoi occhi erano bramosi. «Aprimi la tua mente. Voglio che mi desideri nei tuoi pensieri come col tuo corpo. Che tu mi accolga sapendo che solo tu puoi soddisfarmi. Prendimi nella tua anima e lasciami vivere lì». La sua bocca esplorava ogni centimetro del suo viso, scivolava sul collo, sulla spalla.

Il cuore di Jacques prese a battere all'unisono con quello di Shea. La sua mente era un caos di immagini erotiche e istinti sensuali. Era piena di amore e tenerezza, intensi quanto la fame e altrettanto violenti per Shea. La bocca di Jacques trovò i seni sotto la stoffa sottile della camicia. Quel contatto lo infiammò, lo fece gonfiare dolorosamente nei jeans stretti e scomodi.

Jacques la strinse a sé. La tempesta che infuriava intorno era parte di lui. «Rendimi completo, Shea. Non lasciarmi in questo stato. Ricambia la mia voglia, il mio bisogno di toccarti: ricevi il mio corpo nel tuo».

Shea sentiva chiaramente la brama cupa e sensuale che si era impadronita di lui. Non poteva sottrarsi a quel richiamo. Già le sue mani gli palpavano i muscoli possenti, e un impeto selvaggio si risvegliava dentro di lei.

Si attaccò alla sua bocca; iniziò a strattonare i vestiti che li impacciavano entrambi. Le pareva di non potersi avvicinare abbastanza: perfino la pelle era una barriera. Jacques le sfilò la camicia e la gettò da parte, e si chinò avidamente sui suoi seni, carezzandole i fianchi e la vita sottile.

«Lasciami entrare nel tuo cuore, Shea», mormorò, sfregando il viso su quella morbidezza, sotto la quale palpitava un battito frenetico. «Proprio qui, piccola, fammi entrare». Graffiò con i denti quella pelle setosa, la lambì con la lingua.

Le abbassò i jeans sulle gambe snelle, s'inginocchiò e le cinse la vita con le braccia, affondando il viso nella stoffa delle mutandine. Shea gridò il suo nome, e il vento afferrò quel suono e lo gridò di rimando, avvolgendola nell'odore di lui, nella forza della sua passione.

«Desiderami, Shea. Così. Come è giusto che sia. Devo averti, qui, nella tempesta. Devo possederti ora». Le strappò le mutandine e la strinse a sé, assaporando il suo miele caldo. Shea fremette di piacere a quell'assalto e si divincolò, ma lui continuò, facendola godere sempre di più.

Shea non poté fare altro che stringere nel pugno i capelli corvini di Jacques mentre la terra tremava sotto i suoi piedi e la pioggia scendeva torrenziale. Jacques riuscì a sfilarle le scarpe e i jeans. Shea rimase nuda sotto il diluvio; si sentiva così calda che le parve la pioggia dovesse sfrigolarle sulla pelle.

«Mi vuoi, Shea?». Questa volta la voce era esitante, come se malgrado tutta la sua forza una sola parola di lei potesse distruggerlo. Era inginocchiato ai suoi piedi e la fissava, il viso devastato dal dolore, splendidamente virile, sensualmente carpaziano. Senza di lei era perduto, vulnerabile. Era impossibile non vederlo. Per un breve istante il vento parve cessare e la tempesta placarsi, come se i cieli attendessero una risposta.

«Non puoi immaginare quanto ti voglio, Jacques, nemmeno leggendomi nel pensiero». Lo fece rialzare e si protese a baciargli le labbra. «Ti voglio, nel mio cuore. Ti ho sempre voluto». Jacques sentì sul petto il suo respiro caldo, poi la sua lingua, ed ebbe un sussulto. Le dita di Shea armeggiarono con i bottoni dei suoi jeans, liberandolo da quell'impaccio.

Un lampo passò nel cielo, illuminando i lineamenti di Jacques, il suo corpo scuro, i muscoli tesi e il segno del suo desiderio. Gli occhi neri erano fissi su di lei, vogliosi. Shea lo circondò con le braccia e premette la bocca sul suo addome piatto. Strinse fra le mani le sue natiche sode, indugiando come per memorizzarne i contorni. Poi s'inginocchio e prese tra le dita il sesso eretto, carezzandolo e massaggiandolo. Ogni movimento di Shea gli trasmetteva un brivido di piacere, attizzava una fiamma che minacciava di farsi incendio.

Jacques afferrò una ciocca dei capelli rossi di Shea, madidi di pioggia, e la incitò a continuare, muovendo aggressivamente i fianchi. Shea rise piano, maliziosa, e fece scivolare su di lui la bocca calda e umida. Jacques gemette e sollevò il volto al cielo in tumulto.

«Devi volerlo davvero, Shea. Non puoi farlo senza esserne convinta». Quelle parole risuonarono come strappate dal fondo della sua anima.

Shea lo strinse più forte, seguendo il suo ritmo involontario e alimentando la sua eccitazione. Lui la fece alzare di colpo, le affondò il viso nel collo, inspirando profondamente per dominarsi. La afferrò per i fianchi e la sollevò da terra.

«Mettimi le gambe intorno alla vita, amore». Le mordicchiava piano la gola con i denti aguzzi, per poi lambire i graffi con la lingua.

Shea gli avvolse le braccia intorno al collo e si sistemò sopra di lui. Sentì il suo sesso eretto premere per entrare in lei. Sembrava troppo grande e così caldo da farle temere che entrambi avrebbero preso fuoco. Con un'improvvisa spinta lui la trafisse, riempiendola così completamente da farle gridare il suo nome. Il suono si perse nel fragore della tempesta.

La pioggia scorreva sul volto di Shea, sulle sue spalle bianche, sui suoi seni pieni e luccicanti, posandosi in minuscole perle sui capezzoli rosei. Jacques le bevve, muovendosi dentro di lei senza sosta. Le fiamme avvamparono e li consumarono. Lei era come un calore infuocato intorno a lui, che lo avvolgeva e risucchiava sempre più a fondo, quasi magicamente.

Jacques cercò di nuovo la sua bocca, avido, dominante, come per imprimerle il marchio del suo possesso. «Aprimi la tua mente», le sussurrò contro la gola.

Shea sentiva i denti che le raschiavano la pelle della spalla, la sua fame sempre più urgente. «Dammi la tua mente, Shea. Lasciami entrare e tienimi con te», sussurrò come un incantesimo. Era così potente da non permetterle di rifiutargli nulla.

Affondò in lei, superò la sua barriera mentale e s'impossessò del suo cuore. Fu come una rivelazione. Sentì il piacere di lei, così intenso da farla bruciare. Shea sentì il piacere di lui, smisurato, la forza che si accumulava nel suo corpo, il suo desiderio di farla godere per prima. Jacques voleva donarle il mondo intero, bramava di essere amato per ciò che era, torturato e sull'orlo della follia. Shea vide nel suo animo la belva a stento trattenuta, mai del tutto domata. Vide la sua paura di perderla, di trasformarsi irrimediabilmente in vampiro, aborrito e cacciato dal suo stesso popolo. E vide il suo bisogno tremendo di proteggerla, di tenerla al sicuro, e di compiacerla. Voleva guadagnarsi il rispetto e l'amore di lei, esserne degno. Non faceva alcuno sforzo per celare il demone dentro di sé, nero e spaventoso, assetato di vendetta.

Shea lasciò affiorare alla coscienza i ricordi della propria infanzia squallida e solitaria, il timore di condividere la propria esistenza, il bisogno di controllo e di disciplina, il desiderio totale di lui e il suo sogno segreto di avere una famiglia e dei bambini.

Jacques la strinse più forte e rise piano, esultante. Shea aveva visto la sua parte più oscura, e rispondeva a ogni sua spinta con contrazioni spasmodiche. Era consumata dalla voglia, pronta ad andare fino in fondo con lui, per quanta paura le facesse. Jacques la baciò ancora mentre la possedeva, completamente disinibito. Echeggiò il rombo di un tuono, e Shea emise un gemito acuto, aggrappandosi a lui mentre con un ultimo spasmo esplodeva di piacere. Il grido roco di Jacques si smarrì nel caos della tempesta, e il suo corpo parve disintegrarsi, eruttare con tutta la potenza di un vulcano.

Esausta e appagata, Shea posò la testa sulla spalla di Jacques, che si appoggiò al tronco dell'albero più vicino. La pioggia rinfrescava i loro corpi surriscaldati, spegnendo infine il desiderio ardente che li aveva riparati dal suo assalto.

Jacques sollevò delicatamente Shea da terra, sostenendola per i fianchi mentre la aiutava a reggersi sulle gambe malferme. Shea alzò una mano per togliersi dal viso i capelli madidi di pioggia. Lui le afferrò le dita e se le portò alla bocca. «Sei lo spettacolo più bello che abbia mai visto».

Shea sorrise, scuotendo la testa. «Sei matto, lo sai? Questo è uno dei temporali più belli che abbia mai visto, e finora non me ne ero accorta».

Lui le fece un sorriso compiaciuto, sfregandosi la fronte. «Qualcosa vorrà dire».

«Certo», assentì lei. «Vuol dire che sei pazzo, e probabilmente anch'io».

Jacques le prese le natiche fra le mani, tirandola a sé e affondando il viso nella sua spalla per meglio assaporare quel momento. Non avrebbe mai dimenticato quelle sensazioni, Shea così bella e disinibita nella tempesta, e il modo in cui lei lo aveva accettato incondizionatamente, con i suoi demoni e incubi. «Non finirà mai, Shea, quello che proviamo l'uno per l'altra. Non finisce mai. Diventa sempre più forte nei secoli. Non devi preoccuparti che si affievolisca».

Sentì il suo sorriso sulla pelle, il bacio che gli stampò sul petto. «Non so se sopravviverò. Non so neanche se riesco a reggermi in piedi ora».

«A questo penso io». C'era nella sua voce una sfumatura divertita, maliziosa, e Shea lo sentì inturgidirsi e premere contro il suo ventre.

«Sei davvero pazzo. Non vorrei guastarti la festa, ma sta piovendo a dirotto», protestò ridendo e strofinandosi piano contro di lui. Dubitava di poter fare altro che rimanere aggrappata a lui, dopo quell'amplesso sfrenato.

Jacques la fece voltare contro l'albero, riparandola dalla pioggia con la sua ampia schiena. Le prese il volto fra le mani e si chinò a baciarle teneramente le labbra un po' tumefatte. «Non mi sazierò mai di te, neanche tra secoli e secoli». S'impadronì dei suoi seni, poi le fece scivolare le mani sui fianchi, sull'addome piatto. «Non vedo l'ora di sentire il nostro bambino crescere dentro di te». I suoi occhi s'incupirono. «Non ho mai creduto di poterti dividere con nessuno, ma il pensiero del nostro bambino mi rende ancora più pazzo di te».

«Non correre troppo, selvaggio. Credo che dobbiamo prima conoscerci un po' meglio. In questo momento siamo entrambi emotivamente a pezzi: non saremmo granché come genitori».

Le sua labbra accennarono un veloce sorriso, poi la baciò di nuovo. «So cosa c'è nel tuo cuore e nella tua mente, piccola. Ormai non mi spaventa più. Una volta che prendi una decisione, tu la segui fino in fondo. È questo che ti rende così brava come ricercatrice».

«Non sperare di potermi abbindolare con il sesso. Anche io ho letto nei tuoi pensieri, e non credere che non abbia notato la tua tendenza a voler dominare».

Le mani di Jacques esploravano ogni recesso del suo corpo, in cerca dei punti più sensibili. Scese con la bocca sulla gola, raccogliendo le gocce d'acqua e lasciando una traccia rovente del suo passaggio, fino ai seni. «Credi che il sesso non sia una buona idea in certe situazioni?». Le leccò un capezzolo, graffiando con i denti la morbida pelle circostante, per poi scendere fino al solco sopra il cuore. «Ma hai un sapore così buono». Posò la mano sui riccioli folti, saggiò con un dito il calore umido del sesso. «E non solo il sapore».

«Sei proprio pazzo». Shea non riuscì a trattenere una risata; premette la mano sulla sua, carezzandolo ed eccitandolo ancora di più. «Jacques, ti giuro che né io né te riusciremmo a stare in piedi». Avrebbe dovuto sentire freddo, ma la pioggia non faceva che aumentare l'erotismo di quel momento.

Jacques rise di gusto, la portò vicino a un tronco caduto e la fece voltare. Shea poggiò le mani sul legno ricoperto di muschio e lui la fece chinare per deporle un bacio sul fondoschiena. Shea rabbrividì a quel contatto, poi fremette di piacere quando le dita di Jacques si spinsero in lei e la trovarono pronta a riceverlo.

Afferrandole i fianchi esili, Jacques indugiò un istante ad ammirare la perfezione di quel corpo femminile. Le natiche erano tonde e sode, piene, invitanti. «Sei così bella, Shea, incredibilmente bella». Le si accostò, rinviando il momento della loro unione, guardando la pioggia scorrerle sulla pelle candida.

«Jacques!», invocò Shea, irrequieta, premendo contro di lui, morbida e arrendevole.

Jacques scivolò in lei: era calda, stretta, lo accoglieva a perfezione. Fu un momento di estasi, una sensazione di cui non si sarebbe mai saziato. Jacques prese a muoversi con spinte profonde, per riempirla completamente, per sentire i suoi gemiti soffocati. Quel suono, il modo in cui lei rispondeva ai suoi colpi, lo eccitavano fino al delirio. La pioggia avvolgeva come un velo i loro corpi accaldati, stimolando la pelle sensibile. Jacques sentiva Shea come una parte di sé, in un connubio totale, la terra e il cielo intorno a loro partecipi di quella passione. Sentiva ogni muscolo del proprio corpo teso fino allo spasimo, fino al momento perfetto in cui il suo seme sgorgò in lei e furono entrambi sommersi da un torrente di colori e di piacere miracoloso. La sentì aprirsi a lui con la mente, il cuore e l'anima, in modo squisitamente femminile, interamente sua. Fremettero e palpitarono all'unisono; Jacques si aggrappò al suo corpo, e caddero entrambi fra l'erba bagnata.

Risero come bambini, ancora allacciati, rinfrescati dalla pioggia. «Questa volta mi aspettavo di vedere del fumo», disse Jacques, stringendola a sé.

«Saresti in grado?». Shea posò la testa sul suo petto, accarezzandogli con mano languida i muscoli possenti.

«Scaldarci al punto da far evaporare la pioggia?». Le sorrise, spensierato come un ragazzo, e per la prima volta riuscì a dimenticare i tormenti che aveva patito. Shea lo rendeva invincibile. Lo rendeva vulnerabile. Ma soprattutto, lo faceva sentire vivo.

«No, seriamente, intendo quel che hanno fatto gli altri. Sono diventati come nebbia. Sei davvero capace di farlo?», insistette Shea. «Cioè, mi hai detto di sì, ma ho pensato che fosse un tuo delirio».

Jacques sollevò un sopracciglio. «Un delirio?». Con un sorriso compiaciuto, tese le braccia, le guardò ricoprirsi all'istante di una folta pelliccia, mentre le unghie si allungavano fino a diventare artigli. Fece un balzo verso Shea che indietreggiava di colpo, con gli occhi sgranati per la paura. Fece attenzione a non farle del male con la sua forza smisurata.

«Non ridere a quel modo, bestia! Non è proprio normale». Le sue labbra s'incurvarono lentamente in un sorriso. Non poteva non condividere la gioia innocente che Jacques provava al sopraggiungere di un nuovo ricordo dei suoi poteri.

«Per noi è normale, amore. Possiamo mutare forma in qualunque momento».

Shea fece una smorfia. «Quindi tutte quelle leggende orribili sono vere? Ratti, pipistrelli e vermoni viscidi?»

«Perché mai dovrei trasformarmi in un vermone viscido?», rise di cuore Jacques. Quel suono lo fece sobbalzare: lo aveva dimenticato da tempo.

«Molto spiritoso, Jacques. Sono proprio contenta che ti diverta. Quegli altri si sono materializzati da una nebbia, proprio come nei film». E accompagnò quelle parole dandogli un pugno sul braccio. «Spiegami».

«Mutare forma è facile quando si è forti. Quando dico che corro con il lupo, intendo letteralmente. Corriamo insieme al branco. Voliamo con il gufo e diventiamo aria». Le tolse dal viso i capelli umidi. «Come mai non hai freddo?».

Shea si mise a sedere, sbigottita. In effetti era così. Iniziò a sentire freddo pensandoci, ma prima non se ne era accorta. «Già, come mai?»

«I carpaziani regolano naturalmente la propria temperatura corporea. E anche creare illusioni è facile. Non dobbiamo comprare vestiti a meno che non lo desideriamo. Il più delle volte stiamo attenti a imitare le abitudini umane». Le baciò i capelli. «Puoi fingere di avere freddo, se ti fa stare meglio».

«Non mi piace l'idea di restare qui, Jacques, così vicino agli altri. Mi manca l'aria. Ma forse è solo perché non mi capita proprio tutti i giorni di vedere gente trasformarsi in nebbia. Forse dovremmo rimanere un altro po' e cercare di imparare da loro».

«Posso insegnarti io a mutare forma», rispose lui, vagamente irritato.

Shea gli diede un morso sul collo. «Non ho nessuna fretta di imparare a mutare forma. Sono ancora al primo livello, devo abituarmi a dividere la vita e il mio corpo con qualcun altro. Ma se mai mi venisse voglia di trasformarmi in un ratto o qualcosa del genere, prometto che me lo farò insegnare da te. Intendevo altre cose, per esempio come ha fatto il guaritore a curarti così in fretta».

Jacques si trattenne dal protestare. Shea non sembrava impaurita, ma interessata. L'idea che lei trascorresse del tempo in compagnia di un altro uomo non gli andava affatto a genio. Ma Shea era pur sempre una guaritrice, e Gregori aveva molto da insegnarle. Jacques voleva che fosse felice.

Cercò fra i propri ricordi. *Gregori. Il tenebroso.* Antico, formidabile. Solitario. «Lui è sempre solo». I carpaziani mormoravano spesso del suo potere, e raramente pronunciavano il suo nome ad alta voce. «Il guaritore è sempre in viaggio, alla ricerca della conoscenza. Non dimora fra noi. Nessun altro è più pericoloso e più dedito alla conservazione della nostra razza. Mikhail è suo amico. Si comprendono e si rispettano a vicenda».

Shea si rannicchiò contro Jacques per ripararsi dalla tempesta. «Non riesco a credere che tu stia ricordando tutte queste cose. È incredibile, Jacques. Ti fa male la testa?».

Jacques fece un cenno di diniego, sfregandosi la fronte. In realtà il dolore gli trafiggeva il cranio. Ma per lei era disposto a sopportare qualunque cosa. «Il suo unico apprendista aveva solo cinquant'anni meno di lui e di Mikhail. Era anche molto diverso nell'aspetto. Un solitario, come Gregori. Anche lui cercava la conoscenza. Padroneggiava molte lingue e si arruolava come soldato in molti eserciti. Era alto e aveva le spalle larghe, con la stessa muscolatura di Gregori. Aveva i capelli lunghi e biondi, una rarità nella nostra razza. Aveva gli occhi come oro puro. Gregori aveva acconsentito a insegnargli l'arte di guarire. Per anni sono stati visti insieme in diverse parti del mondo».

«Chi è? È ancora vivo?». Shea era incuriosita.

«Si chiama Aidan, e ha un fratello gemello. Veniva spesso a caccia insieme a noi». La testa gli pulsava dolorosamente, come se stesse per esplodergli da un momento all'altro.

«A caccia di cosa?». Shea trattenne il fiato, timorosa della risposta.

«Di belle donne, piccola, e alla fine ho trovato te». I suoi denti bianchi scintillarono in un sorriso lascivo.

«Non cambiare discorso». Shea si era già insinuata senza sforzo nei suoi pensieri e ne aveva tratto immagini di pericolo e di repulsione. Perfino di paura. Non tanto del loro avversario, ma di trasformarsi essi stessi, un giorno, nella creatura che dovevano distruggere.

Impreparato a quell'invasione mentale, Jacques era convinto di poterle celare quel lato scabroso della loro esistenza. Shea era sempre stata restia a entrargli nella mente, e Jacques dava ormai per scontato che non l'avrebbe fatto.

La sua espressione era così sconsolata che Shea scoppiò a ridere. «Sai, hai proprio la faccia di uno che è stato sorpreso con le braghe calate, come si dice da noi».

Jacques si guardò il corpo luccicante di pioggia, sorrise divertito e disse: «Letteralmente».

«E ora dov'è Aidan? È stato ucciso?».

Jacques non riusciva a recuperare quell'informazione. Dovette frugare nella memoria alla ricerca di una risposta. Shea notò che soffriva e gli strofinò con affetto il braccio. «Basta, non ti sforzare».

«In America. L'ultima cosa che ricordo è che lui e i suoi erano andati negli Stati Uniti per affrontare la questione dei vampiri del posto. I vampiri non se ne stanno più nascosti qui tra le montagne, dove è facile dargli la caccia. Se Aidan è ancora vivo e se non si è trasformato», disse, facendosi scuro in viso a quell'idea, «deve essere ancora lì, lontano dalle nostre terre».

«Cosa intendi con "i suoi"? Una compagna? Dei figli?»

«Quando lo conoscevo io non aveva una compagna. È vecchio quasi quanto Gregori e Mikhail, per cui ormai è in pericolo. Con l'avanzare dell'età per un carpaziano diventa sempre più difficile mantenere un comportamento civile».

«Allora anche Gregori è a rischio», osservò Shea, con un brivido.

«Gregori è quello che corre il pericolo più grande, e Aidan non è da meno. Ma Aidan ha una famiglia, in un certo senso. Generazioni di umani che lo hanno servito fedelmente. Lui ha donato loro intere fortune, ma loro scelgono di rimanergli accanto e servirlo: di madre in figlia, di padre in figlio. È l'unico carpaziano che io conosca con una famiglia del genere».

Un lampo, seguito da un brontolio di tuono sopra le loro teste.

Shea s'irrigidì e il sorriso le svanì dalle labbra e dagli occhi. Si staccò dal petto di Jacques. Di colpo la foresta accogliente, spazzata dal temporale, non era più un teatro di giochi amorosi ma un mondo cupo e sinistro. Shea si alzò in piedi a fatica e si volse da una parte all'altra, scrutando nel buio fra gli alberi. Jacques le fu accanto con un'unica agile mossa e le cinse la vita con un braccio.

«Cosa c'è?». Ispezionò anche lui il territorio circostante, proiettando lontano i sensi in cerca di nemici nascosti. Si parò di fronte a Shea per difenderla. Non percepì nessuna minaccia incombente, ma la paura di Shea era reale.

Shea si allontanò da lui continuando a scrutare ansiosamente la foresta. Raccolse la camicia e se la strinse addosso.

«Gli altri sono lontani», disse Jacques, ma tornò a mettersi di fronte a lei nel tentativo di proteggerla dal nemico invisibile.

«C'è qualcosa là fuori, Jacques, qualcosa di maligno che ci osserva». S'infilò in fretta la camicia. «Lo so. Me ne accorgo sempre. Andiamocene da qui».

Jacques attese che si rivestisse, poi fece altrettanto. Continuava a scandagliare la notte in cerca di un segnale che desse ragione a Shea. Non trovò nulla, ma il turbamento di lei lo aveva contagiato. Si sentiva rizzare i peli in tutto il corpo come un lupo pronto all'attacco. «Descrivimi le tue sensazioni. Aprimi del tutto la mente». Era un comando imperioso.

Shea obbedì senza pensarci. Qualcosa di malevolo, oscuro, non carpaziano era in agguato nella tempesta e li sorvegliava con occhi rossi di belva, colmi di odio. Ebbe una fugace visione di zanne aguzze e grondanti, di artigli sguainati. Non appartenevano a un animale.

È il vampiro, Shea. È qui da qualche parte, le trasmise Jacques in un sussurro. "Vedeva" nella mente di Shea e riconosceva l'assassino sulle loro tracce. *Devi obbedirmi subito, fare tutto quello che ti dirò. Hai capito?*

Sì, certo. Dov'è?

Non lo so. Non riesco a fiutarlo né a sentirlo. Ma la creatura della tua visione è un vampiro. Dato che non ne hai mai visto uno e che l'impressione è così forte nella tua mente, non può che essere reale. Restami vicina. Se ci aggredisce, scappa.

Non potrei mai lasciarti, rispose lei alzando il mento e guardandolo con aria ribelle. *Sono perfettamente in grado di aiutarti.*

Lui ti userebbe per sconfiggermi. Credimi, ho già combattuto contro di loro. La spinse sul sentiero che portava alla casupola. Procedeva guidato dall'istinto più che dalla vista.

Shea s'incamminò in fretta, concentrandosi sulle sensazioni interiori.

La creatura che li seguiva silenziosamente emanava un odio tale da farle mancare le forze. Il cuore le batteva all'impazzata. Quell'essere era così malvagio, sinistro e perverso da inquinare l'aria pura e umida di pioggia.

A un tratto apparve alla loro destra un debole bagliore di nebbia, che serpeggiava fra gli alberi. Si muoveva a un palmo da terra e puntava dritto verso di loro.

Con il cuore in gola, Shea cercò il contatto rassicurante con Jacques. Lui si fermò, con tutti i muscoli pronti a scattare, come una pantera che attende il momento di balzare. Shea percepì la sua tranquilla sicurezza.

La nebbia era ormai a pochi metri da loro quando iniziò a rapprendersi e a sollevarsi, fino ad assumere i contorni di un uomo. Shea stava per gridare di paura, ma rimase immobile, temendo di distrarre Jacques.

Tremula, sfolgorante, apparve la sagoma di Byron. Dapprima evanescente – Shea vedeva l'albero dietro di lui – poi solida, in tutta la curiosa eleganza di un maschio carpaziano. Byron alzò gli occhi e incontrò lo sguardo gelido di Jacques. «Siamo amici da secoli, Jacques. Non ricordo un periodo della mia vita in cui non eravamo insieme. Per me è strano e fonte di tristezza vedere che non mi riconosci».

Alle spalle di Jacques, Shea rimase turbata. La pena di Byron le pareva insopportabile. Avrebbe voluto fare qualcosa per alleviarla. *No!* Il comando risuonò brusco nella sua mente, in un tono che non ammetteva repliche. Jacques rimase immobile, come scolpito nella pietra. Le parole di Byron non sembravano toccarlo in alcun modo.

Byron si strinse nelle spalle, con un'espressione addolorata. «Ti credevamo morto, abbiamo cercato il tuo corpo. Per mesi, anni. Non abbiamo mai smesso di pensare a te. Tu eri come un fratello per me, Jacques, eri mio amico. È stata dura imparare ad accettare la solitudine. Gregori, Mikhail e perfino Aidan sono sopravvissuti ai secoli perché, sebbene soli, avevano un legame, un'ancora di salvezza nella desolazione. Tu eri il mio. Dopo la tua scomparsa, la mia lotta contro il tempo è diventata faticosissima».

Quando vide che Jacques rimaneva muto e guardingo, Shea gli

diede una spinta. *Non vedi che è afflitto? Ti sta tendendo una mano. Aiutalo, anche se non ti ricordi di lui.*

Non sai se si è trasformato o no, rispose Jacques, aspro. *Hai sentito quella presenza, ed eccolo qui. Un vampiro può dare l'illusione di essere puro, di essere qualunque cosa, a suo piacimento. Resta dietro di me!*

«Volevo solo dirti che sono felice tu sia tornato, e che tu abbia trovato una compagna per la vita. Ho sbagliato a provare invidia. Avrei dovuto essere più cauto prima di giudicare ciò che non comprendevo». Byron si passò una mano fra i capelli scuri. «Me ne andrò per qualche tempo. Devo raccogliere le forze per sopravvivere nei prossimi anni».

Jacques rispose con un lento cenno del capo. «Io andrò dal guaritore per cercare di riparare i guasti della mia mente. Ho notato che il legame fra Gregori e Mikhail è forte anche se Mikhail ha una compagna. Vorrei credere che quel che dici è vero e che, quando sarò guarito, potremo di nuovo essere amici».

La furia del vento iniziava a placarsi. La pioggia continuava a cadere insistente, e l'aria era densa. Byron annuì stancamente e abbozzò un sorriso, ma aveva gli occhi tristi. «Vi auguro ogni bene, e spero che avrete molti figli – magari femmine, per la mia salvezza».

«Quando ritornerai?», gli domandò Jacques.

«Quando potrò». La figura di Byron tremolò, si fece trasparente fino a svanire.

Jacques sì acquattò immediatamente al suolo. D'istinto Shea arretrò per fargli spazio. Era meglio essere prudenti. Jacques non aveva mai abbassato la guardia un istante, mentre Shea avrebbe voluto correre a consolare Byron. Shea inspirò l'aria della notte: di colpo si sentiva abbattuta. Il vento era carico di un odio che si spandeva per tutta la foresta. Scrutò il volto impassibile di Jacques. Lui non parve accorgersene, preso com'era dalla nebbia che si allontanava strisciando. Aveva sentito anche lui quell'odio? Forse non lo avvertiva per via delle sue condizioni mentali. Ma allora perché nemmeno Byron l'aveva percepito, se non era lui a emanarlo?

«Torneremo per un altro sentiero, Shea. Non possiamo rimanere in quella casa». Jacques le prese la mano e la condusse fra gli alberi. «Non è più sicura».

Shea ebbe la vaga impressione di un sorriso malevolo. Di una risata silenziosa, crudelmente divertita. Scosse la testa per scacciare quell'immagine, temendo di avere le allucinazioni. *Jacques?* chiamò, smarrita.

Lui le strinse le dita. «Non devi preoccuparti, troveremo un riparo. Non lascerei mai che ti accada qualcosa». Si portò la sua mano alle labbra e la baciò teneramente. «È la presenza del vampiro quella che senti. È Byron?»

«Non so se è Byron. So che è una creatura molto malvagia. Andiamocene da qui, andiamo in una città piena di luci e con un sacco di gente».

Jacques le passò un braccio intorno alle spalle e rallentò l'andatura. Sapeva per istinto che in una città sarebbero stati ancora più vulnerabili. Erano carpaziani, non umani. Fece un respiro profondo ed espirò lentamente, cercando le parole giuste. «Se un vampiro ci ha preso di mira, metteremmo solo a rischio delle vite umane innocenti. Gli umani hanno poche difese contro i vampiri».

«Ci sta sorvegliando, Jacques. So che non puoi sentirlo, ma è qui da qualche parte».

Jacques le credeva. Si affacciò di nuovo nella mente di lei e colse l'eco di quella risata beffarda. Imprecò sottovoce. «Quando Byron ti ha trovata nel paese, sei sicura che non abbia preso il tuo sangue?»

«Te lo avrei detto. Si è chinato su di me, sentivo il suo respiro sul collo, e mi ha sfiorato la pelle con i denti, ma mi sono allontanata di scatto. Mi ha fatto a mala pena un graffio». Si tastò il collo alla ricerca del punto esatto. «In ogni caso, ti ha chiesto scusa. Non hai visto quanto era triste? Mi ha fatto una pena infinita».

Jacques la strinse appena, e le stampò un bacio sui capelli. «Sei così piena di compassione, amore, e hai fiducia in tutti. Un vampiro può apparire come la bellezza e la sincerità personificate».

Shea fu costretta a saltellare per tenere il passo con Jacques, che camminava sempre più veloce. «Non credo, Jacques. Ho riconosciuto la bellezza in te quando sembravi un mostro. Sapevo che c'era qualcos'altro al di là delle apparenze. Credo che sarei altrettanto in grado di scorgere la malvagità».

«Quel che hai riconosciuto era l'affinità fra le nostre due anime. Noi siamo compagni per la vita, legati l'uno all'altra anche a distanza».

«Chiamalo come vuoi, ma credo che me ne sarei accorta, se Byron fosse la creatura mostruosa che sento qui nei paraggi. Ci odia».

«Solo Gregori ti ha dato il suo sangue. E io».

«Fossi in te, non tornerei sul fatto che mi hai costretta a bere il sangue di quello stregone di un guaritore». Si sciolse dal suo abbraccio, nuovamente irritata. «Come hai potuto tradirmi in quel modo?».

Jacques la squadrò dall'alto in basso, con un'aria di condiscendenza maschile. «La tua salute viene prima del tuo orgoglio». In realtà si vergognava di averla costretta con la forza, ma era comunque contento che Shea non fosse più tanto debole.

«Lo dici tu. Io spero che abbia sanguinato per un pezzo prima di richiudere la ferita. E non parlarmi più, perché sei arrogante, e quando fai così non ti sopporto proprio». Vacillò; si sentiva già le gambe stanche.

«Se tu avessi fatto come ti dicevo, ora saresti del tutto ristabilita, dopo quello che hai passato», le fece notare lui, con aperto compiacimento.

Shea si fermò di colpo, facendosi quasi trascinare. «Hai una vaga idea di dove stiamo andando? Io mi sono persa, mi sembra tutto uguale. E smettila di pensare a me con quell'aria soddisfatta. Se credi di incantarmi con quel sorrisetto, ti sbagli di grosso».

Lui le tirò gentilmente il braccio, continuando a scrutare nella foresta con occhi irrequieti. Tramite Shea, sentiva ancora quella presenza malevola. «Troverò sempre il modo di farmi perdonare da te, piccola donna dai capelli rossi», le rispose con affetto. «Non sei capace di tenermi il muso».

La sensazione di odio era opprimente. Le battute di Jacques le davano conforto, e gliene era curiosamente grata. Gli premette le dita nell'incavo del braccio. «Non fare affidamento sul mio buon carattere, Jacques. Sai cosa si dice delle persone con i capelli rossi».

«Che sono amanti eccezionali?».

Shea rise, malgrado le ondate di malignità che non le davano tregua. «Sapevo che avresti detto così».

A quella risata, l'aria intorno a loro si addensò tanto da farle temere di soffocare. Incapace di sopportare quell'odio per un altro minuto, senza riflettere, Shea si voltò di scatto e gridò nel buio della foresta: «Se hai tanta voglia di metterci le mani addosso, esci fuori e fatti vedere, vigliacco!». Sollevò il mento e guardò Jacques. «Ecco. Se vuole può venire. Non mi va di farmi braccare come un animale».

Jacques la sentì tremare accanto a sé. Che Shea dovesse affrontare impreparata tutte quelle novità lo turbava. Le posò una mano sulla nuca e la fissò con occhi ardenti. «Nessuno ti farà mai del male. Nessuno, mai. Potranno provarci, ma non sopravviveranno». Fece un respiro profondo, poi confessò: «Non sapevo che tu non fossi carpaziana. In quel momento non mi rendevo conto di nulla. Vorrei potere dire che mi dispiace, ma non è così. Non sapevo quel che facevo, e se avessi saputo come stavano le cose, avrei agito diversamente, ma tu sei la mia vita, Shea. Per me non c'è speranza senza di te. Sopravviverei solo il tempo di vendicarmi, poi mi trasformerei anche io in un non morto. Non voglio diventare un vampiro, che uccide umani e carpaziani indiscriminatamente. Tu sei la mia salvezza».

Lei lo spinse via. La pioggia le inondò il viso mentre un sorriso accendeva i suoi occhi smeraldo . «Tutto qui? Sono queste le tue scuse? Insomma, vedo che non devo aspettarmi da te fiori e cioccolatini». Cambiò espressione di colpo. «Non rivolgermi la parola, troglodita. Non voglio neanche sentire la tua voce».

Jacques represse il sorriso che stava per affiorargli alle labbra. Shea aveva la capacità di scherzare anche nelle situazioni più rischiose. Riusciva a far sembrare tutto più leggero, perfino la sua follia, il modo imperdonabile in cui l'aveva trattata durante il loro primo incontro. «Posso prenderti sotto braccio?», chiese con un lampo di allegria negli occhi vigili.

«Stai parlando. Ti ho detto di non parlarmi». Shea tentò di darsi un contegno sussiegoso, ma finì con lo scoppiare in una sonora risata.

Lui le cinse la vita con un braccio e la prese sotto la spalla. «Mi dispiace. Non volevo contravvenire ai tuoi ordini. Giriamo. Da qui in poi dovrò prenderti in braccio».

«Sta' zitto. Quando parli finisci sempre per averla vinta». Shea camminò ancora per qualche metro, poi si arrestò davanti a una ripida parete rocciosa che pareva innalzarsi all'infinito. La foresta terminava lì, semplicemente, senza diradarsi. «Da qui per andare dove? Di certo non lassù». La sensazione opprimente di malvagità era svanita. Chiunque fosse, la creatura aveva smesso di tenerli d'occhio.

«Ecco, sento che stiamo per iniziare un'altra discussione». L'espressione di Jacques non tradiva alcuna ilarità, ma Shea gli leggeva nel pensiero. Jacques la sollevò senza sforzo e se la caricò sulle spalle.

«Cosa credi di fare, scimmione? Non sei Tarzan, e ho le vertigini. Mettimi giù».

«Allora chiudi gli occhi. Chi è Tarzan? Spero non un altro maschio».

Shea sentì il vento soffiarle sul corpo, e si rese conto di star volando a una velocità impensabile. Chiuse gli occhi e si aggrappò a lui, paralizzata. Jacques rise spensierato, e Shea sentì dissiparsi i propri timori. Che lui riuscisse a ridere, che fosse felice, era un miracolo.

Tarzan è il maschio per eccellenza. Penzola dagli alberi e si porta la sua donna nella giungla.

Allora mi imita.

Shea gli affondò il viso nel collo. *Fa del suo meglio.*

Jacques si sentì gonfiare il cuore di amore a quelle parole. Avevano ancora molta strada da percorrere insieme per conoscersi a fondo e accettarsi l'un l'altro, ma l'amore che provavano diventava sempre più forte a ogni istante.

Capitolo 11

Il cunicolo che portava alla caverna era così stretto che Shea dovette trattenere il respiro per infilarvisi. Sembrava continuare all'infinito: le pareti scabre le graffiavano la pelle, le tonnellate di roccia che la sovrastavano le davano un senso di oppressione, come se volessero stritolarla. Non riusciva a guardare Jacques, il cui corpo possente si era in qualche modo rimpicciolito e dimagrito. I carpaziani erano capaci di fare cose a cui Shea preferiva non pensare. Come aveva fatto a cacciarsi in quel pasticcio?

Era stato il sesso. Un uomo bello, focoso, con un paio di occhi neri e penetranti, e ci era cascata in pieno. Il sesso era già stato la rovina di molte altre donne con i piedi per terra.

Guarda che ti leggo nel pensiero. La voce di Jacques, divertita e carezzevole, l'avvolse come un abbraccio.

Io ero una persona assolutamente lucida e razionale prima di incontrare te. E adesso guardami: sono qui che striscio fin nel cuore di una montagna. Di colpo s'immobilizzò. *Sento qualcosa. Dimmi che non mi stai portando in una caverna piena di pipistrelli. Dimmelo subito, Jacques, o me ne vado.*

Non ti sto portando in una caverna piena di pipistrelli.

Shea ne fu visibilmente sollevata. Non era una donna impressionabile, ma considerava i pipistrelli creature fatte per restare a distanza. A una grande distanza. Poteva tranquillamente osservarli la notte e riflettere su quanto fossero interessanti, a patto che se ne stessero nel cielo, ben lontani da lei. Arricciò il naso. Il suono che stava cercando di ignorare si faceva sempre più forte. Il cuore prese a batterle all'impazzata. Le pareti del cunicolo erano così anguste da impedirle di avanzare velocemente. Si sentiva in trappola, sul punto di soffocare.

Voglio tornare indietro, Jacques. Non sono fatta per le caverne. Si sforzò di assumere un tono fermo e disinvolto, mentre in realtà avrebbe voluto mettersi a gridare a squarciagola. Voltò con cautela la testa per non ferirsi sulle sporgenze acuminate della roccia.

Jacques le strinse il polso. *Non dobbiamo segnalare la nostra presenza. Se disturbiamo le creature della caverna, potremmo essere scoperti.*

Qui dentro non c'è posto nemmeno per un foglio di carta, figuriamoci per una persona. Nessuno ci verrà a cercare qui.

Se dei pipistrelli volassero fuori dalla caverna, un vampiro se ne accorgerebbe subito.

Ma se nella caverna non ci sono pipistrelli, non possono volare fuori, no?, disse lei in tono dolce e ragionevole.

Fidati, piccola donna dai capelli rossi, non manca molto.

Non mi farai dormire sotto terra, vero? Perché non voglio, neanche se ci fossero dieci vampiri a darci la caccia.

I vampiri non possono sopportare nemmeno la luce dell'alba, Shea. Uccidere le prede cambia qualcosa nel sangue. Il sole li cuocerebbe all'istante. Ma il vampiro potrebbe consegnarci ai servi umani suoi complici, contrassegnando l'ingresso della caverna. O potrebbero insospettirsi vedendo qualcosa di insolito, come appunto dei pipistrelli che escono all'alba.

Mi stai dicendo che ci sono *dei pipistrelli qui dentro.*

Jacques le tirò il polso. *Non fare la bambina. Posso tenerli a bada, i pipistrelli, e poi ci saranno utili a captare eventuali pericoli.*

Shea fece una smorfia, ma lo seguì. I poteri e le conoscenze di Jacques sembravano crescere a ogni istante. La sua sicurezza sconfinava nell'arroganza. Era così indisponente che a volte Shea provava l'impulso di tirargli qualcosa addosso, ma era orgogliosa dei suoi progressi.

Il cunicolo si faceva a poco a poco più largo e pareva scendere in profondità, inoltrarsi nelle viscere della terra. Shea si sentiva coperta di sudore e aveva i polmoni affaticati. Si concentrò sul respiro, l'unica cosa in grado di distrarla.

Jacques si rese conto che tremava e stringeva nervosamente le dita fra le sue. Superò la sua naturale barriera mentale e percepì in lei il disagio, la ridicola paura dei pipistrelli e dei luoghi chiusi. La capacità dei carpaziani di trasformarsi la turbava. Perfino vederlo sgusciare, così innaturalmente magro, fra le pareti del tunnel. Abituata com'era ad avere sempre il controllo di ogni situazione, faticava a seguirlo ciecamente.

Mi dispiace, piccola. Ti sto facendo fare cose che per me sono del tutto naturali, mentre per te sono strane e spaventose, le disse in tono affettuoso.

Bastava la voce di lui a infonderle coraggio. Shea raddrizzò le spalle e lo seguì. *C'è un letto dove mi stai portando, vero?*, chiese, tentando di sdrammatizzare.

Il passaggio era ormai abbastanza largo da permettere a Jacques di riacquistare le sue vere proporzioni, cosa che lui fece subito, sperando di alleviare il disagio di Shea. «Cosa pensi di Raven?», le chiese poi, per distrarla.

«Credevo che dovessimo starcene zitti», rispose Shea, guardandosi intorno in cerca di pipistrelli.

«I pipistrelli sanno che siamo qui, Shea, ma non c'è motivo di temerli. Ci penserò io a tenerli alla larga», disse calmo Jacques, come se controllare i movimenti dei pipistrelli fosse per lui la cosa più naturale del mondo. Le posò una mano sulla nuca per rassicurarla e al tempo stesso impedirle di fuggire. Le accarezzò la pelle setosa con il pollice, muovendo piano le dita sulla vena che palpitava eccitata.

«Raven sembra molto gentile, anche se è sposata con un altro selvaggio come te». *Probabilmente ha pessimi gusti in fatto di uomini, proprio come me*, soggiunse mentalmente.

«Cosa vuoi dire?». Jacques si finse sdegnato, per stare al gioco e continuare a farla parlare. Apprezzava il suo coraggio e la sua incrollabile determinazione a fare ciò che doveva, per quanto caro le costasse.

«Voglio dire che non deve essere molto saggia. Quell'uomo è pericoloso, Jacques, anche se è tuo fratello. E il guaritore mi fa una paura matta».

«Ah sì?»

«Perché, a te no? Parlava e sorrideva così calmo e gentile, ma lo hai mai guardato negli occhi? È evidente che non prova alcuna emozione».

«Gregori è uno degli antichi. È il più temuto fra i carpaziani».

«Come mai?». Forse perché era tanto potente, e perché la sua voce bastava a piegare i maschi carpaziani al suo volere?

«È il più versato in tutte le arti antiche e moderne. È il più letale e il più implacabile. È il cacciatore di tutti i vampiri».

«Ed è anche abbastanza antico e solitario da rischiare di trasformarsi da un momento all'altro, vero? Ora sì che mi sento tranquilla.

E tu mi hai costretta a bere il tuo sangue. Non so quando riuscirò a perdonartelo». Inciampò, senza rendersi conto di quanto fosse stanca.

Un grido echeggiò intorno a loro, penetrando la crosta terrestre. Più percepito che udito, terrificante: vibrò nei loro corpi, nelle loro menti, per poi disperdersi nella terra. Le rocce ne colsero l'eco e lo fecero rimbalzare tutt'intorno.

Jacques s'immobilizzò: il suo sguardo dardeggiò qua e là, vigile. Shea si strinse a lui inorridita. Quel suono era un grido di aiuto, di dolore atroce. D'istinto Shea protese la mente a cercarne l'origine.

«Il traditore», disse Jacques sottovoce, con tono carico di odio e di vendetta. «Ha catturato un'altra vittima».

«Come ha fatto? Siete tutti così forti, come può prendere in trappola uno di voi?». Shea lo strattonò per attirare la sua attenzione. In quel momento Jacques le sembrava un estraneo, un predatore letale quanto il lupo o il vampiro stesso.

Jacques sbatté le palpebre, cercando dentro di sé la risposta. Anche lui era stato catturato da un traditore, dopo tutto. Come ciò fosse accaduto, era nascosto nei recessi della sua memoria. Finché non fosse riuscito a ricordarlo, tutto il suo popolo era in pericolo.

Shea gli strinse il braccio. «Non è colpa tua. Non sei stato tu, Jacques».

«Hai riconosciuto la voce?», disse lui in tono inespressivo.

«Mi è sembrato il verso di un animale».

«Era Byron».

Shea rimase senza fiato. «Non puoi esserne sicuro».

«Era Byron», ripeté lui con assoluta convinzione. «Era venuto a chiedermi amicizia, e io gliel'ho rifiutata. Ora il vampiro lo consegnerà agli assassini umani».

«Perché il vampiro non lo tiene in ostaggio?». Shea si sforzava di capire; la sua mente elaborava piani. Non poteva lasciare Byron o chiunque altro nelle mani di quei macellai. Aveva già perso un fratello che non aveva mai conosciuto per mano di quei folli. Aveva rischiato di perdere Jacques. «Se vi odia tutti al punto da volervi tutti morti, perché non vi tortura e uccide di persona?»

«Il vampiro deve rifugiarsi nella terra prima del sorgere del sole. A differenza di noi, non sopporta nemmeno la luce dell'alba. Lo distruggerebbe. Per cui il suo raggio d'azione è limitato».

«Quindi era lì nel bosco e ci sorvegliava, proprio come temevo, e deve aver seguito Byron e in qualche modo è riuscito a catturarlo.

E deve consegnarlo agli umani prima dell'alba, quindi gli umani devono essere nei paraggi».
«Gregori ha detto che la terra gemeva sotto i loro passi».
«Quindi il traditore non può aiutare gli umani finché è giorno».
«In nessun modo», disse Jacques, convinto.
«Ma la luce dell'alba su di noi non ha lo stesso effetto. Possiamo sopportarla, Jacques. Se ci muoviamo subito, possiamo trovarli. Dobbiamo solo liberare Byron e poi nasconderlo fino al tardo pomeriggio, quando saremo di nuovo forti. Possiamo farcela, lo so. Non ci sono poi tanti posti in cui possano averlo portato. Possiamo esporci ai primi raggi del sole, e li coglieremo di sorpresa. Gli umani che lo hanno preso non possono venire in questa caverna; non possono andare sotto terra. Devono ripararsi da qualche parte. Tu conosci questa zona, o comunque la conoscono gli altri. Andiamo a liberare Byron. Il vampiro potrebbe infuriarsi al punto da uscire allo scoperto, fare un errore, e gli altri possono sistemarlo». Gli tirava il braccio, insistente, in direzione dell'uscita.
«Non voglio farti correre rischi con quegli uomini».
«Smettila, Jacques. Davvero. Ormai ci siamo dentro tutti e due. Non è per vantarmi e fartelo pesare, ma io posso espormi al sole molto più di te».
Jacques le accarezzò la nuca. «Questo non vuol dire che posso permetterti di correre pericoli».
Shea scoppiò a ridere. «Stare con te è già un pericolo, idiota. Tu sei pericoloso». Gettò i capelli all'indietro, alzando il mento in segno di sfida. «In ogni caso, io sento la presenza del vampiro e tu no. E neanche Byron, a quanto pareva. Forse neanche gli altri. Hai bisogno di me».
A malincuore, Jacques si lasciò riportare verso l'entrata della caverna. «Perché non riesco mai ad averla vinta con te? Non dovrei permettertelo, e invece eccoci che usciamo alla luce, per andare incontro a degli assassini spietati quando siamo più deboli. Nel pomeriggio saremo completamente vulnerabili, Shea, alla loro mercé e alla mercé del sole. Tutti e due».
«Vorrà dire che troveremo un riparo. Contatta gli altri, Jacques, informali di quel che è successo».
«Secondo me vuoi solo andartene da questa caverna. Preferisci affrontare un vampiro e degli assassini umani piuttosto che degli innocui pipistrelli». Le tirò piano i capelli.
Shea gli sorrise. «Hai capito benissimo. E non azzardarti mai a trasformarti in pipistrello». Rabbrividì. «O in un ratto».

«Potremmo scoprire come fanno l'amore un ratto e un pipistrello. Sarebbe interessante», propose lui, sussurrandole sul collo.

«Sei veramente un pervertito, Jacques». Il cunicolo tornava a restringersi, facendole mancare l'aria. Ma almeno era riuscita a persuadere Jacques, pur con qualche protesta.

Jacques protese la mente e pensò a Gregori, ai suoi movimenti, a come aveva guarito le sue ferite mortali trasferendo la propria essenza nel suo corpo. Concentrando quella sensazione, inviò un richiamo.

Ascoltami, guaritore. Ho bisogno della tua attenzione.

Il tuo bisogno deve essere grande, se invochi coloro di cui non ti fidi.

La voce era sorprendentemente chiara; la risposta giunse così rapida che Jacques si sentì esaltato. Era molto più forte ora; i suoi poteri accresciuti, rispetto anche solo al giorno prima. Gregori gli aveva donato il proprio sangue: fluiva nelle sue vene, pompato dal cuore, rigenerando muscoli e tessuti. Jacques aveva dimenticato quanto fosse facile la comunicazione telepatica. *Ho sentito Byron gridare. Il traditore lo ha catturato. Deve consegnarlo agli umani prima dell'alba.*

L'alba è vicina, Jacques. Gregori era imperturbabile, perfino dopo una simile notizia.

Allora dobbiamo trovarlo. Qualcuno di voi è in grado di rintracciare Byron? Con chi ha scambiato il sangue?

Solo tu hai fatto un patto con lui. Se si trasformasse e non potesse più bruciarsi al sole di propria volontà, dovresti dargli tu la caccia, e viceversa. Non voleva affidare né a me né a tuo fratello la responsabilità di distruggerti.

Io non riesco a trovare il suo canale, disse Jacques, con malcelata rabbia verso se stesso.

Sei certo che il grido fosse di Byron?

Senza dubbio. Avevamo parlato solo pochi minuti prima. Shea era inquieta: diceva che qualcuno ci stava osservando. Io non percepivo alcuna presenza, e nemmeno Byron sembrava turbato.

Stavano per raggiungere l'imboccatura del cunicolo. Jacques sentì il naturale disagio della sua razza all'approssimarsi della luce. *Faremo del nostro meglio per trovarlo finché ne abbiamo la possibilità.*

La donna di Mikhail a volte è in grado di rintracciare persone che noi non riusciamo a trovare. È molto dotata. Incontriamoci nella tua casa. Avete entrambi occhiali scuri e vestiti che vi proteggano?

Shea sì, e io posso procurarmene facilmente. Lei è ancora troppo debole per provare a mutare forma, e non vuole andare sotto terra. Nemmeno io. Jacques colse una traccia di scherno nei pensieri di Gregori. Le donne andavano protette dal loro sciocco desiderio di trovarsi nel mezzo dei conflitti. *Quando troverai la tua compagna, guaritore, forse anche la tua lucidità ne risentirà*, si difese Jacques.

L'alba tingeva il cielo, affacciandosi tra le nubi. La pioggia continuava a cadere insistente, e i venti fischiavano con forza fra gli alberi sotto di loro. All'imboccatura della caverna erano ancora riparati, ma una volta lasciata la parete rocciosa, sarebbero stati investiti dalla forza degli elementi.

Jacques si chinò su Shea e le bisbigliò all'orecchio. «La tempesta attenuerà gli effetti del sole. Credo che ci sia lo zampino del guaritore».

«Non c'è il sole. Il vampiro potrà uscire con questo tempo?».

Jacques scosse la testa. «Non può uscire all'alba, nemmeno con una coltre di nubi. Noi carpaziani approfittiamo spesso di questo tempo per spostarci al mattino e alla sera presto. Ci permette di mescolarci meglio con gli umani, ed è meno fastidioso per la pelle e per gli occhi».

Sentì Shea rabbrividire e la cinse immediatamente con un braccio. Il tempo non lo preoccupava: i carpaziani potevano regolare senza difficoltà la temperatura corporea. Shea aveva ancora tanto da imparare, e doveva vincere la propria ripugnanza a nutrirsi per recuperare le energie. «Sai, il guaritore ha ragione. È un'impresa troppo rischiosa per te. Non so come ho potuto dimenticarlo».

«Il guaritore dovrebbe farsi gli affari suoi». Shea gli gettò un'occhiata altezzosa. «Sarà pure intelligente e in grado di fare miracoli, ma non capisce nulla delle donne. Non fare l'errore di dargli retta al riguardo. Anche se hai perso la memoria, tu ne sai molto di più di quell'idiota».

Jacques si ritrovò a ridere. Le sfiorò la nuca con le labbra, dandole un brivido. «Sei proprio brava a convincermi». Non poté trattenere un senso di trionfo. Shea ammirava le abilità del guaritore, avrebbe addirittura voluto imparare da lui, ma era davvero urtata dalla mentalità di Gregori. Jacques si rese conto di essere particolarmente grato alla natura indipendente di Shea.

«Sei solo un uomo, cosa ti aspettavi?», replicò lei, seria. «Io, invece, sono un chirurgo brillante e una donna piena di talento».

«I pipistrelli stanno iniziando ad agitarsi. Non so se posso tenerli a bada ancora per molto», disse lui, per dispetto.

Shea rabbrividì suo malgrado, ma si limitò a stringergli la mano per assicurarsi di averlo vicino, e riprese il discorso più urgente. «Pensa a dove possiamo portare Byron quando lo avremo trovato».

«La casupola è troppo pericolosa. Dovremo andare in una caverna o sotto terra. Poi possiamo affidarlo al guaritore e cercare un posto sicuro dove riposare; magari tornare qui».

«Ah, che bella idea, non vedo l'ora».

«Dove hai imparato a essere così sarcastica?».

Jacques intendeva solo scherzare, ma Shea gli rivolse un sorriso amaro, e i suoi occhi s'incupirono. «Impari in fretta a proteggerti quando sei diversa, quando ti vergogni a invitare a casa tua un compagno di classe perché tua madre si è dimenticata di te e del mondo. A volte rimaneva seduta alla finestra per giorni, letteralmente. Non si accorgeva nemmeno che esistevo». S'interruppe. «C'è il rischio che diventi come lei, Jacques? Stando con te, diventerò come lei?»

«Non così», rispose lui, con tutta la sincerità possibile. «Non ricordo ancora bene tutto, ho ancora molti vuoti. So che la maggior parte dei compagni scelgono di vivere o morire insieme. Ma quando c'è un figlio bisognoso di cure, chi sopravvive rimane a prendersene cura, sia fisicamente che emotivamente». Non le disse di quei bambini che venivano affidati ad altre coppie perché il genitore superstite non poteva sopportare la vita senza il compagno. Sapevano che il figlio sarebbe stato allevato con cura e amore, perché quasi tutte le donne carpaziane abortivano spontaneamente, o il bambino moriva prima di compiere un anno. «E poi ti conosco, Shea. Per quanti ostacoli tu possa incontrare, vai sempre fino in fondo. Non abbandoneresti il nostro bambino come ha fatto tua madre con te. Il nostro bambino crescerebbe amato e protetto in ogni momento della sua vita. Ne sono assolutamente convinto».

Shea gli afferrò il braccio, prima che uscisse sotto la pioggia. «Promettimi che se avremo un figlio e dovesse accadermi qualcosa, tu resterai ad accudirlo di persona. Che lo amerai e lo guiderai come avrei dovuto essere amata e guidata io. Promettimelo, Jacques».

«I figli dei carpaziani sono amati e protetti sopra ogni cosa. Noi non maltrattiamo i bambini».

«Non è quello che ti ho chiesto».

Jacques chiuse gli occhi un istante e li strinse, incapace di mentirle. Era rimasto solo per troppo tempo. Non avrebbe sopportato di restare senza di lei. «Un compagno per la vita è insostituibile, piccola».

«Nostro figlio, Jacques. Se dovesse accadere, non voglio che sia un estraneo a crescerlo».

«Shea, a volte un'altra coppia, che desidera tanto un figlio, è meglio di un genitore solo e devastato dal lutto».

Shea emise un'esclamazione soffocata ed eresse una barriera mentale così forte che Jacques capì di averla ferita. «Non vi è mai venuto in mente che anche il bambino è in lutto? Che potrebbe avere più che mai bisogno di un genitore che lo consoli e gli stia accanto in quel momento così difficile? Questo vostro ostinarvi a scegliere la morte anche se ci sono figli o altri parenti in vita è egoistico e morboso».

«Tu insisti a giudicarci secondo criteri umani», disse lui piano. «Non hai idea di ciò che comporta il nostro legame». Le strinse la mano fra le dita forti e se la portò alle labbra. «Forse dovremmo continuare questa discussione in un momento più opportuno, quando saremo al sicuro e avremo liberato Byron».

Shea fuggì il suo sguardo. «Hai proprio ragione, Jacques». Sentì le lacrime bruciarle gli occhi, e decise di attribuirle alla luce dell'alba.

Seguì Jacques lungo il limitare della foresta senza dire una parola, sempre badando a schermare la mente per non farsi leggere nel pensiero. Capiva perché lui avrebbe scelto la morte nel caso le fosse accaduto qualcosa. Era rimasto troppo a lungo da solo e non avrebbe potuto sopportare la vita senza il sostegno di lei. Forse aveva ragione: avrebbe rappresentato una minaccia troppo grande per tutti. Ma accettarlo significava rinunciare ad avere un figlio da lui. Ne avrebbe portato il peso per l'eternità, ma non poteva mettere al mondo un bambino sapendo quali erano i sentimenti di Jacques. Non avrebbe mai corso un rischio simile.

Shea si morse il labbro e per un istante la stanchezza la fece vacillare. D'istinto, si aggrappò alla cintura di Jacques per sorreggersi. Per un attimo aveva creduto di poter avere una vita normale, forse non nel senso più comune del termine, ma con una famiglia, un bambino e un marito.

No, Shea, ora non ho tempo per consolarti come dovrei, per alleviare le tue paure. Non ci pensare.

Shea non si aspettava quell'intrusione mentale. Sbalordita, alzò lo sguardo su quel volto così bello e seducente, per quanto segnato da sofferenze che nessun umano avrebbe potuto immaginare. Gli occhi di Jacques, non protetti dagli occhiali scuri che teneva in mano, la scrutarono a loro volta. Erano pieni d'amore, di possesso e di una promessa oscura per l'eternità.

Jacques le sfiorò il mento, trasmettendole un brivido caldo. Le posò il pollice sul labbro, infiammandole i sensi. *Tu mi appartieni,*

Shea; siamo due metà di un tutto. Tu sei la luce che illumina la mia tenebra. Sarò anche malato, o pazzo, ma nel mio cuore, nel mio animo, so che non posso vivere senza di te. Le baciò con delicatezza le palpebre. «Non sarà facile uccidermi, piccola, e non cederò facilmente quel che è mio. Questi anni di tormenti mi hanno dato una forza di volontà invincibile».

Shea nascose il viso contro il suo petto, in cerca di conforto. «Siamo così lontani, Jacques, nel nostro modo di pensare. È facile quando si è in preda alla passione dire che andrà tutto bene, ma la nostra convivenza potrebbe essere difficilissima. Siamo così diversi».

Jacques le cinse la vita con un braccio, portandola al riparo fra gli alberi. La pioggia cadeva torrenziale, inzuppandoli. Sopra di loro si addensavano nubi gigantesche e minacciose. Ma Jacques sentiva un vago prurito man mano che il sole sorgeva oltre le nubi. La prima luce del mattino lo rendeva sempre inquieto, consapevole della propria terribile vulnerabilità. Si rimise gli occhiali e riprese a camminare a passi lunghi e svelti. Se solo Shea avesse preso più sangue dal guaritore, avrebbero potuto mutare forma e arrivare alla casupola in un istante.

Shea aveva creduto di potergli nascondere i propri pensieri. Jacques lo sapeva, ma non riusciva mai a staccarsi del tutto da lei. Una parte di lui dimorava sempre nella sua mente, silenziosa come un'ombra, ma presente. Shea aveva sempre sognato di avere un figlio, di dargli tutto l'amore che lei non aveva mai avuto. Ora sentiva di non poterlo più sperare. L'idea di un figlio era sempre stata importante per lei, ma due compagni per la vita non potevano mentirsi né ingannarsi a vicenda. Jacques poteva solo pregare che se qualcosa fosse accaduto a Shea, lui avrebbe scelto la morte immediatamente, senza esitazioni, senza dubbi. Altrimenti temeva di essere sopraffatto dal mostro che si nascondeva in lui, un mostro di cui né gli umani né i carpaziani conoscevano l'eguale. In lui c'era qualcosa di spaventoso, e solo Shea si frapponeva tra quell'orrore e il resto del mondo.

Shea non poteva infrangere il loro legame. Jacques lo sapeva per istinto, e ciò gli dava un minimo di sollievo. La collera, così letale e così pronta a scatenarsi, per il momento era sotto controllo. Finché Shea era con lui.

Ma ora doveva trovare Byron: era in debito verso il carpaziano. L'impulso di soccorrerlo era fortissimo, come se una parte di lui, nel profondo, ricordasse la loro antica amicizia. Avrebbe dovuto ipnotizzare Shea e farla addormentare prima di andare a salvare Byron, ma la semplice verità era che non tollerava di separarsi da lei, e che la voleva accanto a sé per poterla proteggere. E voleva renderla felice. *Ah, le donne!*

Shea lo sentì mugugnare chiaramente. Un sorriso riluttante le incurvò gli angoli della bocca. «Ti sto complicando la vita, Jacques?», gli chiese dolcemente, speranzosa.

Lui si fermò di scatto, facendola quasi inciampare, la afferrò per i capelli umidi e la costrinse a piegare la testa, facendole scorrere la pioggia sul viso come miele. «La verità, Shea, è che mi fai provare così tante emozioni che a volte mi chiedo come faccio a sopportarle». Incollò le labbra alle sue quasi con disperazione, baciandola avidamente come se volesse divorarla, trattenerla per sempre dentro di sé. *Non deve succederti nulla!* Affondò le dita nella pelle di lei, irrigidendosi in tutto il corpo; in lui si agitavano paura, determinazione e una fame inestinguibile.

Shea reagì quasi d'istinto mettendogli le braccia intorno al collo e offrendosi molle e arrendevole al suo assalto, piena di amore rassicurante e di calore. Lo baciò con passione, dandogli tutto il conforto che aveva. Jacques sollevò la testa e posò la fronte sulla sua.

«Non mi succederà nulla, Jacques. Credo che tu soffra di attacchi di ansia». Gli scompigliò i capelli come a un bambino e gli sorrise divertita. «Ci sono psichiatri, fra voi carpaziani?».

Jacques rise piano, stupito di provare allegria subito dopo il terrore. «Sei la donna più impertinente che abbia mai conosciuto».

«Non sono mica una donna qualsiasi, sciocco. Sono un medico, e incredibilmente intelligente. Me lo dicono tutti».

«Ah sì?». La strinse forte al petto, per sentirla vicina, circondandola con le braccia.

«Sarà una prova troppo dura per te, Jacques? Affrontare di nuovo quegli assassini orribili? Sei certo di poterlo fare?».

Jacques sollevò la testa per nasconderle il ghigno da lupo e l'espressione gelida che aveva negli occhi. «Non vedo l'ora di incontrare di nuovo i miei vecchi amici».

Shea lesse nei suoi pensieri una cupa soddisfazione, ma Jacques era abbastanza forte da nasconderle la rabbia e l'odio che ribollivano in lui in attesa di una sanguinosa vendetta. Shea era una guaritrice, una donna compassionevole che non poteva concepire una violenza simile a quella che lui aveva patito e che lui stesso nutriva dentro di sé. Gli prese la mano e la strinse fra le dita. Forse non avrebbe mai avuto un figlio, ma aveva Jacques. Voleva proteggerlo dal dolore e dall'angoscia, dagli uomini e dalle creature che intendevano distruggerlo di nuovo. Era decisa a difenderlo a ogni costo.

Capitolo 12

Raven se ne stava in piedi sulla soglia, abbastanza al riparo, con gli occhi chiusi e il viso rivolto al cielo. Goccioline di sudore le imperlavano la fronte, e si premeva le mani sul ventre in modo compulsivo. Non era fisicamente insieme agli altri: vagava oltre il proprio corpo nel tentativo di localizzare Byron. Accanto a lei, e unito da un legame telepatico, si ergeva minaccioso il suo compagno. Mikhail era così simile a Jacques che Shea non riusciva a distogliere lo sguardo da lui. Salendo i gradini dell'ingresso, subito dietro Jacques, si accorse che Mikhail era in collera. Fremeva di rabbia a stento trattenuta, ma per il momento si limitava a proteggere Raven dalla furia della tempesta.

Gregori era immobile come una statua, il suo volto una maschera inespressiva dagli occhi argentei. Shea si tenne alla larga. C'era qualcosa di sinistro nella sua immobilità. Shea non riusciva a decifrare la complessa natura del maschio carpaziano. Fra le palpebre socchiuse, Gregori fissava Raven con occhi irrequieti, occhi che vedevano fin troppo. A un tratto imprecò sottovoce, con una ferocia insolita in un uomo della sua statura. «Non dovrebbe correre un rischio del genere. Aspetta un bambino».

I suoi occhi argentei incontrarono quelli neri di Jacques in uno sguardo di intesa totale. Shea si fuse immediatamente con Jacques per capire cosa stessero pensando. Dal punto di vista degli uomini, la gravidanza di Raven – se davvero era incinta – cambiava ogni cosa. Shea non vedeva alcun segno di un bambino – Raven era magra come sempre – ma era impossibile che il guaritore si sbagliasse. Sembrava così infallibile, così invincibile. Il bambino era tutto per gli uomini. Shea fu sorpresa, quasi sconvolta, dall'importanza che essi davano alla gravidanza. Era un miracolo per entrambi. La vita del bambino era più importante di qualsiasi altra. Shea era confusa. L'istinto di protezione di Jacques era fortissimo, malgrado la sua amnesia.

«È in grado di vedere intorno a sé, ma non riesce a muoversi. Perfino la sua mente è bloccata. È come paralizzato, in qualche modo». La voce di Raven fece sobbalzare Shea, riportando la sua attenzione alla tempesta e alla loro missione di salvataggio.

Evidentemente Raven parlava di Byron. «Non può muoversi né chiamare aiuto, nemmeno con la mente. È in un luogo buio e umido, e sa che lo faranno soffrire a lungo prima di ucciderlo». Raven vacillò e si coprì il ventre con le mani, come a proteggersi.

Il guaritore si mosse con la velocità di un lampo, afferrandola per il braccio e trascinandola fuori sotto la pioggia, poi fece lo stesso con Mikhail, tirandolo per la camicia. «Interrompi subito il contatto, Raven», le ordinò, scuotendo prima lei, poi lui. «Lascialo andare immediatamente!».

Jacques si precipitò sul fratello e lo colpì al viso una volta, due volte. «Torna indietro!», gridò con voce strozzata.

Shea si morse il labbro, terrorizzata. La coppia sembrava in qualche modo presa nella trappola del vampiro, insieme a Byron. Gregori trascinò Raven ancora più lontano sotto la pioggia, seguito da Jacques che portava Mikhail. Fu lui a riscuotersi per primo. Fissò il fratello sbattendo le palpebre e si guardò intorno, disorientato. Poi, d'istinto, cercò Raven.

«Riportala indietro, Mikhail. Trovala e guidala fin qui. È troppo pericoloso per lei. È in trappola, anche se collegata a me», disse Gregori. «Quello con cui abbiamo a che fare non è un vampiro qualsiasi. È esperto nelle arti nere, nell'uso delle erbe e delle pietre magiche. So cosa ha fatto e come ci è riuscito».

Mikhail tirò a sé Raven, con espressione stravolta per lo sforzo mentale. Raven batté le palpebre e si guardò intorno, stupita di ritrovarsi sotto la pioggia. Si portò la mano alla tempia che le pulsava. «Smettetela di fissarmi così, come fossi uno scherzo della natura», disse in tono risentito, poi nascose il volto nel petto di Mikhail.

Lui la strinse fra le braccia, protettivo, e chinò la testa sulla sua. Fu un gesto così intimo che Shea dovette distogliere lo sguardo. Si accorse sgomenta che il guaritore la fissava, e inconsciamente si avvicinò a Jacques, per sfuggire a quegli occhi indagatori.

«Hai bisogno di nutrimento», disse pacato il guaritore.

«Mangerò quando avrò fame», replicò Shea, altezzosa. «Non c'è bisogno che ti preoccupi per tutti noi. So badare a me stessa».

Gli occhi di Gregori balenarono a quella bugia. «La tua fame si percepisce chiaramente, e la tua debolezza potrebbe metterci tutti in pericolo». Puntò su Raven il fascio magnetico dei suoi occhi.

Raven fu scossa da un tremito visibile. «Ah, sta' zitto, Gregori», sbottò, con un lampo negli occhi azzurri.

Il guaritore abbozzò un sorriso, ma i suoi occhi rimasero gelidi. «Non ho detto nulla».

«Hai detto anche troppo, e lo sai benissimo». Alzò il mento con aria bellicosa. «Il tuo complesso di superiorità maschile farebbe diventare matta qualsiasi donna. Dico davvero, Gregori, tutta questa fredda logica è esasperante». Si lasciò ricondurre da Mikhail sulla soglia.

«La logica è utile, a differenza delle donne isteriche», replicò Gregori senza scomporsi. «Il tuo primo dovere è quello di proteggere il tuo bambino. Il nostro primo dovere è quello di proteggere te». Gettò a Mikhail un chiaro sguardo di rimprovero.

«Non puoi sapere con certezza se sono incinta».

«Non prendermi in giro, Raven. I tuoi capricci stancano presto. So che aspetti un bambino. Non puoi nascondermi una cosa del genere. Mikhail sa che è così, e sa che non può permetterti di continuare questa missione nelle condizioni in cui sei».

Raven scosse i capelli corvini. «Nessuno mi permette nulla. Sono io a decidere. Sono nata e cresciuta fra gli umani, Gregori», puntualizzò. «Non posso farci nulla. Byron è mio amico, ed è in grave pericolo. Voglio aiutarlo».

«Se il tuo compagno è così infatuato da permetterti di compiere una simile sciocchezza», rispose Gregori con voce sommessa, «allora non posso fare altro che proteggerti personalmente».

«Non parlare di Mikhail con quel tono!». Raven era furiosa.

Tu sì che sai come trattare le donne, eh?, commentò Mikhail, sebbene approvasse Gregori in tutto e per tutto.

Gregori non lo guardò, ma si limitò a fissare il cielo tempestoso. *Il bambino mi appartiene. È una femmina, e sarà la mia compagna per la vita.* Era un chiaro avvertimento, una vera e propria minaccia.

In tutti i secoli che avevano trascorso insieme, non era mai accaduta una cosa simile. Mikhail chiuse di colpo la mente a Raven. Lei non avrebbe mai potuto comprendere lo stato d'animo di Gregori. Senza una compagna per la vita, il guaritore non aveva altra scelta se non autodistruggersi o diventare la personificazione del male: un vampiro, un non morto. Gregori attendeva una compagna da secoli e secoli; uomini più giovani di lui avevano ceduto. Gregori aveva difeso il loro popolo, conducendo un'esistenza solitaria per proteggere tutti gli altri. Era molto più solo degli altri della sua razza, e molto più suscettibile al richiamo del potere in quanto cacciava e uccideva di frequente. Mikhail non poteva biasimare il suo vecchio amico per quell'attaccamento al bambino che doveva nascere. Parlò in tono fermo e tranquillo, sperando di evitare uno scontro. Gregori si aggrappava con tutte le forze alla speranza di avere una compagna: rischiava di precipitare nella follia al pensiero di un pericolo che minacciasse la loro figlia. *Raven non è come le donne carpaziane. Lo hai sempre saputo, e lo hai accettato. Non può trascorrere i mesi della gravidanza isolata e rinchiusa. Ne morirebbe.*

Gregori emise un ringhio, un brontolio minaccioso che raggelò Shea, allarmò Jacques e mise Mikhail sulla difensiva. Raven spinse da parte la mole imponente di Mikhail e posò una mano sul braccio del guaritore, intrepida. Tutti parevano convinti che Gregori potesse trasformarsi da un momento all'altro, ma aveva resistito per secoli, e Raven sapeva che non le avrebbe fatto del male più di quanto ne avrebbe fatto al suo bambino. «Gregori, non essere in collera con Mikhail», disse con dolcezza. «Il suo primo dovere nei miei confronti è quello di farmi felice».

«È quello di proteggerti». La voce di Gregori era come un fascio di luce e calore.

«In un certo senso è la stessa cosa. Non devi biasimarlo se si mostra condiscendente verso quelli che tu consideri i miei difetti. Non è facile per lui, e neanche per me. Avremmo potuto aspettare che io mi abituassi alle usanze carpaziane prima di concepire un figlio, ma ciò avrebbe richiesto del tempo, e tu non ne hai. Per noi sei molto più che un amico: sei la nostra famiglia, vivi nel nostro cuore. Non volevamo rischiare di perderti. Per cui preghiamo entrambi di avere una femmina, e che lei possa amarti e rispettarti tanto quanto noi; che lei sia la metà che cerchi».

Gregori fece per rispondere.

Non dire nulla!, lo ammonì Mikhail telepaticamente. *Lei crede che la bambina potrà scegliere liberamente.*

Gregori accondiscese, muto. Se Mikhail voleva lasciare a Raven quell'illusione, non sarebbe stato lui a togliergliela.

Shea non riusciva a credere che un uomo così potente, un capo come Mikhail, permettesse a un altro di aggredirlo e rimproverarlo come aveva appena fatto Gregori. Cominciava a sospettare che il fratello di Jacques fosse dotato di grande carattere, e l'amore e l'emozione evidenti in lui e in Raven le fecero venire le lacrime agli occhi. Quella era la famiglia di Jacques, la sua storia, e fra tutti loro vi erano amore e affetto sinceri, che li rendevano capaci di grandi sacrifici. Fece scivolare la mano in quella di Jacques e si aggrappò a lui, sentendo di avere qualcosa in comune con Raven.

Gli occhi azzurri di Raven erano fissi su Gregori. «Se vuoi esaminarmi e stabilire il sesso del bambino, puoi farlo». Alzò il mento. «Ma se vuoi che io ti accetti per come sei, con la tua natura di predatore, allora tu devi accettare me. Il mio cuore e la mia anima sono carpaziani, ma la mia mente è umana. Non mi farò mettere sotto una campana di vetro solo perché tu o mio marito lo ritenete necessario. Per le donne umane il Medioevo è finito molto tempo fa. Il mio posto è accanto a Mikhail, e devo poter decidere liberamente. Se anche tu desideri offrirmi la tua protezione, te ne sarò molto grata».

Ci fu un lungo silenzio, e lentamente il bagliore rossastro svanì dagli occhi argentei. Gregori scosse piano la testa, con infinita rassegnazione. Quella donna era così diversa dagli altri della sua razza. Avventata. Generosa. Ignara di tutti i tabù che infrangeva. Le posò una mano sul ventre, con le dita allargate. Concentrò i pensieri e li proiettò oltre il proprio corpo. Rimase senza fiato, e il cuore gli si sciolse nel petto. Deliberatamente, circondò la minuscola creatura, fondendo per un istante la propria volontà con la sua essenza. Non intendeva correre rischi. Quella era la sua compagna per la vita; l'avrebbe legata a sé con ogni mezzo, dallo scambio di sangue alla fusione mentale. Nessuno era altrettanto potente di lui. Quella femmina era sua e soltanto sua. Poteva aspettare finché non fosse diventata adulta.

«Ce l'abbiamo fatta, vero?», disse piano Raven, e Gregori rientrò nel proprio corpo. «È una femmina».

Gregori si allontanò da Raven, con un grande sforzo per mantenersi calmo. «Poche donne carpaziane portano a termine la gravidanza. E di rado il bambino sopravvive più di qualche anno. È ancora troppo presto rallegrarci. Devi riposare e riguardarti. Il bambino viene prima di ogni altra cosa. Anche Byron te lo direbbe. Mikhail deve portarti via da qui, lontano dal vampiro e dagli assassini. Penserò io a eliminarli mentre il tuo compagno si prende cura di te». La voce di Gregori era bassa e argentina, come una luce che danzava e ammaliava. Quasi irresistibile. Così pacata, rassicurante e ragionevole.

Raven dovette fare uno sforzo per non soccombere all'impulso di obbedirgli. Lo fulminò con lo sguardo. «Non provarci nemmeno, Gregori». Si rivolse a Mikhail. «E tu, brutto stupido, tu gli avresti dato ragione, da scimmione quale sei. Guardati da questi qui, Shea: sono impossibili. Fanno di tutto pur di averla vinta».

Shea si ritrovò a sorridere. «Me ne sono accorta». Era un sollievo vedere che Raven aveva imparato a farsi valere fra gli uomini. Shea si sentiva altrettanto forte.

«Non posso starmene qui mentre Byron rischia di fare la stessa fine di Jacques», insistette Raven. Guardò oltre Gregori verso Shea, in cerca di appoggio. «Non *possiamo*».

Shea aveva visto con i propri occhi di cosa erano capaci gli assassini umani, e non se la sentiva di abbandonare Byron più di quanto avrebbe potuto abbandonare Jacques. Annuì in segno di approvazione. «Una volta rintracciato Byron, voi uomini potrete andare a liberarlo. Io rimarrò con Raven, e vi aspetteremo qui. Il vampiro non può uscire durante il giorno, e se arrivano gli umani, li riceveremo con i fucili».

«In ogni caso, Mikhail, sai che puoi proteggerci dagli umani, anche da lontano», gli ricordò Raven.

«Shea ha ragione, guaritore». Jacques prese improvvisamente le parti delle donne. Aveva un debito verso Byron. Non poteva permettere che un altro patisse quel che aveva patito lui. Lanciò un'occhiata a Gregori. «Quando Raven e Mikhail erano collegati con Byron, hai detto che erano in pericolo. In che modo? Come fa il vampiro a prenderci in trappola?»

«Ha catturato le nostre menti usando Byron, un'impresa stupefacente», ammise Mikhail. Poi si sfregò la mascella con una smorfia. «Non è che ci hai preso gusto a colpirmi, fratellino?».

Jacques scoprì i denti in una specie di sorriso. Non poté fare a meno di ammirare il sangue freddo di Mikhail, stretto fra la minaccia del vampiro e quella del guaritore. Riuscire a scherzare e a mettere da parte l'ego in quelle circostanze era un miracolo. Gli si affacciarono alla mente immagini confuse, ricordi di grandezza, di un uomo potente dedito alla conservazione della sua razza. Fece scivolare un braccio intorno a Shea, la sua ancora di salvezza, il suo ponte fra il passato perduto e il presente. Shea gli rispose all'istante, in perfetta sintonia, inviandogli calore e conforto.

«C'è una radice», spiegò Gregori. «Si riduce in polvere fine, e si mescola con due specie di bacche e con salvia. Il tutto viene bollito fino a far evaporare il liquido, e la gelatina ottenuta si mescola con la tossina del rospo. Sono certo che il vampiro l'abbia usata. La ricetta è antica, e nota solo a chi abbia studiato alchimia e magia nera. Solo altre due persone ne sono a conoscenza».

«Aidan», disse piano Mikhail. «O Julian».

«Impossibile», disse recisamente Gregori. «Sentirei la loro presenza nella nostra terra. Li riconoscerei entrambi, anche se si fossero trasformati».

«Cosa fa esattamente questa droga?», chiese Shea. L'identità del vampiro era una questione secondaria; era molto più interessata agli effetti della miscela descritta da Gregori. Shea aveva studiato approfonditamente le piante e le erbe medicinali. Alcune essenze, come la digitale e il rododendro, potevano indurre paralisi. Sapeva anche che le tossine di certi anfibi erano letali. In varie parti del mondo, alcune tribù ne avevano scoperto le proprietà e vi intingevano le punte delle frecce e delle lance. In qualche modo, quella miscela di radici, bacche e tossine doveva paralizzare il sistema nervoso e perfino la mente. «Come si somministra?»

«Deve entrare nel sangue», disse Gregori.

«Chi avrebbe potuto avvicinarsi a un carpaziano abbastanza da iniettargliela? Perfino un vampiro astuto e in grado di camuffarsi non poteva sopraffare un carpaziano forte come Jacques. È inconcepibile», disse Mikhail. «Jacques era un cacciatore, un giustiziere. E a quel tempo il nostro popolo era decimato dagli assassini: doveva essere ancora più cauto».

«Il vampiro lo ha ingannato. È così che fanno sempre, dopo tutto», intervenne Gregori. «È l'alba. Dobbiamo affrettarci».

La pioggia scrosciava nel silenzio; il vento agitava gli alberi. Jacques fissava nel vuoto, in direzione della foresta. Frammenti di memoria gli balenavano davanti agli occhi. Le parole gli affiorarono alle labbra: «Sangue. Tutto quel sangue». Si toccò il collo con aria assente, aggrottando la fronte. «Era una trappola da caccia, rozza: un filo quasi invisibile. Mi ha tagliato la gola».

Nessuno parlò o si mosse, per non interrompere il flusso dei ricordi di Jacques. Shea trattenne il respiro. Per Jacques era importante recuperare la memoria, e in quel momento poteva salvare la vita a Byron. Shea sentiva il dolore che gli trafiggeva il cranio, e lo sforzo di Jacques per ignorarlo e concentrarsi sul ricordo. Jacques si sfregò la fronte con il pollice, poi fece una smorfia. «Io ero debole. Lui è arrivato e mi ha offerto il suo sangue. Io non volevo offenderlo, ma ero restio ad accettarlo. Lui era… inquietante». Jacques s'interruppe, premendosi le mani sulle tempie. «Non riesco a vederlo». Rivolse a Shea uno sguardo disperato. «Non so chi sia».

Shea lo prese fra le braccia e lo accolse nella sua mente, non sopportando la vista delle rughe di dolore su quel viso bello e nobile. *Due giorni fa non riuscivi nemmeno a stare in piedi e non ricordavi nulla. Quel che hai fatto finora è già un miracolo, Jacques.* Cercò di tranquillizzarlo, vedendo chiaramente che si sentiva in colpa.

«È sufficiente per ricostruire la sua identità», disse Gregori con voce soave. Posò le dita sulla tempia di Jacques, inspirò lentamente e si concentrò.

Shea sentì il dolore di Jacques svanire di colpo, lasciandolo intatto e rilassato. Il potere del guaritore era straordinario. Shea lo desiderava, lo sentiva muoversi dentro di sé, era come ipnotizzata dalla sua luce.

La voce di Gregori ruppe l'incantesimo. «Devi aver accettato la sua offerta. Il veleno era nel sangue del traditore».

«Come fa il traditore a essere immune?», chiese Mikhail, con un sibilo che fece rabbrividire Shea. C'era qualcosa di letale in quegli uomini, qualcosa di completamente diverso dalle loro controparti umane. Accettavano la violenza con la stessa facilità degli animali della foresta. Erano predatori. Lo si percepiva dal modo in cui si muovevano, dal loro comportamento, dai loro pensieri.

Gregori descrisse un cerchio intorno all'entrata della casa. Shea notò che tutti e tre gli uomini si erano posizionati fra la luce dell'alba e le donne. «Ci sono diversi modi, ma ora non c'è tempo per discuterne, perché dobbiamo agire in fretta. Raven, mentre eri collegata con Byron, sei riuscita a orientarti, a trovare una direzione?»

«Non era solo. Era da qualche parte sotto terra, forse in una caverna. Era umida, piena di muffa. Non era troppo lontano da qui». Raven guardò Mikhail con espressione addolorata, temendo di non aver raccolto abbastanza informazioni per rintracciare Byron in tempo. Se fosse rimasto un solo giorno nelle mani dei due assassini, Byron sarebbe certamente andato incontro a una fine orrenda. Mikhail le strinse la mano e la baciò per confortarla.

«La cella, Jacques», disse all'improvviso Shea, concitata. «L'hanno portato nella cella. Non conoscono bene questa zona, e saranno tornati nel posto dove hanno già avuto fortuna. So quanto sono arroganti, soprattutto quello chiamato Don Wallace. Sarebbe da lui usare lo stesso posto, credendo di farla franca».

«Di certo è un posto umido e pieno di muffa, ma scoprirebbero che la bara di Jacques non c'è più. Si accorgerebbero che qualcuno è entrato lì di recente», obiettò Mikhail.

«È vero, ma il vampiro gli dirà comunque che Jacques è vivo, no? Ha visto me e Jacques nella foresta insieme a Byron», disse Shea. «Si sentirebbero al sicuro perché in teoria voi di giorno siete tutti sotto terra. Credetemi, sarebbe proprio il ragionamento di uno come Wallace. Crede che voi siate tutti vampiri e che non possiate uscire alla luce del giorno».

«Questo Wallace», disse piano Mikhail, «è il nipote di Eugene Slovensky, nemico di tutti i carpaziani. Abbiamo già avuto modo di incontrarlo. Credo che la signorina abbia ragione. Si crede più intelligente e più furbo di noi».

«Aidan ci avrebbe fatto un enorme favore se lo avesse ucciso quando ne aveva l'opportunità», osservò Gregori. «Ma quella notte avevamo fretta, con Mikhail ferito gravemente e Raven nelle mani di quei fanatici».

«Forse questo Aidan si era già trasformato?», ipotizzò Shea.

Gregori scosse lentamente la testa. «Non si era trasformato allora, né si è trasformato oggi. È potente, come me e Mikhail. Se uno della nostra statura fosse diventato un vampiro, il mondo intero lo saprebbe. No, non è Aidan. In ogni caso, ha un fratello gemello ancora più potente, che lo percepirebbe all'istante». La voce di Gregori era bassa e felpata, il suo tono sicuro.

Shea scosse la testa per sottrarsi a quell'incantesimo. Il potere di Gregori la spaventava. La sua voce poteva soggiogare chiunque. Nessuno avrebbe dovuto possedere un simile potere.

«Allora perché nessuno di noi è in grado di sentire la presenza del vampiro, quando si avvicina?», chiese Mikhail. «Io ho ispezionato tutta la zona e non ho sentito nessuno dei nostri, nemmeno Byron».

«Shea è riuscita a sentire il vampiro, mentre io non percepivo nulla», disse Jacques. «All'inizio non le credevo, ma poi l'ho sentito fondendomi con lei».

Shea sollevò il mento con aria di sfida. «Credi di poter spiegare come è possibile tutto questo, guaritore? Chi può averlo fatto?».

Gregori puntò su di lei il fascio magnetico dei suoi occhi argentei. «Io posso far tremare la terra sotto i tuoi piedi e piegare il fulmine al mio volere. Posso stringerti la gola e strangolarti con il pensiero. Posso diventare qualsiasi cosa, dal topo al lupo che corre libero. Non ti basta per potermi credere?», domandò quieto.

La sua voce era pura magia nera. Questo era ciò che credeva Shea. Rabbrividì e si strinse a Jacques. Si fidavano tutti di Gregori, ma non era anche lui uno degli antichi? Le avevano detto tutti che un vampiro poteva camuffarsi e apparire normale. Nessuno di loro aveva mai sospettato di Gregori. Era opinione comune che fosse il più pericoloso e il più sapiente. Inoltre era il loro guaritore, e aveva donato il suo sangue a tutti. Il cervello di Shea metteva insieme i vari pezzi del puzzle.

È impossibile. Jacques aveva seguito i suoi pensieri.

Perché?, chiese Shea.

Mikhail lo saprebbe. Non so da dove mi venga questa certezza, ma Gregori non potrebbe tenerlo nascosto a Mikhail.

Shea emise un sospiro rassegnato.

Jacques trattenne un sorriso a quel moto di insofferenza femminile. Shea aveva una vera e propria avversione per il modo in cui Gregori comandava le donne.

«C'è un umano a qualche chilometro di distanza», disse Mikhail. «Non ne percepisco altri. Va verso la vecchia casa di Jacques. Andiamo?».

Ormai la luce rischiarava il cielo, penetrando qua e là tra le spesse nubi temporalesche da cui cadeva un'acquerugiola insistente. «Andate, Mikhail», insistette Raven. «Devi andare, o mi sentirò per sempre come se lo avessi ucciso. Se non vai, sarà colpa mia».

«Devi andare anche tu», aggiunse Shea, fissando gli occhi neri di Jacques. Era convinta che un giorno Jacques avrebbe ricordato la propria infanzia, la profonda amicizia con Byron, e come aveva respinto il suo tentativo di riconciliazione. Jacques doveva andare, per la sua stessa pace mentale.

Lo so, riconobbe, condividendo i suoi pensieri. «Andrò io, Mikhail», disse ad alta voce. «Tu resta qui a proteggere le donne. È l'unico modo».

«Potrebbe essere una trappola», ammonì Gregori. «Anzi, con tutta probabilità lo è. Altrimenti sarebbe assai imprudente da parte del vampiro, che di solito è così astuto».

«È per questo che dovreste andare tutti», disse Raven. «Io e Shea aspetteremo qui. Intanto possiamo distruggere tutte le prove delle sue ricerche».

Shea non riuscì a trattenere un'esclamazione soffocata. Sollevò il mento in segno di sfida. Non si sarebbe lasciata intimidire da quelle creature. Li guardò uno a uno con un lampo negli occhi. «Ho passato anni della mia vita a raccogliere quei dati», disse con fervore.

Raven le prese la mano e gliela strinse. La condusse via da Jacques fino alla porta della casa. «Va bene, Shea, ne discuteremo».

«Dovete andarvene da qui e mettervi al sicuro se si fa troppo tardi o se ricevete un segnale da noi», ordinò Mikhail alla sua compagna. «Niente gesti eroici. Voglio la tua parola».

Raven gli comunicò il suo assenso con un sorriso tenero e annuendo con la testa. «Non metterei mai in pericolo la nostra bambina, amore mio».

Mikhail si allungò a sfiorarle il viso, poi la sua figura tremò, si contorse scricchiolando. Le braccia e la schiena si ricoprirono di pelliccia lucente. Si curvò, fece un balzo e atterrò correndo su quattro zampe, sotto forma di un grande lupo nero.

Shea sgranò gli occhi a quella trasformazione così rapida. Lo spettacolo dell'uomo che si mutava in lupo era incredibile. Il cuore le batteva come impazzito – Shea non avrebbe saputo dire se per l'eccitazione o per il terrore. *Jacques!*

Non spaventarti, amore. Jacques le si avvicinò e le stampò un bacio sulla fronte, per tranquillizzarla. *Per noi è naturale diventare come gli animali intorno a noi. E ci aiuta a proteggere la pelle e gli occhi dal sole.*

Grazie, ora sto bene, selvaggio. Ma è stato un vero shock. Shea inspirò profondamente per dominare il tremore. Si accorse che stava stringendo la mano di Raven e la lasciò andare volutamente.

Jacques le diede un altro bacio sulla fronte, poi scese i gradini con decisione e si inoltrò nel folto della foresta, assicurandosi di sparire dalla sua vista prima di trasformarsi.

Gli occhi argentei di Gregori vagarono dall'una all'altra donna, poi si posarono su Shea. «La bambina deve essere protetta. È inutile fare appello al buonsenso di Raven, perché non ne ha, e Mikhail è così infatuato da non capire più qual è il suo dovere, dunque il compito spetta a te. Per il bene di tutti noi, devi proteggere questa bambina. È chiaro?».

Shea fu ammaliata da quegli occhi di metallo liquido. Forse non comprendeva del tutto le sue ragioni, ma sentiva un'urgenza autentica nelle sue parole. Annuì. «Avrò cura di lei, guaritore».

«Non è solo per me, ma per il bene di tutti gli umani e dei carpaziani. Questa bambina deve vivere, Shea», ripeté. «A ogni costo».

Shea percepì chiaramente la supplica di quell'anima che altrimenti sarebbe stata condannata. Per la prima volta si convinse che non era lui il vampiro, che il suo timore di trasformarsi era grande, e che la bambina era la sua unica speranza di salvezza. Annuì di nuovo, sostenendo il suo sguardo per fargli capire che comprendeva la posta in gioco.

Anche Gregori, per rispetto, si addentrò nella foresta prima di trasformarsi e di correre via verso le rovine della vecchia casa di Jacques.

Raven aprì la porta della casupola e si rifugiò nella stanza. «Ti ci abituerai. Quando ho incontrato Mikhail per la prima volta, non avevo idea di chi fosse. Credevo avesse solo poteri telepatici come me. Credimi, è stato un vero shock quando ho saputo la verità. Non avevo idea che esistesse una specie come la sua».

Shea abbozzò un sorriso. Era un sollievo essere di nuovo nella sua casupola, circondata da oggetti familiari. «Sai, io ancora non me ne capacito del tutto. Mi aspetto da un momento all'altro di svegliarmi nel mio ufficio negli Stati Uniti». Afferrò un asciugamano, lo porse a Raven e ne prese un altro per sé. Aveva i capelli zuppi per la pioggia. Era confortante compiere di nuovo un gesto qualunque come asciugarsi i capelli.

«Facciamo una vita relativamente normale, Shea. Io e Mikhail abbiamo una casa bellissima in questa terra magnifica. Mikhail ha diverse attività. Abbiamo amici, ottimi amici. Viaggiamo. Quel che è accaduto a Jacques è stata una tragedia per tutti noi. Sono felice che lui abbia trovato te, lo siamo tutti». Raven si rannicchiò su una sedia. La luce del giorno la affaticava ancora di più ora che era incinta.

Shea si appoggiò al letto e studiò Raven. Era una donna bellissima, un po' pallida, con gli occhi di un intenso azzurro-violetto. «Jacques è ancora piuttosto scosso. Fatica a ricordare il passato. È difficile». Si mise a camminare su e giù. «Sono in pena per lui. Crede di non essere sempre lucido. È così tormentato».

Shea? Hai bisogno di me? La voce di Jacques le risuonò nella mente carica di apprensione, come se avesse udito i suoi pensieri.

Shea si rese conto che Jacques era incapace di staccarsi del tutto dalla sua mente. Avrebbe dovuto provarne fastidio e sentirsi oppressa, ma in realtà si sentiva protetta. Si stava già abituando a quel contatto costante. *Sto bene, Jacques. Pensa a te stesso.* Era esaltante poter parlare anche a distanza, poterlo toccare ogni volta che lo desiderava, poter contare sulla sua presenza ogni volta che era turbata.

Shea osservò Raven e, notando che aveva il respiro accelerato, meccanicamente le si avvicinò per controllarle le pulsazioni. Raven rise e si ritrasse. «È mio marito che fa il birichino. Gli piace fare in modo che pensi a lui quando si allontana. Sto bene. Ti fanno impazzire, sai, ma sono sempre affascinanti e quasi sempre divertenti. E meno male, visto quanto vivono. Sarebbe un incubo doversi sorbire per secoli una persona incredibilmente noiosa, non trovi?»

«Quanto è pericoloso il guaritore?».

Raven fece un respiro profondo. «La verità è che Gregori è il carpaziano più pericoloso di tutti. Mikhail ritiene Gregori più pericoloso di se stesso, il che è tutto dire. Sa molte cose, più di chiunque altro. Mikhail ormai è costantemente in pensiero per lui. Se si trasformasse in vampiro, saremmo tutti in grave pericolo. Mikhail gli vuole bene. Gliene vogliamo entrambi. È per questo che abbiamo deciso di avere un bambino al più presto. Per donargli una compagna. Le donne carpaziane non partoriscono più figlie femmine. Nessuno sa perché, ma i bambini raramente sopravvivono oltre il primo anno. Mikhail e Gregori credono entrambi che una compagna umana possa generare una figlia femmina, e credo abbiano ragione, poiché Gregori dice che la mia è una bambina. Non credo possa sbagliarsi».

«Ecco perché mio padre desiderava tanto una femmina. Mia madre non fece mai in tempo a dirgli di essere incinta, ma scrisse nel diario che lui era rimasto deluso quando Noelle aveva avuto un maschio».

«Io ho incontrato tuo padre, una volta», disse Raven piano. «Era sconvolto dall'assassinio di Noelle. Voleva dare la caccia agli assassini, ma Mikhail gli disse che era troppo pericoloso, che lui era troppo scosso. Fu messo a dormire per parecchi anni».

«Si mise a dormire e basta?». Shea era furente, senza nemmeno saperne il perché. Il pensiero dell'uomo che dormiva dopo che la moglie era stata assassinata e l'amante era sola e incinta di sua figlia, la riempiva di rabbia. Aveva la sensazione che suo padre non le sarebbe piaciuto affatto.

«Devi capire come sono fatti, Shea, il potere che hanno e la devastazione che sono in grado di provocare. Possono comandare gli elementi, causare un terremoto in grado di distruggere intere città. Per loro il controllo è sempre un grande problema. Un uomo come Gregori è una bomba a orologeria. Lui lo sa, e anche Mikhail e tutti noi. Rand era così sconvolto da costituire un pericolo per chiunque. Mikhail ha fatto quel che riteneva giusto per proteggere sia gli umani che i carpaziani, e Rand gli ha obbedito perché Mikhail è il loro capo. Non ha mai mostrato particolare affetto per nessuno, meno che mai per suo figlio. Anche adesso è un solitario, e lo si vede pochissimo. Passa quasi tutto il tempo sotto terra».

«E Rand non ha detto a nessuno di mia madre», disse Shea risentita. «La vita di mia madre è stata distrutta. Lui avrebbe potuto impedirlo».

«Mi dispiace tanto, deve essere stato terribile per te crescere così. Se tua madre era la vera compagna di Rand, allora non poteva vivere senza di lui. Il legame fra le due anime è fortissimo». Raven sospirò e distolse lo sguardo dal volto amareggiato di Shea. «Noelle non era la vera compagna di Rand. Vorrei credere che lei lo amasse, ma a quanto mi dicono tutti era semplicemente ossessionata da lui. Non ho idea del perché Rand la assecondasse. Noelle è stata sciocca a non aver atteso il suo vero compagno. Rand è un uomo molto bello. Noelle deve aver confuso la passione con l'amore».

«È da quando ho letto per la prima volta il diario di mia madre che voglio dire a Rand che è un verme. E non voglio provare per Jacques quello che mia madre provava per Rand. Non al punto da trascurare mia figlia e vivere come se fossi già morta, aspettando solo che lei sia abbastanza grande per cavarsela da sola».

«Non tutti sono forti, Shea», le ricordò Raven con dolcezza. «Pensa da quanto tempo Gregori resiste senza una compagna. Mikhail e Jacques, Aidan e suo fratello Julian, hanno resistito tutti molto più a lungo degli altri. Nel corso degli anni, moltissimi si sono trasformati, incapaci di sopportare la solitudine. Perché? Perché Gregori sì e questo vampiro no? Quel che è successo a tua madre non succederà a te perché tu sei diversa. Tu sei molto forte. E tua madre non aveva idea di cosa le stesse accadendo davvero».

Shea prese a camminare su e giù per la stanza, in preda all'inquietudine. Si sentiva un groppo in gola. Gregori era davvero capace di causare un terremoto devastante? Proteggere la bambina che doveva nascere era più importante di quanto avesse creduto. C'era in gioco la sopravvivenza di centinaia, forse migliaia di persone. Era questo che Gregori aveva cercato di farle capire. Aveva bisogno di quella bambina per andare avanti senza trasformarsi in un vampiro.

«Mi dispiace, Shea: ti hanno buttato in acqua e ti hanno detto di nuotare senza nemmeno insegnarti come si fa. Vorrei poterti aiutare», disse Raven.

«Ormai mi sento come se avessi sempre avuto paura e non ricordassi più la mia vita precedente», le confidò Shea. «Jacques ha bisogno di me per restare lucido, e ora sta succedendo tutto questo. Spero che tu abbia ragione, Raven. Spero di essere molto forte».

Capitolo 13

Jacques uscì sul prato al limitare della foresta e trovò Mikhail che camminava su e giù con aria assorta intorno a una zolla di terra. «Trappole per lupi», disse secco, e proseguì la sua ispezione.

«Vedi se trovi dei fili sottili, magari invisibili ai nostri occhi», lo ammonì Jacques. «Il vampiro deve aver trovato un modo per occultarli».

Apparve la sagoma evanescente di Gregori; si solidificò e rimase perfettamente immobile, inspirando l'aria del mattino. «È tutta una trappola, amici. Mi preoccupa molto che ci sia solo uno degli umani insieme a Byron».

«Ammesso che Byron sia lì dentro», convenne Jacques. «Dove sono gli altri?»

«Il vampiro deve essere sotto terra, al riparo dal sole», disse Mikhail. «Una volta trasformato, nulla può permettergli di vedere la luce del giorno».

«Allora dov'è l'altro umano?», chiese Jacques ad alta voce.

Mikhail si strinse nelle spalle, incerto. «Suggerisco di avvicinarci senza far rumore e invisibili agli occhi umani».

«Dividiamoci in modo da poterci aiutare in caso di bisogno».

«I fili», disse Gregori a voce bassissima, «sono tesi a varie altezze in tutto il prato. Sottili e taglienti, fatti apposta per tagliare la gola, ma appesi in modo da ferirci in più punti e indebolirci. Ovviamente non hanno pensato agli altri umani o agli animali che potrebbero avventurarsi da queste parti».

«Ah, sì, ora li vedo. Molto scaltro, il nostro vampiro», disse Mikhail. «È evidente che ci aspettavano, anche se non prima di stanotte, credo. Forse i suoi amici umani sono andati a fare rifornimento, credendo di avere tutto il giorno per torturare Byron indisturbati».

«Non so, Mikhail. C'è qualcosa che mi preoccupa», intervenne Gregori. «Qualcosa che non mi torna».

«Lo sento anch'io», fece eco Jacques, «ma non saprei spiegare cosa. Sembra come se fosse tutto preordinato, e noi stessimo cadendo dritti nella tela del ragno. Conosco questo posto. Provo dolore come se stesse accadendo tutto di nuovo». Si sentiva torcere le viscere e chiudere lo stomaco. Faticava a mantenersi calmo in preda a quegli spasmi dolorosi, che lo confondevano impedendogli di distinguere la realtà da un incubo che pareva non avere fine.

«Forse senti il dolore di Byron», disse Mikhail in tono apprensivo. Il volto di Jacques era impassibile, ma solcato da rughe profonde, e la sua fronte era chiazzata di cremisi.

Jacques, sei ferito? Vuoi che venga da te? La voce di Shea mormorò nella sua mente, colse l'eco dei suoi pensieri e parve restituirgli la lucidità. Come sempre, lei era la sua àncora di salvezza.

Rimani dove sei, ma resta in contatto con me, Shea. Questo posto mi disorienta. Ho bisogno di te per mantenere la calma. Era una supplica, ma Jacques non aveva scelta. Lei era la sua compagna per la vita, e la sua presenza mentale poteva determinare l'esito della loro missione. Non voleva causare la morte dei suoi simili.

Un sorriso amaro incurvò le labbra sensuali di Gregori, e i suoi occhi argentei balenarono minacciosi. «Vogliono catturarci, Mikhail. Noi due, i più potenti della nostra razza. Forse hanno bisogno di una vera dimostrazione di potere».

Jacques gettò un'occhiata nervosa a Mikhail. Forse era il suo corpo che riviveva ogni bruciatura, ogni taglio. Con l'età il dolore diventava più intenso, se si era in grado di sentire. A differenza di un vampiro, un carpaziano era incredibilmente sensibile. Jacques aveva sperimentato sofferenze che nessun uomo, umano o carpaziano, avrebbe dovuto patire. Non era stato nemmeno in nome della scienza: solo l'opera di un sadico deciso a infliggere quanto più dolore possibile.

Torna qui, Jacques. La voce di Shea era carica di ansia.

Non posso. Non posso lasciare che Byron faccia la mia stessa fine.

Sento che soffri, Jacques. Stai faticando a concentrarti. La tua mente è scossa. Come potrai essere d'aiuto a Byron se ti fai catturare? Torna da me.

Lo libererò. Tu resta con me, Shea.

Jacques si concentrò sul calore e sulla forza che Shea gli trasmetteva per lottare contro il dolore crescente. La terra parve tremare sotto i suoi piedi; la pioggia cadeva su di lui. La sua carne bruciava; ne sentiva l'odore. Tagli sanguinavano copiosamente. Si portò una mano al petto; sentiva fitte lancinanti nei muscoli e nelle ossa. La gola gli si chiuse; non respirava più. Il cuore gli martellava come sul punto di esplodere.

«Jacques!». Gregori gli afferrò il braccio. «Questa è una trappola pensata per te. Il vampiro sapeva che saresti venuto, e sei vittima del suo incantesimo. Sta amplificando le tue paure e il dolore che hai provato. Non è qui, è solo un'illusione in cui ti ha imprigionato. Pensa che non è reale, e combattila».

«Non capisco». Aveva il corpo ricoperto di goccioline scarlatte, che gli macchiavano la camicia. I suoi occhi erano stravolti dal dolore e dalla paura.

Io sì. Shea frugò nella memoria di Jacques. Lo circondò di amore. *Stai con me, Jacques. Concentrati solo su di me e su ciò che senti quando ci tocchiamo, quando ci baciamo.* Creò l'immagine mentale di lui che la stringeva con ardore, con tenerezza, baciandola avidamente. Ricreò per lui il calore e il desiderio che provava. La sua bocca affamata. Le sue mani affondate nei capelli folti di lui. *Sentimi, Jacques,* gli sussurrò come una carezza.

Jacques si concentrò fino a sentire solo l'odore e il sapore di lei, il tocco delle sue dita, la sua voce sexy e vellutata. Shea divenne il suo mondo, era il suo mondo, per sempre. Nient'altro era reale. Lei era il suo cuore e il suo respiro. Riportò il cuore e i polmoni di lui a un ritmo normale. La pelle di Jacques bruciava, ma di sensualità, non più per il dolore delle torture.

Il respiro caldo di Shea gli scaldò l'orecchio e il cuore. *Ti amo, Jacques. Fai ciò che devi, e poi torna di corsa da me.* Lo lasciò andare con grande riluttanza, avvolto dal suo amore.

Jacques scosse la testa per tornare alla realtà. Di colpo la terra sotto di lui si mosse, e fu quasi assalito di nuovo dal dolore. Ma stavolta la trappola del vampiro non avrebbe funzionato. Jacques scattò in avanti, concentrandosi sul sapore delle labbra di Shea, sulla curva dei suoi fianchi, sul lampo nei suoi occhi quando rideva. La tenne vicino al cuore, visualizzò i suoi folti capelli rossi e con un ultimo sforzo si liberò dall'illusione, rientrando nel mondo reale.

«Bene», disse soddisfatto Gregori. «Ma questo vampiro è molto abile. Non so come andrà a finire, Mikhail. Voliamo sopra i fili e accerchiamoli da più lati. Io entrerò per primo. Non possiamo permetterci di perdere uno di voi due».

«Gregori», gli ricordò Mikhail, «se la bambina è la tua compagna per la vita, e tu fai qualcosa di sconsiderato, la condannerai a morte. Tienilo a mente quando entrerai in quell'inferno».

Gregori guardò il suo vecchio amico fra le palpebre socchiuse. «Credi che le farei correre un simile rischio? La aspetto da generazioni. Questi umani sono delle nullità. Da troppo tempo perseguitano il nostro popolo. Voglio mettere fine a tutto questo».

Mikhail annuì, con uno sguardo gelido negli occhi neri, così simili a quelli del fratello. «Te la senti, Jacques?».

Lui rispose con un sorriso sinistro. «I tempi bui non erano poi così male. Almeno potevamo farci giustizia senza preoccuparci di quel che avrebbero detto le donne».

«Vi siete rammolliti tutti e due», sogghignò Gregori. «Non c'è da stupirsi se abbiamo di questi problemi. Le donne comandano, e voi allocchi innamorati gli obbedite in tutto e per tutto».

La figura di Jacques tremò si fece evanescente. «Vedremo chi di noi si è rammollito, guaritore», disse, e svanì.

Mikhail guardò Gregori, si strinse nelle spalle, e sparì a sua volta. Quella situazione non gli piaceva per niente. Gregori era imprevedibile. E Dio solo sapeva di cosa era capace Jacques. Sembrava il momento peggiore per affrontare un nemico, ed erano indeboliti dalla luce del giorno.

Gregori attese qualche istante e poi si dissolse nell'aria. Si lanciò nel cielo, e la luce del sole che filtrava fra le nubi scure lo colpì. Imprecò tra sé. Raven era da sola con una donna che non sapeva nulla dei poteri del loro popolo. Era molto debole. La bambina era l'unica speranza per lui, ed era da sciocchi tentare di salvare un maschio carpaziano che era comunque sul punto di trasformarsi. Ancora qualche anno e Gregori gli avrebbe dato la caccia.

Jacques scivolò sul prato, al di sopra dei fili luccicanti, da cui l'acqua cadeva in minute goccioline di cristallo. Descrisse lentamente un cerchio intorno alle rovine annerite, cercando l'entrata nascosta nel suolo. Era frustrato dal non riuscire a localizzarla, e irritato all'idea che gli altri la trovassero prima di lui. Lo faceva sentire un invalido, un incapace.

Una risata sommessa gli scaldò il cuore. *E da quando saresti un incapace? Mi hai fatto impazzire fin da quando eri ancora costretto a letto. La prima volta che mi hai baciato, mi hai fatto dimenticare come mi chiamo. Non sei affatto un incapace.*

Jacques sentì il proprio corpo rilassarsi. Shea riusciva a dissipare la tensione con una semplice risata. *Sto cercando l'entrata della cella. Non ci sono segni che la terra è stata smossa.*

Quando sono arrivata alle rovine dal prato, il camino di pietra era alla mia destra. Ho fatto il giro da quel lato. La botola era ricoperta dalla terra. Non si vedeva, ma l'ho sentita sotto le dita. Mi ricordo che era a circa tre metri dal camino, sulla destra.

Grazie, piccola. Jacques si acquattò al suolo sotto la pioggia e tastò con le mani il suolo fangoso.

«Qui c'è qualcosa», disse Mikhail, cercando con gli occhi una trappola invisibile. Rimase sospeso in aria mentre esaminava la terra sotto di sé. «Ci sono dei segni, come se avessero trascinato dei rami e poi sparso sassi e terriccio su quel punto».

«Non toccarlo!», ordinò Jacques, brusco. «Il camino dovrebbe trovarsi alla tua destra, più lontano».

«Te lo ricordi?», chiese Gregori, scettico.

«Lo ricorda Shea. Dev'essere un'altra trappola. La pioggia avrebbe dovuto cancellare quelle tracce».

«Non hanno avuto molto tempo per piazzare le trappole», osservò Mikhail. «Byron è stato catturato non più di un'ora fa».

«Forse stiamo sottovalutando il vampiro, Mikhail. Io saprei come fabbricare quelle trappole, e anche tu, Aidan e Julian, e sicuramente Jacques. Chi altro conosciamo con un simile potere?», domandò Gregori.

«Ci sono solo pochi altri che hanno più di seicento anni», disse Mikhail.

«Forse è questione di odio, non di età», azzardò Jacques. «L'idea dei miei aguzzini era quella di infliggermi più torture possibili finché non fosse sopraggiunta la morte. È stata una vendetta».

Gregori e Mikhail si scambiarono una rapida occhiata d'intesa. «Dev'essere come dici, Jacques», disse Mikhail a nome di entrambi gli antichi. «Un vampiro cercherebbe di sfuggirci, non di attirare la nostra attenzione. Dunque chi poteva odiarti fino a questo punto?».

Jacques si strinse nelle spalle. Il suo stesso odio era profondo e ribollente; il demone pronto a scatenarsi non appena avesse incontrato i colpevoli. Chiunque fosse a odiarlo tanto aveva creato in lui un sentimento di odio incomparabilmente più grande. «Voi conoscete il mio passato meglio di me, ma in realtà non ha importanza, finché il traditore è convinto di aver subito un torto da me», disse Jacques. «Ecco. L'entrata è qui».

«L'umano sta sonnecchiando». Mikhail sondò cautamente i pensieri dell'uomo nascosto. «È convinto che nessuno lo disturberà».

Anche Gregori stava esaminando l'uomo. «Non mi piace per niente, Mikhail. È tutto troppo facile. Il vampiro sa che possiamo spostarci nelle prime ore del mattino. I nostri poteri sono diminuiti, ma anche così, possiamo affrontare gli umani senza difficoltà».

«Tu rimani nascosto, Gregori, e coprici», ordinò Mikhail. «Io farò in modo che gli umani aprano la cella e ci facciano entrare. Jacques e io controlleremo se è una trappola».

«Entreremo io e Jacques, Mikhail. Non possiamo mettere a repentaglio la tua vita. Lo sai». Gregori non attese una risposta. Aveva trascorso quasi tutta la vita a proteggere Mikhail, il dispensatore di giustizia del suo popolo. Anche con la nascita imminente della sua compagna, Gregori non si sarebbe sottratto al proprio dovere. S'impadronì senza sforzo della mente dell'umano, in cerca di informazioni.

Jeff Smith si svegliò con un improvviso dolore alla testa e un vago senso di inquietudine. Nella sua mente c'era una presenza estranea e imperiosa, che voleva estorcergli i dettagli degli ultimi giorni, in particolare delle ultime ore. Cercò di resistere, ma la presenza era troppo potente per poterla ignorare. Jeff rivisse ogni scena. Il vampiro che gli portava il carpaziano paralizzato, Donnie che bruciava e mutilava la vittima, Slovensky che rideva e lo incitava. Il vampiro che li osservava immobile, con gli occhi spenti, terrificante. Donnie e Slovensky che uscivano a fare scorte, bisbigliando tra loro e con il vampiro.

Il vampiro aveva promesso che nessuno li avrebbe potuti trovare; i suoi incantesimi avrebbero protetto la cella fino al calare del sole. Gli altri vampiri sarebbero rimasti sotto terra fino a notte. Jeff era al sicuro e poteva torturare il prigioniero a suo piacimento. Smith avrebbe preferito avere la donna, la dottoressa dai capelli rossi. Fantasticava su quel che le avrebbe fatto per ore e ore.

Jacques emise mentalmente un suono e interruppe il contatto con Shea. Non voleva farle vedere il demone che si scatenava in lui. Le zanne gli crebbero in bocca insieme e sentì montare dentro di sé una furia omicida. Un ringhio gli sfuggì dalla gola, e sibilò in direzione di Gregori per reclamare la sua preda.

Mikhail lo trattenne. «Quell'uomo ci serve».

Gregori si piazzò tra i due fratelli, rendendosi subito conto che la mente sconvolta di Jacques era fissa su un unico oggetto. *Non cercare di fermarlo, Mikhail, o ti aggredirà. Non è del tutto guarito, ed è molto pericoloso. Non possiamo controllarlo, e ha interrotto il contatto con la donna. Lei è il suo unico appiglio alla realtà. Non possiamo salvare quell'umano.* Si strinse nelle spalle come a sottolineare che non gli importava. Se Mikhail non fosse stato con loro, Gregori avrebbe già provveduto a fare giustizia a modo suo.

Smith si sentì invadere la mente da un'altra presenza, più forte. Non era alla ricerca di informazioni: era una morsa ferrea che minacciava di stritolargli il cranio. Smith gridò e si voltò di scatto verso l'uomo che giaceva inerme davanti a lui. Gli occhi spalancati lo fissavano colmi di dolore, perfino malevoli, ma il prigioniero era più morto che vivo. Il vampiro aveva garantito a Jeff che la vittima era del tutto paralizzata, in grado di sentire il dolore ma non di invocare l'aiuto dei suoi simili o di fare del male agli umani.

Smith prese un coltello, ancora arrossato dal sangue del prigioniero, e fece un passo in direzione della bara. Fu scagliato all'istante contro la parete da una forza invisibile, e il coltello si rivolse contro di lui. Con un grido, Jeff lo lasciò cadere. La testa gli ronzava. La presenza aliena, qualunque cosa fosse, era là fuori e gli ordinava di aprire la porta. Jeff si premette le mani sulla testa, cercando di resistere alla coercizione, ma già i suoi piedi si muovevano, obbedendo all'invisibile dittatore.

La creatura ruggì impaziente e aumentò la pressione mentale. Salendo i gradini marci che conducevano alla pesante botola, Jeff sapeva che stava per fare entrare la morte. Ogni passo avvicinava sempre più la sua gola a quelle zanne affilate. Ma non poteva fermarsi. La creatura gli inviava chiare le immagini della sua fine imminente, ma non era in grado di resisterle. Posò la mano sulla botola e spinse.

La porta di legno esplose verso l'alto e due mani munite di artigli lo ghermirono, trascinandolo sotto la pioggia battente. Scoppiò un tuono e un fulmine si abbatté su un albero, spaccandolo a metà con un fragore assordante e una cascata di scintille. Jeff si sentì scagliare in aria, vide la terra allontanarsi. Ora riconosceva il volto dell'uomo che una volta aveva torturato per giorni. L'uomo che avevano sepolto vivo sette anni prima.

Quegli occhi neri lo perseguitavano da anni, promettendogli vendetta, e ora ardevano, cerchiati di rosso. Le zanne candide scintillavano, umide e aguzze. Jeff gridò quando un alito caldo gli bruciò il collo. Sentì i denti affondargli nella carne, tranciandogli la giugulare. Sentì un fiotto caldo sprizzargli sul petto, e si ritrovò inondato del proprio sangue. Poi la creatura prese a divorarlo mentre il suo cuore lottava debolmente e la sua mente invocava pietà.

I fantasmi delle donne che aveva violentato e ucciso, degli uomini che Donnie lo aveva incitato a torturare, si affollarono intorno a lui. La pioggia gli batteva sul viso. La creatura lo scagliò nel fango con un tonfo sordo. Jeff si contorse, voltò la testa e vide un lupo sbucare dal limitare della foresta. Cercò di gridare, ma emise solo un rantolo soffocato.

Jacques si chinò su di lui e fissò senza alcuna emozione gli occhi sbarrati dell'uomo divenire vitrei. «Vai all'inferno, umano: è quello che meriti», bisbigliò con disprezzo al moribondo.

Rimase curvo sull'uomo, con gli occhi infuocati, mentre il demone in lui si agitava desideroso di vendetta. Sapeva che Byron era prigioniero nella cella, che quell'umano e i suoi amici avevano torturato il carpaziano proprio come avevano fatto con lui anni prima. L'adrenalina gli scorreva nelle vene, facendolo fremere.

Mikhail camminava nervoso su e giù. Jacques aveva ceduto all'istinto primordiale; era più animale che uomo. Continuava a ringhiare minaccioso, senza nemmeno rendersene conto, pensò Mikhail.

Jacques afferrò la camicia insanguinata dell'uomo e lo tirò a sé; il richiamo della morte era irresistibile. Nella sua mente echeggiava tutto ciò che Shea gli aveva raccontato su quell'uomo e il suo complice e su quel che avevano promesso di fare. Il bisogno di proteggere la propria compagna e la sete di vendetta lo spingevano ad assaporare l'omicidio fino in fondo.

Mikhail avvertiva il conflitto interiore del fratello. Sarebbe stato difficile vivere dopo aver bevuto il sangue di una vittima. Sia lui che Gregori lo avevano fatto, ma era un'esaltazione pericolosa e inebriante. Nello stato in cui era Jacques, avrebbe potuto provocargli danni permanenti. Si avvicinò cauto. «Jacques, non farlo. È un rischio troppo grande per te».

Jacques si voltò di scatto con le fauci spalancate e ruggì, costringendo di nuovo Gregori a intervenire. «Lascialo stare, Mikhail. Se vuole bere il sangue di quell'idiota, ne ha tutto il diritto. Non è più un bambino sotto la tua protezione».

Mikhail imprecò. Non gli andava che Gregori prendesse alla leggera quel gesto, che a molti altri era stato fatale. Mikhail aveva già perso Jacques una volta; non voleva che accadesse di nuovo. Sapeva anche che per fermare il fratello avrebbe dovuto scontrarsi con Gregori. Con un sospiro, si rassegnò all'inevitabile.

Certo di aver dissuaso Mikhail, Gregori rivolse la propria attenzione a Jacques, in attesa della sua decisione.

Jacques sentiva l'odore allettante del sangue. La sua fame era appagata, ma l'odore della paura e dell'adrenalina, la sete di vendetta, lo eccitavano. L'ebbrezza minacciava di travolgerlo, ma il pensiero di Shea lo riportò alla realtà. Fremeva dalla voglia di finire l'uomo e di berne il sangue, di sentire la vita che lo abbandonava. Con riluttanza, lasciò la presa e rinunciò ad assaporare quell'istante di potere supremo. Che Jeff Smith morisse pure da solo. Fece un respiro profondo e si allontanò dal cadavere straziato, lasciandolo ai lupi suoi fratelli. Lottò per soggiogare il demone dentro di sé, finché non riuscì di nuovo a vedere nei due carpaziani i suoi amici.

Gregori gli fece un cenno del capo, poi si voltò ed entrò cauto nella cella, inspirandone l'aria fetida e guardandosi intorno in cerca di trappole nascoste. Il luogo odorava di sangue e di paura, di sudore e di carne bruciata. Byron giaceva in una bara insanguinata, con il corpo ricoperto di tagli e bruciature. Vide subito Gregori e lo fissò con occhi disperati. Gregori tentò di parlargli attraverso il canale comune, ma la mente di Byron era paralizzata: non poteva muoversi né comunicare. Non fosse stato per l'angoscia nei suoi occhi, Gregori avrebbe creduto che nella cella non vi era alcun pericolo.

Jacques entrò a malincuore, disgustato dall'odore di quel luogo di morte. Obbedendo a un avvertimento silenzioso di Gregori, si tenne lontano dalla bara. Era stato troppo facile. Il vampiro sapeva che sarebbero venuti, e Jeff Smith era una vittima ignara del suo piano. Gli altri due umani dovevano esserne a conoscenza.

Che ne pensi?, chiese Gregori.

Jacques lottava per dominarsi. Tremava e sentiva ancora forte l'impulso di uccidere. Faticava a pensare e a concentrarsi. Sentiva i lupi fuori dalla cella esultare e spartirsi il cadavere dell'uomo. Si sentiva affine a loro. Lo chiamavano, invitandolo a unirsi al banchetto.

Che ne pensi, Jacques?, ripeté Gregori chiamandolo per nome, nel tentativo di distoglierlo dal richiamo primordiale.

C'è qualcosa che non mi convince. Jacques non sapeva di cosa si trattasse, ma era certo che ci fosse un pericolo nascosto.

Con gli occhi spalancati, Byron cercava disperatamente di comunicargli qualcosa. Quando Gregori gli si avvicinò, si fece ancora più inquieto, e il sangue prese a sgorgargli dalle ferite.

«Stai calmo, Byron: dormi. Il vampiro non ci prenderà in trappola. Fuori c'è Mikhail. Siamo in tre». La voce di Gregori era meravigliosa, pura e rasserenante. «Lasciati andare, rallenta il battito del cuore e sospendi le funzioni vitali. Ti porterò in un posto sicuro per curarti. Il mio sangue è potente. Guarirai in fretta».

Byron si agitò ancora di più, perdendo altro sangue. Gregori gli parlò con una voce in cui risuonavano il vento e l'acqua, la terra stessa. «Jacques ha già scambiato con te il sangue. Può donartelo lui se preferisci onorare il vostro patto. Non temere per noi; non c'è nessuna trappola del vampiro che io non possa disinnescare. Ora dormi, al resto penseremo noi», gli ordinò.

Gregori non poteva controllare la mente di Byron, ma la sua voce persuadeva chiunque la udisse. Byron era sfinito dalla sofferenza, e sul punto di perdere i sensi. La vita lo abbandonava, e non poteva informare i suoi amici del piano mostruoso e diabolico che il vampiro gli aveva esposto mentre lo torturavano. Poteva solo sperare che lo scoprissero in tempo. Byron fermò il cuore per arrestare la perdita di sangue. Gonfiò i polmoni un'ultima volta, poi, con un gemito, si abbandonò e giacque come morto.

Gregori emise un sospiro di sollievo. «Stava soffrendo troppo».

«Ne so qualcosa», disse Jacques cupo. «È meglio che non senta e che non sappia nulla finché non gli avremo curato le ferite».

«Non vuole il mio sangue», fece notare Gregori in tono pacato. Nulla lo turbava; nulla risvegliava in lui un'emozione. Uccideva e curava con la stessa naturalezza con cui parlava.

«So di aver fatto un patto con lui. Voglio mantenerlo», disse Jacques. «Troviamo questa trappola e portiamolo via. Questo posto trasuda malvagità».

Gregori stava già esaminando la bara in cerca di fili o di un ordigno.

Seguì con le dita i contorni della rozza cassa di legno. «L'umano che hanno lasciato qui non sapeva nulla; lo hanno sacrificato. È sicuramente un tranello per eliminarci». Gregori scrutò attentamente il corpo immobile. «È in pessime condizioni. Avrebbe dovuto addormentarsi subito. Probabilmente voleva morire al più presto, oppure sapeva che ci aspettavano e voleva avvertirci. In ogni caso, si sta facendo giorno, e dobbiamo portarlo in una caverna per rifornirlo di sangue e di terra».

«Fatti da parte, guaritore: lascia che sia io a trasportarlo. È mio amico, anche se non lo ricordo. Devo onorare il nostro legame».

«Fai piano, Jacques. Se c'è una bomba, dev'essere sotto di lui». Invece di allontanarsi, Gregori si accostò per neutralizzare un eventuale pericolo.

Presto, Gregori. La luce si fa più forte, e comincia a indebolirmi, ordinò Mikhail dall'esterno.

Jacques infilò una mano sotto il corpo di Byron ed esplorò con cautela e senza fretta, ignorando il pericolo del mattino. L'odore del sangue gli aggredì le narici, e il tanfo di carne bruciata gli diede una fitta allo stomaco. All'altezza dei fianchi di Byron, la sua mano incontrò una lievissima resistenza. S'immobilizzò. «È qui, Gregori. Un filo di innesco, sottilissimo. Mi ha tagliato il polso. Lo vedi? Non voglio muovermi finché non sappiamo se è collegato a una bomba».

Gregori si chinò a esaminare l'intrico di fili.

«Una bomba alquanto rudimentale e inefficace. Il vampiro sa che posso disinnescarla facilmente».

«Forse è un regalo lasciato dai due umani. Sembra costruita da umani, in effetti», commentò Jacques, attendendo pazientemente che Gregori risolvesse il problema. Reggeva il peso morto di Byron con una mano sola, senza alcuno sforzo. «C'è un altro ordigno? Forse il primo è finto».

Ora Gregori era davvero preoccupato. Era esperto di inganni. Quel piano era troppo elaborato per esser stato concepito in un'ora. Doveva esser stato architettato da tempo. Qualcuno aveva aspettato il momento opportuno per metterlo in atto. A quale scopo? Anche Mikhail e Jacques erano inquieti. Qualcosa gli sfuggiva, ma cosa? Perplesso, tornò a esaminare l'ordigno, per non trascurare alcun dettaglio.

Capitolo 14

Dalla finestra della casupola Shea guardava cadere la pioggia. Le goccioline parevano scendere dal cielo grigio come tanti minuscoli fili d'argento. Rabbrividì, senza motivo, e incrociò ansiosa le braccia sul petto.

«Cosa c'è, Shea?», le chiese Raven con discrezione.

«Jacques ha interrotto di colpo il collegamento con me». Shea deglutì. Credeva di volere più libertà, di non volersi sentire sempre assoggettata a quel legame, ma ora che Jacques l'aveva esclusa dalla propria mente, si sentiva quasi mancare l'aria. «Non riesco a contattarlo. Non vuole».

Raven drizzò le spalle e fissò nel vuoto. *Mikhail?*

Non adesso, le ordinò lui. Raven ebbe appena il tempo di percepire la sua paura per Jacques e la rabbia feroce dei maschi carpaziani prima che Mikhail interrompesse il collegamento. Si schiarì la gola, cercando le parole. «A volte cercano di proteggerci dagli aspetti più violenti della loro vita».

Shea si voltò di scatto a guardarla, sollevando le sopracciglia. «La loro vita? Non siamo forse legate a loro? Non ci hanno fatto qualcosa per vincolarci irrevocabilmente, in modo che non possiamo mai più lasciarli? Non è la *loro* vita. Sono stati loro a trascinarci in questo mondo, e non hanno il diritto di decidere arbitrariamente cosa dobbiamo sapere e cosa no».

Raven si passò una mano fra i capelli corvini. «Per molto tempo l'ho pensato anch'io». Sospirò. «Anzi, lo penso ancora. Ma noi continuiamo a giudicarli secondo i nostri criteri umani, mentre loro appartengono a un'altra specie. Sono predatori e hanno una concezione del tutto diversa del bene e del male».

Raven prese un'aria pensosa. «Io volevo aspettare prima di avere un bambino. Ma Mikhail aveva notato dei cambiamenti in Gregori, e sapevamo entrambi che lui ha bisogno di una speranza per poter andare avanti. Ma sono preoccupata, perché faccio ancora molta fatica ad adattarmi al loro mondo».

Shea andò a sedersi sul letto, vicino a Raven. Il timore nella voce della donna suscitò all'istante la sua compassione. «Almeno adesso siamo in due. Possiamo fare gruppo contro di loro».

Raven rise piano. «Con Mikhail è sempre una lotta, per mantenere un minimo di indipendenza. E ho la sensazione che la gravidanza non farà che peggiorare le cose».

«E in più dovrai sopportare anche il guaritore», osservò Shea. «Lui è più esasperante del fratello di Jacques».

Raven sospirò. «Vorrei poter dire di no, ma in effetti Gregori diventerà davvero odioso. Però in fondo non posso dargli torto».

«Non ho capito bene cosa intendesse, ma mi è parso di capire che dovevo assolutamente prendermi cura di te».

Raven si rannicchiò sulla poltrona. «I carpaziani riescono raramente ad avere figli. C'è qualcosa al momento del concepimento che gli impedisce di generare femmine».

La mente di Shea si mise subito in moto. «Puoi dirmi di più?».

Raven obbedì. «Circa l'ottanta per cento dei bambini concepiti sono maschi. Nessuno sa il perché. Solo il settanta per cento delle gravidanze va a buon fine. Molte si risolvono in aborti spontanei, e non necessariamente nei primi tre mesi, ma in qualunque momento. E solo pochi bambini sopravvivono oltre il primo anno. Anche in questo caso, nessuno sa il perché. L'ultima femmina che è sopravvissuta è nata più di cinquecento anni fa». Raven sospirò. «Gli uomini sono disperati. Secondo Mikhail e Gregori, solo le donne umane dotate di poteri psichici sono compatibili con i maschi carpaziani. E anche se avessero ragione, capisci che è comunque un grave problema. Senza donne e bambini la specie non può sopravvivere. I maschi si trasformano in vampiri perché non hanno speranza».

«Forse è il modo in cui la natura controlla la crescita della popolazione, dato che sono così longevi», rifletté Shea, rivolta più a se stessa che a Raven.

«La specie si estinguerà presto se non si trova una soluzione», disse Raven tristemente. «Gregori è un uomo eccezionale. Ha dato tanto al suo popolo e ha sofferto molto. Merita un destino migliore che diventare vampiro ed essere odiato e temuto da tutti. Per rispetto, Mikhail non permetterebbe a nessun altro di dargli la caccia e di eliminarlo, ma gli si spezzerebbe il cuore a farlo di persona. Non sono nemmeno sicura che qualcuno sia abbastanza forte per distruggere Gregori da solo. Sarebbe terribile per Gregori finire braccato e ucciso proprio dal popolo che ha curato e protetto per tutta la vita».

«Ma Gregori deve aver fatto delle ricerche sul perché da secoli non nascano più femmine. Di certo avrà trovato una spiegazione, dopo tutto questo tempo. Deve pur avere qualche ipotesi». Shea era impaziente di trovarne a sua volta. Di colpo desiderava parlare con Gregori di tutte le informazioni che aveva accumulato nel corso dei secoli.

«Sicuramente ha fatto delle indagini. Forse sarebbe utile che ne parlaste insieme», disse Raven con tatto. «Però, Shea, sai che le informazioni sul nostro popolo non possono cadere nelle mani sbagliate. Qualsiasi documentazione sulla nostra razza può metterci in pericolo. Per il bene dei carpaziani, devi distruggere tutte le tue ricerche».

«Ma io non ho raccolto nulla sui carpaziani, Raven. Non immaginavo nemmeno che esistesse una razza simile. Cercavo la cura per una malattia del sangue. Sapevo che molti abitanti di questa regione erano stati accusati di essere vampiri. Credo che molte leggende abbiano un fondo di verità, per cui ritenevo possibile che la risposta si trovasse qui. Per questo, e sapendo che anche mio padre era di questa regione, ho deciso di venire qui a fare ulteriori ricerche. Davvero, Raven, non c'è nulla fra i miei documenti a proposito di un'altra specie dotata di poteri come quelli dei carpaziani. Sono tutte osservazioni di carattere medico».

«È comunque pericoloso. Se cadessero nelle mani di quegli pseudo-scienziati, potrebbero scoprire la verità». Raven posò una mano sul braccio di Shea. «Mi dispiace, so che quelle ricerche rappresentano il lavoro di una vita, ma lo hai fatto per te stessa, e ora hai tutte le risposte che cercavi».

«L'ho fatto per tutte le persone che soffrono della mia stessa malattia del sangue».

«Ma non è una malattia del sangue, e non c'è bisogno di una cura. Sono una specie a sé, non umani, e si sono evoluti in modo molto efficiente. Lavorano e danno anche loro il proprio contributo alla società, ma non sarebbero mai accettati dalla razza umana. Se proprio vuoi fare delle ricerche mediche, allora dedicati a un problema reale: perché non riusciamo a portare a termine le gravidanze, ad esempio. Perché i nostri bambini muoiono. Perché le nostre donne non concepiscono femmine. Questo sarebbe preziosissimo. Credimi, tutti i carpaziani te ne sarebbero grati per l'eternità. Io per prima». Si coprì il ventre con le mani in un gesto protettivo. «Se riuscissi ad arrivare al parto, non sopporterei di perdere la bambina dopo la nascita». Raven si raddrizzò di colpo. «Scommetto che tu sapresti trovarla, Shea, la risposta che cerchiamo. Tu ce la faresti».

«Quando Gregori non ci è riuscito in tutti questi anni? Ne dubito. Lui è molto scrupoloso», rispose Shea incredula.

«Gregori è stato il primo a intuire la compatibilità dei maschi carpaziani con le umane dotate di poteri telepatici, e sono certa che abbia ragione. Tu e tua madre ne siete la prova. Gregori è convinto anche che ci sia qualcosa nella genetica delle donne carpaziane, qualcosa che impedisce al cromosoma femminile di prevalere su quello maschile».

«Tipico, dare la colpa alla donna», commentò sprezzante Shea. «Più probabilmente sono gli uomini a determinare il sesso, come negli umani, e non sono in grado di produrre femmine». Sorrise a Raven. «Sono gli uomini i responsabili dell'estinzione».

Raven rise. «Mikhail non mi lascerebbe mai più sola con te se ci sentisse. Mi trova già abbastanza irrispettosa e indipendente così». Si strinse nelle spalle. «Forse è vero, ma è divertente. Mi piace quando prende quell'aria sconsolata. È così carino».

«Carino? Sono sicura che gli piacerebbe sentirselo dire». Shea si alzò e prese a camminare su e giù, inquieta. L'assenza del contatto con Jacques la turbava, e non voleva che Raven se ne accorgesse. Aveva interrotto il collegamento soltanto da poco, e lei già si sentiva in ansia, non semplicemente a disagio. Aveva bisogno del suo tocco mentale rassicurante. «Forse hai ragione. Forse dovrei distruggere quei documenti. Non sopporto l'idea che quell'essere disgustoso di Don Wallace possa usarli contro di noi. Quell'uomo è un pericolo per la società. Dico davvero Raven, è uno psicopatico».

Con riluttanza, Shea iniziò a raccogliere i fasci di carte e li portò vicino al camino. Esitò quando si ritrovò fra le mani i suoi taccuini. Insieme ai dati scientifici, aveva raccolto una grande quantità di storie e leggende, molte delle quali bellissime. Le pareva un sacrilegio bruciarle. Fece un respiro profondo, le gettò nel camino e diede loro fuoco con un fiammifero.

Dovette trattenere le lacrime. Le bruciavano gli occhi e si sentiva un groppo in gola; non riusciva quasi a respirare. Sapeva che non era solo per la perdita delle sue ricerche; era l'assenza di Jacques dalla sua mente. Si sentiva del tutto sola e abbandonata. Faticava sempre più a concentrarsi. *Da quando era così insicura?* Non sopportava quella sensazione di vuoto e di desolazione. Dov'era Jacques. Forse gli era accaduto qualcosa. Forse era morto e non sarebbe mai più tornato.

«Shea!», esclamò Raven. «Torna in te. Non sei sola. A Jacques non è successo nulla. È incredibile che la sua assenza ti faccia questo effetto dopo così poco tempo».

Shea si sfregò le braccia: di colpo aveva freddo. Aveva fitte allo stomaco e faticava ancora a prendere fiato. «Credo sia perché Jacques non mi lascia mai del tutto. Non sopporta di restare solo».

Raven sgranò gli occhi. «Mai?».

Shea scosse la testa. «All'inizio credevo che mi avrebbe fatto impazzire. Non ero sempre cosciente della sua presenza, ma sapeva in ogni momento quel che stavo pensando, e allora mi rendevo conto che era sempre stato lì, nella mia mente. Era rimasto da solo così a lungo che aveva bisogno di un contatto costante con me per restare lucido».

Shea accese il generatore e avviò il computer. Si sentiva sempre più agitata.

«Raven, non hai anche tu una brutta sensazione?». Digitò la password e attese il caricamento dei dati.

«No, ma basta cercare di tanto in tanto il contatto con Mikhail per rassicurarmi. Siamo insieme da tanto tempo, è diventata un'abitudine. Lo cerco, e anche se non mi permette di entrare nella sua mente, so che è lì. Potresti provare anche tu».

Shea finì di inserire il comando per distruggere tutti i dati nel computer, poi sospirò e tornò vicino a Raven. «Non è quel tipo di malessere. È qualcos'altro. All'inizio credevo fosse l'assenza di Jacques dalla mia mente, poi ho capito che non è quello. Ho la sensazione di una presenza malvagia che ci osserva».

Raven proiettò i pensieri all'esterno e ispezionò i boschi circostanti. C'erano dei cervi a qualche chilometro di distanza. I tre carpaziani erano ancora più lontani. «Conigli, volpi e lupi per molti chilometri, ma nessuna presenza inquietante», la rassicurò.

Shea prese il fucile e lo aprì per accertarsi che fosse carico. «Mi sento quasi male fisicamente, Raven. C'è qualcosa là fuori».

«È la separazione da Jacques. La prima volta che mi è successo con Mikhail, credevo di non arrivare viva al mattino. Davvero, Shea, è difficile stare lontani in generale, e ancora di più durante il giorno, quando siamo più deboli e sappiamo che gli uomini sono in pericolo. Un tempo eravamo umane, ma siamo le loro compagne. È naturale che sentiamo la mancanza del contatto telepatico».

Shea avrebbe voluto crederle, ma percepiva un pericolo, come già le era accaduto nella foresta. Guardò Raven. Quella donna era importante per tutti loro. Shea aveva promesso a Gregori che l'avrebbe protetta, e non voleva trovarsi impreparata.

«Forse», disse piano. Ma si alzò comunque, aprì la porta, e scese i gradini per scrutare nel bosco.

Nulla. La pioggia cadeva più fitta, e in lontananza si udivano brontolii di tuono. Un fulmine illuminò il cielo. Shea rabbrividì e accarezzò distrattamente il grilletto. Irritata dalla propria ansia, tornò all'interno, posò il fucile accanto alla finestra e cercò di dominarsi. Quel comportamento era inaccettabile. Non riusciva a credere di aver bisogno di Jacques al punto da sentirsi male fisicamente e da credersi in pericolo senza di lui. Shea non voleva credere che fosse solo un'illusione, uno scherzo della mente, ma le pareva il minore dei mali.

«Sei molto pallida, Shea. Dovresti nutrirti», disse Raven in tono esitante, sapendo per esperienza che si trattava di un argomento delicato.

Shea deglutì. In effetti le girava la testa per la debolezza. Forse stava male per quello, e Jacques non c'entrava nulla. «Lo so. È che non ci riesco proprio. So che prima o poi dovrò farmene una ragione, ma è ancora troppo presto».

«Non ti ci vedi proprio a mordere qualcuno sul collo, vero?». Raven rise piano. «Neanche io. Brr. Diciamo che...». La sua pelle candida s'imporporò appena. «Mikhail riesce in qualche modo a renderlo...». La voce le si spense in gola.

Shea arrossì a sua volta. «Sì, so cosa intendi. Con Jacques è lo stesso, a quanto pare». Strinse di nuovo il calcio del fucile, cercando di calmare i battiti del proprio cuore. Aveva la bocca secca per la paura.

Gettò un'occhiata a Raven. Se ne stava rannicchiata tranquillamente, quasi serena. Shea imprecò tra sé. Stava per accadere qualcosa di terribile: ne era convinta, ma non sapeva il perché, né avrebbe saputo spiegarlo a Raven. «Hai mai provato a lasciare Mikhail?».

Raven alzò gli occhi, sorpresa. Fece un lieve sorriso. «Non si può lasciare il proprio compagno. Primo, lui conosce i tuoi pensieri e, secondo, può ritrovarti ovunque tu vada. Inoltre, non riusciresti a stare lontana da lui per molto tempo: soffriresti troppo, sia fisicamente che mentalmente. Se tu lasciassi Jacques, ti sentiresti solo peggio di come ti senti ora. Non puoi lasciarlo, Shea. Devi imparare a vivere insieme a lui».

«Lo so. Non dicevo sul serio», ammise Shea. Le veniva da piangere. La sensazione inspiegabile di cupa malevolenza si faceva sempre più forte. Shea era agitata da sentimenti contrastanti. Voleva Jacques vicino a sé, ma quel mondo era strano e spaventoso. Si sentiva spaesata.

Raven scattò in piedi e le mise un braccio intorno alle spalle, senza comprendere la causa del suo malessere. «Non ti avrà fatto del male?». Le esaminò i lividi e le ferite sul collo. «È stato lui a farteli, vero?».

Shea si portò una mano alla gola per nascondere quei segni. «Non lo ha fatto apposta. Non è sempre consapevole di quel che fa. Ma non è tipo da maltrattare una donna, lo conosco abbastanza da saperlo. E comunque io non sono il tipo di donna che si lascerebbe maltrattare». Lasciò che Raven la abbracciasse, bisognosa di conforto. «È solo che ho sempre paura. Di tutto. E io non sono fatta così. E poi piango. Io non piango mai». Ora la presenza sinistra era molto vicina. Shea avrebbe voluto gridare, invocare Jacques.

«Sei ancora scossa, Shea, e anche il tuo corpo è traumatizzato. Sei esausta e hai bisogno di nutrimento». Raven si staccò da lei e si allontanò di un passo. «Gregori è un guaritore esperto. So che tu sospetti sia lui il vampiro – ti si legge in faccia quando lo guardi – ma lui darebbe la vita per te, per me, per Mikhail. È un uomo eccezionale. Ti aiuterebbe molto, se solo tu glielo consentissi».

«È l'uomo più spaventoso che abbia mai conosciuto», confessò Shea. «Se avessi una figlia, non vorrei mai che avesse lui per marito».

«Ma tu hai ancora tanto da imparare sui rapporti fra i carpaziani. Se mia figlia lo sceglierà come compagno – e sarà una sua scelta, qualunque cosa ne pensino Gregori e Mikhail – sarà la donna meglio protetta al mondo. E anche la più felice, dopo che avrà imparato a prenderlo nel verso giusto».

«Sei molto più ottimista di me».

«È perché li conosco da più tempo. Abbi ancora un po' di pazienza, e ti prego, metti via quel fucile. Non c'è nulla là fuori», insistette Raven. «Sei solo ansiosa perché Jacques non è qui con te».

Un fulmine si abbatté poco lontano, e un tuono assordante fece tremare le pareti. Raven sobbalzò e andò a sedersi. «Di certo sta succedendo qualcosa. Questa è opera di uno dei nostri».

Shea si portò una mano al collo. Non riusciva a scacciare quella sensazione di una minaccia incombente. Si voltò verso Raven. «In che senso uno dei nostri?». Perché aveva accettato di restare a proteggere Raven? Una creatura malvagia le stava spiando, e lei non riusciva a individuarla. *Jacques, dove sei?*

«Il fulmine e il tuono», rispose placida Raven. «Uno dei nostri maschi è di cattivo umore».

«Fantastico. Ci mancava solo che si mettessero a fare i capricci», disse Shea cupa. Jacques non le aveva risposto. Dov'era? Non sentiva che aveva bisogno di lui?

Raven rise. «Ah, in quello sono proprio bravi, non è vero?».

La porta si aprì con uno schianto, e il legno appena riparato volò in tante schegge. Shea si voltò di scatto e si mosse per mettersi davanti a Raven. Sulla soglia c'era Don Wallace, che imbracciava un fucile a canne mozze, e dietro di lui un uomo più anziano. I due scoppiarono in una risata sadica e la guardarono con occhi colmi di odio e di crudeltà.

Jacques!, gridò Shea dentro di sé, e un bagliore arancione eruppe dalla canna del fucile. Colpita di striscio al braccio e alla spalla, Shea vacillò, mentre Raven, centrata in pieno dallo sparo, fu scagliata all'indietro. Shea si ritrovò in una pozza di sangue. Era ovunque, sotto di lei, sul petto e sul ventre di Raven, sulle assi del pavimento. Raven era immobile, il suo volto pallido; Shea le tastò il collo: nessuna pulsazione.

Don Wallace la afferrò per i capelli e la trascinò via. Rise sprezzante e scansò la gamba di Raven con un calcio. «Sapevo che ti avrei trovata, dottoressa? Com'è piccolo il mondo, eh?».

Jacques! Mio Dio, ha ucciso Raven! Gregori! Mi dispiace, non sono riuscita a salvarla. Shea si dimenava scalciando e tirando pugni alla cieca, finché Wallace non la colpì ripetutamente al volto.

«Zitta! Smettila di gridare o ti tramortisco». La colpì di nuovo. «Maledetti vampiri, si credono tanto furbi. È stato proprio facile, eh, zio Eugene?».

Shea singhiozzava, senza quasi sentire il dolore delle ferite al braccio che Wallace le stringeva. Poi sentì un calore familiare nella mente. *Shea? Voglio che guardi l'uomo che ti sta tenendo; voglio che guardi la stanza intorno a te e che mi trasmetta tutto esattamente come lo vedi.* La voce di Jacques era calma e razionale, senza alcuna traccia di collera. *Siamo tutti e tre in collegamento e possiamo aiutarti.*

Raven è morta! Le hanno sparato!, gridò dentro di sé in preda all'isteria. Non osava muoversi né richiamare l'attenzione su di sé, per non mettere in pericolo Jacques.

Fai come ti dico, amore. Guardati intorno. Studia il tuo nemico e visualizza ogni particolare in modo che possiamo vederlo anche noi. Jacques cercò di aiutarla a calmarsi facendo respiri lunghi e regolari. *Dimentica tutto il resto. Quello che dicono non importa. Quello che fanno non importa. Dacci le informazioni che ci servono.*

Shea respirò in modo profondo, chiuse gli occhi e cercò di fare come Jacques le aveva detto. Era difficile non pensare alla morte orribile di Raven, alla perdita della bambina tanto preziosa. Shea ignorò le risate crudeli e le minacce oscene di Wallace, il dolore pulsante al viso. L'uomo era chino su di lei, con una mano affondata nei suoi capelli e l'altra che le tormentava il braccio sanguinante.

Shea aprì gli occhi e guardò per prima cosa Raven, circondata da una pozza di sangue denso e scuro. I capelli corvini le coprivano la guancia come uno scialle. Shea si costrinse a distogliere lo sguardo. I suoi occhi vagarono per la stanza e si fissarono su Eugene Slovensky. Era inginocchiato accanto a Raven, e la esaminava per assicurarsi che fosse morta. Si alzò, fece due passi, si schiarì la gola e sputò sul corpo esanime. Sogghignando, prese una borsa di tela dietro di lui, la aprì e ne estrasse un paletto spesso e acuminato. Tese la mano come a mostrarglielo.

«Progenie del demonio», sussurrò, come invasato. «Sposa dell'assassino di mio fratello. In questo giorno tu muori mentre lui riposa in pace. È una fortuna che l'Avvoltoio odi te e colui che ti ha creata tanto quanto vi odio io. Non so perché voglia l'altra femmina viva, ma per il resto i nostri desideri coincidono».

«Eh no, zio Eugene. Questa donna ce la teniamo. Avevi promesso che stavolta l'Avvoltoio l'avremmo ucciso», protestò Don Wallace.

Slovensky sollevò in alto il paletto e lo puntò contro il petto di Raven. «Non saprai mai quanta gioia mi dà questo momento».

«No!». Shea fece per lanciarsi contro Slovensky. Non sopportava l'idea che profanassero a quel modo il corpo di Raven.

Concentrati!, le ordinò Gregori. Perfino da lontano, la sua voce era così potente che Shea s'immobilizzò all'istante, quando gli schiaffi e i pugni di Wallace l'avevano a stento trattenuta.

Shea fissò Slovensky per imprimere ogni dettaglio nella mente. Vide il trionfo dipinto sul suo volto, l'odio, il piacere perverso che provava nell'impugnare il paletto sopra il corpo di Raven. A un tratto lo vide cambiare espressione, strabuzzare gli occhi. Si fece paonazzo, poi violaceo. Tossì, e un rivolo di sangue gli colò dalla bocca e dal naso. Tossì di nuovo, e il braccio che reggeva il paletto ricadde inerte lungo il fianco.

«Zio Eugene?». Wallace lo guardò allarmato e fece un passo verso lo zio. «Cos'hai?».

Slovensky tentò di parlare, ma riuscì solo a emettere un gemito strozzato. Una schiuma sanguinolenta gli affiorò alle labbra e gli colò sul mento.

Shea distolse lo sguardo, inorridita.

Guardalo!, giunse il comando di Gregori, imperioso, irresistibile. La costrinse a vedere esattamente ciò che lui voleva. Alla volontà del guaritore si univa quella di Jacques e di Mikhail.

Shea riportò lo sguardo terrorizzato sul vecchio. Era terreo in viso e barcollava. Di colpo cadde in ginocchio.

«Accidenti, vecchio!», esclamò Wallace, impaurito. «Non farmi questo. Che diavolo ti prende? Hai un attacco di cuore?». Non si avvicinò all'uomo, anzi indietreggiò, trascinando con sé Shea e guardandosi intorno nervosamente, come se temesse una presenza invisibile.

Slovensky rantolava, soffocato dal sangue che gli saliva alla bocca. Si afferrò la gola, cercando di liberarsi dalla stretta di dita immaginarie. Poi si portò le mani al cuore, mentre un ampio squarcio gli si allargava sul petto.

Shea gettò un grido d'orrore, senza poter distogliere lo sguardo. Poi, all'improvviso, il cuore di Slovensky gli fu strappato con violenza dal petto; l'uomo cadde riverso in avanti, e Shea poté chiudere gli occhi.

Wallace gemeva e imprecava in modo sommesso. Fece alzare Shea e la spinse verso la porta. Shea gli dava le spalle, e per un attimo provò un curioso sollievo. In vita sua non aveva mai ucciso né ferito un altro essere umano. In qualità di medico aveva giurato di salvare delle vite. Il suo istinto era di soccorrere Raven e tentare di salvarla, perfino di soccorrere il vecchio fanatico. L'omicidio era per lei qualcosa di inconcepibile.

Non sei stata tu a ucciderlo, la consolò Jacques.

Ma sono stata lo strumento della sua morte, protestò lei. Wallace la trascinò all'esterno; la luce le ferì gli occhi, e Shea gridò, trafitta da un milione di aghi.

Guarda quell'uomo, la mano con cui ti tiene, qualcosa che io possa usare, le ordinò secco Jacques. Percepiva in lei l'orrore e la riluttanza.

Non posso, Jacques. Non riesco a pensare. Era vero. La sua mente era oppressa da immagini grottesche di sangue e violenza.

Questa volta non fu Gregori a impadronirsi della sua mente. Jacques la strinse in una morsa ferrea, costringendola a obbedirgli. Era molto più forte di quanto lei avesse mai immaginato, anche a quell'ora del mattino. Shea sentì avvicinarsi anche gli altri carpaziani. Pur rallentati dal peso di Byron, procedevano rapidi in direzione della casupola.

Mikhail si staccò con riluttanza dal resto del gruppo, reggendo fra le braccia il corpo di Byron, diretto verso la caverna in cui lo avrebbero guarito. Ma tutta la sua volontà era concentrata sulla moglie e sulla bambina che portava in grembo. Non c'era posto per nessun'altra emozione. Stava tenendo accesa la tenue fiammella della loro forza vitale, costringendoli a resistere finché il guaritore non fosse giunto in loro soccorso.

Jacques riversò tutto il proprio odio sull'uomo che lo aveva torturato e che ora stringeva Shea con le sue mani immonde. Shea sentì la sua furia omicida, la sete di sangue e il piacere della vendetta. Jacques concentrò i pensieri sull'unica parte del corpo di Wallace che Shea riusciva a vedere.

Don Wallace sentì un calore improvviso, abbassò lo sguardo e vide il suo braccio fumare, poi incendiarsi. Le volute di fumo presero la forma di un volto ghignante e malevolo. Wallace conosceva quel volto, era stato lui stesso a imprimervi quelle rughe di dolore. Con un grido, scagliò Shea lontano e prese a colpire il braccio con l'altra mano nel tentativo di spegnere le fiamme che lo avvolgevano. Sentì l'odore della propria carne che bruciava, come quella delle vittime che si era divertito a torturare.

Shea cadde a terra, stringendo al corpo il braccio ferito. Voleva restare immobile con le palpebre serrate, ma Jacques la obbligò a voltarsi e a guardare Wallace. Si alzò a sedere e lo fissò impotente.

Don Wallace si ritrovò sospeso nell'aria, il fucile a terra sotto di lui. Le fiamme si erano spente da sole, ma il braccio era ormai un moncherino carbonizzato. Continuando a gridare, cercò di usare l'altra mano per estrarre la pistola dalla fondina. Con orrore, vide l'arma puntarsi contro di lui, come animata da una volontà propria. Il dito gli andò al grilletto.

Shea emise un grido soffocato. Era una scena da film dell'orrore, ma non poteva distogliere lo sguardo. Dai cespugli sbucò un gigantesco lupo nero, lanciato a tutta velocità. Balzò in aria e le sue fauci si richiusero sulla gamba di Wallace. Si udì uno schianto di ossa; l'uomo cadde a terra e il lupo gli affondò le zanne nella gola.

Riacquistato il controllo della propria mente, Shea si alzò a fatica e corse verso il lupo che infieriva sull'uomo agonizzante. «Jacques! No! Non puoi farlo!». Il lupo sollevò la testa e la guardò; fu un momento surreale, e il tempo parve fermarsi. Shea riconobbe gli occhi gelidi di Jacques e sentì il suo impeto di trionfo.

Dal folto degli alberi apparve Gregori. Le corse incontro, mezzo uomo e mezzo lupo, e la tirò per il braccio ancora prima di aver completato la trasformazione. «Presto, non c'è tempo. Maledizione, Shea, ho bisogno di te. Sei un medico, una guaritrice. Vieni con me». Continuò a correre senza lasciarle il braccio, e Shea dovette seguirlo fin dentro la casupola.

Gregori spinse via con un calcio il cadavere di Slovensky. «Ascoltami, Shea. Dobbiamo lavorare insieme. Raven ha ridotto al minimo le funzioni vitali. Mikhail sta tenendo in vita lei e la bambina, ma è molto debole, e la bambina è in pericolo. Tu dovrai occuparti delle ferite di Raven e io salverò la bambina».

Shea era sconvolta. «È ancora viva?». Fece per allontanarsi da Gregori. «Ma io conosco solo la medicina umana. Non so nulla dei tuoi metodi. Rischierei di ucciderla».

«La conoscenza è dentro di te. Guaritori si nasce, non si diventa imparandolo. Puoi farcela. Ti guiderò io. Non c'è tempo per discutere, Shea. Non posso farcela da solo. Mikhail dice che Raven perderà il bambino fra pochi minuti. Per poter continuare a vivere deve tenere in funzione il cuore e i polmoni, ma così facendo perderà sangue. E per loro sarà la fine. Per Raven, per la bambina e per Mikhail – li perderemo tutti e tre», disse con enfasi. Poi, guardandola quasi con aria di sfida: «Sei con me?».

Shea tremava, ma sollevò il mento e rispose: «Dimmi cosa devo fare e lo farò».

Gregori annuì in segno di approvazione. «Devi dimenticare tutto ciò che sei e diventare pura luce ed energia, nient'altro. A quel punto potrai entrare nel suo corpo e trovare le ferite più gravi. Dovrai guarirle dall'interno. La prima cosa da fare è arrestare tutte le emorragie, poi riparare le lesioni agli organi vitali. È una procedura complicata, e tu sei debole. A un certo punto dovrai nutrirti. Jacques tornerà da te e ti donerà il suo sangue, non appena avrà finito il suo compito. Non puoi deluderci, Shea. So che puoi farcela. Resterò in collegamento, avrai bisogno del mio aiuto».

Ogni protesta era vana. Shea non aveva idea di come trasformarsi in luce ed energia, ma non aveva altra scelta che tentare. Gregori credeva in lei, e Shea doveva fare altrettanto, se voleva salvare Raven e la bambina. Era prima di ogni altra cosa un medico, e guarire era nella sua natura.

«Ora, insieme», la esortò Gregori con voce sommessa, un balsamo soave che placò la sua agitazione. Shea si lasciò guidare da quel suono puro e argentino. S'inginocchiò accanto a Raven, chiuse gli occhi e cercò di sgomberare la mente. Dapprima la realtà esterna l'assalì da ogni lato, ma Gregori era con lei e l'aiutò a concentrarsi. La stanza parve svanire nel nulla, e Shea si sentì proiettata oltre il tempo e lo spazio. Provò un tuffo al cuore a quella strana sensazione, ma la litania melodiosa di Gregori la aiutò a mantenersi calma e a fluttuare al di sopra del caos terreno. Gradualmente sentì il proprio corpo rimpicciolirsi e svanire. Adesso era pura anima. Luce ed energia. Potere.

«Entriamo insieme. Concentrati su Raven e le sue ferite. Non devi pensare a te stessa o a quel che potrebbe succedere. Credi in te stessa. Se ti trovi in difficoltà, rivolgiti a me». La luce intensa di Gregori pareva infonderle nell'animo calore e fiducia.

Di lui era rimasto solo lo spirito del guaritore, spoglio di tutto il resto. Era così puro, così traboccante di generosità. Shea non poté far altro che ammirarlo e seguirlo senza riserve, era l'emblema di tutto ciò che aveva sempre voluto essere. Provava soggezione al cospetto di un dono così raro e prezioso. In seguito avrebbe ricordato che Gregori era un carpaziano antico e potente, capace di far credere e vedere a chiunque tutto ciò che voleva.

Capitolo 15

A Shea pareva di fluttuare sopra il corpo di Raven. Il suo mondo si restrinse finché non rimase solo la donna immobile a terra. Dapprima credette che Raven fosse morta, la sua forza vitale completamente esaurita. Poi, a poco a poco, con una nuova consapevolezza, Shea iniziò a percepire il tenue flusso di energia proveniente da Raven. La donna era come circondata da un alone pulsante di colori, ma pallido e prossimo a spegnersi.

«Adesso, Mikhail», ordinò Gregori.

Quelle parole furono pronunciate a voce alta, ma Shea le udì nella propria mente. Si rese conto di non aver visto Mikhail. Lui era da qualche parte insieme a Byron, e manteneva in vita Raven da lontano. Shea avrebbe voluto chiedergli perdono per non aver saputo impedire quella tragedia, ma ormai la sua luce interiore aleggiava sopra Raven. Con lieve sorpresa, si accorse di sapere cosa doveva fare, poi si rese conto di non essere sola. La sfera di luce bianca accanto a lei guidava i suoi movimenti. Ogni suo pensiero era concentrato sul corpo di Raven; nient'altro contava. Sentì Mikhail dare a Raven l'ordine di risvegliarsi.

Subito il sangue prese a sgorgare dalle ferite. Shea sentì rimbombare nella propria luce il battito del cuore di Raven. Si ritrovò a percorrere il sistema di vene e arterie, e iniziò a cauterizzare le ferite più gravi con il proprio calore. Agì in fretta, completamente assorta, per arrestare l'emorragia prima che fosse fatale. Mentre operava, il suo cervello valutava le lesioni ai singoli organi interni e li riparava con la forza del pensiero. Ogni sutura era meticolosa, ogni frammento di proiettile estratto con precisione millimetrica. Mantenere quel livello di concentrazione era assai faticoso. Ciò nononostante le pareva di non avvertire il passare del tempo. Proprio come le accadeva in sala operatoria, Shea era del tutto assorbita dal proprio compito. Si sentiva perfino come se stesse sudando e un'infermiera dovesse detergerle la fronte.

Era quello il mondo che Shea conosceva. Il suo mondo. Aveva la pazienza, le conoscenze e le abilità necessarie a trattare ferite di quell'entità. Ma soprattutto, era determinata. Non avrebbe perso la paziente se c'era una pur minima possibilità di successo.

Le lesioni erano spaventose. Shea non riusciva a credere che Raven avesse resistito tanto a lungo. Nemmeno un reparto di terapia intensiva avrebbe potuto salvarla; c'erano troppe ferite mortali. E la bambina… come poteva mai sopravvivere?

Gregori si accostò cauto alla minuscola creatura. Il trauma che aveva subito era gravissimo. La perdita del sangue materno la indeboliva. Gregori percepiva il suo ritrarsi istintivo dal dolore. Poteva solo sperare che Shea riuscisse ad arrestare in fretta l'emorragia, per potersi concentrare sulla bambina. Era così piccola, quasi inesistente, eppure Gregori sentiva il suo dolore e il suo smarrimento. Ancora prima di nascere, conosceva già la paura e la sofferenza, e sarebbe venuta al mondo sapendo che la vita era pericolosa, perfino nel grembo materno.

Gregori mormorò parole rassicuranti. L'aveva già circondata una volta con la propria luce, e la creatura lo riconobbe e si rivolse a lui in cerca di conforto. Gregori riparò con cura l'arteria che le portava il nutrimento. Presto le avrebbe donato il proprio sangue, sigillando il suo destino e legandola a sé. La placenta era lacerata in più punti, e la ricostruì meticolosamente. La creatura s'impaurì all'avvicinarsi della luce, ma Gregori le trasmise un calore confortante.

C'era una lacerazione alla gamba destra. Era dolorosa e il sangue si riversava nel fluido che la circondava. Gregori richiuse la ferita con tocco lievissimo. La sua cantilena melodiosa le echeggiava nel cuore, nella mente, nell'anima. Gregori continuò a parlarle mentre operava, incantandola, affinché rimanesse con Raven invece di lasciarsi andare e perire.

Gregori avvertì in lei forza e determinazione. Era senz'altro figlia di Mikhail e di Raven. Se avesse deciso di spegnersi, lo avrebbe fatto, ma se avesse scelto di rimanere, avrebbe lottato con tutte le forze. Gregori fece in modo di convincerla a rimanere. Le sussurrò qualcosa nel suo tono più soave, promettendole un futuro meraviglioso, allettandola con le bellezze segrete dell'universo che la attendeva. Le promise che non sarebbe mai rimasta sola; avrebbe avuto lui a guidarla, a proteggerla, a renderla felice.

Non aveva ancora terminato l'operazione quando sentì Shea tremare e riprendere coscienza delle proprie ferite. Assicurò alla bambina che sarebbe tornato da lei, uscì dal corpo di Raven, portando Shea con sé. La donna si reggeva a stento in piedi, pallidissima in viso. Le ferite alla spalla e al braccio non erano gravi, ma aveva perso troppo sangue.

Jacques dovette sorreggerla per impedirle di cadere. Shea parve non farci caso e tentò vanamente di respingerlo. «Non ho ancora finito. Perché mi hai riportato fuori?», protestò. Il suo unico pensiero era per la paziente.

«Devi nutrirti o non sarai in grado di continuare», la ammonì lui. «E Raven ha bisogno di sangue». Rivolse i suoi occhi argentei su Jacques, che annuì.

Jacques si introdusse senza esitare nella mente di Shea e le ordinò di nutrirsi. Shea era così stanca da riuscire a stento a sollevare il viso e a posargli la bocca sul collo. Jacques s'irrigidì all'istante nel sentire il suo alito caldo sulla pelle. La strinse a sé e sentì i denti graffiargli il collo. Represse un gemito, e maledisse la natura che lo aveva dotato di impulsi sessuali così forti anche in situazioni disperate come quella in cui si trovavano.

Shea pronunciò qualcosa a metà fra un sospiro e un sussurro, che lo fece fremere di desiderio. Soffocò un altro gemito quando lei gli affondò i denti nel collo. Le fiamme gli divamparono nel sangue. Le posò le mani sui fianchi, le accarezzò la schiena e i capelli. Voleva saziarsi di lei. Non aveva mai provato una voglia simile.

Gregori si morse il polso e fuse la mente con quella di Mikhail. Insieme ordinarono a Raven di nutrirsi. Era giovanissima, appena venticinquenne, ma la sua volontà era forte. Solo in due riuscirono a costringerla a prendere anche il sangue di Gregori. Per un attimo Raven oppose resistenza.

Per la nostra bambina, amore, le mormorò dolcemente Mikhail. *Fallo per lei.*

Non ti ho mai chiesto nulla in nome della nostra amicizia, Raven. Ora ti chiedo questo, aggiunse Gregori.

Raven combatté la propria repulsione e si lasciò ipnotizzare per accettare il fluido vitale di cui tanto lei quanto sua figlia avevano disperatamente bisogno.

Gregori tornò a concentrarsi sulla bambina. Era così minuta, così indifesa e impaurita, ma già un essere vivente e pensante. La sentì smarrita e improvvisamente sola, e la rassicurò. Il sangue di Gregori che fluiva nel suo minuscolo corpo avrebbe rinsaldato il loro legame, rendendola compatibile con lui.

Gregori attendeva da una vita il momento in cui avrebbe scelto la propria compagna. Aveva sempre saputo che sarebbe stata una figlia di Mikhail. Quando anni prima Raven era stata aggredita e ferita mortalmente, Gregori aveva fatto in modo di donarle il proprio sangue, antico e potente, nella speranza che Raven, una donna umana, potesse generare una femmina. Ora poteva suggellare quel vincolo e avere per sé la bambina. I loro corpi e le loro anime si appartenevano. Per la prima volta dopo secoli, ritrovò una speranza. E per un maschio carpaziano che rischiava di trasformarsi in vampiro, la speranza era tutto.

Shea richiuse la ferita al collo di Jacques lambendola sensualmente con la lingua, e lo guardò sbattendo le palpebre, con gli occhi ancora velati. Poi mutò di colpo espressione e si staccò da lui con violenza. Non perché l'avesse costretta a bere il sangue: lei lo avrebbe fatto comunque per salvare Raven e la bambina. Era perché l'aveva usata per uccidere il nemico. Gliel'aveva ordinato, a sangue freddo.

Hai sempre saputo che in me c'è un demone, piccola donna dai capelli rossi.

Shea si tolse una ciocca di capelli dal viso, sdegnata. *Ma ho sempre pensato che ti saresti comportato da uomo, non come una belva sanguinaria.*

Uccidere è nella nostra natura. Siamo predatori.

Anche se volevi solo salvarmi la vita e credevi necessario uccidere Wallace, non dovevi usarmi per farlo in quel modo orribile. Vattene. Ho del lavoro da fare, e sono molto stanca.

Jacques non si mosse. Malgrado la pioggia, il cielo era chiaro, e la tempesta da lui causata non bastava più a proteggere i loro occhi dalla luce. Avevano poco tempo per finire; presto i loro corpi avrebbero avuto bisogno di rigenerarsi. Jacques avrebbe convinto Shea più tardi di non essere un mostro. Prima doveva proteggerli mentre portavano a termine il loro compito.

Continuò a sorvegliare il territorio circostante e ad alimentare la furia della tempesta sopra di loro, in modo da rendere difficili gli spostamenti in quella zona. Sorresse Shea che vacillava ancora e tenne d'occhio anche il guaritore, che appariva affaticato e pallido in viso. Ciò che stavano facendo era un mistero per Jacques. Era fiero di Shea per quell'impresa miracolosa, e segretamente compiaciuto che il guaritore avesse bisogno del suo aiuto.

Jacques intuiva che Mikhail doveva sentirsi impotente e angosciato. Per esclusione, era l'unico dei tre che potesse trasportare Byron fino alla caverna e nasconderlo nella terra fino a che Gregori non avesse potuto curarlo. Quindi Mikhail aveva dovuto mantenere Raven in vita da lontano, un'impresa ardua e spossante. Avrebbe voluto essere lì per proteggere la propria compagna e donarle il proprio sangue.

Jacques imprecò sottovoce. Tre maschi carpaziani non avrebbero dovuto lasciarsi abbindolare da degli umani. Perché non avevano percepito la presenza degli uomini nella foresta? Com'erano riusciti ad arrivare fino a Shea e Raven senza essere scoperti?

Guardò le ferite sul braccio di Shea e imprecò di nuovo. Aveva giurato di proteggerla e di renderla felice. Fino a quel momento aveva fallito miseramente. Come avrebbe fatto a farle dimenticare il trauma di quel giorno e a prospettarle un futuro meraviglioso insieme a lui? A un tratto notò il cadavere di Eugene Slovensky. Con un sospiro, si allontanò da Shea per caricarsi in spalla il corpo e gettarlo in pasto ai lupi. Non era il caso che Shea vedesse per prima cosa i segni di quella carneficina, subito dopo aver concluso la faticosa operazione.

Jacques si passò una mano fra i capelli, rendendosi conto per la prima volta della propria stanchezza. La sua relazione con Shea era un disastro. L'aveva trasformata per errore, senza il suo consenso e contro la sua volontà. Non l'aveva nemmeno aiutata a superare la difficile transizione. Anzi, l'aveva maltrattata durante i numerosi accessi di follia. E ora, come ultima crudeltà, si era servito di lei per eliminare con gioia maligna un nemico. Non si stava rivelando un buon compagno.

Jacques cercò di usare i suoi nuovi poteri per ritrovare il ricordo di quando Mikhail aveva trasformato Raven. Anche lui l'aveva fatto senza il consenso della donna, ignara dell'esistenza dei carpaziani. Era stata una misura disperata, per salvarle la vita, e nessuno di loro, Mikhail compreso, sapeva se avrebbe funzionato. Raven aveva dovuto iniziare una nuova vita.

Sentì alle sue spalle un lieve rumore. Si voltò e vide Gregori allontanarsi barcollando dal corpo di Raven. Shea si accasciò vicino alla donna e non si mosse più. I due guaritori erano sfiniti.

«Ti serve sangue», disse Jacques a Gregori. «Ne hai dato troppo a Raven».

«Lei ne aveva più bisogno», rispose Gregori, esausto. Si allungò sul pavimento, riparandosi gli occhi con un braccio.

«Prendi il mio. Oggi mi sono nutrito abbondantemente», si offrì Jacques, in tono solenne. Il sole rischiarava sempre di più il cielo, nonostante la tempesta.

«Ti ringrazio, Jacques, ma sono proprio allo stremo. Questa era la casa di Mikhail. Trova dov'è nascosta la sua camera».

Saggiando le proprie forze, Jacques cercò il canale perduto con il fratello. *Mikhail? Sono troppo stanchi per proseguire. Dovrai custodire tu Byron, e io mi prenderò cura di loro. In questa casa doveva esserci un nascondiglio. Sai dirmi dov'è?*

Sotto il tavolo c'è una botola che conduce alle stanze sotterranee. Fate attenzione, non è molto ben nascosta. Ma se la casa venisse scoperta o incendiata, potete richiudere la terra sopra di voi e salvarvi.

Il guaritore non vuole accettare sangue per oggi. Ma ne ha bisogno.

Ci fu una breve pausa, durante la quale Mikhail sfiorò la mente di Gregori per accertarsi delle sue condizioni. *Sopravviverà. L'importante è che tu li porti tutti e tre al sicuro.*

Sentendosi finalmente di nuovo carpaziano in tutto e per tutto, Jacques scese nella camera nascosta. Per i carpaziani era una cosa insolita dividere con altri il luogo di riposo, o anche solo rivelare ad altri la sua ubicazione. Erano completamente vulnerabili durante le ore pomeridiane, dunque i nascondigli andavano scelti con cura. Jacques non era affatto contento di quella soluzione, e sapeva che il guaritore lo sarebbe stato ancora meno.

Mentre le forze scemavano a causa del sole, Jacques trasportò con cautela il corpo straziato di Raven nella camera sotterranea e lo depose su una coperta. Dopo aver chiuso a chiave la porta della casupola e aver sigillato le finestre, spense il generatore e sollevò Shea da terra. Lei emise un debole mormorio di protesta, ma gli avvolse le braccia intorno al collo e si abbandonò fiduciosa sul suo petto. Quando la portò nella camera sotterranea, si era già assopita.

Gregori li seguì trascinandosi a fatica, troppo stanco per fluttuare nell'aria. Si piazzò vicino all'entrata del nascondiglio e non si mosse più. Insieme a Jacques formulò il comando che richiudeva la terra sopra di loro e gli incantesimi che li avrebbero protetti dagli intrusi. Prima di scivolare nel sonno, si ricordò del prato in cui erano tesi i fili taglienti e trasmise un avvertimento a tutte le creature che rischiavano di avventurarvisi. Più tardi avrebbe provveduto a distruggere le trappole.

Jacques impastò terra e saliva e le applicò sulle ferite di Shea e di Raven. Soltanto allora si rannicchiò vicino alla sua compagna e sprofondò nel sonno.

Continuò a piovere senza sosta, in modo naturale, per tutto il giorno. Le nubi incombevano sulla terra creando una cappa spessa e funerea. Pochi animali uscivano allo scoperto sotto gli scrosci torrenziali. La tempesta durava da troppo tempo, imprevedibile e pericolosa. Dalla casupola nel bosco emanava un'aura minacciosa che teneva alla larga le creature. Gli umani evitavano la foresta per via del suolo accidentato, degli animali selvatici e delle leggende.

Nella camera sotterranea, Gregori si mosse più volte, nel sonno e nella veglia, sempre cosciente degli altri intorno a lui e del territorio circostante. Cercò con la mente la bambina. Era coraggiosa e intelligente, e la sua forza vitale illuminava la tenebra che lo opprimeva. Gregori fissò gli occhi argentei sulla terra sopra di lui. Era così vicino a trasformarsi, più di quanto Raven e Mikhail sospettassero. Stava resistendo con tutte le proprie forze. Le emozioni lo avevano abbandonato da tanto tempo che non riusciva più a ricordarne il calore, la gioia. Solo il suo compito di cacciatore e il ricordo dell'amicizia con Mikhail lo sostenevano. Voltò la testa a guardare la figura esile di Raven.

Devi vivere, piccola. Devi vivere per salvare la nostra razza, e con essa l'umanità intera. Non c'è nessuno su questa terra che potrebbe fermarmi. Vivi per me e per i tuoi genitori.

Avvertì una presenza nella propria mente. Era incredibile che una bambina ancora nel ventre materno dimostrasse tanta forza e tanta intelligenza, ma era lì: minuscola, palpitante, incerta. Gregori la accolse dentro di sé e la tenne a lungo vicino al cuore, prima di scivolare di nuovo nel sonno, riluttante.

Jacques riprese conoscenza subito dopo il calare del sole. Gregori era già partito, e vagava per il cielo alla ricerca di prede. Affamato, Jacques si unì alla caccia. Quel giorno dovevano curare Byron, e avrebbe dovuto nutrirsi più volte. Sfrecciò nel cielo, il cuore pompava con forza il sangue nelle vene. Si sentiva pieno di vita.

Non possiamo lasciare le donne incustodite a lungo, echeggiò la voce di Gregori. *Il vampiro sarà furioso per l'insuccesso del suo piano.*

Jacques inviò nell'aria un richiamo che risuonò per chilometri. In una capanna nascosta fra gli alberi, tre cacciatori erano radunati intorno al fuoco. Non appena percepì la loro presenza, Jacques cambiò rotta, seguito da Gregori. Era naturale per i carpaziani attirare a sé la preda. Ma in quel caso era più conveniente andare a farle visita.

Nel silenzio, Shea udì una voce. Rimase ferma, senza capire subito dove si trovasse. Per un attimo le parve di essersi svegliata da un incubo. Ma quando si guardò intorno, capì di essere in una stanza sotterranea. Accanto a lei giaceva Raven, immobile come morta. Qualcuno l'aveva ricoperta di terra e di erbe aromatiche.

Con cautela, saggiando le proprie forze, Shea si alzò a sedere e si tolse impaziente i capelli dal viso. Le ferite al braccio bruciavano, e tutto l'arto era indolenzito. Si portò una mano alla spalla e la ritrasse sporca di terra e di sangue. Con una smorfia, si chinò a esaminare Raven.

Non sentì pulsazioni né battito cardiaco. Il viso era pallido e sereno, bellissimo. Shea sospirò. Raven aveva la stessa espressione di Jacques quando dormiva. Non potendo fare nulla per lei, Shea si alzò e si stiracchiò. L'assenza di Jacques la rendeva nervosa e avrebbe voluto contattarlo, ma sapeva per istinto che era andato a nutrirsi. Studiò la camera finché non trovò l'uscita.

Dapprima cercò un meccanismo nascosto per aprirla, tastando ovunque con le mani. Il cuore prese a batterle forte, iniziava a sentirsi in trappola. Si rimise a sedere e rifletté. Jacques non avrebbe mai permesso che fosse sepolta viva. Doveva esserci un modo per uscire. Fissò torva la terra sopra di lei e si concentrò per formulare un'immagine mentale chiara.

Apriti subito!, ordinò secca. Fu sbalordita nel vedere la terra dividersi e apparire poco più in alto le assi del pavimento.

Ancora scossa, uscì dalla camera e sigillò l'entrata con un altro comando imperioso. Orgogliosa dei suoi nuovi poteri, risalì nella stanza attraverso la botola. Aveva bisogno di fare una doccia per ritrovare un minimo di normalità. Dubitava di poter rinunciare del tutto alla propria umanità.

Lontano, Jacques sollevò la testa, allarmato. Il sangue colò in un rivolo caldo sulla gola del cacciatore. Imprecando, Jacques riprese a nutrirsi. Come aveva fatto Shea a svegliarsi senza il suo permesso? Era davvero tanto forte da poter ribellarsi ai suoi comandi? Avrebbe dovuto essere ancora addormentata, e invece non era più al sicuro dentro la camera. Doveva fare in fretta.

Shea si affacciò sulla soglia indossando vestiti puliti, con i capelli ancora umidi. Non c'era più traccia della lotta sanguinosa di poche ore prima. Ne dedusse che Gregori e Jacques avevano eliminato i corpi. Rifletté: probabilmente i carpaziani lo facevano da secoli ed erano assai abili.

Il pensiero le diede la nausea, e uscì fra gli alberi. La pioggia raccolta dalle foglie le cadeva sulla testa, ma Shea sembrava non accorgersene, anzi si sentiva parte della natura. Non voleva allontanarsi troppo da Raven, per cui prese a passeggiare fra i ciuffi di erbe. Si chinò ad accarezzare una foglia sciupata dalla tempesta. Un'ombra cupa e sinistra le sfiorò la mente. Con un brivido improvviso, si alzò di scatto e si voltò appena in tempo per vedere lo sconosciuto alto e pallido che sbucava dal folto della foresta.

L'uomo era così bello da togliere il fiato. Shea non aveva mai visto un altro come lui. Aveva gli occhi profondi e tristi, dallo sguardo magnetico. Era di età indefinibile. «Mi dispiace se ti ho spaventata. Sento il battito del tuo cuore», le disse, con un sorriso mesto.

Shea indietreggiò, per resistere all'impulso di andargli incontro. Sentiva un richiamo forte, come un incantesimo. «Chi sei?», mormorò sorpresa.

«Non mi riconosci? Ti ho cercata ovunque. Perché non hai risposto al mio richiamo?». La voce era melliflua, ma con una traccia di rancore.

Shea non si scompose, ma dentro di sé era intimorita. «Mi dispiace, ma non ti conosco. Non ti ho mai visto prima d'ora».

«Ti sei risvegliata al mio richiamo. Sei venuta qui da me. Tu sei la mia adorata Maggie. Se volevi punirmi con il tuo silenzio, ci sei riuscita. Ora devi perdonarmi e lasciare questo posto e l'uomo di cui porti l'odore disgustoso». Pronunciò le ultime parole con un ringhio sprezzante.

Shea represse l'impulso di chiamare Jacques. «Tu sei Rand?».

L'uomo si avvicinò, e Shea sentì una fitta allo stomaco. «Come mai non mi riconosci? Eri ferita? Il tenebroso ha cancellato i tuoi ricordi e li ha sostituiti con i suoi?».

Shea si premette una mano sul ventre e si allontanò di nuovo in direzione della foresta. «Non capisco. Perché chiami Jacques il tenebroso? Credevo che fosse un appellativo riservato al guaritore».

L'uomo emise un sibilo raccapricciante. «Lui è malvagio, Maggie. Lui e suo fratello hanno cercato di distruggerci. Sospettavo che fossero stati loro a portarti via da me, e avevo ragione. Quel pazzo ha architettato un piano di vendetta, ti ha attirato in questo luogo di morte e irretito con le sue menzogne». Fece un altro passo verso di lei e, come in una danza macabra, Shea indietreggiò.

Dunque era lui suo padre, Rand? E davvero cercava Maggie, credendola viva per tutto questo tempo? Sembrava così angosciato, così sincero. Shea voleva consolarlo, abbracciarlo, ma qualcosa la tratteneva. «Credo che tu mi confonda con mia madre. Io mi chiamo Shea O'Halloran. Se tu sei Rand, allora sei mio padre».

«Lo conosci, Maggie. Sai che è capace di piegare la tua volontà a suo piacimento. Ti ha impiantato dei falsi ricordi, che tu scambi per la verità. Non è così. Desiderava vendicarsi per la morte della sorella. Hanno incolpato me perché io ti amavo. Mi hanno costretto ad andare sotto terra e per punirmi mi hanno separato da te. È la verità. Mi hanno persino portato via mio figlio e lo hanno affidato a un altro. Lo hanno messo contro di me per assicurarsi la sua lealtà».

La mente di Shea era annebbiata. L'uomo incombeva su di lei, seguendola man mano che indietreggiava, chino sulla sua gola. Doveva nutrirlo? Dopo tutto, anche se non era Maggie, era pur sempre sua figlia, e lui pareva così solo e afflitto. Shea sentiva sul collo il suo alito caldo, la sua volontà che premeva, la fame che consumava entrambi. Ma era confusa: perché se ne stava lì immobile, in attesa che l'uomo le prendesse il sangue, quando ogni cellula del suo corpo le gridava di fuggire?

Shea? Mio dio, amore, allontanati da lui. Non so cosa abbia intenzione di fare, ma sei in pericolo. Non permettergli di prendere il tuo sangue. La voce di Jacques risuonò con forza.

Shea si scostò di colpo per sottrarsi al fascino di quell'uomo alto e bello. «Mi fai paura». Come sempre quando si sentiva minacciata dalle emozioni, il suo intelletto prese il sopravvento. «Non so più cosa credere. Mi stai dicendo che Jacques e Mikhail ci hanno separati con la forza perché tu non amavi la loro sorella?». Shea alzò le mani in un gesto implorante, fissandolo con i suoi grandi occhi verdi.

L'uomo si arrestò a pochi passi da lei, visibilmente soddisfatto dalla sua reazione. «Mi credevano responsabile della morte di Noelle perché l'avevo lasciata sola e indifesa per stare con te. Fu assassinata da Slovensky e i suoi complici».

«Tu conoscevi Slovensky?», chiese con un filo di voce Shea, trattenendo il respiro. Che suo padre fosse il responsabile di tutte quelle morti? Che fosse lui il vampiro?

«Se lo avessi mai incontrato, gli avrei spezzato il collo all'istante. È lui l'unico colpevole della morte di Noelle. Forse non la amavo, ma mi aveva dato un figlio». Inclinò la testa di lato, catturandola di nuovo con i suoi occhi scuri e misteriosi.

Smarrita, Shea cercò dietro di sé un tronco solido a cui appoggiarsi. Si sentiva come presa in una gigantesca, intricata ragnatela. Qualcosa non quadrava, forse la sua mente le giocava strani scherzi.

Premette le mani sulla corteccia dell'albero per sfuggire all'incantesimo dell'uomo.

Sono io il tuo compagno per la vita, amore mio. Sono io quello a cui ti rivolgi quando sei bisognosa e impaurita, disse Jacques con voce ferma, e lei sentì che era vicino.

Shea cercò di riprendersi. Si sentiva tirare in due direzioni opposte. Sapeva di essere la figlia di Maggie. Rand sembrava convinto delle proprie parole, ma lei sapeva di essere Shea. O no?

Rand emise un lieve sospiro. «Tutti siamo in grado di impiantare falsi ricordi, Maggie. È normale che ti abbiano fatto credere di essere tua figlia. In questo modo possono convincerti che noi non potremo mai stare insieme, e vendicarsi per sempre. Non capisci che è un piano geniale?»

«Un carpaziano ha una sola compagna per la vita, e io appartengo a Jacques». Shea si passò una mano fra i capelli, vide che tremava, e la nascose dietro la schiena.

«Ha avuto tutto il tempo che voleva per distorcere i tuoi ricordi. Anni. Si è insinuato nella tua mente e se ne è impadronito. Credi davvero che avrebbe potuto sopravvivere tutti quegli anni sepolto vivo?». Il suo tono era pacato e ragionevole.

La testa le doleva tanto che Shea faticava a pensare. Chiuse gli occhi per un istante, e quando li riaprì, Rand era di nuovo chino sul suo collo.

Allontanati! L'ordine giunse così brusco che Shea perse l'equilibrio e inciampò sopra un tronco abbattuto. Jacques era furioso e la sua rabbia era terrificante.

Calò dal cielo come un fantasma silenzioso per impedire a Rand di ghermirla. Strinse il braccio di Shea in una morsa ferrea. La aiutò a rialzarsi, poi, facendole scudo col proprio corpo, si voltò ad affrontare suo padre.

«Cosa credi di fare, Rand?», domandò, minaccioso.

Rand sorrise sereno. «E ora hai intenzione di uccidere anche me? Sei proprio un sanguinario, non è così? Sostieni che io sono suo padre, eppure non vedi l'ora di eliminarmi». Guardò Shea dritto negli occhi. «Lo trovi logico», le chiese in tono addolorato, «che voglia distruggere tuo padre?»

«Stai cercando di confonderla». Il viso di Jacques, scavato dal dolore e dalla fatica, era livido di rabbia. Di colpo Shea si rese conto che Rand non era poi così bello. C'era qualcosa di sinistro nei suoi lineamenti perfetti e nel suo sorriso compunto. Rand le pareva privo di emozioni, quasi apatico, il suo dolore simulato, a confronto con il vulcano di emozioni che ribolliva in Jacques. Lui tremava per la collera, per la paura di perderla e per il rimorso di averla lasciata indifesa. La sua furia era diretta unicamente verso Rand, che era disposto a tradire la propria figlia.

Rand scosse la testa sospirando. «Come ti lasci ingannare da questo bieco vampiro. Le ferite sul tuo collo parlano da sole. Chi altro se non un vampiro si nutrirebbe con tanta ferocia? Un compagno amorevole maltratta forse la sua donna in questo modo? Quando si è servito di te, strumento innocente, per uccidere i suoi nemici questa mattina, non provava forse gioia? Quando lo hai supplicato di smettere, ti ha forse dato ascolto? E quando è tornato da te, macchiato di sangue umano, non hai forse visto il desiderio e la fame nei suoi occhi, nella sua mente, nel suo corpo? I vampiri sono molto astuti, mia cara, e tu sei vittima del suo incantesimo».

Jacques fissò l'uomo più anziano con occhi neri e spietati. «Mi stai sfidando?».

Shea provò un tuffo al cuore. Jacques e suo padre? Si premette le mani sulla testa. Non poteva sopportare che si azzuffassero per lei come due cani che si contendono un osso. Non sapeva più nemmeno quale fosse la verità.

Sì che lo sai, piccola donna dai capelli rossi. Sta cercando di stregarti. Credeva che fossi occupato con Byron. Pensava di poterti attirare allo scoperto, lontana dalla protezione del nostro popolo. Non accetterà una sfida leale. Jacques cercò di tranquillizzarla. Shea cercava di mantenersi calma, ma negli ultimi giorni aveva subito troppi traumi. Jacques era certo che tutto ciò facesse parte del piano di Rand per traviarla.

Rand sorrise placido. «Non voglio causare altre sofferenze a Maggie. Ma sappi, tenebroso, che se tu non fossi il fratello di Mikhail a quest'ora ti avrei già distrutto. Hai ingannato e umiliato la donna che amo, e non ti lascerò impunito. Ma non voglio essere io a provocarle altro dolore».

Jacques scoprì i denti. «Ero certo che avresti risposto così. Preferisci fare il tuo sporco lavoro con l'inganno».

Rand alzò un sopracciglio. «Ascoltalo, mia cara. Fra un po' mi accuserà anche di essere complice degli assassini umani. Stavi per dire che sono stato io a cercare di uccidere Byron? E Noelle? Forse sono responsabile anche di quel che è accaduto a te e a mio figlio? Sei tu il vampiro, Jacques, e sei abbastanza potente da ingannare persino Gregori. Sarei uno sciocco a sfidarti mentre tieni Maggie in ostaggio».

Shea si strinse a Jacques. «Rand, ti sbagli. Io sembro Maggie, ma sono tua figlia. E se lui fosse davvero un vampiro, lo saprei».

Rand la guardò tristemente. «Quante volte ti sei domandata quale sia la sua vera natura? Non hai visto con quanta gioia uccide, con quanta ingordigia si nutre? Non puoi negarlo. Chi meglio di lui avrebbe potuto architettare tutto questo? Noelle era sua sorella, e lui la adorava. Ha fatto in modo di lasciare te e la donna di suo fratello sole e indifese. Ha ucciso gli umani perché avrebbero potuto identificarlo». Chinò la testa, sconsolato. «Non sono in grado di convincerti, lo so, ma con il tempo capirai che ho ragione. Dimmi, Maggie, non mi hai forse visto con occhi diversi, quando è arrivato? Non ti sono sembrato più sinistro? Mi chiedo chi abbia potuto suggerirti quest'immagine. Dubito di essere stato io».

«Sai bene che la mia presenza le ha permesso di vedere con più chiarezza. Vattene, Rand, tornatene nella tua tana», gli intimò Jacques, teso in volto e pronto a balzare all'attacco.

Rand svanì con un sogghigno raggelante. Shea si staccò da Jacques e gli voltò le spalle.

Jacques le prese il mento e la costrinse a fissarlo negli occhi. «Io ti amo, Shea. Non ho modo di smascherare le menzogne del vampiro finché non avrò ripagato il mio debito verso Byron. Fino ad allora, ti prego di non giudicarmi».

La sua voce era così piena d'amore, il suo tocco così tenero, che Shea provò una fitta al cuore, smarrita nelle profondità di quegli occhi neri. Voleva fare tutto ciò che lui desiderava. Il suo corpo reagì con ardore a quell'appello accorato: di colpo si sentì sciogliere dentro, calda di desiderio.

Distolse lo sguardo e si staccò da lui per non sentire il calore della sua pelle e spezzare quella magia sensuale. Si passò una mano tremante fra i capelli. «E come hai intenzione di convincermi, Jacques? Facendo l'amore?».

Jacques fremeva di voglia trattenuta, consumato da una fame incessante. Una volta suscitata, quella brama diventava incontenibile. Shea era fondamentalmente umana e non poteva capirlo, inesperta com'era del legame fra due compagni. «Amore mio, sei abbastanza intelligente. Puoi capire da sola chi dei due dice la verità. Rand è corrotto. Vorrei che non fosse così, ma se avesse davvero creduto che tu fossi Maggie, mi avrebbe aggredito all'istante. Un compagno non può fare altro che difendere la propria donna. Per noi è così da sempre. Nessun altro uomo può avvicinarsi. Rand sta approfittando della tua ignoranza dei nostri costumi. Non devo convincerti di ciò che provo per te né di ciò che tu provi per me. So di non essere del tutto sano, e lo sai anche tu. Ma se io fossi veramente malvagio, non potrei mai nascondertelo. Lo sentiresti». Le tese una mano. «Usa la logica, come fai sempre, e rifletti. Sono certo che troverai da sola la risposta».

«Jacques», disse Shea, combattuta fra il desiderio di toccarlo e il timore di soccombere alla passione sessuale a cui sembrava non poter resistere. «Come faccio a sapere che i miei pensieri mi appartengono davvero, se tu sei sempre con me, sempre nella mia mente?»

«Dovrai capirlo da sola, Shea». La guardò con gli occhi neri pieni d'amore. «Tu mi conosci meglio di chiunque altro, e io non ho mai cercato di nasconderti nulla. Se decidi che sono un mostro, finirò per crederci anch'io». Le sorrise rassicurante.

Shea fece un respiro profondo e strinse le dita fra le sue. Sentì che quel gesto era intimo e naturale. Provò un brivido al contatto con la sua pelle, e il cuore le diede un balzo, ma s'incamminò con lui nel bosco, felice soltanto di essergli accanto. Jacques era una parte di lei, era vitale come l'aria che respirava. Solo con lui si sentiva completa.

Capitolo 16

Lo sguardo di Shea fu attratto dalla figura imponente di Gregori. Era inginocchiato accanto a Raven, immobile, e la osservava con grande attenzione. «Hai curato le ferite di Shea?». La domanda appena sussurrata la fece sobbalzare. Come al solito, Gregori si rivolgeva a Jacques, al maschio, anziché a lei.

«Si stanno rimarginando», gli assicurò Jacques. *Rand ha attirato Shea nel bosco. È lui il traditore, Gregori. L'ho lasciato andare perché ha un legame di sangue con Shea, e le avrebbe fatto sentire qualsiasi cosa gli avessi fatto. È molto pericoloso, ma non posso essere io a punirlo. Shea non me lo perdonerebbe mai.*

«Smettila, Jacques», proruppe Shea. «So che sai parlando con Gregori. Se avete qualcosa da dire, ditelo ad alta voce. Secondo te è Rand il vampiro, vero?».

Si sentì in colpa, perché lo pensava anche lei. Sapeva che in Rand c'era qualcosa di malato; forse la morte di Maggie lo aveva sconvolto al punto da fargli rivivere il passato. Ma era assillata da qualcosa della loro strana conversazione che non riusciva a ricordare con esattezza.

Gregori posò una mano sul ventre di Raven, con le dita allargate. Indugiò con curiosa tenerezza, poi si rivolse a Shea. «Jacques conosce il proprio dovere nei tuoi confronti, Shea. Quell'uomo, Rand, non hai fatto parte della tua vita, anche se è tuo padre. Concentrati su ciò che conosci, non sulle tue fantasie infantili».

«Tu non sai un bel niente della mia infanzia, reale o immaginata», replicò Shea, esasperata dall'arroganza del guaritore. Gregori riusciva sempre a farle perdere le staffe, forse perché era capace di essere più razionale di lei. «Sappi che anch'io ho un cervello, Gregori, e perfettamente funzionante. Forse ti ho dato un'impressione sbagliata all'inizio. Non sono una donna che si fa prendere dall'isteria al primo segno di pericolo. Non svengo alla vista del sangue, e prendo le mie decisioni da sola».

«Se hai creduto che pensassi questo di te, allora devo porgerti le mie scuse», disse Gregori con grande cortesia. «Non ho avuto affatto quest'impressione. Tu hai molto coraggio, e sei una guaritrice nata, ma sai molto poco delle nostre usanze. È necessario molto nutrimento per mantenersi in salute. Tu hai la stessa avversione umana che ha Raven all'idea di bere il sangue».

Shea sollevò il mento. «So bene di avere un problema al riguardo. Lo risolverò col tempo. Ma ora ci sono cose ben più importanti». Dietro di lei, Jacques fece per protestare, ma rimase in silenzio.

«È qui che ti sbagli. Non c'è niente di più importante», disse Gregori con voce suadente. «La tua salute è essenziale per tutti noi. Sei una donna. Sei in grado di creare la vita. Tu rappresenti la speranza per ogni maschio privo di una compagna».

«Non ho alcuna intenzione di mettere al mondo un figlio».

Seguì un silenzio totale. Gregori la fissò con i suoi occhi argentei, dandole la sensazione di mettere a nudo ogni suo segreto più recondito. Il guaritore fece un sospiro profondo. «Capisco perché la pensi così in questo momento, Shea. Hai subito un grave torto. Vedo che per te è una decisione dolorosa. Se avrai la pazienza di aspettare che Jacques sia del tutto guarito, prima di compiere una simile rinuncia, scoprirai che i carpaziani amano i loro figli e li accudiscono teneramente, come il loro tesoro più prezioso. E lo stesso fanno con le loro donne».

«È per questo che Rand ha abbandonato mia madre? Che ha lasciato che suo figlio venisse allevato da altri? O forse la vostra razza si prende cura solo delle femmine?».

Gregori sospirò. «Tutti i nostri bambini sono amati e protetti allo stesso modo, Shea, maschi e femmine. Io non capisco Rand, non l'ho mai capito. Credo che ora sia molto pericoloso, e che debba essere fermato. Ha piazzato trappole mortali nei prati, mettendo a rischio non solo le nostre vite ma anche quelle di umani e animali. La sua follia non può più essere tollerata. Lo sai anche tu, ma non vuoi ammetterlo».

«È così, dunque? Sei disposto a condannarlo senza avere uno straccio di prova? Come fai a esserne sicuro?». Shea si torceva le mani nervosamente, cercando di giustificare il padre in qualche modo. Ricordava fin troppo bene la sensazione del suo alito sul collo, ma respinse quel pensiero come colpevole.

«Nessuno di noi ha avvertito la sua presenza nella foresta», le rispose Jacques, conciliante. Grazie alla telepatia, era cosciente del conflitto fra le emozioni e la razionalità di Shea. «Solo tu lo hai sentito. È riuscito a svegliarti dal sonno, malgrado il mio comando. Ti ha attirata nel bosco e ha cercato di bere il tuo sangue per rafforzare il vostro legame».

«Forse è malato. Forse è sconvolto. Perché non mi ha costretta con la forza, Jacques? Avrebbe sicuramente potuto farlo: è molto più forte di me, e io mi sentivo come ipnotizzata. Perché non ha usato la forza, se è davvero un vampiro?»

«Perché non si può imporre a qualcuno di scegliere un compagno. Dev'essere una scelta libera. Altrimenti il vincolo che si forma non ha valore. Lui lo sa», le spiegò Jacques. «Il legame è qualcosa di innato».

Shea si allontanò da Jacques, massaggiandosi le tempie doloranti. «Perché con voi è sempre tutto così maledettamente complicato, Jacques? A noi umani non succede mai niente del genere».

«Tu eri umana solo per metà, Shea», le ricordò Jacques con tatto, «e anche allora eri in pericolo. Tua madre ha avuto la presenza di spirito di nasconderti da quei fanatici che vi davano la caccia».

Shea rabbrividì e si sfregò le braccia per scaldarsi. «Vorrei solo che potessimo andarcene da qualche parte, Jacques, e riflettere su tutto quanto. Devo ancora perdonarti per avermi usata contro quegli uomini».

Mikhail si materializzò dal nulla davanti ai suoi occhi, facendola sobbalzare, e le sorrise. «Devo ringraziarti per avere salvato il mio amore. Senza di lei, la mia vita non avrebbe valore. Tu sei davvero preziosa per il nostro popolo. Mi dispiace che ti sia ritrovata all'improvviso nel nostro mondo, così impreparata e priva di una guida. Sono tempi duri per tutti noi». Le toccò delicatamente il braccio. «Ti prego, perdonaci se ti abbiamo usata per fermare Slovensky e Wallace. Ma non potevamo permettere di uccidere Raven e di rapirti, com'era loro intenzione. Raven non poteva aiutarci: tu eri l'unica. Abbiamo sbagliato a usarti senza il tuo consenso, ma non c'era il tempo di chiedertelo. Il tuo compagno era obbligato a proteggerti, e da quella distanza non si poteva fare nulla senza "vedere" attraverso di te».

Le parole di Mikhail erano toccanti e sincere, e Shea non poteva rimanere in collera con lui. Sospirò e si morse il labbro. «Avrei preferito non essere coinvolta, ma sono felice che Raven sia viva».

«Non capisco come abbiano fatto i due umani a occultare la loro presenza. Io ero in contatto costante con Raven», proseguì Mikhail. «Non avrebbe dovuto esserci alcun pericolo. Sia io che Gregori che Jacques sorvegliavamo il territorio. Un vampiro poteva passare inosservato, ma di certo non degli umani».

«Anche io ho controllato», disse Raven con un filo di voce. «Non ho percepito alcun pericolo, invece Shea era inquieta, e fin dall'inizio sentiva che non eravamo sole. Io non ho dato peso ai suoi timori, convinta che fosse l'assenza di Jacques a turbarla».

«Anche nella foresta è stata Shea a sentire il vampiro», disse Jacques.

Shea si ritrovò al centro dell'attenzione e si strinse istintivamente a Jacques, che le mise un braccio intorno alla vita. «So che pensate tutti che sia Rand. Ma io non voglio crederlo. Voglio una famiglia».

«Tu hai una famiglia», disse Mikhail in tono premuroso. «Siamo io, Raven, nostra figlia, e ovviamente Jacques. Un giorno anche voi avrete dei bambini». Fece un sorriso ironico a Gregori. «Puoi includere anche lui nella famiglia, se vuoi. Per noi lo è, anche se a lui proprio non va giù. Siamo tutti uniti. Questi ultimi giorni non sono un buon esempio della nostra vita insieme. Siamo sotto attacco e dobbiamo difenderci. Ma di solito viviamo in modo molto simile agli umani. Non giudicarci per quel che hai visto finora».

«Forse Byron potrà dirci chi è stato a tradirlo», insistette Shea. «Non possiamo sentire quel che ha da dirci, prima di condannare Rand?». Cos'era che la angosciava tanto? E cosa le aveva detto Rand?

«Nessuno *vuole* condannare Rand, piccola. Sii certa che non agiremo senza prove sicure».

Shea sapeva che Jacques voleva consolarla, sebbene convinto che Rand fosse il traditore. Una parte di lei ne era altrettanto convinta. Lontana da Rand vedeva le cose con più chiarezza. Non era solo sconvolto per la morte di Maggie. Era un assassino freddo e spietato.

Shea chiuse gli occhi, respingendo quei pensieri. Non poteva essere Jacques a giustiziare Rand. Non poteva. Jacques le parlò nella mente e la strinse fra le braccia. *Non c'è bisogno che sia io a dargli la caccia, se dovesse rivelarsi lui il vampiro. Ci penseranno gli altri. Noi possiamo andarcene lontano da qui, amore, se è quel che desideri.*

Ma se Rand era davvero il vampiro, il traditore, Jacques aveva più motivi di chiunque altro di desiderare la sua distruzione. Ma Shea non poteva sopportare quell'idea. *Grazie, Jacques. Se proprio sarà necessario eliminarlo, non voglio che sia tu a farlo.*

Andiamo da Byron, e farò quel che ti ho promesso. Poi troveremo un posto dove riposare.

Shea annuì, rannicchiandosi contro di lui per sentire il battito rassicurante del suo cuore e il calore del suo corpo. Jacques era solido e reale, e Shea sapeva che entrambi dovevano agire in modo calmo e razionale. In quel momento, non era certa di esserne in grado. Le pareva che ultimamente il suo cervello non funzionasse più come un tempo.

«Andiamo da Byron. Guaritore, vieni con noi?». Chiese Jacques.

A malincuore, Gregori lasciò Raven alle cure di Mikhail. Una donna non poteva essere reclamata da un compagno prima di aver compiuto diciotto anni. Fino ad allora, la vita del guaritore sarebbe stata una lotta contro il tempo. Avrebbe cacciato le sue prede e resistito alla tentazione di uccidere se non per esercitare la giustizia. Sfuggire al richiamo del potere, quella sarebbe stata la sfida più grande. E da qualche parte, là fuori, lo attendeva Rand.

Gregori stava per seguire Jacques e Shea, quando Mikhail lo chiamò da parte. «E se gli umani avessero scoperto una sostanza chimica in grado di occultarli ai nostri sensi? Saremmo in grave pericolo, e dovremmo trovare subito il modo di neutralizzare una tale minaccia».

«Tutto è possibile, ma credo che il vampiro stia usando un incantesimo antico e quasi dimenticato. L'ho rinvenuto nel libro perduto di Shallong. Lo aveva seppellito insieme ad altre reliquie oscure nella montagna delle anime. Credevo che nessun altro avesse osato mettervi piede». Gregori gettò un'occhiata a Shea per assicurarsi di non essere udito.

«È anche possibile, anzi probabile», continuò, «che Rand si sia risvegliato sette anni fa e, alla scoperta della morte di Maggie, si sia trasformato. Nel suo odio, deve aver dato la colpa a te e a Jacques.

Potrebbe aver studiato le arti antiche e condotto Slovensky e suo nipote fino a noi, sette anni fa. Nessuno di noi sapeva che si era risvegliato, per cui non potevamo sospettare di lui. Jacques ricordava che il traditore era qualcuno che conosceva e di cui si fidava. Rand era in un certo senso suo parente, per via del legame con Noelle».

«Credi che Rand abbia fatto torturare e uccidere anche il proprio figlio?»

«Il figlio di Noelle, Mikhail. Se Rand è corrotto quanto io temo, è stato lui ad assistere gli umani nella strage di sette anni fa. Siamo tutti in pericolo, e soprattutto Jacques. L'unica che potrebbe sfuggire alla morte è Shea, e soffrirebbe enormemente».

«Ora sa che gli diamo la caccia. Cercherà di fuggire».

Gregori scosse la testa. «No, è da troppo tempo che medita la vendetta. Il suo odio è smisurato, Mikhail. Vive solo per uccidere, e non ci darà tregua. Rimarrà qui e continuerà a cercare di rapire Shea».

«Devi avvertire Jacques».

«Non ce n'è bisogno. Jacques lo sa e sorveglierà Shea con la massima attenzione. Jacques è pericoloso, Mikhail. Tu continui a vederlo come il fratello minore bisognoso di protezione, ma è diventato molto potente. Rand lo sottovaluterà: non sa di aver creato un mostro».

«Sai, non mi va che tu parli di mio fratello in questo modo», disse Mikhail in tono appena divertito.

«È perché non sai come parlo di te quando non ci sei», disse Gregori, allargando le braccia in un paio di ali spiegate.

Mikhail rise e il guaritore, sotto forma di uccello, spiccò il volo.

La caverna della guarigione era più piccola delle altre camere sparpagliate nel dedalo dei cunicoli. Il suolo era fertile e scuro. Aveva un odore piacevole, in cui i profumi delle erbe si mescolavano alla fragranza naturale della terra. Shea infilò una mano nella tasca posteriore dei pantaloni di Jacques, mentre insieme esaminavano le ferite di Byron. Shea provò un'amara sensazione di *déjà-vu*. Smith e Wallace non avevano avuto il tempo di torturarlo a lungo quanto Jacques, ma il corpo di Byron era ugualmente ricoperto di tagli e bruciature.

Shea strinse la mano di Jacques, ma non ebbe il coraggio di guardarlo. La vista del corpo straziato di Byron doveva riportargli alla mente ricordi orribili. Shea cercò di mostrarsi allegra. «Be', almeno conosciamo i metodi di quei due, e sappiamo con cosa abbiamo a che fare. Posso aiutarlo basandomi sulla tua esperienza».

Jacques non voleva che lei toccasse l'altro uomo: la sola idea gli suscitava un malessere quasi intollerabile. Con infinita riluttanza, fece un respiro profondo e si piazzò fra Shea e il corpo di Byron.

Shea gli sfiorò delicatamente il viso. «Cosa c'è?». La sua voce era così toccante, così pura, che Jacques si vergognò ancora di più, ma non poteva mentirle.

«Non lo so. So solo che non posso sopportare che tu lo tocchi. Mio dio, mi sento un verme, ma non posso permettertelo». Le prese il volto fra le mani, guardandola con occhi pieni di angoscia. «Non puoi».

«E cosa credi che accadrebbe se lo toccassi? Credi alle storie di Rand, ora? Pensi di avermi influenzata in qualche modo, e che il nostro legame non sia reale?»

«So solo che se tocchi quest'uomo perderò il controllo. Il demone che è in me si scatenerà, e la mia mente andrà in mille pezzi e non tornerà mai più sana».

Shea sentiva la sua vergogna per quella gelosia irragionevole, il suo timore che lei ignorasse la sua supplica e che accadesse qualcosa di terribile. Si rese conto di sapere ancora molto poco sui carpaziani, e che Jacques in quel momento era più belva che uomo. Gli posò una mano sul braccio e gli fece un sorriso. «Allora aspetteremo il guaritore».

Jacques si sentì immediatamente sollevato. «Credo che sia la cosa migliore».

Shea gli fece scivolare le mani sul collo. Quel massaggio lo calmò e lo infiammò al tempo stesso. Jacques reagì stringendola a sé e baciandola con passione, avido, premendola contro il proprio corpo. «Ho bisogno di te ora, Shea. Mi sento bruciare, e fa male da morire. Dobbiamo appartarci al più presto».

Shea rise piano, con la testa affondata nel suo petto. «Non è mai morto nessuno per la voglia di fare l'amore». Ma non ne era tanto sicura. Sentiva dentro di sé lo stesso desiderio bruciante.

Gregori si materializzò all'improvviso e li guardò severamente, sbuffando. Shea e Jacques si sciolsero dall'abbraccio, come due monelli colti sul fatto.

Il guaritore mise Jacques in guardia. «Sarà molto debole, Jacques, e forse cercherà di resisterti. È sul punto di trasformarsi, ormai da tempo. Digli della bambina di Raven, e che Shea potrebbe generare una figlia», consigliò. «Devi riuscire a controllarlo. L'ho sentito opporsi al nostro intervento».

Jacques annuì. Avrebbe voluto che Shea non fosse lì, e lei si allontanò, leggendogli nel pensiero. Lui la ringraziò mentalmente e rivolse la propria attenzione all'amico di un tempo.

Shea lo guardò, fiera di lui. Non sopportava che lei toccasse un altro uomo, ma se ne vergognava. Ed era determinato a salvare Byron. Inoltre, Shea sapeva che Jacques non era in grado di mentirle pur di fare bella figura ai suoi occhi. Non cercava di nasconderle il suo lato oscuro, ma cercava piuttosto di farsi amare malgrado tutto.

E lei lo amava. Senza sapere come, lo amava interamente. Jacques non si sottraeva mai al proprio dovere. Affrontava il suo demone interiore ogni giorno. Era accaduto tutto così in fretta, e Shea non aveva quasi avuto il tempo di elaborare gli eventi, ma l'unica costante era la presenza di Jacques al suo fianco. Era sincero in ogni cosa, anche nel suo terribile bisogno di lei.

Byron gemette, richiamando l'attenzione dei due uomini. Gregori era immobile come una statua, totalmente concentrato sulle sue ferite. Jacques premeva il polso sulle labbra di Byron. Shea provò una fitta allo stomaco, ma non distolse lo sguardo.

Byron opponeva resistenza, con occhi supplichevoli.

«Devi prendere il mio sangue. Le donne sono al sicuro: la trappola di cui ci hai avvertiti è stata disinnescata». La voce di Jacques era come una melodia danzante nell'aria. Shea si fuse con lui per aiutarlo ad avere la meglio su Byron, e sentì la sua gratitudine mista a sorpresa.

«La donna di Mikhail aspetta una bambina», mormorò Jacques. «Anche Shea è umana e può dare alla luce una femmina. Ora abbiamo una speranza per il futuro, Byron. Ci serve il tuo aiuto per trovare altre donne umane con poteri psichici per il nostro popolo. Non puoi gettare via la tua vita. E se grazie al legame di sangue e di amicizia tu fossi il compagno destinato a mia figlia? Cosa ne sarebbe di lei? Prendi ciò che ti offro, amico mio, e vivi. Sei forte. Resisti, e insieme ricostruiremo la nostra razza».

Byron fissò per un lungo istante gli occhi neri di Jacques, come in cerca di una risposta, poi acconsentì. Richiuse le labbra sul polso dell'amico e bevve a volontà. Per la prima volta, Shea non provò disgusto per quell'atto. C'era qualcosa di commovente nella devozione di Jacques. Era un gesto molto più personale delle trasfusioni di sangue degli umani.

Provò una fitta di desiderio, e senza riflettere lo trasmise a Jacques. Lo vide sussultare come se qualcuno lo avesse colpito. Per un attimo Shea si sentì in colpa, poi fu lui a carezzarla mentalmente, eccitandola proprio come se l'avesse toccata con le mani.

Gregori si rialzò con un sospiro brusco, e gettò a Jacques un'occhiataccia. *Prendi la tua donna e cercate un posto appartato. Sai quanto sono pericolosi i carpaziani in queste condizioni. Provvedi ai tuoi bisogni, Jacques.*

Non conosco molto bene questa zona. Ricorda che la nostra casa è stata scoperta, e il vampiro sa dove si trova.

Scendi più a fondo nelle gallerie. Troverai le sorgenti calde. Lì sarete al sicuro, e da soli.

E Byron?

Non può parlare. Le sue corde vocali sono paralizzate, come lo erano le tue. E dubito che si ricordi del traditore. Lo metterò a dormire sotto terra. E andrò a cercare Rand. Il nostro principe ha decretato la sua condanna. Ma non temere: non lo distruggerò senza una prova sicura.

Jacques si chinò a toccare la spalla di Byron. «Riposa nella terra, Byron. Io ritornerò ogni giorno per nutrirti e controllarti le ferite. Ti fidi di me?».

Byron annuì stancamente e chiuse gli occhi. Provava sollievo all'idea di rigenerarsi nella terra. Il sangue già rifluiva nelle sue vene, dandogli la forza necessaria alla guarigione. Gli dava conforto sapere di essere riuscito a sventare la trappola del vampiro. Questi lo aveva usato per attirare gli uomini e lasciare le donne prive di protezione. Gli aveva perfino rivelato il suo piano di sacrificare Smith e di inviare Slovensky e suo nipote a uccidere Raven e rapire Shea. La terra si spalancò, e il suo corpo scese lieve nel giaciglio. Si lasciò avvolgere dal suolo fertile, e si abbandonò al sonno.

Jacques si congedò da Gregori con un cenno del capo e tornò da Shea. Non appena le loro dita si sfiorarono, la passione si risvegliò intensa, come una scossa elettrica. Jacques la condusse fuori dalla camera, nella galleria. Shea si accorse con orrore che non stavano tornando in direzione della foresta, ma addentrandosi nelle viscere della terra. Il cunicolo era abbastanza largo da permettergli di camminare fianco a fianco, ma Shea faticava a stargli dietro. A ogni passo, Jacques provava spasmi di desiderio sempre più dolorosi. Aveva il respiro roco e affannoso. La sollevò fra le braccia e prese a correre lungo il cunicolo tortuoso.

«Cosa stai facendo, Jacques?», gli chiese Shea, aggrappandosi al suo collo. Rideva, ma era vagamente preoccupata.

«Ti sto portando in un posto dove potremo stare soli», rispose lui, deciso. La voleva da ore, da giorni, da una vita. Doveva possederla al più presto.

Shea gli posò la testa sulla spalla, turbata dall'urgenza nella sua voce, dal suo respiro ansimante e dal martellare del suo cuore. Sfiorò con le labbra la vena palpitante sul collo, scaldandogli la pelle con il fiato, e lo sentì fremere. Lambì piano la vena con la lingua. «Che buon sapore che hai».

«Maledizione, Shea, ti giuro che se continui così non arriveremo mai alle sorgenti».

«Quali sorgenti?», mormorò lei distrattamente, mordicchiandolo per gioco. Con la bocca risalì fino all'orecchio.

«Sorgenti calde. Non manca molto», sbuffò lui, ma sporse il collo per meglio ricevere le sue attenzioni.

Shea fece scivolare una mano sul petto, gli sbottonò senza fretta la camicia e premette il palmo sulla sua pelle. «Mi sembra che tu sia già abbastanza caldo, Jacques», gli sussurrò maliziosamente all'orecchio, leccandogli il lobo. «Io lo sono di certo».

Jacques si fermò, si appoggiò alla parete della galleria e Shea posò i piedi a terra. La frenesia che si stava impossessando del suo corpo e della sua mente era indescrivibile. Si chinò su di lei, costringendola a inarcare la schiena, e premette la bocca sulla sua. Le sollevò il mento per stringerla meglio alla gola.

Shea ebbe la curiosa sensazione che la terra sotto i suoi piedi si spostasse. Vide colori danzarle nella mente e la pelle prese a bruciarle, tanto da renderle intollerabile il contatto con i vestiti. I seni le dolevano, i capezzoli premevano contro la stoffa che li imprigionava.

Jacques non riusciva quasi a respirare, stretto dentro gli abiti. Si strappò di dosso i jeans, poi fece altrettanto con la camicia di Shea. «Devo averti subito», disse con voce strozzata. Le prese fra le mani i seni alti e sodi, carezzando e titillando i capezzoli sensibili.

Le graffiò con i denti la gola delicata, scendendo di nuovo fino ai seni. Shea sussultò e lui vi immerse il volto, sempre più avido. Le posò saldamente le mani sui fianchi. La camicia di lei aperta sul davanti gli mostrava la vita sottile. Shea emetteva piccole grida inarticolate che lo eccitavano fino al delirio.

«Sei proprio scatenato, selvaggio», gli sussurrò, continuando ad accarezzarlo. Erano come una fiamma vivente che scaldava l'aria tutt'intorno.

Jacques le strappò via i jeans e la fece stendere sotto di sé. «Dici?». Le afferrò i fianchi e la sollevò da terra, immergendosi in lei. Il piacere si mescolò al dolore e al sollievo. Shea lo avvolse, calda e pronta. Gli premette la bocca sui muscoli possenti del petto, ansimando e mormorando. Jacques accelerò le spinte e provò un dolore accecante, un'estasi dolcissima, quando i denti di lei trovarono la vena pulsante. Il sangue fluì dentro di lei, sensuale e speziato, mentre la possedeva con tutto l'impeto della sua razza.

Continuò a muoversi in lei, variando il ritmo e la profondità. Erano fusi totalmente, cuore e anima: volavano liberi. Jacques non voleva più staccarsi dal suo corpo, un'oasi di piaceri eterni. Il sangue gli tuonava nelle tempie, immagini erotiche gli si affollavano nel cervello. Scoprì le zanne fameliche, chinò la testa e si nutrì senza nemmeno attendere che lei finisse.

Shea gridò mentre i denti le affondavano nel collo e l'attrito dei loro corpi si faceva sempre più intenso. Strisciò con la bocca sul petto di Jacques, e si aggrappò a lui come se stesse per precipitare nella notte. Le braccia di Jacques la stringevano con ardore; la penetrò ancora più a fondo, finché divennero due metà di un solo essere, perfettamente combacianti. Era impossibile dire dove finisse lui e dove iniziasse lei. Le loro bocche si incontrarono, scambiandosi l'essenza vitale, e raggiunsero insieme il culmine del piacere, al di là del tempo e dello spazio.

Shea giacque esausta fra le sue braccia, circondata dal silenzio incantevole della caverna. La terra sotto di lei era soffice e accogliente, e la galleria si curvava sopra di loro come a proteggerli. Il corpo muscoloso di Jacques era un'ancora a cui aggrapparsi nella tempesta del loro amore. Per una volta, la sua fame era appagata. Nella foga dell'amplesso aveva bevuto a sazietà. Capì a cosa si riferiva Jacques quando le prediceva che avrebbe imparato a nutrirsi come i carpaziani. Gli carezzò affettuosamente la schiena e inspirò l'odore dei loro corpi. Lui sollevò la testa e le tolse i capelli dal volto con un gesto tenero. «Non siamo arrivati alle sorgenti».

«Quali sorgenti?», rispose lei con una voce languida e sensuale che gli provocò un tuffo al cuore. «La galleria porta alle sorgenti calde, un posto meraviglioso dove potremo riposare per un po'. Era lì che ti stavo portando quando mi hai sedotto», rispose.

Shea rise piano. «Ah sì? Se per sedurti basta sbottonarti la camicia, allora ne vedremo delle belle insieme».

Jacques le affondò il viso nel collo e scese piano fino ai seni invitanti. «Hai idea di quanto sei bella?»

«No, ma puoi dirmelo se proprio ci tieni», lo provocò lei, mettendogli le braccia intorno al collo. Chiuse gli occhi, assaporando la sensazione della sua lingua sui capezzoli.

«Io ti amo», disse lui a un tratto, alzando la testa e fissandola negli occhi verdi, sgranati per la sorpresa. «Dico davvero, Shea. Non ho soltanto bisogno di te, ti amo. So tutto di te, ho visto i tuoi pensieri, i tuoi ricordi, i tuoi sogni e le tue idee. Tu credi che io stia con te per necessità, ma non è così. Io ti amo». Sorrise, inaspettatamente, e le sfiorò le labbra con un dito. «E soprattutto, so che tu mi ami. Tu non vuoi ammettere il tuo amore, ma io l'ho visto, nascosto in un angolino della tua mente».

Shea lo guardò, poi lo spinse via da sé premendogli le mani sul petto. «Te lo stai inventando».

Jacques si staccò da lei, poi la aiutò a rialzarsi in piedi. I suoi vestiti erano sparpagliati ovunque, ma non si preoccupò di raccoglierli. La camicia di Shea era ancora aperta, i suoi jeans arrotolati intorno alle caviglie. Arrossendo, Shea fece per rimetterseli, ma lui la fermò. «Non c'è bisogno, Shea. Le sorgenti sono poco più in là». Fece qualche passo, poi si voltò a guardarla e disse: «Non me lo sto inventando, e inoltre so che mi stai fissando il sedere».

Shea scosse i folti capelli rossi che le incorniciavano il viso. «Qualunque donna sana di mente ti guarderebbe il sedere, per cui è inutile che ti monti la testa. E resta fuori dalla mia mente, se non ti dispiace». In effetti lo stava guadando, ma non poteva farci nulla. Lui era così bello e virile.

Jacques allungò una mano senza voltarsi e le strinse le dita fra le sue. «Ma nella tua mente io trovo tante cose interessanti, amore mio. Cose che tu non hai nessuna intenzione di dirmi».

Ora Shea udiva un suono. Non lo sgocciolio dell'acqua lungo le pareti della galleria, ma una sorta di rombo lontano che aumentava di volume a ogni passo. Si guardò intorno ansiosa, temendo che la volta della caverna stesse crollando. Jacques le tirò la mano, impaziente.

Dopo una curva, s'infilò in un passaggio stretto, e Shea lo seguì a malincuore. Quando rialzò la testa, rimase senza fiato. Si trovava in una grotta vastissima, tutta rilucente di cristalli di rocca. Le vasche erano delimitate da pareti di roccia simmetriche. Il vapore che aleggiava nell'aria dava al tutto un'atmosfera evanescente. In fondo alla grotta, una cascata spumeggiante si riversava nella vasca più grande. Fra le vasche erano sparse rocce oblunghe e piatte su cui ci si poteva sedere o sdraiarsi.

Shea contemplò incantata quel paradiso sotterraneo. «È meraviglioso. Come mai nessuno sa di questo posto?».

Jacques rise piano. «Vuoi dire gli umani?». Le mise una mano sulla nuca e la baciò, obbedendo a un impulso irresistibile. Shea era troppo seducente, con i capelli scompigliati, gli abiti in disordine e quell'espressione stupita.

Shea si abbandonò mollemente contro il corpo muscoloso di lui. La sua bocca era calda e invitante, i seni nudi gli solleticavano il ventre. Jacques sollevò la testa e le sfiorò con un dito le labbra, la gola, la punta del seno destro. «Queste caverne sono profonde e lunghe molti chilometri. È facile perdersi. Pochi umani si avventurano quaggiù. Ha fama di essere un posto pericoloso». Le accarezzò la pelle morbida. «Togliti i jeans».

Lei gli sorrise. «Decisamente pericoloso. E secondo te perché ora dovrei fare qualcosa di cui di certo mi pentirei?».

Lui le mise le mani sui fianchi e la sentì fremere. «Perché lo voglio io. E perché tu vuoi farmi contento».

Shea scoppiò a ridere, alzando le sopracciglia. «Ma davvero? È questo che voglio?».

Lui annuì solennemente. «Più di ogni altra cosa».

Shea si staccò da lui, continuando a recitare la parte. «Ma non mi dire. Non lo sapevo. Grazie per avermelo fatto notare».

«Non c'è di che», rispose lui in tono grave, seguendola con gli occhi. Shea era maliziosa e allettante come una sirena. Provò una fitta di desiderio, e decise a malincuore che era meglio immergersi nell'acqua. Entrò nella vasca calda più vicina, rabbrividendo al contatto con le bollicine che lo solleticavano come tante minuscole dita.

Gli giunse alle orecchie la risata canzonatoria di Shea, che lo infiammò ancora di più. Shea provò una curiosa sensazione di potere. Jacques era così invincibile, eppure lo vedeva tremare, e il battito del suo cuore sovrastava perfino il rombo della cascata. E tutto per causa sua. Si sfilò con studiata lentezza i jeans, rivelando le gambe snelle e il triangolo rosa che racchiudevano, per provocare il carpaziano. Lasciò cadere a terra la camicia e alzò le braccia verso il cielo, tentatrice.

Jacques la divorava con gli occhi, per non perdersi nemmeno una delle sue movenze sensuali. Shea s'immerse senza fretta, lasciandosi accarezzare dall'acqua spumeggiante. Arrivò fino al centro della vasca e poi si tuffò sotto la superficie, lucente e flessuosa come una lontra. Jacques sedeva su una roccia, con le gambe a mollo e l'acqua che gli schiumava intorno ai fianchi. La guardò nuotare verso di lui e poi allontanarsi come un lampo subacqueo, risalire un istante in superficie e poi sparire di nuovo.

Riemerse con la testa e lo fissò con i grandi occhi verdi. Jacques era immobile, come scolpito nella stessa pietra della caverna. I muscoli tesi guizzavano sul corpo pronto a scattare. Un sorriso vago gli incurvava gli angoli della bocca. Shea gli si avvicinò lentamente. «Dunque credi che io voglia compiacerti».

«Senza dubbio», rispose lui quasi ringhiando. Faticava a respirare.

Lei gli fece un sorriso sexy, carico di promesse deliziose. «Hai ragione, è vero. Ma come faccio a essere sicura che tu non mi abbia ipnotizzata, e che è quel che voglio veramente?».

Jacques dovette schiarirsi la gola, e disse con voce strozzata: «Non avrei scrupoli a ipnotizzarti per ottenere da te quel che voglio, ma qualcosa mi dice che non ce n'è alcun bisogno». La sua mente era quasi ottenebrata dal desiderio. L'acqua si agitava intorno ai suoi fianchi man mano che Shea si avvicinava.

Sentì i suoi seni sfiorargli le gambe e un incendio divampargli nelle vene. Jacques allargò le ginocchia perché lei potesse sistemarvisi in mezzo. Shea lo sfiorò con il mento. «Devo pensare al modo migliore di farti contento. Hai la testa piena di idee interessanti: devo trovare quella migliore. Non trovi?». Il respiro di Shea era come un soffio vivificante sul suo corpo impietrito. Raccolse con la lingua una goccia d'acqua e la assaporò.

Jacques gemette di piacere. Le circondò il corpo nudo con le gambe, attirandola a sé finché la bocca di Shea non si trovò davanti al suo sesso che pulsava eretto. Si spinse in avanti con estrema lentezza. Intorno a lui l'acqua ribolliva e schiumava; i capelli di Shea gli sfioravano le gambe, s'intrecciavano intorno ai loro corpi. Si ritrovò a trattenere il respiro.

La sua bocca era come seta calda. Jacques tremò; la sua coscienza parve dissolversi e il cuore esplodergli nel petto. Il corpo non gli apparteneva più, non era più sotto il suo controllo: era uno strumento con cui Shea suonava una melodia vibrante e appassionata. Jacques non poté fare altro che guardarla impotente, preso nella sua rete di amore e di bellezza.

Le prese la testa fra le mani, stringendo nei pugni ciocche di capelli umidi. Nessuno, in tutti quei secoli interminabili, lo aveva mai preparato all'intensità delle emozioni che Shea suscitava in lui. Ora sapeva che cosa significava essere pronti a morire per qualcuno.

Jacques le sollevò il mento per guardarla negli occhi verdi e mostrarle quel che aveva nel cuore. Shea non poteva non vedere i suoi veri sentimenti, al di là delle numerose colpe e goffaggini di cui si era macchiato. La sollevò senza sforzo e la abbracciò con infinita tenerezza, cullandola come se volesse tenerla per sempre dentro di sé.

Lambì con la lingua la sua pelle setosa, cosparsa di goccioline d'acqua. «Amami come ti amo io, Shea, così. Tu sei l'aria che respiro. Non aver paura di amarmi». La ricoprì di carezze, godendo delle sue forme, esplorando ogni curva del suo corpo.

La sollevò ancora e l'acqua piovve dai suoi seni su di lui, calda e fumante. Shea gli tempestò la gola di piccoli baci, facendolo impazzire. Ora Jacques poteva amarla con delicatezza, senza fretta, con la consapevolezza di poterla toccare, di poterla avere in qualunque modo e ogni volta che lo desideravano. L'acqua si sollevava in spruzzi; la spuma ribolliva candida. Il vapore li avviluppava come un lenzuolo.

Jacques le tolse dal viso i capelli, le baciò le palpebre, gli zigomi, gli angoli della bocca. Adorava ogni centimetro di quel corpo di donna. Quando infine la possedette, negli occhi di Shea c'era lo stesso amore; nel suo animo era impresso per sempre il nome di Jacques.

Capitolo 17

Jacques si stirò languidamente. Non voleva muoversi, ma era sempre più affamato, e aveva bisogno urgente di sangue. Doveva sostenere Shea e Byron, oltre che il proprio corpo ancora in via di guarigione. Avrebbe dovuto nutrirsi spesso per poter soddisfare il fabbisogno di tutti e tre. Si sciolse dall'abbraccio di Shea. Lei gemette piano e sollevò le lunghe ciglia.

«Non puoi averne ancora voglia». Avevano fatto l'amore più volte nelle ultime ore. Shea non credeva di poter muovere un muscolo.

Lui le fece il solletico sul ventre con un dito. «Io ne ho sempre voglia. La parola giusta è "insaziabile"». Sbuffando, si alzò e si stirò di nuovo. «Voglio che tu rimanga qui mentre io vado a nutrirmi. Sarai al sicuro».

Shea alzò un sopracciglio. «Come fai a saperlo? Questo posto non è forse noto a tutti i carpaziani? Dovrei venire con te». Voleva essere certa che non corresse pericoli. Se Rand era il vampiro, odiava Jacques più di chiunque altro.

Jacques non fece trasparire alcuna emozione. Shea s'illudeva ancora di essere lei a prendersi cura di lui. Quell'atteggiamento protettivo era commovente, e gliene era grato. Non sarebbe stato così sciocco da farsi sfuggire che lei era incapace di far male a una mosca. «Se tu ti prendessi la briga di imparare a controllare il territorio intorno a te, sapresti sempre se ci sono altri carpaziani nei paraggi. Nessuno ci disturberebbe, sapendo che siamo qui», disse in tono burbero.

«Il vampiro è in grado sfuggire ai nostri sensi, te ne sei dimenticato?», chiese lei insospettita. «Non starai mica andando a caccia, piuttosto?».

Jacques le scompigliò affettuosamente i capelli. «Vado a nutrirmi, piccola donna dai capelli rossi. Non è compito mio dare la caccia al vampiro. È stato scelto Gregori. Non lo invidio. Per quanto riguarda i tuoi timori, io non percepisco segni del vampiro, e tu non mi sembri inquieta. Resta qui ad aspettarmi. So già dove trovare del cibo. Sarà una questione di minuti.

Shea lo guardò in cagnesco. «Spero per il tuo bene che tu non mi stia mentendo».

«Non si può mentire alla propria compagna». Si chinò a baciarla. «Non andartene in giro, Shea. E tieniti in contatto con me. Non voglio trovare brutte sorprese al mio ritorno. E in ogni caso, se resti in contatto vedrai che ti sto dicendo la verità. Sto andando solo a nutrirmi».

Shea si allungò accanto a una delle vasche e immerse pigramente le dita nell'acqua. Provava una piacevole spossatezza. In realtà non aveva nessuna voglia di muoversi. «Va bene, selvaggio, ma non sono io quella che va in cerca di guai. E se incontri Rand, vieni via e basta». Si voltò verso di lui, senza rendersi conto di stargli offrendo il proprio corpo. «Anche se è il mio padre biologico, e anche se sono cresciuta sognando il papà perfetto, non voglio che tu corra rischi. Ci ho riflettuto molto».

«Su cosa?», chiese Jacques. Voleva che fosse lei a trovare le risposte.

«Sul motivo per cui io riesco a sentire il vampiro anche se si nasconde, e sul motivo per cui ho sentito l'arrivo degli umani e Raven no».

«Avremmo dovuto percepirli anche noi», disse Jacques, invitandola a spiegarsi. Si accovacciò accanto a lei. Shea aveva un'intelligenza eccezionale, e Jacques sapeva che con il tempo sarebbe riuscita a mettere da parte le emozioni e a dare un valido contributo alla soluzione dei loro problemi.

«È il sangue. Non è quello su cui si regge tutto? I legami e la comunicazione telepatica? È grazie al sangue che riuscite a rintracciarvi, no? Non è per questo che gli uomini non si scambiano quasi mai il sangue? Rand non lo ha mai scambiato con nessuno di voi, vero?».

Jacques scosse la tesa. «No, se ne è sempre guardato bene. Ma all'epoca aveva una compagna. Non aveva bisogno di altri; e non correva il rischio di trasformarsi».

«Ma Noelle non era davvero la sua compagna, giusto? E lui lo sapeva, anche se gli altri non lo sospettavano. Forse dopo ve ne siete resi conto anche voi, ma a quel punto lui era già abituato da tempo a evitare scambi con altri. Sapeva che avrebbe potuto trasformarsi, e si era premunito». Shea sentì che stava in qualche modo riuscendo a perdonare sua madre. «La sua vera compagna era Maggie. Mikhail ci ha detto che Rand si è risvegliato solo due anni fa, dunque dopo le stragi di vampiri, e che da allora è rimasto sempre per conto suo».

«Se così fosse, non potrebbe essere Rand il colpevole».

«Se così fosse. Ma se invece si fosse risvegliato prima, e avesse trovato mia madre morta? Mi hai detto che di solito un carpaziano rimasto vedovo sceglie la morte. Cosa succede invece a chi sceglie di sopravvivere?».

Seguì un breve silenzio, durante il quale Jacques soppesò le parole di Shea. «Mikhail credeva che Rand si sarebbe ripreso dalla morte di Noelle, perché lei non era la sua vera compagna. Ma se Maggie lo era, ed era già morta al suo risveglio, allora Rand potrebbe essersi trasformato. Però aveva un figlio. Potrebbe essere rimasto a proteggerlo». S'interruppe di colpo, poi aggiunse: «Per tessere un incantesimo di occultamento... Pochissimi hanno un simile potere».

«Per esempio chi?», domandò Shea.

«Mikhail è il più antico carpaziano vivente. Gregori ha solo venticinque anni meno di lui. Aidan e il suo gemello, Julian, hanno forse un secolo in meno. Subito dopo veniamo io e Byron. Un paio di altri hanno all'incirca la stessa età, ma hanno delle compagne, il che li esclude dalla lista dei sospetti. C'è Dimitri, ma vive lontano da qui. Solo un antico è abbastanza potente da mascherare la propria presenza». Jacques non si rendeva conto di quante cose stesse ricordando, ma Shea sì, e ciò le rendeva più facile sopportare l'amarezza del tradimento di Rand.

«Ma Rand potrebbe averlo imparato», insistette Shea. «È molto probabile, Jacques. L'idea non mi piace – tutt'altro – ma io ho il suo stesso sangue, e non c'è nessun'altra spiegazione. Ho sentito la sua presenza nella foresta perché abbiamo lo stesso sangue. Dev'essere così».

«Eppure prima non ne eri affatto convinta, Shea». Jacques le passò una mano sul ventre. Non riusciva a fare a meno di toccarla, godeva di quel suo diritto.

«Non volevo ammetterlo, Jacques. Ma ci ho pensato a lungo. È l'unica spiegazione sensata. Rand sa che non sono Maggie, anche se finge il contrario, perché vorrebbe tenermi con sé. E per farlo deve ucciderti. Voleva vederti morto, e anche Raven, e quasi certamente anche Mikhail». Shea fece un respiro profondo. «Rand mi ha anche detto qualcosa che non mi quadrava, ma non riuscivo a ricordare cosa. Mi è tornato in mente solo ora. Ha parlato di Byron. Non poteva sapere che era Byron il carpaziano torturato dagli umani. Nessuno glielo aveva detto, e Byron non poteva comunicare con lui. Quindi come faceva a saperlo?».

Gli occhi neri di Jacques scintillarono come lame di ossidiana. «Non ci avevo fatto caso. Hai ragione. Sapeva di Byron, ha pronunciato il suo nome».

Shea si passò una mano tremante fra i capelli. Guardò Jacques con un'espressione angosciata.

«Mio dio, Jacques, sai cosa significa? Che dev'essere stato lui a consegnare mio fratello a Don Wallace e Jeff Smith. Ha fatto torturare e uccidere suo figlio. È possibile? Si può essere davvero così folli e insensibili?»

«Mi dispiace, Shea. Un vampiro non è capace di provare veri sentimenti. Il non morto ha scelto di rinunciare alla propria anima. È totalmente malvagio». Jacques aveva uno strano groppo alla gola, e sentiva la profonda tristezza nel cuore di Shea. Ammirava il coraggio con cui lei gli aveva esposto le proprie conclusioni. «Le antiche leggende degli umani hanno origine dalle poche esperienze vere che alcuni di loro hanno avuto con i vampiri, e con quello di cui sono capaci. Vorrei che non fosse così. Darei qualunque cosa per risparmiarti questo dolore».

«Anch'io vorrei che non fosse così, ma la verità è questa. E credo che tu sia davvero in pericolo. Anche se Rand non è il vampiro, è senz'altro un uomo corrotto e vendicativo, e ti odia. Ti prego, fai attenzione. Non voglio che ti faccia del male». I suoi grandi occhi verdi erano pieni di apprensione. Shea si alzò a sedere e gli mise le braccia intorno al collo. «Vorrei metterti al sicuro da qualche parte dove lui non potrà mai più farti niente».

Jacques si affrettò a interrompere il collegamento telepatico. Shea continuava a crederlo in pericolo. Neanche dopo quel che aveva visto, dopo tutto quel che aveva sperimentato insieme a lui, le veniva il dubbio che potesse essere Jacques a rappresentare un pericolo per Rand. Che Jacques attendesse con impazienza, perfino con gioia, l'occasione di uno scontro. Per quanto lo conoscesse intimamente, non aveva ancora compreso la sua fondamentale natura di predatore. Ma Jacques era disposto ad aspettare che lei imparasse a poco a poco, se ciò era necessario per garantirle la felicità.

Per Jacques, era quella la parte migliore del legame fra un carpaziano e la sua compagna: sapere di poter fare qualsiasi cosa per l'altro. Pur di rendere felice Shea, Jacques sarebbe volato fin sulla luna per portargliela, avrebbe camminato sull'acqua e nuotato nella lava incandescente. Shea era la sua vita, e avevano davanti a sé l'eternità per imparare a conoscersi a fondo. Non c'era bisogno che facesse i conti con gli istinti omicidi di Jacques a ogni piè sospinto.

Le prese il volto fra le mani, poi scese sul collo, sfiorandole con il pollice la pelle morbida. Si sentiva traboccare di amore per lei. «Prometto di fare attenzione».

«Molta attenzione», insistette lei.

Jacques sorrise suo malgrado. «Molta, molta attenzione», specificò.

Lei seguì con le dita il contorno delle sue labbra. «Mi dispiace se mi sono arrabbiata tanto per il sangue del guaritore, ma ancora non riesco proprio a sopportarlo, nemmeno l'idea. Tra me e te è diverso, è una cosa bella e naturale, ma il pensiero di qualcun altro…». Ebbe una fitta allo stomaco, e non terminò la frase.

Per un istante, Jacques le sfiorò il viso con le labbra e la baciò lievissimo sulla bocca. «Ti capisco. Ora sono più forte, piccola. Posso prendermi cura di te come si deve».

Shea aggrottò la fronte. «Non era esattamente questo che intendevo. Non fare il maschio alfa con me. Mi dà più fastidio questo dell'idea di trovare un maschio umano attraente del quale nutrirmi».

Lo stava prendendo in giro, e Jacques lo sapeva, ma per un attimo la sua mente fu offuscata da una gelosia terribile. Lottò per dominare la rabbia. Si rese conto che era fortunato ad avere una compagna che non accettava nutrimento da nessun altro uomo. La sua mente fragile, o forse la sua natura possessiva, non lo avrebbero tollerato. Nessuno, umano o carpaziano, sarebbe stato davvero al sicuro finché lui non avesse sconfitto la paura di perdere Shea. Jacques si passò una mano fra i capelli. «Ho ancora molta strada da fare prima di tornare normale».

Shea scoppiò a ridere. «Nessuno ha mai detto che eri normale, Jacques».

Quella risata allegra gli scaldò il cuore. «Resta qui, piccola donna dai capelli rossi. Non correre rischi, fallo per me».

Shea si distese languida sulla roccia piatta. I suoi capelli rossi la circondavano come fili di seta. I contorni morbidi del suo corpo nudo, i seni nudi e i riccioli rossi erano un invito irresistibile. Jacques si allontanò. Avrebbe dovuto imparare a controllarsi nei prossimi secoli. Si voltò bruscamente e se ne andò.

Non appena fu uscito dallo stretto passaggio, mutò forma e si lanciò nel dedalo dei cunicoli. Il suo corpo si rimpicciolì sempre più, e divenne la creatura che Shea temeva tanto. Sbattendo le minuscole ali volò rapido fino a raggiungere una scorciatoia. Era un camino alto e stretto scavato nella roccia dall'azione erosiva delle acque. Jacques si lanciò nella fenditura e uscì all'aria della notte, e si trasformò nuovamente, questa volta assumendo le sembianze formidabili di un gufo. Gli artigli affilati, il becco adunco, il fitto piumaggio e occhi che vedevano nel buio facevano al caso suo. Planò sopra la foresta verso la capanna dei tre cacciatori.

Dopo averli ipnotizzati, Jacques aveva ordinato loro di trascorrere lì la notte, e loro gli avrebbero obbedito, pur senza saperne il perché. Jacques aveva bevuto il loro sangue e controllava i loro pensieri: poteva richiamarli a suo piacimento. Non era nelle intenzioni dei cacciatori attardarsi lì, perché la terra era inospitale e perché iniziavano a credere alle superstizioni degli indigeni. Jacques sapeva che i ricordi da lui impiantati sarebbero durati finché lo desiderava, e che i tre avrebbero eseguito ogni suo comando.

La bellezza della notte, vista con gli occhi di un gufo, era incredibile. Giù, nella foresta, gli animaletti zampettavano verso i loro rifugi. Le chiome degli alberi oscillavano al vento in una danza aggraziata. La brezza lo sosteneva nell'aria inebriandolo di gioia e di potere. Jacques avvistò la capanna e scese rapido.

Percepì subito che doveva essere accaduto qualcosa. Non c'era fumo dal camino, e in una notte come quella i tre cacciatori avrebbero dovuto tenersi al caldo. Il gufo virò bruscamente e scese verso terra, con gli artigli protesi. Si ritrasformò in uomo e atterrò in piedi, con tutti i sensi all'erta per captare un pericolo in agguato. Non c'era alcun segno di vita, ma fiutò l'odore della morte, misto a quello pungente del terrore. Qualcuno era perito di morte violenta, dopo un'atroce agonia. Jacques avanzò guardingo, nascondendosi alla vista degli umani. Non percepì nessuno nelle immediate vicinanze, ma questo era già successo con Smith e Wallace. Continuò ad avanzare cauto in direzione della capanna buia.

Trovò il primo cadavere sui gradini. L'uomo aveva la gola orrendamente squarciata, come se fosse stato sbranato da una belva. Era del tutto dissanguato. Jacques si chinò su di lui per un istante, furioso per aver causato quella morte inutile. Di certo Rand aveva intuito che Jacques aveva bisogno di nutrirsi spesso, e aveva deciso di sottrargli le prede.

Jacques rimase immobile e si guardò intorno. L'omicidio doveva essere avvenuto pochi minuti prima: il cadavere era ancora caldo. Il vampiro era da qualche parte nei paraggi, in attesa. Jacques non aveva alcun dubbio di essere la prossima vittima designata. Non c'erano segni della presenza del vampiro, ma Jacques era certo di essere seguito. Fece un respiro profondo e il demone in lui si risvegliò con un ruggito assordante. Jacques sentì un lieve tocco nella mente, caldo e delicato. *Non cercare di contattarmi ora, Shea. Il vampiro sta preparando un tranello. Non posso permettermi distrazioni.*

Allora vengo da te!, esclamò Shea, impaurita.

Jacques riusciva quasi a vedere il suo volto, gli occhi verdi spalancati per l'ansia, il mento sollevato in modo volitivo. *Fai come ti dico, Shea. Non posso sconfiggerlo se devo preoccuparmi per noi due*, disse con un tono che non ammetteva repliche, e rinforzò il comando con una pressione mentale.

Shea era riluttante a obbedirgli, ma non protestò oltre, temendo di essergli d'intralcio. Jacques salì furtivo i gradini. La porta era socchiusa, e il vento la faceva oscillare. I cardini erano vecchi e arrugginiti e cigolavano a ogni folata d'aria. Jacques scivolò nella stanza e fu assalito dal fetore della morte e della paura. Su tutto, l'odore penetrante del sangue.

Il pavimento era un'unica pozza di liquido scuro e denso, quasi nero. Il vampiro aveva gettato sdegnosamente a terra i cadaveri dopo essersi saziato di fluido vitale e inebriato di adrenalina. Aveva avuto cura di dissanguarli, affinché l'odore del sangue aumentasse la fame di Jacques, e allo stesso tempo non gli rimanesse di che saziarla. E Jacques ne sentiva i morsi tormentosi, che indebolivano sempre più i suoi poteri.

No, Jacques. La voce di Shea risuonò chiara nella sua mente. *Non sei debole. Sei forte, forte e sano. Il vampiro ti ha teso un'altra trappola. Esci da quella casa, torna all'aria aperta. Sei giovane e forte. Non può farti nulla.* La fiducia di Shea in lui era assoluta, non ammetteva dubbio, la minima traccia di ansia. Lei credeva in lui. Jacques non poteva fare altro che seguire il suo esempio e credere in se stesso.

Ispezionò con cura l'interno della casa, in cerca di trappole nascoste. Poiché la sensazione di minaccia incombente non diminuiva, cercò di nuovo il contatto rassicurante di Shea. Lei era lì, fedele, decisa a infondergli il coraggio di cui lo sapeva capace. Grazie a lei Jacques si riebbe dall'illusione creata dal vampiro. Si ritrovò a sorridere amaramente. Il vampiro, doveva riconoscerlo, era un maestro dell'inganno, ma Shea aveva spezzato l'incantesimo con la sua fiducia incrollabile. Jacques era abbastanza forte da affrontare il non morto; doveva solo riconoscere le sue trappole per ciò che erano: semplici stregonerie.

Jacques uscì all'aria fresca della notte. Il vento gli agitava i vestiti e gli scompigliava i lunghi capelli. Un lupo lanciò un ululato di richiamo. Quel suono lo arrestò e lo toccò nel profondo: Jacques sollevò la testa e gli fece eco. Il lupo vagava lontano dai suoi compagni, solitario, temuto e cacciato da coloro che non comprendevano la sua natura di predatore.

Un fruscio nei cespugli lo distolse dai suoi pensieri e riportò la sua attenzione sul nemico in agguato. Jacques si acquattò al suolo, preparandosi ad attaccare. Si voltò e vide Rand uscire allo scoperto. Digrignava le zanne, macchiato di sangue, con gli occhi cerchiati di rosso e i lunghi artigli protesi. Il suo volto era quasi paonazzo per l'ebbrezza dell'assassinio, ma la pelle tesa sulle ossa gli dava un aspetto cadaverico.

«Sapevo che avresti abbandonato la tua sposa per venire a banchettare con il sangue degli umani. Non potevi resistere a una simile tentazione», disse Rand in tono sprezzante.

Jacques sollevò appena un sopracciglio. «Mi pare che tu non ti faccia scrupolo a prenderti tutto ciò che vuoi. Vale anche per le compagne di altri uomini?».

Rand fece una smorfia. «Tu mi hai portato via la mia compagna. Tu e tuo fratello. E ora avete entrambi ciò che a me non avete voluto concedere. Distruggerò Mikhail e la sua donna, e mi riprenderò da te ciò che è mio di diritto».

«Maggie è morta, Rand, e tu sei l'unico colpevole. Hai abbandonato Noelle nelle mani degli assassini umani per correre da lei, ma non hai avuto il coraggio di portarla al cospetto di Mikhail e presentarla come tua legittima compagna. Se lo avessi fatto, oggi Maggie sarebbe ancora viva».

«Noelle l'avrebbe uccisa. Aveva minacciato più volte di farlo».

«Mikhail non lo avrebbe mai permesso, e tu lo sai. È morta per colpa della tua vigliaccheria. Qualsiasi maschio carpaziano degno di questo nome difenderebbe la propria compagna per la vita. Forse, Rand, eri talmente preso dalle tue conquiste che non volevi impegnarti fino in fondo con Maggie? Forse ti piaceva avere due donne, per tormentare Noelle. Forse il vostro era un rapporto malsano e ossessivo, e non te la sentivi di rinunciarvi in nome di qualcosa di più giusto e più puro».

Rand gettò la testa all'indietro ed emise un ruggito di collera e dolore. «Bada, tenebroso. Credi che io non sappia ciò che sei davvero? Sei un assassino. È evidente a tutti quelli che come me ti conoscono realmente. Non provi forse l'impulso di uccidere? Non godi del potere di farlo? Sei come me, che tu lo voglia ammettere o no. La tua natura è violenta e tenebrosa, come il mondo che tu e tuo fratello mi avete costretto ad abitare. Non ho bisogno di distruggere quelli come te, sarai tu stesso farlo. Con il tempo la donna ti vedrà per quello che sei».

«Shea sa esattamente quello che sono, ed è disposta a vivere insieme a me. Sei stato tu a scegliere la tua vita e il tuo destino, Rand. Ti sei risvegliato prima del dovuto…».

«Mi ha risvegliato lo strazio per la morte della mia compagna!».

«Ciò non ti rende meno responsabile della sua fine. Maggie non avrebbe scelto la morte se tu avessi avuto il coraggio di portarla da Mikhail e di mostrare al mondo che era tua. Oppure avresti potuto scegliere di seguirla nella morte, invece l'hai abbandonata ad affrontare l'ignoto da sola. Hai dato agli altri la colpa delle tue azioni e hai deciso di vendicarti. Dimmi, Rand, perché hai consegnato tuo figlio nelle mani di quei macellai? Era solo un ragazzo di diciotto anni. Cosa aveva fatto per meritare un destino così atroce?».

Il volto di Rand si contorse in una maschera di odio. «Gli avevo offerto l'opportunità di unirsi a me, di aiutarmi a punirvi per ciò che mi avevate fatto. Andai da lui, suo padre, e gli rivelai il mio piano. Ma ormai tu e Mikhail lo avevate traviato. Mi chiamò vampiro, non volle darmi ascolto. Non potevo lasciare in vita un simile traditore. I miei si occuparono di lui. Credevano di controllarmi, ma ero io a manipolare le loro menti. Mi chiamavano l'Avvoltoio e credevano di distruggermi dopo avermi usato. È stato divertente metterli uno contro l'altro, vederli incitarsi l'un l'altro a uccidere. Wallace e Slovensky erano due malvagi, irretirli è stato facile. Smith era un debole, meritava di essere sacrificato».

«E tu li hai lasciati torturare e uccidere tuo figlio. E gli altri? Perché tutte le altre vittime?».

Rand sogghignò, una sorta di caricatura dell'allegria.

«Per gioco, ovviamente, per esercizio. Gregori si crede l'unico in grado di usare le arti oscure, ma non è così scaltro come pensa».

«E hai intenzione di uccidere anche lui?»

«Non ho bisogno di correre un rischio simile. Gregori si trasformerà presto», disse Rand con malcelata soddisfazione. «Non sceglierà la morte, come tutti voi v'illudete. Ha combattuto troppo a lungo, ed è troppo potente. Farà tremare il mondo. E schiaccerà come tanti insetti quelli che tenteranno di fermarlo. Forse Aidan e Julian insieme ci riuscirebbero, ma anche loro sono sul punto di trasformarsi. Insieme domineremo il mondo, come la nostra razza avrebbe dovuto fare dall'inizio. È stato tuo fratello a negare al nostro popolo il posto che gli spettava nel mondo. Gli umani sono bestie create per placare la nostra fame e per servire i nostri bisogni, e noi ci nascondiamo da loro come dei vigliacchi. Ora gli altri mi odiano, ma presto tutti gli antichi si uniranno a me».

«E qual è il ruolo di Shea in tutto questo?»

«Dopo la tua morte, lei diventerà una di noi. Il suo sangue è quello di Maggie, e mi appartiene. Tu non avevi alcun diritto su di lei».

«E tu credi di potermi sconfiggere in combattimento?». Jacques sollevò la testa, mentre il demone dentro di lui lottava per liberarsi e tuffarsi con gioia nella battaglia. Era pieno di odio per quell'uomo che aveva distrutto la sua innocenza, la sua famiglia, i suoi ricordi, ciò in cui credeva. L'odio sconfinato per quell'uomo, che aveva trasformato un nobile carpaziano in una creatura cupa e minacciosa, cresceva e si spandeva come una macchia nera sulla sua anima.

«Sarai tu la causa della tua sconfitta, tenebroso. La tua donna è legata a me. Quando mi colpirai, lei proverà il mio stesso dolore. Ogni taglio, ogni ferita, farà sanguinare anche lei. E sentirà anche la gioia che proverai nel farlo. Ti vedrà per quello che sei, e conoscerà la tua smania di provocare morte e sofferenza. Ti vedrà finalmente per il mostro che sei. Ti vedrà uccidere suo padre con gioia e sentirà ogni colpo che mi infliggerai».

Con le tempie che gli pulsavano, Jacques fece uno sforzo supremo per ricordare se il vampiro stesse dicendo la verità. Shea avrebbe sentito davvero il dolore di Rand? Il legame di sangue con suo padre era sufficiente a causare quell'orrore? Doveva saperlo subito. Rand lo aveva paralizzato con quella rivelazione.

Prima che Jacques riuscisse a inviare un richiamo e avere la risposta a quel dilemma, il vampiro si lanciò contro di lui a una velocità inconcepibile, mirando dritto alla giugulare.

Jacques lo schivò con un balzo e sentì un bruciore alla gola: le unghie di Rand lo avevano ferito di striscio. Jacques rispose d'istinto artigliandolo al volto.

Rand gridò di dolore, di paura e di odio. Jacques continuò a colpirlo e a schivarlo, veloce come un lampo, infliggendogli un taglio dopo l'altro al petto per indebolirlo. Evitò risolutamente il contatto con Shea. Non poteva credere che fosse in pericolo, che quel combattimento mortale potesse in qualche modo ferire anche lei. Si sentì invadere dalla gioia, da una sensazione fisica e mentale di potere assoluto. Il vampiro cedeva sotto i suoi colpi. Con un ultimo tentativo di cambiare le sorti della battaglia, Rand svanì, riapparve sul limitare degli alberi, e invocò la furia del cielo.

Un fulmine si abbatté vicino a Jacques, incenerendo il suolo e bruciandogli le punte dei capelli. Un secondo fulmine cadde nel punto in cui un attimo prima si trovava, ma il carpaziano era già al riparo fra gli alberi, sopra Rand. Spiegò un grande paio di ali e spiccò il volo.

Rand gridò quando gli artigli acuminati gli affondarono nel petto. «Shea! Ascoltami! Unisciti a me! Salvami! Sono tuo padre! Unisciti a me e salvami da questo mostro che mi strazia le carni!».

Jacques strinse le dita intorno al cuore palpitante, lo strappò dal petto di Rand e lo scagliò lontano. «Sei morto, vampiro, e forse ora la tua anima avrà pace. I crimini che hai commesso contro di me e la mia famiglia sono stati vendicati. Vai al cospetto di Dio e invoca la sua pietà. Io non ne ho per te. Tu avresti portato Shea con te, se avessi potuto. Per i carpaziani, giustizia è fatta».

Rand vacillò, grigio in volto e sanguinando abbondantemente. Con una smorfia raccapricciante, cadde in ginocchio. Jacques si allontanò dal corpo scosso dalle convulsioni, portandosi fuori dalla portata degli artigli, attento a non farsi contaminare da una sola goccia di quel sangue. Si asciugò sull'erba appassita la mano che gli bruciava.

L'aria parve addensarsi, il vento cessò di colpo. La terra gemette. Un vapore sinistro si levò dal corpo contorto del vampiro, misto a un odore nauseabondo. Jacques arretrò d'istinto di fronte a quella vista. I vampiri erano duri a morire; tutti cercavano di ingannare la morte con ogni mezzo. Il sangue immondo colò sul terreno in direzione degli stivali di Jacques, guidato dagli ultimi pensieri malvagi di Rand. Jacques guardò impassibile il vampiro strisciare lentamente verso di lui, il volto contorto in una maschera di odio.

Jacques scosse la testa. «Tu odiavi te stesso, Rand. Hai odiato te stesso per tutti questi anni. Tutto ciò che dovevi fare era trovare il coraggio di seguirla. Maggie avrebbe salvato la tua anima».

Rand emise un ultimo, penoso rantolo dalla bocca orrenda; poi, con un ultimo sbocco di sangue, crollò ai piedi di Jacques, proteso come per uccidere fino all'ultimo istante.

Jacques fece un respiro profondo, sentì finalmente l'aria pulita e seppe che il vampiro era morto. Poi portò all'aperto i cadaveri dei cacciatori e raccolse quanti più rami secchi riuscì a trovare. Non poteva lasciare tracce degli eventi di quella notte. Anche il vampiro doveva essere bruciato completamente per evitare che il sangue immondo potesse in qualche modo risuscitarlo. Il potere del sangue di un vampiro era incredibile.

Si accorse con sgomento di essere molto debole. Il combattimento aveva prosciugato le sue ultime energie, e doveva ancora accendere e tenere in vita un falò nel mezzo di una foresta umida.

Il lupo ululò di nuovo, stavolta più vicino, diretto verso di lui, forse attratto dall'odore di quella carneficina. Jacques fece cadere un fulmine sul rivolo di sangue. Nessun animale doveva ritrovarsi con quell'orrore nello stomaco.

Un lupo insolitamente grande, raro, dalla pelliccia dorata, sbucò cauto dal folto degli alberi, descrisse un ampio cerchio e si sedette sulle zampe posteriori, a pochi metri da Jacques. Lo fissò senza la minima traccia di timore. Sembrava non fare alcun caso al fuoco, al fulmine e al maschio carpaziano. Jacques scrutò a sua volta l'animale, certo di non aver a che fare con un lupo qualsiasi. La creatura non fece alcun tentativo di comunicazione telepatica. Si limitò a guardare lui e quella scena grottesca senza mai distogliere gli occhi dorati.

Jacques fece un sorriso amaro. «Se stanotte hai voglia di azzuffarti, sappi che sono troppo stanco e troppo affamato per poterti accontentare».

La sagoma del lupo si allungò e si contorse, brillò tra il fumo del falò e apparve un uomo alto e muscoloso. I suoi lunghi capelli arruffati erano biondi, i suoi occhi dorati, il suo corpo slanciato. «Tu sei Jacques, il fratello di Mikhail. Credevo fossi morto».

«Così dicono», assentì Jacques, cauto.

«Non ti ricordi di me? Sono Julian, il fratello di Aidan. Sono stato lontano per molti anni. La mia casa è fra le montagne remote e i luoghi desolati».

«L'ultima volta che ho sentito parlare di te eri impegnato a combattere in terre lontane».

«Quando mi va, combatto là dove c'è bisogno di me», confermò Julian. «Vedo che tu fai altrettanto. Il vampiro è morto, e tu sei pallido come uno spettro».

Jacques abbozzò un sorriso. «Non farti ingannare dal mio colorito».

«Io non sono un vampiro, ma quando mi sentirò prossimo a trasformarmi, andrò da Aidan e lui mi distruggerà se non sarò in grado di farlo da solo. Se vuoi nutrirti, prendi pure il mio sangue. Il guaritore mi conosce; chiedi a lui se puoi fidarti di me», disse Julian con un pizzico di ironia.

«Cosa fai da queste parti?», chiese Jacques sospettoso.

«Ero di passaggio, diretto negli Stati Uniti, quando ho saputo che gli assassini erano tornati, e ho pensato di rendermi utile al mio popolo una volta tanto».

Jacques si ritrovò ad ammirare le risposte di Julian. L'uomo pareva non curarsi affatto delle opinioni o delle impressioni che gli altri avevano di lui. Era sereno e in pace con se stesso. La diffidenza e le domande di Jacques non lo offendevano minimamente.

Ascoltami, guaritore. Ho bisogno di sangue, e l'uomo di fronte a me, Julian, il gemello dorato, dice che tu puoi garantire per lui.

Nessuno può garantire per uno come Julian. È un solitario, e obbedisce soltanto a se stesso, ma il suo sangue è puro. Se Julian si trasformerà, saremo io o Aidan a dargli la caccia, nessun altro. Prendi ciò che ti offre.

«Ti ha raccomandato il mio sangue?», domandò Julian con un sorriso beffardo.

«Il guaritore non raccomanda mai nessuno. Tu non sei il suo preferito, ma mi ha assicurato che sei innocuo».

Julian rise piano, si morse il polso e offrì con noncuranza il fluido vitale a Jacques. «Io gli assomiglio troppo, sono un solitario e uno studioso. Mi diletto di cose che è meglio non sapere. Temo che Gregori abbia perso ogni speranza in me». Lo disse con tono indifferente.

Jacques gli si avvicinò quasi barcollando e premette la bocca sulla ferita aperta. Il sangue rifluì nei suoi tessuti sfibrati, ritemprandolo con incredibile rapidità. Soltanto allora Jacques si rese conto di quanto fosse esaurito il suo organismo. Dovette sforzarsi di non bere con troppa avidità a quella fonte così ricca.

«Non preoccuparti, non ho nessuna missione da compiere stanotte. Prendi ciò che ti serve, e io troverò un'altra preda in città prima di ripartire», lo rassicurò Julian.

Jacques si staccò a fatica dalla vena zampillante. Richiuse la ferita con cura e guardò il volto dell'uomo, nobile e segnato dalle intemperie. Vi si leggevano intelligenza, sangue freddo, disciplina e qualcosa di indefinibile: Jacques percepiva in lui una minacciosa immobilità. Julian era un uomo sempre pronto alle sorprese.

«Grazie, Julian. Spero di ricambiare il favore quando ne avrai bisogno», disse Jacques con sincerità.

«Penserò io a finire il lavoro qui», si offrì Julian. «È un peccato che quei tre uomini siano morti stanotte. Quando non faranno ritorno e le squadre di soccorso non troveranno nessun cadavere, ciò non farà che alimentare le leggende sui vampiri che circolano in queste zone».

«Avrei dovuto sapere che Rand li avrebbe usati contro di me; sapeva che li avrei trattenuti qui per nutrirmi». Jacques era pieno di rimorso.

«Non sei stato tu a ucciderli. È stato il vampiro. E tu hai eliminato un mostro dalla faccia della terra. Gli umani e i carpaziani sono in debito nei tuoi confronti. Pensa solo a questo, Jacques. Ti auguro buon viaggio e lunga vita».

«Buon viaggio e lunga vita a te, Julian», gli rispose solennemente Jacques.

Capitolo 18

Jacques entrò nel dedalo di gallerie e le percorse a una velocità soprannaturale. Udiva ogni suono: lo sgocciolio e il rombo dell'acqua, lo squittio acutissimo dei pipistrelli, perfino i lievi spostamenti della terra. Ma non udiva ciò che più aveva a cuore. Dalle sorgenti non proveniva alcun suono. Nessuno scroscio, nessun dolce mormorio o respiro di dormiente. Nessun cuore palpitante.

Jacques entrò nella camera sotterranea piena di vapore e vide Shea che giaceva immobile su una roccia. Per un istante rimase pietrificato, senza poter parlare né muoversi. Shea non aveva risposto al suo richiamo telepatico. Se l'aveva perduta, allora quel mostro di Rand aveva vinto. Nessuno sarebbe stato più al sicuro finché Jacques non fosse stato distrutto. Scosse la testa. No, se lei era morta, lui non l'avrebbe lasciata sola ad affrontare l'ignoto. Rand non avrebbe vinto. Jacques l'avrebbe seguita e trovata. E avrebbero trascorso l'eternità insieme nell'aldilà.

Si schiarì la gola in modo rumoroso, per farla voltare a guardarlo. Lei non si mosse. Jacques inspirò profondamente e sentì un debole odore di sangue.

Percorse la distanza che li separava con un unico balzo, così rapido da finire quasi a capofitto nella vasca. All'ultimo istante riuscì a recuperare l'equilibrio sul bordo del masso.

C'erano chiazze di sangue sulla roccia accanto al corpo nudo di Shea, e una tenue striscia cremisi sui suoi seni. Con un grido, Jacques cadde in ginocchio, la prese e la strinse al petto. Il suo cuore non batteva. Non c'erano pulsazioni né altri segni vitali. «No!», esclamò roco, e l'eco risuonò lugubre nella caverna. La sua voce era affranta, il suo cuore strappato dal petto, come quello di Rand.

Jacques? La voce era flebile e distante, ma era senza dubbio quella di Shea.

Jacques trattenne il respiro, temendo di essere impazzito davvero. «Shea?». Disse con un filo di voce; un sussurro di seta come la sensazione dei capelli di lei sulla pelle. Quella luce. «Dove sei, amore? Torna da me».

Jacques premette la fronte sulla sua e le posò una mano sul cuore. Sentì il primo battito forte contro il palmo, il primo flusso di sangue pompato nelle vene e nelle arterie. Posò le labbra sulle sue per cogliere il suo primo respiro. Ora poteva tornare a respirare anche lui. Con il viso bagnato dalle lacrime, la strinse forte.

«Cosa ti è successo là fuori?», chiese lei piano, rannicchiandosi contro di lui.

«Ho combattuto contro il vampiro», le disse, affondando il viso nei suoi capelli rossi. Prese tra le labbra una ciocca e la fece scorrere sulla lingua, senza potersi saziare del suo contatto.

«Lo so. Era Rand. L'ho sentito quando ti ha colpito. Sentivo il suo odio. Era terribile, come una presenza aliena nel mio corpo. E quando tu lo hai colpito, ho sentito il suo dolore. Ho iniziato a sanguinare. Sapevo che in qualche modo mi avrebbe usata contro di te, per cui ho cercato di fare quel che fanno tutti i carpaziani, come mi avevi detto tu». Guardò mesta le macchie di sangue intorno a sé. «Ci ho messo un po' a capire come fare, ma alla fine sono riuscita ad addormentarmi».

Jacques rimase senza fiato di fronte al suo coraggio. «Perché non mi hai contattato?»

«Avevo paura di distrarti, Jacques. Sapevo che era un duello mortale. Stare in pena per me era l'ultima cosa di cui avevi bisogno».

«Stai ancora sanguinando», osservò lui, allontanandola per esaminarla meglio.

«Non mi fa male quasi per niente, ora che sei tornato sano e salvo», lo rassicurò lei.

«Mi dispiace che fosse tuo padre. So quanto desideravi avere un padre o un parente ancora vivo». Si chinò su un brutto taglio che le attraversava il seno destro. Lambì delicatamente la ferita con la lingua, che si richiuse all'istante grazie alle proprietà della saliva. La pelle di Shea, così fredda pochi minuti prima, iniziava a scaldarsi. Intorno a loro si levò il vapore e li avvolse in un abbraccio. «La mia famiglia diventerà anche la tua», aggiunse Jacques con dolcezza. «Creeremo una famiglia nostra».

Shea si strofinò contro il suo petto come un gattino e gli baciò il collo. «Certo che sono una strana famiglia, dal primo all'ultimo. Credo che toccherà a noi essere quelli sani di mente».

Jacques amava l'allegria nella sua voce. Malgrado la tristezza di quel momento, malgrado i crimini e l'odio di cui suo padre si era macchiato, Shea riusciva a trovare la forza per prendersi cura di lui. La strinse fra le braccia. «Forse non è il caso di dire loro che la pensiamo così».

«Meglio di no. Per qualche strana ragione credono che siamo noi due quelli un po' svitati». Shea girò la testa e sollevò i capelli, mostrandogli un graffio lungo e profondo sul collo.

Jacques si chinò subito a richiuderlo. Assaporò con la lingua la dolce spezia della vita, accarezzò e solleticò la pelle, risalendo fino all'orecchio. Lo mordicchiò piano e la sentì fremere. La sua pelle lo scaldava. «E un giorno potremo creare una famiglia tutta nostra, Shea. Un bambino». La sentì irrigidirsi di colpo e la tenne stretta. «Non ora, Shea. Più in là, quando sarai forte e sicura di te stessa in mezzo a noi, e io completamente guarito. Il nostro bambino. Dei bambini. Il tuo sogno è diventato anche il mio. Possiamo averlo, Shea».

«Ti prego, Jacques, no», disse Shea.

«Possiamo davvero, amore mio. Ora ricordo molte più cose, molto più in fretta. So che con il tempo riuscirò a provare quel che provi tu. Io voglio un bambino. Voglio vederti felice. Voglio darti una famiglia. Non chiudere la mente all'idea. Abbiamo secoli per prendere una decisione, ma sappi che è quello che desidero anch'io per noi».

«Quando mi prometterai che rimarrai ad amare e proteggere nostro figlio anche nel caso che mi accadesse qualcosa, allora ti dirò di sì».

Lui le sfiorò il collo con i denti. «Grazie a te, ora ho fiducia in me stesso. Un giorno potrò promettertelo. E ti dirò anche questo: che se dovesse accadere una cosa del genere, nostro figlio sarà la mia speranza su questa terra, e che ti seguirò solo quando avrà una famiglia tutta sua».

Shea aveva le lacrime agli occhi. «Allora sono davvero felice, Jacques. Non potresti farmi un dono migliore di ciò che mi hai già dato. Anche se non arriverai mai a quel punto, ti sarò sempre grata e ti amerò sempre per i tuoi sforzi».

«La tua felicità è la cosa più importante per me».

«Hai un odore diverso, Jacques». Shea inspirò profondamente e si staccò da lui per guardarlo negli occhi. «Perché hai un odore diverso?».

Jacques rise piano. «Non è una donna, piccola mia. Perché sei così sospettosa? Ho incontrato un altro come me nella foresta. Avevo bisogno di sangue, e lui mi ha offerto il suo».

«E tu hai accettato?». Shea era sbalordita. Jacques non era più l'uomo diffidente, cupo e pericoloso del loro primo incontro. «Era un perfetto sconosciuto, e tu gli hai permesso di aiutarti?»

«Anche tu eri una sconosciuta, e ti ho permesso di farmi ben altro», scherzò lui, baciandole l'angolo della bocca. «Anzi, mi hai dato molte idee interessanti su come potevi aiutarmi ancora di più».

«Non è vero. Se ben ricordo, io ti ho detto che ero il tuo medico e nient'altro, ma tu non mi davi ascolto. Sai, è proprio una tua pessima abitudine, Jacques, quella di non darmi ascolto».

Jacques tornò a stuzzicarle l'orecchio, scaldandole il sangue. «Ma ho promesso di fare ammenda al più presto, per quanto umanamente possibile», le sussurrò con voce ammaliante.

Shea si sentiva avvolgere tutta dal suo respiro caldo. Poi notò un brutto taglio sulla sua spalla. Si chinò a chiuderlo con la lingua e sentì il sapore inconfondibile di Jacques. Lui fremette e Shea premette il corpo contro il suo. Assaporò la sua essenza, l'adrenalina, la gioia primitiva della battaglia, il suo dolore. «*Umanamente* possibile, eh?», ripeté. «Non so se mi piace, detto così. Ho paura che te la caverai troppo facilmente». Shea gli mise le braccia intorno al collo e lo attirò a sé. Jacques trovò subito la sua bocca. Shea mise in quel bacio tutta se stessa: l'amore, la paura, la voglia di accettarlo com'era, il desiderio che aveva di lui.

Jacques la strinse in modo possessivo. Premeva la bocca avida sulla sua, nutrendosi della sua dolcezza, della sua purezza, per scacciare le ultime tracce del demone. Il corpo di Shea era morbido e accogliente, la bocca altrettanto famelica della sua. Jacques si liberò dei vestiti e tornò ad abbracciarla. Shea si spostò di lato e per un attimo rimasero in bilico, poi caddero insieme nella vasca.

Ancora avvinti, toccarono il fondo, le bocche ancora unite, l'eco delle risate nella mente. Jacques scalciò per risalire e Shea gli mise le gambe intorno ai fianchi. Affiorarono alla superficie, facendo ondeggiare la spuma intorno a loro. Shea rideva, prendendogli il viso tra le mani. «Sei incredibilmente romantico, Jacques. Non riesco nemmeno a prendere fiato».

Lui le posò le mani sulle natiche, massaggiandole in modo sensuale. Alzò un sopracciglio. «Stai dicendo che è colpa mia? Io non perdo mai l'equilibrio, donna. Sono dovuto cadere in acqua insieme a te per risparmiarti l'imbarazzo».

Shea gli accarezzò la schiena, indugiò curiosa sull'incavo sopra le natiche, poi risalì lungo il fianco. «Credo proprio che tu abbia molto bisogno di me, selvaggio». Si schiacciò addosso a lui per sentire il segno caldo e pulsante del suo desiderio. «Proprio tanto». Gli strinse le gambe intorno ai fianchi e si sistemò sopra di lui per riceverlo dentro di sé.

Jacques restò senza fiato quando si sentì avvolgere da quel calore di velluto. Le mordicchiò il collo, tenendola ferma per meglio muoversi in lei. Quel momento era così perfetto che Jacques si sentì sospeso nel tempo, catturato in un'altra dimensione. I capelli di Shea fluttuavano intorno a loro come alghe setose, e i suoi seni alti e sodi sfregavano contro i muscoli del petto di Jacques. Molle e arrendevole, Shea lo circondava come miele caldo, e al tempo stesso lo risucchiava con forza dentro di sé.

L'acqua agitata dal movimento dei loro corpi solleticava la pelle sensibile con una calda, amorevole carezza. In quel momento, per Jacques, Shea era il mondo, il vero significato della vita. I colori danzavano intorno a loro, non il mondo grigio e tetro in cui era vissuto per tanto tempo, ma un mondo di colori veri, intensi e brillanti. I sentimenti erano forti, le emozioni profonde, il suo cuore palpitava di meraviglia e il suo animo traboccava di amore e di protezione. Dopo anni di tormenti, di rabbia e di fredda disperazione, quel suo amore per lei era un miracolo. Shea non avrebbe mai capito cosa significava per lui, nemmeno leggendogli nel pensiero, tanta era la profondità di quel sentimento. Per tanto tempo aveva patito la fame e la solitudine, ma ora era fra le sue braccia, unito a lei in un solo corpo, in un solo cuore e una sola anima, irrevocabilmente.

Jacques sapeva, muovendosi con delicatezza dentro di lei, spingendo e immergendosi sempre più a fondo, che la vita era cambiata per sempre. Avrebbe avuto una casa, una famiglia, dei bambini; avrebbe avuto intorno a sé amore e allegria in ogni giorno della sua esistenza terrena. Avrebbe avuto il corpo e il cuore di Shea, la cui bontà avrebbe mitigato la sua natura di predatore. Il suo inferno era diventato un paradiso che aveva miracolosamente raggiunto, nonostante tanti errori.

Potendo leggere i suoi pensieri con facilità ed essendo quasi sempre fusa con lui, Shea indovinava i sentimenti di Jacques in quel momento. Gli posò la testa sulla spalla, chiuse gli occhi e lasciò che il piacere la travolgesse. Strinse le braccia intorno a Jacques, la sua ancora, la sua sicurezza. Qualunque cosa gli riservasse il futuro, qualunque cosa avessero dovuto affrontare, potevano contare l'uno sull'altra, e non avrebbero potuto chiedere di meglio.

Jacques la sollevò fino al cielo, e ascesero insieme mentre intorno a loro l'acqua della vasca si sollevava in spruzzi e onde. Poi, con dolcezza, le prese il volto fra le mani e la guardò negli occhi verde smeraldo.

«Ti amo, Shea. Ti amerò sempre», promise in un sussurro.

«Ti amo anch'io, Jacques», rispose lei.

Trovò la sua bocca, quella dolcezza calda che solo lei sapeva dargli, e la baciò con trasporto. Si strinsero di nuovo, e l'acqua si richiuse sopra le loro teste. Ridendo e tossendo, si sciolsero dall'abbraccio e risalirono in superficie. Gli orrori di quel giorno erano annegati nelle profondità del loro amore.

L'ORO NERO

A mia figlia Domini, che ha ispirato il personaggio della protagonista, per l'altruismo con cui ama il suo bambino, Mason.

Ad Alicia, che ha dato una possibilità a una scrittrice sconosciuta, e a Leslie, il mio editore, per l'inesauribile pazienza che ha dimostrato verso di me e verso le mie stranezze. Grazie di cuore a entrambe.

Capitolo 1

«Joshua, questo colloquio è molto importante», Alexandria Houton avvertì il fratello minore, mentre parcheggiava la Volkswagen scassata nell'ampio spiazzo dietro il ristorante. Posò una mano sui suoi capelli ricci e affondò lo sguardo in quegli occhi luminosi. Un'ondata di amore la riscaldò istantaneamente, scacciando paure e frustrazioni, e le sue labbra si piegarono in un sorriso. «Ormai sei grande, Josh, devo cercare di ricordarmelo. Questa è l'unica possibilità che ho per ottenere un impiego da sogno. Sai che abbiamo bisogno di questo lavoro, no?»

«Certo, Alex. Non ti preoccupare. Rimarrò qui a giocare con il mio camioncino». Fece un ampio sorriso alla sua adorata sorella, l'unica parente che gli era rimasta da quando i loro genitori erano morti in un incidente stradale, prima ancora che compisse due anni.

«Mi dispiace, la babysitter ci ha dato buca. Era… ehm, malata».

«Ubriaca, Alex», la corresse lui con aria seria, raccogliendo zaino e giocattoli.

«Dove diavolo hai sentito un'espressione del genere?», chiese lei, inorridita dal fatto che un bambino di sei anni sapesse il significato della parola "ubriaco". Scivolò fuori dall'auto e si aggiustò l'unico vestito buono che possedeva. Le era costato la paga di un mese, ma Alexandria lo aveva considerato un investimento necessario. Sembrava più giovane dei suoi ventitré anni e aveva un disperato bisogno del tono che solo un abito elegante e costoso poteva darle.

Josh prese in braccio il suo giocattolo preferito, un camion dell'immondizia Tonka, tutto rovinato. «Ti ho sentito mentre le dicevi di tornarsene a casa, perché da ubriaca non poteva prendersi cura di me».

Alexandria gli aveva ordinato di andarsene in camera sua. Invece lui si era nascosto e si era messo a origliare. Sapeva che si trattava di un sistema eccezionale per ottenere informazioni che sua sorella riteneva adatte solo ai grandi. Ma lei sorrise ugualmente a quella faccia da monello: «Abbiamo le orecchie lunghe, eh?».

Josh sembrava imbarazzato.

«È tutto ok, fratellino. Facciamo meglio a sbrigarcela da soli, no?», scherzò, mostrandosi più sicura di quanto non fosse in realtà. Vivevano in una topaia, una pensione frequentata soprattutto da prostitute, alcolisti e drogati. Alexandria era terrorizzata al pensiero del futuro di Joshua. Tutto dipendeva da quell'appuntamento.

Thomas Ivan, il genio che stava dietro al successo dei videogiochi su demoni e vampiri, stava cercando un nuovo grafico. Ivan era sulle copertine di quasi tutte le riviste importanti. Era rimasto abbastanza colpito dai disegni di Alexandria e le aveva chiesto di incontrarla. Lei sapeva di avere talento; sperava solo che lui non la considerasse troppo giovane. Se la giocava con disegnatori con molta più esperienza.

Tirò fuori dall'auto la sua sottile cartellina e prese Joshua per mano. «Ci potrebbe volere un po'. Hai delle merendine nello zaino, no?».

Lui annuì, e i morbidi riccioli gli ondeggiarono sulla fronte. Alexandria gli strinse la mano con più forza. Joshua era tutto per lei: la sua famiglia, la sua unica ragione per lottare, per cercare di trasferirsi in un quartiere migliore, per cambiare il loro tenore di vita. Suo fratello era un bambino intelligente e sensibile. Lei era fermamente convinta che si meritasse il meglio dalla vita. Ed era altrettanto determinata a fare di tutto perché lo ottenesse.

Lo condusse allo spiazzo sul retro del ristorante, che confinava con un boschetto. Un sentiero portava a una scogliera a strapiombo sull'oceano. «Non ti arrampicare sulle rocce, Joshua. È pericoloso, potresti scivolare e cadere giù».

«Lo so, me l'hai già detto», fece lui, una punta di esasperazione nella voce. «Conosco le regole, Alex».

«Henry sta qui, stasera. Ti darà un'occhiata». Henry era un anziano senzatetto del quartiere, e spesso dormiva nel boschetto dietro il ristorante. Alexandria gli dava cibo, abiti smessi, ma soprattutto tutto il suo rispetto, e lui in cambio cercava di farle qualche piacere.

Lei fece un cenno all'uomo magro e ingobbito che zoppicava verso di loro: «Ciao, Henry. È molto gentile da parte tua darmi una mano».

«Sei stata fortunata a incontrarmi al supermercato, prima. Stasera stavo per andare a dormire sotto il ponte». Gli occhi dell'uomo, di un celeste sbiadito, si guardarono intorno circospetti. «Stanno succedendo cose strane da queste parti».

«Qualche banda di teppisti?», chiese Alexandria, preoccupata. Non voleva che Joshua fosse esposto ai pericoli o alle pressioni della malavita.

Henry scosse la testa. «No, non roba del genere. La polizia non lo permetterebbe in questa zona. Ecco perché dormo qui. Del resto, non farebbe restare neanche *me*, se sapesse che ci passo la notte».

«Quindi? Cosa sta succedendo di strano?».

Joshua le tirò l'orlo della gonna. «Farai tardi per il tuo appuntamento, Alex. Io e Henry ce la caveremo benissimo», insistette, accorgendosi che sua sorella era in ansia. Si sedette a gambe incrociate su un sasso, dando le spalle al sentiero che conduceva alla scogliera.

Henry si mise a sedere accanto a lui, e le ginocchia gli scrocchiarono. «Dai, Alex, va' pure». Le fece un cenno di saluto con la mano nodosa. «Noi ce ne staremo qui a giocare con questo bel camioncino, vero Josh?».

Lei si mordicchiò le labbra, improvvisamente indecisa sul da farsi. Era il caso di lasciarlo da solo con quel vecchio artritico e malconcio?

«Alex!». Come se le leggesse nel pensiero, Joshua le lanciò un'occhiata severa, da cui si capiva che si era offeso.

Lei sospirò. Per via del loro squallido stile di vita, suo fratello era cresciuto troppo in fretta. Sfortunatamente, aveva ragione: quell'incontro era davvero importante. Dopotutto, lo faceva anche per lui. «Grazie, Henry. Ti devo un favore. Ho bisogno di questo lavoro». Si chinò a dare un bacio a Joshua. «Ti voglio bene, fratellino. Sta' attento».

«Ti voglio bene, Alex. Sta' attenta tu», le fece eco lui.

Il suo tono affettuoso le fu di conforto mentre tornava indietro lasciandosi alle spalle il boschetto di cipressi e le cucine, fino ai gradini che conducevano alla terrazza a strapiombo sulla scogliera. Quel ristorante era famoso proprio perché offriva lo spettacolo delle onde che si infrangevano sulle rocce. Il vento, misto a gocce di acqua salata, le scompigliava i capelli, anche se erano raccolti. Alexandria si fermò davanti alla porta, fece un respiro profondo ed entrò a testa alta e sicura di sé, sebbene il suo stomaco si stesse contorcendo.

Musica soft, lampadari di cristallo, e una giungla di piante stupende le diedero l'illusione di trovarsi in un mondo parallelo. La stanza era suddivisa da piccoli separé, e la luce tremolante di un enorme camino dava a ogni angolo un'aria di calore e intimità.

Alexandria fece un sorriso al maître. «Ho un appuntamento con il signor Ivan. È già arrivato?»

«Mi segua», fece l'uomo con un'aria di approvazione.

Thomas Ivan quasi si strozzò con lo scotch, quando l'incantevole Alexandria Houton si avvicinò al suo tavolo. Portava spesso le donne con cui aveva appuntamento in quel bel ristorante, ma stavolta gli era andata senz'altro meglio del previsto. Lei camminava al fianco del maître: era magra ma formosa e con delle gambe stupende. I grandi occhi del colore degli zaffiri erano incorniciati dalle ciglia scure, le sue labbra erano carnose e sexy. Aveva i capelli biondi raccolti in un severo chignon che le sottolineava la regolare forma del viso e gli zigomi alti. Tutti si voltavano al suo passaggio. Lei non sembrava accorgersi dello scompiglio che stava creando, ma il maître si comportava come se stesse scortando una principessa. Quella ragazza aveva proprio qualcosa di speciale.

Thomas tossì per schiarirsi la gola e ritrovare la voce. Si alzò in piedi, le strinse la mano e tra sé e sé gioì della sua immensa fortuna. Quella meravigliosa, giovane creatura aveva bisogno di lui. Ivan era di circa quindici anni più grande della ragazza, era ricco, influente, famoso, e il suo successo dipendeva solo da lui. E Thomas aveva decisamente intenzione di sfruttare tutti i vantaggi della sua posizione.

«È un piacere conoscerla, signor Ivan», disse lei dolcemente. La sua voce melodiosa scivolò sulla pelle di Thomas, come se dita di seta lo stessero accarezzando.

«Anche per me». Thomas trattenne la mano della ragazza fra le sue un attimo più del necessario. La dolce innocenza del suo sguardo rendeva quella sua naturale sensualità ancora più provocante. Lui la desiderava selvaggiamente ed era determinato ad averla.

Alexandria congiunse le mani e se le nascose in grembo, in modo che il tremolio non tradisse il suo nervosismo. Non riusciva ancora a credere di essere seduta di fronte a un uomo brillante come Ivan. E men che meno, di essere considerata per il suo prossimo progetto. Era l'occasione di una vita. Mentre lui rimaneva in silenzio, studiandola attentamente, Alexandria cercava qualcosa di educato e intelligente da dire: «Questo ristorante è bellissimo. Viene spesso qui?».

Il cuore di Thomas sobbalzò. Lei gli dimostrava interesse. Perché glielo stava chiedendo? Poteva anche avere quell'aria da bella e impossibile, persino un po' altezzosa, eppure stava cercando di ottenere delle informazioni sulla sua vita privata. Lui alzò un sopracciglio e le rivolse il suo sorriso di circostanza, quello che di solito levava il fiato alle donne: «È il mio ristorante preferito».

Ad Alexandria non piacque quell'improvvisa aria compiaciuta nel suo sguardo, ma gli sorrise lo stesso. «Ho portato con me qualche schizzo. Idee e disegni per la storia su cui lei pensa di basare il prossimo videogioco. Ho tutto chiaro in testa. So che in *NightHawks* lavorerà anche Don Michaels. È molto bravo, ma non credo che rispecchi esattamente ciò che lei ha in mente. Io ci vedo molti più particolari, molta più forza». Alexandria incrociò le dita sotto il tavolo tentando di farsi vedere calma.

Thomas rimase di stucco. Aveva pienamente ragione. Michaels era un grande nome, con un ego altrettanto grande, ma non era riuscito ad afferrare del tutto la visione di Thomas. Comunque, quel tono così smaccatamente professionale lo irritò. Sembrava bella e impossibile. E voleva parlare di lavoro. Le donne di solito gli cadevano ai piedi.

Alexandria notò una punta di fastidio nell'espressione di Thomas Ivan. Si conficcò le unghie nel palmo della mano. Dove aveva sbagliato? Senza dubbio era partita in quarta. Un uomo con la fama di libertino che aveva lui forse avrebbe preferito un approccio più femminile. Lei aveva bisogno di quel lavoro: non poteva cominciare facendolo arrabbiare. Che male c'era a sedurlo un po'? Ivan era uno scapolo ricco e di bell'aspetto, esattamente il tipo d'uomo da cui sarebbe stata attratta. Sospirò fra sé e sé. In realtà, non si era mai sentita veramente attratta da nessuno. Lo aveva attribuito per un po' agli uomini sgradevoli che circolavano nel quartiere in cui abitava, o al senso di responsabilità nei confronti di Joshua. Poi aveva cominciato a pensare di essere frigida. Ma poteva comunque fingere.

La domanda successiva di Thomas Ivan le diede ragione.

«Non credo che dovremmo rovinarci la cena parlando d'affari, non pensa?», osservò lui, sorridendo in maniera seducente.

Alexandria sbatté le palpebre per scacciare dalla mente l'immagine di un barracuda che si avvicina alla preda, e piegò le labbra in un dolce e sensuale sorriso. Sarebbe stata una lunga serata. Scosse la testa quando lui le chiese se voleva del vino e si concentrò sul suo cocktail di gamberi e sulla banale conversazione che sembrava farlo contento. Ivan si chinava verso di lei e le toccava spesso la mano per creare intimità.

A un certo punto, Alexandria riuscì a defilarsi per andare a controllare Joshua. Il sole stava tramontando e lo trovò a giocare insieme a Henry a *black-jack* con un mazzo di carte rovinato.

L'uomo le sorrise, accettò con gratitudine il cibo che lei era riuscita a trafugare, e le fece cenno con la mano di ritornare dentro.

«Va tutto bene, Alex. E adesso, va' a prenderti qual lavoro a cui tieni tanto», le ordinò.

«Stai insegnando a Josh a giocare d'azzardo?», esclamò lei, facendo finta di rimproverarli. I due colpevoli risero maliziosamente. Aveva adottato quel tono severo per trattenersi dall'abbracciare forte il fratellino.

«Henry dice che potrei essere io a mantenere *te* con questo gioco, perché vinco sempre», esclamò il bambino, orgoglioso. «Dice che non dovrai più farti bella per qualche canaglia».

Alexandria si mordicchiò le labbra per nascondere tanto il suo divertimento quanto l'irrefrenabile ondata di affetto. «Be', finché non diventerai un baro di professione, dovrò provvedere io al nostro sostentamento. Quindi è meglio che rientri. Se avete freddo c'è una coperta nel bagagliaio». Porse le chiavi dell'auto a Joshua. «Fa' attenzione. Se le perdi, dovremo dormire qui fuori insieme a Henry».

«Fico!», replicò il bambino, con un guizzo nei suoi occhi blu.

«Sì, fico, ma un po' freddino», osservò Alexandria. «Fa' il bravo. Sarò di ritorno il prima possibile, ma quel tizio non mi è molto d'aiuto. Pensa di vincere la partita stasera», aggiunse con una smorfia.

Henry agitò il pugno nodoso. «Se ti crea qualche problema, ci penso io».

«Grazie, Henry. Comportatevi bene, voi due, io torno al lavoro». Alexandria si voltò e si diresse verso il ristorante.

Il vento la sospingeva e gli spruzzi del mare le arrivavano addosso. La foschia stava cominciando ad avvolgere gli alberi con il suo triste abito bianco. Alexandria rabbrividì e si sfregò le braccia con le mani. Non aveva davvero freddo, ma la nebbia e quell'aria di mistero le procuravano un senso di angoscia.

Scosse la testa per mandar via la sensazione che il male si annidasse dietro ogni albero. Per chissà quale ragione, era particolarmente nervosa, quella sera. Forse per l'importanza di quel colloquio. Il lavoro doveva essere suo.

Riattraversò il ristorante, passando accanto alla giungla di piante in vaso e di viti pensili.

Ivan balzò in piedi per spostarle la sedia, perfettamente consapevole di essere oggetto di invidia da parte degli altri uomini in sala.

Alexandria Houton aveva qualcosa di magico e di speciale che gli faceva venire in mente notti roventi di sfrenata passione.

Le sfiorò il dorso della mano. «Hai freddo», disse con voce un po' roca. Lo faceva sentire come uno scolaretto impacciato, mentre lei rimaneva distaccata e leggermente altezzosa, un'immobile sirena che lo guardava soffrire.

«Sono uscita un attimo all'aperto, dopo essere stata alla toilette; la notte era così bella che non ho potuto resistere e sono andata a guardare l'oceano. Pare che stia facendo un po' i capricci». I suoi occhi sembravano nascondere milioni di segreti, le sue lunghe ciglia chiudevano dietro di loro ogni emozione. Thomas deglutì e guardò altrove. Doveva riprendere il controllo di sé. Fece appello al suo famoso fascino e cominciò a raccontarle buffe storielle per divertirla e attirare la sua attenzione.

Alexandria fece di tutto per cercare di seguire la conversazione, ma le risultava difficile concentrarsi su aneddoti che riguardavano la sua brillante carriera, la sua intensa vita sociale e la lunga lista di donne che stavano dietro al suo portafogli. Si sentiva sempre più a disagio, tanto che iniziarono a tremarle le mani. Per un momento, provò un brivido di terrore, come se la sua gola fosse serrata da dita gelate. Fu una sensazione così reale che dovette portarsi una mano al collo per controllare che fosse tutto a posto.

«Deve assolutamente assaggiare un goccio di vino. È un'annata eccellente», insistette Thomas, sollevando la bottiglia e rispostando su di lui l'attenzione.

«No, grazie. Io bevo di rado». Era la terza volta che Alexandria glielo ripeteva e si trattenne dal chiedergli se per caso avesse problemi di udito. Non aveva intenzione di offuscarsi la mente con l'alcol, quel colloquio era troppo importante. E poi lei non beveva mai quando doveva guidare o se c'era Joshua con lei. Suo fratello aveva visto anche troppi ubriachi nell'androne e sui marciapiedi fuori dalla loro pensione.

Alexandria sorrise per rendere meno brusco il suo rifiuto. Non appena il cameriere portò via i piatti, lei prese con decisione la sua cartella di disegni.

Ivan sospirò in maniera evidente. Di solito, a quel punto, le donne erano già ai suoi piedi. Invece Alexandria sembrava immune al suo fascino, fuori dalla sua portata. Eppure, lei lo intrigava, doveva averla. Sapeva quanto ci tenesse a quel lavoro e lui avrebbe sfruttato la sua posizione, se fosse stato necessario. Gli sembrava che ardesse un fuoco dentro quella ragazza, nascosto dietro il sorriso sereno e quei bellissimi occhi color zaffiro, e non vedeva l'ora di portarsela a letto e darsi al sesso sfrenato.

Tuttavia, nel momento stesso in cui Thomas si mise a sfogliare i suoi schizzi, si dimenticò del suo ego e dei suoi impulsi sessuali. Alexandria era riuscita a immortalare sulla pagina le immagini della sua mente ancora meglio di quanto lui stesso potesse fare a parole. Fu preso dall'eccitazione, quasi sbavava su quei disegni incredibili. Lei era esattamente la persona di cui aveva bisogno per il nuovo gioco di ultima generazione, spaventoso e difficile, quello che avrebbe spazzato via i concorrenti. Il suo approccio giovane e creativo era proprio ciò che gli serviva.

«Sono solo schizzi veloci», disse lei in tono sommesso, «senza animazione, ma spero che le piaccia l'idea». Si dimenticò del fatto che quell'uomo non le andasse troppo a genio non appena scorse l'approvazione nel suo sguardo.

«Lei è portata per i dettagli. E poi ha immaginazione e tecnica. A guardare questi schizzi, direi che mi ha letto nel pensiero. In questo riesce a trasmettere veramente la sensazione di volare», e indicò un disegno. Era davvero impressionato di come fosse riuscita a rendere il senso di vuoto solo con carta e penna. Che cosa avrebbe potuto fare con un armamentario completo di computer e programmi di grafica?

Thomas osservò una scena, e gli sembrò che si stesse davvero animando. Pareva che Alexandria avesse fotografato un vampiro durante una battaglia violenta. Era così reale, e così spaventoso. I suoi disegni riproducevano perfettamente l'azione e l'immagine che lui aveva in testa, e davano vita a un'intesa tra loro che per tutta la serata non erano riusciti a creare.

Alexandria si accorse improvvisamente che Thomas le stava toccando la mano, notò le sue braccia forti e le sue spalle larghe, la bella spigolosità del suo viso. Ebbe un tuffo al cuore, piena di speranza. Stava forse rispondendo a uno stimolo fisico? È incredibile quello che una passione in comune può generare. Il suo sguardo era pieno d'orgoglio. E lui ammirava palesemente il modo in cui la ragazza aveva disegnato le creature che facevano parte della sua fantasia.

Improvvisamente una corrente d'aria fredda attraversò il ristorante, portando con sé l'odore del male. Scivolò sulla pelle di Alexandria come vermi che strisciano su un corpo. Lei fu presa da un conato e si accasciò sulla sedia, pallida e tremante. Si guardò intorno attentamente. Nessuno sembrava aver notato la folata d'aria, il tanfo del male. Le risate e il brusio accennato della conversazione la circondavano. Quella normalità avrebbe dovuto rassicurarla, invece lei cominciò a tremare di più. Poteva sentire le gocce di sudore che le imperlavano la fronte, scorrendole fino all'incavo tra i seni. Il cuore le batteva all'impazzata.

Thomas Ivan era troppo preso dagli schizzi per accorgersi del suo malore. Continuava a sussurrare parole d'approvazione, con la testa china e gli occhi pieni di quei disegni.

Ma qualcosa stava andando storto. Davvero storto. Alexandria lo sapeva, lo aveva sempre saputo. Aveva percepito il momento esatto in cui i suoi genitori erano morti. Sapeva quando un crimine violento aveva luogo nei pressi di dove lei si trovava. Si accorgeva se qualcuno faceva uso di droghe, anche se quello negava; insomma, lei aveva consapevolezza delle cose. E in quel momento, mentre al ristorante tutti se la spassavano, mangiavano, bevevano e parlavano, lei aveva capito che il male era lì vicino: l'essere più malvagio che avesse mai percepito.

Ispezionò con un'occhiata lenta e meticolosa l'ampia sala. I clienti continuavano a mangiare e chiacchierare indisturbati. Le tre donne che sedevano al tavolo accanto al suo ridevano in maniera esagerata, mentre facevano un brindisi. Alexandria aveva la gola secca, il cuore le batteva forte. Non era in grado di muoversi o parlare, gelata dalla paura. Sul muro alle spalle di Thomas Ivan si era materializzata un'ombra scura, che incombeva sulla stanza, un'orribile apparizione che nessuno sembrava aver visto, e che continuava ad allargarsi, a estendere i suoi artigli verso di lei, verso le tre donne che parlavano animatamente lì vicino. Alexandria stava seduta, sentendo un orribile fruscio nella testa, come il battito di ali di pipistrello che, mormorando insistentemente, le impartiva un ordine insidioso.

Vieni da me. Stai con me. Fammi divertire con te. Vieni da me.

Quelle parole la colpirono come schegge di vetro che le perforavano il cranio. Gli artigli sul muro, aperti, allargati, la attiravano verso di loro.

Una sedia alla sua destra che strusciò sul pavimento interruppe il maleficio. Alexandria sbatté le palpebre, e l'ombra sparì con l'eco di un'inquietante risata. Lei riuscì a muoversi, a girare la testa verso il rumore di altre due sedie che venivano spostate. Vide le tre donne alzarsi all'unisono, lasciare il denaro sul tavolo, e camminare verso l'ingresso dopo essere improvvisamente ammutolite.

Lei avrebbe voluto urlare loro di tornare indietro. Non sapeva il perché, ma aprì la bocca per farlo. Aveva un nodo in gola e non riusciva a respirare.

«Alexandria!», Thomas si precipitò ad aiutarla. Lei era pallidissima, piccole gocce di sudore le coprivano la fronte. «Che cosa è stato?».

La ragazza rimise i suoi disegni nella cartellina, ma le tremavano le mani e i fogli le caddero sul tavolo e sul pavimento. «Mi scusi, signor Ivan. Devo andare». Si alzò di scatto e lo fece arretrare. I suoi pensieri erano rallentati e confusi, come se quella creatura viscida e malvagia fosse ancora attaccata alla sua testa, lo stomaco era in subbuglio.

«Non sta bene, Alexandria. Mi permetta di riaccompagnarla a casa». Ivan cercava nello stesso tempo di rimettere insieme i preziosi disegni e di tenerla per un braccio.

Lei si divincolò: il suo unico pensiero era raggiungere immediatamente Joshua. Qualsiasi cosa fosse quell'essere maligno, qualsiasi creatura si aggirasse nella notte, le tre donne, Henry e Joshua erano in grave pericolo. Quella cosa era lì fuori. Poteva avvertire la sua presenza, come un'ombra scura su di lei.

Si girò e corse via, incurante degli sguardi curiosi e dello stupore di Thomas Ivan. Inciampò sui gradini, l'orlo della gonna si impigliò e lei sentì uno strappo. Il dolore e la paura la attanagliarono. Le sembrò che il petto le stesse esplodendo, e che il suo cuore, lacerato, sanguinasse. Era tutto così reale, si toccò il petto e si guardò le mani, aspettandosi di vederle macchiate di rosso. No. Il sangue era di qualcun altro, qualcuno che era stato ferito, o peggio ancora.

Alexandria si morse il labbro inferiore al punto di tagliarselo. Quel dolore era reale, e l'aveva sentito solo lei. Le impediva di concentrarsi, di continuare a correre. Qualsiasi creatura fosse quella cosa che si aggirava lì intorno, aveva commesso un omicidio. Lei riusciva persino a sentire l'odore del sangue, avvertiva le lente vibrazioni, gli strascichi della violenza. Pregò che non si trattasse di Joshua. Singhiozzando, corse lungo lo stretto vialetto che circondava l'edificio. Non poteva perdere suo fratello. Perché l'aveva lasciato solo con un uomo anziano a tenerlo d'occhio?

A quel punto, Alexandria si rese conto della nebbia. Spessa. Densa, simile a una zuppa. Ricopriva gli alberi come uno spaventoso muro bianco. Non riusciva a vedere i suoi piedi. Le sembrava di camminare nelle sabbie mobili. Quando provò a inspirare, si rese conto che non poteva farlo. Avrebbe voluto gridare il nome di Joshua, ma intuì che era meglio rimanere in silenzio.

Chiunque fosse quel pazzo, godeva nel vedere il terrore e il dolore altrui. Lo eccitavano, lo mandavano su di giri. Alexandria non avrebbe soddisfatto i suoi macabri gusti.

Facendosi strada tra gli alberi, incespicò in un corpo. «Oh mio Dio», gridò, pregando che non si trattasse di suo fratello. Chinandosi, si rese conto che quel cadavere era troppo grande. Freddo e immobile, sembrava un patetico mucchio di rifiuti. «Henry». Un'ondata di tristezza la invase, quando lo afferrò per le spalle per voltarlo.

Vide il suo petto massacrato e fu assalita dall'orrore. Gli era stato letteralmente strappato il cuore. Alexandria si scostò, cadde in ginocchio e si sentì malissimo. Henry aveva diverse ferite sul collo, il tipo di lacerazioni che può provocare un animale.

Le spuntò sul viso un sorriso disperato. Si strofinò la bocca con il dorso della mano. Quel pazzo depravato non aveva preso Joshua. Risoluta, si diresse istintivamente verso la scogliera. Le onde si infrangevano rumorosamente sulle rocce frastagliate e il vento soffiava attraverso gli alberi, per cui non si riusciva a sentire nulla.

Alexandria continuò ad andare avanti, pur senza riuscire a vedere o udire niente: l'istinto la guidava verso l'assassino. Aveva l'impressione che lui sapesse che stava arrivando, che la stesse aspettando. Era certa che lui credesse di averla in pugno, e di spingerla a raggiungerlo.

Nonostante il vento forte, la nebbia continuava a essere fitta. Eppure, attraverso quella cortina, intravide qualcosa di ancora più terrificante. Tre donne dall'aspetto vagamente familiare si stavano lentamente dirigendo verso la scogliera. Erano le signore che sedevano al tavolo alla sua destra; se n'erano andate appena prima di lei. Ad Alexandria sembravano in una specie di stato di trance, con lo sguardo fisso e rapito verso la sagoma di un uomo che si trovava sul ciglio del dirupo.

Era alto e magro, ma aveva comunque l'aria di essere molto forte e possente. Aveva un viso incantevole – era bello come un adone – e i capelli lunghi fino alle spalle e ondulati. Quando sorrideva, si intravedevano dei denti di un bianco abbagliante.

Come quelli di un predatore. Nel momento stesso in cui quel pensiero le si affacciò alla mente, l'illusione di tale bellezza svanì e Alexandria vide il sangue sulle mani di quella creatura. Sui suoi denti e sul suo mento. Il sorriso era una smorfia che metteva in mostra zanne feroci. I suoi occhi, fissi sulle tre donne, erano buchi neri in cui splendeva una ferina luce rossa.

Le donne sorridevano in modo affettato e si dirigevano verso di lui. Appena furono abbastanza vicine, lui alzò una mano e indicò il terreno. Obbedienti, loro caddero sulle ginocchia e cominciarono a strisciare voluttuosamente, contorcendosi, gemendo e piangendo. Per un attimo, la nebbia coprì quell'orribile visione e, non appena si diradò un po', Alexandria si accorse che una delle donne aveva raggiunto l'uomo e gli cingeva le ginocchia. Quella si strappò via la camicetta, mostrando i seni, toccandosi in modo sensuale, strofinandosi sul corpo dell'uomo, supplicandolo e implorandolo di prenderla, di farla sua. Una seconda donna aveva raggiunto il ciglio della scogliera e si teneva alla sua cintura, fissandolo con sguardo provocante.

Alexandria avrebbe voluto allontanarsi dall'orrore di quello che stava per accadere a quelle marionette, ma scorse Joshua che camminava lentamente verso l'uomo. Non sembrava aver notato le donne. Non guardava né a destra, né a sinistra, procedeva dritto come un sonnambulo.

Una trance. Una trance ipnotica. Il cuore di Alexandria ebbe un sussulto. Chissà in che modo quell'assassino aveva ipnotizzato le tre donne e Joshua. Obbedivano ai suoi ordini come pecorelle. Il cervello della ragazza stava ancora cercando di analizzare il sistema con cui quel mostro era riuscito nell'impresa, ma il suo corpo aveva già cominciato a correre per intercettare Joshua prima che lo raggiungesse. Fortunatamente, il bambino camminava molto lentamente, come se fosse spinto in avanti da una forza contraria alla sua volontà.

Sebbene fosse nascosta dalla pesante cortina di nebbia, Alexandria sentì l'impatto di quegli occhi ostili, ultraterreni, non appena la creatura voltò la testa verso di lei, muovendo il collo a destra e a sinistra, come un rettile.

Quando lui la scrutò attraverso la densa foschia, Alexandria sentì di nuovo delle ali di pipistrello che le sbattevano dentro al cervello e frammenti di vetro che le entravano nel cranio. E quella dolce voce seducente che mormorava nella sua testa. Lei ignorò il dolore che le batteva alle tempie e si concentrò per cercare di raggiungere Joshua. Non avrebbe dato a quel mostro la soddisfazione di sapere che stava soffrendo a causa sua.

Riuscì ad afferrare il fratellino per la camicia. I piedi del bambino continuavano ad andare avanti, ma lei si piantò a terra e lo trattenne. Cingendolo con le braccia, si ritrovò di fronte al mostro, a non più di cinque metri da lui.

La creatura stava proprio sul ciglio della scogliera, le sue marionette lo adulavano, scongiurandolo di prestare loro attenzione. Lui sembrava non notarle, era interamente concentrato su Alexandria. Le sorrise, scoprendo le zanne.

Lei rabbrividì alla vista del sangue di Henry su quelle labbra e su quei denti. Quel pazzo assassino aveva ucciso il dolce, indifeso senzatetto.

«Vieni da me». Le tese la mano.

Lei sentì passare attraverso tutto il corpo quella voce che voleva farsi obbedire. Sbatté le palpebre per focalizzarsi sulle macchie di sangue che l'uomo aveva sulle mani e sulle sue unghie lunghe, simili a pugnali. Quando lei portò di nuovo lo sguardo sugli artigli, quella voce perse fascino e assunse un tono aspro e aggressivo.

«No. Lasciaci in pace. Porterò Joshua via con me. Tu non lo avrai». Alexandria parlò con determinazione, la schiena dritta e gli occhi azzurri che gli palesavano il suo disprezzo.

Una di quelle orrende mani accarezzò distrattamente la tipa che gli si sfregava addosso: «Unisciti a me. Guarda queste donne. Loro mi vogliono. Mi adorano».

«Continua a illuderti». Alexandria provò a fare un passo indietro. Joshua oppose resistenza. Lei rafforzò la presa per impedire che andasse avanti ma, quando lo tirò a sé, lui cominciò a dimenarsi, costringendola a fermarsi.

Il mostro inarcò un sopracciglio: «Non mi credi?». Spostò la sua attenzione sulla donna che gli stava attaccata alla cintura. «Vieni qui, mia cara. Voglio che tu muoia per me». E fece un cenno alle sue spalle.

Alexandria era terrorizzata. La donna leccò la mano tesa dell'uomo e, sorridendo in modo servile, lo superò. «No!», gridò Alexandria, ma quella si era già lanciata nel vuoto, giù nell'acqua avida e contro rocce frastagliate. Lei rimase senza fiato e il mostro tirò su per i capelli l'altra donna, la baciò sulla bocca e, facendola piegare all'indietro, le affondò le orribili zanne nel collo.

Quei disegni così realistici che Alexandria aveva realizzato per le storie horror di Thomas Ivan stavano prendendo vita davanti ai suoi occhi. Quella creatura si nutrì del sangue che sgorgava dal collo della donna, poi la scaraventò lontano, sulla scogliera, come se non fosse altro che una conchiglia vuota che aveva trovato sulla spiaggia. Poi si passò grottescamente sulle labbra insanguinate la lingua spessa e disgustosa.

Alexandria si accorse di stare sussurrando una preghiera, più e più volte, come una litania. Qualunque cosa fosse quella creatura, era pericolosa e folle oltre ogni immaginazione. Rafforzò la stretta su Joshua e lo sollevò.

Lui le diede un calcio e cercò di divincolarsi, emettendo dei piccoli grugniti e digrignando i denti. Alexandria riuscì a fare altri due passi indietro prima di essere costretta a metterlo giù. Il bambino rimaneva immobile finché lei non cercava di allontanarlo dal suo obiettivo.

Il mostro alzò di nuovo la testa, si leccò le dita e sorrise con aria feroce: «Vedi? Loro fanno qualsiasi cosa per me. Mi adorano. Tu no, tesoro?». Fece alzare in piedi l'ultima donna. Immediatamente lei gli si avvinghiò, strusciandosi, toccandolo e accarezzandolo. «Tu vuoi solo accontentarmi, vero?».

La donna cominciò a baciarlo sul collo, sul petto, abbassandosi sempre di più mentre le dita armeggiavano con i suoi pantaloni. Lui le fece una carezza. «Vedi quanto sono potente? E tu sei l'unica con cui voglio unirmi, per condividere il mio potere».

«Quella donna non ti adora», protestò Alexandria. «L'hai ipnotizzata e adesso è come una marionetta. Non è più padrona di sé. È questo ciò che chiami potere?». Cercò di mettere più disprezzo possibile nella sua voce tremante.

La bocca del mostro articolò un sibilo basso e fatale, ma continuò a sorridere. «Forse hai ragione. Questa qui è inutile, no?». Le stava ancora sorridendo e la stava guardando dritto negli occhi, quando prese la testa della donna fra le mani e le spezzò il collo.

Si sentì un *crack*, che sembrò riverberare nel corpo di Alexandria. Stava tremando e le battevano i denti. Il mostro fece penzolare il corpo della donna sulla scogliera, tenendolo distrattamente con una mano. Rimase appesa lì come una bambola di pezza, con il collo piegato in una postura innaturale: una bellissima donna era diventata solo un guscio vuoto. Lui si sbarazzò del cadavere aprendo la mano e facendolo precipitare tra le onde sottostanti.

«Adesso sono tutto tuo», disse dolcemente. «Vieni da me».

Alexandria scosse la testa violentemente. «Io no. Non ci vengo. Ti vedo per quello che sei, non m'inganni come hai fatto con quelle poverette».

«Vieni da me, e di tua spontanea volontà. Tu sei l'unica. Ho attraversato il mondo alla ricerca di una come te. Devi venire da me». Il suo tono era dolce, ma con una punta di minaccia, di ordine.

Alexandria provò a fare un passo indietro, ma Joshua cominciò a ringhiare, scalciare e mordere. Lei si fermò di nuovo e rafforzò la presa per evitare che lui le sfuggisse.

«Tu stai male. Hai bisogno di aiuto. Di un dottore o di qualcosa del genere. Io non posso fare niente per te». Stava cercando disperatamente un modo per venir fuori da quell'incubo, pregando che arrivasse qualcuno. Una guardia della sicurezza. Chiunque.

«Tu non sai cosa sono, vero?».

Alexandria aveva la mente intorpidita dalla paura. Ultimamente aveva trascorso gran parte del suo tempo leggendo e facendo ricerche sulle antiche leggende di vampiri per fare gli schizzi da mostrare a Thomas Ivan. E quel mostro era la personificazione di tali creature, che si nutrivano di sangue umano, si servivano dell'ipnosi per comandare persone indifese e farle obbedire ai loro ordini malvagi. La ragazza trasse un profondo respiro per ritrovare la calma, cercando di ritornare al mondo reale. Sicuramente era per colpa della nebbia e del vento, del buio, della notte senza stelle e dell'inquietante rumore delle onde, che pensava a cose che non potevano esistere davvero. Quello era un sociopatico del ventunesimo secolo, non qualche mitico personaggio delle leggende. Doveva soltanto rimanere presente a se stessa e non permettere all'orrore della notte di alimentare la sua immaginazione.

«Credo di sapere cosa pensi di essere», gli disse con voce calma, «ma la verità è che sei semplicemente un crudele assassino».

Lui rise con perfidia, emettendo un suono simile a quello della unghie che graffiano una lavagna. Alexandria sentiva il tocco delle sue dita gelate sulla pelle: «Sei solo una ragazzina che non vuole affrontare la verità». Alzò una mano e chiamò Joshua con un cenno, i suoi occhi incandescenti erano fissi sul viso del bambino.

Quello lottò furiosamente, scalciando e mordendo le braccia della sorella per cercare di liberarsi dalla sua stretta.

«Lascialo stare!». Alexandria cercava con tutte le sue forze di domare il fratello, ma la trance lo rendeva troppo forte e lui riuscì a divincolarsi. Si mise subito a correre sulla scogliera verso il mostro e gli cinse le ginocchia, guardandolo con occhi adoranti.

Capitolo 2

Alexandria ebbe un tuffo al cuore. Si raddrizzò molto lentamente, aveva la bocca asciutta e quando vide le grinfie di quell'orribile creatura affondare nelle spalle di suo fratello, fu assalita del terrore.

«Verrai da me adesso, o no?», le chiese lui dolcemente.

Alexandria sollevò il mento tremante. «Questo è quello che chiami libero arbitrio?». Aveva le gambe così molli che riuscì a fare solo qualche passo verso di lui e poi fu costretta a fermarsi. «Se usi Joshua per ricattarmi, non è come se io venissi da te di mia spontanea volontà, giusto?», fece con aria di sfida.

A lui sfuggì un breve sospiro, poi prese Joshua per una gamba e lo tenne sospeso oltre il bordo della scogliera. «Dato che ti piace così tanto la libertà, smetterò di controllare la mente di tuo fratello, in modo che possa capire quello che sta accadendo». Ghignò e serrò le zanne dopo aver pronunciato in tono glaciale quelle parole.

La sua minaccia spinse Alexandria a fare qualche passo in avanti. Incespicando, arrivò a mezzo metro dal mostro, per cercare di raggiungere Joshua. «Oh mio Dio, ti prego, non farlo cadere! Rimettilo giù!». La paura e il dolore nella sua voce alimentarono l'eccitazione del mostro.

Fece una risatina e Joshua improvvisamente riprese coscienza, urlando, con il viso deformato dal terrore. Gridò il nome di sua sorella, guardandola negli occhi: era la sua unica salvezza.

Il mostro allontanò Alexandria con una mano, mentre con l'altra continuava a tenere Joshua sospeso oltre il ciglio della scogliera.

Lei si sforzò di rimanere dritta davanti a lui. «Lascialo andare. Non hai bisogno di lui. È solo un bambino».

«Oooh, invece è molto importante, perché mi assicura la tua collaborazione». Il pazzo le sorrise e spostò Joshua relativamente al sicuro sugli scogli. Fece un cenno con una mano e il bambino smise di urlare, di nuovo sotto il suo demoniaco controllo. «Tu ti unirai a me. Diventerai come me. Insieme avremo così tanto potere che non puoi neanche immaginarlo».

«Ma io non ho mai voluto il potere», protestò Alexandria, avvicinandosi lentamente per cercare di strappare il fratello dalla sua presa. «Perché dici che sono l'unica? Che mi hai cercato dovunque? Tu non sapevi della mia esistenza prima di stanotte. Non sai neanche come mi chiamo».

«Alexandria. È facile leggere nella giovane mente di Joshua. Tu continui a credere che io sia umano, invece non è così».

«Che cosa sei?». Alexandria trattenne il respiro per paura della risposta, dal momento che sapeva che in quella creatura *c'era* qualcosa di sovraumano, *era* una bestia potente e leggendaria. Poteva leggere nel pensiero, controllare le menti altrui, attrarre a sé le sue prede, anche da lontano. Aveva strappato via il cuore a Henry. Aveva ucciso una donna e succhiato il sangue di un'altra proprio lì, di fronte a lei. Qualunque cosa fosse, non era umano.

«Io sono l'incubo di tutti voi sciocchi umani, il vampiro che viene a succhiare la sua fonte di sostentamento. E tu sarai mia moglie, divideremo il mio potere, la mia vita».

Il suo tono era grave e Alexandria non sapeva se mettersi a urlare o scoppiare in una risata isterica. Neanche Thomas Ivan avrebbe potuto scrivere un dialogo più assurdo. Quel pazzo credeva veramente in quello che diceva e, quel che era peggio, stava cominciando a crederci anche lei.

«Questo... questo non è il mio stile di vita». Le parole vennero fuori in un rauco mormorio, non le sembrò vero di essere lì a supplicare per la sua vita, per la vita di Joshua, con una risposta così idiota. Ma qual è il modo giusto di rivolgersi a un pazzo simile?

«Pensi di prendermi in giro e sbrigartela così?». Le sue mani strinsero le spalle di Joshua, rafforzando la presa.

Lei scosse la testa, bloccandosi per un attimo. «No, dicevo sul serio. Mi piace la luce del sole, mentre i vampiri vivono di notte. Raramente bevo il vino, figuriamoci il sangue. Però conosco un locale in cui puoi trovare un sacco di ragazze a cui piacciono queste cose. Si vestono di nero, adorano il diavolo e dicono di bere l'una il sangue dell'altra. Ma io no. Io sono un tipo ultra conservatore».

Come poteva intavolare un dialogo del genere con un assassino? Non c'era lì intorno una guardia? Ancora nessuno aveva trovato il corpo di Henry? C'era qualcuno nei paraggi? Quanto a lungo sarebbe riuscita a far durare quella conversazione?

Lui la schernì con una breve risata insidiosa. «Non verrà nessuno a salvarti, mia cara. Non potranno. Tenere lontana la gente è un gioco da ragazzi, così come attirarla a me».

«Perché io?»

«Ci sono poche persone come te in giro. La tua mente è molto forte, tanto che non può essere controllata. Sei una sensitiva, no? Ecco, queste sono le caratteristiche che cerco in una compagna».

«Non ne sono sicura. Qualche volta sono a conoscenza di cose che altri non sanno», ammise lei, passandosi nervosamente la mano tra i capelli. «Sapevo che eri qui, se è questo quello a cui ti riferisci». Qualcuno presto li avrebbe trovati. Thomas Ivan la stava sicuramente cercando. «Per favore, lasciami portare Joshua a casa, in un posto sicuro. Tu non hai bisogno di lui, ma di me. Ti do la mia parola, sarò di nuovo qui domani notte. E in ogni caso, visto che sei così potente, potrai trovarmi anche se non tornerò». Rivoleva disperatamente Joshua indietro. Era terribile vederlo così debole e assente, con quegli occhi vitrei. Desiderava solo riprenderselo e tenerlo stretto a sé, metterlo al sicuro, essere certa che quella creatura non l'avrebbe mai più toccato. Non le importava nient'altro, solo salvare Joshua.

«Non ti permetterò di allontanarti dal mio campo visivo. Anche altri ti stanno cercando. Devo starti vicino per proteggerti».

Alexandria si premette con la mano le tempie che le pulsavano. Quella creatura stava cercando di invaderle la mente, e la lotta costante per tenerla lontano stava diventando davvero dura. «Bene, signore. Qual è il suo nome?»

«Allora, dobbiamo fare le persone educate e civili?». Le rise in faccia.

«Sì. Credo che sarebbe la cosa migliore». Il suo controllo si stava sbriciolando, lo sapeva. Doveva trovare un modo per allontanare Joshua da lui. Joshua doveva vivere, che lei riuscisse a fare altrettanto o meno. Si ficcò le unghie nel palmo della mano e focalizzò l'attenzione su quella dolorosa sensazione per restare concentrata.

«Bene, come vuoi tu. Io mi chiamo Paul Yohenstria. Vengo dai Carpazi. Dovresti aver notato il mio accento».

Alexandria tese le braccia verso il fratello, incapace di trattenersi. «Mi dia Joshua, la prego, Mr Yohenstria. È solo un bambino».

«Tu vuoi che lui rimanga in vita e io voglio che tu venga con me. Penso che potremmo risolvere la questione facendoci dei piaceri reciproci. Sei d'accordo?».

Alexandria abbandonò le braccia lungo i fianchi. Era esausta e spaventata, e la testa le faceva un male terribile. In qualche modo lui stava amplificando la sua disperazione, abbattendo le sue difese con i suoi attacchi mentali, quella voce la stava facendo impazzire. «Verrò con lei. Ma lasci mio fratello».

«No, cara. Non lo farò finché non vieni qui».

Lei avanzò riluttante. Non aveva scelta. Joshua era la sua vita. Lo amava più di qualsiasi altra cosa. Se non ci fosse stato lui, lei non avrebbe avuto niente. Nello stesso istante in cui Yohenstria la toccò le venne da vomitare. Le sue dita insanguinate le circondarono il braccio e lei intravide il sangue incrostato sotto le unghie lunghe come pugnali. Il sangue di Henry. Yohenstria mollò Joshua per terra e lui rimase lì dove era caduto.

«Non hai bisogno di tenermi. Voglio solo controllare che Josh stia bene», disse Alexandria. Il contatto con un essere tanto malvagio le dava il voltastomaco, e temeva che le venisse di nuovo da vomitare.

«Lascialo stare per un momento». Le sue dita stringevano come una morsa e la attiravano a lui facendo toccare i loro due corpi.

Lei riusciva a sentire il suo alito fetido, che odorava di sangue e di morte. Aveva la pelle viscida e ghiacciata.

Alexandria si divincolò, cercando di scappare, ma sapeva di non avere speranze. Lui si piegò sul suo collo, e lei sentì il suo respiro caldo e disgustoso sulla pelle.

«Non farlo, oh mio Dio! No!». Alexandria bisbigliò, le mancava il fiato. Se il vampiro l'avesse lasciata sarebbe caduta, le ginocchia le avrebbero ceduto, ma lui la teneva stretta e si piegava sempre più su di lei.

«Il tuo Dio ti ha abbandonato», le sussurrò. Avvicinò i denti al suo collo, perforandolo in profondità, e le provocò un dolore tanto intenso che tutto intorno a lei divenne nero. La attirò fra le sue braccia e si nutrì del suo sangue. Lei era minuta e lui la strinse così forte mentre beveva che rischiò di spezzarle la schiena. Alexandria riusciva a sentire gli artigli conficcati nel suo corpo, che creavano un oscuro legame tra di loro. Si sentiva debole e fiacca, il suo cuore faticava e respirava affannosamente. Il vampiro la stava prosciugando. Le sue palpebre si abbassarono e, anche se lei continuava a ripetersi che doveva rimanere viva per aiutare Josh, dei puntini neri cominciarono a danzarle davanti agli occhi e crollò impotente contro il ruvido petto del mostro.

Lui sollevò la testa, il sangue gli macchiava gli angoli della bocca. «E adesso anche tu devi bere per vivere». Si morse il polso e poi lo premette sulle labbra di lei, osservando il suo sangue contaminato che le gocciolava in bocca.

Alexandria aveva ancora un po' di forze per evitare di mandar giù il sangue infetto. Tentò di girare le testa, di chiudere la bocca, ma il vampiro mantenne salda la presa e la costrinse a bere quel veleno, stringendole la gola con le mani finché lei non deglutì. Tuttavia non le diede indietro la stessa quantità di sangue che aveva succhiato da lei, in modo da lasciarla debole e quindi più docile ai suoi comandi.

Paul Yohenstria fece cadere la sua vittima accanto al fratello e sollevò il viso nella notte buia e senza stelle con espressione trionfante. L'aveva trovata. Il suo sangue era caldo e dolce e il suo corpo giovane e flessuoso. Ci avrebbe pensato lei a restituirgli di nuovo le emozioni, a ridargli la vita. Urlò il suo trionfo al cielo e agitò il pugno per sfidare Dio. Aveva scelto di rinunciare alla sua anima ma cosa importava, dopotutto? Aveva trovato qualcuno di speciale che gliel'avrebbe restituita.

I deboli movimenti con cui Alexandria cercava istintivamente di scostarsi da lui ricondussero a lei la sua attenzione. Si era trascinata a fianco di Joshua e lo stringeva a sé, protettiva. Il vampiro ringhiò per la gelosia. Molti l'avrebbero voluta, ma adesso era sua. Non l'avrebbe divisa con nessun altro. Quando la trasformazione sarebbe stata completa, lei avrebbe fatto totale affidamento su di lui, gli si sarebbe concessa di sua spontanea volontà, e lui avrebbe potuto disporre di quel moccioso a proprio piacimento. Si abbassò, afferrò il bambino per il bavero della camicia e lo allontanò da lei.

Alexandria riuscì a mettersi seduta, ma le girava tutto e non era in grado di orientarsi. Sapeva solo che Josh era in pericolo. E non avrebbe mai permesso che lui subisse la sua stessa sorte. Se quell'orribile creatura poteva davvero renderli simili a lui, la morte era un'alternativa migliore.

Si gettò in avanti senza alcun preavviso. Allungò le braccia e afferrò Joshua, ma lo slancio li spinse oltre il limite della scogliera. Furono investiti dal vento e dagli spruzzi di salsedine. Le onde si alzarono a dare loro il benvenuto in quella tomba liquida, schiantandosi come tuoni sulle rocce frastagliate.

Degli artigli la afferrarono, delle ali sbatterono furiosamente, e il caldo alito nauseabondo annunciò l'arrivo del loro nemico. Alexandria gridò quando le unghie le affondarono nella carne: il vampiro li sottrasse dalla loro unica via di fuga. Non doveva lasciar cadere Joshua. Ci sarebbe potuta essere una possibilità, un momento di distrazione del loro carceriere, e avrebbe potuto aiutare Josh a scappare. Nascose il viso tra i riccioli biondi di suo fratello e chiuse gli occhi, mormorandogli che le dispiaceva di non essere abbastanza forte da concedergli la grazia della morte se lei avesse dovuto sopravvivergli. Le lacrime le bruciarono in gola e si sentì contaminata dal male: capì che il vampiro ormai viveva dentro di lei, che sarebbero stati legati l'uno all'altra per l'eternità.

Il posto in cui la malvagia creatura li portò era buio e umido, una grotta tra le rocce, circondata dall'acqua. Sembrava non esserci via d'uscita. Il vampiro gettò i loro corpi privi di forze sulla sabbia bagnata all'ingresso della caverna e cominciò a camminare su e giù per cercare di controllare la rabbia che il tentativo di ribellione di Alexandria aveva scatenato.

«Non lo fare mai più, altrimenti infliggerò a quel bambino inimmaginabili sofferenze. Sono stato chiaro?», le urlò sovrastandola.

Alexandria cercò di mettersi seduta. Le sembrava di avere le ossa di pastafrolla, e si sentiva debole per via del sangue che aveva perso. «Dove siamo?»

«Nella mia tana. Il cacciatore non può scovarmi qui, perché

sono circondato dal mare. L'acqua confonde i suoi sensi». Paul Yohenstria fece un'aspra risata. «È riuscito a sconfiggere molti della mia razza, ma non riuscirà a scovare anche me».

Alexandria diede un'occhiata in giro. Per quanto lontano potesse andare il suo sguardo, vedeva solo le pericolose onde dell'oceano. La scogliera incombeva sopra di loro, spoglia, scivolosa e ripida, impossibile da scalare. Li aveva intrappolati in un posto sicuro come una prigione. E in più faceva freddo, un freddo gelido. Cominciò a tremare. Erano avvolti da una leggera foschia, e provò a coprire il corpo di Joshua con il suo per proteggerlo.

Si stava alzando la marea e la sabbia e i ciottoli su cui loro giacevano erano già bagnati. «Non possiamo rimanere qui. La marea ci sommergerà. Annegheremo». Fece uno sforzo per parlare. Si cullava Joshua in grembo. Fu un po' sollevata dal fatto che suo fratello sembrasse inconsapevole di quello che stava accadendo.

«La grotta si allarga dentro la montagna. Più andremo indietro, più staremo all'asciutto». Il vampiro piegò la testa da un lato e la squadrò con gli occhi iniettati di sangue. «La tua giornata non sarà molto piacevole, mia cara. Non mi fido abbastanza di te da permetterti di starmi vicino mentre dormo. E non posso neanche lasciarti andare in giro. Non credo che troveresti un modo per scappare, ma sei più intelligente di quanto pensassi. Non mi lasci altra scelta che incatenarti qua dentro. Sarà un po' umido, ma sono sicuro che resisterai».

«Perché fai così? Cosa speri di ottenere? Perché non mi uccidi e basta?», domandò lei.

«Non ho nessuna intenzione di lasciarti morire. Lungi da me. Tu diventerai come me, potente e dall'appetito insaziabile. Noi regneremo insieme, saremo invincibili. Nessuno potrà fermarci».

«Ma non sarei dovuta venire con te di mia spontanea volontà?», protestò Alexandria. Non avrebbe mai accettato le sue condizioni. Doveva imporgliele con la forza. Non c'era nessuna ragione perché lei dovesse obbedirgli. Però, mentre era immersa in questi pensieri, sentiva Joshua tremarle tra le braccia.

Il vampiro la guardò dall'alto in basso. «Oh, lo farai, mia cara. Alla fine elemosinerai le mie attenzioni. Ti garantisco che lo farai». Si abbassò e la fece alzare in piedi prendendola per un braccio.

Anche se barcollava per le folate di vento e gli schizzi di salsedine, Alexandria tenne Joshua stretto a sé con tutte le sue forze.

Paul scosse la testa. «Sei più forte di quanto pensassi, per essere un'umana. La tua mente è molto resistente sia al controllo che alla persuasione. Una faccenda interessante. Ma non mettere troppo alla prova la mia pazienza, tesoro. Reagisco con crudeltà alle provocazioni».

Alexandria sentì salirle in gola un singhiozzo isterico, che quasi la soffocò. Se quella era pazienza, se non era un esempio di crudeltà, non voleva pensare di cosa potesse essere capace quel vampiro. «Qualcuno segnalerà la scomparsa delle tre donne. Troveranno i loro corpi. Troveranno anche quello di Henry».

«Chi è Henry?», fece lui sospettoso, i lineamenti alterati dalla gelosia.

«Dovresti saperlo. L'hai ucciso».

«Quello stupido vecchio? Mi ha intralciato. E poi avevo avvertito la tua presenza nel ristorante, ti rifiutavi di obbedirmi, e avevo bisogno di catturare la tua attenzione. Il vecchio e il bambino ti appartenevano. Li ho usati per costringerti a venire da me».

«Per questo l'hai ucciso? Perché sapevi che tenevo a lui?». Il terrore di Alexandria aumentava sempre di più, e il sangue contaminato le bruciava lo stomaco. Si sentiva come se qualcuno stesse mandando a fuoco i suoi organi interni con una fiamma ossidrica, e aveva un peso sul cuore per la sorte del povero Henry.

«Non permetterò che tracce della tua vita precedente indeboliscano la tua devozione. Appartieni a me. Solo a me. Non ti dividerò con nessuno».

Il cuore le batteva forte e istintivamente attirò Joshua a sé. Il vampiro avrebbe finito per uccidere anche suo fratello. Non aveva alcuna intenzione di permettergli di vivere con loro. Alexandria doveva trovare un modo per far scappare Joshua. Barcollò di nuovo e sarebbe caduta se Yohenstria non l'avesse sostenuta.

«La luce non illuminerà la parte più interna della caverna e quindi non ti brucerai. Dai, andiamo dentro prima che arrivi la marea».

«Non posso espormi al sole?»

«Prenderesti fuoco. Ma non ti sei ancora completamente trasformata». Spietato e incurante del fatto che lei fosse così debole, la trascinò, ancora aggrappata a Josh, nel buio della caverna.

Alexandria cadde diverse volte, le onde le impregnarono i vestiti. Il vampiro continuava a camminare, costringendola a seguirlo e tirandosela dietro. Lei teneva stretto Joshua, cercando di trasmettergli un po' del suo calore. Il bambino era immobile, un peso morto fra le sue braccia. Provò a pensare, ma il suo cervello andava troppo lentamente e l'unica cosa che voleva disperatamente era distendersi.

Dopo pochi metri, il vampiro si fermò e la spinse contro il muro della caverna, dove erano attaccate una pesante catena e delle manette. Quando serrò quest'ultime ai suoi polsi, Alexandria si accorse che il metallo era macchiato di sangue. Evidentemente aveva portato in quel posto più di una vittima. Il metallo ferì la sua morbida pelle e lei si accasciò a terra, incurante dell'acqua che andava e veniva inzuppandole i vestiti. Appoggiò la schiena contro le rocce, continuò a cullare suo fratello tra le braccia, tremando e battendo i denti.

Il vampiro rise sommessamente. «Io adesso mi riposerò. Penso che per te sarà un po' difficile fare lo stesso». Le voltò le spalle e allungò il passo, seguito dall'eco della sua orribile risata.

Joshua si svegliò di colpo, si mise a sedere e si stropicciò gli occhi. Non era più in trance; urlò, si strinse ad Alexandria e si aggrappò a lei. «Ha ucciso Henry! Io l'ho visto! Alexandria, è un mostro!».

«Lo so, Josh. Lo so. E mi dispiace tanto che tu abbia assistito a una scena così terribile». Gli carezzò i capelli. «Non ti mentirò. Siamo nei guai e non so se riusciremo a venirne fuori». Farfugliava e non riusciva a tenere gli occhi aperti. «La marea sta crescendo, Josh. Voglio che, fintanto che puoi, ti guardi intorno e cerchi un appiglio su cui arrampicarti per metterti al sicuro».

«Non voglio lasciarti. Ho paura».

«Lo so, fratellino. Anche io. Ma fallo per me, sii coraggioso. So che puoi farcela».

Giunse un'onda e l'acqua salata le arrivò fino al mento, poi si ritirò, lasciando un tappeto di schiuma. Joshua urlò dalla paura e le gettò le braccia al collo. «Non ce la faccio, Alex. Davvero, non ce la faccio».

«Esci dalla grotta e cerca un posto asciutto in cui aspettare».

Lui scosse con decisione i riccioli biondi. «No, Alex. Io non ti lascio. Resto con te».

Lei non ebbe la forza di opporsi. Doveva fare uno sforzo anche per pensare. «Ok, Josh, non ti preoccupare». Si appoggiò al muro e riuscì a mettersi in piedi. In quella posizione l'acqua le arrivava solo fino ai polpacci. «Lo faremo insieme. Diamo un'occhiata in giro».

Era quasi impossibile scorgere qualcosa in quell'oscurità, e il rumore delle onde che si infrangevano contro le rocce le riecheggiava come un tuono nelle orecchie. Non riusciva a smettere di tremare e di battere i denti, aveva paura che sarebbero morti. Il sale le incrostava la pelle e i capelli e la ferita che aveva sul collo le bruciava. Deglutì con difficoltà e cercò di non urlare. L'unica nicchia in cui Josh sarebbe stato al sicuro era troppo in alto. Se la sua statura gliel'avesse consentito l'avrebbe spinto lì su, ma nessuno dei due era in grado di raggiungerla.

L'impeto dell'onda seguente fece quasi cadere Joshua. Il bambino afferrò i fianchi di Alexandria e si aggrappò a lei. Lei chiuse gli occhi e si appoggiò alla parete. «Devi cercare di rimanere in piedi più a lungo che puoi, Josh. Poi ti prenderò in braccio e dopo ti farò salire sulle mie spalle, ok? Andrà tutto bene». Fece del suo meglio per avere un tono incoraggiante.

Joshua sembrava spaventato, ma annuì fiducioso. «Quell'uomo tornerà e ci ucciderà, Alexandria?»

«Sì, Josh. Tornerà, perché vuole qualcosa da me. Se riuscirò a resistere, potremo guadagnare del tempo per cercare di venir fuori da questo guaio».

Lui la guardò serio. «Alex, quando ti ha morso, nella mia testa l'ho sentito ridere. Diceva che avrebbe fatto in modo che tu mi uccidessi. Che una volta che tu saresti stata come lui, avresti voluto uccidermi perché ti sarei stato d'intralcio. Diceva che avresti succhiato tutto il mio sangue». L'abbracciò stretta. «Lo sapevo che non era vero».

«Bravo bambino. Deve essere parte del suo piano. Metterci l'uno contro l'altra. Ma noi siamo una squadra, Josh. Non dimenticarlo. Non importa che succederà, io ti voglio bene, ok?». Appoggiò la testa sulla sua e lasciò che le onde le bagnassero le gambe. Si sentiva debole e stanca, e non era sicura di riuscire a resistere per tutta la notte né di poter affrontare di nuovo il vampiro. Pregò in silenzio finché le parole non le si accavallarono nella testa e non le fu impossibile continuare a pensare.

La luce aveva cominciato a filtrare dall'ingresso della caverna quando le grida disperate di Joshua la svegliarono dal sonno in cui era piombata. Si era addormentata in piedi. L'acqua gli arrivava al petto e lo sollevava da terra. Lui si stava aggrappando alla sua gamba, per non essere trascinato via dalla corrente.

«Sono sveglia, Josh. Mi dispiace», mormorò lei. Era esausta e troppo debilitata per rimanere in piedi. La luce le feriva gli occhi e l'acqua salata le irritava la pelle. Traendo un profondo respiro, prese Joshua in braccio nel tentativo di proteggerlo dalla marea.

Non sarebbe riuscita a reggerlo a lungo, ma la sensazione del corpicino del fratello attaccato al suo diede a entrambi un po' di conforto. Qualcosa di grosso, trasportato da un'onda, le andò a sbattere sulla gamba. Lei rabbrividì e strinse Joshua più forte.

«Fa tanto freddo». Joshua tremava, zuppo come lei.

«Lo so, fratellino. Prova a dormire un po'».

«Ti ha fatto male?»

«Che cosa?». Un'onda le fece sbattere la schiena sulla parete e Alexandria si lasciò quasi sfuggire il bambino dalle braccia.

«Quando ti ha morso. Mormoravi come se stessi dormendo».

«Un po', Josh. Adesso prova a salirmi sulle spalle. Ti devi arrampicare da solo, ok?»

«Sì, Alex».

Alexandria si sentiva molto debole e le onde la spingevano sulla parete rocciosa dietro di lei, ma in qualche modo Joshua riuscì a montarle sulle spalle. Il suo peso la fece quasi cadere in ginocchio e i capelli, dato che l'acconciatura si era sciolta, erano rimasti incastrati sotto le sue gambe e le facevano male. Tuttavia non si lamentò. Voleva solo sopravvivere. L'acqua era sempre più alta, le arrivava alla vita, un'aggressione lenta e implacabile. I polsi le bruciavano a causa del sale, la ferita sul collo le faceva male e le doleva tutto il corpo. Poteva sentire qualcosa strisciarle fra le gambe e mordicchiarle la pelle. Era una situazione tremenda, ma Alexandria era determinata a tener duro per salvare suo fratello.

«Ce la possiamo fare, vero, Josh?», gli disse.

Lui appoggiò il peso contro il muro e si avvolse la pesante catena al braccio, per essere più stabile contro l'urto costante delle onde.

«Sì, ce la faremo, Alex. Non ti preoccupare. Ti salverò». Joshua era molto deciso.

«Lo so che vorresti». Alexandria chiuse di nuovo gli occhi e provò a riposare.

Dormicchiò a tratti. L'acqua salata le schizzava addosso impietosa, staccandole quasi la pelle dal corpo. Aveva sete e le si stavano formando delle bolle sulle labbra.

Alla fine l'acqua cominciò a ritirarsi e i colpi delle onde che sembravano non dover mai finire divennero più lenti. Alex non era più in grado di alzare le braccia. Come lei gli aveva suggerito prima, Joshua si affacciò fuori dalla caverna per esplorare la loro prigione. Alexandria di solito lo costringeva a rispettare una serie infinita di norme di sicurezza, ma in quel momento si limitò a osservarlo con uno sguardo vitreo.

Lui studiò la parete rocciosa alla ricerca di un appiglio per arrampicarsi, ma tutte le sporgenze erano troppo scoscese e scivolose. Aveva molta sete e cercò un rivolo d'acqua dolce tra quegli scogli, senza però riuscire a trovarlo. Il sole dava sollievo alla sua pelle fredda e bagnata, così si sdraiò sulla sabbia per asciugarsi i vestiti e riscaldarsi.

Alexandria cadde e sbatté la testa contro il muro. Si svegliò di botto, guardandosi disperatamente intorno. Joshua! Se n'era andato! Lei si era addormentata e le onde lo avevano portato via! Si alzò a fatica, lottando contro le manette che le stringevano i polsi e urlò il suo nome.

La sua voce era fioca, quasi inesistente, e non riusciva ad arrivare più in là dell'ingresso della caverna. La scarsa luce del sole che filtrava le bruciava gli occhi e la pelle, ma lei non desistette, tirò e strattonò la catena, continuando a chiamare Joshua.

Quando il bambino corse nella caverna, al suo fianco, lei era rannicchiata contro il muro e singhiozzava. «Che c'è, Alex? Quell'uomo è tornato e ti ha fatto di nuovo del male?».

Alexandria sollevò lentamente la testa. Joshua le toccò i polsi sanguinanti. «Lui è tornato e io non ero qui a proteggerti».

Lei lo guardò attraverso le lacrime, non riusciva a credere che lì ci fosse davvero suo fratello, che non si trattasse del frutto della sua immaginazione. Lo afferrò, lo abbracciò forte, lo toccò tutto per assicurarsi che stesse bene. «No, quell'uomo non è tornato. Non penso che possa farlo finché c'è il sole».

«Vado a vedere? Posso dare un'occhiata!». La luce del sole lo rendeva più coraggioso.

«No!». Alexandria strinse la presa sul suo braccio. «Non avvicinarti a lui». Si pulì le labbra gonfie sulla manica del vestito. Le bolle le bruciavano e cominciavano a sanguinare. «Hai trovato una via di fuga? Ce la fai ad arrampicarti sulla scogliera?»

«No, non c'è nessun appiglio. Non c'è neanche un buon posto per nascondersi. Ma non ho guardato ancora più in là, dentro la caverna. Forse da lì c'è un modo per scappare».

«Non voglio che tu vada a vedere, Josh. Non potrò fare niente per aiutarti se lui ti trova lì». A dire il vero, non era sicura che Paul Yohenstria fosse un vampiro, ma qualunque cosa fosse, Josh non avrebbe dovuto averci a che fare. Si immaginò la scena di un bambino di sei anni che scopre qualcuno che dorme in una cassa da morto. Ma i vampiri dormivano davvero nelle casse da morto?

«Ma tu non stai affatto bene, Alex. Io lo so. E lui tornerà qui. Ecco perché ti ha incatenato, così potrà farti di nuovo del male». Sembrava che si stesse mettendo a piangere.

«Lui è molto cattivo, Josh». Gli asciugò una lacrima e gli diede un bacio sulla testa. «Dobbiamo fingere davanti a lui. Crede che io sia la donna che vuole sposare. Non è ridicolo, visto che neanche ci conosciamo? Penso che abbia sbattuto la testa, sai, che qualche cosa non funzioni nel suo cervello».

«Io credo che sia un vampiro, Alex. Come quelli della TV. Tu hai detto che erano tutte storie, ma credo che ti stessi sbagliando».

«Forse. Sinceramente non lo so. Ma noi siamo una squadra difficile da battere, Josh». Eppure lei era così debole, non riusciva a stare in piedi e neanche si preoccupava di provarci. Se il vampiro fosse tornato in quel preciso momento, avrebbe avuto davvero vita facile. «Noi siamo troppo intelligenti per lui, non credi?»

«Io penso che lui ci mangerà», replicò Joshua onestamente.

«Ha detto qualcosa in merito a un cacciatore. L'hai sentito? C'è qualcuno che gli sta dando la caccia. Dobbiamo solo resistere finché questo cacciatore non lo trova». Era davvero esausta, gli occhi le si stavano chiudendo di nuovo.

«Ho paura, Alex. Credi che il cacciatore arriverà prima che il vampiro si svegli e ci uccida?». A Joshua tremavano le labbra e la voce.

Lei fece un immenso sforzo per sollevarsi. «Verrà, Josh. Aspetta e vedrai. Arriverà di notte, quando il vampiro meno se lo aspetta. Avrà i capelli biondi come i tuoi. E sarà grande, forte e possente, come un felino della giungla». Riusciva quasi a immaginarselo, quell'eroe che aveva inventato per rassicurare suo fratello.

«È più potente del vampiro?», chiese Joshua speranzoso.

«Molto di più», confermò Alex con decisione. Stava tessendo quella fiaba per bambini, ma avrebbe tanto voluto crederci anche lei. «È un guerriero magico e ha lucenti occhi dorati. Il vampiro non può guardarlo, perché si vedrebbe riflesso in quello sguardo splendente e si spaventerebbe della sua stessa immagine».

Ci fu un breve silenzio, poi Joshua le toccò il viso con la punta delle dita. «È vero, Alex? Verrà davvero questo cacciatore a salvarci?».

Non c'era niente di male a concedergli un po' di speranza. «Dobbiamo solo essere forti e coraggiosi. Verrà, Joshua. Verrà. Faremo squadra e sconfiggeremo quel vecchio vampiro». Biascicava: aveva perso sangue e anche la temperatura le si stava abbassando, le venivano meno le forze. Alexandria proprio non sapeva come sarebbe riuscita a sopravvivere fino al crepuscolo. Le palpebre le si chiudevano e le sembravano così pesanti da non poterle sollevare.

Joshua non voleva dirglielo, ma sua sorella aveva proprio una brutta cera. Davvero terribile. La sua bocca era gonfia e nera. Aveva la pelle ricoperta di una crosta bianca di sale, che le dava un aspetto mostruoso. I capelli le pendevano in ciocche grigiastre sul viso e lui non avrebbe saputo dire di che colore fossero originariamente. I vestiti erano sporchi e a brandelli e aveva pezzi di alghe appiccicati alla gonna e alle calze strappate. Qualcosa le aveva mordicchiato le gambe, che adesso erano piene di piccole macchie di sangue. Anche se la sua voce sembrava tranquilla, il suo collo era gonfio e la ferita ancora aperta. Ma Alexandria non sembrava farci caso. Joshua era davvero spaventato. Si sedette accanto a lei, le prese la mano e aspettò, mentre il sole compiva il suo percorso nel cielo.

Alexandria si rese conto dell'esatto momento in cui il sole tramontò. Sentì un'inquietante scossa del terreno e capì immediatamente che il vampiro si era svegliato. Mise un braccio attorno alle spalle di Joshua e lo attirò a sé. «Sta arrivando», gli bisbigliò piano all'orecchio. «Voglio che tu esca da questa caverna e te ne stia buono e nascosto lì fuori. Potrebbe provare a servirsi di te contro di me, e farti del male. Ma se non ti avrà sotto gli occhi forse si dimenticherà della tua esistenza».

«Ma, Alex…», protestò lui.

«Ho bisogno che tu faccia questo per me, tesoro. Stai in silenzio, qualunque cosa accada». Gli diede un rapido bacio. «Vai. Ti voglio bene, Josh».

«Anch'io, Alex». Joshua corse fuori dalla grotta e si schiacciò contro la parete rocciosa.

Alexandria lo guardò andar via, preoccupata. La marea stava cominciando ad alzarsi di nuovo, e lui aveva solo sei anni. Poi, nonostante non avesse sentito alcun rumore, si rese conto che il vampiro la stava osservando. Si voltò e incrociò il suo sguardo.

«Mi sembri un po' malconcia», la salutò lui in tono scherzoso.

Lei rimase in silenzio, limitandosi a guardarlo. Sul suo viso si dipinse un sorriso sarcastico. La raggiunse e, sollevandole i polsi, li esaminò. Se ne portò uno alle labbra e leccò il sangue dalle ferite mentre la fissava dritto negli occhi.

Alexandria trasalì visibilmente, cercando di tirar via la mano. Lui strinse più forte, fino quasi a spezzarle l'osso. «Vuoi che ti liberi, o no?».

Lei si sforzò di rimanere immobile e sopportare quell'orrendo contatto. Quando le manette caddero per terra, cercò di alzarsi in piedi.

«Vorresti lasciare questo posto?», le chiese lui dolcemente.

«Lo sai che lo voglio».

Le prese il collo con una mano e la tirò violentemente a sé. «Ho fame, mia cara. È giunto per te il momento di scegliere se vuoi che il bambino viva un'altra notte o muoia».

Lei non aveva la forza di opporsi, quindi nemmeno ci provò. Non riuscì però a bloccare il grido di dolore che le sfuggì quando lui affondò le zanne nella sua gola. Emise una specie di grugnito, insinuandole una mano tra i capelli aggrovigliati per tenerle ferma la testa, mentre beveva avidamente. Lei sentiva la vita scorrerle via. Stava malissimo: aveva perso troppo sangue ed era quasi morta per assideramento. Non le importava più di niente.

Yohenstria sentì che si abbandonava a lui e dovette afferrarla per non farla cadere. Il suo cuore era affaticato e il suo respiro molto debole. Aveva bevuto troppo, un'altra volta. Si conficcò i denti nel polso e la forzò a ingoiare il liquido scuro che ne fuoriusciva. Anche se la sua vita era appesa a un filo, Alexandria oppose resistenza. Lui non poteva penetrare nella sua mente e controllarla. Riuscì a costringerla a mandar giù un po' del suo sangue contaminato, ma solo perché lei era sul punto di avere un collasso. Tuttavia, ogni volta che la obbligava a nutrirsi in quel modo orrendo, la avvicinava sempre di più al suo mondo oscuro. Non sarebbe morta; lui non lo avrebbe permesso. L'avrebbe forzata a bere il suo sangue per restare in vita.

Nonostante fosse determinato a portare a termine quel compito, avvertì nell'aria qualcosa che lo disturbò. Gli sfuggì un sibilo dalle labbra, e voltò lentamente la testa. «Ci hanno trovato, mia cara. Vieni, così vedrai il cacciatore. Non esiste niente al mondo che sia paragonabile a lui. È implacabile». Paul Yohenstria portò Alexandria fuori dalla caverna, all'aria notturna, spingendola e trascinandola.

Intorno a loro le onde si infrangevano sulla riva, e la schiuma bianca bagnava gli scogli. Il vampiro spinse Alexandria per terra e si posizionò al centro della spiaggia, osservando attentamente il cielo.

Alexandria strisciò sulla sabbia per raggiungere Joshua. Suo fratello era rannicchiato nell'ombra e si dondolava avanti e indietro, cercando di consolarsi. Lei lo attirò al suo fianco e si mise tra lui e il vampiro. Stava per succedere qualcosa di terribile. L'aria intorno a loro vibrava. Il vento soffiò forte e una coltre di nebbia calò sulla baia.

Attraverso la densa cortina si avvertirono dei movimenti e Yohenstria emise un urlo acuto e pieno di rabbia e paura. Il cuore di Alexandria quasi si fermò. Se il vampiro era spaventato, qualunque cosa fosse quel cacciatore, avrebbe terrorizzato anche lei. Strinse Joshua a sé e gli coprì gli occhi con le mani. Erano aggrappati l'una all'altro, tremanti.

Oltre la foschia sembrò materializzarsi improvvisamente un enorme uccello dorato. Piombò sulla spiaggia: aveva una forma indistinta, con lunghi artigli e occhi che brillavano di una luce intensa. Ci fu un mulinello, poi la nebbia si diradò e svelò un essere metà uomo e metà uccello. Alexandria soffocò un grido.

La creatura divenne un uomo, enorme, alto e muscoloso, con grosse braccia e un petto possente. I capelli lunghi e biondi gli ondeggiavano al vento. I suoi movimenti erano agili e fluidi, come quelli di un felino che si avvicina furtivamente alla sua preda. Il suo viso era nell'ombra, ma Alexandria vide i suoi occhi di oro liquido che, intensi, puntavano il vampiro.

«Così alla fine siamo riusciti a incontrarci, Paul». La sua voce era bellissima, musica pura, di un tono che raggiungeva il profondo della sua anima. Stava lì in piedi, alto e tranquillo, la perfetta reincarnazione di un guerriero vichingo. «C'è voluto parecchio lavoro per rimettere a posto i casini che hai combinato in città. Mi hai lanciato una sfida evidente. Non posso fare altro che essertene riconoscente».

Yohenstria fece un passo indietro, aumentando la distanza tra loro. «Io non ti ho mai sfidato. Sono stato alla larga». La sua voce era così viscida che ad Alexandria vennero i brividi. Quel cacciatore aveva un potere talmente grande da instillare il terrore nel cuore del vampiro.

L'uomo inclinò la testa da un lato. «Hai ucciso, anche se ti era stato proibito. Conosci la legge, essere immondo».

Il vampiro si lanciò contro di lui, sguainando gli artigli per buttare a terra l'intruso. Il cacciatore si spostò semplicemente da un lato e conficcò distrattamente un'unghia nella sua gola, squarciandogliela. Il sangue sgorgò fuori come lava in un'eruzione vulcanica.

Alexandria si spaventò a morte quando vide la testa dorata deformarsi, il viso allungarsi in un muso, i denti trasformarsi nelle zanne di un lupo. Il cacciatore spezzò un femore al vampiro, come se fosse un ramoscello, e il rumore della frattura risuonò nella spiaggia e le vibrò attraverso il corpo. Trasalì e abbracciò stretto Joshua, tenendogli il capo abbassato per nascondergli quella scena orribile e raccapricciante.

Yohenstria si asciugò il sangue che gli gocciolava sul petto e fissò con occhi pieni d'odio il suo avversario. «Tu pensi di essere diverso da me, Aidan, e invece sei come me. Sei un assassino e provi godimento durante i combattimenti. Sono gli unici momenti in cui ti senti vivo. Chiunque sia simile a te non può non provare un senso di gioia e potere nel togliere la vita. Dimmi, Aidan, è vero che non riesci a distinguere i colori? Che non senti nessuna emozione se non quando combatti? In fin dei conti siete degli assassini. Tu, Gregori e tuo fratello Julian. Siete l'ombra più scura del nostro mondo. Siete dei veri killer».

«Hai infranto le nostre leggi, Paul. Hai scelto di vendere la tua anima per un potere illusorio, invece di affrontare l'alba. E hai convertito una donna umana, hai creato una vampira squilibrata da nutrire con il sangue di bambini innocenti. Sai qual è la pena da pagare».

Quella voce era pura musica, un fresco e terso fiume di bellezza. Le sue parole fluivano nella mente di Alexandria e sarebbero state capaci di farle fare qualsiasi cosa lui desiderasse. «Sai che non c'è modo di sconfiggermi», continuò la voce, e Alexandria gli credette. Era così dolce e gentile, così vera. Non c'era nessuno che potesse davvero opporsi al cacciatore. Era invincibile.

«Tra non molto verrà qualcuno a dare la caccia a te», lo provocò Paul, cercando a fatica di rimanere in piedi. La sua sagoma sembrava svanire, dissolversi; tuttavia, anche se si stava trasformando, il cacciatore colpì di nuovo.

Il rumore fu agghiacciante. La foschia nascose l'assalto agli occhi di Alexandria: i movimenti del cacciatore erano un groviglio indistinto e non riusciva a seguirli. Ma a un certo punto, dalla spessa cortina, rotolò fuori la testa del vampiro, con i capelli insanguinati e gli occhi spalancati: fu uno spettacolo orrendo. La testa arrivò fino a lei, lasciando dietro di sé una scia rosso cremisi.

Alexandria si alzò a fatica, stringendo Joshua a sé e coprendogli gli occhi con la mano, mentre quella grottesca palla si fermava a pochi passi da lei. La nebbia fece dei mulinelli e si infittì e Alex si accorse, con un moto d'orrore, che il cacciatore aveva girato la testa e aveva fissato l'oro liquido del suo sguardo su di lei.

Capitolo 3

Quando i suoi occhi si posarono sulla vampira impazzita che stringeva al seno quel ragazzino, Aidan Savage sospirò. Il suo demone quel giorno era nel pieno delle proprie forze e lottava per farsi strada dentro di lui; l'alone rosso che gli annebbiava la mente cercava di prendere il sopravvento. E il vampiro aveva ragione. Tenere a bada la sua furia assassina stava diventando sempre più difficile. Sentiva il potere e la gioia della battaglia e stava diventando schiavo del combattimento perché era l'unico momento in cui riusciva a provare qualcosa. Per secoli aveva sopportato quell'esistenza fredda, sterile, in bianco e nero, senza poter godere di colori ed emozioni. Gioiva solo della brama di uccidere.

Ispezionò la spiaggia, poi rivolse la sua attenzione alla strega che stringeva a sé il bambino. Rimase di sasso. Erano più di seicento anni che non riconosceva alcun colore. Improvvisamente, si accorse che la traccia del sangue contaminato di Paul non era una macchia nera, ma una striscia di un rosso brillante, che guidava il suo sguardo dritto fino alla vampira.

Impossibile. I colori e le emozioni gli sarebbero stati restituiti solo quando avesse incontrato la sua compagna per la vita. E lì non c'era nessuno, eccetto la pietosa creatura che Paul aveva cercato di trasformare. La osservò.

Rimase di nuovo disorientato da un improvviso moto di compassione, di emozione – sensazioni di cui era rimasto all'oscuro per secoli – tuttavia continuò a fissare la donna. Sarebbe stato impossibile stabilire quanti anni avesse. Era minuta, quasi come una bambina, ma il vestito che indossava, per quanto strappato, sporco e bagnato, le aderiva al corpo. Le sue gambe erano piene di piccole ferite sanguinanti, la bocca gonfia, nera e piena di vesciche. I capelli, aggrovigliati, le arrivavano fino alla vita. Nei suoi occhi azzurri si leggevano terrore e disprezzo.

Avrebbe ucciso il bambino. Quella strana donna sarebbe potuta diventare una carpaziana. A dispetto di quanto raccontavano le leggende, molte umane non potevano venire trasformate senza subire terribili conseguenze. Impazzivano immediatamente e prendevano di mira bambini innocenti. Quella donna aveva sofferto molto. Le ferite che aveva sul collo e i profondi tagli sui polsi erano un segno evidente del fatto che il vampiro aveva abusato di lei.

Aidan cercò di raggiungere la sua mente per renderle la morte il meno dolorosa possibile. Stupito dalla resistenza che opponeva, fece un cauto passo verso di lei. Era incredibilmente forte per essere un'umana. La sua mente aveva una qualche specie di barriera naturale che impediva alla sua volontà di penetrarla. Invece di posare il bambino sulla sabbia di fronte a lei, come lui le aveva ordinato, lei lo spinse da una parte, raccolse un pezzetto di legno trascinato dalla corrente e si scagliò contro Aidan.

Lui si avventò su di lei, strappandole di mano il bastone. A causa dell'impatto le si spezzò un osso: lui sentì il rumore e vide il dolore dipinto nel suo sguardo. Ma lei non urlò. Evidentemente non poteva. Aidan cercò di raggiungere la sua mente, per mettere fine alla sua vita senza che soffrisse ancora. Lei lottò, continuando a resistere al suo attacco mentale. Lui allora avvicinò la testa al suo collo.

Era piccola e fredda, tremava senza riuscire a controllarsi, e il suo istinto protettivo, un sentimento che non aveva mai sperimentato, gli impedì di farle del male. Avrebbe voluto cullarla e accoglierla nel calore delle sue braccia. Le penetrò appena il morbido collo con i denti e improvvisamente tutto cambiò. Quella creatura aveva modificato la sua vita per sempre. I colori turbinavano e danzavano, e lo travolsero con la loro bellezza e vivacità. Il suo corpo reagì con un'urgenza selvaggia che lui non avrebbe mai pensato di poter provare, nemmeno nei tempi antichi, quando ancora riusciva a sentire le emozioni.

Il sangue di lei era caldo e speziato, in grado di procurare dipendenza, una bevanda dolce che gli dava ristoro. La caccia e il combattimento gli erano costati molte energie e quella notte non aveva ancora mangiato. Bevve il suo fluido vitale. A un certo punto si rese conto che lei aveva smesso di resistere e si era abbandonata a lui. La prese in braccio e la cullò contro il petto, continuando a nutrirsi. Poi qualcosa di duro lo colpì alle gambe. Sorpreso, chiuse la ferita accarezzandola con la lingua e si voltò a fissare il ragazzino. Era così confuso che si era dimenticato di lui, al punto da non accorgersi neanche che si stava avvicinando.

Joshua era furioso. Colpì di nuovo il cacciatore alle gambe, con più forza di prima. «Smettila di fare del male a mia sorella! Pensavamo che fossi venuto a salvarci! Lei diceva che saresti arrivato se avessimo tenuto duro! Dovevi aiutarci e invece ti stai comportando proprio come lui!».

Il bambino aveva il viso rigato di lacrime. Aidan poté chiaramente distinguere il biondo dei suoi capelli e l'azzurro dei suoi occhi. I colori quasi lo accecavano. Abbassò lo sguardo verso il viso sconvolto della donna che teneva tra le braccia. Il cuore le batteva debolmente nel petto e i polmoni lottavano per guadagnarsi un po' d'aria. Stava morendo.

«Io *sono* qui per aiutarvi», mormorò piano, in tono quasi assente, al ragazzino. Si chiuse in se stesso, trovò un angolo calmo e tranquillo in cui riposarsi e guardò dall'esterno il suo corpo e quello della donna. Non riusciva a credere di averla trovata dopo tutti quei secoli. Ma doveva essere così. Solo la sua compagna per la vita avrebbe potuto cambiarlo così tanto.

Lei se ne stava andando, non lottava più. Lui tentò di instillarle la propria forza di volontà. *Non mi lascerai. Prendi il mio sangue, te lo offro spontaneamente. Devi berlo per sopravvivere.*

La mente di lei si scostò dalla sua. Il suo spirito era ancora abbastanza forte da sfuggirgli. Aidan cambiò tattica. *Tuo fratello ha bisogno di te. Combatti per lui. Non può vivere senza di te. Morirà.*

Con un'unghia si procurò un piccolo taglio sul petto e premette la ferita sulla sua bocca. Alexandria provò a resistere, ma lui fu implacabile, accerchiò la sua volontà e inferse ripetuti attacchi alle sue barriere, finché lei, oramai spossata, non cedette e si nutrì.

«Che stai facendo?», chiese Joshua.

«Ha perso troppo sangue. Devo farle una trasfusione». Aidan decise di cancellare dalla mente del ragazzino il ricordo di quell'incubo. A quel punto, una soddisfacente spiegazione non gli avrebbe fatto male. Era stato molto coraggioso e meritava di venire a conoscenza di qualcosa che alleviasse la sua paura.

Era riuscito a trovare il vampiro solo dopo un lungo inseguimento. Quell'essere malvagio si lasciava sempre dietro una scia di sangue, ma rimaneva comunque un passo davanti al suo cacciatore. La notte prima Aidan era arrivato troppo tardi. Era andato al ristorante sulla scogliera, seguendo le sue tracce, ma Paul Yohenstria aveva già ucciso un uomo, strappandogli il cuore e abbandonando un cadavere troppo compromettente per la polizia. Aidan si era disfatto del corpo e si era assicurato che non potessero essere trovate neanche le tre donne vittime del vampiro. Proprio prima dell'alba, però, aveva perso le sue tracce. Tuttavia, era certo che il suo nascondiglio fosse vicino e alla fine lo aveva trovato e ucciso.

Adesso non doveva far altro che bruciare i resti del vampiro e portare a casa sua quei due poveretti. Quella donna sfigurata altri non era che la compagna che lui aveva cercato per ottocento anni. Lo dimostrava la stupefacente reazione che aveva avuto. Non aveva idea di cosa fosse o di cosa lei sarebbe diventata, ma aveva riportato in vita il suo corpo e il suo cuore. Era la sua compagna per la vita.

«Come ti chiami?», chiese Aidan al ragazzino. Gli sembrava più gentile domandarglielo piuttosto che leggerglielo nel pensiero. Non che prima di allora lui si fosse preoccupato della gentilezza.

«Joshua Houton. Alexandria starà bene? È così pallida e ha un aspetto terribile. Credo che quell'uomo le abbia fatto davvero male».

«Io guarisco la gente, Joshua Houton. So come aiutare tua sorella. Non preoccuparti, ti assicuro che quella creatura non farà più del male a nessuno. Adesso andiamo a casa mia. Lì sarete al sicuro».

«Alex sarà molto triste. Il suo vestito è tutto rovinato e lei ne ha bisogno per procurarsi un buon lavoro e dei soldi». Joshua sembrava disperato, come se stesse per scoppiare a piangere da un momento all'altro. Lanciò un'occhiata verso il cacciatore in cerca di conforto.

«Le daremo un altro vestito», gli assicurò Aidan. Fece in modo che la donna smettesse di bere il suo sangue. Aveva un discreto bisogno di forze per trasportarli tutti e due a casa e guarire qualcuno gli toglieva molta energia. Quella notte avrebbe dovuto anche trovare il tempo di andare a caccia per procurarsi un po' di nutrimento.

Con delicatezza, Aidan distese Alexandria sulla sabbia e fece sedere Joshua accanto a lei. «Sta molto male, Joshua. Vorrei che ti mettessi al suo fianco in modo da farle sentire che sei qui e che stai bene. Sarà necessario prendersi cura di lei per un po'. Tu sei un ometto. Anche se dirà cose spaventose, ce la farai, vero?»

«Perché dovrebbe dire cose spaventose?», chiese Joshua, sospettoso.

«Chi ha la febbre molto alta a volte delira. Significa che non sa quello che dice e ha paura di alcune cose o persone senza che ce ne sia motivo. Dobbiamo starle vicini e assicurarci che non si faccia del male da sola».

Joshua annuì solennemente e si adagiò sulla sabbia bagnata accanto ad Alex. Sua sorella aveva gli occhi chiusi e non reagì neanche quando lui si abbassò e le diede un bacio sulla fronte, come qualche volta faceva lei. La sabbia e il sale le incrostavano la pelle. Joshua le scostò dal volto le ciocche di capelli umidi, mormorando le canzoncine che lei gli cantava quando era malato. Gli sembrava davvero tanto fredda.

Quello spettacolo fece salire ad Aidan un groppo alla gola. Avevano proprio l'aspetto di una famiglia. Si comportavano come Marie, la governante, con i suoi figli e con lui, anche se Aidan non poteva ricambiarla. Sospirando, cominciò a sbarazzarsi dei resti del vampiro. I vampiri costituiscono sempre un pericolo, anche da morti. Gli estrasse il cuore, che stava ancora battendo: se non avesse fatto qualcosa, il vampiro sarebbe riuscito a rimettere insieme i propri brandelli di carne e a riprendere vita. Aidan alzò gli occhi al cielo e creò una tempesta con la mente. Un fascio di luce sfrigolò al contatto col terreno. Le fiamme sfrecciarono lungo la scia di sangue e si lasciarono dietro una striscia di cenere nera. Il corpo del vampiro si accartocciò, producendo vampate blu e arancioni, e un grido sembrò levarsi al di sopra del sibilo del vento.

L'odore era davvero disgustoso. Joshua si tappò il naso e, con occhi sgranati, guardò il vampiro svanire in una nuvola di fumo nero e malefico. Quando il cacciatore mise le mani tra le fiamme senza bruciarsi, rimase scioccato.

Aidan si asciugò i palmi sui pantaloni, prima di girarsi verso quel ragazzino che stava lì sulla spiaggia a cercare di proteggere la sorella. Un debole sorriso ammorbidì la sua espressione. «Non hai paura di me, vero, Joshua?».

Joshua scrollò le spalle e guardò altrove. «No». Ci fu un breve e provocatorio silenzio. «Be', forse un po'».

Aidan si accovacciò accanto al bambino e lo guardò dritto nei suoi occhi azzurri. La voce si abbassò di un'ottava. Divenne pura melodia, note argentee che penetrarono nella mente di Joshua e se ne impossessarono. «Sono un vecchio amico di famiglia che conosci da sempre. Ci prendiamo cura l'uno dell'altro e abbiamo condiviso tantissime avventure». Si proiettò al di fuori del suo corpo, in quello del ragazzino, e analizzò i ricordi della sua infanzia. Fu facile innestarvi qualche traccia della sua presenza.

Aidan mantenne il contatto visivo con il bambino. «Il tuo amico Henry ha avuto un attacco di cuore ed è morto. È stato molto triste. Mi hai chiesto di raggiungerti perché tua sorella si è sentita male. Tu e Alexandria stavate pianificando di trasferirvi da me. Avete già portato entrambi qualcosa di vostro a casa mia e tu hai conosciuto la mia governante, Marie. Ti è piaciuta tantissimo. Stefan, suo marito, è un tuo buon amico. Stavamo organizzando il trasloco da settimane. Ci sei?». Innestò nella sua mente ricordi e immagini della governante e del custode, in modo che i due gli risultassero familiari.

Joshua annuì solennemente.

Aidan gli scompigliò i capelli. «Hai fatto un brutto sogno, storie di vampiri, ma non te lo ricordi bene. Ne hai solo vaga memoria. Me lo hai raccontato, e se mai ritornasse a tormentarti, verrai da me e ne parleremo. Ti senti libero di condividere tutto con me, anche cose prive di senso. Vuoi che io stia per sempre con tua sorella. Ne abbiamo discusso, e abbiamo ordito un piano per convincerla a stare con me ed essere mia moglie. Io e te siamo migliori amici. Ci prendiamo cura di Alexandria. Tu sai che lei appartiene a me, che nessuno potrà mai amarvi e proteggervi come potrei farlo io. Questo è molto importante, sia per te che per me».

Joshua sorrise e annuì. Aidan trattenne la mente del bambino ancora per qualche minuto, lasciando che lui riconoscesse il suo tocco e se ne sentisse confortato. Quel ragazzino aveva subìto un terribile trauma. Si accertò che avrebbe immediatamente dimenticato il modo con cui stava per condurlo a casa e che si sarebbe invece ricordato di una grossa automobile nera, che gli piaceva molto.

Fecero il viaggio sulle ali del vento. Grandi nuvole nere ripararono da occhi indagatori l'enorme uccello dorato che attraversava il cielo e il suo fardello. La casa era a tre livelli e Aidan entrò dal balcone del piano più alto, in modo che nessuno dei vicini lo vedesse trasportare il bambino e la ragazza.

«Aidan!». Marie, la governante, si precipitò ad aiutarlo a scendere le scale a chiocciola. «Chi sono questi due giovincelli?». Si accorse del viso di Alexandria, pieno di bolle e piaghe. «Oh mio Dio! Sei riuscito a trovare quel vampiro? Come stai? Ti ha ferito? Fammi chiamare Stefan».

«Sto bene, Marie. Non preoccuparti per me». Sapeva che comunque lei lo avrebbe fatto. Marie e il marito provvedevano alle sue necessità e a quelle della casa da quarant'anni. Prima di lei, lo avevano servito i suoi genitori. Da sempre i membri di quella famiglia erano stati al suo servizio di propria spontanea volontà, senza che lui dovesse controllarne le menti. Aveva dato loro abbastanza denaro da permettergli di non lavorare, ma continuavano a restare fedeli a lui e a suo fratello gemello Julian, l'assenteista. Sapevano che cosa era gli unici umani cui avesse confidato i segreti della sua stirpe –, ma a loro non importava.

«Il vampiro le ha fatto del male?»

«Sì. Ho bisogno che tu ti prenda cura del ragazzino. Si chiama Joshua. Gli ho innestato il ricordo della nostra amicizia, così non avrà paura di stare con noi. Stefan deve andare alla loro pensione, raccogliere tutto quello che hanno e portarlo qui. La macchina della ragazza è ancora parcheggiata nello spiazzo davanti al ristorante». Le spiegò di preciso dove. «Bisogna riprenderla. Il bambino ha le chiavi dell'auto in tasca. Guarire la sorella richiederà del tempo e lui non deve in alcun modo interferire. Adesso ho bisogno di uscire a procurarmi del cibo. A quella ragazza servono molte cure, per cui è meglio che recuperi le mie forze».

«Sei sicuro che non sia stata contaminata?», chiese Marie trepidante, mentre prendeva Joshua per mano.

Il bambino la riconobbe e le sorrise, prendendola per mano volentieri. Addirittura le si avvicinò e le tirò un lembo del grembiule con aria cospiratoria. «Farà star bene Alexandria. Lei è molto malata».

Marie mise da parte la preoccupazione che provava e annuì. «Certo, Joshua. Aidan fa miracoli. Guarirà tua sorella in men che non si dica». Dopo aver fatto sedere il bambino al tavolo della cucina e avergli dato latte e biscotti, seguì Aidan in una stanza, sollevando un sopracciglio e chiedendo silenziosamente una risposta alla sua domanda.

«Lui non l'ha trasformata, però temo di averlo fatto io inavvertitamente. Lei stava proteggendo il fratello, ma mi sono sbagliato e ho creduto che volesse ucciderlo». Si allontanò di un paio di passi dalla governante, poi si girò e la affrontò. «Marie, riesco a distinguere i colori. Indossi un vestito blu e verde. Ti sta benissimo. E io mi sento di nuovo vivo». Le fece un sorriso. «So di non avertelo mai detto in tutti questi anni, ma ti voglio bene. Prima ero perduto, ero incapace di provare affetto».

Le labbra di Marie disegnarono una o perfetta e gli occhi le brillarono per le lacrime. «Grazie a Dio, Aidan! Alla fine è successo! Abbiamo sperato e pregato e finalmente le nostre preghiere sono state esaudite. È una notizia incredibile. Preoccupati della tua ragazza, e noi penseremo a tutto il resto. Sono sicura che questo giovanotto sta morendo di fame e di sete».

Sul suo viso era dipinta una gioia immensa, che Aidan riuscì a sentire riflessa anche nel proprio cuore. Era fantastico avere dei sentimenti. Riuscire a provare delle emozioni. Quando un maschio carpaziano vive separato dalla sua compagna per più di duecento anni, perde le emozioni, i desideri. Sprofonda in un abisso, e da quel momento corre il rischio di trasformare le persone di cui si nutre in vampiri. Più a lungo vive, più passano i secoli, più si allontana dalla sua comunità e da tutto quello che essa rappresenta. Solo due cose possono salvarlo dal suo destino di vuoto e disperazione. Può decidere di vedere l'alba e porre fine alla propria esistenza oppure trovare per miracolo la sua compagna per la vita.

Moltissimi carpaziani fortunati hanno trovato la donna che cercavano. Il maschio carpaziano è per natura un pericoloso predatore, e ha bisogno della sua compagna per raggiungere un equilibrio. Deve incontrare la donna la cui anima s'incastri perfettamente con la sua. L'altra metà dello stesso intero: le donne carpaziane sono la luce nella tenebra della vita dei maschi. Esiste una sola compagna per la vita per ciascuno di loro. La chimica deve essere perfetta. E Aidan aveva finalmente trovato la sua.

Si muoveva per la casa con passi leggeri e fluidi. Il peso di Alexandria per lui era una bazzecola. La sua tana, una camera lussuosamente arredata, era nel seminterrato. La distese con cautela sul letto e le tolse quel che restava del vestito. Il respiro gli morì in gola. Il corpo di lei era giovane, i seni pieni e sodi, la pelle bellissima. Aveva un torace minuscolo e la vita strettissima. I fianchi erano appena pronunciati, quasi come quelli di un ragazzino. Nonostante il viso, le gambe e le braccia fossero ricoperti dalle piaghe per via della lunga esposizione all'acqua salata, Alexandria Houton era, dopotutto, davvero una bella donna.

Le lavò accuratamente il corpo e i capelli per toglierle il sale di dosso, poi si sbarazzò delle coperte bagnate. La sistemò su delle lenzuola pulite e le avvolse la testa con un asciugamano. Respirava ancora a fatica, ma in maniera regolare. Era molto disidratata e aveva bisogno di più sangue, così Aidan gliene diede dell'altro. Le sue condizioni di salute non erano delle migliori, e doveva ancora passare attraverso i rigori della trasformazione. Era indispensabile diluire il sangue del vampiro. Meglio accedere alla sua mente e riparare ai danni che aveva subìto mentre era ancora in quello stato.

Alexandria si agitò nel sonno, mormorando qualcosa. Aidan cominciò a recitare la dolce e antica litania curativa, nella lingua della sua gente, sminuzzando delle erbe medicinali e spargendole per la stanza.

Le lunghe ciglia di Alexandria ebbero un fremito e lei aprì gli occhi. Per un momento credette che fosse un incubo. Le faceva male dappertutto, aveva il corpo pieno di lividi e ferite. Si guardò intorno, in quell'ambiente sconosciuto.

Era stupendo. Chiunque fosse il proprietario di quel posto, ne sapeva di eleganza, e aveva assecondato i propri gusti con il denaro. Strinse un lembo del lenzuolo tra le dita e si accorse di essere troppo debole per muoversi. «Joshua?», lo chiamò a bassa voce. Cominciò ad allarmarsi nell'istante stesso in cui si rese conto che era sveglia e non stava sognando.

«È al sicuro». Di nuovo quella voce. L'avrebbe riconosciuta ovunque. Era bellissima e ultraterrena, come quella di un angelo. Tuttavia sapeva la verità. Quell'uomo era un vampiro e aveva degli incredibili poteri. Poteva cambiare forma e uccidere senza alcuna esitazione. Si nutriva del sangue degli umani. Riusciva a leggere nel pensiero e costringeva le persone a obbedirgli.

«Dov'è?». Non cercò di muoversi. A cosa sarebbe servito? Lui avrebbe comunque avuto la meglio. Poteva solo aspettare di scoprire quali erano le sue intenzioni.

«In questo preciso momento sta mangiando del cibo nutriente che gli ha preparato la mia governante. È al sicuro, Alexandria. Nessuno in questa casa gli farà del male. Anzi, ognuno di noi darebbe la propria vita per proteggerlo». La voce era dolce e sommessa, il tono rassicurante.

Lei chiuse gli occhi, troppo stanca per tenerli aperti. «Chi sei tu?»

«Aidan Savage. Questa è casa mia. E io sono un guaritore e un cacciatore».

«Cosa vuoi farne di me?»

«Devo sapere quanto sangue del vampiro sei stata costretta a bere. Immagino che Yohenstria sia stato abbastanza avaro e abbia preferito lasciarti debole. Sei molto disidratata. Hai gli occhi neri e infossati, le labbra spaccate, e ogni cellula del tuo corpo reclama nutrimento. Inoltre, qualunque sia la quantità del sangue che hai bevuto, è comunque contaminato, quindi il tuo corpo è in procinto di trasformarsi». Le applicò con delicatezza un balsamo lenitivo sulle labbra.

Le sue parole penetrarono attraverso la nebbia che le avvolgeva il cervello. Sbattendo le palpebre, Alexandria lo fissò, terrorizzata. «Che vuol dire "trasformarsi"? Diventerò come te? O come lui? Sarò una di voi? Uccidimi, allora. Io non voglio essere come te». Aveva la gola secca e non riusciva a emettere altro suono se non un roco mormorio.

Lui scosse la testa. «Non capisci, e ho poco tempo per spiegarti. La tua mente è molto forte, a differenza di quella della maggior parte degli umani. Riesci a resistere a chi cerca di controllarla. Io voglio aiutarti a trasformarti. Ti convertirai, con o senza il mio aiuto, ma sarà meglio per te se mi permetterai di darti una mano».

Al suono di quelle parole lei chiuse gli occhi. «Mi fanno male le braccia».

«Me lo aspettavo. Credo che ti farà male gran parte del corpo», replicò lui. La sua voce riusciva in qualche modo a oltrepassarle la pelle e a raggiungere le ossa dei suoi arti intorpiditi. Sentì diffondersi dentro di sé un caldo formicolio, che alleviò i lancinanti dolori. «Hai un braccio rotto, ma lo sto sistemando. La frattura è composta e la medicazione procede senza alcun problema».

«Voglio Joshua».

«Joshua è solo un bambino. Crede che tu abbia una specie di

virus. Non è necessario spaventarlo e traumatizzarlo ancora, non credi?»

«Come faccio a sapere che mi stai dicendo la verità?», gli chiese Alexandria sempre più stanca. «I vampiri non sono tutti dei bugiardi e degli imbroglioni?»

«Io sono un carpaziano. Non sono ancora diventato un vampiro. Devo sapere quanto sangue ti ha fatto bere Yohenstria». Parlò con tono paziente e gentile, senza alcuna inflessione. «Quante volte ha scambiato il suo sangue con il tuo?»

«Sei molto pericoloso, vero?». Alexandria si mordicchiò il labbro inferiore, irritato e pieno di bolle, e trasalì. «Devi avere uno strano potere dal momento che tutti obbediscono ai tuoi ordini. Hai fatto credere al vampiro che saresti riuscito a sconfiggerlo, no?». Le sue parole lo ferirono, ma Aidan si sentì allo stesso tempo confortato dal fatto che lei potesse parlare.

«Uso il potere della mia voce», le spiegò, serio. «Quando vado a caccia di vampiri, comporta meno lacrime e sangue, tuttavia anche io ho collezionato qualche cicatrice». Le fece una lieve carezza sulla fronte. «Non ti ricordi la storia che tu stessa hai raccontato a Joshua? Io sono il cacciatore venuto a salvare la mia bella dama e suo fratello. Joshua mi ha riconosciuto subito. Me lo ha detto. Non trovi che sia una strana coincidenza il fatto che tu mi abbia descritto così accuratamente?».

La sua mente rifiutò di pensarci, e lei cambiò argomento. «Joshua ha visto quel vampiro uccidere Henry. Deve essersi spaventato da morire».

«Adesso sa che è morto a causa di un attacco di cuore. È convinto che io sia un vecchio amico di famiglia, e crede di avermi chiamato e detto di venire ad aiutarvi, dal momento che ti sei sentita male. Pensa che tu ti sia ammalata al ristorante».

Alexandria studiò il suo aspetto. Era bellissimo. Aveva capelli folti e resistenti, onde dorate che gli arrivavano fin sotto le spalle. Gli occhi, che sembravano oro fuso, intensi e spaventosi, ritornarono a fissarla impassibili come quelli di un felino selvatico. Le labbra erano incredibilmente sensuali. Era impossibile stabilire quanti anni avesse. Lei immaginava che fosse sulla trentina. «Perché non hai cancellato anche la *mia* memoria?».

La sua bocca si ammorbidì in un piccolo sorriso per niente spiritoso, che rivelò dei denti sani, regolari e bianchissimi. «Non è così facile gestirti, piccola. Non obbedisci ai miei ordini. Ma adesso dobbiamo occuparci di quello che ti sta succedendo».

Il cuore cominciò a martellarle nel petto. «Che cosa mi sta succedendo?»

«Dobbiamo diluire il sangue contaminato che ti scorre nelle vene».

Alexandria volle fidarsi. L'odore delle erbe medicinali, il suono della sua voce, tutto sembrava farle credere che lui volesse davvero aiutarla. E non stava forzando la sua decisione, non la stava spingendo ad abbandonarsi a lui, nonostante sapesse che lui la voleva pronta ad affrontare qualsiasi cosa stesse per accadere. Trasse un profondo respiro. «Come si fa?»

«Devo darti una discreta quantità del mio sangue».

Lo disse con calma, come se fosse un dato di fatto. Alexandria distolse lo sguardo. Aidan rimase impassibile. Lei aveva paura che se avesse guardato quegli occhi dorati troppo a lungo, sarebbe sprofondata per sempre nel loro abisso. «Mi farai una trasfusione?»

«Mi dispiace, piccola, credo che non funzionerebbe». C'era reale rammarico nella sua voce. La toccò di nuovo, sollevandole il mento in modo che potesse guardarlo negli occhi. Quella carezza leggera come una piuma le fece battere forte il cuore.

«Io non posso… io non posso bere sangue».

«Potrei costringerti a farlo, se vuoi. Ti aiuterà. È la tua unica possibilità, Alexandria».

Il modo in cui lui pronunciò il suo nome le fece sentire le farfalle nello stomaco. Ma era davvero possibile che bere altro sangue fosse l'unico modo per farla stare meglio?

«Se per te è impossibile berlo di tua spontanea volontà, devi permettermi di aiutarti», disse lui.

«Non sono sicura di poterlo fare». Il solo pensiero le faceva ribrezzo. Aveva il voltastomaco, non riusciva a sopportare l'idea. «Deve esserci un altro modo per farmi stare bene. Non credo di poterci riuscire», ripeté.

«Il suo sangue è contaminato, Alexandria. Anche se il vampiro è morto, può causarti comunque dolori e sofferenze. Dobbiamo diluirlo prima che ti trasformi».

Di nuovo quella parola: *trasformazione*. Le vennero i brividi.

Si girò, prese una camicia di seta bianca, probabilmente una delle sue, e, con gli occhi fissi nei suoi, gliela infilò con delicatezza, sorreggendola come se fosse una fragile bambola di porcellana. Entrambi avrebbero voluto che quel gesto fosse impersonale, ma c'era qualcosa nel suo modo di toccarla e di guardarla che poteva solo essere definito senso di possesso.

Esausta, Alexandria provò a pensare. Quel vampiro era mostruoso e il pensiero che una parte di lui continuasse a vivere dentro di lei era raccapricciante. «Va bene. Fallo». I suoi occhi azzurri incontrarono lo sguardo dorato di lui. «Costringimi a liberarmi del vampiro che c'è in me. Ma niente di più. Non mettere o togliere nient'altro nella mia testa. Niente. Promettimelo». Chissà se poi ne valeva la pena.

Lui annuì. Alexandria era troppo debole per sedersi, e Aidan se la cullò in grembo. Lei iniziò a tremare e il battito le si accelerò: lui temette che sarebbe morta prima che potesse guarirla. Si mise dietro di lei e le intrecciò i lunghi capelli, per rasserenarla e distrarla. Poi, rimanendo in silenzio, cominciò a recitarle in testa una lenta litania, nella antica lingua dei padri, e le procurò un po' di sollievo. A quel punto, lei era visibilmente rilassata.

«Voglio che tu dorma durante la trasformazione. Sarà un po' brutale, piccola. Ti sveglierò quando tutto sarà finito». La voce vellutata di Aidan raggiunse l'obiettivo e lei sentì quelle note avvolgersi intorno al suo corpo come braccia calde, sicure che l'avrebbero indotta a fare quello che lui desiderava.

Improvvisamente si tirò indietro. Schermò la sua mente e si scostò da lui. Non voleva rendersi così vulnerabile, affidare il proprio autocontrollo, persino la propria coscienza, a uno sconosciuto. Soprattutto a un esperto di quelle cose, come Aidan. Dopotutto, chi era la creatura che le stava davanti? Probabilmente un altro vampiro, nonostante ci avesse tenuto a sottolineare la differenza – "carpaziano, non ancora vampiro" – qualsiasi cosa questa distinzione significasse.

«Ti aiuterò a diluire il sangue contaminato del vampiro, Alexandria, niente di più, se questo è quello che vuoi». Scelse le parole con estrema attenzione. Era già stato nella sua mente, e il legame si rafforzava ogni volta che entrava in contatto telepatico con lei. Alexandria non ne era ancora consapevole, e per il momento era meglio che non lo fosse. Sapeva che era confusa e che sperava illusoriamente che la trasformazione l'avrebbe fatta ridiventare umana. La stava ingannando appena un po' per risparmiarle l'agonia di quella inevitabile modificazione del suo essere, già cominciata, a seguito della quale sarebbe stata una donna carpaziana.

Alexandria sospirò. La sensazione delle sue mani tra i capelli, il dolce sussurro della sua voce roca, la totale fiducia che lui ispirava la stavano ipnotizzando. «Facciamola finita, prima che mi venga un esaurimento nervoso».

Non appena pronunciò quelle parole, lui le fece poggiare la testa sul proprio grembo e le scostò dolcemente i biondi capelli dal collo. Un fremito di eccitazione la pervase.

Alexandria si irrigidì, temendo di perdere qualcosa di ancora più prezioso della vita stessa. Aidan le poggiò la bocca sulla gola, proprio nel punto in cui la vena era più evidente. *Devi fidarti, piccola. Prova a sentirmi dentro di te. Sono parte di te. Raggiungimi, e io raggiungerò te.* Quelle parole risuonavano nella sua testa, senza essere state pronunciate ad alta voce. Lui era forza e calore, fuoco e ghiaccio. Era potere e protezione dalla pazzia che la stava divorando.

Un intenso calore bianco le perforò la gola e Alexandria provò un senso di erotica intimità, talmente piacevole che le vennero le lacrime agli occhi. Non si era mai sentita tanto bella, perfetta e amata come in quel momento. Avvertiva la presenza di Aidan dentro di lei, mentre esplorava i suoi pensieri e desideri. Lui stava alleviando la sua sofferenza, la stava guarendo, la stava assaggiando, stava condividendo i suoi pensieri. Esaminò ogni suo ricordo, anche se lei cercava di schermare la propria mente.

Quando fu certo di averle preso abbastanza sangue da garantire uno scambio alla pari, con la lingua accarezzò a malincuore la sua ferita e la richiuse.

Con un'unghia si procurò un taglio all'altezza del cuore. *Bevi, Alexandria. Prendi quanto ti viene spontaneamente offerto*. Era riuscito a prendere il controllo della sua mente e a costringerla a fare ciò che non voleva. Quando lei poggiò le labbra sulla sua pelle, sentì il corpo irrigidirsi, trovò quello che stava cercando, e bevve il suo sangue. Il cuore gli batteva forte contro il petto. Sapeva che lei era l'unica. Era sua. Tutto il suo essere reagiva alla sua presenza. La chimica tra loro era elettrica, perfetta. La stava aspettando da molto tempo, quasi da sempre. E adesso non poteva rischiare di perderla. Cominciò a recitare la litania che li avrebbe legati per l'eternità.

Ti dichiaro mia compagna per la vita. Io ti appartengo. Ti offro la mia vita. Ti do la mia protezione, la mia fedeltà, il mio cuore, la mia anima e il mio corpo. Prendo in affidamento le stesse cose da te. La tua vita, la tua felicità e il tuo benessere saranno più importanti dei miei. Tu sei la mia compagna per la vita, legata a me per l'eternità e per sempre sotto la mia responsabilità.

Pronunciò le parole rituali nella mente di lei, sia nella sua lingua che in quella dei padri. Il rito non sarebbe stato completo finché i loro corpi non si fossero uniti, ma, a quel punto, nessuno avrebbe potuto allontanarla da lui e lei non avrebbe potuto scappare.

Aidan le fece bere più sangue che poteva. Voleva che quello del vampiro fosse il più possibile diluito quando sarebbe cominciata la trasformazione, durante la quale lei avrebbe espulso la restante parte di liquido contaminato. Non restava molto tempo prima che iniziasse, e lui era debole e pallido. Aveva un disperato bisogno di andare a caccia prima che lei avesse nuovamente bisogno di lui, cosa che sarebbe accaduta a breve.

Alexandria giaceva distesa. Le lunghe e folte ciglia le proiettavano un'ombra a forma di mezzaluna sulle guance. Nonostante lo stato di ipnosi, lui si accorse che il dolore le scuoteva le membra. Fu difficile mantenere la promessa e non ordinarle di dormire il sonno profondo e curativo degli immortali. Ma perché lei imparasse a fidarsi di lui, Aidan avrebbe dovuto rispettare i patti. Quella ragazza aveva molte ragioni per disprezzare la sua razza. Anche se fosse riuscita a comprendere la natura dei carpaziani, non avrebbe comunque mai completamente dimenticato il trauma e la paura di cui era stata vittima.

Aidan chiamò Marie e lei arrivò immediatamente nella stanza. «Resta tu con Alexandria, io vado a caccia».

Marie lo guardò spaventata, lui era talmente debole che barcollava. Lo aveva visto stanco e ferito dopo una battaglia, ma mai tanto denutrito. Il suo incarnato era quasi grigio. «Prendi il mio sangue prima di andare, Aidan», disse. «Sei troppo debole per cacciare. Se un vampiro ti trovasse in questo stato, ti ucciderebbe».

Lui scosse la testa, toccandole delicatamente il braccio. «Sai che non lo farei mai. Non approfitto di coloro che amo, che proteggo».

«Vai allora, corri». Marie lo osservò ansiosa piegarsi e sfiorare con le labbra la fronte della ragazza. Era diventato improvvisamente romantico, quell'uomo che lei nel tempo aveva imparato a conoscere tanto bene. Fino a quel momento era sempre stato distante e distaccato, anche con coloro che chiamava "la sua famiglia". L'insolito gesto di tenerezza le fece venire voglia di piangere.

Aidan bisbigliò ad Alexandria di svegliarsi. «Devo andare, adesso», le disse. «Marie starà con te finché non sarò di ritorno. Chiamami se hai bisogno di me».

Per qualche strana ragione, Alexandria non voleva che lui si allontanasse. Strinse le lenzuola tra le dita per evitare di dirgli di non andare. Lui si allontanò velocemente, con quella sua grazia particolare da felino, e sparì.

Marie le portò un bicchiere d'acqua alle labbra. «So che senti dolore dappertutto, Alexandria – posso chiamarti così? – ma un po' d'acqua ti farà stare meglio. Mi sembra di conoscerti, con tutte le storie che il piccolo Joshua mi ha raccontato sulla sua meravigliosa sorella. Ti vuole davvero molto bene».

Il bordo del bicchiere le sbatté sulla bocca e Alexandria lo spinse via. «Solo Alex. A Josh piace chiamarmi così. Sta bene?»

«Stefan, mio marito, si sta prendendo cura di lui. Ha fame ed è stanco; ha la temperatura un po' bassa ed è disidratato, ma faremo in modo che stia meglio. Ha mangiato ed è di buon umore. Si è addormentato vicino al camino del piano di sotto. Viste le circostanze, dato che era tanto preoccupato per te, abbiamo pensato che fosse meglio averlo vicino a noi e quindi non l'abbiamo fatto andare in camera sua».

«Grazie per esservi presi cura di lui». Provò a mettersi seduta. Dopo la trasfusione di sangue del cacciatore si sentiva più forte. «Dov'è adesso? Vorrei vederlo».

Marie scosse la testa. «Non provare neanche a lasciare questo letto. Aidan ci taglierebbe la testa. Sei molto debole, Alex. Immagino che ancora non ti sia vista allo specchio. Se ti vedesse così, Joshua si spaventerebbe da morire».

Alexandria sospirò.«Ma io ho bisogno di vederlo, toccarlo, anche solo per essere sicura che stia bene. Mi dite tutti che è così, ma come faccio a esserne certa?».

Marie le scostò i lunghi capelli biondi dalla fronte. «Perché Aidan non mente. Non farebbe mai del male a un bambino. Lui mette a rischio la sua stessa vita per andare a caccia dei vampiri che scelgono come loro prede gli esseri umani».

«Esistono davvero cose del genere? Forse è solo un terribile incubo dal quale non riesco a svegliarmi. Forse ho solo la febbre alta», disse lei speranzosa. «Come è possibile che esistano cose come i vampiri senza che nessuno ne sia a conoscenza?»

«Perché ci sono quelli come Aidan a fermarli».

«Che cosa è Aidan? È anche lui un vampiro. L'ho visto trasformarsi da uccello a uomo e poi da uomo a lupo. Gli sono cresciuti artigli e zanne. Ha bevuto il mio sangue. Pensavo che volesse uccidermi. Ancora non capisco perché non l'ha fatto». Improvvisamente avvertì un intenso e diffuso bruciore. I muscoli le si contrassero. Persino le sottili lenzuola che la coprivano le parvero pesanti e bollenti a contatto con la pelle. Le sembrò che nervi e tendini le si contorcessero e che un'ondata di calore le si diffondesse in tutto il corpo.

«Aidan ti spiegherà tutto. Ma sappi che lui non è un vampiro. Lo conosco da quando ero una ragazzina. Mi ha visto crescere, avere dei figli e invecchiare. È un uomo potente e pericoloso, ma non per coloro che gli sono vicini. Non ti farà mai del male. Ti proteggerà per tutta la vita».

Alexandria era in preda al panico. Lei non voleva appartenere ad Aidan Savage. Si rese conto che lui non l'avrebbe mai lasciata andare. Come avrebbe potuto? Lei sapeva troppo. «Non voglio stare qui. Chiama il 911. Voglio un dottore».

Marie sospirò. «Nessun dottore ti può aiutare adesso, Alex. Solo Aidan. Lui è un grande guaritore. Dicono che ce ne sia solo un altro più bravo di lui». Sorrise. «Aidan tornerà e farà in modo che tu non soffra più».

Le sue viscere si contrassero all'improvviso, Alexandria stava quasi per cadere dal letto. Urlò. «Devi chiamarmi un dottore, Marie. Ti prego! Sei umana come me, no? Devi aiutarmi. Voglio andare a casa. Voglio solo andare a casa!».

Marie cercò di bloccarla, ma il dolore era troppo forte e le convulsioni fecero cadere Alexandria a terra.

Capitolo 4

Aidan respirò l'odore della notte passeggiando lungo i marciapiedi di San Francisco. Nel cielo volavano alcune creature. La brezza portava con sé il profumo della preda. Sulla strada principale, a mezzo isolato da lui, vide un vicolo stretto e buio. Riuscì ad avvertire la presenza di tre uomini. Sentì la puzza di sudore, udì risate volgari. Erano aspiranti criminali che aspettavano qualcuno da aggredire per movimentare le loro vite noiose.

A ogni passo che faceva la sua fame aumentava, resuscitando il demone e trasformando la sua mente in un alone rosso che esigeva nutrimento. Inspirò il profumo della notte. Gli era servito un po' di tempo per abituarsi ai suoni e agli odori di quella città sconosciuta. La salsedine trasportata dal vento, la nebbia densa e la vita notturna, era tutto molto diverso dal posto da cui proveniva. Ma qualcuno doveva pur andare a caccia di vampiri. Una volta che i non morti avevano imparato che potevano abbandonare i loro territori e viaggiare, sfuggendo alla giustizia del loro principe, si erano sparpagliati. Aidan aveva volontariamente lasciato i suoi amati Carpazi ed era andato in un altro continente, per proteggere gli umani dalla minaccia dei vampiri. San Francisco era diventata la sua base. Col tempo aveva imparato ad apprezzare la città e le persone diverse che la abitavano; stava cominciando a considerarla persino come casa sua.

Era piena di stupendi teatri e spettacoli d'opera. E per di più le prede non mancavano mai. Continuò a camminare in silenzio, con i muscoli che guizzavano, in direzione del vicolo. I tre teppisti strascicavano i piedi avanti e indietro e bisbigliavano, inconsapevoli del fatto che lui si stava avvicinando. I loro brontolii gli risuonavano forti nelle orecchie, nonostante avesse abbassato il volume del suo udito, proprio per sfuggire all'assalto dei sensi. Le sensazioni, le intense emozioni, i vividi colori che non aveva distinto per secoli, lo stavano sopraffacendo. La notte gli sembrava così luminosa da spezzargli il fiato. La trovava bellissima, la luna, le stelle, le nuvole, tutto.

Aidan scrollò le possenti spalle per rilassare la tensione che gli irrigidiva il corpo. Era più muscoloso di molti suoi simili. La maggior parte della sua gente era più magra, con forme più armoniose. Sempre a differenza degli altri – che di solito avevano occhi e capelli scuri –, lui e il suo gemello erano biondi e con gli occhi dorati.

Giunto in prossimità del vicolo, si annunciò con un incantesimo. Non ce ne sarebbe stato bisogno. Quegli uomini non avrebbero comunque osato attaccarlo. Ma così sarebbero stati più tranquilli. Il predatore che era in lui avrebbe gradito uno scontro, per quanto breve, ma in quel momento non poteva permettersi di soddisfare la propria natura. In ogni caso, era giunto a un passo dalla follia e dalla trasformazione in vampiro, aveva aspettato tutti quei secoli di incontrare la sua compagna, e di recente aveva combattuto contro Paul Yohenstria: non era il caso di concedersi un'altra esplosione di violenza. Aveva uno scopo adesso, una ragione di vita, e non avrebbe concesso alla sua natura predatoria di avere la meglio sull'intelligenza e la volontà.

Uno dei tre aveva appena acceso una sigaretta, lungo la strada se ne sentiva l'odore pungente, poi improvvisamente si girò e si trascinò fuori dal vicolo. Gli altri due lo seguirono: uno di loro si stava pulendo le unghie con la punta di un coltellino. Avevano lo sguardo vitreo, come se fossero drogati. Aidan si accigliò: non gli piaceva che le sue prede si drogassero, ma il sangue era sangue e gli stupefacenti non gli facevano alcun effetto.

«Fa freddo per strada», disse Aidan a bassa voce, facendo scivolare un braccio sulle spalle del fumatore. Riportò l'uomo nel vicolo buio, lontano da occhi indiscreti, e abbassò la testa per succhiare il suo sangue. Gli altri due aspettarono, docili come pecorelle, facendosi avanti quando fu il loro turno. I loro corpi lerci e i loro pensieri piuttosto inutili lo disgustarono, ma doveva nutrirsi. Talvolta si chiedeva perché esistessero uomini come quelli. Sembravano solo un po' diversi dai maschi della sua razza che avevano deciso di rinunciare alla propria anima e trasformarsi in vampiri, scegliendo come preda chi era ancora meno potente di loro. Perché qualcuno non fermava quegli umani? Perché Dio li aveva creati? Perché aveva dato loro il soffio vitale, sapendo che non avrebbero vissuto un'esistenza onorevole e onesta? I maschi carpaziani resistevano per centinaia di anni – alcuni anche per migliaia – prima di incontrare l'alba e quindi l'autodistruzione o di decidere di ribellarsi e perdere l'anima per l'eternità. E invece alcuni maschi umani non resistevano neanche fino all'adolescenza.

Aidan lasciò cadere dolcemente la prima vittima per terra e prese per la collottola il successivo donatore. L'uomo gli si avvicinò senza fare resistenza, in trance, desideroso di compiacerlo. Aidan si nutrì con voracità, incurante del fatto che i tre sarebbero poi rimasti deboli e impotenti per un po' di tempo. Aveva bisogno di quel cibo, ed era disgustato dalle loro vite. Uomini come quelli si sarebbero solo approfittati dei più deboli. Sarebbero stati violenti con le loro donne e non avrebbero fatto il proprio dovere verso i figli, il tesoro più prezioso della vita di chiunque. A chi sarebbe importato che fossero ridotti in quello stato? Aidan credeva fermamente che ognuno dovesse costruirsi il proprio destino, non prendere la prima scorciatoia utile. I carpaziani maschi avevano tutti l'istinto del predatore, a volte erano più pericolosi di bestie selvagge, ma non avrebbero mai abusato di una donna o di un bambino. Si attenevano sempre a un ferreo codice d'onore, anche se spesso risparmiare la vita all'avversario voleva dire esserne uccisi. Tutti erano a conoscenza delle conseguenze delle proprie azioni e accettavano le responsabilità che i loro poteri comportavano. Se fossero appartenuti alla razza di Aidan, quei tre sarebbero subito stati sterminati. Se fossero stati potenti come i carpaziani, non avrebbero potuto abusare dei più deboli.

La seconda vittima barcollò e cadde vicino alla prima. Aidan si avvicinò al terzo uomo, quello che aveva in mano il coltellino. Questi lo guardò. «Stiamo andando a una festa?», gli chiese quella canaglia con una volgare risata.

«Uno di noi due sì», constatò Aidan in tono sommesso, e abbassò la testa per cercare la sua giugulare.

Fu assalito da un senso di inquietudine. Sollevò la testa per un attimo e il sangue della sua vittima schizzò fuori. Si piegò di nuovo per finire di nutrirsi, questa volta con efficienza e velocità. Era Alexandria. Era riuscito a sentire la prima fitta di dolore che l'aveva assalita.

Chiuse meticolosamente la ferita, assicurandosi che nessun segno sul collo dell'uomo potesse denunciare la presenza di creature come lui in quella zona, e adagiò il corpo per terra. A chiunque fosse passato di là quei tre uomini sarebbero sembrati degli ubriaconi. Senza alcun dubbio, la macchia sulla camicia di uno loro sarebbe stata attribuita a una perdita di sangue dal naso.

Stava iniziando. Lo sapeva. La trasformazione. E in fin dei conti ne era il responsabile, seppur involontario. Il senso di colpa non gli si addiceva. Aveva visto due ferite sul collo di Alexandria e significavano solo una cosa: il vampiro l'aveva morsa due volte, provocando lo scambio. Quando Aidan aveva supposto che lei fosse una vampira, già trasformata, l'aveva quasi uccisa. Poi, resosi conto dell'errore, aveva rimpiazzato il sangue che le era stato sottratto con il proprio. Quattro scambi di sangue non potevano che causare la conversione di un essere umano in vampiro o in carpaziano. Comunque, non si poteva tornare indietro. Nella maggior parte dei casi, i tentativi di trasformazione causavano la morte della donna o, tutt'al più, la facevano diventare pazza. Solo poche di loro, quelle che possedevano delle abilità psichiche, uscivano vive e in salute dalla traumatica esperienza. Ed erano le uniche che avrebbero potuto permettere alla razza carpaziana di perpetuarsi, da quando le loro femmine erano diventate sterili.

Il quarto scambio di sangue, oltre a trasformare Alexandria, l'avrebbe legata per sempre a lui. Era stato un pensiero egoista a permettergli di prendere quella decisione senza il suo consenso: lei, dopotutto, era la sua unica salvezza. Aveva tenuto duro per molti secoli, aspettando la sua compagna per la vita e rischiando lui stesso di trasformarsi in vampiro. E, consenziente o meno, lei *era* destinata a essere la sua compagna, non quella di Yohenstria; lo confermavano tutti i segnali, nonché quella chimica perfetta che era scattata tra loro. E quindi aveva fatto il possibile per far bere ad Alexandria il suo antico e potente sangue, in modo da diluire quello contaminato del vampiro e agevolare la sua trasformazione in carpaziana.

Avvertì telepaticamente l'urlo di lei, un grido di disperazione e dolore. Era confusa e spaventata, legata a lui, ma all'oscuro del fatto che stavano condividendo i pensieri. Lo temeva e allo stesso tempo aveva paura che l'avesse abbandonata, pensava che godesse della sua sofferenza come quel vampiro. In più era terrorizzata per suo fratello Joshua, credendolo solo e indifeso nella casa di una creatura tanto potente da uccidere un non morto in pochi attimi.

Aidan si lanciò nel cielo notturno, per coprire la distanza che li separava nel più breve tempo possibile. In quel momento non si preoccupava nemmeno che qualcuno vedesse un gufo incredibilmente grande sorvolare la città. Lei aveva bisogno di lui. Stava implorando Marie perché chiamasse un dottore. Marie era in pena: avrebbe voluto accontentarla, ma sapeva che Aidan era l'unico in grado di aiutarla. Riusciva a sentire tutto in maniera chiara e distinta, la sua dolce voce che implorava aiuto e la governante sul punto di scoppiare in lacrime. Era in contatto telepatico con Alexandria, stava sperimentando quello che lei provava. Confusione. Dolore. Paura, quasi terrore.

Volò verso di lei, per esserle vicino quando lo avrebbe chiamato. E sperava, per il bene di entrambi, che accadesse presto. Aveva bisogno di lui, ma Aidan aveva promesso di costringerla solo allo scambio di sangue. Doveva essere lei a chiedergli di aiutarla.

Faceva su e giù davanti alla stanza sotterranea, mentre le pietose grida di dolore di Alexandria lo pugnalavano al cuore. Si era avvicinato alla porta una dozzina di volte, desiderando, quasi sentendo il bisogno, di prenderla a calci. Ma doveva essere lei a chiamarlo. Doveva dimostrare di avere fiducia in lui o non avrebbe mai creduto che lui voleva solo aiutarla, non farle del male. Appoggiò la fronte sulla porta e rimase scioccato quando si accorse di aver lasciato una macchia rossa. Stava sudando sangue, ascoltando la sua agonia, sentendo le sue convulsioni e bruciando dentro di lei. Riusciva a gestire i tormenti fisici, ma il suo cuore e la sua mente soffrivano le pene dell'inferno.

Sembrava un incubo senza fine. Si rese conto del momento in cui Alexandria cercò di strisciare sul pavimento nel cieco tentativo di sfuggire al suo stesso corpo e di quando vomitò il sangue contaminato del vampiro. Sentiva le sue viscere bruciare e ribellarsi alla trasformazione. I suoi organi interni stavano assumendo una nuova forma, si stavano rinnovando, stavano diventando diversi. Le sue cellule – ogni muscolo, ogni tessuto, ogni centimetro della sua pelle – stava andando a fuoco.

Dove sei? Avevi promesso di aiutarmi. Dove sei?

Lui aveva atteso così tanto quella domanda che pensò di avere le allucinazioni quando finalmente la sentì. Colpì la porta con il palmo della mano e si precipitò dentro. Marie era in ginocchio, piangeva e cercava invano di fermare le sue convulsioni.

Aidan quasi trascinò via Alexandria dalle braccia di Marie, stringendola protettivo contro il suo petto. «Vai, Marie. L'aiuterò io».

Negli occhi della donna si leggevano chiaramente la compassione per Alexandria e la rabbia e il disprezzo verso di lui. Si risistemò la gonna e, uscendo, sbatté la porta alle sue spalle.

Nel momento stesso in cui la governante sparì dal suo campo visivo, Aidan si dimenticò della sua esistenza. Concentrò tutte le proprie attenzioni su Alexandria. «Credevi che ti avessi abbandonato, piccola? Non l'ho fatto. Ma non potevo interferire, dovevi essere tu a chiedermi aiuto. Te lo ricordi? Me lo hai fatto promettere».

Alexandria distolse lo sguardo: era umiliata dal fatto che Aidan Savage la vedesse di nuovo in quello stato, così vulnerabile. Ma non ebbe tempo di indugiare in quel pensiero, perché fu assalita da un'altra vampata di calore, che le dilaniò lo stomaco, il fegato e i reni, e le bruciò come una fiamma ossidrica il cuore e i polmoni. Le sue urla riecheggiarono per la stanza, lancinanti grida di agonia. Avrebbe voluto che tutto finisse, in modo da poter respirare, invece quel tormento continuava. Le lacrime le inondarono il viso.

Aidan gliele asciugò dolcemente e ritirò la mano sporca di sangue. Respirò per lei, per entrambi.

Le mani di Aidan erano calde e il contatto con loro rassicurante; le stava recitando mentalmente le sue antiche litanie, in modo da fornirle un'ancora a cui appigliarsi per risalire dal mondo della follia in cui era sprofondata. Dopo un po', Alexandria capì che lui in qualche modo prendeva parte al suo dolore. Era lì, nella sua testa, e la proteggeva da quel terribile bruciore, dalla piena consapevolezza di quello che stava accadendo. I suoi pensieri erano annebbiati, come se stesse sognando. Si costrinse ad aprire gli occhi e poté vedere la sua agonia riflessa in quelli di lui. Aidan aveva una macchia rossa sulla fronte.

Quando quei terribili spasmi smisero di attanagliarla per concederle qualche attimo di tregua, Alexandria stese le braccia verso l'alto e toccò il suo viso con dita piene di meraviglia. «Non riesco a credere che tu sia tornato». Aveva la voce roca e la gola gonfia. «Fa male».

«Lo so, Alexandria. Lo sento anche io, ma non posso fare di più, ed è ancora peggio per via del sangue avvelenato che hai bevuto». Parlò con sincero rammarico, senso di colpa e umiltà, tutte nuove potenti emozioni.

«Come riesci a fare quello che stai facendo?». Con la punta della lingua si toccò le labbra secche e sentì le orribili bolle.

«Adesso noi siamo legati l'uno all'altra, perché abbiamo scambiato il nostro sangue. Ecco come faccio a sentire quando mi stai chiamando. Ed ecco perché senti la mia presenza nella tua mente». Le spalmò di nuovo un balsamo lenitivo sulle labbra, l'unico sollievo che poteva darle.

«Sono troppo stanca. Non credo che potrei sopportare altro dolore». Se lui avesse potuto davvero leggerle nel pensiero, avrebbe capito che stava dicendo la verità. Continuava a cullarla, dimentico delle sue tremende condizioni, stringendola a sé come se fosse la donna più bella e preziosa al mondo. Era lì nella sua mente e le sue braccia la tenevano stretta al cuore. Una sensazione rilassante, confortante. Si sentiva meno sola. Ma, anche se c'era Aidan ad aiutarla, non avrebbe potuto sopportare un altro attacco. Sapeva che non ce l'avrebbe fatta. E stava arrivando. Sentiva già il calore diffondersi. Le sue dita gli circondarono il braccio. Sollevò gli occhi azzurri per incontrare il liquido sguardo dorato di lui. «Davvero, non ce la faccio».

«Permettimi di farti dormire. Non aver paura. Sarà come lo stato di incoscienza degli umani, non come il sonno della nostra razza. Il tuo corpo deve trasformarsi prima che io possa farti veramente dormire il nostro sonno guaritore». La sua voce morbida come il velluto era bellissima e irresistibile.

«Non voglio più ascoltarti». Il corpo di Alexandria si era irrigidito. Nonostante la stretta di Aidan fosse tenace, uno spasmo di dolore per poco non la strappò dalle sue braccia. Un basso mormorio le sfuggì mentre serrava i denti, le sue unghie si conficcarono nel braccio di lui, e lei gli si aggrappò: il suo corpo si stava liberando del sangue contaminato e le sue cellule e i suoi organi si stavano rimodellando su quelli di un'altra razza. La sua mente era confusione e dolore, paura e agonia.

Lo spasmo durò tre lunghi minuti, con un picco di intensità e poi un riflusso, come se fosse un'onda del mare. Sudava sangue ed era madida. Il suo respiro si trasformò in rantoli irregolari; il cuore le stava per esplodere. «Non posso farcela», ansimò.

«Allora fidati di me. Sono venuto ad aiutarti, no? Non ti farò del male e non ti abbandonerò mentre dormi. Perché fai resistenza?»

«Voglio restare sveglia per capire che cosa mi sta succedendo».

«Non puoi farlo, piccola. Io condivido i tuoi pensieri. Non puoi comprendere altro che il dolore. Lascia che ti aiuti. Non posso far altro che risparmiarti parte della sofferenza. Temo di perdere il controllo ed essere costretto a infrangere la mia promessa, obbligandoti a obbedire ai miei ordini. Non fare in modo che io rompa il nostro patto. Dammi il tuo consenso: permettimi di farti dormire».

La stava supplicando e sembrava onesto. Il suo tono sensuale, caldo e vellutato la avvolgeva e le faceva desiderare di obbedirgli. Era terrorizzata dal fatto che quella voce avesse così tanto potere. Quell'uomo, qualunque cosa fosse, era pericoloso, letale. Se ne rendeva conto, ma in quel momento, mentre il calore ricominciava a diffondersi, si arrese a quello sguardo del colore dell'oro, implorante e minaccioso allo stesso tempo.

«Non farmi del male», gli bisbigliò all'orecchio.

Aidan avvertì una punta di sottomissione nella sua voce e nei suoi occhi, e non volle correre il rischio che cambiasse idea. Le inviò un duro comando: abbatté le barricate che Alexandria aveva eretto e si impossessò della sua mente, prendendone il controllo. La fece dormire, al di là del dolore, in un posto in cui né l'agonia della trasformazione, né il sangue del vampiro avrebbero potuto raggiungerla.

La tenne a lungo stretta a sé, prima di pulirla con delicatezza e adagiarla affinché riposasse tranquillamente a letto. Ci volle un bel po' di tempo per rimettere in ordine la stanza, ma lo fece da sé; non voleva che Marie e le sue critiche silenziose si intromettessero in quel momento di intimità tra lui e Alexandria. Usò candele ed erbe medicinali per riempire la stanza di aromi terapeutici.

Stava prendendo confidenza con la mente di Alexandria, con i suoi punti di forza e le sue debolezze. Presto sarebbe riuscito ad abbattere le barriere che lei era in grado di elevare contro di lui. Le accarezzò dolcemente la fronte, mentre giaceva vulnerabile e addormentata in quell'enorme letto a baldacchino. Era meraviglioso stare nella sua mente. Era un'umana incredibile. Aveva combattuto contro situazioni quasi impossibili, aveva perso i genitori da piccola, aveva cresciuto da sola suo fratello, amandolo con la stessa intensità, lo stesso istinto protettivo di una madre. Aveva lavorato duro per far in modo che Joshua avesse un tenore di vita decente. In più era anche divertente, vivace e irriverente, scherzosa e giocherellona. Era cordiale e generosa.

Era la luce splendente che avrebbe illuminato la sua tenebra. Alexandria era compassione e bontà, tutto quello che non era lui.

Aidan si sedette sul bordo del letto, sollevato dal fatto che le erbe medicinali stessero facendo il loro magico effetto. La puzza di vomito e sangue, l'odore del male, erano spariti dalla stanza, lasciando solo il pungente aroma delle piante officinali. Controllò le piaghe e le ferite di Alexandria una per una, mescolando un po' di preziosa terra del suo Paese d'origine con la sua saliva, per accelerare il processo di guarigione di ogni lacerazione. Quelle che aveva sul collo erano le peggiori. Gliele aveva procurate il vampiro e stavano suppurando a causa del suo veleno. Aidan le rimarginò con cura, intonando una litania nella lingua dei padri, ed entrando ancora una volta nel corpo di Alexandria per guarirle dall'interno. La trasformazione era quasi completa, notò con sollievo.

Si distese accanto a lei sul letto, consapevole del fatto che avrebbe dovuto affrontare ancora un lungo e difficile combattimento contro la sua compagna per la vita. Alexandria avrebbe resistito ai suoi tentativi di avvicinamento. Una volta che avesse compreso cosa comportava, avrebbe lottato con forza contro la sua stessa trasformazione, odiandola. Se la sarebbe presa con lui. E a ragione. Considerate le raccapricciantі torture che le aveva inflitto il vampiro e la sua maldestra gestione del loro primo incontro, non aveva motivo di ringraziare la sua razza. Tuttavia, non aveva scelta; le loro menti e le loro anime sarebbero state per sempre legate l'una all'altra. La loro effettiva unione era solo una questione di pazienza. Aidan promise a se stesso che avrebbe fatto qualsiasi cosa per assicurare ad Alexandria il tempo di cui lei aveva bisogno. Se lo meritava e, in qualità di suo compagno per la vita, non poteva non provvedere a soddisfare tutte le sue necessità. Solo Aidan sapeva quanto quella fase sarebbe stata pericolosa per entrambi, quanto lei sarebbe stata vulnerabile senza di lui e quanto poco tempo lui avrebbe potuto resistere se le fosse accaduto qualcosa. Inoltre, Alexandria rischiava di essere sopraffatta dalla sua stessa natura predatoria, che avrebbe potuto manifestarsi anche contro la sua volontà.

Aidan sospirò ed esplorò con la mente la villa e i dintorni. Controllò porte e finestre. All'ingresso del sotterraneo creò dei forti incantesimi e a guardia della stanza ne mise alcuni persino più potenti e letali. Non voleva assolutamente correre il rischio di perdere la sua compagna ora che l'aveva trovata. La strinse fra le braccia e attese finché non fu certo che la trasformazione fosse terminata. Poi le regalò il sonno profondo e guaritore della sua razza. La protesse con il suo corpo, poi ordinò al proprio cuore e ai propri polmoni di smettere di funzionare, e giacque come morto.

Non appena il sole cominciò a tramontare, una presenza malvagia trovò la via per accedere alla stanza. Un singolo battito cardiaco interruppe il silenzio e i polmoni ripresero a incamerare ossigeno. Aidan rimase sdraiato ed esaminò la casa, alla ricerca di ciò che aveva provocato quel brusco risveglio. Sopra di lui, al piano terra, qualcuno stava bussando insistentemente. Riuscì a distinguere i silenziosi passi di Marie che andava a vedere chi fosse. Poteva sentire persino il suo cuore battere. Era nervosa per via di quel visitatore. I colpi alla porta d'ingresso erano forti e autoritari. Lui sorrise. Dietro di lei c'era Stefan, pronto a difendere sua moglie e casa di Aidan.

Aidan si alzò. Il suo corpo era agile e forte. Il suo sguardo scivolò su Alexandria. Rimase scioccato. Era bellissima! Aveva dei piccoli lividi sulla pelle, ma era comunque perfetta. Le sue labbra erano morbide e sensuali, le ciglia lunghe e folte. Sembrava persino più giovane di quanto avesse immaginato ed era più incantevole di qualsiasi altra donna avesse mai visto. E apparteneva a lui, niente al mondo avrebbe potuto portargliela via. Il suo corpo ebbe un fremito improvviso e una fitta di dolore lo sconvolse. Lei era distesa lì, indifesa, di fatto una sconosciuta, eppure lui era stato nella sua mente e la conosceva più intimamente di chiunque avesse vissuto con lei per anni. Si piegò a sfiorarle la fronte con le labbra, per fare onore al suo coraggio, alla sua capacità di amare, alla sua bontà. Ma più le si avvicinava più aumentava quel dolore pulsante.

Mise subito distanza tra lui e la tentazione. Erano passati sei secoli dall'ultima volta che aveva sentito quell'urgenza fisica, ma non era mai stata così forte. Non si trattava del lieve desiderio di appagare una necessità impellente. Era violenta fame di lei. Di lei soltanto. Aveva bisogno di Alexandria, in tutti i sensi, e il fatto che fosse giovane e bella, e non la vecchia strega che lui aveva pensato all'inizio, non lo aiutava di certo a mantenere il controllo.

Il visitatore al piano superiore stava ancora insultando Marie. Aidan riusciva a sentirlo chiaramente. Si trattava di qualcuno abituato a comportarsi in quel modo. Ricco e abbastanza difficile. Stava chiedendo di Alexandria Houton. Si spinse al punto di minacciare Marie di farla cacciare dal Paese se non gli avesse portato Alexandria, deducendo dal suo accento che fosse suscettibile a quel tipo ricatto.

Ad Aidan spuntarono le zanne e i suoi occhi dorati fiammeggiarono violenti, la bestia dentro di lui era più forte che mai. Forse perché era geloso di qualsiasi altro uomo si avvicinasse alla sua compagna per la vita? Perché provava rabbia – un altro sentimento fino a quel momento sconosciuto – per il fatto che qualcuno stesse insultando la sua governante? O forse erano entrambe le cose? Non lo sapeva. Ma si rese conto di essere pericoloso e che invece sarebbe stato meglio mantenere la calma. Gli sfuggì un lungo e lento sospiro, salì le scale ed entrò in cucina attraverso un passaggio segreto. Si spostò a una velocità tale da essere invisibile all'occhio umano. Tutti i carpaziani potevano fare cose del genere, per lui era del tutto naturale.

Davanti all'ingresso di casa, un uomo, alto e bello, se la stava prendendo con la sua governante. «Portami immediatamente da Alexandria o chiamo la polizia. Credo proprio che sia stato commesso un crimine e tu devi essere in qualche modo coinvolta!». Guardava Marie con disprezzo, come se si trattasse di un insetto che avrebbe potuto facilmente schiacciare sotto la scarpa.

Di colpo lo sconosciuto tacque, un brivido freddo improvvisamente gli corse giù per la schiena. Ebbe la netta sensazione che qualcosa si stesse avvicinando a lui. Si spaventò e diede un'occhiata al curatissimo giardino. Vuoto. Tuttavia, sentiva il pericolo incombere e il cuore cominciò a battergli forte contro il petto. Aveva la gola secca. Thomas Ivan ebbe un sussulto quando dal nulla spuntò un uomo. Sembrava che si fosse semplicemente materializzato alle spalle dell'ostinata governante. Era alto, raffinato e ben vestito. Aveva lunghi capelli biondi che gli scendevano fin sulle spalle e strani occhi del colore dell'oro che lo osservavano impassibili come quelli di un felino. Trasudava potere. Forza e potere. Il senso di pericolo gli stava attaccato come una seconda pelle.

Thomas si rese conto che quella casa puzzava di soldi e che il suo proprietario non era il tipo da lasciarsi intimidire tanto facilmente. L'uomo sembrò scivolare davanti alla governante, i muscoli guizzarono sotto la camicia di seta, i suoi movimenti erano così fluidi che pareva che i piedi sfiorassero appena il pavimento. Non faceva alcun rumore. La mano che fece spostare Marie da una parte fu straordinariamente gentile, eppure comunicò a Thomas un senso di minaccia.

«La presenza di Marie qui è del tutto legale, ed è molto scortese da parte sua intimidire i miei familiari. Forse è abituato a considerare le persone che lavorano per lei come semplici domestici, ma per me si tratta della mia famiglia, e io la proteggo». Quelle parole furono pronunciate con una voce dolce e morbida come il velluto e accompagnate da un educato sorriso, che gli permise di intravedere dei denti bianchissimi.

Senza nessuna apparente ragione, Thomas rabbrividì e gli venne la pelle d'oca. Aveva la bocca così asciutta che non avrebbe potuto proferire parola. Tirò un profondo respiro e decise di fare marcia indietro. Avrebbe potuto maltrattare una governante, ma con quell'uomo le cose erano diverse. Sollevò la mano e fece il segno della pace. «Be', guardi, mi dispiace, forse abbiamo cominciato col piede sbagliato. Mi scuso se l'approccio è stato un po' duro. In effetti, non era la maniera migliore di gestire la situazione, ma la mia amica è scomparsa e sono molto preoccupato. Mi chiamo Thomas Ivan».

Aidan riconobbe subito il nome. L'astro nascente dell'industria dei videogiochi, la mente che stava dietro alcuni videogame sui vampiri molto popolari, era venuto a cercare Alexandria. Aidan sollevò un sopracciglio, anche se il suo viso rimase privo di espressione. «Dovrei conoscerla?».

Thomas Ivan rimase di stucco. La conversazione aveva improvvisamente cambiato rotta, e non era lui a guidarla. Inoltre, il suo nome non aveva suscitato la solita soggezione nell'interlocutore. Per qualche motivo, per quanto parlasse in tono calmo e educato, quell'uomo stava terrorizzando Ivan a morte. Era persino più spaventoso dei vampiri che la sua immaginazione partoriva. Incombeva un'atmosfera minacciosa, come se la patina di civiltà fosse molto sottile e un grosso predatore selvaggio si stesse aggirando lì intorno, impaziente di essere liberato.

Thomas ci riprovò. «Ero a cena con la mia amica, Alexandria Houton, due sere fa. Lei si è sentita male, è corsa via dal ristorante, dimenticandosi la cartelletta con i disegni, e non è più tornata indietro. Ci tiene molto ai suoi schizzi; non li avrebbe mai lasciati lì se fosse stata bene. Altre tre donne sono sparite, quella stessa sera, e anche un senzatetto. C'è stato un terribile temporale e la polizia crede che tutta questa gente scomparsa sia in qualche modo caduta dalla scogliera. La macchina di Alexandria è stata trovata la mattina dopo nel parcheggio, ma poi è stata portata via dal suo custode». L'uomo aveva elargito una consistente somma di denaro al parcheggiatore per ottenere quell'informazione.

«Alexandria è una mia intima amica, Mr Ivan», gli disse Aidan. «Suo fratello la stava aspettando fuori dal ristorante la sera in cui si è sentita male. Mi ha chiamato e li ho portati entrambi qui. Miss Houton non sta ancora molto bene e non è in condizione di ricevere visite. Sono certo che sarà molto lieta di sapere che lei le ha riportato la cartellina. Le dirò che l'ha cercata». Aidan gli fece un cenno del capo in segno di congedo e quegli occhi d'oro liquido ancora una volta non batterono ciglio.

Con tono amabile e garbato gli aveva fatto capire che il suo nome non significava nulla per lui. La cosa strana era che Thomas Ivan voleva fare esattamente quello che lui gli aveva chiesto, per cui gli tese la cartellina ancor prima di rendersene conto. Ritirò velocemente il braccio. «Mi scusi, non conosco il suo nome», disse in tono quasi battagliero. Nessuno gli avrebbe dato degli ordini. E lui non avrebbe restituito le cose della sua amica a un perfetto sconosciuto. Come poteva essere certo che quello che aveva detto era la verità?

Il sorriso di un bianco smagliante di Aidan fece di nuovo la sua breve comparsa. Gli faceva venire i brividi. Erano i denti di una bestia selvaggia, come se il predatore nascosto dentro di lui fosse stato appena sciolto. Calò il gelo e quegli occhi dorati lanciarono minacciose occhiate contro Ivan.

«Io sono Aidan Savage e questa è casa mia. Credo che potremmo esserci incontrati l'anno scorso a una festa del senatore Johnson, ma nessuno ci ha presentati. Mi sembra di ricordarmi che lei si occupa di videogiochi».

Thomas trasalì visibilmente. Quella voce era così melodiosa, pura armonia, e lui non poté fare altro che continuare ad ascoltarla. Sembrava farsi strada dentro di lui, avvitarsi su se stessa, al punto che resistere alle parole di quell'uomo stava diventando difficile. Tuttavia, in qualche modo, nonostante la musicalità del tono di Aidan Savage, le sue parole non ebbero l'effetto desiderato.

Ivan aveva un enorme successo con i suoi videogiochi; erano il prodotto più in voga che ci fosse in circolazione. Inoltre, aveva sentito parlare di Aidan Savage, persona molto stimata e ricercata, e se un uomo con la sua reputazione e la sua ricchezza lo cacciava via, lo avrebbero potuto fare anche i circoli sociali che lui frequentava, tanto per motivi personali che professionali. Sarebbe stato un incubo. Solo il suo bisogno di Alexandria Houton – anche questo di natura sia personale che professionale – poteva spingerlo a non tornare sui suoi passi.

«Devo dare la cartellina ad Alexandria di persona. I suoi disegni sono molto importanti sia per lei che per me. Lei desiderava lavorare con me e io con lei». Ivan cercò di ridarsi un tono. «Quale potrebbe essere un buon momento per venire a trovarla?»

«Forse fra un giorno o due. Marie le darà il mio numero. Alexandria e suo fratello Joshua staranno qui per un po', ma non c'è stato ancora il tempo di provvedere a una linea telefonica privata per lei. Vede, l'improvvisa malattia ha accelerato il trasloco e i loro appartamenti non sono ancora del tutto pronti. Se vuole, comunque, può darmi i disegni di Alexandria. Lei è sotto la mia protezione, Mr Ivan, e mi prenderò cura delle sue cose come se fossero le mie».

I suoi occhi dorati catturarono lo sguardo di Thomas e lo tennero prigioniero. L'uomo si trovò a tendergli docile la cartellina. Poi si risvegliò da quella specie di ipnosi. Thomas rimase sconvolto da quello che aveva appena fatto. Che gli era preso? Non era sua intenzione consegnarla a nessun altro che non fosse Alexandria. Guardò la mano di Savage accarezzare la copertina di similpelle come se si trattasse della pelle della stessa Alexandria. Improvvisamente, provò una sensazione di gelosia. Che cosa era Aidan Savage per Alexandria? Un uomo come lui avrebbe potuto divorare una donna innocente come lei. Thomas, in uno slancio di cavalleria, si era completamente dimenticato che aveva avuto quell'identica intenzione fino a un attimo prima di scoprire il suo eccezionale talento artistico.

«Grazie per essere venuto, Mr Ivan. Mi dispiace di non poterle chiedere di fermarsi più a lungo, ma ho diversi appuntamenti. Farò in modo che Alexandria le telefoni nel giro di un paio di giorni, o che lei venga in qualche altro modo informato del suo stato di salute. Le auguro buon pomeriggio».

L'uomo si ritrovò davanti a una porta chiusa, incapace di collocare precisamente l'accento europeo di Savage e di digerire il sorriso piuttosto compiaciuto stampato in faccia alla governante quando lei riaprì il portone per porgergli il biglietto con il numero di telefono di Aidan, che non era in elenco. Non si era fatto amici in quella casa, un grave errore. Se Alexandria avesse avuto bisogno del suo aiuto, e lui era quasi sicuro che sarebbe stato così, non avrebbe potuto contare su nessun alleato in quella fortezza che Savage chiamava casa.

Aidan rivolse la propria attenzione a Marie e in segno d'affetto le accarezzò con tocco lieve i capelli. «Quell'imbecille ti ha fatto arrabbiare?».

Lei fece un sorriso. «Non più di quanto non abbia fatto arrabbiare te. Non sapevi di avere un rivale per la conquista del cuore di quella donna, eh? Un famoso milionario, come se non bastasse».

«Si è solo inventato delle stupidaggini».

«Tuttavia, in base a quanto posso dedurre da quello che ho sentito, Alexandria vuole lavorare con lui». Lo stava chiaramente provocando. «E i suoi giochi sui vampiri fanno notizia. L'ho visto sulla copertina di alcune riviste. Mi sembra abbastanza preso da Alexandria, no?»

«Non ha alcuna possibilità. È troppo vecchio per lei».

Sia Marie che Stefan scoppiarono a ridere. Sapevano bene che Aidan aveva diversi secoli. Aidan rise, sorprendendoli entrambi. Non avevano mai visto gli occhi brillargli in quel modo.

«Come sta il bambino?», chiese lui.

Marie e Stefan ritornarono seri. «È abbastanza tranquillo», rispose Stefan. Qualche centimetro più alto di Marie, aitante e con le spalle larghe, aveva una forza con cui bisognava fare i conti. «Credo che sarebbe opportuno fargli vedere sua sorella perché torni a essere un bambino sereno. Ha perso troppo nel corso della sua breve vita».

«È un ragazzino molto dolce, Aidan. Credo che già tenga Stefan in pugno», osservò Marie.

«Be'...», protestò Stefan, «veramente sei tu quella che stravede per lui e che lo riempie di cibo in continuazione».

«Gli parlerò», li rassicurò Aidan, «e gli dirò che potrà vedere Alexandria più tardi, nel pomeriggio, dopo che sarà salita su dalla stanza sotterranea».

«Dopo che si sarà svegliata», lo corresse Marie, guardandolo di traverso. Non voleva che si facessero allusioni al mondo soprannaturale davanti a quel bambino innocente. «Credi che sia saggio fargli una promessa del genere? Che accadrebbe se...», disse esitando.

Stefan si intromise. «Avesse dei problemi ad accettare quello che è diventata? O peggio, se non fosse la compagna che stai cercando e impazzisse del tutto?»

«Lei è la mia compagna per la vita. Non riuscite ancora a vedere la sua presenza, la sua luce, in me? Mi ha dato vita ed emozioni. Posso di nuovo distinguere i colori, li vedo brillare. Provo le emozioni, tutte, dalla rabbia all'amore struggente. Lei mi ha restituito al mondo. Si sveglierà e farà parte della mia gente, e sì, mi aspetto considerevoli resistenze da parte sua, ma non davanti al bambino. Lo ama molto e proverà ad apparire il più normale possibile di fronte a lui. Quel ragazzino è stata la sua principale motivazione per anni, e continuerà a esserlo. Anche per lei è molto importante vederlo, quanto lo è per lui. Forse se Joshua accetterà la mia presenza nella sua vita, mctà battaglia sarà stata vinta».

«Aidan!». Joshua entrò di corsa e gli cinse le ginocchia con le braccia. «Ti ho cercato dappertutto. Marie mi ha indicato la tua stanza al terzo piano, ma tu non c'eri».

«Ti avevo detto di non entrare nella stanza di Mr Savage», esclamò Marie, provando a mettere una punta di rimprovero nella voce. Ma non c'era verso di tenere nascosto l'affetto che sentiva per quel bambino.

Joshua la guardò con un'aria affranta, ma mostrò coraggio nel risponderle. «Scusa, Marie, ma devo trovare Alexandria. Tu sai dov'è, vero, Aidan?», gli chiese.

Il carpaziano gli posò con dolcezza la mano sui morbidi riccioli. Ebbe un tuffo al cuore, una bizzarra, commovente sensazione. «Sì, Josh. Sta ancora dormendo. Vorrei che tu le concedessi un'altra oretta per riposare, dopo la porterò da te. Va bene?»

«Sta meglio? Avevo paura che non sarebbe guarita, come Henry, mamma e papà». Gli tremava la voce dallo spavento.

«Alexandria non ti lascerà, Josh», lo rassicurò Aidan a bassa voce. «Sarà sempre qui, e noi ci prenderemo cura di lei insieme, così niente ci potrà allontanare da lei. Sai che io la proteggerò per sempre, e non sono un tipo facile da sconfiggere. Nessuno ci separerà da lei. Capito?».

Joshua gli sorrise fiducioso. «Siamo migliori amici, no, Aidan? Io, tu e Alexandria».

«Siamo più che migliori amici, Joshua», replicò lui con serietà. «Tutti coloro che vivono in questa casa fanno parte della stessa famiglia».

«Marie mi ha detto che vuoi che vada in una nuova scuola».

Aidan annuì. «Penso che sia meglio. Quella che frequentavi prima è troppo lontana da qui e la scuola a cui stavamo pensando di mandarti è molto buona. Lì troverai nuovi amici e bravi insegnanti».

«Che ne pensa Alexandria? Di solito è lei ad accompagnarmi a scuola. Dice che è pericoloso andarci da soli».

«Non in questo caso. Comunque, se vuoi, Marie e Stefan verranno con te. Ti accompagneranno finché tu non ti sentirai al sicuro e non ti sarai adattato».

«Voglio che sia tu ad accompagnarmi se Alex non può». Joshua mise il broncio.

Aidan ridacchiò. «Diavoletto che non sei altro. Vedo che sei abituato a ottenere quello che vuoi. Alexandria ti accontenta sempre, eh?».

Joshua scrollò le spalle, poi fece un sorriso. «Be', sì. Mi lascia fare tutto quello che voglio e non si arrabbia mai quando disobbedisco.

Qualche volta fa finta di sgridarmi un po', ma alla fine mi abbraccia sempre».

«Credo che ci sia proprio bisogno della mano ferma di un uomo nella tua vita, piccolo Joshua», fece Aidan, chinandosi per prendere in braccio il bambino. «Un uomo grande e forte a cui non importi delle tue smancerie».

Le braccia di Joshua circondarono il collo di Aidan. «Neanche tu mi sgriderai».

«No, ma tu sarai obbediente, ok?»

«Sì», concesse Joshua. «Ma comunque vorrei che tu mi accompagnassi a scuola quando ci dovrò andare».

«Io devo stare qui per assicurarmi che tua sorella faccia tutto quello che è necessario perché guarisca. La sua malattia era molto pericolosa e dobbiamo stare molto attenti ancora per qualche giorno. Alex può essere molto testarda, lo sai». Aidan pronunciò quelle ultime parole con aria cospiratoria.

Joshua annuì, sorridendo. «So che se sei con lei, non le può accadere niente. Andrò a scuola con Marie e Stefan. Certo, se mi accompagnassi tu, tutti gli altri bambini penserebbero che ho un papà grande e forte e non cercherebbero di prendersela con me». Si strinse nelle spalle. «Ma anche Stefan è grande, forse funzionerà lo stesso».

«Sono sicuro che Stefan spaventerà tutti i prepotenti. Ma quella è una bella scuola, Joshua, e ci vanno bravi ragazzi. Nessuno porta armi con sé e nessuno vorrà farti del male lì. Se dovesse succedere qualcosa di brutto, tu verrai dritto da me e me lo racconterai». Gli occhi dorati di Aidan fissarono intensamente quelli azzurri del bambino.

Joshua annuì. «Te lo dirò, Aidan». Sbatté le palpebre e cominciò ad agitarsi finché Aidan non lo rimise giù. «Marie ha detto che la cena è pronta. È una brava cuoca, forse più di Alex, ma non dirlo a mia sorella, altrimenti potrebbe rimanerci male. Mangerai con noi, stasera?».

Aidan si scoprì a sorridere senza nessuna ragione apparente. Improvvisamente, gli sembrò, per la prima volta in vita sua, di avere una famiglia. Una serie di persone si erano prese cura di lui per secoli, gli erano state leali, lo avevano aiutato a far parte del mondo della gente normale. Adesso, rifletté, aveva più che semplice lealtà, per quanto questa fosse comunque importante. Le emozioni lo soffocavano, lo facevano piangere, lo riscaldavano. Amava quella sensazione, sebbene talvolta se ne sentisse sopraffatto. «No, non diremo mai ad Alexandria una cosa del genere».

Marie prese Joshua per mano. «Mi fa i complimenti solo per restare nelle mie grazie. Gli piace pulirsi il cucchiaio».

Joshua fece di no con la testa, scuotendo i riccioli biondi. Il tono era solenne e lo sguardo sincero. «No, Marie, non è vero. Alexandria è una cuoca terribile. Brucia sempre tutto».

Capitolo 5

Prima di tutto, udì i rumori. Il rullo di un tamburo. Il cigolio del legno. L'acqua che scorreva. Il mormorio di una conversazione, il rombo del motore di un auto, la lontana risata di un bambino. Alexandria giaceva perfettamente immobile e non osava neanche aprire gli occhi. Sapeva di non essere sola. Sapeva che era notte. Sapeva che a battere al ritmo del tamburo era il suo cuore, sincronizzato a un altro. Sapeva che la discussione che stava ascoltando si svolgeva a una certa distanza da lei, al primo piano, in cucina. Sapeva che il bambino che rideva era Joshua.

Non riusciva a capire come potesse avere tutte quelle informazioni, ne fu terrorizzata. Sentiva l'odore di biscotti e spezie. Sentiva l'odore di… lui. Aidan Savage. Era lì e la stava osservando con quegli occhi bellissimi. Oro liquido. Penetranti. In grado di vedere ogni cosa. Alexandria si concesse di respirare. Nascosta come una bambina spaventata sotto le coperte, era del tutto impotente. Era qualsiasi cosa lui l'avesse fatta diventare. E in lui c'era qualcosa di… non umano. Tuttavia, non aveva mai sperimentato una fame vorace come quella che stava cominciando ad attanagliarla.

Sollevò le folte ciglia, e la prima cosa che vide fu lui. Era incredibile quanto fosse bello, di una bellezza straordinariamente virile. Lo studiò con estrema attenzione. Era forte e potente. La sua natura violenta era celata dal fascino dell'uomo raffinato. I suoi occhi sembravano le sfere dorate di un gatto, e le sue ciglia, lunghe e immobili, non battevano mai. Aveva il mento volitivo e un naso elegante. Le labbra erano molto definite, invitanti, i denti eccezionalmente bianchi. I suoi capelli erano come una criniera fluente, del colore dell'oro, e gli arrivavano fin sopra le spalle larghe. I muscoli erano tesi e guizzavano a ogni suo movimento. Ma in quel momento lui era del tutto immobile, come se fosse parte della stanza, quasi fondendosi con essa, e la guardava intensamente. Era un magnifico predatore. Lei sapeva chi era, sapeva che non esisteva nessun altro come lui.

Si passò la lingua sulle labbra secche. «E adesso, che facciamo?»

«Devo insegnarti le nostre abitudini».

Il suo tono era calmo e realistico. Voleva forse dire che le persone si trasformavano in vampiri tutti i giorni? Alexandria cercò di tirarsi su. Aveva il corpo indolenzito e pieno di piaghe, ma non soffriva più come prima. Si stiracchiò, cercando di capire a quanto sforzo avrebbero potuto resistere i suoi muscoli. «Non ho alcuna intenzione di imparare le vostre abitudini». Lo guardò, fulminandolo rapidamente con quegli occhi azzurri nascosti dalle spesse ciglia. «Mi hai ingannato. Sapevi che sarei voluta tornare di nuovo… umana».

Lui scosse la testa e la forza della sua volontà era talmente forte che lei fu costretta ad alzare lo sguardo. I suoi occhi furono catturati all'istante da quell'oro fuso. «No, Alexandria, sai bene che non è vero. Vuoi crederlo, vuoi convincertene. Io ho deciso di metterti di fronte alla verità, ma non ti ho mai imbrogliato».

Un breve e ironico sorriso le si dipinse in volto. «È così che la pensi? Molto nobile da parte tua sollevarti da ogni responsabilità!».

I muscoli di Aidan si tesero e lei si allarmò. Lui si rilassò e tornò di nuovo immobile, come se le avesse letto in viso la paura. «Non ho detto che non ho alcuna responsabilità in questa faccenda. Ma non posso farci niente. Non posso modificare gli eventi di ieri sera. Credimi, Alexandria, ti avrei dato qualsiasi cosa potesse permetterti di resistere al veleno del vampiro. Se avessi potuto risparmiarti questa agonia, l'avrei fatto».

La sua voce, morbida e gentile, sembrava sincera. Pareva non fosse in grado di mentirle. Ma i vampiri non avevano forse il potere di ipnotizzare le loro vittime? Alexandria non sapeva più cosa fosse reale e cosa no, ma non avrebbe permesso a nessuno di prendersi la sua vita senza prima combattere. Aveva cervello, era forte e determinata. Aveva imparato a essere paziente. Forza d'animo. Spirito di sopravvivenza. Ma in quel momento non aveva abbastanza informazioni per prendere una decisione.

«Sono come te adesso?».

Aidan accennò a un piccolo sorriso, dopodiché il suo volto divenne di nuovo una maschera di imperturbabilità e l'immagine di lei si rifletté nei suoi occhi inespressivi. «Non esattamente. Io sono nato carpaziano. La mia gente è antica come il mondo. Io sono uno degli antichi, un guaritore, un cacciatore di vampiri. Detengo il potere e la conoscenza che ho guadagnato nel corso dei secoli».

Alexandria alzò una mano. «Non penso di essere ancora pronta per tutto ciò. Prima di tutto voglio sapere se sono ancora me stessa».

«Cosa credi di essere diventata? Non c'è più neanche una goccia del sangue contaminato del vampiro dentro di te, se è questo che vuoi sapere».

Lei trasse un profondo respiro. Attinse alle sue conoscenze sul mondo dei vampiri. Aveva così tanta fame da sentirsi male. «Quello che voglio sapere è... se posso camminare alla luce del sole. Se posso mangiare come tutti gli altri, andare a un fast food con Joshua e ordinare quello che mi pare».

Lui le rispose con calma. «La luce del sole ti brucerebbe la pelle. La reazione peggiore l'avrebbero i tuoi occhi, che comincerebbero a gonfiarsi e a lacrimare. Durante il giorno dovrai portare sempre occhiali scuri dotati di lenti speciali fatte apposta per quelli della nostra razza».

Alexandria emise un lento sospiro. «Hai risposto solo a una delle mie domande. Sto cercando di non cedere a una crisi isterica. Continua, per favore».

«Hai bisogno di sangue per sopravvivere».

«Avresti potuto rivelarmelo con più tatto, per gradi», replicò lei, ironica. Non aveva perso la sua solita irriverenza, sebbene si sentisse nel pallone, nel caos totale. Le risultava difficile pensare, respirare. Non era possibile che le stesse accadendo una cosa del genere. Semplicemente, non era possibile. «Mi auguro che non speri che dorma in una bara». Provò a scherzare, per aiutare la sua mente ad accettare l'eventualità che quanto le stava accadendo fosse reale. Ma avrebbe voluto urlare, più di ogni altra cosa.

Lui la attirò a sé con lo sguardo. Alexandria riuscì quasi a sentire che stava per essere abbracciata, e fu un'illusione talmente reale da farle percepire il calore della stretta di Aidan e l'effetto calmante che lui aveva sulla sua mente. «Non credo che sarà necessario».

Si passò di nuovo la lingua sulle labbra, improvvisamente secche. «Non riesco a respirare». A quel punto lui la toccò per davvero: le mise una mano dietro il collo, sulla nuca, e la spinse a rimettersi giù. «Sì che puoi», le disse tranquillamente, «il panico passerà».

Alexandria fece due profondi respiri: i polmoni le bruciavano e ce la stava mettendo tutta per trattenere i singhiozzi che le salivano alla gola. Non riusciva a urlare. Non poteva fare altro che cercare di inspirare. Le dita di lui cominciarono a farle un lento e delicato massaggio e il suo corpo rispose, abbandonando quella terribile tensione e rilassandosi al contatto con la sua mano.

«Perché non mi hai semplicemente ucciso?». Il volume delle sue parole era basso per via delle coperte che attutivano il suono e della sua gola dolorante che le impediva di pronunciarle più forte.

«Io non ho mai avuto l'intenzione di ucciderti. Tu non hai fatto niente. Io non sono uno che ammazza la gente a sangue freddo, Alexandria».

Lei sollevò lo sguardo verso di lui, e i suoi grandi occhi azzurri incontrarono quelli di Aidan. «Ti prego, non mentirmi. È già abbastanza difficile così».

«Io *sono* un cacciatore, piccola. Ma non uccido persone innocenti. Il principe, il capo della nostra razza, mi ha messo a guardia di questa città a garantire la giustizia per la nostra gente».

«Io non faccio parte della tua razza. Davvero, no». Alexandria sapeva che sarebbe sembrata disperata, a dispetto di tutti i suoi sforzi per rimanere calma. «Ci deve essere un errore. Tu devi tornare indietro e annullare tutto». La voce le tremava e il suo corpo era scosso dai brividi. «Se solo mi ascoltassi, capiresti. Io non sono come te».

Una delle mani di lui si chiuse sopra quelle di lei, alleviando la tensione che le faceva serrare i pugni, e con l'altra le accarezzò delicatamente la vena che le pulsava sul polso. «Stai calma, Alexandria, va tutto bene. Guarirai presto. Non hai visto come stavi ieri sera, adesso sei molto migliorata. Scoprirai che nella tua nuova vita ci sono parecchie cose gradevoli. Riuscirai a vedere al buio come se fosse mezzogiorno. Potrai ascoltare e vedere cose mai viste e sentite prima. È un mondo bellissimo».

«Non capisco. Io già ho una vita. Devo prendermi cura di Joshua. Mio fratello non può stare senza di me durante il giorno. È solo un bambino. Ha bisogno che lo accompagni a scuola. E poi devo lavorare».

Aidan aveva detto di non essere un assassino, ma Alexandria non era cieca. Era bellissimo, ma letale dietro quella sottile patina di eleganza e raffinatezza. Lei non poteva, non voleva, diventare come lui. Doveva prendersi cura di Joshua. Aidan emise un breve sospiro, un piccolo soffio d'aria che lei riuscì a sentire proprio sotto le dita dei piedi. Alexandria ebbe la terribile sensazione che lui riuscisse a sapere esattamente cosa stava pensando, che lui fosse in qualche modo dentro la sua testa, dividendo con lei pensieri ed emozioni.

«Non avrai alcun problema a prenderti cura di Joshua. La tua roba è stata trasferita nelle stanze del secondo piano. Tu e Joshua potrete tranquillamente stare lì. Sarà essenziale per te continuare ad avere l'illusione di vivere come gli umani. Solo nel primo pomeriggio, quando sarai all'apice della vulnerabilità, verrai qui giù in questa camera e dormirai. Joshua non si ricorda niente del vampiro. Non avrei mai potuto permettere che restasse traumatizzato per sempre».

«Non puoi certo permettere che venga a conoscenza della verità», osservò con una punta di sarcasmo Alexandria. «Noi abbiamo la nostra casa. Non appena sarò in grado di farlo, lo porterò via di qui». *Lontano da questa città se è necessario, lontano da te, così lontano che non potrà accadergli niente di male.*

Ci fu un breve silenzio che sembrò durare un'eternità. Per qualche ragione, riuscì a sentire che il cuore le batteva più forte, allarmato. Quando Aidan si mosse, le si raggelò ogni fibra del corpo. Lui non proferì parola, ma i suoi movimenti così silenziosi la spaventarono.

«C'è un legame fra me e te, Alexandria». La sua voce aveva il suono cristallino di un torrente che si fa strada tra le rocce. «È inscindibile. Io saprò sempre dove ti trovi, e tu sarai in grado di rintracciarmi in qualsiasi momento. Se avessi voluto fare del male a Joshua, avrei avuto a disposizione già tutto il tempo necessario. Tu rimarrai qui e apprenderai tutto ciò che ti serve per sopravvivere. Concediti almeno una possibilità di adattarti alla tua nuova vita».

«Voglio vederlo adesso. Voglio vedere Joshua».

Di nuovo, per qualche sconosciuto motivo, le fu impossibile respirare. Le emozioni fecero le piroette e danzarono, si scatenarono ed esplosero, fino a farle credere che sarebbe impazzita. Invece, si sedette composta come una bambina educata in attesa della sua approvazione. Lui stava in piedi e la fissava con quei suoi occhi dorati, il suo volto era una maschera inespressiva.

Alexandria non aveva idea di quanto stava accadendo. Un attimo prima era seduta tranquilla, e subito dopo si lanciò fuori dal letto scagliandosi contro di lui, incapace di contenere uno scatto d'ira. I sensuali lineamenti di Aidan rimasero calmi e tranquilli persino mentre la afferrava per placarla. Lei, spaventata dal suo stesso comportamento, stava combattendo una dura battaglia per riprendere il suo autocontrollo. Non aveva mai fatto una cosa del genere prima. Aidan la bloccò senza alcuna difficoltà, mettendole i polsi dietro la schiena e tenendola così stretta contro il suo petto.

Improvvisamente lei ebbe consapevolezza della camicia che le ricopriva la pelle nuda, delle sue curve incastrate e schiacciate sul corpo di Aidan. Ebbe la consapevolezza che lui era un uomo e lei una donna. Quella sensazione la spaventò. Era terrorizzata da quanto stava accadendo.

«Ssh, piccola, mia cara, stai tranquilla», cercò di calmarla, con una mano le bloccava i polsi mentre l'altra si infilava tra la massa di capelli ingarbugliati per accarezzarle la nuca. «Insieme ce la faremo. Aggrappati a me. Usami. Usa la mia forza». Le lasciò andare i polsi e strinse la presa sul suo collo.

Lei gli batté i pugni sul petto ripetutamente, cercando di trattenersi dall'urlare la propria frustrazione. «Sono pazza. Mi ha dato di volta il cervello. Non vuole darmi tregua». Appoggiò la testa contro i suoi forti pettorali, l'unico rifugio, l'unica consolazione che le era rimasta. Il suo cervello era in panne, un mucchio di terribili pensieri si rincorrevano nella sua testa. Aidan era solido, un'ancora resistente, la calma nell'occhio del ciclone.

«Respira, Alexandria, respira insieme a me». Quelle parole sussurrate a bassa voce le penetrarono la pelle fino a raggiungerle il cuore e i polmoni.

Sembrava che lui lo stesse facendo al posto suo, che il suo respiro regolasse quello di lei. Aidan la strinse a sé teneramente, senza farle domande, tenendola stretta finché Alexandria non smise di tremare e fu in grado di restare in piedi da sola. Quasi riluttante, lui la lasciò andare e si allontanò da lei, accarezzandole con una mano la spessa treccia finché il braccio non gli ricadde lungo il fianco.

«Mi dispiace». Alexandria si premette le dita sulle tempie. «Di solito non sono un tipo violento. Non so cosa mi stia accadendo». *Non le apparteneva, quella follia. Doveva avere ancora nelle vene sangue del vampiro e Aidan non voleva rivelarle la verità.*

Aidan poté leggere il suo timore. Che assurdità. Scosse la testa. «È la paura che ci spinge a compiere azioni che non ci appartengono. Non preoccuparti. Ti senti pronta per vedere Joshua, sei abbastanza calma da poterlo rassicurare? So che ti serve più tempo per abituarti a tutte queste novità e non insisterò, tuttavia tuo fratello sta cominciando a preoccuparsi. Il piccolo Joshua vuole proteggerti. Per quanto abbia fiducia in me, ha bisogno di vederti, di toccarti». Spostò intenzionalmente il discorso sul bambino, l'unico in grado di farle dimenticare per un po' la sua terribile trasformazione.

Con le mani che le tremavano, Alexandria afferrò i jeans che Aidan aveva preso nel suo appartamento. «Mettimi al corrente di quello che dovrei sapere, di quello che Joshua si aspetta che io gli dica. Non mi ricordo tutto quello che mi hai detto».

Aidan non riusciva a distogliere lo sguardo dalle sue belle gambe slanciate. Si irrigidì improvvisamente e il cuore cominciò a martellargli contro il petto. Si allontanò da lei per nascondere la sua fame. Fame di sesso. Non aveva mai avvertito un'eccitazione tanto intensa.

«Aidan?». Sentì il rumore della cerniera e la voce di lei che gli sfiorava la pelle. Gli spuntarono le zanne e percepì l'urgenza del desiderio. Riuscì a malapena a trattenere il basso grugnito che precedeva l'aggressione. Strinse i pugni con tanta forza che le nocche gli diventarono bianche. Come tutti i carpaziani di una certa età, sentiva ogni cosa al massimo della sua intensità. Incluse le emozioni, quando riuscivano a provarle. Dolore, felicità e gioia, istinto sessuale. Sapeva che era così, ma non l'aveva mai sperimentato. E non era facile mantenere il controllo in una situazione nuova come quella.

Respirò lentamente, l'alone rosso che gli offuscava la vista sparì, il demone che lottava per venire fuori morse il freno e fu imbrigliato. Avrebbe avuto davanti l'eternità per vincere le resistenze di Alexandria. Lei era legata a lui, lo erano le loro anime, i loro pensieri. Sarebbe stato paziente e le avrebbe concesso il tempo necessario perché si concedesse a lui di sua spontanea volontà.

«Aidan?». La voce aveva cominciato a tremarle. «C'è qualcosa che non va?»

«No, naturalmente no. Ti faccio un breve ripasso. Joshua pensa che io sia un vecchio amico di famiglia. Voi due stavate progettando di trasferirvi a casa mia, negli appartamenti al secondo piano, tu ti sei sentita male al ristorante e questo ha accelerato i programmi».

I suoi grandi occhi del colore degli zaffiri si posarono su di lui scintillando, e lei sbatté le lunghe ciglia. «Ma che genere di amici crede che siamo?».

La bocca di Aidan si piegò in un piccolo sorriso e per un attimo sembrò quasi un adolescente. Poi l'illusione sparì e ritornò a essere il potente predatore di sempre. «Oh, avrei voluto dirgli intimi. Molto intimi. Comunque, per mia fortuna, a Joshua piace questa cosa. È un mio fedele alleato».

Lei aggrottò le sopracciglia e la fossetta vicino alle labbra divenne più profonda. «*Tu* hai bisogno di un alleato?».

Lui intravide di nuovo un accenno della sua vivacità, e sorrise. «Assolutamente».

Aidan inclinò la testa da un lato e la guardò con una fame che tolse il respiro ad Alexandria. Poteva essere stato un gioco di luce, se non fosse che era tutto al buio. Lei si concentrò sulle sue parole, facendo uno sforzo per non reagire a quelle occhiate sensuali e al suono ipnotizzante della sua voce.

«Uno dei tuoi amici antipatici ti ha seguito fin qui e ha chiesto di te. Dal momento che ha fatto arrabbiare i miei domestici, non è andato molto lontano, ma mi ha dato qualcosa che ti appartiene. D'altronde, lo sai, sia al tuo amico Henry che a Joshua non piace quel tipo che crea infantili videogiochi. Josh infatti ha un piano segreto per far soldi, in modo che tu non sia costretta a vendere la tua arte a quella gente». Aidan si portò le mani dietro la testa per legarsi i capelli. «Ha un sorriso che ricorda quello di uno squalo, non trovi?».

Alexandria rimase affascinata dal semplice gesto di Aidan, accorgendosi che il modo in cui lui si muoveva era davvero molto sensuale. Scosse la testa, infastidita dal fatto che le si fosse presentato in mente un pensiero talmente ridicolo. «Stai parlando di Thomas Ivan? Se è così mostra un po' di rispetto. È un uomo molto brillante. È veramente venuto fin qui a cercarmi?».

Cercò di afferrare il concetto. Un comportamento umano e normale in un mondo che sembrava impazzito. Thomas Ivan era una persona a cui avrebbe potuto fare riferimento. Una persona che aveva qualcosa in comune con lei. Non le importava se quando sorrideva Thomas Ivan somigliava a uno squalo. Non le importava che la creatura che aveva davanti fosse l'uomo più virile che lei avesse mai visto e che il *suo* sorriso era l'unico a esercitare un fascino su di lei.

«Le storie che si inventa sono delle vere stupidaggini. Non ne sa proprio niente di vampiri». C'era una punta di disprezzo nella voce di Aidan, tuttavia continuava a essere così melodiosa e pura che lei si trovò a protendersi verso di lui e dovette tirarsi indietro di colpo.

«Nessuno sa niente dei vampiri», lo corresse decisa, «perché non esistono. È impossibile. E i suoi giochi non sono stupidaggini. Sono brillanti».

«Non mi avevano mai detto che i vampiri non esistono», rispose Aidan con un sorriso beffardo. «Avrei voluto saperlo prima. Mi sarei risparmiato un sacco di guai in questi secoli. Per quanto riguarda Ivan, sono d'accordo con Joshua. Quell'uomo è un pallone gonfiato. Comunque, ti ha riportato la tua cartellina e io gli ho detto che ti metterai in contatto con lui non appena il dottore ti dirà che ti sei rimessa».

«Qui non c'è nessun dottore».

Aidan fece un sorriso malizioso e i suoi occhi dorati brillarono per il divertimento. «Sono io il tuo dottore, il tuo guaritore».

Lei non riuscì a sostenere il suo sguardo. Era davvero sexy con quell'aria divertita, quella bocca così seducente. «Credo di aver afferrato il concetto. Be', cos'altro hai detto a mio fratello?». Diede un'occhiata alla stanza. «C'è qualcuna delle mie magliette in giro?». Sollevò l'orlo dell'elegante camicia di seta di Aidan che aveva indosso. «Qualcosa che non mi arrivi alle ginocchia?».

Lui si schiarì la gola. Gli piaceva vederla con quella camicia, come se fosse circondata da lui. «Be', effettivamente, Joshua crede che questa sia una delle tue strane abitudini. Ti piace andare in giro con le mie camicie. Pensi che siano molto più comode dei tuoi vestiti».

Alexandria lo guardò con quei suoi occhi azzurri. «Ah, davvero? Immagino che tu te ne lamenterai».

«Sì, spesso, con Joshua. Ridiamo insieme delle idiosincrasie delle donne. Lui dice che sei carina quando ti metti le mie camicie».

«E come sarebbe venuta in mente a un bambino un'idea del genere?».

Lui si ostinò. «Devo averglielo detto io un paio di volte».

I suoi occhi dorati le scivolarono sul corpo, rendendola consapevole della sua pelle nuda sotto la camicia, di ogni curva del suo corpo, del fatto che erano completamente soli in una delle stanze segrete di quella casa.

«Oltretutto è vero. Ti stanno bene le mie camicie».

«Perché io e Joshua dobbiamo stare qui?». Stava riportando la conversazione sui binari, allontanando quella nuova e spaventosa sensazione di sensualità.

«Joshua è una specie di lanterna luminosa che può condurre a noi i nostri nemici, così come Marie e Stefan. Finché abbiamo legami con gli umani, siamo ancorati a loro, e chiunque voglia distruggerci può facilmente rintracciarci. Mentre molti appartenenti alla nostra razza possono nascondersi a proprio piacimento, i nostri nemici sanno bene che noi non saremo mai troppo lontani dalle persone a cui siamo legati, specialmente nel caso di Josh, che è ancora un bambino piccolo. Sei più al sicuro dai nemici qui a casa mia».

«Quali nemici? Io non ho nemici». Aidan aveva parlato come se si trattasse di un dato di fatto e Alexandria poté sentire di nuovo il cuore martellarle nel petto. Sapeva che lui stava dicendo la verità e, chiunque fosse quel nemico, di certo non era un malintenzionato qualsiasi.

«Paul Yohenstria non era l'unico vampiro qui in città. Ce ne sono altri e, come tu sai, io gli do la caccia. Verranno presto a sapere della tua esistenza e faranno di tutto per catturarti».

Alexandria sentì i muscoli dello stomaco contrarsi. «Perché dovrebbero volermi catturare? Non lo capisco! Cos'è tutta questa storia?»

«Tu hai dei poteri, sei un'umana capace di diventare una di noi. E anche i vampiri erano carpaziani prima di trasformarsi. Ci sono poche donne tra la nostra gente e sono molto ambite».

Lei sollevò il mento in segno di sfida. «Ho delle novità per lei, Mr Savage. Non mi sembra proprio che la tua gente tratti le donne come se il loro valore fosse così inestimabile. Non mi meraviglio che siano così poche». Si toccò le profonde ferite, ancora visibili sul suo collo. «Posso immaginare che non siano in tante a desiderare questo trattamento. In tutta sincerità, io non ne sono affatto contenta».

«Ti ho chiesto di chiamarmi Aidan. È necessario, anche se siamo da soli, continuare a comportarci come degli umani e far finta che siamo vecchi amici, finché non lo diventeremo per davvero». Per un attimo i suoi occhi dorati luccicarono e il cuore di Alexandria smise quasi di battere.

Le sue dita tormentavano l'orlo della camicia, la sua agitazione aumentava al suono pacato e tranquillo della voce di lui. «Chi altri vive qui? So che c'è una donna. Mi ricordo che non ha voluto chiamare un'ambulanza anche se la stavo implorando di farlo». Nonostante tentasse di sembrare normale, Alexandria non riusciva a mascherare la paura e l'amarezza nella sua voce.

Aidan fece un passo avanti e si fece d'improvviso abbastanza vicino da permetterle di sentire il calore che irradiava dal suo corpo. «La mia governante, Marie, era molto preoccupata per il tuo stato di salute, Alexandria. Non è stata colpa sua e spero che tu non te la prenda con lei. Sapeva che nessun dottore avrebbe potuto aiutarti. Ero io l'unico a poter alleviare la tua sofferenza. Perché tu lo sappia, lei si è anche arrabbiata con me per le condizioni in cui ti ha trovata. È la mia governante e fa parte della mia famiglia da molti anni. Sarà lei a prendersi cura di Joshua quando noi non potremo, nel primo pomeriggio. Anche solo per questa ragione dovresti farle spazio nel tuo cuore e permetterle di esserti amica».

«Tu la controlli? Bevi il suo sangue? Le fai fare quello che desideri, come se fosse un burattino?», domandò irritata Alexandria.

«Non ho mai preso sangue da Marie né ho mai controllato i suoi pensieri. Ha scelto di stare con me, così come ha fatto la sua famiglia prima di lei, di sua spontanea volontà. È stata al tuo fianco mentre stavi male perché è capace di compassione. Te lo ripeterò finché non te ne convincerai. Non ha chiamato l'ambulanza perché nessun medico avrebbe potuto farti stare meglio». Non ritenne necessario informarla che, inoltre, un dottore avrebbe potuto notare delle anomalie nel suo sangue che la sua gente non poteva rischiare fossero scoperte. A quel punto a dar loro la caccia non sarebbero stati più solo i non morti. Ci avrebbero pensato anche gli ammazzavampiri umani.

La sua voce era di nuovo fredda e distaccata: Alexandria aveva la bocca asciutta per la paura. Con il suo tono pacato riusciva a sembrare più minaccioso di quelli che per ottenere lo stesso risultato urlavano e sbraitavano. Lei annuì, mostrando di essere d'accordo, anche se era sul punto di crollare: la sua mente era a pezzi, il corpo le tremava tanto che quasi non riusciva a controllarsi.

«Fai un altro respiro. Ricordati di respirare, Alexandria. Il tuo cervello sta cercando un po' alla volta di venire a capo del trauma di cui sei stata vittima. Incamera uno alla volta piccoli frammenti di informazione, e il tuo corpo reagisce. Sei una donna molto intelligente. Devi capire che, anche se non si tratta di una transizione semplice, devi affrontarla».

Un piccolo e ironico sorriso le piegò gli angoli della bocca. «Ce la farò? Tu sembri esserne certo. È perché hai deciso che sarà così?». Sollevò il mento e per un attimo i suoi occhi lampeggiarono in segno di sfida. «Sei proprio sicuro di te».

Lui si limitò a guardarla in quel suo modo calmo ed esasperante a cui Alexandria stava cominciando ad abituarsi. Alla fine lei sospirò. «Non preoccuparti. Non me la prenderò con quella donna».

«Marie». La sua voce era un bisbiglio che fuoriusciva attraverso i denti bianchissimi, come velluto a contatto col ferro. Il suo sguardo diventava sempre più intenso, una specie di oro liquido che avrebbe facilmente potuto inghiottirla.

Alexandria deglutì a fatica. «Marie, bene. Sarò carina con lei».

Lui le prese una mano. Lei lo fissò per un momento, poi, cercando accuratamente di evitare il contatto, gli scivolò accanto e raggiunse la porta. Aidan la seguì come un'ombra silenziosa, tuttavia lei era consapevole della tensione di ogni suo muscolo, del calore del suo corpo, del suo respiro. Erano così vicini che riusciva a sentire i loro cuori battere all'unisono.

Lo stretto corridoio che percorsero li condusse al piano superiore. A circa metà strada, ad Alexandria venne un capogiro che la costrinse a fermarsi. Si appoggiò al muro di pietra, le mancava il respiro. Subito Aidan le circondò la vita con un braccio. Lei lo afferrò per la camicia. «Non posso farlo. Mi dispiace, ma non posso». Nonostante lei non volesse, la sua voce assunse il tono di una supplica, la paura aveva la meglio sull'istinto di salvaguardarsi dal potere di Aidan. Lui era forte e solido come una roccia. Era tutto quello a cui lei poteva aggrapparsi ogni qualvolta la sua mente aveva un moto di ribellione per il trauma a cui era stata sottoposta.

Aidan la strinse a sé come se fosse stata una bambina, e il contatto con il suo corpo le diede sollievo. Dentro di lui, tuttavia, stava per scatenarsi la bestia, in cerca di appagamento. «Per adesso pensa solo a tuo fratello. Si sente solo e ha paura. Io ho fatto del mio meglio per rassicurarlo, ma ha già perso tanto nel corso della sua breve vita e i ricordi che ha di me, di questa casa e della mia famiglia sono comunque posticci. Niente potrà sostituire l'amore reale che prova per te. Il resto può aspettare, no?». La sua voce era pura stregoneria, impossibile resisterle. Era un sussurro nella mente di Alexandria, la confortava del fatto che, se lei avesse fatto come diceva lui, tutto sarebbe andato per il meglio.

Lui le strofinò il mento sul capo, indugiando per un attimo a respirare il suo profumo, assicurandosi che i loro odori si mescolassero l'uno con l'altro. Il suo sguardo dorato comunicava fame e senso di possesso, ma il suo abbraccio era dolce e tenero.

«Vieni con me, Alexandria. Vieni nella mia casa accogliente di tua spontanea volontà. Trascorri del tempo con me e con la mia famiglia e vedrai che per un po' dimenticherai ogni cosa e avrai tregua dal tuo incubo. Hai bisogno di un po' di tranquillità, non c'è niente di male».

«Nell'illusione della normalità?»

«Sì, se vuoi metterla in questo modo, possiamo dire così». Le dita di lui le stavano facendo un qualche incantesimo, massaggiandole la nuca.

Nel corso della vita, Alexandria aveva incontrato troppi ostacoli, e nessuno tranne Joshua le aveva mostrato il proprio affetto. Aidan era così dolce, e anche se si trattava probabilmente dell'illusione più grande di tutte, lei trovò sollievo tra le sue braccia. In un certo senso, era consapevole del fatto che si stava aggrappando e appoggiando a lui, ma rifiutò di soffermarsi su questo pensiero; non poteva farlo, sarebbe impazzita. Aveva bisogno di immergersi nella vita normale, anche se solo per un po'.

Fece un profondo respiro. «Va tutto bene adesso. Davvero. Riuscirò a fingere che tu sia una persona gradevole e non una specie di bestia cattiva che mi divorerà se non le obbedisco».

La bocca di Aidan sfiorò il collo di Alexandria: aveva la pelle morbida come la seta, le sue labbra si piegarono in un sorriso. Lei avvertì il suo alito caldo in corrispondenza della giugulare e i suoi denti che la graffiavano con delicatezza. Fu una sensazione più simile al piacere sensuale che alla paura. «Non so da dove ti vengano queste idee, cara. Forse dai giochi di Thomas Ivan? Dovresti smetterla di giocarci. Sembrano influenzarti in maniera negativa».

«Ma lui è così bravo. Ci hai mai giocato tu?», gli chiese lei, provando a pungolarlo un po'. Rimase immobile, quasi trattenendo il respiro, godendosi la piacevole sensazione della bocca di lui sul suo collo, e tuttavia terrorizzata dalla sua stessa strana reazione.

«Be', lo ammetto, ho sprecato il mio tempo esaminando di malavoglia la sua stupida produzione... ma non dirlo a nessuno. Rischierei di perdere il mio status di cacciatore di vampiri professionista». Le fece scivolare il braccio attorno alla vita e la spinse a proseguire lungo lo stretto corridoio.

«Aidan! Non sarai forse un po' snob?», lo canzonò lei, cercando di ignorare la strana sensazione che le provocava il contatto con i forti muscoli di lui. Erano così vicini e le sue braccia le davano un senso di protezione che non aveva mai sperimentato prima.

«Probabilmente».

La sua voce era un bisbiglio che la faceva tremare tutta.

«Ti sei dimenticata le scarpe», osservò lui. «Il pavimento è freddo. Avresti dovuto mettere le pantofole che ti ho dato». Nel suo tono c'era una punta di biasimo.

Alexandria lo guardò, un rapido lampo di occhi blu. «Be', questa è un'altra delle mie abitudini che senza dubbio ti infastidirà. Ne ho molte, sai. Mi piace camminare a piedi nudi per la casa».

Aidan rimase per un attimo in silenzio. Lei non riuscì neanche a sentire il rumore dei suoi passi. Come se planasse sul pavimento, senza poggiare i piedi. «E quante sarebbero queste tue irritanti abitudini?», le chiese.

Al suono di quella voce le sembrò che qualcosa dentro di lei si stesse sciogliendo.

«Così tante che non riesco neanche a contarle. E sono cattive, davvero».

Disse quelle parole con un tono canzonatorio, con un calore che fino a quel momento non c'era stato tra loro. Aidan cercò tra i suoi pensieri e capì che Alexandria stava tentando di fare quello che lui le aveva suggerito, mettere da parte quanto era accaduto e vivere semplicemente istante per istante. Il suo naturale umorismo e la sua calorosità stavano cominciando a venire fuori, contro ogni aspettativa. Si sentì orgoglioso di lei. Lo stupiva sempre più. Quella donna, così inattesa nella sua vita, valeva senz'altro lo sforzo e la pazienza necessari a conquistarla del tutto. Nessuno lo aveva preso in giro in quel modo prima. Marie e Stefan vivevano con lui da molto tempo. Sapeva che provavano affetto per lui, ma c'era sempre una sfumatura di rispetto nel loro atteggiamento.

«Tu non conosci l'esatto significato della parola *cattivo*. Non hai vizi. Non fumi e raramente bevi alcolici. E prima di accusarmi di leggerti nel pensiero, lasciami spiegare che è stato Joshua a rivelarmi i tuoi segreti. Voleva che fossi a conoscenza di tutte le tue virtù».

«Davvero?». C'era una parete di fronte a lei e Alexandria si fermò bruscamente. Sembrava fatta di solida e irremovibile pietra.

Aidan le passò davanti e poggiò i polpastrelli su uno di quei massi dalla forma irregolare. Si aprì un pannello che permise loro di avere accesso alle scale che portavano dal seminterrato alla cucina.

Alexandria roteò gli occhi. «Molto melodrammatico. Passaggi segreti e roba così. Dovresti scrivere un libro, Aidan. O magari creare un videogioco».

Lui si piegò in avanti verso di lei, il suo caldo respiro le faceva scendere un brivido lungo la schiena. «Non ho abbastanza immaginazione».

La vena sul collo di Alexandria pulsava proprio in corrispondenza della bocca di lui. Aidan percepì il suo calore, il suo odore, il profumo speziato del suo sangue: era davvero invitante. Per un attimo i suoi occhi si accesero per la fame e il desiderio, oro liquido che scintillava. Il cuore gli martellò nel petto, pregustando il nutrimento, e nella sua bocca le zanne lottarono per venir fuori.

«Oh, davvero? Credo che una delle tue irritanti abitudini sia mentire ogni volta che ne hai voglia. Ci vuole molta immaginazione invece per progettare una casa come questa. E non dirmi che non l'hai fatto da solo».

Fu il suo lungo silenzio a smascherarlo. Alexandria avvertì che si trovava improvvisamente in pericolo e divenne di ghiaccio, trattenendo il respiro. La sua immobilità, l'odore della sua paura lo vinsero. Le prese il polso con dolcezza. «Mi dispiace, cara. È trascorso troppo tempo dall'ultima volta e adesso, quando riprovo le emozioni, ne sono sopraffatto. Perdonami se faccio errori del genere».

La voce di lui la fece di nuovo sentire al sicuro, le sue braccia erano un accogliente rifugio. Alexandria si morse il labbro tanto forte da farsi uscire una goccia di sangue nella speranza che il dolore potesse dissipare l'illusione di sicurezza che lui aveva creato. Provò ad allontanarsi da lui.

Aidan fece uno sforzo per non perdere il controllo. Pur non stringendola più forte, tuttavia la sua presa rimase salda. Inclinò la testa verso di lei e i suoi occhi dorati catturarono quelli azzurri di Alexandria. «Non indurmi in tentazione. Non ho molto autocontrollo con te».

Le sue parole erano un bisbiglio, una vellutata seduzione, la sua voce era una piccola fiamma che la riscaldava dall'interno. Le sfiorò la bocca con le labbra, una lievissima carezza, ma ad Alexandria mancò il fiato quando lui leccò con la lingua la piccola goccia di sangue sul suo labbro inferiore.

Sollevò la testa con la stessa lenta sensualità con cui l'aveva abbassata e lei poté solo guardarlo impotente, ipnotizzata dall'inatteso fuoco che le divampava dentro. Rimase scioccata dalla forza con cui si manifestava in lei per la prima volta il desiderio sessuale. E il fatto che fosse rivolto a quell'uomo, il fatto di provare tanto trasporto e tanta voglia verso uno come Aidan Savage, le dava i brividi.

Lui avvertì i tremiti che le scuotevano l'esile figura, notò la fiamma del desiderio nei suoi occhi azzurri. Lei si tirò nervosamente indietro e si sfiorò il labbro, da cui lui aveva appena leccato quella goccia di sangue. Aidan si irrigidì e sentì l'urgenza di rivendicare qualcosa che gli spettava di diritto, il demone dentro di lui alzò la testa e ruggì.

«Aidan?». Alexandria si portò una mano alla gola, come per proteggersi. «Se stai per farmi del male, fallo subito. Non prendermi in giro. Non sono una persona forte e credo di non poter gestire oltre questa situazione senza rischiare di impazzire».

«Alexandria, ti ho già detto che non ti farò nulla e manterrò la promessa». Fece un passo indietro e si allontanò da lei, per dare un po' di tregua al proprio corpo.

Per la prima volta, la sua voce era roca, ma questa caratteristica la rendeva solo più bella e affascinante. Lo sforzo che lei dovette fare per non esserne irretita le troncò il respiro. Si trovò a volerlo confortare, a voler essere l'unica a cui lui avrebbe rivolto quello sguardo famelico. Nei suoi occhi dorati si intravedeva il desiderio e lei avrebbe voluto saziarlo. «Credo di avere più paura di te di quanta ne avessi del vampiro. Almeno sapevo che lui era malvagio. Potevo sentirlo, e mi rendevo conto che qualsiasi cosa lui avesse preteso da me sarebbe stata peggio della morte. E tu? Cosa pensi di farne di me?»

«Se non percepisci un alone di malvagità intorno a me, Alexandria, allora fidati dei tuoi istinti. Non sei forse sempre stata in grado di riconoscere il male?»

«Ho visto quello che hai fatto a Paul Yohenstria. O non dovrei credere ai miei occhi?»

«Che ho fatto di tanto sbagliato? Ho ucciso un vampiro che mieteva vittime tra gli umani. Il mio unico errore è stato credere che ti avesse trasformato in una vampira. Pensavo che ti saresti nutrita del sangue del bambino». Le accarezzò il viso: la sua mano era calda e le dava conforto, una piacevole sensazione che continuò anche dopo che lui l'ebbe allontanata. «Mi dispiace davvero tanto di averti spaventato, ma non di aver fatto fuori il vampiro. È il mio mestiere, è la ragione per cui vivo da tempo solo e lontano da casa. Per proteggere entrambe le nostre razze, quella umana e quella carpaziana».

«Dici di non essere un vampiro, ma ho visto che cosa sei in grado di fare. Sei molto più potente di lui. Lui aveva paura di te».

«Quasi tutti i criminali non temono forse di essere beccati dalla giustizia?»

«Ma allora, se non sei un vampiro, che cosa sei?»

«Sono un carpaziano», le ripeté lui pazientemente. «Appartengo alla Terra. La mia razza esiste dalla notte dei tempi. Noi apparteniamo al suolo, al vento, all'acqua e al cielo. Abbiamo grandi poteri, ma anche dei limiti. Tu non diventerai un vampiro che distrugge indiscriminatamente la razza umana. Diventerai come me, come la mia gente. Come ti ho detto, è un privilegio per pochi. La maggior parte degli uomini muore o impazzisce e deve quindi essere uccisa. Te lo dico non per allarmarti, ma per aiutarti a comprendere che non voglio farti del male».

Alexandria rimase in silenzio a studiare il suo viso. Dal punto di vista estetico, era l'uomo più bello che lei avesse mai visto. Trasudava virilità e potere. Eppure c'era sempre quel pericolo che si celava dietro il suo aspetto rassicurante, ed era proprio questo ciò di cui aveva paura. Doveva credergli? Poteva?

Le sue labbra si piegarono in un piccolo sorriso, i suoi occhi del colore dell'ambra brillarono. «Non preoccuparti di questo adesso, cara. Prova a conoscermi meglio prima di giudicarmi». Le accarezzò i capelli, un tocco leggero, niente di più, eppure lei riuscì ad avvertilo alla bocca dello stomaco, sulla nuca, in ogni singolo centimetro di pelle. «Una tregua, Alexandria, per questa sera. Stai con tuo fratello, nel frattempo guarirai e ti sentirai più forte».

Lei acconsentì in silenzio, timorosa di prestar fede alla sue parole. Provava per Aidan attrazione e repulsione nello stesso tempo. Si sentiva al sicuro, eppure sapeva di essere in pericolo. Tuttavia, decise di mettere da parte per un po' le sue paure e i suoi sospetti e di godersi la compagnia di Joshua.

Aidan sorrise. Il primo vero sorriso che lei avesse visto dipinto sul suo volto. Gli illuminò lo sguardo e il respiro le si spezzò. C'era qualcosa di così sensuale in quell'espressione che Alexandria ne ebbe paura. Non le era mai capitato prima di dover lottare contro le sue stesse sensazioni.

«La porta è davanti a te», le disse lui.

Lei girò appena la testa, in modo da poter continuare a osservarlo anche mentre guardava l'ingresso del seminterrato. «Hai ancora qualche trucco segreto? Una parola d'ordine?»

«Basterà girare la maniglia».

«Molto banale». Agguantarono entrambi la maniglia allo stesso tempo. Le loro braccia si toccarono: erano così vicini che lei poté sentire il suo odore virile e percepire il calore del suo corpo attraverso i vestiti. Tolse frettolosamente la mano. Non appena aprì la porta, le sembrò di udire distintamente una risata divertita. Quando si girò a guardarlo, la sua espressione era di assoluta innocenza.

Alexandria si trattenne dal dargli un calcio sugli stinchi ed entrò nell'illuminata cucina con passo sicuro, fiera del suo autocontrollo.

Aidan la seguì, camminandole dietro. «Posso leggerti nel pensiero, cara». Il suo tono vellutato era provocatorio, le scivolava sulla pelle come una carezza, accendendo dentro di lei un fuoco di cui non conosceva l'esistenza.

«Non vantartene, Mr Savage. Un nome perfetto per te, comunque. Savage[1]. Ti calza a pennello».

«Se non mi chiami Aidan, dovrò farmi venire in mente qualcosa per renderne conto a Joshua. È un ragazzino molto intelligente, lo sai anche tu».

Lei ridacchiò. «E tu hai detto di non avere immaginazione. Sono proprio curiosa di vedere cosa ti inventerai».

Capitolo 6

La cucina era enorme, più grande dell'intero appartamento che Alexandria aveva affittato per sé e per Joshua nella pensione in cui vivevano. Era stupenda, e tutte le finestre si affacciavano su un grande giardino. Vi erano piante verdi e rigogliose in ogni angolo e le piastrelle del pavimento erano immacolate. Lei fece un giro su se stessa, cercando di averne una visione d'insieme. «È bellissima».

«C'è un forno a microonde, qualora ti dovesse venire improvvisamente voglia di cucinare qualcosa, e lo smaltimento dei rifiuti funziona abbastanza bene».

«Molto divertente. Sappi, comunque, che so cucinare».

«Sì, Joshua me lo ha assicurato, mi pare mentre era intento a divorare i biscotti che gli ha preparato Marie».

«Così cucina, anche. Non so se riuscirò a reggere il confronto con un tale concentrato di virtù». Alexandria fece una smorfia. «Immagino che sia merito suo se tutto qua dentro risplende. Cos'è che non sa fare?»

«Non ha il tuo sorriso, cara», replicò lui dolcemente.

Per un breve istante, il tempo sembrò fermarsi e Alexandria rimase ipnotizzata da quello sguardo dorato, dal calore liquido che si stava impossessando di lei.

«Alexandria!». Joshua aprì la porta sbattendola e le corse incontro, liberandola dall'incantesimo di Aidan. «Alex!».

Lei lo abbracciò così forte da rischiare di soffocarlo. Poi lo esaminò per controllare che non avesse lividi o ferite. Prestò particolare attenzione al collo per assicurarsi che Aidan non avesse bevuto il suo sangue. «Hai un ottimo aspetto, Joshua». Esitò un attimo poi proseguì: «Grazie per aver chiamato Aidan ieri sera, quando mi sono sentita male. Hai fatto bene».

Lui le sorrise e gli brillarono gli occhi. «Sapevo che sarebbe venuto e avrebbe saputo cosa fare». La sua espressione si fece improvvisamente triste. «Credevo che quell'uomo ti avesse fatto del male. Che ti avesse avvelenato».

Alexandria cercò di non mostrarsi allarmata. «Quale uomo?»

«Thomas Ivan. Stavi cenando con lui e pensavo che avesse messo del veleno nel tuo piatto», disse Joshua deciso.

Alexandria si voltò e lanciò un'occhiata ad Aidan, che li stava guardando con aria innocente. «Thomas Ivan non ha avvelenato nessuno».

«In ogni caso», fece Aidan con quel suo tono gentile e convincente, «probabilmente avrebbe messo il veleno nel suo bicchiere, non nel suo piatto. Sarebbe stato più efficace e si sarebbe sentito di meno il gusto amaro».

«Be', non metto in dubbio le tue parole», borbottò Alexandria. «Ma non incoraggiare l'antipatia di Joshua per Thomas Ivan. Pare che presto lavorerò per lui».

«Henry ha detto che Thomas Ivan passa per un gran rubacuori – anche se non ho capito come si faccia a prendere un cuore – e che probabilmente voleva da te qualcos'altro oltre i disegni», la informò Joshua candidamente.

Ad Alexandria balzò in mente l'immagine del corpo senza vita di Henry e le si strinse il cuore. Subito sentì la presenza di Aidan dentro di lei, che la calmava con quell'antica e dolce litania lenitiva, un'ancora di salvezza che le permise di continuare a sorridere a Joshua. «Henry certe volte dice cose che non corrispondono esattamente alla verità», disse per trarsi d'impaccio. «Ha un linguaggio un po' colorito».

«Non lo sapevo», si intromise Aidan. «Mi sembrava un caro e saggio vecchietto. In realtà, credo proprio che Thomas Ivan sia davvero interessato a qualcos'altro oltre ai tuoi disegni. È stato categorico e aggressivo quando è venuto a chiedere di te. Non esattamente il tipo di comportamento di chi sta solo cercando una dipendente».

Joshua annuì per dimostrare che era d'accordo, guardando Aidan come se fosse l'uomo più intelligente sulla terra.

Alexandria gli diede un calcio sugli stinchi; proprio non ce la fece a trattenersi. «Smettila di insistere! Non riuscirò mai a neutralizzare la tua influenza se continui così. Joshua, Aidan sta scherzando. Non è vero che non gli piace Mr Ivan, no, Aidan?», lo imbeccò lei, rivolgendogli sguardi eloquenti.

Dopo un lungo e significativo silenzio, Aidan, che ci aveva pensato un po' su, rispose: «Mi piacerebbe poterti dire che hai ragione, cara, ma la verità è che sono d'accordo con Henry e Joshua. Non credo che Thomas Ivan sia un tipo del tutto a posto».

Joshua gonfiò il petto. «Vedi, Alex, il fatto è che le donne proprio non capiscono quando gli uomini ci stanno provando».

«Dove hai sentito quell'espressione?». Alexandria lanciò un'occhiata accusatoria ad Aidan.

«Da Henry», fece immediatamente Joshua. «Mi ha detto che molti uomini non sono dei tipi a posto, che pensano solo a una cosa, e che Thomas Ivan è il peggiore della categoria».

«Henry ha un sacco di cose da dire, eh?», sospirò Alexandria.

Aidan le diede una piccola gomitata, inarcando speranzoso un sopracciglio.

Lei sollevò il mento, ignorandolo deliberatamente. «Tutti e due vogliamo bene a Henry, Joshua, ma lui ha delle strane opinioni su determinati argomenti». Aidan le diede un'altra gomitata.

«Che c'è?». Il tono di Alexandria era piuttosto sprezzante, ma la sua espressione del tutto innocente.

«Ecco un chiaro esempio di quanto sono contorte le donne, Joshua. Tua sorella praticamente mi sta accusando di riempirti la testa di strane idee e ora fa finta di niente». Aidan prese Joshua in braccio e sparì dalla stanza.

«Ehi!». Alexandria li seguì e si ritrovò in un elegante e confortevole soggiorno. Rimase di stucco, senza parole.

Aidan sentì il bisogno quasi irresistibile di baciarla. «Non pensi che tua sorella dovrebbe scusarsi per essere saltata subito alle conclusioni, Joshua?»

«Scordatelo», fece lei. «Non sei affatto così innocente come cerchi di farmi credere».

Joshua si allungò verso di lei e toccò un livido che aveva sulla guancia. Lo sguardo di Alexandria incrociò quello color dell'oro di Aidan. «Che è successo alla faccia di Alex?». Nella sua voce c'era una punta di sospetto: sembrava che fosse risprofondato in qualche suo intimo tormento.

«Aidan?». L'improvvisa paura incrinò la voce di Alexandria.

Lui si limitò a catturare lo sguardo di Joshua. La voce gli calò di un'ottava: come un torrente d'acqua cristallina, si infiltrò nella mente del bambino. «Non te lo ricordi? Alexandria è caduta perché si è sentita male, no, Joshua? Te lo ricordi? È scivolata sul sentiero e il suo bellissimo vestito si è rovinato. Tu ti sei molto preoccupato, ma poi sono arrivato io e l'ho portata via con la mia grande macchina nera, qui a casa».

Joshua annuì. L'aria sospettosa e tormentata sparì dal suo volto veloce come era venuta. Piena di gratitudine, Alexandria stese le braccia per stringerlo a sé.

Aidan scosse la testa. «Sarà meglio andare in salotto e sederci prima che tu possa abbracciarlo, piccola. Sei ancora molto debole».

Il suo tono era dolce, eppure lei era consapevole che si trattava di un ordine. Velluto e ferro. Lo aveva fatto di sicuro apposta. Alexandria cercò di non arrabbiarsi e lo seguì lungo un ampio corridoio. Inciampò diverse volte, perché invece di guardare dove metteva i piedi, lanciava sguardi pieni di ammirazione intorno a sé. Non era mai stata in una casa così bella. Le pareti di legno, i pavimenti di marmo, gli alti soffitti con le travi a vista, i dipinti e le statue, tutto quello che la circondava era stupendo. Su un antico mobiletto di mogano, vicino a un grande camino di pietra, c'era un vaso Ming. Aidan dovette strattonarle il braccio per due volte per impedirle di andare a sbattere.

«È consuetudine guardare dove si mettono i piedi, mia cara», le ricordò gentilmente. «Non comportarti come se fosse la prima volta che vedi questa casa», aggiunse maliziosamente, per farla sorridere.

Lei gli fece una smorfia. «Non credi che tutto questo sia un po' troppo? Cosa succederebbe se Joshua si mettesse a correre per la casa e facesse cadere il vaso Ming? Be', comincio a pensare che abbiamo fatto uno sbaglio ad accettare la tua ospitalità. Alcuni di questi oggetti non hanno prezzo». Stava facendo il suo gioco.

«Credevo di aver già affrontato questo discorso», disse lui in tono mellifluo, guidandola verso il salotto. «Ci siamo trovati d'accordo sul fatto che se Joshua dovesse rompere qualcosa non piangeremo sul latte versato». Le lanciò uno sguardo furbesco sfidandola a continuare.

«Aidan, dici sul serio? Un vaso Ming?». Terrorizzata al pensiero che un simile tesoro potesse andare distrutto, Alexandria considerò l'ipotesi di afferrare Joshua e scappare via da quella casa.

Aidan le si avvicinò tanto da far svolazzare con il suo alito caldo alcune ciocche di capelli che le ricadevano su un orecchio. «Ho avuto secoli per rimirare quel vaso. Mandarlo in frantumi potrebbe costituire un incentivo per sovvenzionare le opere di un artista più moderno».

«Un sacrilegio! Non pensarci neanche».

«Alexandria, questa è casa tua. È casa di Joshua. Niente è più importante di voi due». I suoi occhi dorati scintillarono e la squadrarono dalla testa ai piedi. «Adesso siediti, altrimenti finirai per cadere».

Lei si scostò con una mano i capelli dalla fronte. «Puoi almeno provare a non assumere il tono di un sergente? Mi dà sui nervi».

Lui sembrò non mostrare alcun rimorso. «Una delle mie irritanti abitudini».

«E ne hai molte». Alexandria si accoccolò su una poltrona reclinabile di pelle, e si rese conto improvvisamente di quanto si sentisse priva di forze. Sedersi le sembrò una buona idea, anche se la passeggiata era stata breve. Joshua le si accoccolò subito in grembo: aveva bisogno di starle il più vicino possibile, così come ne aveva bisogno anche lei.

«Sei così pallida, Alex», osservò suo fratello con il candore tipico dei bambini. «Sei sicura di star bene?»

«Ce la sto mettendo tutta, fratellino. Ci vuole tempo. Ti piace la tua nuova stanza?». Lo esaminò di nuovo con molta attenzione, alla ricerca di un eventuale segno sul suo corpo.

«È fantastica, davvero grande. Ma non mi piace dormire senza di te. È *troppo* grande. Marie e Stefan mi lasciano dormire al piano di sotto, insieme a loro». Le si appese al collo, livido e ferito, e non si accorse che lei rabbrividì. Aidan socchiuse gli occhi. Con studiata indolenza allungò pigramente una mano e attirò a sé il bambino. «Dobbiamo prenderci cura di Alexandria per un po'. Ricordi quello che ti ho detto? Ha bisogno di cure amorevoli. Anche quando si ribella alle nostre attenzioni, come sta per fare adesso».

«Va tutto bene», disse Alexandria, risentita. «Joshua, naturalmente puoi sederti in braccio a me, se vuoi». *Nessuno* tranne lei poteva dire a suo fratello cosa fare.

Joshua fece di no con la testa, scuotendo i riccioli biondi in quel modo che la faceva sempre intenerire. «Sono grande, Alex. Non sono più un bambino. Voglio prendermi cura di te. È compito mio».

Lei inarcò le sopracciglia. «Pensavo che fosse il contrario».

«Aidan dice che tu puoi anche pensare che sia il contrario. Noi dobbiamo lasciartelo credere perché le donne preferiscono pensare di avere tutto sotto controllo. Invece sono gli uomini a proteggerle».

Gli occhi azzurri di Alexandria oltrepassarono la testa ricciolta del fratello e incontrarono lo sguardo ambrato di Aidan. «Ha detto così? Be', le sue sono solo *opinioni*, Joshua. Sono io a dovermi prendere cura di te, non Aidan».

Joshua rivolse a quest'ultimo un sorriso d'intesa. Aidan disse col labiale: «Te l'avevo detto». Tutti e due la guardarono con aria innocente, e le loro espressioni erano così simili che lei provò un inatteso tuffo al cuore.

Joshua le si fece più vicino e si mise a giocare con la sua treccia, appoggiata su una spalla. Alexandria poteva sentire il suo cuore battere, il suo sangue pulsare e scorrere attraverso quel giovane corpicino. Improvvisamente, notò le pulsazioni delle arterie del suo collo. Ogni singolo battito. Terrorizzata, spinse via suo fratello e balzò in piedi, cercando una via di fuga. Doveva correre veloce, scappare via da Joshua. Era un mostro!

Aidan fu tanto rapido che lei non lo vide nemmeno avvicinarsi. Eppure, d'un tratto lui era lì con lei, le sue braccia la circondavano, la tenevano prigioniera e la immobilizzavano. «Non è niente, cara, le tue sensazioni sono solo diventate più acute». La sua voce era poco più che un sussurro, ma lei riusciva a distinguerla chiaramente. Il suo tono era dolce, calmo e gentile. «Non allarmarti».

«Non posso rischiare di stargli vicino. Cosa succederebbe se ti sbagliassi? E se nelle mie vene scorresse ancora il sangue del vampiro? Non potrei sopportare di fare del male a Joshua. Non posso restare qui con lui».

Aveva parlato a bassa voce, la bocca premuta contro il petto di Aidan, un bisbiglio che lo colpì dritto al cuore. La attirò a sé, mettendola al riparo tra le sue braccia, e capì che lei istintivamente si stava rilassando. Non si fidava di quell'uomo, non sapeva niente di lui, ma il suo corpo l'aveva riconosciuto. «Non faresti mai del male a tuo fratello, Alexandria, mai. So che hai fame e che avverti una strana sensazione di debolezza. Hai subito un terribile trauma, sia fisico che mentale, ma niente potrà spingerti a fare del male a Joshua. Lo so con certezza». La sua voce era velluto nero, rilassante, e si infiltrava come un balsamo nella sua mente.

Lei gli concesse di stringerla, di calmarla, e appoggiò la testa sul suo petto. Poteva sentire i loro cuori battere all'unisono. Lui era calmo e gentile, non alzava mai la voce, la faceva sentire al sicuro. Una solida roccia a cui appigliarsi. In maniera del tutto naturale il ritmo del suo respiro rallentò e si uniformò a quello di lui. Aidan le accarezzò i capelli, massaggiandole le tempie e inspirando nel frattempo il suo profumo. «Va meglio adesso?».

Lei annuì e si tirò indietro allontanandosi da lui proprio quando una coppia di persone anziane entrò nella stanza. Alexandria riconobbe la donna che reggeva un vassoio con sopra due bicchieri di cristallo e tre eleganti tazze di porcellana dipinte a mano. L'uomo dietro di lei portava una bottiglia di vino e una brocca con dentro qualcosa di fumante.

Marie rivolse ad Alexandria un timido sorriso. «Mi fa piacere vederti in giro. Ti senti meglio ora?».

Aidan mise una mano sul collo di Alexandria e strinse un po'. Sotto il pollice avvertì una, due pulsazioni. Il suo gesto serviva a rassicurarla e allo stesso tempo a farle capire che la teneva sotto controllo.

Alexandria sollevò il mento. «Sto bene, grazie, Marie. Sei stata gentile ad aiutarmi mentre Aidan era via». Il suo tono era dolce e educato, ma avrebbe voluto con tutto il cuore rintracciare il segno della corruzione morale di quei due. Era decisa a non farseli piacere, a non farsi trascinare nella loro depravazione. Non voleva rimanere imprigionata nella ragnatela di quella casa fantastica, di quel posto bellissimo. I due anziani sembravano gentili e generosi, si guardavano negli occhi con amore, mostravano nei confronti di Aidan e Joshua – il suo Joshua – grande affetto. Lei non voleva essere guardata in quel modo.

I vassoi furono appoggiati su un tavolino e Aidan prese con pigra indolenza la bottiglia di vino. Marie versò la cioccolata calda fumante dalla brocca d'argento nelle tre tazze. «Joshua adora bere una cioccolata prima di andare a dormire, non è vero, tesoro?».

Il bambino accettò con entusiasmo la tazza e rivolse a Marie un sorrisetto malizioso. «Non più di quanto piaccia anche a te e Stefan».

Lo stomaco di Alexandria si ribellò alla vista e all'odore della bevanda. Aidan le tese un bicchiere e glielo riempì di un liquido rosso rubino. Anche se lei scosse la testa lui spinse il calice verso le sue labbra e la fissò con i suoi occhi dorati. «Bevi, cara». A lei sembrò di sprofondare in quello sguardo insondabile, come ipnotizzata. Poteva sentirlo nella sua mente, un'ombra scura che esercitava pressione sulla sua volontà. *Lo berrai, Alexandria.*

Lei sbatté le palpebre e si ritrovò con il calice vuoto in mano, i suoi occhi ancora incatenati a quelli di Aidan. Lui sorrise, mandando un bagliore di denti bianchissimi, sollevò il bicchiere per fare un brindisi e ne bevve il contenuto fino all'ultima goccia. Completamente assorta lei lo osservò deglutire. Riuscì con difficoltà a distogliere lo sguardo. Tutto in lui trasudava sensualità.

Alexandria sentì in bocca e sulla lingua un gusto dolce e speziato che le sembrò di riconoscere. Aidan la stava squadrando con lo sguardo fisso del predatore. Lei si tirò indietro, prossima alle lacrime, terrorizzata all'idea di dover discutere con lui e di fare la figura della sciocca davanti ai due anziani. Era confusa, stanca e spaventata. Sollevò una mano tremante per scostarsi i capelli dal volto.

«Aidan dice che posso avere un computer tutto per me», esclamò Joshua.

Alexandria guardò Aidan. Si era riempito un secondo bicchiere di "vino" e le stava porgendo la bottiglia, offrendolo anche a lei. Il suo corpo le chiedeva di accettarlo, ma lei si scostò e fece di no con la testa. Perché sentiva l'imperativo di obbedirgli? Non era sua abitudine fidarsi di qualcuno così ciecamente. La spaventava pensare che lui avesse un tale potere su di lei.

«Lo sai, Joshua, non abbiamo avuto molto tempo per prendere la decisione di trasferirci qui e per valutare attentamente quello che stavamo facendo», replicò lei, senza distogliere gli occhi da Aidan. «Non sappiamo ancora quanto a lungo rimarremo. Capita che i coinquilini non vadano d'accordo, anche se sono buoni amici».

Joshua la guardò con l'espressione di chi sta per mettersi a piangere. «Ma qui è tutto bellissimo. Credo che dovremmo restare. Siamo al sicuro. E noi andremo d'accordo vero, Aidan? Io non farò troppo rumore e non ti darò fastidio».

La mano di Aidan si posò sui riccioli del bambino; i suoi occhi nel frattempo continuavano a tenere prigioniera Alexandria. «Sai bene che non lo farai. Mi fa piacere avervi qui e non voglio che vi cacciate in qualche guaio. Tua sorella si preoccupa perché non vuole sovraccaricare di lavoro Marie e Stefan, ma io sono sicuro che per loro non sia un problema».

Marie fece di sì con la testa, a conferma delle sue parole. «Ci fa molto piacere averti qui, Joshua. Dai luce a questa casa. E si sa che i ragazzini fanno un po' di chiasso».

«Ovviamente tutti vorrebbero stare con te, fratellino». Alexandria si affrettò a rassicurarlo facendo nello stesso tempo lo sforzo supremo di liberarsi da quegli occhi d'oro che continuavano a ipnotizzarla. «Il fatto è che certe volte gli adulti non riescono a vivere a insieme. Io sono solita fare le cose a modo mio e Aidan ha le sue abitudini medievali».

«Che vuol dire medievale?», chiese Joshua.

«Spiegaglielo, Aidan. Sei tu quello bravo a dare risposte», replicò lei, piena di risentimento.

«La parola "medievale" si riferisce all'epoca di dame e cavalieri, Joshua. Alexandria vuole dire che io sarei stato un perfetto cavaliere. I cavalieri erano uomini che servivano la patria con onore e accorrevano sempre in aiuto delle belle fanciulle, prendendosi cura di loro». Aidan prosciugò il contenuto di un terzo bicchiere pieno di liquido rosso. «Una descrizione appropriata, decisamente un complimento. Grazie, Alexandria».

Stefan tossicchiò e Marie si mise immediatamente a guardare fuori dalla finestra.

Alexandria si accorse che un riluttante sorriso le stava curvando le labbra carnose. «Non è esattamente quello che volevo dire, ma per il momento chiudiamola qui».

Aidan fece un formale inchino senza smettere di fissarla. Lei avrebbe potuto sprofondare in quello sguardo. Le poggiò quasi teneramente il palmo della mano sulla guancia, facendole una breve carezza. «È meglio che ti sieda, mia cara, o finirai per cadere».

Alexandria sospirò e obbedì al suo ordine, soprattutto perché aveva le gambe deboli. Era sicura di sentirsi in quel modo non per il fatto di trovarsi così vicina a un maschio virile e attraente, ma piuttosto per via del suo recente incontro con il vampiro. Un uomo non avrebbe potuto farle tremare le ginocchia fino a quel punto.

Aidan le si sedette accanto sul divano e Stefan si accomodò sulla poltrona di pelle da cui lei si era alzata. Le cosce del carpaziano e di Alexandria si toccarono e lei fu attraversata da un fremito. Sentì il caldo respiro di lui nell'orecchio. «Per fortuna non sono solo un uomo».

«Smettila di leggermi nel pensiero, tu… tu sei un incubo venuto fuori dai videogiochi di Thomas Ivan». Era l'insulto peggiore che le fosse venuto in mente, ma lui si limitò a una risata, che però le risuonò nella mente e non nelle orecchie. Si trattava di uno sfrontato tentativo di seduzione, e la fece avvampare.

«È molto tardi, Josh». Rivolse la propria attenzione al fratello in cerca di una via di fuga. Era l'unica cosa da fare. «Si è fatta l'ora di andare a letto».

Aidan le si fece ancora più vicino, fino a sfiorarle l'orecchio con le labbra. «Piccola codarda».

«Alex, non voglio andare a dormire. Non stiamo un po' insieme da un sacco di tempo», provò a convincerla Joshua.

«È passata mezzanotte, giovanotto. Rimarrò con te e ti racconterò le favole finché non ti sarai addormentato», gli promise lei.

Aidan si irrigidì, una semplice contrazione dei muscoli, niente di più, ma lei avvertì il peso della sua disapprovazione. «Non stasera, Alexandria. Anche tu hai bisogno di riposare. Sarà Marie a mettere a letto Joshua».

La governante cercò disperatamente di attirare l'attenzione di Aidan. Aveva già percepito il sentimento ambivalente che Alexandria nutriva nei suoi confronti e sapeva che derivava per lo più dal fatto che la ragazza pensava che lei volesse usurpare il suo posto nel cuore del bambino. Aidan stava solo peggiorando le cose con le sue maniere da dittatore. Come al solito, lui ignorava quello che non voleva vedere. Non aveva alcuna intenzione di permettere che Alexandria mettesse a rischio la sua salute. Aidan faceva sempre le cose come diceva lui.

«Non credo che tu sia nella posizione di poter decidere cosa posso o non posso fare con mio fratello. L'ho messo a letto per anni, e intendo continuare a farlo. Sono certa che Marie non farà alcuna obiezione», replicò lei, lanciando un'occhiata di sfida alla governante.

Marie le sorrise. «Certo che no».

Aidan prese la mano di Alexandria chiusa a pugno, aprì le dita a una a una e vi insinuò rapidamente le sue facendole intuire che era meglio non opporre resistenza. «Sono io l'unico a poter fare delle obiezioni, piccola, non Marie». Il suo tono di voce era così dolce che avrebbe potuto sciogliere anche un cuore di pietra. «Sono responsabile della tua salute. Sei debole e hai bisogno di riposo. Domani o nei prossimi giorni avrai tutto il tempo che desideri per adempiere ai tuoi compiti». Si girò a guardare Joshua. «Non te la prenderai se per stasera sarà Marie a metterti a letto, vero?»

«Posso anche andare a letto da solo», si vantò il bambino. «Ma mi piacciono le storie di Alexandria. Me ne racconta sempre una dopo avermi letto un libro, e le sue favole sono sempre più belle di quelle che legge».

«Allora è più brava a raccontare le storie che a cucinare?», chiese Aidan.

Joshua saggiamente non rispose.

«Sono brava anche in cucina». Alexandria sentì il bisogno di difendere le sue doti di donna di casa al cospetto di Marie.

«Nessuno riscalda il cibo al microonde meglio di te», la prese in giro Aidan.

«Come se tu potessi saperlo», replicò lei, indispettita. L'odore del liquido rosso dentro la bottiglia di vino le arrivava alle narici, invitante, e le procurava fitte di fame così forti che riusciva a stento a trattenersi dal precipitarsi a berlo.

«Lasciala in pace, Aidan», lo ammonì Marie. Non l'aveva mai sentito prendersi gioco di qualcuno: ne fu lieta e sorpresa. Ma con la nuova arrivata la situazione si stava facendo difficile, e Aidan doveva tenere Alexandria con sé per sopravvivere. Dovevano cercare di comportarsi bene, per evitare di farla scappare.

Alexandria però non era contenta che Marie parteggiasse per lei. C'era qualcosa di perverso nel suo atteggiamento, non voleva farsi piacere l'anziana donna. Non voleva farsi piacere nessuno di loro. Per nessuna ragione al mondo. E poi, perché doveva essere così consapevole del corpo di Aidan contro il suo, della stretta delle sue dita? Non avrebbe dovuto più avere paura di lui. Che altro le poteva fare? L'aveva già trasformata in una morta vivente, no? Sarebbe riuscita a sconfiggerlo.

Lui si portò le sue nocche alle labbra e bisbigliò: «No, non ci riuscirai. Tutte sciocchezze. "Una morta vivente". Da dove hai tirato fuori questa stupidaggine?». Le sfiorava la pelle con la bocca e lei si sentì trafiggere da dardi infuocati. «Lasciami indovinare. Thomas Ivan».

«Forse. Può essere che sia stato lui a usare quell'espressione, non me lo ricordo».

«Mr Ivan è quel signore che è venuto a trovare Miss Houton?», indagò Marie prudentemente.

«Chiamala Alexandria, Marie. Qui non siamo formali e tu non sei una cameriera. Sei un membro della famiglia, un'amica».

«Sì, per favore». Lui le strinse la mano con più forza e Alexandria ripeté la sua richiesta.

«Mi piacerebbe che fossimo amiche», disse Marie.

Le sue parole fecero sentire Alexandria piccola e meschina. Dopotutto, la donna nei confronti della quale provava tanto risentimento era stata l'unica a prendersi cura di Joshua quando lei non aveva potuto. A quel pensiero seguì immediatamente un senso di angoscia, mentre il suo cervello prendeva coscienza di un piccolo pezzetto di verità. Le venne un nodo alla gola e lottò per riuscire a respirare, sentendosi soffocare.

Aidan le spinse la testa indietro. «Respira, cara. Non è difficile. Inspira ed espira. Ancora, continua. Marie, porta di là il bambino».

«Cosa c'è che non va in mia sorella?», domandò Joshua, cercando di ribellarsi.

Alexandria non si fece trascinare dal vortice di follia che le turbinava nella testa. Non avrebbe mai permesso che Joshua fosse turbato da quel terribile incubo. Si risistemò sul divano, un po' pallida, e cercò di sorridergli. «Mi sento solo un po' debole, come ha detto Aidan. Devo ammettere che forse ha ragione, anche se odio dargli questa soddisfazione, dato che fa tanto il saccente. Tu vai di là con Marie, io resterò seduta qui finché non mi sento meglio, poi me ne andrò a letto».

A Joshua brillarono gli occhi. «Potrebbe portartici Aidan. È molto forte. Hai presente? Come nei film!». Sembrava entusiasta.

«Potrei farlo», acconsentì Aidan, facendo l'occhiolino al bambino.

Era davvero sexy, tanto da mozzarle il fiato. «Meglio di no». Alexandria si mostrò risoluta.

Aidan si alzò improvvisamente in piedi e fece un respiro profondo; la sua attenzione non era più rivolta a loro, era stata catturata da qualcos'altro. Anche Alexandria avvertì una presenza. Una sorta di perturbazione, qualcosa di oscuro, malvagio e strisciante, che si faceva avanti lento, ma inesorabile, verso di loro. La macchia si allargava e l'aria era diventata tanto spessa da rendere difficile la respirazione. Cominciò a sentire nella mente un basso mormorio, parole sconosciute, invitanti e indecifrabili, anche se lei riusciva a intuirne il significato. Qualcosa la tirava, tentando di portarla via.

Le sfuggì un gemito di paura. Era inarticolato, così soffocato da poter essere appena percepito, tuttavia Aidan le puntò immediatamente addosso gli occhi dorati. Terrorizzata, Alexandria si aggrappò al suo braccio. *È qui fuori*, pensò. Attirò a sé Joshua per proteggerlo e senza volerlo lo strinse troppo forte.

Non allarmare il bambino, cara. La voce nella sua mente era calma e rassicurante, tanto dolce da scacciare il caos generato dalla paura e infonderle forza. *Non può entrare in questa casa. Non può essere certo che sei qui. Sta cercando di trascinarti fuori.*

Alexandria afferrò il polso di Aidan: aveva bisogno di quel contatto. Respirò e sorrise al fratello. Lui la stava guardando con curiosi occhi azzurri, stupito di quel gesto improvviso. Marie e Stefan la osservavano, preoccupati.

Aidan allentò con delicatezza la stretta delle braccia di Alexandria su Joshua. «Marie, vai con Stefan a chiudere la porta del piano di sotto, poi metti Josh a letto».

Si trattava di un ordine e i due obbedirono all'istante. Erano già stati sotto attacco prima e riconoscevano il pericolo, anche se non potevano individuarlo come facevano Alexandria e Aidan. Fecero dare in fretta la buonanotte a Joshua e lo portarono via dalla stanza.

«Tenete il bambino con voi stanotte, io devo uscire», li istruì Aidan. Poi accarezzò con dolcezza il viso di Alexandria. «Cara, devo andare a eliminare questa minaccia. Tu rimani qui. Se dovesse accadermi qualcosa, vai con tuo fratello nella regione dei Carpazi. Trova un uomo di nome Mikhail Dubrinsky. Stefan e Marie ti aiuteranno. Promettimi che lo farai». *È l'unico modo per tenere al sicuro Joshua.* Non la informò, tuttavia, che il loro legame era ormai abbastanza forte da mettere in pericolo anche la sua vita, nel caso che lui fosse morto. La mente di Aidan era ancora schermata. Non poteva morire. Non avrebbe permesso che accadesse, non ora che aveva una ragione per vivere.

La sua voce, il suo sguardo, il modo in cui le aveva parlato telepaticamente, erano così convincenti che Alexandria annuì, sebbene controvoglia. Era ancora combattuta, non sapeva cosa pensare di Aidan Savage, di chi o che cosa fosse, di quali erano le sue intenzioni verso di lei, eppure non voleva che lui uscisse e rischiasse la vita.

«Credevo che Paul Yohenstria fosse morto». La sua frase fu solo un bisbiglio, la sua paura una presenza palpabile.

È morto, cara. Si tratta di un altro. Le parole le risuonarono nella mente e lei per la prima volta riconobbe il legame che li univa. Poteva parlarle ogni volta che lo desiderava, contattarla telepaticamente, leggerle nel pensiero. *E lo stesso puoi fare tu con me. Cercami e mi troverai. Adesso devo andare.*

Alexandria gli strinse la mano con più forza: non voleva che si avventurasse in quella fitta nube di male che circondava la casa. «Se non si tratta di Yohenstria, allora chi c'è là fuori?». Stava tremando e non cercava neanche di nasconderglielo.

«Lo sai, Alexandria. Ce ne sono altri». Aidan chinò la testa e le diede un bacio sui morbidi capelli, indugiando un momento per respirare il suo profumo. «Non abbandonare questa casa». Era un ordine.

Alexandria annuì. Non aveva alcuna intenzione di uscire fuori e trovarsi faccia a faccia con un'altra creatura malvagia. In quanti erano? Quanto sarebbe durato quell'incubo senza fine? Quanta fiducia poteva riporre in Aidan Savage?

Lo osservò allontanarsi da lei, confidando nella potenza di ogni suo singolo muscolo. Lui non girò mai la testa, non si voltò neanche una volta a guardarla. Si muoveva con la silenziosa precisione del predatore, già all'inseguimento della propria vittima. Temeva per lui e le si aggrovigliò lo stomaco. Avrebbe dovuto essere felice. Per il momento si era liberata della sua presenza. Poteva prendere con sé Joshua e correre via, lontano da quel posto, da quella città, dove nessuno della sua razza li avrebbe seguiti. Tuttavia, il pensiero di non vedere mai più Aidan le sembrò di colpo terribile, come se fosse stata posseduta da lui.

Alexandria lo seguì all'ingresso. Quando lui uscì, lei rimase in piedi dietro la pesante porta di quercia che si era chiuso alle spalle. Era davvero stupenda: non aveva mai visto dei pannelli di vetro colorato più belli. Eppure, non era in grado di mettere a fuoco niente. Né la maestria con cui era dipinto il vetro, né Joshua. Riusciva solo a pensare a quanto sarebbe stata desolante la sua vita senza Aidan.

Stava lì, sola e spaventata, tremando di paura per lui. Si accorse che quell'ombra scura e pesante si era spostata e capì che era stato Aidan ad allontanare il pericolo da casa, da Joshua, da Marie e Stefan – e da lei.

Chiuse gli occhi e provò a concentrarsi, cercandolo, mettendo alla prova quanto le aveva detto. Lo trovò nel pieno del combattimento, la sua mente era un alone rosso che gioiva della battaglia. Sentì il suo dolore, quando le unghie del nemico gli artigliarono il petto. Mise una mano sul suo e si accorse che il cuore le batteva all'impazzata.

Aidan era tanto forte che Alexandria non si aspettava che venisse ferito. Cercò di studiare le proprie sensazioni, per individuare il pericolo. Qualsiasi cosa, qualsiasi creatura ci fosse là fuori, stava creando e moltiplicando immagini ingannevoli, usando questo potere per confondere e distrarre l'avversario. Inferse una serie di attacchi rapidi e brutali, poi sparì velocemente. Aidan non riuscì a reagire. Lei avvertì il suo stato confusionale e il suo crescente sgomento.

Alexandria sondò l'oscurità. Qualcosa era andato storto. Aidan, assaltato da ogni lato, non era riuscito a individuare il suo nemico così come non ci era riuscita neanche lei dal suo rifugio. L'immagine ingannevole che quell'essere lì fuori aveva creato era troppo compatta, troppo malvagia. A un certo punto, capì che cosa doveva fare. «Aidan». Pronunciò il nome di lui a voce alta e rimase completamente immobile. Non poteva permettere che lui morisse. Non capiva quale fosse la ragione, ma sapeva che era così nel profondo del cuore.

Lo contattò telepaticamente e aspettò finché non fu in grado di raccogliere le forze e di concentrarsi per penetrare quell'alone rosso. Non appena ci fu riuscita, Aidan inflisse un duro e repentino attacco al suo avversario e lei ebbe come l'impressione di vedere un fiume di sangue rosso brillante e di udire un ululato di tremenda paura.

Dietro di te, Aidan. Il pericolo è dietro di te. Ce n'è un altro. Vattene da lì! Gli urlò telepaticamente, ma arrivò troppo tardi. Lei stessa sentì l'urto quando fu raggiunto da violenti colpi alla gola, allo stomaco, alle gambe. Aidan però si era girato, udendo il suo disperato richiamo, e il nemico che aveva alle spalle non era riuscito a infliggergli l'attacco mortale che aveva caricato.

Alexandria sentì il dolore indebolire il corpo del carpaziano, ma lui rimase calmo e freddo. Era incredibilmente veloce e riuscì in questo modo a schivare quasi alla cieca i colpi del suo assalitore, girandosi nello stesso tempo per affrontarlo. Colpì il nemico con precisione letale. Il vampiro cadde lontano da lui, e l'altro, quello che lo aveva assalito per primo, prese il volo, medicandosi le ferite.

«Stefan!», gridò Alexandria, sorpresa dal suo stesso tono autoritario. «Prendi la macchina... subito! Portala davanti l'ingresso. Riuscirò a trovarlo».

«Aidan non vuole che lasci la casa», replicò Stefan non appena la ebbe raggiunta. Ma aveva già messo la mano in tasca per prendere le chiavi.

«Be', la situazione è più grave del previsto. Sua maestà è stato ferito e non sarebbe in grado di tornare qui. Dopo di sicuro ci sgriderà, ma non possiamo certo lasciarlo lì fuori a morire dissanguato. Che poi è esattamente quello che sta accadendo adesso». Alexandria rivolse al custode un'occhiata glaciale. «Andrò a prenderlo, con o senza di te».

Stefan annuì. «Vengo con te, naturalmente. Ma stai pure sicura che lui si arrabbierà parecchio».

Alexandria gli sorrise con cameratismo. «Se puoi sopportarlo tu, ce la farò anch'io».

Ascoltami, cara. Non tornerò a casa stanotte. Vai in camera da letto, cercherò di essere da te domani notte. Voleva tenerla all'oscuro del suo dolore, nasconderle il fatto che stava cercando di mettersi al riparo, di trovare un pezzo di terra da scavare per trascinarcisi dentro.

Stai giù, Aidan. Sto venendo a prenderti.

No! Sarebbe troppo pericoloso per te. Resta a casa!

Arrenditi. Non sono mai stata brava a obbedire a qualcuno. Nel caso mio fratello si fosse dimenticato di informartene, io sono stata il capo per anni. Con me c'è Stefan, e siamo già per strada. Quindi stai giù e aspettaci.

Seguì Stefan lungo il vialetto d'ingresso e le caddero gli occhi sulla pistola che aveva in mano. Stava perlustrando il cielo, si aspettava un attacco da lì.

«Non avverto nessuna presenza qui vicino, ma l'aria dove si trova Aidan si sta addensando. Dobbiamo andare in fretta. Uno dei due assalitori è morto o è agonizzante, ma l'altro sta tornando per completare il lavoro».

«Come sta Aidan?». Stefan, alla guida, non le aveva chiesto del loro legame o di come le arrivavano quelle informazioni sulle condizioni di Aidan.

«Sta cercando di tenermelo nascosto, ma io non sono affatto sicura che riuscirebbe a sostenere un altro attacco. Si mostra fiducioso, ma sente che si sta avvicinando il vampiro». Sorrise fra sé e sé, per esorcizzare la paura. «Mi sta mettendo in guardia. In effetti, deve essere abbastanza arrabbiato. Non riesco ad avvertire nient'altro che freddezza e autocontrollo. È così irritante, non credi? Essere sempre così padroni di sé... se non fossi terrorizzata, lo troverei comico. Gira a sinistra adesso. So che questa è la strada giusta».

Stefan rallentò ed esitò. «Lascia che vada io da solo. Quella creatura non vuole me. E se dovesse succederti qualcosa, anche Aidan sarebbe spacciato».

«Non riuscirai mai a trovarlo. Non abbiamo tempo da perdere. Dai, Stefan. Lui è là fuori da solo». Non riusciva a smettere di chiedersi perché fosse così importante, eppure sapeva che avrebbe dovuto fare qualsiasi cosa pur di salvare Aidan Savage.

Tu non capisci, cara. Non puoi venire qui. Questo vampiro è più forte di Yohenstria e io sono molto debole. Non so se riuscirei a proteggerti da lui.

Mi proteggerai solo prendendoti prima cura di te stesso. Sta arrivando. È vicino a te.

Tu non hai fiducia in me. Non sei neanche sicura che io non sia un vampiro. Perché ti stai mettendo in pericolo? Era frustrato dalla sua disobbedienza; lei riusciva ad avvertire la rabbia che gli procurava il fatto di non riuscire a controllarla. Non avrebbe dovuto spendere le sue energie in quel modo, ma proteggersi e combattere contro il vampiro che lo stava per aggredire.

Fai attenzione a quello che accade intorno a te. Ho un piano. Era la bugia più grande che avesse mai detto. E il suo terrore aumentava man mano che si avvicinavano a destinazione. Perché si stava comportando in maniera tanto stupida e irresponsabile? Aidan non le piaceva, non si fidava di lui, lo temeva, aveva paura di quello che sarebbe potuto diventare, del controllo che esercitava su di lei. Ma era altrettanto certa di non poter permettere che morisse.

«Stefan, abbiamo bisogno di un piano. Di un buon piano. Se dovessi riuscire a colpire quella creatura sparandole con la pistola, la uccideresti?»

«No, ma se la ferissi in un punto vitale, potrei impedirle di volare. Forse anche di procedere sul terreno. A quel punto sarà il sole a ucciderla», la informò Stefan con tono cupo.

«Ok, questo è il piano. Io ti dirò dove si trova il vampiro e tu gli sparerai mentre io trascino Aidan dentro la macchina. Poi ce ne andremo da qui il più velocemente possibile, sperando di averlo seminato».

È il peggior piano che io abbia mai sentito. Nonostante la situazione critica in cui versava, nella voce di Aidan c'era una punta di umorismo.

Stefan sbuffò. «È senza dubbio il piano peggiore che io abbia mai sentito. Non sei abbastanza forte per portare Aidan dentro l'auto. E non possiamo neanche scambiarci i ruoli, perché probabilmente non hai nemmeno mai sparato un colpo in tutta la vita».

«Be', nessuno di voi due mi pare che abbia una soluzione migliore», sbottò lei indignata. «Non è divertente che gli uomini riescano a darsi man forte anche quando l'uno non può sentire l'altro?»

«Di che stai parlando?». Stefan guardava ansioso verso l'alto, attraverso lo specchietto retrovisore, e fuori dai finestrini.

«Non preoccuparti. Gira qui. È vicino l'oceano – no, quell'altra strada, giù verso la collina. È qui vicino». Alexandria riusciva a stento a respirare, l'aria era intrisa della presenza del male. «Anche il vampiro è da queste parti. Riesco a sentirlo».

Torna indietro, cara, torna indietro. Quella di Aidan era quasi una supplica.

Sta cercando te, Aidan. Posso avvertire la sua sensazione di trionfo. Crede di sapere dove sei. Ha le sembianze di un uccello – no, di qualche altra creatura alata – ma è ferito. Preferisce rimanere sulla sua destra. Alexandria si massaggiò le tempie; stava prosciugando le proprie energie spendendole per comunicare telepaticamente con Aidan. Le faceva male la testa e una coscia le doleva come se vi fosse una ferita.

Torna indietro, Alexandria. Il vampiro avverte la tua presenza, ecco cos'è quell'aria trionfante. Ti ha trascinato fuori dal tuo rifugio sicuro. Fa' come ti ho detto! Aidan si toccò delicatamente con una mano il profondo taglio che aveva sulla tempia e si frizionò con l'altra la ferita sulla coscia, dalla quale fuoriusciva la sua linfa vitale. Aveva perso molto sangue; il prezioso liquido colava sul terreno, infiltrandosi nel suolo.

Il vampiro, fiutando il sangue, lo avrebbe trovato. Tuttavia anche lui emanava un odore intenso, una puzza talmente forte da causare una perturbazione nella naturale armonia della terra. Comunque, non c'era bisogno che Alexandria lo avvertisse che il vampiro si stava avvicinando. Quella che stava per incontrare era una creatura molto più potente di Yohenstria e aveva l'incredibile abilità di creare delle illusioni ottiche. Aidan aveva combattuto contro avversarsi così forti, ma non era mai stato ferito tanto gravemente. Dal momento che c'era di mezzo Alexandria, non aveva scelta: doveva sconfiggerlo. Il vampiro l'avrebbe di sicuro trovato prima dell'alba, anche se si fosse scavato un rifugio dentro la terra. Costrinse il suo corpo riluttante a muoversi, fece lo sforzo di mettersi in piedi. Scacciò dalla mente il dolore e smise di pensare ad Alexandria. Non doveva far altro che lottare e vincere. Rimase immobile. E aspettò.

Capitolo 7

Dalla baia soffiava un forte vento. Le onde si infrangevano sulla costa. Le stelle brillavano nel cielo. La notte sembrava troppo bella per nascondere una creatura tanto perversa e malvagia come quel vampiro, un non morto. Aidan sollevò il viso e respirò profondamente per accogliere le informazioni che il buio aveva voluto condividere con lui.

Il vampiro voleva raggiungerlo sorvolando l'oceano, nella speranza che l'odore del mare e della salsedine mascherassero il suo. Tuttavia, così come Aidan, anche lui era ferito e la traccia del sangue era facile da individuare e seguire. Nella bocca di Aidan, affamato a causa della perdita del liquido vitale, spuntarono le zanne al solo sentirne l'odore. Il sangue contaminato era l'ultima cosa che avrebbe voluto bere, però se non si fosse nutrito al più presto sarebbe morto. Secoli prima aveva fatto una promessa a se stesso e intendeva mantenerla: non avrebbe mai toccato un membro della famiglia che lo serviva, a nessun costo. E Alexandria era ancora molto debole, per lei sarebbe stato troppo pericoloso donargli del sangue. Quella ragazza non aveva la benché minima idea delle terribili conseguenze che entrambi avrebbero dovuto affrontare, nel caso lui l'avesse persa.

Aidan aveva cominciato ad accettare l'idea della morte da molto tempo, considerando l'alba la sua unica, inevitabile scelta definitiva. Ma non era pronto ad abbandonare la vita proprio adesso, quando gli si era finalmente presentata la possibilità di essere felice. Avrebbe combattuto. Avrebbe almeno cercato di salvare Alexandria e Stefan dalla loro stessa idiozia. Avrebbe visto l'alba insieme al vampiro se questa fosse stata l'unica soluzione.

Stando in piedi, la ferita sulla tempia e quella sulla coscia gli sanguinavano più copiosamente e un fiotto di liquido caldo gli bagnò il collo, la spalla e il petto. Si sentì pervadere da un senso di debolezza e per un attimo tutto intorno a lui divenne confuso. Sbatté le palpebre per cercare di rimettere a fuoco ciò che lo circondava, ma tornò in sé solo dopo che si stropicciò gli occhi e si accorse che aveva la mano sporca di sangue. Doveva attirare il vampiro giù sulla terra.

Un grande pipistrello gli volò sopra la testa stridendo e Aidan riuscì a scorgerne i piccoli denti appuntiti. Atterrò lontano da lui, fissandolo e avvicinandosi lentamente.

«Vieni, vieni, Ramon, non dobbiamo forse portare a termine la faccenda? Ma presentati sotto forma di uomo oppure resta dove sei. Sono stanco dei tuoi giochetti». Aidan parlò a bassa voce, il suo tono era autoritario e ipnotizzante. «I tuoi trucchi stanotte non ti serviranno. Se vuoi continuare questa battaglia, dobbiamo farlo qui e ora. Non puoi vincere. Lo sai. Lo senti. Devi venire qui a morire per mano mia. Andrà così. Vieni incontro alla morte in sembianze umane». I suoi occhi dorati avevano catturato la luce delle stelle e scintillavano di un rosso fiammante, lo stesso colore del sangue che gli sporcava il volto.

Il pipistrello esitò, poi cominciò a trasformarsi in una grottesca creatura dotata di artigli e di un becco appuntito. La bestia procedeva di lato, avvicinandosi ad Aidan ma mantenendosi sulla destra.

Aidan rimase immobile, una statua intagliata nella pietra. Si capiva che era vivo solo dai suoi occhi, che mandavano bagliori fiammeggianti e lasciavano trasparire una risolutezza letale.

Il suo sguardo fece arrestare la creatura, intimidendola, finché questa non cambiò nuovamente aspetto, trasformandosi in un uomo alto e pallido, dagli occhi gelidi e impietosi. Ramon squadrò Aidan con attenzione. «Non mi sembra che tu stia granché bene in questo momento, Aidan. Sei gravemente ferito. Avrò la meglio su di te e la tua donna diverrà mia».

«Non è possibile, Ramon. Puoi pure ragliare come un asino, ma nessuno, nemmeno tu stesso, crede alla tua spavalderia. Vieni e accetta la giustizia della nostra gente, lo sai che dovresti. Hai commesso dei crimini contro gli umani».

«Io sono potente! E tu sei privo di forze, stupido che non sei altro. Hai dedicato la tua vita a un falso scopo. Dove sono adesso quelli che difendi da creature come me? Gli umani che proteggi ti ficcherebbero un paletto nel cuore se sapessero della tua esistenza. La tua stessa gente ti ha condannato a un'esistenza solitaria, senza neanche il suolo della tua terra a nutrirti e sostenerti. Ti hanno lasciato qui da solo. Unisciti a me, Aidan. Io posso salvarti. Unisciti a me, e insieme domineremo questa città. Non credi che ce lo meriteremmo? Avremo tutto. Soldi, donne. Detteremo legge».

«Io ho già tutto quello che desidero, vecchio amico mio. Vieni qui, sai che dovresti farlo. Metterò fine alla tua esistenza in maniera rapida e indolore». Doveva sbrigarsi. Il tempo che aveva a disposizione stava scadendo. Il suo sangue, il suo liquido vitale, colava per terra, e la sua enorme forza si stava esaurendo.

Il vampiro si avvicinava sempre di più, mentre cercava di distrarre Aidan facendogli credere che uno stormo di pipistrelli gli stesse volando incontro. Questi rimase immobile, senza distogliere il suo sguardo dorato e fiammeggiante dal grigio volto di Ramon.

Il vampiro si scagliò contro di lui. In quello stesso istante, Aidan sentì Alexandria unirsi a lui, infondergli forza, volontà, coraggio, fiducia in se stesso. Era un dono dal valore inestimabile e Aidan se ne servì senza perdere altro tempo. Nell'ultimo momento utile, fece un passo a sinistra e circondò con il braccio il collo del suo aggressore, spezzandoglielo con un colpo secco, come se fosse stato un ramoscello. La testa gli cadde di lato, e Ramon cominciò a lanciare grida acute, agonizzanti e intermittenti.

Traendo un profondo respiro, Aidan lo finì, conficcandogli la mano nel petto. Gli strappò il cuore e lo lanciò lontano, tirandosi subito indietro per evitare gli schizzi di sangue. Quasi immediatamente le sue forze vennero meno e si ritrovò seduto per terra, inerme, vulnerabile a qualsiasi attacco.

Lei sbucò dall'oscurità. Sentì subito il suo profumo. Sebbene l'odore del sangue lo stesse facendo lentamente impazzire, non cercò di nutrirsi bevendo quello contaminato del vampiro. E d'un tratto eccola lì, fresca, pulita, pura di fronte al male. Lui aveva le mani sporche di sangue ed era circondato dalla morte. Non avrebbe potuto guardarla negli occhi e leggervi una condanna. Non sarebbe riuscito ad affrontarla.

«Stefan, dimmi cosa fare».

La sua voce era melodiosa, dolce come la brezza mattutina. Morire con quel suono nelle orecchie e nel cuore non sarebbe stato poi così male. Ma Aidan non voleva che lei rimanesse un minuto di più in quel posto saturo di morte e disfacimento. «Non c'è niente che tu possa fare. Vattene, Alexandria. Vai nei Carpazi, come mi avevi promesso». Le sue palpebre si stavano chiudendo, troppo pesanti per rimanere aperte. «Vai nella mia terra d'origine e mi sentirò come se vi avessi portato una parte di me».

«Oh, stai zitto», sbottò lei impaziente, terrorizzata da quello spettacolo. Non aveva neanche rivolto un'occhiata al vampiro morto. «Nessuno ti ha interpellato, Aidan. E tu non morirai. Io non permetterò che accada, quindi smettila di fare il grand'uomo e collabora. Su, Stefan! Cosa devo fare per aiutarlo?». Stava già cercando di tamponare la ferita più grave, quella che aveva sulla coscia. Non aveva mai visto tanto sangue in vita sua. Sembrava un fiume rosso che inzuppava il terreno. Si concentrò su Aidan, tagliando quei cadaveri sfigurati fuori dal proprio campo visivo.

«Ha bisogno della tua saliva, mescolata alla terra. Fai degli impacchi e mettili sulle sue ferite», rispose Stefan concitato, inginocchiandosi accanto a loro.

«Non mi sembra molto igienico!», protestò lei, sconvolta.

«Lo è, per un carpaziano. Fallo, se vuoi salvarlo. La tua saliva contiene una sostanza coagulante. Sbrigati, Alexandria!».

«Sbarazzati dei corpi, Stefan». Aidan gli diede l'ordine senza aprire gli occhi. Gli sembrava di galleggiare in un sogno.

«Perché non stai zitto?», lo rimproverò Alexandria. A sputare Joshua era molto più bravo, ma lei fece comunque del suo meglio, impastando la saliva con la terra, mentre Stefan trascinava i corpi dei vampiri al limite della strada e usava un bidone di benzina che aveva nel bagagliaio dell'auto per accendere un fuoco.

Ad Alexandria venne la nausea per la puzza. Schermò la sua mente e si concentrò su quello che stava facendo. Non aveva tempo di pensare alla ragione per cui stava salvando Aidan, perché le importava di lui: ogni singolo muscolo, ogni cellula le urlava dal profondo della sua anima di farlo.

Aidan sembrava incosciente mentre Alexandria applicava meticolosamente gli impacchi sulle sue profonde ferite. Lei sapeva che non era così, che si rendeva conto di ogni movimento; poteva sentirlo nella sua mente. In qualche modo, era riuscito a rallentare il battito del suo cuore e il ritmo della sua respirazione per limitare la perdita di sangue e darle il tempo di chiudere le lacerazioni. Tuttavia, la sua fame cresceva sempre di più, impossessandosi di lui, torturandolo. Lo rosicchiava implacabile; lei se ne rendeva conto per via del loro legame telepatico. Aidan sentiva il sangue scorrerle nelle vene, caldo e invitante, così vicino a lui. Il demone che aveva in corpo se ne stava lì accucciato, minacciando di scatenarsi da un momento all'altro.

Stefan ritornò accanto a lei. «Devi parlargli. Digli che non lo lascerai da solo. Che non avresti potuto vivere senza di lui».

«Assolutamente no! È già abbastanza arrogante. Ci manca solo che mi metta a fare la smorfiosa infatuata di lui. Continuerebbe a ripetermelo per sempre. È così pieno di sé che probabilmente ci crederebbe», rispose contrariata, ma nel frattempo gli scostava delicatamente i capelli dalla fronte, pulendogli il sangue dal viso.

Stefan la guardò, ma si astenne dall'esprimere la propria opinione. «Ha bisogno di sangue. Glielo darò io. Tu dovrai guidare e portarci a casa. Questo fuoco attirerà presto l'attenzione della polizia e noi dovremo essere già lontani da qui».

No. Aidan protestò duramente, ma solo nella testa di Alexandria. Lei capì che era troppo debole per parlare. *È troppo pericoloso. Potrei ucciderlo. Non prenderò il sangue da Stefan.*

Lei gli credette. Sembrava onesto, sincero. Il suo cuore e la sua anima erano in allarme, la sua mente si ribellava furiosa. «No, Stefan, guidi tu. Aidan non ti permetterà di dargli il tuo sangue, quindi immagino che dovrà prendere il mio». Gli scostò di nuovo con dolcezza i capelli dagli occhi. *È questo quello che stai cercando di dirmi, vero? Io posso dartelo, ma Stefan no. Non dire che non è così. Sembra che tu non abbia mai avuto bisogno di aiuto prima. Obbediscimi e basta. Non discutere con me o potrei smetterla di essere così gentile.* E così coraggiosa, aggiunse silenziosamente tra sé e sé.

Non sono certo che sarai al sicuro.

Be', pazienza. Te l'ho detto, non ho molto da perdere. Questo non è proprio il mio stile di vita. Vai, Aidan. Solo non farmi male, ok?

Mai, cara, la rassicurò lui.

Ci vollero sia Stefan che Alexandria per trascinarlo in macchina. Il suo volto era grigio e deformato dal dolore, ma lui non disse nulla finché non lo ebbero sistemato con la testa nel grembo di Alexandria. «Bisogna eliminare le macchie di sangue sul terreno», sussurrò. Solo lei riuscì a cogliere quelle parole. Aidan era così debole che riusciva a stento a bisbigliare.

«Vuole che tu pulisca le tracce di sangue, Stefan». Il cuore le martellava nel petto. Ecco come sarebbe andata. Sarebbe morta quella notte, sacrificando la propria vita per quell'uomo. Non aveva capito che genere di creatura fosse, sapeva solo che era l'essere più coraggioso che avesse mai incontrato. Non poteva essere sicura che le opinioni su di lui fossero esatte e non sapeva neanche se lui le piaceva o no, ma era giusto così. Quella certezza risiedeva nel profondo della sua anima.

Stefan imprecò a bassa voce. «Se restiamo ancora qui, finiremo per farci beccare», si lamentò, ma tornò precipitosamente indietro e si mise a pulire le pozze di sangue. Era necessario rimuovere qualsiasi traccia della partecipazione di Aidan al combattimento, e il tempo che avevano a disposizione era poco.

Alexandria avvicinò il collo alla bocca di Aidan. «Non puoi aspettare. Fallo adesso. Però promettimi che ti prenderai per sempre cura di Joshua. Che non avrà mai niente a che fare con questo folle stile di vita. Giuramelo».

Sì, mia cara. La voce di lui risuonò flebile nella sua mente e lei capì che dovevano fare in fretta.

Per prima cosa avvertì il contatto con la sua mano. Le dita di Aidan si poggiarono sul suo collo sottile e un brivido le corse lungo la schiena. Slacciò i bottoni della camicia di seta, la sua camicia, scoprendo la pelle nuda. Il contatto delle nocche di lui contro la morbida curva del seno la fece avvampare. Lei gli si abbandonò e inarcò la schiena così tanto che avvertì il respiro caldo di Aidan all'altezza del cuore, che le batteva all'impazzata. I suoi denti la graffiarono appena, un liquido caldo le colò lungo il corpo e lei provò un dolore che non aveva mai sentito prima.

I denti di lui le bucarono la pelle e vi affondarono: una vampata di calore bianco esplose dentro di lei, e Alexandria emise un piccolo gemito. Strinse più forte tra le braccia la testa di Aidan, che aveva chiuso gli occhi mentre soddisfaceva i suoi appetiti, e gli si offrì. Fu così erotico: il sangue di lei che fluiva nel corpo di lui riparando le cellule e i tessuti danneggiati, riscaldando i muscoli infreddoliti, riportandolo alla vita.

Si accorse che lui stava riprendendo le forze mentre le sue la stavano lentamente abbandonando. Le sembrò come uno sfocato sogno erotico. E improvvisamente Aidan era nella sua mente, mormorando dolci e seducenti parole d'amore, parole che lei non aveva mai sentito, antiche e bellissime. Il dondolio della macchina in movimento rendeva ancora più surreale quella situazione.

Stefan guidò fino all'ingresso laterale e scese di corsa a chiudere il cancello di ferro alle loro spalle, controllando nervosamente il cielo. Una volta ritornato in macchina, rimase sconvolto dal fatto che i ruoli sul sedile posteriore si fossero drammaticamente rovesciati. Adesso Aidan era seduto, dritto e vigile, ricoperto di sangue ma con colorito naturale, mentre Alexandria giaceva immobile, grigia in volto, come se fosse morta. Sembrava così piccola e smarrita tra le braccia di Aidan, quasi una bambina.

Stefan distolse lo sguardo. Aveva trascorso gran parte della sua vita al servizio di quell'uomo, tuttavia non era riuscito ad accettarne l'esistenza fino in fondo. Sapeva in cuor suo che Aidan non avrebbe mai fatto del male alla sua donna, eppure vederla in quello stato, rigida e inanimata, dopo che aveva dimostrato tanto coraggio…

«Pulisci l'auto, Stefan. Io me ne starò per un giorno o due nelle stanza sotterranea. Sarà compito tuo rispondere alle domande della polizia, se vengono qui a dare un'occhiata. Devi proteggere Marie e il bambino da qualsiasi eventuale intruso. Ricorda, durante la notte in questa casa non può succedervi niente, ma i vampiri possono servirsi anche degli umani per portare a termine i loro scopi».

Stefan aiutò Aidan a uscire dall'auto, guardandolo mentre si chinava di nuovo sul sedile posteriore per prendere in braccio il corpo senza forze di Alexandria. «So bene cosa sono in grado di fare i vampiri e i loro scagnozzi, Aidan. Starò allerta, nell'eventualità che decidessero di attaccare», gli assicurò in tono burbero.

«Portami del sangue in camera stanotte e poi stanne lontano. Tieni anche Marie e il bambino a debita distanza. Non sareste al sicuro da me finché non avrò rimpiazzato i liquidi che ho perso». Fu laconico, le forze che aveva appena riacquistato stavano già svanendo. Alexandria era una donna minuta e lui aveva preso da lei tutto il nutrimento possibile senza mettere la sua vita in pericolo, poi l'aveva fatta sprofondare nel sonno grazie a cui i carpaziani riuscivano a rimanere in vita nell'attesa di reintegrare il sangue perso.

Permise a Stefan di accompagnarlo attraverso le stanze della casa. Marie li raggiunse di corsa e si mise a gridare non appena lo vide. Aidan sentì i passi del bambino sul pavimento di legno. Si guardò intorno, i suoi occhi erano offuscati dalla preoccupazione. «Tenete il bambino lontano da me», sbottò, cercando di reprimere la propria voracità.

Marie si fermò di botto, mettendosi una mano sul petto. Aidan era sporco e ricoperto di sangue, Alexandria svenuta tra le sue braccia. Avevano lasciato una scia di sangue e terra sul parquet. Gli occhi di Aidan erano fiammeggianti, i suoi bianchi denti appuntiti scintillavano come quelli di un predatore.

«Marie!». La voce di Stefan la spinse ad agire. Corse a intercettare Joshua prima che fosse anche lui testimone dell'orrore di quella notte. Le lacrime le rigavano il viso quando raggiunse il bambino: lo prese in braccio e si precipitò lungo il corridoio in direzione delle scale.

Joshua le toccò le lacrime che le scorrevano sul volto. «Non piangere, Marie. Qualcuno ti ha fatto del male?».

La governante cercò di riguadagnare il proprio autocontrollo. Avrebbe dovuto ripulire la casa prima che il bambino andasse di sotto, quindi in qualche modo doveva farlo addormentare. «Non è niente, Joshua. Ho fatto un brutto sogno. Non hai mai avuto un incubo tu?»

«Alexandria dice che se reciti una preghierina e pensi a cose belle, insomma, alle cose che ti piacciono, farai bei sogni». Joshua strofinò la propria guancia contro la sua. «Funziona sempre quando lei lo fa insieme a me. Dirò le preghiere con te come fa mia sorella, e non farai più incubi».

Marie si ritrovò a sorridere per via dell'ingenuità e dell'innocenza di quel bambino. Aveva tre figli, ormai adulti, e Joshua le riportava alla mente i ricordi della loro infanzia. Lo abbracciò. «Grazie, Joshua. Tua sorella è una ragazza molto in gamba. Sei un bambino davvero fortunato». Trattenne un sospiro. «E tu cosa ci fai in giro per casa a quest'ora della notte, in ogni caso? Sono quasi le quattro del mattino. Vergognati, giovanotto!».

«Pensavo che Alexandria fosse nella sua stanza, ma non c'era. La stavo cercando». Gli occhi di Joshua tradirono la sua preoccupazione.

«Aidan l'ha portata in una clinica speciale. È ancora malata, Joshua, quindi dobbiamo avere pazienza finché non starà meglio».

«Guarirà?», chiese lui, ansioso.

«Certo. Aidan non permetterebbe mai che le succedesse qualcosa. Si sta prendendo cura di lei. Lo sai».

«Posso parlare con lei al telefono?».

Marie lo rimise a letto, rimboccandogli le coperte fino al mento. «Per il momento no. Sta dormendo, proprio come dovresti fare tu. Rimarrò qui finché non ti sarai addormentato».

Lui sorrise, un dolce, angelico sorriso che le riscaldò il cuore. «Posso insegnarti la preghierina».

Lei avvicinò una sedia al letto e gli prese una mano, ascoltandolo recitare il suo dolce e innocente antidoto contro i brutti sogni.

Stefan circondò con un braccio la vita di Aidan per sostenerlo. Si accorse che quel contatto lo disturbava, a causa della battaglia ingaggiata contro il suo demone onnipresente, che si dibatteva per sopraffarlo.

L'enorme forza di Aidan stava fluendo via e la sua voracità, il suo bisogno di sangue stava cominciando a dominarlo. Avviluppava i suoi organi vitali e si insinuava con urgenza nella sua mente. «Corri, Stefan, vattene via di qui», disse con voce roca, spingendo l'anziano uomo lontano da sé.

«Ti accompagnerò in camera, Aidan», fece Stefan con fermezza. «Non mi farai del male. Tieni quella donna tra le braccia. Lei è la tua salvezza. In ogni caso, ti ho offerto la mia vita in più di un'occasione. Se vuoi prendertela in questo momento per salvare te e la tua compagna, io non ho alcuna obiezione».

Aidan strinse i denti e cercò di mettere un freno al suo istinto predatorio. Il desiderio di sopravvivere era intenso, il bisogno di nutrimento primario. Provò a distogliere la propria attenzione dal battito del cuore di Stefan, forte e regolare, dal sangue che pulsava nelle vene di quel corpo così pericolosamente vicino al suo.

Una volta giunti nella stanza, Stefan lo lasciò e se ne andò, consapevole del fatto che stava procurando ad Aidan una sofferenza. Sapeva nel profondo del suo cuore che Aidan non gli avrebbe mai fatto del male. Riponeva nel carpaziano una fiducia maggiore di quella che quest'ultimo aveva in se stesso. «Ti porterò il sangue, Aidan».

Lui annuì bruscamente e adagiò il corpo esanime di Alexandria sul letto. Ormai privo di forze, si sedette accanto a lei, accarezzandole i capelli legati in una spessa treccia. Quella donna lo aveva salvato, mettendo a repentaglio la propria vita. Gli aveva spontaneamente, liberamente, offerto se stessa. Il legame tra loro era di gran lunga più forte di quanto lui avesse immaginato. Lei non sarebbe sopravvissuta alla sua morte. Erano legati per l'eternità, veri compagni per la vita. Era stato lui a pronunciare le antiche formule che avevano unito le loro anime. Due metà dello stesso intero.

Sospirò e le si sdraiò accanto, maledicendo fra sé e sé quel disperato bisogno di sangue. Non avrebbe potuto rintanarsi sotto terra senza prima essersi procurato una fonte di sostentamento. Aspettò, mentre il demone dentro di lui ruggiva e si scatenava, finché non avvertì una presenza umana, l'attutito rumore di passi. La pesante porta cigolò, e Stefan mise sul pavimento diverse bottiglie di sangue, poi se ne andò, lasciando soli Aidan e la sua compagna per la vita.

Aidan barcollò attraversando la stanza e afferrò una bottiglia. Ne svuotò il contenuto e ne prese un'altra. Stefan gli aveva portato cinque bottiglie piene e Aidan le bevve tutte fino all'ultima goccia. Tuttavia il suo corpo continuava ad avere un disperato bisogno di sangue.

Grazie alle rinnovate energie, riuscì però a spostare il letto e ad aprire la botola che conduceva alla terra fredda, in attesa di lui. Dovette raccogliere le forze che aveva a disposizione per scavare e fare spazio per sé e per Alexandria. Prendendola tra le braccia, si abbandonò alla protezione della Madre Terra. Aidan protesse con il proprio corpo la sua compagna per la vita e cominciò a recitare l'antica e complessa formula magica che avrebbe impedito a chiunque di avere accesso alla loro tana. La botola si chiuse e il letto tornò nella sua abituale posizione. Si rinchiusero sotto terra e Aidan rallentò il battito del suo cuore e il ritmo del suo respiro non appena sentì le proprietà guaritrici del terreno medicare le sue ferite. Il suo battito cardiaco fece un sussulto, i polmoni inspirarono ed espirarono, poi tutte le sue funzioni vitali cessarono di colpo.

Stefan chiuse la porta che conduceva al seminterrato, sapendo che potevano trascorrere giorni prima che Aidan si facesse di nuovo vivo. Sperava di avergli portato abbastanza sangue. Aidan avrebbe provveduto a procurarsene altro per Alexandria non appena si fosse ripreso e fosse nuovamente andato a caccia di prede umane. Fino a quel momento, sarebbe stato compito di Stefan prendersi cura di Marie, di Joshua e della casa.

Trovò sua moglie china a pulire il pavimento. Lei si girò immediatamente e gli rivolse un'occhiata interrogativa. Lui la strinse teneramente a sé. «Sopravviverà, Marie. Non preoccuparti per lui».

«E la sua donna?».

Stefan fece uno stanco sorriso. «È stata straordinaria. Pur non volendo avere niente a che fare con lui e con noi gli ha salvato la vita».

«Sarà la sua salvezza. Ma hai ragione, Stefan, non vuole vivere qui con noi». Marie sembrava triste, il suo cuore era pieno di compassione.

«Non ha ancora capito che cosa le è accaduto», replicò l'uomo con un sospiro. «E la verità è che io non vorrei mai dover affrontare quello che sta capitando a lei. Non riesce a cogliere la differenza tra Aidan e i vampiri. È stata brutalmente usata e ha perso per sempre la sua libertà. Anche la sua possibilità di trascorrere del tempo con Joshua sarà limitata».

«Dovremmo avere pazienza con lei».

Stefan sorrise. «*Lui* dovrà avere pazienza con lei. Gli darà del filo da torcere. Le giovani ragazze americane sono abbastanza diverse dalle donne con cui è abituato ad avere a che fare».

«Pensi che ci sarà da divertirsi, vero, Stefan?», osservò Marie.

«Assolutamente. Aidan non ha mai capito come tu sia riuscita a circuirmi, ma ben presto lo scoprirà». La baciò dolcemente e le diede una pacca sulla spalla. «Adesso pulisco la macchina e il vialetto e poi andiamo a dormire». Le sorrise malizioso.

Marie ridacchiò, amorevole, e lo guardò uscire nel buio della notte.

Il sole era alto nel cielo e diradava la nebbia proveniente dall'oceano. Marie e Stefan accompagnarono Joshua a scuola e temporeggiarono per un po' fuori dall'edificio, per assicurarsi che nessuno stesse spiando il ragazzino. Sul giornale si ipotizzava che i due uomini trovati carbonizzati, e quindi non identificati, avessero avuto una discussione tra di loro. Probabilmente uno dei due si era inavvertitamente bagnato quando aveva gettato la benzina sul cadavere dell'altro. Erano state ritrovate le impronte di una delle due vittime su un bidone di benzina.

Stefan cercò di evitare le domande di Marie: stava provando a dimenticare di aver premuto la mano di Ramon sul bidone. Non era certo di essere riuscito a cancellare ogni loro traccia ed era abbastanza nervoso, perché temeva che la polizia sarebbe venuta a bussare alla loro porta.

Tuttavia, quando tornarono a casa, non vi trovarono i poliziotti ad attenderli, bensì Thomas Ivan. Con indosso un costosissimo vestito italiano, stava aspettando davanti al portone d'ingresso. Aveva con sé un enorme mazzo di rose bianche e rosse. Rivolse alla coppia il suo più affascinante sorriso, facendo persino un inchino verso Marie.

«Sono venuto a fare un salto, per vedere se Alexandria sta un po' meglio. Pensavo inoltre che potesse essere una buona occasione per scusarmi della mia maleducazione dell'altro giorno. Ero preoccupato per Alexandria e me la sono presa con voi».

«È stata molto contenta di riavere indietro la sua cartellina», replicò Marie, evasiva. «Ha ricevuto il suo messaggio e sono sicura che la ricontatterà presto, non appena si sentirà bene».

«Ho pensato che i fiori potessero tirarla su di morale», fece Thomas con disinvoltura. Era abituato ad avere a che fare con la servitù. Se il padrone di casa non si fosse fatto vivo, quella volta sarebbe riuscito a oltrepassare la soglia della casa. «Forse potrei giusto darle una sbirciatina, farle gli auguri. Mi tratterrò solo per un attimo».

La governante non aveva alcuna intenzione di retrocedere dalla sua posizione. In piedi dietro di lei, Stefan rimase impassibile, squadrando da capo a piedi quel boss mafioso. Ivan smorzò il suo buonumore. Non avrebbe potuto fare niente per raggirarli. Doveva conquistarli alla sua causa.

Marie scosse la testa. «Mi dispiace, Mr Ivan, ma non è possibile.

Mr Savage ci ha lasciato precise istruzioni al riguardo. Alexandria non deve essere disturbata, sono ordini del medico».

Thomas annuì. «Capisco che dovete fare come vi è stato detto, ma, vedete, il fatto è che io sono molto preoccupato per lei. Vorrei solo darle una rapida occhiata, assicurarmi che stia bene. Non dobbiamo per forza riferirlo a Mr Savage. Non mi fermerò a lungo, voglio solo essere certo che vada tutto bene». Tirò fuori dalla tasca alcuni biglietti da venti dollari, facendoli frusciare, speranzoso.

Marie sbuffò indignata. «Mr Ivan! Mi sta forse suggerendo di tradire la fiducia del mio datore di lavoro?».

Lui imprecò tra sé e sé. «No, naturalmente, no! Avrei solo voluto darvi qualcosa in cambio per esservi presi a cuore il problema».

«Alexandria non è un problema, Mr Ivan». Marie fece intenzionalmente finta di non capire. «È un membro della nostra famiglia. Ne fa parte, così come suo fratello. Lei conosce il fratello?». Sapeva bene che non era così, si capiva dal tono della domanda.

Thomas Ivan era furioso. Quella donna lo stava chiaramente sconfiggendo. E in più lo provocava. Avrebbe voluto che fosse espulsa dal suo Paese e possibilmente mandata in un posto freddo, umido e poco accogliente. Tuttavia, strinse i denti e fece un altro sorriso. «Non volevo insinuare che Alexandria potesse essere un fastidio per lei. Forse non mi ha capito bene. Qual è il suo Paese d'origine?». Cercò di sembrare sinceramente interessato.

«La Romania», rispose Marie, «ma non ho alcun problema con l'inglese. Io e mio marito viviamo qui ormai da molti anni. Consideriamo San Francisco casa nostra».

«Anche Mr Savage viene dalla Romania?». Era molto curioso di sentire la risposta a quella domanda. Forse sarebbe riuscito a far espellere dagli Stati Uniti quell'arrogante bastardo insieme ai suoi camerieri.

«Non parlo del mio datore di lavoro con qualcuno che non conosco, signore», rispose Marie educatamente, impassibile.

Thomas aveva capito che quella vecchia strega si stava prendendo gioco di lui. Tirò un profondo respiro. Be', lei e il custode si erano fatti un nemico molto più scomodo di quanto potessero immaginare. I suoi amici erano molto potenti, loro dei semplici immigrati. «Me lo stavo solo chiedendo, dal momento che il suo accento è differente dal vostro». Gi sarebbe piaciuto dire più istruito, più colto, al solo scopo di insultarla, ma si trattenne. Poteva attendere il suo momento e aspettare per vendicarsi. Avrebbe buttato giù quella casa, la polizia e gli agenti dell'immigrazione sarebbero arrivati a frotte in men che non si dica.

«Be', mi dispiace che lei non possa aiutarmi. Sono davvero molto in ansia per Alexandria. Se si rifiuta di permettermi di vederla o di parlarle al telefono, non avrò altra scelta che ricorrere alle forze dell'ordine. Potrebbe trattarsi di un rapimento». Gli sembrò di scorgere un'ombra di preoccupazione sul volto della donna, ma l'uomo dietro di lei non batté ciglio. Thomas cominciò a chiedersi se per caso quel tipo non avesse una pistola. Forse era il sicario del gruppo. Cominciò ad avvertire uno strano prurito dietro la nuca.

«Vada pure e faccia quello che crede, Mr Ivan. Io rispetterò gli ordini che ho ricevuto», replicò decisa Marie.

«Allora forse potrei parlare con Mr Savage di persona», suggerì lui, incalzandola.

«Mi dispiace, Mr Ivan, ma in questo momento non è possibile. Mr Savage non è in casa e non ho un numero di telefono al quale rintracciarlo».

«Peggio per lui», sbottò Thomas; la sua rabbia, nonostante stesse cercando di reprimerla, stava cominciando a venire a galla. «Vedremo allora quanto gli farà piacere parlare con la polizia!». Si girò di scatto, sperando che il sicario non gli sparasse alle spalle. Gli venne anche il tic all'occhio che compariva ogni volta che era in preda all'agitazione.

«Mr Ivan?». La voce di Marie era dolce e sommessa, quasi conciliante.

Si voltò, trionfante. Alla fine era riuscito a spaventare quella coppia di idioti. «Che c'è?», esclamò, facendo mostra di tutto il suo disappunto.

«Non vuole lasciarmi i fiori per Alexandria? Farò in modo che lei li riceva. Sono sicura che la metterà di buonumore sapere che glieli ha mandati lei». Marie stava cercando di non scoppiargli a ridere in faccia. Quell'uomo sembrava proprio uno stupido, così pieno di sé, tanto convinto di poterla intimidire. Non era certo contenta di avere a che fare con la polizia, ma i fiori potevano sempre far comodo.

Ivan le lanciò le rose e se ne andò via furibondo, per niente placato dal debole tentativo della governante di entrare nelle sue grazie. Quella gente si sarebbe pentita di aver litigato con lui. Non avevano la benché minima idea di quanto era potente.

Marie lanciò un'occhiata a Stefan ed entrambi scoppiarono a ridere. «Lo so che stai pensando, perfida che non sei altro. Vuoi usare questi fiori per fare impazzire Aidan di gelosia».

«Come fai a pensare una cosa del genere, Stefan?», chiese Marie con aria innocente. «Semplicemente non avrei sopportato che le rose andassero sprecate. Le metterò in freezer finché Alexandria non si sarà svegliata. Rallegreranno la sua stanza, o meglio ancora il soggiorno».

Stefan le diede un bacetto sulla guancia e fece per allontanarsi. «Se ne staranno lì sotto per un bel po'».

«Dove credi di andare? Non vorrai mica lasciarmi qui da sola a vedermela con la polizia? Quell'uomo sta andando dritto alla centrale, e loro di certo gli daranno ascolto».

«Sicuramente li indispettirà con i suoi modi detestabili e la polizia locale conosce bene Aidan. Fa sempre delle donazioni alle loro iniziative e sta ben attento a mantenere buoni rapporti. Non credo che Mr Ivan sia una grande minaccia, ma voglio comunque fare un giro e assicurarmi che tutto sia al proprio posto, nell'eventualità di una visita ufficiale», la tranquillizzò Stefan.

«Possiamo sempre farli parlare con Joshua, se necessario», suggerì Marie, un po' a disagio, come sempre quando Aidan era in pericolo.

«Non sarà necessario arrivare a questo», le assicurò Stefan.

Capitolo 8

Il sole sprofondò nell'oceano in una brillante esplosione di colori. Poi improvvisamente avanzò la nebbia, una bianca e inquietante foschia che ricoprì i tetti e le vie, facendosi strada nei vicoli bui e nei parchi, finché non ebbe invaso tutta la città. Non si alzò nessun vento a spazzarla via e le auto dovevano procedere a passo d'uomo da un isolato all'altro.

Mezzanotte. Aidan scavò con le unghie fino a emergere in superficie. Affamato. Vorace. I suoi occhi iniettati di sangue mandavano bagliori famelici. Aveva le viscere in subbuglio. Ogni cellula del suo corpo, ogni tessuto, reclamava nutrimento.

Il battito di un cuore vicino al suo, che lo chiamava, invitante, lo stava quasi facendo diventare pazzo. Era pallido, quasi grigio, la pelle secca e rugosa, la bocca asciutta. Pregustando il prossimo pasto, gli spuntarono le zanne e lunghi e affilati artigli al posto delle unghie.

Per un momento il suo sguardo si fermò sul corpo esanime che giaceva immobile nella terra accanto al suo. Alexandria. La sua compagna per la vita. La sua salvezza. L'unica cosa che stava fra lui e il destino che i carpaziani tanto temevano. Grazie a lei non si sarebbe trasformato, non sarebbe diventato un vampiro, un non morto. Lei aveva messo il sigillo sulla loro sorte, come nessun altro avrebbe potuto: si era legata a lui per l'eternità. Aveva scelto di farlo vivere, quindi aveva scelto la stessa cosa per se stessa. Non gli importava quanto fosse stata realmente consapevole di quello che aveva fatto. Era andata così.

Alexandria aveva bisogno di sangue. La sua situazione era forse ancora più disperata di quella di Aidan. Non poteva svegliarla finché non fosse stato in grado di nutrirla. Il suo corpo era svuotato, e se non le avesse procurato del sangue per rianimarla, sarebbe sopravvissuta solo pochi secondi.

Sentì odore di sangue. Sangue fresco. Che pulsava, fluiva, scorreva nelle vene, come scorrono le onde dell'oceano nel loro ciclo senza tempo. Il suo demone ruggì e si dimenò, cercando di sfuggire al controllo, pronto a tutto per salvare la sua compagna per la vita. Pronto a tutto per soddisfare quella fame dilaniante, terribile. Un uomo. Una donna. Un bambino. Aidan fece appena in tempo a ritrarsi dal ciglio del precipizio, dominandosi quel tanto che bastava per fare i necessari preparativi.

Pochi minuti dopo correva come un fulmine lungo lo stretto corridoio sotterraneo, talmente veloce che nemmeno un topo sarebbe riuscito a rilevare la sua presenza. Era perfettamente pulito, senza neanche una minuscola macchia di sangue o di terra. Indossava abiti eleganti e aveva i capelli legati in una spessa coda di cavallo all'attaccatura della nuca. Giunse al passaggio segreto senza alcun intoppo. Non appena mise la mano sulla porta che conduceva alla cucina avvertì la presenza della governante che entrava nella stessa stanza da un altro ingresso. Per un attimo i battiti del cuore aumentarono e gli venne l'acquolina in bocca, ma mantenne l'autocontrollo. Appoggiò la fronte contro la porta di pietra e si concentrò per raggiungere telepaticamente la donna per farla allontanare e non doverla incontrare.

Marie si sarebbe inspiegabilmente ritrovata in un'altra stanza, ma sarebbe stata in salvo dalla fame tremenda di Aidan, che aumentava a ogni suo passo. Non appena la governante fu a distanza di sicurezza, lui attraversò la cucina e uscì in giardino.

Gli odori che saturavano la notte aggredirono subito i suoi sensi, lo sommersero, come gli accadeva sempre. A pochi metri da lui c'era un coniglio accovacciato, tremante di paura, che aveva avvertito la presenza del predatore a caccia di sangue. Il cuore gli batteva forte. Aidan riuscì a percepire quante persone ci fossero in ciascuna delle case lungo la via e che cosa ognuno di loro stesse facendo – se dormivano, se mangiavano, se facevano l'amore, se litigavano. Una coltre di nebbia lo circondò, lo avvolse, divenne parte di lui.

Per tre giorni e tre notti era rimasto sepolto nella terra per guarire le ferite. Gli sarebbe bastato nutrirsi di sangue e sarebbe stato più forte che mai. La fame lottava per prendere il sopravvento, lui ringhiò e si lanciò nel cielo, più pericoloso di tutti i vampiri che Thomas Ivan avesse creato con la sua immaginazione. Era a caccia di una preda umana e le sue potenziali vittime rischiavano la vita: quella poteva essere la volta buona che Aidan non si sarebbe fermato in tempo per risparmiarle.

Era un'ombra scura che volava sopra la città, invisibile. Aidan si diresse verso Golden Gate Park, che con la sua foresta di alberi rappresentava un terreno di caccia ideale. La nebbia lì era anche più densa, lo stava aspettando, nascondendo la sua avanzata. Atterrò in silenzio, i suoi piedi toccarono il suolo e le ali sparirono.

Pochi metri più in là era appostato un gruppo di ragazzi, poco più che adolescenti, vestiti dei colori della loro banda e in attesa di quella avversaria, che si stava fomentando in vista dello scontro. Erano tutti armati e più della metà era sotto l'effetto di qualche droga. Si stavano passando una bottiglia di vino scadente.

Aidan annusò il loro sudore, sentì l'odore dell'adrenalina e della paura che cercavano di nascondere parlando ad alta voce e facendo gli spacconi. Ma era il liquido che scorreva nelle loro vene a interessarlo. Si concentrò, li esaminò uno per uno, individuando quelli che avevano il sangue meno contaminato dagli stupefacenti. *Venite. Fate presto. Dovreste essere già qui.* Non fu difficile attirarli a sé, la sua fame era così intensa che aveva bisogno di diversi ragazzi. Fece in modo che il resto del gruppo non notasse la loro assenza.

Afferrò la prima vittima e affondò i denti nel suo collo, incapace di controllarsi: era tanto famelico da dimenticarsi di essere delicato. Mandò giù il liquido caldo, il corpo denutrito se ne nutrì avidamente. Si sentì attraversare da una scarica elettrica, che gli infuse forza in ogni muscolo. Si trattenne a stento dal bere l'ultima goccia di sangue per ottenere il massimo del potere. Fu il pensiero di Alexandria a fargli fare un passo indietro e ad allontanarlo dal baratro. Lei gli aveva donato la propria vita di sua spontanea volontà. Lui non avrebbe permesso a se stesso, alla sua fame, al suo istinto predatore, di gettare al vento quel preziosissimo dono uccidendo un essere umano e condannando così la sua anima.

Aidan si concentrò su di lei, pensò alla morbidezza delle sue guance, alle lunghe ciglia. Aveva un sorriso dolce come il miele. La sua bocca era soffice e carnosa, come seta riscaldata dai raggi del sole. Allontanò la prima vittima e ne attirò un'altra a sé.

Il liquido vitale gli scorse dentro, chiuse gli occhi pensando a lei. I suoi sembravano zaffiri, stelle che brillavano nel cielo. Era coraggiosa e compassionevole. Non avrebbe mai lasciato cadere una preda ai suoi piedi come stava facendo lui. Afferrò il terzo uomo, la sua fame stava cominciando a placarsi. A quel punto, fu più delicato.

Un rumore lo distolse da quella frenesia e si accorse che l'altra banda stava arrivando, cercando di procedere nella nebbia; la macchina era però ancora troppo lontana per mettere in allarme il gruppo che aspettava nel parco. Spinse via la terza vittima e passò alla quarta.

Non sarebbe stato affatto giusto lasciare che quei ragazzi combattessero in condizioni di inferiorità numerica, pensò. Un sorriso si affacciò lentamente sul suo volto. Alexandria si stava già facendo strada dentro di lui. Secondo Aidan, persone come quelle erano prive di onore, di un codice di comportamento, il loro unico interesse era ferire l'avversario e non si curavano di fare del male anche a donne e bambini, gente che non c'entrava niente. Non c'era posto per individui come quelli nel suo mondo. Tuttavia, a causa dell'influenza di Alexandria, stava prendendo in considerazione l'ipotesi di intervenire per consentire a quella banda di assassini di avere le stesse possibilità di vittoria in quella stupida lotta di potere. Nessuno di loro sapeva cosa volesse davvero dire essere potenti.

Lasciò andare la quarta preda e afferrò la quinta. La fame si era placata, le forze erano tornate, ma doveva continuare per Alexandria. I suoi bianchi denti scintillarono per un istante, prima di affondare nella gola scoperta del ragazzo. Il mondo, fino a un attimo prima grigio e desolato, adesso risplendeva di colori brillanti ed emanava eccitanti profumi. Ancora una volta era bello e affascinante. Permise a quella consapevolezza di penetrarlo. Una vera compagna per la vita. Alla fine, la salvezza. Poteva provare le emozioni. Non sarebbe mai più stato solo. Mai più. Secoli di vuoto svaniti in un momento. Alexandria.

Con un piccolo sospiro, dal momento che si trovava a dover rispettare più regole di quel che avrebbe voluto, lasciò cadere l'ultima vittima sull'erba bagnata e attirò a sé col pensiero la banda rivale. Onde di terrore invasero l'intero gruppo. Sprofondarono nel silenzio, guardandosi l'un l'altro. Aidan si scoprì a sorridere. Certo, avrebbe dovuto fare il bravo, ma questo non significava che non poteva spassarsela nel frattempo.

Il ragazzo accostò la macchina sul ciglio della strada, inspirando a pieni polmoni. Era madido di sudore.

Morirete stasera. Tutti. Dietro la nebbia si nasconde un mostro. È la morte. E vi sta chiamando.

Giusto per non essere frainteso, Aidan balzò in cielo e il suo corpo si allungò e si contorse fino a trasformarsi in quello di una gigante lucertola alata dotata di enormi denti appuntiti. Aveva una coda squamata lunga e spessa e gli occhi rossi come rubini. Venne fuori dalla foschia, proprio all'altezza dell'appariscente automobile, e gli soffiò addosso fiamme incandescenti.

Gli sportelli si aprirono di scatto e i membri della banda saltarono fuori dalla vettura e si misero a correre per la strada, le loro grida di terrore riecheggiavano nella nebbia. Aidan ridacchiò, atterrò accanto alla macchina abbandonata, e modificò ancora le proprie sembianze. Il lungo muso si accorciò, gli spuntarono le zanne e si trasformò in un lupo forte e muscoloso. Una folta peluria, che gli venne fuori come un'onda sulla sua pelle, gli ricoprì la schiena e le braccia. A grandi falcate si diresse verso gli uomini in fuga, con gli occhi iniettati di sangue.

«Un lupo! Un lupo mannaro!». L'urlo risuonò per la via e spuntò una pistola. Per ciascuno di loro sarebbe stato impossibile vedere qualcosa anche a pochi passi di distanza, ma per Aidan l'aria era invece perfettamente tersa. Sapeva l'esatta posizione di ciascuna delle sue prede. Li rincorse, mostrando quanto fosse veloce. Il suo cuore esplodeva di gioia. Un tipo di gioia che aveva provato l'ultima volta circa sette secoli prima. Si stava divertendo.

«Era un drago!», urlò una voce roca, mentre tutti quanti scappavano via e i passi concitati riecheggiavano nel buio.

Seguì un'altra voce. «Non può essere vero, ragazzi! Forse siamo vittime di qualche allucinazione collettiva».

«Be', allora resta qua e verificalo tu stesso», replicò qualcun altro. «Io me ne vado di corsa via da qui».

Il lupo si fece più vicino, sentendo l'odore della preda. Il ragazzo rallentò, certo che quello che stava accadendo non fosse reale. La bestia fece un salto, coprendo una considerevole distanza in un solo balzo e afferrando la vittima designata da dietro. Diede un morso ai jeans e al ragazzo sfuggì un grido acuto. Senza girarsi indietro a guardare, se la diede a gambe e raggiunse i suoi amici. Il rumore dei suoi stivali rimbombò lungo la strada, mentre lui continuava a correre.

A quel punto Aidan scoppiò a ridere, una risata inquietante, che echeggiò attraverso lo spesso strato di nebbia. Non riusciva a ricordarsi l'ultima volta che si era divertito tanto. I membri della banda continuavano a urlare di paura. Per finire di pareggiare i conti, si concentrò sulle auto, ribaltandole entrambe, il tetto poggiava sull'asfalto e gli pneumatici erano rivolti verso il cielo. D'altronde quei tizi avevano senz'altro bisogno di riposarsi nel parco per un po'.

Dopo essersi assicurato che non ci sarebbe stata nessuna guerra fra bande per quella notte, spiccò di nuovo il volo, questa volta per tornare di corsa da Alexandria. Atterrò sul vialetto in giardino, davanti alla porta della cucina. Un pesciolino fece un balzo fuori dal laghetto antistante, e il rumore degli schizzi risuonò nella notte. Soffiava una brezza leggera che stava facendo diradare lentamente la nebbia. Brandelli di quella bianca foschia svolazzano qua e là, agitati dal vento, come veli di pizzo. L'effetto era incantevole. Tutto era incantevole.

Aidan fece un profondo respiro e alzò lo sguardo al cielo. Non era la sua terra d'origine, ma si sentiva a casa. Il vampiro si sbagliava in merito alla questione. Aidan aveva imparato ad amare San Francisco nel corso degli anni. Era una città interessante, piena di gente interessante. Be', gli mancavano la sua gente, le montagne dei Carpazi e le foreste selvagge. Avrebbe dato qualsiasi cosa per rimettere piede lì. L'antica terra del suo popolo gli sarebbe per sempre rimasta nel cuore, ma quella città aveva bisogno di lui, con tutte le sue diverse culture che si fondevano insieme e creavano un incredibile mondo da esplorare.

Aidan usò la propria chiave per aprire la porta della cucina. La villa era silenziosa. Stefan e Marie riposavano nella loro stanza. Il sonno di Joshua invece era discontinuo: naturalmente non gli faceva piacere stare per tutto quel tempo lontano dalla sorella, sebbene Marie gli avesse permesso di dormire nel piccolo salottino proprio accanto alla loro stanza da letto, al primo piano. Stefan aveva mantenuto la promessa; la casa era ben chiusa, e c'erano delle grate di ferro a protezione delle finestre, per scongiurare qualsiasi tentativo di intrusione.

Anche gli incantesimi di Aidan stavano funzionando bene. Formule magiche antiche e potenti, conosciute solo dai più anziani della sua razza, proteggevano le porte dai vetri smerigliati e colorati. Gregori, il più scuro e il più temibile dei cacciatori carpaziani e il più bravo guaritore, gli aveva insegnato molto – sortilegi per difendere la casa, per medicare le ferite, persino tecniche di combattimento per andare a caccia dei non morti. Mikhail, il loro principe e l'unico vero amico di Gregori, aveva acconsentito a mandare Aidan negli Stati Uniti una volta che si era saputo che i traditori avevano cominciato a espandersi e a cercare altri luoghi per uccidere sempre più innocenti. Gregori aveva preparato un piccolo gruppo di cacciatori; era un tipo solitario e di solito evitava il contatto con gli altri.

Julian, il fratello gemello di Aidan, aveva provato a lavorare per un po' con Gregori, ma erano troppo simili e questo costituiva un problema. Anche lui era un solitario. Si trovava bene in cima alle vette più alte, nel cuore delle foreste. Aveva bisogno di correre insieme ai lupi e di planare con le aquile, così come Gregori. Loro non erano adatti al contatto con gli umani, alla vita di città; non erano fatti neanche per stare con la loro gente.

Aidan attraversò la cucina deserta e raggiunse la porta del piano interrato. Improvvisamente si accorse del buon odore che aleggiava nella stanza, con il suo profumo di pane appena sfornato e di spezie. Marie, e la sua famiglia prima di lei, lo avevano sempre fatto sentire a casa. Ma lui non se ne era mai reso conto prima di allora. La loro lealtà continuava a stupirlo, eppure non aveva mai notato che erano riusciti a rendere sopportabile la sua vita, che senza di loro sarebbe stata davvero squallida.

Respirò l'odore della sua famiglia. Dentro di lui si sprigionò un'ondata di calore. Dopo secoli di un'esistenza fredda e arida, si sarebbe voluto inginocchiare in segno di gratitudine per l'inaspettata gioia che provava. Non si era mai accorto neanche di quanto il piano interrato fosse arredato in maniera rustica, seppure efficiente. Non era una grande stanza che odorava di muffa, ma piuttosto una luminosa e ampia camera in cui si trovavano belle sculture di legno fatte da Stefan e una ben organizzata raccolta di attrezzi. Le panche e i tavoli da lavoro erano puliti e ordinati, gli attrezzi da giardino scintillavano, e accanto a loro vi erano innumerevoli sacchi di terra impilati l'uno sull'altro. Stefan. Doveva a quell'uomo veramente tanto.

Aidan stesso aveva meticolosamente scavato il corridoio che conduceva alla sua camera segreta dopo lunghi studi sulle rocce di cui era costituita la scogliera. La loro natura faceva sì che fosse impossibile individuare o penetrare in quella stanza tanto vicina all'oceano.

I non morti potevano anche riuscire a capire che lui stava dormendo lì vicino, ma non sarebbero mai stati in grado di localizzare la sua tana con precisione.

Aidan aveva scelto con attenzione il posto in cui mettere su casa. Aveva vissuto per secoli e quindi i soldi non erano affatto un problema: aveva a disposizione tutto il denaro che voleva. Si trattava semplicemente di individuare il posto giusto e di costruire un edificio che rispondesse a tutte le sue esigenze. Desiderava essere circondato da pochi vicini, in modo da mescolarsi agli altri senza però rinunciare ad ampi spazi e alla privacy, garantendosi la possibilità di possedere un grande giardino in cui gironzolare e di sentirsi in aperta campagna anche se stava nel cortile dietro casa. Gli serviva il mare, con le onde che si infrangevano sugli scogli, i profumi e la foschia, che avrebbe potuto manipolare se necessario.

La sua proprietà, affacciata sull'oceano, era quanto di più prossimo ai suoi desideri fosse riuscito a trovare. Possedeva terre in abbondanza intorno alla villa, che gli servivano per creare una zona franca tra lui e i vicini, dal momento che lungo la strada c'erano altre case. Aveva tuttavia la privacy necessaria qualora uno dei traditori fosse riuscito a trovarlo. In caso di un combattimento, nessuno sarebbe stato in pericolo.

Costruire una casa in un posto che non conosceva era stata una delle cose più difficili in cui si fosse cimentato. Ma adesso, che stava per raggiungere la sua camera da letto, le sue fatiche impallidivano a confronto di quello che la sua coraggiosa Alexandria aveva affrontato nella sua nuova vita. Lei aveva pensato di morire, una morte che avrebbe quasi accolto di buon grado, specialmente alla luce del fatto che voleva dire salvare un'altra vita, la sua. Aidan le aveva letto nel pensiero e aveva capito che lei non avrebbe voluto andare a caccia di umani per procurarsi il nutrimento. Non aveva una natura o un istinto predatorio. Aveva paura di essere diventata un vampiro. Nessuna spiegazione avrebbe vinto la sua diffidenza. Solo il tempo avrebbe potuto avere la meglio e lui in qualche modo gliene avrebbe fornito abbastanza per convincerla che nessuno di loro due era un vampiro, un assassino senza cuore. Aveva bisogno di tempo per farle capire che lei gli apparteneva, che non sarebbero mai stati lontani l'uno dall'altra.

La tirò fuori dalla terra cullandola fra le braccia. Adagiandosi sul letto, fece un gesto con la mano e chiuse la botola. Lei non aveva bisogno di affrontare l'evidenza della loro insolita vita tutto d'un botto. Si sarebbe svegliata distesa sul letto. Aveva già avuto abbastanza novità con cui fare i conti, non era necessario che si trovasse sepolta nella terra.

Doveva fare in fretta. Non appena lei si fosse svegliata, avrebbe dovuto impossessarsi della sua mente, prima che avesse il tempo di ricordarsi quello che era accaduto e di cercare di resistergli. Non voleva cominciare quella relazione costringendola a fare qualcosa che trovava insopportabile; tuttavia, non aveva scelta, doveva restituirle il sangue che aveva perso.

Trasse un profondo respiro, le scostò i capelli, poi sbottonò la camicia. *Svegliati, piccola. Svegliati e prendi quello di cui hai bisogno per sopravvivere. Bevi quanto ti sto offrendo di mia spontanea volontà. Ubbidiscimi.* Sotto la sua mano, il cuore di Alexandria ebbe un sussulto: lei fece fatica a svegliarsi e Aidan temette che non avesse nemmeno quel poco di sangue necessario per restare in vita. Con l'unghia si incise il petto e pressò la bocca di lei sul liquido rosso che ne sgorgò.

Continuò a mantenere la presa sulla sua mente, nel frattempo il suo corpo cominciava lentamente a riscaldarsi, il suo cuore e i suoi polmoni ritrovavano il proprio ritmo. Dal momento che stava bevendo il sangue di una creatura potente come Aidan, si riprese in fretta. Ridivenne d'improvviso consapevole di quanto le stava accadendo e, senza alcun preavviso, gli oppose resistenza. Con un piccolo sospiro, lui le permise di averla vinta e allentò deliberatamente la presa.

Lei si scostò da lui, cadendo sul pavimento, e cercò di sputare il sangue, mettendocela tutta per detestare il gusto di quel dolce e caldo fluido che le stava ridonando le forze.

«Come hai potuto?». Alexandria si allontanò dal letto, alzandosi in maniera goffa e schiacciando la schiena contro il muro, mentre continuava a strofinarsi la bocca nel tentativo di pulirsi. Nei suoi occhi si leggeva l'orrore.

Aidan si richiuse la ferita sul petto. Si mosse lentamente per cercare di placare la sua paura. Si mise a sedere. «Stai calma, Alexandria. Non hai preso ancora abbastanza nutrimento per riprenderti del tutto».

«Non riesco a credere che tu abbia fatto una cosa del genere. Credevo che sarei morta. Mi hai promesso di prenderti cura di Joshua. Che cosa hai fatto?». Stava boccheggiando e si reggeva in piedi solo grazie alla parete a cui era appoggiata. Si sentiva le gambe molli. Lui le aveva mentito. Le aveva detto una bugia.

«Hai scelto di farmi vivere, Alexandria. E io non posso farlo senza di te. Le nostre vite sono legate l'una all'altra. Nessuno di noi due sopravvivrà senza l'altro». Parlò in tono dolce, senza tentare di avvicinarsi a lei. Sembrava che sarebbe scattata anche alla più piccola provocazione.

«Io ho scelto di salvare la *tua* vita. Tutti e due sappiamo che cosa questa scelta ha significato», esclamò lei disperata, mordendosi il pugno per trattenersi dall'urlare. Lei non poteva, non voleva condurre una vita come quella.

«Io so che cosa ha significato, sei tu a non capirlo».

«Sei un bugiardo. Come posso credere alle cose che dici? Mi hai fatto diventare come te e ora mi costringi a vivere bevendo sangue. Non voglio, Aidan. Non mi importa quello che tu hai fatto a me, io mi rifiuto di nutrirmi del sangue di qualcuno». Tremava visibilmente e scivolò lungo il muro fino ad accasciarsi sul pavimento. Si strinse le ginocchia al petto e si mise a dondolare, cercando di darsi conforto.

Aidan trasse un profondo respiro, attento a non reagire troppo velocemente alle sue parole. Si era completamente ritirata da lui, lo aveva schermato. O almeno così credeva. Ormai Aidan era entrato in confidenza con la sua mente e lentamente vi penetrò, un'ombra sottile, sempre guardinga. «Non ti ho mai mentito, Alexandria. Tu hai deciso di salvarmi la vita e di rinunciare alla tua». La sua voce era vellutata.

«Tu eri preoccupato per Stefan».

«Perché mai avrei dovuto scegliere di risparmiare la vita a Stefan e di causare la tua morte? Non avrebbe avuto senso. Credevo che non sarei riuscito a fermarmi con Stefan. Avevo perso troppo sangue e il mio istinto di sopravvivenza avrebbe potuto avere la meglio. Tu eri l'unica al sicuro dalla mia voracità», le spiegò lui dolcemente. Quella voce melodiosa e ipnotizzante la pervase, si infiltrò dentro di lei e attenuò l'orrore che provava per quello che era diventata, allentando la tensione tra di loro. «Perché? Perché io ero l'unica al sicuro? Stefan è tuo amico da anni. Di me non sai nulla, non mi conosci. Perché io sarei dovuta essere al sicuro e lui no?»

«Tu sei la mia compagna per la vita. Non potrei mai farti del male. Per te posso controllare i miei istinti e a te posso ridare indietro il sangue che mi hai donato. Te l'ho spiegato in più di una occasione, ma insisti nell'ignorare queste informazioni».

«Non capisco nulla!», sbottò lei. «So solo che vorrei essere lontana da te. Mi stai confondendo al punto che non so più se quello che penso me lo stai suggerendo tu o se è frutto delle mie riflessioni».

«Non sei prigioniera, Alexandria, ma la verità è che sei anche tu ad aver bisogno di me. Non riusciresti a proteggere te stessa e Joshua senza il mio aiuto».

«Lascerò questa città. Evidentemente è piena di vampiri. Chi vorrebbe starci?», domandò lei, in una risata a metà tra l'amarezza e l'isteria.

«E dove andresti? Come faresti a vivere? Chi si prenderebbe cura di Joshua durante il giorno, quando tu sei costretta a dormire?».

Alexandria si tappò le orecchie con le mani per cercare di non ascoltarlo. «Zitto, Aidan. Non voglio sentire più una parola da te». Sollevò il mento e i suoi occhi color zaffiro incontrarono quelli di lui. Molto lentamente, barcollando, si tirò su schiacciando la schiena contro il muro.

Anche lui si alzò, i suoi movimenti rispecchiavano quelli di lei. Sembrava tanto potente e invincibile che lei non riusciva a credere che lo stava sfidando. Sentì la fame strisciarle dentro. La piccola quantità di sangue che lui le aveva dato le aveva solo stuzzicato l'appetito. Il suo corpo affamato reclamava attenzione, era insistente, impossibile da ignorare. Alexandria si premette una mano sulla bocca. Lei era il male; lui era il male. Nessuno di loro due sarebbe dovuto sopravvivere.

Non è vero, Alexandria, non è affatto vero. Si mosse lentamente verso di lei, in silenzio, imprevedibile, e la sua voce vellutata era così dolce, così convincente.

Lei si strofinò la fronte. «Dio, sei nella mia testa. Pensi davvero che arriverò a considerare normale il fatto di parlarsi telepaticamente? Che tu sappia sempre quello che mi passa per la mente?»

«Per i carpaziani è normale. Tu non sei un vampiro, cara. Sei una carpaziana. La mia compagna per la vita».

«Basta! Non dirlo più», lo rimproverò Alexandria.

«Continuerò a ripetertelo finché non avrai capito la differenza».

«So che mi hai trasformato. E che non credevo che sarei sopravvissuta. E che nessuno in teoria dovrebbe uccidere gli altri e vivere per secoli».

«Gli animali lo fanno sempre, piccola. E gli umani li uccidono per mangiarli. Comunque, in ogni caso, noi non uccidiamo nessuno quando ci nutriamo, come fanno i vampiri. È vietato, e l'atto stesso contamina il sangue e distrugge l'anima di chi lo compie», le spiegò lui pazientemente. «Non c'è motivo di temere la tua nuova vita».

«Io non ho una vita». Scrutando ogni suo singolo movimento, si diresse verso la porta. «Me l'hai portata via tu».

Aidan era a diversi metri di distanza dalla pesante porta di pietra, lei a pochi centimetri. Ma quando Alexandria cercò di aprirla di scatto, la mano di lui la stava già bloccando. Il suo corpo, forte e imponente, le chiudeva la strada verso la libertà.

Alexandria rimase immobile. «Mi era sembrato di capire di non essere prigioniera».

«Perché rifiuti il mio aiuto? Se lascerai questa stanza così affamata, sarai ancora più in pericolo».

Aidan non la stava toccando, ma lei riusciva comunque ad avvertire il calore che emanava. Il suo corpo sembrava volerlo toccare. Persino la sua mente cercava il contatto. Terrorizzata, lo spinse via. «Allontanati da me. Ho bisogno di stare un po' con Joshua. Devo pensare e non ti voglio tra i piedi. Se non sono tua prigioniera, allora vattene via».

«Non sei nelle condizioni di stare accanto al bambino. Sei tutta sporca e macchiata del mio sangue».

«Dov'è la doccia?».

Lui esitò, poi decise di non menzionare il fatto che la doccia non sarebbe stata necessaria. Aveva bisogno di continuare a comportarsi come un'umana. A lui non costava nulla. «Puoi anche usare il tuo bagno, al secondo piano. I vestiti sono nella tua stanza e tutti stanno dormendo. Nessuno ti disturberà». Fece un passo indietro e con un gesto le mostrò il corridoio.

Alexandria corse lungo il tunnel e spuntò nel seminterrato. Doveva lasciare quel posto. Che cosa avrebbe fatto con Joshua? Aidan la stava trascinando sempre di più dentro il suo mondo. Un mondo di follia, di alienazione. Doveva andarsene.

Non era mai salita al secondo piano, ma era tanto turbata che notò appena l'elaborata ringhiera, i morbidi tappeti, la raffinatezza di ogni stanza. Marie aveva fatto del suo meglio per sistemare le cose di Alexandria, in modo che si sentisse a casa propria. Alexandria si tolse gli abiti sudici che indossava e si infilò nella grande doccia dalle pareti di vetro. Era immacolata, come se nessuno l'avesse mai usata prima di lei.

Aprì l'acqua e la regolò al massimo del calore che poteva sopportare. Rivolse il viso verso il getto bollente e cercò di non cedere a una crisi isterica. Lei non era un vampiro, non era un'assassina. Non apparteneva a quella casa. Certamente non vi apparteneva neanche Joshua. Chiuse gli occhi. Che cosa avrebbe fatto? Dove potevano andare?

Lentamente si sciolse la spessa treccia per lavare i capelli. Erano lunghi e le crescevano in fretta: le arrivavano fin sotto i fianchi mentre si faceva lo shampoo massaggiandosi la testa. Che cosa avrebbe fatto? Non ne aveva idea e non le veniva in mente niente.

La fame era onnipresente, la attanagliava al punto che si sentiva consumare. Riusciva a sentire il gusto speziato del sangue di Aidan sulla lingua. Le faceva venire l'acquolina in bocca e il suo corpo gliene chiedeva ancora. Le lacrime le rigarono il volto. Non poteva fare finta che tutto ciò non stesse accadendo davvero. E la cosa peggiore era che riusciva a stento a sopportare la lontananza di Aidan. Sentiva che la sua mente, di propria iniziativa, voleva raggiungerlo. Il suo cuore era pesante, quasi afflitto dal dolore, se lui non era con lei. Non riusciva a smettere di pensare a lui.

«Ti odio, guarda che cosa mi hai fatto», disse ad alta voce, sperando che la stesse ascoltando telepaticamente.

Si rivestì con calma, scegliendo con cura gli abiti che avrebbe indossato. Il suo paio di jeans preferiti, logori, scoloriti e strappati. Adorava la sensazione che le davano sulla pelle. Erano normali, parte della sua vita quotidiana. E poi il cardigan di pizzo color avorio con i piccoli bottoni di perla, che la faceva sempre sentire molto femminile.

Quando tolse l'asciugamano dai capelli, si guardò per la prima volta allo specchio. Rimase persino un po' scioccata dal fatto di vedere il proprio riflesso. Le venne l'isterico impulso di telefonare a Thomas Ivan e dirgli che bisognava ripensare ad alcune delle sue idee in merito a quei stupidi videogiochi sui vampiri. In effetti lui non le sembrava più tanto brillante. Lei, invece, aveva un aspetto fragile, era pallida e i suoi occhi sembravano troppo grandi sul suo viso. Si toccò il collo. La pelle era liscia e setosa, senza graffi o ferite. Si guardò le mani, stupita, e osservò attentamente le lunghe unghie. Non era mai riuscita a farsele crescere. Strinse i pugni.

Non poteva rimanere in quella casa. Doveva riuscire a escogitare un modo per mettere Joshua al sicuro. Uscì a piedi nudi in corridoio. Non ebbe bisogno di accendere la luce, vedeva tutto anche al buio. Ancora una volta la sua mente tentò di sintonizzarsi con quella di Aidan e lei glielo impedì, per sfuggire al pericolo. Non voleva che lui sapesse che cosa stava pensando o quali fossero i suoi sentimenti. Non voleva accettare di essere diversa dagli altri essere umani. Scese le scale molto lentamente.

Sapeva con precisione dove si trovava Joshua. Senza esitazioni trovò la stanza in cui stava dormendo. Si appoggiò allo stipite della porta e rimase lì a guardarlo, soffrendo per la sorte di entrambi.

Sembrava così piccolo e vulnerabile. I suoi riccioli formavano una specie di aureola sul cuscino. Riusciva a sentire il suo respiro.

Alexandria si avvicinò al letto senza fare rumore e le lacrime le appannarono la vista. Joshua aveva sofferto tanto. Lei era solo un misero rimpiazzo dei loro genitori. Ci aveva provato, ma non era comunque mai riuscita a tirare fuori Joshua dai peggiori quartieri della città. Le sembrava terribilmente ironico il fatto che adesso, alla fine, si trovasse in una villa, circondato da tutto quello che il denaro avrebbe potuto comprare, che stesse frequentando una scuola prestigiosa e che l'uomo che aveva reso possibile tutto questo fosse un vampiro.

Si mise a sedere sulla trapunta di piume d'oca e accarezzò la spessa coperta. Che cosa avrebbe fatto? La domanda scottante. L'unica domanda. Avrebbe potuto prendere Joshua e scappare? Aidan l'avrebbe lasciata andare via? Sapeva, da qualche parte nel profondo del suo cuore, che lui le aveva permesso di spingerlo via mentre la stava nutrendo. Era molto più potente di quanto lei potesse immaginare e cercava di tenerglielo nascosto.

Si lasciò sfuggire un sospiro. Non aveva nessun parente a cui affidare Joshua. Non c'era nessuno che potesse aiutarla. Nessun posto dove andare. Si chinò a baciargli la testa. E improvvisamente divenne consapevole del suo sangue che fluiva e pulsava. Riuscì ad avvertire il battito vitale delle vene. Rimase affascinata dalle pulsazioni sul suo collo. Sentiva l'odore del sangue fresco e le venne l'acquolina in bocca per il desiderio. Trasse un profondo respiro e strofinò la propria guancia sul collo del bambino.

A quel punto Alexandria si accorse che la lingua le andava a sbattere contro degli appuntiti incisivi. Spaventatissima, si allontanò di scatto dal letto e dal fratello che dormiva ignaro. Non si rese neanche conto di aver raggiunto la porta con un solo balzo. Si coprì la bocca con una mano, si precipitò lungo il corridoio e uscì dalla villa, spalancando la porta d'ingresso e mettendosi a correre nel buio della notte, alla quale apparteneva.

Corse più veloce che poteva, e a ogni passo le forze le venivano meno, mentre i singhiozzi le scuotevano il petto. La nebbia ormai non era nient'altro che un velo sottile e le stelle erano disseminate nel cielo nelle loro eterne posizioni. Quando l'adrenalina si esaurì, Alexandria si accasciò sul terreno accanto alla cancellata di ferro battuto.

Era malvagia. Che cosa le era venuto in mente? Che avrebbe semplicemente portato via suo fratello e tutto sarebbe tornato come prima? Joshua non sarebbe mai stato al sicuro con lei. Aidan, dopotutto, poteva aver detto la verità su Stefan. Era dilaniata dalla fame, il bisogno di sangue le faceva addirittura venire il prurito. Le sue dita toccarono una dura sbarra di metallo e lei prese seriamente in considerazione l'ipotesi di conficcarsela nel cuore. Fece un tentativo di strapparla dal terreno, ma vi era saldamente piantata. Era debole per via del sangue che aveva perso e non sarebbe mai riuscita a sradicarla da sola.

Si morse le labbra per riprendere il controllo della situazione e considerò le varie opzioni. Non avrebbe mai potuto mettere a repentaglio la vita di Joshua. Non poteva ritornare in quella casa. Non le restava che sperare che Marie e Stefan dessero a suo fratello almeno la metà dell'amore che gli aveva dato lei e che lo proteggessero dal folle stile di vita di Aidan. Non voleva fare del male a nessun essere umano. E questo eliminava le altre possibilità. Sarebbe rimasta lì finché il sole non fosse sorto nella speranza che la luce la uccidesse.

«Non accadrà, Alexandria». Dalla nebbia spuntò la sagoma alta e muscolosa di Aidan. «Le cose non andranno così». Il suo viso era una maschera di implacabile risolutezza. «Sei disposta a morire, ma non a imparare a vivere».

Lei si aggrappò alla recinzione così forte che le nocche della dita le diventarono bianche. «Vattene via. Ho il diritto di fare quello che voglio della mia vita. Si chiama libero arbitrio, anche se sono certa che tu non sia in grado di afferrare il concetto».

I suoi muscoli guizzarono e lui si stirò in tutta la sua altezza. La grazia e l'eleganza erano la sua seconda pelle. «Adesso stai cercando di provocarmi».

«Te lo giuro, se continui a usare quel tono calmo e freddo con me, del tipo "Alexandria, non fare l'isterica", non sarò responsabile delle mie azioni». Si aggrappò con più forza alla sbarra di metallo, nel caso lui avesse cercato di trascinarla via con la forza.

Aidan ridacchiò, ma la sua risata era priva di umorismo. Piuttosto scherno virile e beffardo, che le faceva venire un brivido lungo la schiena. «Non tentare di allontanarmi, piccola. Non ti permetterò di vedere l'alba. Non c'è niente di cui discutere. Imparerai a condurre questo stile di vita».

«La tua arroganza mi sorprende. Io non tornerò, per nessun motivo, in quella casa. Non hai idea di quello che stavo per fare».

«Non ci sono segreti tra di noi. Hai sentito l'odore del sangue di Joshua e il tuo corpo ha reagito. Sei affamata. Più che affamata. Stai morendo di fame. Naturalmente reagisci se hai vicino una fonte di nutrimento. Ma non lo toccheresti mai. Non faresti mai del male a tuo fratello».

«Non puoi esserne certo». Lei per prima non ne era certa. Come poteva esserlo lui? Si mise a dondolare avanti e indietro per l'agitazione, nascondendo il volto tra le ginocchia per non mostrare la sua vergogna. «Non era la prima volta. È già accaduto in un'altra occasione».

«So tutto di te. Sono nella tua mente, leggo i tuoi pensieri. Provo le tue emozioni. La fame che hai sperimentato è del tutto naturale. Non puoi ignorare le richieste del tuo corpo. Ma, Alexandria, non faresti mai del male a un bambino, men che meno a Joshua. Non è nella tua natura».

«Vorrei poterti credere».

La sua voce aveva un tono tanto triste da spezzare il cuore. E lui detestava il pesante fardello di confusione e disinformazione che lei portava con sé. Nella sua mente si accavallavano miti e leggende sui vampiri, e adesso che ne aveva conosciuto uno vero e con incredibili poteri era tutto ancora più difficile.

Con dolcezza le sfiorò il mento e glielo sollevò, in modo tale da guardarla negli occhi. «Non potrei mai mentirti, cara, perché anche tu puoi leggermi nel pensiero se vuoi. Fondi la tua mente con la mia e saprai che sto dicendo la verità. Joshua non è in pericolo. In parte sono una bestia selvaggia, un cacciatore, un efficiente assassino, hai ragione. A volte è così. Ma non con te. Un maschio carpaziano è responsabile della protezione, della buona salute e della felicità della propria compagna per la vita. Io sono il buio che tu illumini con il tuo splendore. Tu sei buona e compassionevole. Adesso sei una carpaziana e, come per tutte le donne di questa razza, la tua natura è la dolcezza. Joshua non corre nessun pericolo».

Voleva credergli. C'era qualcosa in quella voce cristallina, in quel suo sguardo franco che l'aveva quasi convinta. In quel momento era più che mai disposta a credergli. «Non posso rischiare», rispose lei tristemente.

«E io mi rifiuto di perderti». Si chinò, staccò a una a una le sue dita aggrappate alla cancellata e la prese in braccio. «Perché non mi consenti di aiutarti? So che quello che ti sta capitando è sconvolgente, ma dai ascolto al tuo cuore, alla tua mente. Perché avresti dovuto scegliere di salvarmi se pensi che io sia malvagio?»

«Non lo so. Non so più nulla, eccetto il fatto che voglio che Joshua sia al sicuro».

«E io voglio che tu sia al sicuro».

«Non riesco a sopportare il fatto di stargli vicino e di avere tanta fame. È orribile, pensare al sangue, guardare le sue vene pulsare». Si mise una mano sullo stomaco. «Mi fa stare male. E mi spaventa, mi fa temere per lui».

Le sue labbra si poggiarono sulla sua testa nella più dolce delle carezze. «Permettimi di aiutarti, Alexandria. Sono il tuo compagno per la vita. È un mio diritto e una mia responsabilità».

«Non capisco che cosa significhi».

Aidan si accorse che le sue resistenze stavano cedendo. Lei gli rivolse uno sguardo pieno di speranza. Non vi era fiducia nel profondo dei suoi occhi, solo un terribile dolore. Non riusciva a combattere contro la sua forza, contro quella inesorabile risolutezza.

«Permittimi di spiegartelo», mormorò con una voce bassa, intensa, seducente come morbido velluto nero.

Capitolo 9

Quando strinse Alexandria a sé, il braccio di Aidan si contrasse impercettibilmente. Sul suo viso, nel suo sguardo, era dipinta un'espressione a cui lei temeva di dare un nome. Senso di possesso. Tenerezza. Una combinazione di entrambi. Non voleva saperlo. La faceva sentire accudita e protetta. Bella e sexy. Il modo in cui gli occhi di lui si muovevano sul suo volto, sfiorandole le labbra come se la stesse baciando, le facevano martellare il cuore nel petto.

Un piccolo sorriso curvò la carnosa bocca di Aidan. «Sei a piedi nudi. Stavo per suggerirti di fare una passeggiata sotto le stelle, ma le tue irritanti abitudini mi rovinano i piani».

Alexandria deglutì, facendo uno sforzo per cercare di mantenere il controllo. Non voleva ritornare in quella casa. Aveva bisogno di mettere una certa distanza tra sé e Joshua e di cominciare a gestire la situazione. «Dal momento che sono arrivata fin qui correndo, non credo che camminare sarà un problema. Mettimi giù, Aidan. Voglio scendere».

La sua risata le scompigliò i capelli. «Così potrai scappare». Con molta delicatezza, lentamente, assaporando la sensazione di averla così vicina a sé, Aidan la mise giù.

Alexandria gli rivolse un'occhiata. C'era qualcosa di nuovo nella loro relazione. Lei a quel punto era consapevole della sua mascolinità. Alto, bello, forte e sensuale. Scacciò via quel pensiero e chinò la testa.

Non si accorse del sorriso che era improvvisamente spuntato sulle labbra di Aidan.

«È una notte bellissima, mia cara. Guardati intorno», le consigliò.

Alexandria avvertì la sua presenza accanto a sé e fece come le aveva detto, per evitare di continuare a pensare a lui e allo strano potere che sembrava esercitare su di lei. La notte sembrava una coperta stellata sopra di loro. Prese una boccata d'aria, inalando la brezza salmastra che soffiava dall'oceano.

Alle loro spalle un folto boschetto si arrampicava sul fianco della collina, davanti la scogliera a strapiombo sul mare. La strada si inerpicava su per l'altura, e le ville che la punteggiavano qua e là erano grandi, ma non rovinavano il paesaggio. Le luci della città facevano a gara con le stelle, un disegno iridescente che si dipanava per miglia. Un panorama da mozzare il fiato.

Aidan le si avvicinò, un movimento impercettibile, ma quel tanto che bastava per permetterle di sentire il calore del suo corpo. Si sentì improvvisamente il basso ventre bagnato da un liquido caldo. Il battito del cuore le aumentò. Affascinata. Lui la stava affascinando. La stava catturando. Con aria distratta fece un passo indietro, per mettere tra loro un po' di distanza. Lui le scivolò accanto, come se stesse volando, i suoi occhi dorati assorti a contemplare lo spettacolo che li circondava, con una lenta panoramica penetrante a cui niente sfuggiva, neanche il ritrarsi di Alexandria.

«Se ti nutrirai in maniera adeguata, Alexandria, non proverai più alcun appetito nei confronti di tuo fratello». Affrontò l'argomento impassibile, il suo tono rimase neutrale.

Lei si sentì come se le avesse dato un pugno allo stomaco. «Dobbiamo parlarne per forza?». *Nutrirsi*. Che cosa voleva dire esattamente? Non mangiare, ma nutrirsi. Il suo cervello rifuggì da quella parola e da tutto quello che avrebbe potuto significare.

Aidan le accarezzò i lunghi capelli, fino ad arrivare alla curva dei fianchi. Un gesto di una tenerezza quasi insopportabile. Si sentì invadere dal calore. Aveva la bocca secca. Le loro mani si sfiorarono per caso. Le dita di lui si intrecciarono alle sue e si ritrovarono a tenersi per mano. «È la cosa migliore, cara. Le tue paure sono infondate».

Lei fece un profondo respiro, sforzandosi di concentrarsi su quel ripugnante argomento, ma la vicinanza di Aidan la sconvolgeva. Sentiva elettricità tra loro. Si inumidì le labbra con la punta della lingua. Si accorse che gli occhi dorati di lui avevano seguito quel movimento, trasformandolo in un gesto erotico.

«Cosa suggerisci? Dovrei fare di Thomas Ivan il mio fornitore di nutrimento?», propose lei con impertinenza, nonostante avesse la voce rauca per la paura. «Immagino che potrei sedurlo – o almeno questo è quello che fanno nei film le vampire».

Aidan sapeva che le sue parole erano dettate dal panico, glielo leggeva nel pensiero. Ma gli si presentò subito vivida in mente l'immagine del suo corpo avvinghiato a quello del mago dei computer. Gli scappò un grugnito prima che potesse fermarlo. I bianchi denti scintillarono minacciosi. La mano che aveva libera si fece largo in quella massa di capelli biondi. In un attimo era diventato pericoloso, e ne rimase sconvolto. Non aveva costituito una minaccia per nessun umano, tranne quando aveva preso parte a una guerra. Gli umani erano creature di cui nutrirsi, da proteggere, e lui raramente era stato coinvolto dai loro conflitti. Tutti i carpaziani, quando la propria terra veniva macchiata di sangue e il Paese devastato, si servivano dei loro poteri per combattere. Ma era diverso. In quel caso si trattava di un fatto personale. Thomas Ivan non sarebbe mai più stato completamente al sicuro.

Alexandria avvertì subito che Aidan aveva cambiato umore. Stava combattendo contro qualcosa di letale dentro di lui, una battaglia privata con un demone che lei non conosceva. Gli strinse più forte la mano. «Che succede, Aidan?», gli chiese dolcemente, preoccupata.

«Non scherzare più su queste cose. Dubito che Ivan sopravvivrebbe se tu lo seducessi», replicò lui, duro e deciso. La sua voce era vellutata ma trasudava minaccia, più che se si fosse messo a gridare. Si portò le nocche di lei alle labbra, indugiando sulla sua morbida pelle. «Ivan non ha bisogno di sfidare la sorte mettendoti le mani addosso».

Lei ritirò la mano, infastidita dal calore che le si sprigionava dentro, un desiderio che cominciava a diventare tanto intenso da procurarle dolore. Si strofinò il palmo della mano sui jeans per tentare di cancellare la sensazione delle sue labbra sulla propria pelle. «Sai, Aidan, capisco solo la metà delle cose che dici. Perché mai Thomas dovrebbe sfidare la sorte? Stai dicendo che potrei ucciderlo?». Si sforzò di non trattenere il respiro, in attesa della risposta.

I due corpi erano di nuovo a contatto: sembrava che stessero incrociando i passi, come ballerini di tango. «Niente affatto, mia cara.

Io potrei ucciderlo. Non credo che riuscirei a trattenermi dal farlo. In realtà, credo che neanche vorrei».

I suoi occhi color zaffiro si spalancarono e lei lo fissò. «Dici davvero? Perché dovresti?».

Aidan esitò per un attimo, un silenzio prolungato che gli permise di scegliere con attenzione le parole. «Ho la responsabilità di proteggerti. Quell'uomo non è interessato solo ai tuoi bellissimi disegni, Alexandria, e tu, ingenua come sei, non l'hai capito».

Lei assunse un'aria sprezzante. «Per quanto ne sai, Mr Savage, potrei aver avuto dozzine di amanti. Se decido di sedurre Thomas Ivan, non sono affari tuoi. Mi prendo cura di me stessa da sola».

Aidan la prese per i capelli e lei dovette fermarsi. Le si fece così vicino che la sua schiena si piegò all'indietro. Nel suo liquido sguardo dorato c'erano passione e possesso: la fissò dritto negli occhi. «Tu sei la mia compagna per la vita. Nessun altro uomo ti ha mai toccato. Posso entrare nella tua mente e avere accesso ai tuoi ricordi. Non cercare di farmi credere che ci sono state dozzine di uomini nella tua vita».

Alexandria rimase passiva, immobile. Lui era stato aggressivo, eppure lei non aveva provato dolore, non si era sentita in pericolo. Era stato solo terribilmente intenso, come se i suoi più intimi demoni stessero cercando di dominarlo. Lo guardò anche lei dritto negli occhi. «Devi essere piuttosto maschilista. Quindi dovrei credere che non ci sono state altre donne nella tua vita. E un'altra cosa: non leggermi nel pensiero. Non hai alcun diritto di impossessarti della mia vita privata. Qualsiasi cosa significhi essere compagni per la vita, non voglio diventarlo». Cercò di sembrare provocatoria, ma le venne difficile con la bocca di lui a pochi centimetri dalla sua. Le fantasie che le sue labbra scatenavano la mettevano in imbarazzo.

Non riusciva a distogliere gli occhi dai suoi. Li vide diventare incandescenti, e capì, fissandoli, che cosa lui aveva intenzione di fare. La curva delle sue labbra si ammorbidì e molto lentamente, con infinita pazienza, Aidan poggiò la bocca sulla sua, un bacio breve, leggero come una piuma, che le provocò delle scariche di desiderio quasi dolorose.

«Prendilo come un promemoria, non puoi sedurre altri uomini», le mormorò quasi distrattamente.

Alexandria riuscì a sentire il gusto di quelle parole. Il gusto del suo respiro. La sua bocca era calda ed eccitante. Aidan si mosse e lei si sentì schiacciata da quel corpo, irrigidito dal desiderio. Le accarezzò la guancia, facendole scivolare il pollice sul collo, all'altezza della giugulare. Il vento fece aggrovigliare i capelli di lei attorno al suo braccio, legandoli l'uno all'altra quasi di proposito.

Alexandria avvertì il suo odore invitante, selvaggio e seducente, come quello di un animale alla ricerca della propria compagna. E gli rispose con tutta se stessa, senza prestare ascolto alla ragione e al buonsenso. Non aveva mai provato un'attrazione sessuale così forte verso nessuno prima di allora e gli si concesse con un'intensità al di là della sua stessa comprensione. La sua reazione fu forte e irresistibile, calda, guidata da un bisogno elementare. Lo voleva proprio lì, nella notte, tra le sue braccia, ne sentiva la necessità.

Si allontanò da lui di scatto. «Fermati, Aidan. Fermati». Alzò una mano in segno di pace. «Non sono ancora pronta». Lui era un maschio dominante e l'avrebbe travolta al punto tale che non sarebbe più riuscita a esistere senza di lui. «Non ti impossesserai della mia vita», gli mormorò.

Aidan le sfiorò le labbra con il polpastrello. «Ti ho a malapena toccata, mia cara, e tu sei scappata via da me come un coniglietto».

«Chiunque sia in possesso delle proprie facoltà mentali correrebbe via da te, Aidan. Stai dicendo cose folli. Non dovrebbe importarti quanti amanti ho avuto – o ho ancora. Sono affari miei. Io non ti ho chiesto niente della tua vita sentimentale, no?». All'improvviso pensò a quelle braccia attorno a un'altra donna e l'idea la fece stare male. «Sei un ipocrita. In tutti i secoli lungo cui dici di aver vissuto, ci sono state probabilmente più donne di quante ne possa immaginare. Centinaia». Ci ripensò. «Migliaia. Sei proprio una canaglia, Savage».

Lui non poté trattenersi e scoppiò a ridere. Riprese possesso della sua mano, così piccola e delicata fra le sue, e si mise a passeggiare lentamente alla volta della villa. La pelle di Alexandria era morbida e invitante. Il vento, determinato a farsi strada, le scompigliava giocoso i capelli, che gli sfioravano il braccio e si intrecciavano in infiniti nodi setosi.

Alexandria camminava al suo fianco, tentando di non sentirsi amata e protetta da lui. Il modo in cui Aidan si muoveva – sicuro di sé, agile, potente – le dava la sensazione di essere vulnerabile, nonostante lui l'avesse presa dolcemente per mano. A ogni passo che facevano, il fatto che lui avesse libero accesso alla sua vita privata la irritava sempre di più.

«Credo che ti sia fatto un'idea sbagliata sul mio conto, Aidan. Se in questo momento non ho un amante, è solo perché ancora non mi sono innamorata di nessuno. Ma sono stata attratta dagli uomini. Non c'è niente che non funzioni in me».

Lui fece una smorfia. Per mantenere un atteggiamento virile si astenne dal sorridere, tuttavia fu necessario proseguire un po' prima che fosse in grado di risponderle con la sua solita voce neutra. «Io non ho mai pensato che ci fosse qualcosa di sbagliato in te. Se tu ne sei preoccupata, be', sarò felice di dimostrarti il contrario».

Lei tirò via la mano. Aidan era troppo vicino, troppo splendente, troppo vivo. Tra loro c'era una chimica esplosiva. Lui non avrebbe potuto toccarla, men che meno baciarla. Non sarebbe stato sicuro. «Scommetto che vorresti. Ma non accadrà. Ho una regola con i vampiri, nessun coinvolgimento sentimentale».

Lui inarcò un sopracciglio. «Ottima regola. Mi fa piacere che tu stia cominciando a dimostrare un po' di buonsenso. E comunque non sei attratta neanche dagli uomini».

«Thomas Ivan è molto attraente».

Lui la guardò in tralice con quei suoi occhi ambrati. «Hai pensato che fosse uno squalo. E la colonia scadente che usa ti ha fatto venire il mal di testa».

«Dovresti cominciare a fartelo piacere», protestò lei. «Abbiamo molto in comune». Nei suoi occhi azzurri si leggeva un tono di sfida. «La sua colonia non è scadente. E lui è molto bello».

Tutto d'un tratto Alexandria si trovò davanti la sua imponente figura e gli finì addosso, con il viso all'altezza del suo sterno. Una delle sue mani le circondò l'esile collo. «Non per te». Le accarezzò le labbra con il pollice.

All'improvviso lei fu scossa da un fremito di desiderio. Lui le faceva schermo contro la fresca brezza notturna e il suo corpo oscurava la visuale del cielo stellato, e le permetteva di vedere solo i suoi solidi muscoli, che trasudavano calore e forza. I capezzoli le si inturgidirono, si sentì avvampare.

Poteva sentire il cuore martellarle nel petto. Il sangue gli scorreva nelle vene, invitante. La fame la attanagliò, acuta, penetrante. Provò a tirarsi indietro, e le sfuggì un piccolo gemito. Era stata bene ed effettivamente si era dimenticata per un po' che aveva bisogno di nutrirsi del sangue di qualcuno per sopravvivere. Quella consapevolezza rese improvvisamente il bellissimo spettacolo attorno a lei arido e brutto. Ebbe paura di lui. Poggiandogli entrambe le mani sul petto, cercò di spingerlo via. Fu come provare a spostare un muro di cemento.

Aidan si limitò a sorriderle. «Smettila di avere paura di una cosa che per te è del tutto naturale. Credi davvero di potermi fare del male?». Le sue braccia la circondarono e lei si sentì sollevare da terra. «Grazie per il pensiero», le disse all'orecchio.

Cingendolo per la vita, Alexandria si sporse oltre il suo braccio e vide il suolo allontanarsi da loro. Stavano volando: quel lento movimento le procurò una fitta di terrore. «Potrebbe essere il momento opportuno per dirti che soffro di vertigini», azzardò lei, mentre il battito del suo cuore le rimbombava nelle orecchie.

«Non è vero, piccola bugiarda. Hai solo paura delle cose che non riesci a comprendere. Non hai mai sognato di volare? Di arrivare così in alto? Guarda il nostro mondo, piccola. Guarda quali cose meravigliose sei in grado di fare». Il suo tono era teneramente divertito. «Puoi alzarti da terra quando vuoi».

«Sognare di volare e farlo per davvero sono due cose molto diverse. E poi non sono io che sto volando, sei tu a portarmi con te».

Lui scoppiò in una fragorosa risata. «Preferiresti che ti lasciassi andare? Come se tu non fossi capace di farlo da sola!».

Lei si aggrappò saldamente alla sua camicia. «Non scherzare, Aidan». Ma lui non mollò la presa nemmeno per un attimo e Alexandria si sentì protetta e al sicuro. Traendo un profondo respiro, si guardò intorno.

Alcune volute di nebbia le svolazzavano intorno. Avrebbe voluto afferrarne una, per vedere se ci riusciva, ma non si sentiva abbastanza tranquilla da allentare la stretta su Aidan. Le stelle scintillavano sopra di loro e sotto le onde si rincorrevano nell'oceano e si infrangevano sugli scogli, spruzzando schiuma bianca in tutte le direzioni. Le goccioline sembravano brillanti diamanti disseminati lungo l'enorme distesa blu del mare. Il vento sferzava le cime degli alberi, che si piegavano e ondeggiavano, e ne agitava i rami.

Ad Alexandria sembrò di esplodere dalla gioia. Si sentì libera. La sensazione da cui si sentiva oppressa, schiacciata, era sparita per un momento e lei stava ridendo, ridendo di cuore. Il suono di quella risata trafisse il cuore di Aidan, lo avvolse e lo penetrò. La strinse ancora più forte a sé. Avrebbe voluto sentire sempre risate come quella. Il profumo di lei, la sensazione di tenerla stretta, gli stavano facendo perdere il controllo, stavano provocando la sua parte più selvaggia.

Lei si accorse che qualcosa era cambiato. Il modo in cui il corpo di lui premeva contro il suo, il modo in cui si era irrigidito per il desiderio, il modo in cui la stringeva fra le braccia, come se lei gli appartenesse. Atterrarono sulla terrazza della villa, quella su cui si affacciava il terzo piano, dove si trovavano le stanze private di Aidan. I suoi piedi toccarono il suolo, ma quelli di lei no e lui la adagiò su una soffice poltrona, davanti alle porte scorrevoli di vetro colorato.

«Aidan!», protestò Alexandria, senza fiato. Il panico l'aveva assalita di nuovo. Non voleva rimanere da sola con lui. Aidan era molto più di una tentazione e lei era troppo vulnerabile, sfinita dalle emozioni.

La bocca di lui le sfiorò le palpebre e le guance. «Non ti ho detto forse che devi fidarti di me?». Se la fece sedere in grembo, i suoi fianchi a contatto con il fondoschiena di lei. Il suo corpo premeva contro quello di Aidan, ma sembrava che gli non importasse che Alexandria avvertisse il suo violento bisogno di lei. Non c'erano segreti fra loro. Lei avrebbe potuto facilmente leggergli nel pensiero la stessa informazione.

Alexandria fu scossa da un brivido, improvvisamente spaventata. C'era qualcosa di diverso in Aidan, un cambiamento che aveva notato sin dal momento in cui l'aveva svegliata l'ultima volta. Come se lei appartenesse solo a lui, come se lui esercitasse su di lei un diritto inalienabile. Era tenero, ma allo stesso tempo molto risoluto, inflessibile nel raggiungimento del suo scopo. Lei gli toccò il volto con dita tremanti.

La notte esaltava la sua virile bellezza, faceva brillare i folti capelli biondi che gli cadevano sulle larghe spalle. Aveva lunghe ciglia, un profilo elegante, la mascella pronunciata e labbra perfette.

«Fondi la tua mente con la mia». Si trattava di un ordine, per quanto dolce.

Lei si irrigidì e scosse la testa. La sua vita era già stata usurpata, cambiata per sempre. Istintivamente sapeva che lui la stava attirando a sé, nel suo mondo. Doveva cercare di controllare quello che stava accadendo. «Non voglio, Aidan. Non voglio farlo».

«Voglio solo nutrirti, cara, nient'altro, sebbene debba ammettere che la tentazione di andare oltre è quasi insopportabile. Fondi la tua mente con la mia». A quel punto la sua voce era scesa di un'ottava ed era diventata ipnotizzante, un seducente e lento richiamo.

Lei cercò di liberarsi dalla stretta delle sue braccia. Nella sua mente echeggiava la parola "nutrirti". Le venne la pelle d'oca. Il cuore cominciò a batterle all'impazzata. Anziché disgustata, si sentiva in trepidante attesa: la tensione sessuale tra loro aveva raggiunto livelli altissimi. Trattenne un sospiro. Non era lei. Quella non era Alexandria. Non avrebbe mai potuto desiderare un uomo al punto tale da provare dolore. Non aveva mai considerato l'eventualità di addentare qualcuno, eppure al pensiero della sua bocca contro il petto di lui, contro il suo collo, il suo corpo si irrigidiva e vibrava. Si sentì bagnare da un liquido caldo, un fiotto di sensualità che non aveva mai sperimentato prima.

«Fondi la tua mente con la mia», le bisbigliò di nuovo, e quelle parole sulla sua pelle erano pura seduzione. Le toccò con la punta della lingua la vena sul collo e il suo corpo sussultò per l'eccitazione.

Per la disperazione Alexandria fece quello che Aidan le diceva. La sua mente era una nube di fame – una fame fisica, urgente, che voleva essere soddisfatta. Immagini erotiche gli danzavano nel cervello. La leccò di nuovo, questa volta più in basso, mentre le sue dita le sbottonavano lentamente il cardigan. Lei era bagnata per l'eccitazione, il desiderio, la fame. La sua pelle era sensibilissima. Udì se stessa gemere, sentì l'aria fresca stuzzicarle il petto.

Lui la toccò, facendo scorrere su e giù la mano per il gracile torace fino ai morbidi seni. Le mordicchiò il collo, la gola. Nel frattempo mormorava suoni inarticolati. *Ti voglio, Alexandria, tu appartieni a me. Sei mia.* Le sfiorò un seno con i denti, indugiandovi, in maniera sensuale. Le solleticò il capezzolo con la lingua. *Io sono il tuo compagno per la vita. Avrai da me tutto ciò di cui hai bisogno. Nutriti, mia cara. Prendi da me l'unica cosa che posso darti.* Sentì la sua bocca premerle sul seno e fu invasa dal calore e dall'eccitazione.

Chiuse gli occhi. Era nel mondo dei sogni. Le sembrava che il suo corpo fosse diventato pesante: non aveva mai sperimentato prima l'intensità del desiderio e tutto il suo essere reclamava una liberazione di cui aveva un disperato bisogno e che non vedeva l'ora di raggiungere. Lui si sbottonò la camicia e si ritrovarono pelle a pelle. Per un attimo Aidan si fermò, assaporando la sensazione della morbida carne di lei contro i suoi solidi muscoli. Poi si portò la sua testa al petto, continuando a tenerla stretta in una morsa.

La sua mente rifletté il bisogno che Alexandria aveva di nutrirsi, e lo amplificò finché anche lei non fu avvolta dallo stesso alone rosso. Strofinò la guancia contro i suoi muscoli, sentì i nervi tesi sotto la pelle e l'odore del sangue che scorreva dentro di lui. Il suo corpo si irrigidì ancora di più, caldo e palpitante di desiderio. Un lento e malizioso sorriso le piegò gli angoli della bocca. Assaporò il gusto della sua pelle, virile e speziato. Così buono da non riuscirsene a staccare. Le sue labbra si posarono in corrispondenza della vena.

I muscoli di Aidan si contrassero. Strinse i denti e chiuse gli occhi per resistere all'urgenza di soddisfare il suo desiderio. Lei era seta calda e luce bianca. Il fuoco gli ardeva nel petto, e più sotto, oltre la cintura, tormentandolo con la promessa dolorosa e non mantenuta dell'orgasmo. La sua lingua gli danzava sulla pelle, portandolo a un passo dalla follia.

Alexandria possedeva un'innata sensualità, potenziata dal fatto che adesso le scorreva nelle vene sangue carpaziano. Aidan era il suo compagno per la vita e nonostante lei rifiutasse di accettare quello che stava accadendo, il suo corpo ne aveva un disperato bisogno, aveva fame di lui. Le sue inibizioni sparirono, la sua convinzione di essere un'umana fu spazzata via dalla passione. Il suo sangue doveva mescolarsi a quello di Aidan. Si muoveva su di lui, cercando un'unione più profonda, un contatto pelle a pelle, senza la barriera degli abiti. Le loro menti si incastravano l'una nell'altra, formavano una maglia che andava oltre il pensiero individuale. Lo volevano entrambi. Sia lui che lei ne avevano bisogno.

Alexandria sfiorò con la lingua il punto in cui avvertiva il battito del suo cuore, e si spostò leggera sui muscoli del suo petto, sfiorandogli un capezzolo. Lui gettò indietro la testa e gemette. Il suo corpo si ricoprì di una lucente patina di sudore e si dimenò per l'urgenza del desiderio: i jeans gli stavano troppo stretti, non vedeva l'ora di liberarsene. I denti di lei lo graffiarono appena. Un brivido gli partì dalle gambe e lo scosse. Il sangue gli palpitava nelle vene, come lava in un vulcano pronto a eruttare. La desiderava più di quanto avesse mai voluto qualcosa nel corso dei lunghi secoli della sua esistenza. La strinse tra le braccia e chinò la testa per baciarle i morbidi capelli, le palpebre, le tempie.

E poi improvvisamente rimase senza fiato e gli sfuggì un suono strozzato a metà tra un lamento e un grido roco. Muscoli e nervi si irrigidirono mentre una fitta di un dolore caldo e bianco lo scuoteva da capo a piedi e un'incredibile sensazione di piacere travolgeva ogni sua singola cellula. I denti di Alexandria avevano perforato la sua pelle, il suo sangue le stava fluendo dentro e la bocca di lei si muoveva nella sensuale frenesia di nutrirsi. Erotica. Bollente. La sua mano gli scivolò sul petto e sull'addome piatto e seguì la traccia della peluria bionda finché le sue dita non trovarono la cintura. Aidan si sollevò un po', per aiutarla a sfilargli i pantaloni stretti che indossava. Sentiva la necessità di liberarsi, ne aveva un disperato bisogno.

La lingua gli sbatteva sugli affilati incisivi e sentiva in bocca il gusto del desiderio. Quell'incontro aveva molta più carica erotica di tutti gli altri, ormai sbiaditi nella sua memoria e avvenuti molti secoli prima, quando ancora non era svanita la sua capacità di provare emozioni e sentimenti. I suoi denti le affondarono di propria iniziativa nella spalla, marchiandola nel punto che secondo gli antichi carpaziani indicava possesso, un istinto che neanche lui sapeva di possedere fino a un attimo prima. Il suo corpo si contrasse, bagnato di sudore, palpitante di eccitazione, arso dal fuoco della passione.

La mano di Alexandria armeggiò con la cerniera dei pantaloni. La sua mente, completamente fusa con quella di Aidan, si era smarrita per via dell'urgenza del desiderio. Vide danzare nel cervello di lui le immagini di loro due avvinti nell'estasi. Sapeva esattamente quello che Aidan voleva, quello che il suo corpo bramava. Avevano entrambi bisogno della stessa cosa. Lo spogliò e lo sentì rabbrividire quando circondò con le dita il sesso eccitato, cominciando ad accarezzarlo.

Lui strinse i denti e inarcò la schiena. Le orecchie gli rimbombavano e aveva la vista offuscata da un alone rosso. Nella testa sentiva il rumore di martelli pneumatici. Cercò di strapparle il maglione, facendo la parte del maschio selvaggio e dominante. Quando lei si spostò, i denti andarono un po' più a fondo.

Un vago ricordo dell'istinto di autoconservazione venne a galla, e d'un tratto Alexandria si rese conto di quello che stava facendo. Era stato come un sogno erotico. Improvvisamente, però, divenne consapevole del freddo della notte, del calore del suo corpo, di quello che le chiedevano le sue mani, del comportamento disinibito, della sua bocca che si stava nutrendo in modo sensuale dal petto di Aidan.

«Oh, Dio!». Si allontanò da lui come se il suo corpo fosse incandescente e cercò di tirarsi indietro. La mano di Aidan le teneva la testa incollata al petto e lei si accorse che un rivolo di sangue sgorgava dalla ferita.

«Chiudila con la lingua. La tua saliva contiene una sostanza cicatrizzante. Non rimarrà alcun segno, se non vogliamo che resti». La sua voce era gentile e dolce, ma resa un po' roca dal desiderio. La costrinse a obbedirgli.

Alexandria fece come lui le aveva detto perché l'idea di sfidarlo la terrorizzava. Era talmente eccitato che bastava un solo movimento sbagliato e avrebbe abbandonato qualsiasi scrupolo. Non avrebbe avuto alcuna difficoltà a farlo. Lei lo sapeva. E anche lui lo sapeva. Erano legati l'uno all'altra. Alexandria trattenne il respiro, mentre Aidan lottava per mantenere il controllo. Il suo corpo mordeva il freno, era duro come una roccia e talmente caldo che a entrambi sembrava di stare per prendere fuoco. Emise un ringhio basso e gutturale. In quel momento era più una bestia che un uomo e lei si rese conto di non aver ancora capito bene con quale razza di creatura avesse a che fare.

«Mi dispiace, mi dispiace». Recitava quelle parole come una litania, vergognandosi di essere stata così audace e sfrontata. «Per favore, dimmi che mi hai ipnotizzata e costretta a comportarmi in quel modo. L'hai fatto, non è vero?».

Lo stava supplicando. Si avvertiva dal tono di voce, dallo sguardo e dalla mente. Tra di loro c'era un legame, e i compagni per la vita non possono dirsi bugie. Per quanto lui volesse nasconderle la verità, non poteva. Aidan scosse la testa e Alexandria capì. Gemette e si coprì il volto con le mani. «Io non sono così. Non mi comporto in questa maniera, non bevo sangue e non sono una che provoca gli uomini solo per il gusto di farlo. Che cosa mi hai fatto? È persino peggio di quel che pensavo. Sono diventata una specie di vampiro ninfomane». Cercò di divincolarsi dalla sua stretta, ma Aidan non glielo permise.

«Stai calma, cara. Prova a respirare normalmente. C'è una spiegazione logica». Avrebbe voluto prenderla sul pavimento del balcone, rivendicando il proprio diritto, e venir fuori una volta e per tutte da quell'inferno. Ma non avrebbe mai potuto farle questo. La sua stravagante idea, un vampiro ninfomane, lo fece quasi sorridere. Gli aveva di certo spezzato il cuore, e il suo autocontrollo era quasi al limite.

Alexandria si rese conto che lui stava facendo uno sforzo per trattenersi, che stava tenendo duro per mettere un freno ai suoi istinti e alla convinzione che aveva tutto il diritto di possederla. Deglutì e rimase immobile, per non accendere ancor di più la passione. Stava tremando: anche lei doveva resistere ai suoi desideri, a sensazioni che non aveva mai sperimentato prima. Perché le provava proprio nei suoi confronti? Perché doveva essere per lui che ardeva di passione? *Aveva bevuto il suo sangue di propria spontanea volontà. Lo aveva bevuto e ne voleva ancora, voleva donarglisi, voleva che lui la toccasse, che la possedesse, voleva toccarlo.* Gemette di nuovo, umiliata. Non sarebbe mai più riuscita a guardarlo in faccia. In più, per amor di Dio, gli si agitavano in mente delle immagini vivide ed esplicite di quanto era appena accaduto. Le sue intenzioni verso di lei erano benevole. Aidan Savage provava nei suoi confronti un desiderio, una passione sovraumana, che lei poteva a stento concepire.

«Stai tremando, piccola», osservò dolcemente. Il ritmo della sua respirazione era ancora un po' più irregolare di quanto lui avrebbe voluto. Voleva trattenerla lì dove si trovava. Se le avesse permesso di scappar via, avrebbe perso terreno. Le accarezzò i capelli per tentare di rassicurarla. «Stiamo tutti e due bene. Non è successo nulla».

«Che vuol dire che non è successo nulla?», chiese lei. «Ho bevuto il tuo sangue». Il solo pensiero la faceva sentire male e le vennero delle fitte allo stomaco. Aveva voluto farlo, ne aveva sentito il bisogno, la sua fame era stata saziata, per il momento, e tuttavia provava ancora desiderio.

«Te l'ho detto, ci sono altre soluzioni. Non devi preoccuparti, non farai del male a Joshua. Ti darò io tutto quello di cui hai bisogno. È mio dovere». La sua voce era vellutata. «È un mio privilegio». Le mise una mano sulla gola, stringendogliela in modo possessivo. Sentì che aveva il battito accelerato. Il cardigan era ancora sbottonato e si intravedeva l'invitante pienezza dei suoi seni. Alexandria non sembrava essersene resa conto, era ancora così sconvolta dalla sua audacia e dal fatto che si era nutrita del sangue di Aidan che non aveva pensato a nient'altro. Quello spettacolo di certo non lo aiutava a raffreddare i suoi bollenti spiriti. Ebbe l'improvviso desiderio di attirarla a sé, di affondare i denti nella sua pelle, e di trascinarla definitivamente, per quanto potesse urlare e scalciare, nella sua vita.

Alexandria evitò accuratamente di guardare il suo basso ventre. Quel corpo virile era esposto alla notte, duro e forte, senza chiedere scusa. A differenza di lei, Aidan non sembrava affatto in imbarazzo. In effetti, lui pensava di avere il diritto di possederla. Alexandria alzò lo sguardo al cielo e osservò le stelle che brillavano tra le sporadiche nuvole. La notte era incantevole e rilassante. La sensazione della mano di lui sulla sua gola avrebbe dovuto spaventarla, invece si era sentita protetta.

Si inumidì le labbra. Nessuna di quelle emozioni così intense le apparteneva. «Sei sicuro di non aver guidato le mie azioni?»

«Sei la mia compagna per la vita, Alexandria. La tua mente e il tuo corpo lo sanno. Il legame tra noi può solo diventare più stretto e la passione può solo crescere. Funziona così per la nostra gente. Probabilmente si tratta di un modo per garantirci la longevità. Anziché indebolirci, l'attività sessuale ci rende più forti. Verrà un momento in cui dovrai arrenderti, o le conseguenze potrebbero essere spaventose». Scelse con cura le parole, senza però rinunciare a essere onesto.

Alexandria vide le immagini che gli si agitavano nella mente, e avvampò, fuori di sé dalla rabbia. «Violenza? È la violenza a unirci?

Io non ho esperienze – questo l'abbiamo già stabilito – e non sono neanche sicura che tu mi piaccia. Che cosa sta succedendo tra di noi?».

Aidan fece un lungo sospiro. Invece di scappare, almeno ne stava parlando. Bisognava riconoscerlo, era una donna coraggiosa. «Non ti sei mai sentita attratta da qualcun altro perché sei fatta per me. Il tuo corpo ha bisogno del mio. Sei la mia compagna per la vita».

«Odio quell'espressione», sbottò lei, piena di risentimento. «Mi hai strappato via la mia esistenza. Non so neanche più chi sono». I loro sguardi si incontrarono. «Non cederò senza prima combattere».

Le accarezzò con il pollice la mascella, e lei si sentì attraversare da un fremito. «Ho già il controllo della tua vita, così come tu hai quello della mia. Ormai è fatta».

«Non sono d'accordo», obiettò lei, sollevando il mento in segno di sfida. Improvvisamente si rese conto di avere il maglione sbottonato. Con un pizzico di sgomento, se lo richiuse. «Ti dispiace?», esclamò, indignata, squadrandolo in tutta la sua bella mostra di virilità.

Lui scrollò le spalle. «Non è esattamente come se avessi potuto tranquillamente riabbottonartelo io».

Lei arrossì. «Be', non parliamone nemmeno, per l'amor del cielo!».

Lui si ritrovò a sorridere, nonostante le pressanti richieste del suo corpo. Senza nessuna fretta, si rinfilò dentro gli stretti pantaloni e si tirò su la cerniera. «Così ti senti più tranquilla?», la prese in giro con tenerezza.

La sua voce le procurò un brivido di puro piacere lungo la schiena. Nessuno si meritava una voce come quella. E una bocca come la sua. Lo guardò e rimase incantata da quelle labbra perfettamente disegnate. Nessuno avrebbe dovuto avere una bocca così tentatrice. Il cuore le martellava nel petto. Quelle labbra riuscivano a ipnotizzarla, come la sua voce. Vicine. Molto vicine. Ne avvertiva quasi il calore invitante.

Le loro bocche si sfiorarono e il cuore di Alexandria si fermò. La lingua di Aidan le toccò le labbra carnose, le fece schiudere e vi si insinuò. Il suo cuore cominciò a battere forte. Ebbe una strana sensazione, come se la terra avesse preso a girare più velocemente, facendole perdere l'equilibrio. Lui esplorò ogni angolo, sentendosi del tutto autorizzato, e la passione tra loro aumentò di nuovo. Fu Aidan questa volta che lentamente, con riluttanza, si staccò da lei.

La scrutò con quei suoi strani occhi che sembravano incandescente oro fuso. Le accarezzò il mento con il pollice, mentre il palmo della mano le stringeva la gola.

«Sei stata tu a volerlo», le bisbigliò, come uno stregone che volesse intrappolarla nel suo incantesimo. «Io declino ogni responsabilità».

La sua voce era un sussurro sulla sua pelle. Lei gli rivolse uno sguardo disperato. Come faceva a sedurla tanto facilmente? Come faceva a suscitare la sua libido, quando lei era sicura di non averne?

«Io non c'entro niente», le ripeté. «Mi stai guardando come se fossi un enorme ragno e tu una piccola farfalla intrappolata nella mia ragnatela». Si allontanò un po', nel tentativo di dare al suo corpo un blando sollievo.

Ad Alexandria sembrò di avere impressa addosso la forma di ogni suo singolo muscolo. Sarebbe voluta rimanere lì per sempre, senza mai separarsi da lui. Terrorizzata, provò ad alzarsi. Non si mosse. Il suo corpo non si era spostato di un centimetro da quello di Aidan, che non aveva mai smesso di guardarla negli occhi.

«Fammi alzare. Dico sul serio, Aidan. Mi stai seducendo. È qualcosa che ha a che fare con la tua voce. Lo so che è così. È la stessa cosa che hai fatto a Joshua».

«Se solo potessi, piccola. Sarebbe fantastico riuscire a controllarti. Si presenterebbero interessanti possibilità».

Lei vide le bollenti scene di sesso che lui si stava immaginando, i loro corpi avvinghiati, la pelle nuda, la sua bocca che la baciava dovunque. «Basta!», urlò disperata, sentendo che anche le sue resistenze stavano per crollare a quel concentrato di erotismo.

Lui aveva un'aria innocente e le strofinò il mento sulla testa. «Mi sto semplicemente godendo questa notte, Alexandria. Non è bellissima?».

Lei alzò lo sguardo verso le stelle, che avevano perso un po' della loro luminosità. La luce stava arrivando a prendere il posto del buio, e il cielo era diventato del colore dell'argento. Si sentì soffocare. Dove se ne era andata la notte? Quanto tempo era rimasta lì con Aidan? Non voleva scendere nella camera sotterranea e andare a dormire. «Voglio vedere il sole».

Lui le scostò i capelli dal volto. «Puoi farlo, ma non puoi esporti ai suoi raggi. Non dimenticare mai di usare degli occhiali scuri e di controllare l'orario».

Lei deglutì, spaventata. «L'orario?»

«All'inizio ti sentirai intorpidita, poi sempre più debole, infine del tutto vulnerabile. Devi metterti al riparo a partire da mezzogiorno».

Disse quelle parole in tono pratico e tranquillo, come se non fosse stato lui a distruggerle la vita. Tutto d'un tratto lei odiò quella voce.

«E Joshua?», chiese. «E la sua vita, il fatto che dovrà andare a scuola, fare sport, andare alle feste, festeggiare il compleanno? Potrebbe decidere di voler giocare a football o a baseball. Io dove sarò durante le sue partite e i suoi allenamenti?»

«Marie e Stefan...».

«Non voglio che sia un'altra donna a crescere mio fratello. Io gli voglio bene. Voglio esserci quando lui avrà bisogno di me. Riesci a capirlo? Non voglio che ci sia Marie seduta sugli spalti quando lui colpirà una pallina per la prima volta. E vogliamo parlare degli incontri con gli insegnanti? Anche a quelli ci penserà Marie?», esclamò con amarezza. Ancora una volta ebbe l'orribile sensazione di non riuscire a respirare.

«Respira, Alexandria», le ordinò lui a bassa voce, massaggiandole le spalle. «Continui a dimenticarti di respirare. Troppe novità. Le cose andranno da sole per il verso giusto. Datti un po' di tempo».

«Forse dovrei farmi visitare da un dottore. Uno che si occupi di disordini del sistema circolatorio. Ci deve essere un modo per tornare indietro», fece lei, disperata. La cosa peggiore era dover affrontare la verità. Non solo la disgustosa abitudine di bere sangue. Evidentemente, avrebbe potuto superare quell'avversione; Aidan gliene aveva dato prova. Era l'ossessione per lui a terrorizzarla. Lui la terrorizzava. La sua capacità di dominare la sua vita la terrorizzava. Lei avrebbe solo voluto andarsene e ritornare alla normalità.

Lui si stiracchiò, come un felino. Alexandria poteva vedere i suoi forti muscoli guizzare. Le mise una mano sul collo e nel suo sguardo c'era solo senso di possesso. «Non farai una simile stupidaggine. Ci sono in giro creature che vogliono distruggere quelli che appartengono alla nostra razza e i metodi che usano per farli fuori non sono molto delicati. Non morirai di una morte violenta e terribile. Non permetterò che ti accada una cosa del genere».

«Detesto quel tono che lascia intendere che tu sei calmo e padrone di te e io completamente priva di autocontrollo. Non hai mai perso le staffe?», sbottò lei, con gli occhi color zaffiro che le brillavano per la rabbia. «Ti ignorerò. Come faccio a essere certa che tutto sia vero? Non mi è mai capitato niente del genere. Potrebbe trattarsi solo di un sogno».

Lui aggrottò le sopracciglia e la sua bocca si curvò in un piccolo, beffardo e provocante sorriso. «Un sogno?», ripeté.

«Un incubo», si corresse lei, accigliata. «Un incubo bruttissimo e molto realistico».

«Vediamo se riesco a svegliarti?», si offrì lui, disponibile.

«Smettila di fare l'arrogante. Mi fai venire la pelle d'oca», esclamò Alexandria, mentre il cuore aveva ricominciato a martellarle nel petto per la paura. Doveva essere per forza così sexy e attraente? Era una sprovveduta in fatto di uomini, ma di certo non erano tutti come lui. Letali. Un attentato al libero arbitrio.

Sulla perfetta bocca di Aidan si disegnò un indolente sorriso, che immediatamente catturò la sua attenzione. «Ti sembro arrogante?». Le stava accarezzando con il pollice la vena del collo.

Quelle carezze la fecero fremere e sentì un vuoto alla bocca dello stomaco, dove le stavano già svolazzando sciami di farfalle. Distolse lo sguardo per sfuggire ai suoi occhi dorati, alle sue labbra perfette, e vide la sottile striscia scarlatta che si faceva strada sul petto, tra la peluria bionda, fino al ventre piatto. Senza neanche pensarci, istintivamente, in un impeto di passione, chinò la testa e seguì con la lingua quella traccia color rubino.

Ogni muscolo di Aidan si irrigidì e si contrasse violentemente. Strinse i denti e deglutì ripetutamente. Lei possedeva una sensualità innata e i loro corpi erano ormai in confidenza. Il suo istinto chiedeva a gran voce di essere soddisfatto. Alexandria era così innocente da non rendersi neanche conto di quanto fosse in pericolo. Secoli di disciplina stavano rapidamente andando in fumo, liberando la bestia famelica che aveva bisogno di unirsi alla sua compagna – e non le avrebbe certo chiesto il permesso. Aidan non riuscì a frenarsi. La prese per i capelli e la attirò a sé, mentre la terra cominciò a girare più velocemente e a franargli sotto i piedi e il suo corpo palpitava e vibrava di piacere e di dolore.

Senza preavviso, Alexandria saltò su, spingendolo via con una forza tale che lui, piuttosto precario per via dell'eccitazione, piombò con un tonfo sul pavimento della terrazza. Lui la guardò con gli occhi socchiusi e sbatté le palpebre, cercando di trattenere la risata che stava per scappargli. «Che c'è?»

«Smettila di essere così... così...». Le mancavano le parole. Sexy. Attraente. Eccitante. Con le mani sui fianchi, lo guardò in tralice. «Smettila e basta!».

Capitolo 10

La cucina era già calda, per via del fuoco che Stefan aveva acceso nel caminetto di pietra. Nell'aria c'era odore di caffè e cannella. Alexandria e Aidan entrarono nella stanza l'uno accanto all'altra e i loro corpi si sfiorarono. Aidan abbassò lo sguardo sulla testa di lei, china. Era diventata diffidente: aveva paura di lui e dell'effetto che le faceva. Nonostante quello che era accaduto, senza che ne avesse consapevolezza, il suo corpo istintivamente cercava la protezione e il sollievo che gli dava quello di lui. Aidan la stava abbracciando, circondandole la vita con un braccio. Alexandria sembrava non essersene nemmeno accorta.

Il contatto con la sua pelle lo stava facendo diventare matto, ma continuò a camminare con il suo solito contegno elegante, senza lasciar trasparire nessuna emozione. Sorrise a Marie quando lei si girò dal piano da lavoro, pur continuando a sbattere le uova in una scodella. Era calorosa e affettuosa con chiunque, soprattutto con lui. La sua capacità di fare spazio a tutti nel proprio cuore era quasi umiliante.

«Aidan! Alexandria! Non sapevo che foste in giardino». Stava sorridendo, ma i suoi occhi attenti avevano colto l'espressione intenzionalmente assente di lui e l'ombra che offuscava lo sguardo di lei. «Joshua non ha dormito molto bene. Credo proprio che tu gli sia mancata, cara! È un ragazzino così dolce. E che bei riccioli che ha!».

Alexandria sorrise. «Lui li detesta».

Marie annuì. «Tipico dei bambini!». Alexandria non era pallida come le altre volte che l'anziana donna l'aveva incontrata e di certo non sembrava morta, come quando Aidan l'aveva portata a casa. Lui doveva averla nutrita per bene, Marie ne fu certa. Sospirò. «Voglio ringraziarti per quello che hai fatto per Aidan l'altra notte. Ci è voluto molto coraggio. Stefan mi ha detto che Aidan sarebbe potuto morire se tu non l'avessi aiutato. E lui per me è come un figlio, come un fratello. È nostro amico, è la nostra famiglia. Grazie per avercelo riportato indietro sano e salvo».

Aidan si agitò irrequieto accanto ad Alexandria, ma lei sembrò non accorgersene. «Figurati, Marie, anche se sono sicura che se la sarebbe comunque cavata. Tutto si può dire, meno che Aidan sia privo di risorse. Sono io a essere in debito con te per tutto quello che hai fatto per Joshua».

Aidan si chinò a dare un bacio sulla tempia a Marie. «Te lo ripeto da anni che ti preoccupi troppo per me. Ma questa volta hai ragione. Alexandria mi ha salvato la vita».

Alexandria fece una smorfia. «E si è trattato di una mia brillante iniziativa», gli sussurrò all'orecchio.

Lui le accarezzò la nuca. «Credo di sì».

Arrivò Stefan, con un carico di legna fra le braccia. «Aidan! Ti sei ripreso». Sorrise a entrambi. «E Alexandria, hai un aspetto decisamente migliore dell'ultima volta che ti ho visto. Avevi ragione... hai gestito bene la situazione».

Lei si scostò timidamente una ciocca di capelli dal viso. «Forse sono stata un po' prepotente, Stefan. Ma non era mia intenzione. Il fatto è che ho vissuto sempre da sola, prendendomi cura di Joshua, e sono abituata a fare tutto io. Per di più, Aidan è molto testardo, e sembra volere che tutti lo assecondino».

Lo stava provocando, che peperino! Aidan lo sapeva, qualcosa dentro di lui reagì alla presa in giro. Si accorse che, per la prima volta dopo secoli, per la prima volta da quando era piccolo, non era più solo. Era a casa – non una casa qualsiasi, ma casa sua – circondato dalla sua famiglia. Joshua dormiva tranquillo nel suo letto, Marie e Stefan ridevano e scherzavano in cucina, e accanto a lui c'era una donna che rappresentava la sua stessa vita, il suo respiro, il sangue che gli scorreva nelle vene. Lei gli aveva dato un cuore e lui era riuscito a capire che cosa volesse dire amare e sorridere e ad apprezzare il miracolo di cui gli era stato fatto dono.

«Quel bell'uomo è tornato a farci una visita», disse a un tratto Marie, guardandolo con occhi luminosi e innocenti. Continuò a darsi da fare in cucina.

Stefan si strozzò con il caffè e Aidan dovette dargli dei colpetti sulla schiena. Li squadrò sospettoso. «Quale bell'uomo?». Ma già cominciava a sentire un certo fastidio alla bocca dello stomaco.

Marie sfiorò il braccio di Alexandria. «Il tuo Mr Ivan. Era abbastanza preoccupato per te. Ha persino chiamato la polizia perché non lo abbiamo fatto entrare. È venuta ieri mattina. Degli agenti ben educati. Credo che tu li abbia incontrati un paio di volte, Aidan». Marie sorrise raggiante.

«Thomas Ivan è tornato qui un'altra volta?», domandò Alexandria, sconvolta.

«Oh, sì, cara», le rispose Marie candidamente. «Era in ansia per te».

«Ha chiamato la polizia?». Alexandria non riusciva a crederci.

«Due agenti. Hanno insistito che tu e Aidan li contattaste una volta rientrati. Noi gli abbiamo detto che lui ti aveva portato in una clinica, dato che stavi molto male. Aidan ha fatto molte donazioni per le loro iniziative e talvolta ha anche dato una mano a qualcuno di loro che ne aveva bisogno. In maniera del tutto legittima, naturalmente. Prestiti a interessi molto bassi, ma sempre nei limiti della legge. Ho avuto come l'impressione che Mr Ivan li abbia indispettiti rivolgendo delle accuse al loro benefattore».

«Be', non stento a crederlo», replicò Aidan, laconico, lanciando un'occhiataccia a Marie.

Lei sembrò non coglierla. «Penso che sia stato carino a preoccuparsi per te. Non lo si può certo rimproverare per essersi preso a cuore la vicenda». Sorrise. «Avrebbe voluto che i poliziotti perquisissero la casa, ma loro chiaramente si sono rifiutati. Comunque ha lasciato il suo numero e vuole che tu lo richiami. E ha lasciato anche qualcos'altro. Aspetta, vado a prenderlo». Sembrava una scolaretta emozionata.

Aidan, con noncuranza, si appoggiò con il fianco al piano da lavoro. Nei suoi occhi del colore dell'oro però non si leggeva lo stesso disinteresse. Seguì ogni movimento della governante, senza battere ciglio, come un predatore che osserva la propria preda. Stefan, preoccupato, si avvicinò a sua moglie, ma Marie sembrò non accorgersene, chinandosi verso il freezer.

«Devo parlare con la polizia?», domandò Alexandria, del tutto inconsapevole dell'atteggiamento minaccioso di Aidan. «Non voglio. Aidan», gli toccò il braccio con la mano tremante, «non posso farlo. Che succede se mi chiedono di Henry o di quelle donne? Thomas Ivan potrebbe avergli riferito che ero lì, quella notte. Non posso parlare con la polizia. Che cosa gli è venuto in mente, a Thomas?».

Con grande soddisfazione, Aidan le circondò le spalle con un braccio. La attirò a sé, offrendole conforto. Marie aprì lo sportello del congelatore e si girò, tenendo tra le mani un vaso di cristallo con dentro un enorme mazzo di rose. Lui si accorse che il ritmo della respirazione di Alexandria si era fatto più veloce.

«Per te», fece Marie allegramente, ignorando l'espressione accigliata di Aidan. «Il tuo Mr Ivan ti ha portato queste».

Alexandria si scostò da Aidan e attraversò la stanza. «Sono stupende. Rose», esclamò senza fiato. «Nessuno mi aveva mai regalato dei fiori prima d'ora, Marie. Nessuno». Accarezzò un petalo bagnato. «Non sono bellissime?».

Marie annuì e sorrise, d'accordo con lei. «Penso che dovremmo metterle in soggiorno, ma se vuoi tenerle nella tua camera da letto andrà bene lo stesso».

Aidan stava per strangolarla a mani nude. La conosceva da quando era nata – sessantadue anni prima – e non avevano mai avuto una discussione. E improvvisamente voleva strozzarla. Avrebbe dovuto tagliargli la gola, a Ivan. Fiori. Che diavolo gli era venuto in mente? Perché Marie non gliene aveva parlato prima? Perché li aveva presi? Da che parte stava la sua governante? Fiori! Sentì l'immediato bisogno di strappare quei petali uno a uno.

«Guarda», ammiccò Marie, «ha fatto persino togliere tutte le spine in modo che tu non ti faccia male. Che premuroso».

«Quando hai detto alla polizia che potremo contattarla?», la interruppe Aidan, temendo che se non l'avesse fatto, avrebbe finito per cedere alla violenza. Detestava il modo in cui Alexandria continuava ad accarezzare i petali di una rosa bianca.

Stefan si schiarì la voce e guardò di sbieco sua moglie. «Hanno detto che sarebbe meglio se tu gli telefonassi non appena ti è possibile. Pare che Ivan sia stato molto insistente, soprattutto visto e considerato che due cadaveri, carbonizzati e quindi irriconoscibili, sono stati ritrovati a poche miglia da qui. Ho detto ai poliziotti che stavo tornando dal supermercato quando ho visto l'incendio e li ho avvertiti dal telefono dell'auto».

Alexandria sbiancò e alzò lo sguardo verso Aidan, come per chiedergli istruzioni. «Mi faranno delle domande anche su questa faccenda quindi?».

Aidan allungò una mano e la infilò tra i suoi morbidi capelli. «Ovviamente no, cara. Non allarmarti. Loro credono che io ti abbia portato in una clinica. Se necessario, saremo in grado anche di dimostrare che è vero. La polizia vuole solo verificare che tu sia viva e vegeta, a seguito delle ridicole preoccupazioni di Ivan. Gli avevo assicurato che eri al sicuro, quando è venuto qui la prima volta, ma non mi ha creduto. Mi ha duramente insultato».

A dispetto della paura che provava, Alexandria scoppiò a ridere. «Gli stavi mentendo, stupido! Io non ero al sicuro. Un vampiro mi aveva appena morso, te lo ricordi?».

Lui aggrottò le sopracciglia. «*Stupido*? Nella mia vita – e stiamo parlando di secoli – nessuno mi ha mai dato dello stupido».

«Be', probabilmente perché le persone hanno paura di te. Thomas Ivan aveva le sue buone ragioni per pensare che tu gli stessi mentendo. Non comportarti come quegli uomini ridicoli che in chissà che secolo ingaggiavano duelli d'onore».

«Ho ingaggiato ben più di un duello nel corso della mia esistenza».

«Stupido», ripeté Alexandria senza mostrargli alcun rispetto, continuando a ridacchiare. Affondò la faccia nei fiori, inspirando la loro dolce fragranza. Poi sollevò la testa e si accorse che Aidan la stava osservando con quell'intensità possessiva e virile che le faceva venire un tuffo al cuore. «Devo davvero parlare con la polizia? Non puoi pensarci tu?».

Lui provò una certa soddisfazione per il fatto che lei desse a Ivan la responsabilità di quell'inconveniente, tuttavia questa non bastava a compensare il fatto che stringesse tra le braccia quei dannati fiori.

Stefan scosse la testa. «Be', Aidan, la polizia sembrava molto allarmata dal ritrovamento di quei cadaveri. Sembra che l'incendio sia stato abbastanza grave e che le fiamme abbiano bruciato tutto. Non è rimasto niente eccetto la cenere. E non sono neanche riusciti a identificare i corpi dall'arcata dentaria. Credo che insisteranno per parlare con entrambi».

Ad Alexandria mancarono le forze e si appoggiò contro un mobile della cucina, aggrappandosi ad Aidan. «Io non sono molto brava a mentire, Aidan. Si capisce quando sto dicendo una bugia».

Sembrava terribilmente abbattuta, come se fosse una colpa quella di non riuscire a mentire, e Aidan sorrise. «Non preoccuparti, cara. Me la sbrigherò io con la polizia. Tutto quello che dovrai fare sarà stare seduta su una sedia e avere un'aria fragile e delicata», la rassicurò.

Lei lo guardò accigliata, come se si sentisse presa in giro. «Io non ho un'aria fragile. O delicata. Io sono forte, Aidan».

A quel punto lui scoppiò a ridere. Non poté frenarsi. La sua risata era morbida come il velluto, una melodia che la fece sorridere, anche se nel frattempo lo prendeva in giro. «Smettila, scimmione. Sei così strafottente da fare paura. È stato sempre così?». Stava facendo un sorriso a Marie, il primo vero sorriso che rivolgeva a quella donna, in segno di complicità femminile.

«Sempre», confermò Marie solennemente, con la felicità nel cuore. Non si era resa conto di quanta paura aveva avuto che il ménage familiare cambiasse, che lei e Stefan non sarebbero più stati i benvenuti. Era sicura che Aidan non li avrebbe mai cacciati, ma se la tensione fra lei e Alexandria non si fosse risolta, presto o tardi lei e suo marito avrebbero dovuto cercare un altro posto in cui vivere. E la villa di Aidan era la sua casa e la sua vita. Quando si erano sposati, Stefan si era trasferito lì, aveva accettato il suo stile di vita e aveva anche imparato ad amare e apprezzare Aidan Savage.

«Credo che il soggiorno sia la stanza perfetta in cui mettere i fiori», acconsentì Alexandria. «Così, quando Thomas tornerà a trovarmi, li vedrà».

Aidan strinse i denti. Alexandria stava già uscendo dalla cucina. Lui afferrò Marie dalle spalle prima che lei potesse seguirla, e le bisbigliò all'orecchio: «Non avresti dovuto buttarli via?». Pronunciò quelle parole a metà tra un sibilo e un ringhio. «E poi giusto per la cronaca, traditrice, non è Ivan il suo uomo. Sono io».

Marie lo guardò sconvolta. «Non ancora. Non lo sei. Penso che tu debba ancora farle la corte. E naturalmente non avrei mai gettato via le rose, Aidan. Quando un uomo fa lo sforzo di regalare a una donna dei fiori, lei ha diritto di vederli».

«Non credevo che ti stesse simpatico quel tale».

«Non è poi così male. Avresti dovuto vedere come si preoccupava per lei. Te lo dico, Aidan, è veramente molto preso da Alexandria». Marie si mostrò apposta entusiasta. «Non credo che tu debba temere per lei mentre sono insieme». Tentò di sembrare rassicurante.

Alle loro spalle Stefan si affogò di nuovo. Aidan imprecò in tre lingue e seguì Alexandria fuori dalla stanza, scuotendo la testa, infastidito dai complessi meccanismi della mente femminile.

Stefan abbracciò Marie. «Cattivona che non sei altro».

Lei ridacchiò. «Stavo scherzando, Stefan. E lo faccio nel suo interesse».

«Stai attenta, donna. Aidan non è un uomo come gli altri. Arriverebbe a uccidere pur di tenersi quella ragazza. Ha l'istinto selvaggio del predatore», la avvertì lui in tono grave. «Non l'avevamo mai visto così prima d'ora».

Marie fece una smorfia. «Si comporterà bene. Non oserebbe fare altrimenti. Alexandria vuole comandare. Ha buonsenso ed è molto coraggiosa».

«Ha carattere», confermò Stefan. «Sarà lei a guidare le danze. Però non ha ancora capito che è in grave pericolo. E che Joshua rischia grosso».

«Ha bisogno di tempo, Stefan», replicò Marie dolcemente. «Ci saremo noi ad aiutarla e Aidan a proteggerla».

Aidan seguì Alexandria, cercando di zittire il demone che si agitava dentro di lui da quando aveva visto il suo sguardo distante e rapito. Dal punto di vista puramente intellettuale, riusciva a capire il motivo per cui lei si sentisse attratta da Thomas Ivan. Voleva essere umana. Voleva sentirsi umana. Voleva vivere e lavorare nel mondo degli umani. E credeva che Ivan avrebbe potuto darle tutto ciò. Inoltre, non avrebbe mai voluto avere a che fare con quell'intensa attrazione sessuale, sconosciuta e spaventosa, che Aidan suscitava in lei.

Allungò la mano e la prese per i capelli, costringendola a fermarsi di botto. «Non preoccuparti della polizia, Alexandria. Non ti chiederanno niente in merito ai vampiri. Non sanno che esistono i vampiri e credono che tu sia stata in ospedale. Semmai dovessero farti delle domande, rispondi semplicemente che non ti ricordi nulla».

Lei rimase in silenzio per un momento, sistemando le rose. Aidan riuscì ad avvertire la sua inquietudine. «Aidan? Posso andarmene da qui? Mi lascerai andare via?».

Involontariamente, lui strinse la presa. Cercò di mantenere la calma. «Perché me lo chiedi, piccola?»

«Solo per sapere. Hai detto che non ero prigioniera. Posso andare e venire quando mi pare?». Si mordicchiò il labbro inferiore.

«Stai pensando a un appuntamento con quel tizio?»

«Voglio sapere se posso lasciare questa casa».

Lui le circondò la vita sottile con un braccio e la attirò a sé. «Pensi di poter sopravvivere senza di me?». La bocca di Aidan era così vicina al suo collo che Alexandria sentì il calore del suo respiro. Nonostante avesse tutta l'intenzione di non reagire, il suo corpo prese fuoco.

I suoi occhi splendenti come zaffiri cercarono quelli di lui. Aidan non si era tradito; non aveva idea di quello che stava pensando e non voleva leggergli nel pensiero per scoprirlo. La stava trascinando sempre di più nel suo mondo, un mondo fatto del buio della notte. Un mondo di sessualità e violenza. Alexandria voleva indietro la sua vecchia vita. Voleva circondarsi di cose che le fossero familiari, su cui esercitare il proprio controllo.

Le labbra perfette le sfiorarono la gola. Dentro di lei divamparono le fiamme della passione. I loro sguardi si incontrarono. «Non fare domande delle quali non vuoi conoscere la risposta. Non ti mentirò, anche se sarebbe molto più facile».

Alexandria chiuse gli occhi mentre quel calore la avvolgeva da capo a piedi. Aidan la faceva sentire amata. La faceva sentire bellissima. Si sentiva insoddisfatta e vuota senza di lui. Le sue dita si chiusero sullo stelo di una delle rose. Con un gridolino, ritirò la mano.

«Fammi vedere», disse lui dolcemente. La sua voce era tenera, il suo tocco gentile. Le prese la mano per darle un'occhiata. Un puntino di sangue le spuntò sull'indice. «Il nostro galantuomo si è dimenticato una spina», mormorò, chinando la testa e portandosi il dito alla bocca.

Lei non riuscì a muoversi, a fiatare. Sentì una fitta di desiderio. Rimase più immobile che poté, guardandolo con l'aria di un topo in trappola che osserva terrorizzato il gatto. Si era già impadronito della sua vita. Sentiva un terribile bisogno di lui, fisico e mentale. Voleva urlare. Anche se fosse riuscita a scappare, a riprendersi Joshua e a correre via da lui, lo avrebbe portato con sé in qualsiasi posto sarebbe andata.

Tirò indietro la mano bruscamente, prima che le fiamme della passione la vincessero del tutto. «Il nome del galantuomo in questione è Thomas Ivan e dubito che sia stato lui a togliere personalmente ognuna delle spine dalle rose».

Aidan annuì solennemente. «Hai ragione, piccola. Non se ne sarà occupato lui. Avrà pensato che fosse un lavoro troppo umile, una perdita di tempo». Le riprese la mano e rimosse la spina, poi esaminò attentamente gli steli uno a uno per assicurarsi che lei non si pungesse di nuovo.

«Perché devi dipingerlo sempre come un uomo gretto e meschino?», gli domandò Alexandria, esasperata. Era decisa a sentirsi attratta da Ivan. Tutte le donne del mondo hanno più di un amante. Se le altre potevano provare attrazione per più di uomo nel corso della loro vita, poteva farlo anche lei. Non ci sarebbe stato solo Aidan Savage. Thomas Ivan era mondano, sensuale e incredibilmente affascinante, con quegli occhi ammalianti e quella bocca perfetta. Qualsiasi donna ci sarebbe cascata, ma si sarebbe comunque trattato solo di attrazione fisica. Ne sarebbe venuta fuori, come si viene fuori da un'influenza. Un'influenza molto brutta.

Aidan si scostò da lei e guardò fuori dalla finestra. Non sapeva se arrabbiarsi o mettersi a ridere per via di quei suoi assurdi pensieri. Era assolutamente determinata a trovarsi qualcun altro, uno qualsiasi, uno che non fosse lui.

«Aidan?». Stefan entrò nella stanza. «Ho avvisato la polizia che tu e Alexandria siete tornati e che lei sarebbe stata pronta a incontrarli questa mattina stessa. Ero sicuro che avrebbero capito che non era il caso di farla andare alla centrale o stare in piedi a lungo. Stanno arrivando due detective».

«Detective?». Aidan inarcò un sopracciglio. «Per una stupidaggine simile?».

Stefan si schiarì la gola e spostò il suo peso da una gamba all'altra, a disagio. «Credo che Mr Ivan abbia fatto qualche pressione a livello politico. È arrivato fino al capo dipartimento e si è spinto persino al punto, secondo il detective con cui ho parlato ieri, di verificare se siamo tutti in regola con i permessi di soggiorno. Penso che gli sarebbe piaciuto poterci cacciare».

Alexandria rimase senza fiato e sollevò il mento. «Che cosa ha fatto?»

«Mi dispiace, Alexandria. Non avrei dovuto fartelo sapere. Mr Ivan si è enormemente indispettito per non essere riuscito a mettersi in contatto con te», disse Stefan.

Aidan avrebbe voluto strangolarlo per aver tentato di giustificare quell'uomo. Alexandria era molto contrariata. Senza rendersene conto, stava cominciando a considerare quelle persone parte della sua famiglia.

«Non ci sono scuse: Thomas non doveva farla da padrone e provare a cacciare dal Paese te e Marie. Non si è nemmeno preoccupato del fatto che avrebbe completamente distrutto le vostre vite. E vogliamo parlare di Joshua? Avrei dovuto darlo in affidamento». La rabbia che nutriva nei confronti di Thomas Ivan cresceva sempre di più. Detestava la gente che credeva di avere ragione solo perché era ricca. Anche se non l'avrebbe mai ammesso davanti ad Aidan, anche se non gli avrebbe mai concesso quel pizzico di soddisfazione, era sempre meno propensa ad andare a lavorare per Thomas o ad avere un qualsiasi tipo di relazione con lui. Sarebbe di sicuro riuscita a trovare qualcos'altro.

«Effettivamente», confessò Stefan, evitando lo sguardo severo di Aidan, «credo che prima di tutto volesse cacciare Aidan. Ha chiamato un investigatore perché facesse delle indagini sul suo passato, sperando, suppongo, di scoprire una qualche attività criminale. *Deplorevole*, credo che l'abbia definita».

Alexandria si trattenne dal ridere. «Forse Thomas ha più intuito di quanto siamo disposti a riconoscergli. Deplorevole è la parola giusta, non trovi, Stefan? Non mi dispiacerebbe poi tanto che Aidan venisse cacciato».

«Credo che sia il caso che vada in cucina e finisca la mia colazione, Alexandria», osservò Stefan diplomaticamente.

«È la tua unica scelta», grugnì Aidan.

Stefan gli fece un sorrisetto e si fermò sulla soglia della porta. «Potresti fare una telefonata a Mr Ivan, Alexandria. Forse così la smetterebbe di tormentare i detective, chiamandoli ogni dieci minuti».

«Li chiama ogni dieci minuti?». Un lento sorriso le piegò gli angoli della bocca. «Deve essere davvero preoccupato. Non è carino da parte sua, Aidan? È preoccupato per me. Si vede che ci tiene che io lavori per lui. Che grande occasione! Con lo stipendio che mi darà, io e Joshua potremmo…». Il suo entusiasmo si spense, non appena rivolse un'occhiata ad Aidan.

Le aveva messo una mano sulla nuca, cominciando a massaggiargliela in modo rassicurante. «Sono orgoglioso di te, Alexandria. I tuoi disegni devono essere davvero straordinari se Ivan ti sta alle calcagna con tanta insistenza. Devi esserne fiera». Non aveva creduto nemmeno per un momento che l'interesse che quell'uomo nutriva per lei fosse solo di tipo professionale, ma sapeva che lei aveva molto talento. Aidan era un'ombra nella sua mente e osservava le vivide immagini prendere vita nella sua fantasia.

Lei gli sorrise. «Ho sempre sognato di lavorare per Thomas Ivan. La sua società è sulla cresta dell'onda per quanto riguarda la grafica e i suoi videogiochi sembrano dei lungometraggi. Quando si è sparsa la voce che stava cercando un altro designer, mi sono messa a disegnare giorno e notte. Mi sembrava già incredibile che mi avesse concesso l'opportunità di mostrargli i miei lavori, proprio non mi aspettavo che volesse assumermi».

«Per quello che ho potuto vedere dei tuoi disegni, sei davvero brava», riconobbe lui dolcemente. «Ma forse adesso vorrai riconsiderare alcune idee sbagliate che ti eri fatta sui vampiri».

I suoi occhi mandarono un lampo, ma le spuntò una fossetta sulla guancia. «Dovrei renderli più spietati e crudeli, secondo te?», gli chiese, maliziosa. Accarezzò i petali di una rosa e si chinò a sentirne il profumo. «Non riesco a credere che mi abbia mandato dei fiori».

Ad Aidan scappò una specie di roco grugnito. «Be', io ti ho salvato la vita. Che cos'è un mazzo di fiori al confronto?». Lanciò un'occhiata malevola alle rose dal gambo lungo, il suo sguardo dorato era intenso e minaccioso.

Alexandria alzò gli occhi verso di lui, vide la sua smorfia malvagia e determinata, e scoppiò a ridere. Si voltò e si mise sulla punta dei piedi per coprirgli gli occhi con le mani. «Non ci provare. Se le mie rose appassiscono, saprò con chi prendermela. Insomma, Aidan, lascia stare i fiori. Probabilmente ti basta un'occhiata feroce per distruggere tutto il mazzo».

Le morbide forme di Alexandria aderivano al suo corpo, e Aidan avvertì il calore della sua risata sulla gola. Le circondò la vita con un braccio, agganciandola a sé. «Volevo solo farle afflosciare un po'. Niente di così drammatico».

Quella voce vellutata la fece trasalire. Le farfalle le svolazzavano nello stomaco. Poteva sentire i suoi muscoli, forti e virili, schiacciati contro di lei. Perché il suo corpo si scioglieva ogni volta che entrava a contatto con quello di lui? Anche quando si comportava come un bambino cattivo, petulante e geloso, la faceva ridere. Perché tutto questo doveva succederle proprio con Aidan?

«Adesso ti toglierò le mani dagli occhi, ma tu non devi nemmeno guardare le mie rose. Se ti pesco...». Lasciò la frase a metà, nel tentativo di intimorirlo. Lentamente le sue mani scivolarono via dal suo viso, sfiorandogli per caso la bocca. Improvvisamente, il cuore le sussultò, battendo contro il petto di lui. O forse era stato il cuore di Aidan a sussultare e a battere contro il petto di lei? Alexandria non lo sapeva: vi era stata una scarica elettrica tra loro, e lui adesso era troppo vicino.

«Non ci provare, Aidan». Si trattava di un ordine. I suoi occhi, sprofondando in quelli di lei, erano diventati oro liquido, bollente, e ardevano di desiderio. Lei si sentì sciogliere.

«Provare a fare cosa?», sussurrò lui, con quella voce da stregone che le scivolava sotto la pelle, infiammandola. Il suo sguardo era così intenso che a lei sembrò che tutte le sue terminazioni nervose stessero prendendo fuoco.

Le loro bocche a quel punto erano lontane appena qualche millimetro. Alexandria si passò la lingua sul labbro inferiore. Adescandolo. Tentandolo. Chiuse gli occhi quando Aidan si chinò a baciarla. Le fiamme le si agitavano dentro, consumandola. Lui la teneva così stretta tra le braccia da farle male, ma non le importava. Niente le importava, eccetto quelle labbra perfette e la terra che le mancava sotto i piedi.

Apparteneva a lui, era sua. Non ci sarebbe mai potuto essere nessun altro. Solo Aidan. Solo loro due insieme. Era sua. Quelle parole le rimbombarono in testa, incidendosi per sempre nel suo cuore. Nella sua anima. Alexandria, riluttante, staccò la bocca da quella di lui e nascose il volto nel suo petto. «Non stai giocando in maniera leale, Aidan», disse e le parole vennero fuori attutite dalla camicia.

Sentì il suo fiato caldo sul collo. «Questo non è un gioco, cara. Non lo è mai stato». Aidan poggiò le labbra sulla vena palpitante, facendole aumentare il battito. «È per sempre».

«Non so proprio cosa fare con te. Non capisco neanche se sai quello che stai dicendo». Era davvero molto confusa. Lui la stava sommergendo, senza concederle un attimo di pausa, un momento per capire che cosa le stesse accadendo.

Non era quello che Aidan voleva. Alexandria aveva bisogno di fidarsi di lui, di vederlo non solo come un amante, ma anche come un amico. L'implacabile voglia del suo corpo e della sua natura stava dando loro troppo poco tempo, ma lui era deciso a usarlo al meglio. Lei aveva riso di lui, facendolo ridere di se stesso. Era un inizio di amicizia. Lentamente, controvoglia, la liberò dalla stretta delle sue braccia e fece un passo indietro, procurando un po' di sollievo a entrambi.

«Thomas Ivan deve essere ucciso. Bisogna spარargli», disse lui, apposta per farla ridere. «È un bambino viziato che ha fatto troppi soldi troppo in fretta».

Alexandria era visibilmente più rilassata. «Chissà se lui pensa la stessa cosa di te».

«Con la vivida fantasia che si ritrova, probabilmente immagina di conficcarmi un paletto nel cuore», brontolò lui. «Quell'uomo deve avere una mente malata per partorire tutte quelle scemenze. Hai visto il suo ultimo gioco, quello con i vampiri e il loro esercito di donne-schiave?»

«Ovviamente tu lo conosci», sottolineò lei. «Probabilmente adori i suoi videogiochi. Scommetto che ce li hai tutti». Sgranò gli occhi e un lento e beffardo sorriso le si disegnò sul volto. «Non è vero, eh, Savage? Tu hai tutti i suoi giochi. Sei un suo ammiratore segreto».

Lui quasi si strozzò. «Un ammiratore? Quell'uomo non scoprirebbe la verità neanche se si ritrovasse a guardarla in faccia. Come è successo l'altro pomeriggio».

Lei sollevo un sopracciglio. «I suoi videogiochi sono frutto della fantasia, Savage. Non un tentativo di scoprire la verità. Solo immaginazione. Il loro scopo è l'intrattenimento, non la ricerca della verità. Ammettilo, ti piacciono».

«Non mi piaceranno mai, Alexandria, non aspettartelo. E, un'altra cosa: quando parlerai al telefono con quell'idiota pieno di sé, non fare la smorfiosa». Si mise a braccia conserte e la guardò dall'alto della sua statura.

«Smorfiosa?», ripeté lei, indignata e offesa da quell'accusa. «Io non faccio mai la smorfiosa». I suoi occhi lampeggiarono in segno di avvertimento, sfidandolo a portare avanti la discussione.

E lui la sfidò. «Oh, sì che la fai». Giunse le mani, fece un'espressione languida e alzò la voce di un'ottava, sorridendo in modo affettato. «Oh, Marie, i fiori sono così belli. Me li ha portati Thomas Ivan». Alzò gli occhi al cielo, scimmiottandola.

«Non ho parlato in quel modo! E non mi comporto mai così. Per qualche strana ragione, non riesci ad ammettere che ti piacciono i giochi di Thomas Ivan. Dev'essere perché la trovi una cosa poco da macho, anche se un sacco di uomini ci giocano e si divertono».

«Sono solo spazzatura», insisté lui. «E non c'è un briciolo di verità o di senso in nessuno di loro. Idealizzano i vampiri. Sarebbe interessante vedere che cosa penserebbe lui se gliene venisse presentato uno». Altro non era che una velata minaccia. Aidan godette al solo pensiero.

Alexandria era terrorizzata. «Non vorrai mica farglielo incontrare, Aidan! Insomma, non pensare nemmeno di fare una cosa così malvagia».

«Tu non eri quella che sosteneva che i vampiri non esistono?», le chiese con aria innocente e i denti bianchissimi in bella mostra.

Di nuovo la sua bocca. Lei si ritrovò a fissarla, affascinata. Il sorriso ne aveva ammorbidito i tratti, rendendola pura sensualità. Sbatté le palpebre per rimettere le cose nella giusta prospettiva. Quell'uomo sarebbe stato da rinchiudere.

Il suo sorriso si allargò, dissipando ogni traccia di cattiveria, e lui le si avvicinò. «Ricorda, cara, posso leggerti nel pensiero».

Lei lo fulminò e gli diede un pugno in pieno petto. Forte. «Be', smettila. E non compiacerti. Quello che ti stavo facendo non era esattamente un complimento».

«No?». Le accarezzò teneramente il viso. «Continua a combattere, Alexandria. Non ne avrai alcun beneficio, ma ti farà sentire meglio, vai avanti».

«Scimmione arrogante e primitivo», sbottò, distogliendo lo sguardo prima che Aidan potesse leggerle negli occhi il bisogno che aveva di lui. Si diresse verso il telefono, apposta per fargli un dispetto. «Credo che tu abbia il numero di Thomas».

Lui la raggiunse: il suo braccio le sfiorò le spalle e il suo odore la avvolse. Qualsiasi carpaziano avrebbe riconosciuto il marchio, avrebbe capito che lei gli apparteneva solo dal profumo che emanava. Un umano, comunque, non se ne sarebbe potuto accorgere. Infastidito da quel pensiero, Aidan prese il biglietto da visita da sotto il telefono e glielo porse.

«Chiamalo», fece a bassa voce, sfidandola.

Lei sollevò il mento. Era umana. Voleva essere umana. Anche se non lo era, quella… quella creatura, qualsiasi cosa fosse, non avrebbe tenuto in pugno la sua vita. Pigiò, in maniera violenta e provocatoria, i tasti del telefono.

Rimase sorpresa quando fu proprio Thomas a risponderle. Non sembrava una cosa da lui. «Thomas? Sono Alexandria Houton», disse, esitante, per niente sicura di cosa avrebbe dovuto dirgli, ora che era riuscita a parlargli. «Spero non sia troppo presto per chiamarti».

«Alexandria! Grazie a Dio! Stavo cominciando a pensare che quell'uomo ti avesse rinchiuso in una torre, da qualche parte. Stai bene? Vuoi che venga a prenderti?».

Thomas si mise a sedere e si scostò i capelli dalla fronte. Era rimasto incastrato nelle lenzuola e aveva dovuto divincolarsi un po' per riuscire a muoversi.

«No, no, sto bene. Be', sono ancora un po' debole e ho bisogno di molto riposo, ma sto facendo molti progressi. Grazie delle rose. Sono bellissime». Alexandria era perfettamente consapevole della presenza di Aidan accanto a lei. Stava ascoltando ogni singola parola, stava studiando il tono della sua voce. Le venne voglia di fare la smorfiosa. Quell'uomo non aveva alcun diritto di sorvegliare le sue conversazioni private.

«Adesso vengo lì, Alexandria. Ho bisogno di vederti», disse, battagliero e per niente disposto a sentirsi rispondere di no.

«Credo di avere un appuntamento con due detective questa mattina», replicò lei, con un tono di educato rimprovero.

Dietro di lei, Aidan si agitò, irrequieto. La voce di Alexandria era troppo dolce per i suoi gusti. Troppo sexy. Lei era una carpaziana adesso e possedeva quindi tutta la sensualità e l'effetto ipnotizzante sugli umani che caratterizzavano la loro razza.

Aidan, possessivo, le si era avvicinato con un movimento impercettibile e lei avvertì il suo odore. Ne fu invasa fin nel profondo del suo essere e sentì un liquido caldo scenderle nel basso ventre. Curvò le spalle e si spostò, andando a sbattere contro l'antico mobiletto di ciliegio su cui era posato il telefono.

«Ero così preoccupato, Alexandria. E com'è strano quell'uomo. Lo conosci molto bene?». Thomas aveva abbassato la voce, assumendo un atteggiamento cospiratorio.

Alexandria sapeva bene che non importava quanto bassa fosse la voce di Thomas. Il suo stesso udito era così acuto che, se voleva, era in grado di sentire rumori impercettibili anche a grande distanza. Bastava quello per farle sospettare che l'udito di Aidan potesse essere anche più potente e che riuscisse a controllarlo molto meglio di lei. Il volto le diventò di mille colori.

«E tu non lo conosci affatto, Thomas. A stento conosci me. Ci siamo incontrati solo per una cena ed è stata anche interrotta. Per favore, non parlar male di un mio caro amico». Per qualche misteriosa ragione, le insinuazioni di Thomas nei confronti di Aidan le davano fastidio, ma era l'ultima cosa che avrebbe voluto far sapere a quest'ultimo.

«Sei molto giovane, Alexandria. Probabilmente non hai mai incontrato un uomo del suo calibro prima. Credimi, è fuori dalla tua portata. Mi sembra molto pericoloso».

Le sue dita si strinsero sulla cornetta al punto che le nocche le diventarono bianche. Che ne sapeva Ivan? E, inoltre, quanto poteva essere pericoloso Aidan? Si morse il labbro. Non riusciva proprio a sopportare l'idea che qualcuno sospettasse la verità e... gli conficcasse un paletto o qualsiasi altro oggetto nel cuore. Non avrebbe voluto sentirsi in quel modo, forse stava addirittura tradendo il genere umano, ma non poteva farci niente. L'idea di perderlo la terrorizzava.

Aidan allungò la mano e la poggiò sulla sua con delicatezza. Nella sua mente danzava l'immagine di uno squalo con il sorriso bianco e affettato di Thomas Ivan. Aidan la stava intenzionalmente provocando per farla ridere.

«Non c'è niente da ridere, Alexandria», fece Thomas con stizza. «Vengo lì e ne parliamo. Non puoi rimanere in quella casa con lui».

«Volevo lavorare per te, Thomas», ribatté lei dolcemente, «non che tu mi dessi ordini circa la mia vita privata». Chiuse gli occhi. Aveva desiderato tanto quel lavoro. Voleva anche ritornare umana, vivere, respirare ed essere parte di un mondo che potesse comprendere.

«Sto venendo», fece lui, irremovibile.

Alexandria sentì un click e il segnale di occupato. Lanciò uno sguardo indispettito ad Aidan. «Sembro una a cui dare ordini?», domandò, riagganciando la cornetta. «Ho per caso tatuato in fronte "per favore datemi un ordine"?»

«Lasciami vedere», disse Aidan, facendosi più vicino. Le loro bocche erano a pochi centimetri di distanza. «Hmmm. Direi di no. Dice "baciami"».

Lei provò a spostarlo, dandogli una spinta sul petto, ma lui non si mosse. «Non usare i tuoi trucchetti con me, Savage. Mi è stato appena riferito che sei un uomo pericoloso e fuori dalla mia portata, qualsiasi cosa significhi».

«Come potrei essere pericoloso?». Il suo corpo la teneva prigioniera con il proprio calore, la propria aggressività. Alexandria se ne faceva influenzare senza fare alcuna resistenza. «Sono pericoloso?». La voce di Aidan le bisbigliava sulle labbra, sembrava seta a contatto con la sua pelle.

«Se non ti togli da qui in questo preciso minuto, io...». Si immaginò di dargli una ginocchiata talmente forte da farlo contorcere a terra per il dolore. La scena era vivida e chiara nella sua mente, così come lo era stata qualche minuto prima l'immagine dello squalo.

Aidan si allontanò da lei, ridendo. «Sei proprio di cattivo umore, Alexandria».

«Un'altra delle mie irritanti abitudini», ribatté lei, compiaciuta.

Capitolo 11

C'era qualcosa di terrificante in quella villa. Non riusciva a spiegarlo, non trovava le parole per descriverlo, ma sapeva che era così. Non si trattava solo del proprietario. La casa stessa sembrava viva, una specie di silenziosa sentinella che lo teneva d'occhio. Se avesse potuto trasferire quella sensazione sullo schermo di un computer, servirsi delle immagini per rappresentare il modo in cui la villa sembrava vivere, respirare e fissarlo in modo malevolo, sarebbe stato uno degli uomini più ricchi del mondo. C'era qualcosa che non funzionava nella messa in scena di Aidan Savage e lui aveva intenzione di andare fino in fondo alla faccenda.

Lo sfondo era bello e la casa perfetta, eppure lui avvertiva la presenza di un mostruoso essere che vi si annidava dentro. Si accorse di essere contento del fatto che non ci fosse la foschia tipica delle prime ore del mattino mentre saliva gli scalini che conducevano all'enorme, intarsiato portone d'ingresso. La vista dell'auto della polizia parcheggiata nel vialetto fu stranamente confortante. Sapeva di non piacere ai detective, ma la loro presenza gli dava quel senso di sicurezza di cui aveva bisogno per affrontare Aidan Savage.

A dire il vero, Thomas aveva una paura infernale di lui. Erano i suoi occhi. Sembravano quelli sinistri, inquietanti e impassibili di un predatore. Nello sguardo d'oro liquido di Savage si leggevano potere e intelligenza: Thomas era certo di avervi intravisto dei lampeggianti bagliori rossi e di aver notato che brillavano di una strana intensità. Alcuni anni prima, Ivan aveva condotto per uno dei suoi videogiochi alcune ricerche sui felini della giungla – tigri, leopardi e simili – e si ricordava che quegli animali vedevano bene anche nell'oscurità della notte, una preziosa risorsa per i predatori. I loro grandi occhi rotondi avevano enormi pupille che diventavano strette fessure alla luce del giorno, ma si dilatavano con il buio. Ivan conservava anche un vivido ricordo dello sguardo letale che precedeva un attacco.

Rabbrividì e tentò di allontanare quella sensazione di paura, mentre stava lì in piedi dietro la porta. La sua immaginazione aveva chiaramente fatto gli straordinari. Savage rappresentava un pericolo non perché era un predatore della notte, ma piuttosto perché sorvegliava a vista Alexandria Houton come se gli appartenesse, e Thomas Ivan aveva intenzione di fare lo stesso. Ecco tutto. Erano rivali in amore. Niente di inquietante, niente di più. Aveva sempre un po' di problemi a tenere al guinzaglio la propria fantasia.

Fissò i pannelli di vetro colorato della porta. Erano bellissimi, dipinti di simboli e motivi bizzarri. Più studiava quei vetri, più gli sembrava di venirne risucchiato. Catturato come una mosca nel miele. Quella paura senza nome cominciò a riaffacciarsi e, per un momento, dovette trattenere il respiro. Entrare in quella casa avrebbe significato restare intrappolati per sempre all'inferno. I disegni si mossero e cambiarono forma davanti al suo sguardo terrorizzato. Volevano trascinarlo nella loro diabolica spirale. Il cuore gli martellava nel petto, le orecchie gli facevano male.

Thomas era sul punto di gridare, quando la porta si aprì, spezzando l'incantesimo. Aidan Savage lo stava fissando dall'alto della sua statura. Indossava dei jeans scoloriti e una maglietta con il collo a V: sembrava comunque stranamente elegante e selvaggio allo stesso tempo, al di fuori del tempo e dello spazio, come uno di quei potenti capi tribù del passato. I capelli, lunghi fino alle spalle e dorati come i suoi occhi, contribuivano a dare quell'impressione.

«Mr Ivan». La voce era così profonda che si infiltrò nel cuore e nell'anima di Thomas, serpeggiandogli dentro come una creatura viva. «Mi fa molto piacere che lei abbia trovato il tempo di venire a rassicurare Alexandria. Sono certo che la sua visita la tranquillizzerà. È stata molto in ansia, perché temeva che lei avesse assunto qualcun altro al posto suo».

La pesante corporatura di Savage bloccava l'ingresso. La sua voce era affabile e calma, ma le sue parole risultavano comunque un po' pungenti. Facevano sembrare Thomas un semplice datore di lavoro, niente di speciale per Alexandria Houton e di certo non una minaccia per i piani che Savage aveva su di lei.

Thomas cercò di riacquistare il suo naturale tono di voce. La rabbia che covava cominciò a bruciargli dentro e gli diede l'impeto di cui aveva bisogno per avere a che fare con quell'uomo. Lui era Thomas Ivan. Era a capo di una società, era ricco e famoso, insomma una persona con cui era necessario fare i conti. Non era un codardo che si sarebbe messo a frignare sulla soglia della porta. «Sono felice di poterla rincontrare sotto migliori auspici». Compiaciuto e con aria di superiorità, gli tese la mano.

Quando Savage gliela strinse, Thomas trasalì per l'enorme potenza di quell'uomo. Savage non lo stava mettendo alla prova, non sembrava nemmeno far caso a quanto era forte. Imprecando fra sé e sé, Thomas rispose alla stretta. E a quel punto Savage sorrise. Un luccichio di denti bianchi. Duri, affilati. Nessun umorismo, nessun segno di benvenuto. Il sorriso di un predatore, che non aveva riscaldato nemmeno per un attimo quello sguardo strano e impassibile.

«Si accomodi, Mr Ivan», lo invitò Aidan, facendosi da parte per permettergli di passare.

E, tutto d'un tratto, entrare in quella casa era l'ultima cosa che Thomas avrebbe voluto fare. Effettivamente fece un passo indietro e un brivido freddo di paura gli percorse la schiena. Savage piegò gli angoli della bocca in un crudele ma affascinante sorriso.

«Che c'è?». Quella voce calma, rassicurante, vellutata, sembrava schernirlo.

I due detective erano stati lì per più di un'ora e in quel lasso di tempo il demone di Aidan non aveva fatto che crescere e diventare più forte. Quando uno dei due aveva provato a estorcere un appuntamento ad Alexandria, gli erano spuntate le zanne. Ma lei aveva davvero bisogno di un altro pretendente? Sarebbe stato costretto a mettere un cartello in giardino in cui avvertiva tutti i maschi intenzionati a corteggiare Alexandria Houton che potevano farlo, ma a loro rischio e pericolo.

Alexandria accompagnò i due detective alla porta e improvvisamente Thomas Ivan dimenticò tutte le sue paure. Non riuscì a staccarle gli occhi di dosso. Era bella in maniera ossessionante, più di quanto lui ricordasse. Anche gli agenti la stavano fissando, ipnotizzati. Thomas trattenne la gelosia, venuta fuori chissà da dove, sorpreso dall'intensità dei suoi stessi sentimenti. Sotto lo sguardo fisso di Savage, cercò di riacquistare un po' di autocontrollo.

Il viso di Alexandria si illuminò quando lo vide e Thomas fece un ampio sorriso di trionfo verso Savage. Entrò velocemente dentro casa, spinse da parte i detective e strinse entrambe le mani di Alexandria fra le sue.

Qualcosa serpeggiò nel profondo del cuore di Aidan alla vista delle mani di lei fra quelle di Thomas Ivan. Gli mancò il fiato. Il suo cuore smise di battere. Il demone si agitò e ruggì, desideroso di essere liberato, le zanne gli esplosero nella bocca e l'alone rosso della bestia offuscò i suoi occhi. Quando Thomas le si fece più vicino, per darle un bacio sulla guancia, Aidan dovette lottare per mantenere il controllo. Fece un gesto con la mano, sollevando così un batuffolo di polvere che volteggiò e finì proprio sotto il naso di Ivan. Questi inspirò e cominciò a starnutire violentemente, scosso dagli spasmi dalla testa ai piedi.

Alexandria fece un passo indietro e inarcò un sopracciglio inquisitore verso Aidan. Dal momento che lui aveva un'aria troppo innocente per i suoi gusti, gli lanciò un'occhiata minacciosa. Era stata già abbastanza dura per lei avere a che fare con quei due poliziotti stregati. Sembravano stranamente ipnotizzati dalla sua voce, dai suoi occhi, da ogni suo movimento. Erano stati così premurosi, così attenti a quello che dicevano, così preoccupati per la sua salute, che aveva cominciato a sospettare che Aidan, in uno di quegli scambi di sangue, le avesse trasferito anche il suo sex appeal. E lei non lo voleva.

Aidan accompagnò i detective alla porta, facendo un grande sforzo per non scaraventarli fuori. Non si era aspettato la loro umana reazione all'incantevole bellezza di Alexandria. Di certo non si era aspettato la propria reazione alle loro avances. Aveva sentito l'odore della loro eccitazione, letto i loro pensieri, e voleva che se ne andassero prima che lui facesse qualcosa di imperdonabile.

Sentì qualcosa agitarsi nella sua mente, come il battito di ali di farfalla. *Aidan?* Sorpreso, lanciò un'occhiata ad Alexandria. Lei lo stava guardando accigliata. *Smettila di essere così cattivo con Thomas.*

Fu travolto da un'ondata di gioia. Alexandria aveva volontariamente cercato il contatto telepatico e stavano comunicando come veri compagni per la vita. Lui sorrise, senza mostrare neanche un'ombra di rimorso. *E tu smettila di tenergli le mani.*

Ti stai comportando in maniera infantile. Io non gli sto tenendo le mani.

E smettila di farti baciare da lui.

Non mi ha baciato. Aidan, smettila. Insomma!

Lui sollevò una mano e la polvere si disperse. Imbarazzato, Thomas distolse lo sguardo da Alexandria, chiedendosi che cosa fosse accaduto. Non aveva mai starnutito in quel modo. Mai. Perché avrebbe dovuto cominciare proprio adesso? Era colpa di quella casa e di quei dannati impassibili occhi del colore dell'ambra?

Alexandria gli stava sorridendo, le sue labbra erano carnose e le fossette attraenti. «Per favore entra e siediti, Thomas. Mi dispiace averti arrecato disturbo con la mia malattia». La sua voce era un sussurro sulla sua pelle e lui si sentì scuotere da un lampo di desiderio. Indossava un paio di semplici jeans strappati e scoloriti e un cardigan con dei bottoncini di perla. Era a piedi nudi. Eppure aveva un aspetto così incredibilmente sexy. Thomas aveva sempre preferito le donne più sofisticate e alla moda, tuttavia non riusciva a staccare gli occhi dalla bellezza acqua e sapone di Alexandria.

La governante entrò reggendo un vassoio con cornetti caldi, sfogliatine alla crema e una brocca d'argento piena di caffè. Inaspettatamente, rivolse a Thomas un sorriso di benvenuto. «Mr Ivan, i suoi fiori hanno dato luce alla nostra casa».

Lui si sedette sul divano, compiaciuto. L'aveva avuta vinta su quella donna. Sentendosi particolarmente affascinante, le accordò un lieve cenno del capo e un breve sorriso.

Aidan prese Alexandria per un esile braccio e la guidò verso una poltrona dallo schienale alto di fronte a Thomas. Dopo averla fatta sedere, rimase dietro la sedia e le poggiò le mani sulle spalle. «Alexandria deve riposare, Mr Ivan. È ancora debole. Il colloquio con i detective è durato più a lungo di quanto ci aspettassimo e ha messo a dura prova la sua resistenza». Era un rimprovero, per ricordare a Thomas che era stato lui a costringere Alexandria, fragile com'era, a parlare con la polizia.

«Sì, naturalmente. Sarò breve. Volevo solo assicurarmi che stesse bene e prendere alcuni accordi di lavoro». Thomas accettò la tazza di caffè che Marie gli porse, poi alzò lo sguardo verso l'uomo che stava in piedi, protettivo, dietro la sedia di Alexandria. «Da quando ho steso il progetto, ho capito che il genio di Alexandria è indispensabile per svilupparlo. La trama è particolare e molto spaventosa e ci sono diversi attori di punta che vogliono doppiare i personaggi. Vogliamo creare un prodotto che non abbia concorrenti sul mercato. È tutto pronto, ma ho bisogno di un disegnatore all'altezza».

«È così eccitante, Thomas», esclamò Alexandria, perfettamente consapevole delle mani di Aidan sulle sue spalle. Con il dito le dava dei piccoli e sensuali colpetti sulla clavicola.

Stai usando quella vocetta da smorfiosa, Alexandria, osservò Aidan, maliziosamente. La sua voce le sfiorò la mente come il tocco del suo pollice. Aveva un tono vagamente provocatorio e lei ebbe un tuffo al cuore. «Vorrà dire che ha bisogno di una disegnatrice come Alexandria».

Fatti gli affari tuoi. Sto intenzionalmente flirtando un po', capito? Be', in effetti, potresti scrivere un libro sull'argomento.

Tutte sciocchezze, le bisbigliò nella mente, ridendo in maniera dolce e seducente.

Alexandria alzò lo sguardo e gli rivolse un'occhiata infastidita. Il suo volto era una maschera, i suoi occhi dorati fissi su Thomas. Eppure lei aveva la sensazione di un'intensa intimità, come se stessero facendo l'amore. I suoi sentimenti per Aidan erano forti e crescevano sempre più ogni volta che avevano delle conversazioni telepatiche, ogni volta che si scambiavano del sangue, ogni volta che entravano in contatto. Quando se ne rese conto, fu colpita da una fitta di paura, acuta e sgradevole.

Respira, piccola. Dimentichi sempre di respirare. Sembrava che Aidan si divertisse a prenderla in giro.

Alexandria decise di ignorare quella provocazione e rivolse invece un gran sorriso a Thomas, che dal canto suo tirò su la testa e si irrigidì, vinto da una fitta di desiderio.

Thomas era consapevole della presenza di Savage, che stava in piedi come un dio greco dietro la sedia di Alexandria, con quel dannato sguardo impassibile e le mani sulle sue spalle, come se lei gli appartenesse. Quello sguardo letale, che Alexandria non aveva mai visto andar via dalla faccia di Ivan, era snervante. Thomas aveva la sensazione che Aidan riuscisse a leggere i suoi libidinosi pensieri, a prevedere le sue intenzioni. Bevve un sorso di caffè per calmarsi.

«Magari potremmo andare a fare colazione da qualche parte, Alexandria», suggerì in tono sdolcinato, sfidando intenzionalmente Aidan, «e discutere i dettagli».

I suoi occhi non mostrarono neanche un segno di esitazione. «Alexandria non può uscire in questo momento. I dottori sono stati chiari: ha bisogno di molte ore di riposo, vero, Alexandria? Forse si potrebbe prendere in considerazione l'ipotesi una volta che lei avrà deciso di assumerla». Aidan sembrava sempre calmo, mite, quasi inespressivo, come se quello che stava dicendo non significasse niente per lui e come se Thomas non costituisse minimamente una minaccia.

Alexandria sussultò e l'avrebbe interrotto, se le sue mani non avessero stretto la presa, tenendola ferma.

Thomas notò con fastidio che la tensione tra loro cresceva. La chimica, l'intensità dei sentimenti che provavano l'uno per l'altra era inequivocabile, e lui la detestava, riconoscendo che si trattava di un ostacolo alla relazione che lui avrebbe voluto avere con lei. Ma Alexandria non ne era felice, e questo era un bene. Ivan si esibì nel suo sorriso più affascinante e disinvolto e si piegò in avanti.

«Il lavoro è suo, non importa quante ore può dedicarvi. Ho il contratto qui con me e sono disposto a pagarla qualsiasi cifra». "Be'", pensò Aidan, "non credere di potermi mettere da parte con tanta facilità".

Lo squalo attacca! Stai attenta, cara, sta nuotando verso di te. Aidan allentò apposta la tensione tra di loro.

Alexandria lanciò un'occhiata ad Aidan e vide che il suo viso continuava a essere una maschera impassibile. Gli occhi del colore dell'oro non si erano staccati per un attimo dal volto di Thomas, ma nella propria testa riusciva a sentire l'eco della sua risatina. Nonostante fosse abbastanza indispettita, veniva da ridere anche a lei.

«Mi fa piacere sentirtelo dire, Thomas», rispose, con la voce più da smorfiosa che poté, nel tentativo di infastidire Aidan a sua volta. «I dottori sono stati molto prudenti e, dal momento che ho anche la responsabilità di mio fratello, mi hanno detto di stare molto attenta alla mia salute».

«Segui le loro istruzioni alla lettera», replicò Thomas, facendosi ancora più vicino a lei. «Non vorrei che si verificasse un episodio come quello di qualche giorno fa. Mi sono spaventato moltissimo». Ne aveva fatto una questione personale, e allungò la mano per posarla sul suo ginocchio.

Per qualche strana ragione, quel contatto le diede un senso di repulsione. La tazza di caffè che lui teneva nell'altra mano improvvisamente si mosse e il liquido caldo gli gocciolò sul polso e lungo il braccio. Con un grido sbatté la tazza sul vassoio e nel farlo strofinò la manica sulle sfogliatine. Il suo immacolato vestito si sporcò di crema.

«Oh, Thomas». Alexandria cercò di alzarsi in piedi per aiutarlo, ma le mani di Aidan la fecero rimanere ferma dov'era. *So che sei stato tu, uomo di Neanderthal che non sei altro! Non cercare nemmeno per minuto di far finta di essere innocente, non funzionerebbe. Stai cercando in tutti i modi di metterlo in imbarazzo.* Le sue accuse furono violente, e tenne duro nel tentativo di reprimere qualsiasi accenno di ironia.

Deve tenere quelle dannate mani al loro posto. Aidan affrontò la sua collera, privo di qualsiasi rimorso.

E tu invece puoi continuare a toccarmi come e quando vuoi. Come il toro che dice cornuto all'asino. Smettila di provocarlo. Io voglio quel lavoro.

Quell'idiota è talmente infatuato di te che si metterebbe a testa in giù se tu glielo chiedessi. Il lavoro non c'entra niente.

Non ripetere mai più la parola "infatuato". Non riusciva a trovare una risposta più caustica. Aidan sembrava assolutamente privo di rimorsi. E, cosa che la faceva arrabbiare ancora di più, avvertiva anche un'inconfondibile nota di divertimento nella sua voce di velluto nero.

«Mi dispiace, Alexandria». Thomas era mortificato. Tutta colpa di quei maledetti occhi d'ambra, che scrutavano ogni suo movimento, aspettando, limitandosi ad aspettare. Era inquietante e fastidioso quello sguardo da predatore. Si sentiva come un coniglio, la preda di un lupo. Stava di nuovo lavorando di fantasia. Rivolse ad Alexandria il suo più accattivante sorriso, cercando di ignorare l'uomo che incombeva dietro la sua sedia. Savage voleva dare l'impressione di essere inoffensivo, ma lui non si era lasciato ingannare. Chiunque fosse quell'uomo, era un ostacolo con cui avrebbe dovuto confrontarsi. Reclamava il proprio possesso su Alexandria e stava chiaramente cercando di scoraggiare Thomas.

«Non ti preoccupare, Thomas. Il vassoio era troppo vicino. In ogni caso a farne le spese è stato il tuo vestito, non io».

La voce di Alexandria era pacifica e rassicurante, sembrava avvolgerlo, rilassarlo.

«Alexandria è stanca, Mr Ivan. Devo insistere perché adesso vada a riposarsi». Lo sguardo di Aidan continuava a rimanere fisso su di lui. «Confido nel fatto che si ritenga soddisfatto dall'aver appurato che non la tengo prigioniera nella mia torre». Fece una pausa. «E, per il futuro, Mr Ivan, se vuole sapere qualcosa su di me o sulle persone che lavorano per me, le assicuro che rivolgersi a un investigatore privato sarebbe uno spreco di denaro. Sono disposto a rispondere a tutte le sue domande». Il suo sorriso era amichevole, ma quegli affilati denti bianchissimi diedero a Thomas la sensazione di stare parlando con un lupo. Non c'era alcun calore nei suoi snervanti occhi dorati.

Thomas si alzò in piedi, detestando quel brivido di paura che lo scuoteva fin nelle viscere e sentendosi umiliato dal fatto di venire sommariamente congedato da Savage con la scusa del suo interesse per la salute di Alexandria. Ma doveva portare pazienza. Lei voleva lavorare per lui. Sarebbero rimasti da soli, e non c'era niente che Aidan Savage potesse fare per evitarlo.

«Mi scuso per qualsiasi inconveniente le possa aver provocato la mia preoccupazione per Alexandria. Ero solo molto in ansia per lei».

Ignorando la pressione delle mani di Aidan sulle sue spalle, Alexandria si alzò con lui. «Lo capiamo. Comunque, ti assicuro, Aidan è una brava persona e non farebbe mai del male a Joshua o a me. Non c'è assolutamente niente di cui tu ti debba preoccupare».

Thomas guardò oltre la sua testa per sfidare Aidan. «Oh, sono certo che hai ragione». Lui aveva capito che quell'uomo era un bastardo, ma Alexandria aveva evidentemente un animo troppo innocente per individuare che razza di tipo fosse in realtà Savage. Ci dovevano essere degli scheletri nel suo armadio, un paio di cadaveri nel suo passato. Thomas intendeva portarli alla luce. Indirizzò al suo rivale un sorriso, una fredda e voluta minaccia. «Io e Mr Savage ci siamo capiti abbastanza bene, Alex. Ti chiamo più tardi».

Lei lo accompagnò alla porta. Giunto sul porticato dell'ingresso, si girò e sollevò una mano per toccarle una guancia, certo che la sua pelle sarebbe stata morbida come appariva. Per un momento il suo cuore sembrò fermarsi e il respiro gli si bloccò in gola. Nessuna donna aveva mai avuto quell'effetto su di lui. Tuttavia, quando allungò la mano per farle una carezza, sentì un rabbioso ronzio e un'enorme ape nera venuta fuori dal nulla si gettò in picchiata su di lui.

Thomas fece un balzo indietro, imprecando, cercando di scacciare l'insistente insetto. Perse l'appoggio del piede sinistro, si storse la caviglia e fu sul punto di cadere.

Alexandria si era coperta la bocca con una mano, spaventata. *Aidan, smettila subito!*

Non riesco a capire di cosa tu mi stia accusando, rispose candidamente Aidan dal soggiorno. La sua voce era incurante, virtuosa e placida.

Thomas corse lungo il vialetto d'ingresso per trovare rifugio nella sua auto. Maledetto uomo, maledetta casa, e maledette tutte le imbarazzanti situazioni che si erano verificate. Savage non sarebbe riuscito a metterlo fuori gioco per sempre. Al sicuro nella sua auto, fece un cenno con la mano ad Alexandria, felice di constatare che lei sembrava angosciata per lui. Desiderò quasi che l'ape l'avesse punto; lei avrebbe senz'altro insistito per medicarlo.

Alexandria sbatté la porta con più forza del necessario. «Sei l'uomo più esasperante del mondo», lo accusò.

Aidan sollevò un sopracciglio. «Un'altra delle mie caratteristiche fastidiose, ma che conquista». Aveva un sorriso sexy e provocatorio.

Alexandria perse quasi il filo dei pensieri, distratta dallo struggente calore che quel sorriso aveva scatenato dentro di lei. All'improvviso ritornò padrona di sé, raddrizzò le spalle e fece appello a tutta la rabbia che era in grado di gestire in quel momento. «Non c'è niente che conquista in te. Sei così... così...». Si interruppe alla ricerca dell'espressione giusta, ma le mancavano le parole. Nessuno avrebbe dovuto avere quel sorriso.

«Brillante?», suggerì lui, per venirle in aiuto.

«Mi vengono in mente aggettivi come "insensibile" e "infantile". Pensi di comportarti in questo modo tutte le volte che verrà qui?».

Si era messa le mani sui fianchi magri e i suoi occhi di zaffiro mandavano bagliori fulminanti. Lui voleva baciarla. Il suo sguardo dorato si fece più intenso e gli occhi gli caddero sulla sua bocca. Immediatamente, il corpo di lei rispose a quell'occhiata sensuale e cupa. Si scostò da lui in fretta e sollevò le mani per proteggersi. «Non ci provare, maniaco da ricovero».

«Non dovrei provare a fare cosa?». La sua voce era bassa, ipnotizzante e seducente.

A lei sembrò che quelle parole le accarezzassero la pelle. Si sciolse e provò una fitta di dolore. «Stai lontano da me. Insomma, Aidan. Sei terribile. Dovrebbero rinchiuderti».

«Ma io non ho fatto niente». Sorrise e avanzò lentamente verso di lei. «Non ancora».

«Marie!». Presa dal panico, Alexandria urlò con quanto fiato aveva in gola.

Aidan scoppiò a ridere quando la governante arrivò di corsa. *Piccola codarda, scappa finché sei in tempo.* Sebbene si trovassero ai due angoli della stanza e ci fosse Marie in mezzo a loro, Alexandria sentì le sue dita sfiorarle la pelle, il viso, la gola. Scesero più in basso, leggere come una piuma, fino a toccarle la curva del seno prima che la sensazione svanisse.

«Che c'è, Alexandria?», chiese Marie, mettendosi le mani sui fianchi e guardando in tralice Aidan.

Lui alzò le mani, in segno di resa, ridendo. «Sono innocente. Mi sono comportato come un perfetto gentiluomo con il suo ospite».

«Ha versato il caffè di Thomas, lo ha fatto starnutire, sporcare di crema e inseguire da un'ape», lo accusò Alexandria. Mentre Marie si sforzava di rimanere seria, Alexandria lanciò l'offesa finale. «E stava per far appassire le mie rose».

«Aidan!», Marie aveva un tono da severo rimprovero, ma dal suo sguardo si capiva che le veniva da ridere.

Aidan a quel punto era scoppiato in una risata, aveva gettato la testa indietro, i suoi occhi dorati brillavano e la sua espressione si era trasformata: sembrava un bambino che aveva fatto una marachella. Nessuna delle due donne riuscì a resistere alla gioia pura, al divertimento che il carpaziano stava sperimentando per la prima volta dopo secoli. Marie urlò di felicità, mentre per Alexandria quella risata fu come un potente afrodisiaco che le rivelò quanto potere lei stessa esercitasse su una tale creatura.

«Non sta dicendo la verità. Ivan ha fatto cadere il caffè da solo e ha inzuppato la manica nella crema delle sfogliatine. Io non ero vicino a lui. E l'ape probabilmente è stata un caso. Che c'entro io con il fatto che un insetto sia stato attratto da quell'uomo?». Sgranò gli occhi, come se il suo comportamento fosse stato irreprensibile. «E per quanto riguarda i fiori, li ho solo guardati con astio perché lei se li coccolava come una stupida».

«Una stupida?», gli fece eco Alexandria. «Ti faccio vedere io, bestiaccia». Si diresse risoluta verso di lui, ma Marie alzò una mano.

«Calmi, calmi, bambini. Joshua si è svegliato e nessuno di noi vuole che vi trovi a litigare».

«Non vogliamo che scopra che il gigante ha i piedi d'argilla», corresse Alexandria, lanciando un'occhiata ad Aidan.

A quel punto lui si mosse verso di lei nel deliberato tentativo di braccarla, aggirando Marie con quel suo modo fluido e silenzioso di camminare e facendo battere all'impazzata il cuore di Alexandria per la trepidazione. Gli angoli della sua bocca perfetta si erano piegati in un provocatorio sorriso. Lei fece subito un passo indietro e inciampò: sarebbe caduta se lui non avesse allungato una mano e l'avesse sorretta.

«Che fai, scappi, piccola codarda?», mormorò Aidan, con aria beffarda, attirandola tra le sue braccia.

Marie si ritirò dalla stanza con discrezione, lasciando la giovane donna al suo destino e coprendosi la bocca con la mano per nascondere un bel sorriso.

«Aidan». C'era una punta di sofferenza nella voce di Alexandria. Non che soffrisse per il fatto di trovarsi lì. Solo che lui era così vicino che il calore del suo corpo la avvolgeva. Le loro bocche erano separate solo da pochi centimetri e i loro cuori battevano allo stesso disperato ritmo.

Lui le passò il pollice sulle labbra con una lieve carezza, e le fiamme le divamparono nell'anima. Gli occhi dorati di Aidan rimasero incollati a quelli di Alexandria, mentre lui abbassava la testa e la bocca trovava quella di lei con lenta passione, assaporandone piano ogni angolo, esplorandola, persuadendola. Fece scivolare le mani sui suoi fianchi, afferrandola e stringendola a sé, schiacciando contro il suo corpo massiccio ed esigente le morbide forme di lei.

C'era una traccia di resistenza in Alexandria, come se stesse ancora lottando per sopravvivere, come se il suo istinto di autoconservazione la stesse avvertendo del pericolo. Tuttavia, il legame tra quei due cresceva sempre di più con la vicinanza, con ogni scambio di sangue, con la chimica esplosiva che scattava tra loro. La sua mente stava già cercando quella di Aidan, la sua anima era in contatto con quella di lui. Persino il suo cuore si stava ammorbidendo, mostrandosi disponibile. Il corpo di Alexandria invocò quello di Aidan. Solo la testardaggine lo ostacolava nell'accampare i suoi diritti in qualità di compagno per la vita.

La bocca di Aidan si mosse sopra quella di lei, approfondendo il bacio, mettendo da parte le sue obiezioni con un'ondata di piacere, trascinandola sempre di più in mondo fatto di sensualità, di oscurità, di tutto quello che comportava la loro richiesta di sangue.

«Perdindirindina!». La voce di Joshua lasciava trasparire paura e ribrezzo allo stesso tempo. «Ti piace fare queste cose disgustose, Aidan?».

Alexandria si allontanò con uno strattone dall'abbraccio di Aidan e si strofinò la bocca, nel disperato tentativo di riprendere fiato.

Aidan arruffò i biondi capelli del bambino. «Sì, Joshua, mi piace fare queste cose, ma solo con tua sorella. Lei è speciale, sai. Capita una sola volta nella vita di incontrare qualcuno come Alexandria».

Joshua rivolse a sua sorella un sorriso indagatore. C'era una luce diabolica nei suoi occhi. «Sembra che anche a lei piaccia farle».

«Be', in realtà no», negò categoricamente Alexandria. «Aidan Savage è un cretino, Joshua. Un cretino schifoso».

Il sorriso del bambino si allargò. «Sì, le piace farle», affermò. «Devi baciare molto bene, Aidan. Non si era mai fatta baciare da nessuno prima, solo da me». Alzò il viso per farsi dare un bacio da sua sorella e le sue piccole braccia le circondarono il collo quando lei si chinò per accontentarlo. «Nessuno ti bacerà mai meglio di me e Aidan».

«Esattamente», fece Aidan, soddisfatto. «Dobbiamo stare molto in guardia adesso che Mr Ivan l'ha assunta. Lui ha proprio l'atteggiamento di chi vorrebbe baciare Alexandria, potrei scommetterci».

«Non ti preoccupare, Aidan. Io non glielo permetterò», garantì Joshua, risoluto. «Se lei dovrà andare a lavorare per quel tipo, io li seguirò ovunque e lo terrò lontano da lei».

«Sarebbe perfetto, Josh». Il tono di approvazione nella voce di Aidan inorgoglì il ragazzino.

«Non riesco a credere», li interruppe Alexandria, «che tu stia facendo questa conversazione con un bambino di sei anni». Abbracciò il fratellino e ricambiò l'affetto che le era mancato. Era stato lontano da lei troppo a lungo, ma non così tanto da impedirgli di ribattere.

«Ne ho quasi sette».

«È comunque fuori luogo».

Joshua fece un sorrisetto ad Aidan. «Non ti preoccupare. Fa sempre così quando non sa cosa dire e mi vuole zittire».

Aidan si abbassò e con una mano sola sollevò il bambino e se lo mise sulle spalle. «È solo perché le piacciono i miei baci ed è un po' confusa. Per questa volta la perdoniamo».

«Oh, ho capito come andrà a finire». Alexandria lanciò un'occhiata torva a entrambi, ma le spuntò una fossetta sulla guancia, nonostante tutti i suoi sforzi per mostrarsi contrariata. «Voi due vi state alleando contro di me».

Loro si guardarono, scambiandosi un sorriso. «Sì», risposero all'unisono.

Alexandria sussultò. Non c'era mai stato nessun altro tranne lei a prendersi cura di Joshua. Lui non si era mai fidato e non aveva mai ammirato qualcun altro. Ma era felice che Aidan suscitasse il suo interesse. Quell'uomo le stava rubando il cuore con la dolcezza. Joshua era il suo mondo. Avvertiva l'affetto sincero che Aidan provava per il bambino: stava nascendo una genuina amicizia tra loro. Alla vista di loro due insieme, le lacrime le riempirono gli occhi,

«Avanti, socio, abbiamo bisogno che tu faccia una bella colazione. Mr Ivan ne porta ancora le tracce sul suo vestito… è stato così maldestro. Avresti dovuto vederlo», lo informò Aidan.

Joshua fece un risolino. «Si è sporcato?».

Aidan scivolò con disinvoltura verso la cucina, come se il peso di Joshua sulle spalle fosse del tutto trascurabile. «È un totale idiota. Anche Alexandria se l'è vista brutta, le veniva da ridere, ma non lo ammetterà mai. Sostiene che le piace», sussurrò, sapendo perfettamente che lei era in grado di sentire ogni singola parola.

Alexandria li seguì, incerta se assestare un altro calcio negli stinchi ad Aidan o se comportarsi in maniera dignitosa e ignorarlo. Era una scelta difficile.

Posso leggerti nel pensiero, le bisbigliò telepaticamente, e ad Alexandria quella voce sembrò una carezza.

Lei lo fulminò con lo sguardo. Avrebbe dovuto dargli un calcio, buona la prima. Sapeva benissimo come impressionarla, quel mascalzone. *Playboy vecchio decrepito. Canaglia. Porco.* Si meritava un calcio. Forte.

«Io non mi sporco mai con il cibo, Aidan», gli confidò Joshua con aria solenne. «Almeno, non più. Mi capitava quando ero più piccolo».

«Le sorelle non hanno sui propri fratelli lo stesso effetto che hanno sugli uomini adulti. Credimi, Alexandria, potrebbe farmi sporcare con il cibo».

Joshua scosse i riccioli biondi. «Assolutamente no, Aidan».

«E invece sì, Joshua. Vorrei non doverlo ammettere, ma in effetti sarebbe in grado di farlo. Le donne possono far fare qualsiasi cosa a un uomo, terribile, no?»

«Perché? È solo una ragazza». Si strofinò il naso e rivolse alla sorella un ampio sorriso. «E ci dice sempre cosa dobbiamo fare».

«Esattamente, e adesso ti dico che devi fare colazione e prepararti per andare a scuola». Alexandria avrebbe voluto mostrarsi severa, tuttavia si stava sforzando di non scoppiare a ridere. Joshua era anche troppo precoce per la sua età. «Ti accompagnerò io».

Aidan si voltò lentamente e la fissò con quel suo sguardo imperturbabile. Alexandria lo ignorò, ben consapevole del fatto che lui si sarebbe opposto. Ma lei era determinata a fare quello che aveva appena annunciato. Non aveva intenzione di modificare radicalmente il suo stile di vita per lui. Più lo lasciava fare, più l'avrebbe trascinata nel suo mondo.

«Andiamo», ripeté con decisione.

«Pensaci», le disse lui dolcemente, mettendo Joshua a terra e arruffandogli i riccioli biondi. «Qualcuno deve prendersi cura di te. E io e Joshua siamo intenzionati a farlo, che ti piaccia o no».

Joshua le sorrise, innocente, infantile, inconsapevole di tutto quello che c'era sotto. «Perché tu stai male, Alex. Lo sai, anche tu ti prendi sempre cura di me quando io sto male». Scivolò su una sedia di legno dallo schienale alto. «Una volta, stavo veramente male e lei non mi ha lasciato mai, neanche per andare a dormire. Me lo ricordo, Alex».

«Avevi la polmonite», confermò lei a bassa voce, abbassandosi per dargli un'affettuosa pacca sulle spalle.

La sua espressione era così tenera che Aidan dovette girarsi per trattenersi dal prenderla fra le braccia. Stava lottando con tutte le sue forze per rimanere umana, e lui non poteva rimproverarla per quello. Tutto il suo mondo era stato capovolto. Per essere una che lo considerava un personaggio di fantasia, un leggendario e terribile vampiro, si stava comportando abbastanza bene.

«Marie ha preparato i pancake stamattina», disse Joshua. «Glieli ho chiesti io, perché so che ti piacciono tanto. Lei ha fatto una buffa smorfia».

Il colpo fu quasi fisico, come un pugno nello stomaco. Alexandria impallidì, e improvvisamente si ritrovò a esaminare l'immacolato pavimento della cucina. Ogni cosa le ricordava il terribile prezzo che aveva dovuto pagare per rimanere in vita. Ci doveva essere un modo per tornare indietro. Se un vampiro o un… carpaziano l'aveva trasformata, la medicina moderna avrebbe dovuto avere un antidoto. Avrebbe fatto delle ricerche in segreto, trovato un modo per prendersi cura di Joshua da sola, senza l'aiuto di Marie e Stefan, e di certo senza quello di Aidan. Lui le stava diventando troppo indispensabile, per i suoi gusti.

Sentì gli occhi dorati di lui che la fissavano, capì che la stava guardando da vicino, avvertì l'esatto momento in cui la mente di Aidan cercò il contatto con la sua. Lei fece deliberatamente resistenza, per rivendicare la propria autonomia.

La risata di Aidan fu sommessa e provocatoria. «Pensi di metterti le scarpe quando accompagneremo Joshua a scuola o vuoi venire a piedi nudi?», le chiese dolcemente, incurante della sua aria di sfida.

«Non credo che ci sia bisogno che venga anche tu, Aidan. Sono in grado di andarci da sola. Dovresti ricordartelo, l'ho già fatto per diverso tempo».

Lui la raggiunse e le tirò una ciocca di capelli. «È vero, piccola, ma non è questo il punto. Io ho dovuto cercare la scuola in gran fretta, Stefan ha dato un'occhiata al posto mio e io non ho avuto la possibilità di controllare. Questa sarebbe l'occasione buona per farlo».

«Tu mi vuoi solo sorvegliare». Era una vera e propria accusa.

Lui scrollò le spalle. Non vide alcuna ragione per negare. «Certo, anche».

Alexandria gli lanciò un'occhiata piena di risentimento. Tutto d'un tratto le vennero le lacrime agli occhi e questo la fece arrabbiare ancora di più. «Non ho bisogno di una guardia del corpo».

«Lascia che sia io a stabilirlo».

Lei lo afferrò per un braccio. «Joshua, sbrigati a finire la colazione e vatti a lavare i denti. Io e Aidan andiamo a fare due chiacchiere. Vieni in soggiorno quando sei pronto per uscire».

«Ok, Alex», fece Joshua.

Sebbene le sue esili dita riuscissero appena a circondare il possente polso di Aidan, lei lo trascinò fuori dalla cucina. «Non puoi tenermi prigioniera, Aidan. Lo so che il motivo per cui mi vuoi sorvegliare è farmi stare al sicuro. Che cosa ci potrà mai essere fuori che potrebbe farmi del male? Tu stesso hai detto che i vampiri non possono restare in circolazione dopo l'alba. Accompagnerò Joshua da sola».

«Tu non hai la benché minima idea di quello che dovrai affrontare. La luce, persino quella fioca della prima mattinata, ti farà male agli occhi e ti brucerà la pelle. Devi indossare speciali occhiali con le lenti scure e abituarti al sole gradualmente. In qualità di compagno per la vita, io sono responsabile della tua salute e della tua sicurezza e devo proteggerti sempre, anche da te stessa. Se desideri portare Joshua a scuola, io verrò con voi».

«Vuoi solo assicurarti che io ritorni. Il fatto che tu voglia venire con noi non c'entra niente con la scuola di Joshua o con la mia sicurezza. Credi che io abbia intenzione di prendere mio fratello e scappare di corsa all'aeroporto più vicino. Se avessi un po' di cervello, lo farei. Tu resterai qui, Aidan, e lascerai che io mi occupi di mio fratello. L'ho fatto per anni». Lo fulminò con quei suoi occhi azzurri, che ardevano per la sfida e la determinazione.

Aidan permise a un virile e divertito sorriso di affacciarsi sul suo volto. «E hai fatto davvero un buon lavoro, Alexandria. Joshua è un bravo bambino. Qui in casa ha conquistato il cuore di tutti. E io non voglio essere negligente e tralasciare di accompagnarlo almeno una volta alla sua nuova scuola. Mi pare che in passato abbia avuto qualche problema con un paio di bulletti e mi ha fatto capire che una dimostrazione di forza potrebbe essergli molto d'aiuto. Dirò a Stefan di prendere la limousine».

«Non mi stai ascoltando, Aidan». Tuttavia, era riuscito a disinnescare la sua rabbia. Lei voleva che Joshua fosse felice. Ed era fin troppo consapevole dei problemi che il fratello aveva avuto nella vecchia scuola. Se voleva essere accompagnato con una grande macchina e scortato da un adulto possente per dare subito una precisa prima impressione, chi era lei per negarglielo?

«Non credo che tu mi piaccia molto, Aidan. Sembra sempre che tu l'abbia vinta», capitolò, riluttante.

Lui le scompigliò i capelli, così come aveva fatto con Joshua. «Abituatici, piccola. Tutti mi obbediscono».

«Io non ho paura di te come loro».

«Forse non nello stesso modo, Alexandria, ma anche tu di sicuro hai paura. Altrimenti non avresti tentato di scappare da me, da noi, come hai fatto». Il tono provocatorio della sua voce le procurava una reazione che lei non avrebbe voluto riconoscere. Doveva scappare. Era l'unica soluzione. La sola.

Marie si affacciò dalla soglia della porta. «Il telefono, Alexandria. Di nuovo il tuo giovanotto». Ammiccò. «È proprio pressante».

«Non è il giovanotto di Alexandria, Marie», la ammonì Aidan. «È così vecchio che potrebbe essere suo padre».

Marie scoppiò a ridere solo dopo essersi rincamminata verso la cucina, ignorando il suo malumore.

«Pronto?». Quando prese la chiamata di Thomas Ivan, Alexandria ce la mise tutta per sembrare il più dolce possibile. «Oh, Thomas!». I suoi occhi erano fissi su Aidan mentre esclamava il nome dell'altro. «A teatro? Stasera? Be', non so, ho poco tempo per organizzarmi e non sono sicura di essere pronta per trascorrere una serata fuori».

Aidan riusciva senza difficoltà a cogliere la voce suadente e persuasiva all'altro capo del filo. «Ce ne staremo tranquillamente seduti, Alex, e poi ti porterò dritta a casa. Presto».

Lei chiuse gli occhi. Una serata lontana da tutta quella tensione. Una serata nel mondo reale. Il suo mondo. Un programma invitante. E accettando avrebbe capito una volta e per tutte se era prigioniera o no. «Sarebbe fantastico, Thomas. Ma dritto a casa dopo – non voglio fare arrabbiare il dottore». Mentre accettava l'invito guardò Aidan.

Lui inarcò un sopracciglio, ma per il resto la sua espressione rimase neutra, come se fosse stata scolpita nel granito. Per qualche strana ragione, questo atteggiamento le fece battere il cuore più forte che se lui avesse avuto un'aria irritata. Aidan Savage aveva in mente qualcosa. Non sapeva cosa, ma ne era certa.

Riappese la cornetta. «Andrò a teatro», disse in tono di sfida.

Aidan annuì. «Ho sentito. Credi sia saggio?».

Lei scrollò le spalle. «Mi sento abbastanza bene. Ho recuperato quasi tutte le forze».

«Non mi riferivo alla tua salute in questo momento, Alexandria», fece lui dolcemente, «ma alla sua».

Capitolo 12

«Aidan, posso avere un cagnolino?». Joshua, schiacciato tra Aidan e Alexandria sul sedile posteriore dell'auto, evitò attentamente di alzare gli occhi verso la sorella.

Alexandria si irrigidì, risentita, e sollevò il mento. Aidan fece scivolare la mano lungo il sedile e gliela poggiò sulla nuca. Le dita si chiusero sul suo collo sottile e cominciarono a massaggiarlo lentamente. «Joshua, lo so che è divertente provocare Alexandria con la storia che io sono il capo e che ho preso il sopravvento su di lei, ma entrambi sappiamo la verità. Alexandria è tua sorella ed è lei a occuparsi di te. Perché hai fatto a me questa domanda?»

«Be', Aidan», Joshua abbassò lo sguardo e prese a contemplarsi le mani, «lei dice sempre di no. Non è vero, Alex? Dice che è troppo difficile trovare un appartamento in cui poter tenere un cagnolino. Ma adesso viviamo da te. E ci sarebbe lo spazio per un cucciolo, non credi?». Alzò gli occhi, pieno di speranza. «Casa tua è molto grande e io me ne prenderei cura sempre, tranne quando sono a scuola».

«Be', Joshua, non lo so», rispose serio Aidan, soppesando la questione. «I cuccioli significano un considerevole numero di problemi. Marie e Stefan hanno già molto da fare per mandare avanti la casa. Per correttezza, bisognerebbe chiedere anche il loro parere. Non è una decisione da prendere a cuor leggero. In ogni caso, prima di riprendere l'argomento, credo che discuterne con tua sorella potrebbe essere un buon inizio».

Joshua scrollò le spalle e fece un ampio e accattivante sorriso ad Alexandria. «Lei ha già detto che avremmo potuto prenderlo se avessimo trovato un posto in cui potevamo tenerlo».

Alexandria cercò di concentrarsi, ma gli occhi le bruciavano persino dietro gli occhiali scurissimi che Aidan le aveva fatto indossare. I finestrini della macchina era oscurati per impedire al sole di penetrare, eppure lei, ogni volta che la luce le sfiorava il viso, si sentiva come se avesse migliaia di aghi conficcati in faccia. Era terrificante. E voleva dire che ancora una volta Aidan le aveva detto la verità.

«Non siamo stati a casa di Aidan così tanto da essere certi che continueremo a vivere lì, Joshua». Ignorò le dita che stringevano la presa sul suo collo. «E non mi sembra giusto dare altro lavoro a Marie così presto. Aspettiamo e vediamo che succede. Ci siamo appena trasferiti e io tra poco comincerò a lavorare. Non sto dicendo di no, solo che dovremmo aspettare ancora un po', ok?»

«Ma, Alex...». La voce di Joshua aveva un che di lamentoso.

«Credo che Alexandria abbia ragione, Joshua». Il tono di Aidan non ammetteva repliche e il bambino si arrese immediatamente.

Lei gli fu stranamente grata. Di solito Joshua avrebbe tentato di prenderla per sfinimento. E in quel momento si sentiva tanto stanca che le sembrava già difficile pensare e comportarsi normalmente. Le lacrimavano gli occhi e la silenziosa luce del sole le bruciava le braccia e il viso. Avrebbe voluto urlare, prendendosela con il destino per quello che le era accaduto. A lungo aveva sperato che Aidan le stesse mentendo. Che ci fosse qualche contorto motivo per cui lui stava cercando di persuaderla a credergli.

Torneremo presto a casa, cara. Le parole le si agitarono nella mente, avvolgendola nel velluto e riscaldandola come se la stesse tenendo stretta tra le braccia.

«Non posso accettarlo». Lo disse a voce alta, dimenticandosi del fatto che Joshua era seduto tra di loro, tutt'orecchi. «Proprio non posso, Aidan». Quell'atteggiamento incauto, che avrebbe potuto mettere il fratello in allarme, era misura della sua confusione mentale. Era sempre molto ponderata con lui presente.

Aidan fece scivolare la mano più giù, lungo la sua schiena, infilando le dita fra i suoi morbidi capelli. «Non preoccuparti, andrà tutto bene», disse, per minimizzare l'accaduto.

La macchina si fermò e Stefan aprì lo sportello dal lato di Aidan. Immediatamente si insinuò nell'abitacolo la luce del sole non filtrata dai finestrini, un lampo di luce e di calore: Alexandria capì che l'autista non aveva aperto appositamente la portiera dal suo lato. Aidan, come al solito, la stava difendendo dalla sua stessa stupidità. Anche se lui bloccava gran parte dei raggi, gettando un'ombra protettiva su di lei, Alexandria dovette stringere i denti per resistere al bruciore. Diede un bacio sulla testa a Joshua con gli occhi chiusi dietro le lenti scure. «Buona giornata, Josh. Ci vediamo stasera». Rimase stupita dal fatto che dalla sua voce non trapelasse nulla.

«Ti troverò quando tornerò a casa?», le chiese il fratello, preoccupato. Detestava lasciarla, temeva di perderla. Negli ultimi tempi si era infiltrata nei suoi sogni – incubi, per la precisione – la sensazione che Alexandria se ne sarebbe andata per sempre. Si aggrappò a lei e sprofondò il visino nella sua spalla.

«Che c'è, Josh?». Tutto d'un tratto le sue paure e la sua sofferenza fisica furono messe da parte.

«Non ti succederà niente di male, vero?». L'ansia trapelava dalla sua voce, dall'irrigidimento del suo corpicino.

Alexandria voleva rispondergli, rassicurarlo, ma le parole le morirono in gola e si rifiutarono di venir fuori. Le sfuggì solo una debole esclamazione, a metà tra il terrore e il dolore.

«Ci sarò io con Alexandria mentre tu sarai a scuola, Joshua», disse dolcemente Aidan, con una voce talmente rassicurante e calma che era impossibile non credergli. «Non permetterò a niente e nessuno di farle del male. Hai la mia parola. E anche se starà riposando quando tu tornerai a casa, nel pomeriggio si sveglierà per stare con te».

Tra le braccia di sua sorella, Joshua si rilassò visibilmente e Aidan, travolto da un improvviso bisogno di manifestare il proprio affetto, gli diede un buffetto. Joshua stava facendo presa sul suo cuore.

Tuttavia, dietro gli occhiali scuri, lo sguardo di Aidan era inquieto, ansioso: stava cominciando a preoccuparsi. Poteva sopportare la luce del mattino, ma era pur sempre un carpaziano, una creatura dell'oscurità, e sarebbe stato meglio non tirarla per le lunghe.

«Sarò a casa alle due e mezza», annunciò Joshua come un adulto e diede un ultimo bacio ad Alexandria.

«Il tuo pranzo», gli ricordò Stefan, tendendogli lo zainetto che Marie aveva comprato per lui qualche giorno prima.

«Grazie, Stefan», fece Joshua, mettendosi a inseguire un ragazzino che era già diventato suo amico. «Jeff! Ehi! Aspettami!».

Alexandria provò a guardarlo correre, ma la luce quasi la accecò: ebbe la sensazione che piccoli aghi le stessero trafiggendo le pupille, facendola lacrimare in continuazione. Non le rimase altra scelta che chiudere gli occhi. Sollevò le ginocchia e se le abbracciò con aria triste appoggiando la schiena contro la spalliera. Aidan si spostò, un semplice fruscio sul sedile di pelle, ma lei avvertì il calore e il conforto della sua solida presenza lì accanto. Tuttavia, Alexandria non voleva che lui la consolasse. Non voleva avere niente a che fare con lui. Aidan aveva promesso a Joshua che si sarebbe preso cura di lei, che lei ci sarebbe sempre stata per il fratello, ma Alexandria non poteva sopportare l'idea di vivere bevendo il sangue degli altri. Niente sole. Niente giorno. Nessuna possibilità di condividere la vita di Joshua. Emise un gemito sommesso e si coprì il viso con le mani.

Stefan chiuse la portiera dell'auto, lasciando fuori quella luce tremenda, e Aidan le circondò con il braccio le esili spalle. «Non sarà sempre così, cara».

«Non sono neanche le nove del mattino. Il sole non è nemmeno alto». I singhiozzi provarono a farsi strada nella sua gola.

«La tua pelle si abituerà lentamente alla luce del sole». Le diede un bacio sulla testa.

Stefan mise in moto la macchina.

«Aspetta», ordinò Aidan, e Stefan obbedì all'istante, girandosi verso il sedile di dietro per chiedere istruzioni sul da farsi. Aidan rimase in silenzio, ispezionando l'area circostante, con l'espressione lievemente accigliata. «Forse potremmo chiedere una mano a Vinnie Del Marco e Rusty. Per favore, portali qui e di' loro di tenere d'occhio Joshua finché non sarà di nuovo al sicuro tra le pareti di casa nostra. Fa' in modo anche che qualcuno di loro accompagni Marie quando va in giro per sbrigare le sue faccende e per piacere assicurati che lei posticipi le commissioni non urgenti». La sua voce era calma e tranquilla, per niente allarmata, ma Alexandria si spaventò lo stesso.

«Che succede?», chiese. Stefan non fece nessuna domanda. Conosceva il significato degli ordini che Aidan gli aveva impartito. «Rispondimi. Joshua è mio fratello. Corre qualche pericolo?».

Aidan la strinse a sé, mentre la macchina si allontanava dalla scuola, per evitare che saltasse giù dal veicolo per andare a riprendersi Joshua. Alexandria oppose resistenza, ma la sua stretta era salda. «Farò in modo che sia al sicuro».

«Ma tu avevi detto che i vampiri non possono andare in giro dopo l'alba! Chi altri può fargli del male? È solo un bambino, Aidan. Riportalo a casa». Stava perdendo il controllo, era a un passo dalla crisi isterica.

«Joshua ha bisogno di vivere una vita normale. Nessuno gli farà del male. Vinnie e Rusty, due guardie del corpo molto in gamba, lo proteggeranno. Joshua non è come noi, Alexandria. Fa parte del mondo degli umani. Io e te invece dobbiamo tornare a casa e andare a dormire nella camera sotterranea, finché il sole non comincerà a tramontare».

Lei odiava la sua voce. Era così gentile, così convincente, la ipnotizzava, convincendola a fare tutto quello che lui voleva. Era così ragionevole, anche quando lei era del tutto fuori di sé. Sembrava che lui non si accorgesse delle sue resistenze, della sua isteria. La faceva sentire una bambina capricciosa, come se il suo comportamento fosse privo di senso. Alexandria fece un profondo respiro e cercò di riacquistare padronanza di sé. «Lasciami, Aidan. Adesso va tutto bene».

«Credo che ti terrò stretta ancora un altro po', piccola. Ti leggo nel pensiero e so che stai cercando di ingannare sia me che te con la tua finta calma. Rilassati, respira insieme a me, vedrai, mi occuperò di tutto. Con le disposizioni che ho dato, Joshua sarà al sicuro».

«Forse non hai capito», scandì lei. «Sono io la sorella di Joshua. Sono io l'unica a poter stabilire cosa è sicuro per lui e cosa no. E adesso voglio che stia con me».

«Non può stare con te, Alexandria. Non è possibile», replicò Aidan pazientemente. Il suo dito trovò la vena che le pulsava sul collo a ritmo convulso e la accarezzò dolcemente. «Joshua rimarrà a scuola».

«Non sono affari tuoi. Io voglio che torni a casa».

«Pensi che continuando a discutere le cose cambieranno? Ormai sei cambiata, mia cara. Non c'è più niente da fare». Quando lei provò a scostarsi da lui, Aidan glielo impedì.

«Il tuo piano non funzionerà, Aidan. Non ti permetterò di dettare legge su quello che posso o non posso fare con mio fratello. Non sono affari tuoi». Furiosa, si divincolò per liberarsi dalla sua stretta. Tuttavia, cominciava a sentirsi molto stanca.

Aidan le fece poggiare la testa sul suo petto e le mise una mano intorno alla gola, avvertendo le sue pulsazioni sotto il palmo. «Non puoi vivere lontano da me, Alexandria, e sai anche tu, nel profondo del cuore, che ho ragione. Forse è per questo che ti ribelli con tanta disperazione. Non sei ancora pronta ad abbandonarti a me».

«Ti odio». Aidan non aveva capito niente. Sin da quando era molto piccola, era stata costretta a tenere la situazione sotto controllo. Era abituata a farlo. Le piaceva. Era brava. Il fatto che qualcun altro decidesse delle sue azioni, le dicesse che cosa poteva o non poteva fare, era terrificante. E poi temeva che Joshua le sarebbe stato lentamente ma inesorabilmente sottratto.

Rilassò i muscoli e fece quello che Aidan le aveva detto. Inspirò. Espirò. Sentì una pressione familiare sulla sua mente e cercò di resistervi. Ma non avrebbe potuto farlo molto a lungo. Lui aveva ormai troppa confidenza con le barriere che lei erigeva, con le sue difese. Cancellò tutti i pensieri, immaginando che il suo cervello fosse una lavagna.

Cara, abbi fiducia. Io so che cosa è meglio per Joshua. Dovrà imparare a confrontarsi con certe cose da solo, come hanno fatto Marie, Stefan e i loro figli. Le guardie del corpo faranno sì che stia al sicuro.

Lei non rispose. Dov'era finita la sua vecchia vita? Perché tutta quella storia sembrava così pazzesca? Così assurda? Forse Aidan l'aveva semplicemente ipnotizzata e quanto stava accadendo era solo frutto della sua immaginazione. O forse la verità era ancora peggio di quel che appariva. Se lui era un vampiro, se i vampiri esistevano, se miti e leggende dicevano il vero, Aidan avrebbe potuto ridurla in schiavitù. Farle fare qualsiasi cosa. Doveva assolutamente scoprire se Aidan le stava mentendo e se era vittima di qualche incantesimo.

I suoi timori erano anche legati al fatto che ogni volta che lui posava quegli occhi dorati pieni di desiderio su di lei, Alexandria si scioglieva, lo voleva, voleva che qualcuno provasse dei sentimenti tanto forti per lei. Sesso. Gli avrebbe permesso di tentare di separarla da Joshua per il sesso? Dio, detestava se stessa. Detestava quello che era diventata. Doveva trovare un dottore. Uno psichiatra. Niente di tutto ciò era reale. L'avrebbero rinchiusa in manicomio. Aveva bisogno d'aiuto. Un disperato bisogno d'aiuto.

Entrarono in garage con la macchina, ma non era abbastanza buio per i suoi occhi vulnerabili. Stefan aprì lo sportello e le tese una mano per aiutarla a scendere. Lei la prese, docile, determinata a nascondergli il suo disprezzo. Avvertì su di sé lo sguardo color dell'oro di Aidan, quegli occhi a cui nulla sfuggiva scrutarono la sua espressione celata dagli occhiali scuri, ma lui non proferì parola.

Alexandria corse dentro e la sensazione di sollievo fu istantanea. Il calore che le faceva bruciare la pelle era scomparso, così come gli aghi che le trafiggevano le pupille. Si accorse che le pesanti tende erano state chiuse, rendendo buio l'interno della villa. Mordicchiandosi il labbro, cominciò a camminare per la casa, senza sapere precisamente dove andare. Alla fine si ritrovò davanti la pesante porta d'ingresso, dalla quale comunque non sarebbe potuta uscire. Esausta e disperata, si lasciò cadere per terra e si abbracciò le ginocchia, restando sulla difensiva. Le sembrava di essere sul punto di impazzire.

Aidan rimase in cucina, esitante: avrebbe voluto seguirla, ma, improvvisamente preoccupato per lei, non era certo che fosse la cosa giusta da fare.

Marie e Stefan si scambiarono uno sguardo colmo d'ansia. Aidan non aveva mai mostrato prima segni di indecisione, di incertezza. Alexandria aveva messo in crisi la sua padronanza di sé. E loro sapevano meglio di chiunque altro quanto sarebbe potuto diventare pericoloso senza la sua vigile autodisciplina e il suo totale autocontrollo. «Aidan, forse se io le parlassi...», ipotizzò Marie.

«Ha così tanta paura di me che non riesce neanche a prestare ascolto alla sua mente, alle sue sensazioni. Sa benissimo, in fondo al cuore, che io e lei siamo un'unica entità, che non le farei mai del male, ma si rifiuta di riconoscerlo. Pensa di essere impazzita».

«Diverse persone non riuscirebbero mai ad accettare quello che tu pretendi da lei, Aidan», lo consolò dolcemente Marie. «Alexandria è giovane e innocente, non una donna navigata. La sua esistenza fino a questo momento è stata molto difficile. Joshua è la sua unica ragione di vita. Teme che lui le stia sfuggendo. Ha bisogno di mantenere il controllo su qualcosa».

Gli occhi dorati di lui la fulminarono. «Che cosa stai dicendo?»

«Tu hai un carattere dominante. Dai ordini alla gente. Prendi tutte le decisioni. Alexandria si sta ancora sforzando di accettare quanto le è accaduto. Tu lo sai meglio di chiunque altro, eppure continui a pretendere che lei ti obbedisca alla lettera».

Lui si passò una mano tra i folti capelli biondi. «Le ho concesso un margine d'azione più ampio di quello che ho mai dato a nessun altro. Tu non puoi capire le esigenze di un compagno per la vita. Io stesso a stento riesco ad avere le idee chiare. Ho bisogno di soddisfare la mia voglia, Marie, per quanto meschino possa sembrarti. Il mio demone è ogni giorno più potente. Non so quanto a lungo potrò tenerlo a bada».

«Sei tu quella bestia, Aidan», ribatté lei severamente. «Alex è una bambina. Una bambina spaventata. E ha tutte le sue buone ragioni per esserlo. Dalle il tempo di cui ha bisogno».

«E che mi dici di quelli che le danno la caccia? Ce ne sono almeno altri due. Leggi i giornali. Un serial killer a piede libero, dicono. Ma sono vampiri. Avverto la loro presenza. La stanno cercando. Sanno che è una di noi e che ancora non è stata rivendicata».

«Non è vero. Tu sei il suo compagno per la vita. Il tuo sangue scorre nelle sue vene e il suo nelle tue. Nessuno di loro potrà portartela via. In tutti questi anni che abbiamo trascorso insieme ho imparato un sacco di cose. È la tua natura di carpaziano che ti acceca, Aidan, l'urgenza di mettere la tua compagna per la vita al riparo sotto la tua ala, di proteggerla. Al di là delle apparenze, questa parte del tuo carattere è ancora selvaggia e primitiva. Ma Alexandria è essenzialmente un essere umano. Non è nata carpaziana. Non ha la minima idea di quello che la aspetta, di quello che le è accaduto. Ancora non è in grado di capire».

Aidan sospirò, massaggiandosi le tempie. «Sta soffrendo inutilmente. Se solo riuscisse a fondere la sua mente con la mia…».

«Comunque non si fiderebbe di quanto potrebbe apprendere», insisté Marie.

Aidan gemette e si voltò verso Stefan. «Noi dobbiamo ritirarci al più presto nella nostra stanza. Ma come avrai capito ho avvertito la presenza di qualcosa di losco davanti alla scuola di Joshua. Credo che i vampiri presto scateneranno la loro offensiva. Per favore, stai allerta contro qualunque pericolo possiate correre».

Stefan annuì. «Ho fatto le telefonate necessarie e il sistema di sicurezza è attivo. Non preoccuparti per noi. Abbiamo già affrontato situazioni simili».

«Anche troppe volte», osservò Aidan, dispiaciuto. «Perché avete scelto di vivere questa vita, lontano dalla nostra patria e pericolosa per voi e per i vostri figli? Proprio non lo so».

«Lo sai», gli rispose Marie a bassa voce.

Aidan si chinò e le diede un bacio affettuoso sulla guancia. «Immagino di sì», ammise. «Per piacere, controlla se Alexandria è pronta per andare in camera. Non voglio che pensi che la sto "dominando"».

Marie annuì e Stefan seguì la moglie per i corridoi della villa, preoccupato per la piega che stava prendendo la faccenda. Aidan era pericoloso, potente, più bestia che uomo quando le sue pulsioni venivano a galla. Non avrebbe permesso a niente e nessuno di portargli via Alexandria Houton. Stefan se ne rendeva conto dalla postura protettiva e possessiva che assumeva quando lei gli stava vicino. E la sua patina di civiltà diventava ogni giorno più sottile.

Marie e Stefan trovarono Alexandria rannicchiata accanto alla porta. Sembrava piccola e smarrita, una triste fanciulla tormentata al limite della sopportazione. Aveva le ginocchia strette al petto, gli occhi bassi, i capelli sciolti che le nascondevano il volto. Stava tremando, pallida, e il terribile letargo diurno dei carpaziani stava avendo la meglio su di lei. Era chiaramente terrorizzata dalla sensazione che il suo corpo prendesse il sopravvento, come se stesse perdendo definitivamente il controllo su di sé.

«Alexandria», fece Marie, ansiosa, avvicinandosi alla figura raggomitolata, «va tutto bene?».

Il suo interesse sembrava genuino, ma Alexandria non voleva farsi illusioni. Marie era fedele solo e soltanto ad Aidan Savage. Qualunque cosa le avrebbe detto gli sarebbe stata immediatamente riferita. Alexandria non sollevò il viso. Cresceva dentro di lei il timore di essere del tutto impotente, in trappola, prigioniera di un intricato labirinto dal quale non sarebbe mai più potuta uscire. Aidan era di gran lunga troppo potente per opporgli resistenza e, per qualche strana ragione, voleva che lei restasse con lui.

«Alexandria?». Marie le toccò delicatamente il capo chino. «Dimmi, devo chiamare Aidan?».

Alexandria si stropicciò gli occhi. Aidan. Tutto sembrava far capo ad Aidan. «No, io... io mi sono solo sentita... travolta. Io... io ho bisogno di tempo per adattarmi». Aveva la voce tirata, era a un passo dal crollo, aveva persino paura di parlare. Si sforzò di fermare i brividi che la scuotevano dalla testa ai piedi. Era impazzita? Si trovava in un manicomio?

Doveva trovare un modo per allontanare Joshua da quelle persone. Avrebbe chiesto aiuto a Thomas Ivan. Ma la verità era che lui non avrebbe avuto alcuna speranza di vincere contro Aidan. Aidan non l'avrebbe mai lasciata andare. Non sapeva perché, non capiva come, ma nutriva l'assoluta convinzione che lui l'avrebbe seguita fino ai confini della Terra. Si morse un ginocchio per non mettersi a gridare. Come avrebbe mai potuto sperare di fare a meno di Aidan? Sarebbe riuscita a sopravvivere senza il suo aiuto? Se si fosse rifugiata in un ospedale, ricoverata per via delle allucinazioni, che cosa ne sarebbe stato di Joshua?

Senza che se lo aspettasse, si sentì invadere improvvisamente dal bisogno di toccare Aidan. Non importava con quanta forza cercasse di scacciare l'idea, quella persisteva. Voleva saperlo lì vicino. Pazzia! La sua stessa mente si era rivoltata contro di lei. Più faceva resistenza, peggio era. Aveva bisogno di lui. Del suo tocco rassicurante.

Marie proruppe in una sommessa esclamazione quando vide delle gocce di sangue punteggiare la fronte di Alexandria. Si voltò verso Stefan, preoccupata per la ragazza. Avevano bisogno di Aidan, subito. Evidentemente la lotta che si stava combattendo nel cervello di Alexandria le provocava sofferenza. Le vennero le lacrime agli occhi e si inginocchiò accanto alla giovane donna, mettendole un braccio sulle spalle per consolarla. Sembrava così piccola e fragile e tremava talmente tanto che Marie temeva che si rompesse in mille pezzi.

«Per favore, Alexandria, lascia che ti aiuti», la pregò dolcemente la governante.

«Cosa puoi fare?», le chiese Alexandria, disperata. «Non c'è nessuno che possa fare qualcosa. Lui non mi lascerà mai andare». Alzò lo sguardo verso l'anziana donna, afflitta. «Non è così?».

Il silenzio di Marie fu una risposta eloquente. Sentì la ragazza tremare di paura. «Aidan è una brava persona e vuole solo proteggerti. Abbi fiducia in lui».

«Tu ce l'hai?»

«Gli ho affidato la mia vita. E quella dei miei figli», le rispose Marie solennemente, senza mentire.

«Ma lui non vuole da te la stessa cosa che invece pretende da me, vero?», fece Alexandria con amarezza. «Farebbe qualsiasi cosa pur di tenermi qui, persino ingannarmi su cosa è reale e cosa non lo è».

Senza dare alcun preavviso, si alzò in piedi, facendo quasi cadere per terra Marie. Improvvisamente, provò ad aprire la porta d'ingresso. Stefan le urlò di fermarsi. Marie gridò, chiamando Aidan. E Alexandria spalancò con uno strattone il pesante portone e corse fuori all'implacabile e letale luce del sole.

Milioni di aghi le perforarono gli occhi, il corpo le si coprì di vesciche e fu avvolta da una nube di fumo, come se stesse bruciando. Non capì se stava gridando per il dolore o perché Aidan le aveva detto la verità. Quella terribile reazione ai raggi solari non poteva essere frutto della suggestione ipnotica.

Stefan si strappò la camicia, la usò per coprirle la testa e la prese in braccio, riportandola in fretta al sicuro, in casa. Marie, in preda ai singhiozzi, si protese ansiosa verso di lei, ma Aidan arrivò per primo, strappandola via dalle braccia di Stefan e stringendosela al petto. Per un momento regnò un assoluto silenzio: lui piegò la testa su quella di lei e chiuse gli occhi, con il cuore che gli batteva all'impazzata e l'anima ferita.

«Mai più». Pronunciò quelle parole a voce alta. *Mai più, cara, non ti permetterò di sfidarmi mai più in questa maniera.* Ripeté quell'avvertimento nella sua mente, giurando e spergiurando. Aveva avuto paura per lei. Era furioso con lei. Furioso con se stesso. Le emozioni si scatenarono dentro di lui finché non fu quasi sul punto di scoppiare.

Lei avvertiva la sua rabbia pulsare contro di lei, in lei. Le sue braccia erano rigide come sbarre d'acciaio mentre la sorreggeva.

«Sono in debito con te, Stefan», disse semplicemente, la sua voce era calma e serafica come sempre, seppure in conflitto con l'ira che si agitava dentro di lui.

Si girò di scatto e se ne andò, e la sua velocità sovrannaturale nascose all'occhio umano i loro movimenti. Alexandria udì il tonfo della porta del seminterrato che si chiudeva, mentre si incamminavano lungo lo stretto corridoio dalle pareti di pietra che conduceva alla camera da letto, ma Aidan non fece un fiato. Niente. Non si sentiva nemmeno il rumore del suo respiro.

Alexandria rimase immobile. Soffriva terribilmente e sulla pelle le si erano formate grandi e brutte vesciche. Aidan fu attento a non toccarle le bruciature, per non farle ancora più male. A lei non importava più di niente ormai. Sapeva che stava per accadere qualcosa di terribile. Aidan, di solito così freddo e calmo, ribolliva di emozioni negative.

Le pareti del corridoio scorrevano veloci accanto a loro, una macchia confusa di granito, finché a un certo punto Aidan non la fece distendere sul letto e si voltò dall'altra parte. Lei si mise a sedere. «Sei molto arrabbiato con me», disse in tono sommesso.

Lui non le rispose, tutto preso a triturare erbe in una ciotola di agata. Alexandria avvertì il loro odore, sempre più forte. Poi accese le candele, e il profumo che queste emanavano si mescolò a quello delle erbe.

Lei deglutì e sollevò il mento con aria di sfida. «Non ho paura di te, Aidan. Che cosa puoi farmi? Uccidermi? Credo di essere già morta. O quantomeno di vivere un tipo di vita che non mi piace. Mi porterai via Joshua? Lo spaventerai? Gli farai del male? Sono stata nella tua mente e non credo ne saresti capace», disse con coraggio.

Lui si voltò lentamente, e posò i suoi occhi del colore dell'oro sul viso di lei. Un brivido le scese lungo la schiena. Quello sguardo era privo di anima, gelido come il ghiaccio.

«Tu non sai niente di me, Alexandria. Non ti sei data la pena di scoprirlo. Non avere la presunzione di resistermi. Sei solo un inerme uccellino, mentre io uno dei più antichi membri del mio popolo. Non hai la benché minima idea del potere che detengo. Posso farti mancare la terra sotto i piedi e spegnere la luce del sole. Posso invocare la nebbia e diventare invisibile». Non si stava vantando, erano solo dati di fatto. Solo velluto nero. «Posso fare cose che neanche riesci a immaginare».

Alexandria avvertì il legame eterno che lui aveva creato tra loro e sentì la sua rabbia, scura e terribile, ribollirgli dentro. «Quello che ho fatto, era rivolto solo contro me stessa», mormorò.

Lui si avvicinò, incombendo come un'alta torre su di lei, un essere invincibile, potente oltre ogni immaginazione. «Tu mi hai tradito. Hai tradito Joshua. Ti avevo detto cosa sarebbe successo se ti fossi esposta al sole. Hai preteso di voler vedere se era la verità. Ma già sapevi che non ti avevo mentito. Hai rischiato di distruggerti, di abbandonare Joshua a degli estranei, a un futuro incerto e senza la tua protezione».

«Lo avresti protetto tu».

«Senza di te, io non esisterei più. Siamo legati nella vita e nella morte. Se scegli la morte, sarà per entrambi».

Le tremavano le mani mentre si scostava i capelli dal volto. «Non è possibile».

«Vorresti che non lo fosse», la corresse lui, afferrandole il braccio destro. «Invece è così. Non ti sto dicendo una bugia, Alexandria. Ti ho permesso di resistermi, ma solo perché so che per te è una situazione nuova».

La crema che le stava spalmando sul braccio era rinfrescante e lenitiva. «Mi stai dicendo che non ho scelta. Che non ho mai avuto scelta», azzardò lei.

«Il tuo corpo e il mio hanno scelto per noi. La tua anima è l'altra metà della mia. Il mio cuore è il tuo cuore. Le nostre menti cercano la sicurezza e l'intimità che solo quella dell'altro può dar loro. Non siamo completi quando restiamo da soli. Siamo due metà dello stesso intero. È questa la verità, Alexandria, che ti piaccia o no».

Lei deglutì, avrebbe voluto massaggiarsi le tempie, che le pulsavano. «Non è vero. Non può esserlo». Negò tutto ad alta voce, perché non voleva che fosse vero, non voleva credere alle sue parole e al suo mondo da incubo.

«Perché credi che riesca a toccarti le bruciature come sto facendo senza provocarti sofferenza? Sto bloccando il dolore. Queste medicazioni sarebbero una tortura per te, se non fossi io a fartele».

«Non è vero», ripeté lei in un sussurro.

«Sono abbastanza arrabbiato con te da dimostrarti che sto dicendo la verità, cara. Non discutere con me. Il mio corpo sta urlando per il bisogno che ha del tuo. Non una voglia umana, ma la voglia che un maschio carpaziano ha della sua compagna. Io brucio per te, notte e giorno. L'unico sollievo per me è dormire del sonno della mia gente, inconsapevole. Non farmi venire la tentazione di provare quanto dico, perché non ci sarebbe più modo di tornare indietro».

Lei curvò le spalle e distolse lo sguardo da lui. Aidan sentiva la rabbia furiosa e violenta agitarglisi dentro, mescolata all'urgente desiderio del suo corpo e alla necessità di controllare i suoi istinti da maschio carpaziano. Si chinò per farsi più vicino a lei, temerario, senza preoccuparsi di scegliere attentamente parole e comportamenti come faceva di solito. «Tu non puoi consentire a un uomo di toccarti. Sentiresti repulsione, non piacere, e lo sai. Io sono stato nella tua mente; ho letto i tuoi pensieri. Tu hai voglia solo di me».

Le scene che le proiettò nella mente erano le stesse che aveva immaginato lei. Bollenti e lussuriose fantasie di cui non aveva esperienza. Fantasie che trovava umiliante anche aver concepito. Inginocchiarsi ai suoi piedi, toccarlo, muovere la bocca su di lui; e poi lui sopra di lei, che la dava ordini e le parlava, passionale e ardente. Lui la conosceva e la stava provocando con i suoi stessi sogni erotici, in cui loro due erano protagonisti.

«Sei proprio un animale che non pensa ad altri che a se stesso», mormorò lei, coprendosi con le mani il volto rosso di vergogna. «E a me non importa niente di te. Non provo niente per te».

Lui le afferrò e le strinse la gola, costringendola a sollevare il mento e a incrociare i suoi occhi dorati. «Posso fare di te la mia schiava, Alexandria, insegnarti a darmi piacere in modi che tu neanche immagini». Le sfiorò le labbra tremanti con la punta delle dita, leggero come una piuma.

Ad Alexandria bruciavano gli occhi per le lacrime, e al contempo ardeva di desiderio. Aidan aveva ragione. Non c'erano ragionamenti o resistenze che tenevano, quando lui la toccava; lei era solo un corpo infiammato dalla passione, un corpo che moriva dalla voglia di lui. Non le importava nient'altro, non si curava di chi fosse o di cosa quel desiderio rappresentasse. Non c'era mai stato un uomo in grado di controllarla prima di allora. Qualsiasi creatura fosse diventata per colpa di Aidan Savage, lei non era più Alexandria Houton.

La mente di Aidan cercò la sua e immediatamente la rabbia che provava si esaurì. Lei era sul punto di crollare. Negli ultimi giorni troppe cose erano accadute e troppo velocemente perché riuscisse ad assimilarle. Lui maledisse il suo stesso corpo, che premeva per sfogarsi, facendogli dire e fare cose che di solito non avrebbe nemmeno preso in considerazione. La voleva con ogni singola cellula e questo l'aveva spinto a mettere da parte le sue esigenze per soddisfare le proprie. Nessun maschio carpaziano che si rispetti si sarebbe mai comportato in tal modo. In quel preciso istante, si rese conto di quanto fosse vicino a trasformarsi in un vampiro. Provò disprezzo per se stesso, per il suo egoismo e per la sua debolezza, per non aver saputo esserle d'aiuto mentre stava attraversando un momento tanto difficile. «Cara, mi dispiace. Ti prego, non avere paura di me, di noi». Pronunciò quelle parole con il tono più accattivante possibile, eppure lei sembrava essere sorda.

La sua mente era silenziosa, la proteggeva, cercava di tenerla al riparo da qualsiasi altro trauma. Lei si voltò e si buttò sul letto, rannicchiandosi in posizione fetale. Aidan rimase in piedi, arrabbiato con se stesso, incerto su ciò che avrebbe dovuto fare per porre rimedio alla sua stupidità. In quel momento, che sarebbe per sempre rimasto impresso nella sua anima, quando lei aveva spalancato la porta e si era esposta ai raggi del sole assassino, aveva davvero temuto di perderla.

Lui riusciva a resistere alla luce e al bruciore perché per lungo tempo si era allenato a farlo. Ormai, dopo secoli di studio, i suoi poteri erano quasi illimitati. Tra questi, c'erano le sue doti terapeutiche. Così chiuse gli occhi, fuoriuscì dal proprio corpo ed entrò in quello di lei, alla ricerca delle terribili e profonde bruciature, per curarla dall'interno. Fu attento e preciso e, quando ebbe finito, rimase dentro di lei e penetrò nella sua mente.

Vi trovò confusione e terrore. La paura di non essere più del tutto umana e il desiderio di dimostrare che non era così. Non vi era alcun istinto suicida. Alexandria aveva semplicemente voluto smascherare quella che credeva una bugia, ingannandosi di poter ancora far parte del mondo degli uomini. Voleva che fosse così.

Aidan le si distese accanto, racchiudendo il corpo affaticato di lei tra le sue braccia. Aveva ragione a temerlo. Lui le stava chiedendo di fare dei sacrifici a cui non era pronta. La forza della stessa attrazione sessuale per lui la allarmava al punto da farle desiderare di scappare.

Appoggiò il mento sulla sua testa e le accarezzò i capelli. Lo preoccupava il fatto che lei avesse avuto la folle idea di andare da un dottore umano per chiedergli di curarla. Non doveva fare altro che stare con lui. L'atteggiamento di sfida che aveva nei suoi confronti lo divertiva, anche se un po' se ne sentiva ferito. Alexandria era davvero determinata e lui la ammirava per questo.

«Hai solo bisogno di tempo, piccola. Mi dispiace di aver gestito questa faccenda in modo maldestro. La sola giustificazione che ho è che temevo per la tua incolumità». Sapeva che lei lo stava ascoltando, ma Alexandria non rispose. Non si aspettava che lo facesse, e si limitò ad abbracciarla un po' più stretta. *Adesso dormi, Alexandria, il sonno guaritore del nostro popolo. Un sonno profondo.* Non poteva correre il rischio, non poteva lasciarle scelta. La voleva sottrarre alla sua stessa mente, ai suoi terribili pensieri e alle sue paure.

Capitolo 13

Quando Aidan si risvegliò, sentì che il suo corpo si stava ribellando. Non perché avesse fame, quel desiderio di sangue lo accompagnava sempre, ma perché era eccitato come mai prima. Gemette.

Alexandria dormiva accanto a lui. Era pallida e i suoi capelli sciolti ricoprivano entrambi, legandoli l'una all'altro. La desiderava. Doveva averla. Se fosse rimasto al suo fianco un attimo di più non sarebbe riuscito a trattenersi.

Scivolò via, gli sembrava di bruciare, di avere la pelle bollente, dolorante e incandescente. Imprecò a bassa voce. Come avrebbe fatto a nutrirla in quelle condizioni senza che il pasto si trasformasse in qualcosa di erotico e passionale? Dentro di lui, la bestia, indomita e selvaggia, ruggiva di desiderio. Aveva fame. Aveva bisogno di lei. Non c'era niente da fare, il fardello della sua sofferenza diventava ogni giorno più pesante.

Si passò una mano tremante tra i capelli scompigliati. La situazione a quel punto era diventata esplosiva. Non c'era modo di trasferirle il sangue di cui lei aveva bisogno per vivere senza avanzare pretese sul suo corpo. Nonostante ciò, dopo quello che era accaduto poco prima, lui aveva capito che Alexandria aveva bisogno di altro tempo. La bestia dentro di lui infuriava e non pensava di essere in grado di controllarla ancora a lungo. Marie gli aveva detto che credeva in lui. Aveva fiducia nelle sue capacità. Ma non sapeva che cosa volesse dire essere un maschio carpaziano, quando scattava la passione tra due compagni per la vita. Non sapeva che lui era stato a un passo dal trasformarsi.

Gemette di nuovo e distolse lo sguardo dalla figura che giaceva immobile sul letto. Nella sua tana. Trasalì non appena si rese conto della parola che gli era venuta in mente. La bestia stava prendendo sempre più piede. E l'unico modo per placarla era fondersi con la sua compagna, lasciare che la sua dolcezza e la sua luce lo guidassero lontano dalla tenebra che si allargava come una macchia nella sua anima.

Prima di svegliarla si lavò e si vestì con cura, indossando una morbida camicia di seta e pantaloni neri, nella speranza che un'eleganza tradizionale aumentasse il suo fascino. Si legò i capelli. Lasciò aperto qualche bottone della camicia, non tanto per apparire più sexy, quanto perché aveva difficoltà a respirare.

Non appena toccò la sua mente per invitarla a svegliarsi e la vide inalare il suo primo respiro, il suo corpo si irrigidì talmente tanto che si ritrovò a imprecare un'altra volta. Sentì le gocce di sudore scorrergli sul petto e giù, fino all'inguine. Alexandria si stiracchiò, muovendosi sensuale sotto le coperte. Aidan credette di andare a fuoco. Lei si passò la lingua sulle labbra, rendendole umide e invitanti. Lui chiuse gli occhi per non assistere a quello spettacolo, tuttavia sentì il suo odore, udì il fruscio delle lenzuola.

Alexandria si mise a sedere lentamente, disorientata. Aveva fatto un sogno erotico di cui conservava un vivido ricordo: mani che si poggiavano sul suo seno, una bocca che spingeva contro la sua, dita che si muovevano dentro di lei e poi un massiccio e aggressivo corpo che le si stendeva sopra, immobilizzandola. Lo voleva tanto da star male, aveva un disperato bisogno di lui. Si contorceva, bagnata per il desiderio, seducendolo, tentandolo. Aprì gli occhi e incrociò lo sguardo dorato di Aidan dall'altra parte della stanza.

Pericolo. Lo si leggeva nei suoi lineamenti scolpiti, nell'intensità con cui la guardava. Lei rimase perfettamente immobile, senza distogliere lo sguardo dalla creatura che la fissava come un predatore. Aveva paura persino di respirare. Se si fossa mossa, se avesse sospirato, lui le si sarebbe scagliato addosso. Lo sentiva, sapeva che il sogno erotico apparteneva ad Aidan, che il suo autocontrollo vacillava e che lui stava lottando contro il suo stesso istinto.

«Vai via da qui, mia cara», le mormorò, roco. La sua voce, ruvido velluto, era come una lingua che le leccava la pelle sensibilissima. «Vattene finché sei in tempo». Negli occhi gli lampeggiavano bagliori rossi e minuscole gocce di sudore gli imperlavano la fronte. Aveva i muscoli contratti dallo sforzo necessario a rimanere fermo.

Lei voleva andare da lui, placarlo – o infiammarlo ancora di più, al diavolo le conseguenze. Il suo corpo era un fuoco, vivo e ardente, e lei era a un passo dal perdere il controllo. Fu solo la timidezza a impedirle di tentarlo oltre. La timidezza e la paura. Rotolò fuori dal letto e scappò, correndo come se fosse inseguita da un'orda di demoni. Correndo via da se stessa, forse più che da Aidan.

Lui rimase immobile come una statua. Temeva che, al minimo movimento, sarebbe stato distrutto dal dolore, dal desiderio. Non avrebbe resistito a lungo. Che Dio li aiutasse entrambi, se lei non fosse tornata presto.

Alexandria rallentò solo quando si sentì al sicuro, nel corridoio. Percepiva ancora la presenza di Aidan nella sua mente, la stava chiamando, voleva raggiungerla. Riusciva ancora a sentire il gusto del suo bacio, la sensazione delle sue mani su di lei. Chiuse gli occhi e si appoggiò alla parete di pietra. Le gambe non la reggevano, si rifiutavano di farle fare un altro passo. Lo voleva. Non era tenero struggimento, ma un selvaggio e passionale bisogno di sesso.

Scosse la testa, cercando di scacciare quei pensieri, quelle immagini provocanti. Salì le scale, grata del fatto che Joshua non potesse vederla in quel frangente. La doccia non alleviò la sua voglia, non lavò via la sensazione del contatto con la pelle di Aidan né il gusto speziato delle sue labbra. L'acqua calda che le scorreva addosso, nell'incavo tra i seni, sul ventre, e giù fino al triangolo di riccioli biondi, non faceva che rendere più acuta la sua sensibilità. Doveva resistere all'impulso di chiamare Aidan per farlo venire da lei. Lo voleva, ne aveva bisogno a tal punto da provare dolore: il suo corpo era diventato calore liquido e palpitava per il desiderio. Doveva chiamarlo per mettere fine a quella sofferenza. Aveva bisogno di sentire la bocca di lui sulla sua pelle, le sue mani su di lei. Aveva bisogno che la penetrasse, di un selvaggio accoppiamento che sarebbe durato per sempre.

E all'improvviso si ricordò delle sue parole. Aveva il potere di ridurla in schiavitù. Le avrebbe potuto far fare cose che lei non aveva mai neanche immaginato. Be', a dire il vero, le stava immaginando fino a un attimo prima. Da dove arrivavano quelle scene di sesso? «Dannazione, Aidan. Va al diavolo! Perché mi stai facendo questo?». Alzò il viso verso il getto dell'acqua e gli schermò la mente. Sentì l'eco delle sue urla disperate, il ruggito di un animale ferito, il grugnito del cacciatore che si è lasciato sfuggire la preda.

Senza di lui a fomentare la sua voglia, l'urgenza del desiderio diminuì. Ma non svanì del tutto, lasciò solo posto alla fame, quella vera. Era pallida e doveva nutrirsi. Aveva bisogno di lui. Imprecando in maniera poco femminile, si infilò un paio di jeans e una maglietta a coste e si diresse verso il salotto adiacente alla sua stanza da letto. Sarebbe dovuto essere il suo studio. Scoprì che Marie e Stefan, ovviamente su indicazione di Aidan, le avevano già procurato una serie di articoli da disegno. Erano di altissima qualità, e lei non avrebbe mai potuto permetterseli. In teoria non avrebbe dovuto accettare regali così costosi, ma l'artista che era in lei fremette di gioia alla vista di quegli strumenti da lavoro.

Aveva avvertito la presenza di Joshua ancor prima che lui venisse a cercarla. Era tornato a casa da scuola, aveva sghignazzato con Stefan nel solarium e poi si era messo a parlare di biscotti in cucina con Marie. Alexandria si scoprì felice e triste nello stesso tempo. Joshua aveva bisogno di compagnia e l'anziana coppia mostrava di provare per lui un affetto sincero, ma le dispiaceva constatare che il suo rapporto con lui stava cambiando, che non ci sarebbe stata più soltanto lei nella sua vita.

Quando, però, suo fratello si mise a correre per le scale, schiamazzando e chiamandola, riguadagnò padronanza di sé. Joshua le si buttò tra le braccia e lei lo sollevò e lo fece girare, finché lui non emise un gridolino felice, urlando che gli stava per venire da vomitare.

«Guarda un po'», esclamò lei allegra, mostrandogli i tesori.

Joshua gonfiò il petto. «L'ho aiutato io a sceglierli. Io e Aidan siamo andati a fare shopping e gli ho indicato tutte le cose che prendevi e che poi rimettevi sempre sullo scaffale. Gli ho detto che tu le volevi. Ci siamo divertiti a fare acquisti per te. Aidan ha detto che sarebbe stata una bella sorpresa».

Alexandria strinse a sé una scatola di matite a carboncino, trovando improvvisamente difficile respirare. «È stato lui? Quando ci siete andati?».

Joshua le rivolse un ampio sorriso. «Qualche giorno fa. Mentre tu stavi tanto male. Ha comprato anche dei vestiti nuovi. Guarda nel tuo armadio. Avresti dovuto vedere la commessa. Lo squadrava come...».

«Posso immaginare», lo interruppe lei, secca. Seguì il fratello che saltellava verso la stanza da letto.

«Ha pensato a tutto. Ha detto che quando una donna bella e brava come te si ammala, un uomo dovrebbe fare tutto quello che può per renderla felice». Joshua aprì l'armadio a doppie ante che lei non aveva mai toccato, dal momento che si era messa solo jeans e magliette che aveva trovato nel cassettone.

Alexandria non aveva mai posseduto in tutta la sua vita così tanti vestiti da riempire un armadio di quelle dimensioni, che adesso era stipato di abiti, cappotti, gonne, pantaloni, camicie. Si mordicchiò il labbro e accarezzò la stoffa di un lungo vestito da sera nero. Era di un famoso stilista. Lasciò cadere le braccia lungo i fianchi. «Perché ha fatto questo?», chiese ad alta voce a Joshua, ripetendolo mentalmente. *Perché hai fatto questo?*

È solo denaro, cara. Tutto quello che ho da spendere per scontare i miei errori. Sembrava solo e sperduto, a pezzi.

All'improvviso le vennero le lacrime agli occhi. Ogni singola parte di lei avrebbe voluto correre da lui, consolarlo, ma le parole che aveva pronunciato quella mattina continuavano a risuonarle in testa e quindi schermò di nuovo la mente per resistere alle sue astuzie. Diventare una schiava. Non sarebbe mai accaduto.

«Sorellina, non metterti a piangere come una bambina», la ammonì Joshua. «Aidan l'ha fatto perché voleva. Dovresti vedere tutti i giocattoli nuovi che mi ha comprato. Sai, ho chiesto a Stefan e

Marie del cucciolo – di quanto lavoro in più avrebbero se lo prendessimo».

«Piccolo diavoletto insistente che non sei altro». Chiuse bruscamente le ante dell'armadio, determinata a non indossare nessuno di quegli abiti.

«Aidan dice che l'insistenza dà i suoi frutti», citò Joshua allegro.

Alexandria fece un profondo respiro. «Lui ne sa qualcosa». Ripensandoci, avrebbe indossato quei vestiti. Tutti, nessuno escluso. Li avrebbe messi quando sarebbe andata a lavorare con Thomas Ivan. Quando sarebbe uscita con Thomas Ivan. Quando si sarebbe perdutamente innamorata di Thomas Ivan.

Per un attimo le sembrò di sentire Aidan agitarsi nella sua mente, il genere di movimento di un felino della giungla che sta in agguato, aspettando la sua preda – una piccola increspatura ed era sparito, come se non ci fosse mai stato. L'aveva forse sognato?

"Smettila di pensare ad Aidan", si disse, indispettita dal fatto che la sua mente non riuscisse a staccarsi da lui.

Joshua alzò lo sguardo verso di lei con gli occhi sgranati. «Di che cosa? Del cucciolo? Perché? Ne avete già trovato uno? È un cagnolino maschio?»

«C'è un cane da caccia proprio qui intorno, da queste parti», replicò lei in tono grave. Poi, un po' più calma, arruffò i riccioli di Joshua. «Sto scherzando, Josh. E no, non ho trovato ancora un cucciolo. Non ho neanche preso una decisione in proposito. Voglio essere sicura che staremo bene qui prima di fare un passo da cui non possiamo più tornare indietro».

«Io sto bene qui», disse subito Joshua, deciso.

Lei lo abbracciò. «Sono felice che tu stia bene, fratellino, ma non sono sicura di star bene anch'io. Per gli adulti è molto più difficile che per i bambini abituarsi a vivere insieme».

«Ma Marie e Stefan sono fantastici, Alex, e Aidan è il migliore. Mi aiuta a fare i compiti. Parliamo un sacco. È figo. E lui dice…».

«In questo momento non mi va di sapere cosa ti dice, ok? Ho del lavoro da fare, ti ricordi? Dobbiamo guadagnare per mangiare».

«Ma Aidan ha un sacco di soldi, e dice che tu non devi lavorare se non vuoi».

Alexandria buttò fuori l'aria lentamente, cercando di mantenere la calma. Era stufa di ascoltare quello che Aidan andava dicendo a destra e a manca. Era stufa di sentire nella propria mente la sua presenza ogni singolo minuto in cui era sveglia. «A me piace lavorare, Josh. Adesso trovati qualcosa di tranquillo da fare oppure fila via».

Lui fece una smorfia, ma si mise subito a sedere con la sua vecchia scatola di penne colorate e il suo album da disegno. Avevano ristabilito la loro familiare routine. Ogni tanto lei gli chiedeva un'opinione su qualche idea che le era balzata in mente e ogni tanto lui le mostrava i propri quadretti. Alexandria pensava che fossero molto carini per essere opera di un bambino di sei anni. Correggeva un tratto qui e lì, ma per lo più lo lasciava fare. Per un breve lasso di tempo, le sembrò che tutto fosse tornato normale.

Ma Aidan era sempre presente. La sua mente si sintonizzava su quella di lui, cercava il contatto. Le sue orecchie stavano all'erta per cogliere l'eco della sua bellissima voce. Si ritrovò a fissare con occhi vacui il foglio bianco davanti a lei e per due volte iniziò a tratteggiare i suoi lineamenti. In entrambi i casi aveva subito strappato il foglio, prima che Joshua potesse riconoscerlo e cominciare a prenderla in giro.

Si sforzò di non percepire il battito del cuore di suo fratello, il fluire del sangue nelle sue vene. Pretese di far finta di niente anche quando Marie venne a chiamare Joshua per la cena e lei rimase affascinata dal ritmo delle sue pulsazioni. Ignorò il gusto di Aidan che aveva ancora in bocca, la sensazione scatenata dal contatto delle loro labbra, il modo in cui il suo corpo si dimenava sotto quello di lui, l'intensità con cui lo desiderava. Gemette e distolse lo sguardo dall'ennesimo ritratto che gli aveva fatto. La bocca atteggiata in una posa sensuale e invitante farsi beffe di lei, allettarla. Era pura tentazione.

Toccò con la punta del dito quelle labbra che aveva disegnato con tanta accuratezza. «Non ti permetterò di farmi questo», bisbigliò. Aveva una gran voglia di lui. Voleva che lui la confortasse, che facesse in modo che quel mondo folle acquistasse senso. Aveva bisogno che lui placasse quella fame spaventosa, lancinante, che le impediva di godere pienamente della compagnia di Joshua. Ma soprattutto aveva bisogno che il corpo di lui si fondesse con il suo, che la sua bocca e le sue mani alleviassero il fuoco della sua passione, si impossessassero di lei. Aveva bisogno di sentire i loro cuori battere all'unisono, la mente di lui invadere la sua nella più profonda intimità, legandoli l'uno all'altra nella condivisione di ogni selvaggia fantasia, mentre i loro corpi si univano.

Quel pomeriggio fece le solite cose: aiutò Joshua con i compiti e si rilassò con lui davanti alla TV. Si misero a discutere su quanto era bello guardarla su uno schermo così grande. Stefan prese le parti di Joshua, spiegando che per lui era indispensabile dato che non ci vedeva molto bene. Marie si schierò invece con Alexandria, sostenendo che fosse l'ultima trovata di un consumismo sfrenato. Tuttavia il rumore del sangue che scorreva nelle loro vene era come una sinfonia, copriva le voci che provenivano dalla televisione e spingeva Alexandria ad avere paura per loro. Provò a godersi i momenti in cui preparava Joshua per andare a letto, gli leggeva le favole, ingaggiava con lui una breve guerra a cuscinate, gli rimboccava le coperte. Le era sempre piaciuto trascorrere la serata con lui. Joshua era sempre così tenero e dolce. Il battito del suo cuore, però, glielo rendeva difficile e lei si sentì intrappolata in un incubo.

Alexandria si preparò con cura per l'appuntamento di quella sera con Thomas Ivan. Tuttavia, appena il vestito di velluto le scivolò sulla pelle, ebbe un fremito di eccitazione. Le mani le tremavano mentre si raccoglieva i capelli. Non aveva più visto Aidan da quando era scappata dalla camera sotterranea. Ne percepiva la presenza, lì, sempre vicino a lei, ma lui aveva prestato attenzione a non farsi vedere. Invece di essergli riconoscente, però, lei era depressa. Forse non gli importava che uscisse con un altro uomo. Forse non era un problema. E perché avrebbe dovuto esserlo? Lei non voleva che a lui importasse. Voleva trovare un umano da cui sentirsi attratta. Un umano con cui desiderasse fare l'amore. Non in maniera ossessiva e selvaggia, ma dolce e romantica. Un umano, un uomo normale.

Si guardò le unghie. Prima erano disastrosamente corte e mangiucchiate, adesso invece apparivano lunghe e bellissime, curate, come se si fosse affidata alle mani esperte di un'estetista. Anche i capelli le sembravano più robusti e lucenti e le ciglia più lunghe e folte. Aveva però l'incarnato pallido, quasi traslucido.

Sospirò alla sua immagine riflessa. Sembrava la stessa, eppure era diversa. Più… non avrebbe saputo dirlo con precisione. Solo "più". Il vestito le cadde addosso come una seconda pelle, sottolineandole i seni pieni e la vita sottile. Sembrava che fosse stato disegnato apposta per lei. Passò una mano sul morbido tessuto, lisciandosi l'abito. Il cuore le balzò in gola quando rialzò lo sguardo e vide gli occhi dorati di Aidan che osservavano il suo riflesso. Stava in piedi dietro di lei, alto e corpulento, e la sua bellezza era l'ideale complemento di quella di lei. Alexandria sentì il suo sapore in bocca. Lo specchio restituiva loro un'immagine erotica: lui alto e muscoloso, con quegli occhi lucenti e affamati, lei magra, piccola e pallida.

«Sei bellissima, Alexandria», le sussurrò.

La sua voce era irresistibile, le scivolava sulla pelle, procurandole la stessa eccitazione che aveva provato indossando il vestito di velluto. Non riuscì a decifrare la sua espressione, si sentì solo quegli occhi d'oro liquido puntati addosso.

«Io... io starò fuori fino a tardi», balbettò, come una ragazzina disubbidiente. E immediatamente avrebbe dato qualsiasi cosa per potersi rimangiare quelle parole. Aidan non sorrise. Non mutò espressione.

Sentì un brivido correrle lungo la schiena. Tutto d'un tratto il suo tentativo di sfidarlo le apparve stupido, come se stesse provocando una tigre. Quello sguardo imperturbabile. L'avrebbe lasciata andare? Solo qualche istante prima si era sentita depressa all'idea che lo facesse. Adesso invece non avrebbe voluto nient'altro che correre via da lui e riprendersi la sua vita.

Lui scosse il capo lentamente. «Dio, Alexandria. Continui a vedermi come un mostro. Fai molta attenzione, piccola, stai rischiando di crearne uno». Lasciò la stanza in silenzio, come era entrato.

Quella minaccia la fece tremare. Si toccò la bocca. Il suo sguardo era rimasto fisso su di essa. Sentì un formicolio alle labbra e fu sicura che lui la stava baciando. Chiuse gli occhi, assaporando quella sensazione, poi maledì il fatto che lui riuscisse a controllarla con tanta facilità. Lei era umana. *Umana!* Ed era determinata a restarlo.

Alexandria sollevò il mento. Non si sarebbe lasciata influenzare dal suo sex appeal e intimorire dalle sue minacce. Si infilò le scarpe e scese con passo regale dalle scale.

Thomas era arrivato puntuale e la stava aspettando in soggiorno, grato ad Aidan Savage per aver deciso di non tormentarlo con la sua presenza. Gli si mozzò il fiato quando Alexandria entrò nella stanza. Ogni volta che la vedeva sembrava sempre più bella. Lo stupiva, lo ossessionava, lo coinvolgeva al punto tale che lui non riusciva a pensare a nient'altro che a lei. E il risultato era che il suo lavoro ne risentiva. Sognava a occhi aperti, quando invece avrebbe dovuto completare e definire la trama del suo ultimo videogioco. La sognava anche di notte, passionali sogni erotici che aveva tutta l'intenzione di trasformare in realtà.

«Thomas, hai avuto una fantastica idea», lo salutò. La sua voce fu in grado di penetrarlo dritto al cuore e di eccitarlo allo stesso tempo.

Poi sentì il peso di quei dannati occhi dorati fissi su di lui. Implacabili. Spietati. Savage aveva visto la sua reazione, e non gli era piaciuta. Stava sulla soglia della porta, con finta noncuranza, un fianco appoggiato contro lo stipite e le braccia conserte. Non disse nulla. Non ce n'era bisogno. Bastava la sua presenza a incutere timore a Ivan.

Thomas prese il soprabito di Alexandria e glielo poggiò sulle spalle, inalando il suo profumo. «Sei fantastica, Alexandria. Non si direbbe proprio che tu sia stata male».

A quel punto Aidan si irrigidì e contrasse i muscoli come avrebbe fatto un letale predatore. «E invece è stata molto male, Ivan. Confido nel fatto che lei lo tenga presente e, dal momento che ha bisogno di riposo, la riporti a casa presto».

Thomas sorrise, mellifluo, trasudando fascino. Dannazione, non era certo un adolescente venuto a prendere la ragazza con cui aveva il suo primo appuntamento al ballo studentesco. Prese una mano di Alexandria tra le sue, consapevole del fatto che il suo gesto avrebbe infastidito quel biondo cane da guardia. «Non si preoccupi, Savage. Mi prenderò cura di lei». La spinse verso la porta, ansioso di lasciarsi alle spalle Savage e le sua mostruosa casa.

Alexandria lo seguì volentieri, era impaziente di uscire quanto lui. Appena fuori, nella notte, si fermò e prese una profonda boccata d'aria. «Aidan può risultare un po' opprimente, non trovi?», disse sorridendo. Un sorriso così luminoso che avrebbe potuto rivaleggiare con le stelle. Libertà. Benedetta libertà. Non le importava che i denti di Ivan le ricordassero ancora quelli di uno squalo, o il fatto che poteva sentire il suo cuore battere rumorosamente come quello di Joshua, o ancora peggio, che riusciva a sentire l'odore della sua eccitazione. Era lontana da Aidan Savage e dalla sua influenza, e questo era già abbastanza.

«Opprimente? Lo definiresti così? È dispotico e arrogante. Quell'uomo si comporta come se tu gli appartenessi», esclamò Thomas.

Lei ridacchiò. «Dovrai farci il callo. Non riesce a farne a meno. È abituato a dare ordini. E probabilmente anche tu sai che sensazione si prova», aggiunse, maliziosa.

Thomas si ritrovò a ridere insieme a lei, facendole strada verso l'auto che li stava aspettando. Aveva noleggiato una limousine con l'autista, per non precludersi la possibilità che si verificassero situazioni interessanti sul sedile posteriore.

«Ho cominciato a darmi da fare con i disegni, Thomas», fece lei, «ma tu non hai specificato quali tratti dei personaggi sono più importanti per te. Credo che dovresti decidere come vuoi che rappresenti i singoli protagonisti piuttosto che lasciar fare tutto a me».

«Preferisco che tu dia il tuo contributo», replicò Thomas, aprendole lo sportello. Desiderava farlo e rimase perplesso. Nella maggior parte dei casi, si esibiva in piccole galanterie solo per fare colpo. Ma Alexandria Houton era incantevole. «Quella casa non ti dà un senso di inquietudine?».

Lei inarcò un sopracciglio. «Inquietudine? La casa? È bellissima. Ogni stanza è più bella dell'altra. Perché me lo chiedi?»

«Qualche volta ho come la sensazione che mi osservi, che aspetti il momento opportuno per divorarmi».

«Thomas, hai giocato troppo ai tuoi videogiochi. Che vivida fantasia!». La sua risata gli scivolò addosso, eccitante e seducente.

La sua mano si spinse sul sedile alla ricerca di quella di lei. La desiderava più di quanto avesse mai desiderato qualsiasi altra donna. Ma poi lanciò un'occhiata verso il finestrino e vi vide riflessi un paio d'occhi. Occhi incandescenti, rossi, ferini, colmi d'odio e della promessa di una vendetta, una promessa di morte. Gli occhi immobili di un gatto. Gli occhi di un demonio. Della morte. Rabbrividì e gli sfuggì un lamento.

«Che c'è?». La sua voce era rilassante, come il rumore dell'acqua che scorre. «Dimmi, Thomas».

«Hai visto qualcosa di strano?». Quasi si strozzava per la paura. «Fuori dal finestrino. Hai visto qualcosa?».

Lei si allungò verso di lui per guardare. «Cosa dovrei vedere?».

Il riflesso degli occhi era sparito, come se non ci fosse mai stato. Era stato Savage? O era tutto frutto della sua immaginazione? Si schiarì la gola e riuscì a sorriderle. «Niente. È solo che non riesco a credere alla mia enorme fortuna».

Al chiuso dell'abitacolo, diventava sempre più difficile per Alex ignorare lo stimolo della fame, sempre più intenso. Le sembrava che le attanagliasse lo stomaco, che si stesse diffondendo come un cancro. La sua mente amplificava il rumore del sangue che scorreva nelle vene di Thomas. Invitante. Tuttavia le si rivoltava lo stomaco all'idea di toccarlo e si sforzò di stamparsi in faccia un sorriso. Per lui ogni scusa era buona per toccarla, sfiorarle la gamba, il braccio, la mano, i capelli. Le dava fastidio. Lo odiava. Le faceva venire il prurito. E si detestava per non essere capace di restituirgli quegli sguardi pieni d'amore e quelle carezze.

Gli sorrideva, parlava e si comportava come se niente fosse, ma il suo stomaco si stava ribellando. Da qualche parte, nel profondo della sua anima, una paura cominciò a prendere forma, a farsi strada. Thomas Ivan era un buon partito, ricco, affascinante e famoso. Umano. Condividevano la passione per la fantascienza e lui ammirava i suoi disegni. Avevano un sacco di cose in comune, eppure anche il più lieve contatto tra loro le provocava un senso di repulsione. Le veniva da piangere.

Mia cara, hai bisogno di me? La voce di Aidan attraversò il tempo e lo spazio e la raggiunse, avvolgendola in un abbraccio caldo e protettivo.

Lei si morse il labbro. La tentazione di chiedergli aiuto era quasi irresistibile, ma doveva trattenersi. Sarebbe stata un'umana. E avrebbe trovato un umano da amare. Forse non Thomas Ivan, magari qualcun altro. *Mi sto divertendo da morire.*

Ivan no.

Lo sentì ritirarsi dalla sua mente e fu come se le avesse sottratto l'anima, lasciandole la morte nel cuore. Alexandria sollevò il mento e rivolse a Ivan uno dei suoi più luminosi sorrisi. Gli porse la mano per farsi aiutare a uscire dalla macchina. Decisa a godersi la serata, lo prese a braccetto ed entrarono a teatro.

Tutti parlavano ad alta voce e lei si sentì schiacciare dalla calca. Il battito del cuore di ognuno le rimbombava nelle orecchie. L'ouverture dell'orchestra si mescolò al rumore del sangue che scorreva caldo nelle vene del pubblico. Alexandria cercò di concentrarsi sull'opera, rendendosi conto che era straordinariamente bella, tuttavia quello che più attirava la sua attenzione era il braccio di Ivan poggiato sullo schienale della sua sedia, il suo odore. Le stava parlando all'orecchio, la bocca a pochi centimetri dalla sua pelle, e lei ne era disgustata. Per due volte si era scusata ed era andata in bagno, solo per prendersi una tregua da lui.

Comunque era decisa a proseguire per la sua strada. Si sarebbe comportata come un'umana, anche se questo avrebbe significato andare incontro alla morte. Ci fu uno scroscio d'applausi. *Potrebbe significare la morte anche per qualcun altro.* Le parole di Aidan le risuonarono nella mente.

Zitto!, rispose lei, esasperata dal fatto che mentre lei era in preda alla disperazione lui si divertisse. Ma Aidan se ne era andato un'altra volta. Il suo tocco e i suoi sciocchi avvertimenti erano sufficienti a riscaldarla. La stava provocando apposta, perché sapeva che lei provava repulsione per l'uomo che le stava seduto vicino.

Accanto a lei, Thomas stava applaudendo. Si accesero le luci e la gente sciamò attorno a loro. Lui era perfettamente a proprio agio, con una bellissima donna a braccetto e circondato da amici e conoscenti. Uomini potenti che a stento si ricordava di conoscere lo fermavano per scambiare qualche commento sullo spettacolo. Le persone con cui avrebbe voluto entrare in contatto per agevolare la propria scalata sociale gli si presentarono di loro iniziativa, dispensando preziosi inviti a lui e alla sua accompagnatrice.

Alexandria Houton evidentemente era una vera e propria risorsa per lui e per la sua carriera. Orgoglioso, la mise in mostra, pavoneggiandosi di tenerla al braccio. Si accorse inoltre che non era l'unico a rimanere ipnotizzato dalla sua voce, a essere catturato dal suo sorriso. Notò con soddisfazione che persino le donne sembravano restarne affascinate e le sorridevano incantate.

Quando uscirono dal teatro, ancora inseguiti dagli ammiratori, Thomas le circondò le spalle con un braccio e la attirò più vicino a sé. Ad Alexandria venne il voltastomaco. A un certo punto, Thomas lanciò un'occhiata alla propria destra e rimase di ghiaccio. A un paio di metri da lui, nascosto nell'ombra, c'era un lupo. Enorme. Con il pelo fulvo. Aveva gli artigli affilati e negli occhi gli scintillavano bagliori rossi. Lo guardava fisso e aveva i muscoli tesi, come se stesse per balzargli addosso.

Il cuore di Thomas smise di battere e poi incominciò a martellargli nel petto. Strinse più forte il braccio di Alexandria e la rispinse di nuovo verso il teatro.

«Thomas, che stai facendo?», gli chiese lei.

«Non l'hai visto?». Puntò il dito in direzione del lupo, agitato. Era certo che si trattasse di Savage. «È lui, lo so. È qui». La gente lo udì parlare a voce alta e si girò verso di loro.

«Thomas», fece lei, dolce e rassicurante. «Dimmi che cosa c'è che non va. Sei molto pallido. Che cosa hai visto?».

Lui si sforzò di guardare più da vicino. Tenebre fitte e nessun segno della presenza di animali. Nel punto in cui aveva visto il lupo gli sembrò di distinguere una grande fioriera. Asciugandosi il sudore dalla fronte, prese fiato.

«Stai tremando, Thomas. Dai, andiamo in macchina». Preoccupata, Alexandria si guardò intorno, diede un'occhiata in giro e non rilevò alcuna presenza sovrannaturale. *Faresti bene a smettere di dargli il tormento*, suggerì ad Aidan, ma non era sicura che lui l'avesse sentita.

«Giuro, ho delle visioni, Alex. Il vaso laggiù, mi sembrava...». Le parole gli morirono in gola, non voleva ammettere di aver perso il controllo della propria fantasia. Che cosa c'era che non andava? Perché l'ossessione per Alexandria Houton e Aidan Savage, associata alla sua macabra immaginazione, dava vita a quelle allucinazioni fin troppo reali?

«Si è mosso?». Lei stava guardando sospettosa la misteriosa fioriera di legno.

«No», ammise lui. «Aveva solo un aspetto… strano».

«Be', comunque io mi sono divertita tanto stasera. Lo spettacolo era bellissimo», disse Alexandria a bassa voce.

Piccola bugiarda. Lui la schernì, la prese in giro, divertito.

Lei sollevò il mento e piazzò la mano nell'incavo del braccio di Thomas, guidandolo verso la limousine parcheggiata lungo il ciglio della strada. «A te è piaciuto?», gli chiese dolcemente, con tono mellifluo. Sentì Aidan sussultare e battere immediatamente in ritirata.

Una volta nell'auto, Thomas scivolò accanto ad Alexandria. Le loro cosce si toccavano e lui riusciva ad avvertire la morbida curva del seno di lei contro il suo braccio. Le prese il viso tra le mani. «So che non mi conosci bene, Alex, ma io sono molto attratto da te e spero che questo sentimento sia reciproco».

Le loro bocche erano a pochi centimetri di distanza, e oltre al sapore di menta del collutorio Alexandria riusciva a distinguere l'odore di tutto quello che lui aveva mangiato e bevuto per cena – pasta condita con molto aglio, insalata con una salsina a base di aceto e dragoncello, vino rosso, caffè e mentine. Era sul punto di vomitare e cercò di allontanarsi. «Lavoreremo insieme, Thomas. Non sarebbe una buona idea. Quanto meno non così presto».

«Ma io devo baciarti, Alex. Devo». Le si fece più vicino, ansimando.

Alexandria si tirò indietro ed emise un suono che lui nella foga prese per un segno di consenso. Non appena abbassò la testa sul suo viso, intravide con la coda dell'occhio un riflesso rosso. Gridò, si allontanò da lei e finì schiacciato contro lo sportello, con lo sguardo fisso sul vetro posteriore, dietro cui c'erano due occhi lampeggianti che lo guardavano maligni. Il vetro si deformò ed esplose, schizzandogli addosso le schegge. Un enorme lupo ficcò il muso dentro la macchina, sbavando, mostrando le zanne e puntando dritto a lui. Thomas si sentì penetrato da quegli occhi rossi che mandavano bagliori inquietanti e lo fissavano senza sbattere le palpebre. Avvertì il suo fiato caldo addosso e le zanne affilate gli sfiorarono il collo. Cacciò un urlo e si scansò, coprendosi il volto con entrambe le mani.

«Thomas?». Alexandria gli poggiò delicatamente una mano sulla spalla. «Hai assunto qualche droga questa sera?». Sapeva già la risposta; riusciva a sentirne l'odore. «Forse sarebbe il caso di andare in ospedale. O da un medico, magari».

Lentamente, terrorizzato, Thomas abbassò le mani. Il vetro posteriore era intatto. E non c'erano schegge. Alexandria era seduta calma accanto a lui, le si leggeva negli occhi azzurri che era in ansia.

«Non mi era mai successo prima. Ho delle allucinazioni. Mi sono fatto solo una striscia di cocaina al bagno. Forse era tagliata male, non lo so». Sembrava spaventato.

«Che cosa hai visto?». Si guardò di nuovo intorno, cercando di individuare la presenza di Aidan o di qualche altro pericolo, ma le parve che fossero da soli. Forse era davvero colpa della droga. «Dico all'autista di portarti in ospedale?»

«No, no, va tutto bene». Era madido di sudore.

Alexandria percepiva l'odore della sua paura.

«Qui non c'è niente, Thomas, davvero. Io qualche volta ho come delle premonizioni, ma stavolta non avverto nulla di strano», ammise, nel tentativo di rassicurarlo.

«Mi dispiace», si scusò lui con voce roca. «Ho mandato all'aria la nostra serata?». Continuava a guardarsi intorno circospetto e sembrava che gli fosse venuto un tic nella parte sinistra della bocca. Era invecchiato di dieci anni rispetto a quando erano usciti da casa.

«No, naturalmente no. Sono stata benissimo. Grazie per avermi invitato. Avevo davvero bisogno di fare un giro», gli assicurò. «Però Thomas, non mi piacciono le persone che fanno uso di droghe. Devo prendermi cura di mio fratello, Joshua. So che non è affar mio quello che fai nel tuo tempo libero, ma io non mi sento a mio agio quando girano cocaina o altre sostanze stupefacenti».

«Non sono un tossico. Ne prendo un po' ogni tanto, per divertirmi».

«Non quando ci sono io». Quella sarebbe stata una ragione sufficiente a farla desistere dal proposito di starci insieme. Aveva perso stima di lui: si drogava per trascorrere serate piacevoli, come se non fosse in grado di divertirsi senza l'aiuto della cocaina.

«Bene», fece, imbronciato. «Non lo farò».

Erano già arrivati alla rotonda davanti alla villa di Aidan. Il cancello di ferro battuto era rimasto aperto: la aspettavano. Per un istante, rimase seduta, immobile, fissando la pesante cancellata. Rappresentava la perdita della sua libertà. Non era ancora pronta per tornare e ammettere la sua sconfitta. Tra lei e Thomas Ivan non era scattata la scintilla dell'attrazione. Ma questo non significava che non avrebbe potuto scattare con qualcun altro.

Scivolò fuori dall'auto, schivando la mano di Thomas che cercava di trattenerla. «Grazie di nuovo, Thomas. Ci vediamo presto. Magari quando ti sarai fatto qualche idea su come vuoi che realizzi i disegni». E prima che lui potesse scendere per accompagnarla fino alla porta, salì veloce i gradini di marmo che conducevano al porticato. Bussò una volta soltanto ed entrò.

Thomas imprecò e sprofondò nel sedile dell'auto. Prima di chiudere lo sportello, vide un lupo muscoloso che lo fissava dall'altra parte del prato. «Andiamo! Andiamo!», gridò all'autista, sbattendo la portiera.

Questi filò via dal vialetto e si allontanò dalla villa, e Thomas tirò un sospiro di sollievo. L'unica cosa che desiderava era tornare a casa sua e ubriacarsi.

Alexandria si aggirò per le stanze della villa senza accendere le luci, prese il telefono e fece una chiamata. Vedeva tutto perfettamente, nonostante il buio, e salì senza difficoltà le scale. Aidan pensava di aver avuto la meglio – l'aveva controllata per tutta la sera – ma non era finita. Non era pronta ad arrendersi.

Giunta nella sua stanza da letto, si sfilò il vestito di velluto nero e afferrò i suoi jeans, scoloriti, comodi e strappati, e una semplice maglietta azzurra. Le bastarono pochi minuti per cambiarsi, si infilò le scarpe da ginnastica e riscese giù. Il taxi che aveva chiamato non era ancora arrivato, così si sedette sui gradini di marmo ad aspettarlo.

«E adesso dove vorresti andare?», le chiese Aidan dolcemente. Spuntò dal nulla e si piazzò lì, sovrastandola e facendola sentire piccola e indifesa.

«A ballare». I suoi occhi lo sfidarono a impedirglielo.

Aidan si irrigidì. «L'appuntamento con l'uomo dei tuoi sogni non è andato bene?».

Nello sguardo di Alexandria apparve un lampo di divertimento, ma lei rimase imbronciata. «Come se non lo sapessi. Non fare il finto tonto. Non ti si addice».

Lui le rivolse un ampio sorriso, in cui non si intravedeva ombra di pentimento, e lei ebbe un tuffo al cuore. Al solo guardarlo, sentì il suo corpo fremere dal desiderio. «Vattene, Aidan. Non voglio averti davanti agli occhi».

«Ti sto tentando?»

«Nessuno ti ha mai insegnato a comportarti da gentiluomo? Vattene, mi stai dando fastidio», esclamò, storcendo il naso.

Il suo profilo, illuminato dalla luce della luna, gli fece morire il fiato in gola. Avvolti dall'oscurità, sembrava che fossero le uniche due persone sulla faccia della terra. Inalò il suo profumo, quella speciale fragranza che possedeva solo lei. Un breve e fiducioso sorriso piegò gli angoli della sua bocca, rendendo ancora più sexy i suoi lineamenti virili. «Concedimi almeno la tua attenzione».

«Sto andando a ballare», ripeté lei.

«Stai rivendicando la tua indipendenza», ribatté lui. «Non ne avrai alcun beneficio. Il tuo posto è qui, con me. Appartieni a me. Nessun altro uomo potrà farti sentire come ti faccio sentire io».

Lei alzò lo sguardo. «È esattamente quello che voglio. Con te è tutto troppo intenso, Aidan. Intenso e selvaggio. Mi sento impazzire. Io invece voglio solo sentirmi...». Si interruppe, non sapeva come completare la frase.

«Normale. Umana», suggerì lui.

«E non c'è niente di sbagliato in questo. Tu mi fai paura». Ecco. L'aveva ammesso. L'aveva detto ad alta voce. Rimase a fissare il buio della notte: se solo avesse guardato lui, sarebbe stata vinta dal desiderio.

«I sentimenti che provi per me ti fanno paura», la corresse Aidan.

«Non mi fido di te». Perché il taxi tardava tanto ad arrivare? Strinse i pugni, non voleva rimanere da sola con lui. Le venne in mente la sensazione di quella bocca sulla sua, il suo sapore.

«Riuscirai a farlo una volta che ti sarai abbandonata completamente a me. Quando avrai permesso alla tua mente di fondersi fino in fondo con la mia. Non potrei nasconderti niente, ti basterebbe leggermi nel pensiero per venire a conoscenza dei miei ricordi, dei miei desideri». La sua voce era un sussurro sulla pelle di Alexandria, la tentava, invitante.

Lei gli lanciò un'occhiata torva. «Come se i tuoi desideri non mi avessero già tormentato abbastanza per stasera. Grazie tante, Mr Savage, ma non intendo diventare schiava di nessuno».

Lui gemette e si coprì il volto con le mani. Poi le sue labbra perfette si piegarono in un seducente sorriso. «Hai intenzione di rinfacciarmelo per sempre? Dopotutto se c'è uno schiavo qui, quello sono io. Farei qualsiasi cosa per te, e tu lo sai».

Lei si morse il labbro per trattenersi dal buttarsi tra le sue braccia. «È arrivato il taxi. Torno più tardi». Aidan era davvero sexy e lei lo desiderava disperatamente.

Quando gli passò accanto, lui le fece scorrere il dito lungo il braccio: era la più lieve delle carezze, ma ad Alexandria sembrò che la toccasse nel profondo del cuore, nell'anima. Portando con sé quella sensazione, si infilò nel taxi.

Capitolo 14

Il nuovo locale per single più alla moda era tra il raffinato e il pornografico. C'erano dei buttafuori all'ingresso che facevano una selezione tra la clientela e decidevano chi poteva entrare e chi no; tuttavia facevano entrare qualsiasi bella ragazza e bastava una mancia adeguata per spianarsi la strada. La fila era lunga, ma Alexandria la ignorò e si diresse a passo deciso verso la porta. Aveva notato il nuovo strano effetto che produceva sulle persone, il fatto che la sua voce ammaliava la gente quasi come quella di Aidan ipnotizzava lei.

Sorrise all'uomo che le si parò davanti. Quello sussultò e trattenne il fiato. Non ebbe la minima esitazione e la scortò dentro. La musica a tutto volume le rimbombò nelle orecchie e la fece barcollare. Immediatamente si sentì oppressa dalla calca, da tutti quei corpi schiacciati contro il suo. Ma soprattutto udì il battito del cuore e il sangue che scorreva nelle vene di ognuno degli avventori, rimanendo quasi sopraffatta da quella sensazione.

Un uomo alto, vestito di pelle nera, le afferrò il polso e le sorrise. Aveva la barba un po' incolta e odorava di colonia, whiskey e sudore. Sul braccio sinistro aveva tatuata una vedova nera al centro di una ragnatela, completa di macchia rossa a forma di clessidra sul ventre e un accenno di zanne che le spuntavano dalla bocca. L'uomo le lanciò uno sguardo allusivo e la attirò più vicino a sé. «Ti ho cercata tutta la sera».

Alexandria avrebbe voluto provare qualcosa, oltre al voltastomaco, ma chiaramente quello non era il suo tipo. Gli sorrise, alzando lo sguardo verso di lui. «Non accadrà nulla tra di noi», gli disse in tono persuasivo. Il sorriso sparì dal volto dell'uomo e lei vi intravide le tracce di una violenza latente. Non era il genere di persona a cui piaceva essere contraddetta. Le strinse il braccio in una morsa.

«Lasciami andare». Parlò con calma, ma in realtà era agitata. Aveva pensato di poter contare sui lati positivi della sua nuova natura, credendo che sarebbe stata ormai al sicuro dal quel tipo di situazioni pericolose.

La risata di quell'uomo era francamente disgustosa. «Andiamo fuori, tesoro». Mentre trasformava quel suggerimento in un ordine, prendendola per la vita, sentì qualcosa sul braccio. Abbassò lo sguardo e rimase terrorizzato dal vedere che il tatuaggio della vedova nera stava risalendo lungo il suo avambraccio verso il bicipite. Sentì le minuscole zanne chiudersi rabbiosamente con uno scatto e avvertì il tocco delle zampe pelose sulla pelle. Si raggelò, urlò e mollò Alexandria, cominciando a darsi schiaffi e a strofinarsi violentemente il braccio.

Alexandria non capì che cosa aveva visto, ma colse al volo l'opportunità e sparì, mimetizzandosi tra la folla.

L'uomo si fissò il braccio, boccheggiando e ansimando. Ma l'unica cosa che vide fu il suo tatuaggio. Immobile. Si passò una mano tra i capelli, scompigliandoseli. «Ho bevuto troppo, amico», disse, senza rivolgersi a qualcuno in particolare.

Alexandria si fece strada tra la gente, con le tempie che le martellavano al ritmo della musica. Sentiva caldo, ma aveva la pelle fredda come il ghiaccio. Il suo stomaco sembrava ribellarsi ogni volta che sfiorava accidentalmente qualcuno. Un tipo robusto con i capelli castani e un sorriso schietto la chiamò toccandole la spalla. «Balli con me?».

Lei capì che si sentiva solo e profondamente triste e che quasi non sperava più di riuscire a chiacchierare con qualcuno. Senza pensarci gli sorrise e si lasciò condurre verso la pista da ballo. Nel momento stesso in cui le circondò la vita con le braccia e schiacciò il proprio corpo contro il suo, lei si rese conto che era stato uno sbaglio. Non era un'umana. Non era quello di cui lui aveva bisogno. Cercava disperatamente di illudersi, così come lei. La sua tristezza non era meno profonda di quella di Alexandria. Nessuno dei due proferì parola. Lei gli aveva letto nel pensiero e aveva visto il terribile dolore che lo aveva sconvolto per la perdita della moglie, sei mesi prima. Ma lei non era Julia, sua moglie. E il suo corpo non era quello caldo, ben noto, che lo avrebbe aiutato a superare la notte. E lui non era Aidan e mai avrebbe potuto esserlo.

Quell'ultimo pensiero la terrorizzò. Come le era potuto venire in mente? Avrebbe trovato un uomo. Un umano. Magari non il tipo con cui stava ballando, ma doveva pur esserci qualcun altro da cui sarebbe stata attratta.

L'uomo si surriscaldò. «Vieni a casa con me?»

«Non è me che vuoi», gli rispose lei con gentilezza, spostandosi per mettere qualche centimetro di distanza tra loro.

Lui strinse la presa, attirandola a sé. «E tu non vuoi me, però possiamo darci una mano a vicenda», la implorò, alla disperata ricerca di qualcuno che scacciasse i suoi fantasmi almeno per poche preziose ore.

L'odore del suo sangue era invitante. Lo stomaco di Alexandria gorgogliò e lei sentì la bile risalirle in gola. Scosse il capo, convinta. «Mi dispiace, non posso». Fece un passo indietro per allontanarsi e la musica cambiò, trasformandosi in un ritmo frenetico e convulso che sembrò indurre quell'uomo a stringerla ancora di più. Non appena le sue braccia si serrarono sulla schiena di Alexandria, una specie di scarica elettrica che proveniva dal pavimento gli diede la scossa. Imprecò e la lasciò andare immediatamente. Sorpresa, Alexandria fece un passo indietro. «Che è successo?»

«Mi hai dato la scossa», la accusò lui.

«Io?». Si fece da parte. Era stata lei e non se ne era resa conto? O si era trattato di un incidente? Non ne aveva idea, tuttavia la tempistica era stata perfetta. Si tuffò tra la folla che ballava e danzava e cercò di farsi strada, mentre la musica continuava a rimbombarle in testa.

Riuscì a trovare il bancone del bar. Diversi uomini in giacca e cravatta si spostarono per farla passare. Le fecero i complimenti, speranzosi. Sembravano abbastanza carini. Alcuni anche molto carini. Alcuni persino piacevolmente cortesi. Ma lei non provava nulla. Come se dentro avesse un vuoto incolmabile. Come se fosse morta.

Chiedendosi improvvisamente che cosa stesse facendo, che cosa intendesse dimostrare a se stessa, si voltò, appoggiò la schiena al bancone del bar e guardò in basso, fissandosi le scarpe. Non c'era soluzione. Non sarebbe mai stata una ragazza facile. Non era fatta così. Non si sentiva attratta da un uomo per via del suo aspetto, e quelli che un po' la intrigavano, perché magari aveva qualcosa in comune con loro, non la stimolavano fisicamente.

«Hai un'aria triste», osservò uno degli incravattati. «Ti va di cercare un angolino e fare due chiacchiere? Solo due chiacchiere». Alzò le mani, mostrando i palmi. «Insomma, non voglio provarci, solo parlare. Mi chiamo Brian».

«Alexandria», fece lei, scuotendo la testa. Era troppo carino per essere sincero. Aveva detto che voleva solo parlare, ma lei gli aveva letto nel pensiero le sue reali intenzioni. «Grazie, ma credo che andrò a casa».

Casa? Qual era casa sua? Non ne aveva una. Il dolore era quasi insopportabile. Alzò gli occhi e il suo sguardo fu catturato da qualcosa che luccicava nell'angolo più buio della stanza. Un paio d'occhi dorati le restituirono l'occhiata. Il cuore le balzò in gola. Non riuscì a staccarsi, rimase prigioniera dell'intensità di quello sguardo imperturbabile.

Aidan venne fuori lentamente dall'ombra. Planando, con passo leggero. Avvicinandosi furtivamente come un felino della giungla. Le mozzò il fiato. Alto. Sexy. Potente. I suoi occhi erano solo per lei. Incatenati a quelli di Alexandria. Sotto la camicia di seta si intravedevano i muscoli guizzare. Aveva un'aria elegante. Trasudava potere, non aveva rivali.

Si ritrovò a tremare, eccitata al pensiero del contatto fisico. Già il solo vederlo l'aveva riportata in vita. Come il Mar Rosso, la folla si aprì per permettergli di attraversare la stanza. Nessuno lo toccò, lo sfiorò, né lo spinse. Anche gli incravattati accalcati vicino a lei si fecero da parte per farlo passare. A quel punto le stava davanti tendendole una mano e continuando a tenere prigioniero il suo sguardo.

Alexandria non sapeva se si trattava di una propria ossessione o se era lui a suscitare intenzionalmente in lei quella reazione. Non le importava. Non si sarebbe potuta fermare per nessuna ragione. Stava combattendo una battaglia inutile. Aveva bisogno di lui e lui era lì. Mise la propria mano nella sua e quando lui gliela strinse e la attirò a sé, si sentì come se stesse tradendo se stessa.

«Balla con me, mia cara. Ho bisogno di sentire il tuo corpo contro il mio». Le sue parole, la sua voce, erano troppo seducenti per resistervi.

Alexandria scivolò tra le sue braccia. Si sentì perfettamente a suo agio. Lui era forte e caldo, la scintilla era scoccata. Trovò una nicchia nel suo petto in cui poggiare la testa. Prese con estrema facilità il suo ritmo. Era fatta per lui, era la sua metà. Aidan era pura magia, la seduzione del velluto nero.

Si sentì a casa. Tra le sue braccia. Chiuse gli occhi, assaporando la sensazione dei loro corpi stretti l'uno all'altro. La musica era romantica, una cosa incredibile in un posto del genere. Nonostante la pista fosse affollata, gli altri ballerini non li sfiorarono nemmeno. Si muovevano a tempo e l'attrazione sessuale tra loro cresceva sempre di più. Le sembrava che delle lingue di fuoco le scorressero sulla pelle, avvolgendoli entrambi.

Aidan chinò il capo per sentire il sapore di lei. Le sue labbra, morbide, calde, le sfiorarono il collo, indugiando per un attimo in corrispondenza della vena. La sentì pulsare più forte a contatto con la sua bocca, il ritmo del suo battito divenne frenetico. «Vieni a casa con me, piccola», le mormorò lui, graffiandole delicatamente la gola coi denti, persuasivo, indugiando con le labbra sul suo collo. «Non tormentarmi ancora».

I fianchi di Alexandria dondolavano al ritmo di quelli di lui, accondiscendenti. Nella sua vita non aveva mai sentito così tanto il bisogno di qualcosa. Non emise alcun suono. Non avrebbe potuto.

Ma lui intuì la sua risposta silenziosa. Poteva leggergliela nei grandi occhi blu.

Si diressero alla porta, Alexandria era appena consapevole di quel che la circondava, ma c'era Aidan a difenderla dal contatto con gli altri corpi, a fare da schermo tra lei e la folla. Fuori la notte sembrò accoglierli, dar loro il benvenuto, le stelle erano più luminose del solito e la brezza portava con sé il profumo dell'oceano.

Aidan fece scivolare un braccio attorno alla sua vita, assicurandola a sé, protettivo. Lei inclinò la testa e alzò lo sguardo verso di lui. «Avrei dovuto capire che mi avevi seguito. Che hai fatto a quel povero tipo con la giacca di pelle?».

Lui ridacchiò. «Gli piacciono le vedove nere. E gli piace anche importunare le donne. E a me non piacciono gli uomini che ti mettono le mani addosso».

«Me ne sono accorta».

La fece fermare all'angolo della strada, la attirò a sé e le sollevò il mento. I suoi occhi del colore dell'oro sembravano incollati alle sue labbra e lei si sentì mancare il fiato. Aidan produsse un suono a metà tra un lamento e un ringhio e abbassò il capo. La sua bocca si schiuse su quella di lei e ad Alexandria mancò letteralmente la terra sotto i piedi. I loro corpi si fusero, finché tutto il resto non sparì e rimasero solo loro, immersi nella notte.

L'insorgere della fame, del desiderio, fu così forte, così travolgente che Alexandria dovette aggrapparsi a lui per non cadere. Aidan la abbracciò e, stretti l'uno all'altra, attraversarono il tempo e lo spazio. La brezza notturna le soffiava tra i capelli facendoli sventolare dietro di loro come scampoli di seta nella notte limpida.

La bocca di Aidan si muoveva su quella di lei, consumandola e dominandola, affamata in maniera sovraumana. La sua lingua esplorò ogni angolo di quella bocca calda e umida, esigendo che quella di lei facesse lo stesso. Alexandria gemette, un suono basso, implorante.

A un tratto si ritrovarono sul balcone del terzo piano della villa. Lui fece un solo cenno con la mano e le porte a vetri si aprirono. Nonostante fossero entrati, la fresca brezza marina continuava ad alleviare il calore prodotto dai loro corpi. Aidan la fece adagiare sul letto a baldacchino coperto da un piumone e le si stese sopra: non avrebbe potuto correre il rischio che si spaventasse e scappasse di nuovo. Non poteva aspettare oltre. A quel punto non sarebbe stato più in grado di controllarsi e lasciarla andare. La accarezzò, seguendo le curve morbide del suo seno. Le sfilò la maglietta per osservare il suo corpo nudo. L'aria fresca a contatto con la pelle bollente procurò ad Alexandria una piacevole sensazione: quegli occhi ardenti di passione le facevano dolere i seni sodi. Lui le posò una mano sul seno, stringendolo con impeto.

«Senti l'oscurità dentro di me, Alexandria?», le mormorò con voce roca e sofferente. «Sta crescendo, si sta diffondendo. La senti?». Con la bocca trovò gli occhi di lei, le sue tempie, gli angoli delle sue labbra, la sua gola. Ogni bacio era leggero come il tocco di una piuma, ma le marchiava a fuoco la pelle, il segno che la sua anima sarebbe appartenuta a lui per l'eternità. «Concediti a me. Adesso. Per sempre. Senti la tenebra dentro di me e cacciala via».

La sua era la voce della seduzione, lasciava trapelare un desiderio talmente grande e disperato che Alexandria non avrebbe in alcun modo potuto tirarsi indietro. Avvertiva il suo oscuro bisogno di lei, la battaglia che stava conducendo per essere delicato, per lasciarle un margine di scelta. Avvertiva la sua voglia, avida e quasi incontrollabile, di strapparle i vestiti e immergersi nei misteri del suo corpo. E lei, in risposta all'urgenza della sua richiesta, si sentiva pervadere dal calore dell'eccitazione.

Si mosse sotto di lui, inarcando la schiena per offrirgli il suo seno. Chiuse gli occhi ed emise un gemito quando Aidan lo prese in bocca. Gli strinse la testa fra le braccia, trattenendolo a sé, mentre a ogni movimento delle sue labbra si sentiva attraversare da ondate di piacere.

Il suo corpo, intrappolato dagli abiti, era teso e pesante. Aidan si spogliò e le strappò via i jeans, voleva sentire ogni singolo centimetro della morbida pelle di lei a contatto con la propria. Si sollevò un po', quel tanto che bastava per guardarla. Giaceva nuda, la pelle arrossata dal desiderio. La sua mano le accarezzò il ventre, fino al triangolo di folti peli biondi, e le sue dita si insinuarono dentro di lei. Si sentirono entrambi accecati e scossi da lampi di luce.

Lui le prese la testa con l'altra mano e la attirò al proprio petto. *Nutriti, mia cara. Saziati. Sei la mia metà luminosa. Diventa parte di me per l'eternità.* Le sue dita si fecero strada dentro di lei e la trovò calda, pronta e ardente di desiderio per lui. Gli vennero le lacrime agli occhi.

Sentì il suo respiro sul cuore. «Non potrò mai più tornare indietro, vero?», gli chiese Alexandria, con un filo di voce.

Le sue dita penetrarono ancora più a fondo dentro di lei, eccitandola a dismisura. I caldi muscoli del suo sesso si contrassero. Aidan aveva un violento bisogno di sfogare la sua passione. «Vorresti davvero tornare indietro, cara, e lasciarmi da solo nella tenebra per sempre? Se potessi scegliere, lo faresti?». La sua voce roca era una trappola. Continuò a toccarla, a esplorarla con le dita, alimentando il fuoco che divampava dentro di lei.

Il desiderio aveva spinto le loro menti a fondersi completamente. E allora lei la vide, la densa tenebra che rivendicava i propri diritti su di lui, la bestia acquattata e calma, un impietoso killer pronto a uccidere a sangue a freddo. Un alone rosso, il desiderio che pulsava dentro di lui, il fuoco che gli scorreva nelle vene. Avvertì la sua agonia, la paura che lei non volesse concedersi, la consapevolezza che l'avrebbe posseduta comunque, che non avrebbe più potuto fermarsi. Voleva che lei lo desiderasse, che avesse altrettanto bisogno di lui.

Alexandria gli passò la lingua sui muscoli del petto, una lieve carezza. Gli perforò la pelle con i denti in maniera delicata ma provocante. «Come potrei mai lasciarti, Aidan? Pensi davvero che sarei in grado di farlo? Credevo che sapessi tutto. E invece io ne so più di te. Ed è stato così sin dall'inizio». Aveva ragione. Si trattava di un segreto di cui entrambi erano rimasti all'oscuro.

Lui le toccò le cosce, esplorandone ogni piega, e lei rimase senza fiato, le urla di piacere le morirono in gola. Con le mani trovò i duri muscoli delle sue spalle larghe e le sue timide carezze lo eccitarono ancora di più.

Il modo in cui lui la toccava, come se stesse cercando di memorizzare ogni singolo centimetro della sua pelle, scatenava dentro di lei una tempesta di fuoco e una fame impossibile da saziare. Gli baciò il petto, la peluria bionda che lo ricopriva, e gli leccò un capezzolo. Il corpo di Aidan si irrigidì al punto che lui credette di essere sul punto di impazzire.

Le fece aprire le ginocchia per avere accesso all'umido tempio della sua femminilità. La schiacciò aggressivo con il suo peso, aveva un disperato bisogno di lei. Alexandria sentì il suo membro duro spingere per penetrarla. Gli sembrò di invaderla. Quando lei ebbe un attimo di esitazione e si tirò indietro, lui le mise una mano sulle natiche e la attirò nuovamente a sé. *Fidati di me, Alexandria*, le bisbigliò telepaticamente. *Non ti farei mai del male. Il tuo corpo ha bisogno del mio. Soddisfa le sue richieste. Noi siamo un solo corpo, un solo cuore, una sola anima e un solo cervello.*

A lei sembrò impossibile resistere al suono melodioso di quella voce. La sua bocca si mosse di propria iniziativa sul petto di lui, cercando e trovando la vena. Lo solleticò con la lingua. Aidan strinse la presa sui suoi fianchi, facendole quasi male. Alexandria affondò i denti e il suo sangue si riversò dentro di lei. Un fulmine squarciò il cielo. Il lampo di luce bianca e blu si insinuò crepitando dentro la stanza, attraverso la porta aperta, e li bruciò, unendoli l'uno all'altra in un legame indissolubile. Lei gridò di dolore e di piacere. L'urlo di lui, roco e trionfante, si mescolò al suo.

Aidan si mosse, quasi incapace di sopportare oltre quel calore di velluto che lo attanagliava, con una passione tale che avrebbe voluto perdersi per sempre dentro di lei. L'infuocato contatto tra i loro corpi lo consumò finché non raggiunse il picco del piacere e perse la concezione del tempo e dello spazio. I colori gli danzavano davanti agli occhi, vividi e brillanti. I loro profumi si mescolarono creando una nuova fragranza, nata dall'intima unione dei loro corpi. Il modo in cui la sua bocca si muoveva erotica e vogliosa su di lui corrispondeva alla sua selvaggia frenesia. Si sentì smarrito in un vortice di sensazioni, sopraffatto dal piacere, e avrebbe voluto sprofondare dentro di lei e far sì che i loro cuori e i loro polmoni diventassero un'unica entità, impossibile da scindere.

Alexandria si aggrappò a lui, temendo di essere ormai stata travolta per sempre. Gli chiuse la ferita sul petto con la lingua, assaporando il suo gusto selvatico e virile. Aidan le mise le mani sui fianchi, tenendola ferma per poterla penetrare. Aveva i capelli sciolti che gli ricadevano sul viso, l'espressione deformata dal piacere: era così bello che lei quasi non riusciva a guardarlo. Fece scivolare le mani lungo la sua schiena fino ai glutei, esplorando ogni centimetro di quel corpo.

Ad Aidan sfuggì un gemito roco, un suono che proveniva dal profondo della sua anima. Sollevò la testa, il suo bizzarro sguardo di oro fuso era intenso e affamato. Le baciò gli occhi, gli angoli della bocca, il mento. Lei sentì il suo respiro sulla gola, la lingua che la sfiorava con una carezza. Il suo corpo reagì irrigidendosi e il piacere di lui aumentò al punto che pensò di stare per morire.

I suoi denti le graffiarono l'incavo tra i seni, lei provò una fitta di dolore e inarcò la schiena, schiacciando il petto contro la sua bocca. «Tu sarai mia per sempre, Alexandria. Adesso lo sai». Era un'affermazione, un comando al quale non avrebbe osato disobbedire.

Alexandria sorrise dei suoi modi esigenti. Non aveva idea di come erano le donne carpaziane, ma il suo uomo avrebbe presto scoperto di che pasta era fatta lei. E tutto d'un tratto si ritrovò a gridare di piacere, mentre i suoi denti le affondavano nel seno, mentre le sue braccia la stringevano possessive e il suo membro la penetrava con un impeto e una passione che andava oltre la sua immaginazione. Fu scossa da ondate di piacere che si susseguirono una dopo l'altra, le sembrò di uscire dal suo stesso corpo e di entrare in quello di lui. Aidan era dovunque, era dentro di lei, dentro la sua mente, le scorreva nelle vene, erano diventati un unico essere, un'esplosione nel cielo.

Rimasero così, stretti l'uno all'altra: i loro cuori battevano all'unisono a una velocità che entrambi non avrebbero creduto possibile. Aidan le sfiorò il seno con la lingua ed entrambi sentirono un brivido lungo la schiena. Lui le prese il viso fra le mani, le posò, tenero e delicato, le labbra sulla fronte e le ricoprì il volto di piccoli baci leggeri come una piuma. Per la prima volta nella sua lunga, apparentemente interminabile, esistenza, si sentiva davvero vivo, sereno.

«Mi hai fatto un dono dal valore inestimabile, Alexandria. Non lo dimenticherò mai. Non avevi alcuna ragione per fidarti di me, eppure l'hai fatto», le mormorò, umile. «Grazie».

Lei lo fissò con sguardo incredulo, incapace di ritornare coi piedi per terra. Aidan era dentro di lei, il suo corpo avvinghiato a quello di lui. Le sembrava impossibile che quegli occhi del colore dell'oro brillassero tanto, bruciassero di desiderio, solo per lei. Un lento sorriso le piegò gli angoli della bocca e i suoi occhi blu come zaffiri incrociarono lo sguardo di lui. Rimasero a fissarsi, sprofondando l'uno nell'anima dell'altra.

A un certo punto Aidan cominciò a muoversi, dolce e tenero, e il contatto tra i loro corpi produsse un incredibile calore, tanto che lei ebbe l'impressione di sciogliersi. La penetrò lentamente, assaporando ogni singolo movimento, divorandole il viso con gli occhi. L'iniziazione a cui l'aveva sottoposta era stata violenta e passionale. Adesso voleva invece fare le cose con calma, condurla al piacere per gradi.

Le passò le dita fra i capelli. La sua bocca riconobbe il gusto della morbida pelle di lei e trovò la vena pulsante sul suo vulnerabile collo. «Sei bellissima, Alexandria, davvero bellissima».

«Sei tu a farmi sentire bellissima», ammise lei.

«Ancora non riesco a credere di averti trovato». Improvvisamente sollevò la testa e la guardò negli occhi. I suoi fianchi continuavano a muoversi, lenti e languidi. «Devi liberarti di quel magnate dei videogame dell'orrore».

Lei gli diede un bacio sulla spalla, poi gli strofinò il viso sul petto ricoperto da una peluria dorata. «No, non lo farò. È il mio capo».

«Sono io il tuo capo».

«Ti piacerebbe», lo canzonò lei, dolcemente. «E invece io lavoro per lui».

«Ho denaro a sufficienza per assicurare una vita serena a entrambi», protestò Aidan. Poi una nota di divertimento trapelò dalla sua voce. «T'immagini quanto deve essere malato quell'uomo per aver escogitato quei giochi?»

«E tu? A te piacciono! Peggio ancora, la tua vita è persino più strana delle sue invenzioni». Sollevò il mento. «E poi, io voglio quel lavoro. Mi piace disegnare. Questa è l'occasione della mia vita, Aidan, l'occasione per fare quello che ho sempre desiderato».

Lui rise, chinando il capo per baciare quel visetto battagliero, per riempire di baci l'incavo tra i suoi seni. «La tua vita si è allungata in maniera considerevole, mia cara. Troverai sicuramente qualcun altro con delle strane fantasie da illustrare, possibilmente una donna anziana senza figli e senza segretari maschi».

Lei scoppiò a ridere insieme a lui, sospettando che avrebbe finito per fare quello che le ordinava, eliminando Thomas Ivan dalle loro esistenze. Ma per il momento il corpo di Aidan le stava procurando delle sensazioni incredibili e non aveva alcuna intenzione di pensare a qualche altro uomo. I suoi movimenti lenti e ritmici le mozzavano il fiato e riaccendevano nel suo ventre le braci della passione. Il suo corpo si muoveva insieme a quello di lui, seguendolo senza inibizioni. Le piaceva sentire le sue mani stringerle i seni, il tocco della sua bocca sui capezzoli. Stava facendo breccia nel suo cuore con la tenerezza.

«Ho già fatto breccia nel tuo cuore», la provocò dolcemente, ricordandole che condividevano tutto quello che passava loro per la testa.

«Non sono sicura di essere pronta a metterti a conoscenza di tutti i miei pensieri».

«E sensazioni». La sua voce si abbassò di un'ottava, pura seduzione di velluto nero. «E fantasie».

Lei gli mise le mani sui fianchi. «Sei l'unico protagonista delle mie fantasie. Sto solo prendendo in prestito qualcuna delle tue per sperimentarle».

La sua eccitazione aumentò e lui sprofondò dentro di lei. «Come sto andando?». Cominciò a spingere di più e a muoversi a ritmo più incalzante, finché le braci della passione non ridiventarono alte e guizzanti fiamme. «Non abbiamo neanche cominciato, piccola, ho tutta la notte per venerarti come meriti».

All'inatteso divampare del desiderio, Alexandria si morse il labbro e sgorgarono due piccole gocce di sangue. Gli scintillanti occhi dorati di Aidan le notarono e si fissarono su di esse, lasciando trapelare un'indomita emozione. Bastò quello sguardo per mandarla in estasi al punto che le sembrò di esplodere di piacere. Le sue urla ansimanti si spensero quando lui trovò la sua bocca e catturò quelle grida per sempre. Le passò la lingua sulle labbra, una carezza che le fece raggiungere l'apice del godimento.

Aidan era un fascio di muscoli contratti. Rimase immobile per un istante, poi gettò la testa indietro e godette, sprofondandole dentro mentre il suo corpo era sconvolto da un tremito incontrollabile. Sembrò durare per sempre, quella sensazione di liberazione, il mondo che girava come una trottola, eppure non fu abbastanza. Sarebbe voluto rimanere così per l'eternità, con Alexandria prigioniera fra le sue braccia.

Rimasero immobili, senza parlare, assaporando l'uno il gusto dell'altra. Aidan fu il primo a muoversi, liberandola contro voglia del suo peso. Le si sdraiò accanto, tenendola stretta, quasi temendo che lei si rendesse conto di essersi oramai abbandonata e tentasse di scappare da lui, da quello che era diventata.

Lei si sottrasse a quella stretta possessiva. «Aidan, leggo i tuoi pensieri proprio come tu fai con i miei. Sono rimasta la stessa. E non ho alcuna intenzione di finire sotto chiave in un armadio».

Lui si alzò, appoggiandosi su un gomito. La brezza soffiava nella stanza, portando con sé l'odore dell'oceano. Sollevò una mano e le porte a vetri scorrevoli si chiusero all'istante. Prese anche una trapunta per coprirla e le si fece più vicino per scaldarla con il calore del proprio corpo. «Non stavo pensando a un armadio, cara. Preferirei legarti al letto». Nella sua voce vellutata c'era una traccia di ironia maschilista.

Lei si scostò i capelli dal viso e lo guardò negli occhi. «Io lavorerò, Aidan. Tu hai la tua vita con Marie e Stefan. Ma Joshua si merita un'esistenza normale. Non voglio che tutto cambi completamente e che lui perda contatto con la realtà che gli è familiare. E non voglio perderlo neanche io. È tutto così spaventoso. Tu mi fai paura. Non ho intenzione di abbandonare quella piccola porzione di normalità che mi è rimasta».

«Io voglio che tu sia al sicuro, Alexandria. Le donne della nostra razza sono il tesoro più prezioso che abbiamo. Senza di voi non possiamo continuare a vivere. Io ho bisogno di sapere che tu sei al sicuro in ogni momento della giornata».

Alexandria si mise a sedere e tirò su la coperta per nascondere i seni, improvvisamente consapevole della propria nudità. Aidan le bloccò delicatamente una coscia con la sua gamba, per non farla alzare. «Non c'è un centimetro della tua pelle che non conosco, cara. Non hai motivo di essere timida».

Lei si sentì avvampare. La gamba di lui le schiacciava la sua e le trasmetteva una sensazione di virilità, di forza e calore, di intenso desiderio. Sapeva che lui stava scherzando, ma non si era mai trovata in una situazione come quella e non sapeva bene cosa fare o come comportarsi.

«Hai fatto questo… per controllarmi».

Lui le sorrise, senza mostrare traccia di pentimento, strofinandosi contro di lei. «"Questo"? Che intendi con "questo"? Vorresti forse insinuare che mi sono servito del sesso per raggiungere i miei scopi?».

Lei scoppiò a ridere; non riusciva a trattenersi. «Ti serviresti di qualsiasi cosa per raggiungere i tuoi scopi, anche se fai sempre finta di essere innocente, e lo sai benissimo».

Le poggiò una mano sul seno, stuzzicandole delicatamente il capezzolo. «E funziona?». La sua voce vellutata fu come una carezza.

«Non puoi desiderarmi di nuovo, Aidan», protestò, cercando di allontanarsi da lui e dalla tentazione del suo corpo.

Lui la prese per la vita e la attirò a sé, già nuovamente eccitato. Seguì la curva dei suoi fianchi e le accarezzò il fondoschiena. «Sei bellissima, Alexandria», mormorò, facendola rotolare sotto di sé a pancia in giù.

«Aidan», si oppose lei con un filo di voce. Lui, deciso – persino spietato – la tenne ferma in quella posizione, il respiro sulla schiena, i denti che le mordevano la spalla quando lei provava a divincolarsi. Alexandria si sentiva tremendamente vulnerabile.

Aidan la schiacciò con il suo peso: il desiderio di dominarla era intenso quanto quello di darle piacere. «Tu mi vuoi, mia cara. Lo sento».

«È troppo presto».

«Il tuo corpo non la pensa così». Neanche finì di pronunciare quelle parole, che le mise una mano tra le cosce per controllare che lei fosse pronta, ritirandola bagnata di un liquido caldo. «Oh Dio, Alexandria, come posso resisterti?». Aveva di nuovo bisogno di lei. Aveva bisogno di sentire, di essere vivo, di sapere che lei sarebbe stata per sempre parte di lui, della sua vita, che, tutte le volte che lui avesse aperto gli occhi e tratto il primo respiro, lei sarebbe stata lì a dargli sensazioni ogni giorno più profonde, con un'emozione diversa dalla paura nello sguardo.

Alexandria avrebbe anche potuto resistere al suo tentativo di dominarla, ma non al suo ardente bisogno di lei. L'intensità di quel sentimento si impossessò di lei, e il suo corpo prese fuoco insieme a quello di Aidan. Schiacciò la schiena contro il suo petto, consenziente, scatenando ancora di più la sua passione. Fece una risatina, provocante, ma il respiro le morì in gola non appena lui la penetrò. Si irrigidì, lo tenne stretto a sé, con focosi movimenti ondulatori.

Lui le circondò la vita con un braccio forte e possessivo, diventando tutto d'un tratto protettivo.

«Siamo impazziti?», bisbigliò.

«Sei tu l'unico pazzo», ansimò lei, muovendosi insieme a lui, di nuovo sul punto di perdere il controllo. «Io devo lavorare, e tu invece mi tieni qui, incatenata a te, prigioniera della tua passione», gli disse, senza fiato. Tenendola ferma sotto di sé, la stava portando velocemente all'apice del piacere, con dei movimenti rapidi, sicuri, profondi. «Non riesco a crederci, ti sto facendo fare quello che vuoi». Non poteva crederci. Le sembrava impossibile trovarsi in ginocchio su un letto macchiato della sua stessa innocenza, amare l'istinto di possesso che quell'uomo nutriva per lei e volerne ancora, desiderarlo sempre di più.

Quando alla fine crollarono, stretti l'uno all'altra, ricoperti da una lucente patina di sudore, erano prosciugati, esauriti, sazi. «Ti ho sentito recitarmi le tue litanie in testa, la prima volta che...». Alexandria si interruppe. «Quella era la tua lingua madre, vero?»

«Ho reso ancora più stretto il nostro legame», ammise lui. «Non riuscivo a sopportare il pensiero di rischiare di perderti a causa della mia stupidità. Ho recitato il rituale mentre tu mi donavi la tua innocenza, e ti ho unito a me per l'eternità».

«Non capisco».

«Pronunciare quelle parole equivale per noi maschi carpaziani a creare un vincolo indissolubile ed eterno».

Lei si girò mettendosi a pancia in su e sbatté le palpebre. «Ma di che stai parlando?»

«Quando un maschio carpaziano incontra la sua compagna e sa per certo che è quella giusta, può legarla a sé con le formule rituali anche se non ha ancora preso il suo corpo. Un vincolo simile al matrimonio, ma più profondo. Le nostre anime e il nostro cuore sono solo una parte dell'intero, e sono incompleti finché non trovano l'altra metà. Le parole che ho pronunciato servono a riunire le due metà, come è giusto che sia».

Mentre lui le forniva queste spiegazioni, gli occhi di Alexandria divennero due fessure. «Credevo che fossero la chimica e il sangue a creare il legame».

«Be', le due metà sono destinate a unirsi e il vincolo ha già cominciato a formarsi». Aidan si scostò i lunghi capelli dal viso e si rifugiò all'altra estremità del letto, come se quella conversazione lo facesse sentire a disagio.

«Quindi la donna può ancora sfuggirgli se l'uomo non ha pronunciato le formule rituali?».

Lui scrollò le spalle e il suo sguardo divenne tutto a un tratto indecifrabile. «E perché mai lui dovrebbe essere così stupido da non farlo se sa che sono destinati a stare insieme? Sarebbe un pazzo».

«Forse sarebbe carino se lui chiedesse alla donna che cosa ne pensa. Gli uomini umani almeno *chiedono* alle rispettive compagne se vogliono trascorrere tutta la vita con loro. Magari anche alle donne carpaziane piacerebbe avere voce in capitolo».

Lui fece di nuovo spallucce. «A scegliere è il destino, il fato, o in qualsiasi altro modo tu lo voglia chiamare. La legge universale. La legge divina. Siamo fatti così. Le formule non possono essere revocate. Nessun maschio carpaziano permetterebbe mai alla sua donna di andare in giro senza che lui la protegga e la rivendichi».

«La tua gente vive ancora nel Medioevo! Non puoi impadronirti della vita di qualcuno senza che questi abbia dato il suo benestare. Non è giusto», fece lei, sbigottita.

«Un uomo carpaziano non sopravvive se non trova la sua compagna per la vita».

«Be', e quanti anni vorresti vivere ancora?», gli domandò con veemenza.

Nei suoi occhi dorati brillò un lampo di divertimento e la sua mano le risalì per la gamba fino alla coscia. «Mi piacerebbe andare avanti per un secolo o due, almeno finché le nostre notti saranno come quella appena trascorsa».

La sua voce le fece venire un tuffo al cuore, provocandole quella strana sensazione di struggimento che così spesso le capitava di sperimentare quando era con lui. Si sarebbe voluta arrabbiare, ma la verità era che anche lei avrebbe voluto vivere un secolo o due se avesse potuto trascorrere delle notti come quella.

«Ti sto leggendo nel pensiero», la provocò lui, la sua voce dolce come una carezza.

«Sarebbe ora di smetterla. Non c'è nient'altro con cui protesti tenerti occupato per un po'? E non credere di essertela cavata. Non puoi semplicemente andartene in giro e prendere decisioni che riguardano la mia vita senza prima chiedermi cosa ne penso». Lo guardò sospettosa. «Che altro puoi fare senza mettermene al corrente?».

Lui si allungò sul letto e le diede un bacio sulle labbra, gustando il suo sapore. «Tutto quello che ti viene in mente, cara».

Lei si scostò e gli diede uno schiaffo sulla mano che si stava spingendo verso il caldo triangolo tra le sue cosce. «Non fare lo spaccone, Aidan. Non va bene».

«E invece secondo me va benissimo. Avrò bisogno di tutto il mio arsenale di trucchi per farti rigare dritto, Alexandria. Non vedo l'ora di mettermi all'opera».

«Mi sa che ti stai dimenticando delle mie piccole e irritanti abitudini, e credo proprio che queste stiano cominciando ad aumentare».

Aidan grugnì. «Hai intenzione di provare a cambiarmi?».

«Qualcuno dovrà pur farlo». La sua mano trovò quella di lui. «Io sono abituata ad avere la mia libertà, Aidan. Ne ho bisogno. E non sarò mai felice se tu me la porti via».

Lui le prese il mento con una mano, guardandola intensamente con i suoi occhi dorati. «So bene che entrambi dovremo scendere a compromessi, Alexandria. Non mi aspetto che sia solo tu a farlo. Ti chiedo solo di avere pazienza e sopportare i miei piccoli sbagli».

Lei annuì. Aidan riusciva con estrema semplicità a rubarle il cuore. Gli bastava uno sguardo. Poche parole. La sua voce, pura magia nera. «Come è possibile che io sia allo stesso tempo spaventata e pazza di te?»

«Sei innamorata di me», rispose lui, serafico.

Alexandria sbatté le palpebre, scioccata, come se non avesse mai preso in considerazione l'ipotesi.

«È un'affermazione un po' forte, Aidan. Mi hai trascinato in questa situazione troppo velocemente, e contro la mia volontà».

«Tu mi ami», asserì lui con calma.

Lei si tirò un po' indietro, distanziandosi da lui di qualche centimetro. «Non ti conosco abbastanza per amarti».

«No? Sei stata nella mia mente. Hai condiviso i miei pensieri e i miei ricordi. Sai tutto, le cose belle e quelle brutte. E ti sei data a me. Non l'avresti fatto se non fossi stata innamorata».

Alexandria deglutì. Non voleva affrontare la questione in quel momento, ne sarebbe stata sopraffatta. Cercò di fare la frivola. «È stato il potere del sesso».

Le sue sopracciglia si arcuarono all'inverosimile.

«Balli anche altrettanto bene?», azzardò lei speranzosa.

«Anche io sono stato nella tua mente, mia cara. Non puoi nascondermi nulla». Sembrava molto compiaciuto.

Alexandria assunse la sua espressione più altera, tirandosi la coperta sulle spalle e rimanendo in silenzio.

«È così difficile ammettere che mi ami?». La sua voce era una carezza che la avvolse, circondandola tra le braccia protettive e affettuose.

«Perché è così importante affrontare questa discussione proprio adesso? Io sono qui con te, e ovviamente non andrò da nessun'altra parte».

«È importante per te. Nutri questa stupida convinzione di non poter amare altri che tuo fratello».

«Non sono stata capace di amare nessun altro prima».

«E adesso credi di esserti innamorata di me perché ti avrei ingannata con un qualche incantesimo. Quello che c'è fra di noi non è frutto di una magia. Sì, magari ti ho legata a me alla maniera del mio popolo, ma non avrei mai potuto farlo se tu non fossi stata già mia. Sei la mia vera compagna per la vita. Avresti dato la vita per salvarmi, anche quando non avevi fiducia in me».

Alexandria sollevò il mento. «Pensavo che sarei morta comunque e non volevo vivere come un vampiro. Se ben ricordi, credevo che tu fossi un vampiro e che mi avessi resa simile a te».

«E allora perché avresti dovuto salvare la vita a un vampiro, a una creatura tanto malvagia?», replicò lui in tono sommesso.

Lei si tappò le orecchie con le mani. «Mi stai facendo confondere, Aidan».

Lui le prese delicatamente i polsi e le abbassò le mani, avvicinandosi a lei per darle un bacio sul collo. «Nel tuo intimo lo sai che sono l'uomo per te. Ecco perché il tuo corpo risponde al mio. Non c'entrano gli antichi incantesimi, né la gratitudine per aver salvato la vita a te e a Joshua. Il tuo corpo e la tua anima mi hanno riconosciuto prima che la mente e il cuore avessero l'opportunità di farlo. Sei rimasta traumatizzata da quanto è accaduto. E questo non è stato d'aiuto quando io ho reagito in maniera violenta per preservare la tua incolumità. Come avresti potuto capire cosa sentivi nel profondo del cuore?»

«Quello che provo per te è così...». Non riuscì a trovare le parole per descrivere le emozioni che provava.

«Intenso. Profondo. Diverso da tutto quello che ti saresti aspettata. E proprio perché è un sentimento così diverso, non l'hai riconosciuto per quello che realmente è. Non sei più umana, ma hai più limiti umani. I tuoi sensi e le tue emozioni – il piacere, il dolore, la fame – sono potenziati, ma ne verrai sopraffatta finché non imparerai a gestirli. All'inizio anche l'udito così potente ti risultava quasi insopportabile, vero?».

Alexandria annuì. Quella sensazione non era durata molto e l'aveva già dimenticata.

«C'è voluto poco per capire come abbassare il volume del tuo nuovo straordinario udito e alzarlo solo quando è necessario. Tra poco sarai in grado di servirti con disinvoltura di tutti i tuoi poteri, come faccio io. L'affiatamento tra di noi crescerà, e il vincolo che ci lega diverrà sempre più forte. Ma non si tratta di magia, Alexandria. È amore». La voce di Aidan era così tenera, gentile e sicura che lei ebbe un tuffo al cuore.

Capitolo 15

Le alte onde dell'oceano correvano verso la riva, producendo spruzzi di salsedine prima di infrangersi contro le rocce della scogliera e intorbidare il mare. Alexandria faceva scivolare via la sabbia fra le dita mentre contemplava lo splendido spettacolo offerto dalla natura. Vista l'ora tarda e il forte vento, aveva la spiaggia tutta per sé. Si sedette su una duna, poggiando il mento sulle ginocchia e osservò le onde. Aveva sempre amato l'oceano, ma dopo l'esperienza con il vampiro, temeva che non avrebbe più avuto il coraggio di stargli di fronte.

Aidan aveva cambiato tutto. Le aveva restituito gioia e bellezza. Poteva stare seduta lì, sola e al buio, tra gli ululati del vento, con le onde che si infrangevano sulla riva a due passi da lei, e persino con le nuvole minacciose che le si addensavano sopra la testa, e cogliere la meraviglia di quello che la circondava. Aidan si era messo a lavorare a uno dei suoi tanti affari e Alexandria era uscita per stare un po' da sola. Sebbene parte di lei amasse il modo in cui lui le stava vicino, entrando e uscendo costantemente dalla sua mente, era comunque abituata a sentirsi libera, a sbrigarsela da sola. E a quel punto aveva solo bisogno di starsene tranquillamente seduta e permettere a tutto quello che le era successo di far presa su di lei.

Aidan era arrabbiato con lei. Riusciva a sentire il peso della sua disapprovazione. Lui era lì, in un angolo della sua mente, ma almeno non stava cercando di forzarla a essere d'accordo con lui.

Avrei dovuto.

Alexandria sorrise della sua lamentela. *Hai fatto bene a non farlo. Devi abituarti al fatto che io non ti obbedisco come fa Joshua.*

Un'altra delle tue irritanti abitudini?

Lei scoppiò a ridere e il vento fece riecheggiare il fragore della sua risata per tutta la spiaggia. *Se così non fosse, mi assicurerò che lo diventi.*

Tu farai esattamente quello che dico io. La sua voce era scesa di un'ottava, una carezza di velluto nero, un evidente tentativo di seduzione.

Immediatamente lei si sentì pervadere dal calore dell'eccitazione. *Torna al lavoro, demone del sesso, e lasciami da sola per un po'.*

Solo per un po'. Non riesco a stare a lungo senza il tuo corpo sotto il mio.

Sei terribile, Aidan. Davvero terribile. Rideva, con la testa reclinata indietro e il cuore leggero, pieno di gioia, dopo una lunga parentesi di oscurità.

A diversi chilometri di distanza, ci fu un bagliore nel cielo, un lampo bianco che squarciò il buio, e poi il lontano rumore di un tuono. Era in arrivo una tempesta che avrebbe ingrossato le onde dell'oceano. Alexandria si distese e una goccia le cadde su una guancia, non avrebbe saputo dire se si trattava di pioggia o di uno schizzo marino. Non le importava. Si sentiva di nuovo viva; stava ritrovando la sua forza. E adesso che aveva accettato quello che era diventata, avrebbe trovato un modo per cavarsela.

Qualcosa si mosse nell'ombra, sopra di lei. Sbatté le palpebre, si mise a sedere e alzò lo sguardo al cielo. Non notò nessun movimento. Forse si era trattato solo di una nuvola nera più bassa delle altre. Eppure, si sentiva a disagio. Era da sola, fra le dune della spiaggia, abbastanza vicina all'acqua da riuscire a distinguere le pinne dei predatori che nuotavano sotto la superficie. La consapevolezza che al di sotto di quelle bellissime onde si trovavano delle creature preistoriche sempre a caccia di prede la innervosì immediatamente.

Un sorriso le piegò gli angoli della bocca. Stava cominciando a lasciarsi spaventare da qualsiasi cosa. Chi mai se ne sarebbe andato in giro in una notte come quella? L'oceano ruggiva, si infrangeva sugli scogli e la schiuma schizzava al cielo. La sua inquietudine però aumentava con lo scatenarsi della tempesta.

Forse sarebbe meglio che tu prestassi ascolto al tuo compagno per la vita e te ne stessi per i fatti tuoi dentro casa oppure in balcone, ma non in mezzo alla bufera.

Il suo tono di scherno era davvero irritante e lei prese un'altra manciata di sabbia in segno di sfida. Tuttavia, nonostante la sua determinazione, Alexandria si sentiva un gravoso e opprimente peso sul petto e continuava a esaminare il cielo, cercando di rimanere abbastanza calma sì da percepire quello che le stava intorno, da individuare una presenza estranea. Di colpo, senza una precisa ragione, fu certa che non era sola e che qualsiasi creatura fosse quella che la stava osservando si trattava di un essere malvagio.

Allontanati da lì, le ordinò d'un tratto Aidan. La sua voce era gelida e decisa, e capì che lui aveva preso il volo perché aveva colto le sue paure.

Alexandria si alzò, scrutando le immediate vicinanze. Il vento le scompigliava i capelli. Si scostò le lunghe ciocche dagli occhi e vide un uomo in piedi sull'orlo della scogliera. Il vento soffiava forte e le sembrò di capire che si trovava nei guai, con le rocce che gli si sbriciolavano sotto i piedi. Alexandria urlò e cominciò a correre, pensando istintivamente di raggiungerlo ed evitare in qualche modo che cadesse giù.

Come era stato possibile che non l'avesse visto prima? Che non ne avesse avvertito la presenza? Perché era stata tanto egoisticamente convinta di essere l'unica in pericolo? Da quanto tempo quell'uomo stava lì, rischiando di finire in mare?

Che c'è, cara? La voce di Aidan era calma e rassicurante, lui adesso era lì vicino a lei, a infonderle tranquillità.

Lei gli si aggrappò come a una scialuppa di salvataggio. *C'è un uomo sulla scogliera... sta per cadere.* Se solo non avesse sprecato del tempo a piangersi addosso, a lamentarsi per quello che era diventata, avrebbe potuto salvarlo. Sarebbe stato necessario che Aidan le insegnasse quanto avrebbe dovuto sapere. Poteva correre alla velocità della luce e afferrarlo prima che finisse sulle rocce appuntite lì sotto.

Sto arrivando! Sta lontana da lui. Era una richiesta alla quale non poteva obbedire. Sebbene ci fossero poche speranze di riuscire a salvare lo sconosciuto, lei avrebbe fatto il possibile. Si mise a correre a piedi nudi sulla sabbia bagnata, gli occhi inchiodati alla scogliera. Per un attimo le sembrò che il mondo fosse diventato tutto nero. Poi un lampo di luce danzò sfrigolando e una palla di fuoco attraversò il cielo buio in direzione dell'uomo.

Lui cadde in avanti e Alexandria gridò: sembrava che stesse cadendo al rallentatore, un terribile volo di venti metri o più. Il vento le restituì le sue stesse urla, come uno schiaffo. Era ancora lontana ed era ormai troppo tardi, ma continuò a correre comunque. Senza accorgersene, mentre correva a perdifiato, andò a finire contro qualcosa di invisibile. La forza dell'impatto la scaraventò per terra.

Il cuore le martellava nel petto, si mise a sedere e si scostò dal viso i capelli scarmigliati dal vento. Non vide alcun ostacolo, niente contro cui avesse potuto andare a sbattere, eppure quando allungò la mano toccò qualcosa di solido.

Come hai potuto, Aidan? Era sconcertata dal fatto che lui avesse voluto impedirle di procedere per andare ad aiutare lo sconosciuto. Si rimise lentamente in piedi, sconvolta.

Dall'oceano arrivò un banco di nebbia, trasportato dal vento. Al di là di esso, dall'altro lato di quella barriera invisibile, cominciò a materializzarsi un uomo. All'inizio sembrava scintillante, traslucido, ma poi continuò a solidificarsi e divenne una scura e misteriosa creatura. Era alto, come Aidan, e muscoloso come lui. Aveva i capelli neri come la notte, lunghi e legati da una strisciolina di cuoio all'attaccatura della nuca. Il suo viso era incantevole, la bocca allo stesso tempo sensuale e crudele, la mascella pronunciata. Furono tuttavia i suoi occhi a catturare l'attenzione di Alexandria. Erano talmente chiari da emanare una luce, scintillanti come il mercurio, impossibili da ignorare.

Alexandria d'improvviso si scoprì terrorizzata. Aidan trasudava potere, ma quell'uomo *era* il potere. Niente e nessuno avrebbe potuto sconfiggere una creatura del genere. Era sicura che non fosse umano. Si portò una mano alla gola nel tentativo di proteggersi.

Lo sconosciuto fece un cenno distratto con la mano e in un attimo il banco di nebbia scomparve.

Non aveva individuato l'ostacolo, tuttavia in quel momento si rese conto che era sparito, che tra lei e quella creatura non c'era più nessuna barriera. Era spaventatissima, per se stessa e per Aidan.

«Tu sei la donna di Aidan. La sua compagna per la vita. Dov'è lui adesso? Ti permette di vagare senza alcuna protezione?».

La sua voce era il suono più ipnotico e irresistibile che lei avesse mai udito. Pura. Seducente. Nessuno avrebbe potuto opporsi a quel tono così dolce, così musicale. Se lui le avesse chiesto di buttarsi nell'oceano, lei gli avrebbe obbedito. Strinse forte i pugni.

«Tu chi sei?», gli chiese. E nel frattempo lo avvertì telepaticamente: *Aidan, stai attento. Ce n'è un altro qui. Sa che io sto con te, che sono la tua compagna per la vita.* Cercò di non trasferire alla voce il tremito che le scuoteva il corpo.

Guardalo, piccola. Non aver paura. Sono qui vicino, vedo quello che vedi tu. Tieni la mente aperta. Come sempre, Aidan sembrava calmo e controllato.

L'attraente bocca dello sconosciuto si piegò in un sorriso, ma non vi era alcun calore nel suo sguardo del colore del mercurio. «Gli hai parlato. Bene. Sono sicuro che adesso potrà vedermi. Ma è un pazzo a permettere che i suoi sentimenti per te mettano in ombra i doveri che gli spettano».

Alexandria sollevò il mento. «Chi sei tu?», ripeté.

«Io sono Gregori. Il più scuro dei carpaziani. Magari ti ha parlato di me».

È il più preparato e potente della nostra gente, confermò Aidan. Era molto vicino. *Il più grande guaritore mai conosciuto, nonché il mio maestro. È anche maestro di distruzione e guardia del corpo del nostro principe.*

Mi terrorizza.

Terrorizza chiunque. Solo Mikhail, il nostro principe, lo conosce bene.

«Sono certo che Aidan ti parla bene di me». Erano faccia a faccia e quegli occhi le scavavano dentro l'anima, tuttavia Alexandria aveva il sentore che la sua attenzione fosse rivolta ad altro. La sua voce era così pura, così perfetta, che lei avrebbe voluto che continuasse a parlare.

Una folata di vento sollevò un mulinello di sabbia, che volteggiò e avvolse Alexandria, facendola arretrare. Quando riuscì a riguadagnare l'equilibrio e si tolse le mani dagli occhi, Aidan era proprio di fronte a lei.

«Di grande effetto, Aidan», fece lo sconosciuto con una punta di soddisfazione.

«Non vedo qualcuno della nostra razza da molto tempo», disse Aidan a bassa voce. «È un piacere incontrarti, Gregori».

«Adesso usi le donne come esche?». Il tono era pacato, ma evidentemente di rimprovero.

Alexandria si irrigidì, furiosa per il fatto che quell'uomo stesse tentando di far sentire Aidan in colpa per averla lasciata libera. Le dita di Aidan trovarono subito i suoi polsi e vi si chiusero intorno, strette come una morsa. *Rilassati*, la ammonì. Lei si calmò all'istante, avvertendo il pericolo nell'aria.

«Quello, quello è un traditore». Gregori fece un cenno del capo verso l'uomo che giaceva immobile sulle rocce, lì dove era caduto. «Stava cercando di portartela via».

«Non ci sarebbe riuscito», ribatté Aidan, in tono sommesso.

Gregori annuì. «Credo che tu abbia ragione. Tuttavia lei si è esposta al pericolo e non le dovrebbe essere concesso». Un reticolo di linee di un bianco iridescente illuminò il cielo, nitido e splendente, una dimostrazione del suo potere. I fasci di luce tracciarono nel buio un particolare disegno, un viso bellissimo e luminosi occhi del colore del mercurio, conferendo a Gregori un aspetto allo stesso tempo crudele e affamato.

Le dita attorno ai polsi di Alexandria si strinsero ancora di più. *Non muoverti, non parlare, non fare nulla*, la redarguì Aidan telepaticamente. «Grazie per il tuo aiuto, Gregori», disse ad alta voce, in tono gentile e sincero. «Lei è la mia compagna per la vita, Alexandria. Non conosce le usanze della nostra gente. Sarebbe un onore per entrambi se tu volessi accompagnarci a casa e raccontarci le ultime novità della nostra terra».

Sei impazzito? Alexandria protestò in silenzio, inorridita. Sarebbe stato come portarsi dentro un selvatico felino della giungla. Una tigre. Qualcosa di molto pericoloso.

In risposta alla proposta Gregori fece un cenno con il capo, ma nei suoi occhi si leggeva chiaramente che avrebbe rifiutato l'invito a unirsi a loro. «Non sarebbe saggio da parte mia seguirvi a casa. Sarei come una tigre in gabbia, inaffidabile e imprevedibile». Il suo sguardo si posò per un attimo su Alexandria e lei ebbe la netta sensazione che la stesse prendendo in giro. Poi rivolse di nuovo la propria attenzione su Aidan. «Devo chiederti un favore».

Aidan sapeva quello che Gregori stava per chiedergli e scosse la testa. «Non farlo, Gregori. Sei un mio amico. Non farmi richieste che non posso esaudire». Alexandria avvertì il dispiacere di Aidan, la sua angoscia. Nella sua mente le emozioni erano in subbuglio, e tra queste vi era la paura.

Quegli occhi argentei brillarono come tizzoni infuocati. «Farai quello che ti spetta, Aidan, così come ho fatto io per migliaia di anni. Devo trasferirmi in questo Paese per incontrare la mia compagna per la vita. Arriverà fra qualche mese per uno spettacolo, uno spettacolo di magia. San Francisco è una delle tappe del suo tour. Ho intenzione di costruirmi una casa sulle montagne, lontana dalla tua. Io ho bisogno dell'alta quota, della vita selvaggia, della solitudine. Sono prossimo alla fine, Aidan. La caccia, le prede sono tutto ciò che mi è rimasto».

Fece un cenno con la mano e le onde dell'oceano gli risposero con un guizzo. «Non sono sicuro di riuscire a resistere fino al suo arrivo. Sono troppo vicino alla trasformazione. Il demone mi ha quasi consumato del tutto». Il tono dolce della sua voce non era cambiato.

«Va da lei. Manda qualcuno a cercarla. Falla venire da te». Aidan si strofinò la fronte, agitato, e la sua evidente preoccupazione mise in allarme Alexandria più di qualsiasi altra cosa. Non le era mai sembrato turbato prima di allora. «Dov'è? Chi è?»

«La figlia di Mikhail e Raven. Ma Raven non l'ha avvertita di quello che le accadrà il giorno in cui verrà rivendicata. Ha solo diciotto anni. Quando sono andato da lei si è spaventata tantissimo e non ho avuto il coraggio di fare quello che sarebbe stato necessario, cioè lasciar libero il demone e farla mia anche contro la sua volontà. Non le ho fatto pressioni. Ho giurato a me stesso di concederle altri cinque anni di libertà. Dopotutto, unirsi a me sarà un po' come mettersi insieme a una tigre. Non è la più desiderabile delle sorti».

«Non puoi attendere oltre». Alexandria non aveva mai visto Aidan tanto sconvolto. Gli fece una piccola carezza sul polso, per ricordargli che non avrebbe più dovuto affrontare le incognite del futuro da solo.

«Ho fatto un giuramento e lo manterrò. Una volta che sarà diventata mia per l'eternità, la sua vita non sarà più tanto semplice, per questo la rifugge, scappa da me». La voce di Gregori era stupenda, cristallina. Non vi era neanche una traccia di amarezza, di rammarico.

«Questa ragazza sa quello che stai soffrendo per lei?».

Nei suoi occhi argentei balenò un lampo, al pensiero dell'egoismo nei confronti della sua compagna per la vita. «Non sa nulla. È stata una mia decisione, un dono che ho voluto farle. Il favore che ti chiedo è di non darmi la caccia da solo, se dovesse essere necessario. Avrai bisogno di Julian. Anche lui appartiene all'oscurità».

«Ma Julian è come me», protestò Aidan immediatamente.

«No, Aidan», lo corresse Gregori con la sua voce ipnotizzante. «Julian è come me. È questo il motivo per cui anche lui è sempre in cerca delle alte vette e della solitudine. È uguale a me. E ti aiuterà a sconfiggermi, qualora ce ne dovesse essere la necessità».

«Vai da lei, Gregori», lo supplicò Aidan.

Gregori scosse il capo. «Non posso. Tu promettimi che farai come ti ho detto. Non cercare di darmi la caccia senza Julian».

«Non sarei mai così incosciente da cacciare il lupo più scaltro di tutti senza l'aiuto di qualcun altro. Sii forte, Gregori». C'era dolore sincero nelle parole di Aidan.

«Resisterò finché posso», replicò Gregori, «ma l'attesa è molto rischiosa. Potrei non essere in grado di distruggermi prima che sia troppo tardi. Potrei già essere troppo oltre. Tu mi capisci, Aidan. Il peso di questa decisione potrebbe cadere sulle tue spalle, e per questo ti chiedo perdono. Ho sempre pensato che sarebbe toccato a Mikhail, ma lei è qui negli Stati Uniti. E sarà qui, a San Francisco, quando il mio giuramento dovrà essere onorato».

Aidan annuì, ma Alexandria poteva sentire le lacrime bruciargli nella mente, nel cuore. Avrebbe voluto consolarlo, fargli sentire il suo affetto, e invece fece lo sforzo di rimanere immobile così come lui le aveva chiesto, senza capire bene quello che Gregori stava dicendo, ma con la consapevolezza che si trattava di qualcosa di serio.

«Mi occuperò io di lui, di distruggere tutte le prove della sua esistenza». Gregori fece un gesto verso il cadavere che si era schiantato sulle rocce. «Ma, Aidan, non era da solo. Ce n'era un altro. Credo che adesso sia meglio restare qui a proteggere la tua compagna per la vita e non andare a caccia. Sono così prossimo alla trasformazione che non voglio rischiare di uccidere due volte nella stessa serata». La sua voce era sempre dolce e melodiosa, come se stesse parlando del tempo.

«Gregori, ti ringrazio dell'avvertimento e dell'aiuto. Non preoccuparti di quel traditore. Ci penso io, anche se ammetto di essere stato preso da altro e di aver trascurato la caccia ultimamente».

«Hai fatto bene», osservò Gregori, con un sorriso discreto. «La propria compagna per la vita viene prima di qualsiasi altra cosa».

«Perché temi che la tua non avrà vita facile?», chiese Aidan.

«Ho cacciato troppo a lungo per potermi fermare. Sono abituato a fare a modo mio. Ho aspettato troppo, ho combattuto troppo e ho sofferto troppo per permetterle di godere della libertà che desidererebbe. La sua vita non le apparterrà mai, sarà solo quello che io voglio che sia».

Aidan a quel punto sorrise, e Alexandria capì che si stava rilassando. «Se segui i tuoi stessi consigli e metti la tua compagna per la vita prima di tutto il resto, non ti resterà altra scelta che concederle la libertà che desidera».

«Io non sono come Mikhail, Jacques o, a quanto pare, come te.

Quel che intendo è che prima di tutto viene la sua sicurezza». La voce di Gregori si alterò un po'.

Aidan gli rivolse un ampio sorriso e i suoi occhi dorati brillarono. «Spero solo di avere l'opportunità di rincontrarti quando sarai vittima degli incantesimi della tua donna, Gregori. Promettici che la porterai qui e ce la farai conoscere».

«Non se finisco come te o come Mikhail. Non distruggerò la mia reputazione». Tra le sue parole sembrò affacciarsi una punta di ironia che svanì subito, come se il vento l'avesse spazzata via.

«Provvederò io al vampiro. Tu dovresti evitare di confrontarti con la morte».

«L'ho ucciso a distanza. Lo spettacolo sarà... spiacevole», lo avvisò Gregori.

«Sei diventato ancora più potente di quanto ricordassi».

«Negli anni ho fatto esperienza», ammise Gregori. I suoi occhi chiari si posarono pensierosi sul volto di Aidan. «Troverai tuo fratello molto cambiato. Fa presto a imparare e non ha paura di confrontarsi con l'oscurità. Ho provato a spiegargli quale sarebbe stato il prezzo da pagare, ma non ha sentito ragioni».

Aidan scosse la testa. «Julian ha sempre detto che le regole sono fatte per essere infrante. Va sempre dritto per la sua strada. Ma ti rispetta. Eri l'unico ad avere una qualche influenza su di lui, forse anche l'unico a cui prestava ascolto».

Gregori fece di no con il capo. «Non mi ascolta più. Sente il richiamo del vento, delle montagne, dei luoghi lontani. Non ho alcuna speranza di riuscire a fermarlo. L'oscurità è dentro di lui e niente lo soddisferà mai».

«Tu la chiami oscurità. Eppure si tratta della stessa dote che hai tu e che ci ha schiuso le porte del mondo. Che ti ha spinto a cercare di impadronirti delle tecniche di guarigione che hai trasmesso a me e agli altri. Che ti ha permesso di compiere i miracoli che hai fatto per il nostro popolo. E lo stesso hai fatto per Julian», replicò Aidan a bassa voce.

I suoi occhi argentei diventarono ancora più chiari. Freddi. Inquietanti. Vuoti. «Ha anche permesso a entrambi di apprendere cose che avremmo fatto meglio a non imparare. Dalla conoscenza deriva il potere, Aidan. Ma in assenza di regole, di emozioni, del concetto di giusto e sbagliato, è fin troppo facile abusare di questo potere».

«Lo sanno bene tutti i carpaziani, Gregori», ribatté Aidan. «Tu, ancor più di molti altri, conosci la differenza fra ciò che è giusto e ciò che è sbagliato. E lo stesso vale per Julian. Perché tu hai resistito, hai combattuto quanto ritenevi sbagliato, mentre gli altri si sono trasformati. Perché tu hai lottato in nome della giustizia, della nostra gente. Hai un codice e gli hai sempre fatto onore, così come stai facendo adesso. Dici di non avere sentimenti, e invece che altro è se non compassione quella che nutri per le paure della tua compagna per la vita? Non puoi trasformarti. Ogni momento è lungo come l'eternità per te, lo so, ma la fine della tua sofferenza è vicina».

Gregori sembrò trafiggere Aidan con una gelida occhiata, ma quest'ultimo non batté ciglio. Sostenne lo sguardo del carpaziano più antico al punto che Alexandria avrebbe potuto giurare di aver visto il guizzo del fuoco e poi una fiamma sprigionarsi dai suoi occhi. Poi la dura espressione di Gregori si ammorbidì un po'. «Sei stato un bravo allievo, Aidan. Hai imparato a guarire sia il corpo che la mente».

Aidan inclinò la testa, in segno di gratitudine per il complimento che aveva appena ricevuto. Il vento ululò, le onde si infransero sulla scogliera e Gregori si lanciò nel buio, tra le nuvole. Una sagoma nera attraversò il cielo, un'ombra scura che si diresse verso nord e sparì portando con sé la tempesta.

Aidan si lasciò cadere sulla sabbia, con il capo chino e il corpo tremante, come se stesse cercando di controllare una forte emozione che minacciava di sopraffarlo. Alexandria lo abbracciò. Si accorse che il suo petto era sconvolto dai singhiozzi, eppure lui non emetteva neanche un suono. Solo una lacrima rossa come il sangue gli rigò il volto, rivelando il suo dolore.

«Mi dispiace, cara, ma Gregori è un grande uomo e la nostra gente non può permettersi di perderlo. Ho sentito la sua desolazione, il demone dentro di lui che vuole divorarlo. Onorare la mia promessa e dargli la caccia...». Scosse il capo. «Sarebbe come rendere un cattivo servizio a colui che ha dedicato la propria vita alla nostra gente, al principe».

Alexandria rimase senza fiato. Pensava che Aidan fosse invincibile. Capace, comunque, di dare la caccia ai vampiri e avere la meglio sulla loro perfidia. Ma con Gregori la faccenda era diversa. Sembrava difficile che potesse essere sconfitto persino da cacciatori potenti come Aidan. «Non puoi metterti in contatto con questa ragazza, quella che potrebbe salvarlo?».

Aidan fece di no con la testa, con rimpianto. «Lui continuerebbe a mantenere la promessa, e la presenza di lei non farebbe che peggiorare le cose».

Lei gli accarezzò i capelli, affettuosa e delicata. «Così come io avrei peggiorato le cose con te». Pensierosa, strofinò il mento sui capelli di lui. «Posso capire che quella ragazza sia spaventata. Tu mi hai terrorizzato. E continui a farlo. Inoltre Gregori è davvero terribile. Non vorrei mai essere legata a una creatura come lui. E lei comunque è ancora una bambina».

«Perché hai ancora paura di me?». Aidan sollevò la testa e le accarezzò il viso con una tenerezza che le fece sciogliere il cuore.

«Sei così potente. Così intenso. Forse quando mi insegnerai qualcuno dei tuoi incantesimi, non sarò più tanto nervosa. Ma adesso ho la sensazione che il tuo potere sia così grande che nessun altro potrebbe riuscire a gestirlo».

«Tu sei potente quanto me. Devi semplicemente pensare a quello che desideri, Alexandria. Sei vuoi volare, basterà concentrarti su quest'immagine e il tuo corpo volteggerà nel cielo leggero come una piuma».

Le circondò la vita con un braccio e si levarono lentamente in volo. «Fonditi con me e guarda tu stessa. Non hai motivo di temermi». Riatterrarono dolcemente sulla terra.

«Dimmi della "rivendicazione" di cui stavate parlando. Che vuol dire? E chi è Mikhail?»

«Mikhail è il più antico della nostra razza, il nostro principe. Ci ha guidati per secoli. Gregori è solo di venticinque anni più giovane, per cui, secondo i nostri parametri, sono coetanei. La nostra gente è stata perseguitata e costretta a nascondersi per secoli, e in molti sono stati massacrati. Sono rimaste pochissime donne e quindi molti uomini non sono riusciti a trovare la propria compagna per la vita, colei che avrebbe dovuto illuminare la loro oscurità, e si sono trasformati in vampiri. Sebbene ancora nessuno abbia capito il perché, dalle nostre unioni nascono solo bambini maschi e molti non resistono oltre il primo anno di vita. Le donne che danno alla luce una creatura e poi la perdono si scoraggiano e rifiutano di provarci un'altra volta. Così gli uomini senza una compagna per la vita sono persi, senza speranza. Possono scegliere: o aspettano l'alba e muoiono, o soccombono al demone che hanno dentro. E diventano vampiri, veri animali da preda».

«È terribile». Alexandria lo pensava davvero, il dolore le aveva invaso il cuore e la mente.

«Mikhail e Gregori stanno cercando di escogitare una soluzione per scongiurare l'inevitabile, cioè l'estinzione della nostra razza.

Hanno scoperto che si può creare un legame tra i nostri maschi e un esiguo numero di donne umane in possesso di doti psichiche».

«Come me».

Aidan annuì. «Tu non trovavi gli umani fisicamente attraenti. Per qualche strana ragione, non sei nata carpaziana, tuttavia eri predestinata a diventare la mia compagna. Il tuo corpo e il mio avevano bisogno di diventare un'unica entità. Il tuo cuore e la tua anima sono l'altra metà del mio cuore e della mia anima. Mikhail e Gregori credono che queste donne umane dotate di facoltà psichiche siano capaci di dare alla luce delle bambine. E queste bambine a loro volta, diventate adulte, potrebbero essere anche loro in grado di generare altre femmine. Ecco perché sei così preziosa».

«Che cos'è la rivendicazione?»

Aidan buttò fuori l'aria lentamente. «Alexandria...». Stava esitando.

Lei fece un passo indietro e tirò su il mento. «Credo che ci siano molte cose che non mi hai detto. Devo aspettarmi di rimanere incinta? Di avere una bambina? Che probabilità avrebbe di sopravvivere mia figlia?».

Lui allungò le braccia e le prese il volto fra le mani. «Non voglio fare di te una giumenta da ingravidare, piccola. Io ti voglio tutta per me. Non so che probabilità avrà di sopravvivere *nostro* figlio. Come te, non posso fare altro che pregare. Ci preoccuperemo della faccenda quando sarà necessario».

«E se dovessimo avere una bambina e dovesse superare il primo anno di vita e crescere e diventare grande. Che cosa accadrebbe, allora?». Lo fissava dritto negli occhi dorati con quel suo sguardo del colore degli zaffiri.

«Ogni ragazza viene rivendicata al compimento del diciottesimo anno. I maschi vanno a incontrarla. Quando tra di loro scatta la chimica giusta, lui la rivendica».

«Che barbarie. Sembra il mercato del pesce. Una donna non ha alcuna possibilità di vivere la vita che desidera». Alexandria era sconvolta.

«Le donne carpaziane crescono con la consapevolezza che il destino dei rispettivi compagni per la vita dipende da loro. È un loro diritto di nascita, così come quello di generare dei figli».

«Non mi meraviglio allora che quella povera ragazza scappi da Gregori. Riesci a immaginare che cosa significhi trascorrere tutta l'esistenza con quell'uomo quando sei così giovane? Quanti anni ha? A lei sembrerà vecchissimo. È un uomo, per amor del cielo, non un ragazzo. È un tipo difficile e anche un po' crudele ed evidentemente ne sa più di qualsiasi altra persona sulla faccia della Terra».

«Quanti anni pensi che abbia io, Alexandria?», le chiese Aidan a bassa voce. «Sono vivo da ben ottocento secoli. E tu sei legata a me per l'eternità. Ti sembra un destino così orribile?».

Per un momento regnò il silenzio. Poi lei gli sorrise. «Chiedimelo tra un centinaio d'anni. Allora sarò in grado di risponderti».

Il suo sguardo d'oro liquido brillò, sexy. «Vai a casa, mia cara. Io sbrigo il mio lavoro qui e poi ti raggiungo».

«Sono venuta in macchina», disse lei. «La mia Volkswagen non partiva, così ho preso la piccola berlina che nessuno usa. Stefan mi ha detto che potevo».

«Lo so, e non c'è alcun problema. Non esiste luogo in cui tu possa andare o qualcosa che tu possa fare senza che io lo sappia. Siamo un'unica entità, piccola». Le scompigliò i capelli come se fosse una bambina: il suo corpo stava cominciando a reagire a quello di lei, ma c'era ancora un vampiro di cui disfarsi a pochi metri da loro. «Vai a casa, ci vediamo lì».

Mentre la accompagnava alla macchina, lei si rintanò nel suo abbraccio protettivo. Alexandria si vergognava delle sensazioni che il contatto con il corpo di Aidan le procurava. Era determinata a tenersi stretta la sua indipendenza, specialmente dopo che lui le aveva rivelato cosa sarebbe toccato alla loro bambina, se ne avessero avuta una. Doveva essere forte abbastanza per opporsi ad Aidan, se voleva che sua figlia avesse la possibilità di scegliere per se stessa. Forse i maschi carpaziani non avevano mai sentito parlare del movimento di liberazione femminile del ventesimo secolo.

Aidan guardò i fanalini di coda dell'auto sparire dietro la curva che conduceva alla strada principale. Si passò una mano tra i folti capelli e si girò verso la scogliera. Alcune settimane prima erano giunti in quella zona cinque vampiri. Avevano fatto una carneficina negli Stati Uniti, con la convinzione che nessun cacciatore li avrebbe seguiti fin laggiù, in una terra tanto lontana dalla loro patria. Eppure, era ben noto che Aidan Savage viveva a San Francisco. Perché allora avevano deciso di andare proprio lì? Perché avrebbero dovuto esporsi al rischio? Forse perché stava arrivando a San Francisco anche la donna di Gregori. Ma ci sarebbero voluti ancora dei mesi. E allora perché? Cosa aveva spinto i vampiri a recarsi in una delle poche città degli Stati Uniti in cui risiedeva un cacciatore?

Passeggiò sulla sabbia, a grandi e rapide falcate. Avevano individuato la presenza di Alexandria prima di lui? C'era qualcos'altro che avrebbe potuto attirarli lì? Sapeva che alcuni ribelli avevano scelto di andare a New Orleans per via della fama di capitale dei vizi di cui godeva quella città e per il fatto che era considerata il posto in cui si verificavano più omicidi degli Stati Uniti. Anche Los Angeles sarebbe potuta essere una meta possibile, perché la dilagante violenza che imperversava avrebbe messo in ombra le loro malefatte. Comunque lui vi si era recato per cacciare, quando aveva riconosciuto il loro zampino.

Una volta raggiunto il cadavere del vampiro, vide che era annerito, bruciacchiato e ancora fumante. Esalava l'inconfondibile puzza del male. Se era riuscito ad avvicinarsi furtivamente ad Alexandria, non c'era alcun dubbio che la villa fosse sotto controllo. Alzò lo sguardo al cielo e inviò la sua sfida. Le nuvole correvano veloci, scure e minacciose, messaggere di vendetta. *Vieni. Hai individuato la mia città, la mia casa, la mia famiglia. Ti sto aspettando.* Il vento trasportò via le sue parole e da qualche parte, lontano come l'eco di un tuono, gli risposero un urlo di rabbia e i latrati disperati di un branco di cani.

I denti bianchissimi luccicarono come quelli di un predatore quando Aidan inviò sulle onde del vento una silenziosa risata al suo avversario. Lanciata la sfida, si chinò su quello che rimaneva del corpo del vampiro. Sebbene avesse trascorso molto tempo con Gregori, non aveva mai visto niente di simile. Sembrava che il petto del cadavere fosse esploso, ma non aveva perso nemmeno una goccia di quel suo sangue contaminato, perché la ferita era stata immediatamente cauterizzata dall'esplosione. Il cuore era diventato un inutile ammasso di polvere nera. Aidan scosse il capo. Gregori era la natura nella sua forma più letale.

Fece un passo indietro da quell'abominio, nutrendo un senso di tristezza e inevitabilità. Conosceva la creatura che giaceva morta ai suoi piedi, erano cresciuti insieme. Era circa due secoli più giovane di lui, eppure si era già trasformato. Perché? Perché alcuni di loro riuscivano a resistere e altri invece si trasformano tanto velocemente? Era la forza del carattere che permetteva ai più fortunati di durare più a lungo? E la perdita di fiducia nel futuro accelerava invece la trasformazione? Mikhail e Gregori avevano lottato strenuamente per dare speranza al loro popolo, eppure quell'uomo era la prova lampante che non c'erano riusciti. Sempre più carpaziani si trasformavano. Con il passare degli anni il numero dei vampiri aumentava in maniera esponenziale. Non c'era da meravigliarsi che Gregori si fosse stancato di andare a caccia e di combattere il suo demone. Come si poteva dare la caccia agli amici di un tempo, secolo dopo secolo, senza perdere la speranza come avevano fatto le proprie vittime?

Aidan doveva tornare a casa. Aveva bisogno di sentirsi circondato dalle braccia di Alexandria. Aveva bisogno del suo calore e della sua compassione. Aveva bisogno di sentire il suo corpo bruciare insieme al proprio, sussurrargli che era vivo e che non sarebbe morto. Anche se aveva dato la morte a molti della sua razza, quelli che si erano trasformati, quelli che aveva cacciato, e sapeva quello che doveva fare.

Aidan, vieni a casa da me. Tu non sei cattivo. Sei buono e gentile. Guardati mentre stai con Joshua. O con Marie e Stefan. Gregori ti ha fatto diventare triste.

Così tanti maschi della mia razza sono spacciati, mormorò lui.

Una ragione in più per combattere, per continuare a farlo. C'è speranza. Noi due ci siamo trovati, no? Accadrà anche agli altri. Alexandria gli inviò un'immagine di se stessa, del suo maglione che cadeva per terra sul pavimento del bagno del terzo piano, tutta la stanza invasa dal vapore della Jacuzzi.

Lui si mise a ridere, il suo umore migliorò con la stessa velocità con cui era peggiorato. Alexandria lo stava aspettando, sexy e dolce. La luce che lo avrebbe illuminato, il faro che lo avrebbe condotto a casa.

E non solo. La sua voce era seducente. Fece cadere a terra il reggiseno in uno svolazzo di pizzo. I suoi seni erano nudi, sodi, eccitanti. Lei stava sorridendo, incantandolo come una sirena. *Mi stai facendo aspettare.*

Fammi vedere. Concentrandosi sull'immagine di lei, si allontanò dal cadavere sfregiato e riscatenò la tempesta.

La mano di lei si era spostata sulla patta dei jeans. Con infinita lentezza fece scivolare ogni singolo bottone fuori dalla sua asola. A lui si mozzò il fiato quando lei infilò i pollici tra la pelle nuda e la cintura e si fece scivolare i pantaloni sui fianchi.

Vieni a vedere. Dalla sua voce trapelava il desiderio, una breve esitazione che lo mandò in estasi. Sollevò il viso verso il cielo e osservò le nuvole addensarsi in risposta ai suoi ordini. Impetuose come il sangue che gli scorreva nelle vene, le onde si infransero sulla riva, schizzando sulla scogliera. I tuoni rimbombavano minacciosi e le nubi erano squarciate da lampi di luce.

Vieni da me, Aidan. Era pura tentazione. Era la luce mentre lui stava dando forma al buio.

Un lampo si abbatté al suolo, illuminando la sabbia con una pioggia di scintille, e le lingue rosse delle fiamme quasi gli lambirono i piedi. Aidan riusciva a sentirla muoversi nella sua mente, la bocca di lei sulla sua pelle, e quella sensazione scacciò via il dolore per la morte di un vecchio amico. La perdita di così tanti carpaziani lo stava facendo impazzire.

Aidan sollevò una mano e riunì le scintille in una palla di fuoco. Alzò il viso affrontando il forte vento. Non avrebbe mai potuto fare la stessa cosa con Gregori. Se anche fosse riuscito a sconfiggerlo, non gli avrebbe fatto questo. Eppure, quante volte Gregori stesso era stato costretto a dare la caccia a un amico? A un parente? A un compagno di giochi? Quante volte ci si poteva macchiare l'anima prima di non avere più possibilità di redenzione?

Io sono con te, Aidan. La voce di Alexandria fu come una ventata d'aria fresca, pulita, non contaminata dal male che gli si parava innanzi agli occhi. *La tua anima non è nera. Riesco a vederla, a sentirla, a toccarla. Le tue azioni sono dettate dalla necessità, non dal desiderio. Il tuo amico combatte per salvare se stesso. Se la sua anima fosse stata nera, non mi avrebbe aiutato. Avrebbe inoltre inseguito l'altro vampiro per godere della gioia della caccia e ucciderlo. Ma non l'ha fatto, Aidan. Se ne è andato, da solo, in un posto in cui la violenza non può sfiorarlo, per darsi una possibilità di aspettare e rispettare il suo giuramento. Basta la sua promessa a rivelare molto di lui. Non è un vampiro egoista e non è neanche prossimo a diventarlo. Si preoccupa per la sua compagna per la vita. Porta a termine il tuo compito, anche se è orribile, e torna da me. Pensa a me.*

Troppo spesso dovrò tornare da te con le mani macchiate di sangue. Seguì un breve silenzio. Poi sentì la sua carezza e rimase sorpreso dal fatto che lei fosse stata in grado di raggiungerlo senza essere stata addestrata. Le dita di Alexandria indugiarono sul suo profilo e poi scesero giù lungo il collo, comunicandogli una sensazione di tenerezza. *Sono stata vittima di un vampiro, Aidan. Dimentichi che ho sperimentato il tocco del male. E non c'è niente di malvagio in te, nonostante tu pensi che sia così. Vai a caccia perché devi, non perché hai la necessità di uccidere. Forse un tempo quelli che adesso si sono trasformati in vampiri sono state brave persone, ma i carpaziani che conoscevi hanno abbandonato questa terra ormai da molto. Forse tu e Gregori non fate altro che dar loro pace.*

Aidan permise alle sue parole di lavar via il dolore che lo opprimeva, la terribile paura e il terrore che riusciva a provare solo grazie alla presenza di lei nella sua vita. Scosse la testa, pensando all'ironia della situazione. Non aveva sperimentato nessuna emozione per tanti secoli e adesso, da quando c'era Alexandria con lui, avvertiva l'orribile e doloroso onere di essere un cacciatore.

Diresse la palla infuocata verso il cadavere del vampiro, e si concentrò per portare a termine il suo compito. La sfera gli penetrò nel petto squarciato e il traditore prese fuoco davanti ai suoi occhi, si consumò e si trasformò in cenere. Con lo sguardo fisso su quel mucchietto di resti, Aidan fece soffiare di nuovo il vento. La folata, che questa volta proveniva dalla terra e non dal mare, disperse la cenere tra le onde, che l'avrebbero trasportata in un luogo in cui avrebbe potuto godere del riposo eterno. Aidan mormorò un antico incantesimo per purificare se stesso e l'amico morto. Raddrizzò le spalle e rimase fermo, alto e dritto, poi si girò e si diresse verso casa.

Riuscì a percepire lo scrosciare dell'acqua e il mormorio di piacere di Alexandria che stava entrando nella vasca. Avvertì il suo profumo invitante. Sorridendo, prese il volo, e sentì l'aria fresca e pulita scorrergli addosso.

Capitolo 16

Alexandria era seduta nell'enorme vasca di marmo con i capelli raccolti e le bolle le solleticavano la pelle come migliaia di esili dita. Aidan si fermò sulla soglia, il volto tirato, lo sguardo ombroso e una triste e tormentata espressione che lei avrebbe voluto cancellare per sempre dal suo viso.

Quando aveva avvertito il suo profondo e inquietante dolore, gli aveva intenzionalmente inviato immagini erotiche per cercare di aiutarlo e consolarlo. A distanza, con la consapevolezza che lui non si trovava lì di fronte a lei, era stato semplice far galoppare la fantasia a briglia sciolta. Si era però intimidita al pensiero che Aidan sarebbe presto tornato e lei avrebbe dovuto affrontare le conseguenze di quello che la sua vivida e licenziosa immaginazione aveva creato.

In quel momento, tuttavia, vedendo i suoi bellissimi occhi tormentati, leggendogli il dolore nello sguardo, scacciò ogni traccia di timidezza. Avrebbe fatto qualsiasi cosa per alleviare la sua pena.

Aidan era così stanco da non riuscire a muoversi. Era in grado solo di stare fermo sulla soglia a osservare Alexandria, incapace di credere a quanto era stato fortunato, al fatto che lei sarebbe rimasta davvero per sempre con lui, parte della sua vita. Perché proprio lui? Perché era lui a contemplare quegli enormi occhi blu come zaffiri sopraffatti dalla gioia di vederlo? Perché non Gregori, che aveva fatto tanto per la loro razza, che aveva sofferto e stava smarrendo se stesso? Perché non Julian, la sua anima gemella, suo fratello, così scuro e solitario? Perché gli dèi avevano scelto di concedere a lui il loro favore?

«Perché noi siamo fatti l'uno per l'altra», disse lei piano, leggendogli nel pensiero. «Gregori ha già la sua compagna e ha deciso di darle il tempo di crescere. Ce la farà; la speranza lo aiuterà a resistere. Per quanto riguarda tuo fratello, io lo conosco solo attraverso i tuoi ricordi e i tuoi pensieri. È forte e potrà resistere per sempre se necessario».

Aidan si passò una mano tremante tra i capelli scompigliati dal vento. Si appoggiò sullo stipite della porta e si limitò a guardarla con quei suoi occhi impassibili. Era così bella, così coraggiosa. Aveva davvero fatto qualcosa per meritarsi la felicità e la gioia che lei gli donava?

Alexandria scosse la testa e un lento sorriso le addolcì gli angoli della bocca, rendendo le fossette che tanto lo intrigavano ancora più profonde. «Ovviamente non mi meriti. Io sono troppo buona, coraggiosa e perfetta». Sorrideva con aria provocatoria e sexy. Si sollevò un po' tra le bolle di schiuma e i suoi seni sodi spuntarono fuori dalla superficie dell'acqua, facendolo immediatamente eccitare.

«E bellissima. Non dimenticare che sei bellissima», mormorò e si raddrizzò di colpo: i suoi muscoli erano tutto un guizzo.

Il cuore le martellò nel petto per il presentimento del piacere. «Può essere. Tu mi fai senz'altro sentire così». Inclinò il viso, e lo scrutò con quei suoi occhi blu, sensuali e inquisitori. Quello sguardo gli fece aumentare il battito cardiaco.

Si sbottonò molto lentamente la camicia, continuando a fissarla. Lei non sembrava distante o spaventata. Anzi, gli regalò un sorriso provocante che equivaleva a uno spudorato invito a raggiungerla.

«Tu hai qualcosa in mente, piccola», sussurrò, con il corpo teso e i muscoli contratti per l'eccitazione.

Lei scrollò le spalle, un pigro movimento che fece increspare la superficie dell'acqua. «Ho deciso che questo potrebbe essere un buon momento per testare qualcuna delle tue fantasie erotiche».

La camicia cadde fluttuando sul pavimento senza che lei se ne accorgesse. Aveva occhi solo per lui, il desiderio le scorreva nelle vene, il fuoco della passione la tormentava.

«Perché io ho delle fantasie erotiche?», le chiese a bassa voce. Il suo corpo era rigido, duro, la voleva, ne aveva bisogno. Riusciva a stento a parlare, a muoversi.

La risata di Alexandria lo accarezzò come una piuma. «Direi che alcune sono interessanti. Ma non eccitarti *troppo*. Cominceremo con qualcosa di tranquillo».

Aidan inarcò un sopracciglio e si chinò per togliersi le scarpe e i calzini. Ogni suo movimento era lento e pigro, ma dai suoi occhi trapelava il desiderio: la stava divorando con lo sguardo. Ad Alexandria mancò il fiato. Lui si piegò. Poteva sembrare un movimento casuale, tuttavia la sua espressione era troppo sensuale e i gesti fluidi ma controllati. Lei si morse il labbro e abbassò gli occhi per nascondere l'improvvisa ondata di desiderio.

«Voglio che tu mi desideri, Alexandria», la rimproverò lui dolcemente. «Ho bisogno di sapere che mi desideri. Non nasconderti da me».

A dispetto di quello che avrebbe voluto, gli angoli della sua bocca si erano già piegati in un sorriso e le fossette erano diventate più profonde. «È solo che tu sei così bello, Aidan».

«Le donne sono belle, non gli uomini».

«Tu sei bellissimo», lo corresse lei. «Guardati attraverso i miei occhi». Era una sfida provocatoria.

Lui non riuscì a resistere. C'era qualcosa di molto sexy a guardarsi nel modo in cui lei lo vedeva. Il desiderio. Il bisogno. La fame. Si sbottonò i pantaloni e se li fece scivolare sui fianchi con studiata lentezza per farla eccitare ancora di più.

«Hai visto?». Alexandria si mise in ginocchio nella vasca, il busto stretto ricoperto di schiuma e i seni nudi lucenti e imperlati da piccole goccioline d'acqua. Fissava i suoi fianchi snelli e solidi e la sua mascolinità sporgente, mentre lui entrava nella vasca e le bollicine gli danzavano tra le gambe solleticandogli la pelle come tante piccole lingue.

Alexandria buttò fuori l'aria lentamente. Le sue cosce erano forti e muscolose, ricoperte da una sottile peluria bionda. Gli accarezzò i polpacci, desiderosa di stargli più vicina. Lo sentì fremere e gli sorrise seducente.

Le sue dita si mossero lentamente sulle forme scultoree di Aidan e avvicinò la bocca calda e accogliente alla sua erezione.

Aidan sentì la sua lingua avvolgere il suo sesso in una lenta e languida carezza e chiuse gli occhi, in estasi. Gli addominali gli si contrassero quando lei chiuse su di lui la sua bocca, calda, umida e stretta. Gli sfuggì un gemito. La prese per i capelli, la attirò ancora più vicino a sé e si sentì quasi esplodere di piacere quando Alexandria gli strinse le natiche e lo spinse più a fondo dentro di lei. Le sue labbra schiuse sul suo membro, i suoi morbidi seni schiacciati contro le cosce, le bollicine che gli solleticavano i polpacci, i suoi capelli tra le mani: la mente di Aidan si svuotò di qualsiasi pensiero e si riempì solo di lei, di quella pura sensazione.

Lei gli massaggiava il fondoschiena, facendo pressione sui suoi forti muscoli e continuando a spingerlo dentro di sé. Aidan cominciò a dondolare avanti e indietro, un movimento lento e lungo, stringendo i denti, mentre il piacere quasi lo consumava. La sua bocca si muoveva su di lui, ancora e ancora. Non riusciva a controllarsi e le accarezzava i capelli con un impeto tale che temette di farle male. La sua mente cercò quella di lei e trovò eccitazione, voglia, la totale condivisione del suo godimento. Era consapevole di quello che gli stava facendo e le piaceva, le piaceva il potere che esercitava su di lui. Qualsiasi scrupolo svanì, qualsiasi preoccupazione, qualsiasi pensiero. C'era solo il suo corpo, la sua bocca, la sua pelle morbida e le bollicine che li circondavano. Fuochi d'artificio. Terremoti. Lampi di luce bianca. Aidan si ritrovò con la testa all'indietro a spingere disperatamente contro di lei, sperimentando una gioia e un'estasi che non erano solo fisiche, ma radicate nel profondo della sua anima.

La passione di Aidan crebbe finché non si ricordò che i dettami della sua razza gli imponevano di mettere il piacere di lei prima del suo. Con un sommesso e protettivo mormorio la spinse giù nella vasca, il suo sguardo infuocato come lava le scorreva sulla pelle nuda. Lei ebbe solo il tempo di emettere un grido inarticolato prima che la bocca di Aidan fosse sulla sua gola, sul suo seno, e le sue mani dovunque. Si sentì piccola, fragile sotto di lui, la sua pelle era calda e bagnata. Aidan la esplorò. Poi le sue dita trovarono il triangolo tra le sue cosce, umido di desiderio. Le spinse dentro, guardandola negli occhi, e il suo corpo rispose con un'ondata di piacere. Spinse ancora, baciandola, graffiandole il seno e il ventre coi denti. Riuscì a sentire le contrazioni dei suoi muscoli, che lo strinsero in una morsa calda e vellutata. Le baciò i fianchi, quelle curve che lo facevano impazzire e poi si tirò su, fuori dall'acqua, tenendola stretta a sé.

Piano, piano, continuava a ripetersi fra sé e sé, ma il suo corpo era di un altro avviso. Era in fiamme, la pelle gli bruciava. La bocca prese il posto delle dita: voleva condurla alle vette del piacere che lui aveva sperimentato poco prima. Lei gemette, e quel suono lo rese ancora più selvaggio. Aveva un gusto di miele caldo e di spezie, un sapore di cui non avrebbe più potuto fare a meno. La aggredì, arso dal fuoco del bisogno, dell'amore e di una lussuria violenta e insaziabile.

Lei, vittima della sua bocca, si contorse e urlò. L'acqua schizzò fuori dalla vasca. Il suo corpo si irrigidiva e poi rilassava, attraversato da ondate di piacere. Si aggrappò a lui, perdendo completamente il controllo, un terribile, meraviglioso momento che durò per l'eternità.

Aidan finalmente sollevò il capo, gli occhi vogliosi e la bocca sensuale. Strinse il suo corpo a sé e le chiese di circondargli la vita con le gambe. «Mi fai impazzire, Alexandria. La voglia che ho di te mi rende completamente folle». La sua voce era roca e lui spingeva contro di lei, duro ed eccitato, in maniera talmente aggressiva che lei lentamente si aprì e gli permise di penetrarla. Provò un'emozione stupenda, come se fosse avvolto da un guanto di velluto caldo e stretto, una sensazione talmente bella da risultare quasi insopportabile. Le mise le mani sui fianchi, tenendola ferma mentre sprofondava lentamente dentro di lei, che lo accolse calda e umida. «Guardami Alexandria, riconoscimi e abbandonati per sempre a me, il tuo compagno per la vita», le ordinò a bassa voce, tenendo gli occhi blu di lei incatenati a suoi e costringendola alla più profonda intimità: la voleva, voleva ogni centimetro di lei, desiderava fondere completamente i loro corpi, le loro menti, le loro anime.

A quel punto cominciò a muoversi lentamente avanti e indietro e a farsi strada con ogni spinta sempre più dentro di lei. Alexandria si morse il labbro e sgorgarono due piccole gocce di sangue. Aidan la tirò ancora più vicino a sé e lei inarcò la schiena e buttò indietro la testa, la gola vulnerabile e scoperta, i seni altrettanto invitanti. Lui le leccò i rosei capezzoli inturgiditi e seguì con le labbra le piene curve del suo corpo, fino a fermarsi in corrispondenza della vena sul collo.

Sentì il corpo di lei irrigidirsi per il presentimento del piacere e cominciò a graffiarla delicatamente coi denti finché lei non gemette e gli prese la testa fra le mani. I suoi occhi ambrati brillavano di soddisfazione. Le accarezzò la vena con la lingua mentre il suo corpo continuava a muoversi dentro di lei. Continuò a spingere con i fianchi.

«Aidan!». Il suo grido era una supplica.

«Non ancora, cara, non ancora!». Si alzò in piedi e la portò con se fuori dalla vasca, mentre questa si svuotava. Le gambe di lei lo circondavano come una tenaglia, le mani intorno al suo collo, e lui spingeva sempre di più, per entrare dentro di lei con ogni centimetro del suo corpo.

Alexandria gli affondò le unghie nelle spalle, una sofferenza intensa e piacevole. Aidan la appoggiò contro il muro per penetrarla sempre più a fondo e i suoi fianchi continuarono a muoversi selvaggi, frenetici, implacabili. I suoi denti le scorticarono la pelle e la perforarono. A quel punto lei urlò, provò un dolore dolce e sensuale, come se lui stesse rivendicando il suo sangue con la stessa voracità con la quale stava rivendicando anche il suo corpo.

Lo aveva reso selvaggio e la sua natura predatoria lo sopraffece, l'indomito maschio carpaziano, dominante e possessivo, che rivendicava la sua compagna. La sua bocca insistette sulla gola di lei succhiandone l'essenza, mentre il corpo di Alexandria imprigionava il suo, lo teneva stretto, lo abbracciava, contraendosi e contorcendosi finché lui non urlò per l'intenso piacere. Alcune gocce rosse come rubini le scivolarono fra l'incavo dei seni e lui ne seguì il percorso con la lingua.

Ad Alexandria sembrò di volteggiare nella notte. La ferocia con cui Aidan faceva l'amore avrebbe dovuto spaventarla, e invece stava provando le stesse ingovernabili sensazioni. Il cuore le martellava nel petto allo stesso ritmo, stringeva nei pugni le ciocche dei suoi biondi capelli, era avvinghiata a lui e gridava con la bocca premuta contro la sua spalla.

Le urla di Aidan, roche per la passione, si levarono al cielo e vennero trasportate dal vento. E mentre lui la stringeva a sé, ansimando e appoggiandosi al muro, dal buio della notte arrivò una risposta. Rabbia. Collera. Un ululato del vento che improvvisamente prese a soffiare feroce. Quel grido pieno d'odio li dilaniò.

Spaventata, Alexandria guardò in direzione della finestra. «L'hai sentito?».

Lentamente, contro voglia, lui la fece rimettere in piedi, circondandole la vita con un braccio. «Sì, l'ho sentito», ammise in tono grave.

Fuori le nuvole cominciarono a addensarsi minacciose, maligne. Sul tetto e sulle finestre cominciarono a cadere chicchi di grandine della dimensione di un pugno. D'istinto Aidan la costrinse a voltarsi, e fece schermo con il suo corpo per timore che lei potesse farsi male.

«È Gregori?», mormorò Alexandria, ricordandosi che quell'uomo trasudava potere da ogni poro.

Aidan scosse la testa. «Se Gregori ci volesse morti, Alexandria, faremmo meglio a sparire. No, dev'essere l'ultimo del gruppo dei vampiri che è arrivato in città, non so per quale motivo. L'incredibile udito tipico della nostra razza mi lascia intendere che non ha gradito partecipare alla nostra gioia».

«Sembrava pericoloso», disse lei. «Come un orso ferito».

Aidan le fece sollevare il mento, guardandola negli occhi, tenero e possessivo allo stesso tempo. «È pericoloso, piccola. Ecco perché devo dare la caccia ai traditori come lui e assicurarmi che non siano causa di dolore e miseria».

Il suo viso era rivolto in su, le labbra carnose e le guance arrossate dall'eccitazione, e lui non poté resistere: abbassò la testa e le posò un delicato bacio sulla bocca. «Grazie, cara, per aver cacciato via il mio demone».

Alexandria rientrò nella vasca, adesso silenziosa, e lo guardò con quei suoi grandi occhi azzurri. «Potrebbe… ucciderti?»

«Suppongo di sì, se fossi imprudente». Lui si sedette all'altra estremità della vasca, e il livello dell'acqua si innalzò. «Ma non sarò imprudente, piccola, neanche per un attimo. Domani notte gli darò la caccia. Mi sta aspettando».

«Come fai a saperlo?».

Lui scrollò le spalle. Sembrava che stessero discutendo del più e del meno. «Non avrebbe mai inviato la sua sfida se non avesse già architettato una trappola. Ho una certa… reputazione tra i vampiri».

Lei si strinse le ginocchia al petto e vi poggiò sopra il mento. «Vorrei tanto che se ne andasse a seminare il terrore in un'altra città».

Lui scosse il capo, il suo sguardo ambrato e amorevole. «No che non lo vuoi. Inoltre, io non potrei mai permettere che se ne andasse a uccidere impunemente da qualche parte qua intorno. Il lavoro certe volte mi obbliga a viaggiare, sai?»

«Si tratta del serial killer di cui parlano i giornali, vero?», ipotizzò lei, curiosa.

«Uno di loro. Gli altri sono morti».

Lei intrecciò le dita, agitata.

Aidan allungò una mano per rassicurarla. «Non ti preoccupare, Alexandria. Ti proteggerò io».

«Non è questo. So che lo farai. Solo che adesso che ti conosco, che ho incontrato Gregori e che so quali sono le cause per cui un carpaziano si trasforma in vampiro, non c'è nessun modo per… curarli?».

Lui fece tristemente di no col capo. «So che provi dolore per loro e per quanti sono costretti a ucciderli, ma nella maggior parte dei casi i vampiri scelgono il loro destino. E una volta che un umano muore perché gli viene preso troppo sangue, non è più possibile tornare indietro».

Lei lo guardò dritto negli occhi. «Gregori l'ha fatto».

Il suo sguardo dorato divenne improvvisamente freddo e indagatore. «Non è possibile».

«So che l'ha fatto. Non riesce ad ammetterlo ed è corroso dal dubbio, ma ha ucciso qualcuno di malvagio in questo modo. Io lo so, Aidan, davvero. Qualche volta so delle cose sulle persone che gli altri ignorano».

«Si è trasformato?». La sua voce era calma, priva di qualsiasi inflessione, e lui rimase immobile in attesa della sua risposta.

Lei scosse la testa. «Lui pensa di essere diventato malvagio, e invece è capace di grande compassione. Ma è pericoloso, Aidan. Molto pericoloso».

«I vampiri sono esperti nel nascondere la verità, dei bugiardi consumati. Sei certa che Gregori non si sia trasformato?».

Lei annuì. «Mi fa paura. Lui per primo ha paura di se stesso. Come diceva, è una tigre, imprevedibile e pericolosa, ma non è cattivo».

Fuori, alle prime luci dell'alba grigia, le nuvole continuavano a addensarsi. Aidan sorrise compiaciuto, fece un cenno con la mano e le nubi improvvisamente si dispersero. «Il vampiro pensa di intimidirmi con una dimostrazione del suo potere e io gli lascerò credere di essere al sicuro. L'alba si avvicina ed è costretto a cercare rifugio nella terra».

Alexandria si rilassò un po'. Non si sentiva a suo agio al pensiero che il vampiro potesse essere fuori dalla finestra ad ascoltare la loro conversazione.

Aidan fece di no con la testa. «Se fosse così tanto vicino, piccola, lo saprei».

Lei sorrise. «Mi dimentico sempre che puoi leggermi nel pensiero. A volte è davvero snervante».

«A volte può risultare invece molto interessante». I suoi strani occhi mandarono un bagliore e lei si sentì fremere.

«Anche i tuoi pensieri sono interessanti», concordò lei, mentre un sorriso le ammorbidiva gli angoli della bocca. «Hai un sacco di belle idee».

«E abbiamo appena cominciato», replicò lui dolcemente. Si allungò verso di lei, mettendole una mano sul seno e accarezzandole il capezzolo inturgidito. «Mi piace toccarti, poterlo fare tutte le volte che voglio». Le passò le dita sulla gola, sfiorandole il marchio che le aveva intenzionalmente lasciato.

Lei si sentì attraversare da un brivido. «Dovrebbero rinchiuderti, Aidan. Sai, tutti i miei ultimi disegni per i personaggi di Thomas Ivan prendono spunto da te. Non sono riuscita a trattenermi. Pensi che Thomas se ne accorgerà?».

I suoi occhi brillarono. «Thomas Ivan è un idiota».

«Le sue idee sono sempre innovative e molto apprezzate, e si dà il caso che sia il mio capo», rispose lei decisa. «La tua è solo gelosia».

«Un'altra delle mie irritanti abitudini, senza dubbio. Non intendo dividerti con nessuno, Alexandria». D'un tratto si staccò da lei. «Non voglio che un altro uomo ti tocchi».

«Lavorare insieme non vuol dire dormire insieme», puntualizzò lei pazientemente, ben consapevole che però avrebbe subito interrotto la loro collaborazione se questa avesse costituito per Aidan fonte di stress.

«E credi che lui sarà d'accordo?»

«Non avrà scelta. Gli dirò che sono fidanzata. Non potrà fare altro che prenderne atto».

«Farò in modo di organizzare il nostro matrimonio per domani mattina. Ho alcuni amici che potrebbero sveltire le pratiche, mi occuperò di ottenere tutti i permessi e la faremo finita».

Lei si mise a sedere e nei suoi occhi lampeggiarono lingue di fuoco. «La faremo finita? *La faremo finita?*». Ripeté le sue parole, incapace di credere che le avesse davvero pronunciate. In quel momento non l'avrebbe sposato neanche se fosse stato l'ultimo uomo sulla faccia della terra. «Non devi farmi un favore o rispettare un impegno, Aidan. E nemmeno proteggere il mio onore».

Lui la stava osservando attentamente, tutto d'un tratto immobile. «Siamo legati dal più grande degli impegni, Alexandria. Siamo compagni per la vita. Rimarremo insieme fin quando non decideremo di comune accordo di esporci ai raggi del sole. Ma quell'idiota del tuo capo non rispetta questo tipo di vincolo, non lo capisce. Comunque, non potrà fare finta di niente se ci sposeremo alla maniera degli umani».

«Neanche io capisco questa storia dei compagni per la vita. Riconosco invece, come Thomas, il sacramento del matrimonio. Ma tu non me l'hai nemmeno chiesto. Non te ne importa nulla delle istituzioni nel rispetto delle quali sono stata educata. Trovo che il tuo comportamento sia stato molto offensivo, Aidan». Si sforzò di nascondergli che si era sentita ferita, tuttavia l'espressione dipinta sul suo viso e gli occhi lucidi l'avrebbero smascherata anche se lui non fosse stato in grado di leggerle nella mente.

Aidan scosse tristemente la testa. «Noi condividiamo tutto, Alexandria, ogni nostro pensiero. Ti ho ferito, ma non l'ho fatto apposta, non era mia intenzione».

Lei si alzò in piedi, sgocciolando. «Possiamo anche condividere i pensieri, ma non ci capiamo l'un l'altra». Prese un asciugamano e se lo avvolse intorno come un pareo, cercando di non incontrare il suo sguardo.

«Credo di sì invece. Tu avresti voluto che io ti chiedessi di sposarmi in modo tradizionale». Si allungò, un pigro guizzare di muscoli, e le afferrò una caviglia, stringendola in una morsa d'acciaio che non le avrebbe consentito di andarsene.

Lei scosse il capo. «Non funziona così, Aidan. Si tratta di una questione importante. Non puoi ferirmi ogni volta che ti pare e poi fare l'amore con me fino a confondermi le idee».

All'improvviso la sua espressione mutò. Si alzò di scatto e lei fece un passo indietro, intimidita dalla sua stazza. «Non farlo, mia cara». La sua voce era una carezza, una supplica. «Non spaventarmi. Non avrei mai voluto farti del male. Siamo già un'unica entità. Credevo che l'avessi capito. Sei legata a me per l'eternità da un vincolo indissolubile. È un legame più forte e più profondo di qualsiasi cerimonia di nozze. Devo ammetterlo, avrei dovuto considerare il fatto che per te il matrimonio sarebbe stato importante, ma davo per scontato che, dal momento che ormai sei una carpaziana, capissi che noi siamo già "sposati", legati l'uno all'altra per sempre, dal momento in cui ho pronunciato le antiche formule. Ci siamo scambiati il sangue, il cuore, il corpo e l'anima, e il rituale si è completato. In ogni caso, bastavano le parole magiche per creare un legame eterno. È questa la "cerimonia di nozze" della nostra gente».

La abbracciò, anche se lei rimase rigida e recalcitrante. «Dimentica la mia arroganza, cara, e sappi che voglio sposarti alla maniera umana, perché per te è importante».

La sua voce ipnotizzante le scorreva addosso come l'acqua, lavando via il risentimento, come se non ci fosse mai stato motivo di screzio tra di loro. Alexandria si rilassò contro di lui, stringendolo forte per consolarsi. «Questa vita è spaventosa, Aidan, e desidero che le cose procedano per quanto è possibile all'insegna della normalità, o almeno voglio fare finta che sia così. Normale vita quotidiana. In questo modo, mi sarà più facile affrontare i cambiamenti».

«Lo sai, piccola», la provocò lui, sfiorandole la guancia con tocco gentile, «i maschi carpaziani non chiedono il parere delle loro compagne. Le rivendicano e basta. E invece tu vuoi che io ti faccia una richiesta formale».

Lei strofinò il viso contro il suo petto. «Significherebbe molto per me», ammise.

«Be', quindi immagino che dovrò accontentarti subito», le disse dolcemente, prendendole la mano e inginocchiandosi. «Alexandria, mio unico amore, vuoi sposarmi domani mattina?»

«Sì, Aidan», rispose lei, con serietà. Poi guastò la scena scoppiando a ridere. «Ma dobbiamo fare prima le analisi del sangue. Non puoi sposarmi subito».

Lui si alzò in piedi.

«Dimentichi il potere della persuasione. Ci sposeremo domattina. Adesso vestiti, cara. Mi stai di nuovo tentando». Le fece scivolare le mani sul corpo esile, fino a sfiorarle le natiche.

Gli rivolse un sorriso lievemente ironico. «Mi darai un sacco di problemi con le tue maniere maschiliste, vero?».

Lui per tutta risposta si mise a ridere. «Stavo giusto pensando che mi avresti dato un sacco di problemi con le tue manie di indipendenza».

Lei alzò la testa. «Hai sentito la parola "compromesso" prima d'ora? Sai che cosa significa?».

Lui la guardò pensieroso, prendendosi del tempo prima di risponderle. «Per quanto mi riguarda, la parola "compromesso" significa che tu farai quello che dico io. Mi sbaglio?».

Alexandria gli diede una spintone. «Ti piacerebbe, Mr Savage. Le cose non andranno affatto così».

Lui le immobilizzò le braccia lungo i fianchi e le fece una carezza sulla testa. «Vedremo, amore mio, vedremo».

Ridendo, Alexandria lo spinse via e cominciò a rivestirsi. L'alba schiariva il cielo e con essa giungeva il terribile letargo con cui stava prendendo confidenza. Voleva vedere Joshua, trascorrere con suo fratello una mattina come le altre. Vestirlo, farlo mangiare, stare un po' con lui prima che andasse a scuola.

Aidan le permise di sfuggirli, cercando di preservare il più a lungo possibile l'illusione che nulla fosse cambiato. Gli piaceva vederla felice, e la spudorata sfida del vampiro gli aveva lasciato addosso una spiacevole sensazione. Quella creatura aveva qualcosa in mente. Era l'ultimo del gruppo che era venuto in città, terrorizzando la popolazione e sviando le indagini della polizia. Il vampiro non era stupido; doveva aver studiato i punti di forza e le debolezze di Aidan, prima di provocarlo. Che cosa stava architettando?

Perlustrò la casa in silenzio, controllando ogni ingresso e ogni finestra, e ispezionò il vialetto che conduceva alla villa. Gli incantesimi che dovevano proteggerla erano a posto. La casa sarebbe stata impenetrabile, anche mentre lui dormiva sotto terra nella sua stanza segreta. No, il vampiro non avrebbe potuto colpire la villa. E allora cosa?

Udì qualcuno zappare e seguì il rumore fino a quando non si imbatté in Stefan, che lavorava nell'enorme giardino. Che fosse malato o stanco, Stefan non rinunciava mai a prendersi cura delle sue piante.

Quando Aidan lo raggiunse, si appoggiò sulla zappa e contemplò il suo capolavoro. «Quindi l'hai sentito anche tu. Io non ho dormito granché bene stanotte». Si espresse nella loro lingua madre, un altro evidente segno del suo stato mentale.

«Il vampiro ha ululato. Un grido di vendetta. Ho ostacolato i loro piani, di qualsiasi tipo fossero, e adesso è sopravvissuto solo uno del gruppo, e ha intenzione di distruggermi. Non so però come tenterà di farlo».

«Si servirà di qualcuno di noi», disse Stefan tristemente. «Siamo il tuo tallone d'Achille, Aidan. Lo siamo sempre stati. Può farti crollare facendo leva sul tuo affetto per Marie, per il ragazzino o per me. Sai che ho ragione».

Aidan si accigliò. «O per Alexandria. Temo la sua reazione a quello che potrebbe accadere».

«Lei è molto forte, Aidan, molto coraggiosa. Se la caverà bene. Devi avere fiducia nella compagna per la vita che hai scelto».

Aidan annuì. «So quello che prova e quello che pensa, ma voglio più di tutto che lei sia felice». Fece un sorriso spento. «Mi viene in mente quando, molti anni fa, andai in aiuto di Mikhail. Aveva trovato la sua compagna per la vita. Un'umana. Quella donna aveva una grandissima forza di volontà e mi ricordo di aver pensato che lui avrebbe fatto meglio a controllarla e a farle eseguire i suoi ordini per tenerla al sicuro. Non possiamo rischiare di perdere neanche una delle nostre donne, lo sai. Lei mi sembrava così strana, così diversa dalle donne della nostra razza. Non aveva paura di me, un maschio carpaziano che neanche conosceva. Allora giurai a me stesso che quando avessi trovato la mia compagna per la vita non mi sarei comportato come Mikhail e non avrei tenuto in alcun conto i suoi desideri. Eppure adesso non riesco a sopportare di scorgere il dolore nello sguardo di Alexandria. Mi sento male quando lei soffre o è arrabbiata con me».

Un sorriso illuminò il volto di Stefan. «Questo è amore, vecchio amico mio, la rovina di tutti gli uomini».

«Persino Gregori, il più scuro dei carpaziani, ha permesso alla sua compagna di godere della propria libertà dal momento che lei lo teme. Come si fa a rendere una donna felice e a proteggerla nello stesso tempo?», rifletté Aidan a voce alta.

Stefan si strinse nelle spalle. «Vivi nel mondo moderno adesso, Aidan. Le donne sono artefici del proprio destino. Prendono autonomamente delle decisioni e mandano noi uomini fuori di testa. Benvenuto nel ventunesimo secolo».

Aidan scosse la testa. «Pretende di andare a lavorare per quel matto di Thomas Ivan. Eppure io so bene che intenzioni ha lui».

«Se lei vuole lavorare, Aidan, non hai altra scelta».

Nei suoi occhi dorati passò un lampo. «Be', un'alternativa ce l'avrei, Stefan. Tuttavia, la soluzione più semplice è forse fare una chiacchierata "mente a mente" con Mr Ivan. Credo che potrei riuscire a convincerlo a fare come dico io».

Stefan rise. «Mi piacerebbe possedere questa tua prerogativa, Aidan. Mi farebbe molto comodo».

«Non portare a scuola Joshua oggi. Ci sono molte probabilità che il vampiro decida di colpire servendosi di lui».

«Sono d'accordo», fece Stefan. «Il ragazzino è l'elemento più vulnerabile».

«Chiedi di nuovo a Vinnie e Rusty di darti una mano. Di' loro di girare qui intorno nei prossimi giorni», gli consigliò Aidan. Alzò al cielo gli occhi protetti dalle lenti scure. «Domani arriveranno i guai».

Stefan annuì in segno d'assenso. «Terrò d'occhio la situazione. Non potremo ricorrere a un incendio stavolta per eliminare le prove di quello che accadrà». Abbassò lo sguardo, vergognandosi ancora per la precedente catastrofe, sebbene non fosse colpa sua se la faccenda era giunta a quel punto.

Aidan gli diede una pacca sulla spalla. «Senza di te, Stefan, quel giorno non sarebbe sopravvissuto nessuno, forse neanche io». Avrebbe sempre potuto trovare rifugio nella terra, ma la perdita della sua "famiglia" sarebbe stata devastante per lui. Per via di quello che era accaduto diversi anni prima, quando un vampiro si era servito di un umano per cercare di intrappolarlo all'inferno mentre lui giaceva sepolto e impotente, aveva moltiplicato i suoi sforzi ed era diventato più forte e potente. Non sarebbe mai più stato incapace di prestare aiuto a coloro che amava.

Venne raggiunto dalla risata di Joshua, dolce e spensierata, ed ebbe un tuffo al cuore. Quel bambino gli procurava delle sensazioni che non aveva mai sperimentato prima. Assomigliava tanto ad Alexandria, era pieno di gioia di vivere, e aveva i suoi stessi occhi blu.

«Nessuno farà del male a quel ragazzino, almeno finché io sarò in vita», disse Stefan con decisione.

Aidan si voltò. Non voleva che Stefan, che lo conosceva molto bene, si accorgesse di quanto lo avevano spaventato le sue parole. Nonostante tutti i suoi poteri, Aidan non poteva esporsi alla luce del sole e un vampiro avrebbe potuto servirsi di tirapiedi e scagnozzi umani per trarre vantaggio da quella sua debolezza. Malgrado la sua capacità di resistere alle prime luci del mattino, una prodezza che pochi della sua razza potevano permettersi, Aidan a un certo punto avrebbe dovuto privare Stefan del proprio sostegno e quest'ultimo non era più così giovane. Aidan non voleva mettere in pericolo il suo amico, così come non voleva mettere in pericolo Joshua.

Joshua uscì di corsa dalla cucina ridendo, con i riccioli biondi che ondeggiavano scarmigliati. «Aiuto, Aidan, mi sta inseguendo!», urlò, precipitandosi addosso a loro.

Stefan fece un passo indietro e si piazzò di fronte ai suoi preziosissimi tulipani, mentre Aidan scivolò davanti alla parete di rose rampicanti. Afferrò con una mano il bambino e se lo mise sulle spalle. «Chi è che ti sta inseguendo, piccolo Joshua?», gli chiese, facendo finta di ignorare la risposta.

«Non cercare di difendere quel birbantello!». Alexandria corse fuori dietro il fratello, i capelli legati a coda di cavallo, e gli occhi blu come zaffiri che le brillavano pieni di malizia. «Non hai idea di che razza di mostriciattolo avesse nascosto sotto il letto!».

Joshua si rintanò dietro Aidan. «Scappa, Aidan! Mi torturerà facendomi il solletico, lo so». Aidan portò il bambino sulle spalle dentro il garage, certo che Alexandria li avrebbe seguiti.

«Ah!», esclamò Alexandria, inconsapevole del pericolo che aveva corso esponendosi alla luce del sole. «Vorresti che ti facessi il solletico. E invece io ti farò di peggio», lo minacciò. «Mettilo giù, Aidan, in modo che possa prenderlo a schiaffi».

Joshua si aggrappò alla folta chioma di Aidan. «No! Aidan, dobbiamo rimanere uniti».

«Non ne sono sicuro». Aidan fece finta di pensarci su, facendo l'occhiolino a Stefan e girandosi su se stesso per proteggere Joshua da Alexandria che saltava nel tentativo di acciuffarlo. «Mi sembra che tua sorella sia piuttosto arrabbiata e non vorrei che se la prendesse anche con me dopo». Si abbassò un po', come se volesse davvero mettere giù Joshua e lasciarlo agli schiaffetti di Alexandria.

Lei saltava come una molla, ridendo a crepapelle. Alla fine, Aidan lo fece scendere, ma si mise fra lui e sua sorella per proteggerlo. Joshua si aggrappò a lui ancora più forte, strillando e facendo finta di essere spaventato.

«Guarda che glielo dico!», urlò il bambino. «Se non mi salvi, Aidan, ci andrai di mezzo pure tu!». I suoi occhi brillavano maliziosi.

Alexandria si fermò di botto e lanciò un'occhiata torva ad Aidan. «C'entri anche tu in questo ammutinamento?».

Lui tentò di recitare la parte dell'innocente. «Non so di cosa Joshua abbia intenzione di accusarmi per mettersi in salvo». Lo sguardo divertito smentiva la finta serietà delle sue parole. «Ricordati, Alexandria, che un uomo direbbe qualsiasi cosa per salvarsi la pelle».

«Ehi!», sbuffò Joshua. «Diglielo tu, Stefan! È stata tutta un'idea di Aidan e tu gli hai dato una mano, vero?».

Alexandria affrontò l'anziano giardiniere con aria accusatoria. «Anche tu? Anche tu hai palesemente ignorato i miei ordini?». Si mise le mani sui fianchi. «Perché si trattava di un ordine!».

I tre chinarono la testa contemporaneamente, come dei monelli colti in fallo. «Mi dispiace, cara». Aidan si addossò la responsabilità. «Non sono riuscito a resistere a quella piccola bestiola».

«Piccola? Tu la definiresti "piccola"? È un alce!».

Stefan gonfiò il petto. «No, Alexandria, non è stato Aidan. Ho trovato io quel cucciolo e Joshua era così contento che non ho potuto fare a meno di portarlo a casa».

«Cucciolo? Ma stiamo parlando dello stesso animale? Non è piccolo. È enorme. Qualcuno di voi due ha per caso dato un'occhiata alle sue zampe? Sono più grosse della mia testa!».

Joshua scoppiò a ridere. «Non è vero, Alex! È molto carino. Mi permetterai di tenerlo, vero? Devi! Stefan dice che quando crescerà sarà un bravo cane da guardia. Dice che mi proteggerà e che sarà mio amico se lo tratto bene».

«E nel frattempo mangerà come un cavallo ogni giorno». Alexandria si passò una mano tra i capelli e il sorriso le scomparve dal volto. «Non saprei, Josh. Guadagno quel tanto che basta per sfamare noi due, non credo che riusciremo a dar da mangiare anche a lui, qualunque cosa sia».

Aidan sollevò da terra il bambino e circondò la vita di Alexandria con un braccio. «Dimentichi, cara, di aver promesso di sposarmi. Ci penserò io a comprare il cibo per cani, credo di potermelo permettere».

«Dici sul serio, Aidan?», strillò Joshua, cominciando a saltellare su e giù. «Dici davvero? Sposerai Alex? E io potrò tenere il cagnolino?»

«Mi venderesti in cambio di un cucciolo?», chiese Alexandria, e afferrò il fratello per la collottola, facendo finta di arrabbiarsi.

«Non *solo* in cambio di un cucciolo, ma anche di questa bella casa, e di Stefan e di Marie. E in più tu non dovresti nemmeno lavorare per quel babbeo».

«Babbeo?». Alexandria si girò lentamente e fulminò Aidan con lo sguardo. «Be', da quando in qua un bambino se ne esce con una parola del genere?».

Aidan le sorrise, un dolce e innocente sorriso che avrebbe dovuto far sorridere anche lei e che invece la fece fremere di desiderio. «Sei letale», lo accusò.

Lui le incorniciò il viso tra le grandi mani e abbassò la testa con studiata lentezza. «Lo spero», mormorò un attimo prima di baciarla, trascinandola nel loro universo di intimità.

Ma Alexandria si ricordò che non erano soli.

«Perdindirindina!», esclamò Joshua. «Riesci a crederci, Stefan?»

«Mai visto niente di simile», ammise lui.

Capitolo 17

Il sole sembrava stranamente grande nel cielo e mandava dei bizzarri bagliori rossi. Soffiava un po' di vento, c'erano poche nuvole e l'oceano era calmo, piatto come una superficie di vetro. Nel sottosuolo, un cuore cominciò a battere. La terra si smosse, si sollevò ed esplose come un geyser nella stanza segreta della villa di Aidan.

Giaceva immobile, privo di energie. Accanto a lui c'era Alexandria altrettanto immobile e silenziosa, come se fosse morta. Spalancò gli occhi di botto, infuriato per essere stato disturbato durante il suo sonno. Fuori da casa sua, da qualche parte lì vicino, nell'assolato e tranquillo pomeriggio, si nascondeva una creatura malvagia in agguato.

Fece un profondo respiro e chiuse gli occhi, incrociando le braccia sul petto. Decise di smaterializzarsi e andare a vedere che cosa stava succedendo. Si concentrò per diventare invisibile. Si tirò su e passò attraverso la pesante botola. Oltrepassare dei corpi solidi lo disorientava, una lancinante sensazione di atomi e molecole impazziti, e Aidan rimase mentalmente un po' scosso. Aveva tentato diverse volte di diventare invisibile e spesso trovava difficile scindere del tutto la mente dal corpo. Quando assumeva altre forme, il suo corpo era diverso, ma comunque non lo abbandonava. Quando invece era solo anima e pensiero, i suoi sensi venivano alterati. Sentiva i suoni distorti, visto che non aveva orecchie, e non poteva toccare nulla, dal momento che ogni volta che ci provava passava attraverso gli oggetti e sentiva una sensazione un po' fastidiosa. Siccome non aveva lo stomaco, il senso di nausea era ancora più anomalo.

Tuttavia doveva assolutamente rimanere concentrato; era essenziale che quelle spiacevoli sensazioni non lo disturbassero. Risalì il corridoio dalle pareti di roccia. Gli era sempre sembrato troppo stretto, le spalle quasi sfioravano i muri, ma adesso che era privo di corpo, gli pareva enorme: un'altra distorsione sensoriale.

Oltrepassò la porta che dava accesso al pianterreno. La presenza malvagia e opprimente che lo aveva svegliato dal suo sonno profondo aveva già diffuso nell'aria il proprio fetore.

Aidan si diresse verso la cucina: vibrazioni e rumori distorti lo disorientarono prima che potesse identificare la risata di Joshua, la voce melodiosa di Marie e quella profonda e baritonale di Stefan. La consapevolezza che loro tre stavano bene gli diede un po' di conforto. Qualsiasi creatura ci fosse nell'aria, qualsiasi essere stesse osservando i suoi cari, non era riuscito a penetrare i sigilli con cui aveva protetto la casa.

Il sole ardeva oltre le grandi finestre e Aidan sfuggì istintivamente ai raggi. Non potevano bruciargli né gli occhi né la pelle, ma la luce gli dava comunque un fastidio terribile. Anche se il suo istinto di sopravvivenza gli urlava di tornare al sicuro nella terra, lontano dal sole, l'odore del male lo spinse a proseguire.

Per secoli aveva vissuto vicino agli umani, più dei suoi simili, e non aveva mai smesso di stupirsi del fatto che avessero una così scarsa sensibilità al pericolo e che comunque, anche se ne avevano qualche percezione, la ignoravano del tutto. L'aria era pervasa da quella puzza, la fastidiosa presenza era così invadente da essere riuscita a penetrare nella sua stanza sotterranea e averlo svegliato dal suo sonno profondo. Eppure Marie stava canticchiando in soggiorno, mentre spolverava la sua collezione di pietre di giada, e Stefan armeggiava con un motore nel grande garage, uno dei suoi tanti hobby. Aidan voleva chiamarlo, avvisarlo, ma non osava provarci dal momento che era invisibile. Uscì dal garage e tornò in casa, seguendo le tracce di Joshua fino in cucina.

Il bambino sarebbe stato l'obiettivo più semplice per quella creatura folle che voleva colpire Aidan e Alexandria. Aidan corse verso di lui, anche se la luce del sole indeboliva le sue energie. La sua mente si ribellò, rifiutandosi di affrontare i raggi del sole, ma lui fece uno sforzo per sostenerli e raggiungere il ragazzino.

Joshua stava giocando con il cucciolo: gli occhi gli brillavano e i riccioli ondeggiavano sulla sua fronte, era il ritratto di un bambino felice. Non aveva la minima idea del pericolo che stava correndo.

Mentre Aidan li osservava, il cagnolino corse verso la porta, guaendo, e Joshua diede un'occhiata in giro, per vedere se c'erano Stefan o Marie, che gli avevano detto di non uscire per nessun motivo. Il bambino mise il guinzaglio al cucciolo, aprì la porta e si precipitò fuori in giardino.

Il calore del sole ferì Aidan nel profondo dell'anima. Ebbe la sensazione di essere infilzato da uno spiedo bollente. Seguì il bambino, mettendo da parte il dolore.

«Andiamo, Baron!», insisté Joshua. «Forza!». Si guardò di nuovo intorno per essere certo che non ci fosse nessuno. «Baron è un nome un po' stupido, ma Stefan ci teneva tanto che ti chiamassi così. Ha detto che è un nome da nobili, qualunque cosa significhi. Chiederò ad Alexandria. Lei sa tutto. Avrei voluto chiamarti Alex. L'avrebbe di sicuro divertita».

«Joshua!». Vinnie Del Marco si fece avanti, intimidendolo con la sua stazza, le braccia conserte e l'espressione severa. «Non avevi ricevuto un ordine? I soldati finiscono davanti alla corte marziale per bravate meno gravi della tua».

Nell'aria si avvertiva il denso fetore del male. Aidan capì che Vinnie si sentiva al sicuro in giardino mentre rimproverava il bambino, le alte mura di cinta li circondavano e il sistema di allarme era in funzione. Non aveva alcuna percezione del pericolo che incombeva a due passi da loro. Vinnie si chinò ad accarezzare il cucciolo.

Una folata di vento, un rumore e uno spostamento d'aria investirono Aidan, lasciandolo di sasso, quando una voluminosa massa indistinta scavalcò la recinzione. Un'enorme bestia pelosa e muscolosa si scagliò dritto su Vinnie, colpendolo al petto e azzannandogli la gola.

«Corri, ragazzino! Vai in casa!», urlò Vinnie prima che l'animale gli lacerasse la carne e i tendini. Su Joshua e il cagnolino, che erano rimasti lì, raggelati dalla paura, piovvero gli schizzi del suo sangue.

Davanti a quell'orrore, il bambino pronunciò una sola parola, mormorandola a bassa voce, come una preghiera: «Alexandria».

Un'altra bestia bavosa oltrepassò le mura di cinta, corse contro Vinnie e gli addentò la gamba. Agitando violentemente il muso, gli spezzò l'osso e l'urlo di dolore della guardia del corpo saturò l'aria. Rusty spuntò da dietro l'angolo, impugnando la pistola, ma Joshua si trovava esattamente sulla sua linea di fuoco. Un terzo animale lo aggredì alle spalle, mordendogli la spalla.

Aidan sentì Stefan correre verso di loro, ma sapeva che il vampiro aveva tessuto attentamente la sua trappola. Gli animali erano solo delle vittime sacrificali. Stefan sparò per salvare i due uomini dalle bestie impazzite, ma nel frattempo uno scagnozzo aveva già preso in braccio Joshua e lo aveva trascinato fuori dalla villa. Nell'aria c'era odore di polvere da sparo, e Stefan chiamò urlando sua moglie.

«Chiama un'ambulanza, Marie, e scappa via da qui! Ho bisogno di aiuto!». Stefan si inginocchiò accanto a Vinnie e cercò di arginare la perdita di sangue dalla ferita più grave.

«Joshua! Dov'è Joshua?», gridò Marie, non appena lo ebbe raggiunto.

«È stato rapito», rispose Stefan in tono grave. «Lo hanno portato via».

Aidan si lasciò alle spalle i singhiozzi di Marie e seguì l'uomo e il bambino. Joshua venne scaraventato nel bagagliaio di un'auto e il fantoccio si diresse al sedile del guidatore camminando a scatti, come chi è vittima di una trance indotta da un vampiro. Aidan si infilò in macchina attraverso il finestrino aperto senza che l'uomo individuasse la sua presenza. Il vampiro non avrebbe potuto attaccarlo durante il giorno, dato che era costretto a riposare sotto terra, e doveva aver impartito i propri ordini a quello scagnozzo prima di ritirarsi nella sua tomba.

La vettura percorse una strada tortuosa: il burattino al volante sbavava e aveva gli occhi fissi nel vuoto, segnali evidenti del fatto che fosse posseduto. Aidan distolse lo sguardo da quello spettacolo disgustoso e rivolse la propria attenzione al portabagagli. Joshua era lì, disteso e intorpidito, con la parte sinistra del volto gonfia e un occhio nero. Le lacrime gli rigavano il viso, ma i suoi singhiozzi erano silenziosi.

Aidan si concentrò e chiamò a raccolta tutte le sue forze per comunicare telepaticamente con il bambino. *Joshua, ci sono qui io con te. Adesso ti farò addormentare. Dormirai finché ti dirò di farlo. Quando pronuncerò le parole: «Alexandria ha bisogno di vedere i tuoi occhi azzurri», vorrà dire che sarai al sicuro e solo allora potrai svegliarti.* Le sue energie mentali si stavano prosciugando: a quell'ora del giorno era quasi privo di forze. E doveva anche recitare delle formule magiche, le più complesse e pericolose che Gregori gli avesse insegnato. Se il vampiro fosse stato in grado di svegliarsi prima che Aidan potesse raggiungere di nuovo il bambino, ci sarebbe voluto del tempo per sciogliere gli incantesimi, e Joshua avrebbe continuato a dormire, al sicuro da ulteriori traumi e sofferenze.

Aidan pronunciò le formule magiche, mentre la macchina proseguiva verso nord in direzione delle montagne. Verso la nuova casa di Gregori, gli venne di colpo in mente.

Ma non poteva trattarsi di Gregori. Aidan non riusciva a crederci. Quel vampiro ignorava che Gregori era da qualche parte, lì vicino. Non era Gregori. Gregori era così potente che non avrebbe avuto alcun motivo di ricorrere a quegli stratagemmi: le bestie feroci, il fantoccio che gli obbediva ipnotizzato o il bambino. Gregori non avrebbe avuto bisogno di aiuto. Non si trattava di lui. Aidan si aggrappò a quella certezza mentre tesseva gli incantesimi. Erano antichi, indissolubili, e avrebbero reso la vita difficile a chiunque avesse tentato di infrangerli.

Non appena ebbe finito, si prese un attimo di tregua, esausto. Aveva fatto tutto quello che era in suo potere. Una volta che avesse scoperto la loro esatta destinazione, sarebbe ritornato a casa. Temeva il viaggio di ritorno, dal momento che sarebbe stato esposto alla luce del sole; non c'era niente di più doloroso e insopportabile per coloro che appartenevano alla sua razza.

Il fantoccio arrestò l'auto davanti a un vecchio e dissestato capanno da caccia, fatto di legna ormai fradicia e invaso da piante rampicanti e cespugli. Aidan si rese improvvisamente conto che il vampiro era vicino, probabilmente sotto le assi del pavimento. I topi, sentinelle dei non morti, correvano qua e là. La marionetta, lo scagnozzo del vampiro, del tutto priva del proprio libero arbitrio, aprì il portabagagli, si chinò e tirò fuori Joshua, prendendolo per la maglietta.

L'uomo andò immediatamente a fuoco a causa degli incantesimi protettivi. Le fiamme gli risalirono il braccio e gli arrivarono alla spalla e alla testa, avvolgendolo interamente. Quell'essere, che non si sarebbe neanche potuto definire una creatura vivente, era programmato per portare a termine il suo compito e provò a farlo nonostante stesse bruciando.

Aidan si sentì sollevato al pensiero che Joshua fosse addormentato. La puzza di carne putrefatta era insostenibile, persino per lui che non aveva il naso. La carcassa bruciata cadde a terra e se ne staccarono dei pezzi di carne carbonizzata. Il corpo del fantoccio sobbalzò, la sua morte fu lenta e difficile, e i suoi macabri resti continuavano a cercare di trascinare il bambino dal vampiro. Aidan si dispiacque per aver provocato altri tormenti, modificando i piani del vampiro. Ma d'altro canto, era colpa del non morto se quel pover'uomo aveva sofferto tanto.

Quando alla fine il corpo non si mosse più ed esalò l'ultimo respiro, Aidan ispezionò i resti per assicurarsi che l'uomo fosse effettivamente morto e per non lasciare braci accese che rischiassero di dar fuoco alla vegetazione. Soddisfatto di aver fatto tutto il possibile, Aidan doveva tornare a casa, esponendosi alla terribile e impietosa luce del sole.

Le sue forze si erano del tutto prosciugate e avrebbe impiegato gran parte del pomeriggio nel viaggio di ritorno, per cui temeva che, una volta giunto a casa, le energie non gli sarebbero bastate per rialzarsi al tramonto e recarsi nuovamente presso la tana del vampiro. Si sentiva sempre più debole, sempre più impalpabile, una piuma al vento. Lo sosteneva solo il pensiero della sua Alexandria. Una gradita cortina di densa nebbia bianca lo avvolse come una coperta e gli rese più facile il cammino verso la villa.

Arrivato a destinazione, con l'ultimo grammo di energia che gli era rimasta, si diresse senza esitazione alla sua camera sotterranea, accanto ad Alexandria. La sua parte immateriale si riunì al corpo e lui sentì le ossa contorcersi e i muscoli contrarsi, riallacciandosi saldamente tra loro. Vulnerabile e privo di forze, non aveva più un briciolo di potere e si distese inerme come un morto nella terra fredda che si chiuse sopra di lui. Gli sfuggì un sospiro, l'ultimo soffio d'aria che aveva nei polmoni.

Al piano superiore, sopra Aidan e Alexandria, Stefan poté solo tentare di consolare sua moglie, stringendosi a lei in attesa del tramonto e del momento in cui Aidan si sarebbe risvegliato. Sembrava che il sole non avesse intenzione di calare, e invece all'improvviso, verso le sei del pomeriggio, scese una densa coltre di nebbia. Stefan sentì parte della tensione abbandonarlo, anche se continuò a sentirsi profondamente colpevole.

Nel profondo della terra Aidan si svegliò, vorace e affamato, ansioso di ricostituire le proprie forze, consumate nel corso della sua missione mattutina. Il suo primo pensiero fu per Gregori. C'era una spiegazione al suo dubbio. Il carpaziano era intervenuto in suo aiuto. Era abbastanza potente da avvertire la presenza malvagia, anche se si trovava sotto terra. Aveva mandato la nebbia ad aiutare Aidan, quando aveva capito che si trovava in difficoltà e non sarebbe stato in grado di invocarne da solo la protezione. E aveva fatto calare la foschia prima del tramonto, per consentirgli di svegliarsi un po' prima del previsto.

Aidan aveva studiato per secoli, convinto, come Gregori, che la conoscenza voleva dire potere, eppure non era giunto a possedere le sconfinate capacità del suo maestro. Non sarebbe stato in grado di individuare la presenza malvagia mentre dormiva sotto terra, e Aidan era convinto non solo che fosse stato il carpaziano più antico a permettergli di avvertire il pericolo, ma anche a mandargli la nebbia in aiuto. Si ritrovò a sorridere. Il vampiro non era Gregori.

Guardando Alexandria in viso, le passò delicatamente le dita tra i capelli, prima di portarla nella stanza soprastante. Alexandria si sarebbe sempre addormentata e svegliata su un letto, ma finché c'era un vampiro in giro in città, Aidan aveva deciso di seppellirla nel suolo rigeneratore, dove sarebbe stato impossibile trovarla.

Svegliati, piccola. Svegliati e guarda il tuo compagno per la vita. Bisbigliò quelle parole in tono sommesso, con un nodo alla gola, temendo la sofferenza che la sua donna avrebbe provato alla scoperta di quanto era accaduto.

Non appena lei riprese a respirare, una fitta di dolore lo colpì dritto al petto. Lei spalancò gli occhi azzurri e il suo sguardo rimase incatenato a quello di lui. Improvvisamente si sentì avvolto dal suo calore, che gli si infiltrò dentro. Lei sorrise, un amorevole e dolce sorriso, che gli penetrò nel profondo dell'anima.

«Che c'è?», gli chiese. Con estrema delicatezza e tenerezza, sollevò una mano e le poggiò un dito sulle labbra. «Che ti è successo? Sei cereo, Aidan. Hai bisogno di nutrirti», lo esortò.

«Alexandria». Lui pronunciò il nome di lei, e nient'altro.

Lei lo sorprese come al suo solito: lo sguardo le si incupì, la voce appena un sussurro, e le membra immobili. «È vivo?». Nelle sue parole non c'era traccia di condanna o di rabbia per non aver protetto suo fratello.

Lui chiuse gli occhi, non aveva il coraggio di incontrare il suo sguardo. Si limitò ad annuire.

Alexandria sospirò e gli carezzò il viso. «Guardami, Aidan».

«Non posso, Alexandria. Riuscirò a guardarti negli occhi solo quando Joshua sarà di nuovo a casa al sicuro, tra le tue braccia».

«Ti ho detto di guardarmi». Gli sollevò il mento.

Lui non poté fare altro che obbedirle. Lo stava distruggendo con la sua approvazione, la sua comprensione, la sua gentilezza. La fissò con i suoi splendenti occhi dorati. E la sentì fondersi immediatamente con lui, in maniera talmente rapida e completa che non ebbe la possibilità di nasconderle niente – le bestie che aggredivano le guardie del corpo, l'angoscia di Stefan e Marie, il terrore di Joshua, i suoi sforzi e la sua sofferenza al cospetto della luce del sole, il cadavere carbonizzato dello scagnozzo del vampiro. Alexandria aveva dinnanzi agli occhi anche i più crudi dettagli dell'accaduto. Quando udì il mormorio sulle labbra di Joshua, le sfuggì un sospiro.

Ebbe una fitta di dolore talmente forte che Aidan sentì il demone risvegliarsi e fremergli dentro, assumendo il controllo della situazione. Un roco mormorio assassino gli salì in gola. Nei suoi occhi balenò un lampo omicida. «Come ha osato?». La voce era letale così come la sua espressione. «Come ha osato servirsi di un bambino per sfidarmi?».

«Ssh, Aidan». Gli mise un dito sulle labbra. «Non è colpa tua. Vieni qui e afferra quello di cui hai bisogno per andare a riprendere Joshua». Si sbottonò lentamente la camicia, gli circondò il collo con le braccia e si portò la testa sul seno.

«Andrò a caccia. Tu per prima hai bisogno di sangue». Strinse i denti per resistere alla fame che lo divorava.

Lei premette la sua testa contro il proprio petto e Aidan si sentì avvolto dal suo profumo, eccitato, una tentazione a cui era impossibile resistere. «Sei pallido, Aidan. E debole. Ho il diritto e la responsabilità di aiutarti, giusto? Sono la tua compagna per la vita». Gli massaggiò il collo, baciandogli i capelli e le tempie. «Fammi questo regalo, Aidan. Lascia che ti aiuti».

Lui imprecò in modo eloquente, ma il demone che covava dentro reclamava sangue e nutrimento, eccitato e dolorante. Maledicendo la propria debolezza, abbassò la bionda testa su di lei. La sua pelle era così morbida, così perfetta. Il suo sangue caldo e invitante aveva un irresistibile gusto speziato. Si irrigidì e le sfiorò la vena con la lingua.

Alexandria era luce e calore, la promessa del paradiso. Le mise le mani sui fianchi, le circondò la vita sottile, il busto stretto. Il suo seno soffice gli riempiva la mano. «Mia cara», le sussurrò, «ti amo».

La sua lingua sulla propria pelle la fece fremere. Lo strinse forte a sé. *Per piacere, Aidan, fallo subito*, gli bisbigliò telepaticamente, sfiorandogli i capelli con le labbra. *Ho bisogno che tu sia di nuovo forte. Devo alleviare la tua sofferenza.* E così fece. Alexandria riconobbe il dolore che aveva provato sotto i terribili raggi del sole, quello che aveva patito per lei, per Joshua. Nel corso della sua vita non aveva sentito necessità più stringente di quella di nutrirlo, di dimostrargli il suo grande amore e la fiducia che aveva in lui.

Non appena i suoi denti le perforarono il seno urlò, gettò indietro la testa e inarcò la schiena. Mentre lo stringeva a sé le vennero le lacrime agli occhi. Aidan fu delicato, la abbracciò con amore e tenerezza, come se lei fosse la creatura più preziosa al mondo. Riuscì ad avvertire le sue forze venir meno e contemporaneamente l'energia di lui aumentare. Lo sentì prima a livello mentale, poi il suo cuore ricominciò a pompare e i suoi muscoli e i suoi nervi a guizzare. Restituire ad Aidan il potere fu una sensazione incredibile. Il corpo le si irrigidì e protestò quando lui le sfiorò con la lingua la ferita, una ruvida carezza per richiuderla.

Aidan la strinse tra le braccia. «Ne ho preso abbastanza, cara». Le passò la mano tra i capelli. «Adesso devo andare. Conto su di te per calmare Marie e Stefan. Stefan si sente sempre in colpa quando non riesce a mandare all'aria i piani di un vampiro».

«Devo venire con te». Alexandria si aggrappò al suo braccio. «È me che vuole il vampiro. Come farò a trovarlo? Dimmi cosa fare, Aidan. Non mi fermerò davanti a niente per riportare Joshua a casa».

Aveva le lacrime agli occhi, ma un atteggiamento coraggioso. L'incubo era ricominciato. Suo fratello era di nuovo nelle grinfie di un crudele vampiro.

«Ci penserò io a riportarlo a casa», la rassicurò Aidan, calmo.

«No, non voglio correre il rischio di perdere anche te. Lui vuole me. Andrò io. Gli chiederò di lasciare Joshua e prendere me», replicò lei, disperata. «Non è colpa tua come non è colpa di Stefan. La responsabilità non è vostra. Andrò io da lui».

Aidan abbassò lo sguardo e la fissò, gelido. «Non ti permetterò di correre un pericolo così grande. Tocca a me battermi», affermò solennemente.

«Perché dici così? Joshua è tutto quello che ho. Rappresenta tutta la mia famiglia. Ho tutto il diritto di difenderlo».

Lui le scostò i capelli dal viso, con dolcezza. «Joshua è anche mio fratello, la mia famiglia. Tu sei la mia compagna per la vita. Non dobbiamo discutere, mia cara, su chi si farà carico di risolvere il problema. Tu rimarrai qui a casa, come ti ho detto di fare. Non ho intenzione di affrontare ancora l'argomento».

La sua voce, morbido velluto nero, avrebbe potuto farle venire un tuffo al cuore, ma quella volta lei si sforzò di non esserne sedotta. Alexandria sollevò il mento. «No, Aidan, io verrò con te. Se dovrai scegliere chi salvare tra me e Joshua, scegli lui».

Lui la accarezzò con lo sguardo, ma fece di no con la testa. «Mi devi dare la tua parola che farai quello che dico io, oppure ti costringerò di nuovo a dormire finché io non sarò di ritorno. E se starai dormendo il sonno degli immortali, non sarai in grado di aiutarmi neanche se ce ne sarà bisogno. Adesso devo andare. Sto perdendo tempo prezioso, tempo che Gregori mi ha fatto guadagnare spendendo le proprie energie, ne sono sicuro». Le sfiorò le labbra con un bacio. «Cosa hai deciso? Preferisci dormire o stare sveglia e darmi una mano se sarà necessario?».

Alexandria si allontanò da lui e annuì in segno d'assenso. «Non mi stai dando scelta, Aidan», disse a bassa voce. «Vai allora. Ma sarà meglio che non ti succeda nulla, oppure vedrai cosa è capace di fare un'umana su tutte le furie».

«Un'ex umana», la corresse lui.

E se ne andò. In un battibaleno. Un momento prima era solido e materiale e un attimo dopo un arcobaleno luminoso in grado di passare attraverso lo stretto tunnel di pietra e pronto a spiccare il volo nel cielo velato di foschia.

Alexandria rimase a lungo seduta, le mani intrecciate in grembo. Aidan avrebbe fatto in modo che andasse tutto bene. Sarebbe andato tutto bene. Avrebbe riportato Joshua a casa. Doveva crederci. Quando tentò di alzarsi in piedi si accorse di barcollare, di avere le gambe molli come pastafrolla. Fece appello alla sua forza di volontà per infilarsi i jeans. Le riusciva difficile credere che solo poche ore prima stava facendo l'amore con Aidan e adesso lui era uscito a uccidere un mostro.

Camminò lentamente lungo lo stretto corridoio, appoggiandosi alla parete. Quando aprì la porta della cucina, le mani le tremavano.

Riuscì a sentire il pianto sommesso di Marie, il basso mormorio di Stefan che cercava di consolarla.

I due erano seduti sul divano in soggiorno. Marie aveva la testa appoggiata sulla spalla di Stefan e lui la stava abbracciando. Sembravano entrambi più vecchi. Alexandria gli si inginocchiò davanti e mise una mano sulle loro. «Aidan riporterà indietro Joshua. Sa dove si trova e ha tessuto degli incantesimi per proteggerlo. Sia io che lui siamo convinti che ci sia un altro cacciatore in città e che aiuterà Aidan se sarà necessario». La sua voce era più bassa, convincente. «Ho fiducia in Aidan e dovreste averne anche voi. Torneranno entrambi sani e salvi stanotte».

Avvertì il potere che la sua nuova condizione le permetteva di esercitare. Nonostante fosse debole e pallida e avesse un gran bisogno di nutrirsi, si sentiva potente. La sua mente era forte e aveva risorse che nemmeno sospettava di possedere. Poteva servirsene per fare del bene, come stava facendo in quel momento, e alleviare il dolore di quella coppia di anziani leali. Stefan e Marie avevano imparato ad amare Joshua e credevano di essere in qualche modo responsabili di quello che gli era accaduto.

Stefan scrollò le ampie spalle. «Mi dispiace, Alexandria, ti abbiamo deluso. Non ci aspettavamo l'attacco, ma comunque io sarei dovuto rimanere con Joshua, tenerlo vicino a me».

«Io pensavo che fosse in casa, al sicuro», mormorò Marie, coprendosi il viso con il grembiule.

Alexandria le fece abbassare il grembiule e circondò i due con le sue esili braccia. Riusciva a sentire il sangue scorrere nelle loro vene, il potente flusso della vita. L'odore era invitante, ma sapeva di potersi controllare, era sicura di farcela. «La colpa non è di nessuno, Marie. Né tua né di Stefan. Affronteremo insieme questa situazione, come una famiglia. Voi due, Aidan, Joshua e io. Nessuno si farà carico di questa responsabilità da solo».

Stefan allungò una mano e le carezzò i capelli. «È veramente questo quello che pensi, Alexandria?».

Lei annuì. «Tutti vogliamo bene a Joshua. È stato un mio errore credere che io fossi l'unica a tenere a lui. Adesso che è in pericolo tutti ce ne attribuiamo la responsabilità. Aidan si sente in colpa perché pensa di aver tradito la mia fiducia. Io stessa mi sento in colpa perché non ho fatto niente per impedire che la tragedia si consumasse, e voi perché Joshua è solo un ragazzino e non vi ha obbedito. Ma la verità è semplicemente che le cose sono andate così e basta. E comunque Aidan riporterà Joshua a casa da noi». Alexandria parlò con assoluta convinzione.

Stefan la fissò con lo sguardo velato. «E… se qualcosa andasse storto?».

Lei sentì una stretta alla bocca dello stomaco, ma fece finta di niente. Gli inchiodò addosso gli occhi blu come zaffiri. «Staremo uniti e affronteremo qualsiasi difficoltà, vero?».

Non ti deluderò, cara.

Il contatto telepatico con Aidan le diede un po' di conforto. *Non pensare a me adesso, Aidan. Stai attento. Io sarò qui, pronta a soccorrerti se avrai bisogno di me.* Intendeva scrutare i cieli al posto suo. Per stanare le trappole che il vampiro avrebbe potuto ordire. Aidan non sarebbe stato abbandonato a se stesso. Se qualcosa fosse andato storto, non avrebbe dovuto sopportarne il peso da solo, come era avvenuto per tanti secoli. Alexandria era decisa a dividerlo con lui.

«Sei molto debole, Alexandria…», osservò Stefan in tono sommesso. «E se dovesse essere necessario aiutare Aidan, dovresti aver qualcosa…». Si interruppe.

Per la prima volta, Alexandria sorrise. «Va tutto bene, Stefan. Non ho intenzione di lanciarmi di nuovo fuori dalla porta come una stupida».

«Sono disposto a darti il mio», si offrì lui.

Stava già scuotendo la testa quando un'ondata di rabbia le danzò nella testa. Si rese conto che Aidan si opponeva a quella proposta più per una questione di gelosia che per via del giuramento di non bere mai il sangue di coloro che erano al suo servizio. Alexandria mise da parte quella considerazione per valutarla in un secondo momento. «Non potrei mai, Stefan, ma grazie lo stesso».

«Aidan ha delle scorte per le emergenze. Te ne ha già dato un po'. Non è granché, ma ti aiuterà».

Lei scosse il capo. «Ancora non mi serve. Se ne dovessi avere davvero bisogno, ne approfitterò. Adesso, invece, ditemi degli altri, delle guardie del corpo. Aidan era un po' preoccupato per loro». Contattandolo telepaticamente aveva capito che era in ansia per Vinnie e Rusty.

«Le ferite di Vinnie erano abbastanza brutte e ha perso molto sangue. Gli hanno messo più di cento punti solo sul collo. A Rusty è andata un po' meglio, ma entrambi saranno fuori gioco per un po' di tempo», rispose Stefan. «Ho fatto in modo che venissero curati come si deve e che Vinnie venisse sottoposto a un intervento di chirurgia plastica. Ho detto a tutti e due che avremmo provveduto noi alle spese mediche e che li avremmo risarciti per il danno e la convalescenza».

Alexandria strinse con delicatezza la mano di Marie. «Grazie mille. Ci avete aiutato a risolvere il problema». Si rimise in piedi e si diresse verso la poltrona, nella quale si accucciò, stringendo le ginocchia al petto e poggiandovi il mento. Chiuse gli occhi e lasciò che la stanza svanisse intorno a lei per entrare in contatto con Aidan. Era ciò che voleva, quello era il suo posto.

Aidan era avvolto dalla foschia che Gregori aveva fatto materializzare. Quest'ultimo aveva enormi poteri sulla natura. Il pesante mantello di nebbia non lasciava filtrare i raggi del sole, consentendo così ad Aidan di spostarsi senza provare alcun fastidio e di guadagnare del tempo prezioso sul vampiro, che invece sarebbe rimasto sepolto sotto terra fino al tramonto. Ma soprattutto, non aveva più quell'enorme peso sul cuore.

Alexandria era con lui, accettava tutto di lui. Poteva chiaramente vedere la bestia che ruggiva e voleva essere liberata, che lottava per prendere il sopravvento, ma non si era tirata indietro spaventata. Non se l'era presa con lui per la disperata sfida che gli aveva lanciato il vampiro o per il modo in cui era stato rapito Joshua. Temeva per lui e per il fratello, ma non era crollata. Aveva fatto quello che lui le aveva chiesto, consolando Stefan e Marie. Alexandria stava diventando la sua compagna, la sua vera compagna.

Mentre correva attraverso la nebbia, capì che la amava in maniera incondizionata. Non aveva mai sperimentato un'emozione altrettanto intensa e profonda. Quella ragazza l'aveva conquistato e lui aveva del tutto perso la testa. Era disperatamente, perdutamente, spudoratamente innamorato. Nemmeno nelle sue più stravaganti fantasie, aveva immaginato di poter provare sensazioni del genere. Pregò che tutto andasse come previsto, che gli incantesimi protettivi continuassero a tenere Joshua al sicuro finché non fosse riuscito a uccidere il vampiro.

Aidan procedeva rapido, cercando di inseguire il sole. La nebbia era un'arma in più, un buon inizio, e lui era determinato a sfruttarla il più possibile. Passò come un lampo nel cielo, squarciando le nubi e disturbando gli uccelli in volo costretti a virare per scansarlo. A giudicare dalle ombre grigie degli alberi sotto di lui, gli erano rimasti pochi minuti prima che il sole tramontasse. Riuscì a scorgere il vecchio capanno da caccia, nascosto nella pineta.

Capitolo 18

A un certo punto Aidan capì che il vampiro si era svegliato. Terra, frammenti di roccia e schegge di legna schizzarono come un geyser attraverso la densa cortina di nebbia. I topi squittirono e corsero fuori dal vecchio capanno. Dalle assi rotte del pavimento uscì un tappeto di scarafaggi. Il fatiscente edificio subì una scossa. Ne venne fuori il male in carne e ossa. Urlò odio e disprezzo, scoppiò in una terribile risata e corse alla macchina a reclamare il suo bottino.

L'arcobaleno luminoso e scintillante nella foschia bianca riprese lentamente le sembianze di Aidan e il carpaziano, alto e potente, uscì a grandi passi dalla coltre di nebbia.

Il vampiro era chino sul portabagagli dell'auto, pronto ad afferrare il bambino addormentato. Si fermò di botto, improvvisamente diffidente, ringhiò e mostrò le sue lunghe e ingiallite zanne. Spostò la testa avanti e indietro sul collo secco e rugoso, come un rettile. Esaminò con sguardo gelido il portabagagli e la terra bruciacchiata intorno. Seguì la traccia dei brandelli di carne carbonizzati. Un lento e lungo sibilo puzzolente gli sfuggì dalle labbra e i suoi fiammeggianti occhi rossi si guardarono intorno alla ricerca di Aidan.

Il vampiro fece un passo indietro. «Credi di incastrarmi con un trucchetto del genere, cacciatore?», grugnì accusandolo. La sua voce, un tempo bellissima, era diventata brutta e metallica, da quando la sua anima aveva cominciato a marcire.

Aidan si fermò a una certa distanza da lui. «Entrambi sappiamo che non ho bisogno di alcun trucco», rispose, con un tono tanto cristallino da provocare dolore fisico alle orecchie del vampiro. «È più nel tuo stile, servirsi di un bambino come merce di scambio. «Sei caduto in basso, Diego. Un tempo eri un grand'uomo», continuò, la voce più bassa, e nonostante detestasse quella musicalità, la creatura malvagia non poté non ascoltarlo.

«*Uomo*», sogghignò. «Non provare a insultarmi dandomi del rammollito. Mikhail ti ha fatto il lavaggio del cervello. Ci ha mentito per secoli, facendoci comportare come pecoroni. Ha sfiancato la nostra gente, nel tentativo di privarla dei suoi legittimi poteri. Apri gli occhi, cacciatore. Guarda cosa stai facendo. Uccidi coloro che appartengono alla tua stessa razza».

«Tu non appartieni alla mia razza, Diego. Hai scelto di fare del male a esseri meno forti di te. Donne. Bambini. Umani innocenti. Io non sono come te».

Il vampiro fece un risucchio, manifestando il proprio odio. «È facile per te parlare così: hai ancora l'odore della tua donna appiccicato addosso».

«Ho due secoli in più di te. Anche prima che la mia compagna per la vita portasse la luce nella mia tenebra, non avevo scelto di trasformarmi per semplificarmi la vita», replicò Aidan, calmo. «Non attribuire ad altri la responsabilità delle tue azioni. Non è colpa di Mikhail o del fatto che non hai una compagna per la vita se sei finito tanto in basso. È stata una tua scelta».

Il vampiro digrignò i denti e mostrò le gengive macchiate di sangue. Era talmente magro e pallido da sembrare uno scheletro. Sollevò la mano ossuta e dotata di unghie lunghe e affilate come rasoi e indicò il portabagagli aperto. «Pensi che non dovrei sfidarti perché sei più forte di me, tuttavia anche io ho i miei poteri».

Aidan relegò la paura per la sorte di Joshua da qualche parte nel profondo dell'anima. Il suo volto rimase impassibile, persino sereno. Sentì telepaticamente Alexandria sussultare quando dei serpenti cominciarono a strisciare verso la macchina. Aidan non si mosse e non fiatò, nemmeno per cercare di rassicurare la sua compagna per la vita. Fu orgoglioso del fatto che lei rimanesse in silenzio, immobile e fiduciosa come sempre.

Se si trattava di un'illusione creata ad arte dal vampiro, era davvero perfetta. Aidan riusciva effettivamente a individuare tracce di vita in quei rettili. Sembravano davvero vivi, sebbene non capisse come aveva fatto Diego ad attirarli tanto rapidamente. Fece il tentativo di entrare in contatto telepatico con i serpenti per ordinar loro di andarsene, ma le creature erano del tutto asservite alla volontà del vampiro. La prima vipera riuscì a raggiungere il bagagliaio. Quasi immediatamente le altre le andarono dietro. Lo strano rumore che producevano fu immediatamente seguito da uno sfrigolio e l'odore di bruciato riempì l'aria, mentre uno dopo l'altro i serpenti finivano carbonizzati. Dopo un po', il vampiro sollevò una mano e i rettili che rimanevano fecero marcia indietro e cominciarono ad arrotolarglisi attorno alle caviglie.

«Che ne dici se ci risparmiamo questi giochetti infantili?», fece Aidan. «Vieni da me, Diego, ricordati dell'uomo che eri un tempo». Le sue parole erano talmente convincenti, affascinanti, ipnotiche che il vampiro stava quasi per fare un passo verso di lui.

Diego ringhiò, un suono sgradevole a confronto con la voce di Aidan. «Ucciderò prima te e poi il ragazzino, e la tua donna sarà mia». Il suo sorriso era grottesco. «Soffrirà molto e a lungo per i tuoi misfatti».

Aidan si strinse nelle spalle, incurante. «Se anche riuscissi nell'impossibile impresa di farmi fuori, la mia compagna per la vita mi seguirà e non avrai alcuna possibilità di metterle le mani addosso. Il bambino sarà al sicuro, perché c'è un altro cacciatore in zona, molto più potente di me. Nessuno può sconfiggerlo. E comunque non mi ucciderai». Parlò in tono compiaciuto, del tutto sicuro di sé.

Il vampiro urlò di nuovo. «Gregori! Come ha osato venire fin qui? Chi gliene ha dato il diritto? Ecco un chiaro esempio dell'ipocrisia di Mikhail». Poi cambiò astutamente tattica e si calmò. «Gregori non è come te, Aidan. Tu sei una brava persona. Hai una morale. Sbagli ad andare a caccia, tuttavia lo fai perché credi di averne il dovere». Il vampiro si guardò intorno e abbassò la voce. «Gregori è un assassino a sangue freddo. Non prova alcun rimorso. Ho sentito storie e racconti, che altri giurano essere veri. Il guaritore ha ucciso contravvenendo alle leggi della nostra razza. Pretende di essere il migliore, e invece è la feccia e Mikhail permette questo abominio».

A un orecchio non allenato, quell'insidioso discorso sarebbe potuto sembrare efficace e persuasivo. Ma Aidan vedeva la sua pelle grigia e rinsecchita appesa a un teschio. Il sangue secco sotto le unghie lunghe e ingiallite. Le gengive ritirate e i grandi canini. E soprattutto sapeva che dentro il portabagagli dell'auto c'era un bambino piccolo e vulnerabile, che il vampiro aveva usato come strumento di vendetta.

«Stai cercando di guadagnare tempo. A che scopo? Cosa pensi di ottenere diventandomi amico?». Mentre Aidan parlava, le vipere sibilarono orribilmente e cominciarono a dirigersi verso di lui, una massa di viscidi corpi che si contorcevano.

Quando i rettili arrivarono davanti ai suoi piedi, mutarono forma e presero le sembianze di donne che strisciavano in maniera oscena e sensuale, sibilando e leccandolo con le lunghe lingue biforcute. Aidan svanì nella nebbia e riapparve alle spalle del vampiro. Mentre Diego era ancora girato, Aidan tentò di infliggergli un colpo veloce e letale, per porre rapidamente fine allo scontro. Il vampiro però scivolo via e le sue creature mezze donne e mezze serpenti grugnirono e sputarono verso Aidan il proprio veleno; si precipitarono su di lui, strisciando sul ventre e procedendo gattoni.

Non prestare attenzione a queste creature, sono un'illusione. Non distogliere mai gli occhi da Diego. Sta solo aspettando di coglierti di sorpresa. La voce di Alexandria risuonò, dolce e sommessa, nella sua mente, spazzando via le ragnatele che il vampiro aveva tessuto per confonderlo.

È abile, questo qui, cara, riconobbe.

Non abbastanza, rispose lei, riponendo in lui totale fiducia.

Le donne emisero un lamento, un basso, penetrante e addolorato gemito, che venne portato via dal vento. Aidan rivolse al vampiro un sorriso indolente e sicuro. «Stai cercando di coinvolgere anche Gregori nella nostra scaramuccia? Sei più incosciente di quanto pensassi. Persino io, che non ho niente da temere, non mi azzarderei a disturbare la solitudine di Gregori. Se continuiamo a fare questo baccano, di sicuro verrà anche lui». Fulminò il vampiro con il suo sguardo dorato, incrociò i suoi occhi vacui e morti e li incatenò ai propri, trascinando Diego nei loro abissi. «Ho lavorato insieme a Gregori per diversi anni. Lo sapevi, Diego? È freddo ed efficiente come nessun altro. Forse nei tuoi ultimi istanti di vita potrai mettere alla prova i tuoi scarsi poteri e confrontarli con i suoi, che invece sono immensi».

La testa a forma di proiettile del vampiro ricominciò a muoversi avanti e indietro a scatti. Sibilò un comando e le oscene creature partorite dalla sua immaginazione gemettero e strisciarono via. Alzò una mano, recitò una formula magica e le donne ripresero lentamente le sembianze di serpenti. Innocue e inoffensive bisce.

Il vampiro cominciò a compiere lenti, precisi e sinistri passi di danza. Fece un cerchio intorno ad Aidan, calpestando gli scarafaggi. Continuava a muovere la testa avanti e indietro, sbavando e mostrando i canini. Aidan rimase imperturbabile, rifiutandosi di guardare i suoi piedi danzanti che schiacciavano gli insetti o la biscia che si avvicinava da sinistra.

Il serpente non è innocuo, Aidan, lo avvertì Alexandria, calma. *È un'altra delle sue illusioni. Non è una biscia. Riesco a sentire il trionfo del vampiro.*

Aidan non si spostò, rimase tranquillo, senza staccare gli occhi di dosso dalla figura danzante. Non rivolse nemmeno uno sguardo al serpente che scivolava verso di lui, fece finta di non sapere che rappresentava un pericolo. I movimenti del vampiro erano ipnotizzanti, una serie di passi danzanti capaci di ottundere i sensi e confondere la mente.

Mentre il serpente si arrotolava in spire pronto a colpire a pochi centimetri dal cacciatore, il vampiro si fermò, i suoi occhi fissi in quelli di Aidan, e cercò di ipnotizzarlo. Poi, con una velocità incredibile, si scagliò contro, in un attacco furioso. Anche il serpente gli si lanciò addosso e cercò di mordergli la gamba. Ma Aidan non era più dove si trovava un attimo prima. Era stato più veloce. Mise le mani intorno alla testa del vampiro e gli spezzò il collo con un colpo secco. Si sentì un disgustoso crack, il vampiro urlò e conficcò gli artigli affilati nell'ampio petto di Aidan.

Le unghie gli lasciarono quattro profondi graffi rossi. Aidan si dissolse e riapparve dietro il portabagagli dell'auto. Si arrischiò a lanciare un'occhiata al bambino addormentato. La vista di quel ragazzino ricoperto dalle carcasse dei serpenti carbonizzanti fu sconcertante. Voleva allontanare il più possibile Joshua da quelle repellenti creazioni del male.

Aidan, non distogliere la tua attenzione, lo ammonì Alexandria. *È pericoloso. Si sta preparando a sferrare l'attacco letale. Stai bene? Sento il tuo dolore.*

Io invece non sento nulla, le rispose Aidan, secco e sostenuto, e si riconcentrò sul vampiro.

Diego inclinò la testa da un lato, la sua smorfia fu una brutta caricatura del sorriso con cui avrebbe voluto ingraziarsi il cacciatore. Negli occhi gli baluginarono rossi bagliori. Emise un rantolo, ma Aidan non si lasciò ingannare. Il vampiro era più insidioso che mai. Un pericoloso alone rosso gli offuscava lo sguardo e si era conficcato le unghie nei palmi, facendoli sanguinare.

«Lasciami morire in pace, Aidan. Mi hai dato il colpo di grazia», disse a bassa voce, persuasivo. «Prendi il bambino e vattene. Concedimi una morte dignitosa. Incontrerò l'alba e morirò, come dovrebbero fare quelli che appartengono alla nostra razza».

Aidan rimase immobile: sembrava rilassato, incurante, senza tensione nelle spalle e con le braccia lungo i fianchi e le ginocchia un po' piegate. Il ritratto della serenità. Lo sguardo impassibile. Osservò i movimenti del vampiro come avrebbe fatto un animale da preda.

Il vampiro sbottò in un'imprecazione, un'oscena e gutturale espressione della propria frustrazione. «Vieni a prendermi, allora», lo sfidò.

Aidan si limitò a continuare a fissarlo, senza muoversi. Non avrebbe permesso alla compassione per quella creatura malvagia di farsi strada nel suo cuore o nella sua mente. Sarebbe stato un disastro. I non morti non provavano alcun rimorso per i loro misfatti. Diego avrebbe bevuto il sangue di Joshua fino a prosciugarlo, lo avrebbe torturato per arrivare ad Aidan e ad Alexandria, poi avrebbe gettato via il bambino come se fosse stato un sacco di immondizia. Non c'era margine di contrattazione con un vampiro, non c'era modo di farli ragionare. Il cacciatore rimase lì, paziente, ad aspettare.

Non ci volle molto. Il vampiro non ebbe altrettanta pazienza. Si scagliò contro Aidan, mutando forma: la sua testa, che pendeva in modo grottesco dal collo scheletrico, si allungò e si trasformò in un grosso muso, dotato di enormi denti, sporgenti e affilati come rasoi. Fece un balzo e, mentre si trovava a mezz'aria la tigre ruggì, mostrando le zanne lunghe come spade.

Aidan attese fino all'ultimo momento utile. Evitare gli artigli e il peso dell'animale che avrebbe voluto piombargli addosso fu abbastanza semplice, tuttavia a quel punto fu impossibile avvicinarglisi senza che quelle grinfie lo dilaniassero e lo sventrassero. Schermò la propria mente al dolore e tagliò fuori Alexandria in modo che lei non potesse patire le sue sofferenze. Poi circondò con braccio il collo spezzato di quella creatura e si mise a cavalcioni della bestia, in modo che i suoi pericolosi artigli non potessero raggiungerlo. Nonostante la sua forza enorme, gli riuscì difficile controllare l'animale, che ringhiava e si contorceva nel tentativo di disarcionarlo.

A poco a poco, con estrema attenzione, Aidan fu in grado di applicare abbastanza pressione sul collo della tigre e impedirle così di respirare. L'animale impazzì, dibattendosi per farlo cadere. Ghermiva l'aria con ferocia e ansimava, emettendo una specie di ululato acuto e innaturale. Aidan mantenne la presa con tenacia. La sua mano scivolò più in basso, alla ricerca del battito cardiaco.

Anche se il cacciatore era quasi riuscito ad avere la meglio, il vampiro si dimenò e riuscì a infilzargli un artiglio velenoso in gola, mancando di poco la vena. Il sangue schizzò, e lo sentì colargli sulla pelle. Quella bestia era tanto forte e agile che per un attimo Aidan non fu certo di essere in grado di sconfiggerla. Poi qualcosa si agitò nella sua mente e si sentì pervadere da una calma certezza che gli diede energia e fiducia in se stesso. Sebbene avesse cercato di allontanarla, di non renderla partecipe di tanta brutalità, Alexandria non lo aveva mai lasciato. Era lì e stava alimentando le sue forze. La mano di Aidan trovò quello che stava cercando. Affondò un pugno nel petto della tigre impazzita, tra i muscoli e i morbidi e vulnerabili organi interni.

Il vampiro scattò e urlò, tentando di colpire Aidan con le ultime forze che gli erano rimaste, determinato a portare il cacciatore con sé. Quando Aidan estrasse il cuore pulsante, la tigre dai denti affilati si contorse e mutò forma, finché non giacque sotto di lui il pallido e scheletrico vampiro, immobile e muto.

Aidan si scrollò di dosso quei resti putrefatti e si allontanò dal cadavere di quello che un tempo era stato un maschio carpaziano.

Si concesse un profondo sospiro liberatore e si abbandonò contro il tronco di un albero. Cominciò a soffiare il vento e portò via da lui la puzza disgustosa del vampiro. Era notte fonda, una notte buia, misteriosa e bellissima.

Dobbiamo raggiungerti? Hai bisogno di sangue, Aidan?

Sentì che era stanca e provata quanto lui. Le riusciva molto difficile mantenere il contatto telepatico, visto che aveva imparato a servirsene solo da poco tempo, specialmente quando nel frattempo si stava combattendo una battaglia tanto cruenta. E in più Alexandria era debole, perché non si era nutrita. Aveva saziato lui e gli aveva donato la propria forza senza un briciolo di esitazione. Anche in quel momento, l'unica sua preoccupazione era lui.

Resta a casa, piccola, io ritornerò presto e ti riporterò Joshua. Di' a Marie e Stefan che va tutto bene. Si sforzò di mantenere un tono tranquillo per non allarmarla.

La sua dolce risata gli riscaldò il cuore. *Sono in contatto con te, amore mio. Non puoi nascondermi le tue sofferenze.*

Avvertì una presenza nell'aria, solo un frullio, nessun altro segnale di avvertimento. Su un ramo, sopra la testa di Aidan, atterrò un grande rapace, che lentamente chiuse le proprie ali. Aidan avrebbe dovuto accorgersi che un altro carpaziano si trovava nei paraggi, ma non era stato così. Mentre scendeva dal ramo, l'uccello cambiò forma e mise piede a terra nelle sembianze di Gregori.

Oltrepassò Aidan con lo sguardo e i suoi occhi si posarono sui grotteschi resti del vampiro. «Un osso duro, no?», gli chiese in tono sommesso. La sua voce era bellissima, un suono rassicurante che penetrò nello stanco corpo di Aidan e ne ricostituì le forze. Nonostante fosse il più scuro dei carpaziani, Gregori gli dava luce e purezza; era come avvolto da un'aura di potere. «Diego ha studiato con i più malvagi dei vampiri. Avevano cominciato a fare gruppo nella nostra terra d'origine, pensando di riuscire a sconfiggere Mikhail, visto che erano parecchi. Dal momento che la loro strategia non ha funzionato, hanno arruolato anche dei sicari umani. Poi hanno cominciato a viaggiare e servirsi di sporchi inganni. Hanno una serie di metodi per tentare di sterminarci, Aidan. Hai fatto bene a ucciderlo».

«Ci sono riuscito grazie al tuo aiuto», precisò Aidan, premendosi una mano sulla ferita sanguinante che aveva sul collo.

Gregori scivolò sul tappeto di scarafaggi e di serpenti carbonizzati e si avvicinò al portabagagli aperto dell'auto, senza che i suoi piedi sfiorassero il suolo.

Aidan non riuscì a trattenersi dall'avvertire il guaritore, per scrupolo. «Ho usato i tuoi incantesimi protettivi per tenere il bambino al sicuro». Non credeva che Gregori si fosse già trasformato, ma fu comunque previdente.

Gregori annuì. «Ci hai messo anche un po' del tuo. Sei cresciuto in questi anni, Aidan. Vieni qui». Voltò la testa, i suoi strani occhi chiari sembravano mercurio e la sua voce era bassa e ipnotica.

Aidan si diresse verso di lui, a dispetto del sommesso grido d'allarme di Alexandria. Non riusciva a credere che l'altro carpaziano fosse malvagio, anche se questi credeva che ormai la sua anima fosse smarrita. Per tale ragione era del tutto imprevedibile. *Non avvicinarti a lui! È pericoloso, Aidan, e so che sei debole. È la sua voce. Non vedi che la sua voce ti sta ipnotizzando?*

È una brava persona, cara. Fidati del mio giudizio, la rassicurò il suo compagno per la vita.

Gregori sfiorò appena Aidan, ma il cacciatore sentì comunque il calore diffondersi in tutto il suo corpo. Il guaritore chiuse gli occhi e uscì dal proprio corpo per entrare in quello di Aidan. All'improvviso nell'aria risuonò l'antica lingua dei padri, che penetrò i loro corpi in un rituale terapeutico vecchio come il tempo. Aidan sentì il dolore allontanarsi, spinto via dal più potente guaritore della loro razza. La litania proseguì per un po', e Alexandria continuò a mantenere il contatto telepatico, fermamente decisa a non rinunciare al posto che le spettava. Sapeva che Gregori avrebbe avvertito la sua presenza, era consapevole del fatto che poteva cogliere la sua scarsa fiducia in lui, ma riteneva che la sicurezza di Aidan fosse comunque più importante dei sentimenti di Gregori.

Quest'ultimo ritornò lentamente nel proprio corpo, e nelle rughe che gli segnavano il volto si leggeva lo sforzo che aveva compiuto per avviare il processo di guarigione. Poi, con aria indifferente, si squarciò il polso con i denti e lo tese ad Aidan.

Lui esitò: Gregori gli stava offrendo qualcosa di più del semplice nutrimento. Se avesse bevuto il suo sangue, sarebbero stati legati, avrebbe potuto sempre seguirne le tracce, se fosse stato necessario. Gregori premette il taglio dal quale gocciolavano preziose gocce scarlatte sulla sua bocca. Con un sospiro, Aidan cedette all'inevitabile. Doveva nutrirsi e Alexandria, che lo stava aspettando a casa, ne avrebbe avuto altrettanto bisogno.

«È bellissimo questo Paese, in un modo tutto suo, non trovi?». Gregori non attese la risposta di Aidan e non diede il minimo segnale di soffrire per via della perdita di sangue. «Non è selvaggio e incontaminato come le nostre montagne, è comunque una terra promettente». Non batté ciglio quando Aidan affondò i denti nella sua pelle.

Una forza a lui ignota fino a quel momento fluì nelle sue vene. Gregori era un antico e il suo sangue era molto più potente di quello di altri carpaziani più giovani. Il nutrimento ridonò istantaneamente vita ad Aidan, spazzò via dolore e debolezza, e gli conferì un vigore che non aveva mai sperimentato prima. Chiuse attentamente la ferita, meticoloso e rispettoso.

«Sono in debito con te, Gregori, per essermi stato d'aiuto oggi», disse con formalità.

«Non hai avuto bisogno del mio aiuto. Ti ho solo reso la vittoria un po' più semplice. Gli incantesimi protettivi che hanno tenuto il bambino al sicuro sarebbero durati a sufficienza, anche se non avessi fatto calare la nebbia. E poi sei abbastanza forte, e privo del corpo sei in grado di resistere alla luce del sole, anche senza di me. Non mi devi nulla, Aidan. Sono stato molto fortunato e nella mia vita ho incontrato alcuni uomini che meritano di essere chiamati amici. Tu sei uno di questi». La voce di Gregori sembrava già provenire da lontano.

«Vieni a casa mia, Gregori», insistette Aidan. «Fermati da me per un po'. Potresti prenderti un attimo di tregua».

Gregori scosse il capo. «Non posso. Sai che non posso. Ho bisogno di posti selvaggi, di alte vette, di luoghi in cui sentirmi libero. Sono fatto così. Ho trovato un posto a diversi chilometri da qui. Mi stabilirò lì in attesa della mia compagna per la vita. Ricorda la promessa che mi hai fatto».

Aidan annuì. Sentì Alexandria muoversi dentro di lui, offrendogli consolazione e conforto.

«Prenditi cura del bambino, Aidan, e della tua donna. Anche da questa distanza, avverto che è preoccupata per te e per il ragazzino. E ha bisogno di nutrimento. Sento la sua fame. Non sprecare del tempo a darti pena per me. Mi sono preso cura di me stesso per secoli». La sua forma solida stava già svanendo, scintillando e dissolvendosi in piccole goccioline che formavano una cortina di nebbia. Anche la sua voce si fece sempre più fioca, immateriale, stranamente vuota, ma pur sempre bellissima. «È stata un'impresa quella che hai portato a termine oggi. Per di più alla luce del sole. Ne sarebbero stati capaci in pochi. Hai imparato molto».

Aidan lo osservò scomparire: la foschia si disperse nella foresta e poi svanì del tutto. Il fatto che Gregori avesse riconosciuto la sua bravura lo inorgoglì. Si sentì come un bambino elogiato dal genitore per cui nutre rispetto e venerazione. E dal momento che si trattava proprio di Gregori, che aveva scelto di vivere in solitudine e di essere amico solo di pochi, quel complimento lo onorò ancor di più.

Molto attentamente e con infinita pazienza, Aidan sciolse gli incantesimi che aveva tessuto a protezione di Joshua, poi tirò fuori con estrema delicatezza il bambino dal portabagagli. I serpenti carbonizzati caddero a terra, sparpagliandosi tra i piedi di Aidan. C'era ancora molto da fare, ma non poteva sopportare oltre di lasciare il ragazzino in quell'orribile bagagliaio in compagnia dei rettili creati dal vampiro.

Aidan distese Joshua su un quadrato erboso sotto un pino, scompigliandogli teneramente i biondi riccioli. *Sta bene, Alexandria. Continua a dormire profondamente come io gli ho ordinato di fare. Lo sveglierò non appena saremo tornati a casa. Poi ci occuperemo di fargli dimenticare quello a cui ha assistito.*

Sbrigati. Voglio vederlo, tenerlo tra le braccia. E poi Marie stenta a credermi anche se le dico che Joshua è fuori pericolo. Nella sua voce, oltre a una punta di impazienza, Aidan riconobbe la fatica, dovuta al fatto che aveva perso molte energie.

Preoccupato, Aidan lasciò il bambino a dormire sul prato e tornò al ributtante campo di battaglia per portare a termine il disgustoso compito di distruggere il vampiro per sempre. Il cuore e il corpo, che ormai erano stati separati l'uno dall'altro, nonché il sangue contaminato, dovevano essere bruciati e ridotti in cenere.

Alzando lo sguardo verso il cielo, scatenò un flusso di corrente elettrica e intrecciò i lampi di luce, saldandoli e facendoli sfrigolare. Inviò una saetta verso il cadavere del vampiro, creando una palla di fuoco fatta di scintille. Il corpo si contorse e la puzza riempì la notte. A pochi metri di distanza, sembrò che il cuore si muovesse, una minima e letale pulsazione, che costrinse Aidan a fermarsi.

A disagio per via dello sconosciuto fenomeno, Aidan diresse le fiamme verso il muscolo pulsante e lo incenerì subito, riducendolo a un mucchietto di polvere. Il cadavere si dimenò in maniera grottesca, quasi si sedette, ed emise un lungo e lugubre lamento. Un suono orrendo che, una volta svanito nel vento, si trasformò in una terribile e sarcastica risata.

Immediatamente, Aidan si guardò in giro, scrutando con i dorati occhi irrequieti il suolo, gli alberi, il cielo, per individuare un'eventuale trappola. Rimase immobile e tese l'orecchio per cogliere anche il minimo rumore. Nella sua mente, Alexandria trattenne il respiro. E alla fine lo sentì. Un debole e insidioso fruscio. Furtivo. Sospetto. Come delle squame che sfioravano gli aghi di pino.

Joshua! Alexandria aveva preso coscienza del pericolo incombente subito dopo di lui.

Aidan reagì con una velocità soprannaturale e, più rapido di quanto non fosse mai stato, ricoprì la distanza che lo separava dal quadrato d'erba in cui aveva lasciato il bambino. Trovò il serpente, lo afferrò, e lo allontanò dal suo obiettivo. Il rettile sibilò e gli si arrotolò al braccio, contorcendosi disperatamente e affondando i denti nella parte più carnosa del pollice. Lo morse ripetutamente, iniettandogli il veleno, come se il suo istinto gli stesse chiedendo di vendicare il vampiro. Aidan lanciò il serpente lontano, tra le fiamme che stavano consumando il cadavere del non morto. Dal rogo si sprigionò un'esalazione tossica, una spirale di gas verde che prima si librò nell'aria e poi svanì nel fumo nero.

Aidan si lasciò cadere accanto a Joshua e strinse il ragazzino tra le braccia. Gli ispezionò lentamente e attentamente ogni centimetro di pelle per assicurarsi che non fosse ferito. Rimase ad attendere la reazione al veleno del serpente. Passarono pochi minuti: la sua respirazione cominciò a diventare faticosa e gli venne il senso di nausea, ma fu meno peggio di quanto si aspettasse, considerato che il veleno era stato prodotto da quell'odioso vampiro. Gli ci volle un po' per capire che era stato il sangue di Gregori a neutralizzarne l'effetto. Si accorse che dentro di lui si stava svolgendo una battaglia: il liquido vitale dell'altro carpaziano però era più potente di qualsiasi siero il vampiro avesse creato. Dopo pochi attimi, Aidan stava bene, il cuore e i polmoni funzionavano meglio che mai e il veleno era stato espulso dal suo corpo.

Prese in braccio il bambino e si lanciò nella notte, dirigendosi ad ali spiegate verso la sua casa e la sua compagna per la vita, che lo stava aspettando. Non era neanche atterrato sul balcone del terzo piano che Alexandria tentò di sottrarre il fratello alla sua presa, ridendo e piangendo allo stesso tempo.

«Ce l'hai fatta, Aidan! Non riesco a credere che tu ce l'abbia fatta!». Era pallida come un cencio e talmente debole che le tremavano le braccia.

Come Aidan constatò, il cuore le batteva debole nel petto, faceva fatica a respirare e stava cercando di mantenere le sue funzioni vitali nonostante avesse un gran bisogno di sangue. Nonostante non desiderasse altro che aiutarla e provvedere alle sue necessità, le mise Joshua in braccio.

«Guarda com'è ridotto il suo faccino». Scoppiò a piangere e le lacrime bagnarono i lividi che Joshua aveva sul viso e il suo occhio nero. «Oh, Aidan, guardalo».

«A me sembra bellissimo», replicò lui, circondandole la vita con un braccio. La aiutò a sostenere il peso del bambino. «Mettiamolo a letto e svegliamolo». Marie e Stefan stavano salendo le scale per raggiungerli. Alexandria aveva fame. Il protettivo maschio carpaziano che era in lui pretendeva che lui si occupasse di lei. Joshua era al sicuro. A quel punto era giunto il momento di provvedere a restituire le forze alla sua compagna per la vita.

«Oh, Marie, guarda il suo faccino», disse piangendo Alexandria alla donna più anziana. «Quell'orribile creatura gli ha fatto del male».

Marie stava singhiozzando senza ritegno, prendendo il bambino dalle braccia di Alexandria. Poi Joshua passò a Stefan.

«Sta bene, è solo addormentato», li rassicurò Aidan. La sua preoccupazione era invece rivolta ad Alexandria. «Portiamolo a letto e svegliamolo. Gli diremo che hanno cercato di rapirlo per ottenere un riscatto. Troverà plausibile questa versione dei fatti e capirà che, se sarà necessario, dovrà essere protetto dalle guardie del corpo».

Stefan portò il bambino in una piccola stanza dei loro appartamenti. Marie gli mise il pigiama e gli pulì l'occhio nero con un panno caldo. Alexandria si sedette sul bordo del letto, tenendo la manina di Joshua tra le sue. Aidan si inginocchiò accanto a lei, mettendole un braccio intorno alla vita. «Joshua, adesso puoi svegliarti. Alexandria ha bisogno di vedere i tuoi occhi blu». La sua voce era un irresistibile bisbiglio che si infiltrò nella mente del bambino e lo restituì al loro mondo.

Joshua ebbe uno scatto violento, come se volesse liberarsi da qualcosa. Fu Aidan a tranquillizzarlo, proteggendo Alexandria con il proprio corpo, nonostante lei si fosse protesa per aiutarlo. «Ascoltami, Joshua. Sei a casa con noi. Sei al sicuro. Non sei più vittima dei rapitori. Voglio che tu stia calmo e non faccia del male a Marie o a tua sorella». La sua voce era serena e bellissima come sempre, così convincente che il bambino smise di dimenarsi e si diede una cauta sbirciatina intorno. Non appena vide Alexandria scoppiò in lacrime.

Lei spinse da parte Aidan e attirò Joshua a sé, abbracciandolo stretto. «Sei al sicuro adesso, fratellino. Nessuno ti farà del male».

«C'erano dei cani. Dei cani enormi. C'era sangue dovunque. Vinnie è stato morso, l'ho visto».

«Vinnie è stato molto coraggioso e ha provato a sottrarti ai rapitori». Alexandria cercò di calmarlo, scostandogli i biondi riccioli dalla fronte. «Adesso è in ospedale, ma è vivo e sta guarendo. E anche Rusty. Ti porteremo a trovarli tra qualche giorno. Avremmo dovuto dirti che correvi il rischio di essere rapito». Gli sfiorò con delicatezza l'occhio livido. «Mi dispiace, non ti abbiamo dato abbastanza fiducia. Ormai sei grande e dovresti essere informato di questo genere di cose».

«È per questo che avevi paura di vivere qui?»

«Anche. Aidan è un uomo molto ricco. Dal momento che ti vuole bene, che vuole bene a tutti e due, noi saremo sempre in pericolo. Qualche volta sarà necessario farci proteggere da guardie del corpo. Capisci quello che sto cercando di dirti, Joshua? È stata colpa mia, non ti ho spiegato che ci trovavamo in pericolo».

«Non piangere, Alex». Tutto d'un tratto, sembrò che a parlare fosse un adulto. «Aidan è venuto a salvarmi, vero?».

Lei annuì. «Certo. Nessuno ti porterà mai più via da noi. Mai più».

«La prossima volta quando Marie e Stefan mi dicono di stare in casa obbedirò», affermò Joshua. Esaminò Alexandria, con aria preoccupata. «Che c'è che non va? Sei pallidissima».

«Ci siamo spaventati molto, Joshua», disse Aidan. «Marie e Stefan staranno con te e io metterò Alexandria a letto. Ha bisogno di riposare. E non temere per Baron. Stefan si è preso cura di lui al posto tuo. Può rimanere a farti compagnia, mentre porto tua sorella a dormire».

Alexandria scosse il capo. «Non ho intenzione di andarmene, almeno per il momento. Resterò finché Joshua non si addormenta».

«No, mia cara», ribatté Aidan, deciso. Si alzò in piedi, un elegante e fluido movimento che la fece rabbrividire. Le prese la mano con disinvoltura, la tirò su e se la strinse al petto. «Tua sorella deve riposare, Joshua. Te la riporterò dopo».

«Va bene, Aidan», rispose Joshua, da uomo a uomo. «Ha bisogno di stare a letto più di quanto ne abbia io».

Aidan gli fece un ampio sorriso e trascinò Alexandria fuori dalla stanza, incurante delle sue resistenze. «Ha ragione, lo sai anche tu», le mormorò all'orecchio. «Hai bisogno di metterti a letto. Nel mio letto». Il suo respiro era caldo ed eccitante, una provocazione alla quale lei trovò impossibile resistere.

«Sei proprio insaziabile», lo accusò, ma gli mise le braccia intorno al collo e si abbandonò a lui.

«Per quel che riguarda te, è vero», concordò Aidan. La condusse velocemente attraverso le stanze della villa e lungo il corridoio sotterraneo, il suo corpo si era già irrigidito per la promessa del piacere.

Lei gli fece scivolare le mani dentro la camicia e gli accarezzò il petto. Gli poggiò la bocca sul collo, trovò la vena e la accarezzò con la lingua, per ringraziarlo del coraggio che aveva dimostrato.

Una volta giunti in camera, Aidan la fece distendere sul letto. Tenendo il proprio sguardo inchiodato al suo, cominciò a sbottonarsi la camicia. Alexandria si tolse il maglione e lo gettò via.

Lui allungò una mano, le accarezzò il petto e la strinse a sé, facendole inarcare la schiena in modo che la sua bocca potesse approfittare di quello che il corpo di lei gli offriva. Aveva un profumo buono e fresco e la sua pelle era liscia come la seta. Tutto d'un tratto Aidan sentì l'impellente bisogno di liberarsi, un'urgenza con cui stava cominciando a prendere confidenza. Lei gli sbottonò i pantaloni, abbassò la cerniera e glieli fece scivolare sui fianchi.

Lui emise un gemito quando Alexandria prese il suo membro fra le mani e cominciò ad accarezzarlo. Le strappò i vestiti per sentire la pelle calda di lei a contatto con la sua. «Mi fai diventare pazzo, piccola, completamente pazzo», le mormorò, sollevandola tra le braccia. «Stringimi con le tue gambe».

Lei aveva la testa china, la bocca che si muoveva sul suo petto, leccandolo con la lingua. «Nutrimi», gli rispose in un sussurro sensuale, con le gambe sempre più deboli.

Aidan le mise le mani sui fianchi, tenendola ferma per farsi strada dentro di lei. Urlò di piacere quando Alexandria rilasciò i muscoli, gli permise di penetrarla e poi li ricontrasse, avvinghiandolo, calda, stretta e morbida come il velluto. «Prendi quello che vuoi, quello che hai il diritto di prendere», mormorò, sprofondandole dentro e unendosi a lei, in preda al fuoco della passione. «Fallo, Alexandria. Voglio che tu lo faccia».

Il suo corpo fu travolto dalla luce, dalla pura sensazione, quando lei gli affondò i denti nella pelle. Lui si riversò dentro di lei, duro e voglioso, insistente, desideroso di volare alto. I suoi lunghi capelli sciolti li avvolgevano entrambi, accarezzandogli la pelle ipersensibile come migliaia di fili di seta. Le mani di lei gli scivolarono sulla schiena, seguendo la forma di ogni muscolo. La sua bocca lo eccitava ancora di più.

Aidan rallentò il ritmo della spinta dei suoi possenti fianchi, rilassò la stretta delle sue braccia che lo tenevano avvinghiato a lei. Alexandria gli apparteneva. Era la sua compagna per la vita, in attesa della quale aveva resistito a lunghi secoli di solitudine. Era il suo mondo. La luce. I colori che pensava che non avrebbe mai più rivisto. L'estasi di cui lui neanche conosceva l'esistenza. E sarebbe rimasta con lui per l'eternità.

MAGIA NERA

Questo libro è dedicato alla mia adorata sorella, Renee Martinez. Hai sempre preso parte alle gioie e ai dolori della mia vita. Non ho mai dovuto cercarti, ho sempre saputo che saresti stata al mio fianco. Se qualcuno a questo mondo merita di avere un vero compagno per la vita, quella persona sei tu…

Capitolo 1

Nella notte riecheggiavano i battiti del cuore di migliaia di persone. Lui camminava tra loro, invisibile, come se non esistesse, muovendosi con la fluida grazia di un predatore della giungla. Gli odori gli arrivavano dritti alle narici. Erano nauseanti. Sudore. Shampoo. Sapone. Alcol. Droga. AIDS. Il dolce e insidioso profumo del sangue. La città era piena di gente. Bestiame. Greggi. Prede. Un perfetto terreno di caccia.

Per quel giorno però si era già nutrito a sazietà e quindi, nonostante il richiamo del sangue lo allettasse, tentandolo con la promessa di donargli forza e potere e la garanzia di un'eccitante scarica di adrenalina, lui rifiutò di cedere ai propri desideri. Dopo tutti quei secoli trascorsi a percorrere la terra in lungo e largo, aveva capito che le promesse bisbigliate sono vane. Aveva già un potere e una forza incredibili e si rendeva conto che tutta quella eccitazione, per quanto attraente, era illusoria, come quella provocata dalle sostanze stupefacenti in uso tra gli umani.

Lo stadio di quella moderna città era enorme, stipato di gente. Superò le guardie senza alcuna esitazione, certo che non potessero individuare la sua presenza. Lo spettacolo di magia – che comprendeva acrobazie e sparizioni misteriose – era quasi finito e un manto di stupefatto silenzio calò sulla folla. Sul palco, proprio nel punto esatto in cui, fino a un attimo prima, si trovava la maga, si levò una colonna di fumo.

Lui si mescolò al pubblico, il suo pallido sguardo argenteo fisso sul palcoscenico. Poi dalla foschia venne fuori colei che incarnava le fantasie erotiche di ogni uomo, la donna con cui tutti avrebbero voluto trascorrere notti bollenti di sesso sfrenato. Sembrava fatta di raso e seta. Mistica, misteriosa, un miscuglio di innocenza e seduzione, si muoveva con la grazia di un'incantatrice. I folti e ondulati capelli nero-blu le arrivavano fino ai fianchi snelli. Indossava un romantico abito bianco di pizzo, che le modellava i seni pieni e sodi, la stretta gabbia toracica e la vita sottile. Una fila di piccoli bottoni di perle che partiva dall'orlo del vestito era sbottonata fino alla coscia e lo spacco lasciava intravedere le belle gambe. Un paio di occhiali scuri griffati le nascondeva gli occhi, mettendo invece in evidenza la bocca carnosa, i denti bianchissimi e gli zigomi alti.

Savannah Dubrinsky, una delle maghe più famose al mondo.

Lui aveva resistito quasi per un migliaio di anni al vuoto della solitudine. Nessuna gioia, nessuno scatto di collera, nessun desiderio. Nessuna emozione. Nient'altro che la bestia accovacciata dentro di lui, affamata e insaziabile. Nient'altro che l'oscurità dilagante, la macchia nera che si allargava sulla sua anima. I suoi occhi chiari si fermarono sulla piccola e perfetta sagoma di Savannah e si sentì attanagliare dalla morsa del desiderio. Forte. Abietto. Doloroso. Il suo corpo si irrigidì, tutti i muscoli erano tesi, duri, sofferenti. Chiuse lentamente le dita sullo schienale del sedile davanti a lui, stringendolo talmente forte da lasciare visibili impronte nel metallo. Piccole gocce di sudore gli imperlarono la fronte. Lasciò che il dolore gli scorresse dentro, lo attraversasse. Lo assaporò. Provava delle *sensazioni*.

Il suo corpo non si limitava a volere Savannah. La pretendeva, ardeva di desiderio per lei. La bestia che covava dentro di lui sollevò il capo e la guardò, la puntò, la reclamò. La fame si manifestò di colpo, feroce e pericolosa. Sul palco, due assistenti cominciarono a incatenare Savannah, sfiorandole la pelle setosa, strofinando il corpo contro il suo. Lui emise un ruggito basso e gutturale. Negli occhi chiari balenò un lampo rosso. In quell'istante, il letale predatore si liberò dal giogo dell'autocontrollo a cui era stato sottomesso per un migliaio di anni. Nessuno, mortale o immortale che fosse, era più al sicuro, e lui lo sapeva.

Sul palco, Savannah sollevò la testa e cominciò a farla oscillare, come se avesse fiutato il pericolo, un piccolo cerbiatto preso in una tagliola e bloccato al suolo.

Lui percepì una stretta allo stomaco. *Sensazioni*. Oscuro desiderio. Selvaggia libido. Un'acuta e intensa brama di possesso. Chiuse gli occhi e trasse un profondo respiro. Riusciva a percepire l'odore della paura di Savannah e ne era gratificato. Aveva pensato di essere perso per sempre, e quindi non si preoccupò del fatto che i suoi sentimenti in quel momento fossero tanto intensi da risultare quasi violenti. Erano autentici. E lui gioiva nel provarli, indipendentemente da quanto fossero pericolosi. Non gli importava di averla marchiata in maniera scorretta, di aver manipolato la loro unione ancor prima che lei nascesse, di aver infranto le leggi della loro gente per averla, del fatto che lei non gli appartenesse di diritto. Niente di tutto ciò gli importava, voleva solo che alla fine lei fosse sua.

Si accorse che la mente di Savannah lo stava cercando; si sentì sfiorare dalle ali di una bellissima farfalla. Ma lui era uno degli antichi, dotato di un potere e di una conoscenza ultraterreni. L'unico della sua specie in grado di suscitare timore reverenziale, paura, terrore con un semplice mormorio. Il tenebroso. Nonostante Savannah avesse fiutato la presenza del pericolo, non aveva alcuna speranza di individuarlo, a meno che non lo avesse consentito lui stesso.

Stirò le labbra in un ghigno silenzioso mentre un biondo assistente accarezzava con una mano il viso di Savannah e le dava un lieve bacio sulla fronte prima di far scattare i lucchetti di manette e catene e chiuderla dentro una cassaforte d'acciaio. In bocca gli spuntarono le zanne e la bestia rivolse a quel tale un freddo sguardo assassino. Si concentrò sulla sua gola e l'assistente, solo per un attimo, si sentì soffocare. Si portò le mani al collo ed ebbe un istante di mancamento, poi si riprese e riempì d'aria i polmoni. Lanciò una rapida occhiata intorno, nervoso, cercandolo invano tra il pubblico. Preoccupato e con il fiato ancora corto, si voltò e diede una mano a calare la cassaforte dentro una teca piena d'acqua.

L'invisibile predatore emise un ringhio sommesso di avvertimento, un suono letale e minaccioso che solo il biondo assistente fu in grado di udire. L'uomo sul palco impallidì visibilmente e mormorò qualcosa al collega, che scosse subito la testa con aria accigliata.

Se da una parte la rinnovata presenza di sensazioni procurava all'antico una gioia indescrivibile, dall'altra il rischio di perdere il controllo costituiva un pericolo persino per lui stesso. Voltò la schiena all'esibizione e lasciò lo stadio: ogni passo che lo allontanava da Savannah gli risultava doloroso. Tuttavia accettò la sofferenza, godendo del fatto di riuscire di nuovo a sperimentarla.

I suoi primi cento anni di vita erano stati un'orgia di sentimenti, sensazioni, potere e desideri – anche positivi. Ma, lenta e inesorabile, aveva preso possesso di lui l'oscurità che minaccia l'anima di ogni maschio carpaziano privo di una compagna per la vita. Le emozioni andarono scomparendo, i colori sbiadirono, finché lui non si limitò a esistere. Aveva fatto le proprie esperienze, aveva ottenuto potere e conoscenza, ne aveva pagato il prezzo. Si nutriva, andava a caccia e uccideva quando lo riteneva opportuno. L'oscurità nel frattempo si addensava sempre di più, minacciando di contaminare per sempre la sua anima, di trasformarlo in un dannato, in un non-morto.

Lei era innocente. Rideva, provava compassione, era buona. Era la luce che illuminava la sua tenebra. Un sorriso amaro gli incurvò gli angoli della bocca sensuale, conferendogli un'aria crudele. I forti muscoli guizzarono. Scosse i folti capelli corvini lunghi fino alle spalle. La sua espressione divenne dura e impietosa come lui. Quegli occhi chiari, che riuscivano senza difficoltà ad attrarre i mortali, a catturarli, a penetrarli, divennero gli occhi della morte, accecanti e gelidi come l'acciaio.

Nonostante si fosse già allontanato abbastanza, poteva sentire gli applausi scroscianti far vibrare il suolo, chiara dimostrazione del fatto che Savannah era riuscita a venir fuori dalla cassaforte immersa nella teca piena d'acqua. Si confuse con la notte: individuarlo sarebbe stato impossibile sia per gli umani che per coloro che appartenevano alla sua stessa razza. Era paziente come la terra, immobile come le montagne. Rimase fermo mentre la folla sciamava chiassosa fuori dallo stadio e si riversava nel parcheggio, creando l'inevitabile ingorgo. Lui sapeva in ogni momento dove si trovava Savannah: era stato certo del loro legame sin da quando lei era solo una bambina. Neanche la morte avrebbe potuto infrangere il vincolo che aveva forgiato. Lei aveva messo l'oceano tra di loro, scappando nella terra d'origine di sua madre, l'America, e, nella sua innocenza, aveva pensato di essere al sicuro.

Lo scorrere del tempo significava ben poco per lui. Alla fine i rumori delle auto e della gente svanirono e le luci gli si spensero intorno, lasciandolo in balia della notte. Trasse un profondo respiro, ubriaco dell'odore di Savannah. Si stiracchiò, come una pantera che ha avvistato la sua preda. Riusciva a sentire la sua risata sommessa, bassa, musicale, indimenticabile. Stava parlando con il suo biondo assistente, mentre supervisionava l'impacchettamento degli arredi di scena da caricare sui camion. Nonostante i due si trovassero ancora dentro l'edificio e a una certa distanza da lui, poteva ascoltare la loro conversazione senza compiere alcuno sforzo.

«Sono così contenta che questo tour sia finalmente finito». Savannah, stanca, seguì l'ultimo ragazzo della compagnia fino alla piattaforma di carico, si sedette su un gradino e lo osservò sollevare la cassaforte d'acciaio e metterla dentro l'enorme camion. «Abbiamo guadagnato quanto speravi?», chiese in tono di gentile provocazione al suo assistente. Entrambi sapevano che a lei non importava nulla dei soldi, che non prestava mai neanche un briciolo di attenzione alle questioni finanziarie. Se non ci fosse stato Peter Sanders a preoccuparsi di tutti i dettagli, Savannah probabilmente sarebbe rimasta senza il becco di un quattrino.

«Anche di più. Potremmo definirlo un vero successo». Peter le sorrise. «Si dice che San Francisco sia una città fantastica. Perché non ci prendiamo una vacanza e facciamo tutto quello che farebbero dei normali turisti? Un giro in tram, il Golden Gate, Alcatraz. Non possiamo lasciarci sfuggire questa opportunità, non torneremo mai più qui».

«No, grazie». Savannah declinò la proposta ed ebbe un piccolo sussulto quando Peter si sedette sul gradino accanto a lei. «Sto morendo di sonno. Poi mi racconterai tutto».

«Savannah…», sospirò Peter. «Ti sto chiedendo di uscire».

Lei drizzò la schiena, si tolse gli occhiali scuri e lo guardò dritto negli occhi. I suoi, incorniciati da lunghe ciglia nere, erano di un blu intenso, quasi viola, con strane pagliuzze d'argento che li rendevano luminosi come stelle. Come sempre, quando lei lo fissava in quel modo, Peter si sentì un po' disorientato, come se stesse per precipitare, annegare, perdersi in quello sguardo splendente.

«Oh, Peter». La voce di Savannah era dolce, armoniosa, ipnotica. Era uno dei motivi per cui era diventata famosa così in fretta. Riusciva a catturare l'attenzione del pubblico senza alcuno sforzo, le bastava proferire parola. «Quando flirtiamo sul palco è solo per esigenze di scena. Siamo amici, lavoriamo insieme, e questo per me significa molto. Da piccola la cosa più simile a un migliore amico che avessi era un lupo». Non aggiunse che comunque continuava a pensare a quel lupo, ogni giorno. «Non ho alcuna intenzione di mettere a rischio un rapporto a cui tengo cercando di trasformarlo in qualcos'altro».

Peter sbatté le palpebre e scosse la testa per schiarirsi le idee. I discorsi di Savannah erano sempre così logici e convincenti. Ogni volta che lo guardava negli occhi, per lui era impossibile non trovarsi d'accordo con lei. Savannah aveva la sua volontà in pugno, così come il suo cuore. «Un lupo? Un lupo vero?».

Lei annuì. «Quando ero piccola, io e la mia famiglia vivevamo in un angolo remoto dei Carpazi. Non c'erano bambini con cui potessi stare. Un giorno, un cucciolo di lupo cominciò a gironzolare nel bosco vicino casa nostra. Quando i miei non c'erano, veniva a giocare con me». Il pensiero del suo vecchio amico a quattro zampe fece trapelare nelle parole di Savannah una punta di sofferenza. «Sembrava che sapesse quando avevo bisogno di lui, quando mi sentivo triste e sola. Era sempre affettuoso. Anche nel periodo in cui stava mettendo i denti, mi ha dato solo qualche leggero morso». Si strofinò le braccia al ricordo della sua infanzia, e sfiorò con una inconsapevole carezza il punto in cui portava il segno di quei morsi. «Quando crebbe divenne il mio inseparabile accompagnatore. Stavamo sempre insieme. Non avevo mai paura di ritrovarmi da sola nella foresta di notte, perché c'era sempre lui a proteggermi. Era enorme, con il pelo nero e lucente e intelligenti occhi grigi che mi guardavano con aria d'intesa. A volte sembrava afflitto, come se portasse sulla schiena il peso del mondo intero. Quando decisi di venire qui in America è stata dura separarmi dai miei genitori, ma ancora di più lo è stato lasciare il mio lupo. Prima di partire ho pianto per tre notti di fila, abbracciandolo forte. Lui stava immobile, sembrava che capisse e soffrisse insieme a me. Se fosse stato possibile lo avrei portato con me. Ma aveva bisogno di rimanere libero».

«Mi stai dicendo la verità? Un lupo vero?», le chiese Peter, incredulo. Non aveva alcuna difficoltà a credere che Savannah riuscisse a addomesticare uomini e belve, ma il comportamento di quell'animale rimaneva per lui un mistero. «Credevo che i lupi fossero schivi. Non che ne abbia incontrati molti… almeno non di quelli a quattro zampe».

Lei gli rivolse un ampio sorriso. «Il mio lupo era enorme, e sarebbe potuto essere molto feroce, ma con me era tutt'altro che schivo. Ovviamente si teneva alla larga dalle altre persone, anche dai miei genitori. Scappava nella foresta se si avvicinava qualcuno. Tuttavia, continuava a osservarmi da lontano per assicurarsi che fossi al sicuro. Riuscivo a vedere i suoi occhi scintillare nel folto del bosco e mi sentivo protetta».

Rendendosi improvvisamente conto del fatto che Savannah era riuscita a distrarlo, Peter si sforzò di distogliere lo sguardo da lei, stringendo i pugni, determinato. «Non è normale il modo in cui vivi, Savannah. Ti isoli e sfuggi a qualsiasi contatto ravvicinato».

«Noi abbiamo un contatto ravvicinato», puntualizzò lei, gentile. «Ti voglio un sacco di bene, Peter, come a un fratello. Ho sempre desiderato avere un fratello».

«No, Savannah. Tu non hai mai dato una chance alla nostra storia. E chi altro c'è nella tua vita? Io ti accompagno alle feste e alle interviste. Controllo i conti e le prenotazioni e mi assicuro che le fatture vengano pagate. L'unica cosa che non faccio è dormire con te».

Un basso ululato riecheggiò nella notte in segno di avvertimento, e un brivido freddo corse lungo la schiena di Peter. Savannah sollevò la testa e diede un'occhiata in giro preoccupata. Peter si alzò in piedi e osservò attentamente i camion che lasciavano la piattaforma di carico.

«L'hai sentito?». Porse una mano a Savannah per aiutarla ad alzarsi, mentre i suoi occhi continuavano a scrutare nell'ombra. «Non te l'ho detto, ma durante lo spettacolo è successa una cosa stranissima». Stava bisbigliando, come se persino la notte avesse orecchie. «Dopo che ti ho chiuso nella cassaforte, mi sono sentito strozzare. Ho avuto la sensazione che qualcuno mi stringesse le mani intorno alla gola, qualcuno con una forza enorme. Come se fossi vittima di una rabbia assassina». Si passò una mano tra i capelli e ridacchiò nervosamente. «Tutto frutto della mia stupida immaginazione, lo so. Ma ora ho di nuovo udito quello stesso ululato. È folle, Savannah, ma sembra che qualcuno voglia tenermi lontano da te».

«Perché non mi hai detto niente?», gli chiese lei, con lo sguardo colmo di paura. Senza alcun preavviso, le luci nel parcheggio si spensero, avvolgendoli nella fitta oscurità. Savannah strinse la mano di Peter, e lui ebbe la netta sensazione che qualcuno li stesse osservando, dando loro la caccia. La sua macchina era lontana, e tutto intorno era buio pesto. Dov'erano le guardie della sicurezza?

«Peter, dobbiamo andarcene da qui. Se ti dico di correre, fallo, e non voltarti indietro, qualsiasi cosa accada». La sua voce era bassa e convincente, al punto che per un attimo Peter pensò che non desiderava altro che obbedirle. Ma Savannah, stretta a lui, tremava, e la galanteria ebbe la meglio.

«Resta dietro di me, tesoro. Ho un brutto presentimento», la avvertì. Come molte celebrità, anche Savannah era oggetto di minacce e delle attenzioni di qualche maniaco. Valeva diversi milioni di dollari, per non parlare del fatto che nell'immaginario collettivo era una ragazza sexy e molto attraente. Aveva una specie di effetto ipnotico sugli uomini, sembrava quasi che il ricordo di lei li tormentasse per l'eternità.

Savannah avvertì Peter con un grido un attimo prima che qualcosa lo colpisse dritto al petto, facendogli buttare l'aria fuori dai polmoni e strappandogli la presa sulla mano di lei. Peter grugnì: aveva il petto in fiamme e si sentiva come se gli fosse caduta addosso una tonnellata di mattoni. Incatenò lo sguardo a quello di Savannah e scorse la paura negli occhi di lei. Qualcosa di incredibilmente forte lo afferrò e lo scagliò a una decina di metri di distanza, slogandogli le spalle e spezzandogli le braccia come fossero state ramoscelli. Sentì un alito di fiato caldo sul collo e urlò.

Savannah bisbigliò il suo nome, coprì la distanza che li separava in un solo balzo e si gettò contro il suo assalitore. Fu colpita al viso da uno schiaffo tanto potente da farla cadere dalla piattaforma di carico sull'asfalto del parcheggio, neanche fosse stata una bambola di pezza. Sebbene, grazie a un'agilità da felino, fosse riuscita ad atterrare in piedi, aveva un cerchio alla testa e migliaia di pagliuzze bianche le danzavano davanti agli occhi. Prima che potesse riprendersi, la bestia attaccò Peter affondandogli le zanne nel collo, squarciandoglielo, e bevve il sangue che sgorgò copioso dalla terribile ferita. Peter riuscì a girare la testa, aspettandosi di vedere un lupo o quanto meno un enorme cane. Vide invece un viso scheletrico, bianco e malvagio, da cui spuntavano un paio d'occhi di un rosso fiammeggiante. Morì in preda al terrore e alla sofferenza, alla paura e al senso di colpa per non essere riuscito a proteggere Savannah.

Emettendo un sibilo basso e crudele, la creatura, con indifferenza, gettò lontano il corpo del giovane, facendolo atterrare a pochi passi da Savannah. Il sangue formò una pozza, che si andò allargando lentamente sull'asfalto. La bestia sollevò il capo e si girò verso la ragazza, rivolgendole un orribile sorriso che lasciava intravedere le zanne aguzze.

Savannah fece un passo indietro, con il cuore che le martellava nel petto per la paura. Il dolore si impadronì di lei e per un attimo non riuscì nemmeno a respirare. *Peter*. Il suo primo amico in carne e ossa in ventitré anni di vita. Morto a causa sua.

Guardò lo scheletrico sconosciuto che lo aveva ucciso. Il sangue di Peter gli aveva macchiato la faccia e i denti di rosso. Con un gesto disgustoso, stava tirando fuori la lingua per leccarsi le labbra. Ricambiò lo sguardo, fulminandola con aria di scherno. «Ti ho trovata per primo. Sapevo che ci sarei riuscito».

«Perché lo hai ucciso?». La voce di Savannah era piena di orrore.

Il mostro scoppiò a ridere, lanciandosi in volo e atterrando a pochi metri da lei. «Dovresti provarci qualche volta. La paura, il sangue, l'adrenalina. Non c'è niente che possa essere paragonato a quella sensazione. Mi piace che le mie vittime mi vedano, che sappiano che sta arrivando la fine».

«Che cosa vuoi?». Savannah non distolse nemmeno per un secondo il proprio sguardo e la propria attenzione da lui, rimase immobile ma pronta a scattare, senza vacillare.

«Voglio essere tuo marito. Il tuo compagno per la vita». Nella sua voce c'era una punta di minaccia. «Tuo padre, Mikhail Dubrinsky, dovrà ritrattare la sentenza di morte con cui mi ha condannato. I potenti mezzi della sua giustizia non riusciranno a raggiungere facilmente San Francisco, non trovi?».

Lei tirò su il mento. «E se mi rifiutassi?»

«Allora sarò costretto a ricorrere alle cattive maniere. Potrebbe essere divertente, di certo diverso rispetto alle esperienze che ho avuto con quelle smorfiose delle umane, che mendicano le mie attenzioni».

La sua depravazione la disgustò. «Non mendicano un bel niente. Hai sottratto loro il libero arbitrio. È l'unico modo che conosci per avere una donna». Mise in quelle parole tutto l'odio e il disprezzo di cui era capace.

Il maligno sorriso sparì dal viso di quella creatura, che divenne la brutta caricatura di un uomo, un essere proveniente dalle viscere dell'inferno. Gli sfuggì dalle labbra un lungo sospiro. «Mi hai mancato di rispetto e la pagherai», disse, e fece uno scatto verso Savannah.

Dal buio della notte sbucò una sagoma scura: un uomo forte e potente, come si poteva dedurre dai muscoli che si intravedevano sotto un'elegante camicia di seta. L'ombra scivolò di fronte a Savannah, facendole scudo con il proprio corpo e costringendola a fare un passo indietro. Una grande mano le accarezzò il viso, nel punto esatto in cui lo aveva sfiorato Peter. Fu un tocco breve ma incredibilmente tenero, e non appena le dita si staccarono dal suo volto, a Savannah sembrò che si fossero portate via il dolore che le attanagliava il cuore. Il nuovo arrivato rivolse quindi gli occhi chiarissimi, quasi argentei, alla scheletrica creatura.

«Buonasera, Roberto. Vedo che hai già cenato». Aveva un tono di voce affabile, educato, rilassato, ipnotico.

Savannah trattenne un singhiozzo. Provò immediatamente un'ondata di calore, come se delle forti braccia la stessero abbracciando e proteggendo.

«*Gregori*», ringhiò Roberto, e nei suoi occhi si intravide la sete di sangue. «Ho sentito parlare del pericoloso Gregori, il tenebroso, l'uomo nero dei Carpazi. Ma non ho paura di te». La sua era solo spavalderia e lo sapevano entrambi; stava cercando disperatamente una via di fuga.

Gregori sorrise, un piccolo stiramento delle labbra privo di qualsiasi calore, che conferì al suo sguardo un luccichio crudele. «Evidentemente non ha mai imparato le buone maniere a tavola. In tanti lunghi anni, Roberto, che altro non sei riuscito a imparare?».

A Roberto sfuggì un lungo e lento sibilo. Cominciò a dondolare piano la testa. Le sue unghie si allungarono, trasformandosi in artigli affilati come rasoi.

Quando attaccherà, Savannah, vattene via da qui. Il comando risuonò imperioso nella mente della ragazza.

Ha ucciso il mio *amico, ed è* me *che ha minacciato.* Era contro ogni suo principio permettere a qualcun altro di combattere le sue battaglie e magari uscirne ferito o ucciso al posto suo. Non smetteva di chiedersi perché le riuscisse così semplice parlare con Gregori, il più temuto degli antichi carpaziani: quello scambio telepatico non corrispondeva all'abituale modo di comunicare della loro gente.

Farai come ti ho detto, piccola mia. L'ordine fu pronunciato nella sua mente sempre con quel tono calmo, da cui trasudava un'incontestabile autorità. Savannah trattenne il respiro: aveva paura di sfidarlo. Roberto poteva anche pensare di riuscire a sconfiggere un carpaziano potente come Gregori, ma lei sapeva di non essere in grado di farlo. Era giovane, una novizia che non aveva ancora appreso pienamente le arti del suo popolo.

«Non hai alcun diritto di interferire, Gregori», sbottò Roberto, come un ragazzino viziato e petulante. «Savannah non è stata rivendicata».

I chiari occhi di Gregori divennero fessure di gelido argento. «Savannah appartiene a me, Roberto. L'ho rivendicata ormai molti anni fa. È la mia compagna per la vita».

Roberto fece un prudente passo verso sinistra. «La vostra unione non ha ricevuto alcun riconoscimento ufficiale. Ti ucciderò e lei diverrà mia».

«Quello che hai appena compiuto è un delitto contro l'umanità. Quello che avresti intenzione di fare a Savannah è un reato contro la nostra gente, contro le nostre adorate donne, e contro di me. La giustizia ha seguito le tue tracce fino a San Francisco e la sentenza pronunciata dal principe Mikhail verrà eseguita. Sarebbe bastato comunque lo schiaffo che hai dato alla mia donna a farti meritare il tuo destino». Gregori aveva alzato la voce, ma il sorrisetto minaccioso che aveva dipinto sul volto non era sparito. *Vattene, Savannah. Non permetterò che ti faccia del male, è me che vuole.*

La bassa risata di Gregori le riecheggiò in testa. *Non succederà, piccola mia. Fa' come ti ho detto, vattene.* Non voleva che assistesse alla distruzione dell'abominevole creatura che aveva osato colpire una donna. La sua donna. Savannah già lo temeva abbastanza.

«Ti ucciderò», esclamò Roberto ad alta voce, comportandosi da spaccone per farsi coraggio.

«Be', allora non posso far altro che costringerti a provarci», ribatté Gregori, divertito. La sua voce era scesa di un'ottava, divenendo ipnotica. «Sei lento, Roberto. Lento, goffo e troppo maldestro per prendertela con uno potente come me». Il suo sorriso era crudele e un po' beffardo.

Era impossibile non ascoltare la voce cadenzata di Gregori. Si faceva strada nel cervello e annebbiava la mente. Eppure, eccitato e forte dopo il recente assassinio, bramoso e desideroso di potere, Roberto si scagliò contro il suo rivale.

Be', Gregori non era più lì. Aveva spinto Savannah il più lontano possibile da loro e, fulmineo, aveva graffiato il volto di Roberto, lasciando quattro profondi segni nel punto esatto in cui aveva sfiorato il viso della ragazza.

La sommessa e minacciosa risata del carpaziano fece scendere un brivido lungo la schiena di Savannah. Riusciva a distinguere i suoni della lotta, le esclamazioni di dolore di Roberto, mentre Gregori, freddo, implacabile e impietoso, lo faceva a pezzi. Roberto aveva perso una gran quantità di sangue ed era molto debole. Rispetto al suo antagonista, era lento e maldestro.

Savannah si morse le nocche e fece alcuni passi indietro, ma non riuscì a distogliere lo sguardo dal duro viso di Gregori. Era una maschera di ostinazione, con quel sorrisetto derisorio dipinto sul volto e quegli occhi chiarissimi, gli occhi della morte. Non aveva mai cambiato espressione. Il suo attacco era stato l'aggressione più impietosa e fredda cui lei avesse mai assistito. Ognuno dei colpi che infliggeva a Roberto rendeva la sua vittima più debole, finché quest'ultima non fu letteralmente ricoperta di tagli e ferite. Roberto non riuscì ad affondare i propri artigli su Gregori neanche una volta. Era evidente che non aveva alcuna possibilità di prevalere, che Gregori avrebbe potuto dargli in qualunque momento il colpo di grazia.

Savannah guardò il corpo senza vita di Peter, abbandonato sull'asfalto. Era stato un suo grande amico. Lo aveva amato come un fratello, e adesso lui era morto. In preda all'orrore, fuggì dal parcheggio e trovò rifugio tra gli alberi che lo circondavano. Crollò a terra. Oh, Peter. Era il suo destino. Aveva pensato di essersi lasciata alle spalle il mondo dei vampiri e dei carpaziani. Piegò la testa, il suo stomaco dava segno di non gradire il brutale spettacolo cui aveva assistito. Lei non era come quelle creature. Le lacrime le riempirono gli occhi e cominciarono a rigarle il viso.

All'improvviso ci fu uno sfrigolio, e un lampo bianco e blu squarciò il cielo. Un bagliore arancione fu subito seguito dal crepitare delle fiamme. Savannah si nascose il volto tra le mani, ben sapendo che Gregori stava distruggendo definitivamente il cadavere di Roberto. Il suo cuore e il suo sangue contaminato dovevano essere ridotti in cenere per essere certi che il vampiro non risorgesse. Un carpaziano, persino uno che si era trasformato in vampiro, non avrebbe mai dovuto rischiare di essere sottoposto a un'autopsia umana. Se gli uomini avessero avuto in mano le prove fisiche della loro esistenza, l'intera razza sarebbe stata in pericolo. Savannah strinse le palpebre degli occhi chiusi e cercò di scacciare dalle narici l'odore della carne bruciata. Bisognava cremare anche Peter, per nascondere il terribile squarcio che aveva sul collo, chiara evidenza dell'intervento di un vampiro.

Sentì una brezza leggera accanto a sé. Le dita di Gregori le afferrarono l'avambraccio, facendola alzare. Da così vicino sembrava ancora più potente, praticamente invincibile. Le circondò le spalle con un braccio e se la strinse al petto. Le asciugò le lacrime con il pollice e le strofinò il mento sul capo.

«Mi dispiace, sono arrivato tardi e non ho potuto salvare il tuo amico. Sapevo da tempo della presenza del vampiro, aveva già colpito». Non aggiunse che era stato troppo occupato a riscoprire la meraviglia delle emozioni e a reimparare a gestirle per bloccare subito Roberto. Era la sua prima svista in un migliaio di anni, e non era pronto a esaminarne approfonditamente le ragioni. Senso di colpa, forse, per aver manipolato l'intesa che aveva con Savannah?

La mente della ragazza sfiorò quella di Gregori e vi trovò profondo dispiacere per il suo dolore. «Come hai fatto a trovarmi?»

«So sempre dove ti trovi, in qualsiasi momento. Cinque anni fa mi hai detto che avevi bisogno di tempo, e io te l'ho dato. Ma non ti ho mai abbandonato. Non potrei mai farlo». Nelle sue parole c'era una punta di gentile determinazione, un'eco della sua risolutezza. Savannah ebbe un tuffo al cuore. «Non dire così, Gregori. Sai come mi sento. Mi sono rifatta una vita».

Lui le accarezzò con dolcezza i capelli e lei sentì le farfalle nello stomaco. «Non puoi cambiare te stessa. Sei la mia compagna per la vita, ed è tempo che ti unisca a me». Mentre mormorava le parole "compagna per la vita", la sua voce vellutata aveva assunto un tono imperativo, che contribuiva a rinforzare il legame che lui aveva creato. Più parlava, più Savannah gli avrebbe prestato ascolto. Era la verità, Gregori aveva improvvisamente distinto i colori e provato delle emozioni non appena l'aveva incontrata. Tuttavia, sapeva di aver fatto in modo che tra loro scattasse quella scintilla ancor prima che lei nascesse; Savannah non aveva mai avuto scelta.

Lei si mordicchiò un labbro, nervosa. «Se non mi unisco a te di mia spontanea volontà non potrai avermi, Gregori. Sarebbe contro le nostre leggi».

Lui chinò la testa, e il suo alito caldo le provocò una stretta alla bocca dello stomaco. «Savannah, vieni via con me».

Lei buttò indietro la testa e i capelli nero-blu le ondeggiarono sulla schiena. «No. Rappresento quanto di più vicino a una famiglia avesse Peter. Devo prima occuparmi di lui. Poi ne parliamo». Si stava tormentando le mani, tradendo in maniera inconsapevole il proprio nervosismo.

La grande mano di Gregori si posò sulle sue, facendole smettere di torcersi disperatamente le dita. «Forse non hai le idee chiare, piccola mia. Non puoi farti trovare qui. Non avresti modo di spiegare che cosa è accaduto. Ho sistemato le cose in modo tale che quando il suo cadavere verrà trovato e identificato, su di te e sulla nostra gente non cada alcun sospetto».

Savannah inspirò profondamente: odiava dover riconoscere che Gregori aveva ragione. Non era il caso di attirare l'attenzione sulla sua razza. Sarebbe stato davvero spiacevole. «Non verrò con te».

Lui le mostrò i denti in un sorriso smagliante, il ghigno di un predatore. «Puoi resistermi, Savannah, ma solo se in cuor tuo senti di aver ragione».

Lei gli sfiorò la mente. Virile divertimento, implacabile determinazione, calma totale. Niente poteva mettere Gregori in agitazione. Non la morte né tanto meno il suo tono di sfida. «Chiamerò la sicurezza», lo minacciò, disperata.

Gregori le mostrò di nuovo i denti bianchissimi. I suoi occhi argentei scintillarono. «Vuoi che prima li sciolga dai comandi che ho impartito loro?».

Savannah, ancora tremante per la paura e lo spavento, chiuse gli occhi. «No, non farlo», bisbigliò, sconfitta.

Gregori studiò lo sconforto dipinto sul suo volto. Si sentì colpire al cuore da un sentimento intenso ma indecifrabile. «Tra un paio d'ore sarà l'alba. Dobbiamo lasciare questo posto».

«Io non verrò con te», insisté lei, testarda.

«Se il tuo orgoglio ti impone di provare a resistermi, fai pure». La sua voce, con quella cadenza formale e all'antica, era quasi tenera.

Gli occhi di Savannah si incupirono e diventarono tendenti al viola. «Smettila di darmi il tuo permesso! Sono la figlia di Mikhail e Raven, una carpaziana tanto quanto te, e anche io ho i miei poteri. Ho diritto di fare le mie scelte!».

«Se la metti così…». La prese per l'esile polso. La stretta era delicata, ma Savannah avvertì l'enorme forza di cui Gregori era capace. Lo strattonò, mettendo alla prova la sua risolutezza. Gregori sembrò non notare nemmeno i suoi tentativi di divincolarsi.

«Vuoi che ti renda le cose più semplici? Non hai motivo di aver paura». La sua voce ipnotica era incredibilmente dolce.

«No!». Il cuore le martellava nel petto. «Non controllare la mia mente. Non farmi diventare un burattino». Savannah sapeva che Gregori era abbastanza potente per farlo, e ne era terrorizzata. Lui le prese il mento fra le mani e glielo sollevò, in modo tale da catturare il suo sguardo. «Non corri alcun rischio di essere vittima di una simile atrocità. Io non sono un vampiro, sono un carpaziano, nonché il tuo compagno per la vita. Ti proteggerò a qualunque costo. Avrò sempre cura di te e cercherò di renderti felice».

Savannah trasse un profondo respiro per cercare di mantenere il controllo, poi buttò fuori l'aria lentamente. «Noi non siamo compagni per la vita. Io non ti ho scelto». Si aggrappava a quel particolare, era la sua unica speranza.

«Ne discuteremo in un momento più opportuno».

Lei annuì, diffidente. «Allora ci vediamo domani».

La sua risata silenziosa le riempì la testa. Sommessa. Divertita. Di una virilità davvero frustrante. «Tu verrai con me adesso». La voce di Gregori si abbassò di un'ottava, divenne calda come il miele, irresistibile, ipnotica, tanto convincente che lei non riuscì a opporglisi.

Savannah appoggiò la fronte sul suo petto muscoloso. Le lacrime le facevano bruciare gli occhi e la gola. «Ho paura di te, Gregori», ammise, afflitta. «Non posso vivere come una carpaziana. Sono come mia madre. Ho bisogno di essere indipendente, di vivere la mia vita».

«Lo so, piccola mia. Conosco ogni tuo pensiero. Il legame tra di noi è talmente forte da attraversare gli oceani. Affronteremo i tuoi timori insieme».

«Non posso. Non voglio!». Savannah sgattaiolò fuori dalla stretta di Gregori, la sua immagine divenne indistinta e scappò via velocissima.

Ma anche se si girava dall'altra parte, anche se cercava di nascondersi o si metteva a correre alla velocità della luce per sfuggirgli, Gregori era sempre accanto a lei. Quando alla fine rallentò fino a fermarsi, Savannah era giunta dall'altra parte dello stadio e lacrime copiose le rigavano il volto. Il carpaziano era al suo fianco, solido, affettuoso, invincibile, come se fosse davvero a conoscenza di ogni suo pensiero, di ogni suo movimento, prima ancora che lei lo facesse.

Le circondò la vita con un braccio, attirandola e stringendola a sé. «Concedendoti la libertà, ti esporrei al rischio di incontrare un altro pericoloso vampiro, come Roberto». Per un istante abbassò la testa e la affondò nella folta e setosa chioma di lei. Poi, senza alcun preavviso, spiccò il volo, come un enorme e fortissimo uccello rapace, tenendo stretto l'esile corpo di Savannah.

Lei chiuse gli occhi e permise al dolore che provava per la sorte di Peter di consumarla, di scacciare il pensiero della creatura in compagnia della quale stava solcando i cieli, che l'avrebbe condotta dritta alla sua tomba. Strinse i pugni contro quel petto forte come l'acciaio. I suoi singhiozzi risuonarono nel vento, raggiunsero le stelle. Le lacrime scintillavano nella notte come pietre preziose.

Gregori soffriva come se quel dolore fosse il suo. Solo il pianto di Savannah aveva il potere di commuoverlo. La contattò telepaticamente e si accorse che era confusa, preda di una terribile sofferenza e atterrita da lui. Le instillò una sensazione di calore e conforto. Le accarezzò la mente, le rilassò i nervi.

Savannah aprì gli occhi e si ritrovò ormai lontana dalla città, fra le montagne. Gregori la depositò con delicatezza sui gradini d'ingresso di un'enorme villa dalla struttura irregolare. Le passò davanti per aprire la porta, poi, in segno di galanteria, fece un passo indietro per permetterle di entrare per prima.

Savannah si sentì piccola e sperduta: sapeva che se avesse messo anche solo un piede in quella tomba, gli avrebbe consegnato la propria esistenza. I suoi occhi brillarono di un bagliore bianco e blu, come se avessero catturato una stella e l'avessero intrappolata per sempre nelle loro profondità. Sollevando il mento con aria di sfida, fece qualche passo indietro finché non andò a sbattere contro la balaustra della veranda. «Mi rifiuto di entrare a casa tua».

Lui scoppiò a ridere, una risata sommessa, divertita e incredibilmente sensuale. «Il mio corpo e il tuo hanno scelto al posto nostro. Non c'è altro uomo per te, Savannah. Né ora, né mai. Posso avvertire le sensazioni che provi quando qualcun altro, umano o carpaziano che sia, ti tocca. È repulsione. Non riesci a sopportare il contatto». La sua voce divenne ancora più bassa, una carezza di velluto nero, che la surriscaldava come una colata di lava incandescente. «Quando ti tocco io, non hai la stessa reazione, piccola mia. Lo sappiamo entrambi. Non negarlo, o sarò costretto a dimostrarti che ho ragione».

«Ho soltanto ventitré anni», puntualizzò lei, disperata. «Tu ne hai centinaia. Praticamente non ho ancora vissuto».

Gregori scrollò le spalle con indifferenza, i suoi muscoli guizzarono, gli occhi argentei erano fissi sul bel viso preoccupato di lei. «Be', allora godrai dei frutti della mia esperienza».

«Gregori, per favore, cerca di capire. Tu non mi ami. Nemmeno mi conosci. Io non sono come le altre donne carpaziane. Non voglio diventare una fattrice. Non posso essere tua prigioniera, non importa quanto sarei coccolata e vezzeggiata».

Lui si mise a ridacchiare e agitò una mano con fare sbrigativo. «Sei proprio immatura, tesoro, se pensi davvero ciò che stai dicendo». Il suo tono gentile le fece venire un tuffo al cuore, a dispetto di tutte le sue paure. «Tua madre è forse una prigioniera?»

«Nel caso dei miei genitori è diverso. Mio padre ama mia madre. Eppure, talvolta calpesta i suoi diritti, se può. Sebbene dorata, è pur sempre una gabbia, Gregori».

Di nuovo quell'aria divertita che dava calore al suo sguardo freddo come l'acciaio. Savannah sentì montarle dentro la collera. Provò l'incontrollabile desiderio di dargli uno schiaffo. Il sorriso di lui divenne ancora più ampio, in segno di sfida. Indicò la porta aperta.

Lei fece una risata forzata. «Possiamo anche restare qui fino all'alba, Gregori. Io sono disposta a farlo, e tu?».

Lui appoggiò pigro un fianco contro la parete. «Hai intenzione di sfidarmi?»

«Non puoi costringermi a entrare contro la mia volontà: violeresti le nostre leggi».

«Tu credi che io non abbia mai violato queste leggi in tanti secoli di vita?». La sua risatina era priva di qualsiasi traccia di divertimento. «A confronto di quello che ho fatto, rapirti sarebbe l'equivalente del crimine umano di attraversare la strada fuori dalle strisce pedonali».

«In effetti hai consegnato Roberto alla giustizia, anche se San Francisco è il terreno di caccia di Aidan Savage», osservò Savannah, menzionando un altro potente carpaziano che aveva il compito di rintracciare ed eliminare coloro che si erano trasformati in vampiri. «Lo hai fatto per me?»

«Tu sei la mia compagna per la vita, l'unica cosa che mi impedisce di distruggere tanto gli umani quanto gli immortali». Gregori pronunciò quell'affermazione con calma, come se si trattasse di un'inconfutabile verità. «Nessuno può toccarti o provare a mettersi tra noi e pensare di sopravvivere. Quel vampiro ti aveva colpito, Savannah».

«Mio padre…».

Gregori scosse il capo. «Non provare a coinvolgere tuo padre in questa faccenda, cara, anche se Mikhail è il nostro principe. Questa è una faccenda tra me e te. Tu non vuoi una guerra. Lui ti aveva colpito, e questa è stata una ragione sufficiente per dargli la morte».

Savannah sfiorò nuovamente la sua mente. Nessuna rabbia. Solo determinazione. Voleva dire esattamente quello che aveva detto. Gregori non stava bluffando o provando a spaventarla. Si premette una mano sulla bocca. Aveva sempre saputo che quel momento sarebbe arrivato. «Mi dispiace, Gregori», mormorò disperata. «Io non posso darti quello che tu desideri. Affronterò l'alba».

Lui le accarezzò il volto con una delicatezza incredibile. «Non hai la benché minima idea di quello che io voglio da te». Le prese il viso fra le mani, e le sfiorò con il pollice il punto del collo in cui si avvertivano le frenetiche pulsazioni della sua arteria. «Lo sai, piccola mia, non posso consentirti di scegliere. Discuteremo a fondo delle tue paure. Vieni dentro con me». La mente di Gregori stava prendendo possesso della sua, una calda e dolce seduzione. Negli occhi di lui, chiarissimi e gelidi, sembrava scorrere il mercurio, che le bruciava nella testa e minacciava l'autonomia della sua volontà. Savannah si sentì sprofondare in una pozza di liquido caldo e si aggrappò al corrimano. «Fermati, Gregori», urlò all'improvviso, determinata a interrompere quel contatto telepatico. Era un tormento quasi piacevole, l'eccitazione stava avendo la meglio: quel tentativo di sedurla divenne talmente pericoloso che lei si fiondò attraverso la porta d'ingresso pur di sfuggire all'oscuro potere di lui.

Con un braccio, Gregori le impedì di portare a termine quel gesto precipitoso. Le sue labbra si incollarono all'orecchio di lei. Il suo corpo, aggressivo, virile, teso e ferocemente eccitato, schiacciato contro il suo. *Dillo, Savannah. Pronuncia quelle parole.* Persino quel mormorio nella sua testa sembrava velluto nero. La bocca di Gregori, perfetta e sensuale, calda e umida, si abbassò in cerca del suo collo. Il contatto fisico era addirittura più eccitante della seduzione telepatica. Le graffiò appena la pelle con i denti. Il corpo di lui si irrigidì e Savannah avvertì il mostro dentro di lui, desto, affamato, ardente di desiderio – non un amante dolce e razionale, ma un maschio carpaziano all'apice dell'eccitazione.

Le parole che le aveva ordinato di pronunciare le si bloccarono in gola e fuoriuscirono a un volume così basso che sarebbe stato impossibile capire se le avesse dette davvero o se fossero soltanto un'eco che le risuonava nella mente. «Vengo con te di mia spontanea volontà».

Gregori la lasciò subito andare, permettendole di oltrepassare da sola e a passo incerto la soglia. Dietro Savannah, la sua sagoma riempiva la cornice della porta. Torreggiava su di lei, emanando dagli occhi argentei eccitazione, potere e immensa soddisfazione. Il carpaziano chiuse la porta con il piede e la raggiunse.

Savannah urlò e cercò di evitare il contatto, ma lui la afferrò con forza e attirò quel corpicino ribelle contro il suo petto. Le strofinò il mento sui capelli morbidi come la seta. «Stai buona, bambina, o finirai per farti male. Non riusciresti ad avere la meglio su di me, e io non posso permettere che tu ti ferisca».

«Ti odio».

«Tu non mi odi, Savannah. Tu hai paura di me, e soprattutto hai paura della tua stessa natura», replicò lui, serafico. Muovendosi per la casa a grandi falcate, la condusse nel seminterrato e poi ancora più in basso, in una camera segreta sprofondata nel suolo.

Il corpo di Savannah, a contatto con il suo, caldo ed eccitato, bruciava così tanto di desiderio da non trovare pace. All'improvviso fu presa da un impeto di passione e la sua natura selvaggia si ridestò.

Capitolo 2

Nel momento stesso in cui lui la mise giù, Savannah si allontanò di scatto. Un solo balzo, e a separarli c'era l'intera stanza. La paura cresceva, una creatura palpitante, a fianco della sua indole selvaggia.

Gregori poteva sentire battere il cuore di Savannah: il suo si era sintonizzato sulla accelerata frequenza di quello di lei. Il sangue di quella donna gli inviava un richiamo. Ne inalò l'odore, riempiendosene i polmoni e facendoselo scorrere nelle vene, e il suo stesso sangue rifluì surriscaldato dall'ardente passione. Respirava per entrambi, cercando di tenere sotto controllo il demone infuriato dentro di lui, tentando di mantenere la calma necessaria per non farle del male, di trattenersi dall'aggredirla.

L'aspetto di Savannah ne rispecchiava il carattere, giovane, selvaggia, bellissima; i suoi occhi erano di un viola intenso e scintillanti come stelle, sgranati dal terrore. Si era accovacciata nell'angolo opposto della stanza: i suoi pensieri erano talmente caotici che a Gregori fu necessario qualche istante per dipanare il groviglio delle sue emozioni. Dolore e senso di colpa per l'amico morto. Disgusto e umiliazione per il fatto che il suo corpo avrebbe potuto tradirla, che non era abbastanza forte da resistere alla seduzione del carpaziano. Paura che lui potesse raggiungere il suo obiettivo, ovvero renderla la sua compagna, controllare la sua vita. Paura che le facesse del male, visto quant'era potente e quant'era forte il suo bisogno di lei. Voleva fuggire: questo pensiero sovrastava tutti gli altri; avrebbe combattuto fino alla morte.

Gregori la guardò negli occhi, privo di espressione e senza muovere un muscolo, in cerca di un modo per disinnescare una situazione esplosiva. Non avrebbe mai permesso che Savannah morisse. Aveva rischiato grosso per lei. La sua salute mentale, la sua anima. Non voleva perdere tutto proprio adesso, solo per mancanza di tatto. «Mi dispiace molto per il tuo amico, Savannah», fece, calmo e gentile, a voce bassa, quasi un sussurro musicale e ipnotico.

Lei sbatté le palpebre, perplessa. Non si era aspettata quelle parole.

«Avrei dovuto arrivare prima e salvarlo», ammise a bassa voce. «Non ti deluderò un'altra volta».

Savannah si inumidì le labbra e trasse un profondo respiro. Gregori le sembrava invincibile, spietato. Uno stregone che trasudava oscure tentazioni da ogni poro. La sua sensualità era irresistibile. La voce gentile e la calma totale erano in evidente contraddizione con la smorfia al tempo stesso attraente e crudele delle sue labbra, con i suoi occhi chiari, ardenti e intensi e con la maschera di implacabilità che indossava costantemente.

«Non sono un mostro e non sarei capace di attaccarti in un momento in cui il tuo dolore e la tua sofferenza sono così acuti. Rilassati, bambina. Il tuo compagno per la vita può costituire un pericolo per tutti gli altri, ma tu sei al sicuro. Voglio solo consolarti». Gregori si accorse che Savannah stava tentando di contattarlo telepaticamente, per verificare la sincerità delle sue parole. Il carpaziano raramente permetteva a qualcuno di prendersi una tale confidenza. Il legame telepatico che aveva con lei gli procurava inoltre un profondo dolore fisico, il vorticare di emozioni sconosciute. Ma anche piacere. Intenso piacere.

Tutto ciò che Savannah riuscì a individuare fu il bisogno di Gregori di offrirle consolazione. Nella sua mente trovò solo serenità: una pozza d'acqua limpida e fresca, senza un'increspatura. Sentì il proprio corpo rilassarsi, avvertì la mente di lui placare il caos che le si agitava dentro. Perché aveva questa reazione proprio con

Gregori? Come aveva detto lui, il contatto fisico con qualsiasi altro uomo le provocava istintivamente repulsione. Invece bastava che Gregori le stesse accanto per far sì che il suo corpo e la sua mente ardessero di desiderio per lui.

Le faceva male la testa e si strofinò le tempie. Le sembrava di avere nel cervello mille piccoli martelli che picchiavano all'impazzata. Gregori si spostò con aria distratta verso il comodino accanto al letto. Savannah, pallida e con la vista appannata, gli tenne gli occhi incollati addosso. Lui sminuzzò delle erbe in una ciotola di cristallo, e un odore rilassante e rasserenante invase subito la stanza.

«Vieni qui, mia cara». La sua voce era bassa e irresistibile. Le scorreva addosso come acqua cristallina. «È quasi l'alba».

Savannah spostò imbarazzata lo sguardo verso il letto come se avesse notato solo in quel momento l'arredamento della stanza. La camera era ampia, spaziosa, arredata con mobili un po' vecchio stile. Era illuminata dalla luce calda e soffusa delle candele. Il letto era enorme, una pesante struttura a baldacchino finemente intarsiata di rose e fiori. Era bellissimo, gotico… e spaventoso. Savannah si schiarì la gola e si passò una mano sulla fronte con aria spaesata. «Vorrei dormire da sola, in un'altra stanza da letto».

Gli occhi chiari di Gregori la fissarono, possessivi. «Non ti permetterò di allontanarti da me».

«No?». Tutt'un tratto Savannah si sentì molto stanca, le faceva male la testa, le tremavano le gambe, e crollò a sedere sul pavimento. Si passò una mano tra i folti capelli, scostandoseli dal volto con un gesto molto femminile. Ebbe appena il tempo di sbattere le palpebre che Gregori era già lì. Quando lui si chinò, Savannah chiuse gli occhi. Era forte, incredibilmente forte, e la sollevò come se fosse un fuscello. Lei seppellì il volto nel suo petto, incapace di chiamare a raccolta le energie necessarie a resistergli.

Gregori assaporò la sensazione di stringere Savannah fra le braccia, il corpo soffice di lei incollato ai suoi possenti muscoli, i lunghi e setosi capelli che lo sfioravano, seducendolo. Si sentì pervadere da un'ondata di dolore, impetuosa come lava incandescente; il desiderio crebbe. La adagiò sul suo letto, lì dove era giusto che stesse. La sua natura primitiva, quella del cacciatore, del predatore, gli chiedeva di possederla subito, legandola a lui in un vincolo che sarebbe stato indissolubile, nei secoli dei secoli. Lei gli apparteneva. Gregori sapeva bene qual era la sua indole: un demone senza cuore, che se non ci fosse stata Savannah sarebbe stato condannato a un'esistenza di solitudine. Aveva percorso la terra in lungo e largo per secoli, il più potente guaritore di tutti i tempi, ma sempre con la morte nel cuore. Era stato così solo. Sempre. Infinitamente solo. Ma adesso aveva Savannah. E avrebbe distrutto chiunque avesse tentato di togliergliela, chiunque l'avesse minacciata.

Le scostò indietro i capelli, massaggiandole delicatamente la testa. Incominciò a cantare con voce ipnotica una lenta nenia terapeutica, che avrebbe rimosso il dolore dalle sue tempie e lo avrebbe sostituito con una sensazione di pace. Si allungò accanto a lei; la sua enorme stazza faceva sembrare Savannah ancora più minuscola. Il suo corpo reagì subito alla vicinanza con quello di lei. Gregori prese fuoco, il desiderio gli rese incandescenti il sangue, i muscoli, ogni fibra del suo essere. Il carpaziano accettò quella sofferenza, grato di poterla sperimentare. Attirò Savannah tra le sue braccia e si meravigliò di quanto fosse perfetta, piccola e fragile. Tremava talmente tanto che poteva sentire battere i suoi denti.

«So bene cosa sono, Savannah, un essere così mostruoso che l'umanità non può nemmeno immaginare. Ma ho vissuto all'insegna dell'onore e dell'integrità e ho un indiscutibile talento da guaritore. Posso farti due promesse. Non ti mentirò mai e ti proteggerò a costo della vita. Ti ho detto che non prenderò ciò che mi appartiene questa notte. Avremo il tempo necessario ad affrontare le tue paure».

Savannah affondò il viso nella sua camicia di seta, riuscendo a sentire il costante battito del suo cuore e il calore della sua pelle. Sarebbe stato impossibile per Gregori nascondere la propria eccitazione e lui nemmeno ci provò, preferendo piuttosto far aderire il corpo di Savannah al suo, teso e rigido. Savannah era troppo provata dagli eventi della serata per opporgli resistenza. Giacque tra le sue braccia, esausta, cercando un po' di pace proprio in colui da cui più si sentiva minacciata.

«Tu credi che io sia come le altre donne carpaziane, Gregori, ma non è così», disse a bassa voce, senza sapere se stava cercando di scusarsi o di fornirgli una spiegazione.

Lui le posò le labbra sul capo, la più lieve delle carezze; passò il pollice sul punto in cui Roberto l'aveva colpita. «Lo sai cosa accade ai maschi della nostra specie, Savannah; tuo padre di certo non avrà tralasciato un'informazione così importante. Non puoi andare in giro senza essere rivendicata. Ci sono altre creature come Roberto, selvagge, pericolose, impazzite perché prive di una compagna per la vita».

«Aveva la metà dei tuoi anni. Perché lui si è trasformato in un vampiro e tu no?». Savannah si girò e incontrò lo sguardo argenteo di Gregori. Sentì un brivido lungo la schiena quando scorse nel profondo dei suoi occhi l'assenza di pietà e l'acuta brama di possesso.

«Ti sei mai chiesta perché ci sono così pochi carpaziani?»

«Certo. Il fatto che abbia scelto di non accoppiarmi non vuol dire che non pensi ai problemi che affliggono il nostro popolo. Gregori, io non voglio essere la compagna per la vita di nessuno. Non hai motivo di prenderla sul personale».

Gregori le sorrise: la sua bocca perfetta era sensuale e invitante. «So che hai paura di me, Savannah».

Decisa a non affrontare una discussione dalla quale non sarebbe di certo uscita vincitrice, lei tornò su un terreno più sicuro. «La ragione per cui ci sono così pochi carpaziani è che le donne sono ancora meno e dalle unioni non nascono figlie femmine. E i maschi difficilmente sopravvivono al primo anno di vita». Savannah si fece involontariamente più vicina al calore che emanava dal corpo di Gregori. Lui era così possente: la sua presenza la faceva sentire stranamente al sicuro e la rassicurava, anche se quella era forse la notte peggiore della sua vita.

«E che mi dici degli uomini? Ti meravigli davvero che così pochi sopravvivano senza trasformarsi in non-morti?». Le accarezzò i capelli. «Ti sei mai sentita sola, Savannah, veramente sola?».

Quand'era piccola aveva vissuto in isolamento, ma i suoi genitori, che erano devoti l'uno all'altra, l'avevano viziata e coccolata. E il suo lupo era stato un compagno straordinario, aveva riempito ogni singolo momento di vuoto che lei aveva sperimentato. Non si era mai sentita sola prima di mettere un oceano tra lei e il suo Paese d'origine. La lontananza dai suoi genitori, dal lupo, e persino dagli opprimenti doveri che aveva in quanto donna carpaziana, le aveva spezzato il cuore. Era circondata dalla gente e aveva provato affetto sincero per Peter e per gli altri suoi assistenti, eppure quel crescente senso di vuoto non veniva meno e minacciava di consumarla. Restia a condividere i suoi segreti con Gregori, comunque, non gli rispose.

«Noi uomini non riusciamo a sopravvivere al buio che invade la nostra anima se non abbiamo una compagna, Savannah. Abbiamo un'indole aggressiva, predatoria, possessiva, persino nei confronti dei membri della nostra stessa razza. Siamo devastanti e potenti e abbiamo sete di sangue. Abbiamo bisogno di un equilibrio. Molti di noi cominciano a perdere le forze dopo qualche secolo: non vedono più i colori, non provano più emozioni, e possono fare affidamento solo sulla loro forza di volontà per obbedire alle leggi del nostro popolo. Alcuni preferiscono mettere fine alla propria esistenza prima che sia troppo tardi: affrontano l'alba, la luce del giorno, e vengono reclamati dalla terra. Molti altri invece scelgono di abbracciare l'oscurità, rinunciano alla propria anima e divengono predatori degli umani. Abusano di donne e bambini, vanno a caccia e uccidono solo in nome della momentanea scarica di adrenalina, perché si sentono potenti. Non possiamo permetterlo».

«Tu e mio padre siete i più antichi. Come avete fatto a sopravvivere?»

«Tuo padre e io abbiamo trascorso gli anni in cui la nostra sete di sangue era più forte combattendo in giro per l'Europa. Abbiamo potuto incanalare le nostre energie per salvare gli umani dalla devastazione degli eserciti. I vampiri a caccia costituivano ulteriori pericolosi avversari. Tra noi, abbiamo fatto il patto di affrontare l'alba prima di essere noi stessi vittime della trasformazione. Tuo padre aveva la responsabilità di governare il nostro popolo. A un certo punto, incontrò tua madre, un'umana dotata di straordinari poteri psichici e tanto coraggiosa e compassionevole da accettare il nostro stile di vita».

«E tu?»

«Quello che posso dire riguardo a me è che non ho mai abusato di una donna o di un bambino e che per secoli mi sono dedicato all'apprendimento delle arti curative. Tuttavia ho pur sempre la natura di un predatore, Savannah, come tutti i maschi della nostra razza. E dal momento che ho vissuto per secoli, la bestia dentro di me è ormai quasi ingovernabile». Gregori sospirò.«I cinque anni di libertà che ti ho concesso sono stati un inferno per me: ero un pericolo per chiunque mi si avvicinasse. Sono a un passo dalla trasformazione, ormai è persino troppo tardi per incontrare l'alba. Era necessario per la sicurezza di tutti che io venissi a riprenderti adesso». Si attorcigliò fra le dita alcune ciocche dei setosi capelli di Savannah, nascose il volto nel folto della sua chioma e ne inalò il meraviglioso profumo. «Non posso più aspettare».

Quell'ammissione gli spezzò il cuore. Non poteva permettersi di darle l'unica cosa che lei gli chiedeva, la libertà. Sebbene Gregori fosse il più potente dei carpaziani, il più tenebroso, non poteva accontentarla. Savannah sarebbe diventata la compagna per la vita del carpaziano che tutti gli altri temevano. Ed era così giovane.

«Ti sei mai chiesto, Gregori, a cosa sono costrette le donne del nostro popolo? Ti sei mai chiesto che cosa significhi per loro separarsi dal proprio padre per finire nelle grinfie di uno sconosciuto?». A quel punto Savannah gli spalancò le porte della sua mente, richiamando alla memoria gli eventi di cinque anni prima.

Come qualsiasi ragazzina in età da marito, Savannah aveva scoperto con una certa inebriante esaltazione di poter esercitare il potere della propria bellezza sui maschi carpaziani. Era stata contenta quando suo padre aveva convocato tutti i possibili pretendenti per farglieli incontrare. Non dando peso alle preoccupazioni di sua madre, aveva svolazzato tra loro, inconsapevole dello sconvolgimento che stava creando. Comunque, a un certo punto, durante quella riunione, si era accorta che aleggiava un'atmosfera di pericolo, si era resa conto della pressione di quei corpi maschili contro il suo, degli sguardi famelici, dell'odore dell'eccitazione. Nessuno di quei pretendenti, aveva tutt'un tratto capito, la conosceva, teneva a lei o si preoccupava di quello che lei provava e pensava. La desideravano, eppure non era veramente lei ciò che volevano. Si era sentita soffocare, aveva avuto un moto di repulsione e paura. Nessuno di loro aveva suscitato in lei le sensazioni che si sarebbe aspettata di sperimentare.

Savannah era scappata nella sua stanza e, come se fosse infetta e in qualche modo sporca, si era lavata il viso con acqua gelida. Quando si era voltata, Gregori, il tenebroso, era lì, nella sua camera. Trasudava forza e potere da ogni poro, eppure sembrava non rendersene nemmeno conto.

Era completamente diverso… molto più spaventoso e molto più potente. Gli altri, a confronto, sembravano degli sbarbatelli. I suoi occhi chiari si muovevano su di lei, possessivi, e bastò quello sguardo a far sì che Savannah si sentisse bruciare la pelle. Le aveva mozzato il fiato e aveva trasformato il suo corpo in un liquido caldo, facendole desiderare cose che fino a un attimo prima non avrebbe neanche immaginato.

La consapevolezza che quell'uomo avrebbe potuto con estrema facilità sottrarle il libero arbitrio e convincerla a non desiderare altro che diventare sua per sempre l'aveva spaventata da morire.

Tu sei mia, non appartieni a nessun altro. Quelle parole le erano riecheggiate in testa, creando tra un loro un contatto telepatico così familiare e così forte che ne era stata terrorizzata. Si trattava di un legame diverso rispetto a quello che si instaurava comunemente tra due carpaziani, più privato, più intimo. Gregori si era spostato, un guizzo di muscoli, e lei aveva avuto un tuffo al cuore, pregustando la futura eccitazione. Le dita di lui le si erano chiuse intorno all'avambraccio e Savannah era stata immediatamente consapevole della sua immensa forza. Respirare era quasi impossibile. Gregori aveva fatto scivolare la presa lungo il braccio, fino a stringerle l'esile polso, come se le sue dita fossero un braccialetto. Lei si era sentita sfiorare da una lingua di fuoco che le lambiva la pelle. Era rimasta completamente immobile e aveva trattenuto il fiato, aspettando. Limitandosi ad aspettare. Lui l'aveva strattonata attirandola a sé e stringendola così forte da imprimere sul corpo di Savannah il proprio incancellabile marchio. Con estrema delicatezza, le aveva sollevato il mento e aveva avvicinato la bocca alle labbra di lei.

In un solo istante, tutta la vita, tutta l'esistenza di Savannah, erano cambiate. La terra aveva tremato, c'era stato uno sfrigolio nell'aria, e all'improvviso il suo corpo non le apparteneva più. Aveva sentito il bruciante e impellente desiderio di quello di lui. Si erano fusi l'uno nell'altra, fisicamente e mentalmente. Savannah non sarebbe più potuta esistere senza Gregori e Gregori senza Savannah. Lei aveva bisogno di tenere le mani di lui fra le sue, aveva bisogno di sentirlo dentro di sé, nel cuore, nella mente, nel corpo, nel profondo dell'anima.

Quando Gregori l'aveva lasciata andare, Savannah si era sentita abbandonata e aveva sperimentato un terribile senso di vuoto, come se lui si fosse portato via una parte di lei e le avesse lasciato in cambio solo un'ombra di sé. Quella sensazione l'aveva spaventata. Uno sconosciuto, che non l'amava e nemmeno la conosceva, era stato capace di prendere il controllo della sua vita. D'un tratto le era sembrato persino peggio che concedersi a uno degli altri pretendenti. Nessuno di loro sarebbe mai riuscito a controllarla né tantomeno a dirigere la sua esistenza. Gli altri di certo non l'avrebbero amata, ma almeno non l'avrebbero posseduta, anima e corpo. Terrorizzata, aveva implorato Gregori di lasciarla andare, di permetterle di vivere la sua vita. Lui, con sguardo incupito dal dolore e riscaldato da qualche altro sentimento, l'aveva accontentata, le aveva concesso un po' di tempo. Savannah, comunque, sin d'allora aveva avuto l'intenzione di fuggire per sempre dal suo potere.

Il peggio fu che, dopo aver sorvolato l'oceano ed essere giunta negli Stati Uniti, Savannah aveva continuato a sentirsi incompleta. Gregori le aveva strappato con un solo piccolo bacio una parte del suo essere. Era sempre lì. Quando Savannah chiudeva gli occhi, la notte, tutto ciò che riusciva a vedere era lui. Talvolta, se si concentrava abbastanza, poteva sentire persino il suo odore, indomito e selvaggio. Infestava i suoi sogni e le si palesava durante il sonno.

Quel carpaziano rappresentava un rischio troppo grosso perché lei potesse permettersi di concedergli ciò che le stava chiedendo.

Gregori mise una mano dietro la testa di Savannah e gliela fece scivolare sulla nuca. «Ce la faremo, affronteremo le tue paure, piccola mia. Non sono ostacoli insormontabili». La sua voce era calma e imperturbabile, come sempre.

Savannah ebbe un tuffo al cuore. Niente lo impietosiva, neanche i suoi ricordi più intimi e spaventosi. «Non voglio», mormorò, e le lacrime le bruciarono in gola. Si sentì umiliata dal fatto di aver condiviso così tanto con lui, senza che questa confidenza avesse un qualche significato.

«Adesso riposati, bambina. Ci organizzeremo più tardi».

Savannah rimase in silenzio, come se avesse accettato quel comando di buon grado. Ma aveva un asso nella manica; dopotutto era considerata una delle più brave illusioniste al mondo. Gregori poteva anche concederle una breve tregua, ma quando si sarebbero svegliati, sarebbe stato famelico. Savannah dubitava che, per quanto potesse essere esercitato il suo autocontrollo, il carpaziano sarebbe riuscito a risparmiarla. Era il momento di mettere in atto la sua sparizione più audace. E più importante.

«Savannah?». Gregori l'attirò forte a sé con un braccio, possessivo. «Non provare a lasciarmi. Puoi combattermi, possiamo discutere, ma non cercare di scappare. Cammino sull'orlo del baratro. Non provo nulla, eccetto quello che sento per te. Sarebbe molto pericoloso».

«Insomma, dovrei cederti la mia vita in modo tale che la tua possa proseguire». Lei si asciugò le lacrime con il dorso della mano.

«Neanche tu esisteresti senza di me, Savannah. È solo questione di tempo: anche tu sarai consumata dal senso di vuoto». Gregori si portò la mano di lei alla bocca e bevve le sue lacrime, assaporandone il gusto. Poi la sua voce calò di un'ottava e divenne pura e cristallina. «Non negarlo. Sento crescere dentro di te una solitudine terribile e dolorosa».

Savannah sussultò al contatto di quella lingua ruvida e vellutata contro le nocche della sua mano. Non avrebbe permesso alla sua sensualità di avere la meglio, non le importava di come il suo stesso corpo rispondeva a quel richiamo proibito. «Quanto tempo avrò prima che accada, Gregori? Un secolo? Due? Cinque? Di più? Non lo sai, vero? Certo, perché a nessuna delle donne della nostra razza è mai stato concesso di vivere la propria vita. Non dovrei essere responsabile della tua vita più di quanto tu non lo sia della mia».

«Siamo carpaziani, piccola mia, non umani, nonostante tua madre non ti abbia cresciuto come una di noi. Io sono responsabile della tua vita, così come tu lo sei della mia. È così che funziona tra la nostra gente, ed è anche l'unica cosa che protegge gli umani dalla nostra oscurità. Le donne sono preziose, protette, trattate con rispetto, custodite come è giusto che sia, perché rappresentano un vero e proprio tesoro». Le strofinò il mento ruvido sul capo e quel gesto le procurò stranamente sollievo. Alcune piccole ciocche di capelli si impigliarono nella barba corta e ispida, legandoli l'uno all'altra. «È soprattutto colpa di tua madre, che ti ha riempito la testa di stupidaggini umane, mentre avrebbe dovuto prepararti al destino che ti aspettava».

«Cos'è che chiami stupidaggini? Il fatto che lei volesse scegliessi da sola ciò che desideravo? Che fossi in grado di decidere della mia sorte? Che assaporassi la libertà? Io non voglio essere reclamata».

«Nessuno di noi può scegliere, Savannah». Strinse lievemente la presa su di lei e le mormorò all'orecchio: «I compagni per la vita sono nati per appartenere l'uno all'altra. "Libertà" è una parola che può voler dire tante cose». La sua voce era dolce e gentile, in netto contrasto con quel pragmatico discorso. «Dormi e prenditi una breve tregua dalle tue paure».

Savannah chiuse gli occhi e avvertì le labbra di Gregori sfiorarle l'orecchio e poi scendere giù fino al collo. Godette di quel contatto, lo assaporò fino in fondo e si detestò per questo. «Vacci tu a dormire, Gregori. Io voglio pensare».

Gregori le graffiò appena la pelle con i denti, proprio in corrispondenza della vena che pulsava sul collo. Subito dopo la lambì con la lingua, attenuando l'intensità di quella sensazione. «Non voglio che tu stia ancora a pensare, piccola mia. Fa' come ti ho detto, o dovrò costringerti a obbedirmi facendoti addormentare io stesso».

Lei sbiancò. «No!». Come qualsiasi altro membro della sua razza, Savannah sapeva bene quanto sarebbe stata vulnerabile una volta che il sole fosse sorto e il sonno si fosse impadronito di lei. Se Gregori l'avesse costretta a sprofondare nel sonno carpaziano, lei sarebbe stata completamente in suo potere. «Dormirò». Rallentò intenzionalmente il ritmo del proprio respiro e il battito del proprio cuore.

Accanto a lei, Gregori si concentrò sull'ingresso alla camera sotterranea, sigillandolo con i suoi potenti incantesimi. Poi, con la forza del pensiero, aprì i cancelli delle gabbie dei suoi lupi, che furono così liberi di girovagare e tenere d'occhio i piani superiori e la tenuta intorno alla villa. Savannah continuava a pensare di poter fuggire. Quella ragazza non aveva proprio idea di quanto lui fosse potente. Gregori però si era ripromesso di essere sempre onesto con lei e non poteva quindi pronunciare le due semplici parole che l'avrebbero aiutata ad alleviare le sue paure. Era stata proprio quella consapevolezza a fortificare la sua anima e il suo corpo nei lunghi anni di profonda oscurità. Aveva aspettato Savannah, la sua compagna per la vita, ancor prima che lei nascesse. Nel momento stesso in cui aveva toccato la donna di Mikhail Dubrinsky, Raven, guarendo le terribili ferite provocate da alcuni vampiri pazzi e assassini e trasfondendole il suo stesso sangue, puro e potente, aveva capito che lei lo avrebbe ricompensato dandogli una compagna per la vita. Che la bambina che cresceva nel suo ventre sarebbe stata la donna per lui. E aveva fatto di tutto perché le cose andassero proprio in quel modo.

Quando i cacciatori umani avevano cercato di uccidere Raven Dubrinsky, Gregori aveva salvato lei e la creatura che la donna portava in grembo, suggellando con il proprio sangue il legame tra se stesso e la bambina appena concepita. Si era assicurato che colei che sarebbe stata la madre della sua compagna per la vita non fuggisse, mormorandole le sue formule da guaritore, inducendola a continuare a far parte di quel mondo, nonostante le ferite che affliggevano quel fragile corpicino. Dopo essere giunto a tal punto pur di legare a sé la sua futura compagna per la vita, non l'avrebbe di certo lasciata andar via.

Strinse il più possibile il corpo di Savannah, come per proteggerla con la sua enorme corporatura. Roberto viaggiava insieme a un gruppo di carpaziani rinnegati, divenuti ormai vampiri, che uccidevano, violentavano, rendevano gli umani stupidi burattini capaci solo di obbedire ai loro ordini. Se avevano tutti seguito le tracce di Savannah fino a San Francisco, quella città sarebbe presto diventata il loro terreno di caccia. Gregori doveva mettere Savannah al sicuro, ma sapeva anche di non poter lasciare gli umani da soli ad affrontare l'incombente minaccia. Aidan Savage, un altro potente carpaziano, viveva anche lui in quella zona e avrebbe dato la caccia ai rinnegati, distruggendoli. Aidan era un bravo cacciatore, uno dei più temuti dai non-morti.

Gregori accarezzò delicatamente i capelli di Savannah. Avrebbe voluto poterle concedere la libertà che lei tanto desiderava per farla contenta, ma era impossibile. Sarebbe stata incatenata a lui per l'eternità. Gregori sospirò e fece rallentare il ritmo della respirazione e del battito del cuore per prepararsi al sonno. Era uno degli antichi, e quindi spesso era stato compito suo far rispettare ai rinnegati le leggi carpaziane, proprio come aveva chiesto a Mikhail di farle rispettare a lui se avesse dovuto aspettare troppo a lungo per rivendicare Savannah, salvandolo in questo modo dall'oscurità. Tuttavia, Gregori nutriva seri dubbi sul fatto che qualcuno, si trattasse anche di Mikhail, il principe dei carpaziani, avrebbe potuto sconfiggerlo, una volta che si fosse trasformato in vampiro. Non poteva rischiare. Savannah doveva rimanere sua. Trasse un ultimo profondo respiro, inalando l'odore di lei e trattenendolo finché il suo cuore non smise di battere.

Il sole sorse dietro le montagne e i raggi filtrarono attraverso le finestre dell'enorme villa isolata. I lucidi pavimenti di legno di quercia risplendettero, le piastrelle di marmo scintillarono. L'unico rumore che si riusciva a sentire era quello prodotto dalle zampe dei lupi che perlustravano il pianoterra, il primo e il secondo piano. All'esterno, altri lupi si aggiravano per il giardino in instancabili pattuglie e controllavano l'alta e robusta recinzione che circondava la proprietà. Quella barricata serviva più a proteggere gli umani che passavano di là che a impedire che le bestie andassero a spadroneggiare nella campagna. Il loro legame con Gregori era forte, la tenuta e la riserva di caccia enormi. I lupi non si sarebbero mai allontanati di loro spontanea iniziativa.

Nonostante una spessa coltre di nuvole, i dorati raggi del sole illuminavano il pomeriggio. Il vento cominciò a ululare, sollevando le foglie in piccoli vortici. Nella grande stanza da letto sepolta sottoterra regnava il silenzio. Poi, in quel silenzio, cominciò a battere un cuore. Un soffio d'aria riempì due polmoni. Savannah perlustrò quello che le stava intorno, mettendo alla prova i sigilli di protezione di Gregori. Accanto a lei, il carpaziano giaceva come morto e le circondava la vita con un braccio, possessivo.

Savannah si concesse un sospiro di sollievo. Aveva un segreto di cui nessuno, eccetto il suo lupo, era a conoscenza. Molti bambini carpaziani non sopravvivevano al primo anno di vita. Durante la fase critica, in cui i loro corpi chiedono qualcosa di più del latte ma rifiutano il cibo e il sangue, sua madre, che un tempo era stata un'umana ed era incapace di dare nutrimento alla sua stessa razza, le aveva fatto bere sangue animale diluito. Sebbene Savannah fosse più piccola e debole della maggior parte degli altri bambini carpaziani, era cresciuta sana e forte grazie alla miscela di latte che Raven le aveva dato. E, determinata a vivere un'esistenza il più normale possibile, aveva continuato quell'insolita dieta fino all'adolescenza, sperando che potesse renderla diversa dagli altri carpaziani e in grado di decidere del proprio futuro.

A sedici anni, Savannah aveva cominciato a provare a esporsi alla luce naturale. Sua madre le aveva raccontato un sacco di storie sulla vita alla luce del sole, attraverso gli oceani, storie di libertà e di viaggi. Savannah le aveva narrate a sua volta al suo amico a quattro zampe, il lupo.

Temeraria, aveva iniziato a svegliarsi sempre prima, abituando lentamente la sua pelle ai raggi del sole, nel tentativo di diventare insensibile alla luce, mentre gli altri carpaziani che non lo erano sarebbero sempre stati costretti a seppellirsi nel profondo della terra durante il giorno e a vivere di notte. Qualche volta aveva provato talmente tanto dolore da dover interrompere le uscite diurne per alcuni giorni. Ma, quando si metteva in testa qualcosa, Savannah era testarda e aveva deciso che avrebbe camminato alla luce del sole.

Sebbene non fosse mai riuscita a sopportare l'esposizione ai raggi oltre le undici di mattina e prima delle cinque di pomeriggio nei mesi estivi, la sua pelle si era abituata a tollerare la luce. Doveva comunque indossare occhiali dalle lenti scurissime durante il giorno e quando era sotto i riflettori sul palcoscenico, tuttavia sembrava fosse riuscita a sfuggire al terribile letargo carpaziano causato dalla dieta a base di sangue. Aveva dovuto sacrificare un po' della forza e della velocità tipiche dei membri della sua razza, ma in compenso aveva ottenuto la libertà, tanto decantata da sua madre, di camminare alla luce del sole.

Savannah chiuse gli occhi, richiamando alla memoria quella volta in cui era sgattaiolata fuori da casa mentre i suoi genitori dormivano profondamente nella loro stanza sotterranea. Il sole era ancora alto e, sentendosi molto soddisfatta di sé, Savannah si era inoltrata nella foresta, fino a una parete a strapiombo.

Aveva cominciato ad arrampicarsi, nel tentativo di potenziare forza e velocità. Tuttavia, quando era giunta quasi in cima, aveva messo un piede in fallo, aveva perso l'equilibrio ed era scivolata. Si era aggrappata alla superficie rocciosa, cercando di tirarsi su, conficcando le unghie divenute artigli nelle scanalature della parete, ma non ce l'aveva fatta. Cadendo, aveva tuttavia provato a rigirarsi in aria, agile come un felino, per atterrare in piedi.

Non si era accorta però di un ramo spezzato che sporgeva dalla parete rocciosa come un paletto appuntito, che le aveva violentemente penetrato la carne, i muscoli e le ossa. Era rimasta appesa lì. Gli occhiali scuri le erano caduti giù nel bosco. Savannah aveva cominciato a urlare di dolore e a perdere sangue dalla ferita. Per un momento, era rimasta ferma, poi il ramo aveva cominciato a cedere sotto il suo peso e lei era atterrata sbattendo sul suolo duro.

All'inizio non era riuscita a respirare, l'aria le era rimasta bloccata nei polmoni. Tenendo gli occhi chiusi per fuggire alla terribile luce del sole e stringendo i denti, Savannah aveva premuto entrambe le mani sulla ferita e aveva inviato un richiamo disperato al suo lupo. Più tardi, si era chiesta come mai non avesse esitato a chiamare lui piuttosto che i propri genitori. Il lupo le aveva risposto immediatamente, e lei si era subito sentita rassicurata. Il suo amico era lontano, ma stava accorrendo in suo soccorso.

Mentre lo aspettava, Savannah aveva mescolato alla terra la propria saliva, facendo degli impacchi sulla ferita. Faceva male, quasi come le schegge di luce che le trafiggevano gli occhi privi del necessario schermo protettivo. *Sbrigati!*, aveva incitato il lupo, ormai debole per il sangue che aveva perso.

Il lupo aveva attraversato a grandi falcate la foresta, piangendo, gli occhi stretti in due fessure. In un balzo era giunto al fianco di Savannah, aveva valutato la situazione e si era diretto verso gli occhiali. Raccogliendoli delicatamente con il muso, li aveva fatti cadere in grembo alla ragazza. Poi aveva preso a leccarle la ferita, un gesto stranamente rassicurante. Savannah gli aveva circondato il collo lucente con un braccio e aveva sepolto il viso nel folto della sua pelliccia, alla ricerca di forza.

Per la prima e unica volta nella sua vita, aveva sentito la necessità di nutrirsi, consapevole del fatto che se non avesse bevuto del sangue non sarebbe sopravvissuta. Grata del forte legame che li univa, fu in grado di spiegargli di cosa aveva bisogno senza nemmeno proferire parola. Il lupo le aveva offerto il proprio collo senza alcuna esitazione. Delicata e rispettosa per quanto possibile, Savannah aveva affondato i denti, cercando nel frattempo di calmare l'animale. I suoi sforzi si erano dimostrati del tutto superflui. Semmai, era stato il lupo a calmare lei, donandosi spontaneamente, senza riserve. Savannah era rimasta stupita: si era nutrita direttamente dal collo dell'animale e non dalla tazza che sua madre di solito le porgeva, eppure non aveva provato repulsione. Poi, era rimasta distesa, abbracciata al lupo, mentre lui aveva continuato a leccarle con dolcezza la ferita. Avrebbe potuto giurare che in qualche modo il lupo era entrato a far parte di lei, insieme al suo sangue, e le aveva curato la terribile ferita alla gamba. Aveva cominciato a sentire calore, luce ed energia diffondersi dentro di lei, eccitandosi. Non aveva più provato paura e si era sentita protetta dall'amore incondizionato dell'animale.

Lo squarcio era guarito a una velocità che aveva del miracoloso e Savannah non aveva mai fatto cenno dell'incidente ai suoi genitori, perché sapeva che si sarebbero arrabbiati venendo a conoscenza dei suoi esperimenti di resistenza alla luce del sole. I rischi che la figlia aveva deciso di correre li avrebbero lasciati sgomenti. Ma lei non aveva intenzione di rinnegare la propria decisione di rifiutare il sangue umano o di provare a esporsi ai raggi solari. Le sue scelte l'avevano condotta alla libertà, quella libertà che adesso le avrebbe consentito di fuggire.

«Mi dispiace, Gregori», mormorò. «Non posso mettere la mia vita nelle tue mani. Sei troppo potente perché io possa anche solo tentare di vivere insieme a te. Ti prego, trova qualcun'altra e sii felice». Sapeva che non sarebbe mai accaduto, ma non aveva scelta, se non voleva che quel potente antico carpaziano si impossessasse della sua esistenza. Si morse il labbro. Nonostante la sua determinazione, si scoprì stranamente riluttante a lasciarlo. Eppure lui avrebbe preso il controllo della sua vita: non poteva farne a meno!

Savannah sarebbe rimasta sola. Non poteva fare ritorno a casa o cercare il suo lupo. Era condannata a percorrere in solitudine la terra in lungo e in largo. Ma qualcosa dentro di lei, la sua decisione e il suo orgoglio, non avrebbero permesso a quell'uomo di dominarla, di scegliere al posto suo, di dettare legge. Gregori aveva ragione; conosceva bene anche lei la sensazione di vuoto di quando ci si sente soli in mezzo a una folla di gente. Savannah era diversa. Per quanto ce la mettesse tutta, non sarebbe mai stata né completamente umana né completamente carpaziana. Era perfettamente consapevole, anche se non l'avrebbe mai ammesso in presenza di nessuno, fatta eccezione per il suo lupo, cui aveva confidato la verità, che non sarebbe potuta stare con un altro uomo che non fosse Gregori. Tuttavia preferiva rimanere sola per l'eternità piuttosto che essere sua. Sapeva che non avrebbe mai desiderato nessun altro con l'intensità con cui desiderava Gregori; quell'uomo già possedeva la sua anima. Avrebbe voluto spiegarglielo, farglielo capire. Ma Gregori considerava validi soltanto i propri ragionamenti e non prestava attenzione a quelli altrui.

Gregori era uno degli antichi, il più potente, il più sapiente. Il tenebroso. Era uno spietato assassino, un vero maschio carpaziano. I secoli non avevano minato la sua virilità o modificato le sue opinioni. Era pienamente convinto di avere il diritto di possedere Savannah, credeva che lei gli appartenesse. L'avrebbe protetta mettendo a rischio la sua stessa vita, avrebbe provveduto a ogni suo bisogno e soddisfatto qualsiasi suo desiderio. Ma lei voleva gestirsi da sé.

«Mi dispiace», bisbigliò di nuovo, e tentò di mettersi a sedere. Le sembrò però di avere un enorme peso sul petto e non ci riuscì. Provò uno spiacevole tuffo al cuore. Terrorizzata al pensiero di aver disturbato il sonno di Gregori, si voltò a guardarlo. Era immobile e silenzioso e non dava segni di vita. Savannah inspirò a fondo e lasciò uscire l'aria molto piano per cercare di calmarsi. Poi provò a scivolare di lato, come se volesse sfuggire a qualcosa che incombeva su di lei. All'improvviso un laccio le imprigionò le caviglie. Savannah abbassò lo sguardo per controllarsi i piedi, ma non vide nulla, niente che la trattenesse. Eppure non riusciva a muoversi. Qualcosa la teneva ancorata a quel letto.

Per un attimo pensò che qualche altro maschio carpaziano – o un vampiro – li avesse seguiti nella stanza sotterranea. Ma nessuno dei suoi simili avrebbe osato disturbare Gregori. In qualche modo, anche mentre dormiva profondamente, lui la stava controllando. Gli risultava semplice. Facile. Era così sicuro dei propri poteri, così poco preoccupato del fatto che lei avesse intenzione di sfidarlo, che ci dormiva su. Savannah non ebbe alcun dubbio che fosse Gregori a impedirle di scappare. Giacque immobile e si concentrò sulle proprie caviglie, alla ricerca di una via di fuga, di qualsiasi cosa le potesse permettere di capire il funzionamento di quegli invisibili legacci e di scioglierli.

Dormi. Quell'ordine le risuonò in testa, come ferro avvolto nel velluto, così imperioso che sarebbe stato impossibile rifiutarsi di obbedire.

D'un tratto le si annebbiò la mente e il cuore cominciò a battere più piano. Savannah si ribellò, allarmata, e cercò di resistere a quel comando. Era umiliante il fatto che Gregori riuscisse a controllarla persino mentre dormiva. Se era davvero tanto potente, come sarebbe stata la sua vita con lui pienamente sveglio e nel pieno delle sue capacità?

Una risata bassa e beffarda le riempì la testa. *Dormi, piccola mia. È pericoloso provocarmi in questo modo.*

Savannah si girò. Gregori giaceva come morto. Come faceva a essere così forte? Persino suo padre, Mikhail, il principe dell'oscurità, non possedeva quel potere. La voce di Gregori la ipnotizzava.

Savannah chiuse gli occhi, sfiancata dalla lotta. Si sentì sopraffare dalla disperazione. *Ok, Gregori. Hai vinto... per questa volta.*

Vincerò sempre, piccola mia. Non c'era una punta di spacconeria o di trionfo nelle sue parole, solo calma e gentilezza.

Era proprio quella calma a farle credere che Gregori fosse ancor più pericoloso di quanto lei immaginasse. Non la minacciava, non le si rivolgeva con rabbiose imprecazioni. Il suo tono era sempre pacato o, peggio ancora, un po' divertito. Quando trasse il suo ultimo respiro, sentì un odore familiare. Il lupo, il suo lupo, le trasmise telepaticamente una sensazione di sollievo e le sembrò quasi che le stesse strofinando la morbida pelliccia sul braccio e sulla guancia. Savannah continuò a tenere gli occhi chiusi, spaventata all'idea che quell'illusione potesse svanire.

Mi sei mancato. Fuse la propria mente con quella del lupo. *Vorrei che fossi davvero qui con me in questo momento.*

Io sono sempre con te.

La mente del lupo la accolse, la avvolse, la abbracciò con il suo calore. Quel contatto era così familiare, come se lo avesse sperimentato migliaia di volte. *Vorrei che fosse vero, che fossi davvero qui con me.* Il suo odore selvaggio le riempì le narici. Per un attimo Savannah trattenne il respiro, rifiutandosi di inalare altra aria. Poi, lentamente, aprì le palpebre. Il lupo era disteso al suo fianco e le sfregava addosso il pelo nero e lucente. L'animale si voltò verso di lei, guardandola con quei suoi occhi grigi, strani e intelligenti. Savannah sentì il cuore martellarle nel petto. Le sfuggì un lamento. Non si trattava di un'illusione, era la realtà. Gregori, potente com'era, riusciva a prendere le sembianze di altri esseri. Era lui il suo lupo. Quanto era stata arrogante a credere di essere l'unica ad aver imparato a sopportare la luce del sole. Aveva creduto di essere capace di esporsi ai raggi solo perché si era nutrita di sangue animale. Se solo ne avesse parlato con i suoi genitori. Perché aveva tenuto segreto il lupo?

Le era sembrata una cosa innocente e divertente, avere un meraviglioso segreto di cui sua madre e suo padre erano all'oscuro. Ma avrebbe dovuto riconoscere quegli occhi. Non grigi, ma del colore penetrante e scintillante dell'argento. E aveva rivelato al lupo ogni sua paura, ogni suo desiderio, ogni suo sogno. Quell'animale era a conoscenza dei suoi segreti, di ogni suo più intimo pensiero. Peggio ancora, si erano scambiati il sangue, lei nutrendosi, lui leccandole le ferite. Quello scambio, forse, non corrispondeva al solito rituale di accoppiamento dei carpaziani, eppure il loro legame mentale era fortissimo, niente avrebbe potuto spezzarlo.

Era stata davvero stupida! Un lupo qualsiasi non sarebbe potuto essere così intelligente, così bravo a trasmetterle affetto e sicurezza, così dolce nel confortarla. Gregori aveva forgiato il legame tra di loro sin da quando lei era ancora una bambina.

Eri sola.

Non ho mai avuto alcuna possibilità, vero? Nemmeno quando ero piccola.

No, a partire dal momento in cui sei stata concepita. Nessun rimorso, solo calma e implacabile determinazione.

Savannah gli rese inaccessibile la propria mente, furiosa per il fatto che lui avesse tratto profitto dalla situazione, furiosa per essere stata ingannata per tutti quegli anni. Gli voltò la schiena e si ricordò di quando il lupo era accorso in suo aiuto durante il giorno, senza niente che gli proteggesse gli occhi. Gregori poteva anche essere il più potente degli antichi, ma era pur sempre un carpaziano. Doveva aver sopportato un dolore terribile per andare a soccorrerla.

Si scostò la lunga cascata di capelli, sentendosi un po' a disagio: avrebbe dovuto riconoscere l'enormità del sacrificio che Gregori aveva compiuto anni prima. Voleva provare rabbia nei confronti di quell'uomo, essere infuriata. Non essere preoccupata per il proprio carceriere e sentire istinto di protezione per lui. Non avrebbe voluto che il battito del suo cuore accelerasse, che un delizioso calore le si diffondesse per tutto il corpo al pensiero che lui le era stato accanto per tutti quegli anni, per rendere più forte il loro legame, per assicurarsi che fosse al sicuro, felice. La sua giustificazione era stata acuta e pragmatica. *Eri sola.* Per Gregori era semplice. Lei aveva un bisogno e lui provvedeva a soddisfarlo. La regola d'oro di ogni maschio carpaziano.

Mi dispiace che tu abbia sofferto a causa mia. Savannah scelse di comunicargli i suoi pensieri con molta cautela, non voleva che lui venisse a conoscenza delle caotiche emozioni che si agitavano dentro di lei. D'un tratto ebbe la sensazione che una mano le stesse accarezzando dolcemente i capelli, per tutta la loro lunghezza.

Domani sarà una nottata lunga. Hai bisogno di una bella dormita ristoratrice. Quel comando la fece piombare nel sonno profondo durante il quale i carpaziani riprendono le proprie forze.

Gregori le aveva dato un ordine preciso, non un gentile consiglio che lei avrebbe potuto scegliere di non seguire. Savannah gli obbedì all'istante, senza neanche rendersene conto, senza paura e del tutto inconsapevole di ciò che lui le aveva fatto. Gregori doveva mettere fine alla sua voglia di avventure e d'indipendenza. Persino in quel momento, il dolore per la perdita del suo amico e il terrore che provava verso di lui e verso la loro razza incombevano su di lei. Il carpaziano non si capacitò di averle permesso di ribellarsi al suo destino. Qualcosa dentro di lui si scioglieva quando si trovava in presenza di Savannah. Aveva il terribile presentimento che quando i loro corpi si sarebbero fusi l'uno nell'altro, avrebbe perso qualsiasi traccia di buonsenso.

Capitolo 3

Il sole tramontò lentamente, scivolando sempre più giù oltre l'orizzonte, prima di sparire dietro le montagne ed essere inghiottito dal mare. Lampi di luce rossa e arancione attraversarono il cielo, sostituendo il suo colore naturale, l'azzurro, con quello del sangue. Nelle profondità della terra, i polmoni e il cuore di Gregori ripresero a funzionare. In maniera del tutto automatica, ispezionò con il pensiero l'area circostante per assicurarsi che le guardie fossero al loro posto e che la stanza fosse al sicuro. I suoi lupi erano affamati, ma non in stato d'allerta.

Accanto a lui, l'esile sagoma di Savannah giaceva immobile. Con un braccio, protettivo e possessivo, le circondava la vita. Le aveva appoggiato una gamba sulla coscia, quasi a impedirle qualsiasi via di fuga. Il desiderio si fece sentire, famelico e vorace, così acuto e intenso da essere quasi ingovernabile. Gregori fluttuò fino al piano terra della villa, cercando di allontanarsi dalla tentazione. Savannah era finalmente lì con lui, nella sua casa. Avrebbe potuto combattere contro di lui – e contro se stessa – quanto voleva, ma Gregori era dentro di lei, le leggeva nel pensiero. Molte delle sue paure derivavano dall'attrazione che sentiva nei suoi confronti. Il desiderio che provavano i carpaziani era divorante, irresistibile e rivolto solo e unicamente al proprio compagno per la vita. Un compagno per la vita raramente sopravviveva alla morte del partner. Due compagni erano legati mente, corpo, anima e cuore per l'eternità.

I lupi gli si fecero incontro, affamati e festosi. Gregori li salutò uno per uno con pazienza e contenuto entusiasmo. Non ne aveva uno preferito. In effetti, prima dell'arrivo di Savannah, prima di entrare in contatto con lei, nella sua vita c'era stato solo il vuoto.

Diede da mangiare agli animali, poi ritornò con la memoria a quell'oscuro momento, tra le montagne dei Carpazi, il momento in cui Savannah aveva rivelato al suo lupo che sarebbe fuggita lontano dal tenebroso, in America, la terra d'origine di sua madre, per scappare da Gregori e dall'intensità dei suoi sentimenti per lui. Gli ci era voluto ogni grammo della sua forza di volontà per permetterle di andarsene. Si era rifugiato tra le vette più alte delle più remote montagne che conosceva. Aveva viaggiato per le foreste di tutta Europa, nelle spoglie del lupo abbandonato, si era sepolto per lunghi periodi nelle viscere della terra, venendone fuori solo per nutrirsi. L'oscurità si era allargata dentro di lui, al punto tale che Gregori aveva perso fiducia in se stesso. Per due volte aveva quasi ucciso la sua preda e, anziché restarne scosso, aveva provato appena un briciolo di preoccupazione. A quel punto aveva pensato di non avere più scelta. Doveva rivendicarla, possederla. Doveva andare in America e aspettare che lei arrivasse a San Francisco.

Savannah non riusciva a capire che se lui non l'avesse fatto – scegliendo, invece, di affrontare l'alba, o lasciando che l'oscurità prevalesse, trasformandolo in un rinnegato, un temibile vampiro – anche lei sarebbe stata condannata a un'esistenza desolata, insopportabile, fatta solo di totale solitudine e vuoto. Non sarebbe sopravvissuta. Raven, sua madre, non aveva pienamente afferrato la complessa relazione tra il maschio e la femmina carpaziani. Era nata umana, e non le era nemmeno mai stato molto chiaro il pericolo che un maschio potente come Gregori poteva rappresentare. La madre di Savannah voleva che sua figlia fosse indipendente, non rendendosi conto che in quanto carpaziana non avrebbe avuto altra scelta che andare in cerca della sua metà. Raven Dubrinsky non aveva certo reso un buon servizio alla sua bambina instillandole la convinzione di poter essere libera.

Tuttavia, per la prima volta in tutta la sua vita, Gregori era indeciso. Finché non l'avesse ufficialmente rivendicata, tutti i maschi carpaziani, compresi i vampiri, sarebbero stati inquieti e avrebbero pensato di poter usurpare il suo diritto e rivendicarla al posto suo. Era necessario completare il rituale che li avrebbe legati l'uno all'altra per sempre perché Savannah fosse al sicuro. E perché anche mortali e immortali fossero al sicuro, lui doveva prendersi ciò che gli spettava. L'attesa di Gregori era stata pericolosamente lunga. Eppure, il carpaziano odiava l'idea piegare alla sua volontà Savannah, che si mostrava tanto restia. Si passò una mano tra i folti capelli, aggirandosi furtivo per la casa come una pantera in gabbia. Il desiderio lo stava divorando, diventava sempre più intenso ogni secondo che passava.

Si diresse con passo felpato alla terrazza e sollevò la testa per respirare l'aria della notte. Il vento portava con sé il profumo di selvaggina. Conigli, caprioli, una volpe, e debole, in lontananza, l'odore degli umani. Gregori inviò nel buio il proprio richiamo, con semplicità e autorevolezza, per attirare a sé una preda. Talvolta, dal momento che li controllava con tanta facilità, gli risultava difficile ricordarsi che gli essere umani erano dotati di emozioni e intelletto.

Gregori scese con un balzo dalla terrazza del secondo piano, atterrando in piedi. Cominciò a camminare, tranquillo e senza fretta, anche se il guizzare dei muscoli lasciava intendere quanto fosse forte e potente. Nessun sasso rotolò sotto i suoi passi, non si spezzò neanche un rametto e non scricchiolò nemmeno una foglia. Gregori riusciva a sentire i rumori della terra, gli insetti e gli animali notturni, l'acqua che scorreva nel sottosuolo come fosse sangue. La linfa degli alberi lo chiamava. I pipistrelli volavano in ronde di perlustrazione e squittivano.

Giunto all'alta cancellata, Gregori si fermò. Si piegò sulle ginocchia e saltò in alto, superando con agilità la ringhiera alta circa due metri e mezzo. Atterrò dall'altra parte, accovacciandosi. A sollevare il capo non fu un uomo elegante e beneducato ma una bestia pericolosa. I suoi occhi chiari scintillarono, selvaggi. Gli artigli della fame strinsero la presa su di lui e sulle sue viscere. L'istinto, la vecchia indole del predatore che deve andare a caccia per sopravvivere, ebbe la meglio. Gregori annusò l'aria, poi andò incontro alla sua preda. Il richiamo aveva catturato una giovane coppia. Riusciva a sentire i battiti dei loro cuori, il sangue che scorreva nelle loro vene. Il corpo di Gregori bruciava dal desiderio di lasciarsi andare. Il pericoloso, insidioso mormorio che proveniva dal vuoto della sua anima gli sussurrò all'orecchio. Una donna. Così facile. L'uomo, messo ormai quasi da parte dalla bestia, cercò di resistere all'oscurità. Nella condizione in cui si trovava, avrebbe potuto ucciderla senza difficoltà.

La ragazza era giovane, sui vent'anni, e il suo compagno non doveva essere molto più grande. Lo stavano aspettando: avevano dipinta in volto l'impazienza, come se stessero attendendo un amante. Non appena Gregori li raggiunse, la donna tese le braccia verso di lui, sorridendo felice. La fame gli bruciava dentro, rossa e violenta, il suo corpo gridava il proprio desiderio. Gregori emise un basso grugnito e la raggiunse, incapace di contrastare la belva che gli si agitava dentro.

Aveva appena attirato selvaggiamente a sé la giovane, quando sentì un rumore. Lieve. Ritmico. Rapido. Con un ruggito gutturale spinse via la donna. Era incinta. Gregori tese la mano e allargò le dita sulla protuberanza del suo ventre, appena accennata. Era un maschio. Così piccolo e bisognoso di cure. Si voltò di scatto e afferrò l'uomo. Cercò di controllarsi, di fare in modo che la sua giovane vittima si offrisse a lui, calma e disponibile. Ascoltò per un momento il sangue, la vita, scorrere nelle vene del ragazzo, poi abbassò il capo e bevve.

Era in uno stato di eccitazione tale che la sensazione generata dall'afflusso di sangue fu molto intesa. Sentì il gusto del potere riportarlo in vita, riempirlo. Gregori ne aveva bisogno, desiderio, voglia. Si nutrì, famelico e vorace, nel disperato tentativo di colmare il suo vuoto. Le ginocchia del ragazzo cedettero e il carpaziano ritornò in sé. Per un attimo dovette opporsi alla bestia, felice di banchettare a sazietà, quasi corrotta dal potere della vita e della morte. Gregori dovette farsi forza e riprendere il controllo prima che fosse troppo tardi. Il sangue di quel ragazzo lo attirava, lo tentava. Invitante, insistente.

Stava per essere avvolto dall'alone rosso che si allargava e cresceva dentro di lui, il suo corpo ardeva e bruciava, quando gli balenò in mente un pensiero. *Savannah.* Tutt'a un tratto riuscì di nuovo a sentire l'odore della notte, il fresco e pulito profumo di lei. L'aria che gli sfiorava la pelle calda gli ricordò il tocco delle sue dita. Vide i rami degli alberi che si agitavano piano e gli occhi di lei, bellissimi e saggi, che fissavano il vuoto della sua anima.

Gregori imprecò, richiuse la ferita sul collo dell'uomo e lo adagiò al suolo, appoggiandolo al tronco di un grande albero. Si accovacciò e cercò di sentirgli le pulsazioni. Non voleva tornare da Savannah dopo essersi macchiato della morte di un innocente. Aveva pensato di concederle il tempo necessario per abituarsi a lui, alla loro relazione, ma lui stesso, nella condizione in cui si trovava, stava diventando troppo pericoloso e imprevedibile. Savannah doveva entrare dentro di lui e trascinarlo lontano dall'orlo della follia.

Il ragazzo, cereo in volto, rimase seduto, respirando a fatica. Con un po' di riposo e le cure necessarie si sarebbe ripreso. Impresse nella mente dei due giovani la convinzione di essere stati vittime di un incidente, in modo tale che la debolezza di lui risultasse plausibile, poi se ne andò, veloce come era arrivato, correndo attraverso il folto del bosco e oltrepassando con agilità rami caduti e piccoli torrenti. Una volta rientrato nella sua proprietà, rallentò il passo e cominciò a passeggiare, inviando ancora una volta un richiamo nella notte. I due ragazzi avrebbero avuto bisogno di aiuto, quindi fece in modo che una famiglia si imbattesse in loro. Udì le grida allarmate e preoccupate, nonostante la scena si stesse verificando a molti chilometri di distanza, e le sue labbra si curvarono in un sorriso soddisfatto.

Non appena spiccò il salto per raggiungere la terrazza, Gregori percepì una sorta di formicolio che lo avvisava di stare all'erta. Scrutò il cielo notturno mentre si dissolveva in un'ombra. Quel luogo, lontano, selvaggio, deserto e allo stesso tempo denso di potere, avrebbe richiamo l'attenzione di qualsiasi carpaziano rinnegato. I vampiri non erano in grado di resistere al richiamo della terra e dei lupi. Qualcuno di loro poteva aver avvertito la terribile lotta dentro di lui, il fatto che uno dei cacciatori era prossimo alla trasformazione, prossimo a diventare uno di loro, condannato per l'eternità. Mentre si nutriva, era stato talmente assorbito dal suo pasto che si era dimenticato di occultare la propria presenza nel caso ci fosse qualcuno della sua razza lì vicino... un altro indizio che rivelava quanto fosse vicino a perdere la sua anima.

Gregori sfiorò la mente dei lupi per rassicurarli e prepararli al confronto. Aveva già avvertito l'avvicinamento dei vampiri, che procedevano verso di lui come enormi pipistrelli, in un fitto schieramento. Stavano cercando di impossessarsi delle menti tanto degli umani quanto degli animali.

I lupi gironzolavano e si aggiravano nella villa, continuando a cercare il contatto telepatico, ma Gregori rimase concentrato su di loro, infondendo nelle bestie la propria calma. I vampiri sarebbero riusciti a impadronirsi solo di animali selvatici e randagi, prede di caccia. I candidi denti di Gregori scintillarono. Non poteva essere lui l'oggetto di quella ricerca: nessuno poteva avvertire la sua presenza, a meno che non lo consentisse lui stesso. E nessuna mente poteva essere così forte da schermarlo.

Savannah. Probabilmente i rinnegati stavano cercando lei, di certo Roberto l'aveva trovata e l'aveva tenuta nascosta agli altri. Nei suoi ultimi istanti di vita quella canaglia non aveva avuto il tempo o la forza per inviare un messaggio di avvertimento ai suoi simili. Dovevano aver intrapreso d'ufficio le ricerche nelle aree più remote della zona.

Gregori scosse la testa, pensando a quanto fossero stupidi. Savannah era la figlia di Mikhail. Mikhail era il loro principe, un antico, uno dei più potenti carpaziani. Savannah poteva anche aver scelto di indebolire il proprio potere rifiutando di bere sangue umano, tuttavia quando avesse scelto di nutrirsi sarebbe stata più pericolosa di quanto loro potessero immaginare.

Gregori rivolse al cielo un altro sorriso privo di allegria, crudele e minaccioso. I vampiri si stavano dirigendo in un'altra direzione, verso sud, verso la città brulicante di vita. Il carpaziano pensò allo scompiglio che avrebbero creato, alle vittime che avrebbero fatto prima che Aidan Savage, il cacciatore che si occupava di quell'area, potesse rintracciarli. Affidò ad Aidan quel compito, e non si sentì in colpa per aver lasciato all'altro suo simile l'incombenza di eliminare a tempo debito i vampiri dalla baia.

Il tempo, per Gregori, significava tutto e niente. Non aveva confini, squallido isolamento senza fine. Per lunghi secoli aveva sopportato la terribile e profonda solitudine cui erano condannati tutti i maschi della sua specie. Le sue emozioni erano sparite, facendo di lui un essere spietato, capace di immani crudeltà. Ma dopo anni e anni in cui era stato completamente solo, a un passo dal trasformarsi in un non-morto, si era svegliato e aveva di nuovo visto i colori e sentito i profumi, distinto la luce dal buio. Bruciava di passione, sfiorare i capelli di Savannah gli procurava intense sensazioni, così come la pressione del corpo di lei contro il suo. Gli bastava solo vederla per ardere di desiderio. Era troppo tardi? Sarebbe sopravvissuto all'offensiva di emozioni tanto potenti oppure queste l'avrebbero fatto vacillare e cadere nel baratro della follia?

Gregori era riuscito a resistere per tutti quei secoli perché, come Mikhail, faceva piani precisi e meticolosi, senza tralasciare il minimo dettaglio. Il suo primo errore in centinaia di anni era stato trascurare la possibile presenza di altri carpaziani o non-morti nel parcheggio dello stadio in cui si era svolto lo spettacolo di magia di Savannah. Qualche attimo prima aveva fatto lo stesso sbaglio. Tutto perché era distratto dal suo bisogno di lei e per averla attesa per così tanto tempo.

Rientrò in casa e scese a piedi nudi al piano di sotto. Una volta nella stanza da letto, accese delle candele e fece scorrere dell'acqua bollente nell'enorme vasca di marmo incassata nel pavimento. Poi ordinò a Savannah di svegliarsi. Gregori si sentì a disagio e un po' in difficoltà per via di quell'urgente bisogno di soddisfare la propria voglia; il recente e abbondante pasto lo avrebbe tuttavia aiutato a trattenersi. Guardò il volto di lei mentre il suo cuore cominciava a battere e i polmoni a gonfiarsi. Percepì l'esatto momento in cui, ispezionando con il pensiero l'area circostante, Savannah avvertì la minaccia che incombeva su di lei, il pericolo imminente. Si accorse della presenza di Gregori.

Savannah lo sorprese mettendosi lentamente a sedere e scuotendo i serici capelli, che le andarono a finire davanti al viso. Lo fissò con quei suoi occhi grandi e bellissimi. Si passò la punta della lingua sulla labbra, preoccupata.

Per quanto possibile, la tensione sessuale di Gregori aumentò.

Il carpaziano aveva un aspetto potente, intimidatorio, un'espressione rude e sensuale, notò Savannah, in trepidazione. La stava toccando, sbranando, con quel suo sguardo famelico. E, nonostante la sua ostinazione, nonostante le sue paure, Savannah sentì il proprio corpo rispondergli, di propria iniziativa. Un intenso calore le si diffuse in tutte le membra, procurandole un dolore terribile e un fortissimo impeto di desiderio. Riusciva a sentire il profumo virile di Gregori. Gli era rimasto appiccicato addosso l'odore selvatico della foresta, ma nascondeva un segreto. Gli occhi viola di Savannah mandarono un bagliore, brillando come due stelle. «Come osi venire da me con addosso il profumo di un'altra donna?».

Un debole sorriso incurvò gli angoli della bocca del carpaziano, rendendo un po' meno dura la sua espressione. «Mi sono solo nutrito, piccola mia». Savannah era la donna più bella e sensuale che avesse mai incontrato. Credeva di temerlo e di essere terrorizzata da lui, ma poi non si faceva scrupoli a rimproverarlo.

Lei, con i lunghi capelli scompigliati e i pugni chiusi, gli lanciò un'occhiata. «Di' quello che vuoi, Gregori, ma non ti avvicinare a me finché hai addosso quell'odore». Savannah era furiosa. Gregori continuava a insistere con la storia che lei era la sua compagna per la vita, tentando di condannarla a un'eternità all'inferno, e poi si azzardava a presentarsi da lei con il profumo di un'altra donna addosso? «Vattene e lasciami in pace». Per qualche inspiegabile ragione, il pensiero che lui potesse tradirla le faceva venire le lacrime agli occhi.

Gregori, possessivo, squadrò l'esile figura di lei, uno sguardo caldo e carezzevole. Aggrottò appena le sopracciglia. «Sei ancora debole, Savannah. Me ne rendo conto quando le nostre menti si fondono l'una nell'altra».

«Esci dalla mia testa. Non sei stato invitato». Si mise le mani sui fianchi. «E, giusto per la cronaca, i tuoi pensieri avrebbero bisogno di una bella strigliata! La metà delle cose che immagini di fare con me non si verificheranno mai. Non riuscirei più a guardarti negli occhi».

Gregori scoppiò a ridere. Una risata sonora. Una vera risata, di cuore. Si stava davvero divertendo, e gli era venuta fuori spontanea, bassa e un po' roca. In un solo balzo annullò la distanza che li separava e attirò Savannah tra le sue braccia, grato della sua presenza più di quanto potesse immaginare.

Lei gli lanciò un cuscino. «Dai, continua a ridere, stupido arrogante che non sei altro». Avrebbe voluto averne un altro a portata di mano.

Gregori inarcò le sopracciglia. Ancora una nuova esperienza. Era stato chiamato in tanti modi, ma mai stupido. La preoccupazione per lo stato di salute di Savannah, comunque, era più forte delle sue elucubrazioni. Persino più importante della bestia che covava dentro di sé e che non vedeva l'ora di possederla. «Perché sei così debole, piccola mia? Non va bene».

Savannah non si curò delle sue parole. «E invece secondo te va bene che tu vada a divertirti con altre donne?». Non riusciva a smettere di chiedersi perché il suo comportamento la mandasse su tutte le furie, eppure non era in grado di mantenere la calma. «Mi sono presa cura di me stessa per cinque anni, Gregori, senza il tuo aiuto. Non ho bisogno di te e non ti voglio. Ma se proprio dovessi essere costretta ad averti tra i piedi, sarà meglio stabilire un paio di regole».

Gregori fece una smorfia, sentì una stretta allo stomaco e si irrigidì, in una morsa di dolore. La voglia di farla sua era sempre più forte e intensa e la bestia accovacciata dentro di lui ringhiava, desiderosa di essere liberata. Cinque anni. Lui le aveva concesso cinque anni. Che Dio venisse in loro soccorso, se aveva aspettato troppo a lungo. «Il bagno è pronto. Potresti elencarmi le tue regole mentre ci rilassiamo nella vasca».

Savannah sgranò gli occhi. «*Ci rilassiamo*? Non credo proprio. Tu puoi anche avere l'abitudine di fare il bagno con le donne ma, te lo assicuro, io non faccio il bagno con gli uomini».

«Be', questo mi rassicura», replicò lui, secco. Si stava divertendo, tuttavia l'urgenza del suo desiderio continuava a crescere. «Non ho mai fatto il bagno con una donna, Savannah. Sarà una nuova piacevole esperienza per entrambi».

«Forse nei tuoi sogni».

«Non hai motivo di essere timida. Siamo soltanto un uomo e una donna».

«Risparmiami le tue sciocchezze, Gregori. Non farò il bagno con te e basta».

Lui alzò un sopracciglio. Tutto d'un tratto emerse la sua indole da predatore. Nessun pigro divertimento, nessuna indulgenza. Solo un cacciatore che teneva gli occhi fissi sulla sua preda.

Il cuore di Savannah perse un colpo, poi cominciò a martellarle forte nel petto. La cosa peggiore era che lui poteva sentirlo. Gregori sapeva di averla spaventata. E questo la faceva arrabbiare ancora di più. Doveva per forza assumere quell'aria tanto intimidatoria? Tutti i maschi carpaziani erano incredibilmente forti: non avevano bisogno di dimostrarlo. Gregori non aveva motivo di fare sfoggio dei possenti pettorali, delle braccia muscolose e delle gambe solide come querce. Savannah si era ripromessa di essere coraggiosa, era determinata a non farsi intimidire, ma lui era il potere in persona.

«Ti sto leggendo nel pensiero», fece lui, a bassa voce.

Savannah detestò quel suo corpo traditore, il modo in cui si scioglieva alla vista di lui e al suono della sua voce, morbida come il velluto. «Ti avevo detto di non farlo».

«È un'abitudine, piccola».

Lei gli scagliò contro l'altro cuscino. «Non ritrasformarti nel lupo, non ti permettere! Sono certa che le nostre leggi lo vietino. Sei un mascalzone, Gregori, e non provi nemmeno un briciolo di senso di colpa!».

«Togliti i vestiti, Savannah».

A quell'ordine sommesso, gli occhi di lei vagarono per la stanza finché non incontrarono quelli di Gregori. I loro sguardi rimasero incatenati l'uno all'altro. Savannah fece un passo indietro, barcollando, e sarebbe caduta se lui, coprendo la distanza che li separava a una velocità soprannaturale, non l'avesse sorretta. Gregori la tirò su e la strinse a sé, fissandola con gli argentei occhi stretti a fessura. «Perché sei così debole?».

Savannah cercò di fare leva sul suo petto e si sforzò inutilmente di sfuggire al contatto telepatico. Gregori avrebbe potuto desumere qualsiasi informazione desiderasse dalla sua mente con discreta facilità. «Non ho mai bevuto sangue umano, lo sai. Quando ero piccola sembrava che la cosa non avesse alcuna conseguenza, ma negli ultimi due anni, ci sono state delle...», temporeggiò in cerca della parola adatta, «ripercussioni».

Gregori rimase immobile, lo sguardo fisso, in attesa di ulteriori spiegazioni. Era un ordine. Savannah non poteva disobbedire al comando di quegli occhi imperiosi.

Sospirò. «Sono quasi sempre debole. Per cambiare forma devo compiere uno sforzo incredibile. Ecco perché i miei spettacoli sono sempre meno frequenti. Ho grosse difficoltà a smaterializzarmi e poi a ricomparire di nuovo». Non aggiunse che non poteva più tessere adeguati incantesimi di protezione mentre dormiva, ma dall'improvviso bagliore negli occhi argentei di lui capì che Gregori aveva percepito anche l'eco delle parole non dette.

Il suo sguardo divenne freddo come l'acciaio e Gregori strinse la presa, schiacciando il corpo di lei contro il proprio petto muscoloso. «Perché non hai posto rimedio a questa situazione?». Savannah non voleva ammettere la vera ragione: aveva pensato che quella strana dieta le avrebbe permesso di esporsi alla luce del sole.

«Basta. Ti impedisco di proseguire con queste stupidaggini». La scosse un po', mostrandole i denti bianchissimi in una smorfia di indignazione. «Devi metterci un punto, Savannah. Ti costringerò a farlo». Non erano spacconate: la sua voce non nascondeva toni di sfida o di provocazione. Gregori stava semplicemente rendendo conto di un dato di fatto.

Savannah capì di essere vittima di una minaccia, non fisica ma mentale. «Gregori», disse, sforzandosi di sembrare calma e ragionevole, «non è un bene per te costringermi a seguire la tua volontà».

Lui la rimise in piedi, sostenendola con una mano e cominciando a sbottonarle la camicetta con l'altra.

A Savannah si spezzò il fiato in gola. Sollevò entrambe le mani per allontanare la sua. «Che stai facendo?»

«Ti sto togliendo i vestiti». Sembrava non rendersi conto delle mani di Savannah che cercavano di impedirglielo. La camicetta cominciò ad aprirsi, rivelando la stretta gabbia toracica e la morbida curva dei seni coperti da un reggiseno di pizzo quasi trasparente.

Per un attimo la bestia ebbe il sopravvento, desiderosa di strappargliela, di nutrirsi, di reclamarla. A Gregori risultò quasi impossibile tenerla sotto controllo e per la prima volta il carpaziano pensò di aver aspettato davvero troppo a lungo prima di fare sua Savannah. Quella ragazza sarebbe stata in grave pericolo se fosse scivolato oltre il confine della follia. Il desiderio di possederla divenne violento e doloroso, ma Gregori trasse un profondo respiro, gli si oppose ed ebbe la meglio. Non gli tremarono le mani quando le sfilò le bretelle, lasciando nudi ed esposti al suo sguardo i seni pieni e sodi. Non riuscì a trattenersi e glieli accarezzò, facendole inturgidire i capezzoli. Mormorò qualcosa – Savannah non avrebbe saputo dire cosa –, poi abbassò il capo e la baciò.

Non appena le loro lingue si sfiorarono e i denti di lui le mordicchiarono un labbro, Savannah sentì le gambe cederle. Il desiderio era talmente intenso che le sembrò che il suo corpo si sciogliesse. Gregori la baciò appassionatamente, ed entrambi si eccitarono ancora di più.

Savannah infilò le dita nel folto dei suoi capelli, scuri come il cielo di mezzanotte, intenzionata ad allontanarlo, ma le fiamme del desiderio si erano impossessate di lei e avevano prodotto un fuoco ingovernabile. *Solo una volta, per assaggiare il gusto del proibito. Solo una volta.* Il fatto che non sapesse dire se quel pensiero fosse frutto della sua mente o di quella di lui la diceva lunga sul livello del suo piacere.

La mano di Gregori le scivolò sul ventre, fino a quando non trovò la cerniera dei jeans. Savannah ebbe la sensazione che i colori danzassero intorno a lei, che l'aria sfrigolasse, che le mancasse la terra sotto i piedi. Le sfuggì un gemito di disperazione, di desiderio. Il suono dei loro cuori che battevano, del sangue che fluiva nelle loro vene, era musica per le sue orecchie. Quell'uomo richiamava in vita la sua parte selvaggia. Il suo profumo, mascolino ed eccitato, il profumo del suo sangue, le faceva venire fame, una fame acuta e irresistibile.

«No! Non voglio!». Savannah, nel disperato tentativo di sfuggire a quell'incantesimo di magia nera, si tirò indietro. Lo desiderava più di ogni altra cosa, più della sua stessa anima, ma l'intensità di quell'emozione la spaventava da morire.

Gregori cercò di riacciuffarla e caddero insieme sul pavimento, lui sopra di lei. Il capo di Savannah rimase schiacciato contro il petto di Gregori: il profumo del sangue e il battito del cuore del carpaziano erano sul punto di vincere ogni sua resistenza. La mano di lui rimase intrappolata tra le gambe di lei e ne venne fuori solo dopo averle strappato via il minuscolo ritaglio di tessuto che fungeva da biancheria intima. La accarezzò tutta, cercando di memorizzare ogni curva o ogni piega del suo corpo, e le sue mani lasciavano una scia infuocata al loro passaggio.

Savannah assaporò la pelle di lui, calda e salata. Trovò con la lingua il punto in cui si sentivano le pulsazioni e lo sfiorò con un tocco leggero. Gregori rabbrividì di piacere e la strinse a sé in una morsa d'acciaio. Savannah avvertì il respiro caldo sul collo, vicino all'orecchio. «Prendi ciò di cui hai bisogno, Savannah», mormorò con un tono di voce seducente come velluto nero. «Te lo offro di mia spontanea volontà, come ho già fatto in passato. Ti ricordi che gusto ho?». Era pura tentazione, diabolica e allettante. *Te lo ricordi?* Le bisbigliò quelle parole telepaticamente.

Savannah chiuse gli occhi. Il profumo del sangue era irresistibile, la chiamava, le sussurrava un incantesimo. E lei era così debole. Le sarebbe bastato nutrirsi solo una volta e sarebbe stata di nuovo in forze... e a lungo. Sarebbe stato così facile concedersi di assaporare il gusto di Gregori. Il suo corpo si irrigidì solo al pensiero: ne aveva un estremo bisogno, era una questione di sopravvivenza.

La mano di Gregori le risalì di nuovo su per la coscia, procurandole un brivido di piacere. Savannah lo sfiorò ancora con la lingua, indugiando un po' più a lungo sulla vena. Le dita di lui trovarono il fulcro umido della sua eccitazione e lo accarezzarono, lente. I denti di Savannah gli graffiarono la pelle, poi lei gli diede un morso. Gregori dovette controllarsi per non penetrarla e possederla subito. Savannah si sentiva ancora smarrita e confusa, anche se il suo desiderio era sempre più intenso e il suo corpo ardeva di passione. Il carpaziano nutrì quella passione, frugando con le dita, esplorandola, sentendo i suoi muscoli tendersi, i suoi fianchi schiacciati contro di lui, in cerca di un liberatorio sollievo. *Desiderio.* Gregori vi si concentrava, lo faceva crescere, gli permetteva di consumarlo. Soffriva fisicamente per la passione, era tanto accaldato ed eccitato da sentire dolore. La mente di Savannah cercò la sua e vi si fuse al punto che sarebbe stato impossibile distinguere i pensieri di uno da quelli dell'altra. *Desiderio. Ricordi. Il gusto. Solo un'altra volta, il gusto di lui.*

Savannah non riusciva a pensare. La passione e la voglia di lui erano troppo forti. Era in grado di sentire la pelle nuda e calda di Gregori contro la sua, la pressione di quel corpo, così aggressivo e virile; ma ad attirarla era soprattutto il costante e ritmico battito del suo cuore.

Le dita di Gregori sprofondarono dentro di lei, e per tutta risposta divampò un incendio; fuoco rosso, calore bianco, lampi blu. La ferrea volontà di Savannah venne meno e lei gli affondò i denti nel collo. Gregori emise un urlo roco, un'esplosione di piacere tanto intensa da essere paragonabile all'estasi. Era erotismo puro: la bocca di lei che si muoveva su di lui, nutrendosi e traendone forza vitale. Gregori aveva aspettato così a lungo. La mente gli si annebbiò, divenne un alone rosso di intenso desiderio, e il carpaziano le bloccò gli esili fianchi con una forza brutale, tenendola ferma per penetrarla.

Lei lo accolse, morbida come il velluto e infuocata dalla passione; lui lacerò la sottile barriera della sua verginità e sprofondò dentro di lei più che poté, ardendo dalla voglia di farla sua per l'eternità. L'urlo sconvolto di dolore di Savannah rimase imprigionato e soffocato dal petto di Gregori. Quella ragazza era così minuta, stretta e infervorata che lui si sentì perso in un mare di sensazioni. Emozioni.

Emozioni pure. Emozioni reali. Non le fantasie di cui si era nutrito per resistere all'oscurità, alla solitudine, ma emozioni vere. Si sentì sopraffare dal dolce e mieloso profumo del sangue, che lo attirava, lo seduceva in modo irresistibile. L'odore del sangue di Savannah, mescolato al suo, fece allargare la macchia rossa che gli annebbiava la mente, perse il controllo e scatenò tutti i suoi istinti predatori, aggressivi, bestiali.

Savannah chiuse automaticamente la ferita che gli aveva procurato sul petto passandogli sopra la lingua e subito cominciò a opporgli resistenza. Gregori era così forte e violento che le stava facendo male, il suo corpo la stava deformando, portandole via con estrema brutalità la sua innocenza. Le sue mani erano dappertutto, e i suoi denti pure. Ai tentativi di Savannah di resistergli, lui rispose con bassi e gutturali grugniti di avvertimento.

Gregori sollevò la testa: nei suoi occhi lampeggiavano bagliori rossi, era pericoloso, fuori controllo, non più umano, a un passo dal baratro della follia. Più Savannah gli resisteva più lui diventava brutale, come un animale selvatico il cui unico scopo è dominare, raggiungere il proprio piacere.

Quando i denti di lui le perforarono la vulnerabile curva del seno, Savannah si sentì pervadere da un dolore caldo e bianco. Urlò in segno di protesta, ma Gregori la immobilizzò con il peso del suo corpo, tenendola ferma, finché non raggiunse il piacere. Mentre il sangue di Savannah fluiva dentro di lui, il carpaziano continuò a penetrarla, sempre più a fondo e con sempre maggiore violenza.

Sangue caldo gli colò in bocca. Non aveva mai sentito un gusto simile: non ne avrebbe avuto mai abbastanza. Scorreva dentro di lui come nettare, procurandogli un lieve bruciore e al contempo un senso di sollievo. Non aveva mai sperimentato un'estasi simile a quella che il sangue di Savannah gli aveva provocato. Gli sarebbe piaciuto che quel momento fosse durato per sempre. Si sentì sempre più potente, una sensazione di totale rapimento. Il suo corpo era selvaggio e voleva di più, ancora di più, in modo che la frenesia con la quale la penetrava andasse allo stesso ritmo della frenesia con la quale si nutriva.

Gregori non esisteva più; la bestia furiosa che aveva preso il suo posto stava prosciugando Savannah, bevendone il sangue fino all'ultima goccia e servendosi del suo corpo senza la dolcezza che un compagno per la vita avrebbe dovuto usare. Savannah accettò la morte imminente, ma pensò con preoccupazione a quale sarebbe stata la reazione di suo padre, che si sarebbe dovuto misurare con Gregori, il più scaltro, il più forte di tutti i carpaziani.

Sentì un debole sussulto nella mente, non frasi articolate, solo impressioni. Gregori stava cercando di risalire dal baratro della follia per salvarla, ogni suo pensiero adesso era per lei. Si sentiva profondamente addolorato per aver aspettato così a lungo e averle fatto correre un così grande pericolo. *Uccidimi, cara. Quando questa creatura che sta abusando di te avrà finito, sarà debole, pigra e sazia. A quel punto, uccidila. Farò del mio meglio per aiutarti.*

Su di lei si riversò un enorme senso di colpa. Gregori si era condannato da solo a cinque anni d'inferno per concederle la libertà che lei desiderava. In quel periodo aveva camminato sull'orlo della pazzia, eppure aveva resistito… e l'aveva fatto per lei. Le loro menti si erano fuse l'una nell'altra e Savannah, a quel punto, riusciva a comprendere quanta sofferenza Gregori avesse sopportato a causa del suo comportamento. Adesso avrebbe voluto morire pur di salvarla. Savannah chiuse gli occhi e ordinò al proprio corpo di rilassarsi e di accoglierlo.

Gregori. Pensava di essere perduto, di essere diventato un vampiro che non avrebbe più distinto il bene dal male. Una bestia selvaggia priva di fede, infinitamente potente e pericolosa oltre ogni immaginazione. Aveva resistito tanto a lungo contro il vuoto oscuro che minacciava di schiacciarlo, eppure adesso era perduto, intrappolato in un vortice di violenza e passione, potere e piacere. Era stata lei a condurlo a quell'orribile fine. Le sue paure e la sua giovinezza, erano state loro a trasformare la sua grandezza in ferocia gratuita.

Savannah incrociò le dita dietro la nuca di Gregori e si sforzò di allontanare il dolore dalla propria mente, nel tentativo di non pensare alla violenza di cui era vittima. Gregori. Il tenebroso. Selvaggio. Indomito. Sempre solitario. Colui che non si commuoveva mai, che stava in disparte. Temuto. Nessun carpaziano si sentiva a proprio agio in sua presenza, eppure lui aveva guarito molti dei membri del loro popolo, aveva dato la caccia agli assassini, aveva fatto giustizia quando questo si era rivelato il più ingrato dei compiti, per far sì che la loro gente fosse al sicuro.

Chi si sarebbe preoccupato adesso di quella belva selvatica? Chi avrebbe provato gratitudine per quanto lui aveva sacrificato in nome del bene di tutti? Chi avrebbe osato avvicinarsi per raggiungere l'uomo che si celava là dentro? Savannah ebbe un moto di compassione e sperimentò sentimenti sui quali non osava indagare. Non poteva permettere che un simile destino si abbattesse su un così grande carpaziano. Non l'avrebbe permesso. Si sentì determinata come non mai.

Gli prese fra le mani la folta chioma di capelli e si strinse la testa al seno, concedendosi spontaneamente, cercando di restare calma nell'occhio del ciclone, di offrirgli la propria vita senza riserve. *Prendila, Gregori. La mia vita in cambio della tua.* Era il minimo che potesse fare, a fronte di ciò che lui aveva fatto per lei e per il loro popolo. *Sono qui per te, Gregori. Ti offro di mia spontanea volontà ciò di cui hai bisogno.* Era sincera. Non avrebbe permesso che lui diventasse un non-morto. Non l'avrebbe abbandonato nel mondo delle creature prive di anima.

Savannah! Le sembrò che Gregori fosse un po' più forte, ma forse si trattava solo della speranza che l'uomo stesse riguadagnando terreno nei confronti della bestia. *Tu devi sopravvivere. Uccidimi.* La sua voce era un lamento veemente e supplichevole nella sua testa.

Lei gli rispose. *Prova a sentirmi, il mio corpo si sta unendo al tuo. Io ti appartengo e tu appartieni a me. Senti la mia presenza dentro di te. Resta con me. Non ti lascerò andare. Ovunque tu sarai, io sarò al tuo fianco. Ovunque andrai, io ti seguirò. Ti sto offrendo spontaneamente la mia vita per salvare la tua. Non puoi prendere con la violenza ciò che ti viene dato. Non hai commesso alcun errore nel far tuo ciò che ti appartiene.*

I fianchi di Gregori continuarono a muoversi su di lei, ma con maggior delicatezza, come se stesse lentamente tornando padrone di sé. Incoraggiata, Savannah gli andò incontro, cercando di seguire il ritmo furioso del suo cuore, del suo respiro, finché non furono in perfetta sincronia. Un cuore, un corpo, una mente. Poi lei tentò di rallentare, di persuaderlo a fare lo stesso.

Savannah. A quel punto il suo nome era un lamento. Ancora lontano, ma più deciso. La bocca di lui, che fino a un attimo prima si muoveva feroce su di lei, divenne più dolce. *Mettiti in salvo.* Gregori stava lottando per Savannah così come lei stava lottando per lui.

Esistiamo solo noi. Lei si era tranquillizzata, le sue mani gli accarezzavano dolcemente i muscoli tesi della schiena. *Non ci sono più io, né tu.* Si sentiva debole, prosciugata, e una strana sensazione di letargia si stava impadronendo di lei. *Solo noi.* Stava farfugliando un po'? *Non ti lascerò. Non permetterò che l'oscurità ti porti via da me.*

Savannah rimase distesa sotto di lui, nel mondo dei sogni. Improvvisamente, come se avesse percepito che la preda stava fuggendo via, la bestia sollevò il capo, e i suoi occhi, ora rossi poi argentei, poi di nuovo rossi e infine ancora argentei, la fissarono, teneri e feroci allo stesso tempo. Un rivolo di sangue le corse giù lungo la curva del seno. Lei sbatté le palpebre per rimetterlo a fuoco. Gregori stava riversando il proprio seme dentro di lei, tremando. Passò la lingua sulla ferita che le aveva procurato e la chiuse, poi leccò le gocce di sangue che Savannah aveva sul ventre.

Ti rivendico quale mia compagna per la vita. Quelle parole risuonarono roche nella mente di Savannah. Poi proseguì, con tono gutturale, come se il terribile conflitto che lo aveva dilaniato gli avesse reso la voce più fioca. «Io appartengo a te. Ti offro la mia vita». Mentre recitava le antiche formule carpaziane che li avrebbero legati per sempre l'uno all'altra, il suo tono però divenne più sicuro, più simile a quello che aveva di solito, una bellissima carezza di velluto. «Ti do la mia protezione, la mia fedeltà, il mio cuore, la mia anima e il mio corpo. E prendo lo stesso da te». Le mise una mano dietro la nuca, si procurò una ferita sul collo e vi premette la bocca di Savannah. Lei era debole, talmente debole che quasi non riusciva a nutrirsi nemmeno sotto costrizione. *Bevi, amore mio, per la vita di entrambi.* Non ebbe scrupoli nel costringerla a obbedirgli. Se non si fosse nutrita del suo sangue, non sarebbe sopravvissuta per più di un'ora. E tutto quello che aveva patito per salvargli la vita sarebbe stato vano. Perché senza di lei lui non avrebbe avuto motivo di vivere.

Gregori le scostò teneramente i capelli da volto, e continuò a muoversi con dolcezza dentro di lei. Era necessario portare a termine il rituale per evitare che la bestia potesse nuovamente diventare un pericolo per lei. Gregori aveva bisogno di sentire Savannah dentro di sé, di ancorare la sua oscurità alla luce di lei. Sarebbe stato un lungo cammino, ma Savannah era forte e, con la fiducia che nutriva nei suoi confronti, lo avrebbe trascinato lontano dal vuoto della solitudine e dalla sua indole selvaggia. Terminò la formula a voce bassa. «La tua vita, la tua felicità e il tuo benessere saranno al di sopra dei miei. Sei la mia compagna per la vita, legata a me per l'eternità e per sempre sotto la mia protezione».

Gregori sperimentò l'estasi procuratagli dalla combinazione delle sensazioni di Savannah che si nutriva e del caldo velluto della sua femminilità in cui era sprofondato. Cercò di contenere il proprio piacere, consapevole del fatto che lei non stava sperimentando le stesse gradevoli emozioni. Quando fu sicuro che avesse bevuto abbastanza sangue per sopravvivere, si abbandonò a un'altra ondata di godimento.

La testa di Savannah penzolava dal fragile collo, come un fiore dal gambo. Era così pallida che la pelle sembrava quasi trasparente. Gregori le prese una mano e se la portò alle labbra, puntando gli occhi argentei sul suo volto e notando la presenza di ombre e cavità che non c'erano fino a un attimo prima. Mentre la osservava, qualcosa dentro di lui si sciolse.

Si tirò su, lanciò un'occhiata all'esile figura di lei e rimase di sasso, scioccato e sconvolto, quasi incredulo. Era piena di graffi, lividi e segni di morsi. Il suo seme e il sangue le colavano tra le gambe, e Gregori dovette fare mente locale per ricordarsi che le aveva portato via la verginità.

Emise un suono gutturale, roco e ferito. Come aveva potuto farle una tale imperdonabile violenza? Come avrebbe mai potuto essere perdonato? Savannah era riuscita a trascinarlo lontano dal baratro dei dannati. Tutto ciò che sapeva e credeva gli suggeriva che si era trattato di un miracolo. Ma Savannah ne aveva pagato il prezzo.

Gregori sollevò quel corpo privo di forze e lo immerse nella vasca da bagno, convinto che l'acqua calda avrebbe alleviato le sue sofferenze fino al momento in cui lui non sarebbe stato in grado di farla dormire di un sonno profondo e ristoratore. Nella loro terra d'origine, il suolo l'avrebbe accolta e guarita. Lì, in quello strano paese, c'erano solo Gregori e i suoi poteri da guaritore. Il carpaziano avrebbe potuto costringerla a dormire finché le ferite non si fossero del tutto rimarginate. Avrebbe potuto cancellare il ricordo di quella violenza e convincerla che avevano fatto l'amore in modo dolcissimo. Ma le aveva promesso che non le avrebbe mai mentito e, se fosse intervenuto sulla sua memoria, la loro relazione da quel momento in poi sarebbe diventata solo una menzogna.

Savannah giaceva immobile, pallida e priva di forze. Gregori le scostò dal viso i capelli color dell'ebano: era profondamente addolorato, come se qualcuno gli stesse strizzando il cuore, strappandoglielo via dal petto. La verità era che avrebbe voluto mentire solo a se stesso, e non se lo meritava. Il coraggio di quella donna lo aveva salvato. Se lei era riuscita a guardare in faccia il suo demone, lui avrebbe dovuto fare lo stesso.

Capitolo 4

Savannah si risvegliò lentamente e rimase a letto, ancora assonnata. Appena provò a muoversi si ricordò di quanto era accaduto. La acuta sensibilità tipica dei carpaziani, il fatto di avere tutti e cinque i sensi molto sviluppati, l'indole passionale che faceva accoppiare uomini e donne del suo popolo in modo selvaggio, tutto ciò si era rivelato una maledizione.

I carpaziani provano il dolore con la stessa intensità con la quale vedono e sentono, e nessun agente chimico può alleviare la loro sofferenza. Prima che potesse trattenersi, le sfuggì un lamento.

Una mano dal tocco lenitivo le si poggiò subito sulla fronte, scostandole via i capelli. «Non muoverti, piccola mia».

Un debole sorriso le curvò gli angoli della bocca. «Non sai far altro che impartire ordini?». Le sue palpebre si sollevarono e rivelarono due occhi di un blu tendente al viola.

Gregori si era aspettato biasimo, rabbia, disgusto. Gli occhi di Savannah erano annebbiati dal dolore, un po' assonnati, nascondevano una traccia di paura che lei faceva di tutto per dissimulare, nient'altro. Lui era un'ombra nella sua mente, pertanto lei non poté schermarlo. Savannah era soprattutto preoccupata per lui, per la terribile battaglia che aveva combattuto contro la follia, per le cicatrici che gli segnavano l'anima. Si sentiva in colpa e sopraffatta dalla tristezza, perché la sua giovinezza e inesperienza l'avevano portata a fare delle scelte sbagliate. Gregori non si accorse di essersi accigliato finché Savannah non gli passò le dita sulle labbra. Quel contatto lo fece sobbalzare. Il modo in cui lei lo guardava gli provocò un tuffo al cuore, sciogliendo ogni grumo di solitudine.

«Ti sei esposta a un rischio terribile, Savannah. Avrei potuto ucciderti. La prossima volta che ti darò un ordine, obbediscimi!».

Un debole sorriso illuminò il suo volto, ma sparì subito, dal momento che le labbra spaccate le tiravano e le facevano male. Era davvero debole, aveva bisogno di molto sangue. Le arrivò una zaffata di quel liquido vitale e le fece venire in mente ricordi che proprio in quel momento avrebbe preferito evitare. «Be', non sono molto brava a seguire gli ordini altrui. Credo che dovrai abituarti». Savannah provò a mettersi seduta, ma le risultò impossibile, per via di quell'enorme mano che aveva poggiata sul cuore.

Aveva provato a scherzare e ad assumere un tono sarcastico, solo che il contatto telepatico tra loro era ormai attivo e funzionante, le loro menti si fondevano senza incontrare alcun ostacolo l'una nell'altra, e lui riuscì a cogliere una punta di nervosismo e di paura nelle sue parole. Savannah avvertiva la presenza della sua mano, poggiata sulle lenzuola sottili, all'altezza della curva del suo seno, e le faceva un certo effetto. Stava disperatamente cercando di ignorare la fortissima tensione sessuale che c'era tra loro.

Gregori si piegò e le strofinò con dolcezza le labbra sulla fronte. «Ti ringrazio per quello che hai fatto. Mi hai salvato la vita. E, cosa ancor più importante, hai salvato la mia anima». *Hai salvato la vita a entrambi.* «Non cercare di nascondermi le tue paure, piccola mia. Non ce n'è alcun motivo».

Savannah si lasciò sfuggire un sospiro e chiuse gli occhi. «Puoi risultare molto fastidioso, Gregori. Ce la sto mettendo tutta per non pensarci, e potrei anche aver bisogno di un piccolo aiuto per riuscirci. A essere sinceri, mi sono spaventata da morire. Ma adesso non voglio pensarci». Si morse un labbro, poi trasalì per il dolore. Si spostò un po' indietro, nella speranza che lui togliesse la mano da lì. Era conscia del suo tocco, del suo calore. Quella consapevolezza comprendeva da una parte il dolore fisico causato dal suo tocco e dall'altra la terribile paura che la sua mente non avesse alcuna speranza di venirne fuori.

Gregori non mosse un muscolo, immobile come una statua intagliata nel granito. «Mi hai trascinato via dall'oscurità, dai cancelli dell'inferno. In base al diritto, in base alle leggi della nostra gente, avresti dovuto uccidermi per quello che ti ho fatto». Parlò in tono sommesso, denso di sofferenza. «In tutta sincerità, non credevo che fosse possibile autosacrificarsi e compiere un gesto salvifico come il tuo».

Savannah non avrebbe mai più voluto sperimentare un'esperienza come quella. Eppure, per quanto fosse terrorizzata, per quanto stesse soffrendo, sapeva che Gregori viveva un tormento più intenso del suo. «Non posso supporre che tu mi sia così riconoscente da prendere in considerazione l'ipotesi di stare alla larga da me per un po', vero?», gli chiese, speranzosa, chiudendo per un attimo gli occhi in modo tale da scacciare il ricordo del combattimento che aveva ingaggiato per salvarlo. Non riusciva a confrontarsi allo stesso tempo con quel ricordo e con l'uomo reale e minaccioso.

Per un istante qualcosa guizzò nella profondità dello sguardo di Savannah, procurò una lieve increspatura nella mente di lui e in quella di lei, poi svanì. Dolore. Lo aveva ferito? Savannah non era sicura di volerlo sapere.

«Il rituale è stato completato, piccola mia. È troppo tardi. Nessuno di noi due sopravvivrebbe se ci separassimo». Le arruffò i capelli, passandole le dita nel folto della chioma, come se non ne avesse mai abbastanza di lei.

Savannah ricordò di aver sentito che i compagni per la vita non possono vivere l'uno lontano dall'altra. Ma ciò significava che doveva assolutamente trovare un modo per dipanare il suo profondo conflitto interiore e venire a patti con la paura che la loro relazione le metteva. Sarebbe stato possibile? «E quindi? Che cosa vuol dire?», lo provocò. «Ho sentito questo discorso sia da te che da mio padre. Mi è stato ripetuto per tutta la vita. Che significa?»

«Significa che avrai bisogno del contatto telepatico, del mio corpo e del mio sangue, così come io avrò bisogno del tuo. Si verificherà spesso, e sarà un bisogno così forte che nessuno di noi due sarà in grado di esistere senza l'altro». Il suo tono di voce era rimasto neutrale, basso, cadenzato e tranquillo.

Savannah impallidì ancora di più, per quanto possibile. Il cuore le balzò in gola, gli occhi vagarono per la stanza colmi di paura. *Mai!* Lei non avrebbe mai e poi mai, qualsiasi fossero le circostanze, ripetuto quell'esperienza. Il sesso era un incubo, lo scambio di sangue troppo doloroso. Si voltò, cercando di nascondergli i suoi timori. Il suo cervello si stava dando da fare, alla ricerca di una soluzione. Era stata lei l'artefice di tutto. Se solo… No, se si fosse comportata in maniera diversa Gregori sarebbe morto, o peggio, sarebbe diventato un vampiro, e chissà perché, anche davanti alla minaccia che potesse di nuovo verificarsi quanto era accaduto, Savannah non riusciva nemmeno a sopportare quel pensiero.

Si inumidì le labbra con la punta della lingua, e avvertì le ferite che l'aggressione le aveva procurato. «Adesso però non c'è il rischio che ti trasformi in un vampiro, giusto?».

Quella domanda causò a Gregori un tuffo al cuore. «Non c'è alcuna possibilità che la mia anima sia risucchiata dall'oscurità, Savannah, a meno che io non ti perda. Non ti mentirò, piccola mia. La nostra vita, all'inizio, sarà difficile. Non so quanto saranno profonde le emozioni che scatenerai in me. Ci vorrà del tempo per abituarsi. Ma se mi stai chiedendo se ti farò di nuovo del male, la risposta è no».

«Ne sei sciuro?». A quel punto le tremava sensibilmente la voce e le sue mani fremettero quando le sollevò per scostarsi i capelli dal volto.

Quel movimento la fece trasalire, e quel sussulto, quel tremito, furono per Gregori come la tagliente lama di un coltello. «Tu sei dentro di me, Savannah, una luce che mi guida nell'oscurità». Avrebbe voluto stringerla tra le braccia, tenerla stretta al petto per l'eternità. Ma le stava dicendo la verità? In cuor suo sapeva di che pasta era fatto, anche se cercava da tempo di moderare la propria indole. Gli incantesimi che avrebbero dovuto proteggerlo dalla sua stessa violenza sarebbero stati efficaci?

«Ho bisogno di tempo». Savannah si detestò per il tono lamentoso con cui aveva pronunciato quelle parole. Ma nel corso di una sola notte la sua vita era cambiata. E Peter. Che Dio l'assistesse, non si sarebbe mai data pace per la morte di Peter.

«Roberto non era solo». Per Gregori era semplicissimo leggerle nel pensiero.

Savannah mise alla prova con molta cautela la propria capacità di muoversi. Ogni muscolo sembrò urlare in segno di protesta. «Che vuoi dire?».

Lui, con fare possessivo, le poggiò una mano sulla spalla. Savannah fu pervasa da un'ondata di paura. Sotto le lenzuola era nuda. D'un tratto si sentì vulnerabile, e i suoi occhi blu incontrano quelli chiarissimi di Gregori, fissandolo come se si aspettasse che da un momento all'altro gli spuntassero le corna.

Gregori sospirò e si distese sul letto. «Non ti farò del male, amore mio. Non potrei, una volta che il rituale è stato completato».

«Allora perché dici che la nostra vita sarà difficile?». Savannah strinse così forte l'orlo delle lenzuola che le nocche le diventarono bianche.

La mano di Gregori si posò delicatamente sulle sue, seguendone il profilo con la punta delle dita. Quel contatto le procurò un'inattesa scarica elettrica. «Non posso perderti dopo averti aspettato per secoli. So di essere un tipo difficile e tu stessa ti accorgerai che non è una passeggiata vivermi accanto. Entrambi dovremo venirci incontro».

«Sì, così magari tu la smetterai di fare il macho», mormorò lei. Poi, armatasi di coraggio, aggiunse a voce alta: «Voglio mettermi a sedere, Gregori». Si sentiva in posizione di svantaggio, supina e nuda sotto le lenzuola. «Visto che stiamo discutendo del nostro futuro, vorrei intervenire».

Per un lungo momento lui la osservò con quei suoi occhi argentei, esaminando il volto pallido e pieno di lividi, studiandola attentamente, evidentemente considerando se accontentarla o meno. Lo sguardo di Savannah prometteva tempesta e Gregori, seppure riluttante, si spostò per farla mettere seduta.

«Attenta, bambina!», fece a bassa voce, circondandole la vita con un braccio e alitandole fiato caldo sul collo. Il contatto di quel braccio duro come l'acciaio e coperto di peluria contro la sua pelle nuda, procurò a Savannah un brivido lungo la schiena e una stretta alla stomaco. Detestava quella sensazione di calore, il modo in cui il suo corpo si adattava a quello di lui, come la mente continuava a ignorare i suoi propositi e cercava il contatto telepatico. Era colpa del rituale. Continuava a ripeterselo, ma non serviva ad arginare il disgusto che provava per se stessa. Com'era possibile che desiderasse la brutalità con cui l'aveva posseduta? Era diventata improvvisamente masochista?

Si sentì tremare dal profondo delle viscere fino ai fasci di muscoli e cominciò a digrignare i denti. Tenne stretto l'orlo delle lenzuola e si mise a sedere rigida, appoggiandosi al suo braccio. «Credo che sarebbe molto meglio se tu ti sedessi lì», e indicò una sedia dall'altra parte della stanza.

Gregori le prese il viso tra le mani, accarezzandole il delicato profilo. «Guardami, Savannah». La sua voce era morbida come velluto nero ma non per questo meno imperiosa.

Lei gli puntò gli occhi addosso, ma distolse precipitosamente lo sguardo, chiudendo le palpebre come per proteggersi. Le sue carezze le acceleravano il battito cardiaco. «Hai intenzione di opporre resistenza a ogni cosa che ti chiedo? Ti sto domandando solo un piccolo favore, di guardare me, il tuo compagno».

«Davvero? Si dice che tu possa piegare alla tua volontà chiunque con una semplice occhiata».

Gregori ridacchiò, continuando ad accarezzarla, come se stesse suonando uno strumento. «Mi basta parlare, mia cara. Savannah, ho bisogno che tu mi rivolga uno sguardo».

Riluttante, lei lo guardò negli occhi. Perché aveva pensato che i suoi occhi fossero freddi? In realtà erano come due pozze di mercurio liquido, che la riscaldarono e la calmarono: smise di tremare e alcune delle sue paure svanirono quel tanto che bastava per farle rilassare un po' la muscolatura contratta.

«Non ti farò di nuovo del male. Il modo in cui ti ho posseduto non è stata una mia scelta: mi sento molto in colpa e mi vergogno di più ogni istante che passa per aver perso il controllo fino a tal punto». Le infilò le mani tra i capelli e si portò alcune ciocche setose alle labbra. «So che hai paura, Savannah, e ti ho dato buone ragioni per averne, ma vorrei che entrassi nella mia mente e verificassi che quella che ti sto dicendo è la verità». Stava rischiando il tutto per tutto. Il suo passato era torbido, a volte persino oscuro. Alla sua tenera età, Savannah non sarebbe stata capace di capire la sua storia, lo squallore che aveva pervaso la sua esistenza fino a quel momento. Sarebbe venuta a conoscenza di tutto, di ogni sua crudeltà. Avrebbe anche visto fino a che punto si era spinto per assicurarsi che lei diventasse la sua compagna per la vita. Ma era l'unico modo per garantirle che quello che le aveva detto corrispondeva al vero. Se le avesse spalancato le porte della sua mente, Savannah avrebbe capito che non le stava mentendo. Non avrebbe mai potuto amarlo, ma d'altronde lui non si aspettava amore da parte sua.

Savannah studiò a lungo l'espressione di Gregori. «È già tanto che tu mi abbia fatto questa proposta, Gregori. Una volta che avrò appurato che non vuoi farmi del male, comunque i miei timori non si dilegueranno. La paura non funziona così». Non era necessario che il carpaziano sacrificasse il proprio orgoglio, che confessasse tutte le malvagità che aveva commesso. La sua vita era stata difficile e lui aveva fatto del suo meglio. Lei non aveva il diritto di giudicarlo. «Magari potremmo rallentare un po' e imparare a conoscerci l'un l'altro».

Dopo aver trattenuto il respiro, Gregori buttò fuori l'aria lentamente. «Sei sicura?». Al cenno d'assenso di Savannah, la lasciò andare.

«Che intendevi quando hai detto che Roberto non era da solo?». Lei cambiò argomento di proposito, per tentare di allentare un po' la tensione che si era creata tra loro.

«Viaggiava in gruppo. Una banda di vampiri ha trasformato l'Europa in un'area di caccia. È stato difficile per tuo padre cercare di nascondere l'evidenza e proteggere il nostro popolo. Da un po' di tempo questi assassini si aggirano per il nostro paese e uccidono la nostra gente».

«In quanti sono a far parte di questa banda?»

«Altri quattro».

Savannah si portò una mano alla gola. Sembrava così giovane e indifesa che Gregori avrebbe voluto metterla al sicuro tra le sue braccia. Si comportava in un modo che a lui risultava incomprensibile, ma avrebbe comunque fatto qualsiasi cosa per lei. «Sono venuti fin qui a causa mia? Roberto ha detto di avermi trovato per primo. Pensavo che intendesse dire che mi aveva trovato prima di te. Sono stata io a portarli qui?».

Gregori avrebbe voluto mentirle – non le aveva forse già procurato abbastanza sofferenze? – ma non poteva costringersi a farlo, quindi rimase in silenzio.

Savannah scosse la testa, triste. «Capisco». Era ancora debole e le girava la testa per il sangue che aveva perso a seguito del vorace pasto di Gregori. «Dove sono i miei vestiti? Non ho la forza di prendermeli da sola».

Lui inarcò un sopracciglio. «Dove credi di andare?»

«Devo prepararmi per il funerale di Peter. Tutti probabilmente mi cercheranno e i miei assistenti saranno sconvolti dalla sua morte e preoccupati per me. Una volta che avrò risolto questa faccenda, vorrei unirmi a te e dare la caccia ai rinnegati».

«E credi che ti permetterò di esporti a un simile pericolo?».

Lo sguardo di Savannah si incupì. «Non puoi darmi ordini, Gregori… dovremmo chiarire questo punto».

Gregori si alzò dal letto e si stiracchiò come un felino. Savannah si ritrovò a fissarlo. Senza emettere un suono, lui scivolò con un guizzo dei muscoli dentro un'elegante camicia di seta. Si mise a sbriciolare delle erbe profumate in alcune piccole ciotole piene d'acqua, poi accese una candela in ognuno dei contenitori. Immediatamente, la stanza si riempì di un odore piacevole e rilassante, che si fece strada persino dentro di lei, dentro il suo corpo, scorrendole nelle vene. Gregori prese una spazzola dal comodino, poi girò intorno al letto e tornò al suo fianco. «Naturalmente ti darò degli ordini, Savannah. Ma, per favore, non preoccuparti. Sono abbastanza bravo a farlo, te lo assicuro».

Savannah era sconvolta. Gregori, il tenebroso, la stava pettinando? Lui le si sedette dietro, attento a non farle male, e si mise a sciogliere i nodi dei capelli. Era una bella sensazione quella della spazzola che le massaggiava la testa e poi scendeva per tutta la lunghezza della sua chioma, mentre le mani di lui indugiavano in lunghe carezze: aveva un non so che di magico.

«Molto divertente. Io non sono nata nel quattordicesimo secolo o in qualsiasi altra epoca idiota e arretrata sia nato tu. Sono una donna moderna, che ti piaccia o no. Sei stato tu a scegliere di legarti a me. Non importa quanto tu sia bravo a dare ordini, non va bene comunque». Nel tocco delle mani di Gregori, nel suono vellutato della sua voce, nel suo tono provocatorio, che era lo stesso di quello di Savannah, c'era qualcosa di stregonesco, di seduttivo.

Lui le sfiorò la nuca e lei si sentì precipitare in un vortice di eccitazione. «Io appartengo al mondo degli antichi, bambina». Savannah sentì il suo respiro caldo vicino all'orecchio. «Non posso fare altro che proteggere la mia donna».

«Falla finita», gli suggerì lei dolcemente. «Andremmo molto più d'accordo».

«Andremmo molto d'accordo, piccola mia, anche se tu non ti rifiutassi di obbedirmi». La sua voce, di un tono più basso, era pura tentazione. L'aria nella stanza era densa per via dell'aroma delle erbe e le ottenebrava i sensi: nel frattempo le sue parole continuavano a ipnotizzarla.

Savannah si girò e lo guardò da sopra una spalla nuda, fissandolo con quegli occhi violetti. In quelli argentei di Gregori passò un lampo di divertimento. «Controllati, Gregori. Stai perdendo la testa. Non credi che avrei bisogno dei vestiti?». Cercò di fare la dura. Non sarebbe stato un bene abbassare la guardia e permettergli di sedurla. Tuttavia era molto assonnata, e per di più quel profumo di erbe e la sensazione delle mani di lui fra i capelli le facevano girare la testa.

«Non dovrebbe essere difficile farli comparire», le ricordò Gregori, piegando la testa con fare rassicurante per leccarle un graffio particolarmente brutto sul fondoschiena. La sua saliva guaritrice avrebbe fatto effetto più velocemente se mescolata alla terra del loro paese, ma in quel momento era tutto ciò di cui disponeva.

Savannah sobbalzò, sentendo la ruvida lingua di lui che si muoveva sensuale sul suo fianco. L'intenso profumo delle erbe le ottenebrò i sensi, inducendole un languido assopimento. Gregori le scostò i capelli per lasciarle la schiena scoperta. Chinò lentamente la testa su di lei, e la lunga chioma nera le accarezzò la pelle sensibile.

Savannah protestò e provò ad allontanarsi da lui ma, sdraiandosi a pancia in giù, si intrappolò le mani sotto lo pancia.

«Stai ferma, Savannah. Devo farlo». Le poggiò le labbra sul fianco, sul livido più brutto.

La paura la attanagliò e le creò un vortice nel cervello. Gregori la faceva sentire completamente vulnerabile, impotente. Stava per accadere di nuovo, stava per possederla alla sua maniera brutale. Le vennero le lacrime agli occhi e le salì un groppo in gola.

Per Gregori i timori di Savannah erano insopportabili. Non avrebbe dovuto importargli. Sapeva che non le avrebbe fatto del male – anzi al contrario, l'avrebbe guarita – eppure le sue paure lo consumavano, lo sconvolgevano. Proprio lui, che pensava di non avere più nemmeno un briciolo di delicatezza, la sfiorò con incredibile tenerezza. «Se ti riporterò il tuo lupo, Savannah, accetterai le *sue* cure?», le propose, gentile. Le braccia gli si ricoprirono di una folta e lucente peluria scura e le sue ossa scricchiolarono e si allungarono per adattarsi al nuovo sembiante.

La pelle di Savannah era diventata tanto sensibile che persino lo strofinio di quella peluria le provocava dolore. Nonostante il terrore, avvertì che Gregori era ferito: gli dispiaceva che lei preferisse l'animale all'uomo. «No, Gregori, per favore non trasformarti in lupo. Lasciami guarire in maniera naturale», lo supplicò, incapace di sopportare l'idea di farlo soffrire. Savannah chiuse gli occhi e lui riprese sembianze umane.

Gregori trovò con la lingua il punto della schiena in cui la pressione delle sue dita le aveva provocato dei lividi e ne seguì i contorni violacei. «Tu non sei una mortale, piccola mia. È questo il modo naturale di guarire per la nostra gente». Le parole di lei lo avevano rincuorato, e ne era rimasto sorpreso.

Le mani del carpaziano le percorsero tutto il corpo, alla ricerca di ogni graffio, di ogni livido. Le passò la lingua umida e calda sul petto, sul punto vita, sui fianchi e sul sedere, come se la stesse accarezzando. Savannah sussultò quando le infilò una mano tra le gambe, costringendola a mostrargli il profondo e lungo graffio che aveva sulla coscia. La sua bocca si fece strada dalla schiena all'interno coscia. Le leccò, ruvido e vellutato al tempo stesso, la ferita sanguinante, un contatto intimo ed erotico.

Savannah riusciva a stento a respirare. Il modo in cui la toccava era quasi una droga, si impossessava del suo corpo, le surriscaldava il sangue, alleviava ogni suo dolore. Per Gregori era semplicissimo controllarla sia fisicamente che mentalmente, come se Savannah non potesse esistere senza di lui. Lei lo desiderava tanto quanto lo detestava. Persino l'atmosfera della stanza, densa dell'aroma insidioso delle erbe medicinali, sembrava giocare a suo vantaggio, facendola assopire.

Gregori la fece girare sulla schiena con estrema delicatezza e il respiro gli si spezzò in gola. Non si era reso ancora conto di quanto fosse bello il corpo femminile. Il corpo che gli apparteneva. Orgoglio e senso di possesso gli brillarono nello sguardo quando i suoi occhi chiari scivolarono sulla pelle nuda fino a posarsi sul suo volto delicato. Le lacrime, intrappolate nelle sue lunghe ciglia, scintillavano come gemme.

Lui mormorò qualcosa che Savannah non afferrò, le passò le dita sulle palpebre e le lacrime gli caddero sul palmo della mano. Chiuse il pugno, vi soffiò dentro e lo riaprì. Al posto delle lacrime c'erano tre stupendi diamanti.

Sebbene fosse anche lei padrona della magia, Savannah rimase meravigliata dalla prodezza di Gregori e gli chiuse le dita intorno al polso. Quel contatto, l'insieme di infantile timore reverenziale per i suoi incantesimi e paura delle sensazioni che avrebbe scatenato il modo intimo in cui la stava toccando, fece venire a Gregori un tuffo al cuore. Ogni carpaziano degno di questo nome avrebbe potuto trasformare le lacrime in diamanti, ma le pietre preziose che

Gregori aveva in mano erano vere, reali. Si era servito della forza enorme e del tremendo potere che lo contraddistinguevano per fare l'impossibile, per materializzare un'illusione, e tutto questo per lei.

Gregori la guardò negli occhi, le prese la mano e vi fece cadere i diamanti, una pioggia di pietre preziose. Poi, con molta delicatezza, le chiuse le dita sul dono che le aveva appena fatto. I loro sguardi rimasero incatenati e lui le passò la lingua sulle nocche lacere. Una, due, tre volte.

A Savannah sembrò che frecce infuocate le scorressero nelle vene. Si irrigidì, accaldata nonostante la fresca brezza della sera. Quando lui si chinò a baciarle un piccolo graffio all'angolo della bocca, le sfuggì un gemito. Il cuore, impazzito, smise di batterle. Avrebbe voluto mettersi a correre, ma si sentiva appesantita, e in più l'odore delle erbe le aveva annebbiato i sensi. Una litania, pronunciata dalla voce di Gregori, bassa e melliflua, nella loro lingua secolare, risuonò debole in un remoto angolo della mente. Savannah abbassò le palpebre. Fuoco e ghiaccio. Dolore e piacere. Lui le passò la lingua, ruvida e vellutata allo stesso tempo, sulla bocca secca e screpolata, facendo svanire il dolore.

Di fronte al tormento della virile bellezza di lui, della tenerezza impressa nei suoi lineamenti, Savannah chiuse gli occhi. La lingua di Gregori indugiò sulle sue labbra, poi si fece strada dentro la sua bocca. Era una sensazione così piacevole.

Continuò a baciarle il collo e la nuca, prendendosi cura di ogni graffio e di ogni ferita. Il punto della spalla in cui l'aveva marcata con i denti per immobilizzarla richiese particolare attenzione: la accarezzò con la lingua a lungo, in maniera lenta e indolente, per rimuovere il dolore e sostituirlo con fremente eccitazione.

Gregori sentiva il proprio corpo reagire a ogni centimetro della setosa pelle di Savannah, al suo gusto, alla sua vista, al suo odore, ma aveva comunque intenzione di dedicarsi esclusivamente a lei. Non doveva rischiare di farle del male; era invece determinato a rimpiazzare ogni livido, graffio o cattivo ricordo con una piacevole sensazione.

Va bene così, Gregori. Savannah lo contattò telepaticamente e lo trovò eccitato, famelico. Le loro sensazioni erano le stesse, la paura non le ottenebrava la mente. Il suo respiro divenne corto e ansimante, a metà tra il piacere e il terrore.

«Ogni livido, tesoro mio, anche il più piccolo». Gregori lo fece apposta: mormorò quelle parole e le soffiò il proprio alito caldo contro la rotondità del suo seno. Si prese tutto il tempo necessario, godendo di ogni istante, seguendo il profilo delle sue morbide curve, mordicchiandole delicatamente i capezzoli, alleviando la sofferenza che le procuravano quei brutti segni che aveva su una pelle altrimenti immacolata. Ogni carezza era un indugio, una provocazione, la turbava e al tempo stesso la guariva. Non ne avrebbe mai avuto abbastanza di lei, non avrebbe mai dimenticato quelle sensazioni e la perfezione di quel corpo. Non avrebbe mai dimenticato il fatto che Savannah non l'aveva condannato, che aveva cercato di proteggerlo dal terribile crimine che aveva commesso contro di lei. Sembrava impossibile che si potesse preoccupare per lui, che qualcuno, tanto meno Savannah, dopo quello che le aveva fatto patire, si prendesse la briga di fare quello che aveva fatto lei. Seguirlo fino all'inferno e poi trascinarlo fuori da lì.

A quel pensiero gli sfuggì un lamento: pativa intimamente, soffriva in silenzio per aver commesso un'azione tanto terribile contro la sua donna, la sola donna abbastanza coraggiosa da andargli dietro e strappare la sua anima alle tenebre, restituendogli la luce.

Savannah infilò le dita nel folto della sua chioma, tessendo una sorta di magia tutta loro. *Smettila di tormentarti, Gregori. Sapevi di correre un grosso rischio, eppure mi hai permesso di essere libera. Quei cinque anni di libertà sono stati molto preziosi per me. Ti ringrazio per avermeli concessi.*

Gregori chiuse gli occhi. Quella donna lo sconvolgeva, portava calore alla sua freddezza, alla sua gelida esistenza, con la bellezza che la contraddistingueva. Savannah era tutto ciò che lui non era. Compassione, perdono, luce e bontà d'animo, adesso sposa di un demone che non aveva la minima idea di cosa la rendesse così splendida. Quello che sentiva crescere dentro di sé era amore per lei, un'emozione potente e pericolosa. *Tu adesso hai paura di me.* Era tormentato da quel pensiero.

Savannah si spostò appena, per consentirgli di avere accesso a ogni angolo del proprio corpo. Quando lui le sfiorò delicatamente i seni con la lingua, le vennero i brividi, si sentì sempre più eccitata e il cuore cominciò a martellarle nel petto.

Io ti ho sempre temuto, Gregori. Ho sempre avuto paura del potere che hai su di me, del fatto che rappresenti la perdita della mia libertà. Ho paura della tua potenza e dell'effetto che mi fai. Se anche non fosse successo ciò che invece si è verificato, ti avrei temuto lo stesso.

La bocca di Gregori scivolò più in basso, sulla stretta gabbia toracica e sul ventre. Indugiò su quattro lunghi graffi che le attraversavano la pancia: provava dolore fisico, ma gli piaceva così tanto quello che stava facendo che non gli importava. *Adesso però hai paura di unirti a me.*

Savannah sentì il respiro venirle meno e rimase immobile sotto di lui, tuttavia la litania proseguiva e l'intenso profumo delle erbe unito al modo delicato in cui lui la toccava ebbero la meglio. Finì per rilassarsi. *Non vorrei infliggere un duro colpo al tuo ego – gli uomini sono così sensibili su quest'argomento – ma il sesso è decisamente sopravvalutato. Potremmo anche farne a meno.*

Gregori provò un pizzico di divertimento. Sapeva di averla fatta eccitare, di aver suscitato in lei ondate di desiderio. Riusciva persino a sentire il suo odore: lo chiamava, era pronta. Ma Savannah non sarebbe caduta nella sua trappola. Gregori era troppo grande per lei, troppo rude. La sua bocca continuò a muoversi sul ventre di lei, fino a raggiungere il soffice triangolo dell'inguine. Savannah sobbalzò, afferrandolo per i capelli. «No, Gregori, dicevo sul serio».

La sua voce era roca e le piccole mani tutte un fremito: il modo in cui lo toccava gli fece stringere il cuore. Le accarezzò teneramente le cosce, lambendole con la lingua l'attaccatura dell'anca. *Conosco un solo modo per guarirti.* Giunse fino al fulcro della sua eccitazione con incredibile dolcezza.

Savannah urlò e contrasse i muscoli, dimenandosi nel tentativo di sfuggire al vortice delle fiamme che Gregori aveva scatenato. Si irrigidì. Fu sconvolta da un tremito. Il cuore cominciò a batterle all'impazzata. La passione cresceva, l'eccitazione stava per giungere al suo culmine. *Gregori!* La sua fu una supplica disperata… di desiderio, paura, confusione.

Il contatto telepatico tra di loro era così forte che il carpaziano non ebbe alcuna difficoltà a venire a conoscenza delle emozioni contrastanti di cui Savannah era preda, nonché della sua ardente voglia di lui. Continuò imperterrito a recitare la solita litania rilassante e cercò di stare attento a mantenere il controllo sul proprio corpo e i propri appassionati e selvaggi pensieri. Per il suo bene, fece fondere le loro menti, creando godimento in assenza di paura, una cura per indennizzarla del modo brutale in cui le aveva sottratto la verginità.

In qualche modo Savannah sapeva che lui era dentro di lei, che stava pilotando le sue emozioni, allontanando il timore e portando all'acme il piacere, procurandole una sensazione talmente intensa da farle credere di essere sul punto di morire. La toccava con estrema delicatezza, allentando la tensione dei muscoli, finché il godimento non divenne quasi insopportabile.

Andiamo, piccola. Sono qui per te. La sua voce era un incantesimo, l'avrebbe indotta a essere accondiscendente. Savannah desiderava obbedirgli, abbandonarsi a lui. Voleva che Gregori spegnesse le fiamme che le bruciavano dentro.

Le sfuggì un debole lamento, un piccolo gemito, e il carpaziano ne fu straziato. L'orgasmo di Savannah fu intensissimo, la sconvolse: ebbe la sensazione che il suo corpo andasse in pezzi e si dissolvesse, che la terra si stesse muovendo e che i colori esplodessero intorno a lei, attraverso lei, dentro di lei.

Gregori la abbracciò, mentre raggiungeva l'apice del piacere: una serie di piccoli fremiti continuò a scuoterla. La strinse a sé e la protesse tra le proprie braccia, sentendo il disperato bisogno di averla vicina. Era madido di sudore, teso e rigido per via della propria eccitazione. Se la loro vita sessuale fosse stata intensa quanto il desiderio che in quel momento attanagliava Gregori, per lui e Savannah all'orizzonte ci sarebbero stati momenti difficili e allo stesso tempo meravigliosi.

Savannah riusciva a percepire la voglia che lo stava dilaniando nel profondo. «Mi dispiace, Gregori», disse piano e in tono colpevole, un esile filo di voce e il viso sepolto nella sua camicia di seta.

Lui si portò alcune ciocche dei suoi capelli d'ebano alla bocca, inalandone il profumo. «Non hai motivo di dispiacerti, piccola mia».

Savannah appoggiò sul suo petto la mano stretta a pugno, tenendo stretti i diamanti. «Credi che non sia in grado di leggere i segnali del tuo corpo? Che non riesca a sentire il peso che grava sulla tua mente quando cerchi di proteggermi? Io non posso modificare la mia natura, e neanche tu. So che ti sto tarpando le ali, che ti sto procurando un malessere».

Un lento sorriso gli curvò gli angoli della bocca. "Malessere". Ecco, quella era la parola giusta per indicare la sua sensazione. Le poggiò una mano sui capelli, facendoseli scorrere tra le dita. «Non ti ho mai chiesto di cambiare, nemmeno vorrei che tu lo facessi. Sembra tu abbia dimenticato che ti conosco più di chiunque altro. So come prenderti».

Savannah si voltò e lui vide delle pagliuzze illuminarle lo sguardo, un cauto avvertimento. «Sei così arrogante, Gregori, che mi verrebbe voglia di lanciarti addosso qualcosa. Ma ascolti quello che dici? Sai come *prendermi*? Be', io stavo cercando di dirti che sono dispiaciuta per te e tu fai il gradasso. Il fatto che sia nato diversi secoli fa, quando le donne non erano altro che suppellettili, non ti fornisce un alibi».

«Le donne carpaziane non sono mai state considerate suppellettili», la corresse lui in tono sommesso. «La nostra è una razza in via d'estinzione. I nostri bambini difficilmente sopravvivono, e ci sono così poche donne da reclamare quali compagne per la vita, che la maggior parte degli uomini si perde nelle tenebre dopo secoli di solitudine. Le nostre donne sono il tesoro più prezioso che possediamo, vengono salvaguardate e protette».

«Gregori». Savannah continuava a tenere chiuso il pugno che custodiva le lacrime trasformate in diamanti, come se fossero un simbolo. «Cerchiamo un punto d'incontro che ci permetta di vivere insieme serenamente». Il suo corpo era ancora scosso dai fremiti e le bastava guardarlo per continuare a sentirsi eccitata. Provò il curioso desiderio di toccargli le sopracciglia scure con la punta delle dita.

Lui affondò il viso nei capelli profumati di lei e le accarezzò la schiena, giù fino all'esile vita e alla curva dei fianchi. «Che intendi per punto d'incontro?», le mormorò in tono quasi assente: era concentrato su ben altri pensieri, più stimolanti.

La punta di divertimento nella sua voce la irritò, facendole credere che la stesse prendendo in giro. Savannah gli diede una spinta, puntando i pugni chiusi contro il suo petto, per mettere qualche centimetro di distanza tra loro. Gregori non si mosse e lei rimase intrappolata tra le sue braccia. Lo spinse di nuovo via. «Lascia stare».

Gregori piegò il capo per posare le labbra sul vulnerabile collo di lei, per sentirne le pulsazioni a contatto con la sua bocca calda e umida. Il sangue cominciò a scorrergli più velocemente nelle vene. Le tempie iniziarono a pulsargli. «Io ascolto ogni tua parola, piccola mia», bisbigliò, perso nel suo dolce profumo. La desiderava con ogni fibra del suo essere, con ogni cellula del suo corpo. «Posso ripetere testualmente quello che hai detto, se vuoi».

Presto sarebbe divampato il fuoco e nessuno dei due avrebbe più avuto scelta. Il sangue di Gregori le avrebbe inviato un richiamo che Savannah non sarebbe riuscita a ignorare. La mente di lui sarebbe scivolata senza alcuna difficoltà dentro e fuori quella di lei, sarebbero stati legati da un vincolo psichico talmente forte che si sarebbero sentiti vicini anche a grande distanza l'uno dall'altra. Lei avrebbe avuto bisogno di questo legame tanto quanto lui.

Gregori trasse un profondo respiro, inalando il femminile e seducente profumo di Savannah. La sua presenza risvegliava emozioni così profonde, dopo un'esistenza tanto vuota, che lui ne era terrorizzato. Era abituato a vivere una vita priva di sentimenti. Savannah avrebbe potuto condurlo verso il bene, ma il suo potenziale di compiere il male era enorme. Era al di sopra della legge. Persino della legge del suo popolo, quella stessa legge che difendeva, ma che a lui non veniva applicata.

Gregori riusciva senza troppe difficoltà a leggerle nel pensiero. Savannah aveva un'indole diretta, aperta. Si sentiva attratta da lui ed era pronta a proteggerlo da se stesso, se si fosse rivelato necessario. Tuttavia, non aveva alcuna intenzione di fare di nuovo l'amore. Faceva molto male sapere che era stato lui a ferirla, a far convergere in sé tutte le sue paure.

«Non mi stai ascoltando», si lamentò Savannah, mentre cercava di divincolarsi dalla sua stretta. «Stai cercando di sedurmi», fece, indignata.

Gregori sollevò il capo e i suoi occhi chiari vagarono sul bellissimo viso di lei. «Sì, è vero. Funziona?». Le sue parole – pronunciate a voce bassa e provocatorie come una carezza – la lasciarono disarmata, diversamente da quanto sarebbe accaduto se avesse negato. Le mise una mano sulla gola, accarezzandole con dolcezza la nuca con il pollice e facendole scorrere il fuoco sotto la pelle.

Savannah stava sorridendo della sua battuta, nonostante si fosse sforzata di non farlo. «No, non funziona affatto», mentì. Non riusciva neanche a guardarlo senza desiderarlo. Quelle carezze le avevano fatto aumentare il ritmo del battito cardiaco. La sua pelle era seta calda, che non chiedeva altro che essere toccata ed esplorata. Provava emozioni contrastanti: la più forte di tutte era la paura, ma il desiderio la seguiva a ruota. Gregori si concentrò su quello, alimentando il fuoco della passione che bruciava dentro di lei.

Le sfiorò l'angolo della bocca con le labbra, emettendo un vellutato mormorio e, per tutta risposta, sentì il cuore di Savannah battere più velocemente. «Ne sei sicura? Nel corso dei secoli ho imparato molto. Fare l'amore è un'arte». Le sue parole adesso erano pura stregoneria, uno spudorato tentativo di sedurla.

Gregori stava facendo qualcosa di magico alla sua bocca. Esercitò una certa pressione, tenera e possessiva allo stesso tempo e lei si sentì mancare. Savannah infilò le dita tra i suoi capelli corvini. Si sentì sfiorare le guance dalle sue lunghe ciglia; nei suoi occhi danzò una risata. «Un'arte? È così che la chiami? Credo che potresti scegliere un termine migliore».

Gregori sollevò il capo, un riflesso argenteo negli occhi chiari. «E tu che ne sai? La tua prima volta è stata una farsa, un abominio. Quello non ero io, Savannah, era la bestia che cova dentro di me.

Non abbiamo fatto l'amore. Non puoi considerarla un'esperienza in quel senso». Dalla sua voce trapelava profondo dolore, anche se il suo sguardo era sensuale, famelico, intenso e così eccitato da farle scorrere il fuoco nelle vene.

Savannah sollevò il mento: detestava il dolore e il senso di colpa che Gregori provava. Cambiò argomento, in modo che la mente di lui potesse concentrarsi su altro. «Tu non sai molto di me. C'è stato un uomo una volta. Era pazzo di me». Si atteggiò a donna di mondo. «Completamente pazzo di me».

Lui scoppiò a ridere e lei sentì il suo fiato caldo sulla gola. Le sfiorò con le labbra il punto del collo in cui si sentivano le pulsazioni, poi le mormorò all'orecchio: «Per caso, ti riferisci a quello stupido ragazzino con i capelli arancioni e un collare con gli spuntoni? Dragon qualcosa?».

Savannah ansimò e lo spinse indietro per guardarlo negli occhi. «E tu come fai a saperlo? Sono uscita con lui l'anno scorso».

Gregori le strofinò la guancia sul collo, respirando il suo profumo e accarezzandole dolcemente una spalla per poi farle scivolare la mano sul petto. «Indossava gli stivali e guidava una Harley». Il suo respiro si fece più corto quando le strinse il seno e le stuzzicò il capezzolo con le dita.

Savannah, a contatto con quella grande mano – così forte, calda e possessiva – si sentì pervadere da un fremito d'eccitazione. Fu sconvolta da una scarica di intenso desiderio. Gregori, con la sua tenerezza, la stava seducendo. Lei non voleva che accadesse. Provava sollievo fisico ma i dolori erano lì a ricordarle dove sarebbero potuti arrivare. La paura era una creatura viva e pericolosa che non riusciva a cacciar via. Lo prese per un polso. «Come hai fatto a sapere di Dragon?», gli chiese, nel disperato tentativo di distrarsi e di distrarlo. Come faceva a farla bruciare di passione in quel modo anche se lei lo temeva e non voleva fare sesso con lui?

«Fare l'amore», la corresse, con la sua voce roca e carezzevole, tradendo la semplicità con cui la sua mente si muoveva come un'ombra in quella di lei. «Comunque, per rispondere alla tua domanda, io vivo dentro di te e posso toccarti in qualsiasi momento lo desideri. So tutto dei tuoi pretendenti. Di ogni tuo maledetto pretendente». Le sue ultime parole furono quasi un ruggito e Savannah sentì il respiro morirle in gola. «È stato l'unico che hai pensato di baciare». La sua bocca si posò su quella di lei. Delicata. Leggera. Poi un'altra volta. Persuasiva, insistente, finché lei non si decise a schiudere le labbra. Gregori le rubò il fiato, il senno, trascinandola in un mondo fatto solo di sensazioni. Colori brillanti e calore bianco: la stanza intorno a loro si dissolse e rimasero solo le sue spalle larghe, le sue braccia forti, il suo corpo teso e quella bocca perfetta.

Quando Gregori sollevò la testa, Savannah fu sul punto di riattirarlo a sé. Lui osservò il suo viso, gli occhi annebbiati dal desiderio, le labbra bellissime e vedove delle sue. «Hai la benché minima idea di quanto sei bella, Savannah? La tua anima è così incantevole che riesco a vederla brillare nel tuo sguardo».

Lei gli sfiorò il viso, seguendo con le dita il profilo della mascella volitiva. Perché non riusciva a resistere agli occhi famelici di Gregori? «Credo che tu mi stia facendo un incantesimo. Non mi ricordo più di cosa stavamo parlando».

Gregori sorrise. «Di baci». Le diede un piccolo morso sul mento. «Nello specifico, del fatto che tu volevi baciare quell'imbecille con la barba arancione».

«Veramente io avrei voluto baciare tutti i miei pretendenti», mentì lei, indignata.

«No, non è vero. Tu speravi che quello stupido bellimbusto cancellasse il gusto della mia bocca dalla tua per sempre». Le scostò i capelli dal viso, poi tempestò di piccoli baci il profilo delicato del suo volto. «Sai bene che non avrebbe funzionato. Se non ricordo male, lui sembrava avere qualche problema ad avvicinarsi a te».

Negli occhi di Savannah brillò un lampo minaccioso. «Non è che per caso hai qualcosa a che fare con le sue allergie?». Era vero, lei voleva che qualcuno, chiunque, cancellasse il gusto di Gregori dalla sua bocca, dalla sua anima.

La voce di lui si alzò di un'ottava. «Oh, Savannah, voglio solo sentire il sapore delle tue labbra», lo scimmiottò. Poi cominciò a far finta di starnutire. «Non sei mai andato in moto se non ti è mai capitato di montare su una Harley, piccola». Si mise a starnutire, a tossire, a simulare conati di vomito: l'imitazione era perfetta.

Savannah gli diede un pugno sul braccio, dimenticando per un attimo che la mano le faceva male. Sentì una fitta di dolore, imprecò e gli lanciò un'occhiata accusatoria. «Eri tu a farlo stare male! Poveretto, hai minato la sua autostima in maniera definitiva. Ogni volta che mi toccava, gli veniva da starnutire».

Gregori inarcò un sopracciglio, con l'aria di chi non è affatto pentito. «Tecnicamente non è mai riuscito a metterti le mani addosso, per mettersi a starnutire gli bastava avvicinarsi a te».

Lei appoggiò la testa sul cuscino, e i suoi capelli scuri ricaddero sul braccio di Gregori e sul suo, legandoli l'uno all'altra. Lui le diede un bacio sul collo, poi le sue labbra andarono più giù e trovarono il punto del suo petto in cui il desiderio si era annidato. Savannah, decisa, gli prese la testa fra le mani e se la allontanò dal seno, prima che il proprio corpo la tradisse e soccombesse definitivamente ai suoi incantesimi. «E che mi dici del cane?».

Gregori cercò di sembrarle innocente, ma la sua risata le risuonò nella mente. «Quale cane?»

«Sai benissimo a cosa mi riferisco», insisté lei. «Sto parlando di quando Dragon mi ha accompagnata a casa».

«Ah, sì, adesso mi sembra di ricordare. Quel grande lupo cattivo pieno di catene e spuntoni si è spaventato per un piccolo cagnolino».

«Piccolo? Un rottweiler di più di cinquanta chili? Che sbavava, abbaiava e minacciava di aggredirlo!».

«Si è messo a correre come un coniglio». Nella dolce e carezzevole voce di Gregori trapelò una punta di soddisfazione. Mettere in fuga quel somaro gli aveva procurato un discreto piacere. Come aveva osato allungare le mani su Savannah?

«Non mi meraviglio di non essere riuscita a persuadere quella bestia a lasciarci in pace. Maledetta canaglia che non sei altro!».

«Dopo che Dragon ti ha lasciato a casa, l'ho inseguito per altri due isolati, poi lui si è arrampicato su un albero. L'ho costretto a rimanere appollaiato lassù per ore, giusto per essere chiari. Con quella cresta arancione, sembrava una specie di gallo».

Savannah scoppiò a ridere, suo malgrado. «Non è mai più tornato alla carica».

«Ovvio. Era impossibile», fece lui in tono compiaciuto e soddisfatto. Il calore del suo respiro le faceva scorrere il fuoco nelle vene. Cominciò a sfiorarle, a leccarle e a stuzzicarle il capezzolo e continuò a indugiare sul suo seno, facendola eccitare sempre di più, scatenando dentro di lei un incendio di passione. Savannah aveva voglia di lui, una voglia così intensa da farla tremare. Lo desiderava, pur essendo sicura che le avrebbe fatto del male: com'era possibile?

Nessun dolore, piccola mia, solo piacere. La sua lingua la fece precipitare nel vuoto. *Te lo giuro sulla mia vita.* La bocca di Gregori, calda come il velluto, si chiuse sul suo seno. Il fuoco cominciò a danzarle sulla pelle, prese possesso del suo corpo, le sciolse le viscere: Savannah divenne calore liquido e provò un'ondata di intenso desiderio di lui, solo di lui.

Capitolo 5

Le paure di Savannah stavano per essere accantonate dall'appassionata tenerezza della bocca di Gregori, dalla delicatezza delle sue carezze. Lui, senza pensarci su, scostò le lenzuola, lasciando i seni nudi di lei scoperti ed esposti al suo sguardo voglioso. Eccitato. Gregori era eccitatissimo. Savannah non riusciva a sopportare la sensazione delle lenzuola leggere a contatto con i suoi fianchi, ingarbugliate tra le sue gambe. Infilò le mani tra i folti capelli di Gregori, intrecciandoseli fra le dita come fili di seta. Il carpaziano aveva la camicia sbottonata che lasciava intravedere il ventre piatto e i pettorali, schiacciati contro il morbido seno di lei. La peluria ruvida e scura che ricopriva il suo petto le solleticava i capezzoli.

Un'ondata di calore preannunciò lo scatenarsi di una tempesta di fuoco, che minacciava di avvolgere entrambi. Le mani di Savannah, di propria iniziativa, cercarono di sfilargli la camicia dalle ampie spalle. Sgranò gli occhi osservandolo mentre si dimenava per togliersela: i loro sguardi rimasero incatenati l'uno all'altro. Savannah rischiò di annegare in quegli occhi chiari, ipnotici. Intensi e colmi di desiderio per una sola donna. Per lei. Solo per lei.

Spaventata da ciò che stava per fare, Savannah, timida e cauta, sfiorò i suoi pensieri. Vi individuò un desiderio così profondo, selvaggio e insistente che ne venne immediatamente risucchiata. Come poteva rifiutarsi di soddisfare un bisogno tanto feroce? Sebbene Gregori sapesse di essere un tipo poco tenero, sebbene conoscesse il suo istinto primordiale e disinibito, si sforzava di essere gentile con lei, di assicurarsi che provasse piacere. Ogni suo pensiero era rivolto alla sua donna, ad accontentarla, a idolatrare il suo corpo.

«Lo so che sei spaventata, amore mio», le sussurrò, facendole scivolare le mani sul petto, fino ai seni. «Ma non sono più una bestia. Sei stata tu a mettere il demone al guinzaglio. Adesso ci sono soltanto io. Un uomo che vorrebbe con tutto se stesso fare l'amore con la propria compagna per la vita». Savannah sentì il suo respiro caldo sulla pelle. «Lascia che ti mostri come dovrebbe essere. Bellissimo. Incredibilmente piacevole. Posso farti godere tanto, piccola mia». La bocca di Gregori si schiuse sul suo seno, calda e umida. Il suono della sua voce era ipnotico, seducente. Savannah avrebbe potuto rimanerne prigioniera per sempre. Gregori non pensava affatto alle proprie esigenze, al suo corpo che bruciava di passione: desiderava soltanto mostrarle quanto potesse essere bello fare davvero l'amore.

Quella situazione così erotica, la bocca di lui sul suo seno, le fecero scorrere fiamme nelle vene e le infuocarono le membra. Savannah gemette piano e quel lamento toccò Gregori nel profondo, come se le ali di una farfalla gli avessero sfiorato l'anima. Lei gli accarezzò la schiena, seguendo il profilo di ogni muscolo, cercando di memorizzare ogni centimetro della sua pelle. Aveva le lacrime agli occhi. Come era possibile che un uomo fosse così sensuale, così perfetto? Gregori le stava rubando la volontà, così come le aveva sottratto il dominio del proprio corpo.

«Desiderami, Savannah», bisbigliò. «Desiderami come ti desidero io». La lingua di Gregori, ruvida su di lei, seguì la piega sotto il suo seno e il segno di ogni costola, mentre lui le accarezzava i fianchi e le cosce. Le sue dita raggiunsero il loro obiettivo, il fulcro umido e caldo della sua femminilità, pronto e desideroso che i loro corpi si fondessero l'uno nell'altro.

Savannah inarcò la schiena, in cerca di sollievo. «Mi sento come se stessi bruciando, Gregori!», ansimò, sconvolta dall'intensità con cui lo voleva. Aveva "bisogno" di lui.

«Sono io che sto bruciando, che sto andando a fuoco». Le dita di Gregori si spinsero più in profondità, per assicurarsi che Savannah fosse pronta ad accoglierlo, e godette nel sentirla provare piacere. Le mani di lei sulla sua pelle nuda lo stavano facendo impazzire, ma era soprattutto la fiducia che Savannah stava riponendo in lui a sconvolgerlo.

Gregori non riusciva a capire come una donna di cui aveva così brutalmente abusato potesse affidarsi a lui di nuovo. Si sentiva quasi umiliato dal suo perdono. Savannah non solo era in grado di amare un mostro come lui, ma con la sua comprensione e la sua compassione, era anche decisa a fare della relazione alla quale erano stati condannati una vera storia d'amore.

Gregori ebbe la sensazione che i vestiti che portava addosso fossero una stretta e dolorosa prigione per il suo corpo, quindi se li tolse con la semplice forza del pensiero. Savannah ansimò quando sentì la pressione aggressiva del suo membro duro contro la propria coscia. Finché lui era rimasto vestito, aveva creduto di essere al sicuro. Credeva che avrebbe avuto il tempo di decidere cosa fare, invece era stato il corpo a scegliere al posto suo. E Gregori aveva già cominciato a perdersi nelle sue umide profondità, nei suoi anfratti più remoti e segreti.

Savannah si irrigidì all'improvviso. Gli prese il volto fra le mani, esercitando una pressione tale che Gregori dovette interrompere le sue deliziose occupazioni e sollevare la testa. I suoi occhi divennero argento fuso non appena si posarono sul viso di lei. Savannah trasse un profondo respiro. «E se non ci riuscissi, Gregori?». Sembrava sul punto di mettersi a piangere. «E se dovessi non riuscirci mai?»

«Nessuno ti costringe a fare nulla, piccola mia», replicò lui, gentile, dandole un bacio sulla pancia. «Stiamo solo vagliando alcune possibilità».

«Ma, Gregori», provò a protestare lei, cercando di fargli sollevare il capo, in modo che potesse leggerle sul volto la paura di lui, della loro relazione.

«Se non riuscirò a persuaderti a cambiare idea, amore mio, non sarei un vero compagno per la vita, o no?». Quelle parole vennero smorzate nei folti e setosi riccioli del piccolo e affascinante triangolo che lei aveva tra le gambe.

«Non capisco, Gregori». Savannah chiuse gli occhi e fu sopraffatta da una serie di ondate di passione. «Sono io a non essere una vera compagna per la vita. Non so come compiacerti, e questa cosa mi spaventa».

«Rilassati, bambina». Gregori fece un profondo respiro, inalando il suo profumo. «Tu mi soddisfi più di quanto immagini». Le mordicchiò la coscia, esplorando con la lingua pieghe e cavità, seguendo la scia di fuoco che avevano lasciato le sue dita.

Un susseguirsi di sensazioni, tumultuose, turbolente, selvagge, indomite, la fece urlare. Non si trovava più sulla terra: era salita vertiginosamente al cielo, facendo una piroetta, libera e fuori controllo.

Gregori si mosse sopra di lei, teso ed eccitato: aveva una forza incredibile, eppure le prese la testa tra le mani con estrema delicatezza. La gentile pressione delle sue ginocchia la spinse ad aprire le gambe per consentirgli di entrare in lei. Savannah, ancora scossa dai fremiti dell'orgasmo, a stento si accorse che lui la stava bloccando sotto di sé, rendendola di nuovo vulnerabile e pronta ad accoglierlo.

Approfittando del minimo vantaggio che aveva conquistato, Gregori si fece strada dentro di lei. Savannah era bagnata, calda, stretta e morbida come il velluto. Non appena la penetrò, la sentì ansimare e si fermò per dare al suo corpo la possibilità di adattarsi a lui. Savannah stava trattenendo il respiro, in attesa del dolore terribile e lancinante che aveva sperimentato in precedenza. Le sue unghie gli sprofondarono nella schiena ed emise un sommesso gemito di protesta soffocato dal petto di lui. Eppure non sentì altro che scariche di fuoco, una tempesta di piacere talmente intenso che temette di esserne consumata.

«Rilassati, Savannah. Fallo per me. Sei fatta per me, creata per me. E io sono fatto per te». La riempì di piccoli baci sulla tempia e sul collo, continuando a muovere i fianchi a un ritmo lento e delicato.

Savannah si accorse che Gregori aveva la schiena imperlata di sudore, segno evidente dello sforzo che stava compiendo per trattenersi. Ogni suo tocco, ogni suo movimento era tenero e gentile.

Gregori si muoveva dentro di lei con estrema cautela, stupito da quanto fosse perfetta, stretta e ardente di passione. Le passò il pollice sulle labbra e sul piccolo livido all'angolo della bocca.

Savannah avvertì subito una piacevole sensazione di calore, come se vi avesse steso sopra un balsamo lenitivo. Il cuore prese a martellarle nel petto. Gregori stava facendo qualcosa al suo corpo, non se ne stava semplicemente servendo. Non era solo una questione fisica, c'era una forte componente mentale.

Nonostante le sue paure, nonostante il ricordo delle sofferenze che aveva patito a causa della sua recente aggressione, Savannah si lasciò catturare dal fuoco e dalla tenerezza. A poco a poco si rilassò e accettò la presenza di Gregori dentro di sé. Lui sprofondò in lei con un movimento sicuro, che la fece trasalire. Savannah gli affondò le unghie nel braccio, aggrappandosi a lui mentre veniva risucchiata in un vortice di piacere.

Lui le parlò all'orecchio, un po' in francese un po' nell'idioma degli antichi. Lei non conosceva bene nessuna delle due lingue e quindi non capì quello che le stava dicendo, tuttavia quelle parole la eccitarono e la consolarono. Le sembrò di essere molto importante per lui. Non il suo corpo. Lei… Savannah.

«Come hai potuto dubitare che fosse così, cara?», le bisbigliò, mentre la sua bocca si chiudeva sul seno di lei, baciandolo al ritmo lento del movimento dei fianchi.

Il corpo di Savannah, di sua spontanea iniziativa, cominciò ad andare a tempo. Si stavano muovendo in perfetta sincronia, come se non avessero mai fatto altro, e i loro cuori iniziarono a battere allo stesso ritmo. Le mani di Gregori che le scivolarono sulla pelle, le parole di incoraggiamento che lui le mormorava, rendevano quell'unione ancora più bella. Gregori era incredibilmente delicato: la iniziò al sesso come se fosse la prima volta anche per lui, con amore e tenerezza.

Savannah voleva mettersi a urlare. Il modo in cui stavano facendo l'amore era davvero incredibile, le sembrava di essere la donna più preziosa, più bella e più coccolata del pianeta. Si tenne stretta a lui, aggrappandosi all'unica realtà di cui era certa: gli spasmi erano sempre più frequenti, il cuore le batteva all'impazzata, finché a un certo punto non sentì il bisogno di gridare per avere sollievo. Solo a quel punto Gregori si concesse il lusso di andare ancora più a fondo, sprofondando completamente dentro di lei. Fece in modo che entrambi rimanessero al culmine dell'eccitazione, cavalcando l'onda della passione fin quando le urla acute e il caldo velluto in cui era immerso non lo fecero precipitare negli abissi del piacere. E trascinò Savannah con sé nel precipizio. La voce di lei era attutita dal petto di Gregori, schiacciato contro la sua bocca. Stava cadendo, era tutta un'esplosione di luci e colori intorno a lei, ma Gregori era lì accanto, la teneva stretta tra le braccia e lei era certa di essere al sicuro.

Mentre giacevano ancora incatenati l'uno all'altra, Savannah si scoprì incapace di comprendere come Gregori avesse potuto farla sentire in quel modo. Lui continuò ad accarezzarle i capelli e a darle piccoli baci sulla tempia.

Gregori sapeva che non ne avrebbe mai avuto abbastanza di lei. Con aria assente, Savannah si stava arrotolando alcune ciocche dei suoi capelli intorno alle dita e bastò questo gesto a eccitarlo di nuovo.

Poi qualcosa invase il loro spazio di pace e serenità. Subito il carpaziano, sentendo l'odore del pericolo, alzò la testa. Immediatamente dopo, anche i lupi si allertarono. Gli inviarono un richiamo, i loro ululati erano acuti e allarmati. Gregori chinò il capo e diede a Savannah un breve ma appassionato bacio sulla bocca. Lei aveva l'aria assonnata, sexy, davvero adorabile.

In quello stesso momento, Savannah si sentì chiamare da una voce sommessa e lontana, ma insistente, che le sussurrò: *Mia cara, sono qui vicino. Dove sei?* Era sua madre? Savannah cercò di mettersi a sedere, provando un fremito di gioia. Non vedeva sua madre da cinque anni. Ora, che ne aveva assoluta necessità, che aveva bisogno della sua guida e del suo conforto, lei si era fatta inaspettatamente viva.

Non rispondere. Era un ordine imperioso e Gregori pretendeva che lei gli obbedisse. Si stava già allontanando da lei, il suo volto era una maschera implacabile, i suoi occhi schegge d'acciaio.

Savannah stava già cercando di stabilire un contatto telepatico con sua madre. Ma, all'improvviso, prima ancora che potesse inviare effettivamente il messaggio, il corpo assunse il controllo della situazione e la mente non poté opporsi. Il terrore si impadronì di lei, senza che riuscisse a capirne il motivo.

Lanciò un'occhiata disperata a Gregori e, non appena vide l'espressione granitica dipinta sul suo volto, capì che era successo qualcosa. Gli lanciò uno sguardo eloquente, supplichevole, impaurito dall'aspetto del carpaziano, impassibile e freddo. C'era un che di irremovibile in quell'uomo, un nocciolo duro e implacabile. Impietoso. Come aveva fatto a sembrarle dolce e tenero? Era crudele come un vampiro.

«Non puoi inviare un messaggio a tua madre. Non era Raven. Ti stanno dando la caccia, Savannah», sussurrò Gregori, e la sua bellissima voce parve non avere alcuna inflessione. «Puoi parlare solo con me, attraverso il nostro canale di comunicazione esclusivo. Voglio che tu mi prometta che farai come ti ho detto».

Savannah era furiosa. Ferita. Più ferita che furiosa. A farla arrabbiare era soprattutto il fatto di avergli permesso di ferirla. *Non hai alcun diritto di farmi questo. Ritira subito i tuoi ordini, Gregori! Riconosco la voce di mia madre quando la sento.*

Lui si alzò in piedi e si stiracchiò, i muscoli guizzarono indolenti. Savannah avrebbe voluto distogliere lo sguardo. «Non era tua madre. Tu mi appartieni, Savannah, ed è mio dovere proteggerti, in qualsiasi modo mi sembri opportuno. Questi vampiri amici di Roberto sono alla ricerca di qualcosa, e credo che non siano i soli. Penso che abbiano coinvolto anche dei sicari umani. Aidan Savage è qui in città, ed è un ottimo cacciatore, ma ho l'impressione che i rinnegati vogliano te». Gregori si rivestì con movimenti fluidi ed efficienti, eleganti ma al tempo stesso distratti. «Non è mia abitudine dare spiegazioni. Ho fatto un'eccezione in questo caso. Adesso vedi un po' che cosa intendi fare».

Io rifiuto il fatto che tu mi abbia rivendicato, rispose lei nell'unico modo in cui lui le permetteva di comunicare. *Riferirò il mio rifiuto alla nostra gente e la supplicherò di provare per te la pietà che tu evidentemente non hai. Non sarò legata a te!*

Gregori si chinò su di lei, una figura scura e maestosa che trasudava potere. Nei suoi occhi argentei apparve un lampo, mentre le parlava. «Ascoltami, Savannah. Anche se non credi a niente di quello che ti dico, abbi fiducia almeno in questo. Tu appartieni a me. Sei mia. Nessuno potrà cercare di portarti via da me e sperare di sopravvivere. Nessuno». La sua voce era bassa, bellissima, e per questo ancora più inquietante.

Gli occhi viola di Savannah vennero catturati da quelli chiarissimi di Gregori. Lei gli credette. Nemmeno suo padre, il principe dei carpaziani, aveva la minima possibilità di distruggerlo. Rifuggì quel pensiero. Distruggere Gregori? Non voleva che accadesse. Desiderava soltanto non appartenergli. *Lasciami, Gregori*, gli chiese. Quella paralisi la stava facendo impazzire. Le sembrava di non riuscire a respirare. Si sentiva strozzata, soffocata.

«Dimmi che mi obbedirai». A quel punto si era completamente rivestito, elegante come sempre. Non era più concentrato solo su di lei, la sua mente era tesa a cogliere le vibrazioni dell'aria, a individuare ogni nota degli ululati dei lupi.

Savannah sapeva che stava gridando – gridando a squarciagola – ma non venne fuori alcun suono. Il corpo non rispondeva più ai suoi ordini. La sua mente urlava di sdegno, ma Gregori controllava la sua capacità di lanciare richiami d'aiuto.

Smetti di combattermi. La voce del carpaziano era come un basso grugnito nella sua mente.

Lasciami. Il cuore le batteva così forte che Savannah temeva le esplodesse. Non era possibile che le cose stessero andando in quel modo. Qualche istante prima, Gregori giaceva accanto a lei, la abbracciava protettivo, faceva l'amore con lei. O almeno questo era ciò che lei aveva pensato. In fondo che cosa ne sapeva del sesso? Gregori era in grado di far provare a chiunque qualsiasi sensazione. Non aveva bisogno di sentire qualcosa per lei, bastava che glielo facesse credere. Come aveva potuto possederla in maniera tanto tenera e poi trasformarsi in un mostro senza cuore e distruggere la sua volontà, controllarla come se lei non fosse altro che una marionetta? Che genere di persona avrebbe potuto fare una cosa del genere?

Savannah, adesso la devi smettere di fare resistenza. Siamo in pericolo. Devi obbedirmi se vuoi riavere il controllo del tuo corpo.

Conosco mia madre. La verità è che tu non vuoi che ci sia qualcun altro nella mia vita: per questo non mi permetti di risponderle, lo accusò lei.

E sia. Lo hai voluto tu. Il tono rimase imperturbabile come sempre. Niente sembrava farlo alterare. Neanche l'ostilità della sua donna, lo stato confusionale in cui versava o la sua disillusione.

Il corpo di Savannah si mise a sedere di scatto, poi lei si ritrovò in piedi, impotente, accanto al letto, nuda, completamente vulnerabile e incapace di parlare o di muoversi. Se provava a opporsi al controllo che Gregori esercitava su di lei, le facevano malissimo le tempie. Non avrebbe piegato il suo libero arbitrio alla volontà di quell'uomo, quanto meno non di sua iniziativa. Gregori avrebbe anche potuto avere il suo corpo, ma avrebbe dovuto lottare con lei fino allo stremo delle forze per possedere anche la sua mente.

Una risata provocatoria le risuonò in testa. *Puoi combattermi quanto vuoi, bambina, ma ti stai solo facendo del male. Finirai per obbedirmi, Savannah.*

D'un tratto fu presa dalla disperazione. Aveva ragione. Lei era inerme di fronte alla sua forza e alla sua potenza. Lo odiava per averla resa consapevole di quella verità, per averla costretta a rendersi conto che avrebbe anche potuto provare a resistergli, a mantenere un briciolo di orgoglio e dignità, ma sarebbe sempre bastato un suo pensiero per spogliarla di qualsiasi velleità. Si sentì la testa trafitta da schegge di vetro. Più si impuntava, più forte era il dolore.

Si trovò all'improvviso vestita con una maglietta e un paio di jeans. Ai piedi delle scarpe di morbida pelle. Gregori, rapido ed efficiente, le fece una treccia. Savannah detestava la semplicità e la sicurezza con cui il carpaziano compiva ogni gesto. *Hai un'ultima possibilità, Savannah. Intendi obbedirmi?* Le si avvicinò: i suoi lineamenti erano duri eppure sensuali, il suo volto era una maschera indecifrabile. Aveva gli occhi chiari e freddi come il ghiaccio. Ogni sua parola era stata ponderata e chiaramente non gli importava nulla della scelta di Savannah. In lui non c'era traccia di elasticità, di gentilezza o di rimorso.

Savannah rabbrividì. Era legata a un uomo spietato per il resto dell'eternità. Ci doveva pur essere un modo per annullare gli effetti del rituale. Persino la morte sarebbe stata meglio di una perenne schiavitù. Rinunciò al proprio orgoglio: era incapace di sostenere l'opprimente peso del proprio corpo e della propria mente, nonché di permettere a Gregori di assumerne il pieno controllo. *Obbedirò.* Non lo guardò nemmeno, non avrebbe potuto.

Con estrema lentezza, lui smise di controllarla, osservandola attentamente e continuando a mantenere il contatto telepatico. Savannah rimase in piedi davanti a lui, tremante per la rabbia repressa. Tremante per l'umiliazione subita e i sogni infranti. Sollevò il pugno chiuso finché non fu all'altezza del petto di lui, poi lo aprì. Teneva ancora stretti i tre diamanti a goccia. Girò il palmo della mano verso il basso e fece cadere a terra le pietre. Non rivolse nemmeno un'occhiata all'espressione di lui o ai diamanti sparsi sul pavimento, segno che considerava finita la loro relazione. Guardando dritto davanti a sé, Savannah si limitò ad aspettare le istruzioni di Gregori.

«Sei in grado di mutare aspetto?». La sua voce era bassa, calma e tranquilla. Lei lo detestò.

«Sai bene che la risposta è no».

«Hai bisogno di sangue. Dovrai sempre tenere la mente schermata. Se senti l'impellente bisogno di inviare un messaggio, cerca il contatto telepatico con me. Ti porterò via di qui: andremo in un posto meno accessibile e facile da difendere. Non fare l'errore di cercare di disobbedire a quest'ordine, Savannah. La tua vita è in pericolo e non sono disposto a tollerare alcun rifiuto».

Se sperava in una risposta, poteva anche aspettare per l'eternità. Si trattava di un ordine, il despota aveva esercitato la sua autorità. Non era necessario rispondergli e lei non lo degnò di una parola.

Gregori la prese per i polsi e la tirò a sé. Il suo corpo era solido come il tronco di un albero, completamente immobile. In lui non c'era la benché minima traccia di dolcezza o gentilezza. La sensibilità che aveva dimostrato poco prima era stata solo un trucco, come il giochetto che aveva fatto con i diamanti? Savannah avrebbe voluto mettersi a piangere per la vergogna, ma non voleva dargli soddisfazione mostrando segni di debolezza.

Gregori spiccò il volo, portandosi dietro Savannah, il cui peso gli sembrò di poco superiore a quello di una piuma. Uscirono dalla stanza da letto e salirono al piano superiore della villa. I lupi, obbedienti ai suoi ordini, si erano sparpagliati per la tenuta. Avrebbero potuto andare a caccia da soli, varcare le recinzioni della villa se necessario. Salvare la vita di Savannah era la sua unica preoccupazione, la sua unica ragione di vita. Una volta che la sua donna fosse stata al sicuro, avrebbe mandato un messaggio ad Aidan Savage per chiedergli di prendersi cura degli animali. Il nemico era più forte e più organizzato di quanto si aspettasse e Savannah era l'obiettivo. I vampiri avevano un piano, uno schema cui avevano chiaramente lavorato prima ancora che lei arrivasse in città. Gregori avrebbe fatto qualsiasi cosa pur di proteggerla. Qualsiasi.

Savannah si abbandonò docile al suo abbraccio, schermandogli però la mente. Naturalmente non servì a nulla. Gregori era in grado di attivare e disattivare il contatto telepatico tra loro a proprio piacimento sin da quando lei era piccola. Aveva sempre saputo che Savannah non l'avrebbe mai amato davvero, che non avrebbe mai accettato il suo dominio. D'altronde, come sarebbe stato possibile se neanche lo conosceva? Non si era aspettato però di provare una simile sofferenza, come se avesse avuto la lama di un coltello conficcata nel cuore, una lama che penetrava sempre più a fondo, fino a raggiungere la sua anima.

La notte volgeva al termine. Due ore, forse, e poi sarebbe sorto il sole. I vampiri avrebbero avuto bisogno di un rifugio e, se fossero stati così arroganti da credere di poterlo trovare nella sua dimora, avrebbero avuto una brutta sorpresa. Gregori emise un ringhio silenzioso e continuò a volare tenendo Savannah stretta a sé.

Il carpaziano cercò di arginare il dolore per il rifiuto di Savannah. Le serviva solo un po' di tempo per conoscerlo. E avevano l'eternità davanti. Credeva di essere condannata a ricoprire il ruolo di compagna per la vita di un demone. In effetti aveva ragione. Savannah era debole perché si rifiutava di bere sangue: pensava, sbagliando, che privandosene sarebbe riuscita a esporsi alla luce del sole. La sua salute per lui era di vitale importanza.

Gregori inviò un richiamo. Subito, due uomini e una donna, che si trovavano in una casetta lungo il fiume, uscirono per andargli incontro, attraversando un boschetto di pini e querce. Atterrò, ma spinse Savannah incontro al trio.

«Nutriti», le disse dolcemente, aspettandosi un rifiuto.

«Sono la tua marionetta, vero, Gregori?», gli chiese lei sottovoce. «È così che funzionerà la nostra relazione? Perché hai avuto bisogno di rivendicarmi come compagna per la vita quando potevi piegare alla tua volontà qualsiasi donna umana senza che si ribellasse?».

Il disprezzo nella sua voce gli provocò un immenso dolore. Quella sensazione era per lui del tutto nuova. «Non ho tempo né voglia di discutere con te, Savannah. Nutriti». La fece mettere in piedi.

«Credi che lo farò soltanto se mi costringi?». Savannah tirò su il mento, un chiaro segno di sfida. «Non ho bisogno del tuo aiuto». Senza voltarsi a guardarlo si diresse verso il più alto dei due uomini.

Gregori fece un passo indietro, diffidando di quella reazione. Nei suoi occhi argentei passò un lampo. Quella ragazza stava scherzando con il fuoco.

Savannah procedette, con le labbra curve in un sensuale sorriso. I suoi grandi occhi erano cupi, tendenti al violetto, misteriosi e sexy. Rivolse uno sguardo all'altro uomo. Ammaliante. Allettante. L'umano sorrise, concentrandosi su Savannah mentre le si faceva incontro. Lei gli tese le braccia: aveva tutti i vestiti addosso, eppure era sensuale come se fosse nuda.

Gregori, preoccupato, emise un basso e gutturale ruggito. All'improvviso ringhiò, mostrando i denti bianchissimi. Rapido, si piazzò tra la sua compagna per la vita e la preda. Fu un comportamento dettato dall'istinto, non dalla ragione. Quell'uomo non avrebbe dovuto toccare Savannah, nemmeno per fornirle nutrimento.

Lei alzò lo sguardo, ipnotico e minaccioso, e lo fissò. «Non era questo che volevi?». La sua voce, così bassa, era come una musica per le orecchie di lui. «Non volevi che usassi la voce e il corpo per attirare a me la vittima e nutrirmi?»

«Non cominciare una discussione dalla quale non hai alcuna speranza di uscire vincente, Savannah», la minacciò cupo Gregori. Poi attirò a sé quell'uomo e piegò il capo sul suo collo. Savannah non smise di guardarlo nemmeno per un attimo mentre Gregori si nutriva a sazietà. Quando lui sollevò la testa, la preda cadde a terra e rimase distesa tra di loro. «Adesso vieni qui», le ordinò in tono sommesso.

Savannah sentì inaspettatamente un tuffo al cuore e le farfalle nello stomaco. Non avrebbe mai dovuto provocarlo. Perché era stata tanto stupida? Gregori nemmeno si preoccupava di sembrare una persona civile. Farlo ingelosire non era stata un'idea intelligente. Gli tese una mano, come per placarlo. «Gregori».

«Vieni qui, Savannah». La sua voce era melliflua. Impossibile ignorarla.

Riluttante, Savannah girò intorno all'uomo disteso per terra, superando l'ostacolo che li separava. Gregori la prese per un braccio e la attirò a sé. Piegò la testa scura e le mormorò all'orecchio, facendole svolazzare qualche ciuffo di capelli: «Prenderai ciò di cui hai bisogno dal tuo compagno per la vita». L'ordine venne appena sussurrato, ma l'ingannevole dolcezza della voce lo rese solo più coercitivo.

Savannah cercò di allontanarsi da lui, spaventata dalla sua potenza. Gregori strinse la presa. Lei riusciva a sentire la sagoma, rigida ed eccitata, del corpo di lui contro il suo. «Farai quello che ti ho detto». Le accarezzò dolcemente la vena sul collo, devastandole i sensi. Come sempre quando lui la toccava, a lei sembrava di sciogliersi, di diventare liquida. Non le piaceva che quel contatto la facesse sempre sentire accaldata ed eccitata.

La bocca di Savannah era schiacciata contro il petto di Gregori, ma lui si abbassò quel tanto che bastava perché lei riuscisse a poggiargli la guancia sulla spalla, vicino al collo. Sapeva di legno e spezie. Aveva la pelle bollente, e la vena pulsava proprio sotto la sua bocca, invitante. Gregori la accarezzò di nuovo, insistente e provocatorio. Savannah gemette e il suo respiro si trasformò in un rantolo. «Perché mi costringi a far questo, Gregori?»

«Ne hai bisogno e io devo provvedere a soddisfare le tue necessità». Le mise una mano sulla nuca e le tenne la testa ferma contro il suo collo.

Savannah non riuscì a trattenersi, non poté resistere e gli diede dei piccoli colpetti con la lingua, una, due volte, come fossero carezze. Forse dipendeva dal modo in cui il corpo di Gregori era pigiato contro il suo: protettivo, rassicurante e al tempo stesso aggressivo ed esigente. Quella combinazione risultava inebriante, pura tentazione. Come poteva resistergli? Gregori era così potente. Savannah sospirò e chiuse gli occhi, poi gli affondò i denti nel collo.

Il carpaziano fu travolto da un'ondata di piacere, di dolore, da una scarica erotica che lo scosse da capo a piedi e Savannah se ne accorse. Gregori premette il proprio corpo contro quello di lei, desideroso e appassionato: a separarli c'erano solo gli abiti. Savannah si sciolse in una pozza di calore: l'essenza della vita di lui fluì dentro di lei, la saturò, la rafforzò, esattamente come avrebbe dovuto fare.

Gregori la abbracciò e prese a digrignare i denti. La sensazione della bocca di lei che si muoveva sul suo collo, nutrendosi, era così intensa ed erotica che a stento riuscì a trattenersi. Avrebbe voluto farla distendere a terra, lì dove si trovavano, e prendere ciò che gli spettava di diritto. La desiderava così tanto che gli sembrava di andare a fuoco. Tenerla stretta a sé era nello stesso tempo l'inferno e il paradiso, il culmine del piacere e del dolore. Maledetta, Savannah non avrebbe mai più toccato un altro uomo finché entrambi fossero stati in vita. Mai più.

Gregori piegò la testa e le sfiorò i capelli con le labbra, assaporando la piacevole sensazione che quel contatto gli procurava. Savannah era così minuta e delicata, morbida e soffice. Come seta calda. Il carpaziano chiuse gli occhi e immaginò che lei lo amasse. Che lei riuscisse ad amarlo. Un mostro. *Gregori. Il tenebroso.*

Savannah percepì l'eco dei suoi pensieri, le parole che tutti i bambini carpaziani dicevano in tono minaccioso ai loro amichetti. Chi era colui che sarebbe venuto nella notte e li avrebbe trasformati in sassi? *Gregori, il tenebroso.* L'unico che avesse il potere di guarire… e distruggere. Colse in Gregori un profondo dolore, la consapevolezza che quell'accusa crudele era vera. Non vi era amarezza in lui, solo rassegnazione.

Savannah si sentì un macigno sul cuore, pesante e opprimente. Con grande attenzione, chiuse i minuscoli buchetti che gli aveva fatto sul collo e poggiò la testa contro il petto di lui. Riuscì a sentire il battito del suo cuore, ritmico e costante. Affidabile. Misterioso. Sexy. Spaventoso. Ecco com'era Gregori.

La mano con cui lui le stava accarezzando la testa si chiuse a pugno per un istante, imprigionando alcune ciocche di capelli; poi, d'un tratto, la lasciò andare. Senza guardarla, Gregori attirò a sé l'altro umano, chinò il capo e si nutrì con voracità. Quando si fu saziato permise all'uomo di sedersi tra l'erba alta. Fece sì che anche la donna si sedesse insieme ai due.

Savannah, perplessa, fece un passo indietro. Gregori si accovacciò per verificare che gli umani stessero tutti e tre bene. Li guardò negli occhi e con tocco gentile li fece distendere per terra, in modo che recuperassero le forze. «Stanno bene», fece, senza rendersi conto della nota di raucedine della sua voce. Si tirò su, poi, lentamente, girò la testa per guardare Savannah, con quei suoi occhi argentei e luccicanti. «Non toccherai mai un altro uomo. A qualsiasi specie appartenga». Scandì quelle parole una per una, in tono sommesso.

«Non credi che la tua reazione sia un po' eccessiva, Gregori?», azzardò lei.

Lui le si avvicinò, incombendo su di lei e avvolgendola con il calore che emanava. «Potrei non essere in grado di trattenermi e far loro del male», ammise, come al solito in maniera molto pacata.

«Credevo che il fatto di essere stata rivendicata annullasse qualsiasi minaccia».

«Evidentemente ce ne sono di nuove. Finché non sarò in grado di capire e controllare ciò che mi succede, tutto ciò che sperimento a causa tua, è meglio se non ti opponi al mio volere».

Gli occhi blu di Savannah si incupirono, diventando quasi viola, e gli lanciarono uno sguardo intenso. «Il tuo volere? Non dovrei oppormi al tuo volere? Non è esattamente come se potessi esercitare il mio libero arbitrio, Gregori. Devi sempre dirmi cosa pensare e cosa provare. Sono qui solo per soddisfarti». A quel punto Savannah fece un inchino.

Gregori produsse un roco ruggito. La afferrò e la strinse a sé. «Come vorrei che fosse vero. Credo che tu sia stata creata solo per farmi impazzire».

«Mi posso attrezzare», fece lei, a bassa voce. «Ci sono delle cose importanti di cui devo occuparmi, Gregori».

«Tipo?». Fissò il suo viso rivolto all'insù e nei suoi occhi chiari passò un lampo.

«Peter. Devo occuparmi di lui. Rappresento la sua famiglia. Non ha nessun altro oltre me. E se è morto è per colpa mia. Stava cercando di proteggermi». Savannah represse il bisogno di scoppiare in lacrime, di urlare, di far sprofondare Gregori nelle viscere della terra.

Lui rimase in silenzio per un momento. «La polizia vorrà parlare con te. La notizia probabilmente è già sui giornali. Sei pronta ad affrontare tutte le conseguenze di questa situazione?».

Savannah sollevò il mento. «Amavo Peter come un fratello. Glielo devo». Si passò le mani tra i capelli, agitata. «Devo farlo. Devo. Per favore, Gregori. Stammi accanto. So di non poter averla vinta con te. Ho bisogno del tuo sostegno».

Gregori imprecò e ripeté le parolacce in quattro lingue. Era necessario rinchiudere Savannah in un posto sicuro, lontano dallo Stato della California, e possibilmente dagli Stati Uniti. La faccenda Peter Sanders sarebbe stata al centro di un circo mediatico. La polizia forse stava già setacciando la città in cerca di lei. Dannazione!

Senza nemmeno risponderle, Gregori le passò un braccio intorno alla vita e la tirò su. Spiccò il volo, e i suoi ragionamenti, che di solito erano logici e pacati, divennero una giungla di emozioni sconosciute, un ginepraio di indecisioni. Aveva sempre pieno dominio di sé. Dal momento che era così potente non aveva scelta. Ma Savannah lo stava trasformando. No, non poteva permetterlo. Non voleva. Non gli importava se lei si sarebbe messa a urlare. Se quegli occhi enormi e bellissimi gli fossero apparsi tristi e tormentati. Se gli angoli della bocca si fossero curvati in un'espressione triste. Quella donna non l'avrebbe distolto dai suoi piani. Doveva mettere al primo posto sicurezza e senso di responsabilità. La sicurezza era la cosa più importante, non lo sguardo sconfortato di Savannah o la sua bocca morbida e carnosa. O la sua incredibile sofferenza.

Gregori la portò con sé nel cielo notturno, mentre titubanze e pensieri vulcanici gli si affastellavano nel cervello, al punto tale che gli sembrò di impazzire. Sapeva ciò che doveva fare. Che cosa gli stava succedendo? Perché prendeva in considerazione una tale follia? Sarebbe stato troppo pericoloso, avventato. Se i vampiri che davano la caccia a Savannah avessero perseverato nei loro piani, non c'era niente di meglio che attirarli in una trappola, facendo in modo che lei si presentasse al funerale di Peter.

Savannah si stava concentrando sulle cime degli alberi sotto di loro. Non individuò da nessuna parte tracce di centri abitati. Si sentiva vuota e aveva freddo. Gli aggettivi che erano stati attribuiti a Gregori corrispondevano tutti alla sua natura. Insensibile. Duro. Freddo. Privo di emozioni. La sua vita sarebbe stata un inferno senza fine. Lui non sarebbe mai riuscito ad amarla. In realtà, nemmeno la desiderava. Voleva solo qualcuno da controllare. Qualcuno con cui fare sesso. Deglutì un grumo di bile che le era salito alla gola. E la vittima prescelta era lei.

Ogni volta che lui la toccava o la fissava con quei suoi occhi argentei e ipnotici, il corpo di Savannah diventava una furia.

Oh, Peter. Non era riuscita a metterlo in salvo, anzi aveva condotto un vampiro, la feccia del suo popolo, dritto a lui. E adesso, se Gregori non le avesse dato il proprio consenso, non avrebbe potuto neanche organizzargli un funerale decente. Savannah avrebbe voluto provare rabbia – odio, persino – ma tutto quello che sentiva era un senso di vuoto. Avrebbe dovuto capirlo anni prima, quando aveva trovato quel carpaziano nella sua stanza da letto, che il suo destino era di perdersi per sempre.

Capitolo 6

Savannah di fatto non vide mai l'esterno del loro rifugio. Un attimo prima volavano in alto nel cielo, un attimo dopo piombavano a terra. Le venne il voltastomaco, chiuse gli occhi e, quando li riaprì, Gregori stava procedendo a grandi falcate all'interno di una casa di pietra. Le pareti erano spesse e fredde, lisce al tatto come se fossero state levigate. Il soffitto era alto e fatto dello stesso materiale dei muri e del pavimento. Gregori aveva scavato quella tana dentro la montagna, un miracolo di ingegneria. Savannah riuscì a individuare tre stanze, ma era sicura che ce ne fosse un'altra sotterranea, una botola nascosta nella quale sarebbero potuti scendere in caso di estremo pericolo.

Nel momento stesso in cui Gregori la mise in piedi sul pavimento di pietra, lei si allontanò da lui, una rapida ritirata, tipicamente femminile. Si rifiutò di guardarlo, tenendo la testa bassa, in modo da non rischiare di incontrare i suoi occhi. Si mise a camminare per quello strano appartamento. Il mobilio era gradevole, persino un po' ricercato. «Quindi questa sarà la mia prigione?», osservò in tono piatto.

Gregori non rispose. Dal suo volto non trapelava nulla, sebbene le rughe di espressione agli angoli della bocca e degli occhi sembrassero appena un po' più profonde del solito. I suoi occhi argentei e chiarissimi riflettevano l'immagine di ciò che lo circondava, non i suoi più intimi pensieri. Si portò una mano dietro la nuca, per massaggiarsi i muscoli indolenziti del collo. Poi abbandonò il salotto, con passi felpati e silenziosi. Planava. Come una pantera. Nonostante fosse decisa a non farlo, Savannah si ritrovò a lanciargli qualche occhiata furtiva. C'era qualcosa di ipnotico nel modo in cui Gregori si muoveva. I muscoli erano tutti un guizzo, potenti e sensuali. Il cuore di Savannah perse un colpo quando lei lo vide massaggiarsi la nuca.

Gregori si sedette sul bordo del letto, certo che la sua compagna non gli stesse prestando la minima attenzione. Savannah cercava di stargli il più alla larga possibile. Ma per quanto fossero distanti l'uno dall'altra, Gregori era come un'ombra nella sua mente. Riusciva a carpire tutto ciò che lei pensava di lui. E non si trattava di complimenti, ma d'altronde non poteva certo rimproverarla per questo. Si nascose il volto tra le mani. Savannah lo aveva definito un mostro, e non si sbagliava. Lo temeva. Avrebbe per sempre odiato la propria sorte, avrebbe pregato per l'eternità che il fato fosse più benevolo con lei. E chissà, magari sarebbe stata esaudita. Dopotutto, lui aveva manipolato il suo futuro sin da quando era stata concepita. Savannah era la luce che illuminava la sua tenebra, la compassione che alleviava la sua crudeltà. Non sarebbe mai riuscita ad amare una bestia brutale come lui. Si era impossessato di qualcosa che non gli apparteneva, aveva interferito con il corso della natura e si era impadronito di lei.

Quando lo vide accasciato sul bordo del letto, il ritratto della più profonda disperazione, a Savannah si strinse il cuore. Gregori. Rappresentava la fiducia in se stessi per antonomasia. La totale autorità. Un robot privo di emozioni che non avrebbe dovuto preoccuparsi di averle rovinato la vita per sempre. Quello che Savannah pensava o provava non avrebbe dovuto importargli. Lo aveva definito un mostro senza cuore. Un selvaggio. Ogni epiteto che le era venuto in testa aveva cominciato a danzarle per la mente per poi essere scagliato dritto verso l'obiettivo. L'aveva fatto apposta, in modo tale che il carpaziano potesse leggerle nel pensiero quelle accuse e non venisse invece a sapere che, anche se disprezzava i suoi modi, lei aveva un disperato bisogno del contatto fisico con lui.

Eppure, l'aria con cui se ne stava lì seduto la straziava. Gregori, che era sempre stato da solo. Savannah indietreggiò finché le sue spalle non poggiarono sulla fredda parete di pietra, continuando a guardarlo, pensierosa. Le stava concedendo un po' di privacy, se così si poteva definirla, ritirandosi dalla sua mente. Savannah si mordicchiò il labbro, provò una lieve fitta di dolore e trasalì al ricordo che quella sensazione aveva riportato a galla. Si accorse di essersi abituata alla discreta presenza di lui dentro di sé. In un primo tempo, le si era presentato sotto le spoglie del lupo, poi, dopo, nel periodo terribile in cui la solitudine le sembrava davvero insopportabile, il contatto con Gregori aveva alleviato la sua sofferenza.

Strano, non ci aveva mai fatto caso, non aveva mai riflettuto sul *perché* lui la facesse sentire meglio.

Gregori le aveva offerto la possibilità di esplorare la sua mente. Savannah sapeva che lui sarebbe stato in grado di proteggersi, di nascondere le sue emozioni e i suoi ricordi, in modo tale che lei potesse avere accesso solo alla parte che il carpaziano desiderava condividere. Non era certa che fossero tanti i suoi simili in grado di far ciò con le rispettive compagne per la vita, comunque Gregori era uno di loro. Gregori poteva fare qualsiasi cosa.

In ogni caso, lei era Savannah Dubrinsky. La figlia di Mikhail e Raven. Il loro sangue scorreva nelle sue vene, così come quello di Gregori. Anche lei aveva dei poteri, no? Fino a quel momento era stata una ragazzina che scappava da se stessa, dalla relazione con un uomo troppo potente. Ma se la sua vita era intrecciata a quella di Gregori, avrebbe fatto meglio a crescere alla svelta e a scoprire che cosa era in grado di fare. Mikhail e Raven le avevano insegnato ad avere fiducia in se stessa.

Savannah inspirò a fondo e permise alla propria mente di fondersi con quella del carpaziano. Il suo tocco fu leggero come una piuma, delicato, solo un'ombra dentro di lui. Nonostante Gregori fosse immerso nei propri pensieri, Savannah sapeva che avrebbe avvertito la sua presenza. Rimase tranquilla e cercò di limitarsi ad assorbire i suoi pensieri, come una spugna.

Gregori credeva di essere un demone. Pensava che la sua anima fosse nera, che per lui non ci fosse alcuna possibilità di redenzione. Era assolutamente convinto di averla manipolata ed escludeva a priori l'ipotesi che tra loro fosse scattata la chimica giusta. Era stato a un passo dal trasformarsi in un vampiro e aveva esagerato, ci avrebbe scommesso sopra l'anima. Aveva creato un contatto telepatico con la bambina che Raven portava in grembo, le aveva dato il suo sangue, le aveva persino parlato. Savannah aveva ricordi confusi di una luce che la illuminava in un momento di estrema sofferenza, in cui avrebbe voluto abbandonare il ventre di sua madre. Gregori glielo aveva impedito.

Savannah vide tutto ciò con grande chiarezza. Tutta la vita di Gregori. Il momento in cui aveva trovato suo padre e sua madre con un paletto conficcato nel cuore e le teste mozzate. I terribili anni trascorsi ad ammazzare vampiri in giro per l'Europa. Le tante donne e i tanti bambini uccisi con i paletti. Poi il periodo in cui era andato a caccia. E le guerre. E tutti i suoi amici che si erano trasformati. Gregori era stato costretto a farli fuori per evitare che facessero del male tanto agli umani quanto agli altri carpaziani. Secoli dopo secoli. Senza fine. Così tanto sangue sulle sue mani. Così tanti morti. Ogni vittima aveva portato via con sé una parte di lui, finché a un certo punto non gli era stato più possibile affrontare gli altri membri della sua razza e aveva dovuto smettere di frequentarli. Era condannato a un eterno isolamento. Solo. Sempre solo. Savannah quasi si commosse fino alle lacrime al pensiero di quell'esistenza squallida e vuota. Chi avrebbe potuto vivere anno dopo anno in una tale desolazione e mantenere intatto il proprio spirito? Era impossibile.

La sapienza era stata la sua unica amica. Gregori era sempre stato un ribelle. Nessuna autorità avrebbe potuto far presa solo di lui, era leale solo verso Mikhail. Aveva un proprio rigido codice d'onore, che seguiva alla lettera. L'onore era la sua stessa vita. Eppure era dovuto scendere a compromessi per far sua Savannah.

Lei aveva deciso di accedere alla sua mente per assicurarsi di averlo trascinato lontano dal baratro della tenebra, in modo tale da non temerlo più, da essere sicura che non le avrebbe fatto del male, e lo aveva fatto perché lo rispettava. Tuttavia Gregori credeva che Savannah lo stesse rifiutando. Pensava che lei non sarebbe mai riuscita a perdonarlo per quello che aveva scelto di fare nel corso della sua esistenza. Lui stesso non riusciva a darsi pace.

Savannah vide tutto. Ogni azione pericolosa e cattiva che aveva compiuto. Ogni crudele assassinio. Ogni legge che aveva infranto. Ma soprattutto vide la sua grandezza. Per tantissimo tempo, Gregori si era impegnato anima e corpo a guarire il prossimo, aveva esaurito la sua immensa forza, aveva messo a rischio la sua stessa vita osando ciò che altri non avrebbero sopportato. Una vita intera spesa al servizio di persone cresciute nella paura dello stesso potere sul quale facevano affidamento. Mentre gli altri non erano nemmeno sfiorati dalle brutture della caccia e dal pericolo, Gregori viveva in uno stato di allerta continua. Aveva accettato l'inevitabilità della sua esistenza solitaria, del suo stretto isolamento. Era giunto a credere che i carpaziani facessero bene a temerlo. Anche Savannah aveva capito che era così. Gregori esercitava troppo potere per essere un solo uomo, portava un onere troppo pesante sulle sue larghe spalle.

Per secoli non c'era stato niente che lo tenesse legato al loro mondo, nessuna emozione che potesse trattenerlo e impedirgli di trasformarsi in un vampiro. Solamente la sua forza e la sua determinazione. La sua volontà di ferro. Il suo rigido codice d'onore. La sua lealtà nei confronti di Mikhail e la convinzione che il loro popolo meritasse di avere un posto nel mondo. La sua risolutezza nel cercare di evitare la morte dei bambini carpaziani, trovando agli uomini delle vere compagne per la vita che ne scongiurassero la trasformazione. Il fatto che Mikhail avesse trovato Raven gli aveva dato speranza. Poi, da quando Savannah era stata concepita, il mondo per Gregori era diventato un inferno senza fine. Ogni minuto gli sembrava un'ora, ogni ora un giorno: quell'attesa aveva rischiato di farlo impazzire.

Quando Savannah aveva rifiutato di unirsi a lui, Gregori aveva giurato a se stesso di concederle cinque anni di libertà. Dal momento che lei sarebbe stata legata per sempre a un uomo che avrebbe deciso di ogni aspetto della sua vita, aveva creduto di poterle dare in cambio almeno un po' di tempo. Per Gregori, ogni istante era un'agonia: aveva dovuto resistere alle tenebre che si radicavano sempre di più dentro di lui. Aveva resistito fino a quando non aveva creduto di essere sul punto di soccombere, finché non si era accorto che non sarebbe più riuscito a decidere di affrontare l'alba – l'autodistruzione, l'unica opzione onorevole per un carpaziano che non volesse diventare un vampiro. Aveva rispettato il giuramento, ma per farlo aveva quasi smarrito la propria anima. Dopo tutti quei secoli passati a resistere, gli ultimi cinque anni gli avevano fatto rischiare la dannazione.

Savannah sedeva immobile, assorbita dai ricordi di Gregori. Gli unici momenti piacevoli nella sua arida e solitaria esistenza erano stati gli anni dell'adolescenza di Savannah, in cui era stato libero di trascorrere del tempo con lei, sotto le spoglie del lupo. Lei non aveva paura dell'animale, aveva provato per lui un amore totale e incondizionato, gli aveva elargito le proprie confidenze, lo aveva accettato in tutto e per tutto. Gregori non aveva mai sperimentato niente di simile prima. Lo desiderava, ne aveva bisogno, e credeva che lei non gli avrebbe ma i più riservato un tale trattamento.

Accettava il fatto che Savannah non lo avrebbe mai amato, che l'avrebbe sempre guardato intimorita. Era quasi come se pensasse di meritarselo, visto che si era comportato in maniera scorretta. Non era però preparato alle fitte che questo rifiuto gli provocava, o alle violente emozioni che lei suscitava in lui. Savannah rimase di sasso davanti a quell'incredibile scoperta.

Gregori non desiderava una donna qualsiasi, come aveva creduto. E di certo non desiderava avere al suo fianco una marionetta, cosa di cui lei lo aveva accusato. Voleva Savannah, con il suo senso dell'umorismo, il suo orgoglio e la sua compassione, persino con quel suo caratterino. Non provava il benché minimo interesse per le altre donne. Nessun'altra avrebbe fatto al caso suo.

Gregori soffriva. Soffriva terribilmente. Percepiva il dolore di Savannah per la perdita di Peter. Percepiva la paura che nutriva nei suoi confronti. Provava pena per la propria solitudine e per l'eterno isolamento a cui era stato condannato. Queste sensazioni irradiavano dal profondo della sua anima. Si era rassegnato a convivere con tutta quella sofferenza per sempre. E non l'avrebbe mai dato a vedere.

Savannah si ritrasse dai pensieri del carpaziano prima che lui potesse individuare la sua presenza. Gregori era talmente solo che avrebbe voluto mettersi a piangere per lui. E per di più quell'uomo non aveva neanche una vaga idea di cosa significasse amare qualcuno, ridere insieme, condividere la propria vita. Tutto ciò che gli interessava era far sì che lei fosse al sicuro, a qualsiasi costo. Savannah lo aveva definito un mostro e lui credeva che avesse ragione.

Lei rivolse lo sguardo fuori dalla finestra verso il bosco. Gregori aveva una personalità complessa. Aveva infranto quasi tutte le loro leggi senza provare nemmeno l'ombra del rimorso. Aveva ucciso innumerevoli volte. Aveva più poteri lui nel mignolo che la maggior parte dei carpaziani messi insieme. Ma non era un mostro. Non lo era mai stato.

Savannah cominciò a battere il piede sul pavimento di pietra. I rami degli alberi ondeggiavano allo stesso ritmo. Anche lei era potente, più di quanto credesse. Gregori la desiderava. Più che altro, aveva bisogno di lei. Quella precisa rivelazione aveva cambiato tutto. Le aveva restituito il controllo sulla sua vita. Raddrizzò le spalle. Non era più una bambina in fuga da una paura senza nome. Savannah era la compagna per la vita di Gregori, scelta da Dio per camminare al fianco di un uomo potente e degno di rispetto. Un uomo forte e seducente che aveva bisogno di lei più di chiunque altro sulla terra.

Inspirò a fondo e buttò fuori l'aria con calma. «Gregori?». Cercò di conferire alla propria voce un tono sommesso e neutrale.

Lui sollevò il capo lentamente, ma Savannah si accorse che le era già penetrato nella mente. Tuttavia quella forma d'invasione non la spaventò. Aveva imparato ad accettare il fatto che le loro menti si fondessero l'una nell'altra e quindi aveva smesso di cercare di evitare che accadesse. «Questo posto è proprio incantevole. Sei stato molto in gamba a metterlo in piedi». Savannah udì un lieve fruscio, un movimento alle sue spalle, ma non si girò. «Sei un'artista, per così dire».

Riusciva a sentirne l'odore: sapeva di legno e di spezie. Un profumo virile, caldo ed eccitante. Sfiorò la parete di pietra e sorrise fra sé al pensiero che era come se stesse toccando il solido corpo di Gregori e non un muro di roccia.

«Ci sono voluti alcuni mesi, cara. Me ne sono occupato mentre stavo qui da solo, in attesa che il tuo spettacolo giungesse a San Francisco».

La sua voce era bellissima. Savannah si concesse il lusso di ascoltarla, di assaporarne la purezza, di lasciare che quel velluto nero la accarezzasse. «È davvero un bel posto, Gregori. Se dovessimo trascorrere l'estate negli Stati Uniti, potremmo stare qui».

Gregori non riuscì a resistere e le passò la mano sui capelli: Savannah non sgusciò via e lui ne rimase profondamente stupito. Gli faceva piacere sentirla parlare come se avesse accettato il fatto che in futuro sarebbero stati insieme. Comunque non le rispose, temendo che le sue parole potessero infrangere quel precario armistizio.

Savannah si girò e gli toccò il braccio. Sentì le vene pulsare sotto il palmo della mano e continuò a sorridere fra sé e sé. «Be', mi stavi spiegando come fa il vampiro a emulare la voce di mia madre per attirarmi a sé. O almeno presumo si trattasse di un vampiro. E poi, come mai ho sentito un'esigenza quasi incontrollabile di rispondergli? Sono una carpaziana, non dovrebbe essere così facile costringermi a fare qualcosa». Continuò a guardare fuori dalla finestra.

Delle fiamme cominciarono a diffondersi nelle vene del braccio di Gregori a partire dal punto in cui era rimasta posata la mano di Savannah. In qualche modo, lei aveva capito che Gregori la credeva in pericolo. «Il vampiro è un illusionista ancora più in gamba di te. Sono secoli che si allena a imitare le voci altrui. Si serve di questo talento per attirare a sé la gente. Ho individuato nel tono della sua voce l'impulso alla coercizione e poi ho pensato che tua madre avrebbe usato un vostro privato canale comunicativo, non quello più comune», disse Gregori, impassibile, senza neanche una punta di condanna per la cantonata che Savannah aveva preso.

Lei arrossì lo stesso. Perché non l'aveva capito da sola? Era stato un errore davvero grossolano. Un errore che avrebbe potuto causare la sua morte, forse addirittura la morte di entrambi. Si voltò a guardarlo. Gregori non batté ciglio. I suoi occhi argentei si limitavano a riflettere l'immagine di Savannah. «Immagino di doverti delle scuse per averti insultato. Mi sono comportata in maniera infantile, mi dispiace».

Gregori sbatté le palpebre. Era riuscita a stupirlo. Savannah sentì un'ondata di calore nel petto, una sensazione piacevole e struggente. «Vorrei che tu facessi una cosa per me. So di non avere molta esperienza in materia di vampiri, ma piuttosto che pretendere arbitrariamente la mia obbedienza, forse potresti spiegarmi che cosa mi accade intorno. Mi fiderò della tua opinione, Gregori. Non ho intenzione di sfidarti. Soltanto che ho qualche problema a fare quello che la gente mi ordina. Mi succedeva anche quand'ero più piccola... te lo ricordi?». Savannah fece intenzionalmente riferimento alla propria infanzia, l'unico momento in cui fossero stati davvero felici insieme.

Gregori non sorrise, ma dal suo sguardo, di solito freddo e inespressivo, trapelò un lampo di calore. «Certo che me lo ricordo. Ti impegnavi con tutta te stessa per fare l'esatto contrario di quello che ti veniva detto».

Savannah fece un affascinante sorriso. Gregori non riuscì a staccare gli occhi dalla sua bocca. «Credevi che crescendo avrei smesso di essere tanto insubordinata, ma non è andata così. Dovremo provare a lavorarci insieme».

Lei gli rivolse un'occhiata supplichevole e a Gregori sembrò di sprofondare negli abissi di quello sguardo.

«Per favore».

Gregori si attorcigliò al polso una ciocca dei capelli di lei. «Ci proveremo, cara. Ma prima di tutto viene la tua sicurezza. Sempre e comunque».

Savannah ridacchiò. «Sono certa che non permetterai mi accada mai nulla di male. Non sono affatto preoccupata per la mia incolumità».

«Per me è la cosa più importante», fece lui con aria grave.

Savannah lo guardò e sollevò il mento. «Non ti è mai venuto in mente che negli ultimi cinque anni me ne sono stata per conto mio e non mi è accaduto nulla?».

A quel punto Gregori sorrise, e gli angoli delle labbra si atteggiarono a una piega sensuale. «Tu non sei mai stata davvero sola, cara, mai. E quando per me è diventato troppo pericoloso starti accanto, ho fatto in modo che fossero altri a proteggerti».

Nonostante Savannah fosse fermamente decisa a controllarsi, un lampo di collera le balenò nello sguardo. I suoi occhi blu scintillarono. «Hai fatto in modo che qualcun altro mi proteggesse?».

Ci fu qualcosa nel modo in cui le sue guance presero colore e il petto si gonfiò di rabbia, nel bagliore improvviso che le illuminò lo sguardo, che fece pensare a Gregori che avrebbe voluto vederla sempre adirata. «Non è stata solo una mia iniziativa, piccola. Tuo padre non ti avrebbe mai lasciata priva di protezione. Dovresti saperlo».

«Mio padre?». Com'era possibile che lei ne fosse all'oscuro? Tipico di Mikhail. E di Gregori. Lei se ne stava lì a pensare di essersi guadagnata chissà quale indipendenza, di aver fatto qualcosa per tutte le donne carpaziane, e invece per tutto il tempo c'era stato qualcuno a proteggerla. «Ho chiesto ad alcune guardie del corpo di seguirmi in tour», fece, in modo che Gregori si rendesse conto che non era stata del tutto imprudente.

«Umani». Il suo tono fu eloquente. «Avevi bisogno di qualcuno di noi».

«Chi? Di chi hai avuto così tanta fiducia, Gregori?», gli chiese Savannah, curiosa. La fiducia era estranea al loro universo di valori. A quale altro maschio carpaziano Gregori aveva potuto affidare l'incolumità della propria compagna per la vita? Sembrava una mossa totalmente aliena dal suo carattere.

Gregori infilò una mano nell'intricata selva dei capelli di Savannah, che gli ricadevano sulle ampie spalle. Gli doleva il collo. Con aria assente, cominciò di nuovo a massaggiarselo. «Alcune situazioni sono talmente estreme da richiedere misure altrettanto estreme. Ho scelto l'uomo più potente e più forte che conosco, un uomo dal ferreo codice d'onore. Si chiama Julian. Julian Savage».

«Il fratello gemello di Aidan Savage. È qui in città?». Savannah non aveva mai incontrato Aidan Savage, ma aveva sentito suo padre parlare di lui. Era un cacciatore di vampiri. Mikhail lo rispettava molto e questo già la diceva lunga sul suo valore. Aveva da poco trovato la sua compagna per la vita. Savannah aveva pensato di approfittare del fatto che si trovava a San Francisco per andarli a trovare. Dovevano avere una gran voglia di incontrare qualcuno che appartenesse alla loro stessa specie. «Aidan sapeva che suo fratello era qui per proteggermi?»

«Sono sicuro che ne avrà avvertito la presenza. Come avrebbe potuto non percepirla? Sono gemelli. Non so se Julian vorrà incontrarlo. Sta lottando contro le tenebre».

Savannah distolse gli occhi da quello sguardo cupo e luccicante. Così freddo. Così solo. Così smarrito. *Gregori. Il tenebroso. Il suo tenebroso. Il suo Gregori.* A stento riuscì a sopportare il dolore del compagno. Lui non lo mostrava: il suo volto non lasciava trapelare alcuna emozione, quasi fosse stato scavato nel granito, come il rifugio di pietra nel quale si trovavano. Non lo mostravano neanche i suoi occhi chiari, così freddi e glaciali da ricordarle la morte. Non lo mostrava nessun anfratto della sua mente, o almeno di quella parte della mente che Gregori aveva scelto di condividere con lei. Savannah si sentiva esattamente come lui. Il cuore di Gregori era il suo cuore. L'anima di Gregori la sua anima. Erano la stessa persona. Le due metà di un unico essere. Gregori ancora non lo sapeva, non riusciva a crederci. Dopotutto, aveva pensato che tra loro non fosse scattata alcuna scintilla, dal momento che era stato lui a manipolare quell'unione. Savannah invece sapeva che erano fatti l'uno per l'altra.

L'aveva capito quando aveva condiviso la propria vita con il lupo. Forse lei non se ne era pienamente resa conto, ma il suo cuore e la sua anima sì. L'aveva capito quando aveva raggiunto Gregori nell'abisso e nell'oscurità e l'aveva trascinato via con sé. L'aveva capito quando aveva condiviso con lui il proprio corpo, nonostante l'innocenza e l'inibizione. Lo temeva, ma aveva capito che era la sua metà. Il suo cuore e la sua anima lo avevano riconosciuto.

«L'alba si avvicina, cara», disse lui piano. «Sarebbe meglio se andassimo un po' a dormire». Sarebbe stato meglio per lei. Il corpo di Gregori era una furia, desiderava solo il contatto con la pelle di Savannah. Gregori aveva bisogno di tenerla fra le braccia e stringerla al petto. Per una manciata di secondi, avrebbe potuto immaginare di non essere più solo. Savannah avrebbe tenuto l'oscurità alla larga e gli avrebbe permesso di vivere un giorno di più.

Lei gli accarezzò il braccio per tutta la lunghezza. Sfiorò il profilo dei suoi muscoli con la punta delle dita. Era stato solo un tocco lieve, eppure la scarica di desiderio fu tanto intensa che Gregori si irrigidì. Fu travolto da una violenta ondata di passione, gli sembrò che nelle vene cominciasse a scorrergli lava incandescente e si sentì bruciare in tutto il corpo. Nel suo candore, Savannah non si rendeva conto dell'effetto che gli faceva. Le loro dita si allacciarono strette.

«E che mi dici di Peter? Cosa pensi che dovremmo fare per ridurre al minimo i rischi? Lo so, hai ragione, la stampa mi darà la caccia. Mi seguiranno dovunque, quegli stupidi giornalisti in cerca di scoop». Lo stava guardando dritto negli occhi.

Gregori non avrebbe potuto guardare da nessun'altra parte né lasciarle andare la mano. Non si sarebbe mosso neanche a costo della propria vita. Si era perso in quegli occhi violetti, era sprofondato nei loro abissi, misteriosi, ossessionanti e seducenti. Cos'è che aveva deciso? Cosa aveva stabilito? Non le avrebbe consentito nemmeno di avvicinarsi al funerale di Peter. Perché la sua determinazione era svanita in un soffio? Aveva delle ragioni, delle buone ragioni. Ne era sicuro. Eppure, in quel momento, mentre annegava in quegli occhi, ogni suo pensiero era rivolto alla lunghezza delle ciglia di Savannah, alla forma delle sue guance, alla sua pelle morbida e liscia, e non riusciva a immaginare di poterle negare qualcosa. Dopotutto, lei non gli aveva disobbedito; non era al corrente della sua decisione di tenerla alla larga dal funerale di Peter. Savannah lo stava coinvolgendo nel piano, come se insieme formassero una squadra. Gli stava chiedendo un consiglio. Sarebbe poi stato così grave accontentarla? Per lei era davvero importante.

Gregori sbatté le palpebre per impedirsi di sprofondare ancora in quello sguardo e si ritrovò a fissarle la bocca. Il modo in cui le sue labbra si schiudevano, come se stesse aspettando qualcosa. Il modo in cui la punta della lingua inumidiva il labbro inferiore. Quasi una carezza. Gregori gemette. Era un invito. Dovette farsi forza e trattenersi dal chinarsi e seguire con la propria lingua lo stesso percorso. Savannah lo stava torturando. Era un tormento.

Quelle labbra perfette si atteggiarono a un broncio. Gregori avrebbe voluto darle un bacio sulla bocca. «Che c'è, Gregori?». Savannah si mise sulla punta dei piedi per sfiorargli le labbra con un dito. A Gregori sembrò che il cuore stesse quasi per scoppiargli. Le prese il polso e le fece poggiare la mano sul proprio petto.

«Savannah», bisbigliò lui. Un lamento. Il suo nome era venuto fuori così. Come un lamento. Gregori se ne rese conto. Lei anche. Dio, la desiderava con ogni cellula. Indomito, selvaggio, folle. Avrebbe voluto sprofondare dentro di lei così tanto da non poter più venirne fuori.

A Savannah tremò la mano, un movimento appena accennato, come il battito delle ali di una farfalla. Gregori sentì quel fremito lungo tutto il corpo. «Va tutto bene, amore mio», le disse a bassa voce. «Non ti sto chiedendo niente».

«Lo so. E io non ti sto negando niente. Abbiamo bisogno di tempo per diventare amici, ma non voglio ignorare quello che già sento. Quando ti avvicini a me, mi sembra di andare a fuoco». I suoi occhi blu erano profondi e seducenti, fissi su di lui.

Gregori le sfiorò la mente con tocco gentile, quasi tenero, superò le sue barriere e vide quanto coraggio era stato necessario per quella confidenza. Savannah era nervosa, persino spaventata, ma decisa ad andargli incontro. Quando lo capì, per poco non cadde in ginocchio. La sua mascella ebbe un guizzo e gli occhi divennero due pozze di mercurio liquido, ma la sua espressione rimase impassibile come sempre.

«Credo che tu sia una strega, Savannah, e che mi stia facendo una qualche fattura». Le prese il viso tra le mani, accarezzandole dolcemente le guance con i pollici.

Lei gli si fece più vicina e Gregori si accorse che aveva bisogno di conforto, di essere rassicurata. Savannah gli circondò la vita con le braccia. Gli appoggiò la testa sul petto. Gregori l'abbracciò, si limitò a stringerla a sé, in attesa che smettesse di tremare. In attesa che il calore del proprio corpo si trasfondesse dentro di lei.

Sollevò una mano e le accarezzò la folta massa di setosi capelli neri come l'ebano, godendo di quel semplice gesto. Sembrava calmare un po' entrambi. Gregori non avrebbe mai creduto che una cosa così banale come tenere tra le braccia una donna potesse provocare effetti tali in uomo. Savannah lo stava scombussolando; era scosso da emozioni sconosciute e potenti e la sua vita ben organizzata era andata in fumo. Tra le sue braccia forti, Savannah si sentiva fragile e delicata come un fiore esotico il cui stelo poteva spezzarsi da un momento all'altro.

«Non preoccuparti di Peter, piccola mia», le sussurrò lui, le parole attutite dai capelli di lei. «Provvederemo domani alla sua sepoltura».

«Grazie, Gregori», disse Savannah. «Significa molto per me».

Lui la sollevò prendendola fra le braccia. «Ti capisco. Anche se sarebbe meglio che non lo facessi. Vieni nel mio letto, cara, è il posto a cui appartieni».

La sua stretta e la sua impetuosità la allettarono. Savannah gli cinse il collo con le braccia. Gli scostò i capelli dal volto, in modo tale che fra loro non ci fosse alcuna barriera. «E se viene il vampiro?», mormorò, con le labbra attaccate all'orecchio di Gregori. Gli leccò una minuscola e intrigante fossetta. «Che cosa pensi di fare con me se i rinnegati ritornano?».

Il suo respiro era eccitante come la seta, la bocca calda come il velluto. Savannah gli diede un piccolo morsetto. Gregori non pensò più a niente, solo a soddisfare lo struggente desiderio di lei che provava in quel momento. Un desiderio sordo e ardente. I denti di Savannah gli stavano punzecchiando la clavicola e nel frattempo lei gli aveva infilato una mano sotto la camicia. Gli accarezzava l'ampio e villoso petto, seguendo il profilo di ogni muscolo. Gregori si sentì scuotere da un fremito di passione.

Riuscirono a raggiungere il letto soltanto perché era lì vicino. Quando Gregori le fece poggiare i piedi sul pavimento di pietra, Savannah sollevò il capo e gli angoli delle labbra si curvarono in un lieve sorriso. Misterioso. Sexy. Quella ragazzina innocente lo stava seducendo e davvero bene, per giunta. Ogni muscolo del corpo di Gregori era teso e dolente. Stava andando a fuoco, bruciando di passione. Il sorriso di Savannah. La sua bocca perfetta.

Gregori chinò la testa e prese possesso di quella bocca. Le labbra erano calde e morbide come la seta. Lui ne esplorò la curvatura con la lingua. Cominciò a mordicchiarla insistentemente per far sì che Savannah le schiudesse. Lei acconsentì a quella silenziosa richiesta: la sua bocca era calda e umida. Il mondo sembrò svanire. Gregori la baciò a lungo, vorace e appassionato, come se volesse divorare quelle labbra dolci e sensuali.

Le incorniciò il volto fra le mani, tenendola ferma per poter continuare a baciarla. I colori gli danzavano intorno, era tutto un guizzare di luci, e il suo desiderio di lei cresceva sempre di più. Gregori trovò la gola, delicata e vulnerabile. Le strappò via i vestiti: aveva bisogno del contatto con la sua pelle, di accarezzarla. Gli abiti caddero sul pavimento, una pioggia di indumenti.

Savannah sentì il respiro morirle in gola. Aveva scatenato qualcosa che adesso non riusciva più a controllare e, a dispetto di tutte le sue buone intenzioni, ne era atterrita. Gregori era ovunque, il suo corpo teso e rigido, le sue braccia dure come sbarre di ferro. Quella enorme forza la intimidiva. Eppure la bocca, calda e mascolina, che le chiedeva di rispondere ai suoi baci, era ipnotica. Le sembrò che le sue membra, di propria iniziativa, si sciogliessero per l'eccitazione.

Gregori le strappò dai fianchi esili le mutandine di pizzo bianco, denudandola a beneficio del proprio sguardo. Savannah si accorse di avere il fiato corto. Gli occhi argentei di lui si spostarono sul suo viso, sulla sua bocca, sulla sua gola. Dovunque Gregori la guardasse, Savannah si sentiva lambire dalle fiamme, che bruciavano fino al momento in cui lui non spostava altrove la propria attenzione. Per quegli occhi famelici, il suo corpo era perfetto in ogni dettaglio. La sua pelle era liscia come la seta, i seni pieni e sodi, e la gabbia toracica stretta per sottolinearne la morbida piega. Gregori le circondò la vita con un braccio e la attirò a sé, facendole inarcare la schiena per baciarle i seni.

Savannah emise un flebile miagolio, come una gattina, seguendo i movimenti di Gregori. Gli prese la testa fra le mani, tenendolo stretto a sé. La bocca sul suo seno era calda, avida e insistente. Le sembrò di sciogliersi, gemette e si strinse ancora di più a lui, per godere appieno di quella sensazione.

Le sue mani le scivolarono sulla schiena, si aggrapparono ai fianchi e la costrinsero a stringersi a lui. Gregori era al culmine dell'eccitazione, aveva un disperato bisogno di lei. Quando sollevò il capo, il suo sguardo la investì di un calore bruciante e Savannah si chinò ad assaporare le piccole gocce di sudore che gli imperlavano il petto. Ne seguì il percorso sull'addome, senza mai saziarsene. Quando giunse all'altezza dell'inguine, Gregori ebbe un fremito. Una minuscola gocciolina scendeva ancora più in basso. Savannah lo prese per i fianchi, gli afferrò i glutei e lo attirò ancora più vicino a sé. Quando riabbassò la testa per inseguire quella goccia, i suoi capelli si riversarono su di lui. Gregori emise un ruggito, un suono gutturale, violento e sofferente. Ne prese alcune ciocche fra le mani e strinse i pugni.

«Stai giocando con il fuoco, piccola mia». Quelle parole riuscirono a farsi strada a stento fino a lei.

Savannah alzò lo sguardo e gli lanciò un'occhiata, una sola, sbattendo le lunghe ciglia. Provocatoria. Sexy. Innocente ed erotica al tempo stesso. «Pensavo di giocare con te», obiettò, tornando a concentrarsi sulla sua impetuosa eccitazione. Il suo respiro bollente lo surriscaldò ancora di più, tentandolo.

Gregori gettò indietro la testa, e infilò le mani nel folto dei capelli di lei. Piegò il collo e chiuse gli occhi. «Credo che sia corretto affermare che in fondo è la stessa cosa», disse fra i denti.

Savannah catturò la piccola goccia di sudore con la lingua, mentre prendeva in mano il suo membro eccitato. «Sei stato tu a cominciare», mormorò con aria assente.

Gregori era caldo e duro, come ferro inguainato in un fodero di velluto. Trattenne il respiro mentre lei si stringeva sempre più a lui, la sua bocca calda come la seta. «Mio Dio, Savannah», sussurrò lui, ansimando. «Potrei non sopravvivere».

La sua lingua lo accarezzò, una lieve e piacevolissima pressione, una sensazione che lui a stento riuscì a sopportare. Cominciò a muovere i fianchi a un ritmo incontrollato, tenendola stretta a sé. Il mondo intorno svanì: rimasero solo un intenso piacere e un turbinio di colori nella sua testa. Per pochi preziosi momenti di quella sua esistenza squallida e vuota, riuscì a convincersi del fatto che qualcuno si stava prendendo cura di lui, che qualcuno lo amava abbastanza da trascinarlo lontano dall'abisso dell'oscurità verso la luce. Verso l'estasi.

Gregori prese Savannah e la tirò su, in modo da poterla poi spingere sul letto. Quella ragazza era così minuta che per un attimo pensò che con tutti i suoi muscoli avrebbe potuto farle del male: lei però si muoveva senza posa, aveva bisogno di lui, sentiva un desiderio intenso quanto il suo. La prese per i fianchi e la trascinò verso il bordo del letto, in modo da poterla esplorare come voleva.

Savannah era soltanto sua. Il suo corpo era l'unica consolazione per lui. Gregori era deciso a conoscerne ogni centimetro. Sapeva che lei non temeva ciò che le stava facendo, bensì la sua forza. Savannah si irrigidì quando Gregori la inchiodò sulle lenzuola. Lui chinò il capo e le mordicchiò l'interno coscia. «Fidati di me, Savannah. So che puoi farlo». La stava assaporando e il suo respiro era caldo. «Sei parte di me, non posso farti del male. Fondi la tua mente con la mia. Nella mia vita non ho mai voluto qualcosa come adesso voglio te». La sua lingua la accarezzava, la provocava, la colpiva nel profondo dell'anima.

Il corpo di Savannah si contrasse sotto di lui, poi lei buttò fuori l'aria. Non c'erano più le pareti, non c'era più il soffitto né il pavimento, non c'era nient'altro a parte Gregori e lo spazio intorno a loro. Le mani di lui le si muovevano addosso, esplorandola, memorizzando ogni centimetro di pelle, possedendola, e nel frattempo la sua bocca la faceva impazzire, mandandola in mille pezzi e poi rimettendola insieme solo per rifarlo di nuovo. Era una sensazione senza fine, eterna, e continuò finché non le sembrò di stare per esplodere.

Savannah lo prese per i capelli: era avida del suo corpo, voleva che lui la riempisse, che si fondesse completamente con lei. Gregori, seppur riluttante, la accontentò, mettendosi sopra di lei. Esercitò una lieve pressione e la trovò umida, eccitata, pronta, desiderosa e bisognosa di lui. Si piegò in cerca della sua gola. La baciò, la mordicchiò, la accarezzò con la lingua. Staccò i fianchi da lei per poi tornare a sprofondarle dentro, mentre affondava i denti nel suo vulnerabile collo.

Savannah pensò che sarebbe morta di piacere. Gregori, teso ed eccitato, la stava deformando; la frizione dei loro corpi, il ritmo incalzante con cui lui le si muoveva sopra, la facevano impazzire. Si aggrappò alle sue spalle, conficcandovi le unghie, per non volare via. Riusciva a sentire la sua bocca che la divorava, le sottraeva fluido vitale, e la sua mente conficcata dentro di lei, in una condivisione del piacere che non faceva altro che fomentarli entrambi. Savannah sentì il proprio corpo dilatarsi, irrigidirsi ancora di più, mentre una violenta tempesta di fuoco minacciava di consumarli entrambi.

Dovunque lei si girasse, nella sua mente, nel suo corpo, nel suo cuore e nella sua anima, c'era Gregori. Le fiamme li lambivano. Lui, aggressivo e dominante, si impossessò di lei, la sua bocca era delirante e famelica. Sembrava insaziabile, così come lei. Savannah non sarebbe riuscita stabilire dove finiva il proprio corpo e dove iniziava quello di lui. Gregori la prese con foga finché lei non fu preda di convulsioni di piacere. Non importava a nessuno dei due. Non era abbastanza; non sarebbe mai stato abbastanza.

Gregori le passò la lingua sulla gola per chiuderle le piccole ferite che le aveva procurato, ma le lasciò intenzionalmente un marchio sul collo. «Nutriti, Savannah. Saziati di me». La sua voce vellutata e ipnotica era arrochita dal desiderio.

Non sarebbe stato necessario chiederglielo. Savannah lo desiderava. "Desiderio" era l'unica parola che le venisse in mente per descrivere l'intensità di quell'impulso. Voleva assaporarlo, averlo dentro di sé, non solo dentro il suo corpo, il suo cuore o la sua mente, voleva che scorresse dentro le sue vene. Aveva un disperato bisogno di lui: quell'uomo era diventato la sua droga, lo desiderava con tutta se stessa.

«Mi vuoi?», le chiese lui, rallentando il ritmo con cui muoveva i fianchi.

Savannah sorrise. «Lo sai che ti voglio. Tu senti le stesse cose che sento io». Gli diede un piccolo morso sul collo e avvertì il battito della vena sotto la lingua. «Come potrei non volerti?».

Il corpo di Gregori fremette, pregustando il piacere. Restò in attesa. Smise di respirare. Anche il suo cuore smise di battere. Savannah fece in modo che quel momento durasse il più a lungo possibile, graffiandogli delicatamente la pelle in corrispondenza della vena, e chiuse gli occhi quando lui per reazione sprofondò dentro di lei. Non appena i denti gli perforarono il collo, Gregori perse quasi il controllo; il godimento era tanto inteso che i suoi movimenti acquistarono velocità: avrebbe voluto affondare nell'anima di Savannah. Lei si irrigidì, trattenendolo dentro di sé in una vellutata morsa di fuoco, contorcendosi e contraendosi fino a quando lui non poté fare altro che rispondere al suo richiamo. Esplosero insieme, con un'intensità tale che Gregori avrebbe ricordato per sempre quel momento. Savannah si era arresa, si era concessa a lui, anima e corpo.

Il carpaziano abbandonò la testa accanto a quella di lei, tenendo gli occhi chiusi per evitare che Savannah vi leggesse la commozione. Lei si nutrì in maniera delicata, la sua bocca carnosa e sensuale si muoveva sul suo collo, il corpo continuava a tremare a seguito dell'orgasmo. Lui la abbracciò, deciso a non lasciarla mai più andare. Deciso a trovare un modo per convincerla a stare con lui. Determinato a trovare una maniera per legarla a sé così indissolubilmente che se anche avesse scoperto la sua doppiezza, non avrebbe comunque potuto abbandonarlo.

Savannah chiuse le due minuscole ferite che gli aveva procurato con i denti e giacque serena sotto di lui. Gregori era pesante e il suo corpo la avvolgeva completamente, quasi la schiacciava. La sua immobilità, la stretta possessiva delle sue braccia erano come un avvertimento: anche lei doveva rimanere altrettanto ferma. Gregori stava di nuovo combattendo contro i suoi demoni. «Gregori?». Savannah gli diede un bacio sulla spalla. «Io sono la tua vera compagna per la vita. Non c'è nessun altro per me. Le tue paure sono infondate».

Lui la strinse ancora più forte a sé, rischiando quasi di strozzarla. «Sono pericoloso, Savannah, più pericoloso di quanto tu possa immaginare. Io stesso non mi fido delle mie emozioni. Sono nuove per me e troppo intense. Ho ucciso così spesso e la mia anima è andata in frantumi ormai molto tempo fa».

Lei gli passò le mani fra i capelli, accarezzandoli, nel tentativo di farlo rilassare. «La mia anima è la metà mancante della tua. Combaciano perfettamente e non c'è alcun pezzo mancante. Ti senti così soltanto perché, dopo secoli di nulla e vuoto, sei nuovamente in grado di provare delle sensazioni e ti senti sopraffatto».

Gregori si sollevò un po', ma senza lasciarla andare. Non avrebbe potuto. Doveva toccarla, rimanere dentro di lei, i loro corpi dovevano essere incatenati l'uno all'altro. «Vorrei che fosse vero, amore mio. Lo vorrei con tutto il cuore».

«È l'alba, Gregori», gli ricordò lei dolcemente, tutto d'un tratto consapevole del fatto che erano un groviglio di gambe e braccia, intrecciati come se fossero un'unica creatura.

«Hai freddo?»

«No». Come avrebbe potuto? Il corpo bollente di Gregori era dentro di lei, sopra di lei, e lui continuava a muovere i fianchi in maniera delicata ma incessante.

Gregori fece un gesto con la mano per chiudere a chiave la porta d'ingresso e piazzò degli incantesimi protettivi sia fuori che dentro l'abitazione. Per tutto il tempo però era rimasto concentrato sul ritmico movimento dei loro corpi. La bellezza. Il mistero. Il piacere. «Presto ci addormenteremo, mia cara, te lo prometto. Ma non adesso. Non per un altro po' di tempo». Le mormorò quelle parole con la bocca schiacciata sul suo seno morbido, poi si strinse ancora di più a lei e cominciò a nutrirsi con delicatezza. Sarebbe voluto rimanere lì, nel santuario del suo corpo, per sempre.

Capitolo 7

Il detective David Johnson scortò la coppia attraverso l'affollata stanza d'ingresso della stazione di polizia fino al suo ufficio. Tutti si voltarono a guardarli e, mentre si facevano strada, piombò un inquietante silenzio. Johnson non poteva certo biasimare i suoi uomini. In tanti anni di onorata carriera, lui stesso non aveva mai visto una donna più bella e ammaliante. Era quella l'unica parola adatta a descrivere la sua bellezza. *Ammaliante*. Si muoveva nello spazio come una musica, come un sussurro, come una sorgente d'acqua. Fluida. Eppure il fatto che dei poliziotti adulti si stessero comportando come imberbi cascamorti era piuttosto imbarazzante.

Quella donna era una celebrità, a causa sua schiere di giornalisti si affollavano dietro la porta della centrale, ma Johnson sapeva che non si trattava solo di quello. Savannah Dubrinsky era il tipo di femmina che si insedia per sempre nella mente di un uomo. Era fatta della materia di cui sono fatti i sogni. Sogni di notti bollenti, di lenzuola di seta e di sesso sfrenato. L'incarnazione di una fantasia erotica.

Il detective lanciò un'occhiata all'uomo che camminava tranquillo al suo fianco. Un tipo pericoloso, quello lì. Bruno. Minaccioso. Si muoveva tanto silenziosamente che nessuno avrebbe potuto individuarne la presenza se lui non lo avesse voluto. I suoi vestiti non producevano nemmeno un fruscio. Aveva i capelli lunghi e folti, legati sulla nuca con un laccetto di pelle. Sembrava elegante, vecchio stile, come un pirata o un nobile. Aveva un volto interessante, angoloso e squadrato, con insoliti occhi chiari, un lampo argenteo a cui nulla sfuggiva. Era un uomo con cui bisognava fare i conti. Sarà stato per le spalle dritte o per l'aria autoritaria. Johnson aveva conosciuto degli uomini potenti prima di allora, persone che prendevano ogni giorno decisioni di capitale importanza. Ma quel tale era una spanna sopra. Indossava il potere come se fosse stata la sua seconda pelle. *Era* il potere. Johnson sentiva il cuore martellargli nel petto ogni volta che i suoi strani occhi da felino si posavano su di lui. Quello sguardo era impassibile. Inquietante.

La sua postura la diceva lunga. Che Dio venisse in aiuto dello sciocco che avesse osato posare un dito su Savannah Dubrinsky. Johnson si era preoccupato che qualche pazzo maniaco potesse mettere le mani addosso alla maga mentre si trovava a San Francisco, ma da quando aveva incontrato suo marito si era convinto che chiunque l'avesse fatto avrebbe compiuto un gesto suicida.

Fece un passo indietro per far entrare Savannah nel suo ufficio e non fu affatto stupito quando il marito riuscì in qualche modo a frapporsi fra lui e la moglie. Johnson chiuse con decisione la porta ma si trattenne dall'impulso di alzare la veneziana. L'intera squadra li stava osservando attraverso il vetro sudicio, fissando quella donna.

Johnson non si era mai reso conto di quanto fosse sporco il suo ufficio: uno strato di polvere e lerciume, le scatole vuote di cibo cinese e pizza unte, con ancora qualche rimasuglio dentro. Quella pallida ragazza dalla bellezza sconvolgente gli faceva prendere coscienza di quanto fosse squallido il posto in cui si trovavano. Avrebbe voluto togliere quelle schifezze dalla scrivania e gettarle nel cestino dell'immondizia, in modo che lei non le vedesse. Si accorse con orrore che stava arrossendo. Era noto in tutto la centrale come un detective dedito al lavoro, cinico fino all'osso, privo di qualsivoglia sentimento. Ma i suoi ormoni erano partiti in quarta e sembrava stessero facendo gli straordinari.

Il poliziotto si schiarì la gola due volte, cercando di non rendersi ridicolo. «Apprezziamo molto che sia venuta a darci una mano. Grazie per aver identificato il corpo; lo so che è stato difficile per lei». Tacque ma, dal momento che nessuno dei due prendeva la parola, proseguì. «Vorremmo chiarire alcuni punti in merito a quanto è accaduto la notte dell'omicidio. Abbiamo già le dichiarazioni delle guardie della sicurezza e degli autisti dei camion. Sembra che abbiate entrambi un alibi di ferro, signora Dubrinsky. La guardia della sicurezza l'ha vista allontanarsi mentre Peter si trovava ancora sulla piattaforma di carico. Peter non è mai venuto via. Quando è stata l'ultima volta che ha visto il suo assistente vivo, signora?».

Savannah sapeva che era stato Gregori a impiantare quella scena nella memoria di una delle guardie mentre loro scappavano via dallo stadio, quell'orribile notte. «Detective Johnson», cominciò.

La sua voce era incantevole, tanto quanto lei. «Mi chiami David», si ritrovò a dire Johnson, meravigliandosi di se stesso.

Il marito si irrigidì, un lieve guizzare dei muscoli, un segnale di pericolo. Quegli occhi, due brillanti fessure, si posarono sul viso di Johnson, che provò un brivido di freddo, visualizzò l'immagine di una tomba vuota e percepì un tremito di morte. Il detective deglutì, improvvisamente lieto di non essere uno dei giovani poliziotti assegnati a quello strano caso. Credeva che quell'uomo sarebbe stato perfettamente in grado di uccidere qualcuno. Che ci faceva una donna come Savannah Dubrinsky con un tipo del genere?

«Sono andato a prendere Savannah circa un'ora dopo la fine dello spettacolo», lo informò Gregori, mentre la moglie sedeva con la testa china, giocherellando con le dita. Da lei si irradiava un'aura di ansia capace di ridurre in poltiglia il cuore di pietra di Gregori. Il carpaziano era perfettamente consapevole dei pensieri del detective e abbassò intenzionalmente la voce di un'ottava. Chiunque avesse un briciolo di cervello avrebbe capito che si trattava di un soggetto pericoloso; non era semplice nasconderlo e Gregori sembrava non essere particolarmente intenzionato a farlo. «Era già stato tutto caricato dentro i camion e la maggior parte degli operai era andata via», disse a bassa voce.

Johnson si ritrovò a pendere dalle sue labbra, ad ascoltare attentamente il tono e la cadenza di quella voce. Era come un ruscello dal corso impetuoso. Quell'uomo, quel Gregori, era onesto, era l'integrità fatta persona. Johnson cambiò posizione, chinandosi sulla scrivania in direzione del suo interlocutore. Non riuscì a trattenersi, quasi fosse stato ipnotizzato.

«Fino a quel momento, Peter era vivo e stava bene», proseguì Gregori. «Abbiamo chiacchierato per un po', forse per una mezz'oretta. Il camion con gli incassi si stava allontanando quando abbiamo deciso di andarcene via anche noi. Peter si è diretto verso la sua auto, ma poi ci ha detto di aver dimenticato le chiavi sulla piattaforma di carico».

Savannah chinò la testa e un brivido le corse lungo la schiena. Era pallida ma composta. Dentro urlava per la rabbia e la disperazione. Gregori era immobile eppure ebbe la sensazione che la stesse sfiorando, riscaldandola con il calore del proprio corpo. La storiella perfettamente credibile che stava raccontando con quella sua voce incantevole la stupì. Nessuno avrebbe potuto aver qualcosa da obiettare. Come sarebbe stato possibile, visto che bastava ascoltarlo per essere controllati dalla sua volontà?

«È stata l'ultima volta che lo avete visto vivo?», chiese Johnson.

Savannah annuì. Gregori la prese per mano. «Peter per noi era un socio e un amico. Gestiva tutto lui al posto di Savannah. Senza Peter non ci sarebbe stato nessuno spettacolo. Io ho molti affari che mi tengono impegnato. Peter si occupava di ogni dettaglio degli show di magia. Come può immaginare, la sua morte è un evento devastante per mia moglie. Per tutti e due. Avremmo dovuto aspettare finché non fosse stato al sicuro dentro la sua macchina, ma ero stato lontano da Savannah per un po' di tempo e non vedevamo l'ora di starcene da soli. Le guardie della sicurezza erano ancora in giro, per cui non ci siamo preoccupati più di tanto».

«Non siete andati in hotel». Quella di Johnson era un'affermazione.

Fu di nuovo Gregori a rispondere, senza mostrare segni di apprensione, a bassa voce e con un tono ipnotico. «No, siamo andati in una villa di nostra proprietà appena fuori dalla città. Non abbiamo sentito il telegiornale fino a questa sera».

«Perché non ha fatto il check-out in albergo, Savannah?». Johnson le rivolse una domanda diretta. Era davvero difficile non rimanere abbagliati da quella straordinaria bellezza.

«Pensavamo di rincontrare Peter nel giro di un paio di giorni una volta ritornati in città, quindi abbiamo tenuto la stanza». Savannah aveva parlato a voce così bassa che Johnson era riuscito a stento a decifrare le parole. Sembrava così triste che il detective sentì il peso di un macigno sul petto e si mise una mano sul cuore.

Gregori fece un lieve movimento e scostò a Savannah i capelli dal viso e dal collo, muovendo le dita come se le stesse facendo un massaggio rilassante. Lei stava comunicando il proprio dolore in maniera troppo esplicita e il detective sembrava colpito. *Fai un profondo respiro, amore mio. Non possiamo permetterci che al poliziotto venga un attacco di cuore proprio adesso. È molto sensibile alla tua presenza.*

Non posso continuare a mentire in questo modo. La sua voce, la sua mente, erano gonfie di lacrime. Si stava aggrappando a Gregori come se lui fosse la sua àncora di salvezza, e questo gli fece pensare che il legame tra loro stava diventando sempre più solido e reale. Forse persino indistruttibile. *Peter meritava di meglio.*

Hai ragione, bambina, ma noi comunque non possiamo dire la verità a quest'uomo. Saremmo etichettati entrambi come due pazzi. Gregori si piegò in avanti sulla scrivania e guardò Johnson dritto negli occhi. *Dopo che noi avremo lasciato questo posto dovrai prestare un po' di attenzione ai tuoi problemi cardiaci. Per il momento smettila di fare domande a Savannah e rivolgiti solo ed esclusivamente a me.*

Johnson sbatté le palpebre e il suo sguardo divenne vitreo. Si era per caso addormentato? Non si sentiva molto bene. Aveva la fronte madida di sudore. Forse sarebbe stato opportuno fare un salto in ospedale e sottoporsi a quei test che aveva a lungo rimandato. Inoltre, Savannah sembrava così angosciata che pensò di concentrarsi su Gregori. C'era qualcosa nella voce di quell'uomo che lo affascinava. Avrebbe potuto stare ad ascoltarlo per sempre. «Nessuno si ricorda del vostro matrimonio e non ne abbiamo trovato riscontro nei registri», azzardò.

Gregori annuì in segno di assenso. «Per questioni di carriera è meglio che Savannah sembri disponibile, non so neanche io come faccio ad accettare questa situazione. Una donna single è molto più attraente di una sposata. Noi siamo marito e moglie da quasi cinque anni. La cerimonia si è svolta nel nostro paese d'origine. La madre di Savannah è americana, ma il padre è dei Carpazi. Ci siamo sposati lì».

Johnson si astenne dal dire che quella ragazza sembrava davvero troppo giovane e innocente per un uomo potente come Gregori. Sarebbe stato impossibile dire quanti anni avesse quel tale. «Il signor Sanders approvava questo matrimonio?».

Gli occhi argentei di Gregori lampeggiarono come due lame d'acciaio. «Certo». Si accorse che quella domanda aveva ulteriormente intristito Savannah. Si piegò di nuovo sulla scrivania, in direzione del detective. *La devi smettere con questo tipo di domande.*

Johnson scosse la testa. «Stiamo andando fuori tema. Sa se il signor Sanders aveva qualche nemico?».

Gregori si prese un po' di tempo prima di rispondergli, assumendo un'aria molto pensierosa. Alla fine fece di no con il capo. «Mi piacerebbe poterle essere più d'aiuto, detective, ma il fatto è che Peter piaceva a tutti. Be', fatta eccezione per i giornalisti: la privacy di Savannah gli stava molto a cuore e in questo modo salvaguardava anche l'aura di mistero che avvolge lo spettacolo. Non credo che riuscirà a trovare qualcuno che le parli male di Peter».

«Si occupava anche delle questioni finanziarie, vero?», gli chiese astutamente Johnson.

«Sì», rispose Gregori, per nulla imbarazzato. «Peter era socio di Savannah a tutti gli effetti. Ne traeva anche un guadagno».

«C'era qualche problema con la contabilità?». Johnson la buttò lì, osservandoli per cogliere la loro reazione.

Savannah era così pallida e tormentata dal dolore che quasi gli sembrò di torturarla. Sul volto di Gregori non era dipinta alcuna emozione e Johnson pensò che, qualunque cosa avesse detto o fatto, non sarebbe riuscito ad avere la meglio sulla sua imperturbabilità. «Io sono benestante per conto mio, detective, e possiedo più denaro di quanto riuscirò a spenderne in tutta la mia vita. Savannah non ha bisogno di ottenere guadagni dai propri spettacoli. Se anche ci fosse stato qualche problema, io certamente non ne sono al corrente e, ne sono sicuro, nemmeno Savannah. In ogni caso, non si tratterebbe di certo di una frode o di qualcosa del genere. Peter ha ottenuto discreti introiti dagli spettacoli e non avrebbe avuto alcun motivo di truccare i libri contabili. Potrà senz'altro verificare quanto ho detto controllando tanto i suoi conti bancari quanto la nostra contabilità. Non avremo alcuna difficoltà a fornirle tutta la documentazione di cui ha bisogno. Peter Sanders non era un ladro».

Savannah tirò su il capo. «Peter non ha mai rubato nulla. E se avesse avuto bisogno di soldi tutto quello che doveva fare era chiederli. Glieli avremmo dati, e lui lo sapeva».

«Era solo una supposizione. Non c'è nessun indizio in questa direzione, ma dobbiamo esaminare ogni possibilità». Johnson si passò una mano fra i capelli. Odiava rendere triste quella donna. «Sanders si occupava anche della sua sicurezza personale?»

«Avevamo una persona apposta per quello», rispose Gregori, privo di imbarazzo. «Peter dava ordini alla guardia del corpo e la teneva informata sulla tabella di marcia in modo che potesse fare al meglio il suo lavoro».

«Non è che per caso la signora Dubrinsky è stata oggetto di attenzioni da parte di qualche maniaco?».

Savannah emise un gemito soffocato che spezzò il cuore di Gregori. Mentre lui continuava a massaggiarla, cominciò a tremare. «Potrebbe essere, detective. A volte ha ricevuto qualche lettera da certi fan un po' perversi. Peter e Roland, la guardia del corpo, la proteggevano da tutti questi spiacevoli inconvenienti. Ma se avesse ricevuto qualche lettera minatoria nel corso di questo tour, Peter mi avrebbe di sicuro informato subito».

Johnson era certo che Gregori fosse il tipo d'uomo coinvolto in ogni aspetto della vita della propria moglie. «Le viene in mente qualche incidente? Qualcosa che le è rimasto impresso?».

Savannah scosse la testa.

«Qualcosa di strano, magari un rumore inaspettato che ha sentito quella notte?».

Subito Savannah pensò alla malvagia risata del vampiro. «Mia moglie è molto scossa, detective, e dobbiamo ancora occuparci del funerale di Peter. Il resto della compagnia ci sta aspettando, oltretutto».

«Anche i giornalisti».

Negli occhi argentei di Gregori balenò un lampo di avvertimento. «Savannah non parlerà con i giornalisti. Per lei è già abbastanza difficile così».

Johnson annuì. «Proveremo a farvi sgattaiolare fuori dal retro. Quella gente è accampata fuori dalla centrale sin da quando abbiamo identificato il corpo».

Savannah trasalì visibilmente.

«Piranha», osservò Gregori.

«Sono come vampiri», concordò Johnson. Non si accorse del tremito che scosse Savannah. «Una volta che affondano i denti in una storia, non la mollano più. Uno in particolare, un tipo che viene da fuori, ci sta facendo impazzire. Già lo abbiamo beccato una volta a ficcare il naso tra i nostri file per cercare di scoprire qualcosa. Ha anche provato a corrompere qualcuno degli assistenti del medico legale per avere maggiori informazioni». Il detective non si rese conto che si stava facendo sfuggire dettagli che avrebbe fatto meglio a tenere per sé, ma sembrava che non riuscisse a trattenersi. Le parole gli uscivano dalla bocca come l'acqua fuoriesce da un bicchiere colmo fino all'orlo.

Gregori alzò la testa e i capelli scuri gli ricaddero sulla fronte. Tutt'a un tratto assunse l'aspetto del predatore, cupo e minaccioso. A Johnson cominciò a battere forte il cuore e il detective avrebbe potuto giurare di aver visto per un attimo un lampo rosso illuminare quegli occhi argentei. Gregori aveva l'aria di una bestia che non ha ancora sfoderato gli artigli, ma che fissa, immobile, la sua preda, aspettando. Johnson tremò, poi sbatté le palpebre. Quando gli rivolse nuovamente uno sguardo, la faccia di quell'uomo gli apparve impassibile come sempre: i suoi occhi si limitavano a riflettere la faccia del detective. C'era una certa, mascolina bellezza in quel volto crudele e severo. Johnson scosse la testa per scacciare dalla propria mente l'immagine di un lupo aggressivo.

«Come si chiama questo giornalista, detective?»

«Non posso divulgare quest'informazione», replicò Johnson, prudente. C'era qualcosa che non lo lasciava tranquillo, non voleva assumersi la responsabilità di mandare un cronista all'ospedale.

Non aveva dubbi in merito: chiunque si fosse ritrovato ad avere a che fare con Gregori ne avrebbe patito le conseguenze.

Gregori gli sorrise e i suoi candidi denti brillarono. Continuava a fissare David Johnson, che lo guardava a sua volta, stanco. Quegli occhi divennero all'improvviso due pozze argentee. A Johnson, incapace di distogliere lo sguardo, sembrò di venirne risucchiato. Gregori si fece strada nella mente del detective, ne abbatté le insufficienti barriere e ne esplorò i ricordi. Soddisfatto di aver individuato ciò che cercava, eliminò dalla memoria del poliziotto qualsiasi traccia della conversazione sul giornalista e vi impiantò la convinzione che Savannah e Gregori avevano collaborato, pur non avendo assolutamente nulla a che fare con la morte di Peter Sanders.

Johnson sbatté le palpebre e si ritrovò in piedi, a stringere la mano di Gregori e a sorridere comprensivo a Savannah. La stazza di Gregori, mentre le cingeva le spalle con aria protettiva, faceva apparire quella ragazza ancor più minuscola. Savannah rivolse a Johnson un debole sorriso. «Spero che avremo la possibilità di incontrarci in un contesto più lieto, detective».

«David», la corresse lui, facendo del suo meglio per non restare imbambolato a guardarla.

Gregori spinse Savannah fuori dall'ufficio. «La ringrazio di aver avuto riguardo per i sentimenti di mia moglie».

Johnson fece strada attraverso un labirinto di stanze fino alle scale che conducevano alla porta sul retro. «Se credete che sia necessario, posso dire a un paio dei miei uomini di tenere d'occhio la signora Dubrinsky per qualche giorno».

«Grazie, detective, ma non ce n'è bisogno». Gregori declinò gentilmente la proposta, ma nella sua voce vellutata si nascondeva una punta di minaccia. Cinse con un braccio le spalle di Savannah. «Penserò io a proteggerla».

Le scale erano strette e polverose, con la moquette strappata in diversi punti. Gregori e Savannah scesero i gradini in perfetta sincronia, come se fossero una coppia di ballerini. Gregori la bloccò prima che lei potesse aprire la porta esterna. «C'è qualcuno là fuori».

Savannah osservò la smorfia crudele che gli si era dipinta sul volto. «Non sappiamo di chi si tratta, Gregori», lo avvisò a bassa voce.

«Sarà un gioco da ragazzi scoprirlo», le rispose lui. «Quel giornalista è pericoloso, Savannah. Non si tratta di un semplice cronista molesto».

«Hai letto nel pensiero del detective e hai esaminato i suoi ricordi, vero?». Savannah lo afferrò per un polso, fissandolo con quei suoi enormi occhi blu.

Gregori non negò. Non finse di esserne pentito. «Certo».

«Gregori», disse lei, «hai di nuovo quell'espressione».

Lui inarcò un sopracciglio. «Che espressione?»

«Quella di quando sei affamato e ti sei appena procurato da mangiare».

Gregori le sorrise, ma nei suoi occhi non c'era calore. «Stai molto attenta con questo tipo, Savannah. Non ti lascerà andar via facilmente».

Lei scrollò le spalle. «Be', diamogli quello che vuole, così ci lascerà in pace». Temeva di sapere ciò che Gregori aveva in mente. Se non fosse riuscito a controllare quel giornalista e questi fosse diventato una minaccia per la loro specie, non avrebbe avuto altra scelta che distruggerlo. Savannah avrebbe voluto convivere pacificamente con gli umani e non riusciva a sopportare l'idea di un altro inutile spargimento di sangue.

«Proviamo a fare come dici tu», concesse Gregori, seppure con lo stomaco sottosopra. Perché continuava ad accontentarla in quelle stupidaggini? Gli occhi di Savannah, grandi e tristi, avevano sempre la meglio sul suo buonsenso.

Lei gli poggiò un dito sulle labbra, seguendone il profilo, fino a fargli spuntare un sorriso, poi lui glielo lambì con la lingua, una lenta ed erotica carezza. Gregori sentiva continuamente la necessità di quel tipo di contatto. Savannah era così giovane, eppure era riuscita ad allontanare lo squallore della vita che lui aveva a lungo condotto. Come poteva comprendere il suo bisogno di assicurarsi che una tale desolazione non la toccasse mai?

Savannah sorrise, un piccolo sorriso misterioso, e Gregori pensò che non sarebbe mai riuscito a comprenderlo. Conosceva la terra, il vento, le onde, il fuoco, l'aria e persino lo spazio. Gli elementi della natura rispondevano ai suoi ordini, ma Savannah no. Savannah gli sfuggiva. Perché gli importava tanto che lei lo capisse? Non era forse la sua incolumità la cosa più importante al mondo?

Savannah sentì un fremito di eccitazione correrle lungo la schiena. Gregori aveva un immenso potere su di lei. Non appena lui lasciò andare il dito che aveva tenuto nell'umida caverna della sua bocca, lei gli si appoggiò, facendogli scivolare la mano sul collo e poi abbandonandola sul petto. «Credo che dovresti essere considerato un fuorilegge, Gregori. Per le donne sei letale». La voce di Savannah gli sfiorò la pelle, come una carezza.

«Solo per una donna», le rispose lui, guardandola con quei suoi occhi intensi. Si impossessò della sua mano; doveva farlo, altrimenti sarebbe andato a fuoco. Portandosela alla bocca, sospirò e cominciò a tempestarla di baci sul dorso, sul palmo, sulle dita. «Cerchiamo di farla finita, piccola mia, prima che cambi idea e trasformi questo giornalista in una statua di pietra».

Savannah sgranò gli occhi: le si era spezzato il fiato. «Puoi fare davvero una cosa del genere?». Lo stava fissando con uno sguardo a metà tra il timore reverenziale e la paura, e in più con una punta d'orgoglio.

Gregori rimase completamente impassibile, i suoi argentei occhi si limitarono a restituirle la sua immagine. «Io posso fare qualsiasi cosa. Pensavo che lo sapessero tutti i membri della nostra specie».

Savannah osservò i suoi lineamenti, nel tentativo di scoprire se la stava prendendo in giro. Quando si accorse che non sarebbe riuscita a capirlo, si girò e aprì la porta.

Quasi subito un uomo le si piazzò davanti e la abbagliò con un flash. Sbattendo le palpebre per via del dolore causato dalla luce accecante puntata dritta contro i suoi occhi tanto sensibili, Savannah alzò d'istinto una mano per coprirsi il volto. Gregori la fece girare, in modo che nascondesse il viso contro il suo petto. *Sei stata tu a insistere perché lo facessimo.*

Non dire «te l'avevo detto!».

La risatina di Gregori alleviò le fitte agli occhi, ma lui mantenne un'espressione dura e minacciosa e affrontò il giornalista e il suo fotografo. «Andatevene!», intimò loro a voce bassa.

Il giornalista fu cauto. Fece un passo indietro e buttò fuori l'aria dai polmoni. «Wade Carter, giornalista freelance. Seguo la signora Dubrinsky da un po' di tempo e vorrei farle un'intervista».

«Si metta in contatto con il suo ufficio stampa». Gregori prese a camminare, tenendo sempre il braccio sulle spalle di Savannah, protettivo.

Il giornalista fu costretto a farlo passare; non avrebbe mai osato sfidare quel tale. Gregori sembrava un predatore. Una nera, minacciosa, macchina di morte. Pericolosa. Stava mostrando a quel cronista la sua vera natura, senza alcuna esitazione. Carter imprecò fra sé, ma dal suo viso traspariva l'eccitazione. «In giro si dice che lei sia suo marito, è vero?»

«Non vedo perché dovrei negarlo». Gregori continuò a procedere, cingendo sempre Savannah con il forte e muscoloso braccio, in modo da nasconderla allo sguardo indagatore dell'altro uomo.

Lanciò un'occhiataccia al fotografo che si stava preparando a scattare un'altra foto. «Una è abbastanza. Fanne un'altra e ti strappo la macchina fotografica dal collo. Con la forza. E non te la restituisco. Chiaro?».

L'uomo abbassò subito la macchina, impallidendo. Il tono di voce di Gregori era basso e sommesso, persino gentile, ma così minaccioso che il fotografo, ormai veterano di tanti alterchi, preferì la prudenza. «Sì, signore», mormorò, senza guardare in faccia Carter.

«Quindi non nega che siete sposati. È vero che tutti e due venite dai Carpazi?». Carter sembrava impaziente.

«Be', è una regione piuttosto grande», rispose Gregori vago, facendo segno all'autista di aprire la portiera della limousine.

Carter fece uno scatto in avanti. «Peter Sanders conosceva i segreti delle sue magie, Savannah?». Il tono era accusatorio, aggressivo. «Nessuno degli altri componenti della compagnia ne era al corrente e la morte del suo assistente potrebbe esserle risultata conveniente, qualora lei avesse qualcosa da nascondere».

Nonostante il braccio di Gregori le impedisse i movimenti, Savannah alzò la testa per affrontare il giornalista. I suoi occhi blu mandarono pericolosi bagliori. «Come osa? Peter Sanders era un mio amico».

Carter si avvicinò ancora di più. «Lei ha molti segreti che non hanno niente a che fare con lo spettacolo di magia, vero Savannah?»

«Cosa vuole insinuare?».

Negli occhi argentei di Gregori passò un lampo. *La sua mente è schermata. Potrei abbatterne le barriere, ma è complicato e lui potrebbe accorgersene, così come se ne accorgerebbe chi lo ha aiutato a proteggersi. Questo tipo è molto pericoloso per te, amore mio. Non metterti a discutere con lui. Dobbiamo lasciare questo posto. Lo andremo a trovare un'altra volta.*

Quest'uomo non mi spaventa.

Dovrebbe. È uno degli scagnozzi umani dei vampiri e ti ha individuato. Quella dannata foschia in cui ti dissolvi. Julian non ne ha mai capito bene il funzionamento.

«Credo che lei sappia a cosa mi riferisco. Peter Sanders aveva scoperto alcuni dei suoi trucchi e lei lo ha ucciso».

Savannah scosse la testa. «Mi dispiace per lei, signor Carter. Non dev'essere piacevole vivere accusando la gente di aver commesso dei crimini per trovare una storia sensazionale da raccontare. Non avrà molti amici». Si infilò nella buia limousine, all'interno della quale si sentì al sicuro.

«Non si libererà di me tanto facilmente», ghignò Carter, chinandosi per cercare di catturare un'ultima occhiata di Savannah.

Gregori gli si avvicinò, emanava potere da ogni poro. Sorrise al giornalista, mostrandogli i denti bianchissimi. I suoi occhi del colore dell'argento riflettevano in ogni dettaglio l'immagine di Carter, vivida e distinta. Ma si trattava di una scena di morte: il suo corpo ferito e sanguinante era abbandonato a terra, floscio come una bambola di pezza. Gregori catturò lo sguardo di Carter. «Neanche lei si libererà tanto facilmente di me, signor Carter», disse, una minaccia nera come il velluto.

Wade Carter si sentì cedere le ginocchia per la paura. Si fece il segno della croce, poi con la mano destra andò in cerca del ciondolo d'argento che portava al collo. Una risata bassa e inquietante gli risuonò nella mente. Non smise nemmeno quando quell'uomo alto ed elegante scivolò dentro l'auto, al fianco di Savannah. Carter scosse ripetutamente il capo, cercando di scacciare quel suono minaccioso dalla sua testa.

Lanciò un'occhiata in direzione della limousine che si allontanava, poi si coprì le orecchie con le mani. Non aveva alcuna prova che Savannah Dubrinsky fosse un vampiro, era solo una sensazione. Le cose che faceva sul palco erano impossibili. Nessun altro mago aveva mai portato a compimento qualcosa di simile. Quella ragazza era così giovane; come aveva fatto a imparare dei trucchi che non riuscivano nemmeno ai suoi colleghi più adulti? L'aveva seguita per tutto il tour, cercando senza successo di corrompere qualcuno dei suoi assistenti. Tutti dicevano di non sapere nulla.

Ogni volta che aveva tentato di intrufolarsi per osservare i suoi attrezzi del mestiere e studiare le sue tecniche, qualcosa era andato storto. Era inquietante. Carter non credeva nelle coincidenze. Forse aveva sbagliato una volta o due, ma per il resto i suoi tentativi erano stati scrupolosi. Era un professionista; i suoi soci erano dei professionisti. Nessuno, né tra i membri della compagnia né tra gli uomini della sicurezza, era altrettanto in gamba. C'era puzza di imbroglio e lui aveva intenzione di andare fino in fondo. La polizia poteva credere a tutte le storielle che voleva, ma la morte di Peter Sanders, onestamente, puzzava. Tutti gli autisti dei camion e gli operai avevano fornito un'identica versione dei fatti. Ma due testimoni non dicono mai precisamente la stessa cosa. I dettagli sono sempre diversi. E non poteva trattarsi di un complotto; le persone che aveva interrogato nemmeno si conoscevano. Quindi doveva esserci qualcos'altro. Qualcosa come dei ricordi impiantati nella testa della gente… una cosa che solo i vampiri avrebbero potuto fare.

Savannah all'improvviso aveva un marito che nessuno conosceva. E quel tale non era certo un uomo qualunque, che sarebbe potuto passare inosservato. Il marito di Savannah era tenebroso e minaccioso. Un killer. Wade Carter era certo che si trattasse di un vampiro. Un vero vampiro. Si sedette sui gradini, il cuore gli martellava nel petto. Aveva scoperto la verità. E la verità lo spaventava da morire. Avrebbe dovuto dire agli altri di raggiungerlo. Che opportunità! Era stato lui a trovarli. O a trovare lui. In tutta onestà non sarebbe riuscito a stabilire se anche Savannah Dubrinsky era un vampiro, ma le sue ricerche non gli permettevano di escluderne la possibilità. Sarebbe diventato famoso. Molto, molto famoso. E ricco. Molto, molto ricco.

«Sa di noi», disse Gregori. «Quel tale non è un vero giornalista. È uno di loro».

«Chi sono *loro*?». Savannah si scostò i capelli dal volto: all'improvviso si sentiva stanca e prossima alle lacrime. Peter. Era tutta colpa sua. Non avrebbe mai dovuto permettergli di starle tanto vicino, non avrebbe mai dovuto esporlo al pericolo. Era stata troppo ingenua. Il suo era sempre stato un mondo di amore sconfinato. I suoi genitori la amavano e la proteggevano. Durante l'adolescenza, il suo lupo – no, il suo compagno per la vita – non le aveva mai mostrato altro che incondizionata dedizione. Non avevano mai permesso che qualcuno dei pericoli che loro avevano corso o delle sofferenze che avevano patito la sfiorasse.

Lanciò un'occhiata a Gregori: l'espressione impassibile, i lineamenti scolpiti sul suo bel viso. Lo sguardo era gelido e distante. Quell'uomo era stato testimone di troppi orrori nel corso della propria vita e immaginava chiaramente tutto quello che sarebbe potuto accadere. Lo aveva visto con i suoi occhi. «Chi sono loro, Gregori?», gli chiese di nuovo.

Gli occhi chiari di lui le si posarono sul volto e si soffermarono sulla bocca carnosa, lasciandosi dietro uno strano calore. «C'è una ristretta cerchia di umani che crede nei vampiri e si occupa di dar loro la caccia. Nonostante siano ossessionati dai non-morti – nel corso dei secoli hanno addirittura fondato alcune società segrete per coltivare insieme questa depravata passione – non riconoscono le differenze che esistono tra carpaziani e vampiri. Secondo loro, siamo la stessa cosa e dobbiamo essere ugualmente sterminati.

Forse è un bene che non capiscano di aver a che fare con due diverse entità».

«Da che cosa è spinta questa gente? Hanno le prove che i vampiri esistono per davvero?». Credere che fosse così era quasi impossibile: i cacciatori di rinnegati carpaziani distruggevano con la massima attenzione ogni testimonianza dell'esistenza dei traditori.

«Niente di concreto. Ma miti, storie e leggende hanno fatto sì che gli umani si ponessero delle domande. E poi alcuni dei vampiri più in gamba hanno fatto anche apparizioni in società prima di essere uccisi».

«Già», fece Savannah. Conosceva la storia. Nel Medioevo e nei secoli immediatamente successivi, i non-morti si divertivano un sacco e vivevano tranquilli in mezzo agli umani, le loro stesse prede. C'era voluto un grande sforzo collettivo per sterminarli prima che potessero far svanire ogni possibilità di pacifica convivenza tra le due specie, gli umani e i carpaziani. Da quando i più famosi cacciatori carpaziani, Gabriel e Lucien, erano scomparsi, era toccato a Mikhail, Gregori, Aidan e altri antichi come loro dare la caccia a coloro che si erano trasformati in vampiri. Insieme avevano protetto le loro donne e avevano preso le dovute precauzioni affinché tanto i vampiri quanto i carpaziani rimanessero per gli umani un prodotto dell'immaginazione, materiale per leggende, racconti e pellicole cinematografiche. La campagna di rimozione di ogni ricordo era stata portata a termine con successo, anche se evidentemente doveva esserci stata qualche defaillance.

«Qualche anno fa, prima che tu nascessi, alcuni umani hanno fondato una società segreta con lo scopo di scoprire e sterminare i vampiri, quel genere di vampiri di cui si legge nei romanzi da quattro soldi. Noi carpaziani credevamo che questa gente non costituisse una vera minaccia. Nessuno di noi si aspettava che ricominciassero le persecuzioni dei vampiri cui avevamo assistito tanti secoli fa, in Europa».

Dalla sua voce piatta non traspariva alcuna nota di dolore, niente che inducesse a credere che Gregori stava pensando a quando aveva ritrovato il corpo senza vita di sua madre, eppure Savannah lo sapeva, ne era sicura, come se fosse stato lui stesso a confessarglielo. «La prima volta che sono venuti allo scoperto per uccidere, la loro vittima è stata tua zia Noelle. Stavano per far fuori un'altra donna, ma tua madre, che era ancora umana, ha mostrato grande coraggio e l'ha salvata. La società segreta ha quindi fatto di Raven e di tuo padre, il principe del nostro popolo, il suo nuovo obiettivo. A un certo punto pensavamo di aver scongiurato la minaccia, ma pochi anni dopo la setta è tornata a colpire. Quegli umani hanno ucciso diversi membri della nostra gente nonché alcuni loro simili. Il figlio di Noelle è stato ammazzato e tuo zio Jacques torturato fino a impazzire. Hanno anche attaccato una seconda volta Raven, che era incinta di te ed è stata sul punto di perderti».

Savannah si allungò e gli posò una mano sul braccio, ma badò comunque a tenere per sé la propria compassione, perché non voleva che Gregori capisse con quale facilità fosse riuscita a scivolare dentro la sua mente e ad accedere ai suoi ricordi. Stava diventando piuttosto brava a leggergli nel pensiero.

Gregori le prese la mano, meravigliandosi del fatto che una cosa tanto piccola potesse procuragli tutto quel piacere. Il semplice tocco sul braccio e le dita chiuse intorno al polso lo avevano profondamente intenerito, gli avevano dato conforto e sicurezza. Se ne stupì. Se prima certi ricordi lo spingevano a cercare l'incoscienza, lo inducevano a isolarsi in modo da poterli affrontare senza un tremito, senza che la bestia che gli ruggiva dentro lo sopraffacesse, adesso gli bastava quella piccola mano per alleviare la sua furia e la sua ira. Tracciò con aria assente un incantesimo protettivo sul palmo di Savannah, appena consapevole di quello che stava facendo. Persino il suo inconscio voleva assicurarsi che lei fosse al sicuro.

Il modo in cui Gregori la toccava faceva scorrere il fuoco nelle sue vene e Savannah si mordicchiò il labbro. «Stai dicendo che quel giornalista… Cosa pensi che sappia quel tale?», gli chiese, incalzandolo dolcemente. Non voleva che Gregori smettesse di tenerle la mano e di tracciarle sul palmo quegli strani disegni che le davano sollievo. Desiderava però che i terribili ricordi che lo attanagliavano nella loro morsa lo lasciassero in pace, lo restituissero a lei. Gli sorrise, fissandolo con quei suoi grandi occhi blu.

«Di certo non sa nulla». Negli occhi di Gregori passò un lampo un po' maligno. «Almeno per quanto riguarda te».

«E per quanto riguarda te?», gli domandò lei. «Gregori, tu non devi proteggermi concentrando le attenzioni su di te. Siamo una squadra, no? Qualsiasi cosa accada a te, accadrebbe anche a me».

Lui distolse lo sguardo da lei, fissando fuori dal finestrino. Le teneva ancora stretta la mano. «Non è così», le rispose, prudente.

«Che stai dicendo, Gregori? Siamo compagni per la vita, nessuno dei due sopravvivrebbe alla morte dell'altro. Magari non so tutto quello che c'è da sapere sui compagni per la vita, ma di questo sono sicura».

«Normalmente è vero, piccola mia. E normalmente un cacciatore che trova la propria compagna per la vita smette di andare a caccia. Eppure Aidan Savage deve continuare perché vive in un posto in cui non ci sono molti altri cacciatori. I cacciatori corrono un pericolo maggiore rispetto al resto dei carpaziani, e per questo motivo, per non mettere a repentaglio anche la vita delle loro donne, passano le consegne ad altri uomini. Aidan Savage non ha potuto permettersi un simile lusso». *E nemmeno io.*

«E tu? Tu hai intenzione di smettere di andare a caccia?», gli chiese lei, pur conoscendo già la risposta.

«Sai che non posso», le rispose lui, dolce e gentile.

«Io sono la tua compagna per la vita, Gregori». La voce le tremava appena. «Tu devi andare a caccia, perché sei il miglior cacciatore sulla piazza e la nostra gente ha bisogno di te. Ma se dovesse accaderti qualcosa, io ti seguirò».

Gregori continuò ad accarezzarle il polso, indugiando in corrispondenza della vena. Il cuore le batteva forte. «Sarebbe disonesto da parte mia lasciarti credere che io abbia una così nobile motivazione. Il fatto è che io sono andato a caccia per secoli e non conosco altro stile di vita». Il suo volto rimase impassibile, ma in realtà stava trattenendo il respiro.

Un piccolo sorriso le curvò gli angoli della bocca perfetta. «Se preferisci pensare questo di te stesso, Gregori, per me non c'è alcun problema. Sei un uomo particolarmente arrogante; non hai bisogno che io ti faccia i complimenti. Ma forse posso fare qualcosa per insegnarti un altro stile di vita. Nel frattempo, ti suggerisco di insegnarmi quello dei vampiri, in modo che sembri che stiamo dando loro la caccia. E ricordati anche che sei il più bravo guaritore del nostro popolo. È incontestabile».

«Sono anche il killer più bravo. Pure questo è incontestabile». Provò a metterla di nuovo davanti alla verità.

Savannah gli toccò le labbra, atteggiate a una smorfia dura. «Allora verrò a cacciare con te, visto che sei il mio compagno per la vita».

Gregori ebbe un sussulto. Il sorriso di Savannah era così misterioso, riservato e bello da spezzargli il cuore. «Cosa c'è dietro quel sorriso, bambina?». Le mise una mano sul collo e con il pollice le sfiorò la bocca. «Pensi che non te lo permetterò?». Scivolò nella sua mente, un contatto sensuale, il massimo dell'intimità, un rapporto ancor più profondo di quello che si creava quando la baciava o quando la possedeva.

Savannah si era abituata a quella presenza. Sapeva che Gregori avrebbe cercato di essere il meno invadente possibile. Le aveva permesso di stabilire dei confini e non valicava mai le barriere che lei aveva eretto, anche se per lui sarebbe stato semplicissimo oltrepassarle. Entrambi, tanto Savannah quanto Gregori, avevano bisogno dell'intima unione delle loro menti, fuse l'una nell'altra. Le notizie che lei aveva appreso su di lui erano quindi al sicuro, protette dalla barricata in miniatura che lei aveva precipitosamente eretto. Spaurita e innocente: ecco come Savannah appariva a Gregori.

Lui le passò il pollice sulle labbra, rimanendo quasi ipnotizzato dalla loro perfezione. «Tu non andrai mai a caccia di vampiri, mia cara, mai. E se dovessi beccarti a provarci, ti farò patire le pene dell'inferno».

Savannah non sembrava spaventata. Piuttosto, nei suoi profondi occhi blu, si intravedeva una punta di divertimento. «Mi stai forse minacciando, *tenebroso*, uomo nero tra i carpaziani?». Si mise a ridacchiare e quel suono, leggero come una piuma, fece correre un tremito lungo la schiena di Gregori e in qualche modo riuscì a scacciare il dolore che lui provava per il compito che adempiva da secoli. «Togliti quell'espressione seria dal volto, Gregori… non hai ancora perso del tutto la tua reputazione. Sono tutti terrorizzati dal lupo cattivo».

Lui inarcò le sopracciglia. Savannah stava scherzando. Sulla sua reputazione, su un sacco di cose. Il suo sguardo era limpido e luminoso, appena un po' malizioso. Non stava maledicendo il suo destino, quello di essere legata a un mostro come lui. Era piena di vita e di gioia e stava ridendo. Gregori glielo leggeva nel pensiero, nel cuore, nel profondo dell'anima. Desiderava riuscire in qualche modo a contagiarlo, a renderlo un compagno per la vita più compatibile con lei. «Sei tu l'unica che dovrebbe preoccuparsi del lupo cattivo, amore mio», la minacciò lui con finta serietà.

Savannah gli si fece più vicina per guardarlo dritto negli occhi, mentre sulle labbra le spuntava un sorriso. «Ti stai sforzando di scherzare. Facciamo progressi. Be', siamo quasi amici, adesso».

«Quasi?», ripeté lui in tono gentile.

«Ce la stiamo facendo», replicò lei decisa, sfidandolo a contraddirla.

«Si può essere amici di un mostro?», fece lui con aria distratta, come se stesse semplicemente riflettendo ad alta voce. Il suo sguardo si incupì.

«Sono stata infantile, Gregori, quando ti ho accusato di essere un mostro», rispose lei, guardandolo dritto negli occhi. «Io volevo vivere la mia vita, senza doverne rendere conto a nessuno. Ma era un desiderio sconsiderato, non adatto a me. E poi avevo paura. Adesso però ho capito che stavo sbagliando e ti chiedo scusa…».

«Non farlo!», la interruppe Gregori, brusco. «Mio Dio, cara, non devi mai scusarti con me per aver avuto paura. Non me lo merito, e lo sappiamo entrambi». Le passò di nuovo il pollice sulle morbide labbra. «E non cercare di fare la temeraria. Io sono il tuo compagno per la vita e non puoi certo nascondermi una sensazione così intensa come la paura».

«La trepidazione», lo corresse lei, mordicchiandogli il polpastrello.

«E quale sarebbe la differenza?». I suoi occhi chiari erano ridivenuti liquidi. Altrettanto velocemente Savannah si sentì sciogliere per l'eccitazione.

«Lo sai bene qual è». Lei rise di nuovo e questa volta il suono della sua risata gli trafisse il cuore e gli provocò un intenso dolore, che ormai conosceva bene, all'inguine. «Sottile, forse, ma molto importante».

«Cercherò di renderti felice, Savannah», le promise Gregori, serio.

Lei gli passò una mano fra i folti capelli che gli ricadevano sul viso. «Tu sei il mio compagno per la vita, Gregori. Non ho alcun dubbio sul fatto che saprai farmi felice».

Gregori dovette distogliere lo sguardo e si ritrovò a fissare il buio della notte oltre il finestrino. Savannah era così dolce, così bella e lui invece era malvagio, la sua bontà d'animo era svanita insieme alle vite di coloro che aveva ucciso mentre aspettava la sua donna. Ma ora che si trovava faccia a faccia con lei, Gregori non poteva sopportare che la sua donna fosse testimone dello squallore che attanagliava la sua anima.

Oltre ad aver ucciso e ad aver infranto la legge, aveva commesso il crimine più grave di tutti. E per questo meritava la peggiore delle pene, doveva pagare con la propria vita. Aveva intenzionalmente modificato il naturale corso degli eventi. Sapeva di essere abbastanza potente, sapeva che la sua sapienza andava al di là dei confini della legge carpaziana. Si era impossessato del libero arbitrio di Savannah, aveva manipolato la chimica che sarebbe scattata fra loro, in modo tale che lei credesse di essere la sua vera compagna per la vita. E adesso lei era lì accanto a lui – meno di un quarto di secolo di innocenza contro migliaia di anni di duro lavoro – e forse era quella la sua punizione, rifletté, ovvero essere condannato a sapere che Savannah non l'avrebbe mai amato davvero, che non avrebbe mai accettato le tenebre della sua anima. Che lei gli sarebbe stata accanto, pur rimanendo anni luce distante da lui.

Se Savannah avesse scoperto la gravità del suo gesto, di certo lo avrebbe disprezzato. Ma Gregori non poteva assolutamente permettersi di perderla. In quel caso, mortali e immortali non sarebbero stati più al sicuro. La sua mascella si indurì e lui continuò a guardare fuori dal finestrino, dandole le spalle. Smise di leggerle nel pensiero: non voleva che lei percepisse il terribile crimine che lui aveva commesso. Gregori avrebbe potuto sopportare torture di vario genere e secoli di isolamento, avrebbe potuto tollerare persino il peso dei suoi stessi peccati, ma non l'odio di Savannah. Inconsapevolmente, le prese la mano e gliela strinse così forte da rischiare di spezzarle le fragili ossa.

Savannah gli lanciò un'occhiata, buttò fuori l'aria piano per non trasalire e lasciò la propria mano fra le sue. Gregori pensava che la sua mente fosse schermata. Non credeva che Savannah fosse la sua vera compagna per la vita. Piuttosto era fermamente convinto di aver manipolato in maniera scorretta la loro unione ed era certo che ci fosse da qualche parte un altro maschio carpaziano che la stava aspettando. Sebbene le avesse offerto di accedere ai suoi pensieri, sebbene lui stesso le avesse conferito il potere di fondere le loro menti, sia nei panni del lupo che in quelli di colui che aveva guarito sua madre mentre era incinta di lei, probabilmente non credeva che una donna adulta, che lui non riteneva essere la sua compagna per la vita, sarebbe riuscita a scoprire i suoi più intimi segreti. Ma Savannah lo aveva fatto. E il completamento dell'antico rituale aveva reso ancora più forte il loro legame.

Capitolo 8

Le ceneri di Peter Sanders furono sepolte in un angolo del giardino della villa che Gregori aveva costruito mentre aspettava che Savannah arrivasse a San Francisco. La compagnia di Savannah e il detective David Johnson presero parte al rito funebre, tuttavia ai partecipanti fu chiesto di non rivelare alla stampa l'effettiva ubicazione della casa, che si trovava un po' fuori dalla città. Tra i giornalisti si presentò solo Wade Carter, che aveva seguito uno dei membri della compagnia, ma non gli fu permesso di varcare i cancelli. Il suo fotografo si era rifiutato di accompagnarlo; c'era qualcosa nel marito di Savannah Dubrinsky che lo spaventava a morte. Wade era quindi rimasto con una sgradevole sensazione addosso e un'ingombrante macchina fotografica appesa al collo. La proprietà era recintata e un branco di lupi si aggirava libero per il giardino.

Gregori sosteneva Savannah cingendole la vita con un braccio e lei parlò tranquillamente alla compagnia, ringraziandola per aver presenziato al rito, e annunciò il proprio ritiro dalle scene.

Quando se ne andarono, i suoi collaboratori furono tutti omaggiati di una busta contenente una considerevole gratifica in denaro. Gregori si soffermò a parlare qualche minuto con Johnson. Il poliziotto, una volta capito che non avrebbe ottenuto ulteriori informazioni, lasciò la villa.

Savannah rimase un po' accanto alla tomba, osservando la bellissima lapide di marmo che Gregori aveva disegnato per Peter. Le lacrime che le riempirono gli occhi erano dovute tanto alla sofferenza per la perdita di un caro amico quanto alla commozione per la premura che Gregori aveva dimostrato nei suoi confronti. Aveva fatto in modo che Peter rimanesse vicino a loro e aveva reso quella giornata il meno dolorosa possibile, per quanto lo consentissero le circostanze.

Savannah si stava girando per tornare verso casa, quando i lupi sollevarono il capo e cominciarono a ululare. Gregori si voltò di scatto e le afferrò il braccio, tirandola a sé. «Credo che sia Aidan Savage», mormorò. «Dobbiamo andare dentro, in modo che Carter non abbia alcuna possibilità di vederlo. Non è certo mia intenzione spingere degli assassini a bussare alla porta di Aidan». Sussurrò un comando ai lupi e si affrettò insieme a Savannah verso la villa.

«Pensavo che avessi reso sicuro questo posto», disse lei.

«Sarebbe stato troppo pericoloso, visto che aspettavamo la compagnia e il detective per il funerale. Qualcuno avrebbe potuto allontanarsi e farsi male». Le passò teneramente una mano tra i capelli. «Lo so che sei stanca. Dovresti riposarti per un'oretta. Ci siamo svegliati troppo presto».

Savannah gli si strinse al petto e lesse nella sua mente il rimorso. «Non è stata colpa tua Gregori, non lo è stata affatto. Io non ti ho mai accusato di essere responsabile della morte di Peter».

Lui le accarezzò la folta chioma. «Lo so che non l'hai fatto». La sua attenzione era stata catturata dal fruscio del vento, che di solito annunciava l'arrivo di un membro del loro popolo. «Ma se io non fossi stato sopraffatto dal desiderio fisico di te», si autocondannò, «mi sarei accorto che quel vampiro ti stava puntando, nel buio della notte. Avevo sciolto Julian dalle sue responsabilità, dovevo essere io a prendermi cura di te».

«Devi sempre essere così duro con te stesso?», gli chiese lei, sospirando. «Non sei responsabile delle sorti di tutti i carpaziani e di tutti gli umani. Se c'è qualcuno che deve addossarsi la colpa per l'accaduto, quella sono io: non dovevo insistere per ottenere un po' di libertà. Mi sono comportata in maniera sconsiderata, non ho capito quello che stavo facendo a te e a tutti i maschi liberi della nostra razza. Mentre fuggivo da me stessa e dalla nostra relazione, non mi sono mai soffermata a pensare quanto stavi soffrendo. Di certo non credevo che Peter fosse in pericolo. Avrei dovuto considerare quest'ipotesi. Dovevo immaginare di essere una preda appetibile».

Gregori le circondò la vita con un braccio, stringendola a sé per consolarla. «Non hai fatto niente di sbagliato, cara», le disse, forte di un'incrollabile certezza. Nel frattempo continuò a condurla verso la villa, dove sarebbe stata al sicuro.

All'improvviso, tra gli alberi, apparve un arcobaleno luminoso. Gregori scrollò il capo, mentre la luce cominciava a farsi materia e ad acquisire sembianze umane. «Sei sempre stato uno spaccone, Aidan», salutò il suo ospite, con un tono di voce inespressivo come al solito. «Andiamo dentro».

Savannah, sfiorandogli la mente, si accorse che Gregori nutriva un profondo affetto per quel tipo. Lei aveva sentito parlare di Aidan Savage, il cacciatore di vampiri, ma sapeva che aveva lasciato i Carpazi una cinquantina d'anni prima della sua nascita per stabilirsi negli Stati Uniti. Era uno dei pochi ad avere la stessa stazza di Gregori: alto, come tutti i carpaziani maschi, ma più robusto e muscoloso degli altri. Al posto dei caratteristici capelli scuri che contraddistinguevano gli appartenenti alla loro razza, Aidan aveva una lunga e folta chioma bionda e i suoi occhi erano del colore dell'ambra, scintillanti e illuminati da mille pagliuzze dorate.

Il gemello di quell'uomo l'aveva protetta nel corso degli ultimi cinque anni. Aidan aveva un aspetto imponente, e lo stesso avrebbe dovuto valere per il fratello, eppure Savannah non si era mai accorta della sua presenza.

Come aveva fatto Julian a starsene nascosto, nonostante la sicurezza di sé che trasudavano tutti i maschi carpaziani, nonostante il potere e l'autorità dovuti a secoli di caccia e di studio?

Gregori spostò il braccio e, anziché circondarle la vita, glielo mise intorno alle spalle, un gesto virile che indicava che Savannah gli apparteneva. Lei rise fra sé e sé. I maschi carpaziani non erano poi così diversi dagli altri.

Ti ho sentito, amore mio. Gregori le sfiorò con delicatezza la mente, una lenta carezza che le provocò una calda sensazione allo stomaco. Sembrava che stesse scherzando, ma Savannah notò che non tolse il braccio.

«Aidan, non ti aspettavamo così presto. Il sole non è ancora tramontato e non dev'essere molto piacevole viaggiare con la luce pomeridiana», osservò Gregori, una volta che furono entrati nella villa.

«Mi dispiace di non aver partecipato alla funzione», replicò Aidan, in tono sommesso. «Ma non potevo rischiare. In ogni caso, volevo che sapessi che non sei completamente sola in questo paese», aggiunse, rivolgendosi a Savannah.

«Savannah, lui è Aidan Savage. È un fedele servo di tuo padre e un mio buon amico». Gregori fece le presentazioni. «Aidan, la mia compagna per la vita, Savannah».

«Assomigli molto a tua madre», fece Aidan.

«Grazie. Per me è un gran complimento», replicò lei, desiderando all'improvviso che Raven fosse lì. Le mancavano molto i suoi genitori. «Per me è un onore che tu sia venuto a quest'ora del pomeriggio per farmi le condoglianze. So che è un orario difficile per noi carpaziani, ma dovevo fare in modo che fosse compatibile anche con le abitudini degli amici umani di Peter».

«Sei in pericolo qui, Aidan», lo avvisò Gregori. «Vorrei che tu e la tua famiglia foste al sicuro da questi killer. Sono degli umani e fanno parte della stessa società segreta alla quale abbiamo dato la caccia diversi anni fa nei Carpazi».

Un'ombra apparve sul volto di Aidan. Doveva proteggere gli umani che facevano parte della sua famiglia, nonché la sua compagna per la vita. I suoi occhi del colore dell'ambra divennero due pozze d'oro fuso. «Il giornalista», ringhiò, un suono gutturale e minaccioso.

Gregori annuì. «Stanotte cercherò di scoprire tutto il possibile sul signor Carter. Ho intenzione di portare via Savannah e condurre questo tipo e gli altri membri della setta lontano da qui, in modo tale che tu e la tua famiglia siate al sicuro». Si trovavano in casa, al riparo dai ficcanaso, eppure Gregori riusciva ad avvertire la malvagia presenza del reporter che si aggirava ancora nei paraggi della sua proprietà. «Ti ho mandato un chiaro avvertimento, Aidan», disse con una punta di biasimo, sebbene il tono della sua voce fosse sempre gentile.

Aidan atteggiò la bocca a un'espressione severa. «L'ho ricevuto. Ma si tratta della mia città e della mia famiglia, Gregori. Devo essere io a preoccuparmene».

Savannah alzò gli occhi al cielo. «Be', potreste limitarvi a battervi il petto. Probabilmente funzionerebbe».

Mostra un po' di rispetto, le ordinò Gregori.

Savannah scoppiò a ridere, poi si mise sulla punta dei piedi e fece a Gregori, che la guardava accigliato, una carezza. «Continua a sperare, amore mio, e forse un giorno qualcuno ti obbedirà».

Aidan fece una smorfia, e squadrò Gregori, divertito. «Questa ragazza non assomiglia a sua madre soltanto fisicamente, vero?».

Gregori sospirò. «È un tipo impossibile».

Aidan rise, ignorando il lampo di avvertimento che aveva scorto negli occhi chiari di Gregori. «Credo lo siano tutte le donne».

Savannah si liberò della stretta di Gregori e trovò una sedia imbottita sulla quale acciambellarsi. «Certo che siamo impossibili. È l'unico modo per non diventare pazze».

«Avrei voluto portare Alexandria con me per presentartela, ma Gregori mi ha raccomandato prudenza». Aidan sembrava molto compiaciuto, come se lui fosse in grado di mettere in riga la sua donna e Gregori no.

Savannah gli rivolse un sorrisetto maligno. «E che hai fatto? L'hai lasciata a dormire mentre tu correvi qui a giocare a fare l'eroe? Credo che avrà un paio di cose da dirti quando tornerai a svegliarla».

Aidan ebbe il buongusto di sembrare imbarazzato. Poi si girò verso Gregori. «La tua compagna per la vita è proprio un bel tipetto, amico mio. Non ti invidio per niente».

Savannah scoppiò a ridere, nient'affatto intimidita. «Gregori è pazzo di me. Non farti ingannare dalle apparenze!».

«Ci credo!», concordò Aidan.

«Non incoraggiare il suo spirito ribelle». Gregori cercò di sembrare serio, ma quella donna gli faceva un effetto sconvolgente. Savannah rappresentava tutto per lui, persino quando faceva la sciocchina. Dove trovava quell'oltraggioso senso dell'umorismo? Come faceva a essere sempre allegra, anche in presenza di gente che non rideva da secoli? La tempra di Gregori con lei si scioglieva come burro. Completamente. Stava molto attento a fare in modo che il suo volto restasse sempre inespressivo. Era già abbastanza grave che Savannah sapesse di averlo in pugno. Non era il caso che se ne rendesse conto anche Aidan.

«Davvero, Gregori, non c'è bisogno che sia tu a condurre questi killer lontano dalla mia città. Possiamo cercare di giungere a un accordo con loro», disse Aidan. «Julian è qui in giro. Avverto la sua presenza, anche se lui non risponde al mio richiamo».

«Julian è a un passo dalla trasformazione. Non dovresti chiedergli aiuto. Più uccide, più aumenta il rischio che diventi un vampiro anche lui. Lo sai. Tuo fratello affronterà il suo destino, Aidan. E se dovesse essere necessario dargli la caccia, se non si arrendesse spontaneamente prima di trasformarsi, devi chiamarmi. Julian è diventato molto potente. Molto pericoloso. Non correre inutili rischi solo perché è il tuo gemello. Uno dei fratelli di Mikhail si è trasformato e, quando la giustizia si è messa a cercarlo, lui ha provato a distruggere chiunque, come avrebbe fatto ogni vampiro. Non avrebbe risparmiato nemmeno Mikhail». Gregori non aggiunse di essere stato l'unico a riuscire ad avere la meglio sul fratello di Mikhail. Era stata un'impresa talmente difficile che aveva deciso di non stabilire mai più dei legami profondi come quelli che lo univano a Mikhail e alla sua famiglia. Gregori lanciò un'occhiata a Savannah, si accorse che lei lo stava fissando con i suoi grandi occhi blu, e come per incanto quel ricordo doloroso svanì. «Julian è sempre stato un uomo molto sapiente e pericoloso», concluse.

«Come te, d'altronde». Aidan non riuscì a trattenersi dal rivolgere a Gregori quell'accusa. Detestava il fatto di dover parlare della possibile trasformazione di suo fratello in vampiro.

Gregori non batté ciglio. «Esattamente come me. È proprio questo il punto. Mi chiederai aiuto, se ce ne sarà bisogno». Lo stava guardando dritto negli occhi dorati. Il suo tono di voce era basso e convincente, incantevole e affascinante.

Aidan distolse lo sguardo da quegli occhi argentei. Occhi che potevano scrutare dentro l'anima di un uomo. «Lo farò, Gregori. Lo so che hai ragione, anche se mi riesce difficile credere che Julian possa trasformarsi».

«Chiunque può trasformarsi, Aidan. Chiunque non abbia trovato la propria compagna per la vita». Gregori planò attraverso la stanza e raggiunse Savannah: non riusciva a sopportare di starle lontano. Gli occhi di lei erano tornati ancora una volta cupi e tormentati, il funerale l'aveva intristita e fatta sentire in colpa. Gregori scivolò dietro la sua sedia, le mise le mani sulle spalle e cominciò a massaggiargliele delicatamente. Aveva bisogno di quel contatto fisico anche più di quanto ne avesse bisogno lei.

Aidan nascose il proprio turbamento. Conosceva Gregori da secoli, era stato lui a insegnargli le arti curative, ad andare a caccia e a uccidere. Niente lo aveva mai sfiorato. Niente e nessuno. Eppure, quegli occhi argentei e glaciali, una volta posatisi su Savannah, si trasformavano in due pozze di mercurio liquido, il suo atteggiamento diventava possessivo e protettivo e in più il modo in cui le poggiava le mani sulle spalle aveva un non so che di tenero e sincero.

Stai bene, mia cara? Forse dovresti andarti a stendere per un po'.

Savannah gli rivolse un debole sorriso. A lui sembrò che fosse più pallida del solito. Gregori era andato a caccia nel pomeriggio, nonostante fosse molto presto, e si era procurato abbastanza sangue per soddisfare le esigenze di entrambi. Lei però si era rifiutata di nutrirsi, come se avesse potuto in qualche modo scontare i peccati di cui si sentiva responsabile soffrendo la fame. Gregori le mise una mano sulla nuca e prese a farle un delicato massaggio. Savannah era affamata, se ne rendeva conto tanto lui quanto, probabilmente, Aidan.

Quest'ultimo lo stava osservando, senza mostrare chiari segni di rimprovero ma con un'espressione misteriosa nello sguardo dorato. Gregori si sentì come trafitto dalla lama di un coltello: non si stava prendendo cura della propria compagna della vita come avrebbe dovuto.

Non fare lo stupido, Gregori. La dolce voce di Savannah gli risuonò in testa. *Ti prendi cura di me alla perfezione. Che cosa ti importa di quello che possono pensare gli altri?*

«Dunque, Gregori», disse Aidan, «hai fatto mente locale su dove pensi di condurre questi assassini?».

Savannah si spostò, cercando di lanciare un'occhiata a Gregori, che si trovava alle sue spalle: i suoi occhi blu divennero subito più vivi. «C'è un posto in particolare in cui vorresti andare?»

«Hai qualcosa in mente?», le chiese lui. Sapeva che sarebbe stato un errore guardarla negli occhi. Vi sarebbe sprofondato. Come se fosse caduto da una scogliera.

«Sì. New Orleans. Questa settimana c'è il festival jazz del Quartiere Francese. Intendevo andarci e fermarmi per un po'. Potremmo farlo insieme. Ti piace il jazz? Io lo adoro!». Savannah rivolse a Gregori un ampio sorriso. «Avevo progettato di andarci prima... di tutto questo. In effetti, ho anche casa lì».

Savannah voleva andare a New Orleans con tutta se stessa. Glielo si poteva leggere nello sguardo e nel pensiero. Era molto importante per lei. Gregori si sentì travolgere dal terrore. Era quasi impossibile negare qualcosa a Savannah. Tuttavia, non poteva portarla a New Orleans, la capitale mondiale dei vampiri, la città del peccato. Gli assassini probabilmente avevano proprio lì il loro quartier generale. Soffocò un gemito. «Hai una villa a New Orleans?»

«Non fare quella faccia funerea. Tu vuoi andare da qualche parte, allontanare la società segreta dalla famiglia di Aidan, quindi che c'è di meglio della prossima tappa sulla mia tabella di marcia? Nessuno troverà qualcosa di strano nel nostro spostamento e non attireremo alcun sospetto», puntualizzò Savannah, «dal momento che si trova già sulla mia agenda».

Gregori lanciò un'occhiata ad Aidan e scosse il capo. «Ti sembra logico? Savannah non è mai stata al Quartiere Francese di New Orleans, ma nessuno dovrebbe trovare strano il fatto che vi compaia all'improvviso in una casa che le appartiene».

«Molto logico», concordò Aidan. «Comunque, immagino che questa conversazione vi impegnerà per un po' e in più io devo ritornare da Alexandria. Prima, però, vorrei tanto fare una visitina a quel giornalista insieme a te, Gregori». Per un attimo la sua espressione si indurì e la sua bocca si atteggiò a una smorfia crudele. «Mi ricordo che cosa hanno fatto i membri di questa setta alla nostra gente».

«Questo combattimento non è roba per te, Aidan», ribatté Gregori. «Non voglio mettere te e la tua famiglia in pericolo».

Aidan inclinò la testa. «Quel tale sta ancora girovagando da queste parti. Avverto la sua presenza dentro la tua proprietà». Era impaziente, desideroso di dar battaglia.

Savannah riconobbe la natura istintiva e predatoria dei selvaggi maschi carpaziani.

«Vattene, Aidan», fece Gregori, categorico.

«È stato un piacere conoscerti, Aidan», aggiunse Savannah. «Spero di conoscere presto anche Alexandria. Magari dopo che io e Gregori avremo sconfitto questa setta potremmo rivederci tutti insieme».

«Dopo che Gregori avrà sconfitto questa setta», la corresse Gregori, usando il tono implacabile e perentorio del genere "non-pensare-nemmeno-di-sfidare-la-mia-autorità".

Aidan annuì in segno di saluto. Poi i contorni della sua sagoma divennero tremolanti e cominciarono a sfumare, finché non si dissolse fuori dalla finestra aperta in un caleidoscopio di colori trasportati via dalla brezza notturna.

Savannah si girò e prese la mano di Gregori fra le sue. «Che ne pensi di New Orleans?».

Seguì un breve silenzio. «È pericoloso», rispose lui, prudente.

«Già, ma ogni posto in cui andremo sarà pericoloso, no?», osservò lei, giustamente. «Quindi che differenza fa? Lì almeno potremo divertirci un po'».

«Preferisco la montagna», obiettò lui in tono piatto.

Savannah d'un tratto gli sorrise, quel sorriso malizioso e malandrino al quale Gregori non riusciva a resistere. «Quando un vecchio si sposa con una ragazzina, deve imparare a rientrare nell'ordine di idee dei giovani. Feste. Vita notturna. Ti suona familiare o forse ormai è passato troppo tempo?», lo provocò.

Gregori le infilò le mani tra i capelli e glieli tirò. «Mostra un po' di rispetto, bambina, o sarò costretto a sculacciarti».

«Pervertito». Savannah scrollò le spalle con fare sexy. «Dovremmo provarci qualche volta».

Gregori si piegò e la baciò. Doveva baciarla; non aveva altra scelta. Quando le loro labbra si toccarono, per lui furono guai. Savannah era calore e luce, spezie e seta, merletti e fiammelle di candela. E lui si smarrì. Totalmente, completamente. Il carpaziano si allontanò di scatto da lei, imprecando nella lingua dei padri.

Gli occhi di Savannah erano annebbiati, sognanti, e le labbra umide e appena dischiuse. La sua bocca carnosa si atteggiò a quel sensuale e misterioso sorriso che lui non sarebbe mai riuscito a capire. «Ho una magnifica idea, Gregori», disse lei, maliziosa. «Prendiamo un volo di linea».

«Cosa?». Lui le stava fissando le labbra. Aveva una bocca stupenda. Una bocca perfetta. Una bocca molto sexy. Dio, quanto voleva quella bocca.

«Non ti sembra divertente? Potremmo prendere un volo notturno, mischiarci alla gente. Potremmo liberarci di quel giornalista».

«Non c'è modo di liberarsi di Carter. È un tipo molto tenace. E non ci sarà nessun volo di linea. Non ammetto discussioni in proposito, assolutamente. Se mai dovessimo andare a New Orleans, e non sto dicendo che lo faremo, un volo di linea è escluso».

«Oh, Gregori. Stavo solo scherzando. Faremo come vuoi tu, senza ombra di dubbio», aggiunse lei, con aria dimessa.

Lui scosse la testa, esasperato da se stesso. Ovvio che Savannah stava scherzando. Non era abituato a essere trattato in quel modo.

Che donna provocatoria. «Devo uscire e andare a fare due chiacchiere con Wade Carter».

Savannah si alzò di scatto, con l'aria di chi aspetta qualcosa, gli occhi sgranati per l'eccitazione. «Dimmi cosa vuoi che faccia. Probabilmente posso creare della nebbia. Sono più forte adesso, dopo aver bevuto il tuo sangue. Posso guardarti le spalle».

Gregori la squadrò divertito. «Mio Dio, Savannah, sembri uscita da un poliziesco. No, non mi guarderai le spalle. Non parlerai con Carter. Starai qui, al sicuro, dove io so che nessuno può farti del male. Sono stato abbastanza chiaro, bambina? Tu non lascerai questa casa».

«Ma Gregori», fece lei in tono sommesso, «adesso sono la tua compagna. Devo esserti d'aiuto. Se insisti a confrontarti con questo Carter, allora io dovrò aiutarti. Sono la tua compagna per la vita».

«Non c'è la benché minima possibilità che ti permetta di farlo. Puoi anche cercare di disobbedirmi, ma ti assicuro che sarebbe uno spreco di energie», ribatté lui gentile, con quell'aria beffarda da maschio autoritario che la mandava su tutte le furie. «Io sono il tuo compagno per la vita, cara, e ti darò qualsiasi ordine a mio parere necessario affinché tu sia al sicuro».

Savannah gli diede un pugno sul petto. «Mi fai impazzire, Gregori! Ce la sto mettendo tutta per andare d'accordo con te e i tuoi ordini arroganti. E tu nemmeno cambi espressione! Come se fossimo qui a parlare del tempo e non stessimo litigando».

Lui inarcò un sopracciglio. «Noi non stiamo litigando, piccola mia. Quando due persone litigano, sono entrambe arrabbiate e le loro opinioni divergono. Tra di noi non sta accadendo niente del genere. Quando ti guardo non provo neanche un briciolo di rabbia, sento solo il bisogno di prendermi cura di te e di preoccuparmi che tu stia bene. Sono responsabile della tua salute e della tua incolumità, Savannah. Non posso fare altro che proteggerti, persino dalle tue stesse follie. Non puoi nemmeno sperare di averla vinta. Lo so con certezza, per cui non vedo il motivo di tanta agitazione».

Lei lo picchiò di nuovo. Gregori sembrò sorpreso, poi le afferrò il pugno e con delicatezza aprì le dita una a una. Le impresse un bacio al centro del palmo della mano. «Savannah, stai cercando di colpirmi?»

«Be', veramente ti ho già colpito, e per due volte anche, schifoso che non sei altro. Non ti sei nemmeno accorto del primo pugno che ti ho dato». Sembrava davvero arrabbiata con lui.

Per qualche strana ragione, a Gregori venne da ridere. «Scusami, amore mio. Ti prometto che la prossima volta che mi picchierai me ne accorgerò». La dura espressione si ammorbidì e sul suo volto comparve l'ombra di un sorriso. «Posso addirittura spingermi a far finta che tu mi abbia fatto male, se lo desideri».

Un lampo passò negli occhi blu di Savannah. «Ah, ah, ah, sei così divertente, Gregori. Smettila di fare lo sbruffone».

«Farti prendere coscienza del mio potere non vuol dire fare lo sbruffone, cara. Sto cercando di prendermi cura di te al meglio delle mie potenzialità. E tu non mi stai rendendo la vita facile. Mi ritrovo a prendere delle decisioni sbagliate solo per vederti sorridere», ammise Gregori, riluttante.

Savannah gli appoggiò la fronte sul petto. «Mi dispiace procurarti così tanti problemi, Gregori». Non era sicura che quella fosse la pura e semplice verità. Le piaceva farglielo credere. «Vorrei solo che fossimo due veri compagni. È così che ho sempre immaginato la relazione che avrei avuto con il mio compagno per la vita. Non voglio essere una fragile violetta protetta dal mondo reale e usata soltanto come fattrice per la prosecuzione della stirpe. Io voglio essere la migliore amica e confidente del mio compagno per la vita. È così sbagliato?». Lo stava supplicando di comprenderla. «Sono degli umani. Riusciremo a gestirli», affermò, più fiduciosa di quanto in realtà non fosse. Se Gregori era preoccupato, doveva avere una ragione valida. Comunque, Savannah era fermamente decisa a seguirlo, a dividere con lui ogni aspetto della loro esistenza. E sapeva che la caccia sarebbe sempre stata parte integrante della loro vita.

Lui le circondò la vita con un braccio, la attirò a sé e le accarezzò i capelli. «Gli umani sono anche riusciti ad avere la meglio sui carpaziani nel corso dei secoli. È vero che siamo molto potenti, ma non siamo invincibili. Non voglio che questa gente ti metta le mani addosso. Voglio solo scoprire che cosa Wade Carter e il suo amico hanno in mente, che cosa sanno di preciso, e chi è in pericolo. Poi io e te discuteremo di dove andare e di quanto ti permetterò di lasciarti coinvolgere da questa situazione».

Savannah ebbe un brivido alla parola "permetterò" e Gregori desiderò non averla mai pronunciata. La strinse forte a sé e le diede un bacetto sulla testa. «Starai al sicuro fra le mura di questa casa, Savannah, qualunque cosa accada».

Lei rimase per un attimo aggrappata a lui. «Fa' in modo che non ti succeda niente, Gregori. Insomma… mi arrabbierei molto con te».

Un breve sorriso gli passò sul volto, ma non illuminò il suo sguardo. «Resterò in contatto telepatico con te, cara, e così saprai che sto bene». Esitò per un attimo. «I miei metodi potrebbero non piacerti». Era una specie di avvertimento. Nei suoi occhi argentei passò un'ombra, che lui non tentò di nasconderle.

Savannah sollevò il mento. «A volte posso anche comportarmi come una bambina, Gregori, ma non lo sono. La prosecuzione della nostra razza viene prima di tutto, deve venire prima di tutto. So che userai qualsiasi mezzo si riveli utile allo scopo».

«Spero che tu lo comprenda, Savannah. Spero che tu sia pronta a confrontarti con il mio stile di vita. Io non posso fare altro che proteggere il nostro popolo. E a volte è un lavoro sporco», disse burbero, con la sua voce ipnotica. Fece un passo indietro, staccandosi all'improvviso da lei, ma Savannah continuò a tenerlo per mano. «Stai dentro casa, piccola mia. Tesserò degli incantesimi protettivi. Tu non provare a disobbedirmi».

Savannah si strofinò il dorso della mano di Gregori sulla guancia. «Farò quello che mi hai *chiesto*».

Gregori le prese il mento fra le mani, le fece sollevare il viso e le diede un bacio sulle labbra. All'improvviso, tra di loro scattò la scintilla. Un alone di calore bianco li avviluppò. Poi il carpaziano si allontanò e semplicemente svanì.

Volò nel cielo, invisibile – dopo secoli di pratica non aveva alcun problema a farlo –, come un soffio di vento tra gli alberi. Wade Carter stava cercando di scavalcare la recinzione sul lato ovest della villa. Tre lupi erano appostati lì sotto, con le zanne che luccicavano alla luce del crepuscolo. I pantaloni del giornalista rimasero impigliati per un attimo in una pietra più sporgente delle altre e si strapparono. Gregori scintillò, ancora sospeso in aria e incorporeo, poi si materializzò a pochi passi da Carter.

Il giornalista buttò fuori l'aria dai polmoni con violenza. «Mio Dio, sei davvero un vampiro! Lo sapevo! Sapevo di aver ragione!».

Gregori riuscì a percepire l'odore della sua paura, della sua agitazione. Si appoggiò con nonchalance, disinvolto e un po' indolente come al solito, alla parete di pietra, proprio accanto a Carter. «Te l'avevo detto che ci saremmo rivisti presto. Io mantengo sempre le promesse», replicò.

Le sue parole sembrarono penetrare dritte nella mente del giornalista. Wade si massaggiò le tempie doloranti. Non era mai stato così spaventato e così eccitato al tempo stesso. Il vampiro si era seduto proprio al suo fianco. Si rovistò nelle tasche per essere sicuro che la pistola anestetizzante che aveva portato con sé fosse al suo posto. «Perché hai deciso di palesarti a me?». Cercò di controllare la voce affinché non gli tremasse troppo.

Gregori gli sorrise. Non c'era traccia di allegria in quel sorriso, solo uno sfolgorio minaccioso di denti. Rimase impassibile, senza sbattere le palpebre, come i predatori della giungla. A Carter parve un atteggiamento snervante. «Hai disturbato mia moglie», gli rispose Gregori. La sua voce era bellissima, ipnotica.

Carter scosse la testa per non farsi ottundere il pensiero. «Pensi davvero di essere così potente da farmi fuori e riuscire a cavartela?».

I muscoli di Gregori guizzarono, un chiaro segnale della sua enorme forza. «Pensi davvero che non lo sia?»

«Non avrei mai rischiato di affrontarti privo di un supporto. Non sono solo», ribatté Carter, per fare lo spaccone. Stava cercando disperatamente di prendere la pistola con l'anestetico dalla tasca, ma si era impigliata.

«Non c'è nessun altro qui, signor Carter», lo corresse Gregori. «Solo noi due. Pensavo di leggerti un po' nel pensiero». Il suo tono era sceso di un'ottava, era diventato dolce e persuasivo, sarebbe stato impossibile resistervi.

Il sudore cominciò a bagnare la fronte di Carter. «Non te lo permetterò», gli rispose, ma si ritrovò subito prigioniero del suo sguardo, intenso come argento fuso. Avrebbe dovuto essere schermato contro un'aggressione di quel tipo! Tutti i membri della setta dovevano essere schermati. La voce dei vampiri non avrebbe dovuto avere alcun effetto su di loro; i loro occhi non avrebbero dovuto condurli a uno stato di trance. Nessuno poteva penetrare nella loro mente o impossessarsi dei loro ricordi. Tutti, nella società segreta, si erano sottoposti a una lunga sessione di ipnosi, proprio per prepararsi a resistere a un simile abominio. E avevano lavorato su una formula per più di trent'anni. Gli scienziati, ottimi scienziati, che l'avevano messa a punto, avevano avuto il vantaggio di poter lavorare addirittura con il sangue dei veri vampiri.

Gregori abbatté le barriere mentali del giornalista, sebbene fossero sorprendentemente resistenti. Riuscì a individuare lo scopo delle ricerche della società segreta, il desiderio di trovare un nuovo esemplare di vampiro. I membri della setta avevano estratto campioni di sangue da diverse vittime che avevano torturato e mutilato una trentina di anni prima. Gregori inspirò profondamente. Erano in possesso di un farmaco che credevano sarebbe riuscito a privare le loro vittime di ogni potere: in questo modo avrebbero potuto imprigionare coloro che reputavano vampiri, studiarli e dissezionarli a loro piacimento. La società segreta era più ramificata di quanto i carpaziani pensassero.

Gregori abbandonò la mente di Carter, consentendogli di proposito di ricordare che ne aveva attinto preziose informazioni. Il giornalista imprecò in maniera disgustosa e riuscì a tirare fuori la pistola anestetizzante dalla tasca. L'ago perforò la pelle di Gregori proprio sopra il cuore. Il carpaziano se ne accorse, e percepì il veleno che entrava in circolo.

Gregori! L'urlo angosciato di Savannah gli rimbombò nella mente. *Permettimi di venire da te.* Stava cercando di oltrepassare le pareti invisibili che lui le aveva eretto intorno, lottando contro i suoi incantesimi.

Stai calma, piccola mia. Pensi che non abbia consentito apposta *a questo imbecille di iniettarmi del veleno? Io sono il guaritore del nostro popolo. Se questa gente è in possesso di qualcosa che può farci del male, è mio compito trovare l'antidoto.*

Savannah prese a battere i pugni contro le barriere immateriali per cercare di raggiungere Gregori. Le vennero le lacrime agli occhi: si sentì quasi sopraffare dalla paura della sua stessa impotenza. Il veleno era potente e cominciò immediatamente a diffondersi nei vasi sanguigni di Gregori, immobilizzandolo. Crampi e sudore, i muscoli che si contraevano. Savannah provava le stesse sensazioni del suo compagno e il fatto di non poterlo raggiungere, di non poterlo aiutare, come sarebbe stato suo diritto, la stava facendo impazzire di rabbia.

Gregori rimase calmo e impassibile come sempre: studiò la composizione chimica del siero, interessato alla faccenda come se fosse stato un semplice scienziato. Non prestava quasi più attenzione al giornalista esultante. Il carpaziano era sprofondato nel suo stesso corpo e seguiva il flusso del proprio sangue per verificare gli effetti del veleno.

Carter praticamente si era quasi messo a saltellare su e giù. Se non fosse stato per la posizione scomoda in cui si trovava, di certo l'avrebbe fatto. Non aveva la benché minima di idea di come sarebbe riuscito a trascinare quell'uomo enorme nella sua macchina e poi in laboratorio. Avrebbe chiamato aiuto. Ma per il resto era stato così facile. I tecnici avevano ragione. Il veleno era perfetto! Tutti quegli anni di ricerche alla fine erano serviti a qualcosa. Ed era tutto merito suo!

Piantò un coltello nel petto di Gregori e fece uscire un po' di sangue. «Non sembri un osso così duro adesso, vampiro», gongolò. «Non fai poi tutto questo effetto. Forse ti senti un po' male?». Ridacchiò. «Ho sentito che più vecchio è il vampiro, maggiore è la sua sensibilità al dolore». Gli piantò di nuovo il coltello nel petto, affondandolo di più, cosicché venne fuori un fiotto di sangue. «Lo spero. Spero che ti ci voglia molto tempo a morire, una volta che sarai nelle mani dei tecnici di laboratorio. Nel frattempo, pensa a chi si sta divertendo con Savannah. Ho dei progetti per quella piccola troietta...». Si chinò per guardare da vicino gli occhi annebbiati di Gregori. «Niente di personale, sia chiaro. Tutto nel nome della scienza».

Savannah, infuriata per quello che il giornalista stava dicendo a Gregori e per il dolore che gli stava provocando, caricò e si scagliò con tutte le proprie forze contro il muro invisibile. La parete non cedette. Gregori l'aveva costruita proprio con l'intento di bloccarla ed era anche più resistente di quanto lei stessa aveva immaginato. Si mise a battere i pugni contro il muro finché non cominciarono a sanguinarle, mentre le lacrime le rigavano il volto. Riusciva a sentire ogni taglio e ogni percossa che il giornalista infliggeva a Gregori. Poteva sentire le sue provocazioni e le sue minacce. Implorò il suo compagno per la vita di permetterle di raggiungerlo, ma l'unica risposta che ottenne fu il silenzio.

Niente di tutto ciò sembrava riguardare Gregori. Il carpaziano sentì la sofferenza, ma si limitò a metterla da parte e a concentrarsi sull'autoanalisi di ciò che gli stava accadendo. Il veleno era denso e si diffondeva, lento e doloroso attraverso il suo sistema circolatorio. Gregori cominciò a spezzare gli agenti chimici per scoprirne la composizione, in modo tale che la sua gente potesse inventarsi un antidoto. Molti membri della sua razza non sarebbero stati in grado di fare quello che stava facendo lui. Ma Gregori era un guaritore, esperto di erbe e di chimica, di veleni naturali e artificiali. Questo, in particolare, era un miscuglio interessante, pericoloso e di effetto immediato. Avevano usato come base il sangue estratto dalle vittime precedenti. All'inizio procurava una fitta dolorosa e costante che in pochi minuti si trasformava in un tormento così intenso da privare dei propri poteri qualsiasi carpaziano, eccetto gli antichi e i più esperti guaritori. Non appena Gregori riuscì a individuare i singoli componenti di quella mistura, li trasmise telepaticamente ad Aidan Savage. Il cacciatore aveva imparato da lui l'arte curativa e sarebbe stato in grado di mettere a frutto quelle informazioni.

Poi intraprese il processo di guarigione su se stesso, riportando ogni agente chimico al suo elemento naturale, separando gli atomi e distruggendoli o assorbendoli a seconda delle necessità. Solo una volta completata la procedura sarebbe potuto tornare padrone di sé. Gregori si rendeva conto che il giornalista lo stava accoltellando, probabilmente per fargli perdere sangue e indebolirlo. Aveva cominciato a sanguinare da diverse ferite. Riusciva persino a sentire il dolore, mentre il vento gli faceva svolazzare gli abiti laceri.

I suoi occhi chiari si posarono sul volto del giornalista. «Hai finito, Carter, o vuoi fare qualche altra prova prima che ti riporti al tuo laboratorio?», gli chiese con estrema gentilezza.

L'uomo si rese conto che il veleno non aveva fatto il suo dovere su quel vampiro ed emise un rantolo. Sollevò il coltello per pugnalare Gregori dritto al cuore con tutta la forza di cui era capace. L'arma però si fermò a mezz'aria, come bloccata da qualcuno dotato di una forza enorme. Lenta ma inesorabile, la lama si girò e puntò dritta al collo di Carter.

«No, Dio, no! Non farlo. Posso rivelarti un sacco di informazioni. Non farlo. Rendimi simile a te. Posso essere il tuo servo», implorò Wade Carter, mentre il coltello si faceva sempre più vicino alla sua giugulare.

All'improvviso l'arma cadde a terra, innocua. Subito Wade ricominciò a rovistarsi in tasca per prendere la pistola anestetizzante. Ma l'arma si trasformò in una terribile creatura squamosa che prese ad arrotolarsi su per il suo braccio. Il reporter cominciò a urlare: il suo grido riempì la notte e i lupi gli ulularono in risposta.

Gregori lo fissò con quei suoi occhi argentei e impassibili. Gli occhi della morte. «Questo è il mio mondo, Carter, il mio territorio. Ti ci sei intrufolato e mi hai sfidato. Hai tentato di fare del male a qualcosa che mi appartiene. Non posso permettere che accadano cose del genere». Chinò il capo e il suo sguardo catturò quello della vittima e lo tenne prigioniero. «E, tanto per essere chiari, Carter, si tratta di una questione personale… molto personale».

Il carpaziano sbatté Wade a terra, senza preoccuparsi di quanto potesse fargli male. Il serpente si avvolse attorno al corpo del giornalista, rendendogli impossibile qualsiasi movimento. Gregori lo raggiunse fluttuando, lo prese per la camicia e lo trascinò fino alla sua lercia auto. «Credo che sia il caso di fare una visitina a questo laboratorio, non pensi, signor Carter? Mi era sembrato che non vedessi l'ora di portarmi lì e io non posso fare altro che restituire la cortesia della visita a te e ai tuoi amici».

No, Gregori, lo implorò Savannah. *Andiamo via di qui. Lascialo stare, andiamocene!*

Allontanati da me, bambina, le ordinò lui e interruppe il contatto telepatico.

Savannah avvertì l'implacabile determinazione del suo compagno. Si era messo in testa di distruggere quel laboratorio, il veleno che avevano usato su di lui e tutte le informazioni relative alla sua elaborazione. Aveva la ferma intenzione di ammazzare qualsiasi membro di quella setta avesse incontrato. Savannah si accorse che Gregori non era adirato come lei. Non sentiva il bisogno di vendicarsi. Era freddo e spietato, una macchina pronta a portare a termine il suo brutale compito per la salvaguardia della razza. Gregori aveva messo da parte tutte le sue emozioni private: era diventato un anonimo robot programmato per uccidere. Preciso e implacabile. Niente avrebbe potuto fermarlo.

Savannah, intrappolata nella sua gabbia, scivolò sul pavimento e si rannicchiò su se stessa, stringendosi le ginocchia al petto. Quella sarebbe stata la sua vita. Lui era fatto così, nel corso di interminabili secoli era diventato il tenebroso angelo della morte che non avrebbe avuto pietà per coloro che dichiaravano guerra alla sua razza. Gregori, il tenebroso. Credeva di essere un mostro senza pari. Savannah si nascose il volto fra le mani. Non c'era modo di fermarlo. Nessun modo. Nemmeno Mikhail, suo padre, il loro principe, l'unico al quale Gregori aveva giurato obbedienza, avrebbe potuto impedirgli di fare qualcosa che il suo compagno reputava giusto o necessario.

Si morse il labbro. Gregori esercitava un immenso potere. Nessun altro sarebbe riuscito ad annullare l'effetto del letale veleno che gli era stato iniettato. Nessuno avrebbe intenzionalmente lanciato un'esca al nemico servendosi del proprio corpo, come aveva fatto lui. Savannah sapeva quanto era alto il prezzo che Gregori aveva pagato. La loro intimità non era solo fisica, ma anche mentale.

Il carpaziano poteva anche mettere a tacere i propri sentimenti, fare di se stesso una macchina priva di emozioni pronta a tutto pur di difendere il suo popolo. Ma, nel profondo della sua anima, si considerava un mostro irredento. Quello che doveva fare per garantire la sopravvivenza alla loro razza richiedeva un enorme sacrificio.

Capitolo 9

Era una notte buia e senza luna. Le nuvole offuscavano le stelle e rendevano l'atmosfera ancor più misteriosa e minacciosa. La macchina si fermò davanti a un edificio che aveva tutta l'apparenza di un magazzino deserto nella baia di San Francisco. Sul molo non c'era nessuno. L'acqua era torbida, quasi oleosa. Gregori uscì dall'auto e se ne stette lì ad ascoltare lo sciabordio delle onde contro i piloni del molo. Esaminò attentamente la zona con la sicurezza che derivava da secoli di pratica.

Dentro il grande edificio c'erano tre uomini che parlottavano a voce bassa. Il carpaziano agitò una mano in direzione del giornalista e Wade Carter si accasciò sul volante dell'auto con gli occhi vitrei. Ci fu una folata di vento e un mucchio di foglie secche svolazzarono in un vortice nell'esatto punto in cui fino a un attimo prima si trovava Gregori. Calò di nuovo il silenzio. Un silenzio innaturale. Gregori penetrò nel magazzino dalla crepa di una finestra dai vetri sporchi e opachi. Fluttuò attraverso la stanza e si fece strada tra una vasta gamma di bruciatori e ampolle piene di vari agenti chimici. Sul lato opposto della stanza c'erano tre tavoli ai quali erano attaccate catene metalliche con tanto di manette per polsi e caviglie. Erano i tavoli su cui gli "scienziati" della setta in tutta tranquillità potevano dissezionare le povere vittime e fare i loro esperimenti. Su uno dei tavoli c'era anche una macchia di sangue. Gregori rimase sospeso in aria a guardarla per esaminarne la composizione. Sollevato, constatò che non si trattava di sangue carpaziano.

In un angolo del magazzino c'era un banco pieno di imponenti computer, apparecchiature tecnologiche e una fila di cassettini che facevano da archivio. Tre scrivanie formavano un ampio semicerchio intorno a quell'area.

I tre uomini stavano giocando a poker e evidentemente aspettavano qualcun altro. Gregori fluttuò sul tavolo, una brezza gelida che fece svolazzare le carte di qua e di là. I tre si tuffarono a recuperarle, guardandosi intorno per cercare di individuare il punto da cui arrivava quel fastidioso venticello. Si squadrarono l'un l'altro a disagio e poi tornarono a osservare l'ampio magazzino.

Gregori condusse Wade Carter alla porta. Il giornalista la spinse ed entrò, camminando con la tipica andatura da zombie, come un fantoccio pilotato da un vampiro, a passi pesanti, testa china, mettendo un piede davanti all'altro. Si fermò di botto esattamente davanti al tavolo con le carte, proprio come avrebbe fatto un pupazzo. Una marionetta tenuta in piedi dai fili del burattinaio.

«E quindi? Dov'è, Wade?», gli domandò l'uomo più corpulento, avvolto in un capotto bianco. «Sarà meglio che tu abbia qualcosa di grosso per strappare Morrison alla sua festa. Era un affare importante... Stava raccogliendo fondi per il suo istituto di beneficenza preferito».

Gli altri scoppiarono a ridere. «Eh sì», aggiunse un tecnico dai capelli scuri. «Maledizione, Wade, spero che tu ci abbia portato una donna. Sono in vena di bagordi stasera». Si sfregò le mani con aria truce. «Non vedo l'ora di mettere le mani addosso a quella maga che sostieni sia un vampiro. È un tipo eccitante. Molto eccitante».

L'uomo con il cappotto bianco guardò attentamente il giornalista. «Be', dov'è questo vampiro?».

«Proprio dietro di te», rispose Gregori a voce bassa.

I tre si girarono di scatto e Gregori cominciò a mutare forma: un attimo prima era un uomo, in carne e ossa, poi le sue ossa presero a torcersi e a spezzarsi, i tendini si allungarono, il suo viso divenne un muso animale e gli spuntarono delle zanne nella bocca. I muscoli guizzarono e si ricoprì di pelo: la bestia fece uno scatto in avanti e puntò dritta alla gola dell'uomo con il cappotto bianco.

A quel punto, spinti all'azione dalla vista del copioso fiotto di sangue, gli altri si voltarono in contemporanea e si misero a correre verso la porta. Il lupo fece un balzo, azzerò le distanze e atterrò con una zampata il tecnico dai capelli scuri. Gli conficcò gli artigli nello stomaco, in profondità, poi affondò il muso ancora più in basso, strappandogli via il simbolo della sua mascolinità. Il sangue zampillò, poi eruppe come una colata di lava. L'uomo emise delle urla terribili, premendosi le mani sulla pancia anche se ormai non aveva alcuna speranza di salvarsi la vita, per non parlare della virilità.

L'ultima vittima era riuscita a raggiungere la porta quando il lupo la aggredì alle spalle. Un colpo secco e gli spezzò l'osso del collo. La bestia tornò sui suoi passi e verificò le condizioni di morti e feriti. Poi trotterellò verso i computer e lentamente riprese sembianze umane.

La fame di Gregori era una creatura vivente, che aveva bisogno di essere soddisfatta. L'oscuro impulso di uccidere faceva parte di lui. Bestia o uomo, non importava; era la sua natura, il suo destino. Tuttavia, Gregori si impose di resistere, nonostante l'odore del sangue gli aleggiasse intorno. I computer dovevano essere distrutti. Ogni loro componente. Ogni documento.

Gregori chiamò a raccolta le proprie forze e le energie necessarie per investire i macchinari di scariche elettriche. Le apparecchiature esplosero in una vampata e si sciolsero sulle scrivanie. Alle sue spalle, le ampolle andarono in frantumi e il loro contenuto si riversò per terra. Il pavimento di legno venne lambito dalle fiamme.

Gregori fece un cenno con la mano e anche gli archivi si rovesciarono, facendo cadere per terra i fogli che si trovavano al loro interno. Questi andarono ad alimentare il fuoco, finché a un certo punto l'incendio non divampò per tutta la stanza.

Wade Carter era in piedi, immobile, accanto al tavolo su cui i tre avevano giocato a carte. Non pareva essersi accorto della morte dei suoi compagni né delle fiamme che stavano rapidamente bruciando tutto ciò che si trovava dentro il magazzino. Gregori si assicurò di aver distrutto tutto prima di rivolgere nuovamente la propria attenzione al giornalista. Una densa coltre di fumo avvolgeva entrambi ormai quando lo afferrò e lo tirò a sé.

La fame lo attanagliava, era diventata un essere vivente, aveva vita propria. Gregori chinò il capo e trovò la vena sul collo di Carter. «Hai tentato di condannare il mio popolo all'estinzione, hai cercato di portare mia moglie in questa caverna degli orrori. Per questo e per tutti i crimini che hai compiuto contro la mia gente, ti condanno a morte». Mormorò le formule di rito mentre già i suoi denti bucavano la gola e affondavano nell'arteria della sua vittima.

Un fiotto di sangue caldo cominciò a scorrergli nelle vene. Era affamato, le sue forze e le sue energie erano state quasi interamente prosciugate dallo sforzo compiuto e dal veleno e si dissetò con lo scuro liquido vitale. Bevve in maniera vorace, sembrava insaziabile. La sua preda era immobile e Gregori stava per succhiargli via la vita.

Gregori, fermati!, lo implorò Savannah. *Non puoi ammazzarlo in questo modo. Ti prego, fallo per me, fermati.*

Gregori ringhiò, nei suoi occhi argentei passò un bagliore rosso, un riflesso dell'incendio che gli divampava intorno. Riluttante, sollevò la testa, guardando impassibile il sangue che sgorgava dalla ferita di Carter e il suo corpo accasciato per terra. Lasciò andare la camicia del giornalista, lo sguardo sempre fisso sul rivolo di sangue che a quel punto aveva cominciato a gocciolare anche sul pavimento del magazzino.

Vieni a casa. Vattene da quell'orribile posto.

Il carpaziano sentì in lontananza l'ululato delle sirene, il mormorio della folla che si radunava lì fuori. Tuttavia si trattenne ancora un po' per assicurarsi che non ci fosse più traccia di vita in nessuna delle sue vittime. Aveva un nome adesso, un punto da cui cominciare le sue ricerche. Morrison. Qualcuno che poteva raccogliere fondi. Qualcuno che contava fra la buona società.

Gregori, vieni da me, subito. Savannah era diventata insistente.

Gregori riusciva ad avvertire le note della paura nella sua voce. Le era stato insegnato, sin da quando era ancora in fasce, che solo un vampiro è capace di uccidere compiendo il semplice gesto di nutrirsi. Era terrorizzata dal fatto che Gregori potesse infrangere una regola tanto sacra. Che lo avesse già fatto in passato. Più di una volta.

Il tuo mostro sta tornando, le rispose lui, con il suo abituale tono piatto. Si trasformò in una nube di fumo, un vortice di vento che danzò attraverso il laboratorio in fiamme, e infine uscì all'aria aperta. Volteggiò in alto, osservando la gente che si affaccendava con gli idranti per spegnere l'incendio. Arrivò una lunga limousine e parcheggiò a poca distanza dal laboratorio. Un finestrino nella parte posteriore dell'auto si aprì un po', ma il passeggero rimase all'interno della vettura. Morrison.

Gregori volò ancora più in alto. Stava tornando da Savannah nei panni di se stesso, non sotto le mentite spoglie di colui che le aveva fatto credere di essere. Quella donna aveva davvero pensato che lui avrebbe potuto provare delle emozioni mentre uccideva, dopo essere andato a caccia per secoli, dopo aver dispensato oscura giustizia per innumerevoli anni? Rimorso? Vendetta? Pietà? Il carpaziano non sentiva nulla e nemmeno avrebbe voluto. Era un lavoro semplice, che lui faceva alla perfezione, senza per questo provare orgoglio o paura.

Gregori non voleva scorgere il terrore negli occhi di Savannah. La condanna. Ma non poteva fingere per sempre. Lei doveva conoscerlo per quell'orribile mostro che era. Il suo mostro. Savannah aveva bisogno di capire che il suo uomo era molto più pericoloso di quanto lei stessa pensasse, che non sarebbe stato prudente fare determinate cose. Eppure Gregori non avrebbe voluto vedere ancora una volta la paura nel suo sguardo. Sospirò e prese la via del ritorno, attraverso le montagne. Viaggiò lentamente, una nube di fumo nel vento, disperdendo l'aria che smuoveva in modo da non mettere in allerta i vampiri. Sentiva il peso degli anni, degli assassini, del sangue che gli insozzava le mani. Savannah l'avrebbe visto e avrebbe finalmente capito quale sarebbe stato il suo destino.

Una volta giunto all'interno della sua proprietà, fece un cenno con la mano per sciogliere gli incantesimi e liberare Savannah dalla sua prigione invisibile. Lei era seduta, le gambe strette al petto e il mento appoggiato sopra le ginocchia. I suoi grandi occhi blu rimasero incollati alla nube di fumo mentre lui le si avvicinava. Davanti a lei, Gregori riprese sembianze umane, una sagoma alta e possente che incombeva sulla sua compagna.

Savannah si alzò lentamente, senza mai distogliere lo sguardo dal viso di lui. Fu lei ad annullare la poca distanza che li separava, a cingergli la vita con le esili braccia. Gli appoggiò la testa contro il petto e sentì il battito regolare del suo cuore. «Ero così spaventata per te, Gregori». La sua voce era rotta dalle lacrime, che le rigavano il volto. «Non lasciarmi mai più sola in questo modo. Preferisco stare con te, anche se è pericoloso». Le sue mani si muovevano su di lui, scivolandogli sotto la camicia per controllare che non fosse ferito. «Riuscivo a sentire il dolore che provavi, quando quel veleno ha fatto effetto».

Savannah gli sfiorò il collo. Gli scostò la folta chioma. Lo toccò dovunque. Doveva toccarlo. Non poteva trattenersi. Individuò ognuna delle ferite che Carter gli aveva procurato con il coltello. Le si spezzò il fiato in gola e abbassò il capo per guarire delicatamente ogni taglio con la propria saliva.

Gregori le afferrò entrambe le braccia e la fece allontanare di qualche centimetro. «Guardami, mia cara. Guardami bene. Guarda chi sono veramente». La scosse un po'. «Guardami bene, Savannah».

I suoi occhi viola e blu cercarono quelli chiarissimi di Gregori. «Cosa pensi che stia guardando? Sei il mio compagno per la vita, non un mostro, anche se ti ho rivolto un simile insulto. Non sei il mostro che credi. Sei un grande carpaziano, un grande guaritore. Sei la mia metà». Gli rivolse uno sguardo fulminante. «Non pensare di riuscire a farla franca con tutte queste sciocchezze che hai tirato fuori, lasciandomi sola e imprigionata da pareti invisibili. Non farlo mai più. Dico sul serio, Gregori. Da questo momento in poi, io verrò con te».

Gregori le strinse i capelli in una coda dietro la nuca. La attirò più vicino a sé. «Non ti metterò mai in pericolo. Mai». Chinò la testa per trovare la sua bocca, per impossessarsi di ciò che gli apparteneva. Il cuore gli martellava nel petto. Gli occhi di Savannah erano limpidi, forse appena un po' annebbiati dalla preoccupazione, ma non vi si leggeva più la paura. Lui le tenne la testa immobile mentre la baciava, mentre le divorava le dolci labbra e avanzava le proprie pretese. Savannah non lo ostacolò, accettò le sue maniere autoritarie e gli restituì il bacio con la stessa passione che animava lui. Gregori la abbracciò, schiacciando il corpo di lei contro il proprio. «Mai, Savannah. Io non permetterò mai che tu sia in pericolo».

«Cosa pensi che provi nei tuoi confronti? Leggimi nel pensiero, così capirai che cosa ho passato mentre eri immobilizzato dal veleno». Savannah gli sfiorò delicatamente le ferite. «Mentre lui ti stava facendo questo».

«Se te lo avesse iniettato, quel veleno ti avrebbe consumato, Savannah. Ho trasmesso le informazioni sulle tossine che conteneva ad Aidan. Sarà lui ad assicurarsi che in patria siano avvertiti della presenza di questo nuovo pericolo. Grazie a quanto abbiamo appreso, possiamo sviluppare un antidoto». Gregori le accarezzava la schiena, i fianchi e le natiche, stringendola sempre più forte a sé. Si sentiva dolorante ed eccitato e le carezze di cui lei lo ricopriva non facevano che infiammarlo sempre di più.

«Sarebbe potuto essere letale per chiunque, Gregori», ribatté lei. «Tu non avevi la benché minima idea di quanto fosse pericoloso quel siero». Savannah gli aprì la camicia per osservargli il petto: ne ispezionò ogni centimetro, assaporò la sua pelle, e contemplò tutte le ferite che Carter gli aveva inflitto.

«Io sono un guaritore, Savannah. Sono in grado di neutralizzare i veleni». Il modo in cui lei lo toccava mandava Gregori su di giri: il fuoco aveva cominciato a scorrergli nelle vene.

Savannah gli infilò una mano dentro i pantaloni, impaziente, e prese ad accarezzargli il membro duro. L'indole animalesca di Gregori prese il sopravvento e si liberò dalle catene: il carpaziano la fece adagiare sul pavimento, strappandole i vestiti come era solito fare. La bloccò a terra e con un ginocchio la costrinse ad aprire le gambe.

Ma furono gli occhi argentei di Gregori a catturare lo sguardo di Savannah. Era Gregori a metterle le mani sui fianchi e a controllare con le dita che anche lei fosse pronta. «Tu sei mia, Savannah. Solo mia», le bisbigliò, posizionandosi sopra di lei e possedendola. Avrebbe voluto dirle che l'amava, ma non riusciva a pronunciare quelle parole, quindi cercò di farglielo capire con il linguaggio del corpo. Sprofondò dentro di lei. La penetrò in maniera appassionata e frenetica, poi rallentò il ritmo e fu più dolce. Si prese il tempo di cui aveva bisogno, sperando che durasse per sempre, nascondendole il proprio volto perché non voleva che si accorgesse delle lacrime che gli inumidirono inaspettatamente gli occhi.

Il corpo di Savannah sembrava fatto apposta per quello di lui. Era stretta. Calda. Serica. La sua pelle era liscia come il raso, la sua bocca affamata. Gregori desiderava che lei cancellasse i lunghi e infiniti secoli di vuoto. Desiderava che riempisse l'abisso privo di emozioni della sua anima. Quell'anfratto scuro e deserto, terribilmente squallido e disperato. E lei lo fece. In qualche modo, riuscì ad accettarlo in maniera totale e incondizionata. Savannah gli si concesse spontaneamente, senza riserve, acconsentì a essere dominata e posseduta da lui.

Gregori la sentì fremere di piacere, in preda a una serie di scariche di godimento, mentre lo avvolgeva in una morsa di velluto e lo portava al culmine dell'eccitazione, finché entrambi non presero a volare nello spazio. Savannah gli si aggrappò, gli affondò le unghie nella schiena, gli premette la bocca sulla spalla e il suo gridolino di soddisfazione fu attutito dai muscoli del petto di Gregori.

Lui la strinse forte a sé, rischiando di spezzarle le ossa. Ancora non riusciva a credere che quella donna fosse effettivamente lì con lui. Non riusciva a credere che l'avesse davvero accettato. Gregori aveva ucciso innumerevoli volte e altrettanto spesso aveva infranto le leggi. Non sentiva alcun rimorso. Non sentiva proprio niente. E Savannah era così compassionevole. Così giovane. Così bella e piena di vita. Gregori nascose il volto sul suo collo. «Devi nutrirti, bambina», le ricordò in tono piatto.

A Savannah vennero i crampi allo stomaco. Era stata presente, era stata dentro di lui, mentre Gregori beveva il sangue del giornalista. Nutrirsi era necessario; se ne rendeva conto. Aveva persino accettato che Wade Carter morisse per non mettere a rischio la sopravvivenza della loro razza. Ma non voleva il suo sangue. Si morse il labbro, il cuore cominciò a batterle forte. Con molta cautela, provò a spostarsi, e subito sentì il duro pavimento di marmo contro la schiena. Non se ne era accorta prima; in effetti, aveva permesso a Gregori di sprofondare il più possibile dentro di lei e aveva fatto in modo che il piacere di entrambi giungesse all'apice. In quel momento però Savannah si accorse di provare dolore e di essersi procurata dei lividi: i fianchi le facevano malissimo. «Non è che questo sia un posto molto comodo, Gregori», azzardò.

Lui si sollevò con un unico fluido movimento e la fece alzare, tenendola stretta tra le braccia. «Mi dispiace, piccola mia. Avrei dovuto essere più delicato».

Savannah gli sfiorò il viso con estrema dolcezza. «Promettimi che non mi lascerai mai più sola, come hai fatto prima. La prossima volta mi permetterai di venire con te».

Il suo sguardo era eloquente, implorante, al punto che Gregori fu costretto a guardare altrove. «Non chiedermi qualcosa che non posso concederti. Ti darei la luna se la volessi, mia cara, ma non posso permetterti di correre alcun pericolo. Per nessuna ragione. Nemmeno per essermi d'aiuto».

Lei gli cinse il collo con le esili braccia. Gli si schiacciò contro. «Non credo che riuscirei a sopravvivere se accadesse un'altra volta», gli mormorò. «Ero terrorizzata per te».

«Avverto la tua fame. Voglio nutrirti».

«Non posso», ammise lei, riluttante e timorosa della sua reazione. «Quell'uomo…».

Gregori rimase in silenzio e la condusse in una delle stanze da letto. «Sì che puoi, e lo vuoi perché sono io a desiderarlo». La adagiò sul letto.

Lei lo guardò dritto negli occhi chiari, occhi che la tenevano prigioniera, che le davano ordini, persino quando vagavano possessivi sul suo corpo. Gregori le prese uno dei morbidi seni sodi fra le mani, stuzzicandole il capezzolo con il pollice fino a farlo inturgidire. «Gregori». La voce di Savannah era un debole lamento.

«Farai quello che desidero, Savannah». Era implacabile. L'espressione del viso era determinata, quasi crudele.

Savannah cercò di distogliere lo sguardo, ma lui le afferrò il mento e le impedì di girare la testa. «Adesso, Savannah. Devi nutrirti adesso. Non l'hai fatto stamattina e abbiamo tutta la notte davanti. Devi nutrirti».

Savannah deglutì, il suo stomaco si ribellò. «Non posso, Gregori. Quel giornalista è morto. Proprio non posso».

«Forse volevi dire che sono stato io a ucciderlo». Le sue parole furono appena un bisbiglio.

«No, lo so che costituiva una minaccia per la nostra gente. So anche che ha tentato di ammazzarti. Non c'era scelta. Tuttavia, non posso bere il suo sangue». Savannah, dimenandosi, cercò di allontanarsi da lui. D'un tratto si rese conto di essere nuda e desiderò con tutta se stessa di rimettersi addosso i propri vestiti.

«Tu ti nutrirai», ripeté Gregori. A quel punto la sua voce era diventata un mormorio, così ipnotico e irresistibile che lei gli si ritrovò abbarbicata. Savannah riuscì a percepire il calore del suo corpo e del suo respiro. *Nutriti, Savannah. Vieni qui, adesso.* Gregori la attirò a sé e la schiacciò contro il proprio petto. «Io sono il tuo compagno per la vita. Non posso fare altro che soddisfare le tue necessità».

Savannah assaporò il gusto salino della sua pelle. Il desiderio di lui, il suo desiderio… Non avrebbe saputo dire dove cominciava l'uno e finiva l'altro. Gregori le stava bisbigliando nella testa parole impossibili da decifrare, che le risuonavano come musica per tutto il corpo. Sarebbe stato impossibile liberarsi dalla sua stretta: lui le aveva messo anche una mano sulla nuca per tenerla ancora più vicina a sé. Non c'era modo di sfuggire a quella morsa d'acciaio. Savannah, che oltretutto nemmeno lo voleva, aveva già preso a baciarlo.

Quando i denti di lei gli perforarono la pelle, Gregori chiuse gli occhi. Provò una sensazione voluttuosa, piacere e dolore allo stesso tempo: il corpo nudo di lei era irresistibile, tuttavia dovette frenare il proprio insaziabile desiderio. Si era già comportato da egoista, possedendola sul pavimento, impaziente e assetato di lei, nonostante si sentisse insicuro di sé. Ora le strinse la testa al proprio petto, fornendole il nutrimento necessario a rendere il suo pallido colorito di nuovo roseo e sano. Poi, lentamente, seppur riluttante, le permise di sfuggire al suo dominio.

Savannah sbatté le palpebre e nei suoi grandi occhi blu affiorò all'improvviso la consapevolezza. Si tirò indietro di colpo, rotolando dall'altra parte del letto per riprendersi i vestiti. «Sei davvero disgustoso, Gregori. Non hai alcun diritto di costringermi a obbedirti quando ti ho già detto di no».

Gregori la osservò mentre lei guardava in giro alla ricerca dei propri abiti. Savannah si ributtò a letto. «Sembra che ancora una volta sia rimasta senza vestiti», sospirò, stanca.

«Ci vorrà un attimo a risolvere la faccenda», replicò lui. Creare vestiti dal nulla era un gioco da ragazzi, semplice come qualsiasi altro incantesimo per Gregori. Savannah sembrava così triste che lui avrebbe voluto abbracciarla e stringerla a sé per consolarla. Era ancora infastidita dal fatto che lui aveva volontariamente assunto il veleno. Dal fatto che aveva infranto le loro leggi e ucciso la propria vittima nutrendosi del suo sangue. Ma soprattutto era arrabbiata perché l'aveva costretta ad aspettarlo mentre il suo compagno per la vita andava incontro al pericolo invece di consentirle di accorrere in suo aiuto. E poi era afflitta perché lui l'aveva obbligata a nutrirsi contro la sua volontà.

Gregori le porse un paio di jeans e una maglietta di cotone, squadrandola attentamente. «Sono così perché tutti questi secoli di vuoto mi hanno plasmato, Savannah», le disse.

Lei si scostò stancamente i capelli dal volto. Tutto stava accadendo troppo in fretta. Il suo mondo stava cambiando, si era capovolto e le era diventato estraneo, ne aveva perso il controllo. Peter. Il vampiro. Il cacciatore umano. Il veleno. Il fatto di essere stata imprigionata dal suo stesso compagno per la vita. Si morse un labbro, agitata, prendendo la maglietta per coprirsi i seni. «Puoi scegliere di cambiare, Gregori. Chiunque può farlo».

Lui le sfiorò la mente, un tocco leggerissimo, e si accorse che Savannah stava per mettersi a piangere. Le accarezzò una guancia, solleticandole lo zigomo con il pollice. «Non posso scegliere di permettere che tu corra un pericolo, amore mio. In questo non potrò cambiare mai».

«Ma il fatto stesso che viviamo insieme costituisce un rischio per te», obiettò lei, fulminandolo con lo sguardo.

Gregori sfoderò i denti bianchi e scintillanti in un sorriso da predatore. «Io non corro mai rischi. Wade Carter pensava che la sua mente fosse schermata e invece anche i bimbi carpaziani riescono a innalzare barriere più forti contro i loro nemici».

«Il punto è che tu non potevi saperlo, Gregori. Sei uscito di casa e gli hai permesso di colpirti con quella pistola anestetizzante senza sapere cosa contenesse. E ti sei anche assicurato che io non potessi venire ad aiutarti».

Gregori presa la maglietta e gliela fece indossare. «Io non sono mai in pericolo, Savannah», ripeté, calmo e paziente. La sua voce era morbida come velluto nero.

Lei chinò il capo e i capelli le ricaddero sulla fronte, nascondendo l'espressione che aveva dipinta in volto. Poco importava. Gregori le leggeva nel pensiero e non aveva alcuna difficoltà a capire che cosa le passava per la testa. Savannah era confusa, spaventata, triste. Quelle sensazioni la opprimevano come se avesse avuto un macigno sul petto.

Gregori la prese in braccio come se fosse una bambina e le infilò i jeans, ricoprendole le nude ed esili gambe. Si sedette sul bordo del letto e la cullò fra le braccia. La dondolò teneramente. «Mi dispiace di averti spaventato, piccola mia. Non avrei mai voluto, per niente al mondo. Ma tu devi capire che cosa vuol dire essere legata a un uomo potente come me. Molte delle cose che potrebbero costituire un pericolo per la nostra razza, su di me non hanno alcun effetto. Io sono in grado di fare incantesimi e magie che non riescono a nessun altro. So di cosa sono capace». Le accarezzò con dolcezza i capelli.

Lei si girò e nascose il volto rigato di lacrime contro il suo petto. «Io però non lo so di cosa sei capace». La sua voce era strozzata dal pianto. Gli infilò una mano tra i folti capelli e si aggrappò disperatamente a lui.

Gregori chinò il capo con aria protettiva. «Devi avere più fiducia nelle mie forze, Savannah. Più fiducia in me. Non ho alcuna intenzione di buttare al vento la mia vita, non dopo averti trovato. Credi in me, nel mio potere e nelle mie capacità».

Lei gli si abbarbicò ancora di più, quasi stesse cercando di penetrare dentro di lui.

Gregori la strinse a sé, offrendole protezione e riparo tra le proprie braccia. «So cosa posso fare e cosa no, mio piccolo amore. Non ho corso alcun rischio che non fosse strettamente necessario». Continuò ad abbracciarla, a inalare il suo profumo, i loro odori mescolati, e si reputò molto fortunato per il fatto che lei tenesse tanto alla sua incolumità. «Mi dispiace averti spaventato», ripeté affondando la bocca tra i suoi capelli.

«Non farlo di nuovo», gli ordinò lei, strofinandogli il naso sul collo. La sua bocca si lasciava dietro una scia di fiamme che gli lambivano la pelle.

Gregori reagì, il suo corpo prese vita. Percepiva l'angoscia di Savannah, sapeva che aveva dei lividi sulle anche e sulla schiena e che era stato lui con la sua mancanza di attenzioni a procurarglieli. Le mise una mano sul fianco e uscì dal proprio corpo, penetrando in quello di lei. All'improvviso Savannah avvertì un'ondata di calore che le alleviò i dolori muscolari e le guarì le ferite. Riuscì a sentire l'antico canto curativo riecheggiarle nella mente e la bellissima e melliflua voce di Gregori che le fluiva dentro.

Gli si abbandonò tra le braccia, fissando i suoi lineamenti sensuali, scavati e intagliati dal tempo, contemplando quel magnifico esemplare di bellezza carpaziana. Gregori era forte e potente. Era il suo compagno per la vita. Savannah continuò a studiarlo, a esaminarne ogni centimetro di pelle.

Lui d'un tratto le sorrise, un vero sorriso, che gli illuminò lo sguardo e trasformò i suoi occhi argentei in due laghi. «Che cosa stai guardando?».

Savannah gli toccò il mento con la punta di un dito. Era un bel mento. Volitivo. Determinato. Ben fatto. «Sto osservando il mio compagno per la vita, Gregori. Non voglio che ti accada mai niente di brutto». Gli incorniciò il volto fra le mani. Molto lentamente, sollevò la testa e lo baciò. Fu un bacio lento e appassionato. Un bacio profondo. Infilò la lingua nella bocca di lui, la esplorò, provocandolo e tentandolo. Quando le loro labbra si staccarono, Savannah appoggiò la fronte contro quella di Gregori. «Non farlo di nuovo. Non lasciarmi sola e indifesa senza di te».

Gregori sentì una stretta lancinante al cuore. Quella donna gli faceva un effetto sconvolgente. Non lo stava condannando come avrebbe dovuto, era invece rimasta profondamente turbata dalla preoccupazione. Le diede una serie di piccoli baci sul collo. Le graffiò leggermente una spalla con i denti. «Quindi ti piace il jazz».

Savannah sollevò il capo, cercando di incontrare il suo sguardo. «Io adoro il jazz», mormorò. Gregori si accorse dell'ansia e delle speranze che aveva suscitato in lei.

«E immagino che non potremo certo perderci il festival di New Orleans», si ritrovò a dire lui, solo per il gusto di cancellare le ombre che le velavano gli occhi.

Savannah rimase per un attimo in silenzio, stringendo l'orlo della coperta fra le dita. «Cosa intendi dire, Gregori? Possiamo andarci?»

«Sai quanto amo immergermi tra una folla di umani», replicò lui, serio.

Savannah scoppiò a ridere. «Be', non mordono».

«Io sì», ribatté Gregori a voce bassa. Un lampo di possessività gli illuminò gli occhi d'argento. Bastava il suo sorriso a suscitare in lui un'eccitazione devastante. L'aveva posseduta solo pochi minuti prima e adesso la desiderava di nuovo. La desiderava tantissimo. Il suo corpo aveva avuto una reazione selvaggia, impetuosa, e lui non aveva opposto resistenza, non aveva fatto alcuno sforzo per nascondere il suo enorme bisogno di averla.

Savannah rimase senza fiato quando si accorse che Gregori era nuovamente eccitato. Aveva quel particolare potere su di lui e rimase stupita dei suoi micidiali effetti. Gli sfiorò la pelle con la punta delle dita. Quel tocco lieve lo fece fremere. Lei gli mise la mano sul ventre piatto e lo sentì trattenere il respiro. Gli accarezzò il membro duro e lo sentì tremare di piacere.

Gregori le prese il capo fra le mani, avvicinandola a sé. Era al culmine dell'eccitazione, quasi provava dolore. «Finirò per odiare New Orleans», le bisbigliò fra i capelli setosi, prima che lei abbassasse la testa.

Il respiro di Savannah gli riscaldò la vellutata estremità del membro, facendogli scorrere il fuoco nelle vene. «Forse possiamo trovare un modo per renderla un po' più interessante e piacevole anche per te», azzardò. La sua bocca era morbida come la seta, calda e umida.

Gregori sollevò i fianchi, spingendola sul letto e puntando le ginocchia sulla spessa coperta. Savannah era bellissima, la sua pelle era liscia e priva di imperfezioni, i folti capelli sciolti le ricadevano sulle spalle. Mettendosi a sedere, lei si tolse lentamente la maglietta di cotone e offrì i propri seni nudi e sodi al suo sguardo. Aveva un aspetto incantevole e sexy nel buio della notte, era un regalo erotico e misterioso, tutto per lui.

«Credi di riuscire a rendermi New Orleans più sopportabile?». Gli occhi di Gregori dicevano più delle sue parole, le percorrevano il corpo in lungo e in largo, indugiando su ogni curva.

Savannah gli accarezzò la pancia piatta e vi concentrò la propria attenzione. «Sono sicura di poter essere abbastanza fantasiosa da farti dimenticare che odi la folla. Toglimi i jeans».

«I jeans?», le fece eco lui.

«Tu me li hai messi ed è ora che me li tolga. Levameli». La sua mano stava scendendo, mentre seguiva con le dita il profilo dei forti muscoli, un intenzionale tentativo di convincerlo ad accontentarla.

Lui le sbottonò velocemente i jeans e glieli sfilò dalle gambe. Lei li gettò da una parte e si chinò in avanti per dargli un bacio sul ventre. I lunghi capelli ricaddero sul membro duro di Gregori, una massa setosa che quasi lo mandò fuori di testa. «A volte è proprio una bazzecola obbedire ai tuoi ordini, mia cara», mormorò lui, chiudendo gli occhi mentre la bocca di Savannah scendeva ancora più in basso.

Gregori le palpò i seni, accarezzandole i capezzoli con i pollici finché non divennero turgidi. I fianchi fecero uno scatto in avanti, quasi di loro spontanea iniziativa: il suo corpo viveva di vita propria. Savannah gli mise le mani sui glutei, spingendolo il più possibile dentro di sé, poi gli accarezzò i forti muscoli delle cosce. Gli affondò le unghie nella carne e inarcò la schiena per offrirgli i seni doloranti.

Lui bruciava di desiderio. Gli riecheggiò in testa un ringhio soffocato, poi un'ondata di piacere lo travolse e trascinò con sé ogni residuo di autocontrollo. Fuori il vento cominciò a soffiare forte. Fece sbattere le imposte e si infranse contro le spesse mura della villa, minacciando l'arrivo di una tempesta.

Nessuno dei due lo udì o se ne preoccupò. La burrasca stava già imperversando dentro la stanza: Gregori fece sdraiare Savannah ed esplorò con la bocca ogni centimetro del suo corpo, ogni piega e ogni cavità, accarezzandola e infiammandola. Facendo divampare un incendio. Facendo scatenare una tempesta. Si agitò sopra di lei, baciandola e toccandola dovunque. Savannah aveva scacciato i suoi demoni, spettacoli orribili e morti terrificanti. Aveva allontanato la solitudine e l'aveva rimpiazzata con un piacere tanto intenso che Gregori non sapeva se sarebbe sopravvissuto.

L'urlo inarticolato di Savannah, mentre lui la penetrava e le sprofondava dentro, fu attutito dalla sua bocca premuta contro quella di lei. Lo avvolse in una morsa di calore liquido, morbida come il velluto, bollente e appassionata, squisitamente stretta. Gregori le mormorò all'orecchio alcune parole nell'antica lingua dei padri, parole che lei non riusciva a comprendere, ma che lui sentiva di dover pronunciare, parole che non aveva mai detto prima, di cui non aveva mai sperimentato il significato. Savannah avrebbe anche potuto non comprenderlo mai, eppure lui ormai era legato a lei per il resto dell'eternità. Sarebbe stato per sempre suo. La venerava. E l'unico modo in cui poteva dimostrarglielo era per mezzo del suo corpo, della sua forza, della sua saggezza, della sua esperienza.

La possedette e fecero l'amore a lungo. Un lampo di luce illuminò il cielo. La terra si mosse sotto di loro. Niente sembrava avere importanza. Lui continuò a penetrarla, ancora e ancora, assicurandosi che lei per prima provasse piacere. Savannah gli si era aggrappata, e alla fine anche Gregori si abbandonò al godimento. Non avrebbe mai voluto fermarsi: temeva che se l'avesse lasciata andare, Savannah gli sarebbe sfuggita per sempre.

Il carpaziano imprecò a bassa voce e rotolò sul letto, costringendosi ad allontanarsi da lei. Quella donna lo stava facendo diventare pazzo. Disperato. Avrebbe finito per porre fine alla vita di entrambi con quel suo insaziabile desiderio. Le aveva già infilato una mano nel folto della serica chioma, stringendo nel pugno alcune ciocche di capelli.

Savannah udì le parole appena bisbigliate che venivano fuori dalla bocca di Gregori e il suo cuore smise di battere. Aveva appena sconvolto la sua esistenza, dandola alle fiamme, e ora era persino indispettito. Gli voltò la schiena in modo tale che lui non potesse vedere la sua espressione contrariata e sofferente. «Che ho fatto di sbagliato?», gli chiese con un filo di voce.

Gregori le tirò i capelli per costringerla a voltarsi verso di lui. «Tu mi fai sentire vivo, Savannah».

«Io? Ed è per questo che stavi imprecando?». Savannah si mise a pancia in giù, sollevandosi sui gomiti.

Lui le si fece più vicino e le sfiorò con le labbra la curva del seno. «Stai facendo di tutto per legarmi sempre più stretto a te. Mi stai portando via ogni briciola di buonsenso».

Un piccolo sorriso le curvò gli angoli della bocca. «Non mi è sembrato che tu avessi molto buonsenso prima».

Gregori sorrise, mostrando i denti bianchissimi in un ghigno da predatore per poi affondarli nella morbida carne nuda di Savannah.

Lei gemette ma gli si avvicinò, mentre la lingua di lui continuava ad accarezzarla e stuzzicarla, alleviando l'acuto dolore che le aveva appena inflitto. «Ho sempre avuto molto buonsenso», replicò Gregori, deciso, graffiandole il profondo incavo tra i seni.

«Sarà. Ma non mi pare sia così. Hai permesso a un dannato imbecille di spararti con una pistola anestetizzante e di avvelenarti. Sei andato da solo in un laboratorio pieno zeppo di tuoi nemici. È necessario che continui?». Lo squadrò con aria beffarda.

Il suo sedere, sodo e rotondo, era una tentazione troppo forte alla quale Gregori non riuscì a resistere. Le diede una sculacciata fingendo di rimproverarla. Savannah saltò su, ma prima che potesse darsela a gambe, lui cominciò ad accarezzarla, producendo su di lei un effetto di gran lunga diverso. «A giudicare dalla posizione in cui ci troviamo, mia cara, direi che il mio buonsenso è più sviluppato del tuo».

Savannah scoppiò a ridere. «Be', per questa volta ti permetto di averla vinta».

«Che ne pensi di una doccia?», le chiese lui, premuroso.

Savannah annuì in segno d'assenso e Gregori volò giù dal letto, la prese in braccio e se la strinse al petto. C'era qualcosa di troppo innocente in quell'uomo. Lei lo guardò con diffidenza. Tuttavia, in un attimo lui aveva già attraversato la stanza ed era giunto davanti alla porta-finestra. Questa si spalancò a un suo cenno, e lui la portò fuori, nuda, sotto un freddo e splendente acquazzone.

Savannah cercò di dimenarsi per sfuggirgli, agitandosi e prendendolo a pugni sul petto, sghignazzando nonostante il fiume d'acqua gelida che le si stava riversando addosso. «Gregori, sei così cattivo! Non posso credere che tu mi stia facendo questo».

«Be', in effetti non ho molto buonsenso», ridacchiò lui, prendendola in giro divertito. «Non è questo che hai detto?»

«Me lo rimangio», gemette Savannah, aggrappandosi a lui e nascondendo il viso contro il suo petto, mentre la pioggia battente le bagnava i seni nudi, facendole subito inturgidire i capezzoli.

«Corri con me stanotte», le mormorò Gregori. Una lusinga. Una tentazione. Portandola con sé, sarebbe stata sempre più coinvolta dall'oscuro mondo da cui lui proveniva.

Savannah sollevò il capo, lo guardò dritto negli occhi argentei e si smarrì. La pioggia le scrosciava addosso, la inzuppava, ma, mentre Gregori sorvolava lentamente insieme a lei la distesa di aghi di pino che ricopriva il balcone, Savannah non riuscì a distogliere lo sguardo da quegli occhi affamati. Fece di sì con la testa e accettò i programmi che Gregori aveva fatto per lei quella notte.

Andando incontro ai desideri del suo compagno, Savannah si concentrò sulla propria immaginazione. Il suo corpo a quel punto cominciò a contorcersi. Avvertì una bizzarra torsione, una sensazione strana e disorientante, la sua pelle iniziò a ricoprirsi di una folta peluria nero-blu e le sue sembianze mutarono rapidamente. Presto un piccolo lupo dagli occhi blu si ritrovò fermo sotto la pioggia a guardarsi intorno, quando un enorme lupo nero gli diede un colpetto con il muso e lo leccò con una ruvida carezza sul muso.

Savannah si voltò e trotterellò attraverso la fitta vegetazione, esaltata dal senso di libertà che provava in quei panni. Gregori le si avvicinò e le camminò al fianco, protettivo. Il vento soffiava forte e le cime degli alberi ondeggiavano. Savannah riusciva a udire qualsiasi rumore, avvertiva ogni cosa, la notte stessa le inviava un richiamo. Cominciò a correre a grandi falcate – il suo corpo era fatto apposta – e il collo allungato in avanti.

Si sentiva selvaggia. Non più umana. Libera. Corse veloce, scartando a destra e a sinistra tra gli alberi. Gregori tenne la stessa andatura, sfiorandole di tanto in tanto il corpo slanciato con il muso o dandole un colpetto sul fianco o sulla spalla per indicarle la direzione verso la quale intendeva proseguire. Savannah snidò un coniglio e si mise a inseguirlo per il puro gusto di farlo prima di svoltare per un sentiero poco battuto che serpeggiava nel fitto della boscaglia.

Aveva sentito l'odore di altri suoi simili. Lupi che correvano liberi. Diversi maschi, tre femmine. Il grande lupo che le stava al fianco le mostrò le zanne e le fece cenno di allontanarsi da quella scia. Savannah oppose resistenza e si mise a girargli intorno, allettata da quel richiamo selvaggio. Gregori ululò, sfoderò le zanne, le si scagliò addosso con tutto il suo peso per bloccarla e alla fine ebbe la meglio. La spinse a tornare verso casa.

Lei gli lanciò un'occhiata eloquente. Era stato lui a proporre la corsa e a farle mutare forma; adesso Savannah gli stava chiedendo di smetterla di impedirle di divertirsi. Gregori cominciò a darle dei colpi più forti con il muso. Avrebbe dovuto essere esausta dopo l'intensa attività della nottata. Voleva che tornasse indietro.

Quando Savannah si rifiutò, le diede un morso sul fianco, per ricordarle chi comandava fra loro due. Lei si girò di scatto, ma alla fine obbedì e si fiondarono entrambi ad ampie falcate nella foresta.

Una volta giunti a casa ripresero sembianze umane e Gregori la prese per mano e la condusse dentro. Savannah era nuda, bagnata fradicia, con i capelli che gocciolavano. Gli lanciò un'occhiata. «Non importa che aspetto assumi, devi sempre fare il prepotente, vero?».

Lui la avvolse in un asciugamano e la frizionò finché la sua pelle non cominciò ad arrossarsi. «Prendo sul serio la tua salute e la tua sicurezza, Savannah». Non mostrava il benché minimo segno di pentimento.

Savannah tremò appena e si arrotolò l'asciugamano intorno al corpo, d'un tratto infastidita da tutti i cambiamenti che aveva dovuto affrontare. Aveva appena ventitré anni, nemmeno un quarto di secolo. E aveva trascorso gli ultimi cinque completamente immersa nel mondo degli umani. Adesso la sua natura selvaggia la richiamava all'ordine. Gregori stava toccando qualcosa di indomito che covava dentro di lei, qualcosa di cui lei stessa aveva fino a quel momento negato l'esistenza. Qualcosa di selvatico, disinibito e incredibilmente voluttuoso.

Savannah alzò lo sguardo e osservò il suo viso cupo e bello. Era così virile. Così carnale. Così potente. Gregori. Il tenebroso. Le bastava guardarlo per sentirsi vincere dal desiderio. Una sua sola occhiata era in grado di farla impazzire per l'eccitazione, di farle scorrere il fuoco nelle vene. Diventava morbida e duttile. Diventava sua.

Gregori le accarezzò una guancia. «Qualsiasi cosa tu stia pensando mi mette paura, Savannah», le disse. «Smettila».

«Mi stai trasformando in qualcosa che non sono», sussurrò lei.

«Tu sei una carpaziana, la mia compagna per la vita. Sei Savannah Dubrinsky. Non posso cambiare nessuna di queste cose. Non voglio una marionetta, o una donna diversa. Ti voglio così come sei». Il suo tono era basso e irresistibile. La prese in braccio, la portò a letto e le rimboccò le coperte.

Il temporale continuava a far sbattere le imposte e a fischiare attraverso i muri della casa. Gregori cominciò a tessere gli incantesimi che li avrebbero protetti durante il sonno. Savannah era esausta, gli occhi già le si chiudevano. Lui scivolò sotto le lenzuola e la abbracciò. «Non vorrei cambiare nulla di te, piccola mia, nemmeno il tuo fastidioso caratterino».

Lei si strinse a lui, l'incastro fra i loro corpi era perfetto. Gregori sentì le labbra di Savannah a contatto con il suo petto e avvertì l'ultimo sbuffo d'aria che le uscì dai polmoni.

Il carpaziano rimase sveglio a lungo, osservando l'alba che si faceva strada, cacciando via la notte. Con un cenno della mano chiuse a chiave le serrature delle finestre. Continuò a vegliare, tenendo stretta Savannah tra le braccia.

Aveva sempre saputo di essere pericoloso, per questo temeva per i mortali e gli immortali che venivano a contatto con lui. Ma in qualche modo, forse ingenuamente, aveva pensato che, una volta legato alla sua compagna per la vita, sarebbe diventato più innocuo, sarebbe stato addomesticato. Le sue dita presero a giocherellare con i capelli di Savannah. E invece quella donna lo aveva reso ancora più selvaggio. Più pericoloso di quanto non fosse mai stato. Prima di Savannah non aveva provato alcuna emozione. Aveva ucciso quando era stato necessario, proprio perché era necessario. Non aveva temuto nulla, perché non amava e non aveva niente da perdere. E invece, da quando c'era lei, era diventato più pericoloso. Niente e nessuno avrebbe potuto minacciare Savannah e sopravvivere.

Capitolo 10

Gregori osservò la piccola casa a due piani, racchiusa da una recinzione di ferro battuto e stretta tra due abitazioni ancora più minuscole e piuttosto trascurate, nell'affollato Quartiere Francese di New Orleans. Inserì la chiave nella serratura e si voltò per guardare l'espressione di Savannah. Il suo viso era illuminato dalle aspettative e gli occhi le brillavano.

«Ho definitivamente perso anche l'ultimo briciolo di buonsenso», borbottò mentre apriva la porta.

L'interno della casa era buio, ma lui riusciva a distinguere tutto senza difficoltà. La stanza era ammantata di polvere; vecchie lenzuola ricoprivano i mobili e la carta da parati si era scollata dalle pareti.

«Non è bellissima?». Savannah tese le braccia e si mise a girare come una trottola. Saltò tra le braccia di Gregori e lo strinse a sé. «È perfetta!».

Lui non riuscì a trattenersi e le diede un bacio sulle labbra carnose. «Perfetta per darle fuoco. Savannah, ma tu avevi mai visto questa casa prima di acquistarla?».

Lei scoppiò a ridere e gli spettinò i folti capelli. «Non fare il pessimista. Non vedi che ha un grande potenziale?»

«È una trappola in cui può divampare un incendio da un momento all'altro», brontolò Gregori, ma nel frattempo stava già esaminando i pesanti tendaggi e le strette scale che conducevano sia al piano di sopra che a un qualche rifugio sotterraneo.

«Vieni con me». Savannah si stava già precipitando in direzione delle scale. «Lascia che ti mostri la grande sorpresa, Gregori. Ecco perché l'ho comprata. Non è solo una splendida casa con un magnifico giardino».

«Un giardino?», le fece eco lui. Tuttavia la seguì. Avrebbe forse potuto fare altrimenti? Savannah irradiava felicità. Gregori si ritrovò a fissarla, a osservare ogni suo movimento, il modo in cui si voltava, il modo in cui lo sguardo si spostava da una parte all'altra. Era bellissima. Se quello che desiderava era una casetta claustrofobica al centro del Quartiere Francese, se questo la rendeva felice, lui non glielo avrebbe certo negato.

Una scaletta a chiocciola, dai gradini ripidi e stretti, conduceva a un inaspettato seminterrato grande quanto l'intero appartamento. New Orleans era stata costruita su un terreno molto umido e al di sotto del livello del mare. Neanche i morti potevano essere sepolti sotto terra. Quella città rendeva Gregori nervoso. In caso di necessità non c'era un quadratino di terra sotto cui seppellirsi. Nessuna via di fuga semplice e naturale. New Orleans presentava dei problemi che lui in quel momento non avrebbe voluto dover affrontare.

Gregori osservò con molta attenzione le pareti di cemento del seminterrato, il solido pavimento. Percorse a grandi falcate tutta la lunghezza della stanza, ne seguì il perimetro, si spostò al centro della camera e chiuse gli occhi. Inspirò a fondo. C'erano tracce di altre persone lì sotto, tracce di coloro che vi avevano abitato.

«Lo senti?», gli chiese Savannah a bassa voce. Gli mise una mano sul braccio e lo prese per il polso, anche se non riusciva a chiudervi le dita intorno.

Gregori fissò la minuscola mano. Riusciva a percepire quel contatto in ogni cellula del corpo. Il suo polso era troppo grosso e Savannah non era riuscita a circondarlo tutto con le proprie dita. Si rese d'un tratto conto che lei lo prendeva spesso per il polso: era un gesto che li legava l'uno all'altra, un gesto che lo faceva sciogliere.

Gregori si sforzò di ricondurre al presente la propria attenzione. Quindi anche Savannah sentiva quella presenza. Qualcuno aveva vissuto lì prima di loro. *Julian*. Julian Savage era stato in quella casa. Perché? Quanto l'aveva resa sicura? Probabilmente Julian aveva condotto Savannah in quella villetta, quando aveva avuto sentore del suo desiderio di trasferirsi a New Orleans.

Gregori le circondò le spalle con un braccio. «Cosa sai del precedente inquilino?»

«Soltanto che non abitava qui da molto tempo. L'agente immobiliare mi ha detto che la casa era di proprietà della sua famiglia da più di duecento anni, e che quindi è una delle abitazioni più antiche di tutta la zona».

«Tu non l'hai mai incontrato di persona?», le domandò Gregori.

«No», rispose Savannah.

«Il precedente proprietario era Julian Savage, sebbene mi riesca difficile immaginare che abbia potuto vivere qui. È un tipo solitario, indomito come il vento». Attraversò di nuovo la stanza a grandi passi. «Il fatto che Julian abbia abbandonato questo rifugio può voler dire soltanto una cosa. Ha scelto di incontrare l'alba». Pronunciò quelle parole in tono freddo, ma dentro di sé avvertì quella curiosa sensazione che gli stava diventando sempre più familiare. Commozione. Dolore. Ormai molti degli appartenenti al suo popolo erano andati via per sempre. Julian era stato più forte di molti altri, più saggio. A Gregori dispiacque moltissimo aver perso Julian.

Savannah gli strattonò il braccio. «Non possiamo esserne sicuri, Gregori. Forse voleva solo farci un regalo di nozze. Non pensare sempre al peggio».

Gregori cercò di scrollarsi la malinconia di dosso, tuttavia gli sembrava di riuscire a stento a respirare in un quartiere piccolo e affollato come quello. «Le altre case sono praticamente appiccicate a questa», disse. «È come se al vicino bastasse fare un passo per ritrovarsi del nostro soggiorno».

«Non hai ancora visto il cortile, Gregori. La casa dà su un giardino interno, grande e abbastanza ben tenuto». Savannah cominciò a risalire le scale, ignorando i suoi brontolii.

«Non voglio neanche immaginare che cosa intenda tu per malmesso, allora», borbottò Gregori, seguendola al piano superiore.

«Strano che ci sia tutta questa polvere», disse Savannah. «Avevo detto a quelli dell'agenzia immobiliare di mandare qualcuno a pulire, in modo che fosse tutto pronto per il nostro arrivo».

«Non toccare niente», sibilò Gregori; la prese per le spalle con estrema delicatezza e le si mise davanti.

«Che c'è?». Istintivamente Savannah abbassò la voce e si guardò intorno, cercando di individuare un qualche pericolo che fino a quel momento non aveva avvertito.

«Se è venuto qualcuno a fare i letti e a preparare la casa per il nostro arrivo, avrebbe dovuto anche spolverare».

«Forse sono incredibilmente incompetenti», suggerì lei, speranzosa.

Gregori le lanciò un'occhiataccia e si accorse che gli angoli della sua bocca si erano curvati in un sorriso. Savannah lo faceva ridere, anche nelle situazioni più serie. «Sono sicuro che chiunque farebbe gli straordinari pur di farti contenta, piccola mia. Io lo farei».

Savannah arrossì al ricordo di come lui si era adoperato per renderla felice. «Quindi come ti spieghi tutta questa polvere?», gli chiese, tentando di distrarlo.

«Credo che Julian abbia voluto lasciarci un messaggio. Sei stata così a lungo insieme agli umani che ormai vedi la realtà solo con i loro occhi».

A quel rimprovero, Savannah alzò gli occhi al cielo. «E tu hai vissuto tanto a lungo fra le montagne che ti sei dimenticato come si fa a divertirsi».

I suoi occhi chiari le scivolarono addosso, surriscaldandola. «Ho una mia personale idea del divertimento, cara. Mi piacerebbe dartene una dimostrazione, se vuoi», si offrì, malizioso.

Savannah tirò su il mento e gli rivolse uno sguardo provocatorio. «Se pensi di spaventarmi con il tuo vecchio trucco del grande lupo cattivo, ti sbagli», ribatté.

Gregori sentì il cuore di Savannah battere forte. Il suo odore gli stava inviando un richiamo.

«Be', magari posso farmi venire in mente qualche variante», la avvertì lui. Gregori rivolse nuovamente la propria attenzione alla stanza. La polvere ricopriva le pareti, il camino, le mattonelle del pavimento. Il carpaziano si accovacciò, sfiorò i minuscoli granelli e studiò la pianta della camera da ogni angolo. I suoi occhi, nella stanza buia, mandarono un bagliore rosso.

Savannah fece un passo indietro e andò a sbattere con la schiena contro la parete. Era concentrata su Gregori, non su quello che lui stava facendo. Osservava il modo in cui si muoveva, il guizzare dei muscoli sotto la camicia di seta, i passi fluidi: sembrava che planasse da una parte all'altra della stanza. Il modo in cui inclinava il capo, il modo in cui si passava, impaziente, una mano tra i folti capelli. Gregori apparteneva a un altro mondo. Era elegante. Pericoloso. Letale. Tuttavia, quando girò la testa e le sorrise, le apparve sensuale e non crudele. I suoi occhi erano gelidi e mortali, vedevano tutto, non si lasciavano sfuggire nulla, eppure, quando la guardava, il freddo acciaio si trasformava in mercurio liquido. Bollente. Eccitante. Sexy. Quasi peccaminoso.

Savannah sbatté le palpebre, nel tentativo di rimettere a fuoco la stanza. C'era stato un piccolo cambiamento. Adesso sembrava che Gregori stesse spostando la polvere con un cenno della mano. Muoveva il braccio con grazia, come se dirigesse un'orchestra, e sulle pareti e sul pavimento cominciarono a spuntare dei disegni. I granelli formarono lettere e simboli antichi. Una volta che Gregori ebbe trovato la chiave, i geroglifici fatti di polvere presero rapidamente forma.

«È bellissimo. Si tratta della lingua degli antichi, non è vero?», chiese Savannah, impressionata. Si spostò disegnando un piccolo semicerchio, per non disturbarlo. «Come sei riuscito a capire di dover riportare alla luce queste scritte?»

«Il modo in cui la polvere era disposta non aveva nulla di casuale. Il disegno aspettava solo che noi lo svelassimo. Si tratta di un'arte che conoscono in pochi. E non sapevo che la conoscesse anche Julian». Gregori sembrò compiaciuto. «Tuo padre è abbastanza esperto, ma non sono molti quelli che padroneggiano bene la materia».

«Ma mio padre è esperto di tutto?».

Gregori alzò lo sguardo, avvertendo una nota polemica nella voce della sua compagna. «È il nostro principe. Il più anziano membro del nostro popolo. Be', direi di sì, sa fare qualsiasi cosa».

"A differenza di me", pensò Savannah. «E tu lo conosci da sempre».

Gregori la fissò dritto negli occhi. «Io e tuo padre viviamo da più di mille anni, bambina. Perché pensi di dover avere anche tu la saggezza degli antichi? Sei bellissima, sveglia e intelligente, e in più impari in fretta».

«Forse non potrò mai vivere come vuoi tu. Forse sono nata troppo tardi». C'era una punta di dolore nelle sue parole, tradiva il fatto che Savannah stava perdendo fiducia in se stessa. Le pagliuzze argentee che le splendevano luminose come stelle nelle pupille mandarono un bagliore e i suoi occhi diventarono violetti. Era evidentemente angosciata.

Gregori le si fece subito vicino e le incorniciò il volto fra le mani. «Hai tutta la vita davanti per imparare quello che io e tuo padre abbiamo già appreso. A noi ci è voluta la vita intera. Alla tua giovane età, nessuno di noi due portava il carico di responsabilità che hai tu. Potevamo andarcene liberi in giro per il mondo. Non dovevamo vivere insieme a un compagno per la vita arrogante e prepotente». Le accarezzò gli zigomi con i pollici. «Che non ti venga mai in mente, cara, di non essere all'altezza delle mie aspettative».

«Potresti stancarti di dovermi spiegare ogni cosa».

Gregori le mise una mano sulla gola: sentiva la vena pulsare sotto il palmo. «Mai. Non accadrà mai. E poi anch'io ho molto da imparare da te. Non rido da molto tempo. Dovrai essere tu a insegnarmelo di nuovo. E ci sono moltissime altre cose di cui mi riempirai l'esistenza, emozioni e sentimenti che non avrei mai sperimentato se non ci fossi stata tu». Le diede un bacio sulle labbra. «Vedi che ti sto dicendo la verità?».

Savannah chiuse gli occhi: Gregori la baciò appassionatamente e le loro menti si fusero l'una nell'altra. La condivisione di pensieri e sensazioni era qualcosa di intimo e profondo. Il carpaziano provava un urgente bisogno di lei e un altrettanto intenso desiderio. Non aveva alcun dubbio, alcuna esitazione. Sapeva che sarebbero rimasti insieme per sempre; non avrebbe ammesso nessun'altra possibilità. Se fosse intervenuto qualcosa a cambiare il corso degli eventi, avrebbe scelto di seguirla e avrebbe affrontato l'alba. La lasciò andare, lentamente e con una certa riluttanza. Savannah rimase in piedi, immobile, guardandolo fisso e studiando la sua espressione. «Possiamo farcela, Savannah», la incoraggiò lui. «Non avere paura e non correre via dal tuo destino. Stai al mio fianco e combatti».

Un sorrisetto le illuminò il volto. «"Destino". Una parola interessante. Sembrava che stessi dicendo che sono stata condannata all'ergastolo». Trasse un profondo sospiro e cercò di rilassarsi. «Sei cattivo, ma non così tanto», lo provocò.

I bianchissimi denti di Gregori scintillarono in un sorriso da predatore. «Io sono molto cattivo, piccola mia. Non dimenticartelo se vuoi rimanere al sicuro».

Lei scrollò le spalle con indifferenza, ma avvertì un tuffo al cuore. «La mia incolumità non mi interessa molto», replicò, sollevando il mento.

«La tua affermazione è un'arma a doppio taglio per me».

Savannah scoppiò a ridere, dando libero sfogo al suo naturale senso dell'umorismo. «Ci puoi scommettere. Non intendo renderti la vita semplice. Hai fatto di testa tua già per troppo tempo. Adesso insegnami a fare questo. Lo trovo affascinante». Fece un cenno con la mano in direzione di quelle scritte scintillanti.

Gregori le afferrò il braccio e glielo tenne fermo. «Rivelare i disegni al nostro sguardo è molto semplice. Prima bisogna studiarli, una volta che sono stati compresi, bisogna ricomporli. I movimenti della mano conducono i granelli di polvere al loro posto. Invece, gli spostamenti d'aria li rimettono dove erano stati originariamente piazzati».

«Chi ti ha insegnato queste cose?»

«Molte arti sono andate perdute nel corso dei secoli. I monaci buddisti tibetani si servivano un tempo di questa tecnica per comunicare fra di loro e tenere gli altri all'oscuro di quello che si stavano dicendo. Noi siamo tutt'uno con la terra, l'aria, lo spazio. Comandare e spostare gli elementi non è poi così difficile». Cominciò a muovere di nuovo le mani e Savannah rimase ipnotizzata dalla grazia e dalla bellezza dei suoi gesti. «Conosci la lingua degli antichi? Sai leggerla? Scriverla? Parlarla?», le chiese lui.

«Solo poche parole. Mia madre aveva appena iniziato ad apprenderla da mio padre quando io sono partita per gli Stati Uniti. Non ho mai avuto occasione di impararla».

«Un'altra cosa che posso insegnarti, mia cara. Sarà una bella esperienza per entrambi». Le rivolse un'occhiata eloquente.

«So recitare la litania curativa. Credo di conoscerla da sempre. Mio padre la cantava a mia madre in continuazione mentre lei mi portava in grembo».

Gregori si stava muovendo con cautela attraverso la stanza. «La litania è vecchia come il tempo, come la nostra stirpe, nonché molto efficace. È impressa dentro di noi da prima ancora che nascessimo e ha salvato un gran numero di vite. Tua madre ha dovuto impararla molto in fretta, come capita ogni volta che si ha bisogno di qualcosa». La sua voce era appena un mormorio, come se anche un soffio di fiato potesse turbare l'antico messaggio che scintillava nell'aria.

Savannah adorava il suono di quella voce, velluto nero che si faceva strada nella sua mente, nel suo cuore. «Che cosa c'è scritto?». Anche lei stava bisbigliando.

«È un messaggio da parte di Julian», disse Gregori. «Ha giustiziato due vampiri che avevano da poco preso dimora in questa città, in modo tale che tu non fossi in pericolo».

«Vedi? Non corriamo alcun rischio. Possiamo goderci il festival». Savannah fece un sorriso smagliante.

«Il messaggio non finisce qui». Gregori parlava in tono neutrale.

Il sorriso di Savannah svanì all'improvviso. «Chissà perché, ma sapevo che l'avresti detto. Mi pareva strano che si fosse dato tanto da fare per un paio di frasette. Sembra che ci abbia lasciato una mappa vicino alla finestra».

«Julian ha creato diversi nascondigli disseminati per la città, persino vicino il fiume, in cui puoi essere al sicuro. Sotto, nel seminterrato, c'è un passaggio segreto dal quale possiamo scappare, se dovesse essere necessario. Ci ha lasciato un regalo».

Savannah osservò la sua espressione, tenendogli gli occhi incollati addosso. «E...?», fece in tono sommesso.

«Ci sono dei membri della società segreta che vanno a caccia di vampiri in questa città. È saltato di nuovo fuori il nome di un certo Morrison. Pare che Julian si sia imbattuto per caso nel gruppo, qualche tempo fa. Hanno stabilito qui il loro quartier generale, visto che in giro circolano molte voci sulla presenza dei vampiri. Credono ci debba essere un po' di movimento da queste parti per giustificare tutto questo interesse nei confronti della zona. Julian mi indica alcuni luoghi da cui posso cominciare le mie ricerche. Nomi. Negozi. Un locale in cui questa gente si ritrova abitualmente per cercare di procurarsi qualche informazione».

Savannah buttò fuori l'aria dai polmoni, lentamente. «Be', un po' troppo per un festival jazz. Volevamo che ci seguissero e invece siamo finiti nella tana del lupo. Devo avere un dono speciale, ecco perché attiro tutti questi tipi strambi».

«Probabilmente è così», osservò Gregori, serio. «Può costituire tanto un vantaggio quanto una maledizione. Tua madre era un'umana dotata di poteri psichici. Forse ti ha trasmesso un po' del suo dono».

Savannah rimase ferma, in piedi, al centro della stanza, le lunghe ciglia abbassate in modo tale da nascondere l'espressione dei suoi occhi. Gregori le si riavvicinò. Sembrava fragile a vulnerabile accanto a lui, così forte e possente. Le mise una ciocca di capelli scuri dietro l'orecchio. «Savannah», le disse in un sussurro, «non fare quella faccia afflitta. Volevamo che ci seguissero, ti ricordi? Non è la fine del mondo. Possiamo comunque goderci il festival mentre stiamo qui».

Savannah scosse la testa. «Andiamo, Gregori. Mi piaceva l'idea, ma adesso non mi sembra più il caso».

Gregori la guardò a lungo, esaminando il suo volto pallido. I duri lineamenti si ammorbidirono. Sentì anche uno strano movimento dalle parti del cuore. «Stai cercando di nuovo di proteggermi, Savannah». Scosse la testa. Sul suo viso non comparve alcun sorriso, ma una risata gli riscaldò il cuore. Nessuno aveva mai cercato di proteggerlo; nessuno si era mai soffermato a pensare che, in quanto cacciatore, potesse correre qualche rischio. E invece adesso quella piccola e fragile donna dagli enormi occhi blu gli aveva stretto il cuore in una morsa perché si preoccupava sinceramente per la sua incolumità. «Non ho bisogno di proteggermi da questa gente. È necessario affrontarla. Se deve accadere a casa loro, che accada. Julian mi ha fornito abbastanza informazioni e non procederò di certo alla cieca».

«Già sospettano di noi, Gregori, perché Wade Carter li aveva avvisati che avrebbe portato un esemplare. Avranno girato l'informazione a questo Morrison. Ci stanno cercando. Ti stanno cercando».

«E quindi non possiamo fare altro che accontentarli. Lavorerò a un antidoto contro il loro veleno. Non voglio rischiare che ti venga iniettato, se prima non ho trovato il modo per porvi rimedio».

«Il nostro seminterrato è perfetto per mettere su un laboratorio da far invidia a Frankenstein». Un sorriso le stava già illuminando lo sguardo. Quell'espressione gli faceva mancare il fiato.

Gregori sollevò una mano e disperse con un gesto i granelli di polvere. Una lieve brezza cominciò a soffiare e creò dei vortici nella stanza. All'improvviso il vento cessò e del messaggio lasciato da Julian non rimase nulla. La stanza era perfettamente pulita e la carta da parati di nuovo priva di polvere. «Vieni, Savannah. Andiamo a vedere il regalo che ci ha lasciato Julian», le disse, tendendole una mano.

Lei la prese e lo seguì sulla scala a chiocciola. Non voleva immaginare perché mai Julian avesse venduto una casa che era stata sua per due secoli. Non era possibile che avesse deciso di togliersi la vita. E se il suo gemello non fosse riuscito a dissuaderlo? Savannah deglutì al ricordo di quanto era stata vicina a perdere Gregori. Dov'era la compagna per la vita di Julian? Esisteva? Tra i carpaziani, c'erano così poche donne rispetto all'elevato numero di uomini.

«Voglio che tu stia ferma qui vicino alle scale mentre esamino la stanza». Era un ordine. Addolcito dal tono ipnotico della sua voce, ma pur sempre un ordine.

«Se Julian ci ha lasciato un regalo, Gregori, non c'è alcun motivo di preoccuparsi. Non può essere una trappola», puntualizzò, un po' infastidita.

Gregori sollevò il capo, fulminandola con lo sguardo. «Sei davvero troppo ingenua, bambina. Avresti dovuto imparare già molti anni fa a usare i tuoi sensi e a non fare affidamento su quelli degli altri. Solo così la nostra specie è riuscita a sopravvivere».

«Noi dobbiamo fidarci l'uno dell'altro, Gregori», protestò lei.

«Siamo spesso costretti a dare la caccia ai nostri stessi fratelli.

Ecco perché molti maschi carpaziani scelgono di non condividere il proprio sangue, nemmeno se è questione di vita o di morte. Sarebbe più facile rintracciarli quando e se si trasformassero in vampiri. Inoltre, ricorda che i non-morti sono i più grandi imbroglioni che esistano sulla faccia della terra. No, cara, non possiamo fidarci di nessun maschio che non abbia una compagna per la vita».

«Che modo terribile di vivere», disse lei a bassa voce.

«Di esistere», la corresse lui. «Vivere isolati ed essere evitati dai membri della nostra stessa razza anche se ne abbiamo un disperato bisogno non è vivere. Io ho condiviso il mio sangue quando si è rivelato necessario, ma in pochi hanno voluto condividerlo con me».

Come sempre, Savannah non notò alcuna nota di autocommiserazione, nemmeno l'ombra di un'emozione. Gregori accettava il suo stile di vita. Non si sarebbe mai fidato di nessuno. Si mordicchiò il labbro. Anche lei era inclusa nel pacchetto? Una parte di Gregori le sarebbe stata preclusa per sempre? Savannah era così giovane e priva di esperienza. Avrebbe voluto essere un'antica, potente, una compagna in grado di aiutarlo come lui meritava.

Gregori planò attraverso il seminterrato, senza mai toccare il suolo. Esaminò le pareti centimetro per centimetro. C'erano due ingressi, uno dei quali conduceva a un'altra stanza, divisa dalla principale da spesse mura, e l'altro a un tunnel di cemento pieno di canali di scolo che avrebbero dovuto tenere lontana l'acqua. «Questo tunnel probabilmente conduce all'esterno».

«Un rifugio», osservò lei. «Sbucherà in giardino?».

Gregori scosse la testa. «Ne dubito, Savannah. Immagino che Julian abbia voluto andar via da questa casa e da questa gente». Già gli sembrava inconcepibile che Julian avesse voluto vivere in quella città. Il Julian Savage che conosceva era un solitario, come lui. Preferiva l'altitudine, la montagna. La solitudine.

«Quindi si tratterebbe di una trappola?», chiese lei, con una punta di sarcasmo.

«Quasi preferirei che lo fosse», replicò lui, cercando di rimanere serio. «Credo che non lo dimenticherei, se tu avessi ragione». Quando lei inarcò le sopracciglia e scosse il capo, Gregori ne ricavò una certa soddisfazione. «No, non lo è». Passò una mano sulla parete più vicina al cortile interno.

Una porticina nascosta si aprì senza fare alcun rumore e rivelò una stanza grande abbastanza per accogliere entrambi. L'interno della camera era magnificamente intagliato da antiche iscrizioni. Julian Savage era proprio un artista, quelle incisioni erano davvero belle da guardare. Savannah sapeva poco della lingua dei padri, ma sapeva che quelle scritte dovevano corrispondere a un qualche incantesimo protettivo, fitte com'erano di simboli legati alla guarigione. L'atmosfera complessiva era di pace e sacralità al tempo stesso.

Gregori era rimasto impalato a fissare le iscrizioni, il volto impassibile come sempre, ma lo sguardo entusiasta. La vera sorpresa era nascosta sotto un lenzuolo bianco. Gregori fece un cenno con la mano e il lenzuolo volò via.

Savannah rimase senza fiato e scrutò stupita la sontuosità di quel tesoro. Terra, soffice e scura. La terra della loro patria. La stanza ne era colma, ce n'era una montagnola alta circa due metri. Gregori vi affondò dentro una mano. Un'ondata di calore lo travolse e lo sommerse. Anche Savannah mise la mano lì dentro. Erano cinque anni che non sentiva tra le dita i granelli di quella terra fertile, ricca di proprietà curative. Ne trassero entrambi un senso di pace e conforto.

«Come ha fatto?». Savannah, compiaciuta per il fatto che la sua casa celasse un simile segreto, sorrise a Gregori.

Lui le circondò le spalle con un braccio. «Gli ci sarà voluta infinita pazienza». Le sue labbra si curvarono in un piccolo sorriso. «Ti ricordi quelle bare che vennero inviate a New Orleans dall'Europa, quando la città fu sconvolta da un'epidemia di febbre gialla? Per molto tempo si disse che contenevano vampiri, invece, molto più semplicemente, contenevano la terra della nostra patria. Un'intelligente trovata di Julian».

«Chissà quanto tempo è stato qui», mormorò Savannah, facendosi scorrere i granelli di terra tra le dita. Quello che si domandava sul serio era quanto profondamente fosse coinvolto Julian Savage nella storia di New Orleans. Era stato ciò che lui aveva fatto negli ultimi due secoli ad alimentare le dicerie sui vampiri? «Credi che i membri della setta si siano acquartierati qui apposta per dargli la caccia?», chiese a Gregori.

«Questa setta sta diventando la nostra spina nel fianco. Devo assolutamente mettere al corrente Mikhail del fatto che non siamo riusciti a liberarcene come pensavamo. Sembra che siano tornati e siano anche più forti di prima. All'incirca ogni trent'anni si rifanno vivi e ci creano dei problemi».

«Julian avrà individuato la loro presenza solo di recente, altrimenti te l'avrebbe detto quando ti parlava di me». Il tono di Savannah era agguerrito. Era ancora infastidita dal fatto che Gregori avesse incaricato qualcuno di tenerla d'occhio. In più, era arrabbiata con se stessa per non essere riuscita a percepire la presenza di un altro membro della sua stirpe.

«Julian non mi ha mai fatto dei resoconti molto dettagliati», disse Gregori, asciutto. «Non è il tipo di uomo che risponde alle domande che gli altri gli pongono. Julian è come il vento, come i lupi. Completamente libero. Va per la sua strada. Ti ha protetta, ma non mi ha mai fatto alcun resoconto. Non è nel suo stile».

«Sembra un tipo interessante», bisbigliò Savannah.

Subito Gregori sentì i propri muscoli contrarsi. Quella rabbia, nera e senza nome che lo rendeva tanto pericoloso, aveva ripreso a bollirgli dentro. Avrebbe per sempre dovuto convivere con la paura di aver rubato Savannah a qualcun altro. Con la paura che qualche altro maschio carpaziano possedesse la chiave del suo cuore. Con il terrore di aver condannato qualcuno a morte o, peggio, a diventare un non-morto, proprio perché gli aveva sottratto Savannah. Gregori aveva manipolato l'esito della loro unione e forse da qualche parte c'era un maschio la cui anima si sarebbe incastrata alla perfezione con quella di lei. Gli occhi argentei di Gregori erano freddi e letali, piccole fiammelle rosse guizzavano nell'abisso del suo sguardo. «Non hai alcun bisogno di trovare Savage un tipo interessante. Non ti lascerò mai andare, Savannah».

«Non fare l'idiota, Gregori», ribatté lei con impazienza.

«Come se io potessi desiderare un'altra bestia da addestrare proprio adesso che sono quasi riuscita ad ammansire te». Savannah gli tese una mano. «Avanti, vieni a vedere il giardino».

La manina di Savannah venne inghiottita da quella enorme di Gregori. Sembrava che quella donna sapesse sempre cosa dire o cosa fare per alleviare il terribile peso che gli opprimeva il petto. Sebbene Gregori avesse spesso voglia di farla fremere di desiderio, di sottometterla e di baciarla, gli piaceva anche quando si comportava da impertinente, proprio come stava facendo in quel momento. Savannah aveva messo sottosopra il suo universo.

Gregori la seguì al piano superiore, incapace di fare altro. Le doppie porte-finestre si aprirono sul cortile interno. Savannah aveva ragione. Era impressionante. Il giardino era più grande della casa stessa. Gli alberi crescevano in ogni angolo, una selvaggia giustapposizione di rami verdi e fiori brillanti. Il patio era pavimentato con maioliche moresche. Tra le piante, riparate dai raggi del sole, erano disseminate sedie e panchine. Alcune sdraio erano invece disposte all'aperto, in modo che chi vi si sedeva potesse contemplare la luna e le stelle.

I pipistrelli svolazzavano, nutrendosi degli insetti della notte. La fragranza dei fiori aveva sostituito l'aria opprimente densa di smog che aleggiava nelle strette strade della città, anche se niente sarebbe riuscito ad attutirne il rumore. La musica proveniva da ogni direzione e si sovrapponeva allo scalpiccio dei cavalli sui ciottoli delle vie, ai clacson delle macchine che strombazzavano a tutto volume, alle voci che sprigionavano allegria e risate.

Gregori analizzò quei suoni, ascoltò alcuni frammenti di conversazione e si fece un'idea del ritmo di quel quartiere. Sarebbe stato necessario qualche giorno per abituarsi. Avrebbe preferito dare prima un'occhiata in giro per esplorare la zona da solo, in modo da poter essere certo che Savannah fosse al sicuro. «Abbiamo bisogno di fare una passeggiata», fece a un tratto. «Voglio vedere tutte le entrate e le uscite, prendere familiarità con le facce e le voci di questo posto».

Savannah aprì il cancello di ferro e uscì in strada. Una giovane coppia li fissava incuriosita dalla veranda della casa accanto. Savannah rivolse loro un sorriso e agitò la mano in segno di saluto. La donna ricambiò alzando un braccio.

Non essere troppo amichevole, Savannah. Sei una celebrità. Abbiamo già attirato abbastanza l'attenzione.

Sono i nostri vicini. Cerca di non spaventarli a morte, ok? Savannah lo prese per un braccio, sorridendogli in maniera provocatoria. «Sembri un mafioso. Non c'è niente di strano se i nostri vicini ci guardano. La gente ha la tendenza a essere curiosa. Non lo saresti forse anche tu se qualcuno venisse a vivere nella casa accanto alla tua?»

«Io non tollero il fatto di avere dei vicini. Quando qualche umano ha anche solo pensato di costruire nei pressi della mia villa, ho fatto in modo che il circondario si riempisse subito di lupi. Funziona sempre». Gregori aveva un'aria minacciosa.

Savannah scoppiò a ridere. «Sei proprio un bambino, Gregori. Ti spaventi persino per un po' di gente innocua».

«Sei tu a spaventarmi a morte, Savannah. A causa tua, mi ritrovo a fare cose che considero completamente folli. Vivere in una casa al centro di un'affollatissima città costruita sotto il livello del mare. Con vicini da ogni lato. E circondati dai membri di una setta».

«Come se potessi credere che tutto questo ti fa paura», fece lei, compiaciuta, ben consapevole del fatto che l'unica cosa che lo preoccupava era la sua incolumità, non la propria. Girarono l'angolo e si diressero verso la famosa Bourbon Street.

«Cerca di farti notare il meno possibile», la istruì lui.

Un cane al guinzaglio si mise ad abbaiare e sfoderò loro i denti. Gregori girò la testa ed emise una specie di sibilo, mostrandogli i canini. Il cane smise subito di essere aggressivo, guaì allarmato e batté in ritirata.

«Che stai facendo?», gli domandò Savannah indignata.

«Sto prendendo confidenza con il posto», replicò lui con aria assente, evidentemente concentrato su altro, i sensi sintonizzati su ciò che li circondava. «Qui sono tutti pazzi, Savannah. Proprio in questa città dovevi andarti a ficcare». Le scarmigliò affettuosamente i capelli.

Lei si fermò di colpo, il sorriso le svanì dal volto e la mano scivolò via dal braccio di Gregori. Lui sollevò il capo, in allerta, esaminando subito l'area circostante, in cerca del nemico. «Che c'è?».

Savannah fece dietrofront e girò l'angolo, continuando a camminare lentamente sul marciapiede. *Savannah, rispondimi. Cos'è che hai avvertito e che a me invece è sfuggito?* Gregori la prese per un braccio, cercando di farla fermare. Le chiuse le dita sul polso come per ammanettarla e le si fece subito più vicino per proteggerla. *Rispondimi, o ti costringerò a tornare a casa.*

Sssh. Sto cercando di concentrarmi. Non l'ho mai fatto prima d'ora. Leggendole nel pensiero, il carpaziano si accorse che la sua compagna era turbata.

Fece in modo che le loro menti si fondessero per individuare ciò che le passava per la testa e capire quello che provava. Qualcosa le stava impartendo uno strano comando, uno a cui di solito i membri della loro razza non ricorrevano, e la stava attirando da qualche parte. Qualcosa di potente? Gregori provò a sintonizzarsi sulla sua lunghezza d'onda. No, non qualcosa di potente. Qualcosa di malvagio. Qualcosa o qualcuno di molto malvagio.

Ancora una volta le afferrò il polso e la fece arrestare. C'erano diverse case lungo la strada ma alla fine dell'isolato le villette cedevano il posto ai negozi. Uno di questi era un negozio voodoo. Gregori si concentrò su quello in particolare, ascoltando con attenzione la conversazione che si stava svolgendo all'interno tra un turista e un commesso. C'era traccia di magia, di potere, ma certamente non di male.

Due palazzi più giù, dopo il negozio voodoo. La voce di Savannah gli sfiorò la mente.

Si tratta di un posto che sulla lista di Julian non c'è, rispose il carpaziano, ma le credette. Lo sentiva. Raven Dubrinsky aveva di certo trasferito alla figlia le proprie doti psichiche.

Gregori e Savannah si presero per mano e passeggiarono con aria distratta lungo la strada, come una giovane coppia che si gode la brezza notturna, mescolandosi ai turisti e agli abitanti del posto. La maggior parte dei locali si trovava proprio nel cuore del Quartiere Francese, lungo Bourbon Street, fino a Preservation Hall. Proseguirono sullo stretto marciapiede, fermandosi per consentire a un carretto trainato da un cavallo di passare. I passeggeri a bordo del veicolo ridevano e ascoltavano la voce cantilenante della loro guida, che stava descrivendo i principali punti d'interesse della città e raccontando loro qualche leggenda locale.

Due ragazzi, seduti a bere birra sul gradino di una libreria chiusa dall'altra parte della strada, puntarono gli occhi su Savannah. Gregori riuscì a notare persino da quella distanza il loro sguardo fisso, quella specie di ossessione che la sua compagna scatenava negli uomini. Probabilmente per via del modo in cui si muoveva, dei capelli che ondeggiavano al vento, di quegli occhi enormi e della sua aura, sexy e innocente al tempo stesso. Non c'era alcuna speranza che non la riconoscessero. Era l'incarnazione di magia e fantasie erotiche.

Gregori avvertì una stretta allo stomaco e sospirò. Savannah lo stava facendo impazzire: sarebbe persino riuscita a spingerlo a uccidere un innocuo ubriacone. I due giovani si erano alzati, bisbigliando qualcosa in preda all'eccitazione, e stavano chiamando a raccolta il proprio coraggio per abbordarla. Gregori li vide fomentarsi l'un l'altro. Li fissò con i suoi occhi color argento e si concentrò un attimo. Cancellò i loro più recenti pensieri e li convinse del fatto che era indispensabile allontanarsi subito da quella zona.

«Fammi un favore, cara, cerca di sembrare anonima e poco interessante».

Nonostante sentisse crescere la paura dentro di sé, Savannah ridacchiò. «Smettila di fare del mio aspetto un dramma!», gli suggerì.

«Sei incredibilmente irrispettosa, tesoro. Nel corso della mia esistenza, nessuno mi si è mai rivolto come fai tu neanche una volta, non che io ricordi almeno».

Lei gli strofinò la guancia sul braccio, una specie di piccola carezza. A Gregori mancò il fiato. «Ecco perché lo faccio. Hai bisogno di qualcuno che ti crei un po' di problemi». Il suo provocatorio tono di voce gli scivolò addosso, lo penetrò: il filo sottile che li legava l'uno all'altra stava diventando sempre più spesso e robusto.

«Non mi preoccuperei affatto se si trattasse solo di un po' di problemi. Il fatto è che tu ne crei una discreta quantità».

Si ritrovarono di fronte il palazzo che Savannah aveva individuato quale fonte delle inquietanti emanazioni. Il portone era chiuso e le finestre oscurate. Gregori avvertì dei movimenti al suo interno e percepì la presenza di diversi uomini al di là delle pareti.

Savannah gli si aggrappò, con gli occhi colmi di lacrime. «Là dentro sta succedendo qualcosa di terribile, Gregori. C'è...». Si interruppe e si strinse le braccia al petto.

Gregori cercò di scuoterla. «Calmati, piccola mia. Ho capito anch'io cosa sta accadendo lì dentro. Lei non è una di noi».

«Lo so. Non sono una completa incompetente». Il tono di voce di Savannah era un miscuglio di rabbia e lacrime. «È un'umana, ma loro pensano si tratti di un vampiro. Gregori, è solo una bambina. Non puoi permettere che le facciano del male. Non riesco a sopportare il suo dolore».

«È più grande di te, tesoro, e se ne andava in giro con un cappotto nero e gli incisivi limati ad arte. Si è ficcata da sola nelle mani di questi pazzi, è stata solo colpa della sua stupidità». Gregori sembrava disgustato.

«Quella ragazza non merita di essere torturata solo perché le piace giocare a fare il vampiro. Dobbiamo tirarla fuori di lì». Savannah lo fulminò con lo sguardo. «Sappiamo entrambi che la salverai, quindi smettila di lagnarti e diamoci da fare».

«Non ti permetterò mai di correre il benché minimo pericolo, Savannah», mormorò lui. La sua voce era bellissima, ferro avvolto in un guanto di velluto. «Non mettere alla prova la mia pazienza, piccola. Te lo assicuro, con me non hai alcuna possibilità di averla vinta».

«Zitto», sbottò lei bruscamente, esasperata dai suoi modi autoritari. «So che non lascerai quella donna là dentro. Riesco a percepire il suo terrore, Gregori, e mi fa sentire male».

«Sapevo che saresti stata un problema sin dal primo momento in cui ti ho messo gli occhi addosso», fece lui. «Non metterò a rischio la tua incolumità per una stupida che si maschera da vampiro. Ha scelto di fingere di esserlo. Vorrei aiutarla, ma non ho intenzione di lasciarti qui in strada da sola».

A Savannah sfuggì un gemito. «Sono in splendida forma, Gregori. Per diventare invisibile devo solo decidere di camminare tra gli umani senza essere vista. Non è necessario che mi rintani dentro casa solo perché tu hai paura che mi succeda qualcosa». Sollevò il mento in segno di sfida. «Sono la figlia del principe. Posso riuscire a fare un po' delle cose che fanno anche gli altri membri del nostro popolo».

Gregori le mise una mano sulla gola. «Savannah, per te farei quasi tutto, ma il modo in cui potrei essere obbligato a portare a termine questo compito forse sarà disgustoso». Si ritrovò a fornirle delle spiegazioni, come voleva lei, anche se la sua indole di maschio aggressivo gli suggeriva di limitarsi a costringerla a obbedirgli. Il fatto che la sua compagna credesse che non aveva abbastanza fiducia nelle sue capacità gli risultava insopportabile. «Non voglio assolutamente che tu sia testimone della depravazione che pervade la mente di questi individui né tantomeno del vento di morte che soffia dentro quella casa. Non puoi avere entrambe le cose. Vuoi che io salvi quella donna e lo farò, ma non davanti ai tuoi occhi. Vai a casa e aspettami lì».

Savannah scosse la testa. «Quando ti ficcherai in quella testa dura che io sono la tua vera compagna per la vita? Io. Savannah Dubrinsky, la figlia del principe. Abbiamo condiviso i pensieri sin da prima che io nascessi. Non puoi nascondermi la tua vera natura, non puoi impedirmi di sapere chi sei veramente. Anche in mezzo al sangue e alla morte, persino mentre la bestia è all'opera, io sarò sempre in grado di vedere il tuo vero io».

«Fa' come ti ho ordinato. E tieni presente che se per qualche ragione decidi di disobbedirmi, metterai in pericolo la vita di quella donna. La tua incolumità sarà sempre la mia preoccupazione prioritaria. Questo significa che se verrò distratto dal tuo comportamento irresponsabile, dovrò prima di tutto rimetterti in riga».

«Sei il più arrogante maschio carpaziano in circolazione», disse lei esasperata, tuttavia gli prese la testa fra le mani e lo fece chinare per dargli un bacio sulle labbra. «Stai in guardia. Questo è ciò che *io* ti ordino, amore. Cerca di non disobbedire al *mio* comando».

Savannah si voltò e se ne andò per la strada da cui erano venuti, senza nemmeno girarsi a guardarlo. I suoi fianchi ondeggiavano un po', provocanti. La brezza che si era appena alzata le faceva svolazzare i lunghi capelli. Gregori la fissò, incapace di distogliere lo sguardo.

Capitolo 11

Alla fine Gregori girò lentamente la testa, ferino, e si diresse deciso verso l'angusto vicolo dietro l'edificio. Calpestò un praticello d'erba secca e ormai stremata dai ripetuti tentativi di farla attecchire, ma nessun rumore tradì la sua presenza, nemmeno un piccolo spostamento d'aria. Una volta al riparo dagli sguardi dei passanti, esaminò la zona per determinare l'esatta posizione di coloro che si trovavano dentro l'appartamento e di chi si aggirava nelle vicinanze.

Si dissolse in un istante: un attimo prima era fatto di carne e ossa e l'attimo dopo era diventato invisibile. Controllò la casa: tutte le porte erano chiuse a chiave e le finestre sprangate. La donna che quei tipi avevano fatto prigioniera urlava e le sue grida tradivano terrore e sofferenza. Quel suono gli sfiorò la mente, ma lui la schermò. Individuò tre possibili vie d'accesso all'edificio e scelse quella che lo avrebbe fatto sbucare nel seminterrato, passando attraverso delle assi marce e spezzate.

Per una frazione di secondo, la sua immagine risplendette nel buio della notte, rimpicciolendosi, facendosi sempre più piccola, finché tra l'erba secca non apparve un topolino. La bestiolina si mise a sedere un attimo sulle zampe posteriori, con i baffi che vibravano nella brezza notturna. Poi si mise a correre tra l'erba e la sporcizia e si insinuò in una piccola fenditura sotto le scale. L'apertura era stretta, ma il roditore riuscì lo stesso a sgattaiolare dentro il palazzo.

La struttura dell'edificio era vecchia e le pareti sottili e per lo più fradice, quindi l'animaletto trovò senza troppa difficoltà un buchetto che gli permise di sbucare dentro una stanza buia. L'odore del sangue e della paura gli fece battere forte il cuore e il predatore, per quanto costretto in quel corpo minuscolo, ringhiò, mostrando le zanne e rivelando il proprio oscuro e letale proposito. Il topo esitò prima di attraversare la moquette ingiallita e rizzò le orecchie e i baffi, annusando il pericolo.

Nella prima stanza, che sembrava una specie di magazzino inutilizzato, non c'era nessuno. Solo odore di vecchio e di muffa. Gregori riprese sembianze umane, poi svanì di nuovo e divenne ancora una volta invisibile. Riusciva a sentire chiaramente la conversazione che si stava svolgendo nella camera accanto. Tre uomini discutevano e uno si disse chiaramente disgustato da ciò che gli altri due avevano fatto.

«Questa donna è un vampiro tanto quanto lo sono io, Rodney», stava esclamando. «La verità è ti piace dedicarti a schifezze del genere, ma questa è solo una ragazzina che si diverte ad andare in giro con gli amici facendo finta di avere i canini appuntiti».

«Non possiamo esserne sicuri», protestò Rodney. «E dal momento che dovremo ucciderla comunque, tanto vale che almeno prima ci divertiamo un po'».

«Scordatelo». Il primo uomo era evidentemente in disaccordo. «Non ti lascerò uccidere questa ragazza. Pensavo fossimo scienziati. Anche se fosse davvero un vampiro, non dovremmo comunque trattarla in questa maniera. La porterò via di qui, in un ospedale».

«Morrison ti ucciderà», sbottò Rodney, tutt'a un tratto infuriato. «Non andrete da nessuna parte. Ci arresterebbero. Anche te, non dimenticarlo. Sei invischiato in questa storia, Gary, ci sei dentro fino al collo».

«No, non è vero. E se la scelta si riduce ad ammazzare una povera ragazza innocente o finire in galera, be', io preferisco la galera».

Gregori capì che stava per scatenarsi una reazione violenta, non da parte di Rodney, ma del terzo uomo, che fino a quel momento era rimasto in silenzio. Era pronto ad aggredire Gary alle spalle, mentre quest'ultimo continuava a discutere con Rodney. La ragazza stava cercando disperatamente di avvisare del pericolo Gary, la sua unica speranza di salvezza.

Gregori avvertì dentro quella stanza la presenza di poteri oscuri. Manipolazione. Coercizione. C'era in ballo qualcosa di più grosso di una semplice società segreta di umani. Fluttuò nella camera senza essere visto, lasciando dietro di sé una scia d'aria fredda. Il terzo uomo, con un coltello già sporco di sangue nascosto nel polsino destro della camicia, si avvicinò a Gary per sorprenderlo alle spalle. Gregori si infilò tra i due uomini. Quando l'assalitore sollevò il pugnale per conficcarlo nella schiena della vittima all'altezza dei reni, il carpaziano gli afferrò il polso, stringendoglielo in una morsa d'acciaio, con una forza tale da polverizzargli le ossa.

Il coltello cadde per terra e l'aggressore urlò. Gary si girò su se stesso per capire cosa fosse successo. Rodney si tuffò sul coltello. La ragazza era talmente isterica e spaventata che Gregori riuscì a sentire il cuore martellarle nel petto a un ritmo davvero troppo veloce. Le riservò un attimo della propria attenzione e le schermò la mente, proteggendola da ulteriori pensieri. Lei scivolò in uno stato di incoscienza, gli occhi vitrei e spalancati.

Rodney raccolse il coltello e si rialzò in piedi. «Sembra proprio che saremo costretti a uccidere anche te, eh, Gary?».

Gregori sospirò. Perché la gente doveva fare sempre delle osservazioni così ovvie?

Gary fece qualche passo indietro, cercando contemporaneamente di tenere d'occhio il terzo uomo, che nel frattempo era caduto in ginocchio e si teneva stretto al petto il braccio ferito, bianco come un lenzuolo. Stava ancora gridando, un lamento acuto e monotono.

Gary si sfilò il camice da laboratorio e glielo arrotolò attorno al braccio. «Non ti permetterò di farle di nuovo del male, Rodney. Non sto scherzando. Questo doveva essere uno studio serio. Dissezionare una creatura vivente, che si tratti di un uomo o un vampiro, non è nient'altro che tortura. Non ho deciso di prendervi parte con l'intenzione di fare del male a qualcuno».

«A cosa pensavi che servisse il veleno che hai creato?», ringhiò Rodney, agitando il coltello.

«Io non ho creato nessun veleno. Ho sviluppato solo un tranquillante molto potente, fatto apposta per sedare anche creature con grandi poteri. Morrison vi ha fatto modificare la mia formula originaria. Sono venuto qui proprio per parlargliene. Questo è omicidio, Rodney. Da qualsiasi prospettiva lo si osservi, è omicidio».

Gregori planò fino a raggiungere Rodney alle spalle. La mente di quell'uomo emanava puzza di vampiro. Rodney aveva pensato che l'ipnosi a cui tutti i membri della setta dovevano sottoporsi potesse proteggerlo dai non-morti, invece un vampiro era riuscito in qualche modo a infiltrarsi tra le loro fila e stava contaminando la società segreta con la propria depravazione. Era il genere di cose che i rinnegati facevano da secoli, al solo scopo di divertirsi. Nascondendo la propria natura, facevano amicizia con gli umani e li conducevano per mano attraverso una lenta decadenza morale. Spesso usavano le donne dei loro amici per avere piacere, poi le uccidevano. A volte spingevano gli umani ad ammazzarsi l'un l'altro. Di certo in quella storia doveva esserci lo zampino di un vampiro professionista, uno che era riuscito a sfuggire agli attacchi dei cacciatori per molto tempo, forse persino per secoli.

Gregori sfiorò la mente di Gary. Vi trovò onesta e integrità. Quell'uomo non aveva mai avuto contatti diretti con il vampiro ed era pronto a morire per salvare la vita della ragazza legata al tavolo di acciaio. Aveva interrotto gli altri due ed era rimasto disgustato da ciò che stavano facendo. Ma Gregori sapeva che Gary non avrebbe avuto alcuna possibilità di sopravvivere alla pulsione omicida indotta dal vampiro che animava il suo antagonista. Rodney avrebbe vinto quel combattimento. Per un attimo Gregori esitò. Se fosse intervenuto forse Gary ce l'avrebbe fatta, ma avrebbe dovuto distruggere Rodney. Se invece non si fosse immischiato, Rodney lo avrebbe condotto alla tana del vampiro.

Non stai seriamente valutando l'ipotesi, lo so. L'indignato mormorio di Savannah gli sfiorò la mente, morbido come il velluto.

Lui sospirò. *Amore, lasciami in pace. Devo fare quel che è meglio per il nostro popolo.* Eppure sapeva che le cose non sarebbero andate in quel modo. Non poteva permettere che Gary morisse. Il suo coraggio e la sua integrità gli piacevano, ma dannazione, Savannah non avrebbe dovuto essere a conoscenza dei suoi punti deboli. Peraltro, prima che lei entrasse nella sua vita, lui non ne aveva.

La risata di Savannah gli fece correre un brivido lungo la schiena, come una carezza. Gregori si mise fra i due uomini: ci fu uno sfrigolio nell'aria e, un attimo dopo, si materializzò. Per un istante regnò il silenzio. Rimasero tutti impietriti, persino il terzo uomo cercò di smettere di urlare. Gregori fece un amabile sorriso, mettendo in mostra i canini bianchissimi e scintillanti.

«Buonasera, signori. Ho sentito che stavate cercando qualcuno che appartenesse alla mia razza. Credo che faresti meglio a posare quel coltello, Rodney». Gregori elargì quel consiglio in tono strascicato e vellutato.

Gary si allontanò di scatto dal nuovo arrivato, dirigendosi istintivamente verso il tavolo d'acciaio. Aveva le braccia alzate, in segno di resa. «Ehi, io non so cosa o chi sia tu, ma questa ragazza non c'entra niente. Non farle del male. Fa' quello che vuoi a noi, ma chiama un'ambulanza».

Gregori continuò a fissare Rodney con i suoi occhi del colore dell'argento. Quell'uomo sembrava posseduto dall'oscuro impulso di uccidere. Per Gregori era evidente e da quel momento in poi lo fu anche per Gary. Rodney aveva bisogno di uccidere. Per lui era necessario, tanto quanto lo era respirare.

«Stai attento», fece Gary, come se si fosse accorto solo allora che il vampiro, pericoloso o no, si era messo fra lui e Rodney per risparmiargli la vita. Lanciò un'occhiata al terzo uomo. Era stato sempre il vampiro a salvarlo da Todd Davis. Armandosi di coraggio, cercò di posizionarsi in maniera tale da essere d'aiuto alla creatura che era arrivata in suo soccorso.

«Non farlo», sibilò Gregori. Fece un cenno con la mano e per Gary divenne impossibile muoversi, come se fosse stato imprigionato dalle sbarre di un'invisibile prigione. «Girati dall'altra parte».

All'improvviso nella stanza ci fu un lampo di luce e si materializzò una specie di nube a forma di fungo. Un forte rumore fece tremare le pareti, un tuono così forte che per un attimo Gary credette di essere diventato cieco e sordo. L'intero edificio tremò e le finestre cominciarono a vibrare come se ci fosse stata un'esplosione. Quando il fumo si diradò, Rodney e Davis giacevano per terra, senza vita. Gary fissò con orrore i due cadaveri, poi tese una mano esitante per toccare le invisibili sbarre che in qualche modo lo stavano proteggendo. Con suo immenso stupore, non c'erano più. Si precipitò subito dalla ragazza. Respirava ancora ma il polso era molto debole. Cercò invano di aprire le manette che la incatenavano al tavolo.

«Stai lasciando delle impronte digitali», lo informò Gregori in tono sommesso. Fissò per un secondo le catene d'acciaio e quelle scivolarono semplicemente via dai polsi e dalle caviglie della donna. «Adesso vattene. Corri via da questo posto. Ci vediamo in fondo all'isolato». Gregori lo guardò dritto negli occhi. «Fatti trovare lì. Potrei comunque rintracciarti in qualunque momento, se lo desiderassi».

«Questa ragazza ha bisogno d'aiuto». Quell'umano era determinato e non aveva intenzione di cedere.

«Mentre tu continui a perdere tempo, qua intorno si sta radunando una folla di gente. Posso nasconderti ai loro occhi se te ne vai subito. Dopo diventeranno troppi. La ragazza si riprenderà. Fa' quello che ti ho detto». Gregori si stava già concentrando su altro: aveva eliminato le impronte compromettenti di Gary, aveva fatto in modo che la ragazza non si ricordasse di lui e si era assicurato che le persone che si aggiravano intorno all'edificio non notassero l'uomo basso e magrolino in abito grigio che se ne andava via da lì. Gary Jansen procedette lentamente tra la gente che aveva cominciato a correre verso l'edificio. Nessuno gli rivolse nemmeno uno sguardo: le persone sembravano proprio non vederlo, al punto che quasi gli andavano a sbattere contro. In lontananza si udì il rumore delle sirene. I pompieri. La polizia. L'ambulanza. Gary era scioccato, stordito. La creatura venuta a salvargli la vita aveva poteri che andavano oltre la sua immaginazione. Rianalizzò ogni suo movimento, ogni parola. Gli aveva permesso di andarsene, non riusciva ancora a crederci. Non aveva neanche bevuto il suo sangue. Per la verità, non era certo che quella creatura si nutrisse di sangue. Arrivò alla fine dell'isolato e fu subito colto da un'enorme stanchezza. Le ginocchia cedettero, le gambe diventarono di gelatina e fu costretto a sedersi sul bordo del marciapiede.

Sentì una mano sulla nuca, che gli teneva la testa bassa. «Limitati a respirare». Era un ordine, pronunciato dalla stessa voce che lo aveva ipnotizzato nel magazzino.

Gary prese profonde boccate d'aria, lottando contro le vertigini.

Fece un malriuscito tentativo di sembrare ironico. «Mi dispiace, ma non capita tutti i giorni di incontrare qualcuno come te». Quando la mano si ritrasse lentamente, Gary si raddrizzò per osservare l'alta e possente figura che incombeva su di lui. Non aveva mai visto qualcuno con un aspetto più minaccioso. Represse la paura. «Hai intenzione di uccidermi?». Quelle parole gli sfuggirono prima che potesse trattenersi dal pronunciarle.

Smettila di fare la parte del lupo cattivo, suggerì Savannah a Gregori. *Stai facendo venire un attacco di cuore a quel poveretto.*

Il carpaziano sospirò, esasperato. «Se avessi intenzione di ucciderti saresti già morto. Che ragioni credi che abbia per tenerti in vita?».

Gary scrollò le spalle. «Nessuna, penso». Si alzò con grande cautela e buttò fuori l'aria dai polmoni con estrema lentezza. Da vicino quell'uomo sembrava ancora più pericoloso, se possibile. Come un affamato felino della giungla.

«Mi sono già nutrito per stanotte», disse Gregori, asciutto.

«Mi leggi nel pensiero, vero?». Gary cercò di non lasciar trapelare dalla voce la propria eccitazione. Aveva sempre desiderato incontrarne uno vero. Sempre. Sin dal primo film sui vampiri che aveva visto, ne era rimasto affascinato. Rapito. Certo, era terrorizzato, nessun dubbio in merito, ma quella era l'occasione della sua vita. «Io ti ho visto. Questo non significa che dovrai uccidermi? Hai lasciato andare la ragazza solo perché lei non ti ha visto».

Gregori fece un cenno verso la strada ed entrambi cominciarono a camminare, lasciandosi alle spalle il caos che avevano creato. «Nessuno ti crederebbe se lo raccontassi. In ogni caso, posso rimuovere dalla tua memoria il ricordo del nostro incontro senza alcuna difficoltà. La ragazza non si ricorderà di te».

«Io stesso stento a crederci. Hai ragione, sai. Se dicessi di te ai miei genitori, mi farebbero rinchiudere. È fantastico, davvero fantastico». Fece un giro su se stesso, con i pugni chiusi in segno di vittoria. «Oddio, grandioso!».

Portalo a casa, Gregori, gli consigliò Savannah.

Neanche per idea, Savannah. Questo tipo è fuori di testa. Non c'è alcun bisogno che voi due mi facciate diventare pazzo. Perché mai qualcuno dotato di un briciolo di cervello dovrebbe voler incontrare uno di noi?

«Sono entrato a far parte della setta per capire se i membri erano in possesso di qualche indizio certo dell'esistenza dei...», Gary esitò, «...dei vampiri. Tu sei un vampiro, vero?»

«Diciamo così», rispose Gregori, evasivo.

«Quei tizi mi hanno detto di avere del sangue di vampiro, sai. All'inizio pensavo che fosse una montatura, ma quella sostanza aveva qualcosa di strano, era davvero interessante. Non avevo mai visto niente del genere. Sono un biochimico, e per me era una grossa opportunità. Quella roba mi ha fatto pensare che avessero ragione». Nella foga di raccontare, le parole si accavallavano le une sulle altre. «Tutti pensavano che fossi pazzo, persino i membri della setta, ma io credevo che sarebbe stato davvero stupendo riuscire a stabilire un contatto con un vero vampiro. Purtroppo, invece, loro volevano solo catturarli e farli a fette».

Gregori scosse la testa al pensiero di quanto fossero ingenui gli umani. «Non hai mai pensato che i vampiri potessero essere creature pericolose? Che magari il fatto di farne uscire uno allo scoperto avrebbe potuto causare la tua stessa morte? Forse persino la morte della tua famiglia? La morte delle persone che ami?»

«Perché? Perché un vampiro deve necessariamente uccidere?», lo provocò Gary. Era uno di quegli uomini che vedono sempre il lato positivo nelle persone.

Vedi perché evito gli umani, mia cara? Sono delle creature stupide, snervanti.

Quel tale ti piace. A me non puoi nasconderlo, anche se stai cercando di nasconderlo prima di tutto a te stesso. Invitalo a casa.

Nemmeno per tutto l'oro del mondo.

Io voglio incontrarlo.

Savannah. Non avrebbe portato a nulla di buono, ne era certo. Gregori si portò una mano alla nuca e prese a massaggiarsela. *Ciò che dovrei fare è spaventarlo a morte in modo tale che la smetta con tutte queste stupidaggini.*

«Tu sei così?», gli chiese Gary.

«Così come?». Il carpaziano si era distratto. Tanto per cominciare, perché si era messo a discutere con quel tale? Perché Savannah lo stava facendo impazzire. Savannah lo faceva comportare da stupido. Gregori aveva letto nel pensiero di Gary e lo aveva trovato un soggetto interessante, gradevole.

Non dare la colpa a me, fece Savannah in tono innocente.

«Sei un killer che uccide a sangue freddo? Faresti fuori la mia famiglia e i miei amici?», insisté Gary.

«La risposta alla prima domanda è sì», rispose Gregori con onestà. «I vampiri sono dei grandi imbroglioni. Di sicuro hai letto qualche leggenda sul fatto che i non-morti spesso adescano gli umani per ridurli in loro potere. Un vero vampiro avrebbe distrutto te e tutti coloro che ami. È questo il suo unico divertimento. Non sperare mai in un incontro ravvicinato con una creatura del genere. Quanto alla domanda sulla tua famiglia e i tuoi amici, se costituissero una minaccia per me, non esiterei a ucciderli».

Gary smise di camminare e rimase fermo a fissare l'uomo che aveva al fianco. Gregori si muoveva nel tempo e nello spazio senza produrre il benché minimo rumore. I suoi insoliti occhi argentei erano ipnotici, così come la sua incantevole voce. Aveva le movenze di un predatore, era sempre impassibile e irrequieto allo stesso tempo. Tutto in quel tale gridava al pericolo, eppure Gary se ne sentiva stranamente attratto. Sarebbe potuto rimanere per sempre ad ascoltare il suono della sua voce. «Mi stai prendendo in giro, vero? Vorresti dire forse che tu non sei un vampiro?»

«Io sono un cacciatore di non-morti, li distruggo. Comunque, tra i membri della società a cui ti sei unito c'è un vero vampiro. Li farà tutti fuori». Il suo tono era sommesso, freddo e privo di qualsiasi inflessione.

Gary si passò una mano tra i capelli. «Mi stai dando tutte queste informazioni solo perché hai intenzione di cancellare dalla mia memoria ogni traccia di questa conversazione, no?».

Lo sguardo di Gregori si posò sul viso di Gary con rammarico. «Non posso fare altro. Non avrei dovuto rivelarmi a te, ma sei stato molto coraggioso e l'unico tuo desiderio che potessi esaudire era permetterti di incontrare quello che stavi cercando».

Sei così dolce, Gregori. Savannah fece le fusa, sfiorandogli la mente.

Io non sono dolce, si oppose lui.

«Non capisco cosa ho fatto per meritarmelo», disse Gary, «ma te ne sono comunque molto grato».

«Hai cercato di salvare sia la ragazza che me. Io non credevo che qualcuno della tua razza, un membro di quella "società", avrebbe mai tentato di venire in aiuto di un mio simile». Gregori fu sincero, sentiva di poter fare affidamento su quell'uomo.

«Puoi fidarti di me, lo sai. Non rivelerò i tuoi segreti. Ci sono altri umani che conoscono la verità?»

«Sì, ma sono sempre in pericolo. E non voglio che tu patisca la stessa sorte».

Sei l'uomo più dolce del mondo, si intromise Savannah, accarezzandolo con l'eco delle sue parole.

Gregori si accigliò. L'eco? Doveva essere lì vicino. Si guardò intorno, imprecando in francese, un'eloquente serie di improperi che fece rabbrividire Gary. Savannah, comunque, si limitò a prenderlo per il braccio e a sorridergli, mentre gli occhi le brillavano come stelle. Era fatta così. Lo distraeva e poi lo sbalordiva con il suo sorriso. Con quegli occhi violetti, maledettamente brillanti. Non aveva mai neanche la decenza di mostrarsi pentita.

Non ti arrabbiare, Gregori. Mi sentivo sola e triste in quella casa. Sei molto, molto arrabbiato? O solo un po'? La voce di Savannah era dolce come il richiamo di una sirena, sapeva di lenzuola di seta e luci soffuse. Le lunghe ciglia erano folte e le ombreggiavano gli occhi come un ventaglio magico.

Non è possibile che ti senta sola se stai sempre a gironzolare nella mia mente.

«Tu sei Savannah Dubrinsky». Gary pronunciò quel nome con timore reverenziale. «Oddio, avrei dovuto sospettarlo».

L'atteggiamento di Gregori mutò di colpo e divenne all'improvviso inquietante e pericoloso. I lineamenti sembravano scolpiti nella pietra, la bocca assunse un'espressione severa e un po' crudele. A Gary venne la pelle d'oca. Deglutì e istintivamente si allontanò dalla donna. Non che biasimasse quell'uomo, quella creatura, qualsiasi cosa fosse, ma la sua reazione fu più da bestia selvatica che da persona civile. Gary non voleva correre alcun rischio.

Savannah ridacchiò. Si protese verso di lui, nonostante Gregori avesse allungato un braccio per bloccarla. «Può leggerti nel pensiero», gli ricordò a bassa voce, e Gary sentì il suo respiro caldo e provocante sul collo.

Balzò via di scatto, come se stesse andando a fuoco, e arrossì, guardando Gregori con aria colpevole.

I lineamenti di Gregori si rilassarono. La dura smorfia sulla sua bocca si ammorbidì. «Non preoccuparti, Gary. Quella donna è incorreggibile. Dà filo da torcere persino a me. Non posso certo prendermela con te per qualcosa che io stesso non riesco a controllare». Circondò la vita sottile di Savannah con un braccio e se la strinse al petto.

Sei arrabbiato? Il sorriso cominciò a svanirle dallo sguardo e dalle labbra.

Savannah inciampò e lui strinse la presa. *Ne parleremo a casa, cara, ormai sei qui. Puoi anche dare a questo ragazzo una bella scarica di adrenalina. Ma ti avverto, fa' in modo che non sia troppo intensa.*

Lei si abbandonò contro di lui. Con estrema rapidità e disinvoltura. Come se gli appartenesse, come se fosse la sua metà. Gregori stava cominciando a credere che fosse proprio così.

Savannah sorrise e Gary si sentì attraversare da un lampo di luce. «Ti andrebbe di andare al Café du Monde?», gli chiese. «Dovrebbe essere ancora aperto. Potremmo sederci e fare due chiacchiere».

Gary lanciò un'occhiata al volto impassibile di Gregori. Chi avrebbe mai potuto negarle qualcosa? Quella ragazza era una creatura magica e misteriosa, proveniente da un altro pianeta. Gregori sembrava impietoso e irrequieto come sempre, i suoi lineamenti granitici erano cupi e minacciosi, i suoi occhi argentei freddi e intimidatori. Eppure aveva assunto una postura protettiva e le aveva teneramente circondato la vita con il braccio. Gary si voltò dall'altra parte per nascondere un sorriso. Anche i vampiri avevano qualche problema con le donne, a quanto pareva.

«Vuoi venire insieme a noi al Café du Monde?», gli chiese Gregori tranquillo, dirigendo già i propri passi in direzione del locale. Svoltarono a Saint Ann Street, verso Decatur Street e Jackson Square.

Una volta che ebbero superato la famosa cattedrale di St Louis, Gary si schiarì la gola. «È vero che i vampiri non possono calpestare il suolo consacrato? È una domanda alla quale ho sempre desiderato di poter dare una risposta. E poi, le croci servono davvero a proteggere le persone o sono tutte fesserie?»

«I vampiri non possono calpestare il suolo consacrato, è vero. La loro anima è persa per sempre. Si tratta di una scelta che hanno fatto: hanno deciso di diventare dei non-morti», rispose Gregori. «Non compiere il madornale errore di dispiacerti per il loro destino. Sono creature molto malvagie».

«Stai mandando all'aria tutte le mie teorie», fece Gary tristemente.

«E quali sarebbero queste teorie?», gli chiese Savannah, fissandolo con i suoi occhi blu. Quello sguardo fece sentire Gary come se fosse l'unico uomo sulla faccia della terra, come se qualsiasi cosa lui avesse risposto fosse per lei di vitale importanza.

Gregori si irrigidì, nervoso. Rivolse a Gary un'occhiata gelida e spietata e l'umano sentì in bocca uno strano gusto amaro. Avrebbe voluto dire a quella creatura che non riusciva a trattenersi, Savannah era troppo sexy. Tuttavia ebbe la netta impressione che quell'ammissione gli avrebbe definitivamente alienato le simpatie di Gregori. Quindi si sforzò di distogliere lo sguardo da quella conturbante bellezza e di concentrarsi sull'eccitazione che gli procurava il fatto di trovarsi in compagnia di tali mitiche creature della notte. Il sogno di una vita.

«Stavi per spiegarci le tue teorie», lo esortò Gregori, gentile.

Il gruppetto attraversò la strada insieme a una folla di turisti in giro per le vie della città. Il carpaziano era fin troppo consapevole che la maggior parte di loro stava fissando la sua compagna per la vita. Quando Savannah si fermò sulla soglia della terrazza del locale, dove i tavolini erano attaccati l'uno all'altro, tutti si girarono a guardarla. Uno dei camerieri fece loro cenno di accomodarsi a un tavolo vuoto, poi, quando ebbe riconosciuto Savannah, la fissò intontito per un attimo e corse a prendere le ordinazioni.

Gregori si era seduto e aveva appoggiato la schiena contro una voluminosa colonna in parte nascosta nell'ombra, lo sguardo sempre irrequieto e tutti i sensi all'erta. Non poteva rischiare di abbassare le guardia. Da qualche parte, in quella città, c'era un potente vampiro con un esercito di marionette umane ai propri ordini.

Savannah firmò diversi autografi e spese qualche minuto a chiacchierare con ognuna delle persone che si avvicinava al loro tavolo. Gregori le aveva messo una mano sulla nuca e le stava facendo un massaggio delicato e rilassante. Si riscoprì molto fiero di lei. Comunque, quando arrivarono i caffè e i tramezzini, persino Gary divenne ansioso di liberarsi di quella folla di fan che si accalcava intorno al loro tavolo.

Gregori chiamò il cameriere e gli disse con voce ipnotica: «Savannah è stata contenta di firmare autografi agli altri clienti, ma adesso avrebbe bisogno di un po' di tranquillità per gustare il vostro superbo caffè». Quel consiglio era evidentemente un ordine: gli occhi argentei del carpaziano catturarono quelli del suo interlocutore, non lasciandogli altra scelta che acconsentire.

Savannah sorrise in segno di ringraziamento, mentre i camerieri tenevano alla larga la calca di turisti.

«È sempre così? Dovunque tu vada?», le chiese Gary.

«Più o meno». Savannah scrollò le spalle, calma. «Non mi importa granché. Peter diceva sempre...», si interruppe di botto e si portò la tazza fumante alle labbra.

Gregori riusciva a percepire il suo tremendo dolore, il macigno che le pesava sul petto. Le accarezzò il braccio e le prese la mano. Grazie a quel contatto, alla sensazione che le procurava, Savannah si sentì subito investire da un'ondata di calore e conforto. «Peter Sanders si è sempre preoccupato di tutti i dettagli degli spettacoli di Savannah. Era molto bravo a proteggerla. È stato ucciso dopo il suo ultimo spettacolo, quello che si è tenuto a San Francisco». Gregori fornì con calma a Gary tutte le informazioni del caso.

«Mi dispiace», fece subito Gary, partecipe. Dallo sguardo di Savannah traspariva la sua intensa sofferenza. Aveva gli occhi lucidi.

Gregori si portò la mano di Savannah alle labbra e sentì il polso pulsarle a un ritmo frenetico. *Questa notte è particolarmente bella, mio piccolo amore. Il tuo eroe ha salvato quella povera ragazza, ha passeggiato fra gli umani e si è messo a chiacchierare con questo stupido. Tutto ciò dovrebbe bastare a farti sorridere. Non piangere per quello che non possiamo cambiare. Dobbiamo fare in modo che lui creda che non è accaduto nulla di strano.*

Quindi tu saresti il mio eroe? Savannah aveva la voce spezzata dal pianto e le lacrime le offuscavano la mente, come un prisma iridescente. Aveva bisogno di Gregori, del suo conforto, del suo supporto, per affrontare il terribile peso del senso di colpa, di amore e di perdita.

Per sempre, per tutta l'eternità, le rispose subito lui, senza alcuna esitazione. I suoi occhi erano diventati due laghi. Le fece sollevare il mento in modo tale che i loro sguardi si incontrassero. *Per sempre, amore mio.* Gli occhi argentei di Gregori catturarono quelli blu di Savannah, che rimase ammaliata. *Il peso che ti grava sul cuore diverrà più leggero. Il tuo dolore sarà il mio.* Gregori continuò a fissarla ancora per un attimo, per assicurarsi che Savannah si fosse davvero liberata del fardello che la opprimeva.

Savannah sbatté le palpebre e si scostò un po' da Gregori, chiedendosi a che cosa stava pensando. Qual era l'argomento della conversazione?

«Gary». Gregori snocciolò il nome del suo interlocutore e si riappoggiò allo schienale della sedia, completamente rilassato. Aveva l'aspetto di un'enorme tigre, pericolosa e selvaggia. «Parlaci di te».

«Lavoro molto. Non sono sposato. Direi che non sono un tipo molto socievole. In pratica sono un *nerd*».

Gregori si spostò sulla sedia, un piccolo guizzo dei muscoli che lasciava intendere quanto fosse potente. «Non so bene cosa significhi questa parola».

«Be', non sei tenuto a saperlo», disse Gary. «Significa che sono tutto cervello e niente muscoli. Non faccio sport. Mi occupo solo di computer, gioco a scacchi, faccio solo cose che richiedano sforzo mentale. Le donne mi trovano troppo magro, imbranato e noioso. Insomma, non sono il genere di uomo con cui amano aver a che fare». Non c'era alcuna traccia di amarezza nelle sue parole, solo pacifica accettazione di se stesso, della sua vita.

I denti bianchissimi di Gregori scintillarono. «Gary, c'è solo una donna che conti per me e anche lei trova difficile vivermi accanto. Non riesco a capire perché, e tu?»

«Forse perché sei geloso e possessivo e ti preoccupi di ogni singolo dettaglio che la riguardi?». Gary ovviamente aveva preso la domanda alla lettera e gli stava esponendo senza alcun riguardo le proprie considerazioni. «E poi sei un dominatore. Si vede. Sì. Potrebbe essere dura».

Savannah proruppe in una risata, un suono tanto musicale da fare concorrenza ai musicisti in strada. La gente intorno si girò a guardarla e trattenne il respiro, sperando che continuasse. «Molto sagace, Gary. Davvero molto sagace. Scommetto che hai un alto quoziente intellettivo».

Gregori si agitò di nuovo sulla sedia, un movimento che trasudava potere, pericolo. Improvvisamente si sporse verso l'umano. «Credi di essere intelligente? Provocare un animale selvatico non è una mossa furba».

La risata di Gary si unì a quella di Savannah. «Mi stai leggendo nel pensiero! Lo sapevo. Sapevo che non mi stavate prendendo in giro. È proprio assurdo. Come fai? Possono farlo anche gli umani, secondo te?». Per un attimo si era sentito intimidito, ma l'espressione serena di Savannah aveva alleggerito la tensione.

Savannah e Gregori si scambiarono un sorriso. Fu Gregori a rispondergli. «So per certo che una ristretta cerchia di umani possiede questa dote».

«Vorrei averla anche io. Che altro sai fare?»

«Credevo che stessimo parlando di te», replicò Gregori, cercando in qualche modo di evitare che l'umano continuasse a nutrire quella poco lusinghiera opinione di sé. «Non ho mai incontrato un uomo che avesse più coraggio e intuizione di quanta ne hai dimostrata tu stasera, eppure ho vissuto ormai un discreto numero di anni. Non sottovalutarti così. Forse ti sei dedicato anima e corpo al lavoro per dimenticare una storia finita male».

Savannah nascose la propria espressione sbattendo le lunghe ciglia. A parlare era un uomo che considerava se stesso un mostro. Che diceva di non provare sentimenti per niente e nessuno.

Gary sorseggiò il tanto celebrato caffè e diede un morso al tramezzino per cui il Café du Monde era famoso. Trovò entrambi deliziosi. La coppia seduta al tavolo con lui sembrava stesse mangiando, notò, ma non era proprio sicuro che lo facesse per davvero. Che cos'erano quei due? Perché si sentiva tanto a suo agio con loro? Gli piaceva la loro compagnia. Se ne sentì rinvigorito. Tranquillizzato. Osservazione interessante, considerando che quell'uomo era una specie di bestia selvaggia e pericolosa, in grado di divenire letale alla minima provocazione. E Gary era stato testimone della potenza che quel tale avrebbe potuto sprigionare.

E se quell'uomo gli avesse detto la verità? Magari i vampiri erano davvero dei grandi imbroglioni. Magari la creatura che gli sedeva di fronte disinvolta lo stava ingannando. Gary studiò quel volto impassibile. Sarebbe stato arduo dire quanti anni avesse. La sua era una bellezza rude, un po' crudele, ma incredibilmente seducente. Gregori si passò una mano sul volto. Come poteva venirne a capo?

«È proprio questo il problema con i vampiri, Gary», osservò Gregori. «Un umano non ha alcuna possibilità di cogliere la differenza e capire cosa è un cacciatore e cosa un vampiro».

Gary fece caso al fatto che Gregori aveva detto "cosa" e non "chi". Che cosa era lui?

«Entrare a far parte del nostro mondo è molto pericoloso», aggiunse Savannah in tono gentile. Fece per poggiare una mano sul braccio di Gary, con quel suo modo molto cordiale e comprensivo, ma un basso e gutturale ruggito di Gregori la indusse a fermarsi. Si mise la mano in grembo.

Gregori le accarezzò le nocche delle dita per scusarsi di non essere riuscito a dominare il suo istinto possessivo.

Gary trasse un profondo respiro. «Forse è vero, ma probabilmente io sono già compromesso. Non sarei dovuto essere al magazzino questo pomeriggio, ma ci sono andato lo stesso. La formula che avevo sviluppato non mi sembrava corretta e quindi avevo fatto alcune indagini. Volevo eseguire un test sulla composizione chimica. Ero così arrabbiato che sono andato a uno dei pochi indirizzi della società segreta che conoscevo. Quando ho trovato lì quella povera ragazza, mi sono infuriato e ho chiamato il capo – Morrison – al suo numero privato. Non sono riuscito a rintracciarlo, ma gli ho lasciato un messaggio in cui dicevo che avrei fatto chiudere la società, che avrei raccontato tutto ai giornali e alla polizia. Non pensavo che Rodney potesse essere interessato a uccidere voi tanto quanto lo era a far fuori me. Ho avuto la sensazione che qualcuno gli avesse ordinato di farlo».

«Era posseduto da un vampiro. Niente l'avrebbe fermato», ammise Gregori.

«Quindi io sono già un loro obiettivo, giusto?», puntualizzò Gary, trionfante.

Gregori sospirò un'altra volta. «Non c'è motivo di esserne tanto contento. Noi possiamo proteggerti, ma fino a un certo punto. La tua presenza oltretutto mette a rischio l'incolumità di Savannah». Solo per questo non avrei alcuna esitazione a strapparti il cuore dal petto. Quelle parole sembrarono aleggiare nell'aria: non vennero pronunciate, ma tutti e tre le avevano sentite.

Gary parve sbigottito. «Mi dispiace. Non ci avevo pensato. Immagino che, una volta vista insieme a me, anche lei sia diventata un obiettivo». Ne era evidentemente preoccupato. «Mi sembra terribile non aver preso nemmeno in considerazione questa eventualità».

«Abbassa la voce», gli ricordò Gregori. «Abbiamo bisogno di sapere qualcosa di più dei membri di questa setta. Hai una lista dei loro nomi?»

«Sì, di quelli che lavoravano in laboratorio. Il laboratorio di facciata, intendo. Non in quello schifo che hai visto stasera». Gary si passò una mano tra i capelli, agitato. «Voglio chiamare l'ospedale per assicurarmi che la ragazza stia bene. Sai, ancora non riesco a credere che avessero davvero intenzione di vivisezionarla».

«Te l'ho detto», ripeté Gregori, «l'unica forma di divertimento che i vampiri conoscono è far soffrire coloro che li circondano. Il non-morto ha intenzionalmente corrotto le menti delle persone che credeva sarebbero cadute con più difficoltà in suo potere. È come un gioco per lui. Tu sei un brav'uomo, Gary, ma saresti stata una vittima troppo facile. Il vampiro avrebbe potuto spingerti a uccidere tua madre. Ti avrebbe costretto a fare qualsiasi cosa ti risulti abominevole».

«Non voglio che cancelli dalla mia memoria il ricordo di questa notte», lo supplicò Gary. «Ho aspettato questo momento per tutta la vita. Lo so che hai detto che non sarei in grado di stabilire la differenza tra un cacciatore e un vampiro, ma secondo me ti sbagli. Per esempio, tu mi spaventi a morte. Hai un aspetto pericoloso e compi azioni pericolose. Non fai alcuno sforzo per nasconderlo. Sei un uomo terrificante, ma ti comporti da amico. Ti affiderei la mia vita. Una creatura malvagia invece potrebbe anche apparire amichevole, ma si comporterebbe in modo orribile, posso scommetterci».

Gli splendenti occhi argentei di Gregori si posarono sul viso di Gary, e vi apparve un barlume di calore, una traccia di ironia. «Mi hai già affidato la tua vita».

Savannah si sporse verso Gregori. «Sono fiera di te. Hai fatto una battuta». Spostò lo sguardo su Gary, dall'altra parte del tavolo: negli enormi occhi blu danzava una risata. «Gregori ha qualche problema con il concetto di senso dell'umorismo».

Gary si ritrovò a ridere insieme a lei. «Be', ci credo».

«Attento, ragazzino. Non c'è alcun bisogno di mancarmi di rispetto. Non fare l'errore di credere che anche tu puoi cavartela come se la cava questa qui». Gregori tirò a Savannah una ciocca dei lunghi capelli neri come l'ebano. Le arrivavano fino alla vita, una cascata di seta nero-blu, che aveva vita propria, che tentava e invitava gli uomini a farsi accarezzare.

«Be', e quindi che avete intenzione di fare con me?», azzardò Gary, preoccupato.

Savannah resistette al desiderio di allungare una mano e toccarlo per dimostrargli la propria compassione. Era di indole espansiva, affettuosa. Quando qualcuno si intristiva, sentiva il bisogno di risollevargli il morale. Gregori inibiva la sua naturale tendenza a consolare il prossimo.

Non posso cambiare la mia natura, piccola, le bisbigliò lui con dolcezza nella mente, in tono vellutato, lento e strascicato. La sua voce l'avvolse e la colpì per la tenerezza. *Posso solo prometterti di prendermi cura della tua incolumità e di cercare di renderti il più felice possibile, sforzandomi di sopperire alle mie mancanze.*

Non ho mai detto che hai delle mancanze, gli rispose lei. Le sue parole furono come una carezza, come dita che gli solleticavano la nuca e scendevano giù lungo la schiena.

Il desiderio fece irruzione dentro di lui, intenso e terribile. Gli sembrò di andare a fuoco. La divorò con lo sguardo e a Savannah parve che il proprio corpo fosse lambito dalle fiamme. Gli occhi di Gregori la toccavano. La accarezzavano. La passione esplose in lui come un vulcano. Cominciò a sentire un ruggito echeggiargli in testa. D'un tratto desiderò che Gary sparisse. Che il locale sparisse. Che il mondo sparisse. Non era neanche certo di riuscire ad aspettare fino a quando sarebbero stati a casa. All'improvviso, il lungofiume gli sembrò un posto molto invitante.

Capitolo 12

Gary sollevò la mano in segno di saluto. Il suo sguardo era colmo di rimpianto. Stava per tornare alla sua quotidianità. Non che la sua vita fosse poi così male, ma lui si sentiva profondamente legato a quella gente. Per tutta la sua esistenza era stato isolato. Mai in sintonia con gli altri. L'unico a battere un ritmo diverso sul proprio tamburo. «Be', sono pronto. Andiamo. Però promettetemi che un giorno o l'altro mi verrete a trovare».

La mano di Gregori che stava massaggiando la nuca di Savannah improvvisamente si fermò. Il carpaziano trasse un profondo respiro. *Savannah?*

Lo sento anch'io.

Gregori si sporse oltre il tavolo per fissare Gary dritto negli occhi. *Farai quello che Savannah ti dice senza obiezioni, senza fare domande. Assoluta obbedienza.* «Gary, adesso vorrei che tu andassi via con Savannah. Ci stanno dando la caccia. La mia compagna proteggerà entrambi dagli sguardi altrui e io farò in modo che i predatori prendano un'altra direzione. Savannah, cammineremo insieme nell'ombra. Riesci a rendere invisibile te stessa e Gary senza la mia assistenza? Avrò bisogno di avere un vostro simulacro al mio fianco almeno per un po', poi scatenerò un'inattesa tempesta. Le nuvole ti saranno di qualche aiuto».

«Nessun problema», rispose lei senza esitazione. Niente nell'espressione del suo viso tradiva l'improvvisa preoccupazione. Quello era lo stile di vita di Gregori, non il suo. Lui era il capo.

Gregori lasciò i soldi sul tavolo e sorrise al cameriere guardandolo negli occhi. *Ci aiuterai a lasciare questo posto senza che si verifichi qualche incidente.* Catturò lo sguardo di quel tale per un momento. Quando fece uscire l'uomo dalla trance che gli aveva indotto, lui fece accorrere gli altri con un cenno della mano e tutti insieme formarono un semicerchio che divideva gli occupanti del tavolo dal resto dei clienti.

Gregori gli lasciò una generosa mancia e fece segno a Savannah e a Gary di andarsene. Savannah si diresse con innata eleganza verso una strada buia, che sbucava nella parte non illuminata della piazza. Era ben consapevole della presenza di Gregori al suo fianco, del fatto che la stava proteggendo. Per un attimo pensò che le avesse sfiorato le spalle con una mano, ne ebbe la netta sensazione, ma quando si voltò, vide che era rimasto diversi metri indietro.

Vai, piccola mia, porta Gary a casa. Non farti vedere dai vicini. E fa' in modo di tessere gli incantesimi protettivi con la massima attenzione.

E tu?

Non c'è incantesimo che non possa disfare. Adesso vai. A quel punto non c'era alcun dubbio. Gregori era a un paio di metri da lei, stava già svoltando per un'altra strada, eppure Savannah sentì le sue labbra posarsi sulle proprie e indugiarvi un momento, passandovi sopra la lingua. Non riusciva a credere che quell'uomo potesse spingerla a desiderarlo con tutta se stessa, potesse farla ardere di passione, proprio mentre se ne stava andando via, nella notte, ad affrontare i loro nemici.

La notte è sempre stata il mio habitat naturale, Savannah. Non perdere tempo preoccupandoti di me. Quella voce dolce e ipnotica trasudava intimità. Gregori procedette a grandi passi, camminando lungo il bordo della piazza, e al suo fianco i simulacri di Gary e Savannah, che passeggiavano con la sua stessa andatura disinvolta. Con calma. Come turisti che stavano visitando la città.

Le nuvole cominciarono a offuscare il cielo, muovendosi scure e rapide e portandosi dietro un'inattesa nebbiolina, una specie di vapore prodotto dal calore della notte. Savannah cercò di concentrarsi sul proprio compito. Era abbastanza facile rendersi invisibile agli occhi di coloro che voleva evitare, ma non aveva mai provato a fare lo stesso con un'altra persona. Scacciando con decisione il pensiero dell'incolumità di Gregori dalla propria mente e cercando di non pensare al fatto che avrebbe ucciso ancora, prese Gary per le spalle e lo fece voltare verso la fila di negozi che conducevano alla piazza. «Resta là dentro e continua a camminare, qualsiasi cosa accada, anche se ti sembra che la gente venga a sbatterti addosso».

Gary non fece domande, ma Savannah riuscì a sentire il battito frenetico del suo cuore rimbombare nella notte. Dal fiume si alzò la foschia, una densa coltre di vapore trasportata dal vento, che avvolse la piazza e le strade lì intorno. La gente cominciò a ridere sguaiatamente per nascondere il proprio nervosismo. Insieme alla nebbia era arrivata un'atmosfera di apprensione, di pericolo. Strane creature si muovevano nella foschia, creature malvagie, creature della notte.

Gregori continuò a mantenere viva l'illusione che Savannah e Gary stessero camminando al suo fianco lungo la riva del fiume. Sembrava che si muovessero come un blocco compatto, passeggiando senza meta e chiacchierando in tutta tranquillità. Il carpaziano voleva mettere un po' di distanza tra gli umani innocenti e l'incantesimo che stava creando. Riusciva ad avvertire la presenza di qualcuno che li stava seguendo e che vedeva solo ciò che lui gli stava mostrando. Erano degli esseri malefici. Macabre marionette inviate dal padrone a eseguire i suoi ordini. Sentì il demone dentro di lui sollevare la testa, sfoderare le zanne e lottare per liberarsi, e gli sfuggì un piccolo sibilo.

Il suo corpo si irrigidì, i muscoli guizzarono, accogliendo quella potenza che ben conoscevano. Gregori ridacchiò, una sommessa risata di scherno che equivaleva a una sfida. Sfiorò la mente di Savannah, per assicurarsi che fosse vicina a casa. Stava nascondendo se stessa e l'umano dagli occhi indiscreti lungo la strada in maniera eccellente. Savannah era solo una bambina, una ragazzina che aveva appreso ben poco delle tecniche carpaziane. Mentre si intrufolava tra la folla dei turisti che si stavano riversando in Preservation Hall, Gregori si accorse di essere orgoglioso di lei. Le aveva affidato un compito difficile e Savannah lo aveva portato a termine da professionista.

I due simulacri che aveva creato si riflessero nell'acqua, poi si dissolsero lentamente e svanirono nella nebbia. Lui, da solo, attraversò il fiume e si diresse verso il quartiere di Algiers. Era certo che il non-morto si fosse accorto della sfida che gli aveva lanciato. L'oscuro impulso di uccidere si era impossessato di loro, dei burattini comandati dal vampiro. Un piccolo sorriso privo di qualsiasi traccia di umorismo gli si disegnò sul volto. Il vampiro, che stava cercando Savannah, non aveva idea di doversela vedere con Gregori, il tenebroso, proprio lì a New Orleans.

Julian Savage era un abile cacciatore, forse secondo in bravura solo a Gregori. Se Julian aveva messo su casa in quella città e non aveva distrutto il potente vampiro, poteva solo voler dire che quest'ultimo se n'era andato quando Julian era arrivato. Il non-morto aveva probabilmente sacrificato altri membri della sua razza senza alcun rimorso. I vampiri spesso vivevano in gruppo per unire le proprie forze contro i cacciatori, ma non c'era alcun vincolo di lealtà che li legava l'uno all'altro.

Gregori si fermò ad aspettare tra gli alberi lungo la riva del fiume. Sentì gli aggressori ruggire mentre seguivano le sue tracce e attraversavano anche loro il fiume: un grugnito monotono, simile a quello degli zombie. La loro imbarcazione aveva un motore che scoppiettava e produceva forti fischi, eppure non fecero alcun tentativo di celare la loro presenza. Era tipico dei demoni, obbedire in maniera indefettibile agli ordini del vampiro. Non avevano altro scopo, nessun'altra ragione di esistere. Erano demoni, schiavi, fantocci: un tempo erano stati umani, ma adesso avevano bisogno del sangue del vampiro per continuare a esistere e dormivano nelle fogne o nelle tombe per sfuggire alla luce del sole. I vampiri di solito uccidevano le vittime da cui traevano il nutrimento, ma talvolta, quando avevano bisogno di servi che portassero a termine durante il giorno i compiti che venivano loro impartiti, condividevano con i malcapitati il proprio sangue e li legavano a loro, privandoli dell'anima e della mente.

Quei burattini rappresentavano comunque un grande pericolo. Avevano una forza spaventosa, erano furbi e i normali maschi carpaziani incontravano una certa difficoltà a ucciderli. Quasi impossibile che ci riuscissero degli umani. Gregori trasalì al pensiero di Savannah tra le grinfie di uno di quegli esseri abominevoli. Era solo una ragazzina, assolutamente incapace di far loro del male. Forse sarebbe stato meglio se li avesse uccisi a distanza – Gregori aveva imparato molti anni prima l'arte di uccidere nel suo mondo nonché in quello degli umani – ma voleva assicurarsi che nessun altro venisse coinvolto nel combattimento. E voleva anche che il vampiro che li aveva mandati capisse che aveva raccolto la sfida. Gregori. Il tenebroso.

La barca si incagliò tra alcune radici degli alberi che spuntavano fuori dall'acqua scura e fangosa. Gregori non fece alcun tentativo di nascondersi dagli zombie. Rimase fermo ad aspettarli, rilassato, con le gambe avvolte dalla nebbia. Una leggera foschia, calata come un impalpabile velo nella notte, rendeva indistinti i suoi lineamenti.

I due fantocci scesero goffamente dall'imbarcazione, producendo spruzzi a destra e a manca. Gregori inspirò e avvertì l'improvvisa presenza malvagia nell'aria. Il vampiro doveva aver pensato che fosse caduto in trappola. Tutti i carpaziani possono rintracciarsi a vicenda se si trovano entro una certa distanza l'uno dall'altro. Il vampiro aveva individuato il momento in cui Savannah era entrata nel suo territorio, ma non aveva avvertito la presenza di Gregori. Quest'ultimo infatti aveva il potere di diventare invisibile anche per i suoi simili, se lo desiderava. Nascondersi per lui era ormai naturale tanto quanto respirare. Il vampiro, che era scappato da Julian, chiaramente pensava di aver a che fare con un carpaziano meno potente. Con un novizio.

I due demoni, goffi ed enormi, stavano risalendo il terrapieno. Per due volte, uno dei due, un uomo dai capelli rossi, cadde in acqua, schizzando e spruzzando nel tentativo di riguadagnare la posizione eretta. Gli zombie si separarono e presero due strade diverse.

Guarda un po' di cosa sono capace. Gregori inviò un forte richiamo telepatico. Sentì un'improvvisa esitazione nell'aria: il vampiro aveva capito che la nebbia densa, la strana foschia e le nuvole scure non erano un fenomeno naturale. Il non-morto trasalì, preoccupato. Gli elementi atmosferici erano stati ricreati alla perfezione: in pochi erano capaci di compiere un simile incantesimo. *Mi hai mandato la tua sfida, e io l'ho accettata. Adesso vieni qui.* Il tono di voce di Gregori era basso e ipnotico. Meraviglioso. Di una bellezza ineguagliabile. Nessuno avrebbe potuto resistergli se sceglieva di esercitare il suo potere letale.

Il vampiro cercò di opporsi all'istinto di obbedire a quell'ordine, ma la sua sagoma attraversò lo stesso la nebbia e il fiume. Il suo volto era una maschera malvagia e deforme, nei suoi occhi lampeggiavano bagliori rossi, le gengive ritirate rivelavano denti affilati e appuntiti. Le dita terminavano in artigli ritorti, temibili e taglienti come rasoi. Sputava veleno, spaventato e furioso per il fatto che qualcuno l'avesse costretto a manifestarsi contro la sua volontà. Non c'era modo di nascondersi alle insidie di quella voce; era bastato un sussurro e il vampiro, incapace di restare pura illusione, aveva dovuto materializzarsi.

Per secoli era stato come un enorme ragno, che tesse la sua ragnatela malvagia, mantenendo un basso profilo e manifestandosi solo se strettamente necessario. «Gregori, non posso credere che un carpaziano come te abbia deciso di prendersela con un avversario indegno quale sono io», fece, con un atteggiamento servile e un sorriso affettato, come se fossero vecchi amici.

«Ti fai chiamare Morrison adesso?». Gli occhi chiari di Gregori colsero i movimenti dello zombie alla sua sinistra, che si faceva più vicino, sempre manovrato dal vampiro. «Quando eravamo giovani il tuo nome era Rafael. Sei scomparso circa quattrocento anni fa».

Il vampiro mostrò i denti appuntiti, macchiati di marrone per via del consumo ormai secolare di sangue umano, che aveva un alto contenuto di adrenalina: la grottesca parodia di un sorriso. «Per quasi cent'anni sono stato sottoterra. Quando mi sono rialzato, ho trovato il mondo molto cambiato. Tu eri diventato il killer del principe, ti nutrivi dei nostri simili. Ho lasciato la nostra patria, cacciato dalla tua febbre, dalla tua sete di sangue. Questo adesso è il mio rifugio, la mia casa. Non chiedo altro. Perché sei venuto qui a darmi il tormento senza essere invitato?».

Gregori cercò di concentrarsi, di raccogliere le forze di cui aveva bisogno, riunendole in una palla di fuoco, un agglomerato di energia scoppiettante e violenta, nascosto dalla coltre di nubi. «Questa città non ti appartiene, Rafael, e tu non puoi stabilire dove io posso o non posso andare. Hai messo i tuoi schiavi sulle tracce di Savannah. Sapevi che era la mia compagna per la vita, eppure ti sei dato da fare per trovarla. Non vedo altra ragione che questa: volevi riversare su di lei secoli di depravazione. Stavi cercando l'oscura giustizia del nostro popolo».

Il primo burattino si scagliò su Gregori, urlando e muovendosi a scatti. Gregori si limitò a sparire, conficcando al tempo stesso un'unghia nel collo del demone e recidendogli la giugulare. Quello urlò e si mise a girare su se stesso: gli schizzi di sangue erano neri nel buio della notte. Il rumore continuò, acuto e insistente, riverberandosi sull'acqua della palude e spaventando gli animali selvatici e gli uccelli. I serpenti, disturbati da quel fracasso, scesero dagli alberi e si diressero verso il canale. Un po' più lontano, nella baia, gli alligatori scivolarono giù dall'argine e si immersero silenziosamente nelle acque fangose. Il fantoccio gridava ancora, girandosi di qua e di là alla ricerca della vittima designata.

Gregori, qualche metro più in là, fissò con freddezza quella patetica creatura. «Finiscilo, Rafael. Tu lo hai creato; concedigli una morte dignitosa».

Il vampiro si stava godendo la vista degli schizzi di sangue e, pregustandone il sapore, la saliva aveva cominciato a colargli sul mento. Con aria disinvolta, tese la mano, se la sporcò di sangue e prese a leccarsela avidamente. La creatura strisciava verso di lui, pregandolo e lamentandosi, implorandolo di risparmiarlo. Rafael le diede un calcio per allontanarla. Il corpo, dimenandosi furiosamente, finì nell'acqua alta e cominciò ad affondare.

Imprecando tra sé e sé, Gregori alzò la mano e diresse la palla di fuoco verso il demone. I burattini potevano resuscitare più e più volte ed essere sempre asserviti al loro creatore se non li si distruggeva in maniera definitiva. Quello avrebbe continuato a terrorizzare coloro che vivevano lungo la riva del canale se Gregori non l'avesse bruciato, rendendolo inutile per il vampiro stesso.

Rafael balzò indietro, spaventato dalla vista della palla infuocata che colpì la sua creatura ed esplose, provocando un'enorme deflagrazione. Il vampiro sibilò e prese a muovere la testa avanti e indietro alla maniera dei rettili.

Gregori lo osservò con freddezza. «Mi sbagliavo. Non sei tu il capo. Tu sei uno di questi fantocci sacrificabili, uno schiavo che lecca i piedi al vampiro e cerca di ingraziarsene i favori. Tu non puoi essere Morrison».

Negli occhi del non-morto apparve un bagliore rosso e le sue labbra si ritirarono in un ghigno malefico. «Pensi di rendermi ridicolo? Credi che ci sia un tale chiamato Morrison più potente di me? Io ho creato Morrison. Lui è un mio schiavo».

Gregori scoppiò a ridere. «Non spacciarti per uno degli antichi, Rafael. Da quel che ricordo, anche quando eri solo un apprendista, non hai fatto il benché minimo sforzo per imparare a tessere gli incantesimi necessari a garantire la tua incolumità». Inclinò la testa da un lato. «È stata un'idea tua, non di Morrison, vero? Mi hai provocato, scagliando quella specie di ridicolo vampiro, Roberto, contro Savannah e hai messo Wade Carter sulle sue tracce. Il tipo che loro chiamano Morrison è troppo furbo per aver fatto una cosa del genere. Non si arrischierebbe a sfidare uno come me».

Gli occhi del vampiro brillarono di una rabbia furiosa. Cominciò a sputare veleno, a muovere la testa più velocemente, a un ritmo che avrebbe dovuto ipnotizzare la sua vittima. «Morrison è uno stupido. Non è lui il capo». Era difficile decifrare le parole, visto che Rafael ringhiava e sputava mentre parlava. La saliva, mescolata al suo sangue corrotto, gli colava dagli angoli della bocca e sul mento e gocciolava sulla sua vecchia camicia di seta bianca, che un tempo doveva essere stata elegante.

Gregori scosse lentamente il capo. «Tu vuoi che io dia la caccia a Morrison. Stai usando Savannah per farmi uscire allo scoperto in modo che ti liberi dal tuo capo».

Il secondo demone aggredì Gregori alle spalle, strisciando furtivo fino a lui e poi agitando un enorme ramo per colpirlo alla nuca. All'ultimo secondo utile, Gregori si girò e spezzò con il braccio il grosso ramo: schegge e piccoli frammenti di legno si riversarono come una pioggia sulla fangosa riva del canale. Il carpaziano fu fluido nei movimenti, come un ballerino dall'enorme potenza fisica, forte ed elegante: conficcò gli artigli in gola al fantoccio, con una forza tale che per poco non lo decapitò.

Il vampiro proruppe in un urlo di rabbia che squarciò la fitta nebbia come il rombo di un tuono. La foschia era calata come una coltre e il vapore si addensava sempre di più intorno alle gambe e ai fianchi di Gregori e del non-morto, continuando a salire, fino ad avvolgere anche il loro petto. Sembrava che fosse un essere dotato di vita propria, una bestia acquattata, che guadagnava forza man mano che si diffondeva.

Gregori rivolse un amabile sorriso al vampiro, badando ad allontanarsi di un passo dal corpo accasciato sul terreno fangoso. «Sei come un pavone, Rafael, che fa la ruota e cammina impettito. Devono essere secoli che coltivi odio nei confronti di Morrison». La sua bellissima voce si infiltrava nella mente del vampiro, trasformando la forza costruita grazie alla morte delle sue vittime in un mucchietto di cenere. Una voce che trasudava potere. Potere reale. Invincibile. Impietoso. Implacabile. «Devi ringraziare Morrison, che ti ha allontanato da questa città, se sei riuscito a sopravvivere ai cacciatori. Nello stesso modo è riuscito a sopravvivere anche lui, scappando non appena loro hanno iniziato ad aggirarsi nei paraggi».

«E di corsa», fece Rafael in tono sprezzante. «Fuggiva a gambe levate anche quando eravamo forti. Avremmo dovuto essere i padroni di questa città. Insieme avremmo dovuto cacciare e uccidere ogni cacciatore che osasse avvicinarsi. Invece, lui se ne andava di corsa come un coniglio. Disprezzo la sua debolezza».

Gregori puntò il demone sconfitto e una palla luminosa si separò dalle nuvole e piombò al suolo, colpendo al cuore il fantoccio e trasformandolo in cenere, inutile e nera.

«Credi di essere molto potente», sghignazzò Rafael. «Ma io ho ucciso così tante persone che tu per me non rappresenti nulla. Non sei nessuno paragonato a me».

Gli occhi argentei di Gregori si illuminarono, chiari e freddi nel buio della notte. Sembrò che stesse aumentando di statura e che la sua forza stesse crescendo. «Io sono il vento portatore di morte, lo strumento della giustizia, inviato dal principe per eseguire la sentenza emessa dalla nostra gente a fronte dei crimini da te commessi sia contro i mortali che contro gli immortali». La sua voce era pura, bella; le parole erano però fonte di immensa sofferenza per il vampiro: sembravano spine che gli si conficcavano in testa. Eppure non aveva scelta; contro la propria volontà si avvicinò al carpaziano, desideroso di sentire ancora un suono di tale purezza e bellezza.

Non appena il vampiro fece un passo in avanti, qualcosa gli si arrotolò ai polpacci, alle cosce, per poi salire più in alto e avvinghiarsi al suo petto, stringendolo in una morsa che si faceva sempre più serrata. Una pressione costante e implacabile. Inorridito, il vampiro abbassò lo sguardo e vide la nebbia muoversi, viva, come un enorme e grosso pitone che si arrotolava in spire via via più strette, imprigionandolo. «Combattiamo!», urlò Rafael, sputando sangue e saliva nel fango e nel canale. «Tu hai paura di combattere contro di me!».

«Io sono la giustizia», replicò Gregori, implacabile e determinato. «Non può esserci alcun combattimento, alcuna battaglia: il vincitore sarà uno soltanto. Che si tratti di un'aggressione fisica o mentale, o anche solo di uno scambio di arguzie, la fine sarà comunque la stessa. Io sono la giustizia. E questo è tutto».

Una folata di vento e il carpaziano sparì dalla vista del vampiro. Si era spostato a una velocità tale che il non-morto non aveva neanche scorto una forma indistinta in movimento. Ma Rafael sentì comunque l'impatto. Forte. Ne venne scosso da capo a piedi. Rimase fermo, imprigionato dalla stretta di quella anomala foschia, e guardò in basso, verso la mano tesa del cacciatore. Sul palmo di Gregori giaceva il suo cuore, ancora pulsante. Il vampiro gettò indietro la testa e urlò di rabbia e di dolore. Quel buco nero che era stato la sua anima, ormai perduta da secoli, era sparito, si era disperso nella notte con il suo malefico tanfo, come una nuvola di fumo. Digrignò i denti davanti al suo impassibile avversario.

Gregori tenne duro, imperturbabile. Quella era la sua vita. La sua ragione di vita. Era il tenebroso giustiziere che consentiva al suo popolo di continuare a sopravvivere, a esistere in segreto. Se ne rimase lì fermo, nella notte, completamente solo.

Gregori, io sono sempre con te. Tu non sei mai da solo. Cercami nel tuo cuore, nella tua mente, nel profondo della tua anima.

Guarda il tuo eroe. Guarda chi sono davvero. Uccido senza pensarci. Senza sforzo. Senza rimorso. Senza pietà. Sono un mostro, così come tu mi hai definito, un mostro che non ha rivali. Un giorno sconterò i miei peccati.

La dolce risata di Savannah lo sfiorò come una carezza. Una brezza delicata, purificatrice che gli si infiltrò nella mente. *E chi è più forte del mio compagno per la vita? Nessuno può ucciderti.*

Tu pensi che sia la morte il modo in cui sconterò i miei peccati? No, Savannah. Un giorno capirai chi sono e mi guarderai terrorizzata e disgustata. Quando quel giorno arriverà, io smetterò di esistere. Gregori osservò il vampiro morire. Poi si mise all'opera per portare a termine il ripugnante compito di assicurarsi che il non-morto non potesse risorgere. Una pioggia di scintille, grandi quanto palline da golf, cadde dal cielo e si abbatté sul vampiro, facendogli prendere fuoco. Lì, sulla riva fangosa del canale, a una certa distanza dal cadavere in fiamme, Gregori diede fuoco anche al suo cuore malefico.

È finita, amore mio. Adesso vieni a casa da me. Il tono di voce di Savannah era basso e irresistibile, dolce e seducente: non pareva per nulla preoccupata del fatto che lui continuasse a definirsi un assassino. A sostenere che sarebbe stato per sempre un killer. *Il tuo posto è a casa con me. Non sarai solo. Non sarai mai solo. Non riesci a sentirmi vicina? Prova a percepire la mia presenza, Gregori. La mia vicinanza. Il mio bisogno di te.*

Sì, che riusciva a sentirla, nel cuore, nella mente. La sua voce lo toccava in un anfratto segreto e nascosto dell'anima, di cui lui stesso ignorava l'esistenza. Savannah era tutto ciò che di bello c'era al mondo e, che Dio li aiutasse entrambi, lui non sarebbe mai riuscito ad abbandonarla.

Ho bisogno di te, Gregori. Di nuovo quel sussurro. A quel punto era diventato ancora più carico di desiderio. Savannah lo travolse con la propria passione, con la propria crescente eccitazione e con l'improvvisa paura che lui l'avrebbe lasciata sola. *Gregori? Rispondimi. Non lasciarmi. Non riuscirei a sopportarlo.*

Non c'è il benché minimo rischio che accada una cosa del genere, piccola mia. Sto venendo a casa. Era l'unica casa che avesse sentito davvero sua, l'unico rifugio che avesse mai avuto: Savannah. Lei gli stava bisbigliando, dolce e sensuale, che sognava da tanto tempo di essere parte della sua anima. Gli stava bisbigliando che lo accettava, in maniera totale e incondizionata. Gregori spiccò il volo e il suo corpo si dissolse nella foschia per diventare parte della nebbia che lui stesso aveva creato.

Poi, una specie di furia si impossessò di lui, si scatenò, prese a consumarlo. Era stato lui, manipolando la natura, a dar vita a quell'assurda situazione in cui lui e Savannah si trovavano. Sapeva che non poteva continuare a lungo. In quella condizione, si sentiva instabile e precario. Lei doveva sapere la verità. Che cosa gli era saltato in mente? Che avrebbe potuto tenerla nascosta alla sua donna e a tutti gli altri carpaziani per sempre? Savannah diventava ogni giorno più forte. Aveva bisogno della vicinanza di qualcuno che lui le aveva tenuto lontano e Gregori non poteva far altro che tornare sui propri passi.

Lui era stato fermamente convinto che, a fini egoistici, avrebbe potuto tenerla all'oscuro di una parte di sé, ma a quel punto la felicità di Savannah era diventata per Gregori il bene più importante. Quella ragazza aveva bisogno di sapere la verità, doveva rivelarle di non essere il suo vero compagno per la vita. Avrebbe eliminato la società segreta, dato la caccia al vampiro che l'aveva creata e infine affrontato l'alba. Non aveva scelta. Savannah meritava di essere completa.

In maniera del tutto automatica esaminò da lontano la casa e si accorse che Gary si trovava in una delle stanze da letto al piano superiore. Savannah lo aveva ipnotizzato e costretto a dormire. Gli incantesimi protettivi che la ragazza aveva tessuto sarebbero anche potuti bastare, tuttavia il carpaziano preferì renderli ancora più sicuri. Gli incantesimi di Gregori erano davvero letali. Se Gary si fosse alzato prima di loro e se ne fosse andato in giro a cercarli e a curiosare sarebbe morto. Si fece strada nella sua mente assopita e vi penetrò. *Rimarrai in questa posizione finché non verrò a svegliarti. Se qualcosa dovesse andare storto e dovessi svegliarti troppo presto, non provare a cercarci. Moriresti. Neanche io potrei salvarti.* Quest'ultima affermazione non era esattamente vera – Gregori sarebbe stato in grado di proteggerlo – ma il carpaziano voleva imprimere il pericolo nel subconscio di Gary. Chiunque sarebbe stato curioso di scoprire dove la coppia stesse dormendo. E quel ragazzo più di molti altri.

La fitta nebbia bianca nascose quasi la piccola casa. Gregori si fermò ad analizzare gli incantesimi protettivi di Savannah, disfacendoli con estrema attenzione in modo tale da poter entrare senza correre rischi. La foschia si addensò nell'ingresso e Gregori si rimaterializzò. La casa era calda e accogliente, luminosa e abbastanza ospitale. Le lenzuola che ricoprivano i mobili erano sparite e il fuoco si stava spegnendo nel camino, una danza di piccole fiammelle rosse che proiettavano la propria ombra sul muro di fronte.

Gregori si diresse subito verso la scala a chiocciola. Riusciva a sentire la presenza di Savannah, avrebbe persino potuto indicare il punto preciso del seminterrato in cui lei lo stava aspettando. Non aveva bisogno di cercarla con il pensiero; il suo corpo lo avrebbe portato dalla sua compagna in qualsiasi momento, la sua mente avrebbe sempre saputo dove si trovava Savannah. Scese le scale piano, spaventato all'idea di doverla affrontare.

Il seminterrato era completamente diverso. Candele dovunque, la cui luce tremolante illuminava il buio di quella stanza. Ombre si intrecciavano in ogni angolo della camera. Diverse erbe erano state triturate ed erano stati accesi degli incensi che riempivano l'ambiente dell'odore di legno e di fiori. Al centro della stanza c'era un'enorme vasca da bagno dalla foggia antiquata, larga e profonda, e con i piedini a forma di zampe. L'acqua brillava invitante e dalla superficie si alzava una nuvola di vapore.

Savannah lo raggiunse immediatamente: il suo volto era illuminato da un'emozione il cui nome Gregori non osava pronunciare. Indossava solo una camicia da uomo di seta. Sbottonata, peraltro, in modo tale da lasciar intravedere i seni sodi e pieni. Un altro passo e i lunghi lembi dell'indumento che portava si scostarono per un intrigante momento e, prima di tornare al proprio posto, rivelarono la vita sottile, il ventre piatto, il triangolo scuro tra le cosce. La lunga cascata di capelli setosi ondeggiava e si muoveva come se avesse vita propria. A ogni passo di Savannah, Gregori si impossessava di uno scorcio della sua nudità.

All'improvviso, sentì un sordo ruggito nella testa. Il suo corpo fu travolto da un'eccitazione esplosiva e l'urgenza del desiderio lo fece irrigidire. Ogni buona e nobile intenzione pareva essere andata in fumo. Savannah gli sorrise, gettandogli le braccia al collo. «Sono così felice che tu sia a casa», mormorò, cercando con le labbra il punto in cui gli pulsava la vena del collo. Gregori sentì il calore del corpo di lei, i morbidi seni schiacciati contro il suo petto.

Il carpaziano chiuse gli occhi, cercò di fare appello alla propria ferrea forza di volontà e la prese per i polsi, stringendoglieli in una morsa d'acciaio. Le fece abbassare le braccia e la allontanò. «No, Savannah, non posso permettere che quest'inganno duri ancora a lungo. Non posso».

Le lunghe ciglia di lei si abbassarono e offuscarono per un momento gli enormi occhi violetti, nascondendo i segreti sepolti nei loro abissi. «Non puoi ingannarmi, Gregori. È impossibile. Proprio tu dovresti saperlo». Agitò i polsi, un gesto molto femminile, e Gregori glieli lasciò andare senza fare resistenza.

Il carpaziano li osservò per vedere se le aveva fatto dei lividi, temendo, dato che era al colmo della disperazione, di non essere riuscito a dosare la propria forza. Savannah lo ignorò e prese ad abbottonarsi la camicia. «Se vuoi affrontare la questione, bene, facciamolo, ma ti avviso che mantenere l'acqua calda nella vasca mi costa energie che avrei preferito spendere in un altro modo». La punta di divertimento nelle sue parole ebbe lo stesso effetto delle carezze che gli stava facendo sul petto. Gli sfilò dalle ampie spalle la camicia, che fluttuò sul pavimento.

«Savannah». Il suo nome era un gemito che invocava pietà. «Questa volta devi ascoltarmi. Non troverò mai più la forza di farti questa confessione».

«Mmh», mugolò lei, chiaramente distratta. Stava armeggiando con i bottoni dei pantaloni. «Certo che ti ascolto, ma voglio che tu ti faccia un bagno. Fallo per me, Gregori, dopo tutti i guai che ho passato per colpa tua».

Gregori chiuse gli occhi: le fiamme della passione avevano cominciato a lambirlo. Il suo corpo, all'apice dell'eccitazione, era una furia. Savannah gli accarezzava i fianchi, mentre gli faceva scivolare i pantaloni lungo le gambe, e gli affondava le unghie nelle cosce. Lui fece un passo indietro, fin troppo consapevole del fatto che non sarebbe riuscito a nasconderle il proprio desiderio.

Savannah gli sorrise, uno di quei suoi sorrisi misteriosi che lo mandavano su di giri, e lo prese per mano per condurlo alla vasca da bagno. Gregori vi entrò e sprofondò nell'acqua bollente. La sensazione del calore sulla pelle lo rendeva ancora più sensibile al piacere.

Savannah rimase in piedi, alle sue spalle, e gli sciolse il nodo del laccetto di pelle con cui lui si legava i capelli. La delicatezza con cui prese ad accarezzarglieli fece esplodere in Gregori il fuoco della passione.

Lei gli versò un po' d'acqua calda sul capo, bagnandogli i capelli. Si distribuì una noce di shampoo sulle mani e cominciò a massaggiargli la testa, un massaggio lento e rilassante. Mentre continuava a darsi da fare con la sua chioma, si protese su di lui, premendogli i morbidi seni contro la schiena. «E quindi, amore, quale sarebbe questo terribile segreto che ti affligge?».

Fu facile dirglielo senza doverla guardare negli occhi e con il conforto del massaggio che lei gli stava facendo. «Tu non sei la mia vera compagna per la vita. Ho manipolato la natura grazie alla sapienza che ho acquisito nel corso dei secoli».

«Sapevo già che ne eri convinto, Gregori», riconobbe Savannah. «Ma so anche che ti sbagli». La sua voce era un concentrato di purezza e di onestà.

Gregori sentì la gola andargli a fuoco. «Tu non puoi aver scoperto la mia vera natura, Savannah. Non sarei in grado di nascondere ciò che realmente sono solo alla mia vera compagna per la vita. Ho provato a spiegartelo, ma tu ti rifiuti di prendere atto della verità. Sei vittima di un'illusione, non c'è niente da fare».

Savannah continuò a massaggiargli la testa, senza mai smettere. «E tu saresti l'antico carpaziano più saggio. Amore mio, sei tu a illuderti riguardo a te stesso. E, mi permetto di aggiungere, riguardo a me. È vero, sono giovane – rispetto a te, solo una bambina – ma, prima di tutto, sono anch'io una carpaziana. E so di essere la tua vera compagna per la vita». Interruppe il massaggio e Gregori sentì un improvviso senso di abbandono. Poi, con un po' di acqua calda, gli sciacquò via lo shampoo.

«Ricordo che prima ancora di nascere sia io che mia madre abbiamo provato una terribile fitta di dolore. Io avrei voluto liberarmi di quella incredibile sofferenza, poi sei venuto tu e mi hai dato sollievo».

«Savannah». Gregori pronunciò di nuovo il suo nome, nascondendosi il volto tra le mani. «Ti ho legato a me di mia iniziativa».

«Mi hai dato il tuo sangue e mi hai salvato la vita, hai guarito le mie ferite e mi hai raccontato le meraviglie della notte, del nostro mondo. Appena ho cominciato a gattonare, sei venuto da me nelle sembianze del lupo. Abbiamo condiviso i nostri pensieri, sempre, ogni notte. Quando sono cresciuta, ci siamo ritrovati e siamo diventati l'uno parte dell'altra».

«Tu mi hai accettato solo perché io ti ho costretto a farlo».

«Gregori, ti sbagli. Io sono penetrata nella tua mente. Ho capito chi sei, forse più di quanto l'abbia capito tu stesso. Mi ci è voluto del tempo per abituarmi, dal momento che ero spaventata dall'intensità del nostro legame. Avevo paura di smarrire me stessa di fronte a una personalità più forte». Cominciò a insaponargli la schiena, disegnandogli con una certa indolenza dei piccoli cerchi di schiuma sulle spalle. «All'inizio non avevo le idee chiare. I ricordi relativi a quando ero ancora nel grembo di mia madre e al mio bellissimo lupo, il compagno che mi faceva sentire un essere completo. Non avevo pensato alla semplicità e alla naturalezza con la quale le nostre menti si fondevano l'una nell'altra. Non avevo pensato al perché non avessi mai sentito il bisogno o il desiderio di qualcun altro. Non mi era mai venuto in mente, finché non mi sono resa conto di quanto profondamente riuscivo a fondermi con te, che riuscivo a scivolare dentro la tua mente ogni qualvolta lo desiderassi. Nessuno dei due se n'era accorto. Nemmeno tu. Non hai fatto caso al senso di pace che sperimentavi quando stavi con me, durante la mia infanzia. Ma io sì. Te l'ho letto nel pensiero. Se esamini attentamente i tuoi ricordi, ritroverai anche tu quella sensazione. Ecco perché hai sofferto così tanto quando ho deciso di partire per gli Stati Uniti e sono scappata via, comportandomi da ragazzina quale ero. Tu vedi i colori, Gregori. Non li hai visti per secoli. Lo so, ti sembrano vividi e brillanti. E il merito può essere solo della tua compagna per la vita. Il tuo stupido senso di colpa ti rende cieco e non ti permette di prendere atto della realtà».

L'acqua calda cominciò a scorrergli lungo la schiena. Savannah fece il giro intorno alla vasca e si inginocchiò davanti a lui. Mentre si chinava in avanti, i lunghi e setosi capelli le incorniciarono i perfetti lineamenti del viso. I lembi della camicia che aveva indosso si scostarono e lasciarono intravedere l'eccitante profilo delle sue curve. Il capezzolo rosa di uno dei suoi seni lo tentò. Gregori trovò immensamente difficile indirizzare altrove il proprio sguardo. Savannah cominciò a insaponargli il petto. «Io sono con te quando vai a caccia. Sono con te quando uccidi. Sono nella tua mente, condivido i tuoi pensieri. Nessun altro potrebbe farlo perché io sono la tua vera compagna per la vita. Tu non avverti la mia presenza perché abbiamo raggiunto un livello tale di intimità che sono come un'ombra nel tuo inconscio».

Savannah gli sciacquò il petto, poi si strofinò di nuovo il sapone tra le mani. Inclinando la testa da un lato, fissò la sua dura smorfia dipinta sul suo volto e rivolse a Gregori un amorevole sorriso. «Non pensi a nulla quando vai a caccia. Lo so non perché sei stato tu a dirmelo ma perché sono lì con te. Cosa vorresti provare? Tristezza? Rimorso? Hai cacciato per circa un migliaio di anni. Sei stato costretto a uccidere amici e parenti. Sei rimasto isolato e solo per secoli, senza una compagna per la vita. In un mondo così sterile sarebbe impossibile avere dei sentimenti. Solo il tuo codice d'onore e la tua lealtà nei confronti di mio padre ti hanno permesso di andare avanti».

Savannah infilò le mani sotto la superficie dell'acqua e prese fra le mani il suo membro duro ed eccitato, cominciando a fargli un intimo e lento massaggio. Le sue dita erano magiche, procuravano a Gregori continue scariche di piacere. «Io non vorrei che tu pensassi a niente mentre vai a caccia, soprattutto non vorrei che pensassi a me. Potresti distrarti, o almeno spero che sia così». Il suo sorriso era davvero sexy e le sue mani continuavano a muoversi abili, una bravura recentemente acquisita. «In quei momenti non puoi provare nulla, Gregori. Le emozioni ti rallenterebbero, ti indurrebbero a compiere degli sbagli. Davvero credi di poter modificare uno stile di combattimento che hai appreso e portato all'eccellenza in un migliaio di anni? Sei stato programmato in questa maniera secoli fa».

Il corpo di Gregori ruggiva di desiderio, la bestia che covava dentro di lui si dibatteva nell'urgenza di appagarlo. Aprì gli occhi e la guardò. Uno sguardo passionale. Affamato. Selvaggio. Indomito. Savannah gli sorrise, il suo solito sorriso misterioso e dall'intensa carica erotica, e si mise in ginocchio. Poi si alzò in piedi e si sfilò la camicia, facendola cadere sul pavimento. «Io sono con te, nella tua mente, e tu nemmeno te ne rendi conto, perché sono la tua metà, perché ti appartengo. Chi altri se non la tua compagna per la vita avrebbe potuto cacciar via l'oscurità che stava dilagando nella tua anima? Sai bene che sono stata io a farlo. E chi altri avrebbe potuto seguirti durante la caccia, quando tutti i tuoi sensi sono in allerta, senza che tu te ne accorgessi?».

Il respiro di Gregori riecheggiava nell'immobilità della stanza. Savannah fece un passo indietro: era sensuale e attraente, i lunghi capelli nero-blu le ondeggiavano sulle spalle. Gregori si alzò, incurante dell'acqua che gli scorreva addosso. La desiderava e lei gli apparteneva. Non appena uscì dalla vasca, Savannah indietreggiò. Aveva le palpebre semichiuse, lo voleva, il suo corpo gli stava inviando un richiamo. Fece un movimento brusco, si passò una mano fra i lunghi e serici capelli e i capezzoli le si inturgidirono.

«Vieni qui», ruggì lui. La desiderava a tal punto da temere di esplodere.

Savannah scosse lentamente la testa, passandosi la lingua sulle labbra. «Voglio solo il mio vero compagno per la vita. Stasera lo desidero. Lo voglio». Si accarezzò il ventre, liscio come la seta, lenta e sensuale, e Gregori seguì ogni suo aggraziato movimento, mentre la bestia che covava dentro di lui lottava per prendere il sopravvento.

All'improvviso il carpaziano coprì la distanza che li separava con una falcata, la afferrò e lo slancio li fece finire entrambi contro la parete. La bloccò come se Savannah fosse sua prigioniera e la baciò impetuosamente, costringendola a baciarlo a sua volta, nutrendosi, divorandola, rivendicando con le mani il possesso di quel corpo. «Nessun altro potrà mai toccarti e sopravvivere», ringhiò, mentre la sua bocca lasciava dietro di sé una scia di fuoco che partiva dal collo di Savannah e le arrivava fino alla curva del seno. Si nutrì voracemente, graffiandole con i denti i seni soffici e sodi. «Nessun altro, Savannah».

«Perché, Gregori? Perché nessun altro può toccarmi come fai tu?», bisbigliò lei, baciandogli il collo e solleticandolo con la lingua in corrispondenza della vena. «Dimmi perché il mio corpo è solo tuo e il tuo è solo mio».

Lui le mise le mani sui glutei e la strinse forte a sé. «Lo sai perché, Savannah».

«Dillo, Gregori. Dillo se ci credi. Non voglio che ci siano menzogne tra di noi. Devi sentirlo nel cuore, così come lo sento io. Devi sentirlo nella mente. Il tuo corpo deve ardere di desiderio per me. Ma soprattutto devi riconoscere nel profondo della tua anima che io sono la tua metà».

Gregori la prese in braccio e la adagiò sul bordo del letto, facendole aprire le cosce. «Sai bene che muoio di desiderio per te. Persino durante il sonno, il sonno pesante di cui dormono tutti i carpaziani, io ardo di passione per te». La attirò a sé e si chinò ad assaporarla, facendole gocciolare i capelli bagnati sull'interno coscia.

Non appena la bocca di Gregori la sfiorò, Savannah si mise a urlare: un'ondata di desiderio la travolse e scatenò un incendio dentro di lei. Lo prese per i capelli, costringendolo a stringerla ancora più forte. «Dillo, Gregori», sbottò, tra i denti. «Ho bisogno di sentirtelo dire».

Te lo sto dicendo, sei tu la mia compagna per la vita. Riesci a sentir-

mi? Gregori non sollevò la testa: voleva che Savannah lo supplicasse di penetrarla, aveva bisogno di sentirla spingere contro di lui, nel tentativo di placare le scariche della passione. Sapeva di miele selvatico e spezie. Aveva un gusto che avrebbe potuto dargli dipendenza. Così come il modo in cui reagiva ai suoi stimoli, il modo in cui gemeva e si contorceva in risposta al suo assalto. Era tutta un guizzo di vita, di fuoco, e Gregori la condusse fino al culmine del desiderio, la spinse a chiedergli pietà. Solo a quel punto sollevò il capo e la prese in braccio. «Circondami la vita con le gambe». Se la strinse al petto, sfiorando il tempio della sua femminilità con il proprio membro, ma non la penetrò.

Savannah era umida, calda e pronta. Gregori si eccitò ancora di più e un martello pneumatico cominciò a picchiargli nel cervello. La tenne ferma in quella posizione: era bagnata, invitante ed estremamente vulnerabile. «Dammi un bacio sul collo, Savannah», le ordinò, «e nutriti di me mentre io ti possiedo».

«Fa' in fretta», gemette lei con una punta di esitazione. Gli obbedì quasi senza pensarci e prese ad accarezzargli con la punta della lingua il punto in cui sentì la vena del collo pulsare a un ritmo frenetico. Gli scostò i capelli bagnati e, mentre Gregori la penetrava, sprofondando in quella fessura stretta e vellutata, Savannah gli perforò la pelle con i denti, cosicché lui, con il corpo, l'anima e la mente, fluì dentro di lei.

Gli sfuggì un urlo roco: era già al colmo dell'estasi, stava possedendo la sua compagna per la vita com'era giusto che fosse, senza riserve, senza impedimenti, senza che tra loro ci fosse alcuna barriera. Nella testa di Savannah si susseguivano immagini erotiche che Gregori condivise, eccitandola ancora di più. Il carpaziano non doveva preoccuparsi di nasconderle nulla, non aveva ragione di temere che qualcosa avrebbe potuto allontanarla da lui. Si limitò ad abbandonarsi a un intenso piacere. Fiamme, scariche elettriche, lampi di luce calda e bianca, il ritmo della penetrazione che diventava sempre più frenetico.

Savannah era sempre stata nella sua anima; e adesso lui la stava possedendo: lei gli si era arresa in maniera incondizionata, lo aveva accettato completamente, aveva fede e fiducia in lui. Gli passò la lingua sul collo per richiudere i piccoli buchi che gli aveva fatto e inarcò la schiena, offrendogli i seni, sodi e perfetti. «Tocca a te. Nutriti. Fammi rifluire dentro di te, così come ho fatto io».

Tra le braccia di Gregori, Savannah era minuscola e leggera, piccolissima rispetto al carpaziano, eppure muovendo i fianchi a un ritmo forsennato, lui le sprofondò dentro, arrivando quasi a toccarle l'anima: i loro corpi erano fatti l'uno per l'altro. Gregori prima la baciò, mordendole le labbra e assaporando il gusto del sangue. Poi le graffiò con i denti e la gola e scese più giù, fino alla morbida curva dei seni.

Savannah si muoveva insieme a lui, al suo stesso ritmo, appassionata e scatenata, tenendogli la testa fra le mani e spingendolo a nutrirsi di lei. *Ho bisogno di te.* Nella sua voce c'era una punta di lamentosa sofferenza che spinse Gregori a non temporeggiare oltre. Le affondò gli incisivi sul seno.

Savannah urlò, aggrappandosi a lui; fremette con una tale intensità e fu investita da una scarica di godimento così forte che pensò di essere sul punto di esplodere. Gli conficcò le unghie in una spalla per ancorarsi a lui, mentre Gregori continuava a muovere i fianchi, selvaggio, indomito e disinibito. Raggiunsero contemporaneamente la vetta del piacere e Gregori sollevò la testa, emettendo un grido rauco, incapace di contenere l'impeto selvaggio che gli ardeva nelle viscere.

Savannah si strinse a lui e gli poggiò la testa sulla spalla. Gregori attese di sentire il battito del proprio cuore per assicurarsi di essere ancora vivo. Percepì qualcosa che si muoveva tra i loro corpi e vide una piccola goccia di sangue scorrerle sullo stomaco e cadere su di lui. Chinò la testa e passò la lingua sui segni che le aveva procurato con i denti per chiuderle la ferita.

«Ti amo, Gregori», mormorò Savannah, la bocca ancora schiacciata sul suo collo. «Ti amo davvero. Ti amo per quello che sei. Capito?».

Gregori spense le candele con un cenno della mano, facendo piombare la stanza nella più totale oscurità. Ancora abbracciati, vennero accolti dal fertile suolo della loro patria, che li stava aspettando. Un immediato senso di pace invase le loro menti eccitate e fece rallentare il battito del loro cuore.

«Sarai mia per il resto dell'eternità, Savannah, finché non ne avremo entrambi abbastanza di questa vita e sceglieremo insieme di scendere nell'oltretomba». Seppur riluttante, Gregori la lasciò andare e abbassò il capo per leccare la sottile scia rossa che le macchiava la pelle candida. Si sistemò accanto a lei in maniera tale da poterle poggiare la testa sul seno.

Savannah gli passò una mano fra i capelli bagnati e lo abbracciò, mentre il sonno pesante dei carpaziani calava su di lei. Gregori la fece sistemare in modo da poterle mettere una gamba sulle cosce e da riuscire ad accarezzarle tutto il corpo, impresso nel terreno proprio accanto al suo.

Con la forza del pensiero fece in modo che la porta si chiudesse senza emettere alcun rumore e li sigillasse nella stanza. Aveva tessuto numerosi incantesimi protettivi, alcuni dei quali addirittura letali. Chiunque avesse disturbato il loro sonno avrebbe rischiato la vita. Le accarezzò i capelli, felice. In pace con il mondo. «Sei così minuta, piccola mia, eppure riesci a darmi un enorme piacere». Prima il suo respiro caldo poi la sua lingua le stuzzicarono il capezzolo, una lenta, calma carezza. «Ho fatto l'amore con te ogni volta che ti ho stretto fra le braccia. Non temere, non può esserci qualcun altro per nessuno di noi due, Savannah».

Lei si stiracchiò con aria soddisfatta e assonnata e quel piccolo movimento avvicinò il suo seno alla bocca di lui. Gli passò delicatamente le mani fra la folta chioma. «Io non mi preoccupo affatto, amore mio. Lo so che non c'è nessun altro».

Gregori, indolente e appagato, le sfiorò di nuovo con la lingua la pelle liscia e morbida. «Uno come me, che ha vagato per secoli nella più profonda oscurità, ci mette un po' ad abituarsi all'idea che la luce non svanirà un'altra volta. Dormi, Savannah, sei al sicuro qui, fra le mie braccia. Lasciamo che il suolo carpaziano ci guarisca e ci porti sollievo, così come Julian aveva previsto che facesse».

Savannah rimase in silenzio per un attimo, ma il fatto che lui si fosse nutrito dal suo seno le aveva causato una serie di piccoli fremiti e si era sentita sommergere da ondate di liquido caldo. «Sì, basta che ti comporti bene». Nel suo tono c'era una punta di ironia, che lasciava intendere che avrebbe fatto qualsiasi cosa lui le avesse chiesto.

Gregori voleva che Savannah si addormentasse e si insinuò silenzioso nella sua mente per convincerla di sentirsi sempre più stanca, tuttavia lui non riuscì a cedere subito al sonno. Continuò, tenero e delicato, a stuzzicarle il seno per qualche minuto. Lei lo abbracciò stretto e nel frattempo sprofondò in un indistinto sogno erotico.

«Adesso dormi», le ordinò lui e, mentre il sole stava per sorgere, entrambi si abbandonarono all'abbraccio del suolo guaritore.

Capitolo 13

Gary cercò di far finta di niente, ma Savannah, che gli stava preparando una tazza di caffè, era pallidissima. La sua pelle morbida come la seta sembrava quasi trasparente. L'umano si sentiva un po' intontito per via della trance cui era stato indotto, e svegliarsi gli era risultato difficilissimo, persino dopo essersi fatto una lunga doccia. Quando si era alzato aveva trovato dei vestiti puliti poggiati sul letto, senza che avesse la benché minima idea di chi fosse stato a portarglieli.

Savannah era bellissima: si muoveva per casa come acqua che scorre, come musica nell'aria. Indossava un paio di jeans scoloriti e una maglietta azzurro chiaro che le aderiva alle curve e sottolineava la vita sottile e il busto stretto. I lunghi capelli erano acconciati in una treccia che le arrivava appena sopra il sedere. Gary cercò di distogliere lo sguardo. Non c'era traccia di Gregori in giro quel pomeriggio, ma non voleva correre alcun rischio. Aveva la sensazione che la semplice occhiata di un altro uomo alla sua donna sarebbe bastata a mandarlo su tutte le furie. «Non appena torna Gregori, ti portiamo a cena fuori», gli disse Savannah, tendendogli una tazza di caffè fumante, che l'umano accettò di buon grado.

Era già buio. Gary non immaginava nemmeno che cosa fosse accaduto da quando, la sera prima, erano rientrati a casa. Si schiarì la gola, nervoso. «Che cosa è successo di preciso la notte scorsa? Tutto ciò che riesco a ricordare è di essere tornato con voi e poi di essermi svegliato un'oretta fa. Ne deduco di aver dormito per tutto il giorno». Sembrava un po' più diffidente rispetto a prima. Rendersi conto che qualcuno ha preso il completo controllo della tua esistenza dev'essere un'esperienza piuttosto singolare.

«Non ti abbiamo svegliato finché non siamo stati certi che fossi al sicuro. La notte scorsa Gregori ha avuto uno scontro con due fantocci di un non-morto e con un vampiro meno potente. Li ha sconfitti, ovviamente, e distrutti, in modo tale che non possano nuocere più a nessuno. Per te era meglio rimanere qui. Non ti stiamo tenendo prigioniero. Vogliamo solo che tu sia al sicuro». Dalle parole di Savannah trapelò una punta di divertimento. «Non credo che Gregori abbia deciso cosa fare di te».

Gary ebbe un tuffo al cuore. Si schiarì di nuovo la gola. «Spero che le tue parole abbiano un'accezione positiva».

Savannah lo guardò e rise. «Pensi davvero che voglia farti del male? Gregori può leggerti nel pensiero. Se fossi stato un nemico ti avrebbe ucciso in quel magazzino». Si sporse sul tavolo con aria un po' cospiratoria. «Certo, si tratta pure sempre di una persona del tutto imprevedibile, per cui non puoi mai sapere che cosa gli passa per la testa o che cosa ha intenzione di fare...». Si interruppe, ridendo e sollevando un braccio, come se qualcosa le avesse circondato la vita e le avesse fatto fare un passo indietro. Savannah venne trascinata per la cucina da un'entità invisibile. Rideva e i suoi occhi blu erano pieni di malizia.

Gregori la prese per il polso e la portò con sé in giardino, un rifugio protetto dal folto delle piante alte. I fiori caddero dalla cima degli alberi, lasciando una traccia del loro passaggio, e lui emerse dal buio della notte. «L'hai fatto apposta, volevi spaventare a morte quel ragazzo», la accusò.

Lei inclinò la testa per guardarlo negli occhi e le stelle della notte le illuminarono lo sguardo. «Be', d'altronde chi mai potrebbe dubitare di te?». Gli accarezzò il duro profilo della mascella, passandogli la punta di un dito sulle labbra perfette.

«Smettila di pensare di dovermi proteggere, Savannah. È già tanto che io abbia te. Non ho bisogno di nessun altro». Chinò la testa e la baciò. Per via del suo insaziabile appetito ci mise il doppio del tempo a staccarsi; oltretutto, il pensiero che lei sarebbe corsa in sua difesa lo fece fremere di piacere.

Nel momento stesso in cui le loro labbra si toccarono, Savannah sentì la terra muoversi sotto i suoi piedi, quel movimento tutto particolare che sentiva ogni volta che lui le si avvicinava, e il fuoco cominciò a scorrerle nelle vene, caldo. Ebbe la sensazione che il suo corpo si stesse sciogliendo, come se fosse diventata improvvisamente priva di scheletro, e si stesse fondendo a quello di lui. Gregori la abbracciò forte. «Nutriti, piccola mia. Fallo per me». Savannah accostò obbediente la bocca al collo di lui; sentì con la lingua le pulsazioni della vena. Fu una sensazione voluttuosa. Erotica. Gregori, travolto dal desiderio, si irrigidì. La vena prese a pulsare ancor più freneticamente in risposta alle carezze esplorative di Savannah. Il carpaziano la prese per la vita sottile e la attirò più vicina a sé, stringendola forte tra le braccia.

Savannah si prese il tempo di cui aveva bisogno: lo stuzzicò, lo provocò, lo aizzò sempre di più. Si divertiva a far eccitare Gregori e a farlo diventare aggressivo, le piaceva il contatto dei fianchi di lui schiacciati contro i propri. Non appena gli affondò i denti nel collo, Gregori emise una specie di roco ruggito, un grido inarticolato: lampi di luce bianca avevano preso a sfrigolare e a danzargli attraverso il corpo, un misto di dolore ed estasi, al punto che sarebbe stato impossibile stabilire dove finisse una sensazione e cominciasse l'altra.

All'improvviso Gregori avvertì una presenza nell'aria, un lieve fruscio, e capì che non erano soli. Tenendo Savannah stretta a sé per proteggerla, facendole scudo con il proprio corpo da eventuali occhi predatori, Gregori si guardò intorno e individuò un uomo che si aggirava per il giardino. Gary ancora non li aveva notati, meravigliato com'era dalla bellezza di quel giardino interno. Gregori si nascose nell'ombra, rendendo se stesso e la sua compagna invisibili. Mise una mano dietro la nuca di Savannah, facendo aderire la bocca di lei al proprio collo.

Il modo in cui Savannah si nutriva stava suscitando in Gregori ulteriori stimoli. Considerando il fuoco della passione che quel gesto scatenava dentro di lui, il carpaziano non riusciva nemmeno a immaginare che Savannah bevesse il sangue di qualcun altro. Lentamente e con una certa riluttanza, lei richiuse le minuscole ferite con la lingua e sollevò la testa. Aveva lo sguardo assonnato, come se avessero appena fatto l'amore, e quelle labbra lo tentarono. Una piccola goccciolina rossa le colava da un angolo della bocca e Gregori subito si chinò a leccarla per sentirne il sapore.

Poi la baciò, prima in maniera impetuosa, poi in modo più lento e dolce, così teneramente da lasciarla di stucco. Savannah gli sorrise, e dal suo sguardo trapelò l'intensità dei suoi sentimenti. «Non siamo da soli, amore mio», le disse lui all'orecchio.

Lei ridacchiò con una punta di rammarico, gettando indietro la testa e facendo ondeggiare la lunga treccia. «Non sei stato tu a insistere perché quel ragazzo rimanesse?»

«Veramente credevo che fossi stata tu», la corresse lui tra i denti. Per Gregori, Savannah era diventata una droga. Una follia alla quale non aveva alcuna speranza di sfuggire. E lui nemmeno voleva sfuggirvi. Le accarezzò il seno attraverso la sottile maglietta di cotone.

La leggera brezza notturna era fresca. I pipistrelli volteggiavano sopra le loro teste. Il profumo dei fiori saturava l'aria e i loro corpi nel frattempo erano diventati un unico groviglio. Savannah scoppiò a ridere, una risata gioiosa che riecheggiò nel cuore del compagno. «Stai attento, Gregori, nessuno di noi due vuole che la fama di lupo cattivo che ti sei costruito vada in fumo». Gli allacciò le dita dietro la nuca.

«Sei tu che mi istighi», la accusò lui.

Savannah gli mordicchiò un orecchio, stuzzicandolo con la punta della lingua. L'odore del caffè aleggiava intorno a loro. I passi di Gary, che calzava un paio di scarpe da tennis, si sentivano appena sul pavimento del patio. Il giovane si avvicinò all'anfratto in cui Gregori e Savannah si erano nascosti e, quando passò accanto a un'enorme felce, i suoi vestiti frusciarono.

Gregori si ritrovò a dover reprimere un ringhio. Savannah gli strinse le braccia al collo e lo baciò, con calma, prendendosela comoda, assaporando il gusto delle fiamme che bruciavano dentro di lui e minacciavano di consumarlo, di fargli perdere il controllo. *Stai giocando con il fuoco, mia cara.*

Mmh, un gioco davvero delizioso, mormorò lei, abbandonandosi all'intenso piacere che quel bacio passionale le dava.

Gary era proprio dall'altra parte dell'albero dietro cui erano nascosti, a dividerli c'erano solo il caprifoglio e la folta bignonia. Gregori assunse il controllo della situazione e, riluttante, sollevò la testa con un'oscura promessa nello sguardo, facendosi sfuggire un lamento gutturale.

Gary credeva di essere solo. Lanciò un'attenta occhiata in giro e le sue dita si strinsero sul manico della tazza di caffè. Riuscì a sentire la bassa risata di Savannah. Sexy. Attraente. Scosse la testa. Quella donna era una minaccia. Se fosse stata sua l'avrebbe detestato. Soltanto un uomo molto forte e capace di non avere nessun amico di sesso maschile poteva stare con una sirena come quella. Più che indomabile, era una catastrofe perenne.

Stai leggendo i pensieri di quell'uomo, piccola mia? La voce soddisfatta di Gregori riecheggiò come un sussurro nella mente di Savannah. *Persino uno come lui ha capito che sei ingovernabile come il vento.* Con sommo dispiacere, si ritrovò costretto ad allentare la presa e a smettere di abbracciarla. *Vai a casa.*

Savannah sgranò gli occhi per la sorpresa. *Credi che Gary potrebbe pensare che stiamo facendo l'amore? Lo avremmo fatto, se solo non si fosse messo a gironzolare per il giardino interrompendoci.*

Fomentami ancora, piccola, e farò qualcosa che potrebbe non piacerti.

Lei scoppiò a ridere, senza spaventarsi neanche un po', e attraversò disinvolta il giardino. Una volta che ebbe raggiunto Gary, gli si accostò e gli soffiò un alito di aria calda nell'orecchio.

Savannah! Quello di Gregori era senza dubbio un ruggito, un'evidente minaccia.

Vado, vado, rispose lei, per nulla pentita.

Gregori si assicurò che lei fosse al sicuro tra le pareti di casa prima di emergere dall'ombra. Il cuore di Gary cominciò a martellargli nel petto e il carpaziano avvertì quel battito forte come un tuono. Sorrise, mostrando i denti come un predatore. «Nonostante abbiamo trascorso un bel po' di tempo insieme, mi sa che non ci siamo ancora presentati. Io sono Gregori, il compagno per la vita di Savannah».

«Gary. Gary Jansen. Tua... moglie, Savannah, ha detto che potevo dare un'occhiata in giro».

«Sì, Savannah è mia moglie», confermò Gregori, con un'aria severa e minacciosa in netto contrasto con la voce melliflua.

«Be'...», fece Gary, tanto nervoso che cominciò a sudare freddo.

«Vieni in casa e decidiamo cosa fare». Gregori gli era passato già davanti, camminando senza produrre alcun rumore, come faceva sempre.

Gary lo seguì. Savannah era davanti al camino. La sua pelle aveva di nuovo un colorito sano. Nell'abisso di quegli occhi violetti, quando il suo sguardo si posò sul volto impassibile di Gregori, passò un lampo. Quelli argentei di Gregori si fermarono sul viso di Savannah. Non erano più freddi e inespressivi come qualche attimo prima, si erano trasformati in due pozze, teneri e protettivi. Quando Gregori aveva quell'aspetto, era impossibile temerlo.

«Ho esaminato diverse alternative in relazione al nostro problema, Gary», fece il carpaziano a voce bassa. «Te le esporrò e tu sceglierai quella che ritieni più adatta».

Gary assunse un'aria visibilmente più rilassata. «Sì, mi sembra un'ottima idea».

«Ti verrà data la caccia dai vampiri e dagli umani che fanno parte della setta», lo avvisò Gregori. «Devi cominciare a evitare qualsiasi posto che prima frequentavi abitualmente. Questo vuol dire che devi anche stare alla larga dalla tua famiglia, da casa tua e dal tuo lavoro. È lì che quella gente ti sta aspettando».

«Io devo lavorare, Gregori. Non ho molti risparmi da parte».

«Puoi lavorare per me. Gestisco molti affari e mi farebbe comodo qualcuno di cui potermi fidare. Possiamo organizzarci e farti trasferire in una qualsiasi delle città degli Stati Uniti in cui si trovano i miei uffici o – e potrebbe essere una soluzione ancor più sicura – in Europa. Dipende se decidi di conservare i tuoi ricordi o se rinunci ad avere memoria di ciò che è accaduto».

Savannah si appoggiò al muro, scioccata dalla proposta di Gregori. Leggera come una piuma, gli sfiorò la mente. Subito, l'attenzione di Gregori si concentrò su di lei. *Stai zitta, Savannah.* Si trattava di un ordine. Sebbene il volto del suo compagno fosse impassibile come sempre, lei avvertì la forza di quell'imperativo e rimase in silenzio a guardarlo.

«Non voglio che cancelli i miei ricordi», rispose Gary. «Te lo avevo già detto. Inoltre, credo di avere il diritto di aiutarti a risolvere questa faccenda, piuttosto che essere mandato in chissà quale Paese straniero, come se fossi un ragazzino».

«Non conosci i pericoli che correresti, Gary. Ma forse potrebbe essere una buona idea. Se insisti nel voler mantenere i tuoi ricordi, non posso fare altro che proteggere Savannah e gli altri membri della nostra razza. Non avrò scelta: dovrò prendere il tuo sangue, in modo tale da poterti governare a mio piacimento».

Gary impallidì. Mise giù lentamente la tazza di caffè, la mano gli tremava. «Non capisco».

«Adesso riesco a leggerti nel pensiero, ma solo se ti sono vicino. Se invece berrò il tuo sangue, potrò sempre sapere dove ti trovi, seguire le tue tracce senza alcuna difficoltà e sapere che cosa stai pensando. Se avessi intenzione di tradirci, lo scoprirei». Gregori si sporse verso di lui e catturò il suo sguardo. «Cerca di capirmi, Gary. Se fossi costretto a farlo, potrei darti la caccia. Potrei trovarti. E ucciderti». Le sue parole e il modo in cui lo fissava erano estremamente convincenti.

Gary non riusciva a distogliere gli occhi da lui. Aveva come la sensazione che quello sguardo penetrante potesse vedere nel profondo della sua anima.

«Immagino che debba rifletterci su», proseguì Gregori, in tono quasi gentile. «Devi essere tu a decidere. Qualunque sia la tua decisione, noi la rispetteremo e faremo del nostro meglio per proteggerti. Hai la mia parola».

«Mi avevi detto che i vampiri sono i più abili imbroglioni in circolazione. Come faccio a sapere che mi stai dicendo la verità?»

«Non puoi. Puoi solo intuire cosa è giusto e cosa è sbagliato. Ecco perché è necessario che ti prenda del tempo prima di decidere il da farsi. Una volta che avrai scelto, noi tutti dovremo convivere con la tua decisione».

«Fa male?», chiese Gary, curioso. Il suo cervello da scienziato stava già raccogliendo dati utili.

Savannah scorse un piccolo sorriso nella mente di Gregori, un'improvvisa ammirazione per quell'umano esile che si era alzato in piedi e aveva cominciato a misurare la stanza a grandi falcate.

«Non sentirai nulla», rispose Gregori con voce calma e neutra. Non voleva in alcun modo influenzarlo.

«Immagino che sia troppo chiedere di essere morso da Savannah». Gary provò a fare una battuta. Si strofinò il collo e le scene di tutti i film su Dracula che aveva visto gli si affastellarono in testa.

Gregori, per tutta risposta, emise un ringhio soffocato. Savannah scoppiò a ridere. Riusciva a sentire la crescente agitazione di Gary. Il ragazzo si passò una mano tra i capelli. «Devo darti una risposta adesso?»

«Prima di uscire da qui», ribatté Gregori.

«Be', non è che sia poi tanto allora il tempo a mia disposizione per riflettere», mugugnò l'altro. «E se tu dovessi cancellare i miei ricordi, io tornerei alla mia vita quotidiana senza avere la benché minima idea dei rischi che corro. Una soluzione davvero comoda per liberarti di me, non trovi?». Le sue parole erano intrise di sarcasmo.

Gli argentei occhi di Gregori si strinsero fino a diventare fessure. Il carpaziano fremette, un minaccioso guizzare di muscoli, come quando un predatore sguaina gli artigli. Savannah gli poggiò una mano sul braccio per trattenerlo, accarezzandolo per placarlo. All'improvviso la tensione che si era creata nella stanza si dileguò. Ma quegli occhi da felino rimasero fissi sul volto di Gary. «Se ti volessi morto, Jansen, credimi, lo saresti già. Uccidere è una bazzecola per uno come me, che ha migliaia di anni».

«Non intendevo offenderti, Gregori», fece Gary. «Il fatto è che non è facile. Non mi è mai accaduto niente del genere prima d'ora. O almeno non credo. Per caso ci siamo già incontrati?»

«No», rispose Savannah, seria. «Te lo avremmo detto. Stiamo cercando con tutte le nostre forze di essere più onesti possibile. Si tratta di un'offerta favolosa, Gary, io non ci penserei due volte. Non hai idea di quale onore sia...».

«Silenzio, Savannah. Deve scegliere da solo, senza che qualcuno lo convinca. È una decisione che deve prendere solo e soltanto lui», la rimproverò Gregori.

Quel ragazzo non ha capito quale onore gli stai facendo, argomentò lei. *Se se ne rendesse conto, sarebbe meno agitato.*

Per favore, Savannah. Lascialo decidere da solo.

Gary alzò una mano. «Non fatelo. Lo so che state parlando tra di voi. Sono già abbastanza nervoso. Ok, ok. Facciamolo. Mettiamoci un punto. Datemi un morso sul collo. Ma, vi avverto, non ho mai fatto niente del genere prima. Potrebbe non essere gradevole per voi». Fece un debole sorriso.

«Stai tranquillo. Non può sorgere alcun problema. L'unica cosa importante è che ti fidi di me. In certe occasioni ho dovuto dare la morte a degli umani. Non potrai più cambiare fazione nel corso della guerra», lo avvisò Gregori.

Gary si inumidì le labbra. «Posso farti qualche domanda?»

«Naturalmente». Gregori rimase sul vago.

«Esistono umani che sono venuti a sapere della vostra esistenza e sono sopravvissuti?»

«Certo. C'è una famiglia che vive con un membro della nostra stirpe da diversi secoli, di madre in figlia e di padre in figlio. Una delle persone più vicine al padre di Savannah era un prete umano. Sono stati buoni amici per quasi cinquant'anni. E una coppia di carpaziani sta crescendo un bambino».

«Quindi io non sarei l'unico a essere a conoscenza della vostra esistenza. No, perché detenere questo sapere è una grande responsabilità. Se non siete vampiri, allora che cosa siete?»

«Carpaziani, una stirpe antica come il mondo. Siamo dotati di speciali poteri, qualcuno lo hai anche visto, e abbiamo bisogno di sangue per sopravvivere, ma non uccidiamo né rendiamo schiave le persone che ci forniscono il nutrimento. Viviamo di notte e dobbiamo evitare la luce del sole». La voce di Gregori era di nuovo priva di qualsiasi cadenza.

«E qual è la differenza tra vampiri e carpaziani?», domandò Gary, eccitato, interessato e in preda a una strana esaltazione.

«Tutti i vampiri un tempo erano carpaziani. Il vampiro è in sostanza un maschio appartenente alla nostra stirpe che ha scelto la follia di un ingannevole potere e tradito le nostre leggi. Se un carpaziano vive troppo a lungo senza la propria compagna per la vita, smette di provare tutte le emozioni e di distinguere i colori. Prevale la sua più intima oscurità e tanto gli umani quanto gli altri carpaziani diventano sue potenziali prede, non solo perché da loro prende il sangue che gli serve per vivere, ma anche perché comincia a sperimentare il puro gusto di uccidere. Il vampiro sceglie la via del male, piuttosto che affrontare l'alba e autodistruggersi. Ecco perché tra i carpaziani ci sono i cacciatori. Costoro sgombrano il mondo dai vampiri e si assicurano che l'esistenza del nostro popolo resti un segreto per coloro che non capirebbero e farebbero di tutta l'erba un fascio, non distinguendo tra vampiri e carpaziani e cercando di distruggerci tutti».

Savannah tolse la mano dal braccio di Gregori. Prese la tazza di Gary e la riempì di nuovo di caffè. «Sembra quasi un B-movie, vero?».

Gary si ritrovò a sorridere. C'era qualcosa nel sorriso malizioso di quella donna che rendeva felice chiunque le stesse intorno. Era contagioso. «E quindi che cosa succede se ti lascio bere il mio sangue e poi tu ti trasformi in un vampiro?»

«Adesso è impossibile che io mi trasformi», disse Gregori piano, affermando con quella sua voce incantevole la pura e semplice verità. «Savannah è la mia àncora, la luce che ha illuminato le tenebre della mia anima».

Gary rimase fermo in piedi per una manciata di secondi, prese un sorso di caffè e si girò verso Gregori. «Facciamolo». Non aveva alcuna difficoltà a credere che Savannah potesse essere la luce di Gregori.

Il carpaziano si insinuò nella mente del ragazzo in maniera tanto delicata che lui nemmeno se ne accorse. Era deciso. Convinto. E li avrebbe aiutati se ne avesse avuto la possibilità. *Vieni qui, non aver paura, non ti farò del male, non ci sarà alcun effetto collaterale.* Indusse Gary a sentirsi rilassato, a suo agio. Il giovane si diresse verso di lui con lo sguardo vitreo di chi è in stato di trance. Gregori piegò il capo sul suo collo e bevve il suo sangue. Badò a non prenderne troppo e a fare in modo che la ferita si rimarginasse subito. Prima di liberare Gary dall'ipnosi, il carpaziano fece un passo indietro e si posizionò alle sue spalle.

Gary scosse la testa un paio di volte. Vacillò e si appoggiò al tavolo. Non aveva visto Gregori muoversi, ma se lo ritrovò comunque dietro, pronto a sostenerlo e ad aiutarlo a sedersi. «Ti daremo qualcosa da mangiare il prima possibile. Siamo arrivati solo la notte scorsa e non abbiamo avuto il tempo di fare la spesa». Gregori lanciò un'occhiata a Savannah. *Dagli un bicchiere d'acqua in modo che riprenda un po' dei liquidi che ha perso, cara.*

Savannah porse a Gregori il bicchiere, guardandolo, ansiosa. Gary si toccò il collo. Gli girava la testa e provava una sensazione di bruciore su un lato della gola, ma quando sfiorò con le dita il punto in cui gli pulsava la vena, ritirò la mano senza che fosse sporca di sangue. Osservò Gregori. «L'hai già fatto, vero?».

«Bevi». Gregori gli portò il bicchiere alle labbra. «Non vedevo alcuna ragione per prolungare l'attesa. Eri abbastanza pronto».

«Benvenuto nel mio mondo, Gary». Savannah gli rivolse uno di quei suoi maliziosi sorrisetti. «Gregori adesso ti considera un membro della sua famiglia che ha bisogno di essere protetto, per cui sarà costretto a comportarsi in maniera incredibilmente autoritaria anche con te».

Gary grugnì. «Non l'avevo considerato. Dannazione. Hai ragione. Non riuscirà a trattenersi. È la sua natura».

«Non cominciate. Non avevo pensato a come sarebbe stato avere a che fare con due come voi, di certo mi farete impazzire». Gregori sembrava disgustato, ma Gary aveva cominciato a capirlo. Il carpaziano non cambiò espressione e il suo sguardo rimase impassibile come sempre, ma l'umano quasi riuscì a sentire la sua intima risata.

«Hai proprio un gran senso dell'umorismo», lo accusò.

«Be', non prendertela con me. È colpa di Savannah. È stata lei a insistere», replicò Gregori, infastidito. «Usciamo e andiamo in un posto in cui ci sia qualcosa di decente da mangiare».

«Avrò un disperato bisogno di sangue, bistecche crude e roba del genere?», chiese Gary, serio.

«Be', in realtà...», cominciò Savannah.

«Non ho la rabbia». Gregori la zittì con un'occhiata. «Non sono contagioso».

«Tutti i libri che ho letto sostengono che se tu bevi il mio sangue, io dovrò bere il tuo e poi diventerò come te». Gary sembrava provare un lieve disappunto.

«Ad alcune persone crescono le ali come ai pipistrelli», ammise Savannah, mordicchiandosi il labbro. «Ecco da dove viene fuori la storia di Batman. E i mantelli. Tutti quei mantelli svolazzanti. Una vera e propria epidemia. Una specie di reazione allergica. Non preoccuparti, avresti già manifestato i primi sintomi se fossi stato uno che ne soffre».

«Fa sempre così?», chiese Gary a Gregori.

«Anche peggio», ribatté Gregori. Ed era la verità.

Il ristorante famoso in cui volevano cenare era pieno e la fila fuori era lunga, ma a Gregori bastò bisbigliare due paroline all'orecchio della cameriera per avere subito un tavolo. Gary sprofondò grato in una poltrona dell'ingresso e bevve i tre bicchieri d'acqua che gli furono portati tutti d'un fiato. Non aveva mai avuto tanta sete in vita sua.

«Da dove cominciamo per risolvere questo pasticcio?», chiese.

«La setta di cui facevi parte... Chi ti ci ha introdotto?», domandò Gregori.

Tutti intorno a loro stavano chiacchierando, alcuni in maniera intima e riservata, altri ad alta voce e in toni spiacevoli, altri ancora si stavano divertendo e ridevano. Gregori e Savannah sentivano tutto. Era ancora troppo presto perché qualcuno notasse la celebre maga, comunque Gregori aveva scelto un tavolo appartato e aveva fatto sedere la sua compagna nell'angolo più buio.

«Tutti a lavoro sapevano della mia ossessione per i vampiri. Era diventata una barzelletta. Qualche anno fa fui avvicinato un uomo di nome David Crocket. Era amico di qualcuno che lavorava in laboratorio. Mi invitò a un incontro. Mi sembrava un po' ridicolo, ma almeno avrei incontrato altra gente che coltivava i miei stessi interessi». Gary si guardò intorno alla ricerca di un cameriere, aveva ancora bisogno di liquidi. Andavano tutti avanti e indietro e nessuno sembrava notarlo. Sospirò. «Quanto meno, mi dissi, avrei raccolto qualche informazione interessante. Ne avevo già diverse. Insomma, ci andai».

Gregori lanciò un'occhiata a un aiuto cameriere che ciondolava vicino a un vaso e il ragazzo istantaneamente prese una caraffa d'acqua e corse a riempire i loro bicchieri. «Dove si tenne l'incontro?»

«A Los Angeles. È lì che lavoro».

«Che cosa hai pensato degli altri partecipanti? Erano dei fanatici? Dei pervertiti come quelli che abbiamo incontrato al magazzino?», indagò Gregori in tono sommesso e a voce così bassa che Gary dovette sporgersi verso di lui per decifrare le sue parole.

Il ragazzo scosse la testa. «No, niente affatto. Alcuni erano lì solo per divertirsi. Non erano davvero convinti, sai, piuttosto li definirei speranzosi. Ecco cosa avevano in comune con chi invece era seriamente interessato alle tradizioni dei vampiri. All'inizio il tono della conversazione era leggero, domande del tipo: non sarebbe fantastico se esistessero davvero? Che tipo di poteri potrebbero avere? Saranno amichevoli? Poi, dopo che avevo preso parte già a qualche incontro, si presentarono due individui che provenivano da un altro gruppo».

Savannah aveva il mento poggiato sul palmo della mano. Fissava Gary impassibile, restando nell'ombra per proteggersi da sguardi indiscreti. Stava utilizzando la semplice tecnica di offuscare la propria immagine per mimetizzarsi e non farsi riconoscere. Non diventava invisibile all'occhio umano, ma si avvolgeva in una specie di bolla d'aria che sfumava i suoi lineamenti e la rendeva irriconoscibile. «Dove si riuniva quest'altro gruppo?».

Gary corrugò la fronte sforzandosi di ricordare. «Sapete, ci sono diversi gruppi. In Europa gravitano quasi tutti nell'area della Transilvania, in Romania. Posti del genere. Questi tipi erano americani però, del Sud… forse della Florida. Sì, della Florida. In ogni caso, avevano un approccio molto più scientifico alla questione. Volevano che ognuno di noi fornisse loro tutte le informazioni di cui era in possesso su coloro che credeva potessero essere vampiri. Gente che vedevamo sempre pallida, che usciva solo di notte. Persone molto intelligenti, che riuscivano a ipnotizzare gli altri e che facevano mistero della propria vita e delle proprie attività».

«È venuto fuori qualche nome?», chiese Gregori.

«Pochi, ma le persone identificate non erano comunque veri vampiri. Nessuno di noi conosceva qualcuno che presentasse tutti i requisiti richiesti. Stavamo solo scherzando e menzionando qualche amico in comune, ma poi abbiamo capito che quei due facevano sul serio».

Arrivò il cameriere e Gary esaminò in fretta il menu mentre Savannah e Gregori ordinavano. Il ragazzo si accorse di avere una fame da lupi. Avrebbe voluto chiedere tutto, ma poi pensò che probabilmente agli altri due non sarebbe dispiaciuto condividere con lui le pietanze. Alzò lo sguardo e vide Savannah sorridergli, un sorriso diabolico e allo stesso tempo ingenuo, che lo faceva sentire parte di un nucleo familiare. Come se fosse uno di loro. Non era più un emarginato, di cui tutti si prendevano gioco.

Savannah tese una mano verso di lui, esitante, poi se la lasciò ricadere in grembo. «Sei un tipo sveglio», si complimentò.

Gary si sentì accettato da tutti e due. Strano, riusciva a percepire che quel flusso di approvazione proveniva da entrambi. Gregori si sporse, prese la mano di Savannah e le diede un bacio proprio al centro del palmo. *Mi dispiace, amore mio, ma sembra che non riesca a vincere certe mie debolezze.*

Non hai motivo di scusarti, amore. Ognuno di noi due sta cercando di imparare a vivere nel mondo dell'altro. Toccare gli altri non è indispensabile per essere felici.

Gregori si portò la mano di lei alle labbra per la seconda volta e le fece una delicata carezza con lo sguardo.

Gary tossicchiò. «Basta con queste smancerie».

Un piccolo sorriso curvò gli angoli della bocca di Gregori. «Che altro hanno detto quei due uomini?»

«Credevo che potessi leggermi nel pensiero», azzardò Gary.

Gregori annuì. «Infatti è così. Ma per farlo dovrei esaminare e passare al setaccio tutti i tuoi ricordi. Per cortesia e rispetto nei tuoi riguardi non lo faccio. Tutti abbiamo segreti che preferiamo tenere per noi, momenti dolorosi o imbarazzanti della nostra esistenza che non desideriamo condividere con gli altri».

«Vale anche per voi due?». A Gary i carpaziani cominciavano proprio a piacere. Aveva capito che, qualsiasi fosse la natura di quel legame, il loro vincolo era qualcosa di unico e speciale.

«Nel caso dei compagni per la vita è diverso», gli rispose Savannah. «Noi siamo due metà dello stesso essere. Quello che sente uno di noi, lo prova anche l'altro. Tra di noi può esserci solo la verità».

«I tipi della Florida». Gregori li riportò al tema principale della conversazione. Mantenersi avvolta in quella bolla d'aria per proteggersi dagli sguardi degli altri clienti del ristorante era molto faticoso per Savannah, ma ogni volta che Gregori cercava di venirle in aiuto, lei opponeva una ferma resistenza. Il carpaziano capì che si trattava di una questione di orgoglio. Per qualche stupida ragione, quella donna voleva dimostrargli di essere una vera carpaziana. Non gli restava che sopportare quell'assurdità. Tuttavia, l'incolumità di Savannah veniva prima di ogni altra cosa. Lei gli lanciò uno sguardo assassino e ritirò la mano proprio mentre arrivava il cameriere con le loro ordinazioni.

Gary aspettò che si allontanasse, poi proseguì a bassa voce. «Due di loro ci dissero che stavano cercando qualcuno in particolare. Persone le cui origini risalissero ad antiche famiglie dell'Est europeo, famiglie che esistevano da centinaia e centinaia di anni e che magari avevano le stesse proprietà da molto tempo. Insomma, questo genere di cose. Tirarono fuori un paio di nomi. Uno era quello di una cantante molto famosa che appariva in pubblico solo di notte e non voleva firmare un contratto con uno studio di registrazione. Dissero che aveva una voce ipnotica, ammaliante. Pare che sentirla cantare fosse un'esperienza indimenticabile. Erano molto interessati al suo caso».

«Quella donna potrebbe essere in pericolo. Come si chiama?».

Gregori scosse la testa in risposta alla domanda di Savannah. A nessuna donna carpaziana sarebbe mai stato concesso di andarsene in giro priva della protezione di un maschio della sua stessa stirpe. Doveva trattarsi di un'umana dalle strane abitudini, che aveva attirato l'attenzione dei membri della setta.

«Usa due diverse varianti dello stesso nome, Desari o Dara. Credo che quest'ultimo soprannome abbia qualcosa a che fare con l'oscurità o con altre stupidaggini del genere. Probabilmente aveva solo bisogno di un nome d'arte: in realtà si chiama Suzy».

«Di preciso cosa volevano che le facessero gli altri membri?», chiese Savannah, spaventata per le sorti di una donna che nemmeno conosceva.

Subito Gregori le inviò telepaticamente il proprio conforto. *Faremo girare la voce tra tutti i carpaziani in modo che sappiano che quella donna è in pericolo e possano sorvegliarla se se la ritrovano nei paraggi.*

Sì, ma in questo Paese siamo troppo pochi. Per la maggior parte del tempo non la proteggerà nessuno. Savannah, sentendosi improvvisamente stanca, si passò una mano sulla fronte. Era stata coinvolta nelle sordide vicende di vampiri e cacciatori di "vampiri" umani da poco, eppure si era già stufata della loro sconfinata perversione.

Forse sarebbe il caso di parlarne a Julian. Gli chiederò di seguire questa cantante in tour finché non sarà fuori pericolo. Non preoccuparti per lei. Una volta che Julian l'avrà messa sotto la propria ala protettrice, non permetterà che le accada nulla di male. Gregori si accorse che Savannah era stanca e affaticata. *Mi occuperò io di proteggerti dagli sguardi indiscreti, piccola mia, e non provare a discutere con il tuo compagno per la vita.* Gregori non lasciò scampo alla sua testardaggine. Assunse il controllo della forza di volontà di Savannah e bloccò qualsiasi suo tentativo di riguadagnare la propria autonomia. Savannah era stanca.

Lei gli sorrise, tenera, dolce, arrendevole. Gregori fece scivolare un braccio lungo lo schienale della sedia su cui Savannah era seduta, con fare protettivo.

Inconsapevole di quello che stava accadendo tra i due carpaziani, Gary continuò a fare conversazione. «Volevano che la sorvegliassimo, che facessimo delle ricerche su di lei, che scoprissimo il più possibile sulle sue origini. E lei non era l'unica. C'era anche un uomo a cui erano molto interessati. Un italiano, credo. Julian Selvaggio o qualcosa del genere».

"Selvaggio" è l'equivalente italiano di Savage. Significa "poco civilizzato", "scontroso". È il cognome di Aidan e Julian. La voce di Gregori era un mormorio nella mente di Savannah.

Il cuore prese a martellarle nel petto. Julian. Ovviamente si trattava di Julian Savage. Rivolse un'occhiata a Gregori. La setta stava aizzando i propri membri contro Julian. Savannah non lo conosceva di persona, ma all'improvviso tutta quella vicenda sembrò riguardarla da molto vicino.

Lo avviseremo, piccola mia. Chi meglio di lui potrebbe proteggere quella donna da coloro che vogliono la morte di entrambi? Julian è un cacciatore molto pericoloso. Uno dei migliori. Dopo tuo padre, è probabilmente il carpaziano più potente che ci sia in circolazione.

Escluso te, immagino, replicò Savannah, leale e sincera.

Gregori concentrò di nuovo la propria attenzione su Gary. «Insomma i membri di questa setta che venivano dalla Florida erano diversi da voi, prendevano la faccenda più sul serio. Vi hanno dato un paio di nomi sui quali raccogliere informazioni. Ce ne sono altri?».

Gary annuì. «Nella mia stanza, in hotel, ho un computer su cui c'è una lista di tutti i soggetti e le attività che hanno destato i loro sospetti».

Gregori si concesse un piccolo sorriso. I suoi denti bianchissimi scintillarono come quelli di un predatore in agguato. «Credo che un giretto al tuo albergo sia proprio quello che ci vuole stasera».

Savannah si gettò la treccia dietro la schiena e si diede un'occhiata intorno. Da quasi tutti i tavoli provenivano scrosci di risate. Quasi tutti gli avventori del locale erano turisti e lei si divertì a prestare orecchio alle varie cadenze e alle diverse lingue. A quattro tavoli di distanza da loro c'era un gruppo di anziani del posto. Savannah trovò il loro dialetto particolarmente affascinante. Tre di loro erano cresciuti insieme e stavano raccontando al quarto, un uomo più giovane, qualche divertente aneddoto della loro gioventù.

Lei si ritrovò ad ascoltare il più giovane, che ridacchiava. «Le dicerie sull'uomo-alligatore circolano dai tempi di mio nonno. È solo una leggenda, una vecchia storia che le mamme raccontano ai bambini per tenerli lontani dalla palude, niente di più. Anche mia madre me la raccontava».

I quattro proseguirono su quell'argomento. Il più anziano, quello con l'accento più marcato, cominciò a parlare in francese, non la lingua elegante che usava Gregori, ma il dialetto del posto. D'un tratto Savannah fu certa che stesse sproloquiando. La voce dell'anziano aveva però una cadenza rilassante, un ritmo unico, tipico di New Orleans.

Mentre lo ascoltava, il vecchio uomo-alligatore diventava sempre più grande. Era enorme, come il coccodrillo del Nilo, e aveva divorato centinaia di cani da caccia, tendendo una serie di agguati e inghiottendo le sue vittime in un solo boccone. Rapiva i bambini dalla riva del canale, proprio davanti alle loro case. Un'intera barca di ragazzi che stavano facendo festa era svanita nella zona in cui si aggirava la bestia. Ogni volta che venivano raccontate, queste storie diventavano sempre più terribili.

All'inizio Savannah sorrise, affascinata dall'antica leggenda, ma a un certo punto cadde in preda alla paura. Lanciò un'occhiata a Gregori. Stava parlando tranquillamente con Gary, ponendogli acuti interrogativi e desumendo una serie di utili informazioni, anche se dava l'impressione di star solo chiacchierando. Lei sapeva che nel frattempo esaminava quello che accadeva intorno a loro e monitorava le altre conversazioni, tuttavia aveva un'aria rilassata e sembrava che non si fosse accorto dell'incombente alone di tenebra.

Savannah si strofinò le tempie che avevano preso a pulsarle e si massaggiò i muscoli tesi del collo. Piccole gocce di sudore le imperlarono la fronte. Cercò di concentrarsi sul quel racconto divertente, sulla storia dell'alligatore, ma più passava il tempo più la sensazione dominante diventava un'oscura apprensione che aumentava, come una terribile malattia che si faceva strada dentro di lei.

Gregori voltò il capo e la squadrò con quei suoi occhi argentei, tutt'a un tratto preoccupato. *Piccola mia, che succede?* Si era già insinuato nella sua mente, fondendola con la propria, in modo tale da percepire la presenza di quell'alone di oscurità che stava rapidamente prendendo possesso di lei.

È possibile che ci sia qualcuno di malvagio nei paraggi?, gli chiese Savannah. Aveva lo stomaco sottosopra.

Gregori studiò la stanza. C'era sempre la possibilità che un nonmorto avesse imparato a nascondersi agli occhi dei carpaziani. Lui ci sarebbe riuscito. Sarebbe stato puro egotismo pensare che un altro non avrebbe potuto farlo. Il vampiro a cui stava dando la caccia era molto anziano. Era riuscito a sopravvivere ai cacciatori proprio in virtù della sua furbizia e della sua capacità di avvertire la loro presenza: fuggiva e tornava sui suoi passi solo dopo essersi accertato di trovarsi al sicuro. Eppure, Gregori dubitava che fosse andato apposta nello stesso ristorante in cui c'era un carpaziano, per il gusto di trarne soddisfazione, a maggior ragione considerando che il cacciatore in questione era Gregori. Il tenebroso. Solo coloro che si erano stancati della propria esistenza osavano sfidarlo.

Gary osservò prima uno e poi l'altra. «Che succede?»

«Stai calmo. Savannah è molto sensibile alla presenza del male. Lo percepisce e io riesco ad avvertirlo tramite lei, ma non sono in grado di identificare il punto della stanza da cui proviene».

«Siamo in pericolo?». Gary trovava l'idea più eccitante che spaventosa. Non vedeva l'ora di assistere all'azione. In stile Rambo.

Savannah e Gregori si scambiarono un breve sorriso. «Gary». Savannah non seppe trattenersi. «Hai visto decisamente troppi film».

«Sì, be', voi non capite cosa questo significhi per me. Per tutta la vita, compagni di classe e amici non hanno fatto altro che prendermi in giro. I più cattivi mi sbattevano contro il muro e mi gettavano dentro i bidoni della spazzatura. E tutto questo soltanto perché facevo i compiti e prendevo buoni voti. Questa sì che è roba eccitante per uno come me».

«Anche per me», mentì Savannah. Non avrebbe voluto entrarci e non avrebbe voluto che ci entrassero nemmeno Gregori e Gary.

Voleva che fossero tutti al sicuro. La cosa che li stava aspettando, accovacciata in attesa che la stanassero, esalava il terribile tanfo del male. Quella puzza le era penetrata dentro, lasciando dietro di sé una sensazione di vertigine e malessere. «Devo uscire da qui, Gregori».

Andrà tutto bene, amore mio. Andremo via da questo posto subito. Sembra proprio che tu abbia ereditato il dono di tua madre. Esaminò la stanza ancora una volta. Non avvertì nulla eccetto le risate dei turisti e le bonarie battute della gente del posto. Gregori chiamò il cameriere, pagò il conto e sostenne Savannah per il braccio mentre si faceva strada tra i tavoli.

Capitolo 14

Fare una passeggiata per il Quartiere Francese con la brezza notturna aiutò Savannah a rimuovere dalla propria anima la presenza del male. Chiunque o qualunque cosa ci fosse stata nel ristorante, non li aveva seguiti fuori. In pochi minuti, si riprese. Gregori le teneva un braccio sulle spalle. Rimase in silenzio, ma fuse la propria mente con quella di Savannah e osservò le tenebre dileguarsi rapidamente.

Gregori li guidò senza proferire parola verso l'hotel in cui alloggiava Gary. Voleva la lista con i nomi, voleva capire quanto si era allargato il raggio d'azione della setta. Gary credeva che i membri della società segreta fossero perlopiù persone come lui, che speravano che i vampiri esistessero davvero e avessero le caratteristiche dei romantici personaggi protagonisti di film e romanzi. Ma Gregori aveva visto di cosa erano capaci quegli umani depravati. Aveva assistito all'evoluzione della setta nel tempo. Donne violentate e uccise, innocenti e bambini assassinati. Prese per mano Savannah, e la vicinanza di lei gli procurò un po' di pace e di sollievo. Il vento soffiò via i suoi oscuri e spiacevoli ricordi.

Le dita di Savannah si intrecciarono alle sue. «Hai capito cos'era?»

«No, ma c'era davvero, cara. Ti ho letto nel pensiero. Non è stato frutto della tua immaginazione». Continuarono a camminare, confortati dal reciproco silenzio.

A un isolato dal suo hotel Gary si schiarì la gola. «Pensavo a quando hai detto che tornare nella mia stanza sarebbe potuto essere pericoloso».

«La vita è pericolosa, Gary», disse Gregori in tono sommesso. «E tu sei Rambo, ricordi?».

La risata di Savannah risuonò cristallina, facendo a gara con il quartetto jazz che suonava all'angolo della strada. La gente si girò a guardarla, poi rimase a fissarla, distogliendo la propria attenzione dal gruppetto che si era radunato a semicerchio attorno ai musicisti. Savannah era a proprio agio nel mondo degli umani, del tutto integrata. Gregori preferiva camminare nell'ombra. Lei invece lo stava trascinando nel suo universo. Quasi non riusciva a crederci: stava percorrendo una strada affollata insieme a un mortale e metà dei passanti li stava osservando.

«Non credevo che sapessi chi è Rambo», disse Savannah, sforzandosi di trattenere una risatina. Non riusciva proprio a immaginare Gregori seduto al cinema a guardare un film con Sylvester Stallone.

«Hai visto qualche episodio di *Rambo*?». Gary era incredulo.

Gregori sbottò in un'esclamazione a metà tra la soddisfazione e la derisione. «Ho letto nel pensiero di Gary qualcosa in merito. Interessante. Stupido, ma interessante». Lanciò un'occhiata al ragazzo. «È lui il tuo eroe?».

Il sorriso di Gary era malizioso come quello di Savannah. «Finché non ho incontrato te, Gregori».

Il carpaziano mugugnò, un ruggito minaccioso e gutturale. Quei due compagnoni continuavano a ridersela senza alcun rispetto, per nulla intimiditi.

«Scommetto che Gregori in segreto è un fan di Rambo», bisbigliò Savannah, come se stesse facendo a Gary una confidenza.

Il ragazzo annuì. «Probabilmente si intrufola di nascosto al cinema per guardare tutti i suoi vecchi film».

Savannah a quel punto stava ridendo davvero di gusto e le dolci note della sua contagiosa risata saturavano l'aria, invitando tutti coloro che la sentivano a unirsi a lei.

Gregori scosse la testa, facendo finta di ignorare sia quei due che le idiozie che dicevano. Ma non riusciva a trattenersi; si sentiva il cuore più leggero, persino mentre esaminava l'hotel e si rendeva conto che presto avrebbero dovuto confrontarsi di nuovo con i malvagi membri della setta, guidati solo dal bisogno di uccidere. Tutt'a un tratto li fece fermare e li costrinse a nascondersi dietro l'angolo dell'edificio. «C'è qualcuno nella tua stanza ad aspettarti, Gary».

«Ma se non sai neanche qual è la mia stanza», protestò l'umano. «Un sacco di gente alloggia in questo albergo. Cerchiamo di non sbagliare».

«Io non sbaglio», replicò Gregori, sottolineando ogni parola con il suono vellutato della sua voce. «Vuoi forse salire da solo?».

Non è necessario, amore, lo rimproverò Savannah. *E non è da te. Ti piace quest'uomo e ti dà fastidio il pensiero che possa correre qualche pericolo.*

Forse mi danno fastidio i modi che usi con lui, suggerì lui, mellifluo. La afferrò per la treccia e gliela tirò.

Vorresti farmelo credere, ma io ti leggo nel pensiero e so che provi sempre più affetto per questo ragazzo.

Gregori non voleva ammettere che Savannah aveva ragione. Quella donna lo stava trascinando nel suo mondo e gli faceva provare sensazioni che lui non approvava. Mikhail era stato a lungo amico di un umano. Gregori era a conoscenza del grande affetto che il principe nutriva per lui, eppure non l'aveva mai capito. Lo aveva rispettato, forse, ma non compreso. Savannah provava una genuina amicizia per Peter. Gregori non si era soffermato a lungo a riflettere sulla natura di quel sentimento, e comunque avrebbe faticato a comprenderla. E invece nei confronti di Gary, a dispetto di se stesso, provava ammirazione e non voleva che a quel ragazzo capitasse nulla di brutto.

«Dimmi cosa vuoi che faccia», fece Gary, quasi con impazienza. Era stufo di essere sballottato a destra e a manca dal bullo di turno.

«Dovrai entrare da solo e cercare di procurarti il maggior numero possibile di informazioni prima che provino a farti fuori», rispose Gregori.

«"Provino". Spero che questa sia la parola giusta», ribatté Gary, nervoso. «"Provino" a farmi fuori».

«Non aver paura, non ti accadrà nulla», lo informò Gregori, cercando di infondergli fiducia. «Ma è meglio che la polizia non venga a cercarti. Questo significa che non dovranno esserci cadaveri in camera tua».

«Be', chiaro. Se ci sono dei vampiri e dei pazzi assassini che mi danno la caccia, non abbiamo bisogno che ci si metta anche la polizia», ammise Gary. Aveva cominciato a sudare e i palmi delle sue mani erano così umidi che dovette strofinarseli sui jeans.

«Non preoccuparti». Gregori gli fece un sorriso che avrebbe dovuto rassicurarlo, uno di quei sorrisi che facevano venire in mente una bara spalancata. «Io sarò sempre al tuo fianco. Potrai persino divertirti giocando a fare Rambo».

«Quel tipo ha un'enorme pistola», puntualizzò Gary. «E io sto andando di sopra a mani nude. Credo sia il caso di dirvi che non ho mai avuto la meglio in una scazzottata. Sono stato infilato dentro i bidoni dell'immondizia e dentro i gabinetti e mi hanno imbrattato la faccia. Io non sono affatto bravo a fare a botte».

«Io sì», ribatté Gregori, dando a Gary una pacca sulla spalla. Era la prima volta, a quanto ricordava il ragazzo, che il carpaziano lo toccava con fare cameratesco. «Gary sta mettendo le mani avanti, cara, eppure si è scagliato contro un uomo che brandiva un coltello protetto solo da un camice da laboratorio».

Gary arrossì violentemente. «Sai bene perché mi trovavo in quel magazzino», ricordò a Gregori, imbarazzato. «Ho sviluppato un tranquillante che fa effetto su di voi e quella gente l'ha trasformato in una specie di veleno. Dobbiamo rimediare. Se stanotte qualcosa dovesse andare storto e riuscissero a prendermi, sappi che tutti i miei appunti sulla formula sono nel computer».

«Questa storia assomiglia sempre di più a un filmetto di quart'ordine», sospirò Gregori. «Avanti, all'arrembaggio». All'apparenza il carpaziano rimase impassibile, tuttavia non riuscì a trattenersi dal ridacchiare fra sé e sé. «Non preoccuparti per la formula. Ho fatto in modo che uno dei membri della setta mi iniettasse una dose di veleno, in modo tale da riuscire a capire quali sono le sostanze chimiche che lo compongono e lavorare sull'antidoto».

«Non ha funzionato?». Gary era perplesso. Aveva investito moltissimo tempo nell'elaborazione di quella formula. Sebbene Morrison e i suoi amichetti l'avessero modificata, il ragazzo rimase ugualmente deluso.

«Be', Gary, d'altronde, non si può avere la botte piena e la moglie ubriaca». Esasperato, Gregori gli diede una spintarella verso l'ingresso dell'albergo. «Desideravi forse che quel dannato veleno fosse efficace?»

«Ehi, è in gioco la mia reputazione».

«E anche la mia. Sono stato io a neutralizzarne gli effetti». Gregori gli diede un'altra piccola spinta. «Avanti».

Gary si concentrò un attimo per ricordarsi il codice della porta d'ingresso, che veniva chiusa quando non c'era un impiegato alla reception. La serratura scattò e lui si voltò, sorridendo trionfante, ma i due carpaziani erano spariti, si erano dissolti nell'aria. Rimase immobile per un momento, il cuore che gli martellava nel petto, fermo sulla soglia dell'albergo, sperando che non lo avessero abbandonato. *Rambo.* Quel nome gli riecheggiò in testa come un talismano. Deciso, attraversò la hall, arrivò davanti alla porta della sua stanza e inserì la chiave nella toppa.

Appena aperto l'uscio, Gary sentì qualcosa di freddo strofinarglisi addosso. Doveva essere Gregori che gli si era messo davanti per fargli scudo… o almeno Gary sperava che fosse così. In ogni caso si sentì rincuorato.

Due uomini si voltarono a guardarlo. La stanza era sottosopra. Cassetti rivoltati, vestiti sparsi ovunque, persino tutti i libri strappati. Gary si fermò sulla soglia. Uno dei due tirò fuori una pistola. «Avanti, chiudi la porta», gli ordinò laconico.

Dopo aver affrontato Gregori, nessuno poteva sembrargli più minaccioso del carpaziano. Gary si accorse di non essere spaventato quanto lo sarebbe stato un tempo se si fosse trovato nella stessa situazione. Chiuse la porta con cautela e si voltò verso i due sconosciuti. Quelli si scambiarono una rapida occhiata, visibilmente a disagio per il fatto che il ragazzo non appariva sconvolto più di tanto. Credevano che sarebbe stato un lavoretto semplice.

«Sei tu Gary Jansen?», chiese quello con la pistola.

«Questa è la mia stanza. Forse dovreste essere voi a presentarvi». Gary diede un'occhiata a quel disastro. «Siete ladri qualsiasi o cercate qualcosa in particolare?»

«Siamo qui per farti alcune domande. Hai chiamato Morrison al suo numero privato, dicendogli che stava succedendo qualcosa al magazzino. Quando siamo arrivati lì, il laboratorio stava andando a fuoco e due dei nostri erano morti. E la vampira era stata portata all'ospedale».

«Allora non avete ancora capito che non si trattava di una vampira. Era solo una povera ragazza che amava uscire di notte per giocare a fare la succhiasangue e a cui piaceva tutta quella roba gotica. Per i giovani è solo un passatempo. Un modo per richiamare l'attenzione. Non è una vera vampira. Dovreste conoscere la differenza tra un'adolescente che ha voglia di divertirsi e un non-morto», li rimproverò Gary.

«Tu sai qual è?», gli chiese quello con la pistola. Un'improvvisa intuizione lo aveva reso sospettoso.

Gary si guardò intorno e abbassò la voce, con aria cospiratoria. «Prima ditemi chi siete».

«Io sono Evans. Derek Evans. So che hai sentito parlare di me. Lavoro per Morrison. E lui è Dan Martin. Avete parlato al telefono qualche giorno fa».

«Avresti dovuto darmi ascolto», Gary redarguì Martin. Quello si passò una mano fra i capelli e sprofondò in una poltrona. «La ragazza non era una vampira e quei due idioti erano completamente impazziti. Non intendevano sul serio scoprire la verità. Non avrebbero riconosciuto un vampiro neanche se li avesse morsi sul collo».

«Ma tu sì, vero?», disse Martin. «Tu ne hai visto uno». Sebbene non volesse, dalla sua voce trapelò una specie di timore reverenziale.

«Ho cercato di dirtelo, ma tu non hai voluto ascoltarmi», rispose Gary, scuotendo la testa. «Ti avevo detto di portare Morrison al magazzino. Adesso dov'è?»

«Ci ha spedito a cercarti, Gary. Pensa che tu lo abbia tradito». Evans abbassò la pistola. «Che cosa è successo in quel magazzino?»

«Prima di raccontartelo, devo sapere se Morrison e la sua setta avevano autorizzato l'uccisione di quella povera ragazza», disse Gregori, mantenendo il tono della voce molto basso.

Martin rivolse una breve occhiata a Evans. «Naturalmente no, Gary. Morrison non vorrebbe mai che venisse fatto del male a un'innocente».

«E per quanto riguarda la mia formula? Ho sviluppato un tranquillante per aiutare i membri della società segreta a domare un vampiro, a catturarlo, a studiarlo, non a farlo a pezzi. Quando ho cominciato ad avere a che fare con la setta, mi era stato detto che era questo il suo obiettivo. E invece la mia formula è stata corretta con il veleno. Dev'essere stato Morrison a ordinarlo».

«Morrison è esperto di vampiri. Ha pensato che il tranquillante non avrebbe funzionato a dovere», suggerì Martin.

«Non si trattava nemmeno di un semplice veleno», sbottò Gary. «Era progettato per essere doloroso. Morrison vuole uccidere i non-morti, non studiarli. Il veleno era ad azione rapida, estremamente potente e letale».

«Il capo vuole parlare con te. Vieni con noi, Gary. Lascia che sia lui a spiegarti tutto». Martin proseguì: «Ci ha mandato qui per proteggerti. Era molto preoccupato dopo ciò che è accaduto al magazzino».

«È per questo che avete messo sottosopra la mia stanza?», chiese Gary.

«La scorsa notte non sei tornato a dormire. Ti abbiamo aspettato tutto il giorno e poi abbiamo deciso di rovistare in cerca di indizi sulla tua sparizione», gli spiegò Evans, ragionevole.

«E la pistola?», sbottò Gary.

«Eravamo preoccupati per la nostra stessa incolumità. Morrison pensa che forse la colpa di quanto è accaduto al magazzino è di un vero vampiro. Temeva che ti avesse trasformato, e il fatto che tu non ti sia fatto vedere per tutto il giorno non faceva che rafforzare la sua ipotesi. Non potevamo correre alcun rischio».

«Avete mai visto Morrison durante il giorno?», chiese Gary all'improvviso.

Calò uno sconvolgente silenzio. «Be', sì, certo», balbettò Evans, accigliato, facendo uno sforzo di memoria. Sembrava che tante schegge di vetro gli stessero penetrando nel cervello. Si strofinò le tempie, che avevano cominciato a pulsargli. «Tu l'hai visto, vero, Martin?».

Martin sghignazzò, il volto deformato dal male. «Certo. Un sacco di volte. Anche tu, Evans. Pensaci bene».

Sta mentendo, sussurrò Gregori a Savannah telepaticamente. *È un servo del vampiro. Vuole portare Gary fuori di qui, da qualche parte nel bayou.*

Sei in grado di fermarlo senza attirare le attenzioni della polizia su Gary?

Dobbiamo trovare Morrison. C'è lui dietro tutto questo. Si sta servendo della società segreta per cercare di distruggere la nostra razza. Non possiamo fare altro che fermarlo. Gregori poggiò delicatamente una mano sulla spalla di Gary e gli fu grato quando lui non sussultò. *Vai con loro. Fa' in modo che ci conducano dal loro capo.*

Sentire la voce di Gregori riecheggiargli autoritaria in testa era un po' sconcertante, ma Gary annuì. «Non ho mai pensato che Morrison avesse qualcosa a che fare con quegli idioti del magazzino. Ecco perché l'ho chiamato. Pensavo che forse avrebbe potuto prendere in mano la situazione. Bene, andiamo da lui. Ho una bella storia da raccontargli. Dannazione, nessuno crederà a quello che ho visto». Con studiata ma disinvolta eleganza, Gary si chinò a rovistare fra i mucchi di carta in disordine sul pavimento e agguantò il computer. Spalleggiato dai due uomini uscì sicuro di sé dalla stanza, attraversò la hall e si immerse nel buio della notte.

Che facciamo? Savannah era preoccupata per Gary. Quel ragazzo avrebbe dovuto vivere nel mondo degli umani e questo significava che, qualora quei due individui fossero stati ritrovati morti, su di lui non doveva ricadere alcun sospetto.

Nessuno lo vedrà insieme a quei fantocci, mormorò Gregori. *Mi occupo di queste cose da migliaia di anni, cara. Questo è il mio universo. Lo conosco bene. Forse stasera non saremo fortunati e non riusciremo a catturare la nostra preda, tuttavia vale la pena di provare.*

Hanno intenzione di uccidere Gary. Savannah era in grado tanto quanto Gregori di leggere nel pensiero di coloro che la circondavano e riusciva a percepire che, al di là delle apparenze, quei due erano malvagi, soprattutto il tipo di nome Martin. Era stato a lungo vicino al vampiro e aveva appiccicato addosso il tanfo del male.

Sperano di ricavare maggiori informazioni. Morrison vuole provare a estrapolarle lui stesso da Gary, probabilmente perché non si fida di nessuno. E gode nel procurare dolore e paura. Quel pensiero gli sfuggì prima che potesse censurarlo. *Adesso vai a casa, Savannah.*

Non mandarmi via subito. Puoi avere bisogno del mio aiuto per trarre d'impaccio Gary. Mi dileguerò al primo segnale di pericolo, te lo prometto.

I due uomini condussero Gary verso il fiume. Una barca li stava aspettando e Gary vi montò senza alcuna esitazione. L'acqua era increspata, il vento soffiava forte. Gregori si posizionò proprio accanto a Gary per assicurarsi che l'impulso di uccidere non sopraffacesse nessuno dei due scagnozzi prima che fossero arrivati a destinazione. Il viaggio sembrò durare per sempre e Gary era così pallido da sembrare verdognolo. Soffriva il mal di mare. Non appena giunsero a un piccolo emissario del canale e scese dall'imbarcazione, prese a barcollare. Gregori lo sostenne, facendogli scivolare un braccio intorno alle spalle per rassicurarlo. Era evidente che il ragazzo aveva percepito che qualcosa non andava nei suoi accompagnatori. Il carpaziano lo sentì trarre un respiro profondo e buttare fuori l'aria molto lentamente. Gary si stava riprendendo. Aveva fiducia in Gregori.

Passeggiando lungo l'argine paludoso, Gary notò subito che Evans e Martin l'avevano praticamente fatto prigioniero. I cipressi venivano fuori dall'acqua e le loro radici formavano una specie di macabra gabbia di rami frondosi. Al buio avevano proprio un aspetto sinistro. Dei ciuffi di nebbia cominciarono a fluttuare verso di loro dalla superficie dell'acqua, volute bianche che velarono il canale di un'inquietante iridescenza.

Dalla riva arrivava uno strano odore, un terribile tanfo che permeava l'aria. Gli insetti abbondavano, fastidiose bestioline con tanto di pungiglione che svolazzavano e saettavano nella notte. Gary si ritrovò a cercare di schiacciarle, senza fare troppo lo schizzinoso. La puzza di putrefazione era disgustosa, come quella emanata dalla carne avariata esposta al sole. Le sue scarpe si impantanavano nel fango e lui ebbe un attimo di esitazione. Da qualche parte aveva sentito di un uomo che si era perso nel canneto ed era affondato nella palude, sprofondando nella dolina. Gary tossì e gli venne un conato di vomito: il suo corpo gli si stava ribellando. Poi all'improvviso gli arrivò alle narici una zaffata di profumo, un po' di aria fresca, che sapeva di fiori selvatici e sottobosco. Quasi gli sembrò di riuscire a sentire lo sciabordio dell'acqua che scorreva tra le rocce. "Savannah". Capì che la sua amica stava provando ad aiutarlo a resistere a quel tanfo.

L'aria divenne d'un tratto più densa e gli risultò difficile continuare a respirare normalmente. Il vento smise di soffiare e per un attimo regnò il più totale silenzio. I due uomini che stavano scortando Gary si fermarono, si girarono verso la palude e restarono ad aspettare. Qualcosa si mosse nell'oscurità. Qualcosa di malvagio e astuto. Un'ombra calò sopra di loro e li avvolse. Di nuovo una frazione di secondo di calma apparente, come se quell'ombra esitasse a palesarsi. Poi un ruggito di rabbia e disprezzo infranse il silenzio, come l'assordante rumore di un treno merci.

Da qualche parte, a una certa distanza da loro, i serpenti si tuffarono con un tonfo nell'acqua. Gli alligatori strisciarono nel fango, producendo un suono sgradevole, prima di scivolare nel canale e svanire nei suoi abissi. Martin, senza alcun preavviso, diede uno spintone a Gary e lo fece cadere nel fango. Le gambe gli sprofondarono nella melma fino alla coscia. Gary cercò di scacciare la paura e si rialzò lentamente in piedi, per affrontare i due assassini.

«Che succede? Pensavo che dovessimo incontrare Morrison», fece con calma.

«Morrison ha deciso che non ha bisogno di parlare con te», rispose Martin.

Morrison avverte la tua presenza, disse Gregori a Savannah. *È qui vicino. Riesco a sentirlo ma non potrei stabilire l'esatto punto in cui si trova. È davvero potente; ha imparato molto nel corso della sua lunga esistenza.*

Ha messo in guardia i suoi fantocci, replicò Savannah, spaventata per il suo amico. Già si era posizionata davanti al ragazzo. *Ha ordinato loro di uccidere Gary. Tu insegui il vampiro. Io mi occuperò dell'umano.*

Gregori la spinse di lato con uno strattone, rinforzando l'ordine che le aveva impartito telepaticamente. Non poteva assolutamente mettere a rischio la sua incolumità. *Scordatelo, Savannah*, ringhiò, mentre le zanne gli esplodevano in bocca.

La furia omicida si era impossessata di Martin, la tenebra si stava diffondendo come un alone nella notte. Lo scagnozzo puntò il piccolo revolver contro Gary, all'altezza del cuore. «Buttati nel canale. Sono sicuro che gli alligatori hanno appetito stasera».

Gary scosse la testa, triste. «Mi dispiace per te, Martin. Sei la pedina che il re ha sacrificato, mentre lui si dà alla fuga. Non ti sei mai nemmeno reso conto che per tutto il tempo in cui sei andato a caccia di vampiri è stato lui a pilotare ogni tuo movimento».

«Credo che ti ucciderò facendoti soffrire, Jansen. Non mi piaci affatto», ribatté Martin.

«Non vedi come ti ha raggirato? Tu stesso sei diventato la creatura che tanto disprezzi. Sei mesi fa avresti mai contemplato l'ipotesi di uccidere qualcuno? Morrison ti ha reso così». Gary insisteva, nel disperato tentativo di salvare la vita a quell'uomo.

Martin tese il braccio e fissò la pistola. Improvvisamente gli si dipinse sul viso un'espressione scioccata. La maschera maligna che indossava cadde e lui si guardò la mano colmo d'orrore. La pistola stava girando su se stessa e puntava contro di lui. L'uomo si ribellò, cercò di lasciarla cadere, ma quella gli rimase incollata al palmo della mano. «Evans! Aiutami!», gridò e le sue urla si riverberarono sull'acqua.

Gary fece un passo indietro, sforzandosi di distogliere lo sguardo da quell'uomo, che fino a qualche istante prima aveva cercato di spararagli. Il braccio di Martin si stava lentamente alzando, in modo tale che la pistola puntasse alla sua tempia. «Evans!», gridò lo scagnozzo.

Evans si fiondò su Gary, lo placcò e lo fece cadere nel fango e nella lurida melma. Gli schiacciò la faccia nel pantano, cercando di soffocarlo e di riempirgli la bocca di quella sporcizia. Lo sparo risuonò forte nella notte, il rumore si diffuse per tutto il bayou e spaventò per chilometri e chilometri gli animali selvatici. Evans non si girò per vedere che cosa era accaduto, determinato com'era a uccidere Gary Jansen e a lasciare che il suo corpo venisse sbranato dagli alligatori.

Gary si dimenò violentemente, ed era quasi riuscito a divincolarsi quando Evans gli si scagliò addosso, mettendogli le mani intorno alla gola e tentando di strozzarlo. Si sentì un sommesso ringhiò di avvertimento. L'assassino girò la testa e vide due occhi di un rosso acceso che lo fissavano senza battere ciglio a pochi centimetri dalla sua faccia. Terrorizzato, Evans lasciò andare Gary e cadde all'indietro. All'improvviso riuscì a distinguere la testa di un lupo enorme. Il pelo nero e lucente, il corpo muscoloso. Il muso. Le zanne bianche. Urlò e si mise a correre verso il fiume, nel tentativo di allontanarsi il più possibile da quella bestia.

Gary tossì cercando di riprendere fiato, con gli occhi e la bocca sporchi di fango e incapace di vedere cosa stava accadendo intorno a lui. Riuscì a sentire disgustose e monotone urla, grida che provenivano da un altro mondo e che gli fecero venire la pelle d'oca, ma era cieco, per via di quella melma che gli imbrattava gli occhi e gli impediva di tenerli aperti. Qualcosa di enorme gli passò accanto, una creatura pelosa e tutta muscoli. Odorava di selvaggio e di pericoloso. Ci fu un tremendo tonfo nell'acqua. Le grida aumentarono di volume, poi tutt'a un tratto si interruppero.

Savannah gli mise un braccio sulle spalle e cominciò a ripulirlo dal fango con un fazzoletto morbido, tentando di restituirgli la vista, mentre lui si toglieva quella robaccia dalla bocca. «Quel tale ti ha quasi ammazzato», bisbigliò. «Mi dispiace, ma Gregori non mi ha permesso di aiutarti».

Gary sputò fango. «Non ne sono sorpreso». Le parole vennero fuori un po' smozzicate, ma lei riuscì a decifrarle lo stesso.

Savannah avrebbe potuto girarsi da qualsiasi parte e l'unica cosa che avrebbe visto sarebbe stata la morte. Il mondo di Gregori era squallido e brutto, fatto di violenza e distruzione. Le dispiacque per lui e per il fatto che quel vuoto terribile sarebbe stato per sempre parte della sua esistenza. Si rese conto che la sua insistenza nel tenerla lontano da tutto ciò andava oltre il bisogno di assicurarsi che lei fosse al sicuro. Gregori avrebbe dovuto dirglielo, avrebbe dovuto ammetterlo anche a se stesso, ma nel profondo del cuore e dell'anima, e questo era l'importante, non voleva che lei avesse a che fare con tutta quella violenza, che il suo stile di vita in qualche modo potesse cambiarla. Quello che gli premeva davvero era proteggerla da un simile destino. Era deciso a evitare che Savannah si macchiasse le mani del sangue di qualcun altro.

Gary si sforzò di tenere gli occhi aperti. Savannah lo stava ispezionando preoccupata, togliendogli il fango dal viso. Il ragazzo lanciò un'occhiata in direzione del punto in cui si trovava prima Martin e vide il suo corpo per terra, zuppo d'acqua della palude. Teneva ancora la pistola stretta in pugno e sotto la sua testa il sangue formava una pozza che stava iniziando a impregnare il suolo. Gli insetti avevano già cominciato a banchettare con il suo cadavere. Gary distolse rapidamente lo sguardo, con lo stomaco già sottosopra. Non era tagliato per fare Rambo.

«Dov'è Gregori?», chiese, sputando le parole tra i denti.

Savannah gli tolse un po' di fango dalla bocca. «Lascialo stare per un po'», gli consigliò a voce bassa.

«E dov'è Evans?». Gary all'improvviso spinse Savannah da parte per guardarsi ansioso intorno, preoccupato di non riuscire a difenderla.

«È morto», replicò Savannah, schietta. «Gregori lo ha ucciso per salvarti la vita». Se ne stette lì in piedi, cercando senza successo di pulirsi i jeans insudiciati. «Odio questo posto, vorrei che non fossimo mai venuti qui».

«Savannah». Gary fece un passo avanti e le si avvicinò. C'era una punta di esitazione nella voce di lei che lui non aveva mai notato prima. Savannah, sempre allegra e piena di vita, sembrava tutt'a un tratto triste, smarrita. «Va tutto bene? Gregori sta bene. E tu non dovresti essere qui».

Lei scosse la testa, cercando di reprimere uno sfogo di rabbia. «Sembra che nessuno di voi due riesca a capire che invece è proprio qui che devo stare. Che io sia qui fisicamente o meno, comunque sono sempre al fianco del mio compagno per la vita. Provo quello che prova lui, le sue stesse identiche sensazioni. Avvolgermi in una coperta di lana e chiudermi in uno stanzino non vuol dire proteggermi». Si allontanò di scatto da Gary e si diresse verso il canale.

Gregori si materializzò dietro di lei, la sua massiccia e corpulenta sagoma faceva sembrare Savannah ancor più minuscola. Si chinò su di lei, protettivo, e le mise una mano sulla spalla. Gary continuò a osservarli e vide che lei gliela scostava, per nulla intimidita dal suo potere e dalla sua stazza.

«Non ti arrabbiare, amore mio, avevo solo intenzione di proteggerti. Se Martin avesse esploso il colpo, il proiettile ti avrebbe colpito. Non potevo permettere che accadesse», disse Gregori, gentile. Il carpaziano riusciva a sentire la rabbia che animava la sua compagna. Non era mai stata tanto vicina alla morte e alla violenza finché lui non l'aveva reclamata. Dal primo giorno che avevano trascorso insieme, come compagni per la vita, Savannah non aveva visto nient'altro che quello.

«Non c'era la benché minima possibilità che tu gli permettessi di spararmi. Invece, dal momento che, grazie a qualcuno dei tuoi antichi comandi, mi hai impedito di agire, Gary stava per essere ucciso proprio davanti ai miei occhi». Savannah strinse i pugni. Voleva colpire qualcosa e Gregori sembrava un obiettivo abbastanza solido.

«Non metterò mai a rischio la tua vita, piccola mia», ripeté lui, circondandole da dietro la vita con un braccio. Quando lei cercò di scostarsi, Gregori strinse la presa. «No, Savannah. Tu non dovresti essere qui».

«Hai sprecato un'occasione di acciuffare quel vampiro per colpa mia, vero?», gli domandò, la voce rotta dal pianto e gli occhi pieni di lacrime. «Non riusciva ad avvertire la tua presenza – sei in grado di fare in modo che non la percepisca – ma aveva capito che c'ero io, sebbene fossi invisibile».

Era la verità. Gregori non avrebbe voluto che lo fosse, visto e considerato che Savannah era così triste e confusa. Il fatto che lei fosse infelice gli risultava insopportabile. Ma non c'era modo di mentirle: se anche avesse potuto, non voleva farlo. Rimase quindi in silenzio, permettendole di leggergli nel pensiero la risposta alla sua domanda.

Savannah scosse il capo e poggiò la testa contro il suo petto. «Detesto questa situazione, Gregori. Mi sento talmente inutile. Mi sembra quasi di mettere la tua vita in pericolo. Noi siamo compagni per la vita. Ti avevo chiesto di venirmi incontro e tu l'hai fatto. Hai fatto tutto quello che ti ho domandato. Che cosa devo fare io per entrare a far parte del tuo mondo?».

Gregori chinò la testa scura, sull'esile collo bianco di lei. «Tu sei il mio mondo, piccola, sei la mia vita. Sei tu che rendi sopportabile la mia esistenza. Sei la mia luce, sei l'aria che respiro». Le sfiorò con le labbra la vena, il lobo dell'orecchio. «Tu non sei fatta per camminare nell'oscurità. E non dovrai mai farlo».

Savannah si girò, i suoi profondi occhi blu tendevano al violetto. «Se tu cammini nell'oscurità, Gregori, allora è lì che mi troverai. Proprio accanto a te. Io appartengo a te. Sono la tua compagna per la vita. Nient'altro. Sono la tua compagna per la vita». Mise le mani avanti, furiosa per la situazione in cui si trovavano. «Non ci sono discussioni in proposito. Non puoi fare altro che provvedere alla mia felicità e l'unico modo che hai per farmi contenta è insegnarmi a occultare la mia presenza ai vampiri, agli umani e anche ai carpaziani».

Savannah si allontanò da Gregori, lasciandolo in piedi lungo la riva del fiume, e tornò indietro verso Gary. «Avanti, andiamocene via di qui».

«Che cosa accadrà, quando troveranno i corpi? I poliziotti si metteranno in cerca dell'ultima persona che ha visto vivi quei due», osservò Gary, dirigendosi riluttante verso l'imbarcazione che li aveva portati lì. Si stava ancora ripulendo il naso e la bocca dal fango.

«Nessuno ti ha visto insieme a loro», rispose Gregori tranquillo. «La gente ha notato solo due uomini che lasciavano l'hotel, che attraversavano il Quartiere Francese e che salivano su una barca. Ecco perché non possiamo riprenderla».

Gary sbatté le palpebre. «E come proponi di tornare indietro? Volando?», gli chiese, sarcastico.

«Esatto», ribatté Gregori, compiaciuto.

Gary fece di no con la testa. «Questo è davvero troppo per me».

«Vuoi che cancelli dai tuoi ricordi quest'esperienza?», gli chiese il carpaziano, continuando chiaramente a pensare a Savannah.

«No», rispose Gregori, deciso. Afferrò il computer dal sedile dell'imbarcazione. «Ma perché non mi portate in un altro albergo? Tu e Savannah ve ne potreste stare un po' da soli. E, a essere sinceri, io ho bisogno di rilassarmi un po' senza pensare a tutta questa faccenda. Devo metabolizzare ancora un sacco di novità».

Gregori si accorse che quel mortale cominciava a piacergli sempre di più. Non credeva che un umano potesse essere tanto sensibile ai sentimenti altrui. Raven, la madre di Savannah, lo era, ma si trattava pur sempre di un caso unico, di una donna dotata di poteri psichici. Le esperienze che Gregori aveva avuto con i mortali erano sempre state con gente che gli dava la caccia, che voleva uccidere lui e tutti gli altri carpaziani. Preferiva stare a una certa distanza da quel tipo di persone. Non era preparato a Gary Jansen.

Savannah si stava già dissolvendo, trasformandosi in una specie di foschia che si mescolava alla nebbia dirigendosi verso il fiume. Gregori afferrò Gary e spiccò il volo, inseguendola. Il ragazzo emise uno strillo stranamente simile a quello di un maialino. Non riuscì a trattenersi dallo stringersi forte alle larghe spalle di Gregori, aggrappandosi alla sua camicia. Il vento gli scorreva addosso così velocemente che dovette strizzare gli occhi e tenerli chiusi, senza mai guardare di sotto.

Aspettami, Savannah, le ordinò Gregori. La sua voce era come una spranga di ferro foderata di velluto nero.

Lei non esitò un istante e continuò a risalire il fiume, diretta verso il Quartiere Francese.

Savannah! Adesso era diventato autoritario, le aveva impartito un chiaro comando, con il suo tono ipnotico. *Farai come ti ho detto.*

No, non lo farò. Lo stava sfidando, le sue parole contenevano un misto di aggressività e dolore. Gregori riusciva a distinguere le lacrime che le bruciavano in gola, nel petto. Stava scappando da se stessa, prima ancora che da lui.

Il carpaziano imprecò in diverse lingue. *Non costringermi a ottenere la tua obbedienza con la forza, cara. Ne va della tua incolumità.*

Forse non mi importa nulla della mia incolumità, sibilò lei, avanzando decisa nel buio della notte. *Magari voglio provare a fare una pazzia. Detesto questa situazione, Gregori. La odio.*

Amore mio, non scappare da quello che abbiamo costruito insieme. Mi rendo conto che la nostra relazione non è iniziata nel migliore dei modi. Che il mondo in cui siamo costretti ad abitare è brutto e pericoloso, ma dobbiamo affrontarlo insieme.

Tu sei un cacciatore. Savannah stava piangendo, Gregori se ne accorse. *La mia presenza costituisce un pericolo per te.*

Gregori cercò di confortarla, ma sapeva che non ci sarebbe riuscito. Il mortale lo tirò per la camicia. «Mmh, Gregori?». Il vento gli strappava le parole di bocca e ne disperdeva il suono.

La replica del carpaziano fu un ruggito. Il suo corpo a quel punto aveva raggiunto la foschia in cui si era dissolta Savannah e le stava sopra per proteggerla, come una coperta. «Dimmi».

«Credo che Savannah sia triste».

Non ci fu alcuna risposta. Gregori continuò a seguire Savannah.

«Se posso permettermi di dirtelo, qualche volta le donne hanno solo bisogno di piangere», azzardò Gary.

Savannah si stava dirigendo dritto a casa. Una volta che fu al sicuro fra le mura domestiche, Gregori decise di portare Gary in un altro hotel. «Che sia chiaro: non potrai uscire finché non ti verremo a prendere domani», lo avvisò. Era un'ombra nella mente di Savannah. Riusciva a vederla correre dall'ingresso alla scala a chiocciola, verso il prezioso tesoro che Julian aveva donato loro.

Savannah spalancò la porta del seminterrato, poi fece un cenno con la mano per aprire l'uscio nascosto che conduceva alla stanza da letto. Sprofondò nel suolo guaritore, poi si raggomitolò su se stessa e iniziò a piangere come se le si fosse spezzato il cuore. Tutti quei morti. Peter. E cosa sarebbe accaduto se quella notte fosse stato ucciso anche Gary? Lo avrebbero perso e lei non sarebbe stata in grado di aiutarlo in nessun modo, perché Gregori non gliel'avrebbe permesso.

Dopo aver lasciato Gary in hotel, Gregori tornò a casa e le si avvicinò, tenero e gentile. La accarezzò e nel frattempo la spogliò, denudando quel corpo al quale non era in grado di resistere. Non fece alcun tentativo di eccitarla, di persuaderla a fare l'amore con lui. Si mise invece a pestare erbe e prodotti curativi e lenitivi, che riempirono la stanza dell'odore della loro terra d'origine. Poi si distese accanto a lei, sprofondando anche lui nel fertile suolo, abbracciandola e stringendola forte.

Savannah appoggiò la testa sulle sue larghe spalle e tenne gli occhi chiusi. Serrò il pugno e se lo portò alla bocca; Gregori sentì i singhiozzi scuoterla. Allora il carpaziano cominciò a parlarle a bassa voce in francese e ad accarezzarle i capelli, tenendola stretta e aspettando che sfogasse tutto il suo dolore.

Gregori sapeva cacciare e uccidere le più spaventose e furbe delle creature, i vampiri. Era in grado di suscitare una tempesta e di scatenare i lampi nel cielo. Poteva far tremare la terra. Ma non aveva la benché minima idea di come fermare quella valanga di lacrime. Tenne Savannah fra le braccia e, quando non riuscì più a resistere, ordinò a entrambi di cedere al sonno.

Capitolo 15

La tempesta arrivò dal mare e soffiò, impetuosa e furiosa, sul bayou e sulla città. Era una bufera selvaggia e violenta e riversò sulle strade una tale quantità di pioggia che si formarono subito pozzanghere profonde diversi centimetri: l'impianto fognario di New Orleans, per quanto efficiente, non riuscì infatti a incanalare tutta quell'acqua. Lampi di luce squarciarono il cielo e sfrigolarono nella notte, dando mostra della magnificenza della natura. I tuoni rimbombarono per le vie, forti come il rullo di mille tamburi, scuotendo gli edifici fin dalle fondamenta.

Gregori si aggirava a piedi nudi per casa, a passi felpati, all'improvviso molto preoccupato per Savannah. La sua compagna era fuori in giardino, da sola, tranquilla, ma non stava condividendo con lui i propri pensieri. Da quando si erano svegliati aveva provato a fondere le loro menti per due volte e in entrambi i casi si era accorto che lei era confusa, triste, nel caos più totale. Si era tirato indietro per farle spazio. Savannah voleva l'unica cosa che lui non era in grado di concederle: la libertà di unirsi a lui durante uno scontro. Il pensiero di lei in pericolo, di qualsiasi natura questo fosse, gli faceva mancare l'aria. Gregori era perplesso. Nonostante tutta la sua sapienza e il suo potere, non riusciva a trovare la cosa giusta da dirle per farla stare meglio.

Savannah era uscita in silenzio in giardino proprio mentre il vento aveva cominciato a levarsi, ed era rimasta lì a osservare le nuvole scure rincorrersi e addensarsi, annunciando l'imminente burrasca. Il cielo si era squarciato e aveva cominciato a piovere a dirotto. Lei si era limitata a rannicchiarsi su una sedia e a guardare, con gli occhi velati dal pianto.

Gregori si fermò sulla soglia della porta: i suoi occhi erano languidi, era attento e ansioso. Savannah contemplava i fulmini, senza preoccuparsi minimamente del fatto che per terra erano già cadute tre dita d'acqua, che i suoi lunghi capelli erano del tutto fradici e che la sottile camicetta che indossava le si era appiccicata addosso come una seconda pelle. Era così bella che a Gregori mancò il fiato. Intorno a lei la natura si stava ribellando, selvaggia e indomabile. Savannah stava seduta in mezzo alla tempesta come se ne facesse parte. La sua camicia bianca di seta, inzuppata di pioggia, era diventata trasparente e le avvolgeva i seni sodi e pieni: aveva quasi l'aspetto di una divinità pagana.

Era assorta nei suoi pensieri, lontana centinaia di chilometri da quello che le stava intorno. Gregori le sfiorò la mente: aveva assoluto bisogno di quel contatto. Savannah sembrava troppo distante, e il carpaziano non riusciva a sopportarlo. Nonostante all'apparenza sembrasse serena, la tempesta stava infuriando anche dentro di lei. Si era levata in volo, non era più fatta di carne e ossa. La forza del vento, tumultuosa e violenta, la scuoteva.

Gregori non trovò traccia di condanna per i suoi fallimenti, nessun rancore per il dolore che le aveva causato. Savannah sentiva solo l'inestinguibile bisogno di trovare un modo per capire e accettare quello che non era in grado di cambiare. Era cosciente di essere troppo giovane e inesperta. Era inoltre molto angosciata per il fatto di aver inavvertitamente messo a repentaglio la vita di Gregori a causa della sua incapacità di nascondere al nemico la propria presenza. Gregori fu sul punto di lasciarsi sfuggire un gemito. Non meritava quella donna; non l'avrebbe mai meritata.

Savannah girò lentamente il capo verso di lui: nei suoi intensi occhi blu si rifletteva la furia della tempesta. Il carpaziano si sentì all'improvviso affamato ed eccitato. La violenta bufera aveva cominciato a scorrergli nelle vene con la stessa irruenza con la quale sconquassava il cielo. Qualcosa di primitivo e selvaggio si era risvegliato dentro di lui. La bestia ruggì e un'ondata di desiderio lo invase. I suoi occhi argentei si illuminarono di un bagliore rosso, feroce, ferino, più animalesco che umano.

Gregori non avrebbe mai dimenticato quel momento. Se lo sarebbe ricordato per tutti i secoli a venire, per l'eternità. La notte era loro. Nonostante tutto, non c'era nulla che riuscisse a tenerli distanti. Appartenevano l'uno all'altra. Avevano bisogno l'uno dell'altra. Con il cuore e con la mente, con l'anima e il corpo. Le cime degli alberi ondeggiarono al vento; le piante vennero quasi sradicate dalla violenza della tempesta. C'era molta umidità e l'aria, carica di elettricità, sfrigolava. Lampi di luce bianca si abbattevano al suolo, scuotendo la terra. Uno di essi colpì un edificio a qualche isolato da loro, bruciandone le mura e facendo cadere pezzi di mattoni sul marciapiede. Un palo del telefono lì vicino esplose in un putiferio di scintille.

Mentre i lampi squarciavano il cielo sopra di lei, il vento le ingarbugliava i capelli e la pioggia la inzuppava, Savannah rimase in piedi in giardino e allargò le braccia per accogliere il potere della natura. La sua pelle era morbida, liscia, bagnata. La camicia di seta le stava appiccicata al busto e lasciava intravedere in trasparenza i capezzoli inturgiditi e sexy. Le sue gambe slanciate erano nude e il triangolo di peluria scura lo attirava, lo eccitava, come un misterioso e primitivo richiamo. La lunga chioma sciolta al vento era fradicia e selvaggia, proprio come la notte.

Gregori le si avvicinò: doveva farlo, non aveva altra scelta. Niente, nessun ostacolo avrebbe potuto impedirgli di raggiungerla. Tese le braccia, la afferrò e la attirò a sé, baciandola con la ferocia con cui imperversava la bufera. Non riuscì a trovare le parole, non avrebbe saputo cosa dirle, aveva solo un'estrema necessità di mostrarle che cosa lei rappresentava per lui. Di mostrarle ciò che gli dava. La vita. Tutto.

Gregori la voleva proprio così. Bagnata e selvaggia, con i lampi che illuminavano il cielo e surriscaldavano il sangue che scorreva nelle loro vene.

Le baciò il collo, glielo lambì con la lingua e vi affondò i denti, e a Savannah sembrò di prendere fuoco. Il piacere e il dolore la scossero profondamente, facendole sperimentare un'estasi selvaggia e spingendola a desiderarlo di più, sempre di più. Gregori bevve il suo sangue e si saziò di quel liquido caldo e dolce, assaporò la vera essenza di lei.

Mentre si nutriva e gustava quel sapore speziato e mieloso, le aprì la camicia sul petto: cominciò a toccarla, prese fra le mani i seni sodi, godette del suo corpo, delle sue curve. Così perfette. Gregori riusciva a leggere dentro di lei il desiderio: la fame violenta, il bisogno di replicare la furia della tempesta, la necessità di sentirsi viva in mezzo a quella terribile bufera.

Le sue necessità corrispondevano a quelle di Gregori. Le leccò la piccola ferita per chiuderla, poi le tempestò il collo di baci, lasciando una scia di fuoco al passaggio della sua lingua. Trovò i seni sotto la maglietta leggera, trasparente e zuppa, e prese a succhiarli selvaggiamente, in preda a una frenesia mista di amore e libido. Le mise le mani sui glutei nudi e la attirò a sé. La passione ebbe la meglio su tutto il resto. Perforò con i canini le morbide curve del suo seno e il nettare di Savannah cominciò a scorrergli nelle vene.

Lei con una mano gli teneva la testa e con l'altra esplorava il suo corpo, cercando di condurlo al culmine del piacere. La tempesta infuriava intorno a loro, attraverso di loro, si insinuava dentro di loro, li pregava di darle sollievo. Gregori si nutrì come era suo diritto fare, mentre le sue mani si impossessavano del corpo di lei, scivolando giù fino al tempio umido e caldo della sua femminilità. La sfiorò, la accarezzò con le dita, la stuzzicò e la eccitò. La sensazione della bocca di lui che beveva il suo sangue e delle sue dita che la toccavano mandò Savannah in estasi: cominciò a muoversi, ad agitarsi, alla ricerca disperata dell'orgasmo.

Le sue grida roche furono coperte dal rombo del tuono: iniziò a fremere e a chiedergli di più. Gregori sollevò il capo e osservò con sguardo famelico la sottile striscia rossa che le scorreva sul ventre, mescolandosi alla pioggia. Le richiuse la ferita sul seno e cominciò a seguire la traccia di quelle gocce del colore dei rubini, sulla pancia e poi ancora più in basso: Savannah, eccitata e pronta, gridò come se stesse per esplodere in mille pezzi.

I fulmini illuminarono e squarciarono il cielo, lampi di luce che sembravano sferzarli con la loro furia, danzare attraverso i loro corpi, alimentare la tempesta che infuriava dentro e intorno a loro. Gregori la spinse indietro, fino a che Savannah non finì contro il sostegno in ferro battuto che circondava il tronco di un albero. La fece girare, in modo tale da schiacciarle i seni contro le doghe, e lei vi si aggrappò, stringendo i pugni mentre lui le afferrava i fianchi. La toccò e la accarezzò: la sua pelle era così liscia da farlo impazzire di desiderio. Il carpaziano era al culmine dell'eccitazione: i loro corpi erano ormai uno solo. Non aveva mai desiderato qualcosa con una simile intensità.

Savannah emise un lamento, un piccolo gemito gutturale. Quel gridolino non fece altro che far definitivamente perdere a Gregori il controllo: la penetrò e si fece strada dentro di lei, che lo accolse calda e morbida come un guanto di velluto. Si mise a gridare di piacere e il vento portò con sé quelle urla che provenivano dal profondo del suo essere, disperdendole nel buio della notte. Gregori la tenne per i fianchi e continuò a spingere, a sprofondare dentro di lei, a un ritmo sempre più frenetico, selvaggio come la furia della bufera.

La schiena dritta e perfetta di Savannah si inarcò: lui piegò la testa e leccò le gocce d'acqua che le imperlavano le spalle. Quella ragazza era minuscola, delicata, eppure più forte e selvatica di qualsiasi fenomeno naturale. Caddero in preda all'insaziabile eccitazione del rituale carpaziano; Gregori era talmente preso che fu allo stesso tempo violento e tenero.

A un certo punto si accorse che lei si sentiva debole, che aveva iniziato a girarle la testa. Si rese conto subito di cosa c'era di sbagliato, sebbene lei avesse fatto di tutto per tenerglielo nascosto. Aveva bevuto troppo sangue. Senza interpellarla, senza alcun commento, la prese fra le braccia. Attraversarono il patio, dirigendosi verso una chaise longue: il breve gridolino di delusione emesso da Savannah per l'interruzione soddisfece il suo ego maschile. Gregori si accomodò sul cuscino zuppo di pioggia e fece mettere Savannah sopra di sé.

I loro corpi tornarono a essere uno solo e lei urlò. Gregori la penetrò: era stretta, calda ed eccitata. Le mise una mano sulla nuca e le spinse la testa contro il proprio petto. *Adesso devi nutrirti tu.*

Savannah era diventata una creatura selvatica e aveva cominciato ad agitarsi freneticamente sopra di lui, mandando in frantumi la ferrea volontà di Gregori. Lui le mise le mani sui fianchi e si concesse il lusso di abbandonarsi al piacere, facendosi attraversare da lampi di luce e consumare dal fuoco della passione. Le accarezzò la schiena, la afferrò per i capelli e la costrinse ad abbassare la testa. *Ne ho bisogno. Ho bisogno di scorrere dentro il tuo corpo.* Strinse i denti: il piacere che provava era talmente intenso da rischiare di farlo impazzire.

Il suo ordine era in realtà una supplica e Savannah si piegò su di lui, continuando a cavalcarlo, leccandogli le gocce d'acqua che gli imperlavano il petto. Gregori si irrigidì e si dimenò come se le fiamme lo stessero divorando, piacere e dolore erano ormai fusi in un'unica sensazione. I denti di Savannah sprofondarono dentro di lui, come lui stava sprofondando dentro di lei. Anima e corpo. Dio, Gregori la amava, si sentiva completo grazie a lei. La minaccia del vuoto terribile, dello squallido abisso, era stata per sempre spazzata via dalla bellezza interiore della sua compagna.

Gregori bisbigliò tra i denti antiche parole d'amore, continuando a possederla, riempiendole il cuore e saziandola fisicamente. Quando raggiunsero l'orgasmo, fu come un'esplosione luminosa di fulmini e saette, come il rombo di un tuono, come una raffica di vento nella notte.

Rimasero avvinghiati l'uno all'altra, esausti, sazi, impressionati dall'intensità con cui avevano fatto l'amore e dalla violenza della tempesta. Si misero a sedere, fusi ancora in un unico corpo, la testa di Savannah appoggiata al petto di Gregori e il braccio di lui attorno alla vita di lei, e solo allora il vento cominciò a calare. Mentre i loro cuori riprendevano a battere a un ritmo normale, la natura placò la propria furia selvaggia.

Gregori le baciò le tempie, gli zigomi, le sfiorò la bocca con le labbra e le diede un piccolo morso sul mento. «Sei tutto il mio mondo, Savannah. È necessario che tu lo sappia».

Lei si strinse a lui, scioccata dalla necessità che avevano l'uno dell'altra. «Se la forza dei nostri sentimenti è destinata ad aumentare nel corso del tempo nessuno dei due vivrà molto a lungo».

Gregori ridacchiò. «Be', forse hai ragione, cara. Sei una donna pericolosa».

Si alzò dalla chaise longue, tenendo sempre Savannah stretta a sé, e attraversò il giardino, dirigendosi verso casa. Zuppi di pioggia gelata, si buttarono sotto una doccia bollente e vi rimasero per un po', troppo stanchi per muoversi. Gregori continuò a sorreggere Savannah tenendola abbracciata e lei, che temeva che le gambe non le reggessero, gliene fu infinitamente grata.

Il carpaziano tamponò l'esile corpo con un asciugamano, poi con un semplice cenno della mano si rivestì. Savannah vagò per la casa, diretta in cucina, con addosso soltanto un'altra delle camicie di Gregori. La sua pelle nuda aveva dei segni che prima non c'erano; lui la seguì, maledicendo la propria brutalità. L'aveva marchiata sul seno e lo aveva fatto apposta, per indicare che lei gli apparteneva, ma doveva guarire gli altri piccoli lividi che aveva sul resto del corpo.

Savannah proruppe in una risatina. «Non mi fa male da nessuna parte, amore. Mi è piaciuto molto, e lo sai».

«Posso fare in modo che ti piaccia anche senza lasciarti per forza dei lividi», obiettò lui.

Savannah prese con aria distratta un pacco di depliant, li esaminò e poi li riappoggiò sul mobile da cui li aveva raccolti. «Se mai dovessi farmi male, Gregori, te lo dirò subito, te lo prometto».

Gregori si accorse che una strana inquietudine si era di nuovo impossessata di Savannah. «Che c'è?»

«Facciamo qualcosa, Gregori. Qualcosa che non abbia niente a che fare con la caccia. Qualcosa di diverso. Qualcosa da turisti».

«Le strade sono allagate stasera», osservò lui.

Lei scrollò le spalle. «Lo so. Stavo solo dando un'occhiata ad alcuni depliant sulle attrazioni della città», replicò con aria indifferente.

Gregori, rendendosi conto del disinteresse calcolato delle parole di lei, rimase all'erta. «Trovi che ce ne sia qualcuna particolarmente interessante?».

Savannah alzò di nuovo le spalle, con sempre più disinvoltura. «La maggior parte di quelle che mi piacciono di più sono brevi escursioni. Come quella nel bayou. Ce n'è una in cui le guide sono persone del posto». Ancora un'alzata di spalle. «Vorrei conoscere un po' di storia locale. Non mi dispiacerebbe fare un tour del bayou con qualcuno che è cresciuto lì».

«Hai la brochure a portata di mano?», le chiese Gregori.

«Non importa», fece lei con un breve sospiro. Mise da parte il pacchetto di depliant e prese la spazzola.

Gregori gliela tolse di mano. «Se proprio vuoi andare a fare il tour del bayou, Savannah, ci andremo».

«Mi piace fare la turista», ammise lei, sorridendo appena. «Trovo divertente fare domande e imparare cose nuove».

«Scommetto che ti viene benissimo», fece lui, pettinandole lentamente i capelli nero-blu per tutta la loro lunghezza. Vivevano di vita propria e si rifiutavano di farsi domare. Li prese fra le mani, solo per sentire quanto erano morbidi e setosi. Il suo sguardo si fermò, oltre la spalla di lei, sulla brochure che Savannah aveva messo da parte. Se la sua donna voleva fare quella gita, lui avrebbe spostato mari e monti pur di accontentarla. «Non dobbiamo sempre dare la caccia a vampiri e assassini che vogliono la morte della nostra gente», cominciò, diplomatico.

«Lo so. Ma sembra che ci seguano dovunque andiamo».

Gregori strinse in pugno una ciocca di quella lucente chioma. «All'inizio, quando mi hai proposto di venire a New Orleans, speravamo che i membri della setta ci seguissero e lasciassero in pace Aidan e gli altri carpaziani. Non era questo che volevi?»

«Non proprio», ammise lei, e negli occhi blu le passò un lampo. «Stavo solo cercando di convincerti a venire qui. Sai, tipo una luna di miele. La dolce giovane moglie che insegna al vecchio e grinzoso marito brontolone a divertirsi. Questo genere di cose».

«Il "vecchio e grinzoso marito brontolone"?», le fece eco lui, perplesso. «Sul vecchio posso chiudere un occhio, e persino sul brontolone. Ma non sono affatto "grinzoso"». Per punizione, le tirò i capelli.

«Ehi!». Savannah si girò e gli rivolse un'occhiata indignata. «Grinzoso mi sembrava una parola adatta. Ricorda uno stregone, un saggio».

Gregori seppellì il proprio viso tra i suoi capelli per nascondere l'improvvisa ondata di emozioni da cui rischiava di essere sopraffatto. Fu avvolto dal profumo dei fiori e dell'aria fresca. Dunque era questo ciò che aveva cercato per tutti quei secoli. Divertimento.

Senso di appartenenza. Qualcuno con cui condividere risate e provocazioni, in modo che anche i momenti più difficili della vita potessero sembrare bellissimi. Savannah era diventata parte di lui e Gregori non sarebbe mai più riuscito a tornare alla squallida e vuota esistenza di prima. Non sarebbe più stato in grado di vivere senza di lei.

«Credi che sia troppo vecchio, Savannah?», le chiese a bassa voce, portandosi alcune ciocche dei suoi capelli alle labbra. Erano così morbidi. Persino più della seta.

«Non vecchio, Gregori», lo corresse lei, gentile. «Solo all'antica. Hai la tendenza a credere che le donne dovrebbero fare tutto quello che viene loro ordinato».

Lui si ritrovò a ridere. «Non è ciò che fai tu».

Savannah inclinò la testa all'indietro, un modo non troppo velato per suggerirgli di continuare a pettinarla. «Vorrei che tu capissi che non posso star ferma a guardare qualcuno che soffre a causa mia».

Gregori sospirò e lasciò passare qualche secondo prima di risponderle. «Non avrei mai voluto metterti in una simile posizione, mia cara. Mi dispiace».

«Forse dovremmo parlarne», insisté lei, stringendo i pugni.

Lui le scostò il colletto della camicia dalla nuca, chinò il capo e le sfiorò con le labbra la pelle nuda. Fu una sensazione intima e allo stesso tempo peccaminosa. «Non c'è niente da discutere. Abbiamo sviscerato la questione la notte scorsa. Non posso fare nulla per venirti incontro. Devi capire chi sono io. Sono parte di te, come tu sei parte di me. Puoi sentire quello che provo. Non posso fare altro che proteggerti. È la mia natura».

«Devi per forza essere così inflessibile su questo argomento, Gregori?», si lamentò Savannah. Tuttavia sapeva che il suo compagno aveva ragione; conosceva già la risposta alla propria domanda. Era impossibile leggergli nel pensiero senza imbattersi nella sua implacabile determinazione.

«La tempesta è passata. Vuoi andare al bayou questa notte?», le chiese lui, dividendole abilmente i capelli in grosse ciocche e cominciando a intrecciargliele.

Savannah adorava la sensazione delle sue mani fra i capelli, il modo in cui glieli tirava dolcemente per farle la treccia, il massaggio delle due dita sullo scalpo. Si mise una mano sulla spalla nuda, in corrispondenza del punto in cui si erano poggiate le labbra di lui. «Mi piacerebbe tantissimo andare al bayou con te».

Gregori le sorrise e i suoi occhi argentei divennero mercurio liquido. «Potremmo osservare la natura, tanto per cambiare. Senza vampiri».

«E senza adepti di una qualche società segreta», aggiunse lei.

«E nessun mortale che ha bisogno di aiuto», fece Gregori con grande soddisfazione. «Dài, vestiti».

«Non fai altro che togliermeli di dosso i vestiti e adesso mi dici di rimetterli!», si lamentò Savannah, con quel suo sorrisetto malizioso che lo faceva impazzire.

Lui la fece girare per guardarla in faccia, le afferrò i lembi della camicia e glieli richiuse sul petto per coprire quel corpo tentatore. «Non ti aspetterai che sia io a vestirti, vero?», le disse, chinandosi e sfiorandole le labbra con un bacio. Lei, per tutta risposta, sentì un tuffo al cuore. O forse era stato il cuore di Gregori a sussultare. Non era più in grado di stabilire la differenza.

Savannah si preparò in un attimo, poi, mano nella mano, uscirono in giardino. Aveva smesso di piovere e nell'aria c'era una sorta di nebbiolina, ma la pioggia aveva comunque formato profonde pozzanghere nel cortile interno. Gregori si portò la mano di Savannah alle labbra. «Questo posto per me non sarà mai più lo stesso, piccola mia», le disse dolcemente. La sua voce era un sussurro sulla pelle, velluto nero che le scivolava addosso e le si insinuava nella mente. Era talmente pura e bella che nessuno avrebbe potuto resistervi, men che meno lei. Savannah arrossì e le sue guance assunsero un colorito speciale.

Gregori rise, una risata sommessa e roca. Cominciò a cambiare forma e spiccò il volo. Savannah lo osservò orgogliosa: divenne più piccolo e si ricoprì del piumaggio iridescente di un uccello predatore. Era stupendo: lo sguardo acuto, il becco appuntito, gli artigli, un corpo possente. Lei non riusciva a mutare forma mentre volava, tuttavia si concentrò sull'immagine che le aveva suggerito lui e sentì uno strano contorcersi di ossa e muscoli: la trasformazione era in corso.

Avvertì sensazioni completamente diverse. Così come era accaduto la notte in cui aveva corso nel bosco nelle sembianze di un lupo, adesso Savannah aveva la sensibilità di un uccello rapace.

La vista nitida e penetrante, gli occhi enormi e sgranati. Provò ad aprire le ali, poi prese a muoverle nella pioggerella notturna. Erano più grandi di come se le era aspettate. Le piacevano e le sbatté sempre più forte, tanto da spostare l'aria e far increspare le pozzanghere del giardino.

Ti stai divertendo? Il tono di Gregori era allegro.

Be', questo sì che mi piace, tesoro, rispose Savannah. Il battito rapido delle ali la fece sollevare in volo. Passò attraverso la leggera coltre di nebbia. L'aria era calda e pesante, densa di umidità, ma lei riuscì comunque a planare, rivelando una predisposizione innata per il volo.

Gregori, più grande e più forte di lei, le si mise sopra, vicino e protettivo, guidandola in direzione del bayou. Nonostante fossero ormai molto alti nel cielo, la vista acuta tipica degli uccelli rapaci permetteva loro di individuare anche il più piccolo movimento sulla terra. I dettagli erano vividi e chiari. Anche i colori erano diversi dal solito. Avevano una visione a infrarossi e rilevatori di calore (Savannah non era certa che si trattasse esattamente di quello, in ogni caso il modo in cui percepiva il mondo era diverso, un'esperienza unica).

Non rimase a lungo sotto Gregori: salì un po' più in alto e cominciò a girargli intorno e a volargli accanto. Avvertì le sue telepatiche imprecazioni. Come sempre, era arrogante, all'antica, elegante e autoritario. Ridendo, lei prese una corrente ascensionale e la seguì lungo il fiume. L'uccello maschio si rimise sopra di lei e la coprì con le sue enormi ali, imprigionandola. *Guastafeste!*, lo accusò Savannah. Gli sfiorò la mente con un tocco lieve, invitandolo a unirsi a lei e a spassarsela.

Sei proprio una piantagrane, mia cara. Gregori si era reso conto del fatto che si trattava di un rimprovero inutile nel momento stesso in cui glielo aveva rivolto; le avrebbe concesso qualsiasi cosa. Ma quella donna doveva per forza essere sempre così temeraria?

Chiunque scelga di vivere insieme a te deve avere uno spiccato amore per l'avventura, non pensi? La sua dolce risata si riverberò sulla pelle del carpaziano come una musica, come la fresca brezza delle montagne che soffiava nella loro terra d'origine.

Anche se aveva le sembianze di un volatile, Gregori ebbe un fremito di eccitazione: il desiderio e la voglia crebbero fino a diventare parte di lui. Implacabili. Urgenti. Selvaggi e intensi. Era più che semplice libido. Più che voglia. Più che desiderio. Era tutto questo, ma misto a un'incredibile tenerezza, che non aveva mai pensato di poter provare. Quando Savannah faceva i capricci, quando lo sfidava, proprio allora Gregori si scioglieva. *Penso che faresti meglio a fare le cose come io ti dico di farle. Mutare forma non è un gioco.*

Lo fanno tutti, obiettò lei, schizzando via da sotto di lui.

Il maschio scese in picchiata, raggiungendola in un batter d'occhio, veloce come una freccia, e piombando su di lei nel cielo notturno. Savannah, nelle sembianze di uccello femmina, emise un gridolino spaventato e, a causa di quell'attacco inatteso, il cuore cominciò a martellarle nel petto. Venne fuori una specie di gracchio che la sbigottì a tal punto che per un attimo dimenticò quello che stava facendo e rischiò di mutare nuovamente forma.

Savannah! La voce di Gregori era autoritaria, ipnotica, impossibile da ignorare; sarebbe stato difficile disobbedirgli. Ricreò l'immagine dell'uccello nella sua testa, fondendo le loro menti in maniera tale che diventassero un unico essere. Il maschio volò in alto un'altra volta, per proteggere la femmina e guidarla attraverso la città e il canale, fino al bayou.

Mi hai spaventato… è stata colpa tua, dichiarò lei.

Sotto di loro i tronchi dei cipressi coperti di muschio affondavano le radici in acqua. Dalla palude veniva fuori un folto canneto. Il bayou brulicava di vita: si sentivano i versi degli insetti, degli uccelli e delle rane. Le tartarughe condividevano i rami marci e spezzati con i giovani alligatori e i serpenti strisciavano o si avvolgevano su se stessi, sazi e assonnati. L'uccello maschio pungolò la femmina ed entrambi planarono un po' per contemplare la bellezza di quella notte, osservando la vita in continuo movimento sotto di loro.

Gregori inviò un richiamo, in cerca dell'unica persona in grado di soddisfare i desideri di Savannah. La sua compagna voleva una guida, qualcuno che fosse nato e cresciuto lì e che potesse rispondere a tutte le sue domande. Una barca risalì il fiume in risposta all'appello. Il richiamo era stato forte, in modo tale che l'uomo rispondesse immediatamente. *Atterra su quella roccia laggiù, Savannah, e cambia forma non appena puoi. Io farò lo stesso.*

Per un attimo lei si spaventò. Lo scoglio non era molto grande e la palude avrebbe potuto tradirli. *Fidati di me, piccola mia. Non permetterei mai che ti accadesse qualcosa*, la rassicurò dolcemente Gregori. Savannah si sentì confortata dal suo abbraccio, persino sotto forma di uccello.

L'enormità dei poteri di Gregori la lasciava sempre perplessa. Quell'uomo era una leggenda. Tutti i carpaziani raccontavano aneddoti sulla sua forza. Lei sapeva che era potente, ma non aveva mai nemmeno immaginato quante cose fosse in grado di fare. D'un tratto si sentì fiera di lui e stupita dal fatto che avesse scelto come compagna una giovane inesperta come lei, una ragazza che a stento aveva le basi delle tecniche carpaziane.

Ti insegnerò tutto ciò che devi sapere, cara, e sarà uno spasso, le mormorò Gregori. Quel sussurro le fece subito scorrere il fuoco nelle vene.

Gli artigli del volatile si aggrapparono alla roccia proprio mentre la sua sagoma slanciata cominciò a brillare nell'aria umida. Non appena Savannah si materializzò, il maschio rapace trovò un piccolo quadrato di terra su cui atterrare vicino a lei. Vi planò senza alcuna difficoltà e la sua muscolosa corporatura fece sembrare Savannah ancora più minuta di quanto non fosse. Riuscirono a sentire il monotono ronzio dell'imbarcazione che avanzava scoppiettando verso di loro. Savannah, ridendo, saltò dalla sua roccia precaria al sicuro fra le braccia di Gregori.

Lui se la strinse al petto e si sentì pervadere da un'ondata di ebbrezza, di pura euforia. Provare di nuovo dei sentimenti era qualcosa che andava oltre la sua comprensione, e sperimentare emozioni intense come quelle, sentire una gioia così grande, gli risultava davvero incredibile. Le bisbigliò qualcosa nell'idioma degli antichi, parole d'amore e dedizione che non avrebbe saputo esprimere in nessun'altra lingua. Quella donna rappresentava per lui molto più di quanto lei stessa credesse; era la sua vita, era l'aria che respirava. *Ti preoccupi per delle stupidaggini*, le disse, burbero, seppellendo per un attimo il proprio volto nel suo collo per inalare il suo profumo.

«Davvero?», gli chiese lei ad alta voce, guardandolo con occhi scintillanti. «Tu temi sempre che faccia qualcosa di avventato».

«Perché tu ti comporti in maniera avventata», le rispose lui, compiaciuto. «Non so mai prevedere quale sarà la tua prossima mossa. È un'ottima cosa, piccola mia, il fatto che io possa leggerti nel pensiero, altrimenti correrei il rischio di farmi rinchiudere nel manicomio più vicino».

Lei gli sfiorò il mento e la mascella con la bocca e poi gli mordicchiò le labbra, provocandolo. «Credo che farebbero bene a rinchiuderti. Sei decisamente letale per le donne».

«Non per le donne in generale, solo per te». Gregori la mise a tacere con un bacio passionale, incurante del fatto che la barca li aveva quasi raggiunti. Savannah lo incantava e lui era completamente inerme al suo cospetto. Quella donna era puro fascino, magia, bellezza.

Lei ricominciò a ridere e lo afferrò per i lembi della camicia. «Abbiamo compagnia, amore. Immagino sia stato tu a inviare il richiamo».

«Tu e le tue strane idee», brontolò lui, sorvolando la superficie melmosa del canale per raggiungere la barca.

Il capitano dell'imbarcazione sembrò non notare il fatto che Gregori non aveva immerso i piedi nell'acquitrino. Guardava fisso Savannah con una specie di timore reverenziale. «Lei è la maga,

Savannah Dubrinsky. Ho assistito a tre dei suoi spettacoli. Ho preso un aereo fino a New York per vederla l'anno scorso, uno per Denver qualche mese fa e un altro per San Francisco questo mese. Non riesco a credere che sia davvero lei».

«Che complimento!». Il viso di Savannah si illuminò del suo famoso sorriso, quello che le faceva scintillare migliaia di pagliuzze argentee negli occhi. «Ha fatto tutta quella strada solo per vedermi? Sono lusingata».

«Come fa? Come è possibile che lei scompaia nella nebbia? Sono arrivato il più possibile vicino al palco e non sono comunque riuscito a capire il trucco», disse l'uomo, sporgendosi verso di lei e prendendole la mano. «Mi chiamo Beau La Rue. Sono nato e cresciuto proprio qui, nel bayou. È un privilegio conoscerla, signora Dubrinsky».

Savannah gli strinse appena la mano, il contatto fisico tra i due durò qualche frazione di secondo; Gregori nel frattempo la aiutò a salire sulla barca. Nel farlo la abbracciò da dietro e la allontanò da La Rue. «Io sono Gregori», disse, con quel suo tono di voce basso e gentile, che ipnotizzava e catturava l'attenzione del suo interlocutore. Quello che trasudava minaccia. «Il marito di Savannah».

Nel corso della sua vita, Beau La Rue aveva conosciuto solo un altro uomo pericoloso come quello che gli stava di fronte. Per una strana coincidenza, anche quell'incontro aveva avuto luogo di notte nel bayou. Potere e pericolo erano parte di Gregori, come una seconda pelle. I suoi strani occhi chiari erano ipnotici, la sua voce irresistibile. Beau sorrise. Aveva trascorso gran parte della propria esistenza in quelle acque e aveva incontrato di tutto, dagli alligatori ai contrabbandieri. La vita era sempre piacevole lì nel bayou, divertente e imprevedibile.

«Avete scelto una notte interessante per il vostro tour», fece, allegro. La vera e propria tempesta aveva smesso di infuriare, ma il canale era comunque molto pericoloso. Sulle sponde del fiume accanto a loro, gli alligatori, che se ne stavano di solito calmi e tranquilli a prendere il sole, brontolavano minacciosi o scivolavano in acqua a caccia della loro prossima preda.

Per tutta risposta Gregori sorrise. Lui era parte della notte, conosceva le creature che la popolavano, vi era intima corrispondenza tra la natura selvatica e indomita e la sua anima irrequieta. Beau lo guardò, osservò la sua completa immobilità, tipica di ogni pericoloso predatore, i suoi occhi spietati e sempre in movimento, a cui non sfuggiva nulla di quello che gli accadeva intorno. La sua muscolatura possente sembrava rilassata, ma era pronta a scattare alla minima necessità. I lineamenti del viso, rudi e sensuali, bellissimi e crudeli, erano segnati dalle avversità e dalla sapienza, dal rischio e dal pericolo. Gregori stava fermo nell'ombra, ma l'argentea minaccia del suo sguardo brillava di una strana luce iridescente nel buio della notte.

Beau colse al volo l'opportunità di studiare Savannah. Da vicino era esattamente come appariva sul palcoscenico, persino meglio. Eterea, misteriosa, sexy. La materia di cui erano fatte le fantasie erotiche di qualsiasi uomo. Il suo volto era perfetto, illuminato dalla gioia, i suoi occhi splendenti, come bellissimi e scintillanti zaffiri. La sua risata era argentina e contagiosa. Sembrava minuta e innocente accanto a quel predatore che era salito con lei sulla barca. Stava toccando il braccio di Gregori, indicandogli qualcosa sulla riva, i loro corpi si sfioravano, e ogni volta che accadeva gli occhi chiari di lui sembravano liquefarsi e le accarezzavano il viso, una carezza intima, appassionata.

Beau iniziò a rispondere alle domande di Savannah, raccontandole della sua infanzia, di suo padre che metteva le trappole per procurarsi cibo e pelli, di come lui e il fratello raccoglievano il muschio dai tronchi degli alberi e lo portavano alla madre e alle sorelle perché lo seccassero e ne facessero imbottiture per i materassi. Si ritrovò a riferirle episodi che credeva di non ricordare più. Lei pendeva dalle sue labbra, facendolo sentire come se fosse l'unico uomo sulla terra... finché Gregori non si irrigidì, solo un piccolo guizzo dei muscoli, per chiarire agli occhi di Beau che Savannah non era una donna libera.

L'autoctono li condusse in tutti i suoi posti preferiti, i più belli e i più esotici che conosceva. Gregori a quel punto fece alcune domande in merito alle erbe e alle arti curative che si praticavano nel bayou. Beau scoprì che era impossibile resistere a quella voce vellutata, un suono oscuro e magico che avrebbe potuto ascoltare per il resto della sua vita.

«Al ristorante ho sentito alcuni uomini parlare di una delle leggende del bayou», disse d'un tratto Savannah. Era appoggiata a una delle paratie dell'imbarcazione, offrendo un'intrigante prospettiva dei jeans attillati che indossava. Le evidenziavano ogni curva.

Gregori si spostò, scivolò silenzioso verso di lei e si mise davanti a Savannah, coprendola con il proprio corpo e nascondendola agli audaci sguardi del capitano. Si piegò su di lei e la imprigionò tra se stesso e la ringhiera dell'imbarcazione. *Lo stai facendo di nuovo.* Le sfiorò la mente con quelle parole mentre il suo respiro caldo le faceva venire la pelle d'oca.

Savannah si appoggiò a lui, facendo aderire il proprio fondoschiena ai suoi fianchi. Si sentiva allegra, libera dall'opprimente peso della caccia, della morte e della violenza. C'erano solo loro due.

Noi tre, le ricordò lui, graffiandole appena il collo con i denti. Riuscì a percepire l'ondata di eccitazione che sopraffece Savannah e si sentì travolgere da una colata di lava bollente.

Mia madre pensa che mio padre sia un cavernicolo. Sto cominciando a credere che tu sia anche peggio di lui.

Piccola impertinente che non sei altro.

«Quale leggenda? Ce ne sono molte», rispose Beau.

«Una che ha come protagonista una creatura, mezzo uomo e mezzo alligatore, che sta ferma e aspetta che qualche cane o qualche bambino piccolo gli finisca tra le grinfie», disse Savannah.

Gregori le tirò la treccia e lei gettò la testa all'indietro. Le sfiorò il collo con le labbra. *Anch'io posso fare la parte dell'alligatore affamato*, si offrì.

«La storia del uomo-alligatore», fece Beau. «Tutti amano quella leggenda. Viene tramandata da centinaia di anni o più e l'anfibio cresce di dimensioni a ogni passaparola». Smise di parlare per un attimo, per manovrare l'imbarcazione. Lungo il canale giacevano tronchi di cipresso, enormi come macabri bastoni ricoperti di muschio. Di tanto in tanto si udiva il tonfo di qualche serpente che si tuffava in acqua.

«Si dice che quella vecchia bestia abbia vita eterna. Ormai dev'essere enorme, dato che ogni volta che uccide diventa sempre più grossa, più scaltra e più furba di qualsiasi altro abitante del bayou. Rivendica il proprio territorio e gli altri animali le lasciano ampio spazio. Sanno che ucciderebbe qualsiasi alligatore tanto stupido da vagare nel suo territorio, che sia giovane o anziano, maschio o femmina. Anche i cacciatori che mettono le trappole scompaiono di tanto in tanto proprio in quella zona e la colpa è proprio dell'uomo-alligatore».

Beau fermò la barca, che prese a ondeggiare dolcemente sull'acqua.

«Strano che mi chiediate proprio di questa leggenda. Anche l'uomo che mi ha dato i biglietti per lo spettacolo di Savannah era molto interessato alla stessa storia. Di solito venivamo qui di notte insieme, raccoglievamo erbe e cortecce d'albero e ci guardavamo intorno in cerca dell'alligatore. Non l'abbiamo mai avvistato, comunque».

«Chi ti ha dato i biglietti per gli spettacoli di Savannah?», gli chiese Gregori in tono sommesso, sebbene conoscesse già la risposta.

«Un uomo di nome Selvaggio, Julian Selvaggio. La sua famiglia vive a New Orleans sin da quando la città è stata fondata. L'ho conosciuto diversi anni fa. Siamo buoni amici», fece un sorriso accattivante, «nonostante sia italiano».

Gregori inarcò le sopracciglia. Julian era nato e cresciuto nelle montagne dei Carpazi. Non era italiano, così come Gregori non era francese. Aveva trascorso diverso tempo in Italia, così come Gregori aveva vissuto a lungo in Francia, ma entrambi erano carpaziani fino al midollo.

«Conosco Julian», azzardò Gregori, facendo scintillare nel buio i suoi denti bianchissimi. L'acqua lambiva l'imbarcazione, producendo un particolare sciabordio. Il dondolio era più rilassante e piacevole che fastidioso.

Beau apparve molto compiaciuto. «L'avevo immaginato. Entrambi conoscete Savannah, entrambi mi avete fatto le stesse domande sulla medicina naturale, entrambi avete un aspetto dannatamente minaccioso».

«Io sono più bello di lui», disse Gregori, serio.

Savannah strofinò la guancia contro il suo petto. La sua risata era una dolce melodia nel caldo soffocante della palude. «E quindi non avete mai trovato l'alligatore. È vero che si nutre di grossi cani?»

«Be', il fatto è che un sacco di cani da caccia si sono persi nel bayou lungo lo stesso sentiero. Probabilmente si tratta del territorio del mostro. Due cacciatori hanno riferito di averlo visto fermo, in attesa di tendere un agguato ai cani. Comunque, non sono riusciti ad acchiapparlo. Nessuno c'è mai riuscito. È qui in giro ormai da molto tempo e conosce palmo a palmo il bayou. Basta che avverta il minimo segnale di pericolo e scappa». Il capitano si strofinò la fronte, come se le tempie avessero preso a pulsargli.

«Parli come se pensassi che quella creatura esiste davvero», osservò Gregori, gentile. «Eppure hai detto che tu e Julian non siete mai riusciti a trovarla. Julian è un cacciatore senza pari. Se ci fosse in giro un animale simile di sicuro l'avrebbe catturato». Stava leggendo nel pensiero del capitano, adescandolo. Dietro di lui Savannah si irrigidì come se stesse per contraddirlo, ma Gregori la zittì sollevando una mano.

«Julian sapeva che si trovava da queste parti. Ne avvertiva la presenza».

«Ma tu lo ha visto». Gregori diede una spintarella al suo interlocutore, improvvisamente molto interessato a questa bestia, che riusciva a sopravvivere a molte altre.

Beau si diede un'occhiata intorno, un po' a disagio nel buio della notte. Era un tipo superstizioso, aveva assistito a dei fenomeni, fenomeni inesplicabili, di cui non avrebbe voluto parlare alla luce del sole. «Forse. Forse ho visto l'uomo-alligatore», ammise a bassa voce. «Ma se ammettessi una cosa del genere fuori da qui, la gente crederebbe che sia completamente fuori di testa».

«Raccontaci tutto», lo incoraggiò Gregori, con quella sua voce vellutata, ipnotica, a cui era impossibile resistere.

Capitolo 16

Per un momento il vento smise di soffiare e gli insetti del bayou non ronzarono più. Un'ombra scura sembrò passare sopra le loro teste. Gregori lanciò un'occhiata a Savannah. Beau prese una lattina di birra dal frigo e offrì da bere alla coppia. Loro declinarono e lui buttò giù un terzo del contenuto della lattina in un solo sorso.

«Mio padre andava in giro a piazzare trappole», disse Beau. «Io ho trascorso un sacco di tempo nel bayou ad aiutarlo. Quando avevo circa sedici anni, stavamo campeggiando vicino alla vecchia capanna, quella che vi ho indicato poco fa. C'erano alcuni ragazzi che stavano facendo una festa su una barca, gente che veniva dalla città. Avevano una barca molto bella, non come quelle imbarcazioni scassate che prendevamo noi per andare a scuola. Be', ero un po' invidioso. Le ragazze erano molto carine e i maschi vestiti alla moda. Quando videro me e mio padre ci indicarono e si misero a ridere. Mi vergognai».

Savannah gli manifestò la propria solidarietà, seguendo la sua naturale inclinazione a dare conforto. Gregori le strinse la mano e la attirò a sé. Era una donna compassionevole e incantava tutti gli uomini che la circondavano senza neanche rendersene conto. Si portò la sua mano alle labbra e le diede un bacio, per dimostrarle quanto gli piacesse il suo carattere.

Beau bevve un altro sorso di birra, poi si asciugò la bocca con il dorso della mano. «Li guardammo dirigersi verso la parte più profonda della palude. La loro barca era grossa e non avrebbero dovuto avventurarsi nel canneto. Le radici laggiù sono spesse e vengono fuori dall'acqua un po' dovunque. Ci sono insetti in abbondanza che pungono fino a far sanguinare le loro vittime. Credevo che sarebbe stato impossibile procedere per quella barca e invece in qualche modo ce la fece, come se la strada gli fosse stata, per così dire, spianata. Un invito ad andare incontro alla morte».

Savannah ebbe improvvisamente freddo: una cupa e oscura paura le passò come un'ombra sul cuore. «Perché mai qualcuno dovrebbe andare in un posto del genere?», chiese, rabbrividendo.

Gregori le circondò le spalle con un braccio per proteggerla. «Non hai niente da temere, piccola mia. Ci sono qui io. Niente può farti del male se sono al tuo fianco».

Beau prestò fede alle promesse che Gregori sussurrava a Savannah. Gli credette ciecamente. Si era già accorto che nell'aria non ronzavano più né mosche né zanzare. Lo stesso accadeva quando con lui c'era Julian Selvaggio. Uno strano fenomeno, eppure Beau era stato testimone di diversi curiosi avvenimenti nel bayou.

La voce del capitano scese di un'ottava, come se le acque del fiume avessero potuto diffondere il suo racconto ai quattro venti. «In molti vogliono scoprire se la leggenda è vera. Cacciatori con le trappole, bracconieri in cerca di un trofeo, soggetti famelici, che hanno bisogno di cibo e denaro. Quelli che non sono del posto credono si tratti solo di stupidaggini, roba da riti voodoo. Non capiscono il potere della magia o dello stesso bayou. E quindi vanno a caccia di ciò che non comprendono. Julian invece rispettava la natura, i nostri costumi e le nostre credenze. Per questo gli ho raccontato tutto e sono andato a cacciare insieme a lui».

«Ma perché tutti vogliono farlo fuori?». Le simpatie di Savannah adesso erano tutte per l'alligatore. «Lui vuole solo sopravvivere».

Beau scosse la testa con aria seria e si chinò per riaccendere il motore. La barca ricominciò ad avanzare scoppiettando. «No, Savannah, non sprechi la sua compassione. Non si tratta di un alligatore qualsiasi. Quella creatura è malvagia. Sta lì ad aspettare, e qualsiasi cosa gli si avvicini la uccide, indipendentemente dal fatto che sia affamata o meno. Uomini o animali, fa lo stesso. Li affoga e li divora».

«Credevo che ti piacessero gli alligatori», protestò Savannah. «Sono parte della natura, parte del bayou. Appartengono a questo luogo. Siamo noi che stiamo invadendo il loro territorio. Quella povera bestia non ha chiesto a nessuno di venire qui a darle la caccia. Probabilmente vuole solo starsene per conto suo. Ma i cacciatori la assediano da ogni parte».

«Dicci che cosa è accaduto a quei ragazzi», lo esortò Gregori, gentilmente.

«Non sono più tornati indietro. Mio padre era molto agitato e preoccupato. Conosceva la reputazione di quella creatura e non gli piacque il fatto che dei forestieri si avventurassero nella palude. L'uomo-alligatore uccide solo per il gusto di farlo. Sapevamo che era cattivo. Alla fine mio padre insisté perché li andassimo a cercare. Mi disse di stare in assoluto silenzio. Prese una lampada a olio, dei fiammiferi, le pistole e un uncino, tutto quello che avevamo in tenda per proteggerci».

L'aria densa della notte sembrò diventare ancora più soffocante in attesa della fine della storia. Savannah si strinse al solido petto di Gregori. Improvvisamente fu certa di non voler ascoltare il resto. Riusciva già a sentire l'odore di quella scena, a udire le parole che Beau stava per pronunciare.

Andrà tutto bene, cara. La voce di Gregori la confortò e Savannah provò un po' di sollievo: la sua sensibilità fu isolata e lei non udì più nulla.

«C'era una puzza terribile. L'aria era così densa che a stento riuscivamo a respirare. Eravamo madidi di sudore e sapevamo entrambi che se fossimo rimasti a lungo nel territorio del mostro saremmo diventati la sua cena. Avremmo voluto tornare indietro. Rallentammo. Il cuore mi batteva così forte che riuscivo a sentirlo. Uno sciame di insetti ci avvolse. Cominciarono a pungerci e morderci, a infilarsi nel naso e negli occhi, persino in bocca».

Beau si stava agitando e Gregori d'istinto lo raggiunse telepaticamente e lo rasserenò. Fece in modo che la guida respirasse al suo stesso ritmo e che il suo cuore battesse più lentamente. Mormorò le litanie curative della sua gente e con un cenno della mano sollevò una brezza che portò via la cappa di caldo soffocante e asciugò le gocce di sudore che gli imperlavano la fronte. All'improvviso il peso che opprimeva il petto del capitano svanì.

Beau abbozzò un sorriso. «Ho raccontato questa storia solo a un'altra persona oltre voi. Mi ero ripromesso di non farlo, ma mi sono sentito in qualche modo costretto a condividere la mia esperienza con Julian, e ora con voi. Mi dispiace. È solo che mi sembra sempre sia appena accaduto».

«Qualche volta aiuta raccontare ad altri le proprie brutte esperienze», disse Savannah, gentile, e i suoi occhi intensi brillarono nella notte. Scintillarono come quelli di un gatto, strani e bellissimi.

Il capitano scosse la testa. «Finché mi sono tenuto questa storia per me è stato come se non fosse mai accaduta. Mio padre non ne ha mai parlato, nemmeno con me. Penso che entrambi desiderassimo considerarla solo come un brutto sogno».

«I ragazzi di quella barca erano ubriachi». Gregori estrapolò quell'informazione dalla mente di Beau.

La guida annuì. «Trovammo delle bottiglie vuote che galleggiavano lungo le sponde del fiume. Poi li sentimmo urlare. Non grida qualsiasi, ma quelle urla che ti rimangono per sempre impresse nella mente. Quelle che ti fanno svegliare nel cuore della notte in un bagno di sudore. Mio padre si è ubriacato per un mese di fila per cercare di dimenticarle. E so che non ha funzionato». Si pulì di nuovo la bocca con il dorso della mano. «Non ha funzionato neanche per me».

Non voglio ascoltare questa storia. Gli fa troppo male ricordare, protestò Savannah, aggrappandosi all'estremità della camicia di Gregori.

Lui le accarezzò i capelli. *Quando avrà finito allevierò il suo dolore. È molto interessante; sento nella sua mente la presenza di Julian, come se anche lui lo avesse curato. Perché mai il fatto che un alligatore abbia ucciso degli umani avrebbe dovuto far soffrire così tanto suo padre? Perché il terrore di quella notte avrebbe dovuto affliggerlo per tutti questi anni? Molte persone sono morte qui, la maggior parte in modo innaturale. Forse è necessario sentire come va a finire la sua storia.*

«Eravamo coperti di insetti, ci avevano avvolto come una coperta e ci pungevano dappertutto. Era quasi impossibile respirare». Beau si toccò la gola, al ricordo della sensazione di soffocamento. «Comunque non potevamo abbandonare quei ragazzi al loro destino. Ci siamo fatti strada tra le canne e le radici degli alberi. Procedere ci risultava molto difficile, nonostante la nostra barca fosse più piccola della loro. L'acqua era scura e fangosa vicino alle sponde del canale. Si formavano delle pozze stagnanti. La puzza era qualcosa di incredibile, sembrava di essere in un mattatoio, con le carcasse di animali morti lasciate a marcire al sole. Mio padre avrebbe voluto che lo aspettassi sulla barca, disse che sarebbe andato a piedi, ma io sapevo che se lo avessi lasciato da solo sarebbe morto».

«Oh, Beau», sospirò Savannah, compassionevole. Era angosciata quasi quanto la guida. Subito Gregori la confortò e alleviò la sua preoccupazione, schermandole la mente e isolandola da quanto le accadeva intorno. Quella ragazza era come una spugna, faceva propri anche i traumi altrui.

«Immagino che entrambi avessimo preso in considerazione l'ipotesi di non uscire vivi da lì», continuò Beau. Guidò sapientemente la barca attraverso il canneto. «Proseguimmo lo stesso. Era tutto nero. Non come se fosse notte, proprio nero. Mio padre accese la lampada e allora li vedemmo. L'imbarcazione di quei ragazzi si era spaccata in mille pezzi, come se qualcosa di enorme l'avesse attaccata. Stava affondando, era già quasi finita sott'acqua. Un ragazzo vi era rimasto aggrappato, ma c'erano schizzi di sangue dovunque. Non riuscimmo a raggiungerlo. Qualcosa, una creatura preistorica, venne fuori dalla palude. Aveva uno sguardo malvagio e la bocca spalancata. Non era un alligatore normale. Stava godendo nell'uccidere le sue vittime».

In preda all'agitazione, Beau si passò una mano tra i capelli, guardandosi intorno. Gregori si irrigidì, attirando l'attenzione del capitano. I suoi occhi argentei catturarono lo sguardo della guida e lo tennero incatenato a loro. Beau si sentì subito calmo, tranquillo, protetto, sereno. La storia che stava raccontando divenne appunto solo quello, un'esperienza accaduta a qualcun altro.

Gregori avvertì uno strano slittamento nella mente del suo interlocutore, come se fosse stata avvolta da un velo scuro, una reazione che aveva un che di programmato. Si concentrò e seguì quella traccia, la traccia del male, che conosceva bene. Riconobbe il tocco guaritore di Julian, gli incantesimi che aveva tessuto per evitare che l'ombra prendesse il sopravvento sull'anima del mortale. Beau La Rue era entrato in contatto con un vampiro. Era riuscito a scappare, ma non era rimasto illeso.

Il lieve sussulto di Savannah nella sua mente ne tradì la presenza. Gregori si ritrovò a sorridere dell'abilità con cui la sua compagna riusciva a entrare e uscire dalla sua testa: erano diventati davvero l'uno parte integrante dell'altra, al punto che non avrebbe più potuto stabilire dove finiva lui e iniziava lei. Aveva accesso ai suoi ricordi e al suo sapere. Più tempo trascorreva dentro Gregori, meglio apprendeva le lezioni che il tempo gli aveva impartito. *Meglio di quanto tu creda.* Savannah sembrava compiaciuta.

Beau a quel punto era più rilassato: non certo la guida allegra di qualche ora prima, ma decisamente meno teso. «Non c'era niente che potessimo fare per aiutarli. Erano entrati nel territorio del mostro e quella bestia era in vena di divertirsi. Non cercò semplicemente di annegarli o di ucciderli. Li scagliò in aria e li fece a brandelli. Brandelli di corpi galleggiavano in acqua. La testa di una ragazza affondava e riaffiorava vicino alla sponda della palude. Mi ricordo i suoi capelli sciolti, come un ventaglio a pelo d'acqua».

Gregori gli sfiorò una spalla. *Va bene così. Non è necessario richiamare alla memoria tutti i dettagli di quell'atrocità.*

Beau scosse il capo e le vivide immagini che gli si affastellavano in testa divennero subito più sfocate. «Per un soffio non fece fuori anche noi. Ci raggiunse, grande come i coccodrilli del Nilo. Non voleva cibo, non stava proteggendo il proprio territorio, desiderava solo uccidere. Eravamo penetrati nella sua tana, nel suo dominio, mentre lui si stava divertendo, e questo lo aveva fatto arrabbiare. Mio padre gettò la lampada a olio in acqua e il canneto prese fuoco. Non ci voltammo indietro a guardare».

«Sei stato molto fortunato», disse Gregori a bassa voce, una fresca e piacevole brezza. Le sue parole si infiltrarono nella mente di La Rue, nei suoi pori, e dissiparono l'inquietudine che lo stava affliggendo.

Potresti guarirlo, disse Savannah.

È un mortale.

Puoi farlo lo stesso, insisté lei. *Julian lo ha protetto, assicurandosi che la presenza velenosa non si diffondesse, tenendo l'incubo lontano, tu potresti proprio rimuoverlo.*

La smorfia severa della bocca di Gregori si addolcì, divenne quasi un sorriso. Lo stava facendo di nuovo. Non c'era modo di persuaderla del fatto che lui non poteva fare tutto ciò che lei desiderava. Savannah lo dava per scontato. Gregori si portò una delle mani di lei alle labbra e le diede un bacio sul palmo. *Ti amo, Savannah*, le sussurrò, dolce come una carezza.

Savannah si appoggiò contro di lui. *Anche io, tesoro.*

Gregori si concentrò e ripulì la mente della guida, eliminando per sempre dalla sua memoria le tracce dell'incontro con quella disgustosa creatura, il non-morto. Non riuscì a rimuoverle del tutto però, perché erano ormai radicate nell'anima di quell'uomo; Beau aveva vissuto troppo a lungo in compagnia del ricordo di quell'esperienza. Tuttavia Gregori diede un'imbiancata alla sua mente, ne smorzò l'intensità, estrasse i resti del tocco malvagio del vampiro, la sua punizione per essersi immischiato, per la sua abilità nello sfuggire all'agguato. Gli incubi sarebbero spariti, il vivido orrore si sarebbe dissolto e la terribile paura che aveva caratterizzato fino a quel momento la vita di Beau sarebbe scomparsa per sempre. Gregori sospirò e si massaggiò i muscoli del collo, tesi per l'intenso sforzo compiuto. Rimuovere le tracce contaminate di un vampiro da un mortale, da qualsiasi mortale, era difficile; ci voleva moltissima energia. Ma incontrare lo sguardo luminoso di Savannah lo indusse a pensare che ne era valsa la pena. La sua compagna lo stava guardando come se fosse l'unico uomo sulla faccia della terra.

Tu sei *l'unico uomo che mi interessi*, gli bisbigliò lei dolcemente, e quelle parole alleviarono il peso che gli opprimeva la mente. Il suono dell'antica litania curativa era melodioso, come la sua voce, bellissima e pura, in grado di sciacquare via l'orribile tocco della depravazione del vampiro. Per farsi strada tra i ricordi di Beau e guarirlo, Gregori aveva dovuto esaminare con attenzione ogni suo pensiero. Era dovuto penetrare negli orribili malefici del vampiro per scioglierne l'incantesimo e curare la guida dall'interno della sua stessa mente. Si ritrovò a stringere la mano di Savannah e all'improvviso si sentì pervadere da un senso di umiltà. Nessuno si era mai comportato in quel modo con lui prima di allora: nessuno si era preoccupato per lui, del suo benessere, nessuno lo aveva mai guarito. Fu un'esperienza unica per il miglior guaritore tra tutti i carpaziani.

«Ha portato Julian in quel posto?», chiese Gregori alla guida.

Beau annuì. «Ci siamo andati diverse volte nel corso degli anni. Ma non abbiamo mai più incontrato quella creatura mostruosa».

«Hai avuto le stesse sensazioni? Il territorio era ancora impregnato di malvagità?».

Beau fece lentamente di sì con il capo, un lieve cipiglio gli corrugò la fronte. «Eppure sapevo che non era lì. Si sentiva il tanfo del male, ma non con la stessa intensità. E poi, insieme a Julian, provavo sensazioni diverse. Quando c'era lui ogni cosa era differente».

«Differente?», gli fece eco Savannah. «In che senso?».

Beau scrollò le spalle. «È difficile da spiegare, ma voi dovreste saperlo. Julian è come lui». Indicò Gregori. «È invincibile. Uomo o bestia, naturale o soprannaturale, niente poteva fargli del male. Quello era il tipo di sensazioni che provava chi stava insieme a lui». Savannah scambiò un breve sorriso d'intesa con Beau. Capiva alla perfezione che cosa intendesse dire la guida. «Pensi che l'alligatore sia ancora lì, dopo tutti questi anni? Magari è morto per cause naturali».

«È ancora vivo e sta bene», rispose Beau. «Non credo però che stia sempre nello stesso posto. Penso che abbia un nuovo nascondiglio. Julian ha cercato di scovarlo. Abbiamo dedicato moltissimo tempo a dargli la caccia, ma non abbiamo mai scoperto il suo rifugio».

«Ci sono stati avvistamenti recenti?», gli chiese Gregori. «Magari qualche diceria, lo sproloquio di un ubriaco? Oppure qualche strana sparizione?».

Beau scrollò di nuovo le spalle, con la semplicità di chi accetta in tutto e per tutto la vita quotidiana del bayou. «Ci sono sempre strane sparizioni nella palude, odori inspiegabili, eventi misteriosi. Nessuno pensa si tratti di episodi insoliti. Nessuno crede più nel vecchio uomo-alligatore. È diventato una leggenda, una storiella spaventosa per terrorizzare i turisti. Ecco tutto».

«Ma tu ne sai di più», disse Gregori a bassa voce.

Beau sospirò. «Sì, io ne so di più. So che è qui da qualche parte nella palude, ed è affamato. Sempre affamato. Non di cibo, ma di sangue. È questo il suo appetito, è questa la ragione che lo tiene in vita: il desiderio di uccidere».

La Rue manovrò attentamente la propria imbarcazione e la ormeggiò. Gregori lo ringraziò e cercò di pagarlo. Quando la guida rifiutò, il carpaziano offuscò la sua memoria per qualche istante e gli mise una mazzetta di banconote nel portafoglio. Gli aveva letto nel pensiero, sapeva che aveva problemi economici ed era preoccupato per le condizioni di salute di sua moglie.

Savannah afferrò Gregori per la tasca posteriore dei pantaloni mentre tornavano sui propri passi, verso luoghi più civilizzati. La Rue li richiamò. «Dove avete lasciato la macchina? Queste stradine sono pericolose dopo il tramonto».

Gregori gli lanciò un'occhiata da sopra la spalla. Il suo sguardo era minaccioso, vi si riverberò la luce rossastra della luna. I suoi occhi assomigliavano a quelli di un lupo a caccia della propria preda. «Non preoccuparti. Non ci succederà nulla».

Beau La Rue rise, allegro. «Non sono preoccupato per voi. Temo che qualcuno dei miei amici possa cercare di rapinarvi. Eventualmente, non fategli troppo male, ok? Basterà dargli una lezioncina di buone maniere».

«Promesso», lo rassicurò Gregori. Fece scivolare un braccio attorno alla vita di Savannah. «Interessante la storia dell'alligatore».

«Il vampiro se ne sta servendo come cane da guardia mentre si trova nella palude?», azzardò lei.

«Forse», rifletté Gregori. Trasse un profondo respiro, come un predatore che segue le tracce della propria vittima. La fame lo attanagliava, era una lama affilata sempre in agguato, soprattutto quando consumava molte energie. C'era un gruppetto di uomini vicino a un grande albero lungo la strada: stavano bevendo birra e li guardavano avvicinarsi. Riuscì a sentire i loro occhi incollati a Savannah, ad avvertire l'odore della loro improvvisa eccitazione.

Savannah fece un passo indietro, nascondendosi dietro di lui da quegli sguardi indiscreti. «Be', e per quale altro motivo il vampiro dovrebbe aver a che fare con l'alligatore? Perché mai dovrebbe fare la guardia al suo rifugio?»

«Rifletti sulle tue stesse parole. Il "suo rifugio". Il vampiro considera la palude il proprio rifugio. Se quell'alligatore è qui in giro da così tanto tempo, c'è solo una possibile spiegazione. Il vampiro dev'essere capace di mutare aspetto e di assumere le sembianze dell'alligatore. Si limita a sparire nel bayou e a terrorizzare la gente mentre aspetta che il cacciatore di turno se ne vada».

«Ma se Julian ha vissuto qui per molti anni...», iniziò a protestare lei.

Gregori scosse la testa. «Il tempo non significa nulla per un non-morto. E ci sono molte altre paludi oltre questa, molte altre città da spaventare. Il vampiro cambia semplicemente posto, divertendosi altrove finché non è certo di poter ritornare qui senza correre alcun rischio».

Il carpaziano si concentrò su quel piccolo gruppo di uomini. Riusciva a vederli distintamente. Poteva sentire i loro mormorii, il rumore della birra nelle lattine, lo scorrere del sangue nelle loro vene. Gli spuntarono le zanne. Si passò la lingua sugli incisivi appuntiti, sopraffatto dall'antico richiamo del nutrimento.

Savannah gli diede uno strattone, costringendolo a fermarsi. «Non mi piace, Gregori. Andiamocene».

«Resta qui». Le impartì quell'ordine in maniera brusca, il suo sguardo la oltrepassava, fisso sulla preda.

«Vogliono attaccar briga con te», protestò lei. «Lasciali stare».

Lui la afferrò per un braccio e inclinò la testa per guardarla dritto negli occhi. «Io sono fatto così, Savannah, meglio per te se ti abitui all'idea. Quei tizi pensano di costituire una minaccia per noi. Forse, se ce ne andiamo, un'altra coppia camminerà lungo questa stessa strada e noi non saremo qui a proteggerla. Si tratta di individui che vogliono mettere alla prova la loro forza, che vogliono intimidirci, rapinarci. Non si sono ancora messi d'accordo, ma hanno intenzione di farlo. Io ho bisogno di nutrimento e sento anche l'urgenza di soddisfare la tua fame. Ed è quello che farò».

«Be', allora vai», sbottò lei, allontanandosi da lui di scatto. «Ma quegli individui mi danno il voltastomaco. Non voglio il loro sangue».

Gregori la afferrò, la strinse fra le braccia e le poggiò le labbra sul collo, graffiandolo con i denti, indugiando sulla sua morbida pelle. «Sei così dolce, piccola mia, il tuo animo è talmente gentile. Per fortuna ci sono io al tuo fianco».

«Questo è ciò che sostieni tu», esclamò Savannah, il suo corpo però si era fuso di propria iniziativa a quello di Gregori. Il carpaziano era fuoco e gelo, scariche elettriche ed eccitazione calda e bianca.

Lui la spinse via e indirizzò i propri passi verso il gruppetto di uomini. A quel punto stavano confabulando, architettando un piano per attaccarli. Gregori si diresse verso di loro con andatura disinvolta. Quelli si aprirono a ventaglio, pensando di poter avere facilmente la meglio su di lui.

«Qualcuno di voi conosce Beau La Rue?», chiese Gregori in tono sommesso, cogliendoli di sorpresa.

Un uomo, alla sua sinistra, si schiarì la voce. «Sì, io lo conosco. E quindi?». Cercava di comportarsi in maniera aggressiva. A Gregori sembrò solo giovane e spaventato.

«Sei un suo amico?». A quel punto la voce del carpaziano scese di un'ottava, catturandolo, intrappolandolo, tessendo un incantesimo di magia nera.

L'uomo si sentì obbligato a rispondergli, a dirigersi verso di lui, allontanandosi dalla schiera protettiva dei suoi amici. «Sì. C'è qualche problema?», sbottò, spingendo in fuori il petto.

Gregori sorrise, mostrandogli i denti bianchissimi. I suoi occhi risplendettero di una luce calda e strana nel buio della notte. *Venite qui e permettetemi di nutrirmi.* Inviò il suo richiamo, che avvolse quei ragazzi e li spinse ad avvicinarsi a lui. Bevve il sangue di quattro di loro, soddisfacendo la propria sete e saziando il proprio violento appetito. Non fu particolarmente gentile e fece cadere le sue vittime per terra, senza prestar loro la benché minima assistenza. Impiantò nella loro memoria il ricordo di un combattimento, uno contro tutti. Quei tizi erano doloranti e abbattuti. Si era riservato l'amico di La Rue per ultimo, per Savannah. Nutrendosi, stette molto attento, assicurandosi che quel tale sentisse la necessità di ringraziare Beau La Rue. Gli doveva un favore per avergli risparmiato la dura sorte che era toccata agli altri.

Gregori non diede a Savannah modo di protestare per il fatto che lui la stesse nutrendo. Le ordinò di essere obbediente e lei sbatté le palpebre sugli occhi vitrei prima di rendersi conto di quel che stava facendo.

A un certo punto però il carpaziano vide la sua consapevolezza risalire a galla, un ardente calore che annunciava l'imminente ribellione. Lo spinse via. «Imbecille». Una sola parola. Avrebbe dovuto ferirlo, invece a Gregori scappava da ridere.

Le prese la testa fra le mani e la abbracciò stretta, in un'esplosione di gioia. Tutt'intorno a lui c'era vita. La notte era loro. Sollevò Savannah e, stringendola forte, spiccò il volo.

Gary quasi svenne quando la coppia si materializzò sul terrazzo della sua stanza. Aprì le porte scorrevoli e li fece entrare. «Ma siete pazzi? Chiunque potrebbe vedervi qui fuori. Tutte le altre camere si affacciano su questo cortile interno».

Gregori gli passò accanto e gettò Savannah sul letto, senza tante cerimonie. Lei cercò debolmente di colpirlo, poi si rigirò su se stessa per osservarlo mentre attraversava la stanza a grandi passi per raggiungere Gary. «Nessuno può vederci se non vogliamo», spiegò paziente il carpaziano, cercando di distogliere lo sguardo dal perfetto didietro di Savannah. «Hai trovato la lista di nomi di cui abbiamo bisogno? Quella delle persone di cui sospettano i membri della società segreta?»

«Il direttore mi ha permesso di usare la stampante», fece Gary, tendendo a Gregori la lista.

«Ehi, Gary», disse Savannah, «vuoi partecipare anche tu a una caccia al vampiro?».

Gregori si girò per fulminarla con il suo scintillante sguardo argenteo. *Non cominciare.* Usava la bellezza della sua voce come un'arma, irresistibile e ipnotica.

Savannah sbatté le palpebre, poi gli sorrise dolcemente. «Davvero, Gary. Ho letto qualcosa su quei depliant turistici. Non credi che New Orleans sia il posto perfetto per cercare quei tipi della società segreta? Questo dovrebbe essere il genere di cose a cui potrebbero interessarsi».

«Una caccia al vampiro?», le fece eco Gary, incredulo. «Davvero?»

«Ho la brochure a casa». Savannah evitò attentamente lo sguardo furioso del suo compagno.

Fece di nuovo quel suo sorriso speciale, quello che faceva impazzire Gregori, che lo sconvolgeva, che gli faceva scogliere il cuore. Quella ragazza portava guai. Non aveva alcun dubbio in proposito. *Credo che tu abbia bisogno di una bella sculacciata.*

Savannah sorrise, compiaciuta. *Ho detto che sarei stata disposta a provare qualsiasi cosa almeno una volta, tesoro, ma credo sia meglio aspettare di essere da soli, non trovi?*

«Mi sta prendendo in giro?», domandò Gary a Gregori. «C'è davvero una caccia al vampiro per turisti?»

«Credimi, mortale, se ci fosse una cosa del genere, lei ne sarebbe al corrente», ammise Gregori. «Temo che stiamo per farci trascinare in qualcosa che rimpiangeremo».

«Non lo rimpiangerai», replicò svelta Savannah, mettendosi a sedere. I suoi occhi blu avevano assunto sfumature di un intenso violetto, e quelle misteriose pagliuzze avevano cominciato a splenderle nelle pupille. «Potremmo andarci domani notte. Scommetto che sarà divertente. Comincia alle otto davanti il Lafitte's Blacksmith Shop. Gli organizzatori provvedono anche all'aglio e ai paletti. Dài, facciamolo, Gregori». Le lunghe ciglia si abbassarono e nascosero la sua espressione, poi quell'esasperante sorriso fece in modo che tutta l'attenzione si concentrasse sulla sua bocca. «Si potrebbero raccogliere informazioni utili. Dopotutto, questi qui devono essere dei professionisti».

Gregori sentì una risata salirgli alle labbra da qualche parte nel profondo dell'anima. I suoi occhi chiarissimi divennero due pozze di argento vivo. «Credi davvero che quei tizi potrebbero essermi d'aiuto?».

Savannah annuì solennemente. «C'è scritto sulla brochure: "niente ubriachi". Vuol dire che sanno cosa stanno facendo, non credi?»

«E che altro c'è scritto?», chiese Gary, curioso.

Savannah gli rivolse un sorriso malizioso. «Be', in effetti, c'è scritto che si tratta solo di un gioco. Si fanno delle passeggiate e nel frattempo le guide ti raccontano delle storielle. Storia vera mista a miti e leggende». *Potremmo davvero imparare qualcosa, Gregori. Non puoi escluderlo a priori.* Nella sua voce c'era una debole nota di speranza, che lei cercò disperatamente di tenergli nascosta.

Gregori coprì subito la distanza che li separava e le mise una mano sulla guancia, accarezzandole delicatamente lo zigomo con il pollice. *Perché sei sempre così insicura, Savannah? Lo sento, lo so, immagini che io ti consideri una sciocca, visto che vuoi fare la turista.*

Savannah ridacchiò, sensuale. Mise la propria mano su quella di Gregori. «Io sono dentro di te, amore», disse dolcemente. «Ti leggo nel pensiero con la stessa facilità con cui lo fai tu e so che sei convinto che il novanta percento delle cose che voglio fare siano sciocchezze».

«Be', più che altro penso che darti il permesso di fare tutto ciò che vuoi sia sciocco».

Lei trasalì visibilmente. «Sarebbe meglio che usassi di meno la parola "permesso". Inoltre, mi devi ancora una notte senza problemi».

«Avete avuto qualche guaio stanotte?», chiese Gary.

«No, nessun problema». Gregori era evidentemente perplesso.

«Fai sempre l'attaccabrighe. Dovunque andiamo, non riesci mai a trattenerti», lo accusò Savannah, indignata. «Anche stanotte sei stato coinvolto in una rissa».

«Hai avuto un alterco con qualcuno?». Gary era sorpreso.

«No, assolutamente no», negò Gregori. «Abbiamo incontrato un gruppo di uomini che volevano rapinarci e quindi ho dato loro una lezione. Non c'è stata nessuna rissa. Ho solo tirato un paio di pugni, a quest'ora saranno tutti in ospedale». I suoi denti bianchissimi scintillarono e gli occhi del colore dell'argento brillarono di una luce che suggeriva non soltanto pericolo, ma anche una punta di divertimento. «Comunque sia, hanno solo pensato di aver bisogno di un ospedale. Non c'è niente che non vada in loro. Per fare una cortesia a Savannah sono stato abbastanza delicato. Cosa che, a quanto pare, non ha apprezzato».

«Avrei apprezzato di più se fossimo usciti e ci fossimo comportati come persone normali».

«Io mi sono comportato come mi comporto normalmente, cara», le ricordò lui, gentile.

«Credevo stessimo parlando di andare a fare la caccia al vampiro domani notte», li interruppe Gary ridacchiando.

Gregori prese dalle mani del ragazzo la lista di nomi e le diede una rapida occhiata, imprimendosene il contenuto nella memoria prima di restituirgliela. Per un attimo il suo sguardo argenteo rimase incollato al viso di Gary, freddo e inquietante come se fosse perso nel vuoto. Gary rabbrividì, il carpaziano sbatté le palpebre e quella sensazione svanì. Jansen si chiese quale fosse in realtà il vero aspetto dei suoi occhi, se fosse più reale il calore che li illuminava in qualche occasione oppure l'abisso freddo e inanimato che riflettevano ogni tanto.

Savannah balzò giù dal letto, lanciò a Gary uno sguardo luminoso, e prese Gregori a braccetto. «Ci vediamo domani sera alle otto davanti al Blacksmith Shop, lì, al bar».

«Io devo tornare a lavorare», obiettò Gary. «Perderò il posto».

«Non puoi tornare a casa», disse Gregori in tono sommesso. «Nel momento stesso in cui hai detto a Morrison che avresti chiamato la polizia, nel momento stesso in cui lo hai accusato di aver modificato la tua formula, hai determinato il tuo destino. Ti farà inseguire dai suoi scagnozzi, guidati solo dall'impulso di uccidere. Morrison è il vampiro capo – ormai lo sappiamo – e tu lo hai sfidato».

«Io non merito le sue attenzioni».

«Il potere è tutto per un vampiro», disse Savannah a bassa voce. «Ti darà la caccia con ogni mezzo a sua disposizione. La tua fuga lo inasprirà, lo farà impazzire. E poi sa che io ero insieme a te nella palude. E adesso ha capito che c'era anche Gregori. Non può prendersela con noi, ma pensa che se riuscisse a prendere te, potrebbe in qualche modo sconfiggere anche Gregori».

Il carpaziano annuì, sorpreso dall'abilità che Savannah stava dimostrando nell'interpretare gli eventi. Gary era molto più in pericolo di quanto non pensasse. «Hai fatto qualche chiamata da questa stanza? Hai dato il tuo indirizzo a qualcuno, magari alla tua famiglia?».

Gary scosse la testa. «No, stavo per chiamare la compagnia aerea per chiedere se era possibile cambiare il mio biglietto con quello per un volo successivo. E domani avrei dovuto telefonare al mio capo. Rischio il licenziamento, Gregori, e non mi piace per niente. Se anche dovessi finire a lavorare per te, ho comunque una reputazione da salvaguardare». Strisciò le punte delle scarpe su un angolo consumato del tappeto. «Mi piace la ricerca. Non voglio rimanere incastrato in un lavoro che odio a causa di tutta questa situazione».

Gregori prese il computer di Gary e aprì il programma di videoscrittura. Savannah lo guardò sorpresa, mentre le sue dita ticchettavano veloci sulla tastiera. Stava digitando un lungo elenco di nomi e aziende. «Scegli dove preferiresti lavorare. Mi considero fortunato ad averti tra i miei. Nel frattempo, ti darò dei contanti. Non voglio che riescano a rintracciarti».

«Non hai neanche visto il mio curriculum», obiettò Gary. «Non voglio la tua carità».

Negli occhi argentei di Gregori passò un lampo di divertimento. «Ho sperimentato la tua formula sulla mia pelle, Gary. Mi sembra una prova sufficiente del tuo genio. I membri della società segreta hanno avuto accesso a quel sangue prima di te, eppure nessuno di loro è riuscito a elaborare qualcosa che funzionasse».

«Be', fantastico, ho avuto io questo discutibile privilegio. Un giorno potrai presentarmi ai tuoi amici e dire: "Ehi, lui è l'unico a essere riuscito a creare un veleno in grado di uccidere la nostra gente"».

Gregori a quel punto scoppiò a ridere, un suono roco, puro, bellissimo da ascoltare. Una melodia che illuminò il cuore di Gary, dissipando le nubi che vi si erano addensate. «Non avevo mai considerato quest'evenienza. Potremmo scatenare delle reazioni interessanti».

Gary si ritrovò a sorridere impacciato. «Be', sì un linciaggio in cui io sarei l'ospite d'onore».

«Presto avremo un antidoto», gli ricordò Gregori a bassa voce. «Non c'è alcun bisogno di preoccuparsi».

«Se avessi qui tutte le mie apparecchiature potrei elaborarne uno all'istante», disse Gary. «Mi assicuro sempre di poter ottenere l'effetto opposto di qualsiasi reazione chimica inneschi. Non sarebbe difficile scoprire in che modo hanno alterato la mia formula originaria. In effetti, forse potresti avere ancora dei postumi».

Quel ragazzo sembrava talmente speranzoso che Savannah scoppiò a ridere. «Lo scienziato pazzo ti inseguirà con il suo ago ipodermico, Gregori», scherzò.

Il carpaziano inarcò un sopracciglio: il volto era una maschera indecifrabile, e nei suoi occhi chiari brillò qualcosa, un lampo più che minaccioso. Snudò i denti bianchissimi, che mandarono un bagliore.

«Forse no», concesse Gary. «Dopotutto, non è una grande idea».

Savannah si era alzata e si era andata a incastrare con quella sua sensuale eleganza di movimenti tra le braccia di Gregori. Sembrava incredibilmente piccola a confronto del grande e grosso carpaziano, delicata, persino fragile. Non tanto per il peso di Gregori, quanto per i suoi muscoli possenti, per le braccia voluminose e il petto massiccio, per il potere che emanava. Savannah, per nulla intimidita, sollevò il viso per guardarlo e gli angoli della bocca le si curvarono in un sorriso.

Gregori la abbracciò e la strinse a sé, avviluppandola fino a farla quasi scomparire. «Pensa che la porterò a questa ridicola caccia al vampiro».

«E ha ragione, vero?». Gary gli sorrise.

«Sfortunatamente sì», ammise Gregori. «Hai abbastanza cibo per resistere fino a domani notte? A quel punto avremo elaborato un piano d'azione». Lasciò una mazzetta di banconote sul comodino, facendo in modo che Gary non se ne accorgesse.

«Che piano d'azione? Che cosa possiamo fare? Non possiamo metterci contro l'intera società segreta».

«Pensavo che potremmo servirci di te come esca e attirarli in una trappola», fece Gregori, impassibile.

Gary sgranò gli occhi, allarmato. «Non sono sicuro che mi piaccia il tuo piano. Mi sembra un po' troppo rischioso». Rivolse un'occhiata a Savannah in cerca di sostegno.

Gregori scrollò le larghe spalle con aria noncurante. «Non vedo che rischio ci sarebbe».

Savannah gli diede un pugno nello stomaco in segno di protesta. Gregori la fissò stupito. «A questo punto dovrei dire "ahi"?».

Savannah e Gary emisero un lungo, triste lamento. «Perché ho desiderato che avesse un po' di senso dell'umorismo?», si chiese lei.

Gary scosse il capo. «Non chiederlo a me. Sei stata tu a creare il mostro».

«So che non sarei in grado di stare fra la calca di umani a Preservation Hall», esclamò Gregori all'improvviso, «ma forse potremmo sentire un po' di musica dalla strada. Potresti allontanarti per qualche ora da questa stanza e poi forse, considerando la violenza della tempesta, alcuni turisti potrebbero aver deciso di restarsene in casa».

Gary colse al volo l'opportunità di mettere il naso fuori dalla sua camera. «Andiamo».

Savannah rimase perplessa e strinse il braccio di Gregori. «Sarà al sicuro?».

Bambina, non riesco a credere che tu stia mettendo in dubbio la mia abilità di proteggere sia te che il mortale.

Il mortale? Quel ragazzo ha un nome. E potrebbe essere facilmente ucciso, a differenza di noi.

Lo sguardo di Gregori vagò sul suo viso. Sollevò una mano per accarezzarle una guancia, sfiorandogliela con il pollice. «Non permetterei mai che Gary corresse il benché minimo pericolo. Non può vivere il resto della sua vita nascondendosi».

Avrei dovuto proteggere Peter. Se non fosse stato per me, adesso sarebbe vivo e vegeto. La voce di Savannah era arrochita dal dolore, le lacrime non versate le offuscavano la mente.

Sono io l'unico che dovrebbe sentirsi in colpa per la morte di Peter, piccola mia. Rintracciare la presenza del vampiro era una mia responsabilità. Non ho provato alcuna emozione per così tanto tempo, per così tanti secoli, che quando ho assistito al tuo spettacolo e ti ho vista, i colori mi hanno quasi accecato. Sono stato sopraffatto da un mare di sensazioni. Stavo cercando di arginarle e di riprendere il controllo. Quella è stata la prima e unica volta nella mia vita in cui ho fallito e non ho individuato un vampiro. La morte di Peter è una mia responsabilità e dovrò imparare a conviverci.

Si accorse subito che lei non era d'accordo, che sarebbe subito scattata a difenderlo. Bastò quella sensazione a confortarlo come nient'altro avrebbe potuto.

Uscirono dall'hotel e attraversarono le strade bagnate di pioggia, mescolandosi alla folla che, diversamente da quanto si erano aspettati, riempiva le vie della città; Gregori continuava a pensare al modo in cui Savannah lo faceva sentire. Era sempre molto controllato – era indispensabile, viste la sua potenza e la sua natura predatoria – eppure lei lo mandava su di giri.

Il carpaziano abbassò lo sguardo, lo posò sulla serica chioma della compagna e sentì un'ondata di emozioni sovrastarlo, sopraffarlo. Gli bastava guardarla per provare immediatamente una sensazione di pace e calore. Si ritrovò a godere della musica ad alto volume, persino della follia dei turisti che ridevano e si accalcavano per strada e sui marciapiedi. Fusi l'uno nell'altro, Gregori riusciva a sentire quello che sentiva Savannah: spensieratezza, divertimento, l'acuto interesse che lei nutriva per tutto e tutti coloro che la circondavano. Parlava alla gente con disinvoltura, la teneva in pugno con la stessa semplicità con cui aveva catturato lui.

Quando tornarono a casa, dopo aver riportato Gary in albergo, Gregori abbracciò Savannah. «Sei tutto il mio mondo», le sussurrò dolcemente, convinto delle proprie parole.

Savannah gli appoggiò la testa sul petto, inalando il suo odore virile. «Grazie per avermi portata fuori stasera. Lo so che è dura per te stare in mezzo agli umani, ma io ho trascorso gli ultimi cinque anni della mia vita insieme a loro. Più tempo di quanto abbia trascorso a contatto con uno qualsiasi dei miei simili».

«È stato arduo», ammise lui. «Ma io voglio darti quello che desideri, Savannah. Anche se per me è difficile comprendere che tu possa aver bisogno di stare in loro compagnia».

«Tu sei sempre stato un tipo solitario», disse lei a bassa voce, «mentre io, da quando ho lasciato casa, mi sono sempre circondata di umani».

Gregori le diede un bacio sulla tempia, poi le sfiorò con le labbra le palpebre e la bocca. Baciandola, la prese in braccio e la strinse forte a sé. Salì le scale e la portò in una delle stanze da letto. Fece l'amore con lei in maniera tenera, gentile, incredibilmente rispettosa, mostrandole con il proprio corpo quanto non era in grado di esprimere a parole.

Capitolo 17

Il Lafitte's Blacksmith Shop era un locale buio e misterioso, lo sfondo perfetto per dare inizio a quella strana e divertente avventura. Savannah scoppiò a ridere quando una coppia di individui del posto scosse la testa, vedendo quel branco di stupidi turisti che si affollavano nella taverna per prendere parte alla caccia al vampiro. Riuscì a sentire l'intimo trasalimento di Gregori, il suo incoercibile desiderio di dissolversi e diventare invisibile; eppure il carpaziano rimase lì, cupo e serio. Per via della sua impressionante corporatura e della potenza delle sue ampie spalle attirava su di sé tutti gli sguardi. La sua espressione era stoica e impassibile, ai suoi occhi, irrequieti e impietosi, non sfuggiva nulla.

All'interno dei bui locali del bar, la speciale visione notturna tipica della loro razza costituiva senza dubbio un vantaggio. Gary stava lì accanto, sorpreso di quanti turisti avesse attirato la prospettiva di una caccia al vampiro. Savannah gli scoccò un'occhiata. «Siamo qui per divertirci, Gary. Non cominciare a comportarti con me come fa Gregori. Un brontolone al seguito mi sembra più che sufficiente».

Gary le si fece più vicino. «Se la smettessi di leggere nel pensiero altrui per tutto il tempo e di ficcare il naso in giro, forse non ti arrabbieresti così tanto».

«Non ti stavo leggendo nel pensiero», obiettò Savannah, con aria offesa, la bocca carnosa atteggiata a una smorfia molto sexy. «Ce l'avevi scritto in faccia».

Per Gregori le cose si stavano facendo davvero difficili. I maschi carpaziani difficilmente permettono ad altri uomini di avvicinarsi alle loro compagne per la vita, di certo non ad altri uomini single. Odiava la pressione di tutti quei corpi. Savannah attraeva i membri del sesso opposto così come il miele attira le api. Tutti si giravano, sguardi appassionati la seguivano mentre si faceva strada attraverso la folla, dirigendosi alla stanza sul retro dell'edificio. Savannah trasudava sensualità. Persino in una stanza piena di gente, così tanta che in molti erano rimasti senza posto a sedere, quella donna faceva sentire gli uomini come se ci fosse stata solo lei lì dentro. L'ambiente, debolmente illuminato dalle fiammelle tremolanti di qualche candela, aveva un'atmosfera densa di mistero, di cui quella ragazza era parte integrante.

Inevitabilmente qualcuno la riconobbe; era sempre così. Gregori anzi si sorprese del fatto che la stampa non avesse scoperto che Savannah era in città e non avesse presidiato tutte le attrazioni turistiche in attesa che lei andasse a visitarle. Quando la prima ondata di fan li travolse, pressandoli e cercando di avvicinarsi il più possibile a Savannah, il carpaziano sospirò. D'istinto si piazzò tra lei e la folla. *Stai per scatenare una sommossa.*

Savannah firmò diversi autografi, un'impresa piuttosto ardua con Gregori che si comportava come se fosse la sua guardia del corpo. Gary le faceva muro dall'altro lato, conscio del lampo minaccioso che brillava negli occhi argentei del carpaziano. Savannah non prestò attenzione a nessuno dei due; fu invece carina e amichevole e si mise a chiacchierare con la gente che la fermava.

Arrivò la guida e calò il silenzio. Era un tipo che faceva un certo effetto: aveva una lunga e spessa treccia, un bastone da passeggio e un aspetto molto teatrale. Gregori inarcò un sopracciglio all'indirizzo di Savannah, ma anche lei era rimasta affascinata da quell'individuo. Questi accese una candela, fece una pausa drammatica che tenne il pubblico con il fiato sospeso, poi iniziò un discorso sul pericoloso viaggio che stavano per intraprendere. Chiarì subito che i bevitori non erano i benvenuti e sottolineò il fatto che si trattava di un'esperienza non adatta ai bambini piccoli.

È bravo, questo tipo, sussurrò Savannah a Gregori. *Cattura l'attenzione degli spettatori e la mantiene sempre viva. Un ottimo animale da palcoscenico.*

È un imbroglione.

Non è tenuto a essere sincero, Gregori, lo rimproverò lei. *Ci stiamo solo divertendo. Tutti sono qui per divertirsi. Se preferisci non venire, ci vediamo più tardi. Non c'è nulla di realmente pericoloso. Non incontreremo nessun vampiro.*

Al diavolo, no che non ci vedremo più tardi. Se dovessi allontanarmi, tutti gli uomini che ci sono in questa stanza si accalcherebbero intorno a te.

Gregori si accorse dell'esatto momento in cui due membri della società segreta entrarono nel Lafitte's Blacksmith Shop. Sentì l'oscuro impulso di uccidere che li animava, capì che erano in cerca di un obiettivo. Esaminò l'oscuro interno del bar. Il vampiro era vivo e vegeto e il suo tenebroso esercito si stava schierando per obbedire ai suoi ordini. Nessun altro avrebbe potuto sapere che loro erano lì. Gregori sospirò. Prima di quel momento non aveva realizzato quanto fosse importante per lui soddisfare la richiesta di Savannah di trascorrere una notte fuori. Una sola notte senza incidenti di percorso.

Seguì il gruppo oltre la porta e fece cadere il denaro sul palmo della mano della guida, pronto a ricevere la quota di partecipazione. Savannah era vicina a lui, Gregori la teneva da dietro per i fianchi. Tre adolescenti stavano flirtando con lei, la sua risata fece girare i presenti e catturò subito le attenzioni della guida e dei due membri della setta.

Gregori li osservò cambiare direzione e cercare di farsi strada tra la folla per raggiungerla, senza tuttavia riuscire nell'intento. Il carpaziano si concentrò su quei due, fece in modo che il loro impulso di uccidere perdesse forza, annebbiò le loro menti in modo tale che si sentissero catturati dallo spirito della caccia al vampiro. Savannah si ritrovò con un paletto appuntito in mano: la guida le rivolse un sorriso cospiratorio.

Cominciarono a camminare per le vie di New Orleans a passo svelto e nel frattempo la folla di gente formò una lunga fila. La guida si fermò davanti a una casa, si appoggiò alla recinzione e cominciò a recitare una drammatica storia d'amore e di morte. Fu un narratore davvero brillante: mescolò realtà e melodramma e ne venne fuori un racconto credibile. Gli occhi blu di Savannah brillarono. Mentre tutti si affrettavano a seguire a passo svelto la guida, lei si chinò e cominciò a gingillarsi con i lacci della scarpa. Gregori si accorse che aveva rallentato e si fermò ad aspettarla.

Savannah gli sorrise, quel sorriso sexy e misterioso che gli irrigidiva le membra e gli faceva scoppiare mille piccole bombe nel cervello. I capelli le scivolarono sulla spalla come una cascata di seta. Quello spettacolo gli fece mancare il fiato. Mentre lei si sistemava la scarpa, i due tipi della società segreta la raggiunsero. Savannah si raddrizzò e un altro dei suoi incredibili sorrisi le curvò gli angoli della bocca. «Di dove siete?». La sua voce era bellissima e pura, un concentrato di musica e seduzione. «Io mi chiamo Savannah Dubrinsky. Vi state divertendo?».

I due furono immediatamente presi al laccio da quel tono ipnotico. Gregori sentì i loro cuori perdere un colpo per la sorpresa e poi cominciare a battere a un ritmo frenetico. Gli occhi blu di Savannah, quelle pupille al centro delle quali brillavano migliaia di pagliuzze argentee, catturarono i loro sguardi. «Randall Smith», rispose entusiasta il più basso dei due. «Sono venuto a vivere qui diversi mesi fa. Sono originario della Florida. E questo è John Perkins. Anche lui viene dalla Florida».

«Siete venuti a festeggiare il martedì grasso, vi siete divertiti e avete deciso di rimanere?», domandò Savannah.

Che diavolo pensi di fare? Mio dio, amore, finirai per farmi perdere la testa. Ti proibisco di continuare a comportarti così.

Savannah si mise a camminare fra i due, disinvolta, gli enormi occhi sgranati per l'interesse che quei tizi suscitavano in lei. Gregori sentì la belva che covava dentro di lui alzare la testa e ruggire, ansiosa di essere liberata. L'alone rosso cominciò ad allargarsi e la fame lo travolse.

«Siamo venuti qui ad aiutare un nostro amico», ammise Randall. Le tempie avevano preso a pulsargli, per cui cominciò a massaggiarsele. La testa gli faceva male: credeva che avrebbe potuto esplodergli da un momento all'altro.

Savannah gli si fece ancora più vicina, continuando a tenerlo prigioniero con lo sguardo. La fila si fermò di nuovo e la guida riprese il racconto sui fantasmi e i misteri insoluti. La sua voce incantava l'uditorio, irretito dal fascino di quelle storie e dall'ammaliante illusione creata dal buio della notte. Randall si sentì annegare negli abissi degli occhi di Savannah, come se la luce di cui risplendevano l'avesse catturato per sempre. Le avrebbe dato qualsiasi cosa, tutto. Razionalmente sapeva che non avrebbe dovuto, ma il battito accelerato del suo cuore e la sua anima inquieta lo costrinsero a rivelarle ogni suo pensiero.

«Apparteniamo a una società segreta», le mormorò a voce così bassa che solo i due carpaziani riuscirono a sentirlo. Non voleva che il suo compare sapesse che stava tradendo la setta. Sentiva un bizzarro ronzio nel cervello, come se avesse uno sciame di api nella scatola cranica. Cominciò a sudare freddo.

Savannah lo sfiorò appena, toccandogli il braccio con la punta delle dita. Strano, bastò quel contatto ad alleviare per un momento il cerchio che aveva alla testa e a fargli respirare una boccata d'aria fresca. Lei gli sorrise e Randall sentì un brivido di eccitazione corrergli lungo la schiena, un impeto di desiderio e di passione talmente intenso che avrebbe voluto inginocchiarsi ai piedi di quella ragazza. «Interessante. Ma non è pericoloso?». Savannah inclinò la testa, un'innocente seduzione per attirare Randall ancora più vicino a sé.

L'uomo era conscio di quanto fosse sottile la vita di lei, di quanto fossero sodi i suoi seni e carnose le sue labbra. Non aveva mai desiderato qualcosa così intensamente in vita sua e lei lo stava guardando con quegli occhi grandi, che avevano messo a fuoco solo lui, per i quali esisteva solo lui. Randall deglutì. «Molto pericoloso. Andiamo a caccia di vampiri, per davvero, non come stiamo facendo adesso durante questa stupida escursione».

La bocca perfetta di Savannah formò una piccola *O*. Aveva delle labbra bellissime, morbide come petali di rosa, umide, un po' imbronciate, tutte da baciare.

Savannah, adesso smettila. Questo tizio è pericoloso, che tu ci creda o no. La sua mente trasuda l'odore del vampiro.

Voglio scoprire dov'è Morrison.

Ho detto di no. Gregori si allungò e la prese per i fianchi, allontanandola con uno strattone da quei due e facendole schermo con il proprio corpo. *Non mi servirò della mia compagna per scovare il nonmorto. Potrebbe comunque risalire a te. Non c'è altra scelta: devo far fuori questo individuo.*

Savannah impallidì visibilmente, le sue lunghe ciglia si abbassarono e nascosero l'espressione dei suoi occhi. *Perché non lo guarisci come hai fatto con il capitano della barca?*

Non posso guarire una creatura la cui essenza è malvagia. Con la punta delle dita le sfiorò la pulsante vena del polso. *È un servo del vampiro, Savannah, lo sai bene anche tu. Lo hai capito nel momento stesso in cui gli hai letto nel pensiero. Così come tu puoi seguire le tracce del non-morto, lo stesso può fare lui con te. E lui è senz'altro più bravo. Non posso permetterti di correre un rischio simile.*

Randall si avvicinò a loro, schiavo dell'ossessione che lo guidava. Percepiva la mano che stringeva il polso di Savannah come qualcosa di malvagio, le spire di un serpente che la trascinavano lontano da lui, lontano da dove era giusto che stesse.

Gregori si concentrò sul suo compare, John Perkins. La sua mente era più forte di quella di Randall Smith. Il vampiro aveva più presa su di lui, come se Perkins fosse stato a stretto contatto con il non-morto per un lungo periodo. Osservava Savannah, sospettoso. Gregori riuscì senza la benché minima difficoltà a rintracciare un sentimento di oscura lussuria, di gelosia, per il fatto che lei avesse scelto di prestare la propria attenzione a Randall e non a lui. Perkins sentì una stretta alle viscere: l'impulso del vampiro era già all'opera nella sua mente depravata.

Morrison era bravo a scegliere coloro che lo avrebbero servito. Uomini malvagi, di indole maligna, senza amici o parenti, depravati e affamati di violenza. Li mandava in avanscoperta fra i curiosi, quelli come Gary, fra la gente sveglia, dotata di un fine intelletto e bendisposta verso il paranormale. Persone isolate per via della propria spiccata intelligenza e della propria apertura mentale. Il vampiro era in grado di servirsi anche degli uomini più capaci, seducendoli con false speranze e ingannevoli promesse, usandoli per le proprie ricerche e come galoppini per le folte legioni di loro schiavi.

Gregori sospirò. Lui era fatto così. Il senso di colpa non poteva far parte della sua esistenza. Aveva la responsabilità della prosecuzione della sua razza e dell'incolumità di Savannah. Si fece strada nella mente di John Perkins, aggirò in controllo del vampiro e vi piantò i semi della distruzione. La sua presa sul polso di Savannah si fece più stretta e il carpaziano affrettò il passo per aumentare la distanza tra i membri della setta e la sua compagna per la vita.

La guida si fermò ancora una volta e cominciò a narrare un racconto di dissolutezza e di morte. La folla era silenziosa, catturata dall'interessante storia della città. Gregori insinuò Savannah tra la gente, facendole scudo con il proprio corpo e proteggendola dall'incombente minaccia di violenza.

Fuori, sulla strada, John Perkins lanciò una malevola occhiata a Randall Smith. «Devi sempre mandare tutto a monte, Smith. Vuoi essere il solo a parlare con Morrison. Sono io che lo conosco meglio, eppure l'unica cosa che ti interessa è dimostrare che sei tu il pezzo grosso».

«Di che diavolo stai parlando?», domandò Randall, cercando disperatamente con lo sguardo Savannah tra la folla.

Gregori la stava proteggendo: aveva creato un alone che rendeva impossibile rintracciare nella notte la presenza della sua compagna. Randall allungò il collo, nel tentativo di guardare oltre Perkins, in modo tale da non farsi ostacolare da lui. Il cuore gli batteva a un ritmo forsennato, il suo unico pensiero era ritrovare Savannah.

«Che stai facendo, Gregori?», gli chiese lei a bassa voce.

Gary sgomitò tra la ressa di turisti finché non riuscì a raggiungere il carpaziano. Era rimasto ipnotizzato dal racconto della guida così come gli altri. Studiò attentamente l'edificio, rapito dalla sua storia di intrighi sentimentali, di incendi e di morte.

Gregori chinò il capo bruno su Savannah. «Non posso fare altro che metterti al riparo dalle minacce. Il vampiro segue una traccia che parte dalla mente di quel tipo e conduce dritto a te. È una trappola, piccola mia, e non possiamo correre il rischio di cadervi».

«La verità è che non vuoi che vi cada *io*», disse lei.

Perkins strattonò Randall talmente forte da far rovinare il compagno per terra, in mezzo alla strada. Randall sbottò in un elenco di oscenità, disturbando il racconto della guida. Questi si interruppe per conferire alla storia un maggiore effetto drammatico, emise un sospiro e si diresse lentamente verso i due contendenti.

Gary aveva notato che alcune auto di pattuglia della polizia perlustravano spesso quella zona e si chiese se si trattava di una gentile concessione alla loro guida. Probabilmente questi aveva persino a disposizione qualche segnale in codice per avvertirli nel caso si fosse verificato qualche problema.

Prima che la guida raggiungesse i due uomini, Perkins tirò fuori una pistola. Tutti i presenti rimasero subito di ghiaccio. «Sei un traditore. Ci stai tradendo tutti!», urlò l'uomo armato; il suo viso era una maschera deforme di rancore e furia.

L'oscuro impulso di uccidere si era impossessato di lui e di Randall, che reagì sguainando la propria arma da fuoco. La folla si disperse in tutte le direzioni, mettendosi al riparo, nascondendosi dietro le macchine parcheggiate, saltando dall'altro lato della recinzione dell'edificio. Si sollevarono grida selvagge e nell'aria si addensò una coltre di paura. Gregori spinse Savannah verso Gary, dietro la relativa protezione offerta da un muretto di mattoni. Lui rimase in piedi sul marciapiede, osservando il dramma che si svolgeva davanti ai suoi occhi.

La guida, evidentemente combattuta tra la necessità di salvaguardare la propria incolumità e quella di proteggere i turisti, esitò. Gregori fece un cenno con la mano e alzò una barriera tra quell'uomo e qualsiasi proiettile vagante. I due membri della società segreta, in preda a una furia cieca, si scatenarono l'uno contro l'altro e Perkins esplose una raffica di colpi in risposta agli spari di Randall.

Un'ombra scura attraversò il cielo, offuscò le stelle e placò il vento. I due caddero lentamente per terra con le camicie sporche di quella che sembrava vernice rossa. Si adagiarono al suolo come bambole di pezza in mezzo alla strada e rimasero distesi, immobili. Le pistole caddero sferragliando sull'asfalto, simili a innocui giocattoli. L'ombra nera rimase sospesa, come allarmata dall'improvvisa esplosione di violenza. Nessuno si mosse, nessuno parlò, nessuno proferì verbo. Sembrava che tutti avessero capito che l'ombra scura e sinistra che aveva ammantato il cielo fosse ancor più pericolosa delle armi che giacevano silenziose per terra.

La macchia si allargò e coprì le stelle, poi cominciò ad addensarsi minacciosa in una nuvola più piccola, più nera e più pesante. Era nera e compatta e si mosse lenta, come se stesse perlustrando il gruppo con un osceno occhio rosso. Proprio al centro della nube, un lampo sfrigolava continuamente.

Qualcuno rimase a bocca aperta dallo stupore. Qualcun altro iniziò a pregare. Dopo un attimo altri ancora si unirono alla litania. L'ombra divenne sempre più scura, finché non nascose ogni fonte di luce sopra le loro teste. Le venature luminose, lampeggianti e minacciose, sfrigolarono ancor più furiosamente.

Gregori capì che il vampiro li stava cercando. Aveva scoperto che i suoi nemici erano vicini, ma il carpaziano aveva celato la propria presenza in maniera automatica, senza nemmeno pensarci. Il non-morto avrebbe potuto essere in grado di rintracciare la presenza di Savannah, seguendo la debole traccia psichica che aveva lasciato nella mente del suo schiavo, ma anche lei si era data da fare. Gironzolando a lungo nella testa di Gregori, aveva appreso le lezioni che il suo compagno aveva imparato con l'esperienza, seppure dopo una serie di tentativi e di errori. Anche Savannah stava mascherando la propria presenza con la stessa abilità di Gregori.

Non farà la differenza, amore. Le parole di Savannah furono un fruscio nella mente di Gregori. *Attaccherà e distruggerà tutti qui, pur di arrivare a noi.*

Lui ebbe un fremito di orgoglio per la velocità con cui Savannah era riuscita ad apprendere le tecniche carpaziane e a fare acute valutazioni sulle prossime mosse del nemico. Gregori si allontanò dalla calca dei turisti, frapponendo una certa distanza tra se stesso e la guida. Camminava perfettamente diritto, a testa alta e con i lunghi capelli che gli svolazzavano sulla schiena. Aveva le braccia molli lungo i fianchi, il corpo rilassato, ma guizzante di potere.

«Adesso ascoltami, antico». Quella voce dolce e musicale saturò il silenzio con la sua bellezza e la sua purezza. «Hai vissuto a lungo in questo mondo, affaticato dal peso del vuoto. Sono venuto in risposta al tuo richiamo».

«Gregori. Il tenebroso». La voce malvagia sibilò e rispose ringhiando. Quelle parole disturbarono i nervi producendo un rumore simile a quello delle unghie che graffiano una lavagna. Alcuni dei turisti si misero le mani sulle orecchie. «Come osi venire nella mia città e interferire con i piani? Non ne hai alcun diritto».

«Io sono la giustizia, essere diabolico. Sono qui per liberarti dai vincoli che ti legano a questo posto». La voce di Gregori era talmente bassa e ipnotica che coloro che lo stavano ascoltando uscirono lentamente dai rispettivi nascondigli. Aveva un tono allettante e seducente, al punto che nessuno sarebbe stato in grado di resistere a uno qualsiasi dei suoi ordini.

L'ombra nera prese forma sopra di loro, ribollendo come il calderone di una strega. Un lampo di luce si abbatté al suolo, proprio in mezzo alla calca di turisti. Gregori sollevò una mano e reindirizzò la scarica di energia lontano da Savannah e dall'altra gente. Un sorriso ammorbidì la smorfia crudele che aveva dipinta in volto. «Credi di impressionarmi con questo sfoggio di potenza, antico? Non tentare nemmeno di scatenare forze che neanche comprendi. Vieni qui. Non ti ho dato la caccia. Sei stato tu a cercare di minacciare la mia compagna per la vita e coloro che io considero amici. Io non posso fare altro che applicare la giustizia secondo le regole che governano il nostro popolo». Le parole di Gregori erano talmente ragionevoli, logiche e melodiose che sarebbero riuscite a ricondurre all'obbedienza anche il più recalcitrante dei criminali.

La guida emise un suono, qualcosa a metà tra lo scetticismo e il terrore. Gregori la zittì con un cenno della mano: l'ultima cosa di cui aveva bisogno era essere distratto. Eppure quel rumore fu sufficiente perché l'antico rompesse l'incantesimo che Gregori aveva cominciato a tessere. La macchia scura che incombeva sulle loro teste si dibatté selvaggiamente, come se stesse cercando di liberarsi dalla morsa di legacci sempre più stretti, poi fece sì che una serie di lampi luminosi si abbattesse sugli inermi mortali sotto di lei.

Urla e lamenti accompagnarono le preghiere appena sussurrate, ma Gregori rimase immobile, impassibile. Si limitò a rivolgere nuovamente altrove le scariche di luce ed energia, in modo tale che colpissero la massa scura che le aveva provocate. Un ghigno malvagio, uno stridio di sfida e rabbia fu l'unico avvertimento, poi prese a grandinare. Blocchi di ghiaccio grandi come palline da golf e di un rosso brillante si abbatterono su di loro. Era una scena orribile: una pioggia di cubetti di sangue ghiacciato che cadeva giù dal cielo. Tuttavia la grandinata si arrestò di colpo, come se una forza invisibile l'avesse fermata, librandosi sopra le loro teste.

Gregori non batté ciglio: mentre faceva scudo ai turisti e rimandava indietro quella pioggia verso colui che l'aveva scatenata, il suo volto restò una maschera inespressiva. Da un cimitero che si trovava a pochi isolati da loro, si alzò un esercito di zombie. I lupi ulularono e si misero a correre accanto agli scheletri, diretti contro il cacciatore carpaziano.

Savannah. Gregori pronunciò quel nome una volta soltanto e sfiorò la mente della sua compagna con un debole tocco.

Ho capito, gli rispose subito lei. Gregori era impegnato a destreggiarsi con quegli esseri abominevoli che il vampiro gli aveva scagliato contro; non era il caso che sprecasse la propria energia proteggendo la gente lì intorno dai morti viventi. Savannah si fece immediatamente avanti, una piccola, fragile figura, tutta concentrata sull'incombente minaccia.

La ragazza fece in modo che a coloro che abitavano nelle case lungo la strada e che si trovavano alla guida della propria automobile la muta di lupi apparisse come un branco di cani che si aggiravano per la via. Gli scheletri ossuti, grotteschi e bizzarri, sarebbero invece sembrati solo un semplice gruppo di persone. Savannah fece sì che l'illusione durasse finché non furono a pochi passi da Gregori. Quando lo raggiunsero, concentrò ogni grammo della propria energia e del proprio potere su di lui, in modo che riuscisse a far fronte all'attacco.

Il vento si alzò, sferzando la solida figura di Gregori, frustando il suo corpo, scompigliandogli i lunghi capelli neri e colpendolo al viso. L'espressione di lui rimase impassibile, i suoi occhi chiari e argentei restarono gelidi e impietosi: non batté ciglio e continuò a fissare la propria preda. L'attacco fu contemporaneamente aereo e terreste: delle schegge di legno affilato piovvero dal cielo mentre il vento continuava a soffiare selvaggio, rivolto proprio contro Gregori. I lupi balzarono su di lui e i loro occhi risplendettero feroci nel buio della notte. L'esercito di zombie continuava a procedere implacabile, incombendo sulla solitaria sagoma del carpaziano.

Gregori fece un cenno con la mano, un complicato intreccio di gesti all'indirizzo della schiera di scheletri in avvicinamento; poi cominciò a volteggiare, un flusso di movimenti bellissimo a vedersi, così veloce da renderlo una forma indistinta.

Guaiti e ululati accompagnarono i corpi che presero a librarsi in aria. I lupi atterrarono immobili ai suoi piedi. L'espressione del carpaziano rimase immutata. Non vi trapelò la benché minima traccia di rabbia o di una qualsiasi altra emozione, nessun segno di paura, non perse neanche per un istante la concentrazione. Si limitò a reagire in base a quello che richiedevano le circostanze. Gli scheletri furono falciati da un muro di fuoco, una deflagrazione di fiamme arancioni e rosse che si levarono al cielo e per un attimo danzarono furiose. L'esercito diventò un cumulo di cenere, un mucchietto di polvere bruciacchiata che piovve dal cielo sulla strada, mentre il vento continuava a infuriare.

Savannah si accorse che Gregori stava trasalendo: il dolore aveva iniziato a farsi strada dentro di lui prima che il carpaziano potesse mettere a tacere tutte le proprie sensazioni. Si girò di scatto a guardarlo e vide una scheggia appuntita che fuoriusciva dalla sua spalla destra. Proprio mentre lei lo fissava, Gregori se la strappò via. Il sangue sgorgò dalla ferita, schizzando tutt'intorno a lui. Altrettanto rapidamente il flusso si arrestò, come se fosse stato chiuso un rubinetto.

Le folate di vento erano sempre più inquietanti, una burrasca di detriti che volteggiava sopra le loro teste, come se si trovassero nell'occhio di un ciclone. La nuvola nera girava velocissima, minacciando di risucchiare tutto e tutti nel vortice che aveva creato, lì dove si trovava quell'occhio rosso e malvagio che li fissava con odio. I turisti urlarono impauriti e persino la guida si aggrappò a un lampione con tutte le proprie forze. Gregori rimase in piedi da solo, mentre il vento continuava il suo assalto, nel tentativo di trascinarlo, di impossessarsi di lui. Proprio quando la colonna di macerie prese a volteggiargli sopra, producendo un rumore simile a quello di un treno merci, il carpaziano si limitò a battere le mani e con un cenno reindirizzò il tornado verso la scura entità che l'aveva scatenato. Il vampiro urlò per la rabbia.

La densa nuvola nera si contrasse su se stessa emettendo un

suono fastidioso e rimase sospesa in aria, guardando e aspettando in silenzio. Malvagia. Nessuno si mosse. Nessuno osò respirare. All'improvviso quell'enorme e oscura entità si addensò ancora di più, fuggì via e scappò dal cacciatore, sorvolando il Quartiere Francese, diretta verso la palude. Gregori spiccò il volo, mutando nel frattempo sembianze, scansando le scariche elettriche bianche e incandescenti e scagliando frecce infuocate nell'aria turbolenta.

A terra regnò un lungo silenzio, poi tutti proruppero in un sospiro di sollievo. Qualcuno scoppiò in una risata isterica. «Incredibile! Che spettacolo!».

Savannah si aggrappò a quella reazione, la fomentò subito e impresse nella mente degli astanti l'idea che fosse tutta una montatura, riducendo l'impatto emozionale di ciò che avevano visto.

«Effetti speciali grandiosi», mormorò un ragazzino.

Il padre rise, seppure un po' controvoglia. «Come diavolo hanno fatto? Quel tale si è praticamente dissolto in aria». Lanciò un'occhiata in direzione delle carcasse che giacevano a una certa distanza e imprecò sottovoce. «Quelle lì però sono vere. Non possono far parte dello spettacolo».

«Tutto ciò è folle». Uno dei presenti si inginocchiò accanto ai due uomini che giacevano privi di vita sull'asfalto. La guida stava cercando le pulsazioni di uno di loro. «Sono entrambi morti. Che cosa diavolo è successo qui?».

Savannah li raggiunse in un solo balzo, fornendo risposte a ognuna delle loro domande e costruendo nella memoria della gente il ricordo di ciò che era reale e ciò che era fittizio. I due turisti della Florida avevano avuto una discussione, poi erano venuti alle mani e avevano tirato fuori le pistole. Il tutto era accaduto nel bel mezzo di uno spettacolo di magia che la guida aveva chiesto a Savannah di inscenare a beneficio dei propri clienti. La muta di cani era arrivata da chissà dove, spaventata dagli spari.

Era quanto di meglio avrebbe potuto fare in così poco tempo. La polizia era già arrivata e stava raccogliendo le dichiarazioni dei testimoni. Savannah doveva cercare di cancellare dalla memoria dei presenti ogni ricordo di Gregori. Era rimasta in contatto telepatico con il suo compagno per tutto il tempo, mentre lui sorvolava la città e il bayou, diretto al luogo più pericoloso di tutti, la tana del vampiro.

Gary le rimase al fianco, preoccupato, vedendola diventare sempre più pallida. Lo sforzo che le costava trovarsi in due posti nello stesso momento stava mostrando i propri effetti. La fatica di mettere in piedi una così complessa illusione per tutti quei testimoni era tremenda. Piccole gocce di sudore le imperlarono la fronte, ma lei tenne la testa alta e la schiena dritta come sempre. Riuscì anche a sedurre l'ufficiale della polizia che voleva raccogliere la sua dichiarazione.

Gary era sicuro che Savannah sarebbe riuscita a convincere i turisti. Quegli avvenimenti erano davvero troppo strani e difficili da comprendere e per di più il ricordo della presenza di Gregori era stato sradicato, quindi la sparatoria e i cani potevano tranquillamente essere esistiti davvero. Solo la guida guardava verso il cielo con espressione accigliata ed esaminava le tracce di bruciato sul terreno a pochi passi da loro. Gary lo aveva beccato diverse volte a fissare Savannah con aria sconcertata: quel tale aveva troppa esperienza della strada per mettersi a raccontare una storia diversa, alla quale oltretutto nessuno avrebbe creduto, visto che tutti avevano visto altro rispetto a lui.

Savannah continuò a rimanere concentrata sul proprio arduo compito. La sua mente era davvero con Gregori, una parte di lei si era fusa in lui, era un'ombra in un angolo remoto della sua testa.

Gregori riusciva ad avvertire la presenza della sua compagna, la sua preoccupazione per la ferita che aveva riportato e per il sangue che aveva perso. Una volta giunto al cuore della palude, cercò di rassicurarla. Riconobbe il posto grazie alla descrizione che gliene aveva fatto La Rue. Gli insetti sciamarono, obbedendo agli ordini del vampiro e riunendosi in una nuvola scura, per pungere e mordere chiunque valicasse i confini di quell'area con l'intenzione di arrecare disturbo al non-morto. Gregori eresse intorno a sé una barriera protettiva e proseguì in direzione dell'acquitrino e della pozza nera e fangosa. Un odore disgustoso gli si insinuò su per le narici, un tanfo di putrefazione e di morte che da secoli saturava l'aria di quella zona.

Non c'era neanche un alito di vento e quella puzza non andava via. Le doline gorgogliavano e aspettavano il primo sfortunato che avesse messo un piede in fallo. Un sentiero d'erba di un brillante verde smeraldo attirava gli sprovveduti in una trappola mortale. Tanto gli umani quanto gli animali selvatici, adescati da quelle chiazze di colore vivo e splendente, sarebbero stati attratti verso una morte lenta e sarebbero sprofondati, impantanati nel fango che i ciuffi d'erba nascondevano alla perfezione.

Gregori rimase sospeso in aria sopra la palude. Al di sotto della superficie dell'acqua alcune rocce formavano una specie di ripiano del quale quella bestia grottesca si serviva per intrappolare le sue vittime e lasciarne marcire la carne. La palude in quel punto era densa e melmosa, a differenza degli altri corsi d'acqua che vi sfociavano. Non c'era traccia né dell'alligatore né del vampiro.

Gregori esaminò l'area circostante con estrema cautela e molta attenzione. Il non-morto era astuto e malvagio. E quello era il suo territorio, il suo rifugio. Non sarebbe stato facile incastrarlo proprio lì. Gregori avvertì la presenza del male e si rese conto che il vampiro doveva essere da quelle parti. Scelse il fazzoletto di terra che aveva l'aspetto più compatto e che fosse al contempo il più lontano possibile dalle acque oscure e mortali della palude.

Ricorse al potere della propria voce. Dolce. Insistente. Impossibile da ignorare. «Devi venire da me. Hai aspettato a lungo prima di affrontarmi e adesso sono giunto fin qui apposta per te. Dài, vieni». Quelle parole erano pura melodia: si infiltravano nell'aria per raggiungere chiunque fosse in ascolto e riuscivano a stanarlo. Ogni nota era ipnotica, irresistibile incantesimo, la magia di uno stregone. Gregori rimase lì in piedi, tranquillo e indolente: la sua stazza solida e virile lo faceva sembrare invincibile, nonostante il sangue che perdeva dalla spalla gli avesse già inzuppato la camicia.

Cominciò a recitare a bassa voce una litania nella lingua degli antichi, ripetendo al vampiro l'ordine di palesarsi. Le canne ondeggiarono lungo la riva, poi si piegarono come se fossero state colpite da un'onda. Non soffiava nessuna brezza che potesse giustificare quel movimento. Con la coda dell'occhio Gregori vide gonfiarsi una seconda onda e in un altro punto ancora della palude se ne alzò una terza. Si dirigevano verso di lui per circondarlo: il nemico invisibile stava convergendo da ogni lato. Il carpaziano rimase in attesa. Paziente come le montagne. Immobile come il granito. Impietoso. Implacabile. Gregori, il tenebroso. Il cacciatore.

L'assalto venne dall'alto. La volta del cielo fu offuscata da uno stormo di uccelli che riempirono la notte con la loro inattesa migrazione e i loro versi. Con gli artigli sguainati e i becchi affilati come rasoi i volatili si abbatterono veloci su Gregori, colpendolo al viso e sul corpo. Il carpaziano si smaterializzò trasformandosi in una nuvola, ma delle piccole gocce di sangue macchiarono l'erba verde, fornendo una chiara evidenza del fatto che il vampiro aveva messo a segno un secondo colpo.

Gregori non ebbe altra scelta: fu costretto a riprendere sembianze umane per arrestare la perdita di sangue. Per tutta risposta si udì un flebile gemito di soddisfazione, uno stridulo borbottio e un ruggito di sfida. Il terreno sotto i piedi di Gregori era poroso e lo stava risucchiando, producendo un ghiotto gorgoglio. Mentre il cacciatore perlustrava le canne in movimento, il nemico lo aggredì dal basso, sbucando fuori dalla fanghiglia con le fauci spalancate e i denti affilati. Con uno schioccò selvaggio lo ferì alla gamba, proprio quando lui fece un passo indietro e sprofondò nella melma fino alle ginocchia. Il carpaziano eresse un'inconsistente barriera tra se stesso e l'alligatore, il meglio che poté fare mentre cercava di liberarsi. Un minuscolo rettile fece uno scatto e lo colse di sorpresa alle spalle, un altro lo attaccò sulla sinistra. Il più piccolo gli finì di squarciare la gamba ferita con un morso violento.

Gregori cadde nel fango melmoso e quelle orribili creature si accalcarono sulla loro preda per nutrirsene. Gli piombarono addosso, mordendolo e ferendolo nella frenesia di procacciarsi del cibo. Lo sciame di insetti scese su di lui e cominciò a pungerlo e a mordicchiarlo. Mentre il carpaziano si dimenava nel tentativo di tirarsi su, calò un inquietante silenzio. Gli insetti volarono via e i piccoli alligatori ritornarono strisciando rapidi verso la palude.

Gregori si mise a sedere, il fango gli inzuppava gli abiti, il sangue continuava a sgorgare dalle ferite che aveva alla gamba, al braccio e al petto. Udì un singolo rumore che infranse l'improvviso silenzio che aveva avvolto la palude. Una specie di stridio, l'unico segnale dell'avvicinamento di un'enorme creatura. La bestia si mosse veloce, svelta ed efficace, nonostante la fanghiglia. Agitò avanti e indietro la coda possente. Negli occhi gli brillò un lampo rosso, inquietante, malvagio e spietato. Il muso era corazzato, sporco di alghe e ricoperto di una peluria verdastra e appiccicosa. Scattò verso Gregori, il suo fiato era puzzolente e caldo: assaporava già il gusto della preda.

Un fulmine bianco e una scarica di energia elettrica piombarono giù dal cielo e si abbatterono sulle placche ossute di quell'animale, trapassandone la spessa corazza e bruciandole le viscere. La bestia fece un balzo in avanti nonostante il violento impatto del fulmine. Dalle fauci aperte uscì del fumo, che portò con sé l'odore di carne bruciata. La creatura proseguì, puntando dritto al petto di Gregori, determinato a squarciarlo e lacerarlo: il suo unico scopo era ucciderlo e divorarlo.

Gregori si limitò a svanire. Le possenti mascelle si richiusero, inghiottendo solo aria. La bestia, ferita a morte, ruggì e scosse violentemente la testa, cercando in preda alla disperazione il suo nemico. Il vampiro abbandonò la carcassa bruciacchiata e fumante, librandosi in aria e urlando la propria sfida e la propria rabbia. Tuttavia, quando spiccò il volo, per abbandonare la tana in cui si era rifugiato per lunghi secoli per fuggire e aver salva la vita, si scontrò con una barriera. Il colpo fu duro e lo fece precipitare al suolo.

Il non-morto giacque per un momento senza fiato, sconvolto dall'incredibile forza dell'urto. Con estrema cautela si rimise in piedi, sprofondando un po' nel fango della palude. Gregori. Il tenebroso. Era persino più potente di quanto raccontassero miti e leggende che lo avevano come protagonista. Il vampiro si rese conto che le dicerie sul suo conto erano vere. Non c'era modo di sfuggire al tenebroso. Gregori aveva usato se stesso come esca per portare il suo rivale allo scoperto. Quale cacciatore avrebbe fatto una cosa simile? Chi avrebbe creduto tanto nelle proprie forze da mettere a rischio la vita? Il non-morto sentiva ancora i postumi della botta per tutto il corpo. Era stato un colpo fortissimo: non ne aveva mai subito uno simile prima di quel momento.

All'improvviso decise di cambiare tattica e modificò il tono delle proprie parole: da insinuanti e provocatorie che erano divennero dolci e melliflue. «Non ho intenzione di combatterti, Gregori. Riconosco che sei il migliore dei cacciatori. Non voglio che questa battaglia prosegua. Lascia che me ne vada via da qui e torni al mio rifugio nelle Everglades. Me ne starò nascosto lì per un secolo… o per più tempo, se tu lo desideri». La sua voce era accattivante, servile.

Gregori si materializzò a qualche passo di distanza. Perdeva sangue da diverse e profonde ferite. Il suo volto era impassibile, implacabile, i suoi occhi chiari freddi come l'acciaio. «Il nostro principe ti ha condannato a morte. Io non posso fare altro che eseguire la sua sentenza».

Il vampiro scosse la testa e sul suo viso apparve la sinistra parodia di un sorriso. «Il principe non è nemmeno al corrente della mia esistenza. Non devi portare a termine nessuna condanna, visto che lui nemmeno l'ha emessa. Mi darò alla macchia».

Gregori sospirò. «Non abbiamo niente di cui discutere, vampiro. Conosci bene le leggi del nostro popolo. Io sono un cacciatore, un giustiziere, e non ho altra scelta: devo eseguire le sentenze». Non distolse mai lo sguardo dal nemico, non sbatté mai le palpebre. Il vento si stava alzando e gli faceva finire delle ciocche di capelli scuri davanti al viso: sembrava un guerriero dei tempi antichi.

Gli occhi del vampiro divennero vitrei e maligni. «Allora diamoci da fare». I lampi cominciarono a zigzagare nel cielo, squarciando le nuvole. Il vento diventò sferzante e prese a mugghiare.

Gregori planò: i suoi movimenti erano fluidi, pigri ed eleganti, per nulla minacciosi. Sollevò il capo e i lampi si rifletterono nel suo sguardo freddo e lucente. Il sangue continuava a sgorgargli dalle ferite. Il vampiro ne sentì l'odore e posò gli occhi avidi sul liquido vitale antico e potente. Gregori affondò il colpo tanto velocemente che il suo avversario non lo vide nemmeno muoversi. Distratto dalla vista del pasto lussurioso che scorreva fuori dalle ferite del carpaziano, il vampiro si accorse di correre un pericolo mortale sono quando venne colpito al petto con una forza incredibile.

Gregori si era già dileguato: si trovava, in piedi e immobile, a qualche metro di distanza e scrutava il vampiro con uno sguardo glaciale e vitreo. Lentamente tese il braccio, giro il palmo verso l'alto e aprì il pugno.

Il non-morto urlò a squarciagola e le sue grida acute e terribili ruppero la quiete della notte, diffondendosi per i corsi d'acqua e i canali lì intorno. Con estrema lentezza e riluttanza abbassò gli occhi verso l'organo che ancora pulsava sul palmo del cacciatore e poi si guardò il petto. Al posto del cuore c'era un grosso buco. Distrutto, riuscì a fare due passi avanti prima di accartocciarsi su se stesso e rovinare a faccia in giù nella melmosa fanghiglia.

Gregori impallidì visibilmente e si mise a sedere di botto. Fece cadere per terra quel cuore atrofizzato e avvelenato, esaminò le bruciature e le vesciche che il sangue contaminato gli aveva procurato sulla pelle. Si concentrò nel tentativo di chiamare a raccolta l'energia celeste e inviò una palla di fuoco verso il cadavere del vampiro. Con una seconda sfera infuocata incenerì anche il cuore infetto. Poi il carpaziano risprofondò nel fango e giacque immobile a osservare il cielo notturno. La vista gli si offuscò fino a venirgli meno. Uno strano letargo e una sensazione di incontrollabile sonnolenza s'impossessarono di lui. Gli parve di galleggiare alla mercé dei flutti, disconnesso, e rimase a guardare l'alba che cominciava a illuminare il cielo grigio scuro.

Le sue lunghe ciglia si abbassarono e si rilassò, immerso nella soffice fanghiglia. A un certo punto sentì una perturbazione nell'aria, proprio sopra di lui. Un profumo fresco prese il posto dell'odore stantio che impregnava la palude. Savannah. L'avrebbe riconosciuta in qualsiasi circostanza. Cercò di sollevarsi, di avvertirla che l'alba era in arrivo e che sarebbe stato pericoloso rimanere ancora a lungo così lontana dal loro rifugio.

Savannah ansimò affannosamente. «Oh, Gregori». Gli sfiorò una delle ferite sanguinanti che aveva sul petto. Il fatto che non avesse trovato le forze di richiudersi le lacerazioni era un chiaro segno di quanto fosse stanco e provato. Savannah fece in modo che le loro menti si fondessero l'una nell'altra e provò a costringerlo a obbedirle, così come lui aveva spesso fatto con lei. Gregori avrebbe solo dovuto medicarsi le ferite e sprofondare nel sonno guaritore dei carpaziani, a tutto il resto avrebbe pensato Savannah.

Cercò di contattare telepaticamente Gary, il loro amico umano. *Ascoltami, Gary, siamo nei pasticci. Cerca La Rue. Beau La Rue. È il capitano di un'imbarcazione che fa fare ai turisti il giro del bayou. Digli di andare alla palude dell'uomo-alligatore. Devi venire qui prima che il sole sia alto e portarci in un posto buio. Anche se ti sembriamo morti portaci via di qui. Contiamo su di te. Sei la nostra unica speranza.*

Esaminò l'area circostante alla ricerca della striscia di terra più compatta. Con un po' di impegno e di sforzo, Savannah era in grado di far levitare il corpo di Gregori e di spostarlo in un posto più sicuro, ma non avrebbe potuto fare niente contro il sole. Non appena si chinò su Gregori, si accorse che non si era addormentato. Il cuore cominciò a martellarle nel petto, poi perse un colpo. Gregori era estremamente debole: aveva perso troppo sangue e non riusciva a portare a termine il comando che lei gli aveva impartito e guarirsi da solo. Fu Savannah allora a chiudergli rapida le ferite, ancora una volta servendosi delle informazioni cui aveva avuto accesso fondendo la propria mente con quella del compagno. Si strappò via la giacca e si distese accanto a lui, coprendo entrambe le loro teste con il suo soprabito. Si graffiò il polso e lo pressò sopra la bocca di Gregori, costringendolo a deglutire, in modo che il liquido vitale scorresse dentro di lui e gli ridonasse le forze.

Capitolo 18

La barca avanzava sbuffando lungo il canale con tale lentezza che Gary avrebbe voluto mettersi a gridare. Per la centesima volta gettò uno sguardo alle lancette del suo orologio. Il sole stava sorgendo. Non si era mai reso conto di quanta luce e quanto calore fosse in grado di irradiare. Aveva speso tempo prezioso per trovare Beau La Rue e convincerlo che Savannah e Gregori erano davvero nei guai. Ogni secondo che passava era sempre più sicuro che il sole avrebbe finito per incenerirli.

«Questo trabiccolo non può andare più veloce?», si informò per l'ennesima volta.

Beau scosse la testa. «Siamo vicini alla palude dell'uomo-alligatore. Queste acque sono insidiose. Ci sono secche e rocce affioranti dovunque. È pericoloso. E poi, se dovessimo incontrare quella creatura, di certo non sopravvivremmo».

«Gregori l'ha uccisa», replicò Gary, freddo e pienamente fiducioso nei poteri del carpaziano. Era sicuro che nessuno poteva sconfiggere quell'uomo. Qualsiasi ferita gli fosse stata inflitta non gli avrebbe impedito di abbattere il nemico.

«Prega di avere ragione», mormorò il capitano, profondamente convinto di quello che stava dicendo.

L'imbarcazione girò l'angolo e si diresse verso il melmoso corso d'acqua che conduceva alla palude. Gary rimase senza fiato quando vide un cumulo di ceneri bruciacchiate e fumanti a una certa distanza dalla riva. Non poteva essere troppo tardi. Non poteva averli delusi. «Muoviti», sbottò, cercando di far procedere più velocemente la barca e preparandosi a saltare giù nel fango.

«Anche se l'uomo-alligatore è morto», lo avvertì La Rue, «ci sono altre bestie in questa zona».

«Credevo avessi detto che qui non c'era nient'altro oltre a quella creatura», protestò Gary.

«Penso che tu abbia ragione. L'uomo-alligatore è morto». Gli occhi annebbiati di La Rue scrutarono il paesaggio. Il capitano tirò un profondo respiro. «Il tanfo sta svanendo e il regolare ritmo del bayou si sta ripristinando. Vedi quel tronco che giace mezzo affondato nella melma? Be', non è un pezzo di legno. Rimani in barca».

Gary si mise a passeggiare impaziente a grandi falcate per l'imbarcazione, mentre Beau manovrava il timone e si accostava all'argine del fiume. Gary, con due pesanti coperte fra le braccia, saltò a terra e sprofondò di circa cinque centimetri nell'acquitrino. La Rue scosse la testa. «Il suolo qui non è compatto. Se affondi nella melma sei morto». Gary ispezionò il terreno con maggiore attenzione e giunse passo dopo passo a un pezzo di terra più solido.

Vide i due corpi che giacevano su una montagnola di frasche spezzate. Imprecando, incurante della propria incolumità, coprì la distanza che lo separava dai suoi amici di corsa. Una giacca copriva loro il volto. Entrambi sembravano morti. Controllò le pulsazioni. Nessuno dei due ne aveva. Gli abiti di Gregori erano laceri e strappati. Erano macchiati di sangue secco in così tanti punti che Gary rimase sgomento. Prima che La Rue potesse vederli bene, Gary li coprì da capo a piedi con una pesante coperta.

«Dobbiamo caricarli nella tua barca velocemente. C'è una stanzetta buia, una grotta, un qualsiasi posto privo di luce in cui possiamo portarli?», chiese Gary. Stava già prendendo Savannah in braccio.

La Rue lo osservò trasportarla nella sua barca. «Un ospedale andrà bene». Il suo suggerimento fu pronunciato a bassa voce, in tono ragionevole, come se temesse che Gary avesse perso il lume della ragione.

Questi si assicurò che ogni centimetro della pelle di Savannah fosse nascosto sotto la coperta prima di correre a prendere Gregori. «Ho bisogno del tuo aiuto per sollevarlo. Non lasciar cadere la coperta. Il sole gli dà immenso fastidio».

«È vivo?». La Rue si chinò a scoprirlo per controllare da sé. Le sue ferite erano brutte e profonde.

Gary lo afferrò per il polso. «Gregori mi ha detto che ci si poteva fidare di te. Aiutami a trasportarlo sulla barca e a trovare un posto buio in cui possano riposare. Mi prenderò io cura di loro. Sono un dottore e ho portato con me tutto l'occorrente». Prese il carpaziano per le spalle e rimase ad aspettare che l'altro si convincesse a dargli una mano.

Beau esitò, lo sconcerto dipinto in volto, ma alla fine sollevò le gambe di Gregori ed entrambi si diedero da fare in silenzio con quel peso morto, facendosi strada su quel terreno instabile e poroso come una spugna. Una volta sulla barca, Gary avvolse il corpo del suo amico nella coperta come se fosse stato una mummia e piazzò sia lui che Savannah sotto il tendalino. «Portaci via di qui in fretta e lasciaci in un posto buio», ordinò.

Beau scosse il capo, ma azionò il motore dell'imbarcazione. Avrebbe voluto esaminare il mucchio di ceneri fumanti, le bruciature sulle canne e sulle rocce. In quel luogo era avvenuto qualcosa di terribile. Sapeva che Gary aveva ragione. Il vecchio alligatore era morto. Il terrore del bayou era finalmente diventato una leggenda, come tutti fino a quel momento avevano creduto che fosse.

Gary si inginocchiò accanto ai corpi dei suoi amici con il cuore gli martellava nel petto per la paura. Non aveva avuto abbastanza tempo per guardarli da vicino; non osava farlo alla luce del sole e alla presenza del capitano. Pregò Dio di non averli delusi, che non fosse troppo tardi. Gregori aveva perso davvero molto sangue. Che cosa gli sarebbe accaduto? Perché non aveva fatto alla coppia altre domande quando ne aveva avuto l'opportunità? Si nascose il volto fra le mani e iniziò a pregare.

«Sono tuoi cari amici?», gli chiese Beau, dispiaciuto.

«I miei migliori amici. Sono come una famiglia per me. Mi hanno salvato la vita in più di un'occasione», rispose Gary, prudente, intenzionato a non rivelargli troppo.

«Anch'io ho un amico a cui voglio molto bene. È proprio come lui. Si era stabilito non molto lontano da qui, dal momento che insieme trascorrevamo molto tempo nella palude. Neanche a lui piaceva molto il sole. Ti porterò lì. Gregori e Savannah lo conoscono. Non credo che a Julian darà fastidio».

La barca cominciò a prendere velocità: si erano ormai allontanati dal canale pieno di canne e navigavano sull'acqua trasparente. «Grazie», gli disse Gary, grato.

Beau La Rue conosceva il bayou come le sue stesse tasche. Fece procedere la barca al massimo della velocità di sicurezza e prese tutte le scorciatoie possibili. Quando toccarono terra, si ritrovarono su un'isoletta su cui c'era un solo capanno da caccia. Davanti a questo si trovava una piccola foresta di cipressi tanto fitta da sembrare impenetrabile. «Il terreno qui è molto compatto. Non sembra, ma il pantano è attraversato da un sentiero di pietra. Possiamo portare i tuoi amici al rifugio segreto di Julian. Questo pezzo di terra è suo, per cui nessuno vi disturberà. Con lui non si scherza».

Presero per primo Gregori dal momento che Beau avrebbe dovuto fare strada. Il capitano procedette con estrema cautela, mettendo un piede dietro l'altro sulle pietre che emergevano dalla melma. Era difficile andare avanti, Gregori era un gravoso peso morto. Beau non vedeva il petto sollevarsi e riabbassarsi, non notò alcuna traccia di respirazione, ma si astenne dal farlo notare. Non gli sembrava molto saggio portare un uomo tanto gravemente ferito in una buia e umida caverna, eppure aveva visto Julian recarsi in quel posto più di una volta quando il sole si stava alzando nel cielo.

La grotta a cui arrivarono era scavata a mano e molto piccola. Non c'era abbastanza spazio per stare in piedi. Gary e Beau adagiarono il corpo di Gregori sul pavimento sporco al buio e se ne andarono subito, poiché Gary era ansioso di mettere anche Savannah al riparo dalla luce. Prese in braccio la ragazza e si rivolse al capitano. «Grazie per il tuo aiuto. Mi occuperò io di loro due. Lascia pure le mie borse lì sulle pietre. Porto Savannah nella caverna e vengo a riprenderle».

«Vuoi che rimanga?», chiese Beau, combattuto tra la curiosità e il suo radicato rispetto per la privacy.

Gary scosse il capo mentre già cominciava a dirigersi verso la grotta.

Beau tornò sui suoi passi e avviò il motore. «Verrò a vedere se hai bisogno di me più tardi».

«Grazie», replicò Gary da sopra la spalla, correndo a mettere al riparo dal sole il corpo di Savannah.

Il giovane si accasciò accanto ai due carpaziani immobili, con il fiato corto, preoccupato che potessero essere veramente morti. Era persino spaventato all'idea di ripulire le terribili ferite di Gregori, temeva di potergli far male. Trascorse il resto della giornata facendo solitari, bevendo dalla borraccia, oscillando continuamente tra la certezza di essere arrivato troppo tardi e la fiducia nel fatto che i due si sarebbero rialzati non appena il sole fosse tramontato.

A un certo punto il cielo divenne finalmente grigio fumo. Gary strisciò fuori dall'ingresso della caverna e rimase immobile a fissare il calare della notte. Il buio scese con discreta lentezza e lui vi si abituò. Quando si girò, vide il petto di Gregori sollevarsi e riabbassarsi sotto la coperta. Il carpaziano sentì prima la fame e poi il dolore. Li arginò entrambi ed esaminò le lesioni che aveva riportato. Aveva perso molto sangue ma Savannah si era data da fare per rifornirlo. Non gli ci volle molto tempo per concentrarsi, sprofondare in se stesso e guarire i propri profondi squarci. Nonostante gli sforzi di Savannah, aveva un disperato bisogno di altro sangue. Solo dopo aver chiuso le ferite in modo tale da bloccare la perdita di liquido vitale, si stiracchiò e si mise a sedere. Riuscì ad avvertire il battito di un cuore accanto a sé, un flusso sanguigno scorrere caldo e invitante: era così affamato che gli spuntarono le zanne.

La sua mente andò automaticamente in cerca di quella di Savannah. Quella donna lo aveva salvato. Si stava abituando al fatto che lei lo tirasse fuori dai guai. La sua compagna non si era persa d'animo nemmeno per un istante. Gregori rintracciò un piccolo grumo di luce e vita rannicchiato in un angolo della propria mente. Savannah si era spinta fino all'orlo del baratro pur di metterlo in salvo. Imprecando, si scoprì e spinse via anche la coperta adagiata sul corpo di lei. Attirò a sé la propria compagna e ne esaminò il corpo centimetro per centimetro.

Il costante e rumoroso battito di un cuore così vicino a loro, così pieno di vita, attirò le attenzioni di Gregori. Lentamente si voltò e vide Gary osservarlo dall'ingresso della caverna. Sapeva che lui era lì, che era stato quel ragazzo a portarli via dalla palude e a trascinarli nel posto buio e sicuro in cui avevano dormito.

«Ti devo molto», fece Gregori, salutandolo. La morsa della fame lo attanagliò di nuovo e si accorse che i suoi denti erano diventati più affilati e sporgenti. La sua compagna per la vita aveva bisogno immediato di nutrimento. «Stai qui con lei mentre io vado a caccia».

Gary trasse un profondo respiro e buttò fuori l'aria lentamente.

«Puoi prendere il mio sangue. Immaginavo che al vostro risveglio sareste stati affamati».

La dura espressione di Gregori per un momento si ammorbidì. «Non sono semplicemente affamato, amico mio. Ho bisogno di sangue. Ne ha bisogno anche Savannah. Posso essere pericoloso in queste condizioni. Non metterei mai a rischio la tua vita».

«Io mi fido di te, Gregori», ribatté Gary, fiducioso e sorpreso del suo stesso atteggiamento.

Gregori si girò intorno. «Sei un uomo speciale, Gary Jansen. Ho avuto il privilegio di conoscerti e di annoverarti fra i miei amici. Per favore, abbi cura della mia compagna per la vita mentre io vado a caccia».

Gregori aveva già oltrepassato Gary, lo aveva sfiorato passandogli accanto, e quel contatto aveva fatto correre un brivido freddo lungo la schiena dell'umano. Il carpaziano emanava l'odore di un predatore, selvaggio, pericoloso e impietoso. Gary non avrebbe saputo spiegare in cosa consisteva la differenza, ma in quel momento il suo amico era più simile a una bestia che a un uomo. Solo dopo che Gregori se ne fu andato, cambiando forma davanti ai suoi occhi e assumendo le sembianze di un uccello rapace, Gary si accorse che le ferite mortali che aveva riportato il carpaziano erano guarite. Il ragazzo guardò l'uccello planare nel vento finché non diventò soltanto un minuscolo puntino nel cielo.

Gary si fece strada attraverso il sudicio interno della caverna, piegandosi in avanti per evitare di sbattere la testa contro il soffitto. Si sedette accanto a Savannah e rimase in attesa. Non trascorse molto tempo prima che il volatile fosse di ritorno. Gary non riusciva a distogliere lo sguardo da quel piumaggio iridescente e brillante che subito lasciò il posto a una solida figura umana.

Gregori, alto, pieno di salute e in splendida forma, attraversò il fitto boschetto di cipressi. Persino i suoi abiti erano immacolati. Aveva i capelli lucidi e puliti, legati dietro la nuca con un laccetto di pelle. I suoi occhi chiari erano limpidi e, ancora una volta, il suo viso era bellissimo e sensuale. «Gary», la sua voce era come al solito pura e potente, «per favore, lasciaci soli per qualche minuto».

«Savannah si riprenderà?», chiese l'umano, spaventato. Nonostante sapesse che era inutile, le aveva cercato diverse volte le pulsazioni.

«Dovrà farlo», replicò Gregori molto piano.

La sua voce era vellutata, ma c'era qualcosa in quel tono che fece correre un brivido di apprensione lungo la schiena di Gary. Se fosse accaduto qualcosa a Savannah, il ragazzo capì che nessuno, niente al mondo, sarebbe stato al sicuro dal carpaziano. Fino ad allora non aveva considerato questo aspetto e non sapeva da dove gli arrivasse quella consapevolezza, ma era certo che le cose stessero così. Se ne andò via da quello spazio angusto e cominciò a camminare, allontanandosi un po' dalla caverna. Gli strani rumori della notte gli davano fastidio e lo intimidivano.

Gregori prese teneramente Savannah tra le braccia. *Vieni qui, sei la mia vita, il mio respiro. Svegliati, stammi vicino.* Le impartì quell'ordine e, nel momento stesso in cui sentì il suo cuore ricominciare a battere, le premette la bocca contro la propria gola. *Nutriti, piccola mia. Nutriti e riprenditi le forze che mi hai generosamente trasfuso.*

Savannah girò il capo e il suo primo respiro fu un soffio caldo sul collo di Gregori. Gli si strofinò contro, assonnata e debole a causa di tutto il sangue che aveva perso. Gli sfiorò la pelle con la lingua, accarezzandolo nel punto in cui gli pulsava la vena. Gregori si irrigidì allarmato quando i denti di lei gli provocarono un'ondata di piacere caldo e bianco. Lentamente il corpo di Savannah si riscaldò e il suo colorito da cereo divenne sano e roseo. Lei lo abbracciò e gli si strinse al collo, premendo il proprio corpo contro quello di lui, in un impeto inquieto di fame e desiderio.

Savannah chiuse i piccoli buchi che aveva fatto sulla gola del suo compagno per la vita, lo tempestò di baci sul collo e sul viso, poi trovò l'angolo delle sue labbra. Gregori le prese la testa e la tenne ferma: la baciò voluttuosamente, impossessandosi della sua bocca con una forza elementare come quella del vento.

«Pensavo di averti perso», mormorò lei, rivolgendosi al suo cuore, al profondo della sua anima. «Pensavo di averti perso».

«Stai prendendo l'abitudine di trarmi sempre d'impiccio?», le chiese lui, mentre una forte emozione senza nome lo scuoteva e gli spezzava il fiato in gola.

Un debole sorriso illuminò il volto di Savannah. «Forse intendi dire "di salvarti la vita"».

Per tutta risposta, Gregori emise un grugnito. «Ti amo, Savannah. Più di quanto sia in grado di dire, in tutte le lingue che conosco». La abbracciò forte, stringendosela al cuore. Quella ragazza era il suo mondo e lo sarebbe stato per sempre. Era la sua risata, la sua luce. Gli avrebbe insegnato a sentirsi a proprio agio in entrambi i mondi a cui appartenevano. Era lei a fargli avere fiducia negli umani, un sentimento che non era mai stato in grado si sperimentare prima.

Come se gli stesse leggendo nel pensiero, Savannah gli sorrise. «Gary è venuto in nostro aiuto, vero?»

«Sì, piccola mia. E Beau La Rue non è stato da meno. Vieni, non possiamo lasciare quel pover'uomo a passeggiare avanti e indietro per la palude. Altrimenti penserà che non ci siamo limitati a fare conversazione».

Savannah, maliziosa, si strinse contro di lui e le sue mani scivolarono, provocatorie ed eccitanti, sul rigonfiamento dei pantaloni di lui. «E invece?», gli chiese, rivolgendogli uno di quei suoi sorrisi ammalianti, a cui Gregori non era in grado di resistere.

«Abbiamo un sacco di cose da sistemare, Savannah», le disse severo. «E dobbiamo avvisare la nostre gente, diffondere la lista della società segreta, mettere all'erta coloro che sono in pericolo».

Le dita di Savannah si stavano dando da fare con i bottoni della camicia di Gregori in modo tale da aprirla ed esaminare il suo petto e le sue spalle, lì dove aveva riportato due delle ferite più gravi. Doveva vedere da sé il suo corpo, toccarlo, per assicurarsi che fosse davvero guarito. «Be', potresti per il momento creare un qualche diversivo per Gary, in modo tale da ritagliarci un po' di privacy». Con un gesto fluido, si sfilò la maglietta dalla testa e offrì allo sguardo di Gregori i propri seni, tentandolo.

Il carpaziano emise un suono a metà tra un sospiro e un grugnito. Le mise le mani sul petto e, dopo aver sperimentato la terribile tortura del sangue contaminato, provò la sensazione rilassante di accarezzare quella pelle morbida e setosa. Le sfiorò con il pollice i capezzoli inturgiditi. Chinò la testa lentamente per godere di quella erotica sensazione: d'altronde, non avrebbe potuto fare altro. Dopo quell'invitante richiamo che lei gli aveva rivolto, sentiva l'urgente bisogno di far fondere i loro corpi. L'eccitazione crebbe e a Savannah, quando la bocca di lui si schiuse sul suo seno, sembrò di sciogliersi in un liquido caldo.

Gregori la attirò ancora più stretta a sé, accarezzandole tutto il corpo con sempre maggiore passione. Il desiderio di lei aumentava e faceva sì che anche quello di lui crescesse sempre di più.

«Gary», bisbigliò Savannah. «Non dimenticarti di Gary».

Gregori imprecò a bassa voce, mettendole le mani sui fianchi e strappandole via i fastidiosi vestiti che indossava. Dedicò all'umano qualche secondo di concentrazione e fece in modo che si allontanasse dalla grotta. La dolce risatina di Savannah era sarcastica, provocatoria. «Te l'ho detto, amore, non fai altro che spogliarmi».

«E allora tu smettila di metterti addosso quei dannati abiti», le rispose lui, burbero, prendendola per l'esile vita e vagando con la bocca sul suo ventre piatto. «Un giorno i miei bambini cresceranno proprio qui dentro», disse piano, baciandole l'ombelico. Le fece aprire le cosce, in modo da poterla esplorare a proprio piacimento senza venire interrotto. «Una bella bambina che assomigli a te nell'aspetto e a me nel carattere».

Savannah ridacchiò, stringendogli la testa tra le mani, amorevole. «Be', potrebbe essere una combinazione plausibile. Ma che cosa c'è che non va nel mio carattere?». Si stava contorcendo, vittima dell'assalto furioso delle sue mani e della sua bocca, e inarcò la schiena per concedersi totalmente a lui.

«Sei una donna tremenda», mormorò lui. «Sarei costretto a uccidere qualsiasi uomo tratti mia figlia come io tratto te».

Savannah urlò: le sue membra furono scosse da un fremito di piacere. «A volte adoro il modo in cui mi tratti, tesoro», bisbigliò lei e gridò di nuovo quando lui fece in modo che i loro corpi, le loro menti, i loro cuori e le loro anime si fondessero.

Il futuro poteva anche essere incerto, visto che gli adepti della società segreta erano sulle tracce dei loro simili, ma, unendo le loro forze, Gregori e Savannah sarebbero senz'altro riusciti ad aiutarli. Insieme, avrebbero potuto affrontare qualsiasi nemico per permettere alla loro razza di sopravvivere.

Indice

p.	7	Attrazione fatale
	273	Desiderio
	541	L'oro nero
	823	Magia nera

I Superinsuperabili

Federica Bosco, *Cercasi amore disperatamente - S.O.S. amore - 101 modi per riconoscere il tuo principe azzurro*
Massimo Lugli, *Crimini imperfetti. Tutte le indagini di Marco Corvino*
Indigo Bloome, *Incontri proibiti. La trilogia completa*
Lisa Jane Smith, *Il diario del vampiro. 10 romanzi in 1*
Giulio Castelli, *Il romanzo dell'impero romano*
Tiffany Reisz, *Peccato originale. La trilogia*
Simon Scarrow, *L'aquila di Roma*
Stuart MacBride, *Le indagini del sergente McRae*
Sara Shepard, *Giovani carine e bugiarde - 4 romanzi in 1*
David Gibbins, *Le indagini archeologiche del professor Howard*
Federica Bosco, *Il mio angelo segreto Trilogy*
Lisa Jane Smith, *Il diario del vampiro - 6 romanzi in 1*
Jefferson Bass, *Le indagini della Fabbrica dei Corpi*
Harry Sidebottom, *Il guerriero di Roma - 4 romanzi in 1*
Dana Stabenow, *CSI Alaska. Le indagini di Kate Shugak*
Javier Negrete, *La regina del Nilo. La trilogia*
Portia Da Costa, *La promessa Trilogy*
Lisa Jane Smith, *I diari delle streghe. 4 romanzi in 1*
Adam Jay Epstein – Andrew Jacobson, *The Familiars. 3 romanzi in 1*
Stella Knightley, *Le città della perversione. 3 romanzi in 1*
Marcello Simoni, *La trilogia del mercante di libri*
Roberto Fabbri, *Il destino dell'imperatore - 3 romanzi in 1*
Jodi Ellen Malpas, *This Man Trilogy*
Jack Hight, *Il romanzo delle crociate*
Sherry Jones, *La sposa di Maometto*
Rebecca Donovan, *Il nostro segreto universo trilogy*
Megan Maxwell, *Chiedimi quello che vuoi. La trilogia*
Monica Murphy, *Segrete bugie*
Anthony Riches, *L'impero*
Francesco Fioretti, *Il romanzo perduto di Dante*
Christine Feehan, *Il principe vampiro*